大秦将军

第一卷
王于兴师

张述◎著

陕西出版传媒集团
太白文艺出版社

图书在版编目(CIP)数据

大秦将军 / 张述著. -- 西安 ：太白文艺出版社，2014.1

ISBN 978-7-5513-0641-6

Ⅰ. ①大… Ⅱ. ①张… Ⅲ. ①长篇小说-中国-当代 Ⅳ. ①I247.5

中国版本图书馆 CIP 数据核字(2013)第 297471 号

大秦将军

作　　者　张　述
责任编辑　党　靖　闫　瑛
封面设计　张　栋　可　峰
出版发行　陕西出版传媒集团
　　　　　太白文艺出版社
　　　　　(西安北大街 147 号　710003)
经　　销　陕西新华发行集团有限责任公司
印　　刷　陕西金德佳印务有限公司
开　　本　787 毫米×1092 毫米　1/16
字　　数　1437 千字
印　　张　83.5
版　　次　2014 年 4 月第 1 版第 1 次印刷
书　　号　ISBN 978-7-5513-0641-6
定　　价　148.00 元

历史烟雾中的千古名将

孙皓晖

一

在中国古典文明史上，秦始皇时代是无可争议的巅峰。

那个时代，统一了中国，统一了中国文明，给我们民族创建了亘古不朽的统一文明生存形态。在那个时代，始皇帝君臣组成的中央政治集团，是我们民族结束分治而鼓荡统一大潮的轴心。他们永恒的历史光焰，不但在于统一中国与统一中国文明的不朽伟业，而且在于他们所集中体现的那个时代的伟大的人格精神。

从历史事实看，始皇帝确实是一个“善结人，善激发”的空前伟大的政治家。在他有效执政的30年中，强臣名将云集，社会雄风弥漫，国家力量丰厚扎实，统一战争排山倒海。更令人感慨的是，始皇帝终其一生，不曾杀害任何功臣名将，不曾制造任何对战败国平民的黑色屠杀风暴；不立皇后，不立太子，限制皇族，不行封建；奋发勤政，夙夜辛劳，直到生命的最后一刻，仍然奔波巡视在平川山海之间。始皇帝如此，他的同道集团也如此。

他们强烈关注的焦点，始终是文明创制，始终是建设国家，始终是法治天下，始终是镇压复辟，始终是反击外患；没有阴谋政治，没有集团倾轧，没有吏治腐败，没有人治泛滥。历史地看，那个时代实在是中国文明史上的“太阳风暴”时期，大阳大明，逼得后世多少历史学家不敢开目而视。

二

在那个大阳时代，军人将帅阶层是一片最为耀眼的燃烧区。

在那个最为耀眼的燃烧区里，有两束最为明亮的光焰。

这两束光焰，是王翦、王贲这对父子将星。

在秦军的黑色铁流中，王翦是当之无愧的灵魂。王翦比始皇帝君臣至少年长十岁，为人又厚重沉稳，故此，秦王待王翦以“师礼”。统一战争期间，王翦率秦军锐士正式出师，连灭赵、燕两国，又在李信败战之际临危受命，率举国兵力南下，一方面以“田舍翁”的平庸姿态不断向秦王请求封地封侯，以平息有可能出现的“国疑”；另一方面，又以强大国力为基础与楚军长期对峙，并最终在将近一年的对峙后一举击溃楚军，追杀天下名将项燕，俘获楚王，一战灭楚。

后世军事史家对王翦的赫赫战功无不认同，但其统兵作战的特点却长期云山雾罩，实在是一大缺憾。可能的原因是，王翦统御大兵团作战的特点，是以深刻的政治洞察力为基础的。这一洞察力，就是王翦充分认识到了历史条件的变化——此前是争城夺地，是国家实力大争，故而是歼灭敌军之战；而今，是统一中国，是人皆我民，故而只能实行摧毁其政权前提下的击溃战。是故，王翦统军临敌，筹划周密，几无错断，条件不成熟绝不轻战，宁可对峙，也要保证一战灭国，其高明的实质该当在这里。

更为难能可贵的是，灭亡六国之后，王翦又以暮年壮心，统军南下整合岭南，将广袤的岭南成功化入中国文明。至今，我听到广西兴安县民众骄傲地宣称他们是秦军后裔，是米粉的最早发明者，而且有独一无二的米粉饺子！我都会止不住地热泪盈眶。

武成侯王翦，应当是征战劳碌病逝于岭南的。

一代璀璨将星，就这样在帝国大厦轰然倒塌前离开了。

王翦葬于故乡频阳（今陕西富平县），在“美园千顷”中长眠了。

三

王贲，是王翦的儿子，才不下其父，名动天下。

始皇帝的三公九卿制中，王贲是第一任太尉，位列三公。由此足见，王贲的军政才能是极其出色的。灭国大战期间，王贲轻兵袭楚，旬日连拔10城，又水战灭魏，陆战灭齐，平定韩乱，追俘流亡燕王，灭赵国流亡政权（代国）。军功之巨，王翦之下无人能出其右。合理推断，王贲与始皇帝年岁相当，该当是坦荡刚烈，如风如火，敢言能事，遇事辄有担当；与始皇帝之君臣情分，尤过其父；与蒙恬、李信等军中少壮，无不肝胆相照。

王贲死于盛年，史料无其死因，至为遗憾。

王氏传奇，既在父子皆一代巨星，又在第三代之悲剧。

王离，是王贲之子，王翦之孙。此前始终与蒙恬、扶苏戍守九原。胡亥赵高李斯“三人团”发动政变之后，接连密杀蒙恬、蒙毅兄弟。为平息秦军骚乱不满，“三人团”抬出王离，使其承袭王翦爵位，又做了上将军，统率九原30余万守边秦军，奈何王离并未久经战场锤炼，在与章邯合兵剿灭复辟后的六国旧军时，既不敢调动全部边军压上，又不能违背良心拒不援助章邯军。

终于，少将军王离惨烈地战死于巨鹿之战，被项羽杀了。

随着王离战死，九原秦军崩溃。岭南赵佗部的最后一支秦军，又不能脱身于动荡不宁的岭南三郡。于是，大悲剧终于发生了……

四

张述的这部《大秦将军》，就是写如上历史传奇的。

我与张述结识，缘于一群年轻人创办的“大秦帝国网站”和“大秦帝国书友会”。他们朝气蓬勃，他们多智好学，他们热烈，他们敏锐，他们激情，他们像一簇在风中抖动抗争的火焰，吸引着我，也感动着我。与他们交流交往，使我对年青一代产生了“少年中国”的激荡性认识。我相信他们的才华，更认可他们独立思考的精神。他们都有些许的放任，些许的脆弱，些许的偏执。但是，他们是“礼崩乐坏”乱象中一道明亮的风景线。看见他们，就看见了我们民族的希望。

故此，当太白文艺出版社党靖社长动议约我以王氏三代为题材而创作《大秦将军》而我无暇抽身时，我推荐了张述。其中原因，不仅在于张述有过长篇小说的创作经验，也不仅在于张述有文字功底。更为主要的原因，在于张述是一个有思想的青年，有潜力的人才。在既往的种种交流中，我清楚地知道，张述对某些战国人物的评价理念与我是不同的，譬如对商鞅做人风格的评价。我也知道，张述有一些中国传统文人的通病——灰色的悲伤的论史情结。但是，我更清楚地知道，张述是个智慧青年，有悟性。在多年的交往中，我体察到他的心灵、他的史观、他的灵魂的阳光性，都在一步步地摆脱时尚病态，都在日渐坚实，日渐厚重，日渐具有更为强大的生命力。如此一个青年，我们何求其成熟老到，何求其与我一致？没有初战，就没有大将，就没有成熟。能够从不同角度写出历史伟人的风采，不正是一种更为深刻的百家争鸣吗？

果然，张述在经过思考之后接受了创作任务。

张述辞职三年，写成了100余万字的《大秦将军》。

首先，张述的坚韧精神是值得我们激赏的。但是，对于初次攀登高峰的青年英才，我们的激赏不能仅仅立足于写作的艰难。更为重要的，社会要看作品本身如何。对于这部小说，我与一直为本书忙碌的太白社总编韩霁虹的看法是一致的：不断渗出的奇幻情节，充满了当代青年对历史的理解与想象力；宏大而不乏细腻，结构的把握也比较到位。客观地说，由于司马迁的史观误区，王氏三代的本传篇章太少，重大节点皆语焉不详，尤其是王离史料更少。基于这样的资源条件，张述的这部处女长篇大作，出手已经表现出了比较出色的文学虚构能力与历史逻辑的推理能力。初作如此，其后自知。

当然，这部作品也有较大的提升空间。譬如对战国秦帝国时代社会生活的展现有所不足，作为长篇小说灵魂的整体篇章结构，也还有值得锤炼的地方，以及还没有锤炼出自己独特的语言谱系。凡此等等，读者自有评判。

太白者，启明星也。太白文艺出版社能在2000余年的历史烟雾中选定如此一则文明功臣题材，足见其破晓目光之敏锐，足见其引领历史文学创作之大志。此心此举，堪当大贺！

祝贺张述。

祝贺太白文艺出版社。

2013年冬于南海积微坊

楔子　逐日

公元前231年孟夏的一个深夜，一队车马由秦国王城渐次驶出，向着咸阳南门辚辚而去。

夜晚并未使这座战国第一大城完全失去活力。那宏阔巍峨的王城，那毗邻王城的大片官署，那外城的道道城门，依旧是车水马龙。那永远陶俑般伫立在城门口官署前的仪仗甲士们，没有在暮色中显露出任何懈怠之色；那永远奔波往返来去匆匆的官吏信使们，没有因夜色而放慢自己的步伐；那一卷卷一捆捆堆积在案头的文书竹简，也并不比白日里减少半点儿。整个秦国的各大官署依旧照常运转着，仿佛永远不知疲倦，永远没有停顿歇息。

这是两千年前的战国末期，持续了数百年的战乱已近尾声；中原大地互相攻伐的诸侯们，已由周初封建时的数百个减少为一强六弱七大战国，对它们当中最为强大的秦国来说，这一年是秦王政十六年，他们的年轻秦王未满而立。

急促而齐整的马蹄声由远及近迅速传来，咸阳南门当值的卫卒甲士未及细看，一队队黑甲骑士已手擎火把，簇拥着一辆辆轩车从宽阔的城门中涌动而出，穿过横跨渭水的那座巨大白石桥又向东折去，如一条灯火长龙消失在秦川的暮色中。卫卒们知道，这些骑士都是秦军中最为精锐的铁鹰锐士，专门负责秦王出巡时的护卫与警戒；而端坐在那一辆辆轩车中的，当是长史蒙毅等一干新锐大臣，疾驶在最前边、最是高大坚固的那唯一一辆车则是王车，整个天下有这般气势的仅此一辆，属于他们的年轻秦王。

车中的秦王全无睡意。他将目光投向窗外，借着月光和绑在王车四角的火把，看到原野中的田畴、村舍、林木、溪流乃至远方只能依稀分辨出轮廓的山峦，都在急速向后退去。几年间无数次出巡，早使他对窗外的一切无比熟稔，可纵然如此，他依然近乎贪婪地望着这片大地。百余年间，成千上万庶民国人耕耘拱卫着这里，这里见证过那次奠定了秦国强大根基的商鞅变法，也见证过那场决定了秦国一强独大的长平之战；而今，这里又将见证一场旷古罕见的功业。

想到这里，秦王将头微微探出车窗，一个深深的吐纳，夜晚凛冽清冷的空气使他分外振奋，当即高叫了一声：

“阿高，再快!”

“诺!”驾车的少年内侍赵高抿嘴一声呼哨，手中的马鞭在空中挽出一个鞭花，随着一声清叱，四匹王车骏马同时仰头齐声嘶鸣，车队的其他驾马也齐刷刷地一同应和，愈发精神抖擞地狂奔起来。

重新回到车里，秦王政再度望着夜色中的关中沃野，心头已回荡起了一个苍老的声音：

“臣王翦启禀陛下：关中秦军尽数齐集，敢请陛下移跸杜县观兵，以壮军威……”

东面连绵群山背后微微泛起鱼肚白时，车队已抵达了位于咸阳东南的杜县，秦国最大的校军场便坐落于此。校军场外的原野上，黑压压一片的秦军已肃然列阵，方阵最前端是一员由一队高大身影簇拥着的须发灰白的老将，他魁梧的身材直如一尊黑塔，黝黑脸庞虽面无表情，阅尽人世沧桑的双目却带着一丝掩饰不住的笑意。眼见车队已至近前，他率先拱起双手，一声略显苍老却中气十足的高喊：

“假上将军王翦，恭迎我王!”

“恭迎我王!”王翦身后，万千将士们响亮的应和声沉雷般地回荡在原野上。

“见过王老将军！见过各位将士!”将士们的吼声刚平息，秦王政的高大身影已挺立在辒辌车上，他遥遥拱手深深一个大礼，语气中难以压抑的兴奋，紧接着跃下王车，快步赶到王翦面前。

“多日不见，老将军更见矍铄了。”望着对面王翦那苍老却神采奕奕的面容，秦王政欣慰地笑了。

王翦却没笑，望着秦王布满血丝的双目，轻声感慨了一句：“陛下却是瘦了。”

“陛下连日操劳，此番前来，两夜未合眼了!”一个带着笑意的年轻声音从秦王身后响起，一对英武的年轻人缓步上前。两人面貌颇为相似，显是兄弟，开口的那位略显年少，文臣装束；稍长的那位则一身戎装，满面笑容。说话间两人一同上前，向着王翦齐齐拱手：“内史郡守蒙恬（长史蒙毅）见过假上将军!”

“二位世侄也来了。”王翦同样笑着还礼，“只是尔翁（你父）尚在关外，蒙恬赴上郡前不能一见，诚为憾事。”

“日后也可重聚，国事为大!”蒙恬朗声笑道，“王贲何在?”

“在!”随着一声粗重喊叫，一员年近三十的大将从人群中闪现，同样躬身拱手：“后将军五大夫王贲见过陛下！见过郡守长史!”话音刚落只觉两肩一紧，抬头看时，已经与秦王满是鼓励的目光对视了。

“兄弟!”秦王的双手紧紧拍在王贲肩头，却只简简单单说出这一句。王贲古铜色的粗犷脸庞上隐约荡漾起一丝笑意，对此的答复却只是深深点头，与秦王一样都再没吭声。蒙氏兄弟对视一眼又同时会心一笑，都知这位上将军之子与秦王相熟多年，此时任何话语都显多余。

“陛下，三军将士俱已就绪，敢请一阅!”王翦大手一挥，王贲忙大步归队，身后大将们也随之呼啦一声齐齐分开，让出了一条甬道。

“可!”秦王只觉一股豪气由心底陡然升起，在王翦的引领下，与蒙恬蒙毅王贲等人穿过整齐的方阵，登上了高耸的云车。

旭日从东面山峦背后缓缓升起，金色的曙光点燃了天宇，染黄了山峦，照亮了大地。已变得碧蓝的苍穹之下，极尽开阔的青翠原野上，黑压压的秦军方阵如同暴雨将至的沉沉苍穹，如同浩渺无边的茫茫北溟。松林般密密匝匝的根根长矛直刺向天空，盔甲盾牌兵刃在曙光中闪耀着万点寒芒，一面面色彩各异的大旗在晨风中呼啦啦掣动着。远处连绵起伏的山峦脚下则是一架架大炮连弩巢车云梯层层叠叠，森然干霄。

除却旌旗的猎猎掣动声响，整片原野鸦雀无声。

“军容整肃，老将军将才可见一斑!”望着脚下的茫茫人海，秦王政拍打着面前的栏杆，轻声赞道。

“练兵有成，非因王翦一将之才，实乃上下所欲者同。”王翦饱经风霜的脸庞浮起一丝温淡笑容，“闻听我王观兵，将士人人请战，请陛下训示三军。”

秦王政点点头，深吸一口气，清晰响亮的秦音陡然从云车顶端飘荡开来：

“列位将士，今日观兵，寡人心下感喟！自周室东迁、秦人立国至今六百年间，我等与戎狄战，与匈奴战，与列国战，与天地战，艰苦不知几多，危难不知几多，几灭者数矣！然我秦人终是生存了下来，传承了下来，更强大了起来；自孝公商君变法至今，我大秦历六世七王，无数国人不懈耕耘征战，方才换来如今之虎狼强国。今日寡人眼前之秦军，军容雄武前所未有，已然是六百年来最为强大之雄师，唯有这般将士，日后方能横扫六合一统天下，方能盘整华夏创建新政！既如此，寡人目下明告众将士：我大秦扫灭六国、一统天下之征途，自今日始!”

“扫灭六国，一统天下；终息战乱，重铸文明！……”黑压压一片的人海，骤然响起山呼海啸般的轰鸣。

秦王举起手中的长剑，直指东方那一轮朝阳：“东去杜县四百里，乃我大秦东面门户函谷关，此关之所在，便是桃林高地。人言上古之时，夸父逐日至此干渴而死。人或言夸父之死徒劳无益，寡人却以为，夸父是为造福天下苍生而死，是为追逐心中那一轮红日而死，堪称死得其所。古往今来多少英雄豪杰，皆死于此，商君如是，武安君如是，如今我等亦当如是！我等亦当追逐自己心中那轮红日，为逐日而死，死而无憾！”

“死而无憾！死而无憾！死而无憾！……”无边无际的人海，回声久久应和着秦王政的誓言。

当整片谷地重新安静下来时，金根车上再次传来秦王的声音：

“大战当前，寡人当为三军拜将！长史，宣王命！”

一片鸦雀无声中，蒙毅年轻的声音回荡了起来：

“秦王政十六年书命：原假上将军王翦擢升上将军，专司东出灭国大战。兹授王翦虎符右半，得调关中关外秦军三十万。秦王政十六年。”

“臣王翦领命！”王翦一声短喝，极是清晰。

秦王从蒙毅手中接过一只黄澄澄铜函，双手递给王翦，朗声一句：“社稷安危，一在将军，今六国不臣，愿将军率师应之！”

王翦双手接过铜函打开函盖，看到函中横卧着半只铜铸伏虎，漆黑虎身上镌着一行错金铭文：

“兵甲之符，右在君，左在杜。凡兴兵被甲，用兵五十人以上，必会君符，乃敢行之。……”

王翦的大手拂过黑沉沉的虎身，那无比熟悉的冰冷光滑之感便随之传来。他知晓这是秦国最高规格的兵符，秦王将这枚兵符交给自己，便意味着将整个秦国交给了自己，想到这里心下不禁一阵感慨，随即将手伸入腰间革囊，掏出另半只形制相同的虎符，双手将两处剖面对在一起稍一用力，只听“叮”的一声，两半虎符便嵌合在一起，赫然拼出了一只正在飞奔的猛虎。

“我王，诸位将士！”王翦双手将虎符高举过头，声音虽不大，却是掷地有声，“王翦誓为我华夏之一统，为我文明之融合，报效终生！”

“上将军万岁！”望着那枚反射着金光的虎符，整个校军场沸腾了。

“不得，无返！”王翦苍老有力的吼声，盖过了所有将士们的欢呼。

“不得，无返！……”万千秦军之中，王贲的粗重吼声第一个响起，紧接着这短短四字便传遍了整片原野，久久地在一个个方阵中翻滚回荡着。每当士卒们离开家乡、即将奔赴战场时，无论父亲对儿子、兄长对弟弟、妻子对丈夫，都会说出这句誓言——不能立功，莫要回来！这是百余年前开始在秦军中流传的誓言，那时商君刚开始变法，秦国时时刻刻面临着强大魏国的威胁，几乎已滑到了亡国灭种的边缘；而今星移斗转，沧海桑田，秦国已不复当年的积贫积弱，即将去开创亘古未有之空前伟业，骤然听到这句久违了的誓言，谁能不心潮澎湃?

聆听着响彻云霄的老誓，秦王王翦心底不约而同浮现出一句嬴秦部族中流传多年的预言，那是一百三十余年前，面对着当时的秦献公，骑牛西去流沙的老子留下的：

“始秦与周合，合五百岁而离，离七十岁而霸王者出焉。……”

第一章 十五从军征

1

“你等从军，所欲者何?”

“俺为填饱肚肠!”

“阿翁死在赵人手里，俺要报仇!”

“俺不欲务农，别个又不知能做甚，便来从军!”

“俺不愿来，阿翁逼俺来的!”

“俺欲挣个爵位，光大门庭!”

……

“王翦，你所欲者何?”

“俺……俺不知……”

……

眉头猛地一挑，睡梦中的王翦陡然睁开双目，却只望见一片黑暗。他的目光不甘地上下打量，终于望见了来自军帐中燎炉的星点光亮。

仿佛迷惑于自己身处何方，躺在军床上的王翦一动不动，仔细倾听着，当一下下金柝声从远处遥遥传来时，这才放下心来，明白自己依旧睡在中军幕府的后帐中。

从军床上坐起来，王翦披上战袍，几步踱到燎炉前，拾起一旁的火钳，在炉中拨弄了几下，于是即将燃尽的炭堆重又腾起了火舌，照亮了那张须发灰白、沟壑纵横的面孔。

望着燎炉中重又旺起来的火焰，王翦想起数十年前自己还是个寻常士卒时，在军中度过的那许许多多个夜晚。白日里的操练征战结束后，他常如目下这般，和同袍们围坐在营地中的篝火前，或高谈阔论，或开怀畅饮，或大快朵颐，或唱着那首《无衣》。只是多年过去，篝火依旧燃着，身边的同袍却早已换了不知多少茬儿，身边的面孔总是在变，总是令自己感到陌生，偶尔有几张熟悉些的面孔，也总会在不久以后消失，再也见不到。于是如今枯坐在火前的，只剩下了自己。

不知是否日有所思夜有所梦之故，秦王回咸阳后的许多个夜晚，那些支离破碎的往事碎片都会从王翦心底泛起，倏忽闯入梦中。这些碎片，有的来自频阳老家的儿时岁月，有的则来自他经历过的惨烈战事，有的连他自己也记不清从何而来。而这些碎片中，最令他刻骨铭心的，便是方才梦中的那两句对话：

“王翦，你所欲者何?”

“俺……俺不知……”

回味着这两句简短的对话，王翦眼前缓缓浮现出一张面孔。这是个年轻人的脸庞，目光如眼前的火焰般明亮，和每个秦军猛士一样，充满了坚毅、无畏与豪情，王翦似乎看到他望着还是个少年的自己，带着爽朗的笑容问：“王翦，你所欲者何?”

他记得，这句问话是在自己从军的第一天听到的，此后的四十年间，这句问话也不时从他心底泛起。

王翦老家在内史郡的频阳县，祖上数代都是本分农人。传到他这一辈时，父亲本意是要他务农，但王翦少年心性，不愿如父亲那样终生土里刨食，而依当年商君定下的耕战国策，寻常秦人若不务农便须从军。自幼好兵事，又一心想在外独闯的王翦，就这样在傅籍（登记为丁）后入了伍。

王翦记得，从军时自己不过十五岁，还是个结发未冠的少年。当自己随着其余四十余名新卒站在那位年轻屯长面前时，所有人都直勾勾盯着屯长胸前铠甲上的那处徽记，那是一只振翅飞翔的黑鹰。显然，这位只有二十一岁的屯长，已成为举国不到五千人的铁鹰锐士中最年轻的一员。王翦已从其他老卒口中听说过，秦国新军自孝公时期成军以来，能在同样年龄取得同样成就的，只有一个人。

那便是他们的战神，武安君白起。

屯长叫司马靳，是名将司马错的旁支，国尉司马梗的族侄。得知其家世后，新卒中响起一片赞叹，众人对这位年轻屯长的钦佩有增无减。司马氏的祖上是著有《司马法》的司马穰苴，而司马错也是秦国历史上仅次于武安君的名将，是故司马这个姓氏早已同穆公时期的百里、子车等姓氏一样，广为秦人熟知。也正是这位年轻屯长，向他们提出了那个日后久久萦绕在王翦心头的问题：

“你等从军，所欲者何?”

新卒们逐一给出了自己的答案：

“俺为填饱肚肠!”

“阿翁死在赵人手里，俺要报仇!”

“俺欲挣个爵位，光大门庭!”

“俺不欲务农，别个又不知能做甚，便来从军!”

“俺本不愿来，阿翁逼俺来的!”这个回答引起了一片哄笑。

……

“王翦，你所欲者何?”司马靳笑着问。

“俺……俺不知……”十五岁的王翦张口结舌。

司马靳略有些意外，笑了笑，随即目光炯炯地望向其他新卒们：“无论何故，弟兄们肯来从军，便是好样的！然司马靳仍有话说。你等谁挥得动这柄剑?”他举起手中佩剑，平举至新卒们面前。

众人轮番试了试，个个叫苦不迭，这是专门用作练兵的重剑，比一般的步卒佩剑沉重了许多，寻常人休说挥舞，便是提在手中都很勉强。新卒们固然个个体魄强健，挥动起来仍颇为吃力。王翦虽举了起来，但马上便吃不住劲儿撒了手，“嗵”地一响，重剑随之没入了脚下黄土中，足有小半截之多。

望着龇牙咧嘴的新卒们，司马靳哈哈大笑，来到王翦面前单手拔剑出土，又缓步来到一旁的试剑桩：“你等看好!”突然间一个大斜劈，新卒们但见一道黑影闪过，只听一声“咔嚓”，碗口粗的木桩已应声而断!

“彩!”人人兴奋地大喝。

司马靳回剑入鞘，正色道：“这便是司马靳要说的第一句：无论从军所欲者何，你等第一先是要身手扎实。若无实力，纵有万丈决心，也甚事都成不得!先要挥得动这柄剑，方能说立功复仇等诸事，你等知晓了吗?”

“知晓了！”新卒们齐声答道，其间又以王翦的声音分外响亮。

……

王翦的戎马生涯，便是从结识司马靳开始的，而几个月后的阏与之战，更使两人命运就此绑在了一起。那一战是秦国东出数十年来最惨重的失败，名将赵奢以狭路相逢勇者胜的气魄，率领着胡服骑射后强大起来的赵军，硬碰硬地一举歼灭八万主力秦军，司马靳率领的那个屯，五十人战死了四十八个，只剩他与王翦，也都身负重伤。撤军的金声响起时，眼见几个月来朝夕相处的同袍一个个倒下，少年王翦悲愤难抑，甩掉铠甲便要冲上前去拼个你死我活，却被司马靳一把揪住。

“放手！俺要杀回去！俺要报仇！……”少年王翦近乎疯狂地嘶吼道，涂满血污的面孔已完全扭曲。

“撤军了！”司马靳瞪着血红的眼睛也吼道，“想抗命么！”

王翦拼命挣扎着，却还是被司马靳一步步拖走，情急之下猛地低头，在攥住自己胳膊的那只大手上狠咬一口。司马靳一声大叫，不仅没松手，反倒举起握剑的另一只手向王翦额角给了一拳，只听“咕咚”一声，王翦当即眼前一黑软倒在地，人事不知了。

醒来之后，他发觉自己已躺在了军床上，负责救治的医士告诉自己，若非司马靳冒着被俘之险把自己生生扛回，他当真要像其他那些新卒般，第一次上阵便有去无回了。

“屯长，何必救俺……”病榻上重伤的王翦，艰难地翕动着嘴唇，“慷慨赴死，本我秦人本色……”

“死不旋踵，绝非一味杀伐。”一旁的司马靳脸色铁青，“此番败战乃庙堂失算，明明日后还可弥补，却还去送死，不是一错再错么?”

“然……”

“若我等都如你这般，打了胜仗也是杀敌一万，自损八千，几仗下来便无兵可发，还谈甚东出争霸?”

王翦闭上眼睛，缓缓别过脸去。

“你日后若真做大将，便当知晓，兵争非一己私斗。”司马靳的语气和缓了下来，“我等出生入死，为的不是好勇斗狠，是最后胜果；我大秦四处征伐，也不该是为杀戮毁灭，却是以战止战。”

“以战止战?”王翦惊讶地睁开眼，轻轻把头转了回来。

“杀人安人，杀之可也；攻其国爱其民，攻之可也；以战止战，虽战可也。”司马靳平静地说出一句王翦无比陌生的兵谚。

“……何意?”

“此乃《司马法》名句，也是司马氏族训。”

“打仗便是打仗，杀人便是杀人，何能以战止战?”王翦迷惘了。

“当今天下，秦国最强，战事最多，斩首最多，六国都将我秦人骂作虎狼，说我等残暴嗜血。然天下战国，哪国没征战杀伐?铁血大争数百年，流血漂杵，杀人盈野，无一日安宁，可谓虎狼遍地。若想消弭兵戈，唯我秦国灭尽六国，吃掉其他虎狼，方能还苍生以太平，这便是以战止战。”

“……”

“王翦，第一日见你等，我曾问过，你等为何从军，你不能答；如今呢，为了甚?”

“给自己挣爵!给弟兄们报仇!”王翦这次的回答极是痛快。

“那你可知，我从军为何?”

“该是光大门庭?”

司马靳淡然一笑：“我为的是，安国全军之将道。”

“安国，全军……”王翦喃喃念叨着，一时却不明所以。

“罢罢，你先养息，日后再与你细说。”司马靳笑着站起身来，“小老弟，我只叮嘱你一句：日后若想出息，想当大将，便不能只知杀伐，为将者，智信仁勇严皆不可缺，勇之于将，只为数分之一；若要像武安君那般做一代名将，更要眼放长远，要懂得安国全军之道，知晓了?”

“……知晓了。”王翦似懂非懂地答道。

燎炉中的火焰已渐渐暗淡下来，王翦丢下火钳，站起身，裹紧战袍，缓步踱出幕府大帐外。

睡意随拂面的夜风消失得无影无踪，王翦沿着幕府前的羊肠小径走了百十来步，站在一块高地前鸟瞰四方，整个大营尽收眼底。此时的营地一片沉寂，点点风灯簇簇庭燎点缀在黑暗中，唯有右手数百步外一座大帐依旧灯火通明，隐隐传来说笑吵闹与觥筹交错声，王翦知晓，那是蒙武秦腾等自关外赶回杜县议兵的老将们，与麾下那些年轻将领们在彻夜痛饮，儿子王贲也当在其间。他们毕竟多年未见，今夜放浪形骸也属情有可原。

听着那时隐时现的说笑声，静静望着这片自己无比熟悉的营地，王翦长出一口气，喃喃自语：

“四十年矣……司马靳，你若仍在人世，若能亲见秦国东出，却不知该做何想？……”

这时，他身后传来了一阵笨重的脚步声。

2

“王翦，既不睡，何不与我等同饮？”

粗豪苍老的声音从背后响起，王翦扭过头，看到一个笨拙如大熊般的魁梧身影正步履蹒跚地向自己走来，手中还提着一只摇摇晃晃的酒囊，隔得老远便能闻到那股扑鼻酒气。看到这身影，王翦目光中不禁掠过一丝转瞬即逝的笑意——

蒙恬蒙毅之父，自己三十年的生死之交，东郡将军，蒙武。

“本上将军名号，是你这老卒随口叫的么？”他故作严厉地喝道，快步上前当胸一拳擂过去。

蒙武躲也没躲地吃了这拳，晃了两晃便倒下了。

“鸟！胜仗还没打，架势倒摆得十足！学武安君么？”他跌坐在草丛中，打了个响亮的饱嗝，愤愤不平地骂道。

“起来！”王翦轻踢了下蒙武，“再对本上将军不敬，军法处置！”

“甚军法？”

“老拳伺候！”王翦扬起拳头，作势要打下去。

一语未毕，蒙武已闪电般探出两只粗壮大手，一把抓住王翦的脚踝，猛地将他掀翻在地。

“当年军中角抵，俺便无人能敌！老了一样！”蒙武得意地大吼，两人一同放声大笑。

“你这老卒，这多年了半点儿没变！仍是孩童一般！”王翦没有起来，就这样满头满身草叶地坐在寒凉的地上，望着蒙武呵呵笑道。

“不行也！再过几年，俺便当解甲，日后是那班竖子的天下了！”夜色中蒙武箕踞而坐，同样没有起身，语气中却带了丝惆怅，“方才喝酒，看你手下王贲那帮碎崽子，俺倒想起几十年前，你我也是这般。”

“是也，是也……”王翦点头叹道，蒙武的话也勾起了他的思绪。

“莫谝闲传了，说正事。”蒙武盘起腿，神色郑重起来，“俺方才听王贲李信几个说，你想要奏请秦王，废除首功?”

王翦瞥了他一眼：“正事? 醉酒了说?”

“装个甚！这点儿酒不够解渴！”蒙武不耐烦道，“你直说便是！”

王翦一声冷笑：“老夫何曾有过戏言！怎的?”

“鸟！”蒙武顿时大怒，“首功乃商君所创，何能废止? 文信侯摄政之时，确乎暂停了斩首记功，然当时情势特殊！而今既欲开始灭国，正当恢复首功激励士气，何能反其道而行? 秦赵血仇，忘了么?”

“血仇是血仇，兵争是兵争。兵争非一己私斗，司马靳便这般说，忘了么?”

蒙武喘着粗气，直瞪着王翦，王翦则向他报以冰冷的目光。对峙了少顷，蒙武笨拙地爬了起来，一声不吭径自走了。

“哪里去?”王翦喝道。

“困觉！”蒙武头也不回，粗声答道。

王翦漠然望着蒙武的背影，既没有挽留，也没有追上去，甚至都没有起身，就这样继续坐在草中，一动不动。

蒙武的反应早在他意料之中，也完全明白他何以如此激烈地反对。所谓首功，便是以斩首杀敌人数来计算将士战功，可谓秦国一以贯之的根本法度之一。商鞅变法之时，秦国虽国力渐强，但因连年征战死伤极多，兵员十分有限，故而商君定下尚首功之方略，唯以斩首杀敌为要，意在歼灭敌军兵力，从而摧毁六国实力，使秦国一强独大。这一战法在秦国盛行将近百年，武安君白起任上将军时更是推行到了极致，蒙武、自己乃至其他老将，那时都是武安君麾下年轻的千长军侯都尉，也个个战功赫赫，他如此推崇这一战法，自在情理之中。

而在此之外，秦赵之间数十年血仇，无疑是蒙武迫切渴望恢复首功的另一大理由，这点王翦决然感同身受，他的整个青年时代都是在与赵人的拼杀中度过的。若论复仇之心，他绝不比蒙武等人少得半分。

当年秦赵各自变法后的第一次交手，便是王翦从军那年参加的阏与之战，那一战他们输得彻底，输得干脆。败战之后，秦国上下尽管对赵国恨之入骨，但心知此时对手锐气正盛，若再轻启战端实在胜负难料，是故秦昭王及时调整了策略，大力推行丞相范雎的远交近攻方略，用兵以韩魏为主，对赵国则着意分化拉拢；而赵国虽胜，根基毕竟不牢，也迫切需要时间来休整喘息。此种形势下，秦赵双方都选择了议和，从而彼此维持了数年的相安无事。

而少年王翦，便是在那段岁月中，追随着司马靳成长起来的。自阏与之战后，差了足有六岁的两人成了生死之交，整整九年，王翦几乎一直追随着司马靳：他是士卒，司马靳便是屯长；他为屯长，司马靳便为百将；他做百将，司马靳便做军侯……到了从军第九年上，王翦已在大小战事中身经百战，成了秦军中最为出色的千长之一；司马靳则升任上将军白起的护军都尉，统领全军最为精锐的铁鹰锐士千人队，两人这才算正式分开。而与此同时，秦赵大决的脚步声，也越来越近了……

抖着身上的草叶，王翦也爬了起来，望着暮色中的营地，眼前浮现出三十年前的那个季秋。在自己的记忆中，那正是黄昏时分，一轮火红的斜阳正从山峦背后缓缓落下，将簇拥在身旁的大团云朵，连同西面的苍穹，连同那漫山遍野的枯黄草木，一同染成了血红。而谷地中那星点散落的赵军营垒、军帐，猎猎舞动的军旗，也与之融为了一体，仿佛一股汹涌澎湃的赤色血潮自天边顺山峦倾泻而下，淹没了脚下的整个山谷。

那是上党高地以南的一片山谷，谷中的一处关隘有着一个听起来颇为恬淡安详的名字：长平。然而讽刺的是，整个战国之时的最大规模会战，恰是在这个叫作长平的地方打响的。

那一年，是秦昭王四十六年，公元前 261 年，那一年王翦二十四岁，司马靳三十岁；那一年最令天下瞩目的，便是这场决定了整个天下、整个战国最终走势的旷古大战，那是秦赵两国间真正的决战，也是王翦此前四十年征战中最重要的一战。

长平之战共分两大阶段，以双方的各自换将为转折点。第一阶段是从当年的四月到六月，秦赵双方的统帅分别是王龁与廉颇，场面大体持平，秦军在略占优势的形势下，与老廉颇统领的赵军隔着丹水东西相峙，此后双方都是深沟壁垒重兵布防，同时各自不断地增兵、增兵、增兵，短短一个月间，双方兵力竟都达到了四十万以上；与此同时，一则神秘流言也分别在邯郸和咸阳的市井酒肆中传开，并越传越广：秦军不惧老廉颇，独畏马服子赵括。在流言的推动下，赵国朝野终于决定临阵换将，命名将赵奢之子赵括取代廉颇出任赵军统帅。与此同时，一直在咸阳养病的秦国上将军、武安君白起，也秘密赶赴长平秦军大营，接替王龁成为秦军的实际统帅；也是在那时，王翦与分别大半年的司马靳再度重逢了。

从七月到九月，长平之战进入了第二阶段，秦赵双方统帅已变成了白起和赵括，后者却并不知晓前者的存在。一边是歼敌百万、一生不败的战神，一边是虽熟读兵书，却毫无战阵阅历的年轻少将，这强烈的对比似乎已预示了此役的结局，而实际的战事进展也确乎如此。在白起有意的示弱引诱下，赵括将全部兵力压上了前沿阵地，却忽视了身后粮道。眼见对手上当，白起佯装败退的同时立即派出两支精兵绕到赵军身后，一支切断了赵军退路，另一支则堵死了赵军主力与辎重营地石长城营垒的联系，如此将赵军一切两半。

尽管已过去三十年，但重新回想起来，王翦仍对白起这一谋划钦佩有加，虽说武安君早已料定，缺乏经验又急于建功的赵括必会全力进攻，从而忽视粮道的通畅；虽说长平多山的地势使粮道极其崎岖曲折，切断起来很是容易，但就实说，这一步棋仍是奇险无比。断绝粮道、构筑好营垒前，只要赵军主力稍有察觉及时回救，两支奇兵便是羊入虎口有去无回。正因此，这三万奇兵都是精锐中的精锐，举国五千人的铁鹰锐士全部集中在两支卒伍中，人人都心怀必死之志，王翦和司马靳也不例外。

“阿兄，此番出兵，你我还有再会之日么?”已和司马靳一般高大的王翦，梳理着自己战马的鬃毛，背向着对方，装作漫不经心地问道。

“如何，怕死了么?”司马靳笑了。

“当年你便说，战阵上不能只知一味杀伐，如何又改口了?”

“眼下若不浴血杀敌，胜果从何而来? 拼也得拼，不拼也得拼！立尸之地，必死则生，幸生则死，当年吴起说的！”

“彩——！”一声暴喝骤然响起，两人同时扭过头，又同时不由自主地仰起头——喝这声彩的，是个比两人都要高出一头的大块头。

大块头几步踱过来：“护军都尉在理！俺阿翁也这般说！”

司马靳上下打量着他：“可是蒙骜将军之子?”

“咦? 俺蒙武名头这般响，连护军都尉也知?”对方喜出望外。

“当年招新兵时，唯你顿饭吞掉一斗糇粮，无人能及，谁人不知?”司马靳话音刚落，周遭顿时一通大笑。

蒙武也跟着大笑了起来：“俺虽大肚肠，也是铁鹰锐士，大夫爵！”说罢挽起衣袖，露出青筋虬结的粗壮臂膀，“俺一拳能打折一棵小树，你等信么?”

“能啌方能打！蒙将军常这般说！”王翦也笑道。

“好！今日我等，便要断赵人粮道，让他无粮可啌！”司马靳吼了一句，“只能叫赵人死，我等都要活着回来！你等知晓了?”

“知晓也！”王翦蒙武齐声应道。

王翦和蒙武便是这般认识的。尽管当时两人都没指望还能再见到对方，却都活了下来，还因这一战各晋了一爵，其他大部分袍泽则没这般运气，攻下赵人的两处营垒时，三万人只剩下了五千不到，此后在急忙回救粮道的赵军近乎疯狂的反扑下，最后活下来的更是寥寥无几；不只是他们，尽管白起最终完成了自己的全部谋划，将数十万赵军困死在长平山谷坐以待毙，但面对着赵军一次次不计代价的拼死突围，同样数目的秦军依然折损近半。

围困与突围的反复斗争持续了四十六日。对秦军来说，他们单调的生活只剩下了提心吊胆的时刻等待，以及昏天黑地的拼死搏杀；而赵军除去这些，还多了饥饿的折磨。在那四十六个日日夜夜里，长平河谷的上空每日都盘旋着成群的兀鹰和鸦雀，空气中时时飘动着血腥和腐臭，军营的各个角落回荡着伤兵的呻吟、濒死者的哀号、幸存者的哭泣，还勉强活着的这数十万赵军，已不再是视死如归的猛士，而是一群满怀绝望的难民。

王翦后来听说，那时的赵营，已笼罩在了一种诡异的气氛中。曾经亲如兄弟的士卒们渐渐形同陌路了，互相回避起了彼此的存在。白日里，只要没有战事，人人便都麻木地蜷成一团，各自缩在角落中互不理睬，偶有目光不经意地相碰，便都愧疚而胆怯地逃开；然而每到暮色降临，营地间便是一片鬼影憧憧，时常可见一个个枯瘦的身影，蹑手蹑脚悄无声息地走向那些安置着伤兵的营帐，有时那些营帐中会传来一两声惊恐或痛苦的尖叫，但瞬间便会归于沉寂。

这，几乎成了赵军中半公开的秘密。

人相食。这三个拆开了看每一个都普普通通的字，叠加在一起时，竟是如此令人毛骨悚然。

所幸的是，这一局面并未延续多久。第四十六日的黄昏，赵括发起了最后也是规模最大的突围，也许是为了再次求得一线生机，也许是为了对自己号令失误赎罪，也许纯是为了从这无尽痛苦与羞耻中早日寻求解脱，这位三军统帅选择了亲自上阵，冲在了所有人的最前列，并顺理成章地战死在阵前，王翦后来才知道，射死他的正是自己那个千人队。

而放弃了最后一次突围的尝试后，第二日，幸存的近二十万赵卒便在裨将冯亭的带领下，选择了向秦军投降，这场持续了整整九个月的旷古大战，终于就此落幕。秦军以惨重的代价，给予了对手更加惨重的创伤，终于赢得了这场关键战役的胜利。

然而，这一切还没有结束。

……

晚风拂过，一直呆立着的王翦，忽然感到一股凉意笼罩了周身。

3

天快亮了。

东方的天际，一颗熠熠闪耀着夺目白芒的大星正徐徐升起，映得整个天穹的万千群星黯淡无光。王翦望着那颗大星，心头也不由得浮现起一个人的身影。

这颗星，便是启明星，亦即太白星；那个人，便是武安君白起。

秦人向来崇敬太白。此星为兵戈之星，或象征战事将起，或象征名将出世，总之无不与征战杀伐相关；而在秦人们的记忆中，这颗大星更与武安君紧密相连。

时光倒退回数十年前，这是个仅仅在口头上提到便能令秦人热血沸腾的名字，这也是令六国无数君王将相夜不能寐的名字。一生歼敌百万；三十年未尝一败；但凡领军，六国竟无人敢与之对阵……这一系列耀眼的战功，都使白起成为当时乃至整个战国史上一个永恒的传奇。那时，王翦也和司马靳、蒙武，和所有秦军将士一样，狂热崇拜着武安君，而当秦军在他的指挥下，取得了长平之战的巨大胜利后，这崇拜便很自然地达到了顶峰，只是当时谁也没有想到，随顶峰接踵而至的便是深谷；更没有人想到，这深谷竟是如此深不可测。

这一切，来源于长平之战后对降卒的处置。

足足近二十万降卒，若直接放回赵国，回过头来必定又是一支大军；若扣他们为质，要赵国拿财货城邑来赎，赵国也必定付不起这般沉重代价；若直接编入秦军，降卒家眷都留在赵国，怎肯替秦人卖命；若是迁入边地服劳役，他们又必会设法逃秦归赵，一样不行……

王翦听司马靳说过，赵军降卒刚被安置在丹水西岸的王报谷，武安君便命他回咸阳请示秦昭王如何处置降卒。然而他见到秦王后，秦王却说一切悉听武安君裁决；再去求见丞相范雎，应侯也只说了一句："武安君何等人也，将军将秦王口谕带到，彼定然自有决断。"

"秦王应侯究竟何意?"听到这里时，王翦迷惑不已。

"甚也没说么!"蒙武更是大惑不解。

"你等当真想不通?"司马靳紧盯着两人道。

蒙武摇摇头。

“莫非……”王翦迟疑道。

司马靳脸色冷峻地点点头，将手掌做了个下劈的手势。

“果是要杀降?”王翦倒吸了口冷气。

“如何如何? 二十万降卒啊!”蒙武惊愕地大着嗓门喊。

“那便如何?”司马靳扫视了两人一眼，语气极尽凝重，“若是不杀，换作你等，如何处置?”

蒙武无言以对了。

“此乃武安君之意?”王翦惊疑问道。

“其实也是秦王应侯之意，无非不便开口而已。”

“不可，不可!”王翦连忙摇头，“武安君一世雄杰，如何竟出此下策?”

“杀便杀，你等莫存愚善之心。”司马靳的面色分外阴沉，“降卒便是放回赵国，来日为敌，我等仍要杀他，不外多活些时日而已。目下降秦是死，日后作战仍是死，终归皆要死于我秦人之手，有甚分别? 若我秦人数十万战败降于赵人，他肯放我等回秦么? 为秦国计，斩尽杀绝方为上策!”

“手无寸铁之人，如何杀得?”王翦陡然急切起来，“赵人纵与我为敌，仍是华夏族类。自我华夏有战，除却匈奴戎狄，谁杀过降? 况乎二十万之众? 我等莫非与那班禽兽等同?”

“征战邦交，唯利恒常!”司马靳的嗓音也高了起来，“武安君一生治军严明，何曾有过一次杀降? 你当他愿意么? 迫于无奈耳! 我等死伤无算，方才击垮赵国，使之无力与我争雄。若依你一念之仁放他回去，你自己心安，自己博得仁义美名，却是谁来管邦国兴亡? 谁来管我秦国统一大计?”

“统一天下，非要杀人盈野么!”王翦第一次对着司马靳发火了，“阿兄，你曾说我大秦四处征伐，为的不是杀戮，乃是以战止战，还天下太平! 如今口说太平，却连降卒都杀，岂非大伪欺世!”

“王翦! 莫再说了!”向来爱与人争吵的蒙武，眼下倒一反常态地打起了圆场。

“不一样!”司马靳语气中也带上了一股怒气，“一统天下，只知杀人不可，不肯杀人更不可! 只知屠戮，那是禽兽，是竖子屠夫! 只知滥仁，便甚事做不成! 今番杀降便是为了日后一统，为了天下太平，对敌不仁便是对天下大仁，这才是安国全军之大道! 懂么?!”

“不懂!”王翦呼地站了起来，“日后若王翦领军，必不会如武安君这般!”

“日后便是你统一天下，也必定杀人无数! 那时纵不必多杀，也是因武安君先替你杀够了人！武安君是替你、替秦国背了一身血债，背了屠夫骂名！知晓么?”

“……不知!”

沉浸在回忆中的王翦，嘴角不禁浮现出一丝自嘲的冷笑。谁能想到，当年司马靳无心说出的这句话，却一语成谶了。

望着逐渐明亮起来的天幕，王翦耳畔似乎重又响起无数降卒的哭喊，杀降那夜的情景，重又在眼前慢慢浮现。

那是个伸手不见五指的黑夜。夜空中不见一丝星光，本就黯淡的下弦月早已隐入乌云背后。四下里一片沉寂，王翦率领着自己的步卒千人队，默不作声地在山谷中飞奔着，只能听到自己的心跳、喘息，以及脚步踏过野草枯枝时发出的错落有致的声响。但当这支队伍已经可以遥遥望见黑暗中的降卒营时，四下里忽然狂风大起，漫山遍野的草木迎风一阵绵延不绝的呼啸，分外阴森恐怖。

杀降持续了整整一夜，秦军先是分头堵住了安置降卒的几处山谷，此后便分散开来，齐齐向谷内倾泻着滚木礌石、枯枝木柴，随之而来的支支火箭则如条条赤蛇纷纷刺向谷中，一沾草木便熊熊燃烧起来，映红了两壁，腾起的火海将谷中黑压压一片人浪转瞬间淹没。降卒们哭叫，咒骂，呻吟，哀号，求救，讨饶，全无目的地在谷中疯狂奔逃着。震天的悲声与秦卒的喊杀声、弩箭的呼啸声，一道回荡在山谷的上空，为这幅被血与火涂抹而成的恐怖图画，再添了一曲阴惨凄厉的配乐。

王翦记得，当烈火渐渐熄灭，热浪与焦臭渐渐散去，降卒们的哭喊也渐渐喑哑时，自己所在的那处山谷中便只剩下了呼呼风声和一片劳作之声。一队队秦卒弯腰立在山谷两壁，无声地奋力挥动着手中的铲或镬，正在将一捧捧泥土一块块山石填入谷中。

劳碌中的王翦将目光投向对面的山壁，望向伫立在山巅的武安君白起，以及站在他身旁的司马靳。杀降刚一开始，武安君便来到了山谷之上，整个杀降过程中一动未动，就这样久久伫立在暮色中，仿佛一杆刺向天穹的铜矛，头顶上空便是那颗闪亮夺目的太白星。只有在秋风中舞动着的衣袂与乱发，才能显示出这并非一尊陶俑，而是个活生生的人。

“只此二十万白骨，老夫便当永留千载骂名，然为我大秦，老夫认矣……”这是王翦后来从其他士卒处听到的，武安君那时唯一的一句自白。

一阵山风掠过，他看到对面的武安君身子晃了两晃，突然间喷出一口鲜血，紧接着便直挺挺仰面倒下。

望着慌忙救助白起的司马靳和一干士卒们，王翦忽然觉得，他们离自己竟是无比遥远。

在王翦的记忆里，那是倒数第二次见到司马靳。自杀降前那次争吵后，两人虽都没有心存芥蒂，却也再没机会重新见面，自然也就没有正式和解。此后王翦随司马梗攻克了太原郡，蒙武随王龁攻占了皮牢，司马靳则随白起的主力大军退出了上党，南下野王驻扎，三人便就此别过。王翦没有想到的是，下一次再见时，两人便是永诀。

中军幕府摇曳的灯火下，王翦轻抚着手中的三尺长剑。这是秦王亲赐给他的定秦剑，剑脊金黄锋刃雪白，因了时日久远，看上去有些黯淡，却别有种不怒自威之感。借着灯火仔细端详剑身，王翦终于从那两道血槽上，分辨出几缕已变成了暗褐色的血痕。他知道那是武安君与司马靳的血，三十年来，这血痕再也洗刷不掉了。

谁也没想到，长平之战竟成了武安君的绝唱，一代战神在同时取得了旷古大胜与万世骂名之后，仅仅过了三年便步了自己敌人们的后尘。他没有死在战场上，也许没有任何人能在战场上杀死他；他是死在了君王的嫉恨中，死在了这柄定秦剑下。

秦昭王对白起的痛恨，来自他的屡抗王命。长平之战后，白起力主继续攻赵，秦昭王则听从了丞相范雎的意见下令班师，白起对此大为不满，君臣之间由此出现了裂痕。此后不久，秦昭王心生悔意，又欲以白起为将再攻邯郸，这次却被坚决拒绝了，武安君认为赵国已开始恢复元气，此时攻赵必定得不偿失。自负的秦昭王没有听从，仍是执意出兵，结果果如白起所言，秦军将邯郸围困攻打了整整三年，死伤无算，却始终奈何不得。这期间秦昭王多次敦促白起领军，回回都遭到了拒绝；当围城秦军在以信陵君为将的魏、楚、赵联军的夹击下大败而归时，白起又口出怨言。种种言行在秦昭王看来，都是抗命坏法之举，恼羞成怒的他免去了白起一切职爵，宣布将他贬为卒伍，流放阴密之地。

武安君临行之际，王翦、蒙武随其他身在咸阳的将士们赶去为他送行。当时正值寒冬，两人冒着零星飘落的雪花一路快马加鞭，赶到了咸阳西郊的杜邮亭，当武安君那辆孤零零的牛车出现在眼前时，他们惊讶地发现，驾车的竟是司马靳！

“阿兄，你这是……？”

已是一袭布衣的司马靳淡然一笑："我欲追随武安君流徙。"

"何必如此?"

"武安君一心为秦，却只因犯颜直谏便被贬黜，换作你等，能坐视不管么?"

"……"王翦蒙武同时语塞。

"秦王特使到——!"随着一声突兀的呼喊，围观的人潮让开了一条路，秦昭王的王车在众人的惊讶中缓缓驶来，一名老内侍怀抱着定秦剑，步履蹒跚地来到牛车前。

"此是何意?"司马靳陡然满面寒霜。

"秦王有令，赐武安君自裁……"老内侍的声音低得几乎听不到。

"司马靳，扶老夫下车。"一声咳嗽，白起苍老的声音从牛车中响起，被司马靳搀扶着下了车后，白起分外平静地向老内侍伸出了枯瘦的大手："剑拿来。"

王翦记得，当时的白起也如自己眼下这般，将定秦剑由剑鞘缓缓抽出，左手轻拂过剑身。然后他仰起头，望向一片阴霾、已开始洒下雪片的天空，长吸一口气——

"天乎！天乎！我何罪于天，乃至于此哉? ……"

没有回答，只有卷着纷纷扬扬雪片的寒风，不住呼啸着，怒吼着。

白起伫立在风雪中，阴沉的目光久久望向晦暗的天穹，仿佛在等待着答案，然而他什么也没等到，于是王翦看到他嘴角浮现出了一丝嘲讽的冷笑——

"我固当死。长平之战，赵军降卒数十万，我尽诈而坑之，是足以死……"

"武安君!"司马靳悲愤难抑，拜倒在白起身旁。

"武安君!"王翦、蒙武同时拜倒。

"武安君!"所有将士们纷纷拜倒。

"武安君……"老内侍也泣不成声。

一道剑光掠过，定秦剑刺穿了白起的肚腹。风雪中，那个枯瘦的身影仍直挺挺伫立着，双目也仍满是愤怒，直勾勾望向远方。接着他用尽最后气力，双手拔出定秦剑，一道血泉也随之喷涌而出，洒在已盖有一层薄薄积雪的地上。此后所有人都看到，白起的身体仰面朝天轰然倒下，倒在了司马靳身旁，溅起一层红色雪雾。

"当"的一声，定秦剑丢在了满地雪白血红中。

司马靳方才一直跪倒在一旁，此刻缓缓伸手拂过白起的脸庞，合上他的双目，然后握起被丢在一旁的定秦剑，镇定无比地站起身来，将它横在自己的脖颈上。

“阿兄，这是做甚！”王翦蒙武顿时大惊失色，挣扎着要爬起来。

司马靳没有改变姿势，只是扭过头来望着他俩，脸上带着一丝淡淡笑意：“主将阵亡，护卫该当一同战死，司马靳岂能独生！”

“不一样！此乃秦王错断，使武安君蒙冤！”王翦大吼。

“我等劝谏秦王，替武安君讨个公道！”蒙武一跃而起，要扑向司马靳。

“给我站住！”司马靳一声断喝，王翦蒙武都怔住了。

“战国士风：合则留，不合去；士可杀，不可辱。”司马靳紧盯着两人，一字一顿道，“秦王昏乱，逼杀我等，司马靳宁折不弯，纵死不低头！你等知晓了？”

“阿兄——！”王翦和蒙武撕心裂肺的吼声，湮没在弥漫的风雪中。

……

“如何还不聚将？”

蒙武的声音忽然响起，王翦扭过头去，看到那个高大身影出现在幕府门口。

小心翼翼地低下头，蒙武从大门中慢慢走了进来，粗犷大脸上一反常态地带着一丝局促。

“何事？”王翦颇有些意外。

“俺，回帐后，又掂量了一番。”蒙武很费力地吭哧着，“终觉方才聒噪，乃私心过甚，不论对错，总有乱大局之嫌。过会儿议兵，俺……俺不再反你了。”

“目下找我，便是此事？”

“便是此事。”

“你意，废首功？”

“废首功。”

“是否如此，唯视大势而定，莫随意决断。”

4

阳光从幕府的窗外投进来，在无数甲片上折射出一片耀眼的光芒，它们来自那一位位头戴鹖冠、身着肩领绾有花结的短铠的将军们。这些将军以正中央宽阔的乌木奏案为中轴，分左右两列，依爵位高低由里向外靠在一起。奇的是，左列几十人都是二三十岁的年轻少壮，右列近二十人却是清一色年过五旬的老将，对比极其鲜明；更奇的是，少壮将军们个个正襟危坐，老将们举止间倒是生龙活虎、跃跃欲试。

议兵已近尾声了，根据方才的商议，首灭之国已定为韩国。理由有四：其一，六国之中韩国距秦最近，又居天下咽喉要冲，堪称秦军迈向中原之踏脚石；其二，秦军与三晋交手最多，对韩赵魏最是知底，攻韩既不致引起六国警觉，又最为稳妥；其三，韩国最弱，国土支离破碎，兵力左支右绌，根本不堪一战；其四，此前灭国大战全无成例，艰危不知几多，灭韩可为试手预热。此外，曾与韩人打过交道的秦腾也有补充：韩人醉心权谋，数十年来对秦邦交无不包藏祸心，若绕过韩国先取五国，韩国必在秦军身后横生事端，当先绝此后患！说罢自请担任灭韩主将，也得到了众将的一致赞同……不过，正当将军们以为今日议兵即将就此结束时，王翦的一席话却引起了一阵躁动：

“诸将：老夫与你等一样期待灭国大战，然战前诸将须牢记：此番灭国之战不同往日。而今六国固然衰落，秦国固然强盛，然统一天下绝无可能轻而易举，任何难以预料之突变，都可能使统一大计毁于一旦。是故我等须保存实力，慎战慎进，务求伤亡最小、战果最大……”

王翦说话间，一阵嗡嗡声随即响起，大将们人人心下惊讶，却终究没开口询问，显然在等待着下文。

“为何如此？大势使然也。众所周知，周室衰微后，列国纷争渐起，进入战国之世更趋激烈：弱国苟且偷安不肯图强，便必然灭亡；强国因循守旧不思进取，便必然衰落；君王昏聩暴虐，则民众必将出走反抗；族群胆怯懦弱，则灭种消亡便在旦夕之间……唯其如此，求变图存渐成天下生民之共同诉求。而兵事之变更为鲜明：兵家典籍纷纷涌现，兵家学说渐趋博大精深，战术阵势日新月异，奇计谋略层出不穷，歼灭战取代争霸战，铁兵取代铜兵，步车骑混编取代单一车战，奇正相生取代堂堂之阵正正之旗，布衣将才取代世族贵胄，国府募兵取代封地征发……大争之世，多事之时，此乃当今天下之大势；凡有血气，皆有争心，此乃我华夏族群之本色风骨。也正因此，列国间战事日益惨烈，数十万兵力大会战屡见不鲜，死伤杀敌更是动辄十数万数十万，流血漂杵杀人盈野，武安君为将之时，更将这歼灭战法发挥到极致！”

幕府中仍然鸦雀无声，大将们不约而同都想到了当年的长平之战。

“然自长平大决至今，大势又变。”王翦话锋一转，有意加重了语气，“大势之一，天下变法浪潮尽数终结，纵横策士不再活跃，周王室已正式灭亡，六国各自衰落且积重难返，显然再无争雄之心；反观我秦国，长平之后虽同样元气大伤，然近三十年休养生息后已重新复苏：李冰、郑国修成都江堰、郑国渠，使我关中巴蜀农事大盛年年丰收，粮草充盈足以应对连绵大战；文信侯着力经营商旅，使盐铁革木等实用财货积累颇丰；又为百工创设物勒工名之制，规范兵刃衣甲打造；陛下即位以来，更是裁撤冗员任用少壮，政令之通畅、法治之清明、国事处置之快捷前所未有，举国上下如臂使指，我大秦国力军力均已达到巅峰。此等强弱悬殊之情势，显是我等灭国大战之最佳时机！”

幕府中仍然一片寂静，将军们无分老少都纷纷点头。

“大势之二，而今天下向一之心空前浓烈。我华夏族群自古尚一，老子便有云，一生二，二生三，三生万物。洪荒之时，天下各大族群首次结为联盟，共随大禹治水，此等理念便随之深植人心。此后天下无数族群彼此攻伐并吞千年之久，渐由夏商万千部族化为周初数百邦国，又化为如今七大战国。其间虽杀人盈野流血漂橹，然终是逐步走向统一。而今我华夏族群已渐趋融合，国别之差不再明显，万千庶民也大多厌弃列国征伐之无谓流血，诸子百家、士人学子尽皆疾呼消弭战乱……此等大势之下，我等统一天下，正是顺势而为！”

幕府中响起了一阵隐隐的骚动，将军们的目光中无不充满了兴奋。

“正因大势再变，老夫才决意更改战法，准备正式废除首功，只以最终胜战为要。如此决定并非老夫心血来潮，乃是经深思熟虑。理由有三：其一，如老夫方才所言，灭国大战风险甚大，必须慎之戒之；其二，六国孱弱已久，若重兵辅以怀柔，软硬兼施之下更易分化瓦解，可免其困兽之斗；其三，今日六国之士卒庶民，便是明日我大秦之士卒庶民，必须善待！众将，是否认同老夫？”

“……”幕府中一片沉默。

“为将之道，唯以安国全军为上，好勇斗狠意气用事，向为兵家大忌。”王翦淡淡笑了笑，又补充了一句。

“兵争非一己私斗，当年司马靳这般说，俺无异议。”蒙武终于开了口，声音虽不大，语气中却显然是真心赞同了。

“我等赞同！”大将们总算点起头来，虽不无勉强，却终是一片应和了。

眼见再无异议，王翦转过身来，指着自己背后的列国兵争图：“既如此，我等先说统一第一战：灭韩！”

随着这一句，所有人都将目光投向了地图，那是当今天下大势的缩影。如同幕府中老将少将的座次一样，这幅巨大的地图同样被墨线划分成东西两半：西半部的广大领域便是目下秦国的版图，北至上郡，西起陇西，南到黔中，东面已越过函谷关，占据了中原腹地的诸多领土；东半部是传统意义上的山东六国，所谓的山东乃是崤山之东，这部分的形势则复杂得多。

最北面是燕国，主要占据了河北北部和整个辽东；燕国以南是赵国，领土主要是大河（黄河）北岸的河北之地、太行山以东的代地；赵国东部，拥有山东（泰山以东）之地、直面东海的是齐国，与北面的燕国隔着渤海遥遥相望；齐国以南，占据了整个淮水、江水（长江）流域的，是领土广袤与秦国不相上下的楚国；而夹在南面楚国、北面赵国之中，位于中原腹地大河南岸的便是韩魏两国，目下正直面秦国兵锋压力，各自领土都已被撕扯得支离破碎，仅存十余座城邑。

而此刻王翦的手指，也正落在韩国都城新郑之上。

“灭韩之要，非在战。以目下韩国实力，无须担忧能否灭韩。真正需着力之处，乃是邦交。韩国居天下中枢，与多国接壤，可谓强敌环伺，然却也有一利——便于向邻国求援，是故韩国历来为天下邦交争夺之核心，韩国君臣之精力也大半放在合纵。今我欲灭韩，韩国必向列国求援；为唇亡齿寒之故，列国也有出兵可能，有鉴于此，我欲奏请秦王遣使前往韩国，先行试探！”

“统一天下，灭韩为先——！”大将们一片轰然应和。

听着雷鸣般的吼声，望着幕府中黑压压一片的老少将军们，王翦心下不禁感喟起来。左手这一干老将们都曾与自己并肩而战，代表着秦国的过去；右手这一批少壮将尉们，代表的则是秦国的未来。作为目下秦军承前启后枢纽的自己，真正是站在过去未来的交会点上。自己十五岁从军，迄今已有四十年，昔年同袍已生还无几，只有自己活了下来，只有自己等到了如今东出之日，成为了灭国大战的统帅，如今的自己既为生者之司命，也肩负死者之寄托；更有甚者，广阔未来就在前方，旷古功业就在前方，自己敢不殚精竭虑?

这样想着，他看到众多面孔在眼前逐一浮现，他们有的模糊，有的清晰，有的陌生，有的熟悉，环绕在自己周围。在这些面孔中，他见到了武安君白起；见到了司马靳，那张年轻面孔，目光如火焰般明亮，和每个秦军猛士一样，充满了坚毅、无畏与豪情，他仿佛看到他带着爽朗的笑容问自己：“你等从军，所欲者何?”

——武安君，王翦远较你幸运。目下秦王并非昭王，目下秦国也远强于列国。然无你当年征战杀伐，便无如今之秦国，你已为统一大计打下根基，甚或连骂名都替王翦一力承担；王翦敬你谢你。

——司马靳，无你当年言传身教，便无如今之上将军王翦，王翦如今已为三军之司命，更肩负你生前寄托。一统华夏之志，王翦铭记在心，六国平定之时，当告慰你在天英灵。

……

“王贲，你且留下。”

当议兵结束、众将纷纷离席出幕府时，王翦叫住了自己的儿子。

第二章 存韩

1

幕府议兵之后不久，秦国使韩马队便出发了。

将首灭之国定为韩国后，王翦又与众将敲定了灭韩前的诸多筹备：其一，王翦自己仍留杜县，内史郡各县主力大军按兵不动，全力筹备对赵战事，蒙武等老将的大军则仍然驻扎关外，持续对赵进行骚扰，使之无力援韩；其二，已经选定的灭韩主将秦腾赶赴三川郡重镇荥阳，分散驻扎在三川郡的后备兵力也开始向此聚拢，直接威胁韩都新郑；其三，国尉府下辖的邦交秘兵黑冰台开始全力活动，加强对剩余五国的分化，从而彻底斩断韩国援手；最后，以邦交途径对韩施压，逼其割地，从而兵不血刃地削弱韩国，为灭韩争得先机。目下这支马队便肩负这一使命，而马队的两位首领，一位是负责出使韩国的上卿姚贾，另一位便是王翦之子，秦军大将中的新秀王贲。

正是麦黄时节，秦韩官道旁大片农田一望无际的黄澄澄金灿灿，茫茫麦浪在暖风中此起彼伏，麦熟清香混杂着泥土的温润气息扑面而来。然而面对着这般壮美景色，王贲却无动于衷，只是轻轻催动着胯下坐骑，机警的目光扫向两侧的麦田。对于父亲交给自己的重任，他实在不敢掉以轻心。

王贲还记得，议兵结束后，父亲便单独留下了自己。这使他颇为意外：在父亲麾下为将这几年，他和父亲无事从不单独相见，为的就是避嫌；而听到父亲要自己出使韩国时，王贲更是惊讶——自己既非文臣又非策士，如何能胜任特使？惊讶间父亲已说出了此中用意：这等安排，首要是因你乃斥候出身，机警灵动极擅秘事，可保上卿无事。王贲不明就里，不解使韩为何会有风险，父亲接下来的话却使他警觉了起来：

“据黑冰台密报，近年来韩国涌出一股抗秦秘兵，号为悬刀，首脑不明，然据推测，幕后当有韩王安之默许。一干间人或入秦刺探军情，或散布流言，甚或谋划暗杀。据国尉讲，当年他自己被劫持、郑国被监视、燕太子丹逃秦等种种事端，均是其作为。正因此，你等此番使韩，悬刀难保不会借机发难，小心为上。”

听到这里，王贲不禁心头一沉，当年这几件大案，天下无人不知，尤其是国尉尉缭子被劫之事，更是震动了秦国，不想幕后黑手竟全是这悬刀。再抬眼望着父亲的双目，看到那严峻的目光隐隐透着一丝关切，于是不假思索点头应了句：“明白。”

“自然，除此之外还有一大因由。”说到这里，父亲语气稍轻松了些，“当年你曾作势伐韩、迎韩非入秦，韩王君臣都惧你，有你同去，使韩该顺当得多……”

就这样，王贲告别了父亲，赶赴荥阳与姚贾会合，此后两人便一同动身使韩了。

对于目下自己将要出使的韩国，王贲很是熟悉，无论在他还是在世人眼中，韩国都是个令人啼笑皆非的邦国。七大战国中，无论是自身实力、疆土大小、人丁数目、卒伍战力……韩国都无可争议地敬陪末座；然而便是如此蕞尔小国，却一直不肯安生，数十年间竟时刻谋划着惊天动地的大计——谋秦。山东六国之中，韩国最弱，偏偏离秦国又最近，自然无力抵御强秦，因而对秦方略常在合纵与连横、抗秦与亲秦之间不断摇摆。然而特异之处便在于，以韩国自身实力，抗秦固然屡战屡败，可纵是与秦国交好，却也无一次是诚心诚意，回回都暗藏后手，总想以邦交诡道挽回战场所失。讽刺的是，因自身实力孱弱，也因这种种计策的荒诞，韩国诸多图谋无一成功，尽遭滑稽破产成天下笑柄，更一次次激怒秦国，使之加紧攻打自己，越是谋秦，越是加速了自己的灭亡！

想当年，秦赵长平大决便因韩国出让上党所致，结果韩国不仅丢了上党天险，自己还被卷入长平之战，兵力粮草损失极其惨重，从而彻底沦为了三流邦国；此后韩国又先后撺掇西周君、东周君叛秦，结果秦国非但灭掉两周，还以周韩串通为由大举攻韩，迫使韩国割地求和，再无重新振作之可能；纵然如此，韩国仍不泄气，又派水工郑国入秦，主动为秦国修一条前所未有的巨大河渠，想以此耗尽秦国财力民力，谁知数年之后河渠大功告成，整个关中竟因此富甲天下，而今秦国已开始磨刀霍霍准备东出，而这兵锋所指的第一个目标，便是韩国！

为存韩而谋秦，谋秦却使自家越来越弱，越是弱便越是谋秦，越是谋秦便越是弱，越是离存韩初衷南辕北辙……这便是战国之世的韩国，最弱小却也最嚣张，若论其中的悖谬荒诞，列国无有能出其右者。

而在韩国这诸多搬石砸脚的谋划中，最令王贲唏嘘的，还是韩非的命运。

韩非出身韩国王族，自幼因口吃而颇不合群，少时便被送到楚国兰陵师从荀子，学成归国后希望能像当年申不害那般在韩变法，不想多次上书都是石沉大海。满腔孤愤之下，韩非退而著书，数年离群索居深居简出，他倾尽胸中才学毕生心血，终将商鞅之法治、慎到之势治、申不害之术治这法家三治熔于一炉，打造出了自己的独特学说，这便是那部洋洋十余万言的《韩非子》。成书之后，韩非有意在新郑流传出了若干篇章，本欲以此唤起国人警醒，为韩国变法造一番声势，不料却引来了虎狼秦国。原来秦王政无意间读到他的《孤愤》《五蠹》等几篇文章，大为激赏，慨叹说得与此人游，死不恨矣，竟生出了惺惺相惜之意，想请其来秦国为自己谋划统一大计。他心知韩人善弄权，自己越是恭敬邀约，韩国便越会装腔作势硬不放人，于是派出大军佯装攻韩，以此逼迫韩王安，当时的领军大将正是王贲。

王贲还记得，当韩王君臣已成惊弓之鸟、二话不说便将韩非送至咸阳时，秦王政曾大为振奋，以为自己得到了商君般的知音，然而谁也没想到的是，接下来韩非的表现却让所有人失望了——入秦一个月，他始终一语不发。无论是面对赏识自己的秦王政、曾经的同窗上卿李斯，还是同为韩人的郑国，一律冷面以对，整日便枯坐在驿馆内奋力笔耕。更有甚者，秦王召开朝会商讨灭六国之事、李斯提出灭韩主张后，韩非还上了封《存韩书》，列举了秦国不能灭韩的种种理由——韩国事秦三十余年，已同秦国郡县无异；韩虽小国却战力颇强，伐韩未可一战灭之，届时若急切不能下，则赵魏齐等诸国必定来援，秦国必定成为天下兵锋所指！书信后半部分，韩非又极力劝阻秦王与韩国连横，一同攻赵攻楚，并说灭掉此两国之后，韩国一道王命便举国可降，根本无须伐韩。

明眼人谁都能看出，韩非列举的种种理由均不成立，显是韩非为疲秦设下的陷阱，而这其间又以李斯的上书最具代表性。李斯云：秦之有韩，如人有心腹之疾；韩虽臣于秦，未尝不为秦之病患，目下看似无恙，然但有诱因，必定发病！今韩非之辩说属辞，饰非诈谋，实欲钓利于秦，今若从其言而伐赵攻楚，则秦必有函谷关之大患也！存韩之说万不可取，愿陛下幸察臣说，无忽！上卿姚贾也补充说，韩非乃王族公子，一心为韩不为秦，此人之常情无可厚非；然其公然设谋于秦，若以秦国臣子视之，已然触犯秦法，当依法勘问！秦王政良久无言，终是从了姚贾之言，将韩非下了狱……

只是，韩非为何设谋于秦?

一路行来，这个疑问始终盘旋在王贲心头，在新郑驿馆安顿下来后，王贲终于向姚贾问了起来。

听到王贲的疑问，姚贾沉默良久，终是一声苦笑："六国皆传言，当年韩非是受我与李斯之谗害而遭鸩杀，少将军信得我么?"

"若上卿与李斯果然进谗，以秦法之森严，岂能苟活至今? 王贲信得上卿。"

姚贾这才欣慰地点点头："少将军果有自家评判。既如此，姚贾便将个中原委讲与少将军。上书游说秦王弃韩攻楚，非出韩子本心，乃是韩王之意。他以为秦王赏识韩子，必对其言听计从，若听韩子之言转攻他国，或看他颜面放过韩国，便可存韩——少将军不见那卫国奄奄一息，却因出了吴起、商鞅、吕不韦这三大名士两任秦相，陛下便感念至深没灭它么?"

王贲皱起了眉，一脸难以置信："邦国大计，岂因人言更改！再者，卫国也非韩国这般整日谋秦，如何能混为一谈！韩子自家不知么?"

姚贾的笑容颇有些凄凉："他自然心知，只是此人心思常人难解。上卿李斯曾与他同窗，知之甚深，以李斯推测，韩子身为王族一腔孤忠，对韩国既憎且眷；对秦王却是既感念其赏识，又恨其灭韩图谋。一边是故国一边是知音，一边是血统一边是功业，忠义不能两全，他最终只能两不相帮，是故主动设谋于秦，如此既可明告韩王自己已尽力，又可以己身之死昭示谋秦之荒谬，使韩王真正明白，若要存韩，便当堂堂正正与秦国一战，而非寄望于诡道权谋……此中奥妙，若说是韩子自行策划之权谋，亦不为过。"

"……"王贲愣住了。

"放眼世间，也唯有韩子这般勘破世间权谋之法家巨匠，方能构思此等环环相扣之圈套。然此圈套要捕获的，却是他自家了……"姚贾的笑容中不无苦涩。

片刻沉默后，他又是幽幽一句："如此法家巨匠，竟被逼迫至此；如此韩国不亡，岂有天理哉?"

说完这句，他没有再吭声，对面的王贲也同样无话可说，两人就这样默默对坐着，直到夜幕降临时才各自歇息。

2

新郑的韩王宫是座年久失修的老旧建筑。虽也有高大的夯土台基，虽也是四阿重屋五脊四坡，殿前阶梯虽也宏阔巍峨，然而屋顶不时可见残瓦断檐、杂草离离；大柱与围廊不时有漆块脱落，斑驳陆离触目皆是；台阶则不时有碎裂凹陷未及填补之处，显得伤痕累累，一望而知便是年久失修。

不过，最令王贲不适应的，还是大殿内的昏暗。

殿内隐约氤氲着一股霉烂气息，透过难得投入殿中的几缕阳光，可以看到无数细小尘埃在无声飘动着。寥寥无几的庭燎鬼火般摇曳不定，映着一个个大臣的憧憧鬼影。大殿正中的王座上，端坐着一个背光之人，由那件褪色的衮冕上可以判断，这便是如今韩国国君，韩安。

无论韩王还是那些臣子，所有人都面目模糊。倒是王贲与姚贾站立之处，头顶上方的屋顶有一处裂缝，一道阳光由上而下直打到二人脸上。

姚贾宣读秦国国书的声音在耳边回荡着，王贲不耐烦地咬住下唇，警觉的目光扫向四下里那些阴影，勉强不让自己骂出声来。他与姚贾在驿馆住了整整五日都不见韩王召见，五日间姚贾多次拜访丞相韩玘和其他重臣，也都吃了闭门羹。军中雷厉风行惯了的王贲哪受得了这等磨蹭，愤愤道，以秦国之强，别国谁敢冷落我等? 韩国莫不是讨打? 姚贾却冷笑说，偏偏韩国君臣不这般想，以为如此便可挫我锐气。你只一次使韩便感憋闷，我这两三年次次使韩，次次如此！王贲顿时无话可说了。

"国书所言，韩王可曾听清?"念罢国书，姚贾一脸冷峻地望向那黑暗的王座。

"听清也，听清也……"王座上那面目模糊者慢条斯理地答道。

"数十年来，韩国日日算计谋秦，此番更是变本加厉，竟至将天下大才生生逼为间人。秦王大为震怒，故遣本使使韩，与韩国了结总账！”

“冤枉也！”韩王一声有气无力的叹息，“韩非使秦，本为秦韩交好，寡人何曾料到王兄心怀不轨，竟至暗自谋秦？寡人已向秦王纳贡称臣，事秦至诚，出为扞蔽（雨伞），入为席荐，韩人忠义更是天下闻名，谋秦之心从何说起？特使责我等过甚！”

王贲咬咬牙，险些吼出“无耻之尤”四字——韩非不惜狱中以鸩酒昭明自己满腔孤愤，还不是想以自己之死激励韩国奋发，与秦国决一死战？韩国君臣却不仅不察这番存韩苦心，竟根本不敢承认自己是幕后指使，半点儿担当都没有，还尽数诿过于韩非，怎能不让人愤慨？

“忠心事秦？献上党于赵，鼓噪东西周叛秦，挟持尉缭离秦，遣郑国入秦修渠，命韩非游说秦王放弃攻韩，此皆忠心事秦？凡此种种，韩王做何解释？”姚贾声色俱厉道。

王座之上的韩王身子一颤，不吭声了。

“特使息怒，息怒。”王座旁一个阴影拱手施礼，声音甚是恭谨，听声音可知是丞相韩玘，“秦韩邦交多年，波折甚多，皆是奸党从中作梗，致两国误会不断。请秦王既往不咎，宽宥我等君臣……”

“凭甚宽宥？”姚贾当即打断了韩玘的喋喋不休，仍是直盯着王座。

王座之上的韩王显然很是忐忑，调整了一下坐姿，极是审慎地开了口：“自是，割地于秦……”

“割何地，哪几城？”

“呵呵，兹事体大，兹事体大。”王座的黑影中传来了意味深长的轻轻笑声，“特使且容我等君臣商议一番，再做答复，何如？”

“我等已耗了五日，韩王何时答复？”

“却是难说也……”王座上遥遥传来一阵叹息，“此等大事，自然须告知各地世族贵胄，寡人还需与众臣商议，方能定夺。特使毋心焦，半年之内，必有答复……”

“半年？”姚贾一声冷笑，“半年内，秦军连新郑都可拿下，只怕韩王早成阶下囚也！”

“特使何必苦苦相逼也！”王座上又是一声哀叹，“寡人若能做主，自是早早应允，与秦国永结兄弟之邦。然目下之韩国，世族元老不听号令，寡人已是空头王一个，纵是允诺，世族皆不应，又如之奈何？特使当体谅寡人难处也！……”说罢以袖掩面，一阵悲泣。

仿佛预先演练好一般，两列大臣们也纷纷大放悲声，或是掩面而泣，或是捶胸顿足，或是以头抢地，乱哄哄地喊着：“陛下苦也！”“韩国奸党众多，如之奈何！”“韩国早是秦国臣子也，何必多此一举！”“秦王仁义播于四海，宁不计臣子艰危乎！”……整个大殿登时乱成了一团。

听着耳畔的大呼小叫，姚贾面色如常，只是微微冷笑，递给王贲一个眼色，一顿节杖转身便走。

“唉，特使，这是何故？”满殿的悲声顿时齐刷刷停下，王座上的韩王安忙止住悲泣高声叫道。

“韩王不肯割地，留我等做甚？”姚贾收住脚步别过脸，却没有转身。

“特使是要……？”

“回秦复命，准备攻韩！”始终没吭声的王贲陡然一声大吼，连屋顶灰尘都被震得窣窣落下。

“特使留步留步！万事好说！寡人这便割地！……”

身后传来韩王安惊恐不已的长呼，王贲用余光注意到姚贾瞥过来的眼色，心有默契地与他一同收住脚步转过身来。

“韩王割地几许？”姚贾遥望一片黑暗的大殿深处，高声问道。

“大河北岸，尚余三城……”

“太少！”

“颍川，六城……”

“不够！”

“那就大河北岸，加颍川……”

“不行！”

“那，特使意下如何？……”韩王安的语气忐忑了起来。

“南阳！”姚贾高叫了一声，轻扯了一下王贲的衣角。

“南阳？……”一片黑暗的大殿内顿时一阵惊恐的议论，这回显然不是作伪了。

“不给南阳，秦军灭韩！”王贲心领神会，向着大殿中吼道。

黑暗中的韩王安额头顿时渗满了汗水，他自然知道这句话的分量，当年正是王贲领军前来索要韩非，那等汹汹之势恨不能一口吞了新郑，此人口中说出灭韩，必定说到做到，可他却忒狠也！这南阳郡足占韩国领土近六成，也是国中硕果仅存的丰腴之地，割让出去韩国便几乎只剩了一座新郑，日后怕连庙堂日常运转都难以为继，任谁都不舍割出！

可纵然如此，你又能如何？他大军攻来，你抵挡得住么？

想到这里，韩王安终是勉强鼓起了勇气："特使，你我再议……"

"不给南阳，秦军灭韩！"

"南阳全郡二十四城，割十城何如？"

"不给南阳，秦军灭韩！"

"十八城！"黑暗中的韩王安咬牙发了狠，"不能再多了！"

姚贾王贲同时发出一声刺耳冷笑，又同时转身向着殿外大步走去，再不理会身后韩王的连声高叫和挽留了。

"你我收拾行装，立即回秦。"回到驿馆后，姚贾分外平静地说道。

"当真要走？"王贲目光一闪，"此番无功而返，上卿回去如何交代？"

姚贾莫测高深地一笑："是否无功，少将军拭目以待。"

两个时辰后，当姚贾王贲的马队已经驶出新郑城外几里时，丞相韩玘终于赶上了他们。这位满头大汗的丞相一脸沮丧，一边喘着粗气赔罪讨饶分辩解释，一边毕恭毕敬地双手奉上了盖有王印、韩王亲书的王命，姚贾接过来看也不看便递给王贲，王贲展开扫了一眼，只见那绢帛上清清楚楚写着：兹以南阳郡资秦，以利秦韩交好，唯愿两国君臣睦邻相处，永不相伐。韩王安八年五月乙酉。

"半年方能定下之事，两个时辰便成，韩王勤勉也！"姚贾揶揄了一句，说罢扭头下令马队继续开拔。

"特使，特使！老夫之意，事既已成，特使不妨再回驿馆歇息一晚，明日再走，如何？"韩玘连忙叫住姚贾，满脸的殷勤。

"不必了。"姚贾跃上自己的轩车，"我等这便走，不然，只怕贵国又要生出事端。"

"这……从何说起？"韩玘大为意外。

"你韩国做的事，自家不清楚么？"姚贾盯住韩玘。

"上卿，莫与他费口舌，走便是！"王贲不耐烦地一挥手，骑士们便纷纷上马，姚贾也坐进了轩车，马队随即向北疾驰而去，只留下了张口结舌的韩玘愣在原地。

眼见秦国马队一路绝尘而去，这位韩相的目光中渐渐闪起阴沉光芒，他面色冷峻地一招手，一个随从便将耳朵凑了过来，听他低声说些什么，不时点点头，最后一拱手消失在了官道旁的密林中。稍后，一只黑色鸽子由密林中冲天而起，追赶着秦国马队，拍打着翅膀向前方的荥阳飞去了。

3

马队出了新郑，跨过洧水，一路折向西北，天色暗下来时，已可遥遥望见荥阳的城垣箭楼了。

这座城邑距新郑只五十里，卡在新郑与洛阳的官道之间，本是韩国重镇，自从落入秦国之手后，便成了架在韩国脖颈上的一把利剑，若从这里出兵攻韩，一两个时辰便可兵临城下，极是便捷。正是因此，目下秦腾已领一万秦军进驻了城中，为即将到来的灭韩预做绸缪。

幕府之中，秦腾等几员大将听姚贾将使韩经历略讲一遍，个个哈哈大笑，均觉韩王君臣猥琐可笑，一旁的王贲却没笑，只是提醒众将小心那秘兵悬刀。秦腾等将闻所未闻，听到这里面色都严峻起来，姚贾一旁补充说，我等在新郑住了多日太平无事，绝非悬刀不知秦使到来或有意放过，更可能是想看我等此番交涉结果如何；如今秦国一下割去整个南阳郡，占去半个韩国，悬刀不可能坐看我等离韩，必会生出事端。我等见完韩王执意要走，固有施压之意，却也是为防备此等刺客，悬刀在新郑耳目再是众多、消息再是灵通，若想追赶也是难上加难。

“那却无妨!”秦腾语气倒很是轻松，“目下你等已入秦，不怕那悬刀生事!”

王贲却默默摇头：“只怕，不会就此罢休。”

……

夜深了。

尽管身处要冲又离京畿不远，但无论在韩国还是秦国治下，荥阳都算不得大都会。每到夜晚，除却城垣箭楼、中军幕府等要害之处，整城便是漆黑一片，条条街市都在暗夜中显得分外萧瑟。

然而，这个夜晚却是例外。

一片沉寂中，一道道阴影从一个个角落中闪出，纷纷潜向姚贾王贲下榻的驿馆，片刻间便将这座小楼围了起来。其中一道阴影借着夜色掩护摸到驿馆后院，轻轻一跃，手在墙沿一搭，悄无声息地翻上了院墙，再几下腾挪，已如蝙蝠般蹿到了二楼窗前。

阴影缓缓推开窗棂，一阵鼾声自房中传来，借着黯淡月光，勉强可见一人盖着大被，背向窗户躺在床上，一旁竖着那根使韩时拄在手中的节杖。

“嗤”！一颗小石子从阴影手中弹出，射向屋内。

没有任何反应，屋内仍然鼾声如雷。

阴影放下心来，从窗外轻盈跃入房中，裹有黑布的赤脚从地板上无声踩过，几步来到榻前，一翻手，掌心多了把雪亮纤细的长剑；再一道寒光闪过，长剑便直取大被而来。

不料恰在此时，床上大被“呼”的一声猛然立起，向刺客迎头兜去；紧接着被下那人一跃而起，一剑刺向大被之后。只听“刺啦”一声，厚厚的大被已被长剑整个划开，麻絮也随之飘散开来，但闻一声金铁相撞，两柄剑已经互相绞住，在这万籁俱寂的深夜中格外清晰！

“果然来了！”黑暗中响起王贲粗重的吼声。

与此同时，驿馆外一声尖利的呼哨划破夜空，四下里骤然杀声大起，顿时一片灯火通明。秦腾的大喊也随即响起：

“擒拿刺客！休要走脱！”

“秦人奸险！”刺客愤然骂道，声音竟极为清脆响亮。

说话间一道寒光已向他当头劈来，刺客右手刚抬剑挡住，便觉臂膀一阵酸麻，震得长剑几乎脱手；王贲也不搭话，又是一剑刺去。刺客但觉一丝寒气迎面而至，忙退后一步闪身窗前；身形一晃已跳到院外，不料脚尖刚着地，王贲长剑也如影随形般赶到，又是势大力沉的一剑拦腰横扫；再急急侧身闪过，手中长剑弯出一道弧线，由王贲剑下盘过，由下至上斜刺向王贲前胸。但闻“嗤”的一声，剑尖已划破对方胸口衣衫，却骤然抵上了什么硬物，突兀滑到一边，刺客未及欣喜便是一惊，紧接着王贲长剑又是堪堪砸到！

“护甲?!”刺客又惊又怒，手中长剑嗖嗖刺出，在王贲身前织成一张雪亮的密网，却不是被对手长剑格挡住，便是又刺在护甲上滑开，十余剑下来只给对方手臂肩头留下了两三处浅浅的划伤。

虽则如此，王贲心下却也大为吃惊，他早早便在军中得了铁鹰锐士的称号，习的是秦军短兵战法，动作虽略迟缓却是大开大阖，招式粗朴沉雄全无花哨，然而面对眼前这刺客竟始终不能得手。对手显是风尘游侠的路数，飘忽灵动锋锐轻健，剑招诡异身形鬼魅，更兼那柄细细的长剑极是柔韧，在他手中如一条灵蛇般进退腾挪变幻莫测，与王贲一柔一刚对比极是鲜明。王贲体力劲道自然大大优于对手，刺客却胜在招式精妙身形轻快，若是战场对阵时对拼死力气，刺客怕是一招也接不下王贲的劈砍便要身首异处，但此时恰是市井之中一对一的搏杀，刺客的身形步伐招式又胜过王贲，往往是王贲瞅准时机一剑刺去，却总是毫厘之间被对手闪开，于是两人一时谁也无法奈何对方。

两人缠斗中不住以余光注意着周遭情形，借着四起的火光同时发现，其他刺客都陷入了来援秦军的重重包围，整个战局形势已是一边倒：此番前来的刺客足有三十余人，目下已前后倒下了将近半数，秦军士卒却无一战死，只有几个受了轻伤。若只是单打独斗，士卒们剑术自然比刺客们逊色得多，但却个个顶盔贯甲，又是结阵而战，往往刺客一剑刺到，当即便有四五杆戈戟齐齐刺出，招招见血。除此之外，更有一队射士将整个战场围得水泄不通，箭尖在火光下纷纷闪烁着寒芒，显然仅是为了避免误伤同伴才没有射出。由此可见，刺客被全歼只是早晚之事。

眼见败局已定，刺客心中闪过一丝悲凉，稍一分神间，但见王贲又是重重一剑砍来，急忙挺剑格挡，却闻一声猛烈的“喀嚓”声响，手中长剑已被齐齐削去了一截。

“不好!”刺客心下一颤，只觉汗毛倒竖：自己这剑本是精铁打造，远较对手兵刃锋利轻灵得多，却是太嫌单薄，自己所习剑术又是讲究攻敌不备，一击必杀，绝无与对方兵刃硬碰之理，因而方才格挡都是用剑脊以巧劲拨开，始终不以剑刃相斫。此刻王贲长剑来势汹汹，他一是心不在焉，二是体力大不如方才，情急之下以剑刃硬接，不料剑身却被径直砍断!

“好!”眼见自己已削断对手兵刃，王贲陡然精神大振，又是一剑挥来，这次却劈了个空，抬头望时却见那刺客一团流云般向后滑到了几步以外，再三两下腾挪，已立在了驿馆旁一间民居的屋脊上。一轮残月衬出了那纤细的身形，夜风拂过，但见衣袂发丝飘舞不已，当真鬼魅一般。

“想逃么!”王贲一声暴喝，一挥手，无数支弩矢已瞄准了阴影。

一阵清脆笑声由屋脊传来。月光下，王贲看到他从怀中掏出一件细小物事含在口中，一阵几乎要刺穿耳膜的凄厉哨音随之骤然响起。与此同时，其他还在搏杀的刺客们当即倒转手中剑格，纷纷刺入自己的肚腹，转眼间尽数倒在了血泊中。

“你等何人?”王贲大吼了一声。

“存韩之人!”

“为何行刺?”

“你等使韩，割去整个南阳郡，欺韩国无人乎？今日我等事败，口服心服，然下次不会失手！秦人好生提防！”

随着这句话，刺客突兀一扬手，一件泛着寒芒的细长物事便呼啸着由屋脊飞来，王贲急急侧身，只听一声清脆龙吟，但见刺客那柄断剑已刺入身旁的树干，剑身还在震颤不已。

“阿兄——！”刺客仰天一声清脆的呼喊，王贲重新抬头望向屋脊，看到他已直挺挺倒栽了下去。

士卒们“呼啦”一声围了过去，随即便高声报道：“将军，人死了！”

王贲几步赶去，借着火把光亮，看清了躺在地上的尸体。这刺客身材瘦小，着一袭黑色的短后之衣，黑帻束发乌革护腨，腰间革带上还并排插着三枚精巧飞刃，锋刃上都涂有油脂以防反光。一张革制面具蒙住了他的面孔，当王贲用剑尖挑起面具时，心下顿时一惊！

面具之下，竟是个少年。

这少年相貌极是清秀，几乎有些男生女相，看年岁尚未及冠。他面色原本白皙，眼下却已呈青黑，口中也涌出了乌紫的鲜血，显是方才服毒身亡。想起与自己对战时的狠辣剑术，王贲不由得暗暗赞叹：如此年纪便有此等剑术，确乎罕见，悬刀能有这般人物，果然非同寻常。

“少将军，看他胸前。”姚贾凑了过来。

当少年短衣的衽领被剑锋挑开时，众人又是一惊，他胸口竟有一个纹样奇特的刺青：一轮红日，被一道白色长虹直穿而过。

“白虹贯日，取当年聂政刺侠累之意。”姚贾面色分外凝重，“悬刀刺客，人皆有此标志。”

“棠溪之剑，号称陆断牛马，水击鹄雁。”秦腾也递过那柄用衣襟包好的断剑，“其余刺客还有几张韩弩，皆为时力、距来等韩国工坊打造。”

他说话时，姚贾又注意到死者手中握有一个小小陶瓶，小心翼翼地弯腰捡了起来，又轻嗅了嗅，脸色顿时严峻起来：“不会错，七毒散。以七种毒草熬制而成，只韩国王室秘藏少许。”

王贲没有吭声，他已心中有数了。棠溪剑与韩弩打造极为费力，只有韩国王室卫队才装备；而这七毒散更不必说。种种细节明白无误地昭示着，悬刀背后必有韩国君臣指使！

“鬼蜮韩人！我等明日起兵，旬日灭韩！”秦腾一声怒吼，转身便要连夜聚将。

“将军且慢！”王贲叫住了秦腾，“王贲之意，大军尚未完备，此时发兵，胜算还不够！当先听上将军之见！”

秦腾与姚贾对望了一眼，沉思了片刻，终于不约而同地点点头。

4

听儿子讲完遇刺经历之后，幕府中的王翦端详着手中的书信，陷入了沉思。

书信出自秦腾手笔，由王贲带来，请求立即发兵伐韩，一雪遇刺之耻，王翦自然对它的内容毫不意外。儿子遇刺的消息传来后，秦国上下一片骂声，杜县大营更是闹翻了天，将军们围住了王翦激愤不已，人人汹汹求战，恨不能即刻便擒回韩王，将他千刀万剐。若非王翦反复申明大势，秦军主力也许早就发兵攻韩了。

思忖片刻后，王翦从案头抽出一支木牍，提起大笔在上面刷刷写了起来，写完后吹了吹木牍，以求上面的墨迹尽快干涸。

“伤重么?”他将木牍捆扎起来，又按上自己的封泥，这才转向儿子，语气却依旧平淡。

“轻伤。”王贲知道父亲绝不会对自己轻易表露出任何关切，是故也同样简单答道。

“使韩表现尚可，然以身涉险，不值。”

“死于沙场，死于匕首，并无分别。”

“你是军中大将，不是黑冰台。”王翦紧盯住了儿子。

王贲不吭声了。

“老夫知你心思。知你想引蛇出洞，更知你悍不畏死。然你可曾想过，只要我等占领韩地，妥善推行秦法郡县，悬刀自成无本之木，又能掀起何等风浪?日后灭国大战不知还有何等艰险，若其他大将都如你这般枉送性命，老夫还有几人可用? 为将者合于利而动，你这不是视死如归，是轻举妄动！纵死也当战死沙场，何必与这等鬼蜮纠缠?”

沉默了片刻，王贲终于低下头：“谨受教。”

“你且退下，将此回信交与信使，送至秦腾处。”王翦语气缓和了些，又递过木牍。

“目下不攻韩么?”王贲接过木牍，颇有些意外。

王翦摇头："不攻。我等若贸然攻韩，必中悬刀之计。"

"中悬刀之计?"王贲陡然一惊，直盯着自己的父亲。

王翦的嘴角荡漾起一丝冷笑："你以为悬刀行刺，真正目的为何?"

"韩王欲泄私愤!"

"也对，也不对。韩王命悬刀行刺，自是为泄愤；然悬刀奉命，却更有自家谋划。"

"……"王贲愕然了。

"黑冰台刚发来密报，悬刀后台查清了：乃是韩国世族，颍川张氏。韩国贵胄中，数这一族最坚执抗秦，偏偏韩王君臣对秦软骨，张氏早已孤立于庙堂，也必早对韩王不满。悬刀行事神出鬼没，显见张氏才干绝非庸常，眼光当比庙堂高出不知几多。若果与韩王同心，他焉能不知行刺后果，焉能不劝韩王忍耐?反其道行之只有一种可能：他恰是要以此举激怒我等攻韩，由此逼韩王不得不铁心抗秦，此图谋与当年韩非饮鸩如出一辙!"

王贲没有吭声，目光中还有些疑惑。

"明了于此，我等更不能入彀。而今韩国欲献南阳，我等不费气力便得此地，何乐不为?岂能因刺客而乱既定谋划?"

"出兵固然不可，可不出兵，只怕韩国又会拖延，不肯割地……"王贲沉思起来。

王翦笑了："不错，此中奥妙在于，我等既不能真打，又不能不动，分寸须好生把握……"

韩国君臣虽已预料，刺杀秦使必定惹来秦国报复；却没想到这报复来得这般迅捷，这般凶狠。

听到斥候们的快报，望着秦腾派人运来、摆在王宫广场上的长长一排刺客尸首，韩王安心底当真凉透了：秦国既不对这次刺杀再提一个字，也不遣使节来新郑向自己问罪，而是由秦腾径直率五万大军自荥阳南下，大张旗鼓浩浩荡荡地从新郑城外经过，一直开到南阳郡边境驻扎下来，整日便是演兵习武，震天杀声连郡治宛城都能听见。秦腾还以上将军王翦的名义宣称：旬日为限，韩王若不亲往献地，秦军当即便攻下南阳全郡，紧接着直取新郑!

连日来，韩国庙堂都笼罩在一片难以言说的恐惧中。韩王安大急之下，一日之内连派三位使节快马加鞭赶去咸阳谢罪，不料秦王也照搬他的老法子，一个都不见；又派丞相韩玘昼夜兼程赶去南阳郡面见秦腾，在中军幕府前守了三日，同样没能见到这位攻韩统帅；再召各地老世族来新郑商讨存韩大计，结果休说前来共商国是，就连肯见王使的都寥寥无几，见了的那几个也各找由头推托，偌大庙堂只剩丞相韩玘与十余名低爵臣子，其他元老重臣竟无一人，一干人等商议了整整一日，仍是莫衷一是。

“散了散了！预备车驾，丞相留守新郑，你等随寡人赴南阳献地。”韩王安无力地挥挥手，“已是第六日，再不动身，来不及也！”

一阵乱纷纷的嘈杂，大臣们各自叹息着踽踽散了，幽暗的大殿中很快一片空荡荡，只剩下了韩王安一人。

韩王安小心翼翼地检查了全部紧闭的大殿门窗，又蹑手蹑脚地凑到殿门前，耳朵贴在门上听了一会儿，确信无人守在外面偷听时，这才如释重负地长出一口气，缓缓来到王座前，俯下身子，只听“吱嘎”一声，中空的王座已被掀起，两样物事赫然在目：一样是韩国王印，另一样是一堆竹简。

韩王安没有理会自己的王印，而是从那堆竹简中拣出一捆，缓缓展开后，最右侧第一枚竹简上的“亡征”二字便映入眼帘。借着颇有些黯淡的灯火，他聚精会神地细细读了起来。

这套足本的《韩非子》，是韩非入秦前留下的，被韩王安视若至宝。不过他对《定法》《有度》那些篇章没甚兴趣，也不明白王兄为何在《孤愤》《和氏》《说难》等篇章中那般悲愤，他所感兴趣的，是“三劫”“六微”“七术”“八奸”等篇章。每到想要酝酿谋秦之计时，他都会翻开《韩非子》，试图从这里的蛛丝马迹中找到一鳞半爪的灵感。

然而，如今韩王安读到的，没一句能让他茅塞顿开，反倒越发窝心：

“……凡人主之国小而家大，权轻而臣重者，可亡也。……”想起一干世族元老的嚣张跋扈，韩王安咬咬牙，继续念下去。

“……简法禁而务谋虑，荒封内而恃交援者，可亡也。……”想起韩国经年奔波于合纵连横，却无一次成功，韩王安又是一阵心痛。

“……国小而不处卑，力少而不畏强，无礼而侮大邻，贪愎而拙交者，可亡也。……”想起一次又一次搬石头砸自家脚的谋秦，韩王安面颊一阵滚烫，赶忙把目光继续向下移。

“……怯慑而弱守，蚤见而心柔懦，知有谓可，断而弗敢行者，可亡也。……”

“……贵臣相妒，大臣隆盛，外藉敌国，内困百姓，以攻怨雠，而人主弗诛者，可亡也。……”

……

“王兄，你口好毒也!”想着韩国的现状种种，无一不印证着这些亡国征兆，韩王安不由得怨愤起来，一把丢下竹简，愤愤自语道。

一声銮铃的清脆响动忽然从身后的黑暗中响起，韩王安心下一惊，忙将竹简丢入王座，又将王座原样锁好，这才挺起身，稍稍松了一口气。

“殿内无人，可现身矣!”韩王安声虽不大，在这空旷大殿里却是清清楚楚。

王座背后继续传来了阵阵銮铃声响，黑暗中一扇暗门被轻轻打开，一个纤瘦身影悄无声息地从门背后闪出，幽灵一样立在韩王安眼前，然后轻声开了口，嗓音如女人般的轻柔：

“此番行刺未成，悬刀愧对陛下。”

“罢了罢了。”韩王安叹息道，“非你等之过，实因秦人奸诈预有防备。只是仲公子死于秦人之手，委实可惜，而今尸首已被送回，公子可回颍川封地好生安葬，节哀便是。”

“舍弟为国捐躯，死得其所，尸身只需家仆送回即可，臣欲去国另行谋划，此番特向陛下辞行。”

“你等也要去了？去吧去吧。”韩王安先是一惊，继而沮丧地嘟囔着，“韩国迟早要灭，一同送死何益?”

“我等是要离韩，然绝非弃韩。”阴影答道，“臣不通军旅，剑术也不及舍弟，留下亦是无用。我意，南阳郡交割完毕、陛下还国后，悬刀便当先行投奔他国，预做经营，日后但得时机，悬刀便是我韩人复国根基!”

“你欲投奔哪国?”韩王安颇为惊讶。

“楚国。楚国山水相连，大片土地渺无人烟，最易躲藏；再者臣与江东项氏相熟，项城距臣之颍川封地不远，前去投奔当无大碍。”

沉默良久，韩王安终于叹了口气：“事到如今，也只好预做绸缪了……”

“陛下，如今臣已无法存韩，然臣之祖上相韩五世，韩国灭亡便是臣举族灭亡，臣弟死不葬，便是因此！今臣在陛下面前立誓：韩国若灭，臣必当终生图谋复国，此匣中之物，便是臣心之明证!”阴影沉声说罢，缓缓走向韩王安。

看到他走向自己，韩王安不由得警惕地退了两步，然而对方却停在了王座前，将一件什么物事放在了王座上，接着一拱手，重又退回到黑暗中。

韩王安狐疑地凑了上去，借着微弱的光芒，他看到摆在王座上的是一只小小木匣，小心翼翼地捧起来再打开，却只瞥了一眼便吓得一声大叫。

木匣跌落的声响、銮铃的叮当一同回荡在空旷大殿中，滚落在地的，是一截血肉模糊的断指。

“卿，当真有我韩氏之忠烈劲直！”韩王安喘着粗气赞叹道，嗓音中却带着一丝难以抑制的颤抖。

没有回答，连那銮铃声都一并消失了。韩王安望向阴影原本的位置，才发现那里已是空空荡荡。

5

九月金风骤起草木枯黄之时，南阳郡终是交割完毕了。

眼见秦腾大军正式占据整个南阳，韩王安心下很是清楚，而今除却几个小城，新郑便是直接暴露在秦军眼前，秦国灭韩已是水到渠成，目下只能拼死一战了，虽苦闷不已，却也还是召集起大臣元老们商议抗秦之事。朝会整整开了半个月，每日歇息加起来不过两三个时辰，这于即位已有八年的韩王安来讲，真可谓前所未有之勤政。大臣们也是人人红着眼圈哑着嗓子，妙计提了一筐：这个说韩国应再次发起合纵；那个说当遣韩人在咸阳散布流言，以反间计使秦王对秦腾起疑心；又有说该当贿赂秦国重臣，使之劝阻秦王退兵；还有说可遣一纵横舌辩之士面见秦王，游说其放弃攻韩……如此等等，自然净是从前翻来覆去不知提过多少回的谋划，韩王安耳朵都听得起茧，心说这般计策自己都可想出一车，实在用不到贵胄们老生常谈。

会商虽说无果，韩国抗秦筹备却总算没落下。韩安尽发新郑国人与封地私卒入军，同原有的近十万韩军合兵一处，驻扎新郑郊野洧水之畔，又派出快马特使向五国求援；而新郑也一反多年来的死气沉沉，打造兵器甲胄的冶铁之声昼夜响彻全城……待到秦军全数占据南阳郡时，新郑已是严阵以待：十数万韩军驻扎在郊野，连绵不绝的绿色军旗营帐在秋日的一片枯黄中分外鲜艳，俨然恢复了几分昔日“劲韩”的气象；求援特使也带来了山东五国的答复：齐、燕两国不肯出兵，赵、魏、楚则答应，只要韩国能坚守两个月，便各自猛攻边界的秦国城池，打通援韩道路。虽比原先设想逊色一筹，但消息传开，新郑还是一片振奋，整个韩国上至宗室下至庶民，人人心头都绷紧了弦，打定主意要学当年的赵都邯郸，轰轰烈烈地与秦国虎狼大战一场，纵是慷慨捐躯，也对得起昔日忠烈劲直的先祖了。

谁也没想到，这边做好了大战前的一切准备，那边的秦军反而没动静了。

新郑韩军翘首等了一两日，三五日，七八日，十余日……等了整整一个多月，都没见秦国有任何举动。韩王安大为诧异，派了几十名斥候化装潜入南阳郡的宛城、阳城、颍阳、昆阳等几个大城打探，得到的消息是，秦王政下令以秦腾为南阳郡假守（代理郡守），留在宛城，五万秦军悉数分散到郡中几座大城，丞相隗状则派出了一干吏员赶赴各县，大力推行秦法，并无攻韩意图；只有被派往韩国旧都阳翟的几个斥候说，一批攻城器械由三川郡调来，运到了那里。韩王安满腹狐疑：调来攻城器械，显是秦人欲从阳翟进攻新郑，可果然如此，秦腾又为何留在南阳不入军？思来想去始终想不通，只是下令新郑守军严加防备。

如是这般提心吊胆地又撑了一个多月，时令已渐渐入冬，秦军仍全无动静，新郑却渐渐骚动起来。十余万大军驻扎郊野，粮秣木柴寒衣等本就每日耗费惊人，韩国又多年贫弱，此番也是费尽全力才拼凑起这些军辎，不料多日下来空耗粮草却一仗未打，担负后援的段氏、公仲氏、侠氏这几家世族不禁开始心生不满；一干大将们初始的万丈斗志也渐渐低迷下来，私下都觉秦人得了南阳后并不真想灭韩，只是虚晃一枪而已；士卒们更缺衣少食，初雪一降直是叫苦连天，整日便围住中军幕府请命，想要回新郑窝冬，来春再出城驻守。韩王安纵然三令五申，仍无法阻止将士们战心的离散，只能整日和韩玘相对长吁短叹，慨叹国将不国了。

黑冰台接连报来韩国的动向，王翦笑了。

还在韩国刚开始备战之际，秦腾等将便摩拳擦掌准备大打一仗，狠狠出一口郁积多日的恶气，当时王翦劝住了众将，讲解说：韩国方献南阳，君臣皆为惊弓之鸟，已抱死战抗秦之志，此时强攻伤亡难料；目下又行将入冬，冬战必然艰难，更易横生变故；况且南阳刚并入秦国，民众尚未尽附，还须花大气力治理。有此三条，显见目下并非灭韩最佳时机，我等当暂缓发兵养精蓄锐，只专一治理南阳郡。待到来春，南阳郡治理当初见成效，可为攻韩基石；韩国战心也必当渐渐消弭，彼时新郑可一鼓而定！大将们听了半信半疑，只得再一次勉强压下心头的疑惑，只留在南阳专心整顿军备。接下来的几个月，整个南阳郡便在厉兵秣马中度过了秋冬两季。

冬去春来，韩国形势一步步验证了王翦的预测。如今已是初春，新郑郊野的韩军大营早已日渐萧疏，外无援兵，内无粮草，庙堂龃龉，军心乏力，连士卒都陆续逃亡了一大批。偌大韩国只剩韩王安一个孤家寡人，整日焦头烂额，显然再无振作的可能了。

……

“上将军料事如神！”

中军幕府中，秦腾不可思议地叹道，语气中充满了敬佩。

“料事如神？老夫从无奇谋，唯知大势。”王翦淡然一笑，神色间显然颇不以为意。

“人言韩王善谋，每日谋划弱秦，然无一次成功；上将军至今全无谋划，却能使韩国自行衰落，何解？”

“王贲明白！”王贲的粗重嗓音忽然响起。

“说！”

王贲霍然起身，几乎是一字一顿道：“无论何等战事，终须流血牺牲方能胜敌，计策谋划至多锦上添花，不能决定最终成败，古今无一场胜战能纯以计谋制胜，今后也绝不会有！是故若不以实力为根基，奇谋妙计必将流于空谈妄想。韩国孱弱之病根，正在不思强大自身，唯知算计对手！”

“彩！”幕府中大将们齐声喝彩，王翦虽不吭声也微微点头，待到幕府安静下来后重又开口：“早年立国时，韩人曾以耿直忠义闻名，先祖韩厥当年便救过赵氏孤儿，一时誉满天下。惜乎这等忠直族群，如今却变得这般龌龊，究其原因，便是当年申不害变法之恶果。”

这样说着，王翦心底也浮现起了《韩非子·定法》中的一句：

“……申不害虽十使昭侯用术，而奸臣犹有所谲其辞矣。故讬万乘之劲韩，七十年而不至于霸王者，虽用术于上，法不勤饰于官之患也。……”

韩国之变法，韩国之一度振奋，韩国之长久衰落，韩国谋秦之恶癖，根源尽在当年的韩相申不害。此人及此人所持之学说，对韩国的影响一直延续至今。

尽管自认为法家，但时人皆言申不害为“术派”，概因申不害力行变法之外，还推行所谓的“术治”，即国君以各种手段对臣下进行督责。彼时韩国吏治颇多腐败，庙堂之上人浮于事，大臣们多庸碌无能，韩昭侯便依申不害谋划，表面上无为而治，私下里却动用各种秘密手段监视贵胄重臣，一俟查出不法证据，便依法严加惩处。一时间整个朝野人人自危，大臣们无从知晓国君如何得知自己的不轨行径，都对韩昭侯奉若神明，再也不敢营私舞弊，韩国吏治由此为之一振，很快赢得了“国内以治，诸侯不来侵伐”的局面。

然而细细推敲起来，申不害的术治变法却有着重大的先天缺陷。历来列国变法图强，无不以（无论是否彻底的）法治代替人治，而其中最重要的一条法则便是政事公开，当年子产铸刑鼎、商鞅徙木立信等种种举措，正是为使民众知晓国家法令，扭转数百年来世族卿大夫们口含天宪、随意决断律令之现状。可申不害的术治主张却恰是反其道而行之：国君若欲督责，必须隐秘不为人知，如此方能知晓实情，不致被臣子欺骗愚弄。相较真正的法治，这实则是巨大倒退，更使术治成了滋生阴谋的温床，而韩国接下来的现状也验证了这点：申不害、韩昭侯相继过世后，大臣们也渐渐摸清了其中窍门——归根结底，这术治不过一个骗字，国君使得，我等如何使不得？有韩昭侯种种作为在先，大臣们也开始争相效法，或是假装清廉以瞒过御史的明察暗访，或是伪造政绩以献媚于国君，或是栽赃陷害暗下黑手以除去政敌……上行下效之下，整个韩国无论君王臣子，整日便是挖空心思算计旁人或防备算计，还有何人肯踏实做事？

“……庙堂朋党倾轧，后宫妃嫔争宠，君与臣、官与民，父与子、夫与妇，官场斗、后宫斗、族中斗、家中斗，整日便是尔虞我诈钩心斗角，举国上下一片歪风邪气！这便是也曾忠烈劲直的韩人！古往今来，可有哪个邦国、哪个族群这般厚颜无耻、鼠目寸光？……”

王翦的连声大吼回荡在幕府之中，大将们从未见喜怒不形于色的上将军这般愤怒，一时间个个惊讶不已。

恨恨地长出口气，王翦又擦了擦额头的汗水：“也罢，休说韩国，兴许千百年后，我等子孙亦是不肖，将全数心智尽皆放在算计之上，视阴谋为巧妙，视诚挚为愚蠢，视油滑世故为长于做人，视钻营算计为处世之本。久居鲍鱼之肆而不觉其臭，非但不以此等内耗为耻，反视此劣习为人之常情，津津乐道于此等龌龊伎俩，我泱泱华夏数千年文明，在此等人心中，便只剩下权谋二字！而今韩国君臣自是梦中沉睡，然则，焉知此梦不会一做千年?”

“然则，上将军推崇者何?”一片寂静中，王贲突兀问了一句。

“阳谋!”王翦不假思索地一句，“治国安邦，个人奋发，唯行阳谋方得大成。我秦国之崛起，我秦国之百余年强大，秘诀尽在于此。究其根源只在公正二字，为官者公心谋国，则国必将大治；庶民者正道谋身，则人必有作为。老子有云大巧若拙，便是指弃绝捷径，正道阳谋！一旦放弃正道，我秦国必会如今日之韩国般堕入深渊；一旦奉行阴谋，我华夏族群便是自取灭亡！你等切记!”

“谨受教!”幕府中顿时一片奋然应和。

“上将军，如今韩国战心离散，灭韩正当其时，敢请下令出兵!”秦腾叫道。

“善！”这回王翦的答复也格外痛快。

6

阵阵地动般的震颤不时远远传来，那是飞石被大炮抛出、砸在城垣上发出的，每一下震颤都给大殿带来一阵剧烈摇晃，缕缕灰尘也随之窸窸窣窣落下，整座韩王宫便在这震颤中摇摇欲坠。震颤中同时夹杂着惊天动地的喊杀声，箭矢破空的呼啸声，以及仿佛敲在韩国君臣心头的，那一下下沉雷般的战鼓声。

与此恰成对照，韩王宫的昏暗大殿中仍是死一般的寂静。韩王安与最后十余位还没逃走的老臣，仍在愁眉不展地冥思苦想着。

这是秦王政十七年，公元前230年的春天，也是韩国最后的春天。昨日，秦腾率领的五万秦军猛扑新郑，只用了两个时辰便彻底击溃了城外韩军的营垒，七八万韩军逃的逃、降的降，损失了一大半。临时被擢升为统帅的两位王族将军韩成、韩信见势不妙，匆忙率领着最后两万韩军逃进城中，这才避免了全军覆没的命运。手忙脚乱的韩国君臣们一边翘首盼望着向赵、魏、楚求援的那几位特使归来，一边又将剩下的韩军拼凑起来全力守城，总算勉强挡住了秦军攻势。刚刚得到了喘息便又聚在一起，想在这最后关头议出一条扭转乾坤的奇计。

昏暗的大殿里，一干君臣绞尽了脑汁，更有几位饱学老臣从汗牛充栋的史籍中翻出一个个典故，连献了好几计：或是仿有苏氏献妲己，从国中选出百名美女献于秦王，使其耽于淫乐荒疏国政；或是仿弦高犒牛，派出商队带着大笔财货，大张旗鼓去城外劳军，使秦人明白韩国有备，只能知难而退；或是仿城濮之战时晋军的退避三舍，交战时也退出百里，既使秦人疲于奔命，又使自己以逸待劳，更使世人皆知我乃堂堂王师；或是仿勾践绝吴之粮，支起一口口大锅，炒他百万斛粟米献于秦国做粮种，秦人播下后自然颗粒无收，必有大饥荒；或是仿管仲购鹿，也去秦国高价收购种种珍禽异兽，诱使秦国农人皆弃农从狩……种种奇思妙想当真层出不穷，却无一条能抵挡迫在眉睫的兵锋。

“事到如今，陛下怕是只能仿文王囚羑里矣！”韩玘叹息着摇头道。

“是也是也，昔有越王勾践卧薪尝胆，而今陛下也当忍辱负重，以图再起！”另一位老臣随声附和道。

“若是寡人仿桓公奔莒、重耳奔翟……”韩王安皱眉自语道。

“不可不可！”又一位老臣连连摇头，“君若去国，休说实同灭国，便是自身亦难免横死！陛下不见齐湣王乎？”

韩王安不由得一个激灵，心知老臣所言绝非危言耸听。当年齐国被燕军攻破，倒行逆施的齐湣王仓皇出逃，被楚将淖齿擒住，为平民愤而将其抽掉脚筋倒悬于房梁，哀号了整整三日方死。想到齐湣王临死前的惨状，韩王安头发都要倒竖起来，又想起《韩非子》所谓的“十过”中也有一条，“离内远游而忽于谏士，则危身之道也”，看来自己当真是不能挪窝了。

“再者，以目下之天下大势，山东五国怕是都要亡于虎狼秦国，陛下纵是逃至赵魏等国，早晚仍须降秦，与目下径直投降实无分别，反倒多受羞辱，何苦来哉！”韩玘老谋深算道。

韩王安若有所思地点点头，可突然间，一个念头闪电般划过心头——这一干老臣早都暗通秦人，如今是在向自己劝降！想到这里不由得心下一跳，面上却仍不动声色，凝神细思一番后只一声悲叹：“王叔所言在理，既如此，你我降秦便是。”

韩玘喜出望外，刚要说声“陛下圣明”，却也猛然打住——自己这位君王向来精于权术，如今应得如此痛快，莫不是以“倒言反事”之法试探自己？连忙也装作一脸沉痛：“降秦亦非老臣所愿，无非为存宗庙社稷忍辱负重，老臣言尽于此，陛下明鉴！”

韩王安见韩玘并未上当，心下略略失望，眼珠转了转，又想起“疑诏诡使”之法，于是面色陡然一变，声色俱厉道：“丞相与诸多老臣，莫非暗通秦人，诱我降秦?!”

韩玘听自己心思被一语道破，暗自庆幸没有露马脚，韩王如此反应早在他意料之中，忙扑到地上一阵号啕：“陛下诛心也！老臣忠心谋国十余年，何尝有不臣之心？陛下如此指责，寒老臣心矣！……”哭声甚是响亮。旁边一干老臣也跟着闹起来，急于撇清自己者有之，为韩玘鸣不平者有之，埋怨韩王安错怪忠良者有之，哀叹韩国将亡者有之，韩王安见殿内乱成这般，脸上青一阵白一阵，也不知该说什么好了。

“报——！”一阵拖得老长的呼声随着混乱匆忙的脚步声一同传来，韩王安抬头看时，正见派往赵、魏、楚三国的特使先后拥上殿来。

“陛下，赵国反悔，上卿郭开说匈奴来袭，边军无兵可发！”

“魏王假不肯发兵，说今若援韩，秦国日后必然攻魏！”

“楚王虽愿发兵，然楚国山高水远，援兵一月后方能到！”

“岂有此理!”韩王安跳脚痛骂，“先前不早说定了么?如何一起翻脸了?必是秦人捣鬼!”

“报——!”又是一声极尽紧急的长呼，统帅韩成浑身是血，跌跌撞撞地冲进大殿，“陛下，士卒哗变，都说要开城降秦，不肯再守城了!”

“呜呼，上天入地无门路，厉怜王也!”韩王安捶胸顿足哭喊道，陡然想起王兄说过的这句名谚，当真觉得自己还不如那厉病（麻风病）之人了。

此刻的新郑郊野，已完全安静下来了。

冷冷望着新郑城头的那面白旗，秦腾始终没有吭声。

“灭国第一功，将军竟不高兴?”王翦一旁笑道。

秦腾苦笑着摇摇头。昨日，五万秦军赶到新郑城外，憋了整整一冬都无仗可打的将士们一片欢呼扑向韩军，可万万没想到的是，对手居然全无抵抗便一触即溃，休说秦军伤亡微乎其微，连韩军都没甚伤亡，一见秦人冲过来便直接逃的逃降的降了。眼下秦军刚将新郑围得水泄不通，未及猛攻对手便直接投降，秦腾当真觉得自己狠狠一拳却打了个空，一时竟颇有些失落，丝毫感不到建下灭国大功的兴奋。

这时，一阵沉重而缓慢的声响渐渐响起，只见一辆白马素车伫立在慢慢洞开的城门口，伞盖之下是单衣免冠、手捧王印的韩王安，一脸沮丧。

王翦秦腾相视一笑，催动着戎车缓缓上前，韩王安连忙弯腰低头，双手恭敬地将王印高举过头顶。此时只听“哗啦”一声，一件什么物事跌落在车上，韩王安与王翦同时望去，却见是一卷竹简。待秦腾接过王印，王翦已弯腰捡起了竹简，正见上面写着“孤愤”二字。

“兵临城下尚在研读《韩非子》，韩王果醉心权谋也!”王翦揶揄道。

“将军笑谈，笑谈。”韩王安勉强挤出一丝比哭还难看的笑容，“此《韩非子》虽在天下流传甚广，然真正足本唯此一套，乃王兄入秦前所留，堪称我韩国重宝也。将军不弃，韩安愿以此献于将军。”

“也好!”王翦毫不客气地应道，随手翻阅着竹简，“然这《韩非子》虽则珍贵，却非绝无仅有。老夫听说，韩子入秦时也带了一套，饮鸩前还将此书赠与了陛下，陛下更时时研读，还下令广为传抄，使之举国流传，老夫也是熟读此书。韩王所言天下仅此一套，却是言过其实了。”

“……”韩王安张口结舌。

“同一部《韩非子》，秦人得之则兴，韩国得之则亡，韩王明白缘由否?”

“不，不知……”

王翦合起手中竹简，悠然背道：“术者，因任而授官，循名而责实，操杀生之柄，课群臣之能者也。”

“此……何解?”

王翦浮起一丝轻蔑的笑容：“术者，不过预防奸佞之督责手段耳，韩子何尝教你等君臣以此法谋人立国? 韩王徒然熟读《韩非子》，却连此中道理都不懂，蠢也!”

韩王安顿时面如死灰，无言以对了。

王翦也不理会，只收起竹简，向身后一招手：“入城!”

一声令下，戎车载着王翦驶进了城门，只是和秦腾一样，此刻的他并无兴奋之感，也没有向周遭新郑的街景瞥上一眼，却是低头凝望着手中的竹简，一目十行地扫过那上面一段段句子：

“……智术之士，必远见而明察，不明察，不能烛私；能法之士，必强毅而劲直，不劲直，不能矫奸。……”

“……智法之士与当道之人，不可两存之仇也。……”

“……则法术之士欲干上者，非有所信爱之亲，习故之泽也，又将以法术之言矫人主阿辟之心，是与人主相反也。……”

“……其可以罪过诬者，以公法而诛之；其不可被以罪过者，以私剑而穷之。是明法术而逆主上者，不戮于吏诛，必死于私剑矣。……”

……

渐渐地，王翦眼前浮现出一个枯瘦憔悴的身影，长发凌乱，瘦削狞厉的面孔直如髑髅般瘆人。他仿佛看到他坐在一盏孤灯前，正在一卷竹简上默默写着什么；他仿佛看到他满头汗水，满眼泪水，死死咬住自己的下唇，直至咬出血，血丝顺着嘴角流淌下来，滴到竹简上，与汗水泪水混合在一起，一同凝结在竹简的那两个字上：

孤愤。

——韩子，你为世间留下的这部典籍，本是《商君书》之后又一部法家皇皇巨著，《孤愤》更是道尽世间变法之艰险，这篇雄文连同《韩非子》，足当流传后世永世不朽。然你却为何要将申不害之术治也纳入书中? 你竟不知这术治对法家学说之危害? 为何不像商君那般唯法是从? 是了，你是要将世间权谋一网打尽，要使变法者深彻洞察人心之丑恶、人心之深不可测，为变法者们打造一件防身利器。然你可曾想过，后人不用《韩非子》之法，专用《韩非子》之术，你本意用来察奸防身之法，已被视为权术阴谋之滥觞，日后只怕将流毒无穷。自家毕生心血被人尽数歪曲，你若在天有灵、泉下有知，当做何想?

“得其时却不得其国，惜哉!”想到这里，王翦不胜惆怅地慨叹了一句。

他扭过头，看到韩王安依旧瑟瑟枯立在寒风中不知所措，身旁是一队队士卒目不斜视地走过，看都没兴致看他一眼，只当这是座陶俑一般。白马素车就这样离自己越来越远，渐渐成了黑色人潮中的一个小小白点。

第三章 关山难越

1

与秦人的预料大不相同，秦军灭韩几乎没在天下掀起任何波澜。

就实说，战国铁血大争百余年，列国互相攻伐屡见不鲜，然七国间的灭国大战却少之又少，能成功灭国者更是前所未有。这其中主要原因，一方面是邦交形势错综复杂，无论谁欲灭国，开战前必须与其他列强反复折冲，否则战事中便少不得有他国黄雀在后；另一方面，列国实力虽有强弱之分，可哪一国都未能强到一举吞灭对手，稍有不慎便会满盘皆输。

正是因此，攻韩之初，秦国上下对这灭国首战可谓慎之又慎。早在发兵前王翦便上书秦王，请黑冰台邦交人马加紧运作，断绝五国援韩可能；灭韩后更是暗自提防，生怕会惊动五国，导致合纵重开。然而各方传来的消息证明，王翦完全是多虑了：其余五国仍是一片死气沉沉，就连老对手赵国也同样悄无声息！

难怪秦人如此惊讶。在他们眼中，六国中唯有赵国堪做自己对手，也唯有赵国堪为统一道路上的最大障碍。历经胡服骑射之后，赵国军力有了惊人飞跃，更在阏与胜秦后成为堪与秦国不相上下的超级强国，天下格局也由七国混战变为两强对峙，六国历次合纵更无不以赵军为主力。唯其如此，秦赵之间的战事也是最惨烈的，王翦年轻时参与过的阏与、长平、邯郸这三大战，全是对赵战事；王翦成为大将之后，赵国也始终是秦国主要用兵方向；即便是灭国大战以来，王翦部署灭韩的前前后后，也始终没有忽视下一步的对赵战事，甚或可以说，灭赵才是王翦眼里的重中之重。

可谁能想到，这个秦国多年来的最大对手，如今竟衰颓麻木至此？

中军幕府里，王翦这样暗想着。

面前的秦腾显然不知上将军心思，仍在滔滔不绝讲着：

“……韩地置颍川郡后，我秦军秋毫无犯，又废了世族封地，广开阡陌分与庶民，韩人早不满韩王君臣，如今大是欢欣；由是观之，颍川、南阳足可为我等东出根基。韩国世族也都在我等监视之下，只是颍川张氏不知去向，我大索新郑也无悬刀踪迹，再问韩王安，他却咬定悬刀早已离开新郑，无人知晓逃向何处……”

“颍川，张氏……”王翦若有所思地望着奏案上的竹简念叨着，那上面密密麻麻记满了韩国世族的人名。

“上将军放心，我等会继续查访。”秦腾神色间颇有些尴尬。

王翦半是赞许半是鼓励地点点头：“也罢，悬刀若要生乱，必与韩安勾连；看住韩安，早晚能揪出悬刀。韩地目下不足为虑，我等当务之急，仍是攻赵！”

秦腾的呼吸顺畅了起来。

“只是，赵国还有名将李牧。”

“将军担心那李牧？”王翦嘴角一丝浅浅的笑意。

“不，秦腾担心的，乃是上将军。”

王翦嘴角的笑意陡然凝固了。

他没有接过话头，而是径自站起身来：“老夫这便聚将，商议灭赵战事。”

显然，上将军不想就这话头继续说下去，秦腾自然明白这点，当即慨然拱手喊了声“诺”，然后大步走了出去。

“赵国目下所恃者，怕只李牧一将了吧……”

聚将议兵的钟声里，王翦的目光逐一扫过麾下大将们，心头涌出了这样的念头。

秦军来袭的急报送到手上后，赵国的秉政上卿郭开没有丝毫耽搁，连夜由邯郸动身，奔向赵王迁目下居住的柏人行宫。

轻风拂过，沉闷的伐木声响伴随着树叶的沙沙声传遍了一眼望不到边的行宫苑囿，郁郁葱葱的密林中依稀可见一棵樗树越来越剧烈地颤抖着，树下一个浑身大汗的精瘦赤膊男子挥舞着手中的斧斤，正一下下砍斫着樗树的躯干。在他身边则是两人，一位高冠广袖、一脸肃穆的老者；一位剑眉星目、面容俊朗的内侍。

“陛下，秦军三路灭赵，当早做绸缪……”坎坎斧斤声中，老者的声音显得时断时续。

“攻不攻赵，关我鸟事！”赵王迁喘着粗气吼道，嗓音沙哑而凶狠。

“可陛下既为赵王，当下抗秦王命……”

“韩仓，王印虎符给他！”赵王大不耐烦地解下腰间革囊，一并丢给了那位内侍。

“诺！”内侍韩仓忙不迭抄手接住。

“陛下圣明，老臣这便去请太后用印，再亲往云中搬李牧边军……”

赵王迁举起斧斤，作势要向他劈去：“老不死的，快滚！”眼见老者瑟缩着后退了一步，重又挥动着斧斤一下下凶狠劈去，木屑也随之四溅开来，“你等眼中，我荒疏国政，我纵情享乐，我是倡女之子，我不及公子嘉，我不配为赵王，我与这樗树一般不成器！既然如此，便休再拿国事烦我！”

说话间，樗树已被斧斤斩断了身躯，带着吱嘎声响向二人缓缓压来。内侍刚拉着郭开的袍袖闪到一旁，樗树已经呻吟着砸到了他们方才站立的位置，漫天树叶飘舞着，打着旋，慢慢落到两人的头上肩上。

“陛下神力！老朽服膺！”郭开没有理会赵王迁的抱怨，依旧长长一揖，细细鉴赏着樗树被斩断的截面，未及起身便被韩仓拉着袍袖，一路拖出了林中，沉闷的伐木声响再次由二人身后遥遥传来。

……

“韩仓，赵王一直这般？”小步趋走着，郭开压低了声音问道。

“上卿也见了，还是这般。”

“公子嘉呢？”

“目下也在柏人，昨日到的。他硬要见赵王，想请赵王调边军抗秦，韩仓费尽心机才拖到目下。大人若不快走，难保不会撞见！”

“知晓了，这便走！”

“大人那边如何？春平侯……”

“老匹夫不足虑，太后早将他攥在手心！”

……

对话忽然打住了，两人同时看到，一位一身锦绣的贵胄公子正伫立在行宫门口，死死盯住他们，目光中带着再明显不过的敌意。

韩仓不安地用目光询问着郭开，后者脸色微微一沉，却几乎立即便堆起了一副笑脸，隔得老远便向那位公子深深一躬，满是真诚地高叫了一句："原来是公子嘉，久违久违！"

公子嘉却没有答话，只是默不作声地看着二人缓步上前。

"公子如何也来了这柏人？可是欲同赵王田猎？"郭开仍是一脸憨态可掬。

"秦军大举攻赵，老上卿不知？"公子嘉的嗓音微微发颤，几乎是从牙缝中挤出了这句话。

"知晓，自然知晓！"郭开连忙点头，"老朽正为此事求见赵王，请他下王命抗秦——啊，公子且看！"说着递上一卷白帛。

赵嘉显然对这回答极为意外，他满腹狐疑地低下头，看到那尚未用印的王命写得清清楚楚：得上卿郭开所荐，兹以云中将军武安君李牧为赵国大将军，领边军南下，以抗秦军。

他再抬起头，看到郭开始终是一脸诚恳，不由得难以置信地紧盯住他："上卿自家拟的？"

"自然。"郭开仍是笑呵呵的模样，"老朽还当亲往云中，为大将军奉上虎符！"

"上卿何时与武安君交厚了？"

"公子忘了么，武安君几次抗秦，皆是老夫所荐！"

赵嘉心下一沉，脸色也阴晴不定起来，将王书还给郭开，没有再理会老上卿，更没理会一旁的韩仓，转身大步走了。

望着赵嘉的背影，郭开嘴角浮现出了一丝冷笑。

"韩仓，继续盯死赵王。不许他出行宫，更不许元老贵胄见他，尤其是这赵嘉。"

"大人放心。"

"还有，你这就去秦国驿馆，将赵国动向告知黑冰台！"

2

郭开动身回邯郸的第三日，已领军进入上党郡的王翦再次收到了黑冰台密报：赵国将调半数边军南下驻守井陉关，主将果然是武安君李牧。

对于这一消息，王翦丝毫没有感到意外，匆匆扫过一眼，便将刻有密报的竹片投入庭燎的火焰中，又在噼噼啪啪的燃烧声中踱到幕府之外。

远处太行山逶迤连绵直如一条巨龙，那里便将是秦赵两军未来的战场。望着那里，王翦想起了即将与自己交手的李牧，他心下清楚，和那巍巍太行山一样，李牧也将是秦军面前一道难以逾越的关山。

尽管彼此从未对阵过，但这并不意味着两人彼此就完全陌生，这位战国名将当年大破匈奴的那一战，早已为王翦熟知：当时李牧命边地牧民尽数赶出所有牲畜，引诱匈奴主力尽数南下，待到那浩浩荡荡的游牧大军刚开过一片开阔河谷，四下里突然号角鼓声大作，方才还是绿茫茫的草原瞬间便涌出片片红云，无数赵军直是撒豆成兵般一队队冒出，先是正面千余乘战车呼啸冲来，一举压制住了匈奴人冲锋的势头；毫无防备的匈奴骑兵还未及反应，密集的箭镞弩矢便从战车背后的射士大阵中倾泻而出，恼羞成怒的匈奴人反复冲杀，却始终冲不破这遮天蔽日的箭雨；及至伤亡惨重想要撤退时才发觉，万余名边军飞骑已从两翼迂回包抄了过来，彻底截断了后路……只那一战，匈奴便损失了十余万人马。接下来，李牧又先后灭襜褴、破东胡、降林胡，打得匈奴十余年都不敢再接近赵国边境，战功直逼当年的赵武灵王。

“破匈奴这一战，足见李牧战法！”王翦记得清楚，这是当时同样戍守边地、反复揣摩李牧战法的蒙恬下的论断，“其一，善使飞骑，行踪飘忽灵动；其二，善借地利藏兵，能于开阔地带设伏；其三，最关键之处，善用弓弩！寻常步卒大军只有二三成射士，然李牧边军之中，射士足占七成！日后秦赵再战，边军纵无飞骑，只要占据险要，单凭射术仍可与我长久相持！……”

想到蒙恬的最后一句，王翦轻皱起了眉头。他见识过李牧本人的射术，那次也正是两人的唯一一次会面，只不过并非在战场上。那是秦王政四年，当时李牧奉赵悼襄王之命出使秦国，迎接在秦为质的春平侯归国，那次邦交本身很是顺利，而在他们即将归赵之际，当时的上将军蒙骜却突然提出，请李牧前往杜县大营一观。之所以如此，倒非蒙骜将军心血来潮，其时李牧已因大破匈奴而声誉鹊起，邯郸之战时更是领飞骑秘密南下，与魏楚联军一并大破秦军。当时秦国所有大将都心知肚明，李牧极可能成为日后秦军最有力的死敌，而多年后的肥下、番吾两战也完全验证了这一判断。正是因此，蒙骜邀李牧入军观兵，既有示威于赵之意，也想试探这位赵国第一名将；而李牧同样想一观秦军虚实，听到这一邀约，自然毫不犹豫来到了杜县。

王翦还记得，那次会面并无预想那般剑拔弩张，反倒颇见融洽。和所有赵人一样，李牧举手投足都透着一股慷慨豪迈，却绝无半点儿张扬跋扈，观兵之时眼见秦军军容盛壮器械精良，连声赞叹显是发自肺腑；军宴之上三斤一坛的凤酒汩汩咽下直如长鲸饮川，拆解兵法论及战例更是透彻明晰鞭辟入里，大得一干秦将好感，即或是邯郸之战中先后败于李牧的几员大将，对其敌意也渐渐消弭了大半。酒至半酣，眼见席间气氛愈加无拘无束，一向持重稳健的蒙骜便试探性地将话题转到了秦赵战事之上，李牧却仍是挥洒自如毫无顾忌，明确说出了秦赵两军各自长短：赵军剽悍灵动长于游击，秦军厚重顽韧长于攻坚；赵军胜在车骑与射士，秦军胜在步卒与大型器械。

“久闻边军擅骑射，将军肯否使我等开眼?”当时蒙武突兀问了一句，顿时引起秦将们一片附和，李牧则欣然应允，在众将簇拥下出了大帐来到校军场。蒙骜下令立起扎好的草人，军吏牵过坐骑，双手捧上一张十石长弓和一支雕花箭箙（箭囊），李牧接过弓矢翻身上马，那匹雄俊胡马一声长嘶便载着他流云般绝尘而去。待到坐骑奔至箭靶百步外时，众人只见他在马背上稳稳挺直身子，张弓拈箭，弦声随即接连响起，紧接着便传来了军吏的高喊：

“五射五中!”

“井仪!”众将发出一阵不可思议的啧啧惊叹，他们当中擅长骑射者绝不在少数，都知晓在飞驰的马背上命中目标是何等艰难，更何况李牧亮出的还是箭术中最难的一手：箭矢连贯射出，逐一命中目标，毫不间断直如连珠相衔！正在惊叹间，胡马已兜完一圈，李牧翻身下马，重新站到了众将面前。

“这，这便完了? 根本看不清!”蒙武瞪大了眼睛，还没回过神来。

“骑射尽皆如此，将军若欲看清，李牧只能立射了!”李牧拊弓大笑。

“将军神乎其技!”秦将们一片赞叹。

“一勇之力，何足道哉!”李牧将长弓一把丢给军吏，朗声笑道。

“纵然如此，边军战力仍可见一斑。”蒙骜点头赞叹，又望向麾下众将，“你等，谁能如李牧将军这般? ——蒙武?”

听到父亲点名，蒙武嘴角抽搐了两下，终是皱着眉晃晃大脑袋：“比力道尚可，骑术也可；射术，比不上!”

“谁敢一试?”蒙骜扫视了众将一眼。

“王翦愿往!”大将们当中忽然响起一个声音。

王翦记得，李牧当时颇有兴致地向自己投来了一瞥，却没有吭声。

“末将骑射固不能及，然立射或可与将军一比!”手中握弓站在箭靶百步之外，王翦沉声道。

“善，将军让我等开眼便是！”李牧的笑声甚是豪爽。

同样的弓矢，同样的箭靶，同样的距离，王翦深吸一口气，张弓搭箭，拇指搭上弓弦后同样连射五箭，及至最后一声弦音响起，那高大的草人已应声倒地。一片扬尘中，军吏的喊声也再次响起：“五射五中——！”

“白矢——！”众将一片喝彩，却并不如何响亮：这能洞穿箭靶的“白矢”射法固然也是高难箭术，比起李牧的连珠箭却还是稍逊一筹；及至两名军吏将草人搬到近前，大将们这才再度惊叹起来——王翦射出的五支箭矢，居然每枚镞头都将李牧的箭矢劈成了两半！

“将军神射，堪比养由基！”李牧向着王翦深深一躬，语气中满是敬佩。

“不敢。”王翦也笑着还礼，“如大将军所言，为将之能，在执掌金鼓，在号令全军，不在战阵厮杀！”

“好，好个将在金鼓！”李牧大笑不已。

“大将军骑射剽悍灵动，王翦立射持重精准，各擅胜场！来来，我等回帐，为此浮一大白！”蒙骜也笑了起来。

……

王翦记得，那次军宴的后半段，李牧同自己聊了许多。李牧没有讳言赵国长平之败，明确说道，当年赵国之败，固因赵括号令之差，然此仅为表象，究其根本，实败于国力单薄、庙堂失算。若赵国国力如秦国雄厚，又何必换上赵括，急于猛攻取胜？若赵国庙堂清明，早当在刚得上党之地又增兵四十万之际便一鼓作气开战，彼时秦军远道来袭未及站稳，粮草更周转不济，若就此猛攻，秦军未必能扛住！……

“……战场胜负固在军力，然更在国力、在庙算！若国力衰颓、庙堂腐朽，纵有精兵强将，亦难挽邦国灭亡，况乎战局？”说到这里时，李牧的语气不胜惋惜。

“此等兴亡铁则，不独适于赵，同样适于秦，乃至一切邦国。”王翦也轻声叹息着。

“今日李牧与将军一见如故，是故直言一问：日后若秦赵再次大决，你我相会于战场，将军如何待我？”李牧笑着问。

“避君锋芒，批亢捣虚。”王翦不假思索答道。

“将军以为，李牧软肋在何处？”李牧显然早已料到王翦的回答，仍是满面笑容。

王翦稍一迟疑，却仍正色道：“如将军方才所言，兵争胜负在国力、在庙算。王翦，或将在战场外击败将军。”

这一回答显然使李牧颇感意外，沉默片刻突然一阵大笑：“善！兵争非徒逞血勇，将军若果能做到，堪称不战而屈人之兵！李牧佩服！”

“果真那般，则非大将军之败，实乃赵国庙堂之败。”

“果真那般，将军以为李牧当如何?”

“将军，或将明知艰险，依旧飞蛾扑火。”

李牧笑着点点头：“将军真李牧知音也！”说罢又是喟然一叹：“秦赵同源，纵有大争、有血仇，却终当归一，此大势所趋也。然你我若果然兵戎相见，李牧仍当全力以赴放手一战，无论赵国究竟何样。无他，为将天职所在，将军却莫笑我迂阔了。”

“忠心谋国乃为将者本分，将军本心王翦感同身受，岂会耻笑?”

李牧淡然一笑，笑容中却颇有些五味杂陈：“赵国历代名将，死于战场者少，死于庙堂倾轧者多，赵主父、廉颇尽皆如是。李牧唯一心愿，只莫蹈他二人覆辙，能如马服子般血洒疆场而已。”

……

李牧那爽朗的笑声仿佛还萦绕在耳畔，王翦的心却无论如何也轻松不起来，当年李牧的最后一段话，究竟是无心之言，还是他早已看穿了多年后自己的命运？王翦不知。他只是凝望着远处的太行山，久久沉思着。

3

邯郸，赵王城，太后寝宫。

华贵奢侈的宫室里透着难以言传的淫靡。连枝灯跳动的火苗照亮了一面栩栩如生绘有各种男女交合姿态的巨大屏风，也照亮了扑朔迷离的重重帷幔后，一个横卧在宽大牙床上、仅着蝉翼轻纱的艳丽女子。这便是如今的赵国太后，整个邯郸所有坊间酒肆中永远的谈资，因了倡女的出身，她也被后世称为悼倡后。

尽管已年过四旬，但岁月并未在悼倡后身上留下半点儿痕迹，她依旧妖娆娇艳。那狐媚的面庞、迷醉的眼神，那脂玉般白嫩的大腿，那纱衣中不住扭动的若隐若现的丰腴肉体，都在时刻撩拨着人的情欲。

然而这一切，却似乎对上卿郭开毫无效果。

这位须发灰白的老人正襟危坐在牙床边缘，背对着身后那诱人的景致，面容和朝堂之上商讨国事时一样端庄肃穆，认认真真看着手上王命中加盖的太后玉印。

奇异的香气笼罩了郭开，一只柔若无骨的纤纤玉手挽上了他的脖颈，悼倡后丰满的肉体已贴上了他的脊背：

“上卿，春平侯过会儿才来，目下又无外人，你怎还这般谨细……”悼倡后的声音慵懒娇媚，在他耳畔吹气如兰。

“太后自重，老臣无欲无求，唯愿尽忠报国。”郭开的声音很是淡漠。

悼倡后发出一阵清脆的笑声。

“尽忠报国，尽忠报国，春平侯那班元老个个这般说，其实谁不想独吞我与赵国？你不也这般想？”说着，另一只手向郭开胯下摸去。

郭开轻扬起袍袖，拨开她的手：“老臣明日便要动身去云中，太后早日歇息，告辞了。”说着决绝地站起身来，丢下一脸不解的悼倡后，推动起那扇巨大屏风。当脚下渐渐出现了一个地道口时，他整个人的身影便消失了。

然而，郭开并没有走，而是站在地道的黑暗中静静听着。片刻后他听到头顶传来一阵脚步声，还有春平侯那满是欲望的猥亵嗓音，他听到他与悼倡后几句调笑便滚到了一起，床榻的吱嘎晃动声中种种淫声浪语不绝于耳，很快这晃动便越来越猛，男人的喘息女人的呻吟也越来越急，最后随着一声尖叫一声低吼，晃动声陡然停止了，整间寝室重又平静了下来，只余一阵粗重喘息。

黑暗中的郭开并未等待多久，很快就听到什么响动，然后是春平侯的低声窃笑：“我与王兄，谁更勇猛?”

悼倡后咯咯一阵娇笑：“自是君侯!”

“与那郭开相比，又如何?”

“那老杀才，从，从未碰过我……哎哟!”

“老贼怕是早被阉过，不然为何这多年不近女色?”春平侯低声狂笑着，显是对自己的猜测大为开心，地道中的郭开却依旧不动声色。

又是一阵嘈杂，春平侯的声音重新响起：“老贼近日如何? 怎的不见踪影?”

“他要去云中。”

“去云中? 找李牧?”春平侯的声音中陡然多了丝警觉。

“说是要以李牧为大将军，领兵抗秦，还问我用太后印。”悼倡后倒是漫不经心的语气。

“武安君如何与那老贼一党了……”春平侯满腹狐疑地自言自语。

听到这里，郭开的嘴角露出了一丝笑意，这才悄无声息地消失在了地道深处；又在一队黑衣剑士的护卫下，连夜赶往云中郡了。

老旧的牛车耐不得剧烈颠簸，吱嘎作响地摇摆着，车中的郭开也以相同韵律晃动着，仿佛随时可能会跌下来。这牛车已伴随了他十余年，十余年前刚成为赵悼襄王的上卿时，他便乘着这辆车；十余年后，他已权倾朝野，却仍然只是个上卿，而这辆车也同样没有换。

牛车的吱嘎声中，郭开闭目养神，静静想着自己的心事。

他的发迹与悼倡后密不可分。想当年，这位倡女出身的太后还不过是位寻常妃嫔，却早以妖冶的容颜、床笫间的万种风情赢得了赵悼襄王的无尽恩宠；也正是在郭开的谋划下，赵悼襄王不顾满朝文武的强烈反对，废黜了原来的太子赵嘉，改立悼倡后之子赵迁，更以临阵代将的毒计逼走了当时权兼将相的老廉颇，从而彻底瓦解了反对者的力量。而郭开自己也当上了太傅，同时得到了赵偃的信任、悼倡后的感激。及至赵悼襄王亡故、赵迁继位、悼倡后成为太后，郭开已在朝野中大权独揽了。

即便如此，郭开也从未得意忘形，更从未掉以轻心。赵氏部族历来好勇斗狠，元老大将们但有野心私怨便会密谋起事，而失去赵王之位的废太子嘉、觊觎王位多年的春平侯也不例外，早早便在与李牧等边将暗地里往来，这一点郭开心知肚明，而他之所以着力拉拢这位手握重兵又独立于庙堂各方势力之外的武安君，原因正在于此。

……

云中郡，边军幕府。

牛皮大帐里，一场特异的接风小宴正在举行，以李牧为首的边军大将们一片冰冷的沉默，郭开反倒是满面春风滔滔不绝，宾主地位似乎完全颠倒了过来：

“……老朽一力斡旋，终是保武安君升任大将军，心下无愧矣！”郭开喟然一叹，轻轻拍案道，语气中满是真诚。

“……”

“老朽坚信，若大将军领兵，必能再胜秦军，扬我大赵国威！”

“……”

“因有秦人谣诼攻讦，列位将军或对老朽成见在先，老朽却是问心无愧！而今大军压境，我等皆当抛却嫌隙，同心抗秦！”

“……”

“粮草辎重众将更可放心，老朽亲自督办，断无差错，只是诸般事宜太过琐细，当徐徐图之，总归要保后援无恙！”

……

郭开就这样自顾自说着，神色极尽坦然，丝毫不在意边将们目光中再清楚不过的敌意，也同样不在意李牧阴沉的脸色。

李牧轻轻地将痉挛的右手放到奏案下，攥紧匕首的把柄，左手则握起案上的陶罐，他心知肚明，所有边将虽紧盯郭开，眼角余光却无时无刻不在注意着自己，只要自己将陶罐砸在地上，大将们立即便会按预先约定，一拥而上扑向郭开，转眼将他剁成肉醢。

然而，望着眼前的虎符和命书，李牧却还是松开了奏案下的匕首，举起陶罐向郭开致意：“军中无酒，上卿见谅！”

“无妨无妨！”郭开笑眯眯道，“老夫滴酒不沾，以茶代酒正好！”也举起陶罐，将罐中粗茶一饮而尽。

尽管目不斜视，李牧却能料到，边将们的目光中必会闪过一丝失望。为目下这个机会，他们筹划了足有大半年，然而当郭开真正坐在面前时，自己却放弃了，反与这人人不齿的奸佞推杯换盏，他们能不失望么？

纵然如此，李牧仍别无选择。

对眼前这位永远笑容可掬的老人，李牧得到的信息始终是矛盾的、混乱的，他早从种种渠道得知了郭开的无数劣迹，然而另一方面，众人眼前的郭开一不贪财二不恋色三不好骄奢淫逸，谈及赵国的将来永远是忧心忡忡，操劳国事永远是宵衣旰食，面对那位顽劣无行的浪荡赵王永远是苦口婆心地劝谏……这些相互矛盾却又无从查证的信息，始终令李牧无所适从：郭开究竟是表里如一的谋国忠臣，还是大伪欺世的祸国奸佞？若真是前者，自己贸然将其诛杀，岂不是残害忠良，更祸乱赵国？

更何况，眼下秦国已开始大举攻赵。郭开他就算再是大奸大恶，只要没利令智昏就该当明白：若是秦军灭赵，他又怎可能继续把持国政？就算为自家考虑，也不该对自己有任何掣肘。如今他带来了任自己为大将军的王命，又将虎符授予自己，纵有拉拢巴结之意，却也大利于抗秦保国，自己又怎能将其妄杀？如此赵国必会再次陷入兵变内乱，而秦国也必会乘虚而入，彻底灭亡赵国！

果真这般，自己与一干边军大将，岂不成了赵国罪人？

……

“大将军！谋划万无一失，为何按兵不动?”

小宴结束、郭开马队匆匆赶回邯郸后，一干主谋大将再也忍耐不住，最年轻的赵葱第一个发作了，立即引来了大将们的一片应和。

“郭开面目不清，纵然奸佞，毕竟力主抗秦。你若杀他，谁来主事?”李牧冷冰冰撂下这一句。

“公子嘉可为赵王，春平侯可领国政!”裨将司马尚叫道。

李牧淡漠一笑：“司马尚，你是公子嘉心腹；赵葱，你是春平侯族侄；其余诸将背后也各有元老支持。你等以为，李牧不知你等心思么?”

“……”司马尚赵葱顿时不约而同涨红了脸，其他边将也大是尴尬——他们各自都与朝中元老暗通声气，也都知晓元老们无不对赵迁郭开恨之入骨，觊觎着国政。一旦有机可乘必定纷纷起兵，杀奔邯郸浑水摸鱼，到时他们怕也少不了跟着彼此攻伐，赵国历代兵变内乱几乎次次如此。若朝局真到了那一步，谁还有心抵御强秦?

一片沉默中，李牧向众将环顾了一眼，重重一声叹息：“各位将军，目下乃危急存亡关头，你等若能以大局为重，若还认李牧为将，便先抛却私怨，同心抗秦。肯否?”

“抛却私怨，同心抗秦!”幕府中一片响亮应和，大将们语气中显然没有丝毫勉强。

“善!”李牧一点头，“你等，且听我说……”

4

秦王政十八年春，公元前229年，王翦亲率大军向赵地进发，兵锋直指太行山。

“按太行山而北去，不知山所限极处，亦如东海不知所穷尽也。……”在古人心中，如同茫茫东海一般，这道连绵起伏的漫长山峦也同样永无止境。尽管事实上并无那般夸张，但太行山的险峻仍毋庸置疑。这条东北西南绵延千余里的连绵山地，只留下了八道狭长山谷，无论是秦国还是赵国，若想经太行山进攻对方，便只能从这太行八陉中穿越过去。

莽莽苍苍的山塬粱峁间，一队队秦军步卒组成了股股黑色人潮，如一条条巨蟒般徐徐游动着，前进方向却是一致——均是太行山第五陉，井陉。

“此番灭赵，与长平大决各有同异。”这是幕府议兵之际，王翦讲给大将们的原话，“同者，地利之同也，长平大决战于上党高地，今番灭赵则战于太行山，皆为山地攻坚，是故我等战法如常，仍以重装步卒徐徐推进。异者，人和之异也，长平之时，秦赵皆庙堂清明，国力旗鼓相当；而今赵国却是庙堂昏暗、国力衰微，只余李牧一根独木。……”

秦军进军太行山时，赵军的红色旗帜已高高飘扬在了井陉关背后。

井陉这个名字，来源于它的地形：四面都是高耸峭壁，关前只有中央一小块凹下的谷地，恰如一口深井，只留下一条细细峡谷可以通行，号称“车不得方轨，骑不能成列”。对处于守势的赵军来说，扼守此地自然事关全局。

一座座营垒中的赵军肃然挺立，红色衣甲与同样红色的营帐融在一起。其间最为高大的那一座营垒，正是李牧中军幕府之所在。

“诸位，依我等本意，当先以兵变肃清朝局，再聚人心抗秦，然目下秦军兵锋直逼眼前，是故方略当变。”这是李牧对大将们讲述的大势，“如今朝局已成两难处境：不抗秦则无以稳妥兵变，不兵变则无以踏实抗秦，二者互为因果、首尾相连。然抗秦之要在我等边军，兵变之要在朝中元老，是故，我等当以抗秦为先！若抗得秦军，方有望匡正朝纲；若秦军灭亡赵国，纵然铲除奸佞，仍然于事无补！……”

黑色“王”字大纛在半空中猎猎招展着，大纛之下，挺立于戎车上的王翦遥望着远处越来越近的井陉关。

“……而今除李牧边军，赵军战力已明显弱于我等，是故我等当分头进军，迫使赵军分兵御敌，全面应战，以防战事反复，军力流散。老夫谋划如下：秦腾偏师驻扎韩地，蒙武老军驻扎河外，均按兵不动，以防韩地生乱、齐魏楚偷袭；蒙恬十万大军盘踞云中，既防匈奴，也防赵军。关内大军为攻赵主力，兵分三路尽数开出：北路以羌瘣、李信为将，领步车骑混编大军十万，由上郡出发，过离石要塞渡大河，攻向赵国代郡；南路由杨端和、辛胜领十万步卒及攻城器械，出河内郡，自安阳北上，渡漳水直逼邯郸；中路大军十万老夫亲领，兵种与南路军等同，经河东郡入上党郡，直取太行山井陉关！……”王翦的声音，仍旧回荡在秦军大将们的耳畔。

井陉关上，火红的“李”字大纛下，李牧也在默默眺望着即将到来的王翦大军。

“……秦军北路取我云中大营，南路攻我四邑大军，中路直奔井陉关，显是欲将我举国之军分割开来，逐一击破！三路之中，中路尤为紧要，若井陉关失守，赵国便被拦腰切断，南北两路再无回天之力！是故抗秦之要，首在井陉关！”这是李牧对边将们的拆解。

……

当一辆又一辆形制各异的攻城器械最后驶入秦军大营时，攻守双方都已做好了长久相持的一切准备。

井陉关外，十万秦军分为五座营垒：井陉关外五里，直面赵军的前军大营是王贲统领的一万射士、四千步卒，所有攻城器械尽皆集中于此；左右两营则分散驻扎在两翼，以重装步卒为主，任务是协同前军攀爬关隘，强攻守军；中军大营是王翦幕府所在，驻扎在涂水畔的萝磬亭，由护军都尉马兴率领，既是策应前三营，也是提防身后可能出现的山东四国援军；后军大营是辎重营，驻扎在距井陉口最远的绵蔓水河谷，二十余万工匠民夫川流不息往来于上党郡与攻坚大军之间，日夜不间断地运来一车车粮草辎重。

另一边，井陉关上的李牧同样布下了天罗地网。

包含了云中边军、四邑大军以及井陉关原驻军的九万赵军分成了三前一后四大营垒：关前两翼的山岭各驻一营，分别由司马尚、赵葱统辖，各一万射士、一万步卒；李牧自己亲自坐镇井陉关，统领最精锐的四万边军；最后的辎重营则坐落于关外开阔地带，同样是将近二十万民夫劳役，从赵国腹地运送粮草、伐树凿石、赶制弓弩箭矢。

这最后的辎重营，正是李牧最为担心之处；他的担忧倒不在秦军可能的偷袭，而是在后援补给。郭开虽保证要亲自督办粮草，可回到邯郸后便没了音信，李牧多次派人催办也不见答复，这倒也在意料之中——郭开当时的信誓旦旦只是摆出来的姿态，眼下对赵军不闻不问，才该是他的本来面目：你李牧若不听我的，我便不发粮草！尽管李牧后来以大将军名义径自向相邻郡县征发粮草民夫，暂时解了燃眉之急，但只能撑得一时。若三五个月后粮草告罄，赵军却如何继续固守？

……

“山势险峻，无法偷袭赵军辎重营？”

秦军幕府中，王翦重复了一句儿子带来的军报，轻拈须髯沉吟了半晌，终是淡然一句：“不能便不能了，回去好生备战，明日正面强攻。”

一直垂首站在父亲面前的王贲，诧异地抬起了头。

“李牧天下名将，本就奇计百出，任你何等妙计也瞒不过他。目下之要，既非逼李牧撤军，也非夺取井陉关，却是与赵军大决，是故我等当以寻常战法，正面硬攻井陉关……”

几乎是王翦说出这番话的同时，赵军幕府里，也在进行着大战前夜的最后议兵。

“……依李牧先前所想，我等边军最擅奔袭骑射，可效当年赵主父之谋，由云中偷袭秦国九原，自河西高地南下，直取咸阳；或仿当年肥下、番吾两战，将南路秦军诱至死地，围而聚歼。然目下观之，尽皆不可。一则北路秦军严阵以待，南路秦军步步为营，何等战法都难奏效；二则当年肥下、番吾两战，我赵国上下同心，粮草充盈军令通畅，方有两胜，而今……”

李牧没有说下去，只是咬紧牙关，不吭一声。但司马尚赵葱都明白了大将军未说出口的意思：而今我等边军只能弃骑射之长，死守井陉关！

整个幕府寂静得唯余一片喘息，边将们人人面色铁青。他们这支边军飞骑经李牧多年打磨，决然堪称天下数一数二的劲旅。众将人人都想过无数次，若无匈奴这后顾之忧，边军得以大举南下，必当纵横驰骋中原大地，真正与秦军锐士见个高低！然而谁曾想到，真正南下之后，他们却只能弃长就短，一味固守？若仅如此也倒罢了，然而将士们前面浴血杀敌，背后庙堂却不闻不问，事到如今连粮草都悬而未决，如何不让大将们寒心憋闷？

“诸位，赵国存亡尽在我军。”片刻之后，终是李牧重新打破了寂静，尽管面色嗓音平静如初，大将们却注意到他那痉挛的右手正不住颤抖着，“无论庙堂如何，无论有无后援，只要赵国不灭，朝局便有望迎来转机。我等当有全局胸怀，忍辱负重血战报国！”

“血战报国！”边将们齐齐吼道，却是人人泪光晶莹。

幕府议兵之后，李牧独自来到了关城之上，远处秦军大营的点点灯火在暮色中闪烁着，阵阵营涛中蕴藏着无尽的活力与杀机。李牧知晓，王翦的一切准备都已就绪，秦军正如那蓄势待发的猛虎般磨利了爪牙，明日自己便将迎来一场空前恶战，心念及此，心头反倒踏实了许多——若自己与赵军果真能如当年邯郸之战那般，在漫长的攻守中耗尽最后一滴血，却也不失烈士归宿，自己又何惧之有哉？

想到这里，他的右手重新痉挛了起来。

5

次日拂晓，秦军大举出动了。

牛角号的呜咽声反复回荡在黎明的天穹下。直面井陉关的秦军前营中，一架架攻城器械、一队队秦军均已整装待发。

无数士卒排成齐整方阵，迎接着将军的检阅。射士们免盔束发，只身着长襦短绔，手持弩机背负箭箙；步卒则外罩短铠，腰挎短剑，手中一根根三丈长矛直指天穹。他们彼此只以脑后的不同辫式区分着各自的爵位军职，又以头顶飘扬的不同旗色、衣甲上的五色徽记区分着各自的卒伍。这是被天下呼为“锐士”的精锐步卒，论军纪的严明、战阵的齐整、士气的高昂、装备的精良，均已达到了战国之世的巅峰。

号角止息之际，全身戎装的王贲从一排排士卒面前大步走过，鹰隼般的目光逐一扫过那些写满了兴奋的年轻面孔，带着一丝隐隐的鼓励。片刻之后，他便再不会见到他们当中的许多人，可纵然如此，无论统帅还是士卒，神色间都没有半点儿犹豫。

第一批攻坚死士检阅完毕，王贲登上了前军的司令云车，凝望着远处的井陉关高喊了一声“报幕府”，悠长的号角便连续吹响了三次，回声激荡在谷中的同时，军令司马举起半人高的青色令旗，又左右挥舞了三次。

“前军备战完毕，请求攻坚！”看到远处青旗挥舞，中军大营的军令司马高叫道。

“可，应旗！”王翦眯起眼睛，沉声道。

眼见中军幕府的司令云车上同样挥舞起了青色令旗，王贲明白，父亲正在默默注视着自己的一举一动——

为将多年，自己终是迎来了第一次事关全局的生死大战，对手还是天下名将李牧，还是最精锐的赵国边军！阿翁，王贲决不给你丢脸！

想到这里他低下头，面对着脚下密密麻麻的黑色方阵开了口，粗重的吼声在一片寂静中分外响亮：

“列位同袍，攻坚首战，王贲为你等壮行！”

一方方黑色大阵中同时响起震天的欢呼，他们仿佛不是要去赴死，却是即将开始盛大的狂欢，人人眸子中都充满了渴望。将军举起了陶盏，士卒们掏出皮囊，拔开木塞，纷纷大口咽下凛冽如刀的热辣秦酒，浓郁的酒香陡然在山谷中弥散开来。

一口饮尽酒水，云车上的王贲猛然掼碎陶盏，仓啷一声抽出长剑，剑指井陉关："起战鼓！鼓徒！"

"不得，无返——！"

沉雷般的鼓声伴随着响亮的誓言一同飘上半空，惊飞了大群鸟雀。烟尘大起之处，秦人前军营垒辕门大开，一架架形制各异的大型兵器在一方方黑色大阵的簇拥下，开始向着井陉关缓缓驶去。

这时，他们听到在前方的关隘上，同样响起了凄厉的号角。

关城之上，一队队赵军正在紧张忙碌着，他们都是赵国边军的典型装束：黄金狮比革带紧束着红彤彤的短后之衣，漆纱笼冠上飞扬着火红的鹖尾，背后的角弓、左腿前悬的箭箙都涂以朱漆，远远望去直如点缀在山林间的片片绯云一般。

"各部报告备战！"李牧简单地一声令下，身旁几名军令司马逐一挥起颜色各异的巨大令旗。

牛角号的嘶鸣震彻关城；少顷，南北两翼的大营传来了回响。

"北营赵葱就绪！"井陉关北面的营垒，一面黑旗正在迎风招展。

"南营司马尚就绪！"南面营垒中同样挥舞起了红旗。

"滚木礌石就绪！"最后一批粗木大石被堆积到了城堞背后，士卒们纷纷直起腰，青白两面令旗齐齐飘扬。

"悬脾狼牙拍就绪！"一名名死士手握长矛跳入一座座木笼，从木板的缝隙中探出根根矛尖，他们的同袍则站在辘轳绞车后面，准备着将这些器械掼下城垣。

"火捽就绪！"

"鸱脚就绪！"

"累答就绪！"

"籍幕就绪！"

"盾橹就绪！"

一声声大喊中，一只只浇有油脂的草束、一具具闪烁着寒光的铁钩被悬挂在女墙外，一面面木盾在城头张开，一张张布幔探出城墙。即或并不直接参与第一拨守城的士卒，也最后一次调了调手中的弓弦，将套有韘（扳指）的拇指轻搭在上面。

最后一声回报的余韵消失了，这时井陉关上的赵军已经听到，秦人前军的司令云车上遥遥传来了三长两短的鼓声。

“各寻掩护！”李牧明白这意味着什么，鼓声未落便一声大吼，身旁军吏忙高举起手中的绛色令旗快速旋转；而关上赵军刚各自藏身，巨大的轰鸣声便从敌阵遥遥传来。

赵人们无法看到，无数支粗长的弩箭，正从秦军连弩大阵中升起，转瞬间便将整个关隘淹没在密集箭雨中；紧接着，块块巨大的飞石也被大炮渐次抛出，纷纷砸上对面的城垣箭楼，发出沉闷的轰鸣和剧烈的震颤，腾起阵阵烟尘碎石。赵军尽管早已各自躲藏，但猝不及防之下，还是有不少人被弩箭洞穿，被飞石砸成肉醢，四下里纷纷响起哀号之声；其他人纵然侥幸躲开，也大都被腾起的灰尘碎屑眯得睁不开眼睛，连绵的喷嚏咳嗽中只能另寻掩体，一时颇见狼狈。

士卒的惨叫一直传到关城背后的司令云车上，李牧表面虽不为所动，却也暗自惊心。当年肥下、番吾两战中与他交过手的秦军，并未装备大型兵器；此前他虽也对秦军重装有所耳闻，却始终没能得以亲见，而今观之，这连弩威力果然非同寻常，有此等器械威逼掩护，休说击退秦军，赵军便连抬头都极为艰难，只能任凭对手步步逼近！

“莫乱动，先保自家！听令反击！”眼见有士卒趁弩矢飞石间隙勉强从城堞的悬眼中张弓还击，却因射程不够无法奈何对手，李牧忙命军吏挥舞令旗发出新的将令。

与此同时，他已看清第一波攻坚秦军的那些大型兵器了。

弩矢飞石的掩护下，齐整的震天杀声中，最前端的步卒方阵已出现在视野当中。他们三人一组，左右两人高举大盾为掩护，中间一人挥动着锹耒，清除前方的遍地蒺藜、拆掉一座座拒马鹿寨、填平一个个陷坑，尽可能快地打开一条进攻通道；后面则是一辆活动房屋般的冲车、十余架大型云梯车，在藏身其中的士卒们的推动下一字排开，紧随其后辚辚前行，片刻后抵达了井陉关的城垣下。

“弩矢飞石暂停！”后阵的王贲发出了新的将令，这是秦军正式攻关前避免误伤同袍的必然举措。

仿佛有着神异的法术，弩矢飞石连绵不绝的呼啸声瞬间消失了，取而代之的是各色攻城器械发出的怪异响动。藏身冲车内的二十名死士合力拉动车中撞头，猛然砸向井陉关关门，发出巨大轰鸣；辘轳和铰链转动的吱嘎声中，牛皮包裹的粗大云梯节节伸长，钩援逐一搭上了城堞，一个个身披短铠、左手革盾、右手短剑的死士们随即由车中纷纷窜出，如同一只只灵猿般爬上云梯钩援，准备直取城头——

便是目下!

司令云车上的李牧猛然举起手中的白色令旗，数十面牛皮大鼓同时响起，秦军死士们刚爬上几节梯级，头顶突兀间闪现出一片红色人墙!

赵军开始了反攻。

“滚木!礌石!”

随着军吏先后挥舞着青白二色令旗，一根根合抱粗的滚木、一块块磨盘大小的礌石先后从城门头顶丢落，逐一砸向冲车那屋脊般的坡顶，在厚厚铁皮上砸出大小不等的坑洼便滑落向两侧，浓重的烟尘随即腾起。

“火捽!累答!鸱脚!……”

关城的不住震颤、千长百将们此起彼伏的吼声、红黄等各色令旗的摇摆舞动中，一簇簇悬挂女墙之上的草束、一块块幕布般的累答也带着熊熊火焰，翻滚着舞动着从城头落下飘下，点燃一个个躲闪不及的秦人身上的衣甲；一只只张牙舞爪的鸱脚同样被劈头盖脸地掷下，锋利的钩刃割开皮肉饱饮鲜血。一时间攻关士卒纷纷坠下，扎在未及拆除的几架拒马的矛头上，被洞穿喉咙者有之，被挑破肚肠者有之；纵然侥幸没有碰上拒马，从几丈高处跌到地面上，也无不落得肝脑涂地粉身碎骨。

就在第一批数百名秦军精锐全数丧生之际，巨大的轰鸣也伴随着凄厉的惨号一同从关门方向传来，在滚木礌石的持续倾泻下，纵然是精铁打造的冲车也难以支撑，终于被砸塌了，车中攻关士卒无一幸免，全数葬身于关门之下。

尽管出师不利，后面的死士却没有任何犹豫退缩，越来越多的身影蚁附在云梯上，再度向井陉关发动了更大的攻势。

“狼牙拍!悬脾!飞钩!……”

鹰旗、虎旗、龙旗的举起落下中，辘轳的吱嘎声响里，一只只嵌满铜钉的木板被绞车高高绞起再重重拍下，每次都要在城墙上留下一汪汪鲜血，落下一具具血肉模糊的尸体；一只只盛有赵军死士的木笼同样被绞车缩到半空，根根长矛从两侧刺出，洞穿正在攀缘的秦人们的两肋；还有一根根连着绳索的飞钩不时被抛下，钩住梯身猛然掣起，随之而来的便是一架架云梯钩援咔嚓断裂，血肉和残肢四处飞溅。

“增兵!继续!”面对士卒们的巨大伤亡，云车上的王贲挥起了双兔旗，仍是铁铸般纹丝不动，黝黑的脸膛上更不见一丝喜怒。他早料到会是这般，攻坚战本就是下下之策，防御方可借高城深壕全力防御，进攻方即便付出惨重代价也未必能最终取胜；而这井陉关地势又如此险要，攻下它的难度自然更要加倍!

眼见又一拨云梯车在步卒方阵的掩护下缓缓向前驶去，王贲眉头一皱，下令军吏一同举起红黄两色令旗，发出了火箭的号令。随后，后面的射士方阵中开始冒起零散的点点火星，很快这火星便逐渐蔓延，如同赤色的花朵争相绽放，最终连成了一片火浪；紧接着，道道飞舞火舌的箭矢由方阵中齐齐蹿起，直扑正中关隘，几乎转眼间便点燃了赵军的营帐、辎重、军器乃至士卒的战袍、皮甲，一片混乱的喊叫中，整个井陉关峡谷立刻笼罩在了滔滔热浪片片火光里。

“唧筒！水囊！麻搭！”数十面黑色令旗纷纷招展，汇成了一片阴云，关城上赵军此起彼伏的喊叫声，迅速将李牧将令传遍了全军。很快，火焰被浇灭的滋滋声便在各处营垒先后响起，赵军或是用事先准备好的唧筒喷出根根粗大水柱将火焰浇灭，或是挥舞着麻搭扑灭火苗，或是索性抛出只只水囊，集腋成裘地一点点将火焰淹没，四处肆虐的火焰很快便逐一熄灭了，取而代之的是呛人的滚滚浓烟、阵阵被烟熏到的咳嗽声。

而趁着赵军匆忙灭火之际，秦军又一批云梯车再度搭上了城垣，士卒们继续争先恐后地猛扑向城垣，位于最前面、动作也最快的近百名死士离城头已近在咫尺了。看到这里，后面的王贲嘴角绽起了一丝笑意——火攻并不是用来直接杀伤对手的，而只做扰乱敌军之用，掩护云梯车才是关键，目下观之这一战术果然奏效了。

然而这个念头仅仅一闪即逝，秦人们的喊杀声几乎立刻变成了哀号，王贲大为意外，极目望去隐约看到，那些就要登上城垣的士卒们突然莫名其妙地纷纷坠落了！

“将军！攻城同袍被尽数射死，个个喉咙中箭！”军吏匆匆带来了前方的军报。

“好射术！”王贲心下一惊，猛然想起了父亲对众将的告诫：一箭之外，是秦军连弩大炮的天下；对面厮杀，改为步卒的边军也未必胜过秦军锐士；然而一箭之地内，赵军胜算几乎是十拿九稳！

“下一批！再上！”他一跺脚，狠狠叫道。

6

黄昏时分，井陉关前终于沉寂了下来。

战场上无处不覆盖着黑红纠缠的密密麻麻的尸堆，令人作呕的浓郁尸臭也开始弥散开来。一架架火燎之后的破损云梯散着焦臭冒着浓烟，在落日下投射出光怪陆离的长长影子。关城之上、山谷之中一片鲜红，分不清是血泊还是夕照。一片寂静中，只有秦赵两军疲惫已极的士卒们发出阵阵粗重的喘息，满怀恨意的目光遥望着彼此，准备着在稍许恢复体力之后，开始下一轮的攻防。

望着对面依旧岿然不动的关城，司令云车上的王贲咬了咬牙，心下颇有些烦躁。对井陉关的轮番攻坚持续了整整一日，秦军始终无法登上关城。午后时分，他在正面猛攻之外又派出了两支精锐奇兵，分头攻打关城两翼的南北营垒，不想司马尚赵葱两部战力毫不逊于李牧，更借地利之险顽韧阻击，两支奇兵接连猛攻了两个时辰，伤亡惨重却始终无法前进半步，眼见奇袭兵马几乎消耗殆尽，王贲顿时心头火起，再不顾误伤的可能，断然下令对准两翼赵营发射连弩，接连三轮箭雨暴射之后，赵营守军固然丢下了大片尸体，全数缩回营垒，然两支奇兵却也无一生还了。目下各部军吏已先后报上折损人数，各部伤亡累计近四千，而歼灭赵军只有两千不到，如此悬殊的对比虽早在王贲意料之中，却仍大觉颜面无光，麾下将士一听这等损伤更是个个义愤填膺，纷纷叫嚷要继续夜战，王贲早有此意，眼见士气依旧盛壮，心下更是放心，下令前军暂停攻坚，休整片刻，又与几名都尉司马商议了夜战之法。

王贲的打算是，先以火箭连续射烧井陉关和两翼营垒，此后佯装退兵，却在秦军营垒外的密林中重重设伏。若依常理，首日激战后攻防两军尽皆疲惫，归营之后都应养息气力以待来日鏖战；然而依照王贲估算，向来善出奇兵的李牧极可能趁秦军松懈之机，派出精兵夜袭秦营，自己若将计就计，必当取得胜果！他将这战法一提，都尉们大是兴奋，均觉得此法胜算极大，甚或可能比正面攻坚歼敌更多，没有丝毫异议便全数赞同了。王贲于是命军吏飞马赶回中军幕府，将此打算报给父亲。

沉郁的号角嘶鸣由中军幕府方向遥遥传来，随即响起的便是连续三声金柝的清脆金声，这是撤军的信号；紧接着，王贲看到自己派出的军吏从后阵飞驰而来，又听到他在嗒嗒马蹄声中的大喊：

“上将军有令：回营休整，来日再战——！”

王贲的眉头皱了一下，他自然明白父亲这道将令的真正含义：今日既不继续攻关，也不在营外设伏，一切留待明日再说。虽对父亲的将令大不赞同，思忖片刻后却还是断然一挥手：“起号鸣金！传令前军，乌云阵扎营，以防偷袭！”

说着他噔噔噔下了云车，跳上自己的戎车，直奔中军幕府而去了。

“……今日猛攻，只为试探边军虚实，本意并非与李牧大决。老夫同赵军多年厮杀，深知四邑之军战力，却从未与边军交过手，今日观之，边军战力不下我等，若无必胜把握，不能轻动！”

面对着儿子与其他大将们的一脸不解，王翦解释道。

“可井陉关这般险要，一不猛攻、二不出奇，如何攻下？攻不下井陉关，又如何灭赵？”王贲的语气中颇有些不服。

“若持续猛攻，李牧正求之不得。以目下局势，我等越是强攻，赵国上下越是齐心，李牧根基也便越稳，他又占了井陉关险要，人和地利尽皆齐备，你却如何破他？”

“如此更好！我大军士气战力皆在巅峰，正好与他痛快一战！”王贲恨恨叫了一声，身旁其余几员大将也喊成了一片。

“忘了此战意图么？”王翦突然抬高嗓音，压住了将军们的一片吵嚷，“我等要的是灭赵，不是寻仇！我等对手乃是整个赵国，甚或山东六国，而非李牧一将！岂可整日纠缠于宿怨，以致因小失大？持续强攻必有更大伤亡，日后我等灭剩余四国，还不知硬仗几多，岂能将兵力尽耗于此？”

一席话说完，大将们都不吭声了，只有王贲用目光询问着父亲：既然这般，如何应对？

王翦显然明白儿子的意思，遥望着暮色中的井陉关沉默有间，这才重新开口：“此中关键，猛攻不可，不攻更不可。是故，当与伐韩一般……”

最后一抹晚霞即将消失于天边之际，李牧悄悄出了井陉关。

在一个百人队的护卫下，他借着密林的掩护，手脚并用，顺着一条极为隐秘甚至险恶的崎岖山道，来到了距秦军营垒不到三里的一处小小坡塬上。此处是开战前李牧亲自勘定的几处观敌要冲之一，地势极为险恶，大军绝无可能由此翻山越岭，是故秦人也没有在此布下斥候暗哨，藏身于此既不会暴露，又可将秦军营垒尽可能看得真切，实在是一处隐秘而安全的天然望楼。

李牧之所以冒着不小的风险出关，正是要看看秦军营垒有无弱点，自己有无主动出击的可能。白日里持续一整日的攻守固然战事惨烈，赵军也固然伤亡不小，却始终未使对手占得半分便宜，将士们清点战果后发现秦人伤亡远甚自己，战报传开，士气因此陡然高昂了起来，将士们原本因朝政糜烂、后援不力生发出的种种疑虑顿时一扫而空，取而代之的是与强大对手交战的强烈渴望，转眼间又变回了当年赵主父麾下那支横扫天下的胡服飞骑。此等形势下，司马尚、赵葱等大将不约而同地提出，秦军首日攻坚不力必然疲惫，今夜也必定全无防备，我等当趁夜偷袭，必能再次大胜！就实说，李牧早在秦军退兵时心下便冒出了这个念头，然而他并未轻忽秦军，也不似司马尚赵葱那般对夜袭信心十足，反复权衡之下还是决定亲自做一回斥候，一观秦军虚实。

尽管天色已很是黯淡，但凭借高耸险峻的地势和自己那鹰隼般的目光，李牧仍可大体看清秦军营垒的布防，从那层层叠叠的云梯冲车连弩大炮中他已分辨出，这正是白日里主攻井陉关的王贲部营垒，于是一动不动凝视着那片营地，又仔细倾听着晚风带来的阵阵林涛，终于摇了摇头。

“乌云之阵……”望着盘旋在营垒上空的鸦雀群，他无可奈何地叹息了一声。

这是山地作战扎营时的阵法。山地驻军向来须较平地旷野更为小心，稍有不慎便会受制于敌：若扎营于山巅，则易为敌军隔绝孤立，正如后世马谡失街亭一般；可若在山麓山脚扎营，又有可能被敌军占据山顶，居高临下偷袭，是故必须分散驻守，处山之阳（南）者备山之阴（北），处山之阴者备山之阳；除此之外还须占据险要，隔绝谷口要道，各处营垒又能彼此呼应，及时来援，真正使整片营垒变为一座无懈可击的“山城”，如此方能有效防备敌军来袭……凡此种种，若非精于立营又熟悉地利的名将，山地扎营还当真难以面面俱到。

更有甚者，在精于观敌的李牧眼中，敌营中的种种迹象分明表明，对于赵军可能的偷袭，秦军早已严阵以待——那营垒中的灯火远比平日多出了数倍；金柝之间的间隔也更短，声音更加清脆响亮；明明大战了一日疲惫不堪，秦军营垒中却仍是一片人喊马嘶，迟迟没有入睡迹象；还有那些盘旋在营垒上空的飞鸟，显是秦人有意惊起，更是个再明确不过的信号：我等早已有备，赵人若欲偷袭，尽管来！看到这里，李牧心下甚至对那未曾谋面的秦将王贲隐隐生出一丝敬佩：此人固然年轻，然观其立营全无破绽，更能想出此等示形之法，将才可见一斑！王贲尚且如此，其父王翦更不必多言。若果然这般，自己却是如何击退秦军？自己固能凭借井陉关阻挡秦军，可纵能拦住一时，却能拦住一世么？……

天色完全黑下来之际，李牧悄悄离开了自己的藏身之处，重又回到了井陉关上，秦赵两军由此在相安无事中度过了彼此对峙的第一夜。

第四章 拜赐

1

随着秋风乍凉，太行山满目的青翠中渗入第一缕金黄，秦赵两军的对峙也已持续半年了。

半年间，井陉关内外的攻守双方都没一日消停。秦军白日里杀声震天，阵阵强弓硬弩暴风骤雨般向着城垣不住倾泻。赵军虽被打得根本冒不出头来，却也绝非无所作为，常在夜深后趁对手熟睡之际分成小股人马，不断地对秦营偷袭骚扰，待到秦人整军杀出，却往往又不见了对手踪影。尽管秦军是轮换守营，防守也决然称得上森严，真正死伤并不多，但架不住日每如此，半年下来被这此起彼伏毫不间断的偷袭战拖得疲惫不堪，都有些懈怠了。

中路井陉关如此，南北两路亦如此。北路羌瘣、李信的六万飞骑始终与剩余的云中边军周旋着，羌瘣本是羌人，极擅这等飞骑战法，死死缠定了云中边军；南路杨端和、辛胜则在漳水南岸驻扎着，不攻也不退，只与腹地赵军隔水相望，每天擂鼓呐喊虚张声势。三路赵军无论兵力还是战力都不及秦军，自然不敢主动进攻对手，更不能撤军，只得眼睁睁地看着它们摆在眼皮底下，却是一动也不能动。

可纵然这般，秦军却再也未曾发动过一次全面进攻。

这其间，秦人倒也不是完全没有打破僵局的谋划，前将军王贲便几次试图诱赵军出关。足有半个月的光景，他将本部兵马分为五队，每日轮换赶往井陉关前作势挑战，却有意将老弱士卒集中在其中一队里，待到这队士卒开出后，便将真正精锐埋伏在身后山谷中。王贲的想法是，以李牧的精准目光，定会看出这轮士卒战力不足，出于尽可能削弱秦军的考虑，难保不会冒险杀出，试图一举吞灭这支弱旅，彼时只要将赵军诱入山谷，必能打上一场漂亮的伏击战，这正是“外乱内整，内精外钝”的示形之法。王贲原本对此信心十足，也自信没有露出任何破绽，可无论士卒们如何挑战，井陉关上的赵军始终没有动静，显然李牧已经看出了秦人用意，早已下令严防死守。颇有些沮丧的王贲只得悻悻禀报父亲，上将军王翦却全然不以为意。

“战机未至莫要轻动，战法如常。”当时王贲讲完自己被看穿的谋划，父亲却只是轻描淡写撂下了这句，使他心下一阵不快。

王贲明白父亲所谓的战机。赵国自身国力单薄，粮草辎重囤积很是有限，目下又有赵迁郭开这等昏君奸佞当政，有公子嘉春平侯虎视眈眈。此等形势之下，最可能出现的变局当有两种：其一，极可能重演当年长平之战的那一幕，在漫长的对峙中率先粮草告罄，数十万赵军由此在饥饿中彻底耗尽战力与士气，最终轻而易举地被秦军一举击溃；其二，本就离心离德的庙堂极可能陷入内讧，或是赵迁郭开因猜忌而将众元老一网打尽，或是公子嘉春平侯起兵剿灭赵迁郭开。无论哪种可能出现，都会成为秦军一举灭赵的战机！转眼间半年过去，黑冰台的一份份密报将赵国动向流水般送入幕府，王贲从父亲的转述中得知，赵国的变故已部分证实了自己的猜测。如同深不可测的大海在表面平静下掩盖着暗潮涌动的急流一般，随着时光的流逝，赵国的局势开始慢慢起变化了。

说不清的诡异变化。

这变化最直接的体现，还是在赵军的粮草周转上。半年前刚开战时，凭着边军多年的积累，又有着相邻郡县的输送，赵军辎重还算丰厚。然而半年过去，曾经信誓旦旦要做好后援的郭开却再也不提划拨粮草之事，眼看着井陉关的军粮即将告罄，李牧几次遣使回邯郸，郭开始终避而不见。赵王迁、悼倡后更不用提，整日便是在各自居所胡天胡地，柏人行宫日日回荡着伐木之声，太后寝宫更是夜夜都有大臣进进出出。赵国庙堂上有权发话的这三个人物，竟然谁都对前线赵军不闻不问，仿佛不是自家大军一般！

郭开一党这般，本该与李牧同心的废太子嘉与元老大臣们同样这般。被郭开以赵王的名义任命为大将军后，赵嘉、春平侯事实上已与李牧断了联系。他们本就对李牧放过郭开十分恼怒，又听了郭开门客有意四处散播的流言，无不疑心李牧真与其结成了一党，于是很快便对他冷淡了下来，不再就兵变提一个字；而李牧也一直心无旁骛于战场，没有精力也不可能再去想铲除郭开之事。然而如今眼看粮草日渐稀少，李牧还是不得已重新向他们求援了。李牧推测，元老们纵然庸碌，抗秦大局总该是清楚的，再者他们各自封地中也都有数目不等的粮草仓储，若能尽数送入军中，赵军再撑个一年半载当非难事。正因如此，他终是秘密派出了自己部将，也是春平侯族侄的赵葱赶往邯郸，以期向元老们求援。

尽管行踪已尽可能隐秘，但赵葱的一举一动仍没能逃过黑冰台眼线。多方打探的结果表明，无论公子嘉、春平侯还是其他元老，都不约而同地拒绝了李牧的请求。公子嘉当时满面寒霜道，武安君不是与郭开相熟么？如何不去求他，反倒来找我等？春平侯、平都君、建信君、庐陵君等也纷纷附和：武安君若要证自己清白，先杀了老贼郭开再说！……

赵葱求援无功而返，本应宣告赵军粮草无望，然而令王贲百思不得其解的是，就在今日斥候还向自己报上敌情：赵军一切如常，又有大批粮草辎重运至了井陉关背后，赵营显然并无断粮迹象！

既然郭开与元老们都不肯出粮，那这粮草究竟何来？

……

“黑冰台密报。李牧已派出密使赶往楚地，欲借外力打破僵局。”

“可是楚国援赵粮草?”

“该当不是，楚赵之间山高水远，粮道过长，纵然运粮也得不偿失。老夫推测，当是再起合纵。”

“即便合纵，六国又能如何？再打邯郸之战?”

听到“邯郸之战”从儿子口中突兀蹦出时，王翦目光闪烁了一下。

“李牧真实图谋不明，只怕并无那般指望。”他接着从奏案前起身，在幕府中缓缓踱着步子，“老夫推测，再起合纵非为直接解围，却是要诱使我等大举进攻，如此方能逼元老甚至郭开铁心抗秦。若果然那般，则我等还须另行谋划，只怕战法又将有变。”

“楚国糜烂多年，又新丧楚王，如何肯出兵?”

“此番不同，李牧欲求援者并非庙堂，却是一位重臣，大司马项燕。”

“项燕?”听到这个名字，王贲心头一颤，惊讶地盯住了父亲，这时他注意到，一道犀利的光芒从父亲眼中一闪而逝。

“楚国，项燕……”王贲默念着这个名字，和父亲一样，眉头也渐渐皱了起来。

2

楚国，项燕。

王贲百思不得其解，身处北方赵国的李牧，如何会向远在天南的楚人求援。

楚国。

在战国版图上，楚国疆域最为广大，几乎占据了整个南中国，然而与此全然不成正比的却是它的国力。尽管春秋时期始终是数一数二的天下强国，但进入战国之后，一个又一个新兴邦国奋起直追，楚国曾经的优势不再，昔日的霸主地位也由此逐渐没落。而历经楚怀王、楚顷襄王、楚考烈王三任或昏聩或平庸的君王之后，楚国的颓势愈加明显，邦交上不断被秦国玩弄于股掌之间，始终在合纵连横之间左右摇摆，兵争上又在一系列大战中被秦军屡屡重创，楚考烈王死后，军政大权又落入了和郭开堪称一丘之貉的李园之手，楚国眼见更是衰落了……如此楚国，能救赵之危么?

项燕。

与李牧相比，这个名字并不为人熟知，之所以如此，是因他前半生始终处在一位楚国大人物的光芒之下，这人便是战国四公子之一，春申君黄歇。黄歇把持楚国朝政的数十年间，项燕始终是他的得力臂膀，黄歇参与的几场合纵攻秦之战，实际领兵的都是项燕，也正因这些战功，项燕最终在春申君的力荐之下就任楚国大司马，获得了大片江东封地，正与春申君封地毗邻，项氏部族也由此成为了继昭、屈、景、黄之后的又一大世族。然而在紧随其后的李园之乱中，项燕的身影却仿佛在楚国庙堂上消失了。王贲只是听说，李园专权的十年间，项燕称病隐居江东封地，已有多年不上朝，休说整个天下，即便是楚国，只怕也没几个人还记得这位曾经的重臣了……不过，王贲并未忘记项燕，在他心中，此人的地位几乎不亚于李牧。

之所以如此，是因他的父亲，曾险些丧命于项燕之手。

当新一批不知来自何处的粮草被陆续运向井陉关时，远在东南的江东楚地也迎来了李牧派出的特使。

一只没有挂帆的小船荡进了水天茫茫的大泽。这是个阴霾多雾的清晨，没有一丝风，夜间笼罩在泽面上的水汽尚未完全散去，远处层峦叠嶂的山峰，近处烟波浩渺的水面，都一同在雾气中模糊不清，这便是天下十薮之一的震泽，春申君黄歇的封地曾在这一带。而眼下，这里则是楚国大世族之一项氏的封地。

船工摇橹的吱嘎声、浪花四溅声中，一位身材短小却目光精悍的老者稳稳立在船头，没有对小船偶尔的颠簸感到半点儿不适，依旧呼吸着潮湿的空气，机警的目光穿越重重浓雾，分辨着前方的路途。

阵阵白浪向两旁分开，小船渐渐划入迷雾深处。恰在此时，一阵缥缈空灵的奇异歌声忽然打断了来客的思绪，仔细听来，却是《九歌》中的《湘君》：

君不行兮夷犹，蹇谁留兮中洲？
美要眇兮宜修，沛吾乘兮桂舟；
令沅湘兮无波，使江水兮安流；
望夫君兮未来，吹参差兮谁思！
……

“何人纵歌？”来客惊讶地问老船工。

“大人听这歌如何？”老船工摇着橹笑道。

“实为天籁，然终是太过悲切。”

“你中原人讲乐而不淫、哀而不伤，是说那诗三百，我楚地民歌，没这多讲究！”老船工笑道，更加起劲儿地摇起了橹，“中原人眼中，我楚人便是南蛮，楚歌自然不登大雅，却不知我楚风洒脱恣肆，荡气回肠，比那黄钟大吕本色得多！大人且听！又一首！”

耳畔忽然又传来另一阵歌声，这回的歌声粗犷嘹亮了许多，显然是个男子的声音：

帝子降兮北渚，目眇眇兮愁予；
嫋嫋兮秋风，洞庭波兮木叶下；
登白薠兮骋望，与佳期兮夕张；
鸟何萃兮苹中，罾何为兮木上？
沅有芷兮醴有兰，思公子兮未敢言！
……

“《九歌·湘夫人》？”来客更惊讶了。

这《九歌》是当年诗人屈原所做的组诗，每首都歌咏一位楚地神灵，多在祭祀场合由巫觋所唱，有的是巫觋代表众人表达自己对神灵的敬畏，有的是巫觋本人以神灵口吻来自白，还有的则是巫祝与神尸的对唱，方才这《湘君》《湘夫人》便是一对。传言湘君是上古时的舜帝，湘夫人则是他的两位后妃娥皇、女英，《湘君》便是以娥皇口吻，描述自己与女英寻觅舜帝而不得的失落；《湘夫人》则刚好相反，以湘君口吻描述自己寻访湘夫人，却同样失之交臂的心境，显是在与那唱《湘君》的女子相和，既如此，这一男一女莫非是一对情人？

……

“究竟何人？”歌声即将消逝之际，来客再次问道。

“唱那《湘君》的女子，本是大司马挚友楚南公之女，楚南公生性淡泊，好巡游天下，是故将此女托付给大司马照看，成了大司马义女，族中但有祭祀皆由她主祭。此女长得美，歌更美，在这江东一带大大有名，这方圆数百里都将她比作楚地藤蔓，叫她女萝。”

“那男子呢？”

“便是大司马季公子（四公子），也是我楚国新锐少将，公子项梁！”

老船工话音方落，一阵清风随即吹起，震泽水面的雾气渐渐散去，碧波浩渺的震泽、青翠含黛的连绵群山，一同露出了本来面目。来客极目望去，看到前方水天相接处漂荡着一个小小黑点。

“那当是季公子。起风了，我等快些追赶！”老船工喜道，连忙张起帆，小船乘风破浪箭矢般向前冲去，转眼间那远方黑点便成了一艘小船，一位身材高挑颀长的年轻公子正背对着来客，遥遥望着岸边青山。来客循着他的目光望去，只见青山顶上一个小小的白点，不知是否便是那唱《湘君》的女子。

“季公子，远客来访！”老船工高呼道。

那公子循声扭头，但见肤色黝黑脸颊瘦长，相貌颇为俊朗，目光却极是机警。眼见相貌与项燕极为相似，来客不禁微微一笑，又遥遥拱手：“可是季公子梁？”

项梁也拱手还礼：“客从何来？”

“大司马故人来访。”来客笑了笑没有再多说，显是不想在生人面前说出来路，直到与老船工算清船费、跳上项梁小船，又眼见老船工渐渐远去，这才低声报出了自己的名号。听到这个名字，项梁顿时一脸匪夷所思：

“目下秦赵对峙战事吃紧，前辈却如何来这楚地？”

“此番前来，正为此事见大司马。”

项梁的目光闪烁了一下，但没有逃过对方的眼睛。

“前辈从何而来?”

“寿郢。”

“既如此，前辈来得不巧，家父刚去了淮北封地。”

“何时能归?”

“三五日，七八日，旬余日，总归不定。”

来客目光中闪过一丝笑意。

“老夫与你父相交数十年，知其秉性缜密，近十年蛰伏尤甚。而今楚王新丧，举国暗潮涌动，你父若离封地，必先交代归期以防不测，怎会如此荒疏?”

来客边说边紧盯着项梁双目，在他的注视下，项梁终于渐渐垂下眼帘。

“前辈见谅。非常之期，项氏不得不防。”

“老夫并未责怪。然则，能否见你父?”

“项梁实言相告：家父明令我等，不得放外人入姑苏。”

“你意，老夫要无功而返了?”

“前辈虽不能入姑苏，家父却可前来，只是前辈须委屈一夜，在一岛上留宿。”

“夫椒山么?”

来客居然对这一带如此熟悉，项梁显然没料到这点，微微一怔，又点了点头。

一阵清风拂过，小船乘风破浪，继续前行。

一个时辰后，一片嶙峋的山石浮现在眼前。项梁停下船，从船舱中取出一张楚弓射出一支响箭，一群沙鸥被这刺耳呼啸惊起，扑啦啦飞向天际。很快对面的岛上也响起了同样的声音，项梁重又摇橹驶近小岛时，来客看到前方沙洲上立着十余个彪形大汉，虽都是渔夫装扮，但从那挺直的腰杆、齐整的队列上一眼便可看出，这些人无疑都是军旅子弟。

“必是江东子弟兵。”来客暗想。

小船靠在了沙洲上，项梁告诉来客，这些人皆为我父子心腹，前辈可先随他们歇息，家父当于酉时前来。说着将他引给领头那位叫曹咎的大汉，曹咎引领来客沿着一条没入蒿草中的羊肠小道，走进了林木葱茏的山中。崎岖不平又千回百转的山路约略走了一里，这才走进了一座隐秘山洞中，迎面便是一方打磨得极为平滑的巨石纹枰（围棋棋盘），笔直纵横的棋路上已笼了一层厚厚的灰尘。

“此枰，可是当年大司马与楚南公对弈之用?”来客只扫了一眼便问道。

“先生所猜不差。”来客这般熟悉大司马过往，曹咎显然很是意外，却还是口上答着快步上前擦拭着纹枰，又手脚利落地洒扫起来。来客满意地望着他的一举一动，待到他将山洞洒扫干净又垂手侍立一旁后才开口：“壮士请便，老夫在洞中歇息便可。”

“大人可自行歇息，在下警戒。”曹咎却不动声色地答道。

来客一愣，马上便反应过来这是要看管自己，于是没有再分辩，径自走进了洞穴深处。

3

洞外的天色完全暗下来了。

来客缓步来到洞口，身后则是曹咎寸步不离。一股挟着水汽的晚风扑面而来，使他不由自主地打了个寒战。极目望去，眼前却是一片黑黝黝，但见偌大的夫椒山与整个震泽都笼罩在黑暗之中，唯一的亮光来自天穹那轮清冷的残月，以及倒映在水面上的支离破碎的点点银色，一时竟涌起与世隔绝之感。

想起自己这位数十年的至交，他心头一阵慨叹。当年与他相熟时，这项燕便时时处心积虑，对谁都暗防着一着；而今十年蛰伏，显然心机更加深沉了。他在这岛上苦心经营，显然图谋深远。

也难怪项燕如此，目下的楚国朝局，确乎不输赵国。

几乎是与郭开掌控赵国的同一时期，楚国也冒出了一位大奸，这便是春申君的门客李园。此人将自己那位绝色的妹妹先后献与春申君与楚考烈王，从此堂而皇之地步入了楚国庙堂；待到楚考烈王驾崩之后，又在棘门外埋伏下死士，刺杀了春申君，立自己妹妹与春申君之子熊悍为新楚王，即后来的楚幽王，从而开始了自己长达十年的大权独揽。而项燕心知自己既无力替春申君复仇，也无法改变楚国朝局，为求自保也回到了江东封地，开始了漫长的蛰伏。

而今十年过去了，两个月前，秦赵井陉关相持期间，楚幽王也驾崩了，他的弟弟熊犹刚即位不久，朝政却依然掌握在李园手中，却不知这项燕，还当蛰伏到何时?

“支援粮草者、游说项燕者，有下落了。两事皆临武君庞煖所为。”

同是这个夜晚，远在井陉关的秦军幕府中，王翦对一干大将们说道。

听到这个名字，所有大将的目光中都透出了惊讶。

和项燕一样，这是个多年都未曾听到的名字。倒退到十余年前，临武君庞煖几可与廉颇、李牧、赵奢等赵国名将相提并论，此人身兼兵家、纵横家之长，当年战国之世的最后一次合纵攻秦便是由他策动。而他最辉煌的两战，一是重创乘虚来袭的十万燕军，阵斩燕昭王时期的名臣剧辛；二是对阵秦军之际在尧山设伏，射死了当时的上将军蒙骜！也正因此，大将们对庞煖的恨意仅次于李牧。

只是，这庞煖年事已高，又因受郭开排挤而主动辞去了职爵，近年来已淡出朝野视线，如今怎又突然出现在了楚地？又如何与项燕相熟？

“庞煖近年蛰伏不出，却绝非对朝局不闻不问。”王翦显然看出了大将们的心思，“赵嘉、春平侯兵变图谋，他也参与，还是轴心用事之人。赵葱回邯郸求粮，其他元老不肯，只有庞煖将自家封地粮草运往井陉关，还与元老反复斡旋，终是说服众人出了粮草；此后便南下入楚，意图游说江东项氏。”

“他何不奉王命入楚？”王贲问道。

“若报赵迁郭开，反增掣肘。赵迁不理国事，郭开又欲除掉兵变秘党，若知庞煖欲使楚，谁知会设下何等阴谋？是故只能隐秘行事。”

“然项氏为何听他？”

“此人长期游历楚国，师从名士鹖冠子，又曾与黄歇数次合纵抗秦，当是那时与项燕相熟……”

响箭的呼啸声再度划破了夫椒山的寂静，茫茫一片的暮色中亮起了一团渔火，左晃三圈右晃两圈。当岛上也亮起了同样的渔火时，庞煖看到水面上的那点光亮开始向山脚下的沙洲飞来。少顷，一个瘦长身影无声地从黑暗中闲庭信步而来，在二十余步外收住了脚步，庞煖背后洞中的篝火照亮了来人绛衣上的龙凤虎罗纹，也勾勒出他头顶那切云冠的崔嵬轮廓，然而他的面目却始终模糊不清。

“习习谷风，维风及雨。将恐将惧，维予与汝。”庞煖率先开了口，向着阴影深深一躬。

“风雨如晦，鸡鸣不已。既见君子，云胡不喜？”对方的声音苍老却沉稳。

“心之忧矣，如或结之。今兹之正，胡然厉矣？”

“日居月诸，胡迭而微？心之忧矣，如匪浣衣。静言思之，不能奋飞。”

“天保定尔，俾尔戬谷。罄无不宜，受天百禄。降尔遐福，惟日不足。”

“肃肃鸨羽，集于苞栩。王事靡盬，不能蓺稷黍。”

听到对方的答复，庞煖轻轻一声叹息。

两人这番吟诵应对，乃是自春秋流传下来的贵胄应酬礼仪，彼此借《诗经》语句言己心志。庞煖先吟了《谷风》，表示自己有求于项燕，项燕对以《鸡鸣》表欢迎之意；庞煖借《正月》说自己有难，项燕则以《柏舟》诗句表明，自己同样身处困境，未必帮得上对方；庞煖又吟《天保》，意在说事态紧急，项燕却对以《鸨羽》，说自己只能量力而为。两人彼此不动声色试探了一番，对庞煖来说，项燕的态度显然离自己的期待相距甚远。

洞内的篝火燃起来了。

明灭不定的火光中，两位老人对坐在那方纹枰前彼此打量着对方，有一搭没一搭回忆着往事，他们各有心事，久别重逢的喜悦也因此显得并不如何强烈。

“赵国吃紧，临武君却来我江东游历，好闲适也。”几句闲话之后，项燕终于转向了正题，语气虽慢条斯理，目光却深不可测。

“若非存亡大计，也不敢如此弄险。”庞煖嘴角浮现出一丝苦笑。

“战事如何?”项燕举起羽觞，正要饮觞中酒水。

“若无外援，最迟明年初，赵国必亡!”

听到这一句，项燕举到嘴边的羽觞骤然停住了。

“哦。”片刻后，他轻描淡写了一句，将酒水缓缓咽下。

“九酝的兰陵酒，老夫只余这最后一桶，尝尝。”

庞煖没有理会，自顾自地讲述起了目下的赵国形势。项燕则神色泰然地听着，与庞煖的阴沉脸色形成了极鲜明的对比。

“……为救赵国，老夫特来见你，欲求三事，三事只要应我一事便可。”一口气讲完，庞煖终是点明了来意。

“方才赋诗酬答，老夫已说了，自家也有难处。纵然如此，你且先说。”

“第一事，说动楚王及各老世族，起举国之兵自淮北猛攻旧韩地，全歼韩地秦军，再以此地为根基，攻向已空虚的秦国腹地，迫使秦军回救函谷关。”

“老夫做不到。目下国政在令尹李园之手，老夫虽为大司马，却无调兵之权；至于各老世族各自出兵攻秦，临武君更是莫想。”

“第一事不行，便是第二事。”项燕的回答并未出乎庞煖意料，平静依旧，“项氏仿当年信陵君，起举族兵马自江东北上，攻南路秦军身后，解赵国之困，再打一场邯郸之战!”

“……”项燕沉默有间，笑了笑，“何时?”

“越快越好!”

“若是目下，老夫仍做不到。江东子弟兵另有他用。”

听到这个答复，庞煖心下一惊，已猜到了八九分。

“可是要去寿郢?”

一丝凶险的微笑浮现在项燕嘴角，无疑是默认了。

庞煖沉默了。江东子弟兵另有他用，能有甚用? 必是举事兵变! 显然，春申君遇害之后，项燕虽表面上韬光养晦，却始终在等待机会除掉李园；他说那一干世族不肯出兵，也未必都只求自保，怕是同样不乏意图趁火打劫之辈!

来找项燕前，庞煖千算万算，各种可能的意外几乎都考虑到了，却万万没想到，楚国竟也笼罩在了内乱的阴影中，而且居然和赵国有着惊人的相似——同样是一个靠女人发迹的龌龊小人专权，同样是山头林立的世族元老，同样是以兵变清除奸佞，也同样是打着清除奸佞的幌子争权夺利!

既然同是难兄难弟，这楚国还救得了赵么?

“然则，临武君却不必太过失望。”项燕笑了，“李园竖子虽是郭开第二，老夫却不是赵嘉、春平侯之流。此番举事，当有七八成胜算。待诛杀李园朝局稳定之后，老夫定能援赵。四万江东子弟兵，战力绝不在赵军之下，粮草自理。攻秦自然不够，然救赵该当有余，可否?”

“这般多私卒?”庞煖心下一惊。

“多么? 老世族剩余几家，族中私卒动辄数万。”

“何时能援赵?”

“早则今年冬，迟则明年春。只你却须记住，唯有南路赵军先行杀出，我楚军方能动身。到时，老夫会派阿梁与赵军联络。”

“合纵之道，唯其可救方施援手，老夫明白。”

“你再说第三事。”

“第二事若能成，便无第三事了。”

“第二事未必能成，是故老夫还需听完，万一失信于你，也好着力补救。”

“既如此，便是最后一事：赵国若亡，望你将武安君接至楚国，一同抗秦!”

听到这里，项燕眼中放出了犀利光芒。

庞煖自然也注意到了这一点，语气也激昂了起来：“武安君一生忠义，不愿陷于兵变泥淖，老夫也不忍见他死于郭开之手。若赵国虽亡他却能南下，仍不失为幸事，又可为楚国添一员大将，更可与你项氏共同进退! 于他于你、于赵于楚，都大有好处，如何?”

“老夫应你。”项燕将手中羽觞缓缓放回案上，语气虽淡漠却清晰，“当年廉颇入楚，便是老夫请春申君妥为安置。老夫既能救得廉颇，自然也能救得李牧。”

“大哉！你且说，赵国何以为报?”

“无须回报。只要赵国能撑持下来，继续替六国扛住秦人，便是大功一件。只怕……”

“大司马担心，赵国扛不到项氏出兵那日?”

项燕盯着庞煖的眼睛，淡淡笑了：“老夫何尝不愿自己是杞人忧天? 然则，你真笃定能抗得住秦国?”

庞煖没有答话，只是举起手中的羽觞，默默咽下一大口。

4

震泽再度笼罩在了浓浓雾气中，五艘先登小船一字排开，闪着点点渔火，穿透暮色与雾霭，一路向北驶去。这些人都是江东子弟兵，他们奉项燕之命，护送和监视庞煖返赵，直到他安然无恙回到赵国见到李牧，才算圆满完成任务。眼下他们划了整整一日，已快到达震泽北岸，即将正式走上归途了。

而他们要保护和监视的正主，此刻正重新立在船头，心头回荡着自己与项燕的对话。

“……你我，多少年未曾一同领兵了?”

“几近三十年了。你我并肩第一战，便是邯郸之战。”

“那一战乃六国抗秦最大胜战。若无那一战，赵国乃至五国，只怕早已灭亡。”

“那一战我等之胜，胜在齐心。彼时除却你我和武安君李牧，还有信陵君、平原君、春申君，还有廉颇、鲁仲连等六国英才，我等戮力同心方有邯郸之胜，可如今……”

“如今时势异也。大势已非当年，六国、秦国皆非当年，你我更非当年。休说你我，便是那王翦，不也非当年么?”

“谁曾想大司马当年手下败将，如今竟成了秦国上将军，还欲灭亡六国。”

“惜乎当年，未能置他于死地。而今流水已逝，怕难刻舟求剑。邯郸之战，可一不可二啊……”

“可一不可二，邯郸之战……”

“邯郸之战……”

幕府军帐的一片黑暗中，军床上的王翦辗转反侧，心底回荡着这个字眼儿。

若论规模，紧随长平大决之后的邯郸之战自不能与前者相提并论，但其对天下格局的影响却丝毫不逊于前者。在战国史上，它的持续时间最长，它的战况最惨烈，它牵扯的列国关系最复杂；最后，它还是六国最成功的抗秦之战，也是秦国最知名的败战之一。而对王翦来说，那还是他一生中最凶险的一次征战，最惨痛的一次失败。即便是在长平之战中，他也未曾离死亡那般近过。

从李牧到庞煖再到项燕，这三位都曾参与过邯郸之战的敌将，很自然地勾起了王翦关于那一战的回忆。

长平大决之后，秦昭王拒绝了武安君白起趁势灭赵的提议，不久却又心生悔意，重将灭赵提上了日程。他不顾白起的强烈反对，遣大将王陵率二十万主力东出函谷关，直奔邯郸西北屏障武安要塞，准备以此为后援，正式进逼邯郸，当时被擢升为都尉的王翦也在其中。

王翦记得，邯郸之战是在一个阴霾多雪的冬日里正式打响的，攻守双方各自长达三年的噩梦也随之开始了。面对着再度逼近的秦国大军，沉浸在悲痛中的赵人体现出了惊人的斗志，他们归拢起所有残存兵马来拱卫国都，举国人丁无分老幼妇孺尽数入军。平原君赵胜也散尽家财，将三千门客组成敢死队，夜夜出城偷袭秦军，连他那些妻妾都编入军营，为士卒们起炊做饭、缝补衣衫。邯郸赵人几乎家家都有父子兄弟死于长平之战，早对秦军恨之入骨，此番更是同仇敌忾，一心要与秦人拼个玉石俱焚。

从深冬一直战到次年初春，再战到盛夏，足足打了八个月，秦军前后损失了五校（五万）人马，却依然奈何不得邯郸。秦昭王大为震怒，派王龁领援军赶赴邯郸，代王陵为将继续猛攻，仍然对邯郸无可奈何。围困与抵抗就这样持续了整整三年，赵人缺乏给养，秦人则缺乏斗志，攻守双方都看不到胜利或结束的任何希望，再度陷入了两难境地，正应了发兵攻邯郸之前，武安君白起对战事做出的预测：秦军挑战，赵军必不肯出；围其国都，必不可克；攻其列城，必不可拔；掠其郊野，必无所得……三年过去，武安君的论断已逐一应验，只差那最后一句了——

兵出无功，诸侯生心，外救必至。

“外救必至……”军床上的王翦长出一口气，喃喃重复了一句。

远处的重重雾霭中，忽然亮起了一点渔火。

“何人?”庞煖一惊。

“临武君且回舱中!”几名江东子弟兵高喊道，不待号令，各船水手已纷纷变作两队，一半继续划桨，一半手持弓弩藤牌长戈严阵以待，五艘先登也排成了一个倒人字，将庞煖所在的那艘护在正中。

响箭呼啸着响起，先登上的渔火左右晃动起来，这是震泽一带渔人约定俗成的灯语，问询对面的不速之客究竟是何来头。

对面的渔火径自灭了，与此同时传来的，则是一声清脆的銮铃声响，紧接着前方迷雾中传来一个声音，女人般柔和：

“可是赵国临武君?”

“足下何人?”

“存韩之人。”

“存韩之人？可是悬刀?”

庞煖暗暗心惊，边问边打了个手势，小船上的水手们匆忙举起长戈严阵以待。

“国破家亡之孤魂，临武君竟也知晓，佩服佩服。我等欲与君做笔交易。”

“何等交易?”

“赵国郭开专权，悬刀知晓；元老图谋兵变，悬刀也知。我等可助临武君一臂之力，为赵国除掉郭开一党。”

庞煖心中一动：“你等所欲者何?”

“两事。其一，将那韩仓留给我等。韩仓本为我悬刀之人，三年前奉命潜伏邯郸，韩亡之后却叛出悬刀投奔郭开，我等必欲除之后快。其二，事成之后，赵国助悬刀复国。”

“足下好盘算也!”庞煖笑了，“我等杀那郭开，如杀一狗耳！何须再借刺客之力?”

“郭开那八百黑衣乃天下三大秘兵之一，临武君视若无物，好胆魄。”那声音依旧不动声色，语气中却是暗带嘲讽。

“足下只知其一，不知其二。我等杀郭开乃是私恨；足下要我等替你复国，却是国事。老夫岂能以国事报私恨？老夫也知郭开非易与之辈，然此番兵变乃赵国之事，足下不必多言!”

“既如此，在下告辞便是。然则，仍有最后一言相告：临武君若拒我等，恐不能全身回赵。”

听到这一句，几艘小船的水手脸色大变，都握紧了手中弓弩，却被庞煖抬手拦住。

“悬刀欲灭老夫之口?”

“欲杀足下者，非我悬刀，乃韩仓这悬刀叛徒。”

“老夫既敢来楚地，便有赴死之心；而今使命既成，死不足惜。足下若无他事，便请回了!”

“临武君好自为之，只愿与君后会有期。”

这句话的最后一点回声，连同那叮叮当当的銮铃声一同消失之后，整个震泽重又静了下来。水手们警惕地等了又等，大雾中却再无动静，五艘先登这才重又划了起来，而庞煖也默不作声地坐在船头，心头一直回响着这个声音带给自己的警告。

5

兵出无功，诸侯生心，外救必至。

军床上的王翦直勾勾地望着军帐顶篷，回味着白起当年的这句论断。

他记得很清楚，武安君刚提出这一论断时，所有人无不将信将疑：长平之战那般紧要关头，五国尚且骑墙观望，而今赵国大势已去，即便顽抗也不过垂死挣扎而已，五国又何敢来援？即便如此，秦国庙堂也并未忽视五国合纵的可能，秦军大举进攻围困邯郸的同时，应侯范雎亲领的黑冰台同样加紧活动，三年来一次又一次瓦解了赵国向列国的求援。可所有人都没想到，到了围城第三年的尾声，看似万无一失的邦交格局竟出现了意想不到的突变，直接导致了六国合纵重开，以及随后的邯郸之败。

这一突变的关键，只在三个人身上，这便是平原君赵胜、信陵君魏无忌、春申君黄歇。除去已故的孟尝君田文，战国四公子的其他三人竟同时在邯郸之战中大放光芒，也确乎是空前绝后了。

其时，平原君亲领门客突围而出兵分两路，一路赴魏向信陵君求援，一路由自己亲率赶往楚国，求救于春申君，战国后期最为波澜壮阔的合纵就此展开：魏国方面，魏安釐王派大将晋鄙领十万魏军北上，然慑于秦军兵锋，大军只行至安阳便踌躇不前，偏是信陵君听取门客侯嬴建言，请魏王宠妃如姬盗得虎符，并由门客朱亥椎杀晋鄙夺取军权，就此留下了“窃符救赵”的经典故事；楚国方面，平原君的门客毛遂半胁迫半游说地促使楚考烈王下定决心，命春申君黄歇、大将景阳领军救赵，同样留下了“毛遂自荐”的著名典故。魏楚两军会合之后，事实上便已宣告了秦军的败局……

沉浸在回忆中的王翦皱起眉，记起了那场令他刻骨铭心的败战。那一战没有任何机谋巧智，也谈不上兵马调遣，纯然是硬碰硬的死战，然而魏军却着实使秦人大吃一惊：彼时秦军围攻邯郸已有三年，士气低迷已久，可谓强弩之末；魏军却是士气正盛，更兼信陵君名望极高，深得魏人之心，因此将士人人用命，此消彼长之下，两军刚好势均力敌，一时打得难解难分。此时邯郸城中赵军又突兀杀出，内外夹击之下秦军居然大为吃紧，统帅王龁眼见战局不利，忙遣王翦火速赶往河内，向镇守野王一带的郑安平求援，不料当王翦引领大军匆匆前来救援之际，一支楚军却又突兀出现，截住了整支援军……

那一战，也是王翦与项燕的第一次交手。

庭燎的火光照亮了王翦的赤膊，那身虬结的筋肉依旧结实，丝毫不见老态，古铜色的肌肤上伤痕累累。他用枯瘦的大手攥住铜盆边沿，低下头，盆中荡漾的清水倒映出他苍老的面容，也映出了位于左肩、靠近脖颈的那处箭伤，那是他全身伤痕中最显眼的一处，正是二十余年前那一战中留下的。

那是个无星也无月的暗夜，那是条掩映在重重密林中的山路，当时王翦作为向导，手举火把策马飞奔在整支援军的最前方。月光忽而掩藏在乌云背后，忽而不时从两侧的浓重树影中飞快闪过，投下支离破碎的光芒，而王翦的心情也和这月光一样阴晴不定。令他担忧的不仅是邯郸秦军的胜败，更有对这支援军战力的怀疑，援军统帅是从未有过战阵阅历的郑安平，此人之所以能领军，不过是因他曾救过应侯性命，由此得到了范雎的举荐。上任以来，郑安平的庸碌无能几成秦军定论，可如今生死关头，距邯郸最近的也只这一支人马，自己还能向谁求援?

唯一令王翦稍为放心的是，自己挑选的这条小路很是隐秘，而楚军两位统帅春申君、景阳也都将才平平，更不熟悉这一带地形，不必担心有伏兵。

晚风掠过，大团乌云遮住了月光，山路突然间暗了下来，王翦的额头渗出了一层冷汗，心底涌起不祥的预感。此时他忽听坐骑一声长长悲鸣，黑暗中胯下猛然一沉，手中火把也随之掉落，间不容发之际王翦死命夹住马腹，终于没有滚落在地，却还是一头撞到了甚硬物之上，温热的鲜血当即从额角淌下糊住了双目，周身也多了三五处擦伤，火辣辣的疼，与此同时耳边却鼓声大起，喊杀声、箭矢破空声、同袍的惊呼与惨叫声混成了一片。王翦顾不得其他，抬起蹭破的右手抹去满脸鲜血，发现自己跌落在了一处陷坑中，坐骑已折断了腿骨；更关键的是，周遭的黑暗山林中已闪现出大片火把，照亮了楚军赭黄色的衣甲，以及大纛之上那个大大的“项”字！

与此同时，山谷中飘荡起了一个年轻声音：

“秦人听好：你等作速降楚，或可活命！……”

“……临武君，还不作速投降?”

夜幕之下，庞煖马队已身处一群黑衣刺客的重重包围中了。

庞煖藏身车后，锐利的目光透过车厢缝隙扫视着前方的夜色，心下暗暗吃惊，他听出这是韩仓的声音，自己本以为此行隐秘，却不料还是被郭开察觉了。

“上卿早知临武君欲借合纵之名引楚军至赵，以楚人之力兵变，故命我在你归途埋伏，如今这些楚军与你一道，显是同谋，铁证如山，你却如何分辩?”

庞煖冷冷一笑，心念电闪间已然想出了一策：

“韩仓，你说老夫谋反，老夫便认了！却又如何?”

“既然知罪，便当束手就擒！若供出赵嘉、春平侯图谋，上卿或可饶你不死；不然，此处便是你葬身之地！”

“老夫若与你做个交易，一命换一命，却又如何?”

“一命换一命?”韩仓的嗓音中带了一丝疑惑。

“此番入楚，老夫已邀悬刀一同入赵，剿灭你这悬刀叛徒！”

“你见了子房?”韩仓的嗓音忽然颤抖起来。

这一下问得出其不意，庞煖微微一愣，却马上便答：“岂有他人！他不愿与我同行，只在数里外跟随，马上便到！”

密林中传来了一阵短暂的骚动，这个名字显然震慑住了韩仓和刺客们。庞煖和一干楚卒屏息静气听着，额头上都渗出层层冷汗。

“你若不走，悬刀这便到了！”庞煖又大喊道。

“杀你再走，却也不迟！”韩仓突兀尖声道。

与此同时，箭雨已纷纷射来。

冰冷的水流由额角淌过脸庞须髯，沿着脖颈流过那处箭伤，哗哗水声打破了幕府的沉寂，在王翦听来，却如同当年的箭啸一般。

王翦记得，当时那个年轻声音刚刚落点，便是一阵箭矢的密集呼啸，同袍们躲闪不及，顿时一片哀号纷纷倒地，自己幸亏身处陷坑之中，得以逃过了楚人最为致命的第一波偷袭，又趁着箭雨短暂停歇的当口深吸一口气，裹紧身上战袍铠甲，一跃而出陷坑，生生滚回了秦军战阵。刚被几位同袍搀起，他便匆匆赶至郑安平面前，力陈目下大势：楚军向来战力有限，我军纵然中伏，急切间也不会落败，只要稳住阵脚收缩防守，仍有望突围！

然而，初临战阵的郑安平已慌了手脚，不假思索便拒绝了王翦稳固防线的建议，下令全军拼死向前冲杀，王翦未及劝阻，战鼓已然擂起，士卒们也随之蜂拥向前，可狭窄的谷内根本不容大批兵力展开，同袍们不仅无法杀出，反倒彼此牵绊掣肘，许多人都白白倒在了楚军的箭雨和彼此的践踏之下，堆积起来的尸体堵塞了出路，淤积的血泊也使他们脚下打滑，反而更难杀出。连续两日两夜的冲杀下来，两万秦军战死七千，幸存者也人人有伤，却还是被困在谷中。

眼见战况如此惨烈，郑安平魂飞魄散，动起了降楚心思，刚提起话头，身旁将尉们便是一片愤然，纷纷大喊我等秦人有死无降。不料恰在此时，楚军鼓声旗号大变，一直扼住要冲固守不出的楚人士卒也反过来纷纷杀入山谷，其中一支打着“项”字旗号的楚军飞骑更是直取郑安平中军。郑安平大惊失色，不由分说一剑砍倒大纛以示投降，一下引发了整支秦军的混乱——对任何一支卒伍来讲，这大纛都是全军象征，一旦倒下便象征着全军覆没，将士们宁可自家战死也要保它无事，而今骤然将其砍倒，军心怎能不严重动摇?

正在秦军乱成一团之际，楚军已将疲惫不堪的秦军分割成数十个大小不等的战团，分头绞杀起来，强悍的战力竟与秦人记忆中衰败不堪的楚军判若两样!那支“项”字楚军更是风驰电掣般杀至郑安平的戎车前，不等他哆嗦着冒出一句“我等降楚”，已将这位败军之将包围了起来。然而，当那名领军楚将正要从郑安平手中接过大纛之际，斜刺里却突兀杀出了一人一骑，不可思议地夺走了大纛；紧接着又如一道黑色闪电般掠过戎车，手一抄便抓过了金铎!

“大纛在此！各部莫乱，向此会集！……”

大纛随着骑士没入了秦军负隅顽抗的一个战团中，他的连声大吼伴随着金声响彻了山谷——

王翦!

6

震泽岸边，庞煖和韩仓的人马依旧在相持着。

几辆辎车已首尾相连地排成了一个小小圆圈，将楚人们围在中间，人人藏身车后，张开手中的楚弓，奋力向着藏身黑暗中的刺客们还击着。黑衣们也毫不示弱，不住地倾泻着阵阵箭雨，却根根刺在了辎车的篷盖上。

“韩仓，想杀老夫，没那般容易！”庞煖朗声笑道。

韩仓鼻中哼了一声，黑暗的密林中随即亮起了点点火光。

“临武君，尝尝这火箭滋味，如何?”

“不好！”庞煖心下顿时一惊。

“大人快走！”身旁一位楚卒俯在庞煖耳旁低声道，“火箭射来，我等上前掩护，大人便上马回震泽！”

“不能丢下你等！”

“大人乃大司马至交，我等性命都是大司马的，也是大人的！”

“罢，既如此，你我奋力一搏！”

庞煖知道，这些楚卒都是死士，此时若再与他争论，既是白白错过这一线生机，也是对他们莫大的侮辱，心念电闪间已打定主意，当即一阵仰天大笑：

“韩仓！老夫与廉颇李牧众将并肩征战数十载，不想今日却要丧命你这宵小之手！也罢，我等目下便一同拼杀出去，不枉壮烈一回！”

“火箭，射！”韩仓尖声喊道。

道道火舌从密林中纷纷窜出，扑向车阵，立刻点燃了这些车驾，一干楚卒也随之纷纷跳出；与此同时，五名骑士则由车阵后面不知何时偷偷打开的缺口中一齐冲出，分为五个方向，同时向背后密林中冲去。

“截住庞煖！”

耳畔传来韩仓的一声尖叫。庞煖本已飞身上马，正要向前方的黑暗中逃去，不想背后却是一阵剧痛突兀传来。

“终是，慢了一步……”他心中涌起一阵恨意，缓缓由马上倒栽了下来。

王翦心头一颤，不由自主地抬起手，轻拂着左肩上的那处箭伤，回忆着自己当年是如何死里逃生的。

眼见大纛重又飘荡起来，山谷中骤然爆发出震天吼声，秦军的军心瞬间稳定了，各部尽管死伤惨重，却也开始向大纛方向渐渐聚拢，转眼间便在王翦身旁聚集了百余人，又迅速列成了圆阵，摆明了是要顽抗到底。眼见秦军重新振作，年轻楚将脸色一沉抬手一挥，头顶立即鼓号大作令旗摇摆，正在谷口固守的楚军步卒迅速重组，排成进攻队列直取秦军大纛，不料恰在此时，那圆阵竟陡然裂开一个缺口，原本的步卒闪电般换作了骑兵，以惊人的神速楔入了楚军步卒战阵，眼看便要冲破封堵杀出重围！

看到这里，年轻楚将目光中闪过一丝诧异，显然对秦军如此娴熟的配合颇为惊讶，手中血淋淋的吴钩一挥，率领飞骑向着那支仍打着大纛的小小马队掩杀过去。待到王翦杀出山谷之际，楚军飞骑已咬定了这支突围秦军，又是一番冲杀追逐，突围秦军虽拼死顽抗却仍难敌楚军攻势，一个接一个地倒在马下，百余名骑士最后只余王翦一人一马了。

王翦记得，自己当时勉强挺立在马背上，大口喘着粗气，死死盯着对面那名年轻楚将，那面浸透了鲜血几乎破碎成布条的秦军大纛则被自己绑在脖颈上，在微风中轻轻飘拂着。

他向前望去，看到面前是一条两丈宽的深涧，已经没有路了。

“交出大纛，做我的俘虏，给你生路，何如？”

年轻楚将的声音在背后响起，王翦扭过头，看到其余楚军都收住战马脚步，只有那名年轻楚将策动战马，徐徐上前。

王翦默默摇头，握紧了手中折断的秦剑。

“你那将军已降楚，你又何必死战？我楚人不像秦人，不会杀降。”

“武安君纵然杀降，仍无愧将道。郑安平才不配为将！”王翦的低吼声回荡在空旷的山谷中，“真正大将，有死无降！”

听到他的话语，年轻楚将的目光中隐隐闪过一丝赞许。

“说得好，我楚人向有覆军杀将之俗，也最是敬佩玉碎之人。既如此，我愿成全你最后的尊严。”

说着他转过身来，向士卒们一招手，所有楚人都收起了弓矢，却仍然围住了王翦，只给他留下了前面的那道深涧。

王翦自然明白对手的意思，深吸了一口气：“最后几事，足下教我，不然我等死不瞑目。”

“问。”

“其一，在此地设伏，真是春申君选定的么?”

对方淡漠一笑，并不对王翦的疑问感到意外，不紧不慢答道：“此地设伏，乃末将选定。春申君本欲领全军与信陵君会合，末将却力主要提防秦人援军，终是说服他分我偏师埋伏于此。当年我与赵将庞煖合纵攻秦曾路过此地，知晓此地乃设伏上佳处所。”

“其二，楚军战力，如何这般强?”

“与你等多年对战之楚军，乃王室官军，不堪一击；今日设伏之楚军，乃江东子弟兵，由我一手带出，战力自然强得多。”

“原来是江东项氏……敢问足下何人?”

“春申君裨将，项燕。”对方说出这个名字时，语气中满是骄傲。

王翦一声喟叹：“用兵高明，佩服。”

“彼此。生死关头，足下能有那般急智，也属不易了。”

项燕淡淡撂下这句，掉转马头向着来时的路走去，其他江东子弟兵们也开始调整队形，跟在了统帅身后。

“在下若能活命，有朝一日，再与将军较量!”王翦向着项燕的背影大喊道。

马背上的项燕收住缰绳，侧过脸不屑地笑了：“你若能活，我今日便放你一马。”

战马的嘶鸣声从背后响起，骤雨般的马蹄声分明在奔向前方的峭壁，紧接着一声巨响，显是四蹄腾空跃起；下一个瞬间便是战马坠入深谷的凄厉嘶鸣遥遥传来，隐约带着深不可测的回声。

“将军，你看!”身后响起了江东子弟兵们惊讶的叫声。

项燕扭过头来，不由自主地皱起了眉——王翦竟未随坐骑坠入深涧，却是双手扒住了深涧对面峭壁上一块凸出的山岩，尽管因撞在山岩上浑身是血，却仍在努力上爬，系在脖颈上那面秦军大纛也仍在习习谷风中飘拂着。显然，方才战马腾空即将坠落之际，他必是借助马身为基石飞身跃出，堪堪扒住了那块凸起山岩，如此捡了一条命!

不过即或这般，目下的王翦却也只能紧贴着峭壁，身躯仍暴露在楚人箭矢之下，只要一箭便可取他性命。

“唰”的一声，足足三十余支楚弓瞄准了王翦。江东子弟兵们没有立即射出箭矢，只因统帅拦住了他们。

“我已应过此人，不能食言；他求生意志若此，也属难得，留他一命吧。”

项燕轻轻慨叹了一句。

看到江东子弟兵们目光中满是不服，项燕笑了笑，又补充了一句：“只是，那大纛不能留给秦人。”

眼见对面的王翦艰难地爬上峭壁，背后的大纛仍在飘拂着，项燕一伸手，一名子弟兵便递上了一张刻有华丽花纹的雕弓，然后他眯起眼睛张弓射去。呼啸的箭矢声使王翦浑身汗毛倒竖，未及伏身左肩便是一阵剧痛，当即一声大叫一个趔趄按住肩头，满手的鲜血，扭过头时才发现，那面大纛已被项燕射落，正缓缓飘下山谷。

王翦试图伸手抓住，还是慢了一步，黑色的旗帜已和幽深的山谷融为一体。

他再握住揳入肩头的箭杆，发现它只要再偏离毫厘，便会射穿自己脖颈的血脉，额头不由得渗出了涔涔汗水。

“足下名讳?”对面遥遥传来了项燕的高叫声。

“王翦！秦军都尉，官大夫王翦!”王翦强忍着肩膀的疼痛，高声叫道。

“记住了，你我后会有期，此物送你!”

一样不大的物事被丢过了悬崖，落到王翦脚下，是一只纹饰精致的革囊。

“囊中漆盒乃创药，可止血疗伤，你用便是。只是小心，下次战场相见，我不会这般好心!”

汩汩鲜血随着大滴汗水一同落下，王翦浑身都在颤抖着，却还是拾起革囊，勉强支撑着自己站起来，高喊了一句：“彼此！蒙君之惠，三年将拜君赐!”

项燕笑了，他知晓对方这句话的出处，那是当年秦将孟明视被晋人俘获又逃脱时留下的名言。

“——拜赐之师，给你三十年!”

项燕的最后一句话回荡在山谷的上空，带着淡淡的嘲讽消失了，王翦恨恨地望着他远去的背影，拼尽全身气力拔出了箭杆，又打开革囊掏出漆盒，咬着牙将盒中药粉洒在伤口之上。

这一举动耗尽了最后的气力，眼看着鲜血渐渐凝固，他再也支撑不住，一头栽倒在地，失去了知觉。

一滴水落在了嘴唇上，缓缓渗进了口中，又淌进了喉咙。然后便是第二滴，第三滴……

浓烈的草药味弥散开来，垂死的庞煖感到自己恢复了些许气力。

一声清脆的銮铃声响起，他艰难地微微睁开眼，借着火光隐约看到一个模糊人影，面孔笼罩在黑暗中。

“临武君，为何不听劝告?”那个声音女人般柔和，隐隐含着一丝懊悔与责备。

庞煖轻轻呻吟了一声，尽管神志恍惚，他仍能听出，这是震泽中那悬刀的声音。

“赵国之事，无须别国插手……”他的嘴唇艰难地翕动着。

“罢，韩仓已然走脱，再欲入赵寻他却是难上加难。”那身影深深叹息道，“然则，此人终究逃不出我悬刀掌心，足下可瞑目矣。”

庞煖死灰色的脸上缓缓浮现出一丝笑意。

“老夫此行，心愿已了，死亦无恨矣……”

阴影没有答话，向他郑重其事地拜了一拜。

“足下……究竟何人?”庞煖的眉毛轻轻抽动着。

阴影似乎踌躇了一下。

“颍川，张氏。”

庞煖点点头又闭上眼，感到一只冰凉、细长而有力的手，轻轻拂过了自己的脸庞。

“……拜赐之师，给你三十年!”

已经躺在军床上的王翦，回忆起了这句话，随之涌上心头的则是几个词：项燕，江东子弟兵，楚国。

“只怕，这才是真正的劲敌……”他在心底自言自语着，辗转反侧，久久不能成眠。

第五章　黄鸟

1

朔风四起，彤云密布。整个太行山脉变成了一条舞动蜿蜒的银色巨蟒，只余秦赵两军斑斑点点的军帐旗帜，依稀湮没在弥漫的风雪中。

这是秦王政十八年、赵王迁七年的仲冬时节。秦赵两军的对峙，已将近十个月了。

秦军的中军幕府里，不时有片片雪花被朔风席卷着，从半敞开的帐帘卷入幕府中，很快便被燎炉的火焰化成了水滴，洇湿了铺在门口的毡毯。王翦却浑然无觉，仍然聚精会神地听着对面一位老者讲着什么。

这位老者与他年岁相仿，一双老眼黯淡无光颇见混沌，一头霜雪一把白髯，一袭布袍一支竹杖，无论相貌衣着都平凡无奇，全身上下唯一特异之处，便是悬挂腰间状如弯月的一枚冲牙，青白色的玉身饰有道道虺龙纹，夹杂着片片褐色沁斑，火光中泛着润泽的柔光。

秦国国尉尉缭，魏国大梁人，祖上自魏惠王时起便精研兵事，他本人更以一部《尉缭子》名闻天下，入秦之后得秦王器重拜为国尉。灭国大战以来，尉缭子一方面负责主力大军的粮草周转、兵甲修缮、民力征发等后援事宜，另一方面则就任黑冰台断令，负责刺探军情、收买敌国权臣等邦交秘事，因此与王翦始终联系密切。只是此前二人均为书信往来，如今日这般亲赴营中可谓绝无仅有，也由此可见他带来的消息何等紧要。

尉缭带来的消息共有三条，分别与楚、赵、秦三国相关。

第一条消息，便是这十个月间天下最大的事件——楚国内乱。楚幽王驾崩、楚哀王即位堪堪两个月，一场腥风血雨的兵变便笼罩了楚国，王族公子负刍在大司马项燕的支持下秘密举事，杀掉了楚哀王和令尹李园一党，也趁势清洗了一大批敌对的其他世族，自己即位成为了新楚王，代价则是楚国因这场内乱而进一步走向了衰颓，只剩下一个巨大的空架子，论国力几乎只能与最弱的燕国相提并论。

“项燕……”听到这个名字，王翦轻声重复了一句。

“就实而论，楚国内乱对我有利。黑冰台已查出，两个月之前，赵国元老庞煖秘密入楚，欲借楚国之力解赵国之危，而今观之，楚国大局不稳，显然无力援赵。”

王翦没有吭声，这是他早已想到的。

“即便这般，老夫也会告知南路杨端和，要他小心背后，避免重蹈邯郸之战覆辙。”他只说了这么一句。

尉缭赞许地点点头，又讲起了赵国局势。

一切都仿佛历史的轮回。十个月间，秦赵双方重演了三十年前上党对峙那一幕，除去相互间小规模的偷袭、骚扰外，皆无大的动静，四下里却又是暗潮涌动。曾经的赵国名将、临武君庞煖的神秘失踪，使密谋兵变的赵嘉、春平侯一党失去了真正的主心骨，元老们个个成了没头苍蝇。春平侯大急之下遣门客泄钧来到井陉关，说庞煖既遭毒手，郭开必定磨刀霍霍，形势已危急万分，武安君当趁目下与秦军无战之时，秘密领军攻回邯郸，全歼郭开一党！李牧却极力分辩，说秦军按兵不动，等的正是自己离开井陉关这一战机，如今两军对峙势成骑虎，只能如此硬撑下去……泄钧与他争执了整整半个时辰也没能说服他参与兵变，于是愤然告退，临走前的最后一句话是：“武安君不肯靖乱，日后便莫再提粮草之事，找那郭开便是！”如此一来，元老一党与李牧刚开始和缓的关系重又破裂，且再也无法弥补了……

“……以大势而论，郭开赵嘉两党争斗日炽，李牧与两党同时交恶，已完全孤立于庙堂，正是除掉此人的最佳良机。上将军意下如何？”

王翦自然明白尉缭这番话的真正含义，尽管心下早有准备，脸颊却还是抽搐了一下。

“老夫知晓。”他竭力平淡地回答，声调却仍隐隐带着一丝颤抖。

尉缭显然明白王翦的心思，略显歉意地一笑，径自从袖中掏出一只金光熠熠的细长铜函，王翦知晓这是专门用来装王命的铜函，不同的是，眼前这只铜函并未盖上王印封泥。

尉缭将它放上了奏案，王翦不必他提醒便打开了铜函，将函中那卷绢帛抽出来又展开，看过后几乎不假思索便将手伸向了腰间革囊，掏出自己那枚系有紫绶的上将军金印，在绢帛的末尾按下，印迹干透后又将王命原样叠好，盖上铜函，在铜函的锁孔上糊好封泥，最后在泥上第二次按下了自己的印迹。做完这一切之后，他将铜函重新推给了尉缭：

“封泥用王印吧。”

尉缭方才一直默默注视着王翦的一连串动作，直到目下接过铜函，苍老的面容上才露出一丝颇见古怪的笑容：“不想上将军这等痛快，竟无半点迟疑。”

“用兵之害，犹豫最大；三军之灾，莫过狐疑。”王翦答了这样一句军谚。

“善！”尉缭笑了，“除却这些，还余最后一事，与我秦国国内相关。”说着响亮地击掌三下，两名随同前来、一直候在帐外的侍从便大步入内，一同提进一只大大的木笈（书箱）。

“秦王要老夫将此物送与将军……”他盯着王翦的目光，嘴角一丝掩饰不住的神秘笑意。

“王贲，你携此王命潜入邯郸，与黑冰台殿戈顿弱会合，同他去见郭开……”

听到父亲下达的军令，王贲愕然了。令他愕然的并非这军令本身，而是此行的真正目的——贿赂郭开，以反间计除掉李牧！

“……此王命同时盖有王印与上将军印，实为秦王与老夫对郭开之双重许诺，意在告诉郭开：秦王之意，也是老夫之意；老夫不会因‘将在外君命有所不受’之借口不利于他，如此更显诚意。是故此行，顿弱为秦王特使，你便是老夫特使……”

王翦的声音回荡在幕府中，冷酷而干脆；王贲却是脸色阴沉，死死咬住下唇一动不动，直如充耳不闻一般。

“听清否?”眼见儿子并未如以前那般慨然领命，王翦沉下脸问道。

“为何施反间计?”王贲突兀冒出这句，语气中满是怒意，“李牧虽为敌手，却也是天下名将，我等当在战阵间将他击败，却为何使这等鬼蜮伎俩?”

王翦没有直接答话，却缓步来到尉缭带来的那只木笈前，剑鞘轻敲着木笈问了一句："你可知，此笈中何物?"

王贲没有吭声。

见儿子沉默不语，王翦也不多说，剑鞘将木笈一下挑开，再一脚将它蹬倒，只听"哗啦"一声，一卷卷竹简随之散落遍地。

"这些竹简，皆为朝中大臣上书，尽言老夫按兵不动，似有异心！秦王信了么？没有！反倒仿当年魏文侯待乐羊，将上书尽数送与老夫，以示信任！我秦国不为流言所动，那赵国如何不能?"

"……"

王贲惊讶地缓缓蹲下身，随手捡起几只竹简，草草看过便皱起了眉。这些上书说法不一，却都主张及早对赵开战，有的说赵军战力已较鼎盛时期大为退步，强攻硬战照样可一鼓而下；有的说如此无休止空耗下去，白白浪费财货粮草，秦国撑持不起；也有的说父亲太过持重谨慎，徒然错失战机；还有几封甚至摘录了诸多市井流言，暗示父亲有拥兵自重之嫌……

"莫再看了，烧了它们。些许口舌非议，何必计较?"

王贲并未吭声，照办了。当这些竹简被尽数丢入燎炉的熊熊火焰、响起噼啪声时，父亲的声音重又回荡在了耳畔：

"知否? 反间计非独我秦国在用，别国也同样用于秦国，然我秦国鲜有中计之时，落马者却皆为六国将相。世人皆将名臣良将遇害归咎于敌国反间，大谬也！此中关键，不在敌国是否诬陷栽赃，却在本国君王信任与否。若那赵王心怀坦荡用人不疑，赵国庙堂清明，我秦国再多流言照旧无用。而今欲以反间计除去李牧，老夫也为他痛惜，却不得不这般。毕竟，李牧乃我秦人灭赵最大障碍……"

王贲没有回答，只是望着噼啪作响的火焰，愣愣地出着神。

2

旬日之后，邯郸。

纷飞的大雪中，一辆毫不起眼儿的辎车由商贾云集的闹市无声驶来，拐进了上卿府背后一条隐秘的小巷中。紧接着，两个高大身影下了车，来到一扇紧闭的木门前。前面的那位胡商举起铜杖，在木门上轻重不一地敲打了五下，木门稍开一道缝隙后又向门后说了几句，木门便又打开些许，露出一道仅容半身的缝隙，于是胡商和身后那名执事便先后低头侧身闪进了木门，木门“吱嘎”一声阖上的同时，他们双目已被蒙上，被牵引着在黑暗中七拐八拐起来。

沿着台阶向下走了大约百余步，一股混杂着霉味的潮湿凉意扑面而来；又拐了两个弯，透过厚厚的黑布，他们觉察出前方隐隐传来光亮，于是都知趣地站住了。

“顿子，别来无恙?”耳畔传来郭开冰冷的声音。

“老上卿仍对我百般提防。”胡商也冷冷答道。

“足下黑冰台之人，虽有财货之丰，更有匕首之利，老夫不得不防。”

“黑冰台只以重金结交权臣贵胄，从无刺杀暗算之举，匕首利剑，只做防身之用。”

“人言顿弱乃名家出身，初见秦王而不拜，再以名实之辩闻名朝野，如今观之果名不虚传，诡辩之才天下无对。”

说出这句话的同时，郭开显然比画了一个手势，两个沉重的脚步声逼近了两人，两双大手又同时扯掉了蒙住他们眼睛的黑布。两位来客被迎面强光刺得睁不开眼，好一会儿才眯着眼睛看清坐在对面背对着光亮的老上卿，以及身旁那四名沉默的黑衣剑士。

郭开将目光投向顿弱身旁那位年轻执事：“这位，便是秦军密使?”

“千长王敖，官大夫爵，上将军族侄。见过上卿。”

郭开嘴角露出了阴冷的笑容：“敢遣亲子来此，上将军果真信得过老夫。可是如此，王贲将军?”

王贲心下一跳，面上却不动声色，只拱手低头深深一躬：“上卿料事如神。”

“人言赵国庙堂动荡，元老欲行兵变，老上卿可有防备?”一旁顿弱问道。

“区区虫蚁，何足道哉！这般草包，老夫只手便可扑灭。赵国堪与老夫抗衡者，唯有一人!”

“武安君李牧?”

阴影中的郭开一声刺耳的冷笑。

“上卿去李牧，需秦军如何?”王贲低声开口，勉强压抑住心头的恨意。

“只需你等拖住大军，余皆不用。”

“拒我援手，是怕受制于黑冰台?”

“老夫手中八百黑衣，乃天下三大秘兵之一，足下若想算计老夫，尽可一试。”

郭开冰冷的嗓音回荡在密室中，阵阵回声倍添阴森。即使是不知经历过多少风浪的王贲，此刻也不禁皱了下眉，心头猛然涌起一丝恶心与愤恨夹杂的感觉，仿佛自己面对的是一只丑恶却也危险的毒虫，自己既无法将它一把捏死，也避不开，只能望着它在面前耀武扬威。

顿弱显然明白王贲的心思，简简单单向他投来一瞥，重又开口：“秦国何以为报?”

“你意如何?”尽管心知讨价还价的关键时刻已到，郭开却依然不动声色。

“王贲将军。”顿弱面无表情一声，王贲心领神会，从袖中取出那只黄澄澄的铜函，将它举到光亮处，使郭开看清上面完好无缺的封泥，又打开铜函，抽出绢帛，上前五步将其摊在案上，然后退回到先前的位置。

“秦王亲书，上卿可自看。”

看到王贲已退了回去，郭开这才缓缓上前，从阴影中走到光亮下，在一步以外望着这封王命。那上面只有简简单单一行字：赵亡之时，功臣执此书受封伦侯，任赵地假王。秦王政十八年秋。

王命末尾盖着两方鲜红大印，一方是秦王印，另一方则是上将军印。毋庸置疑，此书信显然出于秦王之手，而上将军王翦也同样看过。

明了于此，郭开阴冷的面容在火光下渐渐绽起一丝笑意，然而这笑容中更多的却是不屑。

“如何，上卿满意否?”顿弱盯住郭开的脸色问道。

“代老夫谢过秦王，然则……”

“然则?”

“然则，老夫何德何能，怎可忝列伦侯?”

“足下何其过谦也!”顿弱明是客气暗是嘲讽，一旁的王贲更是惊讶不已：这老贼连假王都不屑一顾，他到底想要甚?

“老夫绝非自谦，实为不堪大任。事成之后，只愿终生随侍秦王左右。”

“上卿在赵足可翻云覆雨，而今竟甘为秦王身边内侍，匪夷所思也!”顿弱的惊讶同样不下王贲。

“老夫无欲无求，唯愿尽忠。”郭开仍是那样一本正经道。

“然则，天下恨上卿者多矣，你既抛却权势，竟不怕人寻仇? 不怕秦王杀你以谢天下?”

郭开显然早料到顿弱会这般问，又是矜持一笑：“秦王何等人也? 敬贤爱才之名广播四海！郑国曾为间人，尉缭私自逃秦，姚贾出身卑贱，足下更是见王而不拜，纵是如此，秦王仍委你等重任。而今老夫内灭赵国又不求封赏，降秦之心何其诚矣，再杀老夫，秦王何颜立足于天下？谁还敢再投他？秦王若当真识大体，不但不能杀老夫，还当对老夫严加保护，以此为天下效仿之楷模。”

顿弱沉吟片刻，终是点点头：“既如此，我等必妥善周旋，保上卿心愿得偿。至于武安君这边……”

“老夫也说到做到，待老夫将元老一网打尽便可着手，月内必有消息。”郭开答得极其痛快。

“一言为定?”

“一言为定!”

……

“殿戈，郭开不做假王，只愿侍奉秦王，究竟为何?”

回到秦人商社后，王贲皱眉问道。

顿弱同样眉头紧锁，深深摇了摇头：“此獠心机，常人难解。我也与他多年往来，他却向来不要黑冰台钱财女色，而今连权势也一并推拒，以我猜测，他绝非无欲，只怕所欲者远超常人。”

“此人这等奸险，秦王还会留他?”

顿弱沉思良久，这才开口：“会，陛下会应他。而今剩余四国，收受我秦国贿赂之奸佞不计其数，人人都眼巴巴看着秦国如何对待郭开。若将那老贼一刀杀了，谁还肯为我秦国卖命？郭开就是死，也得等到秦国统一天下之后再死。”

“不妥!”王贲顿时愤激起来，“忠良遇害，奸佞得赏，还有天理么？陛下若果真如此，天下人却如何看我秦国？再者陛下若留郭开在身边，焉知这狗贼不会祸乱秦国?”

“你我能想到之事，秦王更会想到。以顿弱猜想，秦王心下，多半早有了主意……”顿弱淡然答道。

王贲没有再吭声，只是恨恨地长出了一口气。

“上卿，调赵葱回邯郸之王命在此，一切尽妥。”

当顿弱王贲走后，郭开走出密道来到院内，眼望着漫天飞雪时，韩仓幽灵般飘了过来，低声道。

“善，我等收网!”郭开的双目中，陡然暴射出两道凶光。

3

一个月后。井陉关。

战袍甲胄都已罩上了厚厚一层雪，远远望去雪人一般，李牧却始终一动不动地凝望着井陉关外的茫茫雪原，逐条逐缕地回想着近来的赵国朝局，心头真是比刺骨的冰雪还要冷，他知晓，赵国难逃一劫了。

一个月前，不知多久没有声息的赵王突然下了王命，遣韩仓秘密送至井陉关，王命中颇为恳切道，大半年来对赵军抗秦不闻不问，确是本王之过，而今闻听楚国项氏欲发兵援赵，本王欲从井陉关调兵至漳水，与楚人前后夹击攻秦军身后，大将军当遣王族将军赵葱回邯郸商议此事。李牧等人接到王命无不倍加警惕：庞煖入楚后便再无消息，目下仍生死未卜，此时赵王又要调赵葱回邯郸，显然大有疑云。这赵王多年来不理国事，怎会突然振作？莫非是郭开假借王命设下的陷阱？再者又为何单单点名要赵葱前去？赵葱倒是一派慷慨激昂：合纵攻秦终究是头等大事，末将若不前往，对赵国如何交代？此番见机行事，替武安君讨要粮草便是！说罢领了个百人队踏上了回邯郸的官道，旬日归来后又带回了赵王授予的兵符和王命，说他这便领军南下，增援南线赵军。只是那时李牧已察觉到他神色有异，仔细盘问他也始终吞吞吐吐；再看赵葱身边几名侍从面目生疏，心下更加狐疑，然而兵符王命皆无异常，李牧也无由阻拦，只是好生叮嘱一番便由他去了，却未曾想到，这正是赵国连番突变的开始。

直到后来，李牧才知晓此中一切原委：赵葱赴邯郸前，郭开早已领着一队精锐黑衣自密道突兀闯入太后寝宫，一举擒获了正与悼倡后胡天胡地的春平侯，春平侯与悼倡后私通多年自诩谨细，回回“觐见太后”都将心腹侍卫驻扎宫外，何曾料到郭开竟能神兵天降般出现在眼前？顿时吓得瘫成一团。郭开随即得意扬扬地向他开出了价码：君侯若不肯与老夫同道，只怕今日这乱伦秽行便将大白于天下，那便是灭族大罪！春平侯本想辩解，低头看看悼倡后仍缠在自己身上的雪白肉体，再看看郭开与身后那群黑衣的冰冷目光，终于艰难咽了口水点点头。赵葱回邯郸后得知了叔父丑事，顿时大觉羞耻，听春平侯转述郭开谋划更是勃然大怒，当即便要拒绝，春平侯却是苦苦哀求：若不与郭开合谋，我等举族都要被灭！满腔羞愤之下，赵葱终于不得已长出一口气，与忠于郭开的少阳将军颜聚一同议定了兵变的全盘谋划。

依这一谋划，郭开先散布消息，宣称为筹备粮草之事，自己要亲赴柏人，接赵王迁回邯郸；此后他又授意春平侯说动公子嘉、平都君、建信君、庐陵君等元老共同出兵，准备趁机中途截杀，实施兵变。公子嘉等人果然上当，纷纷潜回各自封地调集私卒，合兵一处后又依春平侯透露的时日路线埋伏到赵王与郭开必经的信都郊野。不想当他们的私卒与黑衣军正杀得难解难分时，颜聚却统领着赵葱自井陉关调来的万余边军赶到。随着这支兵马加入战局，郭开毫无悬念地在这场兵变中取得了最后的胜利，参与兵变的元老们都被生擒活捉，一个个押回邯郸；赵王迁与郭开这次返回邯郸，也俨然成了一场盛大的凯旋。

……

李牧轻轻闭上眼睛，不由得苦笑了一声——对郭开来说，这可不就是凯旋么？放眼朝野，所有反对郭开的人，死的死，逃的逃，倒戈的倒戈，一个接一个倒下，还能有谁与他抗衡？除了自己。

除了自己。

李牧明白，目下的赵国能够清除奸佞的，只剩下了自己，若自己这便起兵攻向邯郸，除掉郭开废黜赵迁并非难事；然而他更明白，目下最不能动的偏就是自己。井陉关外十万秦军不进不退不战不和，已在这里生耗了近一年，摆明了是要重演长平大决那一幕；秦军的统帅王翦，必定正在以不亚于白起的耐心日夜等待着，等待着自己撤军的那一刻，等待着赵国自乱阵脚露出破绽，好一举击溃赵军。李牧记得自己在云中草原见过的阴山狼，捕猎时可几天几夜埋伏在草丛中不吃不喝地等待，一旦等到了猎物，只需闪电般一扑、一咬，一切便结束了。王翦便是这样一条阴山狼。

面对着这样的对手，自己毫无办法。

面对着这样的对手，早已成了一盘散沙的赵国，同样毫无办法。

不经意间，李牧记起了当年自己与王翦那唯一一次会面时，对方说的：

“兵争胜负在国力、在庙算。王翦，或将在战场外击败将军。……”

雪花依然飘飞着，李牧也依然沉思着，望向井陉关外的目光中多了一丝惆怅。茫茫雪原使他想起了云中的阴山草原，冬日里，那片广袤无垠的土地纵然天寒地冻，却永远是那般一望无际，在那里你无论极目远眺迎风长啸还是纵横驰骋弯弓射雕，做甚都是无尽的快意无尽的酣畅无尽的豪迈。若能领着边军飞骑在那茫茫草原与秦人痛快淋漓地连番血战，纵然马革裹尸也是死得其所快哉快哉。然而他不能，他已和麾下这支大军一同被牢牢钉死在了这狭长憋屈的井陉关，只能眼睁睁地看着赵国这座大厦被蠹虫啮噬着，梁柱一根根摧折，就这样渐渐土崩瓦解分崩离析，而那四顾茫然走投无路的悲凉，也越来越浓重地淤积在心头，附骨之蛆一样使他日渐寝食难安……

“大将军，营垒外有人求见！”

“赵王特使?”李牧梦吃般喃喃道，仍然眺望着远方。

“非也！听他口音，却是楚人！他还说，此番前来，是受临武君之托！”

“庞煖之托？……”李牧的目光中多了一丝疑惑。

幕府中，李牧见到了这位来客。

此人不到三十岁，身材高挑，脸颊瘦长，相貌很是俊朗，举手投足间透着一股贵胄之气。李牧静静地望着他，觉得似曾相识，却又一时记不起哪里见过。

“楚国淮北将军项梁，见过武安君！”这年轻人一拱手，开口便是微带楚音的雅言，“家父乃大司马项燕，特遣末将拜谒武安君！”

“江东项氏？怪道这般眼熟……”李牧不胜惊讶地站起身来，几步来到项梁跟前上下打量着，又感慨万千地一声叹息，“当年邯郸之围，老夫领边军南下救赵，你父则随春申君北上，我、临武君都曾与你父并肩而战，倏忽间，已是三十年矣……”

“在下此行，正是受家父之命及临武君之托，来见将军！”

“何事?”

“家父应允临武君之事……”

当幕府中只剩下了自己与李牧时，项梁讲起了庞煖入楚的一系列经过。

“……临武君返赵之后便再无音讯，护卫他的那些江东子弟兵也无人回楚。我等方觉不妙，四处打探后才知临武君已遇害。此后我等又与南路赵军秘密联络，仍旧意图起兵北上夹击秦军，却被回绝了，后来方知，其时郭开正欲起事兵变，担心赵军与元老遥相呼应，这才严令南路赵军继续原地驻守，不得轻出。我楚军毕竟人数有限，又是孤掌难鸣，终究不敢轻易北上攻秦……”

听到这里，李牧痛苦地闭上眼睛，只觉一阵眩晕，好一阵才清醒过来。

“武安君，目下已合纵无望，郭开又已独霸赵国，只怕下一步便会对你下手！而今项梁奉家父之命，欲邀武安君南下入楚，与我项氏共抗强秦，此亦是临武君生前托于家父之最后一事！”

“南下，入楚……”李牧默念着这句话，完全没有项梁想象中绝处逢生的惊喜，片刻后摇摇头：“老夫谢过大司马与公子，然却不能从命。”

“这却为何?”项梁惊讶不已，“武安君若担心我等不能保你，却是不必。

当年廉颇老将军逃至楚地，便是家父将其秘密安置，得以终老于楚……”

“老夫与廉颇，既有不同，亦有相通。”李牧叹息道，“不同者，廉颇去国实为畏罪避祸之举，老夫却一生清白，问心无愧；相通者，便是对赵之眷恋。公子可曾闻听廉颇之叹?”

“何叹?”

“我思为赵将。”李牧一字一顿道。

项梁骤然沉默了。

“廉颇去国多年，尚日夜企盼归赵为将，况乎老夫? 老夫也知赵国必亡，然国难当头之时，我等岂能尽如郭开之流卖国求荣? 又岂能只求保全自家? 而今老夫进不能全歼来犯之敌，退不能清剿庙堂奸佞，赵国有无老夫已无分别，老夫生死与否亦无分别。然则，老夫在井陉关多留一日，赵国便多一分抗秦之志，此，老夫力所能及之最后一事也。”

“大将军，何必如此愚忠！武安君纵然忠心为国，可若死于奸贼之手，岂不令人痛心?”项梁陡然急切了。

“公子楚人，必知屈子沉江之事，而今老夫与屈子一般心思。日后万一楚国将亡，公子定能体会老夫苦心。”

项梁却摇摇头：“屈子不足效法。若真有国破那日，项梁不会如他那般殉国，定会谋求再起。”

“公子欲做程婴乎?”李牧第一次对项梁笑了。

“死易，立孤难耳。项梁不愿做公孙杵臼。”

“吾为其易者，请先死。”李牧也淡然答道，项梁沉默了。

两人这两句对话，正是当年两位义士程婴、公孙杵臼在保护赵氏孤儿时的原话。程婴对公孙杵臼说，死很容易，活下来复仇却更艰难，公孙杵臼则答道，既如此，我来做这件易事。此后果然是程婴带着赵孤逃至山中，躲避屠岸贾的杀戮，公孙杵臼则为掩护他们主动求死。话虽如此，然而谁能讲清，生与死究竟哪个更难?

沉默有间，项梁苦笑了起来：“临武君曾求家父三事，而今观之，三事家父怕是都要食言了。既如此，项梁告辞便是！”说罢向李牧深深一躬。

李牧也还了一礼，两眼已跳动起点点泪光：“老夫一己私念害大司马失信，心下却是有愧。然人各有志，不可强求，公子幸勿再言。”

项梁没有再多言，也没有再耽搁，径自转身出了帐。望着他的背影，李牧低声喃喃一句，却不知是说给项梁还是自己：

“唯愿楚国莫蹈赵国覆辙，大司马与公子莫蹈老夫覆辙。”

撩开幕府的帐帘，望着纷纷扬扬洒下雪片的阴霾苍穹，项梁深吸了一口冷冽的空气，心情与这天色一般晦暗。他自幼生于南国，从未见过今日这般大雪，然而眼下却没有半点儿观赏景致的心思，心头只是在为李牧、为赵国、为未来的楚国命运而担忧。在他看来，李牧不肯弃国南下，甘愿与赵国共存亡，其志可嘉，却着实欠缺了些许大局观，若人人都如他这般以身殉国，国破之后岂有东山再起之日？然而还是那句话，国破家亡之际，谁能讲清生与死哪个更难？

这样想着，他将目光移到了前方，却骤然愣在了原地。

他看到幕府外广阔的校军场上，站满了黑压压的士卒们。

4

一片鸦雀无声中，唯闻风雪的呼啸。

项梁张口结舌地望着眼前这一幕，心头闪过的第一个念头是：莫非赵军哗变？然而看到司马尚为首的一干大将们眼中的泪光时，他立即否定了这个想法。

“何事？”李牧也察觉出气氛有异，慢慢踱出帐来。

“大将军，赵王特使……”中军司马吭哧道。

“请他过来。”

“大将军！此人……”司马尚只说了半句便生生打住，狠狠咬着下唇直至出血。

“请他过来。”

黑压压的人群分到两边，透过迷漫的风雪，李牧看到那甬道尽头伫立着五六个人影，一个在前，剩下的落后几步，最前边那身影似乎有些踌躇，但还是向自己慢慢走来。望着这个熟悉而陌生的身影一步步走近，李牧的心渐渐沉了下来——

赵葱。

虽然心知是他，李牧却分明不敢相认了。那消瘦的身形，那凹陷下来的面颊，那苍白的脸色，那通红的双目，这还是那员随自己征战了十余年的猛将么？只月余未见，如何昔日的魁梧健硕竟荡然无存，变得这般人不人鬼不鬼？

“武安君……”

终于来到李牧面前时，赵葱低下眼睛，将手中的王命双手捧起，模糊不清地嗫嚅了一声。

“王使径自宣书可也。”李牧眯起了眼睛。

迟疑了一下，赵葱终是回避着他的目光，略显笨拙地展开了王命，小声念了起来。

“特使大声！”李牧一声断喝。

“诺！”赵葱接令般应道。

“慢，我来。”赵葱身后的一个声音打断了他。

李牧和司马尚的瞳孔骤然缩紧了——

少阳将军，颜聚。

风雪中回荡着颜聚诵念王命之声，一股深深埋藏的愤怒也随之盘桓在所有赵军将士的心头，如同地火在岩石下奔腾流淌，但有星点缺口，立刻便是喷薄而出，爆发出惊天动地毁灭一切的威力！

——王命云，有人密告大将军暗通秦人，意图谋反；

——王命云，本王也不肯轻信；

——王命云，纵然如此，武安君却当回邯郸面见本王，说清个中原委；

——王命云，目下北路赵军战事吃紧，裨将司马尚久为边军大将，最善奔袭战法，着其赶往云中为北路军统帅；

——王命还云，李牧不在井陉关期间，兵权暂交赵葱、颜聚，待到重归井陉关后再予返还；

……

“武安君……”

颜聚念罢最后一个字，赵葱忐忑不安地悄悄抬眼，但见李牧仍是面无表情地听着，整个校场仍是一片令人战栗的死寂，只余呼呼风声。

“中军司马，兵符拿来。”李牧的声音平淡得毫无一丝波澜。

“大将军！”司马尚陡然发作了，“你听不明白么？说是有人告你谋反，实是郭开栽赃于你；说是让你回去对质，你一走便是有去无回！”

“赵王昏乱，我等杀回邯郸，立武安君为赵王！”有人突然喊道，转瞬间周遭便是一片轰然应和，深埋了许久的恨意骤然爆发了，将尉们抽出了佩剑，士卒们举起了兵戈，所有人双目中都腾起了火焰，所有人都声嘶力竭地吼着，愤怒的喊杀声沉雷般回荡在风雪中。

“你等昏了心不成！”颜聚厉声喝道，“王命只说召大将军还都，何曾说要治他的罪?”

“狗贼，还敢狡辩!”司马尚一声暴喝，“呛啷”一声佩剑出鞘；早有防备的颜聚也立即与四五名侍卫一同拔剑出鞘；与此同时，其他几名将尉也呼啦一下围了过来。

“都住手!”李牧喝了一句。

司马尚刚要悻悻收剑，突然又想起什么，剑锋转向赵葱：“赵葱！你自己投靠郭开尚且不够，还要为虎作伥陷害大将军不成?”

“咕咚”一声，赵葱跪倒在雪中，已是泣不成声：“将军！末将叔父以谋逆罪被拘押，正在听候发落，举族三百余口也被扣为人质，此番前来实为迫不得已！然末将指天盟誓：王命召武安君回邯郸，赵葱事前半点儿不知。武安君不信，一剑刺穿我便是!”

“……嗨!”司马尚牙咬得咯咯响，终是一把丢掉佩剑，无可奈何地一声叹息。

“休再争此事了，赵葱，起来；司马尚，捡起剑。”李牧的声音重又响起。

赵葱哽咽着，艰难地站了起来；司马尚拾起丢在雪地上的佩剑，回剑入鞘。颜聚与几名侍卫也纷纷垂下了手中的剑，却没放松半点儿警惕。

“诸位，你等以为，老夫当真不明此中权谋么?”李牧长叹一声，“若回邯郸，郭开自可给老夫扣上谋反罪名；不回邯郸，甚或你等举事，便更坐实了谋反罪名，老夫左右都是叛臣！可纵然如此，目下最不能做的便是起兵！我赵国内乱还少么？十余代赵王在位，竟然代代都有兵变，你杀我、我杀你，杀来杀去，落得甚好？伤的还不是赵国自己？春平侯等人日前兵变，闹得朝局震荡人心浮动，赵国已然元气大伤，再禁不起折腾，你等若起兵杀回邯郸，关外秦人谁来抵挡？郭开若暗通秦人，目下最盼的便是你等丢弃井陉关、杀回邯郸！诸将莫图一时之快，乱了大局!”

一席话说罢，众将人人无言以对，只闻一片粗重的喘息。

轻轻喟叹着，李牧的声音又和缓了下来：

“此番回邯郸，有老夫一人足够，谁也不要枉送性命！更不要再次生乱！大敌当前，你等当以保卫赵国为先，切莫只想着为老夫报仇！你等要忠的是赵国，而非老夫这一将！若当真感念老夫，便当死守井陉关，扛住秦军！扛得一时是一时!”

“死守井陉关!”将尉们的声音轰然作响，其中却夹杂着哭腔，不少人已是痛哭失声。

“军吏去我帐中取酒，老夫与诸位做最后一饮，饮罢便走。”

一名军吏默不作声地将一个酒坛与一摞陶盏抱到李牧面前，手脚麻利地打开了泥封，一股冷冽的酒香便弥散开来，乍闻酒香，人人不由得一个寒战！

“此酒尚有一番来历。”李牧的目光逐一扫过校场上的每个人，“当年赵主父胡服骑射时酿下此酒，赵国王族重臣每人只分得两三坛。三十年前，马服子赵括为老夫至交，赴长平抗秦前，将自己这坛留与了老夫，约定凯旋之后一同痛饮，不料却是有去无回。长平惨败后，老夫便将此酒藏于窖中，本欲扫灭强秦后再饮此酒，以慰马服子在天之灵，而今怕是心愿难了。而今老夫与诸位分别在即，我等当饮尽此酒，以为诀别！”

说罢，李牧痉挛的右手举起陶盏，盏中的酒水微微颤动着，片片雪花飘至酒面，没入了酒中。他率先喝下第一口，然后递给了司马尚，司马尚之后则是项梁，项梁又传给了赵葱，赵葱哽咽着一口喝干，军吏便重新添酒。小小一只陶盏在一片沉默中，在大将都尉司马军吏乃至士卒间久久传着，人人捧起陶盏时都是泪光晶莹。

一坛酒转眼见底，陶盏重又传回了李牧手中，李牧将最后的酒水一口咽下，痉挛的右手将陶盏一把掼碎，左手一抹嘴高喊了一句：“备马！老夫上路！”酒气已随着道道白雾阵阵呼出。

军吏牵来了那匹高大雄俊的阴山胡马，李牧翻身上马，用已变得通红的双目最后扫视了众人一眼，迎着风雪一声长啸：

“诸将，老夫去矣——！”

阴山胡马仰天一声嘶鸣，带着他箭一般冲向前方，冲向茫茫风雪，冲向已知的结局。这一人一马绝尘而去，与众人渐行渐远，瞬间便成了一个小小黑点，很快便消失在了迷漫的风雪深处，天地间只剩下了白茫茫一片。

校场仍是黑压压的人群，没人动弹，也没人吭声。司马尚没有赶赴云中的意思，赵葱没有接管军务的意思，中军司马没有交出军务的意思，护军都尉没有追随李牧而去的意思，一直默默旁观的项梁没有离开赵营的意思，就连颜聚都望着李牧远去的方向若有所思。人群依然默默伫立着，统治这里的，只有一片梦魇般的死寂。

不知何时，一阵微弱的歌声，自远方的风雪中隐隐传来：

交交黄鸟，止于棘。
谁从穆公？子车奄息。
维此奄息，百夫之特。

临其穴，惴惴其栗。
彼苍者天，歼我良人。
如可赎兮，人百其身！
……

司马尚愣住了，赵葱愣住了，项梁愣住了，颜聚愣住了，所有人都愣住了。

这是秦人，在悼念敌军的统帅。

《秦风》中的《黄鸟》，是一支著名的悼亡曲，悼念的是穆公时期子车氏一族的三兄弟——子车奄息、子车仲行、子车鍼虎，三人生前都是名将，为秦穆公称霸西戎立下了汗马功劳，然而穆公将死时神志昏乱，命三人一同殉葬。秦人为这悲惨的故事哀恸不已，于是做了这首《黄鸟》，既是对子车氏兄弟的缅怀，又暗含对穆公杀贤的谴责——交交叫的黄鸟停在棘枝上，谁跟随穆公去了？是子车奄息。这奄息一可当百，站在他的墓穴面前我等颤抖不已。苍天杀了我们的英雄，我等愿以百人赎他性命……

歌声久久回荡在风雪中，不知何时，士卒们开始有人跟着哼唱起来，三五个，七八个，十几个，几十个，越来越多，歌声渐渐弥散开来，回荡在整个校场上，又回荡在整个井陉关上空，就这样随着哭声和风雪声，传到很远很远……

聆听着漫山遍野的《黄鸟》，一身缟素的王翦站在山巅，面向李牧远去的方向，缓缓将陶盏中的酒水浇在雪地上。

"武安君……"他低声念道。

这一个武安君，令他想起了那一个武安君，他记得那也是个风雪迷漫的冬日，那也是不绝于耳的《黄鸟》，从杜邮一直传唱到咸阳。他目睹了那一个武安君的死，而今又经历了这一个武安君的死，尽管是敌人是对手，尽管早已不复当年的青涩，但兔死狐悲的感伤，仍然触动了他心底最柔软之处。

抬头望向风雪深处，王翦不由得想起自己当年与李牧的那番对答：

"……王翦，或将在战场外击败将军……果真那般，则非大将军之败，实乃赵国庙堂之败。……"

"果真那般，将军以为李牧当如何？"

"将军，或将明知艰险，依旧飞蛾扑火。"

……

"上将军，为何不与李牧正面一战？"

王翦身后，王贲低声问道。

“武安君虽为我等死敌，终究一世雄杰，自家也必定希望战死疆场，如此方为烈士归宿。连这最后心愿，上将军也不肯成全他么?”

王翦心头一颤，眯起了眼睛。

“为秦国统一计，李牧必须这般死。非如此，不得彰显赵国庙堂之腐朽，不得摧毁赵军之战心，不得使赵人恨赵迁郭开而非秦军。”

“然则，上将军会否替武安君报仇?”

“为将多年，竟还整日想着寻仇? 灭赵之后郭开如何处置，自有国法，非你我所该过问。”

王贲不吭声了。

“我等回幕府。”

一把甩掉罩在外面的白色战袍，王翦露出了闪烁着寒光的黑色甲胄，目光也由方才那瞬间的柔软，重又变得冷峻犀利：

“传我将令：灭赵之战，正式开始!”

5

沉寂了许久的聚将钟，重又噹噹响起了。

刚刚是第二通钟声，一干大将们便纷纷拥进了中军幕府，望向王翦的目光都颇为复杂，有些失落，有些惋惜，有些愤懑，却还有些期待，显然都知晓上将军要通报何等消息。而王翦也同样明白大将们心下所想，目光在他们的脸上飞快扫过一圈，然后简简单单说出一句：

“李牧死了。”

话音落点，幕府中一片死寂。大将们尽管早有预料，神色间却都不约而同地怅然若失。

“顿弱密报在此，言说赵国目下局势，老夫先讲与各位。”王翦目光中同样的失落一闪而逝，抖抖手中的绢帛，逐一转述了顿弱密报所言的赵国近来局势——

粉碎公子嘉等元老兵变之后，郭开以赵王名义召李牧还都，将其秘密诛杀，又将一封王命颁布朝野，云李牧面见赵王时意图行刺，已被侍从当场格杀。自然，这只是郭开的说法，任谁也不会相信，关于李牧之死的各种传言已在邯郸市井广为流传，谁也无法分辨真伪——有人说，面见赵王时，李牧因右手挛曲行礼不便而接了假手，当时在场的韩仓却说假手中藏有匕首，李牧是意图行刺，以此为由将他处死；也有人说，赵王并未直接下令处死李牧，李牧是被逼无奈中选择了自裁，他因右手挛曲无法握剑，于是口衔剑尖，撞殿内铜柱而死；还有人说，李牧不肯束手就擒，选择了逃亡，在客栈投宿时醉酒被杀……各种说法众说纷纭，然而无论真相如何，这一事件对赵国的打击都可谓是毁灭性的，前线赵军士气一落千丈，国人纷纷痛骂昏君奸臣，整个赵国都陷入了巨大的哀恸之中。

不仅于此，继李牧被召回邯郸后，司马尚也以“就任北路赵军统帅”之名被调离井陉关，从此以后下落不明，有人说他已被暗杀，也有人说他没有死，而是秘密潜回了邯郸，继续图谋举事兵变。此后，听命于郭开的赵葱、颜聚便接替李牧、司马尚就任井陉关赵军统帅，目下已开始放弃关外两山，大军筹划向关内撤退，准备来春与南北两路赵军一同反击秦军。种种迹象表明，攻赵时机成熟了。

……

“……自今日起，我等可正式着手灭赵!”王翦的剑鞘指上了列国兵争图，“赵国施政轴心在三处，一为邯郸，二为信都，三为柏人，由南向北逐次排开。老夫谋划：杨端和辛胜领南路秦军猛攻邯郸，羌瘣李信北路秦军南下攻向信都、柏人。南北夹击之下，中路赵军必定撤军回救，赵葱颜聚退兵之时，我军便突袭井陉关赵军，将其击溃之后，各部分别按此等路线行军……”王翦的定秦剑在地图上一下下滑动着，将尉们也细细听着他的拆解。

“……军令司马，将老夫将令送至南北两军，各路兵马好生准备，一旦赵军有异动，当即猛攻!”

随着王翦将令的下达，南北两路秦军都向各自对手发动了猛攻。

南路杨端和部自安阳北上，渡过漳水，直取赵国腹地大军，这一路赵军虽是拱卫邯郸，实力却最弱，很快便在杨端和、辛胜的猛攻下溃散。此后杨端和步步为营，逐一攻克拔除邯郸四野的所有要塞营垒，很快便使邯郸成为孤城一片。半个月后，南路秦军已兵临城下，距邯郸只余区区二十里。

另一边，羌瘣、李信也甩开了一直与自己纠缠的边军，一路疾驰南下。此时南路秦军进逼邯郸的消息遥遥传来，边军闻讯后忙丢弃雁门关追击，不料羌瘣依李信提议，在马邑一带设下伏兵，边军追赶甚急未及察觉，骤然被伏兵打乱方阵，连番激战后才勉强突破重围一路南撤，一直逃到柏人以北三十里方才重新立定脚跟。如此一来，南北两路秦军便仿佛一把巨大的铁钳，将赵国举国兵马渐渐压缩到了北至柏人、南至邯郸、西至井陉关这狭长一线，眼下赵国还在苦苦支撑的，只剩下了中路的井陉关守军。

然而谁也没想到，在这生死关头，另一场兵变又在井陉关守军中爆发了。

这场兵变爆发于新任的两员大将赵葱和颜聚之间。自接替李牧、司马尚为将以来，两人始终龃龉不断。李牧死后，赵葱陷入了深深的负罪感中，对那位明为自己裨将、实则替郭开监视着自己的颜聚，他时常有杀了他再自行了断的念头。而颜聚虽对此心知肚明，却也不敢轻举妄动——他自己刚执掌中路军，威望远不如李牧、司马尚等边军大将，若轻易向赵葱发难，极可能激怒士卒，难保不会有哗变隐忧，是故刚接手兵权之际，两人面上总算相安无事。然而随着南北两路秦军步步逼近邯郸，这表面上的平静很快便被打破了。

经郭开秘密授意，幕府议事时颜聚一力主张自己率井陉关半数兵马回撤，如此既可及时脱离这秦赵主战场，也可趁机削弱中路军兵力。赵葱自然明白颜聚乃至郭开的心思，当即断然拒绝，说辞又是提过了不下百遍的借口：武安君生前有令，边军一兵一卒都不得擅离井陉关！颜聚心下大是焦急，却也不敢公然反对，只得私下里召集起与自己一党的将尉们商议对策，一干大将异口同声地赞同秘密撤军：接管将权之后，赵葱颜聚一直是分头驻扎，赵葱在关上，颜聚在关内，若筹备稳妥趁夜拔营，不惊动前军悄悄撤退并非难事。颜聚深以为然，商议已定后便选了一个夜黑风高的夜晚，率领着整支后军开始了秘密撤退。不料大军刚走出十几里，四下里突然杀声大起，黑漆漆一片的山林中当即亮起片片火把，映照出一队队火红的甲胄战袍和一面“赵”字大纛，颜聚先是一惊，紧接着便是大怒——自己还没理会赵葱，他倒先打起自己来了！当即厉声喝问赵葱，此是何意？赵葱却切齿笑道：颜聚你不听武安君将令擅自撤兵，实同反叛！说罢便下令猛攻。颜聚自然大急，也大吼着赵葱不从王命我等诛杀叛将拔出了长剑，随着两员主将各自的军令，赵军由此开始了同室操戈……

“上将军，前军有报：赵葱颜聚彼此攻杀！”

“传令王贲，强攻井陉关！”

帐外号角渐次响起之际，王翦旋风般卷出了大帐，刚登上云车便看到王贲所在的前军营垒中亮起了大片火把，一条条灯火长龙正在汇集成一座座方阵，多日不动的数十辆冲车云梯车被渐次推出门户大开的库房，火光的映衬下直如一只只怪兽一般。

王翦眯起了眼睛。对于赵葱、颜聚两人间的恩怨，他并不知晓，但刚入夜之时，王贲便遣军令司马送来了斥候回报，说颜聚已开始拔营撤军，赵葱部也大有异动，从这两将的不同举动中，王翦猜到他们之间必有龃龉，早已下令全军枕戈待旦，无论对手如何行动，天明时分秦军都要开始强攻井陉关。可谁曾想到，赵军竟比他预料得更进一步，两员领军大将竟开始了互相攻伐！

——便是此时！秦军等了近一年，终是迎来了这一战机！

心念及此，王翦扭头向身旁的军令司马断然下令："擂鼓！"

战鼓隆隆人声鼎沸中，一座座秦军方阵、一架架攻城器械开始向着山谷中的井陉关辚辚而去。

"拿下井陉关！"攻坚士卒们的头顶上空，王贲粗重的吼声自司令云车上遥遥传来。

6

夜色中，赵葱颜聚彼此的攻杀愈发惨烈了。

双方士卒开始都还有些犹豫踌躇，却也心知军令不能违逆，于是仍然向着曾经的同袍扑了上去。随着战死者越来越多，双方也渐渐红了眼，最终杀得难解难分。两边谁都有充足的理由，谁都有光明正大的借口，谁都认为对方才是叛逆，都认定只有自己才是忠心为国，也都在为残杀对方而痛心……然而，谁都没有放下手中的兵刃。这些士卒都是李牧苦心孤诣经营了几十年才带出来的边军精锐，也是行将灭亡的赵国最后的生力军，然而他们没有牺牲在抗秦的战场上，到头来却死在了自己人的剑下。

两边打了整整一夜，各自丢下千余具尸体，斗志远不如对手的颜聚渐渐顶不住了，终是下达了撤军的将令。双目血红的赵葱眼见颜聚退兵更是兴奋，长剑一挥大叫了声"叛军败退，我等追杀！"不料此时一名浑身血污的骑士匆匆由后阵赶来，带来了秦军开始进攻井陉关的消息，赵葱顿时眼前一黑马上晃了晃，双手死命揪住缰绳才没跌落下来，心下一阵懊恼痛惜：自己只顾着寻仇泄愤，不想却被秦人乘虚而入！当即大吼了一句"放弃追杀，整军回撤"，统领着忙乱中重整阵形的残余赵军重新回援井陉关。然而及至他们匆匆奔回时，却见关城上飘扬着的正是秦军的黑色旗号。

秦人已攻破了井陉关。

高高的关城之上，王贲正低头俯瞰着远方匆匆赶来的赵军。赵葱方才已把大军撤出了关城，留下来的不过两千守军，与其说是防御秦军，倒不如说仅仅是装装样子，是故秦军很快便全歼守军拿下了关城，损失微乎其微，轻而易举得连秦人都惊讶不已，谁也没想到自己在这井陉关外逡巡了将近一年，攻下它却只花了不到一个时辰。

这时，急急回撤的赵军红色潮水已由远及近卷到关城之下，“夺回关城，血战报国”的愤激高呼即使是关城之上也能听得清楚，王贲见状嘴角浮现出一丝冷笑，当即挥动起手中令旗：“按兵不动，弓弩御敌！”战鼓擂响之际，万千箭矢随后便自关城倾泻而下，秦赵两军的攻守完全颠倒了过来。

这是一场完全不平等的对战，秦军占据险要又刚夺取井陉关，士气正盛，赵军却已连续厮杀了近一整日，兵力折损近半，幸存者也个个疲惫不堪，带伤挂彩者比比皆是。更有甚者，这支赵军本为边军飞骑，擅长的是马战，驻守井陉关近一年来也早舍弃了马战之长，改成了步军，守关时仗着井陉关为屏障尚可与秦军抗衡，然而目下的山野作战除却弓箭优势，战力已明显落了下风，面对着落入秦军之手的关城根本一筹莫展，两个时辰下来，尸身已堆成了一座座小山，却还是在一波接一波地猛攻着。

“那便是赵军统帅?”

一个苍老却有力的声音从背后响起，正在关城上时刻紧盯战局的王贲猛然扭过头来，看到父亲在一干司马军吏的簇拥下上了关城。

“回上将军：正是赵葱！此人负隅顽抗，定是要与我拼尽兵力！”

“莫再缠斗了，尽快击溃！”王翦面无表情道。

王贲明白父亲的意思——失去了井陉关的赵葱部已再不足虑，全歼他们只是早晚之事，然而正在撤向邯郸的颜聚却不能不防，若他与郭开会合，难保不会使整个战局再生变故。心念及此，王贲不假思索高喊了一句：“王贲请亲为前锋，斩将夺旗！”

“善，老夫替你执掌金鼓，锐士千人队交你，击杀赵葱！”

听到父亲要将铁鹰锐士交自己统领，王贲心下大为兴奋，当即朗声一句：“五百人足够！”

“你这千人一个不能少，赵葱卫队一个不能留！切莫托大！”

“诺！若损一人，提头来见！”王贲一抖战袍便噌噌下了关城。

王翦没有理会儿子的身影，而是望着负隅顽抗的赵军高声叫道：“军令司马，派骑传侯绕过战场，分头赶往南北大军！命羌瘣筑壁垒，卡住柏人、信都各处要道！命杨端和设伏邯郸郊野，截断颜聚退路！”

“诺！”

“擂鼓！开关门！”

巨大的响动中，封闭了将近一年的沉重关门终于隆隆打开了，正冒着箭雨强行攻关的赵军心下一惊，正要向着大开的关门拥去，却不料一阵沉雷般的声响突兀自关内隐隐传来。赵军个个弓马娴熟，一听便知这是骑兵在冲锋，他们早知中路秦军绝大多数都是步卒，目下出现的这支骑兵，只有一种可能——

铁鹰锐士千人队！

“收缩阵形！”后面的赵葱只来得及喊了这一句。

令旗刚将这道命令传至全军，秦人已杀过来了。这队骑兵没有任何旗号，每名骑士都是黑袍黑甲、黑色战马，胸甲上都镌刻着一只振翅翱翔的黑鹰，头顶的板冠和铠甲的花纹分明昭示着一个个不更的爵位，若在寻常秦军中，他们每个人都该是千长军侯。这本是远在咸阳的秦王政自己的卫队，灭国大战以来，这支队伍便由上将军王翦亲领。

他们默不作声地急速冲来，后阵的赵葱只看到一股黑色狂飙卷出关城，紧接着便揳入红色的赵军大阵，直取自己而来；一瞬间便是箭雨的泼洒战马的冲撞短剑的刺砍，收获了不知多少死亡。

“将军，不如撤……”身后一名侍卫刚一开口，赵葱便回身一剑刺穿了他的身体。

“再言撤军，便是这般！”一把抽出血淋淋的短剑，赵葱瞪着通红的眼睛，嗓音已不似人声，“今日谁都不许活，都跟我一道战死于此！”

“……诺！”身旁卫士们齐声应道。

“冲！”赵葱手中残缺的短剑颤抖着，仍是毅然决然挥向前方。

剩余的赵军士卒已没有力气大吼了，只是齐齐举起手中的长剑长矛，以示必死的决心。

然而，当他们刚排好方阵，还未及竖起一面面破碎的盾牌、挺出一根根折断的长矛时，王贲率领的千人队已如一片乌云般席卷了过来，才赶到堪堪一箭之地便在马上纷纷张弩，齐齐射出支支弩矢，胯下战马却丝毫没有放慢半点儿脚程——正是天下所有飞骑的典型战法。但闻一片嗖嗖声响，赵军士卒猝不及防，纷纷被钉在地上，顿时一片此起彼伏的哀号，幸存的赵军还未反应过来，那一片黑云已经席卷到了近前。

已被箭矢钉到地上的赵葱，用尽最后气力艰难举起了手中折断的长剑，试图拦下冲到面前那名骑士的致命一击。

日头已开始偏西，然而赵葱看到骑士高举起长剑，剑锋仍反射着强烈日光，刺得他几乎睁不开眼——

武安君，赵葱不敢侈谈赎罪，目下力所能及之事，只是战至最后一刻，维护赵国边军尊严……

这个念头在心底一闪而过，与此同时，他看到剑锋上的那道日光，如同一颗流星般骤然向自己飞来。

……

赵国最后一支精锐大军，就这样彻底覆灭了。

休整了数日后，王翦接到了杨端和送来的军报：颜聚部脱离赵葱追杀后一路向东，本欲回救邯郸，却被南北两路秦军一同截杀，已经全军覆没，主将颜聚也被生擒。此后羌瘣李信杨端和辛胜两军四将合兵一处，又将柏人、信都附近最后残存的赵军尽数歼灭，彻底清扫了这一带的全部守军，占据了东阳一带，目下只余邯郸孤城一片，是否下城，请上将军定夺!

“可。”王翦只简简单单地回了这一个字。

第六章 逆鳞

1

“邯郸！邯郸！邯郸！……”

秦军响彻云霄的欢呼声回荡在各个角落，直到目下，沉默了多日的邯郸城才恢复了少许活力，只不过，这生机却是它的征服者带来的。

这座赵国都城，已陷落一个多月了。

一个多月间，邯郸仿佛完全陷入了死寂。空旷的街市每日冷冷清清，只一队队秦军迈着齐整步伐行进在一条条街巷上。所有赵人都缩进了自己的居所，屏息静气，满怀警惕和憎恨地由门窗缝中望着那一股股黑色浪潮从屋外流过，目下他们是这座城邑的主人，自己的命运乃至生死，都操纵在了他们手上。

在整座仿佛已死去的城中，唯一还保持活力的反而是赵王城，也只有这里尚未落入秦人之手，忠于郭开韩仓的近千名黑衣军仍守卫着这里，与布满了整座邯郸城的秦军遥遥对峙着。秦人之所以容许这支赵军仍留在王城，是由于上卿郭开的“功劳”。元老叛乱被平定，李牧遇害，南、北、中三路赵军尽灭，郭开履行了自己对秦人的承诺，甚至更胜一步，在南北秦军围住邯郸、国人一片惶惶不可终日之际，这位领政上卿又将已囚禁起来的公子嘉、春平侯等元老大臣押入王城，还亲领一队黑衣闯入寝宫苑囿，同样拘押起了还在砍树的赵王迁，然后便打开城门迎来秦军。有鉴于此，发自咸阳的王命对郭开大大奖掖了一番，秦王还准备于不日内亲赴邯郸，大张旗鼓地接受赵王及郭开献出王城，以此向天下正式宣告赵国的灭亡。

漫长的等待后，这一日终于到来了。

清晨，在上将军王翦为首的一干大臣的陪同下，王车辚辚驶进了邯郸，最终来到赵王城外挤满了人的车马广场上；紧接着，秦王政高大的身影出现在了车下。

“邯郸，秦政终是回来了……”秦王政环视着整座广场，一声长叹。

（注：关于始皇帝姓名，主流观点多以为乃“嬴政”，更有网络观点以为当称“赵政”，两种叫法皆有待商榷。若遵从战国男子称氏不称姓之习俗，嬴姓秦氏之始皇帝当称“秦政”，扶苏、胡亥等王族公子亦当从此俗称秦扶苏、秦胡亥等。）

“秦军灭赵，老臣恭贺陛下！”一个分外诚恳的苍老声音不期然响起，一位须发灰白的老者毕恭毕敬跪伏在前方，身后则是赵王迁、公子嘉、春平侯等黑压压一片王族元老和文武大臣们，人人都和郭开一样跪着。

他们已这样跪了差不多一个时辰了。

“足下便是上卿郭开？”秦王政淡淡问道。

“正是老朽。”郭开依旧跪伏着，没有抬起脸。

“上卿请起。”

“陛下天威，老朽不敢直面！”郭开仍没有动。

秦王政并未回头，却能感到身后所有人脸上都浮起了嘲讽的笑意。

“老上卿不必拘礼，起来便是；其余人等，一并起来。”

“谢过陛下！”郭开诚惶诚恐地爬了起来，身后赵王君臣们唯唯连声，也纷纷艰难地站了起来，春平侯平都君等老臣却因跪得太久而双膝麻木，刚一起身便重又跌倒，一时间广场上乱成一团。

依当时礼节，上将军王翦开始行起那昭示着战败国灭亡的殒命之礼：降下“秦”字大纛，自己则走上前来，向满脸沮丧的赵王迁深深一拜，身旁一名司马左手持壶右手持盏，向赵王迁敬酒，待赵王迁饮尽后王翦同样饮了一盏。此后长史蒙毅便朗声念起了预先拟好的王命：废赵王迁为庶人，流徙房陵；一干元老大臣暂拘押邯郸听候发落；赵国归为秦国郡县，南部设邯郸郡，北部诸郡待平定代地后再定；赵地民治交由丞相隗状派出的一干吏员治理，秦军不得对赵人有任何滋扰。

“陛下圣明!”蒙毅刚读罢王命，郭开便高声喊道，显是想带动赵王君臣赞颂秦王，不料身后却是一片死死的沉默，于是只有这一句颂词回荡在广场上，分外突兀。

“上卿灭国，欲何封赏?”秦王政没有理会郭开的颂词，勉力平静问道。

“老臣无欲无求，唯求尽忠，只愿随侍陛下身前!”

“既如此，传本王口谕：赵国上卿郭开内灭赵国有功，随本王归咸阳后，擢升秦宫给事中。”秦王政面无表情道。

“谢陛下!”郭开重又匍匐在地，深深一个稽首大礼，“老臣还有国宝和氏璧，欲献陛下!”说话间身后的韩仓向前迈了几步，打开一直捧在手中的铜匣，深深一躬将其举过头顶。尽管是站在几十步开外，但铜匣打开的那一瞬间，仍能望见一道奇异的华彩自匣中溢出。

当铜匣被赵高接过、小心翼翼地送至眼前时，秦王政看到了匣中那轮正在静静沉睡的玉璧，如中秋明月般通体晶莹；再轻轻捧起玉璧，只觉触手温润，还能看到油亮如脂的璧身上那粒粒饱满的谷芽纹；更奇的是，当玉璧偏了几下时，竟又先后变幻出各种色泽——果然是罕见至宝，昔日秦相张仪也因此璧被诬遭打，秦昭王更欲以十五城换此璧而不得，而今观之也并不为过。

“陛下，此璧尚有一段血泪故事。”身后响起了王翦的浑厚嗓音。

秦王沉默了，他自然知晓《韩非子》中记载的卞和之事：春秋之时，楚国玉工卞和得到了一块璞石，将其献于楚国，可惜厉、武两代楚王不识珍宝，反以欺君之罪将其双足先后砍去。卞和悲愤不已，抱此璞在荆山之下痛哭三日三夜，直至泪水哭尽继之以血，别人询问时答说，自己痛哭非因双足被刖，实是因宝玉而题之以石，贞士而名之以诳。楚文王听说后遣玉工仔细剖开璞石，终使此璧见于天日，为感念卞和，方才以其名命名此璧，号为和氏璧。

“宝玉而题之以石，贞士而名之以诳，不亦悲夫!”想到这里，他不由得慨叹了一句，“自古不知多少贤臣良将死于庙堂猜疑，昔者武安君白起如是，今者武安君李牧亦如是。而今本王明告天下：终政之一生，决不因猜疑杀害一位功臣!”

“陛下既明此理，则秦国幸甚，天下幸甚!”王翦点头赞道。

“李斯，本王欲将此璧凿为印玺。你精于书法篆刻，便有劳你操持此事。”

“诺!”上卿李斯恭谨答道，“却不知，陛下欲刻何字?”

沉吟片刻，秦王政双目望向远方，长吸口气：

“受命于天，既寿永昌!”

2

“上将军，赵国，就这般亡了么?”

发出这句疑问时，秦王政正与王翦并肩伫立在连绵丛台之上，此地乃当年赵武灵王胡服骑射时的阅兵之处。正是因见证过赵国的辉煌，赵主父之后，丛台甚至超过赵王城，成为邯郸最为神圣的所在。

“亡了。”王翦轻轻点头，“赵国虽未全数平定，却也再无回天之力，假以时日，我等必将彻底平定赵地。”

“这等赫赫尚武之大邦，竟也一朝倾覆……”

“自古恶政无精兵，无论军力何等强大，皆不能挽救腐朽没落之庙堂。”

“寡人一事不明，上将军教我。”

“陛下请讲。”

“我秦人与赵人，本是同根同源，先祖皆为皋陶、伯益父子，族群秉性也多有相似之处，赵人勇武善战与秦人一般，六国之中也唯赵军堪与我锐士相抗。然则如此赵国，如何竟沦为今日之腐朽邦国?”

王翦意味深长地笑了。

“秦赵虽有尚武之同，却也有一异：秦人尚法，赵人尚势。是故两国同源不同命。”

“秦人尚法寡人明白，然赵人如何尚势?”

“陛下可能数清，自先祖赵盾至今，赵人历代共有内乱几多?”王翦没有直接回答，却是反问了一句。

秦王一下怔住了，回忆片刻后才勉强开口：“赵盾屠岸贾相争，赵襄子杀代王，赵桓子赵献侯相争，赵肃侯公子范相争，公子成逼死赵武灵王……”

“赵人十八代君主，共计十三次大内乱。”王翦接过话头，秦王听到这句不由得倒吸一口凉气。

“……其余庙堂兵变乃至民间仇杀，更是数不胜数。及至郭开秉政，此风便愈演愈烈：公子嘉春平侯庞煖欲杀郭开韩仓，郭开韩仓又欲铲除众元老，彼此攻伐终致赵国自行溃败。此等行径所谓尚势不尚法，就实而论乃是尚乱！不从律条法度唯认强横武力，不辨是非曲直只求快意恩仇，但有政敌或异见，大臣元老动辄便密谋举事暗杀，庶民百姓则是彼此寻仇私相决斗……此等内乱，发作一次便足使庙堂大伤元气，况乎赵国这般代代兵变？老夫猜测，武安君李牧之所以宁死不愿参与元老密谋，正是对兵变后果心存顾忌。”

“然我秦人，从前也如是……”秦王政若有所思道。

“秦赵国运不同之根源，只在一事：商君变法。”王翦沟壑纵横的脸上浮起一丝笑意，“当年商君所面临之秦国，同样私斗频仍内乱连绵，然商君却能以重刑厚赏之双重铁腕强扭我秦人痼疾，将同样躁烈尚乱之万千庶民，打造成耻于私斗勇于公战之虎狼之师，此商君之大功也，我秦人之大幸也。”

“寡人谨受教……”秦王政深深点头。

“天色已晚，老夫回营了，陛下何不也去歇息?”

“老将军请回，寡人还欲再看看这邯郸景致。”

王翦想说什么没有开口，终是向秦王拱手退下了，只留秦王政一人伫立在丛台上。

时候正是黄昏，秦王政吹着晚风，俯瞰着沐浴在夕阳余晖中的整座城邑——西南方是赵王城，西北方是赵武灵王练过兵的插箭岭，滔滔滏水贯穿整座城邑，斜阳下泛起粼粼金光。一切都和自己童年时的景色别无二致，只是此刻的邯郸壮美中又倍显寂寥，如同已经灭亡的赵国，早失去了往昔的所有活力与生机，只余一副巨大的躯壳。

邯郸，赵政终是回来了，以征服者的身姿。

这样的念头从秦王心底一闪而过，而赵政这个自己曾用过的名字也随之浮现在心头。他自家身上流有一半赵人的血，他生于邯郸，他在这里度过了整个童年，就连和他一同长大、三十年来一直随侍身旁的赵高，也是赵国王族的远支。而他自己并不知道，多年后死亡降临之际，他所身处的沙丘宫，甚至也离邯郸不远，这座城邑与他有着千丝万缕的联系。

然而唯其如此，少时与母亲备受赵人欺凌的记忆始终埋藏在他心底，这也是向来坦荡的秦王政心底唯一一处隐秘的死角。唯其如此，他才要从咸阳千里迢迢赶来，郑重其事地接受赵国君臣的投降，这其中既有秦赵多年生死搏杀的国恨，也有自己幼年所经历过的家仇。

“煌煌猛赵，终是去矣！而今国恨已解，只余家仇了……”秦王政这样喃喃自语着别过了脸，“阿高，今夜便看你了。”

“陛下放心。只是……”赵高在他身后恭敬答道，忽然欲言又止，“陛下真要将那郭开，留在身边?”

“王言如丝，其出如纶，寡人还能反悔不成?”秦王政没想到赵高突兀冒出这一句，颇有些啼笑皆非。

“可那郭开，乃千古大奸!”

“你当寡人不知么?”秦王政扭过头来死死盯住赵高，“本王不是赵王，秦国更非赵国！郭开以为弄权谋人这套在赵国耍得开，在秦国照旧耍得开，做他的千秋大梦！本王与秦法，二者只要一样健在，任他何等鬼蜮之徒也兴不起风浪！谁想靠权谋在秦国立身，先问问本王答不答应，问问秦法答不答应！懂么?”

秦王嗓音中的凶狠使赵高不禁后退了一步，尽管如此，他却并未就此失去勇气，仍然重新开了口：“陛下，阿高最后一言！非是阿高搬弄口舌，实是郭开，欺陛下太甚!”

听到这句话，秦王的目光中闪烁起了精光。

“陛下，阿高随陛下巡游前，郭开曾悄悄找我，说……”赵高踌躇了片刻，终是下定决心般深吸一口气重新开口，“说过几日陛下大宴降臣时，欲将另一国宝献于陛下！陛下可知，那国宝究竟何物?”

“何物?”

赵高面如土色，低声说了句什么，这声音极小，然而在秦王政听来却是有如晴空霹雳，他只觉一股热血猛地涌向脑门，当即便将牙咬得咯咯作响。赵高战战兢兢地抬眼望去，却见他脸色已是红一阵白一阵!

仓啷一声，秦王政拔出了佩剑。

“赵高，你这队剑士，还能否分兵?”秦王政一字一顿问道，声音却不由自主地打战。赵高知道，陛下每次极力压抑心头怒火时都会是这种声音。

“不够了，只够……”

——“请王贲将军过来!”

“此等秘事，似不宜……”

“读过《说难》么，赵高?”

“读，读过……”

“人主皆有逆鳞，本王逆鳞便是此处。人有撄之，则必杀人!”

随着这句斩钉截铁的话，秦王政的佩剑也“当”的一声砍在白玉栏杆上，顿时火星四溅。

——“叫王贲过来!”

……

暮色降临了，随着一颗颗星辰出现在天边，逐渐暗下来的邯郸城也星星点点地亮了起来，渐渐变成了灯火的海洋，与群星闪耀的夜空交相辉映。秦王政独自一人伫立在丛台上，沐浴着晚风，沉思地望着灯火通明的邯郸城，久久没有动弹。

他在等待，等待这片灯火的海洋，真的变成一片燃烧的火海。

3

同是这个夜晚，郭开兴奋得忘乎所以了。数十年来，他第一次喝得酩酊大醉，跌跌撞撞踱进了太后寝宫。

“老夫功业将成矣！太后何以为贺?”抬手拧起悼倡后的下颌，郭开狎笑道，扑鼻的酒气喷薄而出。

悼倡后惊讶地望着那目光中的轻佻猥亵，二十年来，她还从未见过他对自己流露出这般神情。

“赵国已亡，何贺之有?”她嗤之以鼻道。

“赵国虽亡，然你我功业指日可期!”郭开哈哈大笑。

悼倡后哼了一声：“我本就是赵国太后，尊荣已极，还有甚可求? 倒是你这老贼，秦王明明封你赵地假王，你竟不做，只求为秦王身边内侍，昏了心不成?”

“妇人之见!”数十年来，郭开头一次意气风发了，“老夫区区一个上卿，便在赵国翻云覆雨二十年，你怎知在秦国便无用武之地?”

“你在赵国有黑衣护卫，若只身入秦宫，秦王杀你岂非易如反掌?”

“秦王不敢动老夫！他若杀了老夫，六国奸佞谁还敢为秦人效力?”

“虽是如此，你又凭甚在秦国弄权?”悼倡后白了郭开一眼。

郭开脸上浮现出不怀好意的奸笑，伸手轻拍着悼倡后的面颊。

“凭你！老夫将你那败子赵迁与元老大臣尽数羁押，却独独放过你，可知何故? 老夫要将你献与秦王，将那秦王迷住，如此你便是妲己再生，西施第二！老夫再借秦王贪图淫乐之际把持朝政，天下便是你我二人的了!”

悼倡后大惊，“你疯了? 我与秦王生母一般年岁!”

“那便看你这母狗媚功如何了!”郭开哈哈大笑，一把搂住她的腰肢，一下将她推到床上。

“你这是做甚?”悼倡后被抛到床上，兀自惊讶不已。

“朝中人人骑得你这母狗，唯独老夫不碰你，怕的便是有把柄落在别人手里!”郭开两眼通红咬牙切齿道，扑鼻的酒气熏得悼倡后直皱眉头，“二十年了！老夫不贪财不恋色不饮酒，忍了足足二十年了！而今终是不必再忍了!”一边这样嚷着，他一边狠狠扯开她身上的轻纱，露出整个雪白光洁的肉体，随即便猛扑了上去。

“你这老贼，当真疯了!”悼倡后尖叫道，一把将他推开。

“啪”的一声，郭开一记响亮耳光落她脸上，当即便是五个红红的指印。

“你敢打我?”悼倡后抚着肿胀起来的脸颊，又惊又怒道，泪水一下涌了出来。

“打的便是你这千人骑万人跨的母狗！二十年间，老夫对你这母狗身子日思夜想，夜夜自渎三四回方能入睡，今夜终是要尝尝滋味!”郭开又是一耳光打了过去，哈哈狂笑道，说着将她推倒又压在自己身下。

女人的呻吟、男人的喘息再次一同响了起来，间或夹杂着粗俗的骂声、响亮的耳光声。

……

一下下匀称的金柝之声自远处遥遥传来，马上便是子时了。

赵王城之外，一队秦卒伴随着金柝的节奏，迈着齐整步伐走在街巷之中，这是王贲部的士卒，攻克邯郸后他们始终驻扎在赵王城附近，每个晚上都要在周遭巡视一番，既是警戒郭开的黑衣军，也是防止任何可能的意外发生。

与外面的一片寂静刚好相反，位于赵王城角落的一座地下囚室中，却隐隐传来了被竭力压抑的哭泣声。

黯淡的火光下，一条首尾相连的白绫搭上了囚室的房梁，一个人影双手将它把住，垫脚挺颐，试图将下颌搭在白绫上。

“阿翁，莫寻死!”哭泣骤然停住了，一个略带稚气的少年嗓音喊道，黑暗中随即响起了串串杂声，布帛撕裂声衣袂扯动声与扭打声混在一起，间或夹杂着一个满是悲愤的男声，很快所有的杂音都消弭了，只余一片喘息连连。

“公辅，如何这般不晓事?”那个男声低吼道，颤抖的嗓音中充满了悲愤，“赵国已亡，我等身为王族，也当殉葬！岂能苟活世间，受秦人欺辱?”

“若果真山穷水尽，公辅当死于阿翁之前！然秦人未必要处决王族，只要阿翁还活着，我等定能复国!”那个少年哽咽道。

“复国?”男声一声凄楚苦笑，“大势已去，赵迁即位以来倒行逆施，元老重臣又个个居心叵测，我赵氏社稷早失尽人心，何谈复国?”

“不一样！赵国灭亡是因赵迁郭开把持朝政、残害忠良，与阿翁无关！世人皆知本该阿翁为赵王，只因大父错断，阿翁才被废黜太子之位，若阿翁能脱出囹圄，拉起兵马自立为王，赵人必定群起响应!”

“……”男声沉吟了起来。

恰在此时，一阵模糊不清的响动陡然自囚室外传来，其中似乎夹杂着求救声、喊杀声，以及叮叮当当的声响。囹圄中的囚徒们陡然屏住呼吸仔细倾听，果然发现这些声音变得越来越清晰、越来越近，逐渐变成了一个正向囚室方向匆匆赶来的脚步声。

“吱嘎”一声，沉重的囚室大门伴随着那叮叮当当的声响被推开了，一个瘦削的阴影站在了囚室的门口。

“公子嘉么?”他轻声开口，出人意料的是，嗓音如同女人般柔和。

“正是，足下何人? 何事?”方才那个男声应道，语气中满是愕然。

“我乃韩国悬刀，来救你等。”叮当銮铃声中，那声音不紧不慢道。

囚室中响起了一片绝处逢生的狂喜惊叹。

“足下……何故救我?”公子嘉仍是一片懵懂茫然，这一变故太过出人意料，他一时竟未回过味来。

阴影侧身闪到一旁，一个伫立他身后的身影将手中火把晃到面前，照亮了自己的面庞。

“司马尚将军!”少年的喊声中充满了惊喜。

……

“悬刀已去分头营救春平侯等元老，我等脱出邯郸便赶赴代地，那里秦人鞭长莫及，数月之内决然无力攻来！公子放心!”

说出这句话时，司马尚正与赵嘉并肩急行在赵王城的黑暗中，不远处示警骨笛的声音反复回荡在夜空中，粗重的喊叫纷乱的脚步声响彻了赵王城，秦人已发现有人劫囚了，正在分头奔向各个角落，急切搜索着王城中的一草一木。

“春平侯，众元老……”赵嘉从牙缝中挤出这两句，突兀间收住了脚步。

“公子何事?”司马尚大为意外，同样在黑暗中停了下来。

“逃亡前，我等还须做一事。”公子嘉紧盯着司马尚，语气中满是恨意。

司马尚用目光询问着赵嘉，赵嘉却眯起眼睛环视着周遭。夜色中，赵王城的宫阙楼阁依旧壮阔巍峨，赵嘉自幼在这里长大，这里的一草一木自然也都浸透着他从儿时到壮年的所有记忆，然而唯其如此，他才这般痛恨着这里。这里汇集了整个赵国的所有妖孽：自己那位沉溺女色、废长立幼的父王，那位夺去了本应属于自己的王位、又将赵国拖向灭亡的同父异母王弟，他那淫乱无行的母后，还有那一手炮制了一切灾祸的恶贼郭开。他们都盘踞在眼下这座赵王城中，他们使曾经有着无数辉煌和荣耀的赵王城，彻底堕落成了殷纣鹿台那般充斥着荒淫腐朽的罪恶巢穴！

——烧了它！烧了赵王城！将这些妖孽，连同盘踞于此的秦人一并烧死，烧掉一切，抹去他们带给赵国的耻辱！

“然则，春平侯等人尚未脱身……”

“顾不得这许多了！”赵嘉双目通红连声怒吼，“若非春平侯无能，我等兵变怎会失败？武安君又如何会死？他还与那倡女私通，丢尽了我赵氏颜面！”

司马尚嘴角猛然抽搐了一下，终是阴沉着脸应了一句：“诺！”

4

一片巨大的混乱之中，足有十数道红光突兀间划破夜空，闪现在赵王城上方，很快便化作了道道火蛇。

“赵王城失火了？”

正领着斥候营剑士杀向太后寝宫的王贲心下一惊，猛然收住了脚步。

他没料到会是这般。

就在两三个时辰前，秦王匆匆将他召到丛台，既无任何寒暄，也无任何程式，劈头便下了一道王命：立即由斥候营秘密调集一个精锐百人队，潜入赵王宫刺杀郭开与悼倡后！王贲虽大是意外却也慨然领命。秦王咬牙切齿地一挥手，身旁的赵高已快步上前领他下了丛台，寥寥数语间已将来龙去脉交代清楚。听到郭开意图将悼倡后献与秦王，王贲陡然一阵恶心——当年秦王之母赵姬正是因淫乱后宫引发了嫪毐之乱，堪称秦国史上最大一次乱政，也使嬴秦王族蒙上了前所未有的羞辱，当时自己也在平乱兵马当中，对这一切再清楚不过，郭开老贼欺人太甚！赵高随即又说，在下同是奉王命潜入赵王城，去杀那些当年欺凌过陛下太后的赵国贵胄，为陛下报仇出气，我等潜入赵王城便分头行事。动身之前原本一切顺当，不料两队刺客刚刚分开，竟遇到这等突变！

“上卿，有人纵火！”惊恐的喊声惊醒了沉睡中的悼倡后与郭开，两人刚先后睁开眼，守护在寝宫外的一名黑衣已慌不择路闯了进来。

“莫不是秦人作乱?”悼倡后忙将伏在自己身上的郭开一把推开又坐了起来，赤裸的雪白胸口不住起伏着。

“慌个甚！”郭开不知是在说悼倡后，还是在说那黑衣，面色铁青地下了榻，有条不紊地穿戴起来，“老夫早有防备，韩仓何在?”

“家宰已召集起所有黑衣，正在四处灭火！”

“善，你向他传老夫口信：此必为秦王背信之为，欲将我等置于死地，黑衣莫慌，先集结一处，老夫稍事收拾马上出去，与韩仓一同整肃全军，杀出王城！”

“不先灭火么?”

“蠢！火大起来，正好掩护我等！你若先救火，秦人杀来，我等必定措手不及！”

“……纵是如此，杀得出去么?”

“事到临头，只能孤注一掷！”郭开恨恨道。

“……诺！”黑衣虽仍觉不妥，却还是飞一般去了。

黑衣前脚刚走，郭开后脚便快步奔到寝宫门口，从里面将大门牢牢锁死，又三步并作两步来到那扇巨大屏风前，开始用尽全身力气，试图将它推开。

“你这是……?”悼倡后坐在床上，愣怔怔地望着他。

“逃！”郭开的回答极为简洁。

“逃?”悼倡后惊愕不已，“你不是要与韩仓杀出去么?”

“黑衣不到千人，邯郸秦军便有数万，你以为真能杀出?老夫不过为把他支走！目下一片乱象，老夫正好趁乱逃跑，绝不能走漏风声！”

听到郭开最后一句“绝不能走漏风声”时，悼倡后多少放下心来——他既肯对自己这般说，必定也先想好了如何安置自己。

“你怎知这是秦王之意?若非如此，你却一走了之，这数十年心血不是尽数白费了么?”

“目下城中尽是秦人，你此刻逃亡，却能逃至何处?”

“你若逃走，我却怎办?”

……

郭开没有回答她的一连串发问，而是继续将屏风推开，当那个无论他还是她都已无比熟悉的地道口出现在面前时，他这才转过身来，四下打量着整个寝宫，最后把目光落在案上一只精雕细琢的酒壶上。

显然他找到了自己要找的，于是迈着坚定的步伐走了过去，提起酒壶，向一旁的爵中斟起了酒，百年赵酒的醇厚香气便立刻弥散开来。斟满后他放下酒壶，用袍袖遮掩着捧起铜爵，咕咚喝下了一大口。

“都何时了，你还有心喝酒！”悼倡后拍着床沿焦急道。

“莫急莫急！”郭开皱眉道，踱到她面前，将酒爵递给她，“你也先喝一口，定定神，我再说打算！”

悼倡后怨愤地盯着他，却还是将爵中残酒一饮而尽。

她并没有注意，当自己喝下那爵赵酒时，郭开的嘴角浮现出一丝凶险的微笑。

“太后，你与老夫已是多年交情，事到临头，如何还这般懵懂于人事……”眼看悼倡后将酒一饮而尽，郭开也如释重负地长吁一声，不胜惋惜地摇头道。

“你……何意？”悼倡后虽毫无见识却并不蠢，郭开的语气使她本能地有了不祥预感，不由得惊慌起来。

“若带你走，当真累赘；若将你留与秦人，难保不会泄露老夫行踪；既如此，只有一法了……”

“你，你要……”悼倡后嗫嚅起来。

郭开狞厉一笑，向她伸出手，掌心中是一根湿漉漉的漆黑羽毛。

“这是……”悼倡后的声音不由自主地颤抖起来。

“太后果然识得，此乃鸩羽。”

悼倡后一声惊呼，不知是毒药真起了作用还是纯粹出于自己的幻想，她忽然感到胸口无比憋闷，几乎透不过气来。

“这鸩羽在老夫袖中深藏近二十年，老夫本欲走投无路时自我了断，不想今日竟用在太后身上。方才饮下一口酒后，老夫便以袍袖遮掩，暗暗将其浸于酒中，太后哪怕只喝下一滴，也是无可救药。”

他一边说着，一边静静欣赏着悼倡后的痛苦表情。他看到她艰难地卡住自己的脖颈，试图大口呼吸，却终归是徒劳，那原本白皙的脸颊已浮现出一股不祥的青色，秀美的面孔逐渐扭曲，嘴角也冒起股股白沫，双瞳则开始涣散，可她呆望向自己的目光中，惊讶甚至多于恐惧。郭开明白，她没料到自己与她相熟二十年，刚刚还有了床笫之欢，竟能立即翻脸无情下这等狠手。

“如此尤物，竟是这般死法，实在可惜，可那秦人又岂会独独放过你？你死于老夫之手，总算落个全尸……”恋恋不舍地抚摩着悼倡后倒在床上依旧赤裸的身体，看着那乌紫的鲜血自七窍中汩汩流出，郭开不由得叹息道。

“也罢，最为珍重之物，自家亲手毁掉，方才称心。”头一次，他把自己感动了。

眼看悼倡后已死，郭开却仍意犹未尽，重又扑在那具尚未冰冷的赤裸女尸身上，将自己压抑了多年的兽欲再度发泄了一遍，这才筋疲力尽地爬起。此时他额头已冒出了密密麻麻的汗水，环顾四周才感到，这座寝宫已经前所未有地酷热了起来，空气中漂浮着一股焦煳的气息，显然火势已蔓延到了太后寝宫，于是再无耽搁，径自钻进了屏风下那个早已打开的地道口。

不过临走之前，他似乎想起了什么，又连忙折了回来，拾起一盏座灯，点燃了重重帷幔，再将座灯中的油脂、酒壶中剩余的酒水先后泼洒在猩红的毡毯上，又从燎炉中掏出还在燃烧的木炭，也一同倾倒在地。做完这一切，他才心满意足地拍拍手，重又钻进地道，从里面将地道口按原样关上。

就这样，太后寝宫也燃起了熊熊烈火。

5

郭开的身影消失在地道中时，火势已愈演愈烈了。

巍峨的宫阙楼阁一座接一座地在熊熊大火中倒下、崩塌，到处都是疯狂舞动的红焰，到处都是使人透不过气来的滚滚热浪浓烟，到处都是皮肉烧焦时那种呛人的恶臭。成群结队的内侍、使女、吏员们，惊恐地尖叫着，互相拥挤践踏着四散逃命，比陷入火海更加危险的，便是这种无处不在又不断蔓延的恐慌。

望着面前的惨烈景致，涔涔汗水自王贲的额头流淌了下来，然而这并非仅仅因为炽热难耐。

发现火起之后，王贲当机立断决定放弃刺杀，又迅速将本部兵马尽数调来，一则灭火二则救人，自己则亲领那个斥候营百人队闯入火海，准备将赵王迁等已被囚禁起来的赵国王族们救出来。不想一座座囚室已经空无一人，只余看守士卒们的众多尸体，王贲急出一身冷汗，冒着浓烟烈焰反复搜索，总算找到了被单独关在一间密室里的赵王迁，这才稍稍放心，命一个伍的剑士将这位瑟瑟发抖的末代赵王架出火海严加看管，自己则去而复返，试图尽可能多地再救出几人。然而看目下这等形势，只怕是难了。

忽然间，王贲听到前方的火海深处遥遥响起一片喊杀哭叫声，忙率士卒循声赶去，不料前方火势完全拦住了去路，于是几步攀上一座尚未完全被火焰吞噬的高耸假山，一眼望去却是大吃一惊——被火海团团围住的一片空地上，竟有数百人马在拼死搏杀！

火势甚旺，舞动的火苗使王贲看不真切，而这片被随意分成了十数个战团的战场更是毫无章法。纵然如此，他却也大致能从衣着上分清交手的双方：其中一拨头戴曼胡之缨、身着短后之衣，显是郭开手下那支黑衣军；另一拨装束驳杂却大都锦衣高冠，佩在身上的珠玉不时在火光的照耀下折射出熠熠华彩，居然是那些被囚禁后又脱逃的赵国王族们！

“狗贼郭开，匹夫韩仓，滚出来！与我等正面一战！……”

风声把这个嘶哑的声音连同火焰的毕剥声、兵刃撞击声一并传到耳畔，王贲听出这是春平侯的声音，不由得心下一凛，一眼看去果然见到人数最多、战况也最激烈的那处战团中，春平侯长发散乱大汗淋漓，双手紧握长剑，正凶狠劈杀在最前；身旁平都君、建信君、庐陵君等六七名元老同样呼喝着与黑衣们忘情厮杀在一起。他们脚下到处是尸体，既有黑衣的也有赵国王族的，有的浑身焦黑，有的飘舞着火舌；身后则是大批手足无措的妇孺们，无不因恐惧大声号啕着。

“住手！都不要命了么？……”

假山上的王贲用尽全力大吼了一声，这吼声却转瞬间淹没在了巨大的声浪中。已有火焰蔓延到战阵中了，不少拼杀者们的衣襟发须上也燃起了火苗，那些未参与厮杀的王族妇孺们则拼命挤在一起，既躲闪着前面的兵刃，也防备着身后逐渐逼近的火海，稍有不慎便会被火焰吞噬，凄厉的哭喊与尖叫即使在王贲听来也算得上毛骨悚然，可纵然这般，黑衣与贵胄们的拼杀还在继续。

“来啊，郭开鹰犬！赵国亡了，我等也不活了！郭开韩仓跑了，可有你等殉葬，本侯也不孤单！啊哈哈哈……”

春平侯的吼声被各色嘈杂撕扯得断断续续，即使如此，王贲却还是不禁一阵战栗。他并不知晓这些元老贵胄是如何逃出囹圄的，然而看到这等场面却也能大致猜出，多半是春平侯等人逃亡途中恰遇黑衣，因复仇心切而不顾一切地与他们厮杀在了一起，及至四面火起之际，无论他们还是黑衣都已无法脱离火海，是故不约而同选择了困兽犹斗！

即使是在这同归于尽的最后时刻，赵王族剩余的贵胄们仍在为了仇恨彼此杀戮着，直到被这涤荡天地的大火尽数吞噬，与整座赵王城一同毁灭为止。

火势越发猛烈了，王贲亲眼看到春平侯挥出最后一剑，刺死了又一名黑衣，却因用力过猛一头栽入火海，瞬间变成了一个火人，在熊熊烈焰中扭动着抽搐着手舞着足蹈着，发出阵阵似哭似笑的凄厉哀号，全然不似人声。他别过了脸不忍再看下去，心知如此火势自己已无能为力，即或援军带着唧筒水囊等灭火器具立即赶来，也同样来不及救人，只能任凭这些人葬身火海了。

可突然间，他又想起了什么，猛然扭头望向了那片火海——

——韩仓！他在何处？

当王贲想起自己时，韩仓已趁乱消失在了火海中。凭着对赵王城内的熟悉，也凭着身手的敏捷，他巧妙地避开了从头顶不时掉落的一根根带着火焰、已被烧得焦黑的梁椽，穿过滚滚浓烟，向着太后寝宫的方向一路狂奔而去。

原本苍白的脸色已被熏得黑一块花一块，鬓角衣袂都被火苗燎过，干涩的鼻腔和干渴的喉咙里堵满了烟尘，呼吸也变得极其艰难，纵然如此，韩仓的脚步却没有放缓半点儿，求生的渴望始终激励着他。

韩仓的打算和郭开一样简单而实在——抛开所有部下，自己趁乱逃亡。

迟迟不见郭开出现，韩仓已猜到了他的去向，以自己对老上卿的了解，他相信郭开不会留在火海中坐以待毙，必会想方设法逃命。虽不知他具体是如何逃掉的，但韩仓听说过太后寝宫中藏有密道，眼下若能找到那条密道，兴许还能捡条活命。这自然是一场生死大赌，然而目下已别无选择——要么死在秦兵剑下，要么钻进火海中冒险，自己只能置之死地而后生。

很快，韩仓便来到了太后寝宫面前，尽管这里的屋顶和墙壁已被熊熊大火所吞噬，但大门仍大敞着，宫内还未完全燃烧起来，于是一股绝处逢生的狂喜涌上了心头。然而当韩仓正要一鼓作气冲进去时，却陡然呆住了，方才的笑容也瞬间在嘴角凝滞。

清脆的銮铃声。

与此相伴的，是一个瘦削的身影，从熊熊燃烧的太后寝宫中缓缓踱了出来。

由于背光，他的面孔显得模糊不清，但韩仓显然已认出了此人，于是不由自主地退了一步，张开嘴想说甚却又说不出，目光中满是惊愕与恐惧。

“子，子房……”

“别来无恙，韩仓。”那身影轻轻开了口，嗓音如女人般轻柔，“当年你被悬刀派往邯郸潜伏，然秦军灭韩之后我没了你音信，蹉跎了这般久才重新见你。而今悬刀未及复原，秦军却又灭了赵，六国首强竟也灭亡，不亦悲夫……”

韩仓却没有听他的自言自语，而是扭过头去，不出所料地看到另外四个身影出现在自己身后，手中的长剑在黑暗中反射着火光，堵住了退路。

“……然则我却听说，此番赵国灭亡，非因秦人强大，实是因赵人自毁干城，先杀临武君庞煖，再害死大将军李牧。此二人之死，皆出于上卿郭开之谋划，具体操持却另有其人……”

“子房，你想说甚?”韩仓气急败坏地吼道。

“身为韩人，却弃国为赵人卖命，此其一也；身为悬刀用事轴心，却不听号令叛出悬刀，此其二也；身为死士，却只求自己保命，无视邦国大义，此其三也。更有甚者，你竟为虎作伥，助郭开残害忠良。我悬刀纵然行事隐秘，却绝不藏污纳垢，几曾出过你这般贪生怕死之宵小？韩仓，你当真丢尽了悬刀颜面，真乃我悬刀之耻，韩国之耻。”那人嗓音依旧柔和，语速也依旧不紧不慢，语气中的杀意却是越来越浓。

“子房，我也曾有功于悬刀！当年郑国便是我送入秦国，尉缭也是被我劫走！还有太子丹逃秦，也是我接应！……”

那人沉思了片刻。

“既如此，便看你是否命不当绝。”

他左手从怀中掏出一枚布币，将它在韩仓眼前亮了亮，尽管光线昏暗，韩仓却仍能认出那上面的“涅金”二字，他知道，这是灭亡前的韩国所特有的平首布。

“若字面朝上，你便自行了断；若背面朝上，我便放你一条活路，然你却须留下舌头、双目、双手，免泄悬刀机密，何如?”木料燃烧的噼啪声响中，那人的声音格外清晰。

看到韩仓一声不吭，恐惧的目光死死盯住自己的左手，那人没再迟疑，左手拇指轻轻一弹，但闻一声清脆的金铁铿鸣，平首布已由他的掌心飞向了夜空。

恰在此时，韩仓却是忍无可忍地一声大叫，猛地向那人扑来！

然而，他刚来得及举起手中长剑，整个身体便化作了一具陶俑。

在他身后，四柄细长的棠溪剑已同时穿过了他的身躯。

第一柄剑刺入了后脑，由额头穿出；第二柄剑刺入后脖颈，由咽喉穿出；第三柄剑刺入后心，由前胸穿出；最后一柄剑则刺入后腰，由肚脐穿出。四柄剑同时刺出，同样致命，就连彼此的间隔都是同样长短，若非长期的默契配合，万难做到。

“啪”的一声，平首布重新落回到那人手中。

那人几步走到韩仓尸身前，抬起右手撕开了他的衽领，当看到尸体前胸那白虹贯日的图案已被刺得支离破碎时，这才满意地长出一口气，左手玩弄起了那枚平首布：

“蠢材，我本欲叫你死得体面些……”

他手中那枚平首布，正反都是“涅金”二字。

6

夜色与火光中，远处高高的旗杆上似乎悬挂着一件物事，不住飘荡着。

看到那样物事，惊讶不已的王贲猛一挥手，带着士卒们直扑了过去。一行人冲到近前时，旗杆刚好在烈火的吞噬下咔嚓折断倒地，腾起一股浓浓的烟尘，士卒们猝不及防地一阵咳嗽喷嚏，烟尘散尽才看清，捆在那上面的原来是一颗头颅。

尽管满脸血污，王贲还是认出了韩仓的面孔，一种欣慰失落夹杂的感觉随之涌上心头，除此之外却更有惊诧，他想不出究竟何人能杀死韩仓，须知韩仓剑术的高超，在整个赵国黑衣军中都是赫赫有名的。

“将军在找杀韩仓之人?”一个女人般的声音伴随着叮叮当当的銮铃声远远响起，王贲抬头看去，正见太后寝宫屋顶的熊熊火焰中立着一个纤瘦身影。

“足下便是?”王贲喊道，这轻柔的嗓音和纤瘦的身影，忽然给了他似曾相识之感。

“清理门户而已，此人本我悬刀叛徒。”那身影嗓音虽是轻柔，王贲隔得老远仍听得清楚。

“你是……”

“三年前灭韩之际，荥阳城中死于将军剑下之少年，便是舍弟。”

“原来如此!”王贲的回忆忽然闪电般苏醒，想起那少年刺客临死前的最后一句话“阿兄”，如此看来他与此人果然是兄弟！想到这里不由得高叫一声：“足下欲复仇乎?”

“不仅欲复仇，更欲复国!”

“若是有胆，目下便来!”

“那倒不必。我等非匹夫之勇，自不会以卵击石。今番与将军谋面，无非告诫你好生提防，休要大意，不然这韩仓便是前车之鉴。”

冷冷丢下这句之后，那人瞬间便消失在了烈火浓烟中。

“慢！足下名号是甚?”王贲大喊。

没有回答，四下里只有呼呼风声和火焰燃烧的噼啪声，以及那迅速远去的銮铃声响。

黎明时分，火势终于完全熄灭了。

整个赵王城已是焦黑一片，缕缕白烟自废墟中袅袅腾起，消散在阴霾的空中，晨风将烟尘吹遍了邯郸城，也吹到了丛台之上。秦王政被呛得一阵咳嗽，习惯性地想叫赵高给自己拿口水来，这才想起他并不在身旁，这里仍旧只自己一人形影相吊。

无意间挪动了一下脚步，秦王政猝不及防地感到双脚一阵酸麻。整个夜晚，他一直在注视着赵王城的那片大火，也一直在回忆着往事，不经意间就这样过去了整整一夜，连他本人都没意识到，自己足足四个时辰都没有动弹一下。

他一直在想自己的母后，那个原本与自己相依为命，此后却久久沉溺在肉欲之中，直至意图与情夫嫪毐密谋废掉自己这个秦王的母后。尽管嫪毐发动的那场叛乱近乎儿戏，却仍给秦国和自己留下了永难磨灭的耻辱。秦王还记得，当时擒获嫪毐并将他的党羽一网打尽之后，狂怒得已完全失去了理智的自己，亲自闯入了自己从未踏足过的母后寝宫，又亲手将两个襁褓中的同母异父弟弟从她手中夺了过来，当着她的面塞进皮囊，狠狠甩向了寝宫的高墙，那是他一生中唯一一次亲手杀人。在他的记忆里，自己多年来积攒下的对母亲的所有怨气，都在那一刻彻底爆发，他也由此完成了自己的成人礼，在那腥风血雨的一刻之后，他才是真正的男人，秦国真正的君王。而那处伤，那处母后刻在他心头深深的伤，也便成了埋藏在心底最隐秘的痛。尽管数年之后，在名士茅焦的劝谏下，他终于还是原谅了母后，但那处伤终究不会磨灭，疼痛可以消失，疤痕却永远还在。太后淫乱，这四个字带给他的永远是无尽的痛，激起的永远是他无尽的恨。

机关算尽的郭开千算万算也没有料到，这正是秦王的那处逆鳞。

匆忙而杂乱的脚步声从身后传来，秦王政猛然扭头，正见到三个身影先后冲上丛台。

赵高，王翦父子。

三人神色各异，赵高脸颊通红满头大汗，却又极力压抑着神色间的兴奋；王贲满面烟尘汗水，鬓角须髯拳曲虬结显是被火燎过，一脸愧疚懊恼；站在他后面的王翦则脸色阴沉满是怒容，深深皱眉望着秦王。眼见秦王回过身来，王贲先深深低下头："王贲请罪。"嗓音极是嘶哑。

"上将军，王贲将军。"尽管心下早已急不可待，也注意到王翦目光中显而易见的愤怒，秦王政却仍按礼数先后向王氏父子拱了拱手，父子俩竟破天荒地都没有还礼，也没有吭声。

"上将军有何见教？"

"陛下自问王贲可也。"王翦几乎是从牙缝中挤出了这句话。

"王贲，如何了？"

王贲咬咬牙，始终没有抬头："赵王城失火，伤亡甚重，只赵王迁被救出，公子嘉逃亡代地，春平侯等元老尽数罹难。"

"然赵高不辱使命！"看到王贲神情沮丧，赵高急忙插了句嘴，"太后仇人，赵高尽数杀……"

"郭开如何了？"

"郭开，逃……"

"嗵"的一声，秦王政一拳擂在了栏杆之上，牙咬得咯咯响，却是死死盯住远处一片焦黑的赵王城，目光中满是仇恨的火焰。

"传寡人王命：举国大索郭开！"秦王政几乎是声嘶力竭地咆哮道。

"陛下！"王翦的低吼突兀响起，"目下有比杀郭开更要紧之事！"

秦王政一怔，思忖了片刻终是慢慢平静下来："寡人这便亲往赵王城巡视，再与上将军商议善后之事。"

"以陛下之意，赵高王贲如何处置？"

"赵高有功晋爵，至于王贲……"秦王政微一沉吟，"走脱郭开乃因赵王城火起，非王贲之过，不赏不罚。"

"老夫以为，二人皆当重罚。"

王翦话一出口，秦王赵高同时惊愕。

"王贲滥杀坏法，向陛下请罪！"王贲也单膝跪地。

"奉王命行事，如何是滥杀？"秦王政话虽是对王贲说，惊讶的目光却投向了王翦。

"敢问陛下，秦法可准不经勘审，刑罚之外随意杀人？"王翦盯住秦王，沉声问道。

"王贲赵高，都奉王命……"

"《商君书·修权》有云：'法者，君臣之所共操。'《君臣》也有云：'言不中法者，不听也；行不中法者，不高也；事不中法者，不为也。'若王命脱离秦法肆意赏罚，便是坏法！守法国人若见能得法外之赏，必不肯依法立功；若见有人受法外之罚，也必再不相信国法威信，只以揣摩上意为务，重蹈韩赵两国覆辙！”

秦王政不吭声了。

“陛，陛下，赵高请罪！”眼见秦王脸色大变，方才还满心期待封赏的赵高顿时慌了手脚，连忙也跪伏在地，不敢直视秦王的目光。

望着浑身瑟瑟发抖的赵高，秦王政心下也略有不忍，勉强憋出一句：“此事，再议吧。”

……

“陛下可还记得，老臣讲过赵人尚乱之事么?”

在赵王城忙碌了整整一日，诸多善后事宜尽皆办妥之后，秦王与王翦重又缓步登上了丛台。

“记得。”

“然陛下可曾想过，赵人为何这般?”

“愿闻其详。”

王翦并未明言，却是轻拍着栏杆，移开了话头：“我等脚下这丛台，便是当年赵武灵王所建。赵主父已是赵国最有作为之君王，胡服骑射变法也是赵国乃至六国最为深彻之变法。惜乎他晚年昏乱连出错断，先有废长立幼之举，后有盛年退位之行，再后来竟欲重立长子赵章为王、两分赵国。诸多反复无常心血来潮之举，自然使赵国无所适从，也给公子成赵章两党以最好起事借口，最终酿成沙丘之乱……”

“沙丘宫……”秦王政喃喃念着，回想起赵武灵王困守沙丘宫整整三个月，最终被活活饿死之事，心头猛然揪紧了。

“……赵主父有求变图存之心，却无恪守法度之志，虽力求鼎新革故、再造赵国，却连自家都不能守法，自然不能为国垂范。国君尚且如此，诸多元老大臣自然上行下效，是故赵国终无可能如秦国一般奉法严明。法之不行，自上乱之，此乃当年商君名言，却也适用赵人，此等大忌，不可不察；个中教训，不可不深也。”

王翦语气并不如何激烈，秦王政却是心头一颤。

“秦赵同源，赵人之长便是秦人之长，赵人痼疾亦是秦人痼疾，是故赵国堪为秦国镜鉴。若我等君臣不能自赵亡之中吸取教训，赵亡之因，日后怕将成秦亡之因；今日之赵国，或将成明日之秦国。”

说到最后一句，王翦陡然打住了，而秦王政也明白了老将军没有说出口的意思——

昨日之赵主父，或将成明日之秦王政！

沉默有间，秦王政终是一声长叹，拱手一礼："老将军纠寡人褊狭，谢过老将军！"

王翦却没有还礼："对赵王城之事，陛下如何向天下交代？"

"赵高王贲杀人乃寡人之意，罪责当由寡人自家承担。寡人这便下王命，安葬死者抚恤家人，自家还当仿重耳降服囚命，以示悔意。"

王翦明白，以秦王的自负，能做到这一步已是大大不易了，终是赞许地点点头。

"只是对那郭开，寡人仍不能放过。"秦王政面色又阴沉下来，从牙缝中挤出这一句，"一旦将他擒获，必要明正典刑！"

"若郭开已然遭报，却又如何？"王翦目光一闪。

"已然遭报？"秦王政皱着眉反问了一句。

王翦默默从袖中抽出一枚木牍："黑冰台秘报，郭开有下落了。"

7

旬日之前，代郡上谷一带。

这几年代郡真可谓灾祸连绵，两年前便发生了一次猛烈地动（地震），受灾民众将近十万，其中又尤以这上谷一带最为严重。当时的庙堂对灾民不闻不问，任他们自生自灭。不久前公子嘉纠集残余赵氏宗族百余人，与司马尚等赵军残部一同逃到这里自立为代王，灾情也无丝毫好转，不仅灾民未得救济，连这些赵军残部也陷入了饥馑之中。

道路两旁饿殍遍野，一群群衣衫褴褛的流民漫无目的地蠕动着，人人四肢纤细肚腹肿胀一脸菜色，或是低头寻觅着草根之类勉强可以果腹的东西，或是茫然地抬头四望，期盼能有奇迹发生。

这时，抬起头来的灾民看到，一辆破烂牛车正慢悠悠吱嘎着从大道尽头缓缓驶来。

车中坐着的便是上卿郭开，虽憔悴了些许，却仍不缺胳膊不缺腿地活着。

老旧的牛车耐不得剧烈颠簸，吱嘎作响地摇摆着，车中的郭开也以相同韵律晃动着，仿佛随时可能会跌下来。这牛车已伴随了他十余年，十余年前刚成为赵悼襄王的上卿时，他便乘着这辆车；十余年后，他已权倾朝野，却仍然只是个上卿，而这辆车也同样没有换。

如今的逃亡路上，这牛车又载着他走向未知的命运。

牛车的吱嘎声中，郭开闭目养神，静静想着自己的心事。

想起多年心血尽数打了水漂，王图霸业尽归春梦一场，郭开很是伤感，紧闭的双目不由得泛起了泪花，这还是他多年来头回真正发自肺腑的泪水，可纵然如此，他却还是仔细盘算着自己的出路。昨日他来到此地，连夜将预先埋藏于此的一批珠宝发掘出来藏入牛车，下一步便计划带着它们投奔匈奴单于，改头换面做一个富家翁，那般结局虽离他原本治国平天下的宏图大志相去甚远，却也还算不错。这是郭开向秦国投降之初便策划好的退路，他很为自己的高瞻远瞩而骄傲。

一阵哭喊声自牛车外传来，郭开轻轻睁开眼，发现车外一群瘦得皮包骨头饥肠辘辘的灾民已经拥了上来，人人伸着手大喊哀号着要求施舍。

“眼瞎了么？我等一样穷得叮当响，谁有钱粮给你等！”负责驾车的郭开党羽唐玖恨恨骂道，挥起马鞭胡乱抽打起来，挨鞭子的几名灾民吃痛逃开，却有更多人围了上来，哀号声与啪啪的皮鞭声夹杂在一起，场面越发混乱不堪。

“何事吵嚷？”

一个响亮的嗓门喊道，车中的郭开一惊，冷汗顿时涔涔冒了出来。

竟是司马尚的声音。

郭开只知司马尚与公子嘉逃到了代地，并立后者为代王，却不知他们竟然是在这上谷一带驻军；他同样不知的是，在饥馑的威逼下，司马尚这支兵马几乎已沦为了盗军，整日只能靠劫掠过往商队来勉强维持给养。

“车中何人？出来！”司马尚恨恨吼道，多日都没正经吃食，他已是腹中空空，只余一团怒火。

虽是心中忐忑，郭开却还是忙不迭下了车，刚下车便感到了那两道凶狠的目光，仿佛要把自己胸口穿上两个透明窟窿。纵然如此，郭开面上还是坦然的，眼下的他肤色黝黑，稀疏的长髯全部割去后粘上了连鬓大胡须，连日来更是风餐露宿憔悴了许多，与原先那秉政上卿几乎再无相似之处，他相信司马尚不会认出自己。

“将军，”郭开有意哑着嗓子，以免司马尚听出自己的原声，“将军，老朽乃云中游商，恰遇流寇，财货皆被掳去，而今只求全身返乡……”

“少聒噪！两头驾牛留下！车中何物?”

“只余一点儿口粮……”

“交出来!”

郭开不敢吭声，司马尚一挥手，两名士卒已将他扒到一旁蹿上了车，一阵翻检后发出了胜利的喊声:“将军，干肉!”

响亮的惊叹声随之响起，所有的灾民和士卒都“呼啦”一下围了过来，人人双目泛着贪婪的绿光，每张扭曲的面孔嘴角都在抽动着，艰难地咽着口水。

司马尚却是心中一惊，并不如其他人那般兴奋，走上前去接过干肉仔细端详起来，郭开则紧张注视着他的一举一动，心底开始惴惴不安起来。

“足下究竟何人?”郭开的担心果然成真了，司马尚死死盯住了他。

“老朽，云中游商……”

“放屁！游商能有军粮么？这干肉只军中才配发，寻常赵人如何能有?”

“……”郭开语塞了，纵然平日谄媚之词张口就来，目下却也想不出该如何圆谎。

“将军，这牛车也有鬼!”车上的士卒喊道，“辙印比寻常车驾深!”

郭开仿佛被什么虫蚁咬了一口，差点儿蹦起来，额头的冷汗也更多了。他不知道，这些士卒在饥饿的驱使下人人都练成了一副火眼金睛，搜那些藏匿财货已毫不逊色于任何一批山贼流寇。相形之下，郭开尽管善于弄权谋人，在这方面却只能算黄口小儿。

轰隆一声，郭开还不及阻止，牛车已被掀翻了，其中一名士卒举起斧头便向着车厢底板狠狠劈下，但闻“哗啦”一声，流光溢彩的珠玉当即淌得遍地都是。

“你到底何人?”司马尚劈手揪住了郭开的衣襟。

“将军息怒，老朽无欲无求，绝非歹人……”惊恐中的郭开无意间冒出了常挂在嘴边的那句口头禅。

一听到“无欲无求”，司马尚脸色顿时变了，仔仔细细打量起了他。

郭开不敢再吭声，只沉默地喘着粗气，大滴大滴的汗水开始冒出来。

“到底何人!”司马尚一把揪住了郭开的连鬓大胡，郭开吃痛一声大叫，猝不及防恢复了原声，粘在脸上的胡须也被揪下，连带着星点皮肉。

“你是郭开!”司马尚一声怒吼，单手将郭开整个人都提了起来。

“不是，我不是！将军饶命!”郭开疯狂地喊着，四肢在半空中拼命扭动，滴滴尿液从他胯间淌了下来，一阵腥臊味随即泛起。

郭开这个名字刚被喊出，一阵惊讶与愤怒的声音立刻从四面八方响起。士卒与流民们拥挤得更紧了，附近的人闻讯也飞一样赶来团团围住了牛车，人人双目中都腾起了仇恨的火焰。郭开这个名字他们实在是太熟了，灾民们彼此间起争执时，若向对方骂上一句“你个郭开”，那直是刨了祖坟般的奇耻大辱，对方非要跟骂人者拼个你死我活不成！

“我不是，我不是……”郭开依然拼命挣扎着。

“将军，我等乃云中游商……”一旁的唐玖战战兢兢道。

司马尚一声冷笑，将郭开一把掼在地上，又将浑身筛糠般战栗的唐玖提了起来，抽出匕首，一直顶到他眼睑上：“这老贼究竟何人？”

瞪着近在咫尺、只要稍稍一动就要刺进自己眼珠的匕首尖，唐玖也和郭开一样，分外利索地尿湿了衣襟，不知是害怕还是想替郭开隐瞒，只是“他，他”地吭哧着，却一句话也说不出。

“唐玖！”郭开情急之下大喊。

真相大白，这条鹰犬的大名在赵国也一样无人不晓，老廉颇一饭三遗矢的谣言便是他的杰作，此人既是唐玖，那另一个是谁自然不言而喻了。

“上天开眼！”司马尚哈哈大笑，随手便将匕首猛然捅进唐玖的眼眶，直至刺穿他的头颅，再将尸体丢在一旁，倒提着血淋淋还冒着热气的匕首，大步向郭开走了过来。

望着司马尚步步紧逼，郭开拼命想挣扎，却在士卒们兵刃的威逼下动弹不得，只能瑟缩成一团，而当司马尚来到跟前重又将他提起来时，郭开已两眼一翻，软软地瘫了下去。

“老贼吓死了？”一旁的军卒带着掩饰不住的失望纷纷问道。

“哪有那般容易。”司马尚朝郭开的后腰狠踢了一脚，“请代王过来，说我等有大礼献与他！”

8

“哗——！”

一盆冷水泼了上来，昏厥中的郭开一个哆嗦，终是清醒了过来。他一声呻吟慢慢睁眼，却见面前两人，一个是司马尚，另一个则是久违了的公子嘉——

而今应是代王嘉；他们身后则是黑压压一片的人头，无数道愤怒目光都集中在了自己身上。

“老贼，今番落入我手，还有甚话说？”看到郭开醒了过来，司马尚大步走来，揪着他的头发冷笑说。

郭开艰难仰着头，一股从未有过的绝望在心底荡漾开来，然而郭开毕竟是郭开，眼见自己在劫难逃，反倒平静了下来，片刻后喉结上下动着，缓缓吐出一句：“老夫无话可说，认栽而已，只求速死……”

“速死？”代王嘉也走了上来，嘴里咝咝抽着凉气，眼中闪烁着凶光，“老贼，你先与那倡女串通一气，废了我太子之位；再将廉颇将军逼走，还对他大肆攻讦中伤；此后便拥立昏君赵迁继位，自己大权独揽；最后又害死临武君、武安君，终使赵国灭亡。你祸乱赵国二十载，而今竟求速死？你且问武安君在天之灵答不答应！你且问这些灾民答不答应！”

“若老夫有罪，当依法度勘问，而今私刑杀人，老夫不服！”郭开鼓起勇气高喊道。

“乱政之时你何曾讲过法度？而今要杀你却又大谈法度？”司马尚一声暴喝，手上猛一用力，已将他一绺头发连皮带肉揪了下来，郭开张嘴便是一声惨叫，一旁的代王嘉却伸手拦住了司马尚，冷笑着瞥了郭开一眼：“无妨，老贼既要法度，便给他个法度！”说罢环顾四周高声喝道：“赵国父老们，这奸佞祸国殃民，而今终是落入我等之手，你等对他有何话说？”

“两年前地动之时，代地官吏飞马赶到邯郸请求赈济灾民，你为何不见？”人群中一个后生第一个叫道。

郭开闭上眼睛，没有回应。

“我等成群结队赶到邯郸请愿，你却下令黑衣军出动，将我等尽数驱逐，还杀了百余名灾民，赵王城前血流成河，可有此事？”一个老人颤巍巍道。

郭开不答话。

“大将军出军粮赈济我等，你却横加阻拦，说若再敢擅动军粮，今后边军便休想从庙堂得一粒粟米，可有此事？”一个精瘦的士卒大喊。

郭开还是不吭声。

“代王可是你进谗言废黜的？”

“廉颇老将军可是被你逼走，又因你阻挠才不能返赵？”

“临武君入楚之时，可是你下令截杀？”

“你如何害死了武安君？”

……

“赵国便是你灭亡的，你可知罪?”代王嘉愤怒的声音最后在耳边响起。

直到此时，郭开才轻轻转动了一下头颅，脸上浮现出一丝轻蔑的笑容：“灭赵国者，非老夫一人之为，乃兵变内乱之故……”

“呸！老贼罪孽滔天，还想抵赖么?”代王嘉一口涎水直啐到郭开脸上，“父老们，你等且说，老贼当如何处置?”

“当杀！当杀！当杀！……”无数愤怒的声音齐齐吼道。

“老贼，你能让国人皆曰可杀，也算本事!”代王嘉冷笑道。

然而，郭开回报他的却是同样的冷笑。

“原来这便是代王法度，既无律条亦无证物，唯以一己好恶决断，老夫佩服佩服……”

说着，他死死盯住代王嘉，那目光中的轻蔑使后者勃然大怒!

“你这一双狗眼，可是亲见了大将军之死? 既如此，便将你双眼剜出，我等看看大将军如何死法!”

说话间他猛一扬手，两道寒光伴随着一声凄厉号叫一同掠过，代王嘉手中瞬间便多了两个红彤彤的血球，郭开的两个眼眶则只剩了两个血坑!

郭开疯狂扭动着身子，将满脸的鲜血甩向四面八方，然而士卒早已将他捆得严严实实，根本动弹不得，于是他只能徒劳地挣扎着，撕心裂肺地呻吟哀号着。不知过了多久，那哀号声才渐渐沉了下去，取而代之的是一阵低低的笑声：

“代王，老夫固然有罪，然你与司马尚同样有罪！不仅于此，赵王、太后、韩仓、赵葱、春平侯等元老……赵国但凡参与兵变内乱者，人皆有罪，概莫能外！你便将老夫千刀万剐，也照样无法洗刷身上罪孽，嘿嘿嘿嘿……”

郭开的笑声一开始嘶哑阴沉，却慢慢变得凄厉刺耳，最后终于变成仰天大笑，两道鲜血从两颊缓缓淌下，他却浑然不觉，依旧得意扬扬地大笑着：

“赵国灭亡，你等人人有份，人人有份！非独老夫一人！哈哈哈哈……”

笑声忽然被截断了，一道寒光刺入了他口中，然后便是一股鲜血裹着一截血肉模糊的物事，由郭开口中汹涌喷出!

“割了舌头，让你狡辩!”代王嘉忍无可忍地怒吼道，眼角却涌起了点点泪花。

郭开嘴唇艰难地翕动着，却再也说不出一个字，纵然如此，他嘴角仍然咧着，仍然满是笑意。口中不断涌出鲜血，和双目中淌下的鲜血混在一起，把他整张脸涂得满是血污，再顺着下颌不住滴下，淌到胸口上，胸膛也随着粗重的喘息而剧烈地起伏着。

这时，代王嘉咬牙切齿的声音又在他耳边响起：“传言圣人心有七窍，却不知你这奸佞心有几窍?”

说着他猛然撕裂了郭开的衣襟，将匕首由胸口缓慢却坚定地割了下去，一寸寸割开皮肉，最后将郭开血淋淋的心脏整个儿挖了出来；紧接着匕首继续趁势向下一划，郭开的肚腹便像一只皮囊那般被整个剖开，五脏六腑仿佛蠕动的红蛇般流淌了出来，软绵绵地先后堆在地上。直到做完这一切，代王嘉才长出一口气，转过身来高举着那颗血淋淋的心脏，向着人群大吼：

“父老兄弟们！郭开心肝在此，我等以此祭奠武安君!”

“万岁!”灾民们兴奋地大喊着。

“至于这老贼，”代王嘉扭过头来望向那具已被开膛破肚的尸首，双目又腾起阴森的火焰，“我等将食其肉寝其皮，挫骨扬灰!”

“食肉寝皮，挫骨扬灰!”被饥饿折磨得双目放光的灾民们，更加兴奋地一同喊道。

火光的摇曳下，代王嘉从身旁的司马尚手中夺过一把大斧，连声怒吼着，近乎疯狂地劈砍着郭开的身体，灾民们则丝毫不顾斧钺的威胁，一拥而上撕扯着那具残破不堪的尸首。在被饥饿与绝望折磨的日日夜夜里，这成了赵人们唯一的一丝欢乐。

第七章 图穷

1

低矮的灰色天穹下，大团乌云向四面八方涌动着，山雨欲来的压抑也像这乌云一样，越来越浓重地笼罩在广袤的旷野之上。萧瑟金风呼啸着掠过大地，尽显秋日颓色的衰草随即纷纷折腰低头，乖顺地向这自然的造化表露臣服之意。

远处，滔滔南易水咆哮着，嘶吼着，与秋风的怒号交相轰鸣。随着去岁赵国的灭亡，这条发源于太行山、作为燕赵边界的大水，如今已成了秦国与燕国的分野。

灭赵后，秦国大军在赵地驻扎了大半年，歇马整顿之余更着力安定民治。除去继续在赵地推行秦法与郡县制、缉捕逃亡世族与悬刀刺客外，秦军还大力招徕代地灾民为民夫，向他们派发军粮、指定劳役。待到次年夏末，赵地已大体安顿了下来，赵军残部虽仍盘踞在代地，但已再难成气候，只是若想清剿他们却极是棘手。反复思量下，王翦决定暂不理会代军，而是继续开始灭国大战。

幕府会商中，大将们的意见分外一致，异口同声地认为应当继续乘胜北上，进攻燕国。

之所以做出这一判断，首要原因便是剩余四国的实力对比：楚、齐、魏皆为昔日强国，如今实力犹存，当徐徐图之；燕国却自始至终贫弱不堪，整个战国之世，除去燕昭王之时振作了一段外，实力在七大战国之中始终垫底，若非地势太偏，早不知被灭亡过多少回了。相形之下，进攻燕国自然要容易得多。

除此之外，燕国摇摆不定的邦交国策，也是秦军率先灭燕的一个重要理由。与韩国一样，燕国自身实力孱弱，是故战国之世绝大部分时日中，都把主要精力放在了合纵连横之上。连横对象自然是秦，合纵对象则主要是齐、赵两个邻国，但恰是在对两国邦交上，燕国历代国君都显得颇为短视：如燕昭王时期灭齐的功亏一篑；如无视赵国为山东六国扛住强秦，但有机会必在赵国身后捣乱，种种荒诞作为皆可验证这一点。纵横家苏秦曾说燕国“不忧百里之患，而重千里之外”，指的便是弱小的燕国不自量力，一边刻意结交远在千里、与自己其实并无直接冲突的秦国，一边却又与唇齿相依、实力还远超自己的赵国交恶，实在令人哭笑不得。

正是基于这等并不以实际利害出发，只出于一己好恶的邦交方略，燕国也便成了剩下几国中最难以捉摸、变数也最大的邦国，它既可轻易倒向秦国，也可同样轻易地倒向楚、魏、齐三国。而一旦倒向三国，便不啻在秦国背后狠狠捅上一刀。是故对秦国来说，与其留着如此一个随时可能背叛自己的盟友，倒不如先下手为强将它消灭，彻底扫平身后隐患。

基于此等考虑，王翦终将下一个目标定为了燕国。在取得了回到咸阳的秦王首肯后，他随即开始了一系列部署：其一，前将军杨端和领三万步卒留守邯郸郡，为攻燕秦军之后援；其二，灭赵时的南北中三路秦军重新合为一路，北上挺进易水南岸；其三，自己仍为灭燕统帅，擢升大将辛胜为裨将；其四，上郡蒙恬向东进发，事先切断燕国与匈奴、东胡的联结；其五，派出斥候入燕，与早已潜伏在燕都蓟城的顿弱一道打探燕国虚实。

一切铺排已定之后，秦王政二十年，公元前 227 年秋，秦军开始向燕国挺进。

一股股巨大的黑色洪流自西南方缓缓涌向易水南岸，渐渐汇集成一片方圆达数十里的广阔营地；北岸却依然毫无动静，毫无燕军集结迹象，大片荒野仍旧渺无人烟。

“禀报上将军，燕军仍无异动。然王贲推测，此举无非示形而已，若当真开战，举国燕军数日之内便可集结于易水。”

这是王贲在从燕国回到秦营之后，带给父亲的第一个消息。听到这里王翦淡淡颔首：“好，有长进。”

“此外，数月来燕代两国密使往来频繁，我等推测，必是要联兵抗秦!”

王翦鼻中哼了一声。

“其三，顿弱黑冰台密报，燕国使秦人选，已定为上卿荆轲；其四，王贲目下已查明，那人确在燕国，且与太子丹往来密切!”

听到儿子最后一句话，尽管着意掩饰，王翦嘴角还是抽搐了一下，思忖有间后才答了一句：“老夫明白了，你且下去。”眼见王贲拱了拱手，一声不吭地出了中军幕府，王翦紧紧皱起了眉。

父子二人是从赵王城失火那夜后开始交恶的。得知王贲奉秦王命刺杀郭开之后，王翦当即暴跳如雷，把儿子大骂一顿，又坚执要求对他重罚。尽管秦王把罪责都揽到了自己身上，对王贲赵高都未惩处，但王翦仍将儿子由后将军贬为斥候营主将，又撤销了他因灭赵有功而该当赢得的两级爵位。王翦还记得，宣布自己的决定时，儿子尽管面无表情，脸上却抽搐了一下，看到那副神情时自己心里忽然咯噔了一下；而目下望着儿子远去的背影，王翦更是觉得似曾相识：王贲的身影，就像……

那个人。

那个目下在燕国，且与太子丹往来密切的人。

几多年未见了？王翦皱着眉头回忆着，十几年了吧？他记得自己最后一次见他，还是秦王政八年之时，目下却是秦王政二十年，如此说来，自己和他已有整整十二年没再见面了。

整整十二年啊。

十二年。十二年可使当时未加冠的少年成长为如今的天下主宰，可使自己和蒙武从四十不惑迈入知天命之年，可使蒙骜将军坟冢前原本纤细的小树长到碗口粗，可使天下之人忘却，秦王政还曾有过一个叫成蛟的王弟。这十二年改变了太多太多，然而始终未曾改变的，却是那个人只身亡命天涯的命运。

那个人，他究竟是带着怎样的仇恨，熬过了这漫长的十二年?

十二年间，那人留给自己的回忆已渐渐淡漠，如今回想起来，却仿佛发生在昨日。十二年前由他主谋的那次叛乱，论规模其实不及嫪毐之乱，然而若论其对秦国的负面影响却毫不逊色，也正因此，秦王才会悬赏千金万户要他的人头。王翦不知此番灭燕自己还能否与他重逢，他只知道，再见那人时，只能是他的死期。

远处遥遥传来了低沉幽咽的埙声，这是营中士卒们最寻常的消遣之一。王翦来到幕府门口静静聆听着，也远眺着北方的易水，远眺更北方的燕南督亢之地。这埙声使他回忆起了那个人，那个目下就藏身于远方那块土地上的逃亡者，那个与自己阔别了十二年、也曾是自己至交的故人。

“樊，於，期……”

王翦张了张口，却终究还是没有念出这个名字。

2

秋雨淅淅沥沥下起来了。

埙声依旧回荡在沙沙雨声中，王翦的思绪随着这埙声飘回到了三十年前。那时白起、司马靳刚自裁不久，蒙武的父亲蒙骜成为了新一任秦国上将军，王翦和蒙武也一同升任了都尉，正是在那时，他俩认识了樊於期。

那是个和眼前一样细雨霏霏的傍晚。他和蒙武结伴来到了埋葬司马靳的华池，想在赶赴关外大营前为他扫墓，不料却在黄昏的细雨中听到一阵《黄鸟》的埙声；再拨开密密匝匝的松枝，正望见一个戴笠披衣的高大身影立在雨中，捧着一只陶埙吹着，瘦削的脸颊上一道剑伤格外显眼。尽管王翦和蒙武分明就在身旁，他却始终旁若无人，照旧沉浸在乐声中。

“足下……是司马靳故人?”王翦小心翼翼问。

那人没有理会，仍然继续吹埙，一曲终了后才开口：“我与他素昧平生。”

“既不相熟，何故来此祭奠?”

那人沉默有间，这才冒出一句：“当年我曾立誓赶超司马靳，如武安君那般做天下名将。惜乎与此二人擦肩而过，故来此凭吊。”

“赶超司马靳？如武安君那般?”蒙武连愣了两下，紧接着便是哈哈大笑，“胡吹大气！便是我等，你又比得上么？我二人虽不及司马靳，却也都是公大夫爵，上将军帐下都尉!”

那人却鼻中哼了一声，也不答话，将陶埙揣入怀中，看也不看蒙武便径自走了。

蒙武惊愕不已，想了想，又冲着他远去的背影大喊道：

“如何，知晓自己不行了么？知耻便当后勇！想做名将，先如我等当了都尉再说!”

唰地一下，雨水四溅，那人摘掉斗笠脱去蓑衣，露出了乌油油的秦军铠甲，脚下却没有半点儿停顿。望着他的背影，方才还得意扬扬的蒙武一下瞪大了眼睛，王翦也呆住了。

尽管天色已晚又下着蒙蒙细雨，尽管只是个背影，两人却从那铠甲和板冠上辨认出了那人的公乘爵，换言之，比他俩还要高一级，通常军中有这等爵位者皆为主将，已有统率万人兵马的资格。

“真他娘稀奇，军中何时多了这么个将军?”蒙武愣愣地自言自语。

王翦也惊讶地望着他逐渐远去，沉思有间，忽然想起了什么，遥遥高喊道："可是樊於期将军?"

一声战马的嘶鸣透过雨声远远传来，紧接着便是渐渐远去的马蹄声。

旬日之后，两人来到关外大营，去向上将军蒙骜报到，刚踏进中军幕府，迎面便是一双冰冷的眸子，一张带着剑伤的瘦削面孔。

“来来来，这便是前军主将樊於期，你二人日后便是他的部属。”那人身后，蒙武的父亲蒙骜迎了出来，呵呵笑道。

……

王翦和蒙武，就这样颇有些尴尬地认识了樊於期。

时隔多年重新回忆起来，王翦仍颇为诧异，不明白自己如何能同樊於期成为好友，他曾问过个中缘由，樊於期却只淡淡答说，无他，只因你与司马靳相熟耳。语气中的自负显而易见，然则他倒也非妄自尊大，众将都知他在军中分量，也知上将军蒙骜何等器重他。自秦昭王五十一年起，直到秦王政八年，十八年间秦国几乎年年有战，而樊於期也参与了秦军的大部分战事，攻下大小城邑数十座，对于只有三十余岁的他来说，这一战绩已殊为难得。

然而，王翦却很少见他为此兴奋。

“下几座城而已，既非歼敌百万，何喜之有?”王翦问他缘由时，他淡然回答。

的确，蒙骜任上将军以来，秦军战法开始有了显著变化。此前秦国一直以斩首为计功主要依据，杀敌越多爵位便越高，王翦等人的爵位便是这般积累起来的，樊於期更是个中翘楚。在秦国与六国战力大体相当时，这一战法曾发挥了巨大威力，屡屡重创六国，终使秦国对六国形成了压倒性的优势。然而慢慢的，其弊端却也逐渐暴露：秦军每战只以斩首为要，始终未形成完整方略，数十年间除夺取了韩魏等国一些相邻领土外，几乎始终是原地踏步，一统天下显然还遥遥无期。

正是因意识到症结所在，蒙骜将军经反复考虑后，最终提出了一个完整的东出方略：以蚕食战法逐步攻克三晋一系列城池，一步步化解大河、太行山等天险，切断分割三晋领土，使之无法互为犄角，从而为秦国最后一统天下打下坚实基础。在此方略指引下，秦军战法便有了诸多变化，一是不断更改用兵方向，有意使攻势显得杂乱无章；二是大大减少用兵规模，每战出兵不过三五万人；三便是不再以斩首计功，只以攻占城邑为目的。种种举措都是为隐藏真实意图，迷惑山东六国。此等形势下，秦军即便歼敌众多也无法挣爵，而若以下城记功，晋爵却又太过缓慢，无怪乎争强好胜的樊於期大不知足。

“我等为的是最终胜果，斩首晋爵之类却是不必在意。”当时王翦笑道。

樊於期却没有流露出任何赞同之意，只是重又捧起那只小小的陶埙，自顾自地吹了起来，一曲《无衣》终了，王翦听见他喃喃低语了一句：

“生不逢时，惜哉……”

“生不逢时?”一旁的蒙武只觉莫名其妙。

“若武安君仍在世，我纵不如司马靳，也早崭露头角矣!”樊於期的目光中罕见地流露出一丝惆怅，叹口气道，“终是生不逢时……”

……

生不逢时。想起这个词，沉浸在回忆中的王翦皱了皱眉，他明白樊於期的症结所在——和自己与蒙武一样，他也狂热崇拜着武安君，以及属于他的那个时代。他们都没能赶上那个时代，没能像司马靳那样与武安君并肩而战，这也是为甚他们会对司马靳那般羡慕和佩服。然而远比自己和蒙武更甚，樊於期真真切切想要回去，想以自己的力量延续那个时代的荣光。他轻兵死战，他崇尚首功，他对蒙骜的方略总带着一丝若有若无的淡漠，他对自己的战果不屑一顾……说到底，都是因此。

“……而今已非武安君之时，用兵方略、战法皆变，赏罚法度自然也变，岂能刻舟求剑? 依新军法，此番你部无抚恤!”

不经意间，王翦耳畔又响起了蒙骜将军的声音，眼前也仿佛浮现出他黑着脸的样子。

蒙骜的愤怒来自河外之败，来自樊於期那战中的轻敌冒进。其时，邯郸之战后留赵十年的信陵君魏无忌率五国联军一同攻秦，秦军本已小胜，众将都主张撤军，樊於期却一心想生擒信陵君，不顾王翦规劝继续追击，果然遇上埋伏，及至主力大军匆匆赶回，樊於期部已被困在了狭长山谷里。大军忙杀入谷中，不料另一支伏兵竟神出鬼没地从身后冒出头来堵住了谷口，待到秦军好不容易杀出血路脱身而出时，兵力已折损近半了……

回营之后论及败战罪责，樊於期自然首当其冲，他虽毫无怨言地接受了针对自己的诸般处罚，却仍分辩道，此番秦军固然损失惨重，但自己所部兵马毕竟杀敌甚众，一命换一命地重创了联军，是故仍希望上将军抚恤死者。蒙骜听了此言当即大怒，一口拒绝，又说了前边那一番话。

王翦记得，当听到蒙骜那句“而今已非武安君之时”的时候，樊於期尽管面无表情，脸上的那处剑伤却抽搐了一下，他默默听罢蒙骜的斥责，行了个军礼便径自出了中军幕府，自始至终一言不发。

而方才儿子王贲的表情，正与樊於期一模一样。

那日深夜，王翦蒙武在空旷的校军场上找到了他，看到他坐在月光下，孤独地吹着埙。

“於期……”王翦欲言又止。

“莫再说了。”樊於期冷冷答道，仍像与两人第一次见面时一样，看也不看他们一眼，只是沉浸在自己的乐声里。

整整一夜，埙声一直回荡在校军场上。第二日，樊於期被夺去爵位，贬为都尉，调到了裨将桓齮麾下。

3

在王翦的记忆中，那该是樊於期生命中的一个分水岭。被贬为都尉后，他更加沉默寡言，即使是对自己和蒙武也常是一整日无话。王翦当时可以感到，樊於期面上虽平静如常，内心深处却在不时翻滚着一股炽热的火焰，这火焰之所以没有当时爆发，只不过是因他一直在极力压抑，等待着成熟时机而已。

秦王政八年之时，他所等待的时机终于来了。

当时蒙骜正在为攻赵做准备，他的打算是将大军分为两路，自己亲领主力攻向龙邑、孤山、庆都；另一路偏师则向上党进发，攻占屯留，这路秦军名义上的统帅是长安君成蛟，他是秦王政同父异母的弟弟，自幼在宫中长大，这次主动提出要入军历练。蒙骜知晓长安君实际上并不通兵事，于是有意派樊於期辅佐，他的考虑是，樊於期职爵虽低，论将才却足可胜任统帅，若能在这一战立下功劳，便不啻一个重新启用他的良机……

然而蒙骜万万没有想到，樊於期根本没理会他的苦心，反倒趁此机会彻底走上了不归路。

王翦后来才知晓，成蛟樊於期都早有反心。当时秦国庙堂已是暗潮涌动，关于秦王生父其实是吕不韦的流言传播甚广，太后嫪毐一党也渐渐成势，而吕不韦又招揽了大批门客编纂《吕氏春秋》，倡导“义兵”“顺民”等诸般王道理念，意图对秦法缺陷进行修补。种种不满郁积起来，两人均不约而同地认定吕不韦是祸乱秦国的元凶，是他将血统来历都不明的秦王政推上王位又大权独揽；是他把大阴人嫪毐引入庙堂；也是在他的主张下，以“义兵”自居的秦国才废止了斩首战法；更是他大肆宣扬王道，意图腐蚀动摇秦国法治根基，使秦国倒退到六国那样的人治！就这样，两人一拍即合，攻下屯留后举起叛旗，公然宣称秦王政是吕不韦之子，自己要攻回咸阳，将秦王政、吕不韦、嫪毐等人尽数清剿，立成蛟为王！

这场叛乱在秦国造成的震动是不言而喻的，更要紧的是，它还间接造成了蒙骜的死。打到庆都一带后，蒙骜便按原计划驻扎了下来，等待攻下屯留的成蛟、樊於期进兵与自己会合，然而他等到的不是援军，却是屯留反叛的消息。大惊之下蒙骜急忙撤军，不料路过尧山时中了赵将庞煖的埋伏，一切都仿佛数年前河外之败的重演，只是这次遭遇埋伏的变成了蒙骜本人，而他也没有樊於期突围而出的运气，最终死在了乱箭之下……

“休要管我，平叛要紧！”王翦耳畔仿佛还回荡着蒙骜最后的吼声。

“阿翁！……”蒙武撕心裂肺的哭吼声，仍是那样清晰。

……

王翦的思绪开始模糊了，混乱了，回忆的碎片纷至沓来，一同涌上心头，他已记不起自己是如何将悲痛欲绝的蒙武拖走，如何率领着剩余兵马杀出重围，又如何临危受命被秦王与文信侯任命为统帅，如何领军攻向屯留……这些他统统记不起来了，并不是真的忘记，而是不愿去想，这些回忆每重温一次都不啻一种痛。身经百战的王翦，面对兵败面对死亡不会皱一下眉头，却无法气定神闲地回忆与曾经的好友交手的经历……

他只记得，自己与蒙武最终还是在屯留的郊野击溃了叛军，成蛟心知大势已去，自刎于乱军之中，只有樊於期率领最后的千余人败退回了城中，继续负隅顽抗。当时自己拦住了执意要攻城的蒙武，带着他一同来到屯留城下喊话，要樊於期出来与自己见面。

巨大的城门吱嘎着敞开了，樊於期单人独骑缓缓出城，还是面色阴沉目光冰冷的老样子，瘦削面颊上一道狰狞剑伤。看到这个身影出现在眼前，双目血红的蒙武牙咬得咯咯作响，这便要策马冲去拼个死活，王翦却一把拉住了他的缰绳，紧盯着樊於期的双目，声音分外诚恳："於期，随我回咸阳认罪伏法，王翦必定全力斡旋，保你宗族无事。"

十步以外的樊於期却是一声刺耳冷笑。

"举事之时，我举族生死早不放心上了。我父死于伊阙之战，三位叔父死于华阳之战，两位族兄死于鄢郢之战，我脸上这道伤乃长平之战留下，我族为秦国死的还少么？便是尽数被问斩又如何？"

"不一样！你父战死沙场，乃是勇士归宿；灭族却是因你叛乱，是你举族耻辱！"

"叛，乱……"樊於期的目光中透着一丝讥诮，"错也，我等非为一己野心，乃是要清君之侧，诛杀乱国大奸，复大秦清明法治。"

"文信侯欲改弦更张、修补秦法，何错之有？而今时势已变，秦法自当修正，岂可与乱法混为一谈？"

樊於期轻轻眯起眼睛："时势已变？时势何曾变过，秦国仍是秦国，六国仍是六国，变的乃是人心！武安君之时，杀敌便是杀敌、立功便是立功，若有功不赏，将士何其寒心？秦法威严又何在？若由宵小这般折腾，长此以往，国将不国！"

"直娘贼！阿翁当年何等重用你，你却害他死于乱箭之下，而今又起兵反叛，反倒有理了？"蒙武雷鸣般的吼声仿佛要震塌城垣。

樊於期的目光中隐隐掠过一丝愧疚，然而却是转瞬即逝。

"蒙骜将军中敌埋伏，与我无干；再者他若重用我，便不当对战死士卒全无抚恤。"

话音未毕，蒙武已愤然咆哮着拔出长剑，却不防一枚箭矢呼啸着突兀钉入右肩，当即哀号着跌落马下。王翦刚大喝了一声"蒙武"，耳畔已响起樊於期更加冰冷的嗓音："莫再妄动。我已下令休取你等性命，若不领情，莫怪箭矢无眼。"

王翦狠狠咬住下唇："於期，最后问你：究竟降否？"

"你问他们！"樊於期反手指向身后城垣，又抬高嗓音，"弟兄们，於期已是穷途末路，你等若愿活命，便弃我而去！"

"将军起兵是要为我等讨回公道，不降！"城头齐声怒吼。

"如何？"樊於期转向王翦，森然问道。

王翦将牙咬得咯咯作响："罢，於期，我再给你一夜，你可好生思量，天明若仍执迷，你我剑上见真章!”

“再过一夜，仍是如此答复，休再多言!”丢下这句话，樊於期掉转马头，沓沓向城中走去，又一阵吱嘎声响，城门重又合拢了。

“与他聒噪个甚，我等直接攻城便是!”蒙武将肩头的箭矢狠狠拔出，艰难地从地上爬了起来。

王翦却是一声长叹：“再给他一夜。今夜过后，你我便与他恩断义绝……”

那最后一晚，三人谁也没睡。幽咽的埙声在屯留城头回荡了一夜，《无衣》的歌声在叛军营中此起彼伏，借着月光，王翦和蒙武依稀分辨出远方城垣上那个孤独的身影。翌日清晨，天边刚泛起一丝鱼肚白时，屯留城中最后的叛军便集结起来，人人丢掉铠甲盾牌，赤膊散发，山呼海啸着冲向平叛秦军，这正是当年武安君时代的轻兵绝杀战法，为的不是胜利，不是突围，不是绝处逢生，甚至不是与敌人同归于尽，而是自己作为秦军步卒的最后尊严……最终，千余名叛军无一人活命，然而令王翦大为惊诧的是，他竟然没能找到樊於期的尸首。直到数年之后嫪毐之乱再次被平定、秦王政正式亲政后，黑冰台才带来了樊於期远遁燕国的音信。

幕府帐外依旧秋雨绵绵，间或一两声悠长的金柝之声徐徐传来，埙声却已止住了。

王翦撩开幕府的帐帘，星点雨丝打在脸上身上，他却浑然不觉，只凝望着沉沉雨幕中的无尽墨色，回味着樊於期自己把自己逐步逼上绝路的全部经过。在樊於期本人看来，自己没错，自己的所作所为都是为了秦国，为了那个曾经的辉煌时代，然而时代的洪流终究无法逆转，没有人逆天而行还能成就磐磐功业。樊於期不去看秦国日后统一天下的大业，却始终沉浸在那个逐渐远去的时代，他究竟是看不出这一点，还是根本不肯直面……

长叹一声，王翦喃喃自语：

“倒是与这燕国君臣一般……”

4

听着外面的沙沙雨声，王贲枯坐漆黑的帐中，回忆着自己数月来的经历。

对于父亲的处罚，以及自己目下的军职爵位，王贲都没有多想，尽管他也大致听过李信等同袍们私下里的叹息——灭赵之战，王贲部伤亡最大功劳也最大，战后论功行赏，他麾下那些都尉司马军侯大都升了一两级爵位，王贲的裨将章邯更是升成了主将。大将们大都认定，如无意外，此番灭燕本该是王贲为全军裨将，惜乎邯郸失火那夜后，一切都面目全非了。而今的王贲已被贬为斥候营主将，爵位与灭国大战前一样；非但如此，秦燕大战在即，他却被上将军遣入燕国打探军情，显然极有可能错过这场灭燕之战。

尽管如此，目下王贲所关注的却不是这些，而是秦燕大势。

他记得，秦军向易水集结之初，秉政的燕太子丹就忙不迭地向秦国求和，说愿割让最富庶的督亢之地来换得秦国罢兵，请以三个月为期，届时燕国必当遣使赴咸阳，向秦国正式献地称臣。消息传来，秦王君臣怦然心动，决意接受求和，同时给驻守易水的父亲下令暂缓攻燕。然而王命颁下，父亲却毫不大意，仍是命自己率精干斥候潜入燕国，与顿弱的黑冰台一同刺探消息。

“燕国向以八百年老诸侯自居，绝无可能真正臣服，邦交也几类韩国，多阴谋而少诚意，当年苏秦反间便是这般，目下称臣也必定藏有后手，你等当多方打探，务要搞清此中图谋！”父亲当时如此交代道。

在燕国三个月的探访下来，王贲也同样有了父亲的预感：燕国庙堂正酝酿着一个极重大的秘密，而这秘密的关键必在两人身上，一个便是太子丹，一个则是此次使秦的上卿荆轲。

这太子丹乃燕王喜嫡长子，幼时被送到赵国做质子，还与当时同样居于邯郸的年幼秦王结为总角之交。此后秦王回国继承王位，太子丹又被派往秦国为质，与秦王重逢于咸阳，然此时两人地位已判若云泥，曾经的交谊自然由此烟消云散。秦王对太子丹极为冷淡，太子丹也同样无法忍受秦王冷遇，终是瞅准时机逃回了燕国，又开始大肆招揽天下游侠，显是欲向秦王复仇，而目下燕国炙手可热的上卿荆轲，也正是那时走入太子丹视野的。

尽管如此，对于荆轲如何能得到太子宠信这一点，不仅王贲大惑不解，整个燕国同样大惑不解。看此人表现，无非一名浪子而已：说是好读书，无人知他斤两如何；说是善击剑，却从未出过手；来蓟城后更是穷困潦倒，整日与名乐师高渐离和一位狗屠在市中纵酒狂歌、时哭时笑……及至他被太子丹拜为上卿之后，奉金掷蛙、烹千里马肝、斩美人手等几则传言也就此传开，燕人更是纷纷痛骂荆轲为卖燕大奸。可此人究竟是何面目，没有任何人知晓，他每日都缩在那座号称荆卿城的庄园中蛰伏不出，也不知在做甚……

细雨绵绵的清晨，一支马队悄无声息地驶出了燕下都武阳城，顺着南易水一路向东而去。

辎车碾过遍地泥泞，布帘被轻轻撩起，太子丹警觉地眺望着前方那座掩映在朦胧雨雾葱茏林木间的小城堡，他知道那便是燕人所谓的荆卿城，只是自上卿荆轲搬进去后，那里始终悄无声息，似乎与它的主人留给世人的一贯印象颇不相符。

太子丹清楚知晓荆轲在燕人心中的形象，也知晓自己对荆轲超乎寻常的礼遇引起了多少迷惑与愤懑，然而没有人知晓，这恰是他希望看到的。

五年前，他在悬刀的帮助下历尽千辛万苦，终于从秦国逃回了燕国，从此便在心底埋下了对秦王的仇恨种子。尽管他也明白，以燕国的孱弱，向秦王报仇无异于痴人说梦；尽管老师鞠武也苦口婆心地劝他，切莫只因受了欺凌就来批秦国逆鳞，可他还是咽不下这口气。后来秦国叛将樊於期前来投奔，他立即引为同道，不顾老师反对将其秘密安置了起来，又四处招揽起门客。也正是那时，经老师鞠武的引荐，他结识了侠客田光，田光则又推荐了荆轲，这才有了接下来长达两年的一系列谋划。

想起田光，一股深深的悔意便涌上了太子丹心头，那位年迈的侠客举荐了荆轲后就死了，自杀身死，自杀的理由在自己看来竟这般荒诞——只因自己送他时低声告诫了一句，说自己讲的是国之大事，愿先生勿泄。而田光似乎毫不在意地笑着答了句“诺”，又向荆轲交代完后，便拔剑自刎了……

“田光先生云，侠客为行，不能使人疑之，太子嘱自己勿泄大事，乃疑心自己，为行而使人生疑，非侠也。”这是后来荆轲转述的田光的原话，语气极为平静淡漠。

太子丹记得，当自己听到田光的死讯时，惊愕得简直无以复加，既惊愕于田光死得这般轻率，也惊愕于荆轲竟这般冷漠。后来他才明白个中道理——他二人都是墨家子弟，田光是齐墨，荆轲是楚墨，对他们这种人来说，生于世间的唯一意义便在于自己的信念，他们的承诺便是对这信念最义无反顾的实践，只要肯向对方说上句“诺”，那么他们的身家性命，他们的一切一切，便都交给了对方，当年的专诸、聂政、朱亥等人如是，而今的田光、荆轲亦如是。此种情势下若再被人疑，只能证明自己言行还不配为侠，不配去追求自己心中的信念，这是莫大的悲哀，也是莫大的耻辱，与心中信念的崩塌相比，区区一条性命又算得了什么……

相较于自己传承了八百年的周王室血统，反倒是田光荆轲这两人继承了更多春秋时代的铮铮风骨。

……

空旷的大殿内，太子丹与荆轲相对而坐，两人之间是一大一小、一长大一短窄的铜函，前者当中是一只粗壮沉重的卷轴，后者当中是一柄长不过五寸的细短匕首，散发着不祥的紫蓝色光芒。

荆轲默不吭声地展开卷轴，这显是一幅地图，卷轴最右面以古老燕字书写着“督亢”二字。荆轲的目光顺着地图上那条曲折大水，从右至左、自东向西地逐一扫过上面的一个个地名——滹沱水，文安，鄚县，安次，易县，汾门，龙兑，方城，武隧，金台陂，容城，范阳，武阳，覆釜山，樊石山……然后轻轻摩挲着地图正面厚重粗糙的牛皮和背面那绵软的绢帛，以及两端锃亮的沉重铜轴，又小心翼翼地提起了那柄匕首，另一只手则从地图上轻扯下一根丝线举到匕首锋刃上，轻轻松开任由它降下。眼见丝线缓缓落到锋刃上，无声地断为了两截，这才感叹了一句：“徐夫人工艺，果名不虚传!”

“乍听此名，丹还以为是女子，后来方知他是徐氏名夫人。”太子丹笑了，“此匕首已淬入悬刀剧毒七毒散，丹曾亲手在死囚身上试过，几人只渗出一缕血，便瞬间倒毙!”

荆轲又点点头，将匕首放到展开的督亢地图中，又缓慢仔细地将地图裹着匕首一寸寸卷起，完全卷好后还握着卷轴用力挥舞了几下，眼见并无异状，终于第一次露出了满意的笑容——牛皮粗糙，可挂住匕首不致脱落；地图宽大又加铜轴是为使其沉重，纵然藏入匕首，重量也不致引秦人怀疑。

“荆卿，还有一事。”太子丹咬住下唇，“此番副使，已定为秦舞阳……”

“何不待我那好友归来?”荆轲皱起了眉，神色冰冷。

“那人……”

“那人不过一介市井狗屠，秦舞阳却是当年平定东胡之名将秦开后人，十三岁便于闹市中击杀仇人，岂是狗屠可比? 太子可是这般想?”

太子丹沉默了。

“然则，太子却不知那狗屠底细。此人乃聂政后人，多年隐居轵深井里，以屠狗为生，后又拜在朱亥门下习得一手铁椎之功，身手犹在我之上，更与我同为楚墨子弟，若他前去咸阳，必定十拿九稳。”

（注：狗屠身世，源自清人曹宗璠《麈餘·荆轲客》一文，虽为野史，然终为一说。）

“先生友人一去便是杳无音信，何日归来犹未可知，秦军却是旦暮将渡易水……”

“罢，太子不必多言。”

“……”

“还有，”荆轲盯住了太子丹双目，“在下所要三物，地图匕首太子皆已备齐，最后一物何时备好?”

太子丹嘴角猛地抽搐了一下：“樊将军因穷途末路投奔于我，丹不忍因一己之私伤他，望先生另做图谋!”

太子丹的反应全然在荆轲意料之中，听到这里只是淡然一笑：“既如此，太子请回，容在下思量一番。”

……

“备车。”望着雨幕中渐渐远去的太子丹车队，荆轲面无表情道。

“大人欲往何处?”家老问道。

“樊馆。”

5

雨越下越密了。

沉沉雷声不住在天边翻滚着，不时有道道闪电刺破层层叠叠的云团，照亮山巅掩映于林木中的那座隐秘庄园，以及立于庄园前的那个高大身影。

这身影一袭黑衣满头白发，披散的银色发丝与黑色衣袂一同在风雨中舞动着，久久伫立在山巅的重重雨幕里，凝望着南方的天穹，若非手捧陶埙吹出悠长凄楚的呜咽，只怕任谁都会将他当作一尊陶俑。

一曲终了，黑衣人重重一声叹息。

“上卿何时赴秦?”他低声问，却并未回过头面对站在身后的荆轲。

“尚不能定，在下还缺一物。”荆轲在他背后答道。

“何物?”

“将军项上人头。”

说出这句话时，荆轲平淡得仿佛在说一件无足轻重的物事，而樊於期也没有任何反应，仍然一动不动地背对着他，仿佛荆轲所言与己无关。

于是一时间很静，唰唰急雨中，只有一声声惊雷滚滚传来。

“十二年前叛秦之时，此头颅便不再归老夫，而今交你自然无妨，然则，你却须让老夫死个明白。”沉默良久，樊於期的声音才重又响起，雷鸣声中格外清晰。

“秦王杀将军父母宗族，今又悬赏求将军首级，将军如之奈何?”

“每念及此，於期常痛彻骨髓，却不知计将安出。”

“若有一策，可解燕国之患，又复将军之仇，将军以为如何?”

“便是以老夫头颅，换得近秦王身前?”

“若得见秦王，在下当仿曹沫劫齐桓公，左手把其袖，右手匕首揕其胸前，逼其撤军并退还六国土地；如其不从，一剑杀之。如此，则将军之仇得报，燕国见欺之辱亦可除，将军肯否?”

“然后如何?”樊於期的声音平淡依旧。

“秦王若死，秦国或可大乱，则燕国趁机合纵攻秦；若秦国不乱，无非燕国继续抗秦而已。”

“此谋划出于何人之手?”

“太子谋划，在下操持。”

樊於期嘿嘿笑了起来，笑声越来越大，最后终于变成一阵仰天大笑，笑声与雷声交相轰鸣着，分外阴森：

“只图泄一己私愤，不惜加快燕国灭亡，太子何其短视也！你我若甘为如此拙劣图谋枉送性命，岂非天大蠢材？啊哈哈哈哈……”

荆轲却仍是面无表情地望着那个高大背影，当樊於期的笑声终于慢慢低下来时，这才重又开口：“将军之见，该当如何?”

樊於期猛地转过身，银色乱发甩起了四溅的雨水，此时恰好一道电光闪过，照亮了他脸颊上那道分外狞厉的剑伤：“太子若有远见，当以我为将，领燕军血战抗秦！而非遣刺客行刺，使鬼蜮伎俩！”

“刺秦之后无论成败，太子都将如将军所言，起举国兵马与秦军同归于尽，将军毋忧。”

樊於期久久盯着荆轲的双目，想从中看出此人心底的真正图谋，然而却是一无所获，于是只一声冷笑：

“上卿，我有四问，你若皆能答出，皆使老夫满意，这颗人头便交与你。如若不然，你便将自家性命留于此地，何如?”

说话间他伸臂一掠，荆轲但见眼前一道寒光闪过，一柄秦剑已被樊於期抄起，剑锋直指自己胸前。

“将军请问。”尽管白刃加胸，荆轲却是纹丝不动，语气如常。

“第一问！你做刺客究竟为何？报燕国乎？报太子乎？报田光乎？图甚回报？”

“刺秦之事，不求回报。在下与田光皆为墨者。墨家主张兼爱非攻，虎狼秦国却大肆杀伐，秦王即位以来更是频启战端，连灭韩赵两国，自与我墨家势不两立，有此行刺良机，岂能错过？在下与太子，不过恰好同道而已！”

“原来如此！”樊於期哈哈大笑，倏忽间却又是满面寒霜，“既如此，老夫第二问：太子既欲捍卫燕国尊严，却如何选这般卑劣手段？岂非自相矛盾？”

“刺秦之事，不择手段。当年燕昭王之时，武安君苏秦赴齐反间，被骂作卖齐大奸，却不惜以百诞铸成一诚；我墨家数百年来暗杀暴君奸臣无数，虽无一人是光明正大决斗杀死，然天下之人仍盛赞墨家，与苏秦作为正是异曲同工！我身为墨者，本当特立独行于天下，却甘做太子门客，以种种秽行乱人耳目，也是为骗过秦王！”

“好，此事姑且不论！第三问，你此番刺秦，当真做得对么？曹沫威逼桓公得手，非因胆略过人，实是因两国会盟，桓公有意退让！而今秦对六国已是泰山压顶，岂能只因刺客威逼便放弃统一大计？纵然秦王肯让出土地，六国能重新守住么？杀死秦王，数十万秦军便土崩瓦解了么？如此作为不觉东施效颦么？”

“刺秦之事，不论是非。将军听在下一言，刺秦后果如何，你我尚且心中有数，太子岂能不知个中道理？然此番一意孤行，非为保存燕国，乃是要捍卫姬姓血统之颜面；在下纵然心知此乃逆天之举，却仍要知其不可为而为之。将军亦知，墨家诸般主张虽是心存良善，却早如儒家分封井田一般不合时宜，纵然如此，自昔年先师摩顶放踵创下本派后，数千弟子、十数代巨子仍无不为本门主张赴汤蹈刃，死不旋踵，在下身为楚墨子弟，亦概莫能外！”

“好个逆天之举！”尽管仍一动不动地剑指荆轲，樊於期语气中却是明明白白的赞赏之意，“最后一问，秦廷戒备何等森严，秦王亦自幼习武，二十年间不曾间断，你却如何刺杀得了秦王？”

“刺秦之事，不问成败。我等墨者向来轻生死，重然诺，个中道理在下似不必多言；将军昔日举兵反秦，想必也并未指望一定成功！”

听到这个回答，樊於期双目中骤然喷出了熊熊火焰。

“好魄力，好胆略！甘为心中认定之事抛却一切，不求回报、不择手段、不论是非、不问成败，如此迂阔不合时宜之做派，虽是蚍蜉撼树，却果有八百年老诸侯贵胄之风！”

"不合时宜？正是这般。"荆轲淡然一笑，"你我如是，太子如是，燕国亦如是。我等，本当生于春秋之时……"

"善！荆卿，你虽与我初见，却是大合老夫胃口！既如此，於期人头便交与你！"樊於期大笑着手腕一翻，始终指在荆轲胸前的长剑已横在了自己脖颈上，左手又探入怀中掏出一件物事丢向荆轲。荆轲挥臂将这圆滚滚湿漉漉的物事抄在手中才看清，原来是方才那只陶埙。

"老夫与那秦国上将军王翦多年交好，叛秦之后便再未与他见面。此埙伴老夫戎马一生，望足下代为保管，使秦途中若能见那王翦，便交与他！"

"将军放心，在下定然照办！"

"樊将军！樊将军！"太子丹的急切喊声突兀传来，樊於期荆轲同时望去，但见太子丹正满身泥水连滚带爬地狂奔过来。

剑锋仍架在脖颈上，樊於期一动不动地伫立在雷雨之中。

"樊将军，何必如此！……"太子丹一抹满脸雨水，声嘶力竭地吼道。

樊於期淡然一笑："太子对我恩重如山，於期无以为报，只能献上这颗白头！——荆卿，老夫先走一步！"

"将军走好！不日之后，你我黄泉再会！"荆轲喊道。

雨依旧下着，道道雨水自樊於期的额头淌下，流过那道狰狞剑伤，再从下颌滴到剑锋上，顺着倾斜的剑身不断滑落。樊於期面向远方的易水，阴沉的目光穿过重重雨幕，大喊了起来：

"王翦！听得到么？老夫叛秦之后，便日夜等待与你和蒙武重逢，一等便是十二年，终是等到你领军前来灭燕！老夫本想与你再会于沙场，不料咫尺之间擦身而过，你我从此便是人鬼殊途！然则老夫要说，老夫不后悔叛秦！老夫乃是为心中信念而死，纵然谤满天下也无怨无悔！太子与荆卿，乃至整个燕国，亦是如此！你灭得了燕国，也灭不了我等人心！……"

电闪雷鸣中，樊於期激越的吼声穿透滂沱的大雨，久久回荡着。

电光照亮了那黑色的身影雪白的乱发，那一瞬间，樊於期持剑的右臂猛然一挥，雪白的头颅霎时间腾空而起冲天飞去，一股丈余高的血泉也随即自断开的脖颈中喷涌而出！

"嗵"的一声闷响，樊於期的头颅砸落在荆轲脚下，泥水四溅，荆轲与太子丹低头望去，但见乱蓬蓬的白发中露出了那张沾满泥水血污的面孔，樊於期圆瞪双眼，牙关紧咬似笑非笑，脸颊上的那道剑伤也随之抽搐着；再抬头望去，更不禁愣住了——樊於期失去头颅的身躯，仍然如一尊铁塔般直直挺立在风雨中，双脚已深深陷入泥土里，一股股鲜血继续由脖颈不断涌出，顺着衣衫和着雨水淌到脚下，再汇成涓涓细流向着山下渐渐淌去。

“身死志存，壮哉！”荆轲慨叹着，撩起衣襟跪倒在遍地血水中，连拜了四拜。直到他站起身来，那具高大的尸身才轰然倒地，砸起了纷飞的血水，纵然如此，汩汩鲜血却依然由颈腔向外不断流淌着……

许多年后，一个传说在当地慢慢流传开来：樊於期死后，尸身接连淌了几日几夜的血，终于将他隐居的这座小山的土石尽数染成了血红，就连下雨都每每是红色雨水，这里也由此得到了血山的名字；也有当地上了年纪的老人回忆说，红色雨水降下时，总会响起沉沉雷鸣，仔细听时，能隐隐分辨出樊将军自刎前的怒吼：

“你灭得了燕国，也灭不了我等人心！……”

6

数日之后。

连绵月余的秋雨终于在黎明时分止住了。易水仍旧在深秋的清晨中汹涌奔腾，水面却氤氲起浓浓一层雾气，使一切都变得影影绰绰。远处群山连绵，近处衰草接天，易水之畔一片人群伫立着，翘首眺望远方，人人都是白衣白冠、白马白幡，这不祥的颜色几乎永远与死亡联系在一起；而这一行人，也确乎像是要走向另一个世界。

这便是太子丹为樊於期下葬、为荆轲秦舞阳送行的队伍。

太子丹两眼又红又肿，凄然失神地凝视着前方，尽管忧心忡忡的鞠武、呆若木鸡的夏抚宋意就在身旁，他却自始至终没和他们说上一句话，只一动不动地伫立着。

樊於期死后，太子丹久久伏尸恸哭，几次哭昏过去，却终究还是勉强打起精神，命人将樊於期首级清洗风干，装入铜匣交与荆轲，尸身则被放入棺椁停殓了数日。荆轲本欲再候几日，若能等到自己那狗屠好友归来，便设法说服太子将副使换为狗屠。他知秦舞阳虽勇武过人，却毕竟将门之后，过分拘泥成例，然此番使秦是行刺，是偷袭暗算，若无几分剑走偏锋的鬼神急智，岂能要了虎狼秦王性命？可太子丹却偏在这一关键环节上极为执拗，他的想法是，此番行刺毕竟是燕国之事，国难当头若让两个别国人去送死，燕国这八百年老诸侯颜面何存？纵然荆轲是卫人，至少副使要为燕人才说得过去。秦舞阳乃大将秦开之后，出身名门，必能胜任此重托。虽然主意已定，这几日太子丹仍坐卧不安，终是又去拜访了荆轲一次，问他是否心意已改，若真如此，自己可先遣秦舞阳前往，不料这话竟激怒了荆轲。

“有赴死之心却全无谋划；只想枉送性命，却不盘算如何成功刺秦，那便是竖子狂徒！”尽管神色仍然是那样冰冷，荆轲的话语却第一次带上了怒气，“在下提一匕首入不测强秦，自当妥善安置，所以迟迟不肯动身，乃是要等好友一同赴秦，方有万全把握！太子既责我迟延，在下这便请辞！”

太子丹嗫嚅着还想说什么，忽然想起田光的死，只得长吁一声不再多嘴，终是与荆轲约定，自己明日便护送樊於期尸首，以下葬为由率先赶赴易水，荆轲秦舞阳则晚一日动身，两路人马在易水河谷会合。商议已定后太子丹便告辞了，荆轲与秦舞阳、高渐离一同料理了最后一点儿后事，次日终于踏上了刺秦的旅途。

……

车轮辚辚声远远传来，凝神细思的太子丹猛地哆嗦了一下，如梦方醒。他看到远方的雾气中，一支车队正悄无声息地缓缓驶来，由远及近逐渐清晰，第一辆轩车的八尺伞盖下，正是荆轲和高渐离比肩而立的身影；秦舞阳则挺立在后面的副车上，紧抱着一方一长两只铜函。所有人都外罩一件白色斗篷，连车队的驾马都是清一色的雪白。

“荆卿……”太子丹快步迎上前去，又哽咽了。

“太子。”荆轲只一拱手。

众人纷纷下了车，被太子丹鞠武引到一个不大的土丘前。这土丘显然刚堆好不久，泥土尚且湿润新鲜，中间夹杂着几根青草。荆轲由太子丹手中接过铜爵，将爵中酒水缓缓倾洒在土丘前：

“樊将军，黄泉路上权且留步，荆轲不日便追上你……”

这个土丘，便是樊於期的最终归宿。

一爵酒浇罢，荆轲转过身望向太子丹诸人，深深一礼：“诸位人皆缟素，虽是祭奠樊将军，亦有活祭荆轲之意，在下幸何如之！”

太子丹由鞠武手中也接过一爵酒，“先生，丹今日既为先生壮行，便敬先生三爵燕酒！第一爵代田光先生所敬，祝先生刺秦成功！”

荆轲没有吭声，双手接过铜爵，庄重地一饮而尽。

“第二爵，代樊将军所敬！祝先生黄泉之下，得与他重逢！”太子丹又举起第二爵。

“人言白首如新，倾盖如故，我二人便是如此。”荆轲又是长鲸饮川般汩汩咽下。

太子丹又举起第三爵：“这最后一爵，乃是丹自家所敬，先生为燕国使秦，丹敬你谢你！”

这次，荆轲接过铜爵却没有喝，而是淡然一笑：“太子盛情，荆轲心领。然我等墨者向不受权贵恩宠，在下使秦更为心中信念，非为燕国。既如此，此酒当请天地代饮。”说罢大步踱到易水河畔，将爵中酒水泼向空中，无数酒滴随即洒落下来化成一阵小小的细雨，瞬间被滔滔易水吞没。

“既然有酒，岂能无乐？高渐离！”荆轲喊了一声。

立在一旁的高渐离默默点头，撩起衣衫跪坐在衰草之中，将方才捧在怀中的筑放下摆正，左手按住筑头的弦，右手举起竹尺，悲怆的变徵之音由此伴随着易水的呜咽，从筑弦间弥散开来。

每个人都在静静地听着，各自追忆着心中的往事。鞠武想起了田光，不禁老泪纵横；太子丹则遥望着樊於期的坟冢，渐渐泣不成声；秦舞阳与夏抚、宋意更是抱头哭成了一团；即使是荆轲，怒而色不变的荆轲，也想到了自己与高渐离、狗屠在燕市每日纵酒狂歌、亦哭亦笑的岁月，不由得轻轻扬起袖角，擦去了眼角泛起的一丝泪花……

筑声忧伤地反复响着。高渐离面沉似水，双手仍然镇定有力。

猛然间，筑声突然变成了清越激昂的羽声，充满了兵戈相斗的杀气，仿佛千军万马在厮杀奔腾和呐喊，所有人心中都是一凛，这慷慨羽声不啻是在提醒和催促荆轲去完成自己的使命——他要去刺杀秦王，要孤身一人去与强大的秦国决一死战，要用一支短短的匕首掀翻轰隆隆前行的秦国战车，要如同飞蛾扑火一般拥抱死亡，要去为墨家的主张、为自己心中的信念轰轰烈烈地殉葬！

心念及此，荆轲一声长啸，高亢雄浑的歌声和着那荡气回肠的羽声，随即划破了易水的上空：

“风萧萧兮易水寒，壮士一去兮不复还！……”

如同霜雪从天而降般，一片白茫茫的人群纷纷拜倒在地，齐声相和，人人泪满衣襟，却是个个怒目圆睁：

“风萧萧兮易水寒，壮士一去兮不复还！……”

“壮士一去兮不复还！……”

“不复还！……”

歌声，久久回荡于易水河谷上空。白马拖着轩车，带着荆轲秦舞阳飞向远方，白色长龙就这样渐渐远去了，模糊了，成了一条细细的白线，终于消失在了太子丹等人目光的尽头。所有人都看得很清楚，荆轲这一路，再也没回过头。

起风了，瑟瑟秋风拂过一望无际的茫茫苇草，根根白幡迎风猎猎招展，呼啦啦掣动着。随着雾气渐渐散去，天际起了不可思议的变化——一道白虹冲天而起，赫然映于苍穹之中。

太子丹愣愣地望着那道白虹，不由得想起田光生前告诉过自己的白虹贯日的故事。传说当年聂政刺杀韩相侠累之时，正有如此一道白虹现于天边，由红日正中穿过，而悬刀以此为标志，也正是取这精诚感天之意。

不知何时，一阵低沉的歌声自远方遥遥传来：

东连三晋兮构强胡，
齐楚蜂起兮策可图。
旷日持久兮不能竣，
四海缟素兮倚鋃铻！
……

“狗屠，终是来了……”听到这个歌声，高渐离轻轻一声叹息，泪水扑簌簌落下。

7

“又有白虹?”

听到当值士卒的禀报，秦案前的王翦放下手中顿弱发来的密书，踱到幕府门口，颇觉意外地抬头望去，看见那道细长的白色弧线仍隐约现于阴霾天穹中。

多日来，这道白虹始终挂在天穹，时隐时现。

王翦眯起眼睛，心头隐隐冒出一股不祥预感。当年聂政行刺时白虹贯日的传说无人不知，依占候家所言，虹乃臣象，日为君象，白虹贯日便是以臣犯君！而今燕使荆轲已动身赶赴咸阳，这白虹却恰在此时出现，仅仅是偶合么？若燕国君臣真心求和，上苍又怎会显露出这兵戈之相？……身为三军统帅，王翦向来坚信兵家当以人事为本，从不在意天象，今日却偏偏心神不宁起来。而他之所以如此，只在一事：

荆轲来了，又走了。

荆轲是三日前来到和离开秦军大营的，当时王翦正审视着手头这份顿弱发来的密书，上面讲了三事：其一，太子丹已杀隐居燕国多年的樊於期，准备将其首级与督亢地图一同献与秦王；其二，太子丹日前在易水一处隐秘河谷为上卿荆轲秘密送行，其中详情不清，但有传言说在场者人皆戴孝，大有蹊跷；其三，黑冰台业已探明，当年自刎而死的田光，其实是齐墨子弟，也正是悬刀骨干！三事无不令王翦惴惴不安：樊於期的死他是料到了的，太子丹只要不是昏聩颟顸，必不会将这位叛将继续藏匿以触怒秦国；可易水送别是咋回事？田光是悬刀这件事，又与荆轲有无关联？甚至与易水送别有无关联？这荆轲莫非也是悬刀刺客？莫非此番使秦，是要行刺秦王？

正在心下忐忑之际，一名王贲麾下的军侯匆忙冲进幕府，报说燕使来到大营，想面见上将军，少将军正在盘问。听到这个消息王翦当即一惊：若是别国使者，恨不能离秦军越远越好，不想这燕使竟大大咧咧找上门来了！他没有丝毫耽搁便匆匆赶往王贲前营，果然看到了被儿子和士卒们团团围住的荆轲、秦舞阳。这位传言中的卖燕大奸见到自己后甚为恭谨，一番烦琐礼节后表明来意：自己冒昧前来秦营，一则向秦示好，彰显燕国诚意；二则特来拜访上将军。说着小心翼翼掏出了一样物事：一只黑黝黝圆滚滚的陶埙。王翦记得，自己猛一见那埙，顿觉胸口被狠捶了一下，心头一阵绞痛。荆轲又一脸关切地问：樊将军首级在此，上将军愿见么？能撑住么？当时自己拼尽全力点了点头，然而当樊於期须发戟张怒目圆睁的面孔，以及脸颊上那道剑伤一寸寸在自己面前显露出来时，自己还是一声闷哼，眼前一黑身子一软便要向后倒去，幸亏被儿子扶住才艰难挺直身子，纵然如此却仍喉头一甜，“哇”地喷出口鲜血，睁开眼睛已是泪水混着汗水滚滚而下……目下回想起来，王翦只觉大为懊恼，自己本想好生盘问这个荆轲，不想骤见樊於期首级，已然方寸大乱，根本无心再问，只得摆手示意王贲替自己送客。

事后儿子说，对于燕使此行那些疑点，他也同样问过荆轲，荆轲的所有回答都滴水不漏：动身前太子戴孝相送，乃是为樊将军下葬，太子斩杀樊将军终究于心不忍，又恐秦王怪罪，只得隐秘行事。至于燕国与悬刀有牵连，其内情则是这般：悬刀田光曾与太子丹密谈，欲刺杀秦王，换得燕国助悬刀复国，却被太子丹回绝，田光本以为太子恨秦甚深必定一口答应，而今被拒，心知无法向悬刀交代，又恐太子顺藤摸瓜，一网打尽悬刀以向秦王邀功，这才自刎而死……荆轲最后又说，田光死后，太子本欲将个中内情报与秦国，然山东早传言秦王多疑，太子与悬刀往来之事若传他耳中，只怕不肯答应燕国称臣，是故一直不敢走漏风声。然使秦归来，燕国必当彻底清剿悬刀！

听着儿子的转述，王翦的第一反应是：燕国毕竟八百年老诸侯，矜持傲慢天下闻名，除非太子丹失心疯，否则不会不顾颜面选行刺这般卑劣手段；再者荆轲即便想行刺，又如何将兵刃带上咸阳殿？赤手空拳扼死秦王么？……可仔细想想之后，王翦还是摇了摇头：兵家有云，以正合，以奇胜。自己的猜测都是从常理出发，然而燕国这个古老国度，其行事却恰不能以常理推断——当年鹿毛寿游说燕王哙，劝他将王位禅让给相国子之，这般粗浅伎俩任谁都能看出是圈套，堂堂燕王竟然信了；燕昭王时期乐毅伐齐，本可灭亡齐国，却偏对最后两座城邑围而不攻，希图仁义感化，结果反而给了齐人喘息之机，终致功亏一篑；更不用提燕王喜继位以来明明打不过赵国，却依然孜孜不倦地攻赵攻赵攻赵……凡此种种匪夷所思之举，尽数出于燕国，这般让人捉摸不透的庙堂君臣，何等稀奇古怪的点子想不出？你能用常人心思揣摩他们所思所想么？

燕人这边让王翦不能放心，秦国庙堂同样如是。手头的奏案上除却顿弱密报外，还有尉缭自咸阳发来的书信，详细讲述了庙堂对于燕国求和的看法：秦王原本认为燕国臣服无非缓兵之计，根本不必理会；但两位丞相昌平君、隗状却认为，若燕国真心请降，秦国能不战而灭燕，倒不妨象征性地留下燕国宗庙社稷；尉缭自己也认为，即便燕国果真欲战，秦国也可仿灭韩先例，事先削弱燕国。而此时恰好又传来樊於期被太子丹斩杀的消息，大为振奋的秦王立即拍案同意了，还决定由昌平君代表庙堂接待燕使。

就这样，昌平君派出中庶子蒙嘉，将荆轲秦舞阳安置在当年蔺相如住过的广成传舍，还亲自设宴招待了两人。席间，荆轲颇恳切地替燕王和太子丹再度转述了降秦诚意，表示除却希望保留社稷外，燕国只一样请求：望秦王斋戒五日，以九宾大礼接见自己。又解释说：在下也知九宾之礼极是繁复，花费时日财力甚巨，秦王也素来厌烦烦琐铺排。只是太子特意嘱咐，燕国降秦，余事皆好商量，唯独此事关乎国体，万无回旋余地。昌平君听罢揶揄地笑了：燕国将亡，却还有心在此等小节上纠缠，果然不愧老贵胄，本相尽力斡旋便是了。荆轲顿时兴奋不已：君子死而冠不免，我燕国纵亡，也须亡得体体面面，谢过丞相！……

“这荆轲，到底弄的甚玄虚?”读到这里时，王翦皱起眉，百思不得其解。

8

红色巨浪从水面不住腾起，咆哮着扑向天际，大片水花如暴雨般劈头盖脸地浇下，浓烈的血腥气息也随之一股股荡开直扑鼻端。他随着这条巨鱼的疯狂翻滚而在水中起伏沉浮着，身上的衣衫早被糙砺的鱼皮磨烂，遍体鳞伤中淌出的鲜血同鱼血和这淮水混在一起分不出彼此；尽管如此，他的左臂却仍死死箍住巨鱼那粗壮身躯，右手短剑仍一下下刺向鲛鱼那早已血肉模糊的下颌……

这场水中的搏杀不知持续了多久，他终于松开双臂向水下沉去，巨鱼当即尾鳍一甩扭过头，如一团乌云般向他头顶压来，那血盆大口中锋利如匕首般的一排排巨大牙齿，即使是在水下也泛着慑人的寒光。他知晓，这是令齐国海民闻之色变的水中霸主——鲛鱼，谁也想不到它竟能溯流而上来到这淮水之中。可他不怕，而是用尽了全身气力，双腿猛一踩水，挺起短剑拼命刺向鲛鱼下颌。随着一股血泉自鲛鱼伤口中喷涌而出，弥天的红色当即淹没了眼帘，除了无穷无尽的红色，他什么也看不见，只无意间抓住了鲛鱼的尾鳍，于是感到那沉甸甸的鱼身倏忽间轻盈了起来，自己则随着这鱼身慢慢向上漂去，漂去……

“夫为剑者，示之以虚，开之以利，后之以发，先之以至……”沉睡中的荆轲，心底泛起了这样一句话。

睁开眼睛，他看到的仍是广成传舍那熟悉的房顶。

这不是梦，这是他十余年前在淮水的亲身经历，那时他是楚墨弟子，那时他的名字也不是荆轲，而是荆次非。

荆轲并不会武功，或者说，他不会那种一对一搏杀的技击武功。荆轲不是武士，荆轲是刺客，所以他唯一会的，只有那一下迅雷不及掩耳的突刺，那当是世上最简单的剑法，没有招式，没有变化，只有简简单单的一刺，然而正是这简简单单的一刺，天下却罕有人能躲过。

若是十余年前淮水斩鲛之时，荆轲有足够把握只靠这一刺便取秦王性命；然而十余年间，他弃剑从文，不断在列国间奔波，为墨家的主张奔走着，这一下突刺也被荒废了十余年。尽管如此，他自认为应对秦王仍是绰绰有余。况且墨家最看重的便是这种知其不可为而为之的坚持，你可以笑他们不识大体，可以笑他们迂阔于事情，然而无法不敬重这种坚持。

长出一口气，荆轲从床榻上起身，披上衣衫踱到窗前，松木特有的清香随即扑面而来。殷殷松柏中，不远处的章台宫可见一斑；而松林之上，一道白虹正横亘天穹，自易水别燕至今，这道白虹不时现于天际，已成为咸阳街头巷尾热议的话题之一。荆轲知道，这是自己最后一次看到这白虹；他也知道，与今日即将要做的大事相比，十余年前的淮水斩鲛实在不过尔耳。

“先生，中庶子蒙嘉传舍外等候。”秦舞阳的声音。

“善，你我上路!”荆轲转过身，一语双关道。

半个时辰后，白石铺地的宽阔车马广场已在眼前展现开来，昌平君也领着行人署吏员们在此等候多时。荆轲下了轩车，与昌平君按礼节几番谦让之后，便与秦舞阳一人捧着樊於期头函，一人捧着地图匣，一前一后来到咸阳宫前。一声声呼喝随即自咸阳正殿遥遥传来：

“秦王临朝——!”

“秦王临朝——!”

“秦王临朝——!”

……

“燕使觐见——!”荆轲身边的传声吏员向正殿方向回喊道。

“燕使觐见——!”

“燕使觐见——!”

……

当最后一声呼喊消失在远方的正殿中时，整个咸阳宫四下里钟鼓乐声大起，《小雅·六月》的歌声铿然传来：

六月栖栖，戎车既饬。
四牡骙骙，载是常服。
猃狁孔炽，我是用急。
王于出征，以匡王国。
……

九宾大礼，正式开始了。

这是邦交之中最为隆重的礼仪，也最为烦琐，战国之世礼崩乐坏，已无法尽数重现周天子时代的原貌，这次也是在右相昌平君的力主下，秦王政才勉强答应大肆铺排；左相隗状亲领宗祝署的一干吏员反复查检翻阅典籍，才将这九宾之礼筹划得有模有样。

听着《六月》的歌声，荆轲轻皱了一下眉。这诗讲的是周宣王北伐玁狁的战事，虽也是赞颂主帅尹吉甫“万邦为宪”，但那耀武扬威的意思却是再明白不过。今日本是会盟庆典，秦国却偏挑了如此一首杀气腾腾的诗，是秦王根本不把燕国求和放在心上，还是说已经对自己有了防备？然而他已没心情再想这些了，只是扭过头，望向身后的秦舞阳：“副使，可是一切尽妥?”

秦舞阳没有回答，只默默点了点头，脸色却已变得惨白，大滴的汗珠从额头渗了出来。

伴随着乐声，两人一步步踏上了丹墀之阶，只有他俩知道，自己即将为面前这座巍峨宏阔的咸阳宫带去死亡，而他们自己本身，也在一步步走向死亡。这段路长得仿佛没有尽头，三十六级白玉阶永无止境般向前方延伸着，肃立两旁的殿前武士们个个盔明甲亮，人手一柄沉重无比的斧钺，组成两排金灿灿的铜墙。尽管目不斜视，荆轲却仍能感到他们投射在自己身上的凛凛目光，心下不由得赞叹，天下确无第二国仪仗能有这般赫赫威势，想到片刻后自己便要死在他们的斧钺之下，竟也涌起一股死得其所的自豪之感。

耳畔仍是《六月》的歌声：

猃狁匪茹，整居焦获。
侵镐及方，至于泾阳。
织文鸟章，白旆央央。
元戎十乘，以先启行。
……

当歌声完全停止、四下里终于静下来时，两人已站在了四只青烟袅袅的巨大铜鼎前，距咸阳正殿只有咫尺之遥。

终是到了，整个大秦帝国的心脏深处，多少日的筹备，多少人的心血乃至性命，终是换来自己站到这里。

宏阔巍峨的大殿以黑红两色为主，肃穆庄严。荆轲脚下的长长丹墀一直伸向前方，丹墀两侧是峨冠博带整肃列座的秦国大臣们。大殿正中的九级王阶之上，一个头戴天平冠、身着玄衣纁裳的高大身影怀抱长剑，端坐于丈许长的王案前。

“外臣，燕国上卿荆轲，参见秦王!”荆轲手捧樊於期头函，向着前方的秦王政遥遥一躬。

直起身后，荆轲等待着身后的秦舞阳自报名讳，然而直到自己的回音完全消失，身后仍是悄无声息，取而代之的却是一种奇怪的响动。

袍袖抖动声。

看到两侧朝臣们好奇地向自己身后张望着，荆轲诧异地回过头，却见秦舞阳惊恐的目光游移不定，大滴汗水正从那惨白的脸颊上滑落。

“久闻副使壮勇，今日何故色变震悚?”大殿深处传来了秦王略带嘲讽的声音。

秦舞阳没能回答，仍然筛糠一样抖动着。荆轲心下一沉又淡然一笑：“北蕃蛮夷鄙人，未尝见天子，陛下莫怪!”

“既如此，副使且留殿外，正使独自上殿可也。”秦王的语气中也难掩对这“北蕃蛮夷鄙人”的蔑视。

“诺!”

随着这声允诺，心念电闪间一连串念头已从荆轲心头疾速闪过——按原本谋划，自己与秦舞阳一同上殿后，便是一人负责吸引秦国君臣的注意，另一人则趁机行刺，究竟谁行刺则需视具体形势而定：秦舞阳武功远高于自己，行刺把握更大；但自己行刺却更具迷惑性——毕竟秦王熟知秦舞阳勇武，却以为自己不会武功，是故不会多加提防。然而目下秦舞阳却是自乱阵脚，秦王索性不让他上殿了，两人的任务只能由自己一人完成，可如此一来，还能行刺得手么?秦王怀中可还有一柄长剑啊……

尽管如此，荆轲还是再次转身接过地图匣，轻掂着铜匣，知晓匕首还安然无恙藏于地图中，心下重新踏实下来。秦舞阳面色惨白地望着他，嘴唇翕动着想要说些什么，荆轲却用目光止住了他，随即捧着两个铜匣转过身来，一步步走向王台。

大殿重又静下来了。

9

“燕使进献叛臣首级——”

一片寂静中，亲自担任司仪的昌平君高呼着，中庶子蒙嘉快步来到荆轲面前接过铜匣，送到了秦王案前。

樊於期的头函在殿内大臣们中间传看着，一片肃然，不少朝臣脸上都有悲戚之色，昌平君还抬袖轻拭去了眼角泪水，殿内不时响起一两声唏嘘。许久之后，秦王才沉默着挥了挥手，蒙嘉将头函交给一旁的吏员，让他捧了下去。

“燕使进献督亢地图。”

昌平君的第二次高呼中，蒙嘉再次走了过来，将第二只铜匣再次献到秦王政案前，此时荆轲却开了口：“陛下请慢开图，听臣一言!”

“何事?”秦王政正要打开地图匣，手不由自主停住了。

“秦王可知，燕国此番为何割让督亢之地?”

“你燕国只剩这一处膏腴之地，岂有他哉!”

荆轲脸上浮现出一丝诡秘微笑：“秦王不知，督亢之于燕国，不过一处丰饶之地；然之于秦国，却关乎统一大计！此地乃悬刀根基所在，唯臣知其藏于何处!”

这一句仿佛平地起惊雷，整个大殿当即一片窃窃私语——自韩赵相继灭亡后，悬刀的大名已无人不知，秦人将其视为眼中钉，六国人更将其看作抗秦希望之所在，关于它的传闻已遍及山东，而且越传越神!

“好!”这意外的收获自然使秦王政颇为惊喜，当即拍案一句，“你且指给本王看!”

“诺!”荆轲高声应道，拾级走上王台来到秦王面前，低下头小心取出粗大的地图卷轴，又更加小心地将地图徐徐展开。大殿中再度静了下来，荆轲几乎能听见自己一颗心扑通扑通地跳着。

关键的时刻到了。

他知道，秦王政自幼习武，虽无秦武王那般神力无穷，却也实在是战国之世少有的文武兼通的君王，而自己却身手平平，若一对一正面搏杀，当真没有十足胜算；真正武功高强的秦舞阳却又偏偏被留在殿外，只怕不及冲入殿中便会被武士们一举拿下。只要自己那第一下突刺无法取秦王性命，那么这场刺杀实际上便等同于失败，颇通技击的秦王不会让自己得到第二击的机会，而殿前的武士们更不会。

所以，他只有这一次机会，唯一一次。

地图一寸寸展开、展开，一个又一个地名，自东向西逐一显露出来：滹沱水，文安，鄚县，安次，易县……

尽管面色如常，荆轲却暗暗咬紧了牙关。

汾门，龙兑，方城……

地图马上就要完全展开，荆轲手心也第一次渗出了汗滴。

武隧，金台陂，容城……

徐夫人匕首马上就要展现在眼前，荆轲微微张开鼻孔，仿佛已嗅到了那股即将来到的血腥。

范阳，武阳，覆釜山，樊石山……

“可也！”仿佛有个声音在心底说道。

涞水，督亢之地最西端！

地图终于完全打开，出鞘的徐夫人匕首，终于显露在眼前；那一瞬间，大殿内突然充满了不祥的紫蓝色光芒。

“秦王请看，悬刀便在此处！”荆轲大手一挥握住了匕首。

黑影一闪，秦王政低头看时，荆轲已左手揪住他的衣袖，右手匕首猛地向他胸口揕去，霹雳般突然，流星般迅疾，雷霆般猛烈！

夫为剑者，示之以虚，开之以利，后之以发，先之以至！

“成了！”这是那一瞬间，荆轲心底的唯一一丝闪念。

如此近在咫尺的距离，又是毫无防备，秦王实在没有任何理由能逃过这一击。尽管十余年没有再动过剑，荆轲眼下却对自己的身手重新充满了自信！

然而恰在此时，奇迹却偏偏发生了。

一声大喝，秦王政本能地奋力向后一跃而起，随着又一声裂帛之声，厚厚的天子衮服已被撕裂，荆轲这一下突刺竟扑了个空，手中只留下了半只衣袖。待到他惊愕地抬头望去时，秦王政已从王案前闪到了三尺外，右手一把扯下头顶沉重的天平冠砸向荆轲，荆轲侧头躲过那一瞬间，秦王已提着佩剑跳下了王台，连滚带爬地直奔大殿石柱而去。

虽是惊讶于秦王反应如此迅捷，荆轲却也根本不及多想，再次挺起了匕首，紫蓝色的光芒重又泛起；随着脚下猛然发力，他的整个人也如同一支匕首般第二次扑向了秦王政，三两下腾挪便闪到了石柱前，眼见秦王后心已触手可及，只要再刺出去他便必死无疑，却不料一声大吼突然响起，昌平君竟猛扑了上来，荆轲随手抓住他衣襟，身形一晃便顺势将他抛向身后，可短短一瞬间秦王又跑开了两步；他再想赶到近前，先后醒悟过来的隗状、王绾、李斯、蒙毅等朝臣也效法昌平君纷纷拥上前堵住了去路。秦法有规定，武士们不奉王命不得进殿，眼下他们远远守在殿外，并不知晓殿内正是一番生死搏杀；而殿上的侍从朝臣们也都没携带兵器，惶急之下更是谁也没想到要召武士进殿，于是只能赤手空拳地与荆轲搏斗。

荆轲一边挥舞着匕首，一边腾挪躲闪着朝臣们的围堵，不停地将一应文官撞开，转眼间又追到了秦王政面前。眼见秦王转过身来背倚石柱，仍然徒劳地试图拔出长剑时，他眼中闪过一丝胜利在握的凶险笑意，再次挺起匕首，重新泛起紫蓝色的寒芒，直取秦王前胸。

匕首无声地刺入了胸膛，轻易割开了血肉。

鲜血飞溅。

弥天的红色当即淹没了眼帘，除了无穷无尽的血花，荆轲什么也看不见，他本能地闭上眼睛别过脸，那一瞬间，重又想起了淮水斩鲛的那一刻。

成了么?

该是成了吧?

自己实在没理由再次失手。

“蒙嘉——!”耳畔突然遥遥响起蒙毅的吼声。

荆轲心下一惊，猛地转过脸睁开眼，这才发现，自己刺中的却是中庶子蒙嘉!

尽管面颊上已泛起了乌紫色，口中也涌出了黑色的血液，蒙嘉望向荆轲的目光中却充满了悔恨和快意。那一瞬间，荆轲明白了他的心思——他是在为没能认出自己的刺客身份而悔恨，也是在为推开秦王、替他挡下这致命一击而快意!

那一瞬间，荆轲心头微微一颤。这蒙嘉是蒙恬蒙毅的族弟，不久前刚加冠，连日来一直是他忙前跑后筹划九宾大典，也是他照料自己和秦舞阳的饮食起居，自己一直很喜欢这年轻人，若不是肩负重任，或许还能与他成为好友……这念头从心底一闪而逝的同时，荆轲已咬着牙拔出匕首，蒙嘉的身子软软倒了下来，却仍伸出双臂，试图拖住荆轲的腿。荆轲刚一脚蹬开蒙嘉，突然又一件什么物事迎头砸来，刺鼻的草药气息直扑鼻头，原来是御医夏无且掷出的药囊，待到他扭头躲过时，秦王政又绕过了两道石柱。

“王负剑!”一声尖亮的喊叫，赵高的身影突兀闪现，也猛然扑向荆轲。

这声喊叫提醒了秦王，握剑的左手忙反转后腰，剑鞘剑柄也由此贴上脊背脖颈，右手同时伸至后脑握住剑柄，只听一声金铁铿鸣，三尺长剑当即龙吟般出鞘，紧接着他便提起长剑，猛扑向正与赵高纠缠的荆轲——

“阿高，闪开!”

荆轲方才同赵高滚成一团，此时刚将他按到地上，正要一匕首取他性命，听到秦王政的声音在耳畔陡然炸裂，心下猛一激灵，当即便将赵高一推又向后一跃，不料终是慢了片刻，只觉一股寒气横扫而至，猛然间自己便似从高崖下坠般浑身无从着力，一声喀嚓一股钻心剧痛，低头望去，自己一条血淋淋的左腿已经落在了地上!

一股远甚于疼痛的冰凉绝望自心底翻涌上来，荆轲一个踉跄，身子无力地晃了晃，终是颓然倒地；纵然如此，他却还是扬起手中紧握着的徐夫人匕首，如同十余年前刺向淮水巨鲛那般，用尽全身气力向秦王政掷去！

——夫为剑者，示之以虚，开之以利，后之以发，先之以至！

“叮——！”

匕首擦着秦王政耳畔，牢牢刺入了他身后的铜柱，兀自震颤不已。

望着随之溅射出的一片紫蓝色火星，荆轲轻轻闭上了眼睛……

——多少日的谋划，多少日的筹备；多少人的心血，多少人的希冀——太子丹、鞠武、田光、樊於期、高渐离……在这一掷之中，尽数化为乌有。

“竖子荆轲！大伪欺世！你非奸佞，却是刺客！……”秦王连声怒吼着，长剑一下下刺向荆轲的胸口，瞬间便将荆轲的整个身体刺成了血肉模糊的筛子，然而荆轲却既没有刻意躲避长剑，也对秦王政的骂声置若罔闻，只是挣扎着爬到一根石柱前，背靠着它伸开两腿箕踞坐下，低声笑骂了一句：

“秦王，今日事所以不成，是我欲活擒你，逼你立约，以存天下……”

“死到临头，还嘴硬么?”秦王政连刺了荆轲八剑，终于渐渐平静下来，抬手擦去了额头的汗水，冷笑了一句。

“事纵不成，也不低头；荆轲如是，太子亦如是……”荆轲露出了最后的笑意。

沉重的脚步声和呼喝声遥遥响起，灿灿金光伴随着殷殷血红骤然在大殿中争相绽放，终于匆匆赶来的殿前武士们斧钺齐落，将荆轲尸身转眼间砍成了肉醢，只留下了那涂满血污狼狈不堪的面孔。诡异的是，荆轲嘴角还挂着一丝自嘲的冷笑，只不知是在笑自己，笑秦王，还是在笑太子丹。

大臣们一拥而上试图搀扶秦王，秦王却摇摇头，推开了他们所有人的臂膀，然后站在刺客的尸体旁，一阵久久的眩晕。

第八章 采薇

1

秦王政二十一年初的隆冬时节，南易水西岸阴云密布，灭燕之战一触即发。

燕南重镇方城郊野一片枯黄的原野上，海蓝色的燕军大营伸展得辽阔无边，然则只要细看便会发现，那些旗帜兵车军帐辕门等诸般器物不时可见破败之相，那些伫立在寒风中衣衫单薄的士卒们也大多面带菜色瑟瑟发抖。这是燕国的主力大军十二万，多年攻赵屡战屡败，战力差到无以复加。尽管还有三万代军互为唇齿，尽管还有燕王喜亲掌的五万精锐辽东猎兵未到，然而即便加上他们，若说能抵挡得了三十万虎狼秦军，身为统帅的太子丹自己也不敢信。

纵然如此，他却仍没有任何动摇畏惧。

不仅太子丹，整个燕国也没有任何动摇畏惧。

他们的坚定都来自荆轲之死。随着殒命秦廷，荆轲刺秦王的故事如风暴一样数日之内席卷了天下，六国世族无不振奋鼓舞奔走相告，将荆轲之死视为舍生取义；燕国更是群情激昂，国人谁也没想到他们眼中的这位卖国大奸，竟是位忍辱负重的义士！一时蓟城的街头巷尾沸反盈天，国人无不痛哭流涕慷慨请战。

太子丹没有为荆轲悲伤，虽对刺秦的失败痛心疾首，却也毫无悔恨羞愧，甚至当秦舞阳送回荆轲的衣冠时，他都没有责怪他在咸阳殿上的胆怯，只是望着那件千疮百孔鲜血淋漓的破烂朝服，默默听着秦舞阳声泪俱下地讲述荆轲如何事败，以及接下来发生的全部——行刺之时，秦舞阳刚要冲入殿中相助便被武士们一举拿下，只能眼睁睁看着荆轲被秦王刺伤又被武士杀死；武士们本想也将他当场处死，秦王却拦住了他们，恨恨对他说：荆轲虽是刺客，本王却也敬他猛士之志，特准你将其尸首安葬；你且回燕让我那故人好生准备，回头与我秦国大军堂堂正正一战！说到这里，秦舞阳哽咽不已：先生已被我等安葬蓝田，舞阳有辱国威，苟活至今只为送归先生衣冠；而今心愿既了，舞阳当自裁谢罪！说罢猛然拔出徐夫人匕首便要刺向自己喉咙，太子丹却是如梦方醒，一把拦住他：舞阳你不能死！你若心下有愧，便当随我共抗秦军，替荆卿报仇！听到这里，秦舞阳终是哭喊了一声太子，拜倒在地晕死了过去……

没有任何耽搁，太子丹立即施展开了众多铺排——将荆轲衣冠以国礼厚葬于易水之畔，以此激励国人；征发国人入军，再将举国燕军迅速集结至燕南边境；敦促公子嘉、司马尚领代军与燕军会合，派特使向魏、齐、楚、匈奴求援，试图再起合纵；向远在蓟城的父王上书，请求划拨粮草辎重，以及将精锐的辽东猎军调来归自己统领，等等，一时间整个燕国都忙碌了起来。

半个月后，大将司马尚率领着代国三万兵马轰隆隆开到燕国。两位素昧平生的统帅相见恨晚，一会面便尽释燕赵前嫌，又商定了诸多大要。太子丹力主司马尚为联军统帅，燕军也尽数交代将率领，自己准备只统领即将开到的辽东猎军，可说对代国信任得无以复加；司马尚自然大是感动，当即慷慨激昂一诺无辞，又私下里向太子丹透露了一个来自悬刀的秘密消息——悬刀一党与楚国贵胄江东项氏携手，意图在秦人身后作乱，以助我等！太子丹逃秦时便得悬刀相助，当年田光也是悬刀骨干，得知这一消息自然更是振奋。

随着两军的会合，多年来不理国事、大小政务一概推给儿子的燕王喜，也破天荒地千里迢迢来到了燕南犒军，太子丹问他要的粮草辎重毫无着落，那支辽东猎军也未随他前来，却是对燕代联军好一番慷慨陈词：我大燕乃召公后裔、天子血脉，立国八百年几灭者数矣，然终无一国能灭得了我大燕！何也？天命攸归耳！而今虎狼秦国意图灭我，实乃痴心妄想，我大燕何惧之有哉！……虽说联军将士们大多在为毫无着落的粮草惴惴不安，听到这番云里雾里的陈词却也颇为振奋，一同饿着肚子高喊我大燕无敌于天下，尤其是燕军中那些耐力极佳的朝鲜将士，即便几日没饭吃也不会抱怨，只坚信我大燕必能抗得虎狼秦国，太子丹甚至怀疑，朝鲜人不用吃饭也能靠信念活着。

易水南岸百里之外，连日来一直喧闹嘈杂的秦军大营重又恢复了寂静。将士们均已整装待发，只待上将军一声令下，便向着南易水西岸挺进。然而不知何故，连续三日下来，他们始终没有接到开拔的军令。

一身戎装的王翦挺立在司令云车上，灰白的须发随战袍在寒风中飘拂着，鹰隼般锐利的目光越过黑压压的营垒，直直投射向北方。

荆轲刺秦事败后，王翦第一时间便得知了此事，震惊后怕自不必说，更颇为懊恼——自己纵然百般提防，却还是被荆轲骗过了，当即顾不上理会整日对燕国齐声喊打的众将，先命王贲赶赴蓟城，接顿弱等黑冰台间士撤出燕国；又知会蒙恬，要他迅速切断燕国北逃匈奴的退路。两边刚办妥，蒙毅便作为秦王特使来到营中，细细讲述了荆轲行刺的全部经过，王翦听得心惊肉跳，听到蒙嘉为保护秦王而死时也不由得一阵唏嘘，向蒙毅好言抚慰了一番。蒙毅红着眼圈连连摆手，哽咽说族弟毕竟未能看清荆轲图谋，有失察之过，此番死于匕首之下也算功过相抵；倒是昌平君极为惭愧自请贬黜，秦王已应允，过段时日便要罢他的相，说罢又将秦王王命交与王翦。

看罢王命，王翦踏实了。秦王在王命中自然下令立即攻燕，又下令缉拿太子丹，这都是他早料到了的，最后一句对自己的叮嘱却令他颇为感慨：燕国此番行刺，主犯只在太子丹，灭燕之后切不可株连整个王族，更不得在蓟城屠戮泄愤！看到这里，王翦会心地笑了——秦王显然已下定决心，不再重蹈邯郸的覆辙，终是成熟了。

送走蒙毅，王翦召集众将，正式开始了灭燕之战的谋划。

面对着孱弱的燕军，王翦想的并不仅仅是取胜，而是彻底歼灭敌军主力；他心中的对手也不仅仅是燕国，更有燕国背后的代国。而今燕代联手，表面上看实力更壮大，实际却恰恰相反——两军俱各疲弱，一无精兵二无粮草三无协同，纵然士气高昂，却不过是盲目自大。战国数百年来铁血大争，争的是力量、是智谋，斗志自然不可或缺，但若只有斗志却无战力，虽有万丈雄心也打不赢仗。反观秦军，若分开灭燕代两军，无论先打谁，都有可能使另一军远遁——先灭燕，则代军可能逃向匈奴；先灭代，则燕军可能逃向辽东。纵然秦军先后两战都能获胜，显然也要颇多曲折，既然铁定都是赢，大费周章的两战稳赢，何如顺风顺水的一战稳赢？正是因此，尽管还未动身，王翦却已暗自谋划起了聚歼燕代联军的对策。

云车上的王翦眯起眼睛，在心底细细勾勒着聚歼燕代联军的部署，多日来他已无数次看过燕南地形，对那张督亢地图的熟悉绝不亚于死去的荆轲。

燕都蓟城以南，便是荆轲所要献的督亢之地，此地两座大城颇为紧要，分别是涿县、方城一西一东两座重镇。依军报，目下司马尚的代军、太子丹的燕军便分头驻扎于彼。两城之南则是一片山水纠结，这里共有三条大水：首先是涞水，自西向东从太行山流出，弯成一道向北凸起的弧线后变为西北东南流向，一直注入大河，涿县、方城便在它的东北岸；北易水大体是东西流向，经燕下都武阳城注入涞水，再随其一同入河；南易水则又是西北东南流向，直接入河，燕国长达四百余里的南长城便沿着它的流向修筑，蜿蜒延伸至东南。南易水与北易水、大河共同构成了一个向西北倾斜的锐角三角形——大河为三角的底，北易水加涞水下游成为了三角的一腰，南易水则是另一腰，三角顶点再向北一点，便是燕下都武阳城。

“此地开战，方能万全……”

望着那里，王翦眯起了眼睛。

2

幕府中气氛颇见凝重，辛胜等大将个个盯着那幅王贲带来的燕代联军布防图发怔，就连上将军王翦也轻捻着须髯，陷入了沉思。

刚聚将之际，辛胜等人谁也不觉这一战有甚棘手——他们先前都以为燕代联军必将死守燕南长城、燕下都这一线战略要地，不料依王贲刺探来的军情，联军始终驻扎在涿县方城一线，毫无南下迹象，其用意显是放弃易水流域，固守涞水北岸，待秦军过水之际猛攻半渡之师。明了于此，大将们对太子丹司马尚的这一方略颇为鄙夷——春秋战国兵争数百年，但凡强敌压境，大军几曾有过不战而退，拱手让出要冲之先例？联军如此作为实在怯懦。即便他们果真半渡击之，秦军无论战力还是人数都强于联军，连番猛攻之下必能将其击溃，何惧之有哉？

然而，当辛胜说出大将们的心声时，王翦却沉思着摇摇头：“此战获胜自无悬念，然你等切记，我等非但要胜，更要全胜，正面渡水强攻固能胜战，可司马尚太子丹若见势不妙，也可从容撤军。若不能毕其功于一役，日后必将棘手，是故必须谋划万全之策。”

“……”听到这里，辛胜等人都沉吟了起来。

“还有一事。”王翦皱眉补充道，“燕王喜那五万猎军至今动向不明，我等不能轻心。”

“蓟城斥候回报，云猎军还在辽东。一旦南下，必有通报!”王贲一旁叫道。

王翦微一点头，却没有吭声。

“王贲另有战事谋划，欲讲与上将军。若能成行，我等可将联军围而聚歼!”

王翦皱起了眉，显然仍在为赵王城之事恼怒于儿子，片刻后才冒出一句：“说!”

王贲自然注意到了父亲那显而易见的不快，却也并不在意，霍然起身大步来到地图前，一手指向南北易水的夹角：“王贲之意，我等仍要将联军诱入此地……”

……

黎明时分，位于易水南岸的秦军营地中战鼓号角大作，多日沉寂后，秦人终于有所动作了。

一座座辕门接连洞开，簇簇庭燎在晨风中舞动着，照亮了当先打出的那面“王”字大纛，下面是一方方大阵一队队骑士一辆辆战车接连由各处营垒分头开出又汇集在一起，在震天的鼓号声喊杀声中缓缓而去。秦军排出了声势浩大的疏阵，队列间有意拉大了距离，数目几倍于平日的一面面斑斓旗帜也在那些三丈长矛组成的荆棘密林中飘拂着，直使人眼花缭乱；更有冲天的烟尘激荡而起，使这支大军更显影影绰绰。只要是稍有经验的斥候一眼看去，足可断定它的兵力——至少十万；而看那前进方向，也足可断定它要进攻的目标——

西北方，八百里，代城!

燕军斥候正是把这样的消息，报告给了驻守涞水北岸的司马尚与太子丹。

接到这一消息，司马尚顿时如坐针毡——那面“王”字大纛必定属于秦将王贲，王翦派儿子率近半兵力北上，显是对代城志在必得。想来也是，代国乃赵国余脉，在秦人眼中自然比孱弱的燕国威胁更大，王翦定是想趁此机会先灭代国!自己麾下这三万代军几乎是代国全部家底，留在代王嘉身边不过两千老弱，代城固然离燕地遥远，又因山路崎岖而行军不便，可秦军一旦抵达，攻破城邑几乎十拿九稳!

既然如此，莫非自己只能回援了?

想到这里，他将打算告诉太子丹，太子丹一听便是大急：燕代刚刚联手，如何一仗未打便要各自散伙？将军宁弃燕国乎？司马尚颇见尴尬：历来六国合纵，均以确保自家无事为先，我等也是无奈；太子若急于与秦军开战，则末将另有提议，不妨燕代联军一同西进截击秦军，当收奇效！太子丹连忙摇头：秦军虽动却只动一部，还有王翦大军虎视眈眈，若燕军也随代军西进，则蓟城便门户洞开，五万猎军又尚在辽东，蓟城无人拱卫也会沦陷！司马尚咬牙皱眉思索了半晌，终是拍案道：不如这般，我等仍大举南下易水流域！

"……我等直接救代太难，不若仿孙膑围魏救赵，抢先同王翦交手，迫王贲回援。须知王贲分出十万兵力后，王翦大军人数已不占优，我等可集中兵力各个击破；再者王翦是统帅，更是王贲之父，于公于私王贲皆当回援。我等只需速战速决，赶在王贲回师前猛攻王翦，必能解代城之危，至少不会落败！"司马尚一番解释鞭辟入里，显是成竹在胸。

"将军谋划自然甚好，可待到我等动身南下，王翦势必已占据燕南长城、武阳城，我等硬攻会否损伤惨重？"太子丹仍心存狐疑。

"不会！一则目下我等用兵方向不明，王翦不敢妄动；二则秦军若欲攻克武阳城、燕南长城，非重装步卒、大型器械不可，然这二者行军太缓，我燕代联军却均为轻装，只要秘密急进，当能抢先占据要地，太子若有难处，代军为燕军开道！"

"不必，丹亲领燕军为先锋！"司马尚的话打消了太子丹的疑虑，顿时振奋起来。

司马尚微一思忖，脸上诡秘一笑："也好，末将倒想出一条示形之计，若由太子亲为，必能成功……"

三日之后的黎明时分，留守易水南岸、始终按兵不动的秦军营垒中响起了一阵骚动，燕代联军的特使来了。

当真是位"特"使。

听到前营士卒们吹响警戒的骨笛，裨将辛胜匆忙冲出军帐登上云车望向北方，以为会看到大批敌军席卷而来，然而营垒前的原野依然空旷，预想中的敌手不知何在。辛胜正在惊讶，传令司马已带来了"敌情"：一辆战车来到营垒外，车上甲士自称联军特使，请将军一见！

"燕人这是何意？"望着营垒外那辆孤零零的战车，匆匆赶到前营的辛胜颇有些发蒙。

这辆革车显然很有分寸，刚好在秦军弩机射程之外逡巡着，两匹拉车的驾马不紧不慢地踱着碎步，銮铃声甚是清脆。眼见对面辛胜的身影出现，驭手忙止住了驾马，手持弓箭的那名车右则高喊了一声：“秦人听好，我等来下战书！”

说罢他张弓搭箭，一箭射向秦军营垒，箭矢刚射到百步开外便没入了黄土中。那车右却也并不在意，自驭手手中接过缰绳，驭手慢条斯理地下车，将两匹驾马并列排齐，又正了正马颈的革带，这才重新上车从容远去。

“致师。”苍老的声音从身后响起，辛胜未及扭头，王翦已走上前来与他比肩而立，一同望着士卒出营，拔起那支捆扎着白帛的箭矢，“此乃军前挑战之旧礼，传言牧野之战周军便有过此举。”

“匹夫之勇，可笑也！”辛胜皱眉道。

“战书读来！”眼见军吏奉上那幅裹在箭杆上的厚厚绢帛，王翦简单下令道。

幕府中久久回荡着军吏诵读战书的声音，其中还夹杂着不时冒出的突兀笑声。这封战书写得极长，通篇都是慷慨激昂却空洞无物的华丽辞藻，真正意思却很简单：燕代联军目下已进驻武阳城、燕南长城一线，三日后将渡南易水，与秦军决战易西；秦人若敢应战，当同样遣使来联军大营，约定时日战场！

听着这封莫名其妙的战书，辛胜李信等大将们个个啼笑皆非，只有王翦仍端坐在奏案前，面无表情地若有所思。

“这燕国忒可笑！还当这是春秋之时么？”军吏读罢战书，辛胜一脸哭笑不得。

王翦却仍面沉似水：“你等以为，联军来下战书，当真是要与我约战么？”

“燕人向来骄狂，此等蠢举不足为奇！”辛胜一脸不屑，一旁李信等大将也不约而同地点头。

王翦嘴角却浮现出一丝冷笑：“诸位怕是不知，那革车三人，驭手乃夏抚；车左为宋意；那射来战书的车右，便是太子丹本人！”

话音落点，大将们顿时一片哗然。李信第一个问道：“上将军既然识得，何不将他一举生擒？”王翦却仍是冷笑：“区区一个太子丹，老夫想何时擒他，便何时擒他，不在一时。目下要务乃全歼联军，放他回去，正可麻痹对手！”说着站起身，负手转悠了起来，“太子丹绝非迂腐，亲下战书无非明告我等：燕代联军未中我声东击西之计，主力不会回撤救代！”

“如此更好！我等本怕联军逃窜，如今他反倒孜孜求战，正可将他一举歼灭！”大将们吼成了一片。

“老夫，亦做此想……”听着大将们的喊叫，王翦脸上也浮现起了一丝莫测的笑意。

裹有厚厚皮革的车轮轻轻转动着，在这万籁俱寂的夜色中几乎没有任何响动，挺立在戎车上的王翦裹紧一身黑色战袍，如同一只兀鹰般高踞在这支人衔枚马裹蹄静悄悄行进的大军上方。

斥候带来的军报与太子丹战书大体吻合，太子丹前来“致师”之际，燕代联军已轻装急进，兵分三路重新扼守了易水流域的要冲：主力燕军一分为二，八万老弱驻扎燕南长城据险而守；四万精壮由太子丹亲领，集结于南北易水之间，背靠长城直面秦军，又与另外两军互为犄角；司马尚三万代军则驻扎在武阳城郊野，从背后托住了全军。

司马尚代军，驻扎在武阳城。

想到这里，王翦的目光中掠过了一丝笑意。

代军上钩了。

本来，燕代联军的合理谋划应当是，代军卡住南北易水交汇处；太子丹的燕军驻守武阳城。理由很简单，代军虽只三万，战力却要高出燕军许多，南北易水交汇处是咽喉要地，理当由最精锐的代军把守；而武阳城却是燕下都、燕南一带的重镇，本该由太子丹亲自拱卫，况且燕军战力又差，以代军为身前掩护，自己在其背后做援军再顺理成章不过。而今燕代联军却偏反其道而行之，以战力差的燕军防守要冲，战力强的赵人反倒缩在后面，替燕军守起了下都，岂不荒唐？唯一合理的解释只能是：司马尚既担心王贲真攻打代城，却又不想贸然撤军，这才选了距代地相对最近的武阳城驻守，代地一旦有变，他当即便要撤军回救！

而太子丹之所以赞同他的谋划，有三种可能：其一，太子丹不通兵事，无从知晓其中真实图谋，或即便知晓，也觉如此模棱两可的布置很是灵活；其二，他太过信任司马尚，甘愿将武阳城让给对方驻守；其三，他急于在代军面前证明，燕军战力并不如赵人想象的那般差，面对着虎狼秦国，自己足可与之一战，这才甘为联军前锋！

无论哪种可能，都正中王翦的下怀。王贲动身后，他有意按兵不动，不去夺取防备已然空虚的燕南长城和武阳城，为的便是给燕代联军充裕时日南下，如今观之，联军之间的同床异梦比预想的更甚，自己依先前谋划，全力开打便是！

可是忽然间，一个念头陡然涌上心头，王翦重又皱紧了眉——

燕王喜那五万猎军，目下究竟何在？

3

和王翦一样，同样记挂着辽东猎军的，还有太子丹。

同是在这个夜晚，四万精壮燕军在太子丹的率领下，趁着暮色悄悄出动了。同样是人衔枚、马裹蹄，悄无声息地来到南易水的东北岸。事先派出的数十名斥候早已查遍周遭数十里的山林，目下纷纷回来复命说并未发现秦军踪迹，太子丹这才踏实下来，下达了渡水将令。

一片寂静无声中，士卒们纷纷散开，将一只又一只葫芦或充好气的羊皮囊尽快扎成简易筏子和浮桥，再在上面铺以木板，此后或跳上筏子或将战马牵上浮桥，迅速开始渡水。这支燕军没有配备笨重的战车，易水水面又不算宽阔，是故目下行动分外便捷。两个时辰后，四万轻装燕军便全数渡过南易水来到西岸，不及整顿便向秦军营垒进发了。

白日里太子丹亲往秦营挑战，正是依照司马尚的谋划，意在让秦人知晓：你等不是要大战么？我奉陪！无论太子丹还是司马尚都知晓，王翦绝不会蠢到当真与自己约定开战的时日地点，下战书在秦人看来固然迂腐，却恰恰符合燕国一贯作风，秦军不会起疑，自然会将全部兵力集中起来攻打联军。在此之外，司马尚还向太子丹提出了后着——挑战回营之后，太子丹领四万轻锐燕军为前锋，立即动身抢渡南易水，趁势偷袭秦军营垒，如此一可避免联军渡水之时遭到阻击，二可迫使秦军迅速撤回王贲的攻代秦军。听罢司马尚的打算，太子丹连声称赞，他的考虑是：秦军十万大军攻代，留下的也差不多这般数目，与联军兵力大体持平，即便是一对一血战拼杀，自损一万至少也能杀敌八千，纵然落败也可重创秦军，大有尊严，是故完全可以正面开打！实话说，他和司马尚都没奢望一战胜秦，司马尚的最低目标仅是保存代军自身实力，太子丹的最高目标也仅是尽可能重创对手，打出燕军威风，两人此战的最终目标，不过是延缓秦军北上的步伐而已。

然而他们不知道的是，对手王翦要的不仅仅是胜利，更是大获全胜，即便他们对此战的期望已经低得不能再低，秦军也不会遂他们的心愿。

太子丹自然想不到这点，但满腔斗志之余，他也隐隐泛起一丝忧虑——父王答应自己的五万辽东猎军，目下究竟何在？他早遣信使催促了多次，父王却始终答复说猎军仍在辽东，须先回蓟城举行誓师大典，然后方能南下。如今已经半月过去，目下都已开打了，可这猎军还是全无动向，父王究竟在磨蹭甚？

秦军的第一道营垒已经遥遥在望了，依稀可见的庭燎仍在黑暗中闪烁，猎猎旌旗也依旧在晚风中掣动，阵阵金柝声不时传来。太子丹满意地轻轻一摆手，预先攀上山塬的三五名士卒便燃起一团巨大的篝火，夜色中分外耀眼。这是太子丹向司马尚代军、秦舞阳燕南长城守军发出的信号，根据约定，他们一见此信号便当分头开出，强渡易水支援自己。

“杀光秦人！护我大燕——！”火光亮起的同时，太子丹一把揪下罩在外面的黑色斗篷，剑指秦营。齐整的怒吼随即从燕军中炸响，四万蓝甲燕军如易水浪潮般涌向秦军营垒，太子丹亲领的那队骑士更是纷纷露出一色雪白的战袍，簇拥着太子丹一马当先冲在最前。若是天明当能看到，此情此景正如滚滚浪潮席卷着一块白色坚冰，直刺向黑色大堤！

示警的骨笛、隆隆的鼓声伴随着燕军燃起的篝火一同飘向夜空，燕军气势汹汹杀入秦营的同时，一个个赤膊散发只握兵刃的秦人纷纷拥出营帐，大呼小叫着扑向敌手。他们骤遇偷袭却未乱方寸，尽管甲胄未及穿戴，却也并不影响他们的顽抗，数百年来镇守西陲时与来去如风的戎狄部族生死纠缠，秦人早习惯了随时随地的浴血奋战，即便手无寸铁随手掰下根树枝做木梃也足可抵挡一时。于是一时间到处都是尸横遍野，鲜血飞溅，杀声震天，一个个来去匆匆的黝黑脊背不住晃动着，被火光映得亮堂堂刺人眼目，汗流浃背而又鲜血淋漓。

一个时辰下来，秦军渐渐抵挡不住了，各处营垒都先后响起了撤退的金声，那些方才还拼死搏杀的秦军轻兵们顿时弃营而逃，消失在了黑暗的山林中，整片营地迅速沉寂了下来。太子丹大是振奋，下令清点战果搜索营地，然而片刻后听到各部报上杀敌数时，却是猛然一愣——一个时辰的搏杀，秦军死伤不过千人；更要命的是，除却各营尚存柴草若干，秦军营地全无军粮衣甲等辎重，几为空营！紧接着宋意也匆匆赶来，递过一面在秦营中发现的宽大令旗，太子丹扫过一眼，顿时倒吸一口冷气：这是用来指挥死士的鹰旗，显然方才与燕军交战者，全是精心遴选而出！

秦人必已有备！这个念头陡然闪过心头，太子丹急忙大喊着敲响了金铎：“撤出秦营——！”

周遭密林中突然响起战鼓与喊杀声，彻底淹没了他的吼声。燕军将士们惊恐不已地抬头张望，却见四下里的黑暗中陡然闪现出一片火光，照亮了乌油油的秦军甲胄！

夜幕下的水流倒映着火把的光亮，直如流淌着熔化后的金水，方圆数十里内人头攒动，南北两条易水之上人声鼎沸，往来穿梭的尽是蓝衫燕军，而在北易水北岸，三万红甲代军依旧静默伫立，等待着他们统帅下达渡水的将令。

马背上的司马尚一动不动，双目却焦躁地望向对岸。燕军的渡水即将进入尾声，他却始终拿不准，是否该将自己这三万代军最后投入战场。

依他先前盘算，战书上说是三日后会战，秦军看战书知道联军不逃，定会放下心来利用这几日养精蓄锐，决然不会想到太子丹刚回营便前来偷袭，如此一来联军胜算极大。正是因此，刚看到远方太子丹点燃的篝火信号，他便率领着代军由武阳城进发来到这里，其时秦舞阳统领的八万燕军弱旅已离开燕南长城，开始过南易水，准备支援正在攻打秦军营垒的太子丹，代军便刚好以等待燕军先行渡水为由原地驻扎，但就实说，司马尚真正用意却在提防王贲那支攻代秦军，王贲若此时回师袭来，则代军立即掉头背水一战。正是因此，连日来司马尚不断地将一批批斥候撒向武阳城西面北面的茫茫山林中，以期尽早发现回援的秦军。

可令他意外的是，他直至目下也没收到王贲回撤的消息；刚好相反，反倒是燕军的骑传候带来了太子丹的急报：秦军尽数撤出营地，却将诸多连弩布于周遭山林，太子丹前军杀入空营时连弩齐发，以火箭点燃了大营，燕军目下正在拼命突围，请代军尽快渡水，支援太子！

刚接到这一军报，司马尚心下咯噔一下，但涌上心头的与其说是偷袭失败的懊恼，更多的却是对秦军动向的忧虑——秦军动作竟这般快，只怕太子丹下完战书刚踏上归途，他们便开始拔营动身了，如此作为倒未必是料定联军会来偷袭，更可能是另有打算！然则，王翦究竟意欲何为?

“报——！秦军杀来——！”一声急呼遥遥传来，司马尚连忙扭头，正见一名代军斥候高举火把自西面遥遥赶来，连人带马都是湿漉漉的，嗓音中满是惶急。

司马尚猛然一激灵，高声问了一句：“可是王贲?”

“并非王贲，李信——!”

远方一片蒙蒙微光隐约照亮了斥候身后的无尽黑暗，勾勒出易水山谷那绵延的轮廓。司马尚急忙带几名都尉司马攀上周遭山塬，一眼望去顿时脸色铁青：远处山坳之中，一条粗大的火把长龙正在蜿蜒盘旋，一路向东袭来，从那流淌的速度看，显是以骑兵为主！

心念电闪间，司马尚已明白了李信的进军路线——他必定是自秦军大营秘密动身逆水西进，在易水上游先后渡过两条易水，然后突兀折向东面，直取自己这三万代军而来。以目下观之，李信这支骑兵多半是前锋，后面极可能还跟随着王翦的主力大军！

想到这里，司马尚二话不说便掉头狂奔下山，种种可能的对策也从心头逐一闪过：目下太子丹深陷重围自顾不暇，显然无法指望他来援；若退守武阳，代军自可赢得喘息之机，然却只能据守孤城，决然无法发挥飞骑驰骋优势，秦人若困住自己再行奔袭代城，更是满盘皆输；可若就此撤回代地，一则未必能安然摆脱李信追击，二则也可能被回援的王贲迎头撞上，那时便是腹背受敌……如是观之，自己只剩下了一种选择——与李信硬碰！

"王翦，好一头老狐！"司马尚飞身上马，准备率领着放弃渡水的代军迎击秦军时，这般恨恨地想着。

恰在此时，震天的鼓声突然自代军西南方响起，一阵地动般的震颤伴随着人喊马嘶与车轮滚滚也一同传来，尽管夜色阑珊，司马尚借着火光却仍能依稀看到，南北易水之间的旷野上烟尘荡起，鼓号喊杀声骤然一片大噪——

秦人主力！

4

黎明的第一缕曙光照亮了南北易水上游的山林，司令云车已高高立起，黑色大纛在严冬的寒风中招展着，呼啦啦掣动拍打声中，云车之上的王翦俯瞰着整个易水战场。

尽管夜色仍未褪尽，然此时战场大势却已明了，燕代两军被分割成了三大部：南易水南岸的秦军大营中，太子丹亲领的燕军前部正在章邯部大型器械的围攻下拼死后撤，尽管有少量兵力重新渡水北逃，但大部分都已倒在了连弩飞石火箭之下；南北易水之间的广阔原野上，辛胜大军正在猛冲向秦舞阳麾下的八万后军；北易水北岸，李信飞骑直如一柄长剑揳入司马尚代军，两军正在彼此激烈缠斗着。看到燕军的情形，王翦嘴角轻轻向上扬了扬——

燕军被诱入陷阱了。

昨日太子丹刚离秦营，王翦便开始了铺排，连发一串将令：其一，秦军主力立刻弃营西进，朝南易水上游进发，尽数在乐徐一带埋伏；其二，章邯将连弩大炮等大型器械埋伏在秦军大营周遭，营中只留三千死士为饵；其三，李信领五千轻骑为先锋，埋伏在北易水上游，待司马尚开始渡水之际东进发动猛攻，务求大破代军；其四，一俟燕代联军全数或大部屯于南北易水之间，裨将辛胜便领秦军主力自西向东杀去；其五，号称要去灭代，实则秘密驻扎涞水山谷中的王贲部急速回撤，完全遮绝易水北岸，先拿下防守空虚的武阳城和燕南长城，再与李信部一西一北夹击代军。

若战局能完全按预想发展，则燕代联军便陷入了四面包围：南有章邯部的弩矢飞石，西有辛胜的主力大军，东面是滔滔河水，北面又有李信王贲的夹击，更不用提南北还有两条易水横亘面前，司马尚太子丹除却被围而聚歼外，休做他想！

迄今为止，谋划的前四步都已奏效了，只除了王贲部迟迟没有赶回。想到这里，王翦眉头紧锁起来。

尽管从不表露出关切之意，但每次将王贲派去刺探军情后，王翦都会夜不能寐，往往听到一点儿轻微响动都如逢夜袭般倏然惊醒，直到确认听错才会重新合眼。内心深处，王翦是极看重自己这个儿子的：王贲虽有错失，毕竟是自己亲子，毕竟是少壮将军，此等年岁能有此等将才终究难得，若能多方捶打磨炼，假以时日终能成秦军栋梁砥柱。可他若轻慢战事，却也难保不成又一个赵括。譬如今日这一战，实则皆出自他谋划，也得到了大将们一致赞同，谋划本身原本无差，可他自家如何迟迟不到，难不成又出纰漏？……

燕军已彻底陷入了困境。

秦军主力自西面发起总攻时，太子丹的四万精壮燕军拼死突围，丢下无数尸体后掩护着他狼狈不堪地重新渡过了南易水，恰好与南下渡过北易水的八万老弱燕军会合，不及与后军统帅秦舞阳多说，西面已涌起了冲天的尘雾，黑压压一片的秦军在烟尘中带着震天杀声滚滚而来，太子丹心下猛一哆嗦，瞬间明白了对手意图——王翦之所以引而不发，甚至白白放过燕军几次渡水的大好时机始终不来偷袭，等待的正是燕军集结于南北易水之间的这一刻；这时机不过短短一瞬，然而王翦却偏能闪电般抓住，老狐果然了得！

尽管明了于此，他却全无畏惧，手中长剑一摆，直指影影绰绰的敌阵，刚要领军直冲过去，大地便剧烈震颤起来。雷鸣般的鼓声喊杀声中，凄厉的箭矢呼啸着从耳边尺寸之间掠过，方才还舍生忘死的太子丹脸色瞬间变得苍白，令他惊骇的并不是这支险些要了自己性命的箭矢，而是秦军的鼓声，听到这声音他瞬间明白过来，以目下燕军的战力，决然无法抵御秦人——

鼓车，命令战车冲锋的鼓声。

这时，四荡的尘雾逐渐开始散去，秦军一辆辆用于进攻的轻车隐约显出了狰狞的轮廓。

这些战车每辆都由四匹战马驾挽，车轼车厢外有铜皮保护，远远望去直如一只只铜铁猛兽一般。它们共分五列，每辆左右相隔十步，前后相隔四十步，彼此拉开错落有致的纵深间距，后列战车卡于前两辆的间隙之中，以免彼此碰撞纠缠，正是车战的典型阵法——鱼丽阵；而那车轮风驰电掣的急转飞旋，那驾马的嘶鸣咆哮，那些甲士们手中闪烁着寒光的弩矢与戈援，更给它们平添了巨大声威。这本是春秋时代的古老兵种，进入战国之世渐渐衰落，却仍在各国军中牢牢占据着一席之地，之所以如此只有一点原因：平原作战时战车威力无出其右，可谓当之无愧的沙场之王！

“秦人战车何来?”手足无措间，太子丹却莫名冒出了这个疑问——易水流域多山林水流，并不适宜车战，燕军之所以只用骑兵和步卒，固然是为了偷袭秦营时剽悍灵动，然这一带地理的限制也同样不可忽视；太子丹百思不得其解的便是，燕军受地理之限，秦军如何不受限？这些笨重的战车如何渡过易水，神兵天降般出现在自己眼前?

看到战车骤然杀出，云车上的王翦笑了——这些战车能出现在此地，还得归功于儿子。早在大军向易水进发之前，王贲便曾踏勘过燕地，力主将此地作为战场，以战车杀入敌阵。王翦当时大不以为然，同样认为战车无法越过如此复杂的地形抵达战场，王贲却又出了一条奇计：自旧赵地调来船只伪装成商船，将这百余辆战车分批运往南易水上游的密林之中，实际便是营造一处秦军的隐秘营地！正因儿子解决了这最棘手的难题，王翦才下定决心运用战车；而辛胜之所以被任命为灭燕之战的裨将，也正是因这员大将最擅车战。目下观之，儿子的奇计已然生效了，近百辆战车在旷野上排开，数目虽不算多，然面对着游骑与步卒，优势仍极是明显。

“战鼓齐擂——!”

战车悉数冲向燕军的同时，后阵的辛胜挥起了号令战车的龙旗，那条被绘在旗上的青龙在寒风中张牙舞爪之际，二十余面大鼓已齐齐响起，发出了全力冲杀的信号；而几乎是军令下达的同时，战车上的甲士们齐齐发出了呐喊，车右射出的弩矢呼啸着纷纷袭来，一片惨号之中，束手无策的燕军士卒们连连倒地，道道血泉冲天而起。

“射士放箭！骑兵上前!”太子丹急迫中大喊。

无济于事。燕军射士们尽管奋力还击，然而他们的弓箭无论射程威力都不及秦弩，大多未及碰触敌军便纷纷飘飞坠落，即或有射中者也只是浅浅揳入了甲士的皮甲战马的具装，微微震颤着；而那些骑士尽管奋勇上前试图阻击，却不料这些战车一辆辆来势惊人，扑上去便仿佛木片砸到铁甲上一般，不仅无法奈何对方分毫，反倒是自己连人带马被撞倒撞飞；秦人的战车却依旧毫发无损，箭雨未落已然如一根根铜钉般揳入了燕军之中！

如同镰刀刈麦一般，战车过处一片血肉纷飞，难以计数的燕军直接被战马撞倒，转眼便在惨号中被滚滚前行的车轮碾碎身体，也有那亡命者在倒地的瞬间挥舞起手中兵刃，试图砍断即将踏在自己身上的马腿，可结果竟无一不是手中的长剑折断，他们的兵刃还是落后的铜兵，只能用来刺，根本不能砍斫，于是还是哀号着变成了一团团肉醢。

正面难撄其锋，侧面同样如是。挺立车厢上的车右继续放弩，相邻战车上的车左不住挥舞着丈许长戈，分别从左右两翼居高抡下戈援。即或燕人动作轻捷，能在战车冲来之际闪到一旁，也仍是便要被弩矢射穿身子，或是被两侧同时伸出的戈援啄碎头颅啄穿喉咙；还有装在两端车轴上那一根根矛头般粗壮锋利的铜刃，更是令人望而生畏的利器，战车风驰电掣之际，足可将躲闪不及的士卒拦腰割为两段！

这百余辆战车轻而易举便撕开了燕军防线，而后面黑压压一片的秦军步卒已散成了一个巨大扇形，跟在战车之后平举着三丈长矛山呼海啸般向惊慌失措的燕军缓缓逼近，步伐虽慢却是山岳般万难撼动，面对着如此无坚不摧的阵法，燕军纵有万丈雄心也难以抵挡，只得乱糟糟地退却，却给秦军以掩杀的极大便利，眼看着便要彻底击溃燕军，直取白衣马队中的太子丹！

“莫慌！却月阵——！”生死关头，秦舞阳心念电闪大喊道，这声大叫也暂时挽救了燕军。听到错落有致的鼓声从身后传来，他们猛然醒悟，冒着秦人战车马上冲来的危险，将丢弃的兵刃铠甲头盔甚至人马尸体迅速垒在面前，又急忙重新组合队列，尚有战力者纷纷上前竖起盾牌，战力弱者则匆匆后撤抄起弓箭，如此背水结成了一个半弧形战阵，两端抱水，以岸为月弦，俯瞰过去果然如一弧弯月般。

身为将门之后，秦舞阳对这传承自春秋时期的古老车战知晓一二；而他身边这支白衣马队也同样熟悉车战和抵御车战之法——这却月阵是据守水岸时的特殊阵法，本该以步车骑混编，配以船只乃至拒马蒺藜等防御器械，然目下燕军因陋就简，却也有了大致模样，总算暂时稳住了阵脚。

“却月阵……”望着易水岸边燕军摆出的阵势，王翦目光中隐隐掠过一丝赞许，却并不如何放在心上。这一阵形与专用于防守的圆阵一样，只能固守一时，既无法反攻也不能撤退，仅仅推迟了燕军的全军覆没而已。

正是因此，他的目光轻描淡写地扫过却月阵，却久久盯住北岸，那才是真正令他担心的战场——司马尚代军仍在那里与李信飞骑厮杀，红黑两军纠缠在一起，云车上望去分外刺目。代军显然已显颓势，不时有小股兵马开始溃逃，可李信飞骑终究兵力有限，全力拼杀之余已无力拦阻，只能眼看着败军向东向北脱离战场。

“上将军！李信部请求增兵！”军吏飞身冲上云车大喊。

“……”王翦将目光投向北方莽莽苍苍的山麓，仍没看到王贲兵马的半点儿影子，顿时面色阴沉地高叫一声：“马兴！”

一阵急促的脚步声，护军都尉马兴气喘吁吁登上了云车。

王翦遥指向北岸战场：“三万后备军全出，锐士千人队为前锋，直取武阳城、燕南长城，截断联军退路！”

“上将军，铁鹰锐士是你卫队……”

“战事为先！”王翦厉声喝道，“王贲竖子不知何在，只能这般！”说罢又扭头望向军吏，“双兔旗，应旗！”

“诺！”马兴不无勉强地应了一声，刚要下云车，突然听到正北方向传来了号角声，于是急忙和上将军同时扒住云车栏杆望去，又齐齐长吁了一声——

王贲的大军，终于赶到了。

5

易水之北的原野上，衣甲漆黑的秦军飞骑直如潮水般接天涌动而来。

伫立在飞驰戎车上的王贲奋力击着鼓，又不时焦灼地扭头望着越来越近的易水，大滴大滴的汗珠从额头渗出，与脸颊上的血污混在一起，却始终顾不上抬手擦一下，只觉心急如焚。他没想到一样突如其来的意外，险些打乱了自己原本滴水不漏的谋划。

数日前，他领三万步车骑混编秦军伪装成十万大军，浩浩荡荡开向西北方，更派出百余名乔装斥候深入代地，大肆散布秦军要北上灭代的流言。及至接近涞水上游时，这支秦军不意擒获了一名代军斥候，得知这个消息的王贲大喜过望，叫来俘虏后轻描淡写地勘问了几句代城城防，便命左右给他松绑，还很是豪气地对俘虏说：我却也不为难你，你只回去转告你家将军，就说待我秦人俘获赵嘉，王贲在代城等他来送死！放走斥候后，王贲便命全军分头隐藏在涞水流域几处隐秘山谷中，一边封锁住各道谷口，一边不断打探联军动向，与父亲的中军交换军情。及至两军将要开战、接到父亲送来要求出兵的五寸阴符时，他便领军隐秘出动，准备依原定计划直取武阳城与燕南长城。却不料全军刚出动不过二十里，预先派出的斥候便火急火燎地飞速回报，距此西南三十里外，突然发现一支燕军，正是燕王喜亲率的五万辽东猎军！

这一变故大大出人意料，全军顿时一片哗然。谁也没想到多日来始终毫无消息的辽东猎军如何突然出现于此；更没想到居然还是燕王亲领！王贲虽心里惊愕不下将士们，却也在心念电闪间当机立断——立即突袭辽东猎军，一举擒获燕王！听到这一将令，几名都尉面面相觑：我军只有三万，燕军却有五万，打得过么？若耽搁了主战场战事，如何是好？王贲却厉声道：无论主战场如何，我等都须先越过面前燕军！

“……我无备，敌亦无备，狭路相逢勇者胜，忘了阏与之战么？若无风险不叫打仗，目下只能拼死一赌！”

王贲这般连声吼着，说罢挥手下令吹起号角，不等其他将尉多说，已跳上戎车击起战鼓，下令全军以锥形阵抢攻！

将士们原本还心下踌躇，眼见主将这等胆略都大是振奋，索性不去多想战事如何，纷纷策动着战马排成冲锋队列，汇成一枚枚粗大的黑色箭镞，呐喊着猛冲向燕军侧翼。这拼死一赌果然奏效，秦军突然在眼前出现，全无防备的辽东猎军顿时乱了手脚。本来他们若稳扎稳打固守营垒，王贲断无可能得手，然而面对着神兵天降般的秦军铁骑，燕王喜彻底被吓昏了头，他早听说王贲秦军足足十万，自己这五万燕军如何是对手？不假思索便下令全军东撤，准备退守武阳城。秦军将士眼见燕军一触即溃，自然士气格外高涨，不必王贲催促便死死咬住燕军，居然愈战愈勇。

大半日追逐下来，辽东猎军或被歼或被俘或投降或溃逃，及至将要赶至易水之际，五万人马只剩不到三万了。燕王喜本以为逃至易水便可与儿子会合，不想尚未赶到便见到了小股溃散的代军，一问才知燕代联军正在危急，忙乱之下只得又下令猎军掉头向北，准备向涿县撤退。王贲本想继续追击，可一则斥候报说李信部战事吃紧，已有代军开始逃散；二来燕国真正柱石人物是太子丹，只要将他拿下，老迈昏聩的燕王喜便不足为惧，是故终是放弃了追击，挥师直取易水代军而来……

代军仍然处在重重包围之中。

尽管几次拼死冲锋，代军却始终未能杀出一条血路，面对着李信那来去无定的飞骑，司马尚只能望洋兴叹。恰在此时，身边护卫骑士一片惊讶叫声，司马尚一眼望去也吃了一惊：太子丹竟在数十名白衣剑士的护卫下，湿淋淋地爬上了岸！当下未及多想，只向骑士们吼了句收缩阵形，便匆匆向太子丹赶去。不料尚未赶到近前，那些满身血污泥泞或坐或卧大口喘息着的剑士们便纷纷跳起来拔出兵刃，随之而来的怒吼声也从四面八方响起。

“司马尚，你还敢来！燕军全军覆没，代军何不渡水支援?”太子丹遥指着易水对岸愤愤骂着。

“赵人背信，弃我燕军!”白衣剑士们也一同骂道。

司马尚一愣，向着对岸望去，果然见秦军战车彻底冲垮了却月阵，心下也隐隐一阵愧疚，口上却不愿承认：“运筹谋划当从战局着眼，太子竟不知这铁则么? 太子且说，李信攻来时我停止渡水力求突围，有错么? 换作太子，可肯放弃生机，回救我军?”

“势利小人!”太子丹戟指司马尚，手还在微微颤抖着，“我若是你，宁与友军一道战死，绝不逃生!”

“罢，目下战况危急多言无益，太子先退，我来断后！若有幸逃命，司马尚再向太子请罪!”司马尚恨恨撂下一句，再不理会太子丹，径自飞身上马，重又投入了战阵。

“……”太子丹愣住了。

正在此时，沉闷的战鼓凄厉的号角一同自北方响起，王贲部在蹉跎许久之后，终于赶到了战场。

“鼓足!”眼见战事正炽，王贲奋然一声大吼，将令旗一把丢给军令司马，径自从戎车上飞身跃起，稳稳落在自己那正在狂奔的坐骑鞍上，一把抽出了长剑。战鼓轰鸣的同时，戎车上也是鸟旗翻飞，秦军飞骑随之转换阵形穿插扯动，瞬间便由飞驰的散列化作一枚粗大箭镞，直插残余代军而来。

“如何还有秦军?”如同一盆冷水兜头浇下，太子丹不知所措了。

“我等随代军断后，太子快跑!”秦舞阳大叫，“夏抚宋意，你等掩护太子，其余人等随我加入代军!”说罢一挥剑，白衣剑士们也同时拔剑，一片齐整的应和声。

“舞阳……”

——“舞阳不会再负太子重托!”

望着秦舞阳的背影，太子丹唏嘘不已。秦舞阳只回瞥了一眼，然而他却牢牢记住了那短短一瞥中的羞愧自责，还有视死如归的坚定。他知道，秦舞阳这次定是要说到做到了。

“太子，这里有代军衣甲!”夏抚指着易水畔几具尸体道。

“好，你我换上!”太子丹忙不迭地点头，匆忙向那几具尸体奔去。

“来得好，省得我再追了!”眼见那队白衣剑士向自己冲来，王贲嘴角浮起一丝狞厉冷笑，胯下一紧又左手一挥，四名精锐骑士齐齐上前，与他一同冲到了战阵顶端，五骑结成一个缩微的锥形，直扑那些白衣剑士。

“我大燕，乃召公血脉!”望着越来越近的秦军骑兵，秦舞阳挥剑大喊。

“召公血脉!”白衣剑士们一同大喊，人人慷慨激昂，热血沸腾。

“我大燕，有祖上阴德庇佑!”秦军已经杀至近前了，秦舞阳分明可以望见他们黑色铠甲上反射的寒光。

“阴德庇佑!”白衣剑士们又是一同大喊，所有人的斗志都已燃烧至顶点。

“我大燕……”

秦舞阳只喊出了前三个字，后半句已经凝固在了他的喉咙中。

王贲一马当先，迎头一剑砍下，将他连剑带人整个儿劈成了两半。

血肉飞溅中，王贲放缓战马，一把甩掉剑上血珠，扭头望着身后白衣剑士们瞬间被黑色洪流吞没，脸上全然一片蔑视——

祖上顶个屁!

一个时辰后，战事毫无悬念地结束了。

易水被整个儿染成了血红，岸边水中到处是尸体残肢，站在鲜血汇成的涓涓细流中，王贲从尸堆中认出了司马尚那一脸不甘的面孔，此时麾下负责清点战果的军侯匆匆带来了一好一坏两封战报：三万代军几乎全歼，只逃脱了千余人；然则那些死去的白衣剑士中，找不到太子丹尸首。听到这个消息，王贲的心又沉了下去，只得垂头丧气地来到父亲面前，勉强说了句“末将领罪”，心下分外憋闷。

“李信围堵代军时，你因何延宕?”王翦从牙缝里挤出这句，勉强压抑着怒火，身子却不由自主颤抖着。

“遇上了辽东猎军。燕王喜亲率，共计五万。我等将他击溃，却走了燕王。”王贲没有抬头，声音也很低。

“辽东猎军?”王翦一愣，语气中添了一丝难以置信，“你三万兵马，击溃了五万精锐燕军?”

“斩首数不明，然燕军至少伤亡两万；我军折损四千。”

“……”王翦沉默了。这辽东猎军本是名将秦开平定东胡时留下的燕国精锐，乐毅伐齐时更是主力中坚，齐国光复、燕军溃败后重又退守辽东，此后便淡出了列国的视野。但王翦知晓，辽东猎军的战力决然不差，它的士卒大半来自北貉朝鲜东胡等异族，极耐严寒最擅冬战，只怕进攻辽东之际，这支卒伍将给秦军带来不小麻烦。可谁能料到，它竟鬼使神差出现在了这易水之畔，王贲竟将它一战重创，还险些擒获燕王喜！想到这里大觉不可思议，反复向王贲询问那一战诸多细节，听儿子讲完后沉默了半晌，语气这才和缓了下来：“未能及时赶到，确乎事出有因，既如此，非你之过。”

听到这里，王贲惊疑地抬起了头，没想到父亲破天荒地没有指责自己。

“只是此战，仍太过冒险!”王翦又硬邦邦撂下一句，自顾自地转身走掉了，留下了一脸愕然的王贲。

6

十余日后。

寒冬中的蓟城分外萧瑟。无精打采的伤兵们或坐或卧，七零八落地散在林木溪流间，竭力裹紧身上并不算厚的毡毯，勉强抵御着严寒。望着这些残兵败将们，太子丹攥紧了手中用来支撑身体的木杖。

目下的燕国只余他一根独木了。荆轲死了，秦舞阳死了，司马尚死了，自己的父王虽安然逃了回来，却也被王贲那次偷袭吓得大病一场，至今仍在卧床。

想起父王，太子丹只觉无可奈何。探望时他问父王，为何等了这久都不将猎军派来?父王卧在床上哼哼唧唧道，自己一直筹备冬狩大典为我燕军壮行，如此大礼非半月不能成行，自然耽搁了；太子丹又问为何隐藏行踪秘密南下?父王继续哼唧道，闻听秦军灭代，自己想王贲急切间无法得手，自己可悄悄尾随，在他身后做一只黄雀；太子丹再问我等大战之际，父王也该知晓，何不来援?父王沮丧地嘟囔着：你忘了么?那一日乃朔月二十九。见太子丹不明所以，不由得大皱其眉：每月二十九都是晦日，向为用兵所忌，此乃春秋古礼，本王如何料到秦人竟不敬天地，违时而动？太子丹听罢哑口无言，只得长叹一声，默默出了父王的小寝……

太子丹不愿多想了，拄着木杖向苑囿走去。

苑囿中不时有一两声哭泣呻吟响起，但大部分人仍颇为平静，缺吃少穿的燕军士卒并未太受败战影响。看待败战，燕人始终带着一种平和甚至自豪——总归我已尽力，又没丢燕国颜面，败则败了，下回小心便是。还是那句话，不管战力多差，燕军的斗志总是高昂的。

“太子！太子来了！”不知谁突然喊道，静悄悄的苑囿陡然热闹了起来，伤兵们纷纷从地上爬起，步履蹒跚地彳亍着，尽可能快地排好齐整的队列，迎接他们的统帅。

望着这些衣衫褴褛的士卒仍在竭力保持军容的整肃，太子丹叹了口气，重重一顿手中的木杖：“弟兄们，都是好样的。我等打出了燕国威风，打出了燕军士气；此番固然败了，却是虽败犹荣！那些死去的同袍，都是轰轰烈烈战死的，人人都是荆卿、舞阳一般的烈士，燕国绝不忘记他们！”

“绝不忘记！……”士卒们虽不少都摇摇晃晃，却还是努力挺直了身子大喊道。

“虎狼秦国侵我国土、杀我子民，又想灭我社稷，我等绝不允许！”

“绝不允许！……”士卒们更是亢奋。

“我大燕乃召公之后、天子血脉，立国八百年，断无灭亡之理，我等仍将继续抗秦，绝不放弃！”

“绝不放弃！……”

……

“太子……”正当士卒们慷慨大喊死战到底时，匆匆赶来的鞠武一扯太子丹衣袖，将他拉到了一旁。

“何事？”太子丹正在亢奋之时，喘着粗气问道。

鞠武满面愁容：“太子，老臣刚得军报，秦军已向督亢进发，怕是要取蓟城了……”

“让他来！我等与他玉石俱焚！”太子丹激动得满脸通红。

“老臣正想为此事劝太子。”鞠武语重心长道，“目下恰好隆冬，秦军北上必定艰难，我燕人却是久居苦寒之地，最耐严寒。老臣愚见，不如放弃蓟城，东逃辽东，秦军必难追赶！”

“太傅之意，想叫我弃都而逃？”太子丹陡然一脸怒气。

“老臣也不想这般，然欲存我社稷，只能……”

“太傅莫再说了！”太子丹怒道，“若将都城留给秦人，不战而逃，我大燕颜面何存?”

“太子，皮之不存，毛将焉附?”鞠武仍是苦口婆心地劝道，“若我等与蓟城一道落入秦人之手，燕国岂不照样灭亡? 辽东虽是蛮夷之地又天寒地冻，然毕竟粮草还算丰厚，总能再撑个一年半载；实在不行，我等还可逃至朝鲜，传言朝鲜人极善吃苦，不用吃饭也能打仗，我等再招三五万猎军当不在话下……唉，太子、太子！如何走了？……”

鞠武抬头望去，太子只留给他一个拄着木杖、一瘸一拐的高傲背影。

一口拒绝了太傅的提议后，太子丹下定决心要与蓟城共存亡，于是又将自己的打算禀报父王，燕王喜这几日病情已有好转，重又活泛了起来，根本没听具体谋划便一口应承，啪啪拍着王案，又将我大燕乃召公之后八百年老诸侯有祖上阴德庇佑这一席话倒背如流了一番，竟是比儿子还要亢奋。讲了小半个时辰，他口渴难耐，举起铜爵大灌了一通燕酒。太子丹感动得热泪盈眶，忙趁父王这难得闭口的短短一瞬插嘴道，既如此，敢请父王准儿臣随意调派粮草用作抗秦，何如?

那却不行，燕王喜一本正经道，蓟城粮草本就不多，先须够王族用度，才可用作抗秦。太子丹一脸惶急：可士卒缺吃少穿，还有人饿毙，岂不更需粮草?燕王喜大不以为然：无妨无妨，再过月余便可回暖，那时再种稷麦便可。父王怎可不顾士卒死活? 太子丹焦急万分。本王先要管王族死活！燕王喜也有些恼了，我姬姓王族乃抗秦旗帜，饿了我等还抗个甚秦！然则士卒挨饿却如何是好?此事好说，你且告诉他们，我燕军有祖上阴德庇佑……

“子迂阔不足与谋!”说到最后，燕王喜又把王案拍得啪啪响，绷着脸道，“本王许你抗秦，然粮草之事休要再提!”

“……”太子丹无话可说了。

兴许真是有祖上阴德庇佑，秦军占领了督亢之后，整整一个冬天，竟没再北上一步。

斥候们不断穿梭在燕南督亢与蓟城之间，终于打探出了一个惊人消息：韩国悬刀已与魏、楚、齐三国秘密联结，欲在今年举事复国，秦国上将军王翦欲派儿子王贲领军南下，准备平叛！太子丹开始还以为这是秦军流言战，想以此麻痹燕国，但后来记起司马尚所言，这才将信将疑。如此提心吊胆地挨过了整整大半年，秦军竟始终没有北上的任何迹象，蓟城的将士们早松懈了下来，太子丹心底也渐渐重又燃起了希望：兴许燕国真是天命攸归，不然何以解释如今形势？目下已是仲秋，再熬过一两个月便要入冬，秦军断然不会冒着严寒北上，如此一来我大燕又可多扛过一年……

谁也没料到，正当所有人都以为这一年会平安无事过去时，秦军重又攻来的消息却遥遥传来。

接到斥候的军报，太子丹心头一颤，突然想起当年秦军灭韩灭赵的经历：同样是漫长的对峙，同样是对手松懈之后闪电般出兵，只需一击，对手便被彻底击垮，再也爬不起来！

眼下蓟城早松懈多日，突遇劲敌，还挡得住么？

这般想着，太子丹忙去觐见父王，不料刚进寝宫便见眼前一片混乱。内侍使女们进进出出，正在把一件又一件礼器搬上一辆辆大车——煮饭蒸饭盛饭的甗、簋、簠、盨，温酒盛酒饮酒的斝、卣、盉、瓿、觚、觯，更不用提钟铙之类的乐器，钺戟之类的仪仗兵器……不少礼器都蒙着厚厚尘土，生了大片青绿色锈迹，太子丹自记事起，还从未见过这多礼器堆在自己面前，不由得黑着脸问老内侍这是做甚？老内侍惊讶地睁大了眼睛：太子不知么？陛下已准备撤向辽东了啊！太子丹心头顿时一惊——父王如此重大决定，竟不先与自己这个秉政太子商量！顾不上再搭理老内侍，三步并作两步冲向内室。

“父王，当真要逃向辽东么？”太子丹边跑边急切叫道。

“甚话！”燕王喜正在把玩着一件礼器，听到他的话，忙抬起头皱眉嘟囔道，“哪里是逃，是迁都！本王欲效平王迁都洛阳，也将燕都迁至辽东襄平，中兴我大燕！子速速回去收拾，我等明日动身！”

“然则，抗秦……”太子丹竟觉得父王已然不可理喻了。

“抗个甚秦，迁都要紧！”

“……”太子丹张口结舌，好一会儿才憋出一句话：“既如此，敢请父王先走，儿臣断后！”

燕王喜抚摩着礼器的手停了下来，思忖片刻后点点头：“也好，给你留三千步卒、五百飞骑，秦人若来，虚应一番故事，速与本王会合！”

“我与他虚应故事，只怕他要与我扎实开战……”太子丹心里这般想着，却终究没有开口。

这时，燕王喜的声音打断了他的思绪：“我儿，来来，过来过来！”抬头望去，他正见父王颇神秘地向自己招着手。

“父王莫不是有抗秦密谋？”太子丹心下隐隐泛起一阵绝处逢生的欣喜，看看宫中无人，忙凑了过去，也压低了声音："父王，儿臣听着呢!"

"你看这罍做工如何?"燕王喜面有得色，"这是仿燕侯克那件铸成，你看这弇口，这兽首耳，这兽头鼻，还有这圆涡纹、凹弦纹，啧啧，仿得真像!"

太子丹脸色苍白地直起了身子。

"还有这铭文!"燕王喜毫不在意儿子是否认真听，只一味自言自语，"那，'王曰：太保，隹乃明乃心，享于乃辟。余大对乃享，令克侯于匽……'这铭文说的是，周成王云：召公，你以盟誓清酒来供奉本王，本王甚是快慰，现命你长子克做燕地君侯。这铭文便是我大燕立国之明证……"

太子丹没有理会父王的喋喋不休，径自走了。出来时他看见内侍们还在起劲儿地搬运着礼器，其中一只很特别的鼎引起了他的注意，这只鼎有着铜制鼎身和铁制鼎足，鼎身上又镌刻着密密麻麻的悬针篆。

"太子，这是仿中山王鼎铸的啊!"老内侍看他疑惑地盯住那鼎，呵呵笑道，"那是最有名的铁足铜鼎，当年燕王哙禅让闹得国中大乱，中山国也随齐国趁火打劫，这铭文讲的便是禅让之事……"

太子丹扫了一眼，果然看到这么一段：

"……昔者燕君子哙睿恰夫寤，长为人主，贪于天下之物矣，犹迷惑于子之，而亡其邦，为天下戮，而皇在于竖子君乎? ……"

"燕君子哙……贪于天下之物矣……而亡其邦，为天下戮……"太子丹喃喃地念着，一股恨意忽然从心底涌起，当即抬脚猛踢了一下鼎身。

铁足铜鼎发出了沉闷的声响，一股剧痛也从右脚传来，老内侍惊惶的目光中，太子丹闭上眼睛，眼角泛起了泪水：

"而亡其邦，为天下戮……"

7

太子丹也终于逃向辽东了。

父王浩浩荡荡的车队开出蓟城时，他本想尽发国人死守于此，待秦人来了轰轰烈烈大战一场，最后一把火烧掉整座城。然而鞠武劝他，烧掉蓟城岂不招国人怨恨，大失民心? 纵然轰轰烈烈战死，太子泉下又有何颜面见姬姓先祖? 太子丹愤愤道，燕人忠义，理当与我一同死战! 鞠武摇头叹道，时势异也，大半年间秦人将督亢治理得井井有条，就连蓟城中都多有南下逃亡者，民心显不在此，太子又何必恋战？太子丹一声长叹，无话可说了。

虽是胸中斗志尽数化作了凄凉惆怅，太子丹还是勉强打起精神，带着父亲划拨给自己的五百飞骑，连同鞠武、夏抚、宋意等百余名亲信门客，在一个伸手不见五指的黑夜悄无声息出了蓟城东门，踏上了逃亡之路；而三日之后，他们正好渡过蓟城东面的灌水时，蓟城毫发无损地落入了秦军之手。

“燕王喜、太子丹都已逃向辽东?”听到这个消息，王翦轻叩着奏案，若有所思。

燕王喜犹在其次，燕国抗秦轴心却是太子丹，若任由他逃至辽东，后患无穷；可棘手的是，目下行将入冬，大军风雪中追击甚为不利，况乎当务之急乃安定燕地，尽快使蓟城民众化入秦国。如是观之，大军追击自然不可；然就此放过太子丹，仍然不可，却是如何是好……

“上将军，李信请领军追击，生擒太子丹!”李信昂然叫道，“三千骑士、六千战马，一人两骑轮换骑乘，半月冷炊军粮，足矣！入冬前必能归来!”

“将军壮勇可嘉，却是太过冒险。”

“并非末将有意托大，乃是要摧毁燕人战心！况且末将早有现成谋划，这便讲与上将军……”

“……此法如何?”李信讲完自己的打算后，兴奋得脸都微微有些红了。

王翦沉思有间，终是笑了：“既如此，便准将军所请。然则，将军仍须稳妥行事!”

“诺!”

“这才应了上将军之言，我等想何时擒他，便何时擒他!”一旁辛胜高声道，众将一同哄堂大笑。

秋风一日凉似一日了。

听着耳畔的滔滔水声，太子丹轻倚在身后的树上，看到脚下这座小小的孤岛在宽阔衍水中直如一块礁石般毫不起眼儿，于是无比惆怅地叹息起来。如同当年被他收留的樊於期一样，他自己也尝到了隐姓埋名与世隔绝的滋味，这些天来，他已成了囚徒。

自己的囚徒。

逃亡的路途实在艰苦，太子丹担心秦军随时追上来，一路连连催促骑士们加快脚程。翻过医巫闾山、进入辽东境内时，秦将李信领兵出发追击的消息遥遥传来。太子丹不敢懈怠，继续快马加鞭，每隔一两日才歇息两三个时辰，一路不断丢下疲惫不堪、再也走不动的骑士与马匹。待到半个月后来到流经襄平的衍水之畔时，他身边只剩了夏抚、宋意等三十余人，连人带马无一不是骨瘦如柴。

看到近在咫尺的襄平城垣，他们无不号啕大哭，千里迢迢逃亡了近一个月，吃尽了苦头，终是能喘口气了。依太子丹之意，本想直接入城去见父王，然而夏抚却颇有心，劝他稍等两日，自己先去打探一下虚实，太子丹大不以为然，想了想却还是答应了。两日之后，夏抚一脸沮丧地带着燕王喜的亲笔书信回来了，信上说，秦军深恨我儿，若知你已逃至襄平，必定大举进兵！目下我儿当自寻藏身之处，本王为你严守机密，保你性命！切莫入城，切记切记！

绢帛从手中缓缓滑落，虽然还只是深秋，太子丹心中却分明是隆冬了。

就这样，他艰难压下了硬闯入襄平去与父王强辩的冲动，带着一行人乘着几只小船，来到了衍水中的这座小岛上藏身，好在身边还有些财货，于是夏抚宋意每隔几日便划着小船去到衍水对岸，买些吃食再顺道打探些消息。经过这些日子的休整，太子丹终于恢复了些元气，可心底却没有半点儿轻松。

夏抚宋意带回的消息，实在让人放心不下——秦军占了蓟城后，王翦遣使向代王嘉送去战书，硬说太子丹藏在代城，逼他交出来。代王嘉反复申辩，使者根本不听，扬言道目下虽行将入冬，上将军仍将强攻代城，说罢拂袖而去了。代王嘉大为惊慌，急忙给燕王喜写了封书信，派快马特使昼夜兼程送至襄平；燕王喜收到信后，同样急命吏员在白帛上誊了十余份，悬在襄平城各城门前，显然也是有意让躲在衍水中的太子丹知道。

望着滔滔衍水，太子丹回想起了那封书信的内容：

“……秦所以追燕急者，以太子丹故也。今王若杀丹献于秦王，秦军必解，而社稷幸得血食。……”

而社稷幸得血食。

太子丹苦笑了一下，这话当真说中了父王的心思，直到目下他才明白，原来自己从未真正了解过父王。父王的确迂阔，整日不理朝政，把玩着那一大堆仿造的礼器，整日沉浸在那早已消逝的春秋大梦里，然而无论如何迂阔，只要能保住王位，父王仍甚事都能做出，哪怕是牺牲掉自己这个亲生儿子。他满口的召公德政，满口的血统尊严荣耀，实则心底并不把这当回事，相形之下，反倒是自己死心塌地信奉着父王口中的那一切，死心塌地地试图捍卫姬姓王族的尊严……原来真正迂阔的不是父王，却是自己。

身后传来了门客们的轻轻歌声：

采薇采薇，薇亦作止。
曰归曰归，岁亦莫止。
靡室靡家，猃狁之故。
不遑启居，猃狁之故。
……

太子丹望向衍水的目光中，多了一丝迷茫。这《采薇》讲的是戍卒在雨雪中采着薇菜思念家乡的情形，眼前的薇菜从破土发芽一直长到茎叶老硬，自己却日复一日地在这里戍边，始终无法返乡。他对这歌无比熟悉，当年在赵在秦为质时，他日夜盼望着归燕，于是这首满怀思乡之情的歌谣自然成了心中寄托，而今它重又回荡在耳畔，自然令他感慨非常。

讽刺的是，与心中的思乡之情恰成对照，他这些年却是不断地逃、逃、逃——好不容易从秦国逃回燕国，又从易水败战逃回蓟城，再逃向辽东，逃到襄平，最后逃到这衍水中的孤岛上，南辕北辙地离燕国越来越远……

另一首歌又从心底翻涌起来，这另一首也叫《采薇》，只是并非来自《诗经》，而是来自那大名鼎鼎的伯夷、叔齐兄弟，太子丹逃亡之时曾路过辽西郡，那里刚好是他们的故国——孤竹国的旧土。这另一首《采薇》是这样唱的：

登彼西山兮，采其薇矣。
以暴易暴兮，不知其非矣。
神农虞夏忽焉没兮，我安适归矣？
于嗟徂兮，命之衰矣！

太子丹默默想着伯夷叔齐，想着他们反对武王伐纣未果，又在殷商灭亡后不肯食周粟，躲进首阳山采薇为食，最后甘愿饿死的故事。这故事他很早就知道，还是太傅鞠武讲给他的，也始终为这两位隐者的气节感喟不已，然而目下想起来，他分明又迷惘了——他们无力抗争武王伐纣，无从扭转天意，最后只能选择把自己饿死，究竟有用么？他们反对以周代殷，根本不肯直面天下大势的改变，究竟对么？他们的死节本身固然感人，然而为那恶贯满盈的殷纣死节，究竟值得么？

同样的道理，自己为了姬燕王族而与那强秦抗衡，究竟有用么？对么？值得么？

耳畔仍是《采薇》的歌声：

昔我往矣，杨柳依依。
今我来思，雨雪霏霏。

行道迟迟，载渴载饥。

我心伤悲，莫知我哀！

——自己，还能回去么?

——自己的父王，还让自己回去么?

——自己拼死也要守护的那些东西，究竟值不值得守护?

细小的雨丝，从阴霾的苍穹中渐渐飘落了。

“太子，太子!”宋意慌不择路地急忙赶来，“十余艘小艇正向岛上驶来，艇上都是甲士！我等拼死拦住他们，太子快跑啊！再不跑就来不及了!”

太子丹闭上了眼睛，木然地一动不动，清清楚楚地听到了心底什么东西破碎的声音。许久才睁开眼睛，无比平静地淡漠一句：“不必了，你前边带路，引我去见他们。”

在小岛的岸边，他见到了久违的老师鞠武。老太傅双手递上燕王王命，望着自己的弟子泣不成声；太子丹却将王命轻轻推开，径自走到甲士面前，主动伸出双臂，任甲士七手八脚将自己捆得结结实实。

“太子莫忧，我等回襄平后，老臣必定替你劝燕王，若不能成，老臣陪你一同上路……”鞠武老泪纵横，断续抽噎道。

太子丹却木然摇头，两行清泪从脸颊悄然滑落：“不必了，父王要我死，我死便是。太傅，我幼时就听你讲过召公德政，讲过我姬姓王族八百年荣光，自幼我便立下誓言，终自己一生也要守护燕国尊严，哪怕是为质那些最艰难日子里也矢志不渝。然则，而今我方知自己受了骗；而今我方知，燕国尊严已不需我守护，我也再没什么可守护的了……”

顿了一顿，他的嘴角浮现出一丝自嘲的冷笑：“罢，而今我终可回去见父王了……”

十余只小艇悠悠荡入了衍水，飘零的雨丝中，隐隐回荡着太子丹的歌声：

“……神农虞夏忽焉没兮，我安适归矣?

“于嗟徂兮，命之衰矣！……”

——父王，儿臣回来了。

第九章 假面

1

太子丹的首级被带回了蓟城。

中军幕府里，众将重又见到了李信，尽管因连日奔袭而颇显憔悴，但那满脸的神采飞扬却是任何倦容都无法掩饰的。李信将自己如何迅雷不及掩耳地杀至辽东，又如何屯兵襄平城外的首山，如何将战书射入城中勒令燕王喜斩杀太子丹，燕王又如何忙不迭地将太子丹首级送入营中的经过尽数讲了一遍。大将们听得一片扬眉吐气，不时爆发出阵阵喝彩，听到太子丹之死也都不禁叹息，均觉此人若能生于秦国必是王族英才，却埋没在了腐朽燕国，终究可惜。

“李信之见，燕代已名存实亡不足为虑，然若想清剿却也须时日，我等可暂不理会，先灭齐魏楚三国！”讲罢此次奔袭战，李信最后意气风发道。

王翦点点头：“老夫也有此意。此前已遣王贲南下，一则镇抚韩地，二则为灭三国预做绸缪。”

“王贲如何了？”李信虽大体知晓王贲南下之事，然具体内情却不甚了了。

王翦深深皱眉：“王贲……老夫也不知他如何……”说罢一声长叹，没再吭声。

对自己的儿子，王翦的确放心不下，此番他派出王贲，原本只欲儿子协助蒙武镇抚韩地，王贲当时也满口答应，却不料真正南下后，竖子却突然决定先行攻楚！刚听骑传侯带来消息，王翦大吃一惊，反复询问之下才明白儿子用意，又得知此举已得到庙堂赞同，这才没有坚执反对，可若说就此不闻不问，王翦是无论如何也做不到的。

王贲的南下，还得从秦军灭燕时讲起。

易水大破燕代联军、攻占督亢之后，王翦考虑到目下正是隆冬时节，燕地天寒地冻，大军北进艰难，是故并未乘胜追击继续北上，而是以武阳城为根基，在督亢一带驻扎了下来，准备来春再说。王翦将自己的打算报给咸阳庙堂，很快便得到了秦王的赞同，只是特使蒙毅还带来了国尉尉缭的密报，令王翦惊讶不已。

这份密报是关于已经灭亡的韩国的。灭韩之后，韩王安被迁至关中，众多王室贵胄则被留在旧韩地，除定期监视外，秦国并未对其有太多限制，算得上宽大为怀，不料反倒纵容了韩人。早在秦军灭燕前后，悬刀便开始了一系列举动：先是悬刀骨干之一的田光为太子丹谋划了刺秦之事；秦军大举攻燕时，悬刀又潜回新郑，暗地里与韩国世族勾结，图谋起兵复国！而目下的中原地区主要驻扎着蒙武的关外大军，老军居多，战力有限；还须防备楚魏齐三国，只能分散驻扎，若果有叛乱，只怕力不能逮，是故秦王决意调主力大军回撤支援。蒙毅最后说，国尉目下已领黑冰台赶赴关外军中，可为援手；主力大军何人为将、几多兵马南下，上将军可自行定夺。送走蒙毅之后，王翦沉思着枯坐许久，终是命军吏将王贲又叫了过来。

望着父亲面沉似水的面孔，王贲外表平静内心却颇有些忐忑，灭燕战事不利，走脱了太子丹，父亲却并未像邯郸那次痛斥自己，不能不说大为反常，此番叫自己又为何事?

“旧韩地将有叛乱，我欲派你南下襄助蒙武，你做何想?”王翦开门见山。

“去便是。”王贲语气虽平淡，却毫不犹豫答道。

王翦瞪了儿子一眼：“答得倒快，想清了么? 可知为何命你去?”

“知晓。一则，平乱要害不在战场而在秘事，我本斥候营出身，最为适合；二则，我与蒙武老叔相熟，前去襄助更默契；三则，衡平军功之需，若遣辛胜李信打这等小仗，他们必不乐意，我南下却无妨。”

王翦皱起了眉：“竖子心眼儿倒不少。然最大缘由你未说出：当年嫪毐事发时你曾在军中，有平乱经历。”

王贲一怔，点了点头。

"韩乱战事固小，然牵扯关联甚广，一则关乎灭剩余三国，二则关乎能否安然化六国旧地为秦国本土。毕竟，今日韩人作乱，明日赵燕世族便也可能作乱，处置不当将后患无穷！听明白了?"

"明白，决平韩乱!"

"兵马要几多?"

"骑五千，车三千，轻装步卒两万，共计四万人马!"

"休得轻敌！四万人哪够?"

"蒙武老叔尚有六万兵马，四万南下足矣。"

"非是老夫小看你，你自家算算，灭国这些年，你出过多少纰漏!"王翦黑着脸扳着手指头，"使韩之时，你去招惹悬刀；驻守邯郸之际，你去刺杀郭开；前日攻燕代联军，你又迟到战场。你说说，放你南下，老夫能放心么?"

"上将军对我苛责过甚，我也屡立战功!"王贲梗着脖子不服气道。

"功是功，过是过！屡立战功有甚稀奇？不立功叫甚打仗？老夫正告你，你便回回都打胜仗，但有一次失策，便是覆军杀将丧师辱国！到时世人记住的是你这次兵败，不是那无数战功！若真如此，老夫必依军法斩你，你且休向老夫讨饶哭求!"

"若犯军法，我也不讨饶哭求!"王贲黑着脸顶了一句。

"老夫给你七万兵马。"王翦语气缓和了些，"然你与蒙武必得彻底平定韩地，不然灭魏灭楚后患无穷，明白否?"

"四万人足够！燕地未定，不当分兵过甚！不能平乱，甘当军法!"王贲仍是面无表情硬邦邦道。

"……"王翦咬了咬牙，眼见儿子嘴硬如此，终是恨恨一点头："罢！你既吹出牛皮，老夫便看你如何破!"

就这样，王贲率领着四万兵马南下了。

自武阳城一路向南，这支队伍先后过灵寿、邯郸、安阳，日夜兼程来到关外大营的中军幕府所在地——陈城，这里本是楚国故都，目下已落入秦国之手，正位于如今的秦楚边界，城南几十里外便是楚国项城；同时却又毗邻故韩地，而被软禁的韩王安去岁也被转移到了这里，种种因素叠加起来，这座重镇的地位可谓极其敏感微妙。

接风军宴上，王贲向已赶到陈城的蒙武和尉缭讲起了灭燕以来的一系列战事，两人都听入了神，听到樊於期之死时也不胜唏嘘。尉缭又问王贲自己对韩乱局势的评判，王贲道："以悬刀自身实力，绝无法与秦军正面抗衡，然实力悬殊至此，它却仍敢提出复国，必有魏齐楚三国相助！末将推测：魏、齐兵弱而国富，必定出粮不出兵；楚国穷弱却兵多，必定出兵不出粮！”

听到这里，蒙武兴奋得连连拍案，大笑道俺这世侄大局看得透亮，王翦老匹夫凭甚说他不行！尉缭也笑道：“少将军当真未卜先知，一切如你所料，韩乱确与三国都有牵连！”说着正式讲起了黑冰台获得的消息：楚国意图发兵援韩，各私卒均开始秘密集结，准备向旧韩地进发；魏国支援悬刀的是外黄县令张耳，此人原是信陵君门客，数月前筹集了大批粮草，由大梁沿鸿沟运至旧韩地密藏起来，以待乱军取用；齐国则为田儋、田荣这几名王族远支子弟，他们不仅向悬刀提供大笔财货，还重金收买大批游侠疲民隶农刑徒，率领着他们分头潜入旧韩地，只怕有数千人之多。

此外，尉缭又向王贲透露了一个重要消息：黑冰台终是打探出了悬刀头目，正是颍川张氏之长公子张良，字子房。此人一直与楚国项氏往来密切，当年秦国灭韩时，正是项伯、项梁兄弟将悬刀安置在震泽一带，才使韩国复辟势力东山再起，此番韩乱也正是这个张良谋划。听到这个名字，王贲不由得又想起荥阳的那名少年刺客，以及出现在赵王城的那个影子，不由得好一阵沉默。

“少将军之意，平韩乱当从何处着手?”尉缭的问话将王贲的思绪拉了回来。

尽管如梦初醒，王贲却仍第一时间便下了自己的论断：“悬刀若欲作乱，必救韩王安！”

听到这一论断，尉缭目光中却颇见深意：“我等先前也都这般想，然则据黑冰台打探，悬刀却是欲立横阳君韩成为新王。”

“另立新王?”王贲重复了一句，大觉意外——那横阳君韩成虽也是当年韩军统帅，然终究才干平平，资望也不够，那张良为何舍韩王安不救，却要立如此一个庸王？此中怕是大有蹊跷！

尉缭显然看出了他的心思，又补了一句：“此中奥妙，少将军只有再见韩王一面，方能明了……”

2

嘈杂的脚步声从门外遥遥传来，耳朵贴着地面的韩王安心下一颤，猛地一跃而起，急急拍打着衣襟上的灰尘，扑向一旁的草席又撩起衣襟端坐案前，再一把揪过案旁一卷竹简，当沉重的石门轰隆隆打开时，他立刻大声念了起来：

“廿年四月丙戌朔丁亥，南郡守腾谓县、道啬夫：古者，民各有乡俗，其所利及好恶不同，或不便于民，害于邦。是以圣王作为法度，以矫端民心，去其邪避，除其恶俗。……”

尉缭满面冷笑地听着韩王安的诵读，他听出这篇文告本出自南阳郡守秦腾之手，灭韩后他为推行秦法写了此文，告诉旧韩地百姓自己要将秦法公之于众。只不知韩王念起这篇灭韩者写给旧韩民的文告来，心里究竟是何滋味？想到这里不由得揶揄一句：“韩王不学《韩非子》，改习秦法了？”

韩王安把头扭向门口，假装刚注意到尉缭，脸上立刻堆起做作笑容，忙起身迎接：“国尉造访？韩安有失远迎！”

“今番倒非我愿见你，乃是请这二位见见你。”尉缭说着踱进屋内，蒙武王贲也跟着大步进来了。

“蒙将军？王将军？久违久违！”韩王安先是一愣，又赶忙赔笑起来。蒙武瞥了他一眼，哼了一声算是答应，王贲则没有吭声，倒是尉缭四下打量着韩王安的居所，装作漫不经心地问了一句：“韩王徙至陈城已近一年，食宿起居可有不便？”

“无有，无有！城守对韩安照顾甚是体贴，就连护卫士卒，都比在新郑时多出许多！”韩王安笑眯眯道，说的倒也是实情——他既是重犯，看押他的人岂会少。

“思念新郑否？”

“此间乐，不思也！”韩王安当然不会知道，自己说出了和数百年后蜀后主一样的话，“韩安整日研读我大秦律法，以吏为师，以法为教，其乐无穷也！”他又说出了《韩非子》中的一句名言。

“竟不想复国之事？”

“我大秦灭韩乃人心所向，图谋复国便是逆大潮而动！韩安绝不做螳臂当车之徒！”韩王安答得甚是流利痛快。

“也无悬刀私下见你？”

“韩安早与那班鬼蜮之徒一刀两断！国尉此问，辱我过甚！”韩王安一脸尊严受损的愤激与委屈。

王贲和尉缭都轻蔑地笑了笑，一旁始终没有吭声的蒙武忍不住了，大步走过去，一把便捉小鸡一样将韩王安提了起来。

“装！装！悬刀起事能与你无干么？说，你等究竟是何图谋？”蒙武凶神恶煞地将脸凑近韩王安，两排雪亮的大牙闪烁着寒光，仿佛张嘴就要狠咬他一口一样。

在蒙武的猛烈晃动下，韩王安的瘦弱身体也跟着前后摇摆着，原本完整的一句话也随之被拆得断断续续：

“没有，就是，没有……将军说我，作乱，证据……何在?”

蒙武冷笑着松了手，待韩安瘫倒在地便一把抓起他的手腕，粗大的拇指搭上了脉搏，韩安立即痛得大叫起来，蒙武这才一把甩掉韩王安的胳膊，依旧举起一只拳头怒气冲冲问道：“说不说?”

韩安另一手抚摩着自己的手腕，装腔作势地大声呻吟着，许久之后才断断续续道：“我，我说……悬刀，根本未找过我……我只听说，悬刀欲，欲另立韩王，想是，横阳君韩成，如此，自然，用不上我……”

蒙武拳头举在半空，听到这话眼珠转了转，臂膀这才慢慢落下，皱着眉喃喃自语：“倒也是，与其费尽心机救这鸟王出来，何如另立一王省事? 如此说来，陈城……”

“老叔!”王贲连忙叫道，使了个眼色，蒙武不吭声了。王贲则盯住了韩王安：“韩成为王，起事反秦之后呢?”

“……逃呗，难不成还守在新郑，等秦军围剿?”韩王安装出一副不知所措的样子，仿佛这问题问得太蠢。

“逃向何处? 可是楚国?”

“这可不知!”韩王安连连摇头。

“说不说?”蒙武又作势要打人，韩王安忙再次大声号啕起来，嚷嚷说你便真痛打我一顿我仍是甚事不知，虽是有声无泪，哭声却十分响亮，旁边的尉缭和王贲都皱起了眉。

“老叔，我观这韩安不像使诈。”王贲说了一句。蒙武沉思了片刻，终是大手一挥：“走! 我等再商量一番!”

尉缭却没有马上赞同，瞥了韩王安一眼，正看到他装出一副战战兢兢的模样，于是沉吟一下，几步来到对方面前，郑重其事开了口：

“韩安，你虽是亡国之君，又被囚禁于此，却也是我大秦子民。今闻旧韩地将起叛乱，我等明告于你：我大秦对复辟势力决不让步，你若当真与世族有来往，早早断了方为上策，千万莫自作聪明参与叛乱，否则咎由自取，怨不得别人!”

尉缭说这番话的时候，韩王安始终一语不发，只是低着头，装得颇委屈地抽泣着，不时偷眼看尉缭等人的背影，看到三人先后出了门才松了口气。却不料刚踏实下来，蒙武忽又转身大步走到他面前，指着他鼻尖便是一通大吼：

“好自为之！真与韩乱有涉，老子撕了你下酒！”

看着蒙武恶狠狠的表情，韩王安猛一激灵，没等他说完，两眼一翻，已经晕了过去。

“鸟，吓晕了，真是个软蛋！”蒙武轻蔑道，径自丢下昏倒在地的韩王安走了。

韩王安就这样一声不吭地躺在地上，一动不动了许久，连呼吸都止住了，仿佛真晕死过去一样；然而听到脚步声彻底消失，确信三人不可能再回来后，他立即睁开眼睛一骨碌爬了起来，抓起案边方才那卷竹简又摊开，将它看似随意地放到了窗边。

“哼，放着现成韩王不救，却另立一王，谁肯做这般蠢事？也就你这笨牛会信！”韩王安脸上一扫方才的恭顺胆怯，沾沾自喜道，“子房神算，秦人果然中了计，我只等他救我出去便是！”

这时，午后的阳光投射到了被他放在窗边的竹简上，刚好照亮了内史腾文告中的一句：

“丑言麃斫以示险（说违背事理的话，装作愧悔和无知，显示能约束自己），……故如此者，不可不为罚。”

“二位，戏做得不错，尤其是蒙将军。”

自韩王囚室中出来后，尉缭笑了。

“我等早察觉韩安与悬刀有私下往来，也大体探明了悬刀图谋：以新郑叛乱为幌，假称立韩成为王，实则诱我等着意新郑，从而趁陈城防备松懈之际救出韩安，一道南逃。今日我等将计就计，那张良当再无疑心，说来还是二位扮得好！”

“尤其老叔，装凶一绝！”王贲插了句嘴，三人一同哄笑起来，又开始商讨起对付韩乱的方法。蒙武与尉缭之意，老军与王贲带来的三万车骑混编，老军各守城邑按兵不动，以防齐魏楚；王贲与尉缭同去新郑提防韩乱。王贲沉思片刻后，却提出了另一样谋划：自己与蒙武互换，蒙武去新郑，尉缭留守陈城，自己领军先行攻楚！

“攻楚？”听到这里，蒙武大吃一惊，“你三万兵马，便欲灭楚？”

一旁的尉缭同样惊讶却没吭声，显然在等王贲的拆解。

“灭楚不可能，然须敲打它一番！”看着蒙武一脸龇牙咧嘴，王贲也笑了，

“韩乱虽为悬刀谋划，根基却在楚国，悬刀即便复国，也无法立足韩地，只能逃向楚地，我等先攻楚，便是断他退路、绝楚援手，如此韩乱便是无本之木！”

“有理有理！”蒙武连连点头，“只是以你之意，先攻楚国哪城？”

王贲起身来到地图前，片刻端详后，一拳擂到了地图上毗邻陈城的那座楚国城邑：“便是此地，项城！”

3

“秦军攻来了？”

接到斥候送来的急报，项城守将项伯陡然变色了。

“早晚要来，有甚稀奇？”一旁的项梁倒是神色淡漠。

“说来也是……”眼见幼弟不动声色，项伯心下也踏实了不少，将写有军报的简牍一把丢向奏案，“我等这便去巡查城防，此番好生会会秦人！”

兄弟俩一前一后登上通往城头的长长石阶，后面的项梁边走边沉思着。北上赵地劝李牧入楚未果后，他便被父亲派到了这里，既是与多年驻守于此的长兄项伯协防，也是预备对悬刀即将开始的复辟施以援手。楚国君臣早与悬刀约定，一旦韩国正式打出复辟旗号，各族私卒便一同出动，接应韩人逃入楚地后，立即猛攻秦国与楚毗邻的南阳郡、陈郡，如此当使秦国首尾难顾——北面陷于灭燕泥潭，南面又有韩人叛乱、楚军偷袭，三方齐齐发难，定能大大迟滞秦军灭国步伐。

只是看目下形势，秦人显然已有所防备，那王贲自燕地领军南下陈城，显是为防韩乱；而他不去驻守新郑却来攻项城，显然也是认准了楚国是韩乱幕后援手，如是观之，这王贲也是个人物……

思忖之间，兄弟二人已并肩登上箭楼，俯瞰着这座属于项氏封地的城邑。看到那高厚的城垣、宽深的城河，心下都涌起一股自豪：这项城虽不及大梁那般金城汤池，却也绝不致轻易陷落。此城坐落在鸿沟、颍水两条大水的夹角以南，毗邻楚国旧都、目下已被秦国夺占的陈郢，也是项氏继老根下相之外的第二块封地，甚至项这个姓氏便是由此而来，自然对项氏意义深远。尽管如今项氏的重心已渐渐南移到了震泽，项城中只剩了万余兵马，项梁却也不担心秦人来袭，一方面这些守军足够应对秦军的强攻硬战；另一方面此城距其他多座城邑都很近，求援十分便利，只要能扛住秦军数日，必定能等到附近城邑的援军，怕个甚来?

“阿梁，秦军来了!”耳畔响起兄长的喊声，微带颤抖。项梁望向北方原野的尽头，果然看到一条粗大的黑线出现在天边，冲天的尘雾直鼓荡上半空，于是眯起眼睛：“阿兄无忧，坐镇城中便是。阿梁这便出城拱卫，项城丢不了!”说话间大步走下城垣来到了城外营垒，发出了备战将令。

“秦人已几灭三国，然我楚国我项氏，没那般轻易败给你等!”望着淮北原野上越来越近的秦军，他咬牙暗想。

王贲秦军大张旗鼓出现在项城郊野了。

令楚人意外的是，秦人明明是要来攻城，可作为前锋第一拨抵达城下的，却是五千轻骑。

这些骑士的战马匹匹高大雄俊，显然清一色来自陇西北地，马身都裹着一层黑色装具，辔头、鞍鞯、缰绳等马具一色漆黑，马头罩着当卢，只露出亮晶晶的双眼；骑士们则个个头戴皮弁，短褶外罩着没有护膊和裙甲的轻质身甲，紧窄袖口与宽松长绔都颇似胡服，人手一柄骑士短剑，背后一张骑弩，个个威风凛凛。

若是排成锥形阵全力奔袭而来，这些飞骑不知将引起敌军何等的惊慌，然而此刻的他们却只是按寻常至极的一列列纵队，不紧不慢地缓步走马，在距离项梁营垒一箭之地外收住了脚步，这才好整以暇地开始修筑壁垒、挖掘壕沟、搭建军帐；与此同时，一名骑士策马上前，向着楚军营垒射去一封战书，待士卒将那战书呈来时，项梁只扫了一眼便轻蔑地笑了。

战书很是简洁：“楚人援韩，殊为可恶；作速献城，饶尔不死！若不撤军，尝我铁骑滋味，勿谓言之不预!”

“几千飞骑便想拿下项城？这王贲也太过托大，欺我项氏无人乎?”看过战书，项伯撇了撇嘴。

项梁脸上浮起了一丝诡秘的笑意：“阿兄所言不差。依阿梁猜测，王贲攻我项城，不过示形之举。”

“何意?”

“王贲攻不下项城，也根本不想攻城，他真正用意是在卡断悬刀南下项城之退路；一旦悬刀生乱，王贲必定迅速回撤平叛。之所以尽以车骑攻城，无非是为尽快回撤!”

“如此说来，项城无忧了?”项伯一脸恍然大悟，却又立刻忧心忡忡起来，

“可纵然我等无恙，然王贲回撤平叛，公子良岂非大险?”

项梁一声冷笑：“我等已与悬刀有约，自然不会坐视他覆灭。王贲以为围住项城，楚国便不足为虑，也太小看我江东子弟兵。我等只在王贲回救陈城之际猛然杀出，必将秦人杀得大败！——阿兄，向公子良报信，请他举事!”

“善！这便去!”

少顷，一只黑色鸽子从项城城头飞起，沿着颍水向西北方一路飞去了。

黄昏时分，这只鸽子已飞至洧水之滨新郑郊野的密林中，一名在此守候多时的猎户闻声闪出，抱起鸽子解下系在它腿上的一支小小竹片，径自摸进了林中一座秘密洞窟。

洞中嶙峋的壁石上挂着一副秦楚边境图，两侧各竖一只火把，地图前是一群憧憧鬼影，簇拥着一个纤瘦身形，所有人的面孔都隐藏在黑暗中。听到有人入洞，那个纤瘦身影转过身来，銮铃的响动在一片寂静中分外清晰。

猎户默不作声地递上竹片，阴影接过来扫了一眼，转向自己的同党开了口，嗓音如女人般轻柔：“公子梁急报：秦人有变，领军来新郑者并非王贲，却是蒙武；王贲自家领军四万，先行进攻项城，然他也说，我等不必担心，如常举事便是。”

洞中一阵如释重负的窃窃低语中，他几步走到地图前，不断腾挪的火焰映出了他的面容。这是位不到三十岁的年轻公子，纵然身着普普通通的短衣，却也无法掩盖那股扑面而来的贵胄之气。他相貌如女人般白皙清秀，然而不知何故却带着一股深深的倦容，那毫无血色的双唇更如大病初愈，只有一双深不可测的眸子，夜空中的两点寒星般闪烁着光芒。而在他的腰间，还有一枚小小的銮铃不时发出清脆的响动。

悬刀的头领，颍川张氏的长公子，张良，字子房。

“横阳君，新郑如何?”

“千余疲民已分头潜入，一声号令便可举事!”横阳君韩成跃跃欲试。

“韩信公子，其余几城如何?”

“阳翟、苑陵、尉氏、长社都有我等人马，只看新郑动向!”公子韩信声若洪钟般低吼道，这是位身材魁梧的猛士，与多年后才崭露头角的淮阴侯同名。

“张耳公子密藏粮草也都探察清楚!”

“我等已与韩王搭上线，让他安心等候救援!”

“车马船只尽妥，事发后可迅速撤离!”

……

一声又一声满是兴奋的应和回荡在耳畔，张良始终默不吭声静静听着，直到整个山洞重又静下来，这才轻声开口：

“既如此，明日深夜，依计行事！”

“复我大韩！”洞窟中一片极力压抑的亢奋之声，一道又一道黑影随之飞奔出洞，消失在了茫茫夜色中。

4

围攻项城的第三日，王贲先后接到了蒙武尉缭两封军报，韩乱果然不出所料地爆发了。

三日前的寅时深夜，新郑城内足有十余处同时燃起了熊熊大火，城中国人纷纷冲出家门救火时，各个角落又拥出了大批疲民，人人高喊着“复我大韩”，逢人便挥起手中的耒耜锄耰随意打杀，见到店铺便大肆抢掠，将财货洗劫一空，一时间哭声哀号声咒骂声喊杀声夹杂在熊熊火光与遍地鲜血中，及至新郑守军匆匆集结时，疲民们已分头冲向了各大官署，与郡卒吏员厮杀在了一起；而几乎同一时刻，新郑周遭阳翟、苑陵、尉氏、长社等几城也出现了类似乱象。

战斗持续的时辰并不长，在训练有素装备精良的秦军面前，乌合之众的疲民根本不是对手。黎明时分，各城作乱者都被歼灭大半，剩下的则一哄而散，借着尚未完全褪去的夜色逃向了郊野。蒙武最后在军报上说，自己已按王贲谋划的那般部署：第一部分头留守新郑等生乱城邑，以防韩国世族再生事端；第二部分别把守韩地向魏楚等地的各处要道，以防作乱党徒逃亡；第三部为平乱主力，于韩地山野间搜捕截杀逃散世族；第四部负责搜剿韩人藏匿粮草财货之隐秘处；第五部则乔装成韩地平民，协同黑冰台一并刺探老世族下落。

而另一封急报中，尉缭也带来了韩王安脱逃的消息：悬刀趁新郑等城生乱、陈城守备空虚之际，一举突入软禁韩王安的庄园，一番激战后杀伤十数名卫卒，救出了韩王安，目下已不知去向。据幸存卫卒报告，主事者正是那张良。

两封军报都在王贲预料之中，他早料到那个张良的谋划：若欲复国，则必须有韩王这面号令世族的大纛，方能名正言顺地汇集韩国贵胄们；正是因此，新郑等地叛乱固然声势浩大，然究其实，真正用意无外乎两点：一则为复国之举张大声势，二则为悬刀营救韩王做幌子，张良真正着力之处，仍在囚禁韩安的陈城！也正因此，为确保将张良乃至悬刀一网打尽，王贲没有特意加强新郑等地的城防，也没有在陈城布下罗网，几乎可说是放任韩地叛乱、悬刀救出韩王，其真正用意便在拿下项城，一举截断张良退路。

只是这样一来，王贲便冒着巨大风险：韩乱爆发、韩王脱逃，两事都已造成了大量人丁伤亡和财货损失，韩地一片人心惶惶，尉缭已在急报中警告自己：万一不能剿灭悬刀，秦政必将在韩地失尽民心，休说你我都将承担重大罪责，只怕灭国大计也要受到重挫，将军慎之戒之！看到国尉的告诫，王贲心下沉甸甸的，他很是清楚，究竟能否平定韩乱，只看自己能否及时拿下项城了。

暮色降临了，幕府中的王贲沉思着，最后一次将自己的谋划从头到尾推敲了一番，确信没有任何纰漏之后，终是举起了手中的令旗："传我将令，徐徐退兵！"

"王贲，果然退兵了……"望着对面夜色中看似一切如常的秦军营垒，司令云车上的项梁露出了一丝不屑的冷笑。

秦军已在项城外蹉跎了三日，每日都是虚张声势地擂鼓挥旗呐喊骂阵，虽说也不时向着楚营乃至项城抛射弩矢飞石，甚或有小股兵马试图前来偷袭，但大体而言仍延续了灭赵时井陉关对峙的情形。斥候也回报说，三日来王贲主要做的是派出大批兵马，在项城外的水陆要道上分散构筑营垒，这再度验证了项梁初始的推断：显然王贲并无硬攻项城的谋划，真正目的不过是想扼守淮北通往项城的要道，截住悬刀退路。

而就在方才，兄长项伯刚刚送来张良的飞鸽密信，报说韩地叛乱、营救韩王两事悬刀均已得手，对面的王贲就开始悄悄撤军，这还不能说明王贲的心思么？显是韩地陈城兵力吃紧，尉缭蒙武急调王贲回援；而王贲也必以为自己守住了各处要道，悬刀无从脱逃，楚人又兵力有限不敢轻易杀出，隐秘撤军万无一失。

若果真这般，他也太小看江东项氏了。

"莫起战鼓，逐营知会。"项梁对身边的军令司马低声道，"项城外七千兵马随我杀出，突袭秦军背后；再转告阿兄：城中守军做好准备，见我号令，立即出城支援！"

"公子，不先扫平几处小营垒么？不然只怕公子良无法南下……"

"先破王贲主力，余不足惧！"

项梁这样说着，捧起了自己的头盔，尽管早已熟悉季公子的这件物事，但军令司马看到这头盔时，仍然不禁一个寒战，默不吭声地向项梁一拱手，逃跑似的下了云车。

那副头盔的正面，是一个完全由黄金捶揲而成的面具，眼眶深凹拧眉皱鼻，黑洞洞的嘴巴半张着，露出满口的獠牙，整个面容难以言说的狰狞，在火光中闪烁着炫目的诡异光芒。

望着这副狰狞面具，项梁的目光却满是柔情，看到它，他心下仿佛回荡起一个女子的缥缈歌声：

览冀州兮有余，横四海兮焉穷；

思夫君兮太息，极劳心兮忡忡。

……

项梁戴上头盔，让那副黄金面具遮住自己的面孔，然后也飞身而下。

震天的号角声和鼓声四下里突然响起，项城外的一座座营垒中辕门渐次洞开，一辆辆战车一队队骑士穿流涌出，飞驰的同时汇集成一枚枚赭黄色的箭镞，向着对面的秦军营垒纷纷射去。他们没有举火把，月光下却仍能看清一件件赭黄色的楚军战袍、一副副犀甲、一口口吴钩，那面绣有“项”字的赭黄色大纛，还有挺立戎车的将军脸上，那副熠熠生辉的黄金面具。

如同狂飙掠过一般，楚人几乎是瞬间便突入了秦营，没有遇到任何抵抗，尽管依旧旌旗飘拂军帐林立，然而这里已空无一人，项梁没有丝毫停顿，继续率领着江东子弟兵北上追击，甚至连斥候都没有派出去。他对自己的判断有着十足的自信：王贲目下唯一的可能便是顺来时原路撤回陈城，换言之，自己只消沿鸿沟一路北上，必能追上匆忙后撤的秦军！

至于此中是否可能有诈，项梁心头虽隐隐闪过这丝怀疑，却立即把自己否定了：这一带地势他极为熟悉，尽皆广袤原野，只有鸿沟两岸是茫茫一片齐腰苇草，王贲却是如何埋伏？

远处隐隐现出了亮光，依稀照亮了秦军飞骑的身影，黑影中一面悬着串串小风灯的“王”字大纛更是显眼，那无数火把摇曳不定的驳杂轨迹、那匆忙吹响的纷乱号角无疑都在表明，秦军已发现楚军尾随而至，正在重整队列。项梁心下却是一阵不屑：即便此时开始迎敌，你等也决然无法抵挡了，飞骑的真正威力便在全力驰骋，你等都已收住脚步，何来冲锋力道？心念及此，他双臂猛地交错挥舞，陡然发出了全力进攻的号令——

抢他列队前冲过去！

喊杀声响彻了鸿沟岸边，江东子弟兵与秦军开始了交锋。战马的嘶鸣、马蹄的蹴踏、车轮的碾压、箭矢的呼啸、交战双方的吼叫怒骂哀号与剑锋刺入骨肉的沉闷声响混杂在一起。暮色中的原野上，大片火把晃动着，不时映出骑士们反射着光亮的铠甲、满是怒火的双眸、亮晶晶红艳艳的鲜血，还有他们手中秦剑吴钩泛出的一道道清冷寒芒，不断可以看到一个个秦人楚人或是中箭落马，或是在与敌手交错而过后身首分离血花四溅，或是滚落在地，丧生在追上来的铁蹄或车轮下，仅仅是片刻之间，原野上已是尸横遍野血流成河。此时清脆的金声接连响起，那面“王”字大纛带着串串风灯向北飘拂而去，秦军骑士们也放弃厮杀，丢下数百具同袍的尸首，再也不顾队列，径自策动着坐骑散漫溃退了。

“秦人不过如此，追！”项梁从黄金面具背后发出一声咆哮，声音古怪而凄厉，余音未尽已将战鼓擂得更响，新一轮的追杀重又开始了。

“将军，来了！还有三里！”

“沉住气！听令再动！”

简短的两句对话，轻易便湮没在了鸿沟的哗哗水声里。夜风拂过，方才还分外明亮的弯月已隐入乌云中，皎洁的月光也朦胧了起来，只有天穹那颗刚升起的启明星还在闪烁着亮光。颍水两岸茫茫无际的苇草随风摇摆着，潜伏在苇丛的王贲呼吸着苇草散发的清香，如同正在捕猎的猛虎一般，等待着楚军的自投罗网；在他身边，近万名重装步卒同样隐身苇丛，一动不动。

“鸷鸟将南，卑飞敛翼；猛兽将搏，弭耳俯伏。”此时的王贲，心头忽然闪过了这句军谚。

5

“逃得倒快……”

望着远方仍在溃退的秦军，以及那面风灯即将尽数熄灭的“王”字大纛，戎车上的项梁暗想。

此时他依稀察觉出有些不对——即便王贲急于撤军，即便他麾下这支兵马并非精锐，秦军也不该这般不堪一击。追击不过持续了小半个时辰，秦军那约略五千的飞骑竟不住地分散溃逃，目下只剩前面不到千人。项梁原本也想全军散开，彻底清剿秦军那些流散的小股兵马，然他麾下七千兵马毕竟也是步车骑混编，目下已渐渐拉长了队列，只有全军会齐重整队列之后，方能从容聚歼敌手，可项梁却一心想要剿灭这最后一股秦军，或生擒或阵斩王贲，只要自己能得手，则既可解项城之围，又可彻底击溃秦军。

思虑再三之后，项梁终是派出了一名骑传侯，叫他带自己的将令回项城，调兄长守军前来清剿秦人败军，自己则继续领车骑追击王贲。

“王贲，当年我父放过了你父，如今你却再无那般运气!”项梁暗想着，双目在黄金面具背后闪烁着凶光。

仿佛明白他心下所想，此时那面已东倒西歪的“王”字大纛突然坠落了，最后一盏摇曳不定的风灯也随之跌入了苇丛，闪烁着熄灭前的点点光亮。

正在纵马飞驰的楚人齐齐发出了响亮的欢呼，秦人放弃了主将的大纛，也便意味着他们再也无力组织起有效抵抗，若无法逃掉，等待他们的只能是被敌军尽数屠戮；而对楚军来说，这便是板上钉钉的大获全胜！人同此心心同此理，不待项梁催促，他们纷纷起劲儿鞭打着战马催动着战车，拼尽全力向着远遁的秦人冲了上去。

突然间，前方传来了一阵哀鸣，冲在最前的数十匹战马纷纷猛收住蹄，后面的骑士驭手收马不及，车马与前军拥挤在了一起，无不或盘旋转圈或纠缠牵绊，整支楚军竟逐渐停了下来。项梁刚高声问了句“咋回事?”前面便有一名骑士飞身下马，小心翼翼踩着遍地苇草来到他面前伸出手，手中是一枚硬木削成的四芒尖刺，其中一支角芒上还带着丝丝血迹，显然方才便是这等物事扎伤了马蹄。

“蒺藜? ……”

项梁自然知晓这物事，这蒺藜四芒岔开，随手撒地总有一芒朝上，足可刺伤人脚马蹄，多在安营扎寨时撒在营地周遭警戒用。秦人撒下这些蒺藜，显是为迟滞追兵脚程，可那王贲事前如何料到会有追兵? 除非……

——除非那些飞骑早有准备，逃亡之际在身后撒下蒺藜!

“不好!”心念电闪间，项梁顿时明白了王贲的真正用意，“四散迎敌!”

恰在此时，楚军左右两翼忽然杀声四起，片片火光瞬间映红了天际。

密集的箭雨同时从两边的苇丛中泼洒而出，在被火把映红的夜空中如蝗群般掠过，楚军两翼最外围的数十名骑士猝不及防，纷纷连人带马哀号着倒地，道道血泉激起一人多高。其他骑士慌忙举起盾牌阻挡，可令他们吃惊的是，这箭雨杀伤力极为惊人，径直射穿了那些硬木打造又蒙有厚厚皮革的骑盾，转眼便将他们射成了一面面筛子，甚或射穿了战车车厢，杀伤了躲在车后的许多士卒，楚军顿时大乱了起来。

“兵力两分，杀向左右两翼!”虽是猝然遇敌，项梁却毫不慌乱，一跃而上戎车，猛然敲响了战鼓。鼓声隆隆中，江东子弟兵们冒着箭雨分为两股人马，分头冲向两翼的秦军伏兵，不想这箭雨不仅歹毒更毫不间断，中间全无停息，借着远处火光项梁勉强看清，这并非箭矢却是弩矢，而且还是威力强大的蹶张弩；秦人也并非同时发弩，却是分作三列轮流发射：头列射击时二列准备，三列踏弦上弩矢；头列射罢穿越二列空隙退至后列，二列上前发射，三列补上二列位置，如此递进发射循环往复，以保箭雨不竭！

面对着这等箭雨，楚军车骑冲不上几十步，人马便被尽数射杀，堆积的尸体、四处流淌的鲜血反倒成了脚下障碍，只能原地盘旋着匆忙躲闪，便在他们尽数失却了灵动迅捷这一最大优势之际，两边苇丛中又是战鼓齐响，大队大队的秦军步卒站起身来，原本一片空旷的苇丛中赫然竖起了黑松林般密集的矛阵，紧接着这些三丈长矛便一排排依次放平组成一丛丛精铁荆棘，向楚军两翼同时压来！

眼见这等秦军，项梁暗自吃惊，知晓这便是秦军名动天下的长矛方阵，无论何等兵种都不可能正面将其冲垮，遑论这些已驰骋不起来的车骑？若不想全军覆没，江东子弟兵只能后撤，寻机绕道侧翼或背后偷袭！想到这里，项梁一把丢下鼓槌拾起铎槌，却不料刚扬起铎槌，一声呼啸猛然掠过耳畔，右臂立即便是一阵钻心地痛！

中箭了！这个念头闪过心头之际，项梁已不由自主发出一声哀号，这声响从面具背后传出，立即变成了古怪的呜咽。他顾不得其余，一把扯掉面具，又一口咬上自己右臂的犀皮护甲，终于将这哀号强行截断——大军遇伏本已危急，自己不能给士卒再添慌乱！

“将军受伤了?”他的驭手和车左同时扭过头，惊恐叫道。

“莫管我，撤军!”项梁强忍着剧痛张开口，右臂护甲已留下了两排深深牙印，纵然如此，他仍举起尚能活动的左臂，奋力敲响了金铎。清脆的铎声响起之际，楚军骑士纷纷策动战马，驭手们也先后掉转车头，一同向项城退却。

遥望着不断远去的那辆戎车，王贲眯起眼睛，向身旁的军令司马断然下令：“战鼓全起，雁形阵!”军令司马一声应和擂响战鼓，顷刻间万千伏兵尽数闪现，避开遍地蒺藜排起队列，茫茫苇丛转眼便被大群黑影片片火把覆盖，一转眼，秦军已排成了一个大大的倒“人”字，开口正朝向楚军退却的方向，也是项城所在；而几乎是同一时刻，远处连续响起了三声凄厉箭啸，王贲扭头望去，又见三支火箭接连划破夜空。

“得手了!”眼见约定的信号，王贲全力压抑着内心狂喜，嗓音如常地向将士们下达了军令："不急追击，常速前行，阵稳为先！"

鼓号声一同震彻了鸿沟与淮北原野，秦军的雁形阵缓缓启动了。

天色微亮时，已退至项城郊野的楚军终于勉强遏住了颓势，稍稍恢复了阵形。项梁承受了难以想象的巨大疼痛，终于拔出了那枚揳入自己血肉的箭镞。火光下可以看出，这并非寻常的扁平箭镞，却有着完全相同的三棱三弧，更要紧的是三棱末梢各有倒刃，如此一旦揳入皮肉，挖出时还将加重伤口。

"好毒的箭镞……"汗如雨下的项梁咬牙切齿道。

"长公子兵马！"江东子弟兵们纷纷叫了起来。项梁诧异地望去，借着微明天色和漫山遍野的火把，果然见到大片赭黄色正向自己涌动而来。及至大军近前，已可看清军容时，项梁心下猛然一颤：阿兄这支兵马衣甲旗号残破杂乱，受伤带血的士卒比比皆是，显然与自己一样，同吃了败仗！

"阿梁！阿梁！"连声大吼中，一骑飞驰而来，浑身是血的项伯滚鞍下马，跌撞了几步便摇摇欲坠，幸亏被几位士卒扶住才没有跌倒。项梁急命士卒将兄长抬上戎车，项伯结结巴巴地刚冒出一句，项梁立即便是五雷轰顶——

项城陷落了！

项伯满脸沮丧地讲述了项城陷落的全过程：项梁前去追击秦军之际，他也接到了骑传侯带来的项梁将令，心下大为振奋，这便命四面城门齐开、守军尽数杀出。不料城门刚打开之际，城外的原野上突然四下里同时响起喊杀声，紧接着大队秦军骑兵骤然闪现，分头向项城袭来，大惊之下项伯顿时明白了王贲的图谋：这些骑兵方才并非真正溃散，而是分成小股脱离项梁追杀，再汇集到项城郊野，要趁城门洞开之际一举拿下项城！情急之下忙下令收吊桥，闭城门，放弓弩。可尽管他将令下得快，秦军飞骑却动作更快，一片黑暗的旷野中刚响起马蹄声声，守军们还是一片惊愕懵懂，秦军飞骑已杀到吊桥近前；守军刚开始收起吊桥，最快的数十名骑兵已卷入城中，一阵嗖嗖箭矢紧随着守军哀号响起时，这些骑士们又纷纷下马改作步卒，潮水般涌上城垣，几乎是转眼便全歼俘虏了守城士卒，攻陷了四面城门。项伯见状大急，聚集起剩余楚军拼死力战，然守军无论人数战力都不及秦军，一个时辰厮杀下来，身边将士越来越少，项伯只得率军突围，来向项梁求援，把整个项城都留给了秦军……

"我等杀回去！"不等项伯说完，项梁便咆哮着抓起鼓槌。

"阿梁！你我两军俱败，又无大型器械，如何攻城？后面还有王贲紧逼，一旦攻城不下，便是腹背受敌！三思啊！"项伯急切劝道。

"……"项梁咬牙思忖了片刻，终是恨恨一跺脚，却扯得右臂伤口又一阵剧痛，只得龇牙咧嘴吼了一句："阿兄，你回寿郢求阿翁援军，我领军南撤汝阴！"

"然韩王与悬刀……"项伯刚一迟疑，眼见幼弟那几乎冒火的目光，只得将后半句生生缩了回去——说来也是，目下楚军自身尚且难保，如何还顾得上韩人？只是子房……只得悻悻点了点头。就这样，王贲的大批步卒黑压压出现在项城郊野之际，项氏兄弟已率领着残余楚军放弃项城尽数南撤了。

"王贲，项梁记住你了，下次我定要连本带利讨回这一败！"

臂缠大布的项梁伫立在远去的戎车上，望着秦军逐渐浮现的身影，心下发狠道。

6

项伯没有想到，自己快马加鞭赶回寿郢求援，可庙堂足足商议了半个月，竟还没议出头绪；而就在这半个月之内，秦军又连下了四城。

手捧父亲递过来的一摞急书，项伯艰难地咽了咽口水。这些书信是新郪、新阳、南顿、胡城这四城城守先后发来的，内容大同小异：王贲秦军已拿下我城，城破后便弃城撤军，还放出口风要直取寿郢！看到这里，项伯只觉两股战战：几日来王贲连战连捷，看这汹汹气势直是要一口吞掉整个淮北！他究竟如何用的兵？下城不占却又为甚？

"若你领军，如何应对？"对面的父亲硬邦邦丢过来一句话。

项伯惴惴不安地抬起眼睛，望着面无表情的父亲，吭哧了许久，终是冒出一句："许是，征发大军，扼守颍水，隔水对峙……"

"算是一说，然则，谈何容易……"项燕深深一声叹息。

项伯并不知晓，面对着王贲连日来的狂飙攻势，楚国庙堂已乱成了一团。昭、景、屈、黄等几家世族的老臣们在淮北都有封地，闻听秦军南下个个慌了手脚，在他们心中，眼前形势分明如当年庄跻暴郢那场大乱一般，于是异口同声地要求楚王集结官军，抵御秦人。只有项燕并未受项城沦陷、儿子战败的影响，很是冷静地表明了自家看法：王贲至多攻至汝阴便不会继续南下，必定向东西折去，绝无可能直取寿郢，原因显而易见：历来攻城战无不须重装徐行、步步为营，王贲兵马却是风驰电掣飘忽不定，更有甚者，下城之后也不分兵驻守，径自弃城撤军，显然只是为向楚军示威。他若敢径自南下，必定有来无回！有鉴于此，项燕提出的主张是：淮北各城守军不在城外驻防，尽皆撤回城中死守，只要撑得半个月，王贲劳师远袭无所斩获，必定撤军。项燕最后补充道，自己已命项梁原地固守汝阴，为寿郢扼守门户，此非楚国生死存亡之战，楚王与各位勿忧！

项燕没提楚军如何北上救援，也没提如何反击秦军，缘由在于楚军的特异军情。依照兵员来历，楚军大体分为正军（主战部队）、王卒（楚王护卫军）、私卒（封地私卒）、县师（郡县守军）四部，其中最特殊的便是私卒，正军、王卒、县师人数庞大却战力低下；私卒战力较强，却往往只忠于封主，王命将令即便下达，世族大臣若不肯奉命，私卒也不会听从。正是因此，面对王贲的狂飙攻势，官军即便北上也未必能将其击退；而王贲撤军之际，私卒若全无协同各自追击，极可能退敌不成反遭败绩。

听到项燕的拆解，无论楚王还是世族大臣们都松了一口气，却仍大不甘心，须知他们早与韩国悬刀有约，一旦韩人起事、秦军前往韩地镇压，他们便调集各族私卒猛攻陈城等城，是故此时各族均已磨刀霍霍。闻听秦人不欲做灭国大战，景、屈两家几位大臣便私下里通连，决意反过来合兵攻秦，好歹让那王贲知晓我等的厉害！孰料他们刚由寝城繁阳各自调出兵马粮草，依着军报向西北方的平舆攻去，王贲飞骑竟鬼魅般出现在了两军身后，一举突袭了辎重车队。景、屈两军慌忙回救，不想王贲飞骑又趁机攻破了繁阳，及至景、屈两军匆匆赶到，秦军已扬长而去，半日之后再度传来了寝城陷落的消息！

这一战打得景、屈两族颜面无光，其他各族也不敢动了。及至最后三座城邑上蔡、蔡阳、阳城索性望风而降后，楚国庙堂接到了王贲措辞严厉的书信：察楚人与韩地乱党阴相勾连图谋不轨，今取汝十城以为警示；若再与悬刀来往，秦军将直捣寿郢，勿谓言之不预！

看到这封书信，世族大臣们一片人心惶惶。支援韩乱乃项氏首倡，先前提出时他们无不赞同，均觉这是掣肘秦国的上佳机会，不想未及出兵秦人倒率先攻来，数日来连下淮北十城，诸多封地城邑都相继陷落，当真偷鸡不成蚀把米。老世族们个个心头滴血悔不当初，王贲发来的书信自然给了他们最好的由头，于是纷纷去向楚王负刍抱怨，一致要求放弃援韩，向秦人求和！楚王负刍虽一向支持项氏，然楚国向来分治传统浓厚，每遇大事君王都难以独断，无奈之下只得召来项燕询问对策。他本以为这位大司马会反对和谈，已想好了一通抚慰的说辞，却不料项燕良久沉默后，竟然赞同了。

“臣启陛下：目下形势只能求和，如此方可为日后抗秦争得喘息时机。然则以我之见，我等求和之余，还可向秦人索要淮北十城。”

“秦人贪如虎狼，到口肥肉几时吐出过?”负刍愕然了。

项燕摇头：“此番形势特殊。一则王贲纵然下这多城，也无足够兵力固守，若我等能集中兵力连番苦战，仍有望夺回；二则目下韩乱未定，王贲必定急于支援蒙武，无心也无力将这多城邑化入秦地。况且，咸阳庙堂之上，还有一人与我项氏相熟，此番有他斡旋，必能达成盟约！”

“何人?”

“秦国丞相，昌平君，熊启！”

“是也，如何忘了他?”负刍恍然大悟，终是重重一拍案，“既如此，从大司马所言！”

“竖子，总算没给老夫丢人……”

望着案上的军报，远在燕地的王翦温淡一笑。

军报是尉缭发来的，详细描述了王贲袭楚、蒙武平韩乱的全过程。不到两个月，王贲蒙武分头行动，各有斩获：王贲以五万兵马连下淮北十城，不仅使楚国举国震恐，更斩断了韩乱外援；蒙武则在尉缭的协助下，以三万兵马在新郑郊野张开了大弧，对四散逃窜的韩国老世族进行围剿，历经十余场零零散散的小战之后，彻底剿灭了叛乱势力，并在颍水之上擒拿了意图乘舟逃入楚地的韩王安，唯一的缺憾在于走脱了韩成、韩信这两名韩乱首领，而悬刀头目张良实则并未出现在韩地，谁也不知他究竟藏身何处。

尽管如此，王翦对这结果仍算得上满意，对儿子下楚十城这一系列战事更是暗暗吃惊，儿子或重兵伏击，或轻兵奔袭，或正面强攻，或迂回包抄，种种花样百出的战法直使人眼花缭乱，一时间王翦竟有些怀疑自己先前的判断：难道自己真小觑了儿子？难道儿子在自己麾下为将，竟屈了他将才？……

“无论如何，是老夫之子。”这是王翦心下自然涌起的念头。

然而看到后面，王翦又慢慢拧起了眉头：楚国欲献青阳之西的土地，请求秦国归还淮北十城，并与秦国修好，双方停战。

王翦合上竹简，默默想着这场盟约对秦国可能的影响。楚国献地犹在其次，王贲攻下的淮北十城目下无力占领，归还楚国也并非多大损失，这场盟约关键还在罢兵之事。目下燕地与韩乱方平，大军又要筹备灭魏，在此期间秦国若能与楚相安无事，自然再好没有。只是令王翦费解的是，楚王负刍虽说才干平平，对秦姿态也算得硬朗；大司马项燕本就一向主张强硬抗秦，前日王贲又攻陷了他的封地项城，于公于私他都该报这一箭之仇，可而今却如何一反常态了？若非迫于其他世族贵胄们施加压力、纯粹出自本心，那么他们真正的目的，只可能是借此停战之机积蓄力量，准备迎接秦楚之间真正的决战。如此看来，项燕也算得楚国甚或六国中难得目光长远的清醒之士……

——“拜赐之师，给你三十年！”

心头泛起了当年项燕的这句话，正在给尉缭写回信的王翦，手中的大笔分明凝滞了。他并非执着于私恨的人，然而想到此人却仍攥紧了笔管。三十年了，他仍能记得那场自己险些丧命的败战，也仍能记得项燕的那一脸孤傲。项燕给了他一生中最惨重的一场失败，却又大度饶过了他的性命，也许这位高傲的贵胄眼中根本就没有他，根本想不到这位手下败将日后会成为秦国上将军，统领大军展开灭国大战，成为他乃至六国最大的死敌。休说项燕，王翦自己也没有想到，自己还会有和项燕重见的那一日；他更没有想到，两人的重见竟不是在战场上，而是在看似平静祥和的会盟中。

却不知此番会盟，究竟如何？

却不知会盟之后，又是如何？

王翦心下隐隐约约冒起一种预感，这次会盟见到项燕后，下次必定便是秦军灭楚之时，两军阵前再见了。

7

尽管已是黎明，天却仍是阴沉沉的，只有一面上绣“楚”字的赭黄色大纛在会盟台上猎猎招展，成为天空中唯一的一点亮色。

肃穆祥和的乐声中，新土夯成不久的高大会盟台上一位位长袖细腰的巫女且歌且舞，齐声唱着《九歌》开篇的《东皇太一》：

吉日兮辰良，穆将愉兮上皇；
抚长剑兮玉珥，璆锵鸣兮琳琅；
瑶席兮玉瑱，盍将把兮琼芳；
蕙肴蒸兮兰藉，奠桂酒兮椒浆。
……

伴随着歌声，项梁导引着王翦父子迈上通向台顶的长长红毡。王翦抬头望去，看到高台顶端则伫立着一员全身戎装的楚将，面目虽模糊不清，赭黄色的战袍却在晨风中猎猎飘拂。此时阴云密布的天穹中透出一道缝隙，已从天边升起的朝阳终于洒下了第一缕晨曦，而那员楚将犀甲上缝缀的铜片也随之泛出点点金光，直如楚歌中的神祇般威武。

——楚国大司马，项燕，当年击败自己又饶自己一命的对手。

就在王翦一步步走上高台的同时，项燕也在不动声色地观察着这位越来越近的秦国上将军。看到对方晨风中飘拂的花白须发，看到那身泛着点点寒芒的黑色战甲，他的瞳孔也不易察觉地紧缩了起来——

秦国上将军，王翦，自己曾经的手下败将，如今却已是秦国乃至天下第一名将，而今韩赵燕三国俱灭，难道日后六国要尽数亡于他手？下次与他相见，会否便是秦楚大决之时？却不知究竟谁胜谁负，谁死谁生？

……

在项梁的引领下，王翦父子终于来到了会盟台之巅，直面在此等候多时的项燕。如同即将交锋的两组对手一样，两对父子默默对峙着，谨慎打量着对方。最后还是作为主东的项燕首先打破了沉默：

“三十年前，老夫曾与上将军有过一面之缘。”

“老夫也是记忆犹新。那一战输得口服心服，佩服。”王翦神色间并无难堪之意。

“只是风水轮流转，今番却是我等服膺了。”项燕淡然一笑，望向对面的王贲，王贲轻轻点头，对面的项梁却是脸色铁青，听父亲低声向自己交代了几句，便扭头下了会盟台。项燕又向一旁的司礼颔首示意，司礼长长喊了句“歃血”，侍从便手捧铜盘来到台上，盘中盛满了兀自冒着热气的红殷殷的鲜血。项燕率先将五根手指伸进铜盘，蘸上一抹殷红涂到嘴上；王翦则以整个手掌掬起鲜血，大手往脸上猛地一抹，登时将半张脸连带花白胡须一同抹得红彤彤一片。昭告天地、盟约用印、互换盟约等程式逐一走过，秦楚换地和谈的盟约便正式达成，至此邦交环节全部结束，接下来便该是祭祀了。会盟台上也出现了短暂沉默，王翦项燕肃然挺立，等待着下一环节——降神的开始。毋庸置疑，降神之意是神灵从天而降，接受凡人奉献的牺牲。此环节常由一女一男两名巫觋主持，一人唱祭歌迎接神灵降临，是为祝；另一人则为尸，代表神主受祭，或跳舞或与祝对唱，或以神主身份开口。王翦知晓，这尸一般由主祭者的子孙辈担任，目下主祭者既为项燕，方才项梁又下了会盟台，显然此次降神多半是项梁担任尸了。

果不其然，片刻之后，在一队青衣巫女的簇拥下，项梁和一名巫祝上了高台，当两人并肩出现在众人面前时，王翦父子都心下一惊：但见项梁换上了一袭青衣白裳，赤着双脚，腰间悬有一口吴钩，背后更多了一张大屈之弓，显是楚地神话中东君的打扮，最特异的则是他脸上那副黄金面具，反射着灿灿金光，狰狞而诡异。

在那夜的交战中，王贲已见识过这面具了，而在他眼中，目下比这黄金面具更引人注目的，则是项梁身旁那名神祝，那位巫女。尽管也见过不少丽人，尽管自己的妻子也是老家频阳有名的美女，但王贲还是被这巫女震撼了：那婀娜的身姿，那随风飘舞的披散的乌黑长发，那白皙中透着红润的俏丽面颊，那纤细修长的双眉，那灵动如寒泉般的眸子，无不与中原女子大异其趣，这巫女从头到脚透着一股楚地的灵秀与野气，一时竟令王贲想起那《九歌》中的山鬼！

"此乃老夫挚友之女，被老夫认作义女，小名女萝。此子自幼失教，粗陋少文，唯歌舞尚可，是故让她做了我族中巫祝……"一旁的项燕介绍道，而眼见王贲目光中毫无掩饰地流露出诧异和惊艳，他笑了笑，补上了一句："……也是犬子之妻。"

这后一句使王贲如梦方醒，又见一旁项梁从黄金面具背后投来的愤怒目光，心知自己失态，忙望向别处，黝黑的脸膛已红晕微泛。

"果是一对璧人……"王翦轻轻点头赞道。

王贲的惊讶、项梁的恼火、王翦的赞叹，女萝都注意到了，却只是眼波流转，若无其事地一笑，露出了两排皓齿，随即便如一团流云般轻盈飘上会盟台，带过一阵辛夷的淡淡香气。

"降神——！"司礼的喊声重又响起。

四下里重又乐声大起，清亮的钟声，沉雄的鼓声，高亢的箫声，激越的瑟声，一同组成了辉煌的乐章。女萝面向立在会盟台正中的项梁，宽大的广袖随着衣袂发丝一同在晨风中舞动，轻轻张口，圆润饱满的歌声破空而出，在钟鼓箫瑟声中格外清晰：

暾将出兮东方，照吾槛兮扶桑。
抚余马兮安驱，夜皎皎兮既明。
驾龙辀兮乘雷，载云旗兮委蛇。
长太息兮将上，心低佪兮顾怀。
……

这是《九歌》中的《东君》，歌咏的是太阳神，乃是《九歌》诸神中最光彩夺目的神祇，这首祭歌自然也同样极尽庄严绚烂；而目下这祭歌再由这巫女口中唱出，更平添了一种无法言说的魅力。

王贲愕然望着沐浴在曙光里的女萝。他听过平和端方的《大雅》，也听过靡靡荡荡的郑卫之音，更熟悉悲愤凄楚的秦风，可这楚歌仍然深深震撼了他。他只觉自己整个人都仿佛融化在了这天籁之中，只觉这歌声已弥散在了天上地下、四面八方，无处不在。

灿烂的光芒笼罩了整个高台，王贲抬头，但见重重叠叠的云层不住裂开消散，一道宽阔的缝隙显露出来，露出那轮光彩夺目的太阳，正喷薄出万丈金光——

东君，果真降临了么？因了这巫女的歌声？

这时，青衣巫女们也纷纷散开，舒展开各自的长袖，挥动着手中的兰草，像一只只穿梭翻飞的翠鸟般翩然起舞，伴随着兰草氤氲开来的香气，齐齐唱和起来，歌声中与其说是世人对神祇敬而远之的畏惧，倒不如说是对他们衷心的邀约，请他们下凡与自己一同狂欢，一同享受这世俗的一切美好：

羌声色兮娱人，观者憺兮忘归。
緪瑟兮交鼓，箫钟兮瑶簴。
鸣篪兮吹竽，思灵保兮贤姱。
翾飞兮翠曾，展诗兮会舞。
应律兮合节，灵之来兮蔽日。
……

歌声中，扮作神尸的项梁举起手中的吴钩，踏着节拍起舞，两只大袖如一双青蝶上下翻飞，一道道劲风不时席卷着兰草的香气，冲着一旁观舞的众人扑面袭来；手中一弯吴钩更是舞成了一条盘旋的金蛇，时时反射着道道亮光，与那张熠熠生辉的黄金面具一同在众人眼前晃动闪烁，炫人眼目、摄人心魄，刚健雄浑中却又隐隐带着一丝难以名状的诡异。

女萝的歌声仍然在继续着：

青云衣兮白霓裳，举长矢兮射天狼。
操余弧兮反沦降，援北斗兮酌桂浆。
撰余辔兮高驰翔，杳冥冥兮以东行。

恰唱到这最后几句时，项梁左手猛地取下了一直背在身后的大屈之弓，右手吴钩当即搭在弓上，以剑为矢，直指一旁观舞的王翦！

王贲来不及多想，一下跃到父亲身前，右手习惯性地按到腰间，这才想起自己的佩剑已经留在了台下。

歌舞乐声一同戛然而止，会盟台上的气氛登时凝住了。

“阿梁。”一旁的项燕深深皱起了眉。

沉默有间，王翦忽然抚髯大笑：“少将军既有将才又善歌舞，文武双全殊为难得!”

“上将军谬赞!”项梁将大屈之弓重新背在身后，双手一拱，吴钩便悬在了胸前，他的嗓音透过面具陡然变得嘶哑阴沉了许多，王翦身前的王贲不禁皱了下眉。

“上将军，降神已毕，该当三献了吧?”尽管心下对儿子自作主张的挑衅颇为不快，项燕面上仍装得若无其事，笑呵呵打圆场道。

“是也是也，三献!”王翦似乎更是浑然无觉，也朗声笑道。

会盟台上的气氛重又舒缓了下来，项梁、女萝和巫女们一同退了下去，台上立刻开始为接下来的三献忙碌准备，这个小小的插曲似乎没有对整个仪式有任何干扰，一切仍然在有条不紊地继续进行着。

只是，当项梁走过自己身旁时，王贲却感到他犀利的目光透过那黄金面具，直射在自己身上。

……

黄昏时分，会盟大典终于完全结束了。

王翦与儿子同乘一车，一同回望着身后已开始在暮色中模糊的项城，不由得想起方才宴饮之时，自己与项燕的那番对话：

“上将军，秦人目下已连灭三国，自家却也师老兵疲。此番秦楚盟约既定，何不就此罢兵休战，还天下安宁?”

“大司马欲叫老夫做半途而废之人?”

“两百年间，天下战火泰半由秦国点燃。上将军也知‘国虽大，好战必亡’之理，若仍穷兵黩武，只恐将重蹈齐湣王覆辙，非将道也。”

“大司马既也熟知《司马法》，如何只记一句好战必亡，却忘了以战止战?”

“口说止战，手上杀人，上将军欲粉饰秦政乎?”

“大司马非残暴嗜血之辈，然征战多年同样杀戮无数，何也? 安国全军乃为将天职所在。”

“老夫征战是为保卫楚国，保全万千楚人。秦人灭国却是为一己私利，给天下带来连绵兵灾。”

“黄帝之世，内行刀锯，外用甲兵；尧伐共工，舜击三苗，方成圣王；况乎春秋战国数百年，万千邦国部族积年征伐，逐渐融为如今之七大战国，连楚国自家都不知并吞多少小邦，足证自分裂向统一乃大势所趋。我等灭国纵有私欲，却也顺应这统一大潮，何能因杀戮甚重而一语抹杀？唯有天下一统，才能永休兵戈。大司马必知楚庄王武功七德之说：禁暴、戢兵、保大、功定、安民、和众、丰财，此说非独适用楚国，同样适用秦国。”

“……罢，老夫只问上将军一句：秦国仍要灭尽六国？”

“仍要灭国。”

“既如此，若战端重开，老夫当血战到底，我楚人亦当血战到底，虽殒身而不恤。”

“敬诺，果有那日，老夫当拜赐大司马当年之惠。”

“三十年了，上将军仍未忘？”

“无时或忘。”

……

王贲并不知晓身边的父亲在想什么，也的确没心情去知晓，他只默默地望着天边那最后一抹晚霞，心底回荡着白日里那个女子的歌声：

成礼兮会鼓，
传芭兮代舞，
姱女倡兮容与。
春兰兮秋菊，
长无绝兮终古。
……

第十章 黄河之水天上来

1

尽管天色已晚，回到陈城后王翦父子却还是与留守的蒙武尉缭会了面。

燎炉的火苗轻轻晃动着，幕府中不时爆发出阵阵大笑，其中尤以蒙武声音最为响亮，绘声绘色地讲着王贲奔袭淮北的战事，说到兴奋处不禁手舞足蹈，竟比王贲本人还要兴奋。至于其他三人，尉缭在一旁不时插两句嘴，王翦只是啜着米酒含笑默默听着，王贲则自始至终沉默，虽面色如常，目光中却仍难掩兴奋。

“如何？你个老匹夫总说王贲不行，而今有甚话说？”蒙武一脸眉飞色舞。

“竖子总算没出纰漏。”王翦露出转瞬即逝的笑容，面容随即严肃起来，“只是你此番攻楚，仍太过弄险。韩地兵力本就吃紧，你如何又分出一军？况且楚国乃最大对手，若过早惊动，岂不引他警觉？”

王贲语气倒很是平淡：“两害相权取其轻。若不先攻楚，只怕韩乱未平，各族私卒便已攻向陈城，腹背受敌更难平乱。”

“总归有惊无险。”王翦叹息了一句，“目下你这边当暂无战事，只严加防备，待老夫燕地班师之后，再议灭魏之事。”

“王贲有请。”王贲等的就是父亲这句话，几乎是立即接口，“请许我领军灭魏！”

“领军灭魏?”刚才还在大笑的蒙武顿时呆住了，一旁的尉缭虽未吭声，目光中也满是惊讶，王翦脸色更是沉了下来。

“一场胜战，冲昏了头么？你知自家几多兵马？知魏国几多兵马么?”

“魏国奄奄一息，除却大梁，余皆小城。我与蒙武老叔两军共十万，魏军也是这般，十万对十万，足够。”

“轻言！魏军若不野战，只退守大梁，你能奈何？那大梁城垣高厚又粮草丰裕，你便四十万大军日夜攻打，三年五载都未必下城！”

“不会强攻，上将军自可放心。只要许我灭国，王贲能谋出下城之法！”王贲的声音中满是自信。

“老叔信你！”蒙武不等王翦开口便重重一拍案，仍是一脸神采飞扬，“老匹夫，莫小看俺这世侄！他既敢开口，必有谋划，走着瞧便是！”

“若不计其余，灭魏倒是正当其时。”尉缭也插了句嘴，“黑冰台军报：魏国庙堂麻木沉沦多年，前日少将军袭楚近在咫尺，举国尚且浑然不觉。若有成型谋划，此时突然发兵，当能一鼓而下；若待燕地大军南下，声势浩大反易使魏国警觉，更难灭国。”

“……”

尉缭的话使王翦沉默了，片刻思忖后，这才重又向儿子开口：“先拿战法，有成算再说。”

“上将军自回燕地可也，我等必有自家方略。”

“竖子，莫轻敌。”

王翦口上虽这般说着，望向儿子的目光中却隐隐带着一丝鼓励。

送走了父亲，王贲却未急于开始攻魏谋划，而是先听身为魏人的尉缭讲述了魏国的历史，之所以如此，便在于魏国与秦国的特殊关系。

战国前期中期，魏国一直是秦国最大的对手，耐人寻味的是，二者国运也恰好形成了此消彼长的鲜明对比：魏文侯、魏武侯两代励精图治，率先变法，使魏国成为天下首强，又对历经四代乱政、国力正处于低谷的秦国开始了连年征讨，数十场大战下来险些灭亡秦国。然而待到志大才疏的魏惠王继位后，魏国放弃了继续攻秦，转向中原争霸，既使老对手秦国获得了喘息时机，又使自己四面树敌、空前孤立，结果连续遭遇了一连串败仗，此时的秦国却通过商鞅变法成为天下首强，两国的实力就此开始颠倒了过来：秦国蒸蒸日上，反过来日复一日蚕食着魏国领土；魏国却是江河日下，连战连败，而今已由当年的天下霸主，沦为只剩一座都城几座小城的孱弱小邦了……

“高岸为谷，深谷为陵！”听罢尉缭的讲述，王贲感慨万千地喟叹了一句。

“少将军以为，魏国何以至此?”尉缭分外认真地问道。

“魏国衰亡，全无奥妙。文侯武侯之兴，兴于内政外战之方略正确：对内变法改制富国强兵，对外全力攻秦、联结赵韩、遏制齐楚，终成天下霸主。惠王之败，败于全然违背此方略：对内多有恶政，对外四面树敌，内忧外患集于一身，焉能不灭?”

“少将军所论不差，然却未提及魏国另一病根：缓贤忘士。”尉缭轻捻着须髯道。

“愿闻其详。”

“文侯之时求贤若渴，诸多大才都被他招至魏国，施展各自才干：法家名士李悝推行变法，成就战国最早变法；两位天下名将乐羊、吴起，一个灭了中山，一个夺取河西，险些灭亡秦国；邺城令西门豹严惩巫祝，又开凿水渠引漳入邺，还有赵仓唐、翟璜、屈侯鲋、李克……正是这多人才群策群力，方使魏国成就霸业。然则文侯之后，魏国尚贤敬士之风渐趋消弭，武侯之时错失吴起，惠王之时听任孙膑受残害，白白放走商鞅；再往下更是愈演愈烈：张仪、公孙衍、乐毅、范雎……”

“还有国尉自家和姚贾上卿！”王贲插了一句。

尉缭不无苦涩地笑了笑：“我二人也都曾希图为国效力，惜乎多年求仕不得，这才转投秦国。非独我俩，那商鞅、张仪、公孙衍、范雎，个个都身为魏人却在秦为官，反过来对付魏国。非是我等不念故国，实是故国伤我等甚深。我等非魏公子那般王族，不必为此等糜烂邦国殉葬；也亏得我等乃布衣士子，方能在秦成就功业，不致如魏公子那般沉沦……”说到这里悠悠一叹，止住了话头。

王贲沉默了，他知道信陵君的命运。在那数不胜数出自魏国的军政大才中，最令人扼腕的便是信陵君魏无忌，他既是战国四公子之首，也是魏国后期最为璀璨的将星，却处处遭到魏安釐王的提防算计。窃符救赵本是天下大义，魏王却偏担心他由此成势，及至听到流言，更是毫不查证径自解了他军权。信陵君报国无门，满心忧愤无以发泄，只得纵情酒色，终是早夭。信陵君的死，宣告了魏国最后一根栋梁的摧折，自此以后，魏国便再无回天之力，灭亡只是时日长短的问题了。

“《墨子·亲士》有云，入国而不存其士，则国亡矣，此之谓也！”尉缭的语气很是沉郁，“任何邦国，唯重用人才方能兴盛，若忽视甚或迫害人才，则衰亡便在旦夕之间。殷鉴不远，在夏后之世，魏国不正是活生生的例子么?”

“只望我秦国，万勿走上这条死路。”沉默良久之后，王贲只冒出了这一句。

天刚擦黑，大梁城已是一片灯红酒绿、歌舞升平了。

那星汉灿烂的灯火海洋，那鳞次栉比的酒肆茶馆乐坊绿楼，那熙熙攘攘拥挤在街道上的锦绣绚烂的华服高冠、川流不息的高车驷马，那时时回荡在耳畔的天南地北各色口音、靡靡荡荡的丝竹乐声，那时时萦绕在鼻端的酒香菜香脂粉香，都使这座风华都会的各个角落弥散着无与伦比的安逸奢靡。

只是这些，都与目下这位藏身窗后之人无关。

临街一座客栈的三楼，一直紧闭的窗棂轻轻开了一道细缝，眸子的光亮在夜色中时隐时现。

“当真安乐无事……”一个女人般轻柔的嗓音自言自语道。

一声銮铃的清脆响动，他合上窗棂转过身来，摇曳的灯火照亮了那副白皙清秀的面容。

韩乱爆发之际，张良没有亲临新郑或陈城任意一处，而是始终坐镇于此，同齐、魏、楚等国贵胄多方斡旋；韩乱失败后他也并未逃走，而是继续藏身大梁，积极谋划营救自己的悬刀同党，同时也试图借助魏国之力抵御秦军。然则看目下魏国一片太平的景况，他显是要失望了。

在他身后，魏国外黄县令张耳发出一声粗重叹息：“若说全无防备，却也未必。陈余与魏王假相熟，说魏王已秘密下令，要将举国兵力粮草集于大梁，欲仿当年邯郸、即墨，与秦国生耗；大梁毕竟金城汤池，秦军若硬攻，还真难急切拿下!”

“只是如此死守，终非长久之计。”

张耳一脸苦笑：“谁说不是? 偏这鸟魏王以为从此无事，整日便与一群儒生高谈儒学，更将孔夫子后人孔鲋请入了宫中，说要拜他为相。大梁国人都说，魏王想是要学他祖上，也敬回贤!”

“怪道魏国每况愈下，敬的这都是何等贤才……”

“听陈余说，过几日上巳节，孔鲋要在逢泽讲学，魏王假和那些儒生博士都要去谈论儒学，也不禁寻常士子旁听。坊间传言，魏王欲建个甚通儒院，若有宏论合他心意，发言士子当场便可拜为博士，入住此院！我一个兄弟叫刘邦的，也要过去凑热闹。娘的，真个乡下人没见过世面!”

“说来，这倒是游说魏王抗秦之良机，不妨一试……”张良轻轻眯起了眼睛。

2

暮春时节的逢泽，艳阳高照，草长莺飞。

暖洋洋的轻风拂过，浩渺的大泽在春日照耀下泛着粼粼金光，一望无际的苇草也卷起层层翠绿波浪，一只只麃麋或是慵懒地卧在苇草中静静休憩，或是在大泽旁自在徜徉。其间更有一个个锦衣高冠、佩玉发出阵阵清脆声响的年轻公子，唱着《郑风·溱洧》悠悠寻觅着可心女子；也有成群风雅之士席地而坐，或是欣赏着歌伎们抚弄丝竹踏歌而舞，或是赋诗酬答开怀畅饮，或是坐在道道小溪旁，让羽觞顺着溪流漂下，下游之人若遇上便取之饮酒，再吟上首应景的《诗》，这游戏演变至后世，便是所谓的曲水流觞。

游春，猎艳，炫富，附庸风雅，这便是上巳节对于魏国这些官宦富豪们的全部意义；而这个上巳节，附庸风雅的味道似乎格外浓郁。

"'暮春者，春服既成，冠者五六人，童子六七人，浴乎沂，风乎舞雩，咏而归。'当年夫子心愿，便是如此吧?"遥望着远处那片其乐融融的盛景，年轻的魏王假笑吟吟道。

"吾与点也!"他身旁一位中年布衣士子轻轻点头，悠然引用了孔夫子这句赞叹答道。

魏王假满意地点点头，向他深深一礼："敢请先生为我等传道授业!"

"请先生传道!"举座峨冠博带齐声应道。

布衣士子微一颔首，翻开手中竹简，略一沉吟，开口道：

"为政以德，譬如北辰，居其所而众星拱之。……"

此人年近四十，只身着一领青衫，头戴一顶竹冠，完完全全是寻常士子的装扮，与那举座的锦绣华服颇不协调，但那双目中的深沉睿智，那面容的肃穆凝重，都使他俨然布衣王侯一般。相形之下，反倒是魏假这位真正的君王更像个纨绔子弟。

这正是孔夫子的八世孙、目下的儒家领袖——孔鲋。

说起来，魏国与儒家还真是渊源颇深。立国之初，魏文侯便对卜子夏等西河学派的儒家大师礼遇有加；魏惠王、魏襄王两代也礼遇过孟子；再往后的魏安釐王也聘孔鲋的父亲孔穿当过一阵丞相；而今孔鲋又被魏王假请入宫中，与大批儒家名士定期切磋学问，魏王自己也时常旁听，目下的逢泽本是踏青之处，魏王假却不去游玩，而是安心跟着儒生们做学问，实在可算敏而好学不耻下问了。

一片鸦雀无声的寂静中，孔鲋深沉的嗓音回荡着。在座的峨冠博带们纷纷点头慨叹，魏王假也随时注意着众人反应，不失时机地跟着他们时而凝神深思，时而会心一笑，时而恍然大悟，面上表情千变万化，心里却始终打着自己的盘算。

他记得，听说孔鲋居于大梁后，自己便轻车简从亲自到他家中，毕恭毕敬表达了求贤之意，问他："怀其宝而迷其邦，可谓仁乎？好从事而亟失时，可谓智乎？"本以为对方必会痛快答上句"诺，吾将仕矣"，不料孔鲋只淡淡一句："天下有道则见，无道则隐。"一句话噎得他无言以对，头回求贤就这样失败了。但魏王假是有耐心的，仍然带着朝闻道夕死可矣的热情，时不时过来拜访孔鲋一番，请他给自己讲儒家六艺。软磨硬泡之下，孔鲋终是答应出仕了，不过有个条件，自己只做学问不问政事，这倒刚好中了魏王假的下怀，假意惋惜地慨叹了两句便将他聘为博士，整日高车驷马钟鸣鼎食地招待。魏王假很清楚，世人早对历任魏王的敬贤颇多微词，说他们不看真才实学，只知沽名钓誉，自己此番定要动真格的，要让天下看看，自己是否真心敬贤！

"先生已讲解完毕，诸位有何心得？"虽是一直在出神，但孔鲋讲完之后，魏王假仍是立刻回过神来，笑着环视了一下在座的众人，"'三人行，必有我师焉'，但说无妨，本王听听！"

一阵嗡嗡声响起，举座的峨冠博带们议论了起来。

"子房，如何？魏王是真心敬贤吧？"

"魏王想用《论语》抗秦么？"

望着满脸殷切看着自己的陈余，张良嘲讽道。

陈余皱了皱眉，坐直了身子。他是张耳的刎颈之交，尽管正在年少，却也为悬刀反秦鞍前马后出过不少力，也正是他将张良带到这里。

"这位公子，如何看我儒学啊？"邻座一位高冠老者笑着问张良道。

"在下才疏学浅，愿闻指教。"张良怕言多必失，打定主意不多说话。

"呵，东园公！这位是在下故交，公子韩城父，仰慕孔先生已久，特随在下同来旁听。"陈余连忙赔笑，又向张良使了个眼色，"韩兄，这位是东园公，那边三位是夏黄公、甪里先生、绮里季。四位皆为饱学鸿儒，常一起切磋学问，你若有疑惑，可请教于他们。"

张良轻轻欠身，向四位老者勉强点了点头。

东园公一脸笑容可掬："依老夫之见，须看儒学做何用。若修身治学，自是大大好事，人人都能修成君子，天下岂不少了许多无益纷争流血?”

张良带些不屑地笑了，心下想到的是《吕氏春秋》里的一句：“仁者能仁于人，而不能使人仁。”只是不想惹这位宿儒不快，徒添麻烦，是故没有吭声。

“只是当今之世，虎狼秦国不修仁义不奉王道，儒家更无用武之地，也就不再奢望施展抱负了。”绮里季怅然叹道。

“目下魏王不是颇为尊儒，还要聘孔鲋先生为相么?”陈余一脸不解。

“陈公子看不出么?”角里先生轻捻长髯道，“魏王本意并非求贤，不过想借我等博个敬贤美誉而已。孔鲋先生不肯为相，也是因明白魏王心思。”

“原来如此……”陈余脸色黯淡下来了。

“我儒家虽讲学而优则仕，却也是富贵不能淫、威武不能屈，岂能助这等君王大伪欺世！孔鲋先生早私下讲过，不日后他便要离魏，回曲阜老宅；我等四人也欲前往商山隐居，只待圣王重出了。”绮里季轻轻一声叹息。

“然则，若天下有变，四位先生可肯重新出山?”一旁始终沉默的张良，目光中陡然射出两道精光。

“出山?”四位老者同时心念一动，互相看了看。最后东园公沉吟一句：“我等出山，有用么?”

张良压低了声音：“依在下看，儒家至少一样长处，天下学派无人能及——替六国世族张目！”

四位老者再度相互对视了一眼，又仔细端详着张良，还是东园公轻轻笑了：“若天下当真有变，我等或可与公子共谋大事。”

张良也笑着点点头。

正在这时，人群中突兀响起了一个颇有些油腔滑调的嗓音，打断了众人的议论：

“俺有一问！”

3

“俺有一问！”

张良顾不上答话，忙和众人一同望去，但见发问的是下首一个中年人，一把连鬓大胡须很是气派，目光中透着精明，嘴角挂着一丝狡狯的笑意。尽管衣着同样很是体面，但那皱巴巴的端服，那分明没有戴正的高冠，都透着一股别扭的邋遢，与这肃穆会场颇不协调，一时竟使张良想到那句“沐猴而冠”的民谚。

上座的孔鲋显然对这人颇感意外，但仍谦和点头：“先生请问。”

那人艰难地从席上站起来，笨拙地整整衣冠，大摇大摆踱到了会场正中，环顾举座的峨冠博带，目光中闪烁着挑衅：“俺想请问先生，传言秦军不日要进攻大梁，先生有何良策抵御秦人?”

孔鲋微微一怔，但几乎是立刻便答：“不在其位，不谋其政，鲋只做学问不问政事，无法作答，足下见谅!”

中年人哈哈一笑，神色间颇有些自鸣得意：“掩耳盗铃至此，先生好笑也!”

“阿兄!”与中年人同席的一位年轻公子慌忙叫道。

“足下何人?”魏王假满腹不快，上下打量着中年人。

“启禀魏王，”年轻公子忙离席起身深施一礼，“在下刘交，乃浮丘伯弟子；此乃家兄刘邦。听说今日孔鲋先生讲学，特随在下前来旁听。”

“咱刘邦是来祭拜信陵君，顺道看兄弟的，听俺幼弟说今日逢泽大集，便也过来凑个热闹。”刘邦望天答道，语气很是不屑。

“原来是他!”一直默不作声的张良心下一动。他早听张耳提起过这刘邦，据说此人极是仰慕信陵君，得知张耳做过信陵君门客后便常与他往来，他说顺道看兄弟，那兄弟必是张耳无疑!

魏王假则面色沉了下来。信陵君这个名字一直是他的忌讳，无论天下如何盛赞，他始终认为此人功高震主，若还在世必是比秦人还大的威胁！这刘邦专程过来祭祀魏无忌，难道也是他门客？勉强压下心中火气，没好气道：“足下忧心国事，忠心可嘉，然抗秦之事太过重大，本王须与举座大才共同商议方能定夺，此事日后再议，足下请了!”说罢一抬手，显然是送客之意。

刘邦却没有挪脚，反倒仰天打了个哈哈：“举座大才？一群书虫罢了！那话叫啥来着？对，五蠹！魏王竟将蠹虫当作大才，笑煞人也!”

这句话一下捅了蜂窝，举座儒家士子个个激愤难当，纷纷拍案而起，大声声讨：

“我等富贵不能淫，贫贱不能移，威武不能屈；穷则独善其身，达则兼济天下，个个胸中一腔浩然正气，岂非大才?”

“谁说我儒家无功业？孔夫子不做过鲁国大司寇么?”

“对，大贤子贡也任过鲁相，还是天下富商！”

“先生之父任魏相之时，还搞过合纵！”

不料刘邦更是放声大笑：“春秋战国几百年，天下儒生少说也有百八十万，不就出了这几个，建过屁大点儿功业么？儒家还有谁，啊？便这几个，又哪个比得上李悝吴起信陵君？整日牛皮吹得山响，屁实事不做。尔……俺要当了王，在你等那儒冠里挨个儿撒泡尿都是轻的，非挖个大坑把你等都埋了，让你聒噪！”

这话一出口，整个会场彻底炸了锅。

“心险而逆，心险而逆！”一位年轻士子跳了起来，双目陡然腾起火焰，“此人如少正卯般可恶，淳于越奏请魏王烹杀此人，以儆效尤！”

“如此猖狂，必是家中失教！还在此面刺魏王，当真无父无君，真禽兽也！”另一位士子连连摇头叹息，“叔孙通请魏王将此人逐出大梁！”

“朽木不可雕也，粪土之墙不可杇也！老夫伏胜阅人无数，从未见这般冥顽之辈！”一位白发老者气得浑身发颤，刚说完便猛一阵咳嗽，憋得满脸通红。

“天厌之！天厌之！”后面不知谁叫道，也不知是真的厌恶，还是纯粹起哄。

魏王假一听“天厌之”，当即皱起了眉，忙偷眼看一边的孔鲋，果见他脸色难看起来。当年孔夫子见美女南子，子路疑两人暧昧，老夫子尴尬之下连发此赌咒，意思是自己若不清白，就让老天都讨厌自己，目下竟有人当着夫子后人提这丑事，实在其心可诛！

“刘邦！休得猖狂！再不走，莫怪本王不客气！”好端端的讲学大会竟被这疲民搅了局，惹得博士们这般失态，传出去自己面上将是何等无光，魏王假想到这里也恼羞成怒了。

“如何，魏王？逼走吴起、栽赃孙膑、错过商鞅、残害范雎、排挤信陵君，全是你魏国干的好事，几时见你为这些大才恼怒？而今尔翁不过讲几句实话，你便要跳脚么？”刘邦兴奋得满脸通红，眉飞色舞大是亢奋。

“甲士何在！将此人乱棍打出！”听到刘邦冒出那“尔翁”（你爸爸我）二字，魏王假更是暴跳如雷，心下认准此人必是信陵君门客，成心来给自己找难堪的！

“打人了，打人了！大梁父老们快来，魏王打人了！兔崽子说不过尔翁便要动手！”刘邦明明看着甲士向自己急匆匆奔来，却毫不畏惧，环顾四周油腔滑调地大喊道，“这魏王口口声声求贤敬贤，全是狗屁！把一帮废物书生奉作上宾，还当自己圣王！瞎子都看得清，天下哪国如你狗日的魏国这般浑蛋？”

“给我打！打死这竖子狂徒！”魏王假气得满脸通红。

“陛下请慢！”一直沉默的孔鲋突然高声叫道。

“何事？”魏王假喘着粗气，侧过头看着孔鲋，正要打刘邦的两名甲士见状，刚抡起的长殳也停在了半空。

孔鲋却是长叹一口气，匆匆离席站到刘邦身旁，冲着魏王假遥遥一躬：“鲋恳请陛下放过此人。”

“凭甚放他？”魏王假大是意外，拍案大叫，“这狂徒先骂儒家再辱本王，是可忍，叔不可忍；便是叔可忍，本王也不忍了！”

孔鲋摇摇头，没有理会魏王假的“叔可忍”，分外郑重道：“陛下听鲋一言，此人话虽尖刻，却自有道理。平心而论，儒家修身治学皆可，然于治国确是无用。事实既是如此，我等何必闭目塞听？还请陛下放过此人，如此，则天下必赞陛下心胸宽大。”

魏王假环视四周，看刘邦方才一通喊叫，已招来不少大梁国人好奇地前来围观，思忖了片刻，嘴角又抽搐了一下，终是挥了挥手，两名甲士悻悻下去了。刘邦瞟了孔鲋一眼，冷笑一声：终是夫子后人，倒是颇识时务。也没理会魏王假，径自穿过人群扬长而去了。刘交看他渐渐远去，忙离席向魏王假和孔鲋各拜了一拜，红着脸讷讷地想说上两句道歉的话，却终究没能开口，直起身来也追自己兄长而去了。

孔鲋呆呆望着兄弟两人的背影渐渐远去，又转过身来，向魏王假再深深一礼：“陛下，鲋持儒家之说，然外不能御敌，内不能强国，上不能报陛下厚遇，下不能解庶民于倒悬。既然于国无益，便不当忝居高位，特向陛下请辞，还望恩准。”

“如何？”魏王假满面惊愕，“腾”地站了起来，“先生当我博士当得好好的，如何便要请辞了？本王供你吃穿用度，让你饱食终日无所用心，不好么？”

孔鲋的笑容中第一次多了丝嘲讽，却不知嘲讽的是魏王假还是自己：“邦有道，贫且贱焉，耻也；邦无道，富且贵焉，耻也。”说罢不再理会魏王假，大袖一摆径自转身走了；魏王假正在愣怔，东园公、夏黄公、绮里季、甪里先生四人也齐齐离席，一同向魏王假深施一礼，齐声说了句“谢魏王礼遇，我等请辞”，同样转身走了；举座儒生们惊讶地望着几人的背影，醒悟过来后也纷纷离席请辞，魏王假还没回过神来，举座的峨冠博带们已消失得干干净净了。

望着瞬间变得空荡荡的会场，想着本是大彰文华的盛会竟落得这般难堪收场，自己敬贤爱才的美名也随之打了水漂，魏王假脸上红一阵白一阵。儒生们虽从头到尾都没对自己有一句怨言，那意思却是再清楚不过——道不同，不相为谋，你纵好吃好喝招待我，我却仍不屑与你为伍！这群满口满心“民为贵，社稷次之，君为轻”的儒生的蔑视，当真比方才刘邦指着鼻子痛骂更让自己受不了！手足无措之下，他气得直跳脚：

“狼心狗肺的儒生！本王真该挖个大坑，把你等全埋了！”

……

而与此同时，和陈余混在儒生当中、随他们一同离开会场的张良，也在转着自己的念头：

“这个刘邦，倒是个人物……”

4

就在儒生们纷纷散去、魏王假悻悻回到大梁时，一群特异的客人也来到了大梁郊野。

从衣着打扮看，他们与踏青游人别无二致，只是既不去游山玩水，也不进大梁的那些酒坊食肆绿楼商铺，兴致反倒在大梁城本身。他们有的几次进出不同城门，目光却不断打量着城门、箭楼和守军；有的看似漫不经心沿城垣缓慢踱步，却在拐角不易察觉之处抠下几块土石悄悄塞入袖中；有的不时在城中的武库、仓廪等要害地段徘徊，小心翼翼地避开甲士们的目光；还有的则在通向大梁的各处要道逡巡着，仔细默数着那些一拨拨开向大梁城的卒伍和辎重车队。如是这般三五日后，这些人逐一撤出了大梁城，按照预先约定，先后集中到了大梁城西一处密林里。

听罢斥候们的回报，王贲皱起了眉头——

整座大梁城，城垣通体以石条夯土筑造，高达五丈，厚达五十步，甚或可在城头走马；城中屯兵十万，粮草近百万斛，至少可供年余用度，兵器箭矢衣甲乃至滚木礌石等守御器具样样充足，足可应对任何大军的长围久困和连番攻打！

若是强行攻城，休说自己与蒙武老叔麾下这并非主力的十万兵马，只怕阿翁将三十万灭国大军尽数调来，也同样奈何不得这大梁城。须知依《墨子·备城门》的说法，攻城一方即便有十万大军，至多也只能从四面城垣同时进攻，是故四千士卒守城便足可抵御，这也正是当年秦军围攻邯郸将近三年，却始终不能将其拿下的主要原因之一。

派出斥候前，王贲原也想了几条下城奇计，或是以少量精干兵马夺取一两座城门，再里应外合杀入城中；或是设法潜入城中，纵火焚尽粮草，使守军迫于饥饿不得不降；或是仍如项城那一战，设法调出大梁守军大破之，再夺取空城。然则听到斥候们带来的军情，他才发觉自己大大低估了大梁城防——这些奇计若是用在小城，自可奏效，你却如何用来对付这等金城汤池?

反复思量了两个时辰，仍是想不出破城之法，王贲无奈，缓缓踱出自己藏身了多日的秘密山洞，来到一片开阔山塬上。风声将远处的涛声带入耳畔，王贲的目光也随之望向了远处大梁城外的鸿沟，又沿鸿沟一直向北望去，他知晓这条运河的流向：北起大河南岸的广武，经敖仓等重镇，向东南流过大梁，此后大体折向正南，过自己曾攻克的项城，最后汇入颍水……想到这里，王贲不由得回忆起不久前自己伐楚的那一战，若灭魏之战仍在淮北原野，仍如那一战，自会便利得多：楚国私卒虽众，却既无统一号令，彼此又全无默契，自己正是寻其破绽，逐一将这些彼此分散又动作缓慢的大军先后击破；而这一战法，正是来自当年武安君白起的鄢郢之战。那一战武安君率巴蜀舟师顺汉水而下，一路深入到楚国腹地，直逼当时楚国陪都鄢城，趁匆忙集结的楚军被纵横交错的汉水阻隔、未及赶到之际，武安君秘密派军在鄢城以西的蛮河垒石筑坝、开沟挖渠，迅速建成了一条百里长渠，此后他一声令下，滚滚洪流便沿着这条被后世称为“白起渠”的沟渠，奔腾咆哮着涌向了东方，楚军自以为坚不可摧的鄢城，就这样瞬间淹没在了汪洋大泽中……

——慢，白起渠?

想起这条长渠，王贲猛然一凛。紧接着，一个模模糊糊的念头泛上了心头，又变得越来越清晰；他的目光也随之逐渐明亮了起来。

“去问国尉!”想到这里，王贲重又转身没入了密林。

……

“水战?”

望着眼前的写放沙盘，蒙武和尉缭同时念叨了一句，语气中都颇有些惊愕。

“水战！决水以为战，仿武安君水淹鄢城!”

王贲满是自信地重复了一句，霍地站起身来，大步走到写放沙盘旁，伸出剑鞘指点着：“这写放沙盘，正是斥候连日踏勘后，依地势制成。老叔国尉请看：此处便是大梁城，大梁城南是鸿沟，如同护城河一般；西北则是大河。大河地势高于鸿沟水位，如此方能使水流入沟；然鸿沟地势又高于大梁，若掘开鸿沟之水，必能水淹大梁！”

蒙武和尉缭一同凑了过来，望着写放沙盘中的这片泥塑山水，看到那座泥塑的小小“大梁城”，果然比分别代表大河、鸿沟的那两道沟渠要低矮得多。

“是个法子！”尉缭苍老的脸庞陡然神采奕奕起来，“少将军一说老夫才记起，此前也有两则预言，都与水淹大梁相关！两则预言，一则出自纵横家苏代，云秦军若要灭魏，必会决荥阳、白马津、宿胥这三处河口，淹没大梁等城；另一则乃信陵君给魏王上书所言，说是秦军若决荧泽水灌大梁，大梁必亡！”

“着啊！来，俺试试！”蒙武大是兴奋，随手抄起案旁一只盛满清水的陶罐，一跃而起大步走到沙盘前，大手只一抹，沙盘塑泥上代表鸿沟的那道沟渠便被打开了一条口子。蒙武提起陶罐倾斜罐口，但见一注清水从罐中汩汩流出，淌进了“大河”，再注入“鸿沟”，又顺着他刚打通的那道口子流下，直取“大梁城”；而泥塑的城垣很快便开始坍塌瘫软直至化为一摊烂泥，最后整个淹没在了一片泥水中。

“好玩好玩！”想起儿时玩儿过的捏泥巴，蒙武乐不可支地大笑着继续灌着水，王贲尉缭看他童心大起，互相对视一眼，也一同笑了起来。

水越灌越多、越流越大，整个沙盘都渐渐淹没在了水泊之中，王贲却忽然想起一样至关重要之事，心头不由得咯噔一下，脸上的笑容也渐渐收敛，及至最后，已是眉头紧锁了。

“少将军，还有吃不准处?”眼见王贲神色有异，尉缭关切问道。

王贲咬了咬下唇，又点点头：“确乎如此，若是水攻大梁，我等自可轻松灭魏，然则，却还有一样……”

“甚?”蒙武正在倒净陶罐中的最后一滴水，仍是一脸喜滋滋模样，听到这话扭头问道。

“魏人，将因此遭灾。”尉缭接过话来，紧盯王贲双目答道。

王贲沉默着没有答话，蒙武也瞪大了眼睛，手中兀自提着还在滴水的陶罐，三人都一动不动，就此化作了三具陶俑。

婆娑绿影掩映中的鸿沟，在和煦春风中荡漾着碧波。眼见这等景致，水岸边的王贲心下罕见地泛起了犹豫。

《孙子兵法》有云：“以火佐攻者明，以水佐攻者强。水可以绝，不可以夺。”说的是水可分割敌军断绝补给，但不如火攻那般能直接对敌进行杀伤。

也正因此，春秋战国之世，火攻已是兵家常用的攻敌辅助手段之一，以至《孙子兵法》中专有《火攻》一章。然水攻却因受地利限制，远远少于火攻，此前也只有武安君的鄢郢之战取得了胜利，可那一战后果也极为严重，当时大水冲溃了城东北角，百姓被水流冲走，死于城东者足有数十万，水流尽臭！因此遭灾的楚国军民更是数不胜数，惨烈程度可谓仅次于长平之战。王贲还记得，《孙子兵法》说火攻之法当是“非利不动，非得不用，非危不战”，然由这鄢郢之战看，如此论断也同样适用于水战：运用此等特殊战法，必须要慎重考虑长远的得失利害，不到万不得已绝不使用。

而今，自己面临的是同样形势，或许这场水战可能的后果要比鄢郢之战更甚：大梁建城近百年，风华富庶冠绝天下，目下又囤积了可以说是整个魏国的全部粮草财货，一场大水下去，这些都要全数打了水漂不说，魏国军民更不知要死伤多少，如此必会激起魏国乃至六国民众对秦军的仇恨，甚至有可能如当年武安君长平杀降那样，促成魏楚齐的合纵或是韩赵燕三地的反抗，从而大大加深秦军统一天下的难度。灭国大战之前父亲便告诫过全军：而今已不是武安君之时，今日的六国城邑，便是日后的秦国城邑，今日的六国民众，便是日后的秦国民众，正因此，灭国大战中应尽量避免强攻硬战，更不得屠戮六国民众。目下自己却公然主张如此酷烈的战法，秦王能赞同么？父亲能赞同么？攻克邯郸之际，自己奉秦王之命前去刺杀郭开，父亲便对自己大发雷霆，而今听闻自己要水淹大梁，引得万千庶民伤亡，岂不更要将自己抽筋剥皮？

“武安君，王贲知你决意杀降之痛苦艰难了……”王贲喃喃自语着。

可若不这般，却又能如何？径自攻城，魏人照样会死伤无数，而秦军即便付出惨重伤亡，也未必奈何得了这座大梁城；魏国这枚楔在中原的钉子拔不掉，下一步灭楚灭齐都会遭掣肘；韩赵燕三国残部也同样有可能与魏国呼应，一统天下仍将遥遥无期！果真如此，天下百姓岂不更要遭罪？死伤者岂不更多？

“杀人安人，杀之可也；攻其国爱其民，攻之可也；以战止战，虽战可也。……”

不期然间，父亲那苍老的嗓音回荡在了耳畔。这句《司马法》中的名言，也是父亲最常对自己说的兵谚，王贲知晓父亲与死去多年的司马靳将军的交谊，也知晓这句兵谚是司马靳教给父亲的，然而直到目下想起这一句，他才真正体味到此中深意——若欲建功，必有牺牲；若要胜战，必有伤亡。任何和平安定都是流血换来的，唯多少之别，唯有益无益之别！王贲并非不知生命可贵，更非肆意杀戮之屠夫，然魏国要灭，大梁要攻陷，此秦国统一天下之必然，目下既然再无从避免流血，只能动用如此酷烈战法！世人或因此而将王贲诬为屠夫，阿翁或因此而迁怒于王贲，王贲仍将坚持到底！

已是落日时分了，鸿沟倒映着夕阳晚霞，一片波光粼粼的碎金艳红，王贲深吸了一口气，目光重又变得坚定明亮起来。

5

上书约略半个月后，已和蒙武一同驻扎曲遇的王贲忽接骑传侯快报：特使携秦王书令将抵广武，请少将军、国尉速去会合！

大半日的兼程急进之后，王贲与尉缭在广武的县府中见到了秦王特使。出乎王贲的意料，此番特使并非长史蒙毅，却是一位面目黧黑须发花白的高大老者。

"郑国老令?!"乍见老者，王贲又惊又喜。

"正是！"郑国朗声笑道，"几年不见，少将军已是主力大将了，可喜可贺！"

"如此说来，秦王赞同水攻了?"王贲双目大亮了起来。

"怪哉，老令尚未开口，少将军便知晓?"一旁的尉缭故作不解。

"老令本就掌管水事，此番赶来除谋划水战，还能做甚！"

"少将军机敏过人，正是如此！"郑国也笑了。

"走！县府说话！"王贲大手一挥，嗓音也大了起来。

王贲的兴奋，首先在于见到了郑国。这位当世首屈一指的水工，曾在灭国大战前主持修建了那条举世闻名的郑国渠，而王贲的老家频阳也正是在郑国渠灌溉下变得更加富饶。郑国于公来说有大功于秦国，于私来说是有大功于频阳，王贲一直是将这位老令当恩人看待。除此之外更有一点：郑国的到来，不仅表明自己的方略已完全被秦王和父亲接受，更说明它得到了秦王本人的大力支持，如何能不让他兴奋?

县府里，王贲、尉缭聚精会神地听着郑国讲庙堂决断的全过程——大臣们听到水战谋划举座哗然，赞成和反对的双方马上激烈争论了起来，反对者以昌平君、隗状、上卿王绾为首，说若当真水淹大梁，庶民必定死伤万千，秦国必当大失民心天心，万万不可！此时却是上将军王翦的书信使秦王下定了决心。

上将军说：水淹大梁固失之酷烈，然若弃用此法强硬攻城，非独魏人，我秦军将同样伤亡惨重；魏国不灭，统一天下更无从谈起。兵事决断唯以利害为标尺，欲弭兵灾，则必有无可避免之杀戮；欲行大仁，则必有无从回避之不仁。昔武安君宁负屠夫恶名坑杀降卒，诚如是哉，望陛下莫为虚名物议所累，早做决断！郑国还说，当上将军书信在大殿上宣读之际，举座大臣竟是一片肃然，连最是激烈反对的昌平君都无言以对了……

"……上将军最后道，水攻大梁虽则酷烈，然只要我等好生谋划，未必不能使此战伤亡降到最低。正是因此，庙堂才派出老夫襄助少将军。"

"善！老令，你我今日休整，明日便去踏勘水路！"

次日天刚蒙蒙亮，郑国王贲尉缭三人便在一个百人队的护卫下出了广武城，来到了鸿沟的源头广武涧。郑国在这一带或是测水流，或是丈量沟渠，或是收集土壤沙石，忙活了足足两日；此后又与众人乘一艘商船沿鸿沟而下，继续走走停停。及至他们弃舟登陆、在大梁郊野最后秘密踏勘了三日后，老郑国已是成竹在胸，给王贲详细拆解了一番，王贲听得连连点头，率领着全部人马回到了曲遇，与坐镇于此的蒙武重新会合。一番商议之后，终于议定了水攻大梁各自的任务分派。五日之后，蒙武、尉缭各自开始行动了。

最先行动的是蒙武，率领着本部五万河东老军，先后由东、北、西三面进发，在大梁城郊野构筑了一座又一座壁垒，卡住了出城的所有要道，又派出船只封锁了鸿沟的水面，如此既是提防魏军突围或齐楚援魏，也是保护决水民夫，策应其他各部。及至对大梁的包围圈已正式形成，总司民治后勤的尉缭也开始了忙碌，一则征发民夫开掘鸿沟；二则会同颍川郡守县令，将鸿沟两岸的庶民疏散避难；三则调集黑冰台人力，在魏地散布秦军将水淹大梁的消息，以期促使魏国军民尽量逃离大梁，减少人员伤亡。这一举措果然大为奏效，区区五六日内，黑冰台便在大梁城内鼓荡起了一片恐慌，大批民众驱赶着满载财货的车驾纷纷出城逃奔秦营，被尉缭妥善安置，财货车马也秋毫无犯。不想如此逃亡大潮只持续了三日，恼羞成怒的魏王假便下令紧闭大梁四面城门，不许任何民众出入，一时使城中更加人心惶惶。

面对着这等形势，等待多日的王贲终于也开始行动了。

在郑国的督导、王贲的保护下，足足三万民夫扛着铲镢开赴大梁郊野，循着郑国亲自选定的轨迹，开始了水淹大梁的准备。

"此番决水之工程，共分三大步。"这是当时王贲依据郑国的谋划，对将士们说的，"第一步，拓宽大河入广武涧之沟口，加大鸿沟水量；第二步，自鸿沟岸边引一条新渠，直通大梁城下；第三步，断绝鸿沟，使之灌入大梁，尽力不向别处蔓延！”

“老夫也有几句话。”王贲说完时，郑国沟壑纵横的脸上前所未有的郑重，“其一，全部工程必须速战速决，五日之内定要完工，否则难保不会再有变故；其二，鸿沟至大梁这一段最为紧要关键，须提防魏军出城偷袭！……”

山塬之上，王贲与郑国并肩望着眼前一派热火朝天的旷野。远处，民夫们那一个个黝黑的赤膊分散在大梁郊野，人人呼喝着挥动着铲镢。望着他们忙碌的身影，王贲神色间仍有些踌躇。

“老令，王贲仍有疑。水淹大梁，果真不会毁掉全城么?”

老郑国轻捻着须髯呵呵笑了：“少将军放心。我等此番水战，并非任意开掘，却是严控水量方向，若说大梁全无伤亡自不可能，然却不致使举城百姓尽为鱼鳖。”

“可若水量不够，怕又毁不掉城垣。”

“此中奥妙，唯我等水工知晓，少将军不明白也在情理之中。夯土城垣自身确乎防水，然其脚下却是寻常黄土全无根基，是故我等真正要淹灌的乃是城脚；水攻之真正威力，非以水势直接冲垮城垣，却在水流尽退之后。彼时城下黄土早成数丈深之泥潭，夯土城垣脚下再无生根着力之处，必将自行坍塌，其效远甚弩矢飞石连番轰砸。若当年智伯知此诀窍，只怕晋阳之战后，世间便再无赵氏了。”

“匪夷所思也！”王贲惊讶叹道。

“更有甚者，水可为利，亦可为害，唯视开渠者如何运用。当年武安君凿白起渠固然杀伤甚众，然水战之后，此渠却也灌溉千顷良田至今；而今我等水淹大梁，不光能以水下城，还可清除鸿沟淤泥，使此运河重新通航，天下一统之后，也将造福于百姓！”

“如此，我便放心了！”王贲一声长吁，顿觉胸中块垒全消。

望着这条正在开凿的长渠，两人又闲聊起来。郑国慨叹说这鸿沟乃当年魏惠王主持修建，那老王国事上昏庸得紧，不想工事水事倒是个行家，大梁城与这鸿沟都修得独步天下，实在了得。王贲则不屑说，魏惠王只爱珠宝不重人才，他若不逼走孙膑商君两位大才，焉能有魏国如今之衰败！郑国一声叹息：偏他还整日装出一副敬贤模样，与孟子淳于髡邹衍等人盘桓，沽名钓誉于斯，也是千古罕见；相形之下，当年秦王明知老夫乃是韩国间人，却仍倍加重用，如此敬贤，千古之下何人能及？听到这里，王贲也慨然无言了。

郑国为间人之事，王贲很是清楚。那还是十年前，当时郑国本是韩国水工，韩王安醉心于权谋，谋划出修渠弱秦之计，于是软禁了郑国家人，逼他入秦反间。不久后郑国间人身份败露，盛怒之下的秦王要将他处死，郑国无奈之下辩解道，自己虽是间人，然建渠却更对秦有利，大渠建成将一举解除关中大旱，更能解救万千饥民！这大渠不过为韩延长几年寿命，却可为秦带来万世之功！……听了他的话，刚才还愤怒不已的秦王竟良久无言，悻悻退下；几日之后便亲自来到云阳国狱，恭恭敬敬地长跪在他面前道：先生所言俱是实情，只要先生肯心无旁骛修好这条大渠，寡人决不计较先生反间之事，还当永远将先生视作秦国功臣！郑国还在愣怔，秦王已不由分说打开了他的镣铐，径自拉着他大步来到国狱外。郑国向庭院中望去，顿时又惊又喜：但见举族上百口一个不少，都站在院中，一见自己出狱，当即喜极而泣哭成了一团……

“如此秦王，当真令老夫感佩!”晚上几人小聚时，提起当年之事，郑国仍是感慨不已，眼角泪光盈盈，“春秋战国数百年，可有哪个君王能有秦王这般爱才惜才？没有，决然没有！秦国能有如此君王，何其大幸也！天下若能有如此共主，何其大幸也!”

“非独老令，老夫当年被胁迫离秦，不也一样是秦王派人追回来的么?”尉缭也附和道，“除却你我，还有顿弱、姚贾、李斯……”

“还有我蒙氏!”一旁的蒙武插了句嘴。

“我等贫寒布衣，都因得遇此等明君，方有施展之天地！相形之下，那魏国历代君王，与秦王何等天渊之别也!”

“唯愿我等早日灭魏，以报陛下了!”王贲一拳擂到了奏案上，目光中闪烁着不可动摇的决心。

6

几乎是在秦军开始凿渠的同时，大梁王宫中的魏王假也迎来了一位不速之客。

此人打扮极是古怪：一身满是碱渍的麻布短衣，头上一顶宽大斗笠，脚下一双破旧草鞋，双手拄着一支粗长铁杖，整个人黝黑干瘦，一双粗壮黑腿不惧春寒地裸露着，光溜溜不见一根汗毛，直如上古洪荒之时的大禹一般！

望着这位客人，魏王假皱起了眉头，毫无掩饰地流露出了厌恶之意。他讨厌这人乞丐般的衣着，讨厌这人的一双泥腿子，讨厌这人的体臭，更讨厌他那对自己毫无恭顺之意的坦然神色。于是矜持地拖着腔调，慢条斯理地开口问道："足下如何这般不修边幅啊?"

"多年奔波治水，何必在意衣着?"

"你是何人?"

"在下史禄，乃是水工。"

"前日你百般求见本王，本王不见，你便在大梁闹市大肆散布流言，云魏国将亡，究竟何意?"

"秦军将水淹大梁，魏王犹在梦中，却是何意?"史禄反问了一句。

"笑谈，黑冰台谣言而已!"

"秦军连日来在大梁外凿渠，魏王不知么? 若不早做防备，满城庶民便都要做了鱼鳖!"

魏王假沉默了片刻，连日来秦军凿渠动静甚大，他自然知晓；可他始终不信，即或凿通鸿沟之水，水量又能多大? 大梁城垣高厚粮草充足，又岂能被水困住? 想到这里皱眉问道："足下之意，本王却当如何?"

"目下唯有两法。其一，即刻派大军出城，全力击退鸿沟秦军，再驻守要害地段! 我有一卷《墨子・备水》，魏王当照此法早做绸缪!"

史禄说着从怀中掏出一卷竹简，递到魏王假面前，一闻到那竹简上的浓郁汗味，魏王假脸色便阴沉了下来。

"其二呢?"他努力若无其事地问。

"径自献城降秦!"

"哗众取宠! 危言耸听!"魏王假突然暴跳如雷，"近来大梁城中净是秦国间人，你这疲民也必是黑冰台! 当我不知你那点儿心思么? 不就是想诱我大军出城，好让秦军全歼么? 还敢向本王劝降! 殿前甲士，将此人拿下!"

话音未落，两位甲士立刻轰嗡应了一声，四只粗壮的臂膀将史禄摁到了地上。却不料史禄毫不畏惧，反倒是须发戟张，挣扎着大吼："昏君! 淹死你没甚可惜，休要连累万千庶民!"

听到这话，魏王假更是怒不可遏，腾腾大步上前，当胸给了他窝心一脚，又大袖一挥，唾沫横飞地怒吼道："拖下去，枭首示众!"

"陛下! 陛下!"始终默默旁观的陈余连忙劝阻，"此人既是水工，当不致信口开河，陛下可先听他讲完，切莫只因一时之怒便背负杀贤罪名……"

魏王假却一把推开陈余："鸟个贤才！分明又一个刘邦！"

"然则……"陈余眼珠转了转，"若不杀此人，在下却有一更好主张，可让秦人知晓陛下圣明！"

这简简单单的一句话仿佛有着巨大力量，刚才还怒气冲冲的魏王假一下平静下来了。

"哦？你且说说！"魏王假神色冰冷地看着陈余。儒家博士们纷纷走掉后，也就这位年轻公子还常来求见自己，切磋一番学问，让他失落之余多少有些安慰，也正因此，他对陈余还是颇器重的。

"陛下这般圣明，已然看出了这间人图谋，"陈余小心翼翼地揣摩着措辞，避免再激怒魏王假，"既如此，何不留他性命，只将他逐出大梁。此人反间既然失败，又无法重新潜入大梁，便只能回秦营，他一回秦营，必会讲起陛下如何看穿他……"

陈余垂下眼帘，硬着头皮编着自己也信不过的胡言乱语，不料刚说到一半，魏王假立刻大喜过望了。

"妙啊！如此一来，秦人便知本王英明，不敢再派间人入大梁，本王便可高枕无忧矣！陈公子，好谋划！"

"岂敢岂敢！"陈余忙惶恐道，"原是陛下圣明！"

"善！"魏王假指着一直被摁在地上的史禄，眉飞色舞道，"本王宽大为怀，放你回秦营。你且告诉那王贲，本王神目如电，任他何等妙计也能看穿！虎狼秦人能奈我何？"说着一挥袖，两名甲士放开史禄退到了一旁，史禄拾起丢到一旁的铁杖，艰难地爬了起来，看怪物一样地看着魏王，一声冷笑便拄着铁杖踽踽走了，走出老远还能听到阵阵亦哭亦笑的古怪长号。

"如何又哭又笑？疯了么？"陈余喃喃自语。

"这还不简单，他哭是因反间失败，笑是因捡回了一条命！"魏王假神色间极是得意。

陈余却只嘴角抽搐了一下，勉强绽出一缕笑意。

辞别魏王、从宫中出来后，他便向商坊赶去，不想刚望见远处那一片灯火海洋时，一双强有力的手突然从身旁探出，将他猛地拉进了旁边一条小巷中。陈余刚要求救，一只大手已经捂住了他的嘴。

"莫作声！"一个浑厚嗓音在他耳畔低声道，听到这个声音，陈余反而平静了下来——

张耳。

“这是做甚？装神弄鬼么？”张耳松开手，陈余整整衣衫，又好气又好笑。张耳却不由分说，拉起他便向小巷深处跑去：“休再耽搁，快随我回外黄！公子良刚给我密报，秦军凿渠已毕！快走！再在此耗下去，你我便葬身鱼腹了！”

“啊！当真如此？”陈余任由张耳拖着自己，听到这话顿时惊出一身冷汗，“我，我须速报魏王……”

“报个鸟！你这几日不是天天见他，想游说他出城攻秦军么，他听么？有这般瞎了眼的鸟王，我等留在城中便是等死！趁秦军尚未堵死大路，快逃！”

“然则，你那酒肆……”

“细软我已运回外黄，大件顾不得那多了，逃命要紧！我与守城士卒相熟，可设法出城！”

……

黎明时分，当两人乔装打扮后混入了城外避难的庶民中时，秦军的决水工程已进入尾声了。

许多年后，张耳和陈余仍能记得水淹大梁时的情形。

这一日尚未天明，露宿酣睡的避难庶民们便被远处一阵异样喧闹吵醒了，张耳陈余循着声音找去，却发现喧闹竟是从远处大梁城传来的，城中马嘶鸡鸣犬吠混杂在一起，成群的鸦雀也纷纷飞离城中，乌云般盘旋在城头，禽畜们似乎都已有了不祥预感。

而这时，一阵号角声自山顶缓缓响起，四面山头也随之响起了应和的号声。

“莫非……”陈余面色苍白，低声问了句。

张耳没有吭声，只是默默点头。

“王”字大纛之下，王贲、郑国、尉缭、蒙武等人一同伫立于将台之上，远眺着对面的大梁城。

王贲舞动起令旗：“射士营，最后一次劝降！”

阵阵呼啸声响起，数百支弩矢从四面八方射入大梁城中，每支箭杆上都缠有劝降书信：一个时辰为限，魏王不献城降秦，秦军将水淹大梁！城中庶民当全数躲避高处，以免伤亡！

计算时辰的漏刻滴答滴答滴着水，远处大梁城的喧闹嘈杂连秦人都听得清清楚楚，越来越多的庶民拥上城头，彼此拥挤着，揪扯着，与试图拦阻自己的守军扭打着，整座城邑都陷入了一片恐慌中，可尽管如此，四面城门仍然紧闭不开。

“还不肯降？”蒙武皱眉嘟囔了一句。

尉缭摇头："黑冰台早将消息散布全城，连日来我等凿渠更是尽人皆知，那昏君魏假绝无可能不知。而今仍是这般，显是欲做困兽之斗了。"

"只是陪他遭殃的，都是庶民百姓啊……"郑国轻声一叹。

"顾不得这多了，回头补救！"蒙武一声大吼。

王贲始终没有说话，当漏刻最后一滴水滴下时，他终于抄起鼓槌，亲自擂响了战鼓。

沉沉鼓声回荡在即将被淹没的大梁郊野上，也回荡在行将灭亡的魏国上空。鼓声止住时，将台上黑色令旗左右摇摆，所有在高处避难的庶民同时感到脚下的山石剧烈颤动起来，紧接着便是隆隆沉雷从天而降，当他们刚嗅到一股扑面而来的混杂着土腥的潮湿水汽时，但见鸿沟旁黑压压一片秦军把守的那处渠口，骤然涌出一条粗壮巨大的白色水龙！

尽管营地离水渠还远，但所有人仍不由自主地拼命向后逃去；纵然如此，水龙所激荡起的漫天白雾黄尘还是迅雷不及掩耳地打到了许多人身上，一时间人人身上泥水一片，个个都被浇成了落汤鸡。

"水淹大梁了！"不知是谁喊了一句。

听到这句话，陈余抹了一把脸上的泥水连忙望去，心下顿时一个激灵！

但见那条水龙挟着巨响，伴着激荡的尘雾飞溅的浪花，顺着早已开好的渠道直扑向远处的城垣，刚碰触城脚便炸裂开来，化作了一片巨大的浪潮，排山倒海地向四面八方涌去，仿佛无数匹白色烈马绕过大梁城，在郊野上疯狂地奔腾驰骋。农田不见了，草场不见了，一座座低矮的茅舍不见了，一条条宽广的大道不见了，翻滚的白浪中不时露出蜷曲的树枝四散的草顶破碎的木料，但几乎是立刻便在浪花中消失得无影无踪；一棵棵大树被巨大浪潮连根拔起，竟然如同一根根小树枝那样转着圈打着旋时沉时浮，只有那些数十年上百年树龄的参天古木才能逃过这一厄运，颤巍巍地顽强挺立在洪流中，如一块块绿色礁石般显眼。

大梁城的郊野变成了浩浩汤汤的泽国，那原本金城汤池的大梁城也成为汪洋大水中的一处孤岛，所有的魏国庶民都聚集在了城头，心惊肉跳地望着这一幕，在这天地造化不可抗拒的威力面前，一切个人一切生灵都显得那般渺小，一切努力一切抗争都显得那般徒劳。只短短一眨眼的工夫，他们脚下便失去了一切人迹，消弭了所有生机，倒退回了鸿蒙之初，那时所谓的万里洪荒的景象，想来与眼前的一切别无二致。

"大梁，完了；魏国，完了……"陈余喃喃自语着，泪水只在眼中打转；

张耳虽没有吭声，牙却咬得咯咯响，血红的双目直盯着孤岛般的大梁。

和他们一样，王贲等人也在望着眼前的景象。

“秋水时至，百川灌河；泾流之大，两涘渚崖之间不辨牛马。”尉缭轻轻吟出了《庄子》中的句子，“不想水战竟如此壮阔!”

郑国脸上也荡漾起了一丝笑意：“老子有云，天下莫柔弱于水，而攻坚强者莫之能胜，此之谓也!”

“这一泡黄汤灌下去，让那鸟魏王喝个饱!”滔滔水声中，蒙武的大笑仍能听得清清楚楚，“若说此番水战，头功还得归世侄! 这回灭国功臣你是当定了!”

“夫兵无常势，水无常形，运用之妙，存乎一心。此战足见少将军战法之奇绝，不战而屈人之兵，善之善者也!”尉缭高叫了一声，郑国蒙武也笑着连连点头。

王贲却并未如何喜形于色，只默默望着一片大水中的大梁城，吸了一口潮湿的水汽再深深呼出：“是否功臣不敢说，战法如何亦不足道，王贲所追求者，唯以战止战、消弭兵戈而已!”

“灭国而不骄矜，战胜以丧礼处之，少将军果有名将气度。”尉缭轻捻须髯笑道。

“难得你阿翁赞你一回，此番回去，看他又做何说?”

蒙武一声大喊，逗得几人一通大笑，笑声随着滔滔洪流飞向了远方。

第十一章　歧见

1

掘开鸿沟水口三个月后，大梁终于落入了秦军手中。

大水已被抽去，原本高大坚实的城垣成了一片废墟，夯土瘫成了一堆堆泥山，城中所有的房舍也都已坍塌，到处可见饱受饥饿与瘟疫困扰满脸无助的魏国灾民们，各个角落都弥漫着冲天臭气，偶尔甚至可以看到浸泡水中鼓胀着肚腹的腐烂尸首。踏入城中的秦军将士们人人皱起眉苦着脸屏住呼吸，脚步落在臭水中时也格外当心，以免踩到什么秽物。

秦军开进大梁城用了一个时辰，可擒获整个魏国王族、将魏王假关入囚车押赴咸阳却只是转眼间的事，灭亡魏国当真算得上兵不血刃。然而当王贲匆匆率领着将士们把大批粮食衣物军帐等救灾辎重分配给灾民之际，关于他的众多流言也慢慢传开了，有人说，拿下大梁后，王贲刚捉住魏王假便处死了他；也有人说，王贲因灭魏不利而憋了一肚子火，进了大梁城后随即下令屠城，将整座大梁城杀得鸡犬不留；还有一个故事更广为流传，说是王贲攻破大梁后悬赏捉拿魏王假幼子，幼子的乳母得知后背着小公子匆忙逃亡，有人劝她献出幼子以换封赏，却被她义正词严地拒绝了，这乳母由此成了六国争相赞颂的对象，而灭魏统帅王贲自然也成了白起那样的狰狞屠夫。

“能与武安君并列齐名，岂非王贲幸事?”听到士卒们转述这众多流言，埋头于大梁民治的王贲一声冷笑，重又扎入了堆积如山的军政事务中，丝毫没将这些攻讦放在心上。

大梁灾民大体安顿后，王贲接到了王命，奖掖之余又带来两个消息，一是楚国几家老世族不满秦楚盟约，私自出兵进攻南郡，南郡守秦腾正在下令全郡备警，料无大碍；二是召王贲回咸阳，参加论功授爵大典及接下来的大朝会，商讨接下来对齐楚两大国的用兵事宜。特使蒙毅还说，齐楚皆为昔日强国，楚国目下又突兀进攻南郡，是故庙堂对此次商讨分外重视，陛下一反先前灭四国时的放权任事，准备亲自主持此次会商；除一直负责灭国大战的上将军外，先前分散驻守的各路秦军统帅，以及庙堂之上的股肱重臣也都要参与进来，是故少将军当早日赶回咸阳。

“而今，我也是一路统帅了!”手捧秦王的王命，王贲颇有些感慨。

送走蒙毅后，他将一应民治尽交新任的砀郡郡守，自己便领护卫马队匆匆赶向关中，回到咸阳未及歇息便直奔那座自己阔别了多年的上将军府而去。王贲这般急着去见父亲，既是想听他对接下来的灭国之战究竟有甚打算，也是想知道他对自己还有何告诫。他知晓父亲虽对自己要求严格而至于苛刻，心底对自己却仍是无比看重，只不过从不肯说而已。

匆匆踏入上将军府邸，王贲大步走进幕府正厅，见眼前陈设的粗简硬朗与军中别无二致，开阔的正厅中一色青石地面，一张摆有兵符印信刀笔简牍的长大奏案陈设于正中，左手是剑架弓架盔甲架，右手则是一排排书架木笈，堆放着捆扎码放齐整的诸般兵家典籍。

而目下，父亲也正是立在书架前，只不过目光并非盯住书架，却是默默望着书架旁角落里的那根石柱，那柱身上刻有一行大字，字迹极尽粗犷。王贲知道，那是当年武安君白起亲手刻下的——

兵者，国之大事，死生之地，存亡之道，不可不察也。

只要读过兵书，便必会读过《孙子兵法》；而只要读过《孙子兵法》的，也必会知晓这开篇第一句。只是，武安君为何独独将这句话刻在这里，父亲又为何这般看重这句话?

“见过上将军!”王贲拱手亢声道。

王翦应声转身时，王贲看到他的脸庞，当即心下一沉。分别了不过大半年，父亲竟仿佛倏忽间苍老了许多：原先魁梧壮实的身子已消瘦了，本是浑圆的脸庞也拉长了，额头眼角的皱纹更深了，那原本白多黑少的头发须眉更是一片霜雪……王贲这才记起，灭国大战开始时父亲是五十五岁，而今是秦王政二十二年，父亲已年过六旬了，若是在频阳老家，这般年岁早该甚事不想甚事不做，只踏踏实实在家享清福做田舍翁了，却还有哪个老人如阿翁这般操劳军国大事？……一时间，心头居然隐隐涌起了一丝伤感。

不过，王翦却并不知儿子心下在想甚，投向他的目光仍旧犀利无比。

“魏地平定了?”

“平定了。”

“可有魏人骂你残暴?”

“自然有，然则，我不计较。”

“纵不计较，心下也无愧?”

“兵争岂有不死人之理？我没那般滥仁。”

“兵争自是这般，然屠城呢，你也心下无愧?”

“上将军何意?”王贲愕然中又颇带些愤然，这次他建下灭国大功，本来颇为兴奋，一直以为父亲纵然口上不夸，也定对自己另眼相看。不料当真见了面，他不仅丝毫不提这大功，反倒是百般诘问，当真岂有此理!

“你说何意?”王翦的目光陡然凌厉起来，“天下皆传，你攻克大梁后大肆屠城，你还与老夫装聋作哑?”

王贲一愣，紧接着便是哑然失笑，笑容颇有些讥讽：“上将军如何不多想想？那大梁水泡了三个月，城中无粮又疫病横行，守军困顿交加只能束手就擒，我又何必踩着遍地臭水到处杀人？那些传谣信谣之人，如何连这点儿粗浅道理也不肯想想?”

尽管儿子的最后一句颇有些刻薄，王翦的目光却还是渐渐和缓了，这才叹了口气：“罢，老夫错怪你了。老夫也决然不信你会屠城，然此流言毕竟传遍天下，三人成虎之理，你该当知晓。”

在王贲的记忆里，这似乎还是父亲头一次向自己道歉，尽管如此，他仍没有回答，只鼻中哼了一声。

“此番你灭魏立功，过几日朝会当能连晋数爵，你我父子都将是朝中高爵，人或有物议，也在情理之中。”

“……”王贲皱起了眉，心下颇有些惊讶。当年灭赵之时，父亲也受过诸多非议，不是全不在意么？如今怎又计较起了口舌？想到这里，没好气地憋出一句：“只要秦王信得我等，旁人如何说，由他去!”

听儿子提起秦王，王翦微微一怔。王贲尽管注意到父亲目光中隐隐闪过一丝失落，却也一语不发，只望着父亲负手在厅中转悠着。

“王贲，你说，齐楚两大国，当先灭哪个?”短暂的沉默之后，王翦背对着儿子开了口。

“先灭楚！楚国方生事端，欲击我南郡，正是发兵好由头!”

“用兵多少?”

“二十万足矣!”

“如何都这般看……”王翦没有转过身，只低声咕哝了一句。

“上将军之意?”

“老夫，仍无定见……”

“……”

这个答复令王贲大为意外——大朝会就在三日之后，会上便要正式决定下一步灭国方略，阿翁身为上将军，岂能不知事先谋划好大致方略？目下他竟说自己仍无定见，可能么？……满心的疑惑中，一个从未有过的念头忽然闪过心头——莫不是秦王对阿翁起疑心了？但他紧接着便否定了自己：这多年灭国大战，秦王何时不是放开手脚，任凭阿翁挥洒将才？任何谋划只要呈到案头，秦王还不是只点点头便听任阿翁铺排？不对不对，其中必有奥妙……心念及此忙一拱手：“敢请上将军明示，可是朝局有变?”

“无有无有。”王翦忙转过身来摇头摆手，“朝局无异，你莫多想。”说罢又是一声叹息，“只是此中内情，一语难尽。目下朝会未开，老夫也不当乱讲，一切都待会后再说。你且记住，无论朝会何样，自家都一切如常，明白否?”

“……”王贲再一次愣住了。

“去吧，老夫需想想事。”

“南郡战事吃紧否?”

“疥癣之疾，不足患也。”

“既如此，王贲告辞!”王贲只得一拱手，眼看父亲点头便转身夯石般腾腾腾走了。

王翦则既没有吭声也没有动，只是默默地望着儿子的背影，久久伫立着。

“灭楚，二十万？……”他低声喃喃道，却不知是说给已经听不到这话的王贲，还是自言自语。

2

天色已黯淡下来，王翦却仍久久站在上将军府的正厅里，暮色中如同一根黑柱般挺立着，目光始终落在石柱上那行出自白起之手的大字——

兵者，国之大事，死生之地，存亡之道，不可不察也。

“何时，方能明白此中道理啊……”

儿子并不知道，在他来上将军府之前，秦王便已私下拜访过自己了。

秦王政亲来拜会王翦，为的自是商讨灭国大战。目下秦国已连灭四国、虏获三王，北疆虽仍有燕代残部却已不足为虑，天下唯余齐楚两国实力犹存，是故接下来便是两大问题：两国何者为先？又用兵几多？毕竟，这最后两个大国都曾有过赫赫威势，都曾有过数十万雄兵，都曾有过明君强臣，也都曾称霸一方，实力堪称在伯仲之间。此种形势下，纵然你主张先灭此国，又如何能肯定彼国就不该先灭？

还在王翦领大军班师之后、楚国尚未发兵南郡之时，这两大问题便浮出了水面，接风兼庆功的小宴上，秦王甚至已就用兵次序预先问过众将。大将们多主张先攻齐，其中又以李信意见最具代表性：灭国大战一直先易后难，楚齐两国相比，楚地广袤，齐地褊狭；楚人悍勇，齐人怯懦。显然灭楚难，灭齐易，当先攻易者。众将当时对这一意见一致赞同，只有王翦提出了相反意见——先灭楚。

“李信对齐楚两国之评判，老夫赞同，然对其灭齐主张却有异议。所谓难易之先后，皆当视时势不同而定。灭国大战之初，我等确乎先灭韩国，然此中因由非因韩国易灭，而在大局考量。韩为天下咽喉，若不灭韩，全力攻赵必有肘腋之患。就实说，若算上蒙骜桓齮为将时的战事，我等先灭者恰是最难的赵国。而今老夫主张先灭楚，也在目下大势：先灭齐，则楚人可能援齐，齐人败战还可南逃入楚，为灭楚平添阻力；先灭楚，则齐国必不来救，待楚国灭亡、自家孤立天下之时，甚或可能不战而降，只灭楚一战便可安天下。是故先灭齐固然更易，先灭楚却更利大局，陛下明鉴。”

……

这次会谈之后不久，楚国突兀进攻南郡的消息便传到咸阳，王翦相信，这一事件无疑使秦王更加坚定了先行灭楚的决心——秦楚刚刚和谈，楚国便背约攻来，岂不给秦国一个绝佳的出兵借口？据说那次小宴过后数日，秦王便召李信入宫，说了些甚却不得而知；后来他又亲自来上将军府拜访自己，问起了伐楚兵力。

“老将军之意，灭楚需兵力几多?”秦王政的语气分外诚恳。

“举国之兵，六十万。”王翦不假思索地答道。

“六十万?”秦王政惊讶得睁大了眼睛。

“六十万。”王翦仍是坚定地点点头，重复了一遍。

秦王政不置可否，沉思了起来。

望着沉默的秦王，王翦笑了。若按常人看法，自己向秦王提出要举国之兵，必是想借机拥兵自重；而秦王的惊讶也必出于同样的担心。然而王翦心里清楚，以秦王的磊落，以秦王的敬贤爱才，以秦王对自己的尊敬和信任，他绝不会有这等怀疑，他若果要生疑，自己与李牧对峙近一年时便会生疑了，何待今日！此等看法，只能反过来证明那些口舌之徒自家的胸襟狭隘和目光短浅。王翦明白秦王的真正心思：六十万大军尽数前往楚地，一系列巨大难题便骤然凸显，匈奴、齐国与燕代残部不防了么？粮草辎重跟得上么？府库财货足够周转么？兵器盾牌箭矢衣甲帐篷军马战车又得新增多少万件？运输粮秣打造兵器构筑营垒的民夫工匠还得新增多少万人？如何进兵、如何作战方能保证这六十万大军尽数铺开而不致相互掣肘？……一言以蔽之，目下秦国固然国力雄厚，然则能撑得起如此大规模用兵么？纵然能最终灭楚，自身却又要付出多大代价？当年长平之战秦国虽胜，五十余万大军却也伤亡过半，紧接着便陷入了近二十年低谷，真可谓惨胜如败，而今面对一个疲弱楚国，秦国真有必要倾举国之力，继长平大决之后再打上一场规模空前的旷古大战么?

“以万乘之国，攻万乘之兵，非多不能制敌。楚地方五千里，城邑三百余座，若逐一攻克分兵驻守，不知需兵力几多，当年武安君自蜀地南下攻楚，虽能破其众而不能取其国，原因正在于此。是故六十万大军只是灭楚底线，兵力不够则万事休谈。”

“然则，当年灭赵也只用了半数兵力，这楚军战力却远不及赵军……”

“秦赵多年厮杀，陛下也最知赵国根底，故有此评判，却不知楚赵形势大不相同。我等所见那屡战屡败之楚军，乃是王室官军，然官军之外尚有各族私卒，兵力总数只怕不下官军，战力更不容小觑!”

“老将军何以知之?”

“……老夫年轻之时，曾与此等私卒交过手，还险些丧命。”

“……”

“楚国分治传统浓厚，每家世族都如小诸侯国一般，举国诸侯林立几如周初分封，纵然我等攻克郢都俘获楚王，各大世族仍可各自为战，可谓百足之虫死而不僵。武安君曾对诸将说：破楚易，灭楚难。是故，灭楚非举国大决不可！”

“……”秦王低头沉默了。

“老臣言尽于此，陛下明鉴。”王翦郑重其事地拱了拱手。

“老将军，且容本王回去思忖一番，你却也再好好想想，你我君臣大朝会上再议，何如?”少顷，秦王政抬头笑道，笑容却颇有些勉强。

王翦本想再多说几句，却终是生生忍住了，只说出一句：“陛下若不知楚国境况，可问昌平君。”

……

缓缓踱到兵器架前，王翦从那几柄剑器中抽出了一口吴钩。这是吴、越、楚三国流行的特异兵器，剑身如镰刀般弯曲，用法也迥异于中原战国的兵刃。拄着这支吴钩，王翦细细回想着自己与秦王关于攻楚的那番问对。秦王对自己主张的淡漠，显是因不知楚国底细所致，然则便是自己，对楚国知道的就一定比秦王多么?

若非邯郸之战时险些命丧项燕之手，只怕自己也对楚国一无所知吧。

正如吴钩名字中虽带“钩”却非真正的钩一样，楚国虽也是战国七雄之一，但确乎是各国中的异类，它是唯一一个未经周王室分封而自行称王的邦国，楚文明也全然迥异于中原：浓郁的巫风，洒脱不羁不讲韵脚的楚辞，妖冶斑斓的漆器，浪漫旖旎又不乏刚烈血性的楚地民风……体现在政治体制上，便是那浓厚的世族分治传统。

春秋时期楚国对周边诸多小部族的扩张，不同于中原诸侯纯粹的武力征讨，而是常常通过盟约来迫使那些小部族臣服；换言之，楚王本身便相当于另一位周天子，而那些小部族名义上虽被吞灭，实际却仍保留了相当大的自治权，其中一些小部族逐渐坐大，便慢慢形成了后来的楚国老世族，又渐渐与楚王分庭抗礼，一同垄断了楚国国政。这盟约臣服、世族分治的政治传统，对楚国产生了两方面影响。其一，盟约臣服的扩张方式使楚国顺利并吞了大批部族，从而拥有了各大战国中最广袤的土地、最众多的人口、最得天独厚的地利条件，若当真能加以整合凝聚，则实力实在不容小视；可另一方面，各大世族分割把持了国政，庶民们永远身处底层，邦国各阶层间无法任意流通，自然也就无法通过自我更新来保持活力，整个国家因此渐渐变得因循守旧抱残守缺。战国之世，列国纷纷开始变法图强时，只有楚国还在固守着自己的落后传统，二百年来竟只经历了吴起推动的那一次变法，即或那次变法，也是刚有了些许苗头便被世族贵胄们合力绞杀了。直至目下，这个邦国还保留着最多的隶臣和私卒、最广大的世族封地，政治体制远远落后于中原列国。

得天独厚的地利与落后的政治传统，这二者杂糅在一起，使楚国成为天下最难以捉摸的邦国，它既可能最强大，却也可能最弱小。虽则很难在列国之间争霸称雄，然而别国若想将它一口吞下却也实在难而又难。几乎可以说，秦国想要灭楚，便相当于将先前四国从头到尾再灭一遍，此中艰难无以言表；况且楚国还有项燕，有此人在，自然更将加大灭楚之艰难。秦王能意识到么？咸阳庙堂能意识到么？

……

王翦叹了口气，重又环顾起这座上将军府。多年来，这还是他第一次正式住进来，其中缘由，既是因忙于灭国大战，无暇回咸阳，也是因他实在对这座上将军府充满了敬畏——这是武安君当年的住所，也是司马靳当年的住所，这里每个角落都留过他们的痕迹。就任上将军之初，王翦便暗下过决心，直至自己成为武安君那般一代名将、真正为秦国统一了天下，才会住进这里。而今在秦王眼中，在朝野眼中，自己已算名将了，秦国也将要统一天下了，可在王翦本人看来，自己尚无法与武安君比肩，统一大业却是真正到了紧要关头。而今摆在秦国面前的，是灭国大战以来最为强大的对手、最为艰苦的一战，只有击败这个对手，只有拿下这一战，自己才能当真问心无愧地接受朝野的赞誉，秦国才能真正有资格说自己统一了天下。

自己心下已有了足够准备，可秦王呢？咸阳庙堂呢？整个秦国呢？心下也有了足够准备么？

王翦又想起了当年的长平之战，想起了秦赵两军各自的统帅——武安君白起，马服子赵括，这两人恰是一对鲜明对比，武安君的谋定而后动、从不打无准备之仗，刚好映出了赵括的轻言兵事。他记得清武安君那永远看不出喜怒甚至永远没有表情的面孔，也记得清死去的赵括那张原本俊朗英挺，却被饥饿疲惫和愧疚自责折磨得失去光彩的面孔。这两张面孔，一面是他发誓要仿效的对象，催他奋进；另一面却是他血淋淋的教训，使他自省。在自己四十余年的戎马生涯中，这两张面孔一正一反，如一枚秦半两的两面镌刻在他的心头，又如两面铜鉴悬挂在他的人生道路上，无时无刻不映照着他的心胆，拷问着他的魂灵。

沉思中的王翦，重又将目光投向了那根刻有武安君字迹的石柱，仍旧直勾勾地盯着那行字——

兵者，国之大事，死生之地，存亡之道，不可不察也。

“不可不察也……”王翦叹息道。

“上将军，右丞相请见！”幕府正厅外响起了军吏的呼喊，把王翦迅速从思绪中拉了回来。

“昌平君?”王翦自言自语了一句，语气中满是惊讶。

3

“上将军，熊启突兀造访，多有冒昧。”

“丞相言重了。”

王翦只简简单单答上这一句，便沉默了。

连枝灯的灯火已尽数点燃，照亮了昌平君的肃穆面容和一身本色布衣。这位庙堂重臣不过四旬出头，老成持重的神情却与王翦如出一辙，只是目下却带着一丝隐隐忧虑。

面对这位官职实则与自己平级的丞相，王翦没表现出任何热络，反而颇有些近于警戒的冷淡。秦国君臣间多年来都有个不成文的默契，大臣们非朝会不妄议国事，也不私相聚集，以免借机结党或行种种徇私之事。昌平君主政多年，自不会不知此等规矩，他与王翦平素也私交不深，今日却如何突兀有此举? 若非他多年清廉天下尽知，王翦是断然不会见他的。

“我等朝臣虽不当私相聚议，然自今日起，熊启已非丞相了，上将军莫存疑虑。”昌平君淡然笑道。

听到这里，王翦心下一跳：传言果然成真了。

有关昌平君将被罢相的消息，王翦约略听过，却并未如何在意。传言云，燕国求和之时，昌平君是最积极主张秦国受降的庙堂重臣，正是在他的力主下，秦王才决意接受献图，又命他招待燕使，却不想那荆轲实是刺客，九宾大典上险些要了秦王性命，尽管最终事败，昌平君也大是内疚，于是向秦王提出辞去相位之请，秦王当时并未应允，显是想给昌平君一个将功补过的良机。王贲伐楚、楚国求和之际，昌平君斡旋秦楚和谈成功，似乎也证实了尚有回旋余地；然而庙堂商议王贲的灭魏谋划时，昌平君又站了出来，公开反对水淹大梁，也使他与秦王的政见分歧变得天下皆知。依大臣们的私下揣测，昌平君的罢相怕是只在灭楚前后，而目下他的来访，终于证实了这一点。

"……当时熊启力主秦楚和谈，不想如今楚国背约，秦国自然灭楚在即，熊启留于庙堂多有不便，还是走了好啊……"昌平君说罢幽幽叹了口气。

王翦眉头微微一皱："昌平君自责过甚了。秦楚和谈，本不过一时权宜，秦国需稳住楚国，楚国需暂避兵锋，方有此会盟。然则战国之世，哪个邦国会将盟约当真？哪个邦国会将自身存亡寄托在盟约上？单说秦楚两国，嬴熊两姓世代联姻，可真正打起仗，还不都是翻脸无情？此番楚国背约，与君无关。"说着又着意抚慰了一句。

"熊启自是知晓，只是道不同不相为谋，熊启，终不能与秦王上将军同心啊……"

王翦没有吭声。在这点上，昌平君倒确有自知之明。他是吕不韦之后的第二任丞相，上任最初几年戒慎戒惧，表现总算差强人意，但灭国大战以来声望便显著黯淡了下来，这不仅是因他守成有余、进取不足，只能留在咸阳镇抚四方，更因他与秦王对灭国大战的方略产生了根本分歧，由此导致两人隔阂日渐深重。王翦还记得，灭国大战之初，昌平君便一力主张秦国应效法武王灭商，纵将六国国土纳入秦国郡县，却也当存留六国宗庙社稷以为抚慰怀柔，从而减弱六国民众反抗之心。当时还是自己提出了反对意见：若留六国社稷，便是留下了作乱祸根，日后一旦有了风吹草动，六国世族必会以此为根基，寻求叛秦复国！最终秦王听从了自己，否决了昌平君的意见，昌平君虽未再坚持，然看他本心，显然仍没放弃自己的主张……

"上将军，熊启目下已免相，过几日便要赶赴陈城镇服，大朝会显是赶不上了。今晚来拜会上将军，非是为打探朝会口风，乃是要劝上将军，也是请上将军劝陛下。"

"劝老夫？劝陛下？"王翦惊讶地扬起了白眉。

"一言难尽！"昌平君一声喟叹，"熊启也知，我大秦早晚要灭尽六国，而今又恰逢楚国生事，灭楚自然箭在弦上，熊启无从阻拦，然为大局计，仍聒噪几句：灭楚之战，与先前灭国大战不同。楚地不同中原，楚人血性也远超中原人，春秋之时便睥睨天下，不肯服从周室，难以武力征服。当年武安君焚烧楚国王陵，使楚人恨秦入骨，方有邯郸之战出手援赵之举；而今秦国若强行灭楚，楚人必定死战不降，难保秦国不会重蹈燕国伐齐之覆辙，务要慎之戒之。”

“以君之意，我等该当如何?”

“上将军若能进言陛下，仿当年文信侯灭周化周之法，保留楚国社稷，恩威并用，或可化去楚人敌意，使之俯首称臣。”

王翦一双白眉拧了起来，缓缓一声叹息：“老夫直言：昌平君对楚评判切中要害，只是方略全然南辕北辙。昌平君纵然去相，仍不忘文信侯之政? 荆轲刺秦之事，仍未使君警醒?”

“楚人憨直，不似燕人狡诈!”昌平君神色间显然大不服气。

“可楚人却也悍勇，不似周人淳厚。”王翦的笑容很是温淡。

“……”昌平君无言以对，久久沉默后无可奈何地一声长叹，向王翦深深一揖，径自告辞了。

三日后的黎明时分，一支马队护送着一辆毫不起眼儿的轩车出了咸阳一路向东，正午时分在灞桥驿站停下歇息，一袭布衣的昌平君缓缓下了车，颇见惆怅地回望着远处的咸阳城。

对于自己的免相，昌平君并无太多失落，令他放心不下的反倒是楚国命运。之所以如此，正因他身上有着一半楚国王族血统。

昌平君的父亲是楚考烈王的族弟，多年前考烈王熊完为太子时，跟随他入秦为质，在秦国一待就是十年，也顺理成章地娶了一位秦国公主，生下了他。十年后，熊完秘密回国继位，他的父亲也在归国之列，却将妻儿留在了秦国。熊启由此在秦国长大，并在同为楚系外戚的姑母华阳夫人的斡旋下出仕，很快成了庙堂上仅次于吕不韦的二号重臣。秦王政九年，也正是吕不韦、他和另一位王族重臣昌文君，一同平定了嫪毐之乱。

然而尽管有功于秦王，但大臣们皆知，昌平君内心深处与秦王其实是有歧见的，这歧见的根本，在于秦王恪守的商君之法与吕不韦宽政主张之间的分歧。当年昌平君是吕不韦的得力臂膀，也是《吕氏春秋》的最主要支持者，吕不韦被免相流徙又饮鸩自裁后，昌平君本已做好了受牵连的准备，不料秦王出于安定大局考量，反倒要他接替吕不韦为相，自然，这也是有条件的——领政可以，但不得干扰既定国策，不得再去宣扬《吕氏春秋》学说。昌平君权衡再三后终是答应了，当时他的考虑是，《吕氏春秋》虽不适于这刀兵连绵的大争岁月，然天下一统后，却比商君的战时法治更适合秦国，到时秦国必将重新审视《吕氏春秋》，而自己也将使文信侯的学说真正变为现实！……可昌平君没有想到，秦国尚未统一，自己便要离开中枢庙堂了，日后还有机会重新影响国政么？

马蹄声迅速传来，陡然烟尘大起的官道上，一辆传车疾驰而来，赶至驿站前驭手猛然勒住缰绳一跃下车，又高举起一样金灿灿物事：“符节在此！速换驾马！”

“何等军务？是否涉密？”驿站的传宰们七手八脚地更换驾马时，亭长也快步迎了出来，一眼便望见驭手手中的羽檄，知晓这必是重大军情，不由得警觉了起来。

“不涉密，无妨！”驭手从车中取下一只皮囊大灌了两口，反倒是一脸神采飞扬，“好事：楚人攻南郡不利，已然退兵！”

“彩！秦腾将军好样的！楚人孬种！”驿站的传宰们、马队的骑士们齐声喝彩起来。

只是谁也没有注意，一旁昌平君脸色却极是难看。震天的欢呼声中，他默默转过身，向自己的车驾快快走去。

“终究，难免一战啊……”这是昌平君离开咸阳地界前的最后一句话。

4

咸阳殿内外挤满了黑压压的人群，放眼望去一片人头攒动；特异的是，这些长案前坐着的不光是峨冠博带的文武大臣们，更有众多士卒庶民以及他们的父母妻子，身着簇新的缯帛纹绫，静静听着长史蒙毅宣读封赏王命。

目下山东列国六去其四，天下泰半土地皆归于秦，庙堂早计划大肆铺排隆重庆贺一番。尽管不久前也传来了楚国背弃盟约、进攻南郡的消息，然在秦腾等南郡守军的防御下，楚军终是无功而返，反倒使自家承担了背约的恶名，也给了秦国一个绝好的伐楚口实，几乎成了国人笑谈，是故不仅没有影响到这次授爵大典，反倒更添了几分谐趣。

此次授爵实在堪称庙堂大手笔。依据秦王书命，蒙武、秦腾、李信、杨端和等主力大将各晋了三四级爵位，其余近百名裨将、都尉、军侯也各晋了两三级，士卒民夫中晋爵者更多；牺牲的数万将士也各自由家人继承爵位，战死者本人得以厚葬故乡，刻石立碑以彰忠勇。不过最令朝臣们惊讶的还是王翦、王贲父子，王翦已升为了大庶长爵，在朝臣中乃头等高爵；而王贲目下已是右更爵，在其他大将们当中也是首屈一指，一时众人不禁议论纷纷，惊愕赞叹羡慕甚或嫉妒者皆有。

听到蒙毅念出自己爵位时，王贲面上不动声色，心下却颇有些局促，他还不习惯面对这多形形色色的目光，于是很自然地望向坐在王座右首第一位的父亲，心下却又惊愕了起来——父亲竟对这天大的封赏浑然无觉，半眯着眼睛一动不动，酣睡了一般！

“这是做甚，怕人眼红么?”王贲心下一阵不快。

王命宣读完毕，万岁的喊声便响彻了大殿，大殿内广场上诸多将士民夫依军功高低，分别从内侍手中接过金璋紫绶、银璋朱绶，待到平日难以享用的太牢少牢纷纷奉上、醇厚凛冽的醇酒酎酒下了肚，个个都兴奋得红了脸颊红了眼圈，秦国万岁秦法万岁秦王万岁的高呼连绵不绝，场面蔚为壮观。秦国向来重罚厚赏，且多是重罚将尉官吏、厚赏庶民士卒，正与兵法那“杀贵大、赏贵小”的主张暗合，是故历次授爵，秦王都要仿吴起励士，将有功将士们请入王城共享王宴大彰荣耀，如此自然大大激励将士们奋战之心。

听着这一声声高呼，秦王政心头也不禁涌起一股豪迈：七年了，从自己前往杜县阅兵到目下，倏忽间已过去七年了。父亲、大父乃至历代先祖统一天下的梦想，终于经由自己的双手逐步实现，自己敢不再接再厉，完成这等旷古伟业?

授爵仪式持续了一个时辰，当有功将士们在内侍的导引下次第退出王城广场后，紧随其后的大朝会也开始了。整个大殿安静下来后，秦王政目光炯炯地扫视了大殿一周，浑厚的秦音随即回荡起来：

“列位臣工：七年来，我大秦已灭四国、虏三王，行将统一天下，实现我秦国六代七王之百年心愿！今日朝会，便是要议定对楚之用兵方略，各位放开说话!”

两侧席位中一阵嗡嗡声响，然而却无一位大臣开口，就连向来心直口快的蒙武、李信几人都若有所思地沉吟着，这在秦国庙堂的朝会上当真可以说是前所未有。众人的沉默，是因自己对楚国实在知之甚少，即或是专一负责敌情打探的尉缭也不例外。大臣们当中，只有上卿李斯和昌平君是楚人，然而李斯不通兵事，昌平君又已被免相，不在眼前。其余人只知楚国对外屡战屡败，王贲袭楚之胜、楚攻南郡之败便是明证，却拿不准楚国国力、楚军战力究竟弱到何种程度？楚国是像韩国那样不堪一击，还是像赵国那样虽已大打折扣却仍不容小视？楚军是如燕军那样剽悍灵动擅长游击偷袭，还是如魏军那样厚重顽韧善于固守防御？一切都不得而知。既然连对手实力都不明，又怎能凭空托出方略?

众人如此反应，秦王也颇有些意想不到，于是很自然地望向了王座右首，期待着王翦的态度。他太清楚王翦在灭国大战中的功劳，也太清楚王翦在庙堂上的分量，目下既然别人都不肯吭声，王翦的意见自然格外重要。

然而他看到的，却是王翦半眯着眼睛，坐在自己的座位上一动不动。

秦王不易察觉地皱了下眉头，想问王翦又忍住了。他明白，上将军之所以如此，必是因自己不肯接受他举国大军灭楚的提议，想到这里转向大殿："其余臣工有无定见?"

口上虽这般说，目光却投向了王贲身旁的李信。

从本心说，一干年轻大将中，英气勃发的李信最对秦王脾性，李信灭国大战以来的表现也更使秦王对他青眼有加。而今的授爵大典，李信也是右更爵，其提拔之迅速仅次于王氏父子，他也在目下秦军大将中声誉鹊起，俨然是又一颗冉冉将星了。

"陛下！李信请抛砖引玉！"看到秦王政期待的目光，李信一声清亮的呼喝，终于第一个开了口，眼见秦王深深点头便霍然起身，从袖中抽出厚厚一卷楚国地图，递给趋步奔来的赵高由他挂起，然后指点着地图高声道："陛下、诸位请看！楚地广袤，占据整个南中国，然荆江、吴越、岭南诸地尽皆蛮荒，唯淮水流域富庶风华，先有陈、蔡、薛等国开发，后有中原列国拉锯争夺之余大兴农桑，众多世族封地集结于此，楚国泰半兵力粮草财货集结于此，国都寿郢等重镇也集结于此。以李信之见，拿下淮水楚地，便等同于拿下整个楚国！"

"既如此，如何用兵?"秦王政不禁微微欠身问道。

李信的手指向了淮北："一支主力，一支偏师：主力大军直取淮北，意在击溃楚军主力，夺取都城寿郢；偏师进兵淮南江北，使楚国王室贵胄不能渡江南逃。只要平定两淮，江东岭南便不足为虑！"

"灭楚兵力几多?"

"不计偏师，主力大军二十万，足够！"

"彩——！"大臣们都折服于李信语气中那种沉雄的自信，不由得爆发出了雷鸣般的喝彩。此前也有不少人觉得李信虽将才了得，有时却略显浮躁，不似蒙恬王贲那般扎实，而今观之，李信显然已完全成熟了。而秦王政却更是感慨，接风小宴上决定灭楚后，他便事先将李信召入宫中，询问了他对于灭楚的谋划，李信当时十分痛快地答说二十万，后来听王翦力主六十万大军时，自己还颇有些拿不准，担心李信是否托大；不想今日朝会之上，李信意见竟得到了文武众臣的一致赞同，顿时放下心来，觉得自己果未看错人。这样想着又转向王翦：

“上将军，李信方略，你意可行否?”

“……”王翦沉默有间，终是摇摇头，“老臣并无定见，只觉灭楚仍当六十万大军……”

“六十万?”蒙武咕哝了一句，“鸟个楚国用得了这多兵马么?”

“上将军，若当真举国大军齐出，粮草财货民夫等等都大成问题，秦国撑得起么?”秦腾也道。

“再者，北边尚需防备齐国、燕代残部与匈奴，也不可轻易南下……”蒙恬沉吟道。

“依黑冰台打探，楚国淮北诸城兵力，总计三十万上下。论战力虽是远不及秦军，最大长处却在剽悍灵动，号称轻利僄遬，卒如飘风。”国尉尉缭虽未直接给出自家评判，话语中真正意思却是再明确不过。

“甚剽悍灵动，怕是逃命跑得快!”蒙武一句插科打诨，顿时惹来一片笑声。

“老夫……”面对着众人疑惑的目光，王翦想了想，忽然淡淡一笑，“确是尚无定见，我姑妄言之，诸位姑妄听之。老臣言尽于此，陛下明鉴。”说罢又眯起眼睛，微微低下了头。大殿内随之出现了短暂沉默，众人都不吭声了。

“王贲，你意如何?”秦王政望向王贲。

“二十万灭楚，无大碍!”王贲一句话掷地有声。

“其余臣工何意?”秦王政又望向整座大殿。

“二十万灭楚!”杨端和、辛胜、羌瘣等大将喊道。

“二十万灭楚!”隗状、王绾、李斯等文臣也喊道。

“二十万灭楚再灭齐!”蒙武吼了一嗓子，举殿登时哄然大笑，殿内气氛顿见缓和，众人随之热辣辣议论了起来。左丞相隗状提出灭楚以陈城为后援根基，由坐镇于此的昌平君督办粮草；国尉尉缭说，灭楚前还当稳住齐国；蒙恬说，目下匈奴仍是虎视眈眈，我等仍需加紧防备不可轻敌；秦腾则提出，蒙武可为伐楚裨将；蒙武忙重重拍案，眉飞色舞道俺明日便回关外召集兵马，那班老卒闻听有战，定会一蹦三尺高!又惹得哄堂大笑……

整个朝会上，从头到尾都没再吭声的只有两人，这便是王氏父子。王翦一直半眯着眼睛，头微微低着一动不动；而王贲也一直暗地里注意着父亲的一举一动，脸色越来越难看。

红日西沉之时，众人虽意犹未尽，却也大体议定了灭楚的诸多大事，秦王政这才注意到，王翦一直没有再说话。

“老将军，对李信方略有无补充?”秦王政高声问道。朝会中大臣们已议定李信为将，王翦的一言不发显然也是默认了这一点，但无论如何，他还是应当尊重这位上将军的意见的。

秦王政问了这句，举殿便渐渐安静下来，等着王翦说句话，不料王翦仍是微低着头一声不吭。

“老将军?”秦王颇感意外，催问了一句。

大殿内已完全静下来了，众人大是好奇，纷纷将目光投向一动不动的王翦，这时，他们隐约听到了微微的鼾声。

王翦睡着了。

“你个老卒，回家困觉去!”邻座的蒙武欠过身，伸长了粗壮的胳膊，狠狠推了一把王翦。

“啊? 老臣，老臣无异议……”王翦猛一哆嗦，惺忪的睡眼中一片混沌懵懂，众人颇觉惊讶，不禁一片笑声。王贲则大感丢脸，咬着下唇别过了脸去。

“老臣只觉，还当六十万大军，具体方略，尚无……”王翦没说完便打起了哈欠，对蒙武的轻蔑、旁人的哄笑、儿子的恼火浑然不觉。

“王将军老矣，何怯也!”眼见王翦失态，秦王一时童心大起，不禁开玩笑道。

“是也是也，老臣年事已高，体魄大不如前……”王翦一边点头一边又打起哈欠来，忙用袍袖挡住嘴。

看着王翦的满脸疲惫，秦王政心下也颇怜惜，更对方才的取笑揶揄很有些后悔，忙补了一句：“李将军壮勇，其言是也！既如此，此番老将军且留国中，好生养歇一段时日，何如?”

“谢过陛下，谢过陛下……”王翦不住点着头，声音也有气无力起来。

“你个老卒怎回事?”蒙武皱眉道，“前日你我重聚不还甚事没有么? 方才商议之事，你听了么?”

“唔……”王翦不置可否地支吾了一声。

“李信为将，二十万大军下淮北，直取寿郢，听了么?”

“嗯……”

“陈城为后援根基，昌平君督办粮草民力，听了么?”

“呃……”

“王贲领偏师进兵淮南江北，抄楚军后路，听了么?”

“哦……”

“如何老支支吾吾的?”蒙武皱眉道。

“困，困……”王翦又打起了哈欠。

“你啊你！”蒙武的大手指点着王翦，一脸鄙夷，“俺为裨将，随李信同去，也不知?”

“啊? 你……”王翦骤然愣怔了，那一脸的茫然惹得众人不禁又是一通笑声，王贲则狠狠猛咳了一声。

“如何? 不服么?”蒙武瞪着眼睛冲王翦嚷嚷，“只许你灭国，就不许俺灭国?”

“老夫……老夫是怕你……”

“怕个甚? 怕俺不堪重用? 大朝会上俺又没睡着！”

王翦却没有再吭声，只是默默地枯坐着。

……

“你何时回陈城?”朝会散了之后，王翦追上了蒙武。

“明日便回！”

“今晚来我这里，老夫有话。”

“俺可没空，灭楚凯旋再说！”蒙武摇晃着大脑袋，颇为自得道。

“目下若不对你说，只怕你都回不来！”王翦脸色骤然间变得冷峻起来。

“哈，你个老匹夫，休与我危言耸听！”蒙武上下打量着王翦，一脸不屑。

“来不来?”王翦没有理会蒙武的不屑，仍然一脸急切问道。

“不去！俺一大摊事！”蒙武连连摇头，答得甚是痛快。

王翦无可奈何地也摇摇头，深吸了一口气：“既如此，老夫长话短说，你一定牢记。此番攻楚，贵在重兵推进，不在奇计突袭，若你与李信戒骄戒躁、步步为营，未必不能胜！”

“未必……不能胜?”蒙武刚要如往常一样喊起来，忽然觉得王翦这话另有深意，终是没有再嚷嚷，只是回味着这一句，愣愣出着神。

“不错，未必，不能胜……”王翦也喃喃道。

5

晚汤之后，王贲亲驾着轩车，重又来到了上将军府。

从本心上讲，王贲原是不肯来的，白日里朝会上秦王和其他朝臣对父亲的取笑，固然都无恶意，却也令他大觉颜面无光，更令他恼火的则是父亲那装出来的奄奄老态。阿翁虽已年过六旬，体魄却足可与当年老廉颇相提并论，而今大朝会上竟打起瞌睡，能是真的么？他这般装相莫不是怕自家功高遭忌，惹来祸端？自己这老父英雄了一世，而今却如何这般抠抠唆唆了起来？

虽是恼火，虽是气闷，虽是压根儿不想再搭理父亲，然而听到父亲派侍卫传话，让自己今夜来上将军府议事时，王贲思忖一番终觉有鲠在喉，还是来了，准备好好问问父亲究竟咋回事。

夜色中，王贲绕过上将军府的幕府正厅，转到后院，一下愣住了，没想到眼前别有洞天——数十盏高大风灯的火光下，竟是一片巨大的写放山川，从那最西端半人高连绵山石的“昆仑山”到最东端的大池塘“东海”，无不模仿得惟妙惟肖，更有那代表八百里秦川的大片平地、代表咸阳的那块最大的石雕城邑，还有“咸阳”东北的频阳老家！而在这片巨大的写放山川中，自己的父亲正伫立在“江水”中段那个大池塘前，那里显是楚国的云梦泽。

“上将军……”满腔的怨气都化作了惊讶，王贲竟有些不知所措了，当即小心地迈开步子，跨过“百越”的遍地荆棘，站到了楚国的土地上，隔着云梦泽与父亲对视。

“怨老夫今日丢了颜面?”

王贲哼了一声。

“知道老夫找你甚事?”

“不知。”

“你等此番攻楚，成败难料。”王翦的语调陡然变得冰冷。

“有甚难料？李信方略有差?”

“方略无差，兵力不足。你看老夫脚下这楚地山水，除淮北一马平川，余皆山峦溪流林木，二十万大军只够占淮北，若想吞下整个南国，根本不够！反观楚国，这大片土地究竟能藏多少兵马，你等根本不知！那项燕也是天下名将，若将举国楚军秘密集结，你等能全师回秦便当谢天谢地！”

“……何不大朝会上说？何不向李信明说?”

“老夫和昌平君一样，已向秦王辞官了，三日后便回频阳，赶不上你与李信蒙武出征那日。”

王贲心下一惊，抬眼望向父亲，看到的却仍是那张沟壑纵横毫无表情的脸，不由得皱起了眉：“辞官做甚？可是怕功高遭忌?”

“屁话！”王翦一声厉喝。

王贲一个激灵，却见王翦方才的慵懒神色倏忽间消失得无影无踪，取而代之的则是自己见惯了的那种犀利眼神，充满了杀伐决断的果敢；虽仍是布衣散发田舍老翁一般打扮，王翦整个人身上却陡然散发出百战名将才会有的赫赫威势。

——这才是阿翁！这才是王翦的本来面目！

一瞬间，王贲仿佛回到了幕府，他不由自主地也挺直了腰杆，瞪大眼睛屏息静气，聆听父亲拆解兵法般候着下文。

“王贲，你眼中之老夫，便是那般小肚鸡肠胆小如鼠之人？整日只知斤斤计较战功，计较旁人口舌非议？此番若果能一战灭楚，我大秦若当真能一统天下，老夫高兴还来不及，岂会计较这屁大点儿事？”王翦的连声怒吼不住回荡在这片写放山川之上，直如雄狮咆哮一般震慑人心。

“那上将军为何白日装相？”王贲的语气中也隐隐带了怒意。

“老夫装相，是为大局！天下六国，你我父子灭了一半，灭国大功你我自可受之泰然，秦王自可安之若素，满朝文武却做何想？天下之人却做何想？其他朝臣竟无一人疑心秦王偏袒？其他大将竟尽皆服气？你南平韩乱之际也已想到衡平军功，那时尚且如此，目下更是这般！而今老夫将攻楚之战让与李信，正是为防庙堂离心离德！秦王本心也必做此想！”

“我等君臣向来坦荡，何来离心离德之说？何等大事不能直言？”王贲又惊又怒，大步沿着“云梦泽”边缘来到了父亲面前，“上将军若当真不赞同朝会决议，便当明说，纵被否掉也当据理力争，当如荀子所言，从道不从君！况且秦王何等胸襟，只要说得在理，何时容不下犯颜直谏？茅焦曾当庭指责秦王，唐雎曾挺剑威吓，那般作为秦王尚能不以为忤，上将军被秦王尊为师长，秦王又怎会不听你言？更有甚者，兵事容不得半点妥协周旋，对就是对，错就是错，错了一步便不知多少将士白流鲜血！上将军既为庙堂股肱重臣，便不能只求甚事不管得过且过，无功便是大过！坐视邦国危难便是大过！而今上将军明知庙堂决议有差却隐忍不说，当真忍心看那多将士枉送性命乎？我这便上书秦王，请求停止发兵！……”

王贲的连声大吼同样响彻了夜空，这还是少言寡语的他头回一口气说出这多话，一席话说罢已是满脸通红，长出口气抹去额头渗出的汗水，再未理会父亲，当即转过身嗵嗵嗵大步走去。

“站住！回来！”

听到父亲在背后的大喝，王贲收住了脚步，却没有转身。

"总算是老夫之子。"背后父亲的嗓音中听不出任何波澜，"你这般道理，老夫一样明白，老夫生平最蔑视的也是那明哲保身之人。我只最后几句，说完便回频阳。你愿听便听，不愿听便走，不强求。"

王贲没吭声，却终是转过身来。

"其一，对秦王，老夫已不必再说。你不懂错其人，勿与语之理么？秦王亲政以来鲜有错断，数年来更是连灭四国，朝野声望如日中天，正在自负之时。老夫早就说过要六十万大军，他当时既然不听，目下自然仍是不听，老夫说了白说，反倒徒引口舌非议。"

王贲仍然气咻咻地沉默着。

"其二，对朝臣，此话不当由老夫说。朝会之上，老夫一语不发，为何如此？秦王纵然信得过老夫，然朝臣也人人都信得老夫么？众多朝臣竟无一人怀疑老夫心存妒忌？能信老夫纯是就事论事绝无偏见？况且老夫力主六十万大军，只是为求万全；说兵力不足也无真凭实据，举朝尽皆赞同二十万，连你都赞同，老夫如何笃定自己便一定正确？又何能只以一己猜测强行扭转庙堂决断？"

"……"王贲眯起眼睛，沉思了起来。

"其三，对李信，老夫更不该说。秦王弃用老夫，以李信为将，固有衡平朝局均分战功之需，然此中根基仍在李信将才出众，更有锤炼新锐之考量。此番谋划灭楚，李信也下足了苦功，战场又是奇正相生，老夫心下尚无灭楚之成形方略，又凭甚说李信一定会败？再者仍是前面道理，此话轮不到老夫说，该说此话的是蒙武与你。蒙武是裨将，有权建言；你又与李信相熟，若你来劝他，必比老夫直言好得多。老夫本想将这番话说与蒙武，那老卒却走得比我还急，只能讲与你了。"

"然则，上将军为何辞官？"

"可知当年，武安君为何不肯为将攻邯郸？"

"战机已逝，武安君无法说服昭王，又不肯使士卒徒然流血，这才拒不领军。"

"正是，正厅石柱那句兵谚，正是武安君当年抱病之时亲手刻下，老夫每每观之无不如芒刺在背。武安君一生不肯轻言兵事，终是未尝一败；老夫虽多有不及，却也不肯明知风险太大还贸然出兵。"

"……阿翁，方才我错怪你了，莫怪儿子。"沉默有间，王贲低下了头。

"老夫没甚计较。"王翦仍面沉似水，"然则，你却须让李信蒙武明白此中关键。"

“这便去！”王贲猛然抬头，拱手向父亲深深一躬，转身腾腾腾走了。

“能说服自然最好；只怕老夫办不到之事，你也仍旧办不到……”望着儿子的背影，王翦这样暗想着。

……

三日后的清晨，布衣散发的王翦独自赶着一辆辎车跨过渭水白石桥，驶上了通往频阳的官道。行得十里，道上车马刚开始稀疏，便见前方路旁一位大袖飘飘的老者手拄竹杖伫立在茅亭之中。王翦见状会心一笑，将辎车赶到路旁，下了车不紧不慢地走向茅亭。

“国尉大人，伐楚在即，国中军务繁忙，为何还亲来相送？”

“秦王虽不用上将军主张，上将军又何必谢病老归？昌平君刚去相没几日，上将军又离了咸阳，一相一将都走，庙堂还有人么？”尉缭说着自顾自笑了起来。

王翦也是温淡一笑：“战国士风，合则留，不合去。昌平君如是，老夫亦如是。秦王不用老夫，老夫又何必尸位素餐？”

“上将军莫怪秦王。陛下本欲亲自来送上将军，奈何还须与李信蒙武商议伐楚，故只遣老夫前来。陛下托老夫转告上将军，但在频阳安心养息便是，若有所需尽管开口，人丁财货可任意调遣支取；待伐楚之后，陛下还当亲来频阳，探视上将军。我大秦，离不开上将军这等砥柱。”

“谢陛下，也谢国尉了。只是老夫对陛下别无所求，倒想求国尉一事：此战过后，无论战果如何，都请国尉将战报送与老夫一份，只是莫让旁人知晓了。”

“上将军终是牵挂战事。”尉缭笑了，“此事好说，尉缭应你便是！”忽又收敛了笑容，一脸疑惑，“无论战果如何？……”

王翦没有接口，只是再次向尉缭拱了拱手，赶着车驾辚辚去了。

第十二章 三日不顿舍

1

王翦重又回到了频阳。

上荆山塬，过石川水，远处的频山已可看清，眼前的一切都熟悉而陌生。尽管老家距咸阳不过半日车马的脚程，但王翦数十年间归乡的次数却屈指可数，为将以来家眷族人尽数搬到了咸阳，他对自己故乡的回忆，仍停留在十五岁从军前的少时；至于儿子王贲，记忆更深的也是咸阳上将军府，而非频阳老宅。

然而灭赵之后，王翦回来的次数便开始多了起来，在他的安排下，原本已搬到咸阳的族人重又陆续搬离上将军府，回到了频阳。之所以如此安排，毋宁说王翦从那时起便在等待着如今这一日，而今果然等到了；只是若论本心，他倒宁可自己这些年的安排是多此一举——

自然，若李信与蒙武老匹夫果能大败楚军，老夫更宁可就此在这频阳养老，只怕他二人，没那般轻易得手。

“毕竟此番对手，是那项燕啊……”

这是向那越来越近的频阳庄园驶去时，王翦心头所想的。

二十万秦军攻楚的急报传至汝阴的楚军幕府时，项燕正久久伫立在淮北地图前，对楚国的局势大感郁闷。

去岁秦国以王贲为将第一次伐楚，不到一个月狂飙连取淮北十城，一时震动了楚国朝野，向来各行其是的各族元老无不大惊失色，纷纷上书楚王，力主与秦国和谈换得罢兵，这才有了接下来的秦楚会盟。其实于楚国而言，那一盟约也不算屈辱：尽管献出了青阳以西的大片土地，但总算换回了淮北十城这片膏腴之地；此外项燕更看重的还有与秦国达成的罢兵协定，这一协定足可为楚国赢得短暂却宝贵的喘息时机，只要部署得当，楚军完全可在秦人南下前做好抗秦的一切准备。

也正因此，在项燕的建议下，秦楚盟约刚刚达成后，楚王负刍便急忙召集举国世族商议抗秦之策。令负刍和项燕大为振奋的是，向来互相扯皮掣肘的元老世族们这次难得赞同了他们，虽对项燕可能借抗秦扩张自家势力不无担心，却也磕磕绊绊地各自掏了一笔粮草财货，又公议景骐、屈定两位将军作为次将、末将跟在项燕左右，项燕为表明自家并无私心，也赞同了。一切筹备好后，他便率先领江东子弟兵和王室官军近二十万渡淮水北上，分头驻扎在以汝阴为轴心的淮北诸城，等待着其他私卒与自己会合。

然而项燕万万没有想到，倏忽几个月过去，各族私卒汇集者寥寥无几，淮南地反倒传来消息：昭、景、屈三族私自出兵，一同进攻秦国南郡！大吃一惊的项燕忙遣项梁还都问询，数日后项梁气急败坏地回报说：青阳之西有三族多处封地，三族元老因此心生不满，认为楚王是拿他们的封地做人情换太平，更有借机打压三族之意，是故数次密商后达成一致意见：一同出兵进攻秦国南郡，夺得的土地城邑平分！元老们盘算得很是完满：淮北封地固被秦人还了回来，然目下秦楚之间依旧剑拔弩张，说不准何时秦人便重新大军压境，只怕到时淮北封地仍要丢掉，何如先夺了这丰腴富庶不下淮北、又是战略要地的南郡？如此一来失之东隅收之桑榆，仍然划算！更有一样，目下王翦主力大军尚未南下，王贲蒙武偏师仍驻守魏地善后，南郡本就驻军不多，又多年无战，全力出击当有成算！人同此心心同此理，三族元老这便凑齐七万水陆大军渡过云梦泽，分头猛攻江陵、竟陵、安陆等城，谁想南郡守军人数虽少战力却不差，郡守秦腾将才虽无法与王翦父子相比，然守城却是绰绰有余，多日相持下来，三族私卒没讨得半点儿便宜。三族元老进不能下城，退又心有不甘，一时都大为尴尬……

“蠢！”听罢儿子的讲述，项燕愤怒不已，当即连夜赶回寿郢求见楚王，将大势备细讲述了整整一个时辰，一艘艘载有王命的小船便驶离了这座芍陂旁的水城，逆淮水而上进入了云梦泽；半个月后，损兵折将的三族元老们这才率领着疲惫不堪的私卒们悻悻撤了回来。

这场战事不仅徒劳无益，更给了秦国一个攻楚的绝佳口实，项燕早已从自己安插在秦国的眼线处得知，秦军借口“楚献青阳以西，已而叛约，击我南郡”，以李信、蒙武为将，以陈郢为后援根基，起大军二十万，不日便将南下攻向淮北；而与此同时，王贲率领的两万轻锐兵马也开始动身，准备切断楚国王室南逃的退路。

“该来的，终是来了……”这是项燕第一时间想到的。

秦军此番攻楚，没有派出老将王翦，挂帅的是新锐少将李信，这点颇出项燕意料，但他心知李信也绝非易与之辈，三千飞骑深入辽东追击太子丹那一战堪称奔袭战之范例，这点甚至要比王贲半月之内下楚十城更难做到。况且李信的二十万大军正是王翦一手打造出的灭国主力，灭赵灭燕两大战已尽显强大威力，无论战力协同士气装备无一不达到了战国之世的巅峰，楚军如何能与之抗衡?

不过，依据自己手头这份密报，项燕却仍抱着一丝希望，这希望目下还很隐约渺茫，然若谋划得当，项燕相信自己能使它逐渐成真，最终成为秦军致命的死穴。

项燕得到的密报，发自作为秦军后援根基的陈城，上面详细阐述了秦军攻楚的用兵方略，望着眼前这幅淮北地图，回想着那份密报的内容，项燕心下渐渐泛起了一丝自信。

地图上，淮北各重要城邑的分布是这样的：楚国都城寿郢在淮水以南，与项燕驻守的汝阴隔淮水南北相望；汝阴正北方数百里外便是楚国另一重镇城父，西北方百里外为寝城，寝城再向西是平舆；平舆的东北、寝城的西北则是项氏的淮北封地项城，项城再北便是秦军此次攻楚的起点陈城。除去汝阴以外，所有这些城邑都曾被王贲攻占过，后来又都退还给了楚国。

整幅地图上，平舆、寝城显是最为关键的两座城邑，与北面的项城构成了一个正三角，而寝城本身也与城父、汝阴构成了又一个正三角，事实上根据项燕得到的密报，李信此番用兵也确是以这两城为首要进攻目标，企图将淮北一刀切为东西两段：秦军攻楚的两位主将李信和蒙武准备先拿下陈城以北的项城，此后兵分两路，李信攻向西南拿下平舆，然后奔向东北去与蒙武会合；蒙武则先进攻东南的寝城，再折向东北进攻城父，拿下城父后等待李信前来，两军合兵后一同南下攻克汝阴，从而彻底聚歼楚军主力，占领整个淮北，再渡过淮水长驱直入进攻寿郢，正式灭亡楚国。

项燕明白，李信之所以制定这一方略，显是基于对淮北地势与楚军实力的判断：淮北正是一望无际的原野，最利大军展开；分散把守各城的楚军战力本就孱弱，兵力也肯定有限，若二十万大军一城一地逐步蚕食，显是牛刀杀鸡，进展也太过缓慢，兵分两路便快捷得多；更何况淮北城邑林立，即便楚军来援，也必会拿不准秦军主力用兵方向，极可能顾此失彼；只要城邑先后落入秦军之手，以秦军的精良装备和强大战力，楚军再想重新夺回城邑便肯定是难上加难。

而这些错觉，也恰是项燕希望自己留给秦军的。

“阿翁，我等来了。”项梁的声音在身后响起。

项燕转过身，看到了次子项超和幼子项梁。这兄弟俩一个魁梧高大，一个俊朗瘦削，然而那两张酷肖自己的脸庞，还有那坚定的目光，却是别无二致。看到他们，项燕一声长叹，他共有四子，三子早夭，长子项缠（项伯）才具平庸不堪重任，次子项超战阵搏杀固然强悍，于兵事却很是荒疏，唯有最年少的项梁反倒是大将之才，项燕也最倚重自己这个幼子。

“阿翁，淮北军民尽皆弃城南下。项城已搬空，平舆留三千守军、旬日粮草；寝城留民未留军；城父守军五千，粮草月余。还有，公子良已前往陈城，万无一失。”

“各族私卒，还有磨蹭否?”

“无有，退无可退，皆抱死战之志。封地在淮北者粮草人丁开始南撤；封地在淮南者沿汝水秘密北上，都将埋伏于繁阳郊野山林，兵力足足十万!”

虽然早有准备，但骤然听到这样一个庞大数目，项燕心下仍不禁一颤，竟说不上是惊喜还是叹息——即便是目下这般危难关头，楚国单论兵力也绝不输与秦国，君不见各老世族只要戮力同心，肯将自己的私卒尽数开出，短短月余时间便骤然组成了十万大军么？直如撒豆成兵般迅速！惜乎如此多的兵马，竟只有国难当头时才能冒出头来，早都做甚去了？若能像秦国那样凝聚起举国国力，拥有着整个广袤南国的楚国必定是天下首强!

“阿梁、阿超，目下楚军虽众，然彼此多有掣肘，各族又定以保存自身实力唯上，不肯力战，此种形势正如六国合纵攻秦一般！此番击溃秦军之希望，只在你等兄弟身上，只在我项氏身上，唯有先胜这第一战，我等方能与秦人从容周旋，方能再谈保卫楚国。此战秦人落败还会卷土重来，然我楚军输不起！正是因此，你等定要打出项氏威风!”

“我等兄弟，不会辜负父亲重托!”一直沉默的项超低吼了一句。

“善，老夫这便聚将!”

2

二十万秦军浩浩荡荡南下，以泰山压顶之势向淮北汹汹袭来，第一日便攻取了项城。

这已是秦军第二次拿下这处项氏封地了。

没有秦军将士们早已习惯的惊心动魄的浴血厮杀，没有冒着火捽鸥脚的艰难攀爬，没有为在城垣上取得立锥之地而展开的反复拉锯争夺，一切预想中的抵抗都没遇到，就连人喊马嘶都没有一声。整个项城静悄悄的，唯一动静只来自于城头那面秋风中仍在招展的赭黄大纛，远远望去如一个小小黄点般。看到这等情形，在项城郊野外排好攻城队列、磨刀霍霍准备大战一场的秦军将士们，不禁面面相觑了起来。

少顷，一位黑甲骑士策动战马自秦军方阵间奔出，转眼便赶到项城一箭之地外，松开缰绳后左手从背后取下一张半人高的大弓，右手同时从战靴旁抽出一支粗大硬矢，弓身刚搭上箭镞便倏忽如圆月般满满张开，直直指向城垣上那小黄点般的楚军大纛，几乎是根本没瞄准便松开了弓弦，全套动作一气呵成，如行云流水般毫无滞涩；而与此同时，他胯下那匹雄俊无比的战马始终在狂奔疾驰着，没有半点儿停顿。

但闻“嗖”的一声，长矢挟着尖利的呼啸离弦而去，紧接着远处的项城城垣上也遥遥传来了另一声回响。将士们极目望去，只见那小黄点应声而落，腾起一片巨大的烟尘。

“彩——！”项城郊野黑压压一片的秦军方阵中，骤然爆发出雷霆般的喝彩声。

骑士勒住缰绳止住战马，又拨转马头转过身来，向着秦军方阵高高举起了手中那面巨大的繁弱之弓，清亮的嗓音随即回荡在了一片寂静中：

“楚军不战而逃，我等攻克项城——！”

“李将军万岁！”秦军士卒们兴奋地高呼。

一个时辰后，整座城邑已落入秦军手中。不过令士卒们颇感失望的是，项城中没有一个人一头牲畜一粒粟米一枚蚁鼻钱，没有任何值得掳掠的财货，就连城中水井都被尽数填死了，楚人显然已彻底放弃了这里，整座城邑一片空空荡荡。

“鸟个楚人，鸟个项氏，全他娘逃了！真个软蛋！”

蒙武大失所望地皱着眉头，向着四面八方骂道，空旷街巷中立刻响起了滚滚回声：

“软蛋！……软蛋！……软蛋！……”

李信也同样极为意外。在他的设想中，项氏去年丢了项城后，本当就此提高警惕，大大增强项城防御，自己领军从陈城出发时，已准备迎接一场凶险异常的攻城战了，当斥候报来项城已空时他还将信将疑，及至真正赶到这里才不得不信——除了城垣上还虚插着旗帜外，这座项氏的封地城邑竟彻底成了一座死城！

难道项氏竟胆怯至此，不惜丢掉封地，只顾自家逃命？

站在项城城垣上，李信默默思索着接下来的进兵方略。这一方略他早已烂熟于心，目下却仍重新推敲起来，以求万无一失。向来都对自己将才无比自信的他，实在不能不慎重对待此次灭楚之战。

李信很清楚，目下秦军所有能独当一面的主力大将都已在灭国大战中陆续亮相，而今终于轮到了自己最后登场，自己之所以能顶替上将军指挥这场灭楚大战，完全可说是秦王力挺所致。想起秦王对自己寄予厚望的殷切目光，李信不禁感慨万千，早在从燕地班师回咸阳后，秦王便对自己青眼有加，讨论灭楚时甚至还放弃了上将军主张，也一道放弃了这位身经百战的老将，而将灭国重任交付给了自己，自己明白秦王没说出口的意思：上将军已老，日后便该是你等少壮新锐的天下了！这是对自己何等的信任和赏识？若非秦王力主，自己未必能成为灭国统帅、统领起这二十万主力大军，与项燕那般的天下名将对阵。若一战成名，自己获得的荣耀功勋将远远甩开其他大将，甚或与上将军王翦比肩，自己甚或可就此跻身战国末世的名将之列，光耀史册名垂千古！

然而李信同样明白，从另一方面看，正所谓希望越大，失望也就越大。秦国上下越是对自己寄予了厚望，也就越是经不起失败，当年的长平之战，赵国对于赵括便是如此。若是一败涂地，自己必会跌入深渊万劫不复，休说秦王的愤怒朝野的指责廷尉府的重罚，休说庶民国人们的唾弃痛骂和足以淹死自己的口水，便是自己本人也决然没脸再重新面对整个朝野，若果真那般，除却自裁谢罪，当真别无他法！

胜利还是死亡？这是个问题。

咸阳庙堂正式任命自己为灭楚统帅后，向来都是意气风发豪情万丈的李信，却几乎没有一夜睡过安稳觉。他时常在梦中惊醒，反复盘算着自己的进兵方略，有几次甚至怔怔枯坐着直到东方发白。尽管出兵之前也反复告诫自己，千万莫轻敌，千万不能步赵括的后尘，可无论如何，他仍然难以完全压抑心底的阵阵涌动。一边是对胜利的强烈渴望，另一边则是对失败的巨大担心，这二者一直混杂在一起纠缠不清，使李信始终难以安之若素。

除此之外，他的忐忑不安还有一个原因，这便是对自己方略的隐隐疑虑，而这疑虑，来自出兵之前王贲写给自己的一封私信。

王贲原本是想和他好好谈谈的，然而两人无论是谁，那些日子都一直在为出兵做准备，天天忙得团团转，直到出征前也都没能腾出时间。无奈之下王贲只得写了封书信送给李信：此番灭楚不同于去岁攻楚，那一战为的只是震慑楚国，是故完全可以奔袭作战；这次却是要夺取整个淮北，每下一城都须驻军，二十万大军夺取淮北后，只怕再无足够兵力继续南下。为大局计，建议将军两法灭楚：其一，早日寻楚军主力决战，击溃项燕大军后再攻占整个淮北；其二，二十万大军层层推进，每下一城便分重兵固守，以蚕食之法一步步夺取整个淮北，站稳脚跟再伺机南下。无论何法，夺取整个淮北后都应向咸阳请求继续增兵！

王贲提到的分散兵力的可能，李信自己也考虑到了，但他思虑再三，却将王贲提出的两法合在了一起：二十万士卒先分为步骑车混编的两路大军，一路拿下淮北各主要城池后，攻城所必需的笨重大型攻城器械便再无用武之地，此时可将它们尽数留下，两路大军重新合为一军，以轻装的战车飞骑狂飙突进，直接寻项燕主力大军进行决战。换言之，这二十万大军自始至终分为两部：前期按用兵方向不同一分为二，一路向西南，一路向东南；后期则按兵种不同一分为二，大型器械与重装步卒留下，车士骑兵继续进发。李信相信，秦军一路攻城略地拿下淮北后，面对的剩余主力楚军不会多于十五万，即使加上各世族的私卒也决然不会多于二十万；而秦军除去折损兵力、在攻克城邑留守的兵力外，人数也绝不会少于十四五万。那时即便楚军兵力占据优势，李信也仍有必胜把握，因为按列国长期看法，楚军士卒多是隶农出身，有功不得赏，士气向来低落，战力装备则更差，即便面对着轻锐秦军也定然不是对手，不像牧野之战那般临阵倒戈就谢天谢地了。

更何况李信与项燕决战，也并不指望就一定能全歼楚军主力，只要将楚军尽数赶出淮北，纵然无法继续灭楚，秦军这一战也算得大获全胜；甚至按最坏的考虑，哪怕无法击败项燕主力，自己也仍可退守淮北这些已被尽数拿下的城邑，如此一来秦军虽一时处于下风，却无论如何也不会败，到时再请咸阳庙堂发兵增援，同样为时未晚……

城垣上的李信，已想好了此次攻楚——不知不觉间，他心底已经将“灭楚”改成了“攻楚”——的各种可能和相应应对，确信秦军至少可以居于不败之地后，这才放心地舒了一口气，叫军吏请蒙武老将军过来，准备就分兵之事再做最后一次议兵。

3

“大父大父！随俺领兵出征！”

紧闭的门扉外响起了嘭嘭叩门声，听到那脆亮童音，正在凝神细思的王翦抬起头，温淡地笑了。

“阿离，莫搅扰大父！”儿媳的声音，紧接着便是一阵轻微的拉扯。

“大父都大半日不出门了，如何不与阿离对阵……”那脆亮的童音中带着无尽的沮丧。

“阿离听话，大父正思谋国事，你且自家去玩儿！”

“那阿离能骑丹骎了么?”

“你才九岁，哪骑得那般烈马？小心跌断骨头……”

“那阿媪你陪我蹴鞠……”

儿媳与孙儿的声音渐渐远去了，王翦脸上的笑容也收敛了起来，重又低头从案上那摞竹简中拣出一卷，与早已摊开的淮北地图比对着。

在那地图旁，几只陶盆陶碗陶罐摆在案上，食器中的羊腿饭团菜羹都已冷透不见一丝热气。

望着手中的竹简，王翦眉头紧锁。这些都是李信伐楚的最新军报，是尉缭按照与自己的预先约定先后送来的，逐一描述了秦楚两军各自的用兵线路及战事。

第一封军报讲的是，秦军于攻克项城翌日继续南下进军。按原计划，此番二十万大军分作两部，均为各兵种的混编：一支秦军以先前的关外老军为主，共计六万，由蒙武率领，向项城东南方的寝城进发；另一支则是十三万新锐秦军，由李信亲率，攻向项城西南方的平舆；项城则留下近万名步卒驻守。两军各自进军均大大张扬声势，既是源于李信蒙武对自身战力的自信，也是有意诱使楚军来与自己决战。然一路攻来两军都未遇抵抗，休说楚军，便是寻常楚民都不见一人，沿途村落十室九空，想来直到平舆、寝城也不会遇到大军了。

看着这封军报，王翦目露狐疑，放到一旁又展开接下来的两卷竹简，它们都是李信蒙武各自捷报的副本。李信报说，平舆兵力城防尽皆薄弱，城垣低矮壕沟浅窄，秦军根本没有用连弩大炮，只是先以战车骑士击溃了城外营垒的守军，步卒借数十架轻便云梯登城，区区一个时辰便拿下了平舆，清点全城后发现，守军只有三千，粮草辎重所剩无几，城中民众两日前便纷纷南逃了。

蒙武的军报大同小异，言寝城已被拿下，兵力几乎毫无损失，派去打探的斥候也回报说城父守军虽多了许多，可楚军主力显然仍不在那里。蒙武推断，项燕大军必定集结于汝阴，自己下一步准备留下步卒构筑壁垒，只率车士骑兵北上进攻城父，如此可节省时日；待到攻克城父时，寝城壁垒也必然完工，那时再与李信合兵一处，十万大军直捣汝阴，进可大破项燕楚军，退亦可撤至寝城壁垒，无论进退都游刃有余，可谓万全之策！

接下来的第四封军报，讲述的是李信后续战事：据斥候回报，平舆周遭鄢陵、蔡阳、阳城等城的守军各两三千不等，有的城邑正向外搬运粮草辎重，民众也正四散逃亡，世族封地城邑更是全数搬空，却仍不见大军。李信准备先在淮北站稳脚跟，再寻楚军主力，是故将大型兵器连同步卒一并留在平舆等城，自己则率领着全部车士骑兵赶往城父，准备与蒙武会师。

合上这几封战报，王翦心绪更加沉重起来——李信目下已占据了淮北半壁，不料始终没有遇到主力，这绝不正常。若依常理推测，项燕放弃平舆、寝城，只将主力大军部署在汝阴，当是要彻底丢弃淮北，大军据守淮南，与秦军隔淮水对峙周旋，世族搬空封地、楚地民众大肆南逃，显然与这点呼应。然而王翦很清楚，项燕绝非等闲之辈，绝不会一仗未打便放弃淮北这片膏腴之地，而项燕背后的楚王与元老大臣们更不会。如此铺排最大的可能是，项燕是在以示弱之法诱敌深入，然后寻觅战机反击！

然则，这战机究竟何在？楚军战力差，私卒即便战力略强，却也无法与秦军锐士正面抗衡。若欲击败秦军，项燕唯有三法……

“楚军战力不足，若欲击败秦军，唯有三法。”

城父以东百里之外的蕲城幕府中，面对着各族元老大将们疑惑不解的目光，项燕沉声道。

王翦将竹简一把推开，眯起眼睛——

——其一，长期固守各大城邑，在守城战中消耗秦军兵力，挫动秦军锐气。然若如此，项燕便不该放弃平舆、寝城等重镇……

“……一便是固守城邑，与秦军一城一地逐一纠缠，然我等楚军尽皆轻装，又无重型守城器械；对手却是连弩大炮冲车云梯一应俱全，是故我等必不是秦人对手。长期对峙下来，失陷淮北仍只是时日长短之别。”项燕的语气分外凝重。

——其二，寻要害地段设伏，借地利之便，将秦军围而聚歼，如孙膑破庞涓那桂陵、马陵两战。然则……

王翦这样想着，从席上站起身来，在厅堂中默默转悠着。

“……二便是伏击战，然淮北之地一马平川，纵有大片林地可设伏，却也无从围住对手。”项燕的声音回荡在幕府，元老大将们个个面面相觑。

——其三，趁秦军回撤之际，自背后追杀。

紧闭的门扉被轻轻推开，王翦一双白眉紧锁，望向远方频阳的山野。眼前儿媳和孙儿正在玩蹴鞠，他却完全视而不见。

“……然若秦军落败，全速回撤，我等却可趁追杀之际，重创秦军!”

项燕话刚落点，元老大将们便是一片不屑的啧啧声。

“老夫并非自相矛盾。”项燕目光扫过了大帐，“老夫谋划，正是要把这三样战法合在一起。”

啧啧声停止了，所有的目光都集中在了项燕身上。

“第一步，弃淮北大片城邑，全部兵力辎重撤至平舆、寝城以南，再多方示伪，既诱使秦军分兵驻守，弱其兵力，又使其以为我等早无战心，准备逃往淮南；第二步，以重兵固守汝阴，正面阻击秦军；第三步，老夫亲自率军猛攻城父蒙武部，断秦军退路；第四步，各族私卒也尽数由繁阳开出北上，合力围剿!”

大帐中一片明显粗重起来的呼吸声，元老大将们兴奋了。

“如此，秦军便有了三大劣势：其一，须分兵驻守攻克城邑，兵力大大分散；其二，轻视我军战力兵力，不会预做防备；其三最为紧要，主将李信本就精于奔袭战，更有去年王贲奔袭攻楚之成功战例，眼见此等形势，极有可能……”

——放弃重装，轻兵来袭！

想到这里，王翦心头顿时咯噔一下。

“大父，小心！”

耳畔忽然传来了孙儿王离的大喊，王翦正在懵懂之间，却不料一样圆滚滚的物事挟着呼啸声陡然飞来，重重砸上了额头，待那物事滚落在地才看清，原是一支正在滴溜溜转的革鞠。

“大父败战了！败战了！哈哈哈……”

孙儿拍着手咯咯大笑着，儿媳的惊叫也无法掩盖那清脆笑声，王翦却伫立在原地，愣愣出着神——

——若放弃重装，只用轻兵，面对兵力超过自身的楚军，还有胜算么？

“败战了！败战了！……”

孙儿的笑声不住回荡在耳边，王翦只觉周身血液陡然凝固了。

“楚军主力，究竟跑到何处去了？”

尽管夜风寒凉，王贲却仍久久伫立在帐外，向北远眺着暮色中渐渐黯淡下来的淮水，心下隐隐有些不安。

王贲在此番灭楚之战中任务有二，一是为李信预先探察楚军主力何在；二是待李信渡过淮水、猛攻寿郢之际突兀杀出，截断楚王君臣的退路。是故早在李信动身前，王贲便率领着这支两万人的偏师悄悄渡过淮水，找到了目下这处预先选定的隐秘营地。此地位于淮水南岸、蓼城以西百余里的山谷中，埋藏于此的粮草堪堪够两万人半月用度，换言之，依照李信原定谋划，半月之内王贲部便要配合猛攻寿郢的主力秦军迅速开出，包抄后路。

然而，令王贲担忧的恰是这点。

他昨日又收到了李信军报，云自己与蒙武顺利会师城父，然楚军主力仍是连影儿都不见，李信自己也觉有些不对劲儿，好在斥候回报说，城父以南的汝阴守军有万余人，守城楚将是项燕幼子项梁，是故自己下一步计划是先攻克汝阴，擒获项梁后向他拷问项燕主力何在。接到这封军报后，王贲同样大为疑惑，他这几日不断散出一批批斥候在周遭探察，却只发现小股私卒在陆续北进，除却寿郢周遭有三万常驻兵马护卫，整片淮南始终未见大军集结。思虑之下，他相信楚军主力仍在淮北，是故终是向那里派出了斥候，只是此间路途遥远又要渡淮水，不知斥候何时能归……

突然间，一阵急促的马蹄声从远方传来，尽管天色黯淡，王贲却仍能认出那是自己派出的斥候；更要命的是，他在疾驰中还猛烈挥舞着一面大大的绛旗，这正是敌军主力集结的标志！

“快，随我上前接应！”王贲一声大喝，向着马厩狂奔而去。

“原来如此！”李信双手一把拍在了案上，一脸恍然大悟。

“甚事？”蒙武颇有些莫名其妙。

“咳！我等都被骗了！”李信苦笑着摇摇头，伸手递去几方木牍组成的阴书，“王贲军报说，大批楚军与民众自繁阳南逃，官民加起来足足十几万，将渡淮水；人皆风传楚军回寿郢后，要继续逃往江南！”

“怪道不见人影儿！”蒙武也“呼”地一下猛站起来，“我等还欲与他大战，不料他就没想留淮北！如此说来，汝阴楚军必是断后的！”忽又想起了什么，“然则，会否是项燕示形之法？楚军主力也可能潜伏别处！”

李信点头：“也有此种可能。然楚军若真逃入江南，必定后患无穷！王贲兵力不过两万，根本堵不住南逃楚军主力，倒可能被项燕反过来吞掉！目下我等必须立即攻克汝阴，渡过淮水，再寻楚军决战！”

“可我等步骑混编，跑不快……”蒙武迟疑起来。

“那便留下最后这批大型兵器，车骑改轻装！”

“……”一向粗豪的蒙武此刻倒慎重了起来，“可若改作轻装，楚军人数又多，打得过么？”

李信沉默了片刻，他不是没考虑到这种可能，然而几乎是立即便打定了主意：“楚军纵占上风，我等也不致立即落败，毕竟秦军战力远胜楚军！再者老将军你还在寝城构筑了壁垒，大型兵器与辎重都有囤积，只要我等能与项燕相持一两日，这些兵器足可及时运到，那时必胜无疑！”

“……”蒙武本想说一句寝城壁垒尚未修成，踌躇了片刻却还是没有吭声，只点了点头。

“若项燕楚王真逃入江南，我等便再难与其决战！”李信语气极其坚定，“江南水流大泽纵横交错，去哪儿捕捉楚军主力？目下有险也有图，值得一试！老将军，你等老军都是步卒，跑不快，不如南下寝城壁垒为后援，随时准备运送攻城器械，李信亲自领兵攻汝阴！”李信说着挎起了自己那面繁弱之弓。

“诺！”众将一同拱手，雷鸣般应道。

4

“杀杀杀！男女老幼一个不留！枭首！车裂！坑杀！腰斩！……”

八岁的项羽口沫横飞地大喊着，狂奔向汝阴城头，双手还胡乱挥舞着一根比他手腕还粗的大树枝，这树枝与他身高一般长短，对一个八岁孩童来说显然太过沉重，他却仍挥得虎虎生风不亦乐乎。

“要杀谁?”一个高大的阴影一面大墙般挡在了面前，无比熟悉的威严声音随即响起，项羽微微扬头，看到了父亲那严厉的眼神。

“杀秦人！”项羽大喊，双目死死盯住了父亲。

项超微微低头望着儿子，望着那奇特的双目。孩子才不过八岁，个子却已快到自己胸口，远比同龄幼童高大，成人后必是个和自己一样的彪形大汉；然而最奇特的还是他那双眼睛，每只眼睛竟都是两个瞳仁。项超记得，父亲那位好友楚南公精于相术，说过这叫重瞳子，传说中只有舜帝才生有这般异相，此子天赋异禀，绝非寻常小童，若好生管教日后前途未可限量；然若放任自流，也必会为祸天下！楚南公的话始终回荡在项超心底，也正因此，他对儿子向来极为严厉，而天不怕地不怕的项羽，也最是害怕自己这位不苟言笑的父亲。

“竖子知道个甚！回去！”项超皱着眉喊道。

“就不走！我也要守城！”项羽梗着脖子粗声喊。

项超没有再同他费口舌，两手一伸一抄径自抱住了儿子，直接将他拖下了城垣。这于他并非易事，项羽个头不小，又在拼命挣扎，项超虽是猛士却也颇费气力。

“放手！我要守城！要杀秦人！”项羽使劲儿挣扎着，挥舞着手中那根大树枝，拼死想摆脱父亲那双强有力的臂膀，却还是被一步步拖了下去。

“那般大个子，整日不读书不练剑，就知道瞎吵吵，杀秦人杀个屁！项氏如何出了你这般不肖子！”项超怒骂道。

“阿兄，这是做甚?”一个熟悉的声音不经意间想起，父子俩同时抬起头，正见全身戎装的项梁立在眼前。

“季父!”项羽如蒙大赦大喜过望，挣脱了父亲扑到项梁身旁，项超无奈地叹了口气。

项梁伸手抚摩着项羽的头：“阿籍，季父替你断后，拦住你阿翁，你且速速撤军!”

“善!”项羽大是振奋，“季父，你定要全师而归，同阿籍一道撤回江东!”说罢再不理睬自己阿翁，呼喝着重又挥舞起手中那根粗大的树枝，径自一溜烟跑掉了。

“你也太骄纵此子了。”项超没好气道。

“我项氏直系，毕竟只他一根独苗。”项梁望着项羽远去的身影，目光中满是怜爱。

“你与女萝多年无子，怨得了谁?”项超皱起了眉。

项梁淡然一笑，岔开了话题：“阿兄，斥候来报，李信果然只率轻兵杀来汝阴了，只怕就在午后，我已报阿翁了。”

“哦?好事!”项超陡然兴奋了，“我这便去繁阳，与各族私卒北上，汝阴交与你了!”

“阿兄放心!我等家眷皆在城中，焉能不死战护城!”

项超没有再吭声，只是弯下腰，向自己的幼弟深深一躬，直起身来大步走下了城垣。

午后时分，天边涌起了一条细细的黑线，转眼便成了黑压压的一片阴云；与此同时，一声声牛角号也渐次传来，先前还只细若游丝，很快便越来越响亮清晰，待到城垣守军已听得清楚时，那片阴云已覆盖了整个汝阴郊野。来的果然只是战车飞骑，除了攻城必需的壕桥和云梯外，秦军只带了两万射士，其他所有大型兵器竟一概留在了城父。

李信果然中计了。

想到这里，伫立城垣上的项梁从面具背后发出一声刺耳冷笑，转身面对着身后那一排排守军，目光扫过一张张熟悉的面孔。

这支项氏私卒始建于庄跻暴郢之时。其时楚将庄跻率领的乱军大肆杀戮楚国世族，一时震惊了天下，老世族们于是纷纷在自家封地组建私卒，合力绞杀这场暴乱，而其中战力最强、出力最多的便是这江东子弟兵，它的规模始终保持在四万人上下，目下已传至第三代。这些私卒大都是震泽一带渔猎隶农出身，项燕父子将他们每个人都视如己出，更仿效当年吴起打造选练之士，无论何人一概赏罚分明，对私卒的待遇更是远超楚国官军。也正因此，这些江东子弟们对项氏衷心拥戴，直将项燕视作自己再生父母一般，若论士气的高昂、纪律的严明，他们绝不逊色于七大战国的任何一支精锐大军。而目下，驻守汝阴的虽不过万人，项梁却有足够自信能抵抗李信的轻装秦军。

“列位同袍!”项梁低吼道，“我等自江东千里迢迢赶至淮北，为的便是今日这一战！方今天下能抗秦保楚者，唯我江东子弟兵！目下秦人不自量力，抛却重装只以轻兵攻城，决然不是我等对手，我等正可借此良机重创秦国，擒杀虎狼!”

“擒杀虎狼!”汝阴城垣上一片慨然高喊。

与此同时，秦军大阵之中，李信伫立在那辆孤零零矗入半空的司令云车上，也在细细端详着楚军的城垣。

“终是，可以一战了……”望着对面戒备森严的汝阴城，李信心下陡然涌起了斗志——对也，如此楚军才堪为秦军对手！想到这里挥出手中令旗：“各部听令！三万车士改作步卒，主攻汝阴城垣！骑兵四野散开，截杀逃亡之敌！两万射士箭矢掩护！材士营以壕桥云梯开道!”

隆隆鼓声中，司令云车上的巨大令旗左右摆动，各方阵色彩各异的旗帜也先后摇摆应和着；紧接着各阵杀声大起，密集的箭雨随着鼓声骤然扑向城头，黑压压一片的士卒们簇拥着一座座壕桥云梯，在箭雨的掩护下密密麻麻拥向城垣；一队队骑兵也化作一道道黑色利剑，四散开来，分别向着汝阴城两翼包抄过去。

“守住！谁也不许后退!”另一边，项梁的声音即使在震天杀声中也同样清晰，“杀到最后，我与同袍们死在一处!”

的确没一个人后退。尽管秦军的箭矢挟着声声呼啸连连飞上城头，不时有一个个楚军士卒应声倒下溅起道道血花，其余人却仍毫无畏惧，或是抛掷火捽鸥脚，或是张开盾橹籍幕，或是以城堞为掩护，自悬眼中射出箭矢，或是齐齐吼着号子砸下滚木礌石。即使是已被箭矢射伤的士卒们，也都纷纷挣扎着拔出伤口的箭镞，撕扯下一片战袍匆匆包扎好便艰难爬起来，重新扑向城垣。

厮杀整整持续了两个时辰，攻防双方没有任何松动退却的迹象。司令云车上的李信不禁惊讶了：汝阴守军的战力与先前平舆等城相比，实在是天渊之别！如此强悍的战力，如此高昂的斗志，休说这次攻楚自己没有遇到过，便是灭国大战以来都从未遇到过，这分明是全盛时期赵军的样貌！一时间，心下竟不由得对楚军涌起了一丝敬意。

虽然这般，若说拿不下这座汝阴城，李信却也是万万不信的。眼前的楚军战力固然惊人的强大，但除了弓弩和滚木礌石外，实在没甚强大的防守器械，狼牙拍行炉悬脾塞门刀车等一概阙如。仿佛是巧合，攻城秦军固然都是轻装，可守城楚军也同样是轻装，此种形势下能够最终决定成败的，只能是双方的兵力对比。而李信很清楚，守城楚军只有万人，自己麾下却是八万大军，只要持续不断地连番猛攻，最迟明日必定能攻克汝阴。

“将军，我等久攻不下，是否调来大型兵器?”正面主攻的章邯匆匆赶来，一抹汗水高声问道。

“……再等等看!”李信稍一迟疑，终是摇了摇头：大型兵器本就笨重，需要众多士卒推运，即使目下立即运来，最快也要一两日后才能到，那时秦军肯定已拿下汝阴了；此后自己便要迅速南下寻找项燕主力，这些大型兵器显然又成了累赘，为防楚军偷袭，肯定还须在这汝阴再筑一道壁垒，相形之下实在得不偿失。想到这里不由得大喊了一声：“再加把劲儿!”

“大司马！李信猛攻两个时辰，折损两千不能下城；季公子还能顶住!”

“蒙武如何?”

“刚刚动身，准备南下寝城！城父守军只有五千!”

“善，战机已至!”

项燕大步登上山塬，远眺着西面的城父，双目闪过一丝凛冽光芒。

此时，他已领作为先锋的江东子弟兵悄悄开出了蕲城，在城父以东五十里的这片山谷中秘密潜伏了一个时辰，听到蒙武动身的消息，项燕仿佛嗅到了胜战的气息，心念电闪间已然算清了自己与对手的兵力——二十万秦军已分出近半兵力驻守各地城邑，李信蒙武两军又已分开，此时集中主力猛攻一部，必能大胜!

“莫起鼓号，传老夫将令：突袭城父，追击蒙武!”

一片寂静的山谷中顿时响起忙碌声，紧接着又变成了错落有致的脚步声，其中偶尔夹杂着战马喷出的响鼻、一两声短促低沉的交谈。沙沙脚步声从密林中，从洞窟中，从四面八方纷纷响起，一同向谷口汇集。转眼间，月光下一个个黑影组成了一排排大墙，江东子弟兵们用草木盖住了可能反光的甲胄盾牌与兵刃，都已整装待发了。

望着这些被自己视为子侄的私卒们，挺立戎车上的项燕颇有些感慨。这一战原本没必要自己亲自领军：蕲城一带大军足足十五万，面对着放弃轻装的秦军已然占了优势，自己坐镇后方足矣。阿缠阿超便都提出可由他们领军为前锋，但都被自己否掉了，毕竟这是志在必得的关键一战，容不得任何闪失。只有初战获胜，朝野的世族元老们才可能继续团结一心，合力支撑楚军，若是出师不利，庙堂必会因败北而大起争端，楚军内部也必会爆发各族间的纷争，那时楚国便当真要如当年赵国般不攻自溃了。是故尽管凶险异常，项燕却还是坚持自己领兵。

“只要各族私卒皆无差错，江东子弟兵便是尽数战死，也算值当！”

想到这里，项燕挥起了手中的令旗，一片巨大的黄云随即无声地涌出了山谷，在淮北原野上散作股股浪潮，向远方的城父扑去。

5

夜已深了，汝阴的攻防战却仍在继续着。

仍然是震天的杀声，箭矢的呼啸，滚木礌石被丢下后血肉模糊的沉闷声响与阵阵哀号，浓浓的血腥、汗臭和烟尘混杂在一起，氤氲在战场的各个角落。不同的是，目下城头和郊野上都已亮起大片火把，摇曳晃动着，如条条灯火长龙在盘旋飞舞。斑斓的火光照亮了士卒们锃亮的甲胄，承载着那沉重攀爬步伐的云梯，不时从城头云梯上跌落的尸体，还有一张张布满血污却又目露凶光的扭曲面孔，一道道映在石壁上挺戈挥剑却又不断倒下的影子，一缕缕从城垣上不住向下淌的鲜血。

一条条火龙在喧闹中分散开来，一同扑向城垣，涌上城头后便像溪流融入大海一样不见踪影，然而后面的火龙却仍是绵延不绝地继续涌来，一次又一次，浪花扑向礁石般永无止境，永不停息。

从午后到目下，从艳阳高照到夜色阑珊，秦楚两军已毫不间断地激战了五个时辰，楚军伤亡了六千余人，而秦军竟然损失了近万名士卒。听到章邯报上的伤亡兵力，司令云车上的李信心头越发沉重了。

“将军，是否暂停休整?”章邯问道。

李信咬了咬牙：“让兄弟们再撑会儿。我等已攻上城头，楚军战力也大不如前，再过一两个时辰，必能拿下汝阴！”

“……诺！”章邯终是一拱手，慨然应道。

李信死死盯住了远方的汝阴城垣：“都给我扛住……”

“都给我扛住！”项梁摘下黄金面具，猛地抹了一把脸上的血水，“蕲城主力出动了！繁阳私卒开始北上了！”

“万岁！”已疲惫不堪的江东子弟兵们重又振作了起来，继续奋不顾身地杀向拥上城头的秦人们，几乎是纯以血肉之躯阻挡着敌人的攻势，秦军士卒纵然一剑劈倒一个，却更有三五个人扑上来，倒在地上的那个也死死抱住敌人的双腿，有的还张开已沾满了鲜血的白森森的牙齿，向着秦人的牛皮战靴啃去，气力大些的甚至一跃而起扑过去，硬是将对方狠狠推下城垣，与敌人同归于尽。种种酷烈的场面，竟使习惯了轻兵绝杀的秦军都大为惊讶。

暮色依然浓重，火把的海洋依然在翻滚怒号，交战双方谁也没有注意到，黑暗的天穹中已开始聚集起大片大片的阴云。

此时，汝阴城中的一座高台上已摆好祭坛，四支火把摇曳着，映出了祭坛正中的一个纤瘦身影。围绕祭台下的楚军们敬畏地仰望着她那飞扬的衣袂和飘舞的发丝，他们知道，这是项氏一族的巫女，也是将军项梁之妻，项氏每次有战她都会随军出征，为楚军赐福，向敌人诅咒。楚人畏天命信鬼神重淫祀，楚地巫风也极浓，也正因此，他们极是爱戴这位巫女，只要有她在场，所有人心下都会分外踏实；目下项梁命他们守在这里，也正是要他们保护这位巫女，直到战至最后一兵一卒。

女萝伫立在午夜的祭坛上，明亮的双眸映着熊熊火光，望向远方的秦军，深吸一口气高高抬起双臂，歌声随之便划破了夜空：

“广开兮天门，纷吾乘兮玄云……”

台下所有楚人都不禁一凛，女萝的歌声与以往大不相同，无比威严阴沉；更要紧的是，她此番唱的是《九歌》中的《大司命》。在楚地传说中，司命分为少司命与大司命，少司命主管人之子嗣，大司命主管的则是人之寿命；换言之，少司命主生，大司命主死，这大司命便是死神！

仿佛真的在回应她的召唤，此刻汝阴的郊野忽然风声大起，呼啸的狂风扑灭了大片灯火，漫天的飞沙走石使攻城秦军骤然大乱了起来。

“报——！”极尽惶急的尖厉呼喊竟遥遥传到了云车上，李信一抬眼，但见一名浑身浴血的骑士正策马狂奔向自己，赶到云车下便连人带马一同翻滚在地，大口喘着粗气。

“蒙武有险？”李信心下一颤，忙飞身跃下云车，奔向那名骑士。

“令飘风兮先驱，使涷雨兮洒尘……”

祭坛上的火把纷纷被扑灭，台下的楚军士卒几乎睁不开眼睛，女萝却丝毫不受影响，仍然伫立在狂风之中，整个人平添了一丝鬼魅气。

一道闪电骤然照亮了整个旷野，照亮了大惊失色的秦军士卒们，他们甚至一时忘却了与敌军厮杀，只是又惊又疑地抬头望向瞬间归于沉寂的夜空，茫茫然不知所措。

“将军，蒙武，蒙武……”伏在地上的那位骑士喃喃道。

“老将军到底如何了?”李信拼命摇晃着骑士，“说啊！快说!”

“君回翔兮以下，逾空桑兮从汝……”

女萝的歌声仍然回荡在祭台之上，回荡在汝阴城头，回荡在郊野上。

滚滚沉雷自天边响起。短暂的惊愕之后，秦军士卒们继续呐喊着、高呼着，挥动着手中的兵刃，重又扑向了楚军，只是这喊杀声已被翻滚的雷声湮没，他们既听不清别人在喊什么，也听不清自己在喊什么。

巨大的雷声中，骑士艰难翕动着嘴唇，李信却什么也听不见；他大声问是不是蒙武遇到了楚军主力，可骑士也同样听不见。

“……纷总总兮九州，何寿夭兮在予!”

女萝的声音陡然拔高，陡然变得无比凄厉阴森，披散的长发竟齐齐竖了起来；祭台下的楚军士卒们大为惊骇，纷纷跪倒在地。他们知道，这是大司命最直接也最可怕的自白：茫茫九州、天上地下，所有生灵的寿命，都掌握在我手中！生杀予夺，但凭我意!

“蒙武遭袭！整整十五万主力!”骑士拼尽全力喊道，口中随之喷出一股血花。

恰在此时，一道霹雳从天而降，正好击中了孤零零伫立在郊野上的司令云车!

但闻一声巨响，刹那间电光烁烁火光闪耀，破碎的梁柱木屑化作齑粉骤然炸裂开来。云车下的士卒们猝不及防，个个被坠落的木片铁料砸得头破血流，他们抬头看去，但见整座云车正冒着火星黑烟吱嘎着坍塌下来，于是不由得纷纷向后退去。随着又一下沉闷声响，方才还高高伫立着的司令云车陡然间已瘫成了一堆木料，那面秦军大纛更是碎成了片片破布!

“放弃攻城！全军回撤，随我接应老将军！弓弩断后！平舆各城驻军全数开出，放弃所有大型兵器，全速向寝城集结！”李信双目陡然间变得血红，连声嘶吼中声音已完全扭曲。

高飞兮安翔，乘清气兮御阴阳；
吾与君兮齐速，导帝之兮九坑；
灵衣兮被被，玉佩兮陆离；
一阴兮一阳，众莫知兮余所为！
……

祭台之上，女萝依然高唱着，一道道电光不时照亮了那鬼魅的身影，楚军士卒们仍然低头跪拜着，这些面对鲜血面对死亡从不知皱一下眉的勇士们，此刻却人人震慑于那强大的自然之力；他们仿佛真的看到那阴森恐怖的大司命，在滚滚乌云的簇拥下，伴随着风雨交加电闪雷鸣从天而降，将自己的怒气尽数倾泻于人间！

瓢泼的大雨纷纷降下了。

“将军！平舆守军发来急报，繁阳以南，大批楚军杀出！”断后的骑士飞马来报，马蹄声和喊声在大雨中极尽急迫。

“多少人?”

“漫山遍野无穷尽，数不清！”

“啊！”

李信陡然面色惨白，一个踉跄便向后倒去，身旁的司马军吏们急忙齐齐伸手托住了他。

“快！快撤军！”李信挣扎着推开所有臂膀，拼尽全力重又站了起来。

“铠甲马具都淋了雨，行动不便！”

“全数丢弃！”

“雨中道路泥泞，战车难行！”

“战车塞道，只骑驾马！”

“汝阴城门大开，守城楚军也杀出来了！”

“快！快撤军！”李信只剩下了这一句话，他猛地抹了一把满脸的水，也不知那是雨，是汗，还是泪。

当李信蒙武各自统领的秦军同时陷入了困境时，作为后援根基的陈城，仍然一如既往地平静。

洞庭兮木秋，
涔阳兮草衰，
去千里之家国，
作咸阳之布衣。
……

厅堂中的散漫琴声与低沉吟唱全然淹没在了风雨声中，昌平君一把推开手中那张名贵无比的青翻琴，起身踱到窗前，望着外面暴风骤雨的恣意肆虐。

李信蒙武的进兵方略，他完全知晓；项氏父子的谋划，他也完全知晓。对他来说，这是一场没有秘密可言的战事，这也是一场胜负早已明了的战事。领军二十万攻楚，在李信自己，在蒙武，在秦王，在整个朝野眼中，这一战志在必得，然而整个秦国只有他一个人知道，这二十万兵力远远不够。当秦王决定只以这多兵力进攻楚国时，便已注定要咽下自己酿好的这杯苦酒。

虽则早就预见到了李信的兵败，昌平君却一言不发，只眼睁睁地看着李信蒙武前去送死，他甚至还颇一丝不苟地担负起了此次攻楚的后援，总司粮草辎重。

只不过，早在李信发兵之前，他便预先通过秘密渠道，将秦军的进兵计划全数告诉了项燕。

尽管屋子里灯火黯淡，昌平君却还是遥望着摆在屋子角落里的一块石刻，上面密密麻麻刻满了秦篆：

“又秦嗣王，敢用吉玉宣璧，使其宗祝邵馨，布檄告于不显大神厥湫，以底楚王熊相之多辠。昔我先君穆公及楚成王，是戮力同心，两邦若壹。绊以婚姻，袗以齐盟。曰世万子孙毋相为不利。新昂大沈厥湫而质马。……”

这篇文字，被后世称为《诅楚文》，是秦楚丹阳之战前夕，由当时的宗祝邵馨做的，为的是历数怀王之罪，以求神祇保佑击败楚军。望着这篇文字，细细回想着秦楚两国之间数百年来剪不断、理还乱的瓜葛，昌平君心下隐隐涌起了一丝伤感。

如《诅楚文》所言，春秋时期，秦楚两国几乎是世代联姻结盟，危难时刻都曾帮助过对方，申包胥哭秦廷便是其中最著名的一次。然而谁曾想到，从惠文王时起，一切都变了。那位翻云覆雨朝秦暮楚的秦相张仪，公然以商於之地六百里骗得楚怀王与齐国解约，此后又翻脸不认账，竟说秦国要献的不过是自己那六里封地！楚怀王大怒之下发兵攻秦，于是有了接下来的丹阳之战，于是有了这篇《诅楚文》。然而在这篇石刻中，惠文王不仅丝毫不提秦国对楚国的欺骗，却反咬一口，说楚怀王背叛了秦楚十八世盟约，要毁灭秦国社稷、威胁秦国百姓，当真恶人先告状！

当年的那场丹阳之战，结果世人皆知：楚国一战损兵八万，大将屈匄等七十余名将尉被俘，诗人屈原悲愤难抑，做《国殇》以祭奠阵亡将士。自此之后，秦国便开始一步步欺压楚国，而楚国也因此一步步走向衰落，完全可以说，楚国落到今天这个地步，都是秦人害的！

昌平君又回想起了自己与秦王相处的这些年。他不是没曾试图改变秦王、改变秦国，他曾跟着吕不韦宣扬《吕氏春秋》的学说，结果文信侯被秦王罢了相，又被迫饮鸩而亡；他曾热心斡旋秦燕和谈，希望两国能免却兵戈，结果荆轲刺秦事发，自己受牵连而失势；楚国向秦国主动提出求和，他虽促成了两国达成盟约，然而转眼之间这盟约便重又破裂；王贲灭魏之时，他拼尽全力试图阻止决水灌大梁，以免魏地民众伤亡，不料被秦王一口回绝。目下秦国又开始灭楚，这灭楚能带来什么？还不是无穷无尽的杀戮，还不是无穷无尽的牺牲，还不是秦王踩在遍地鲜血中登上权势的巅峰，成为空前绝后的独夫民贼？

既如此，自己又当何去何从？自己身上流淌着楚国王族的血，在这关键时刻，是继续助纣为虐，助秦人灭亡楚国，还是弃暗投明，转投故国，与楚人共抗虎狼秦国？

昌平君不知自己的选择是否对，但无论如何，他并不后悔。

“昌平君，下定决心了么？”

清脆的銮铃声伴随着一个女人般柔和的声音，骤然在房间的角落里响起，昌平君扭过头去，看到那块《诅楚文》的石刻已消失不见，取而代之的是一扇小小的暗门，暗门前站着一个苍白清秀的年轻公子，一双深不可测的眸子，如夜空中两点寒星般闪烁着光芒。

“我意已决，子房。”昌平君坚定地点点头，“我等起事！”

6

“我等又他娘被骗了！”

这是李信终于在寝城郊野的混战中找到蒙武时，对方说的第一句话，沙沙雨声中显得格外清晰。

天已大亮了。李信抹去满脸雨水，望见灰蒙蒙的天穹下潇潇的雨幕中到处是赭黄色的楚军衣甲，包围着追逐着堵截着黑色洪流。秦军纵然整肃依旧，一路且战且退中仍不时丢下大批尸首，浸泡在雨水血水积成的血泊中，混乱的脚步纷纷踏过，不时溅起一朵朵红色的水花。

望着眼前的一切，李信狠狠咬住了下唇。尽管身上已有两处箭伤，然则与心头的痛相比，实在微不足道。得知蒙武遇险，他立即下令放弃围攻汝阴，全力回救，不想项梁竟突兀率军杀出汝阴，死死咬住了身后。李信先是意图全速撤退，借飞骑的速度甩掉项梁，不想大雨之中道路泥泞，无法全力飞驰；轻装楚军虽都是步卒，脚程却快得惊人，根本甩不掉。李信不得不下令徐徐撤退，前军后军彼此交替掩护，一路且战且退，狼狈不堪地奔波了一夜方与蒙武会合，可士卒们已精疲力竭，此等形势下若再行厮杀，只怕不等楚人攻来，自家便先累倒了。

“楚军杀过来了！”

后阵响起了士卒们的叫喊，望着雨幕中那大片的赭黄，李信目眦欲裂，一声大喊“截住楚军”便猛击起战鼓。骑士们随之一片山呼海啸的应和，齐齐举起手中短剑，那些由车士改为骑兵的士卒们也举起长戈弓弩，迅速排成一个个锥形阵，向着对面楚军慢慢蠕动起来。他们战力本来在楚军之上，然此时天降大雨道路泥泞，车骑最大的冲锋优势根本无从发挥，刚与楚军交战便陷入了胶着，马上的骑士只能不住拨动着马头，艰难保持着平衡，一边伺机挥动长戈短剑劈砍着；而一旦楚军砍伤战马，几乎立刻就被掀翻在地，跌入遍地泥水中，往往还不及重新爬起，便被跟上来的楚人一剑刺穿身子或一戈啄入胸膛。

“下马！改作步卒！”眼见骑士们陷入苦战，李信大喊道，身旁的军令司马将一直高擎在手的鸟旗晃动了三圈再一把丢下，又举起了绣有猛虎的令旗。

“不必！我等都是步卒！”蒙武的大喊骤然响起，李信扭头望去，正见蒙武部大阵中同时竖起两面令旗，一面饰有旄尾，一面饰有翎羽，紧接着鼓声大起，那些老卒迅速分为两阵，一阵双手挺矛在前，一阵握铍举盾在后，呼喝着呐喊着排成一列列纵队，寻着空当纷纷插入苦苦抵挡的秦军骑士阵中，如林的长矛齐齐刺出，一面面盾牌纷纷抵挡在后，立即在骑士们面前横起一道铜墙铁壁。骑士们大松一口气，纷纷掉转马头退后，在老卒头顶重新挥出短剑长戈，一同抵御起了楚军如潮的攻势。

“这才是楚军主力，十五万！项燕亲率！”好不容易暂时挡住楚军，蒙武终于稍喘了口气，大喊道，“我等刚一前往寝城，项燕便拿下了城父，又一直跟在身后追杀！大半夜了！”

“伤亡多少?”

“七万老军战死三万!”

“不行了，我只六万车骑，你我兵力加起来也不够，又都疲惫不堪，只能撤军!我等撤到寝城，驻守壁垒与楚军对抗!”

“壁垒……壁垒还他娘没筑好!”蒙武懊丧地狠狠打了自己一耳光。

“……唉!”李信咬着牙狠狠一跺脚。

“再向西撤，撤到平舆!”蒙武大喊道。

“不行，私卒正由繁阳北进，不待我等赶到，便肯定拿下平舆了!我等谁也不知，楚国私卒这般多!”

蒙武惊愕地瞪圆了眼睛，又是愤然大叫:“那却怎办?项燕占了城父再南下攻来，城父自然也去不得了!”

“撤向项城，再退回陈城!”旁边的章邯急忙道。

“也只能这般了!”李信点头应道，“我等……”

“将军!”又是一名骑士飞马赶到，“昌平君在陈城起事反秦，绝了我等粮道!”

“啊?!……”所有人都愣住了。

昌平君?反秦?

尽管瓢泼大雨仍旧下着，李信早已浑身湿冷，可骤然听到这个消息，却还是倒吸了一口凉气，只觉一丝寒意从脚底升起，直蹿进心里，竟比得知蒙武遇袭更加震惊。

——昌平君不是秦王王叔么?不是当了多年丞相么?这多年来不是一直勤勤恳恳操劳政事么?不就是被秦王罢了相又派到陈城了么?难不成是因被罢相便起兵反秦?荒唐!

然而无论何种原因，这最后一击都确定无疑地彻底打垮了秦军。李信知道，自己不仅再也没有扭转败局的希望，而且还要滑向更深的深渊!

——“留在陈城的大多是昌平君从属，人皆死士，足有数百人，已分兵几路袭杀陈城官吏，说等楚军攻过来后，要开城降楚!”

“昌平君疯了么?好端端如何作起乱来?”蒙武怒骂道。

“若真断绝粮道，我等便是全军覆没!”李信却没心思再多想昌平君为何反秦，心念电闪间已拿定了主意，“好在随军军粮还有不少，我等这便向北撤军，速速通知各处守军，全数放弃淮北各城，一同撤向砀郡旧魏地，在大梁会合!”

“善!大梁一带还有我关外老军，楚军必定无力继续北上!”蒙武也点头赞同。

“报——！楚军后援又来了！”

李信蒙武极目望去，但见秦军后阵又是赭黄色楚军蜂拥而至，铺满了整个原野，雨幕中那面赭黄色大纛上的“项”字分外惹眼！李信不由得咬紧了牙关：“老将军，你等老军先走，李信断后！此番攻楚乃我大言误国，唯有以死谢罪！”

“屁话！”蒙武突然大怒了起来，“明明是整个庙堂的错，何能算你一人身上？秦王不也赞同你谋划么？我等大将不是谁也没反对么？连那王翦……”刚说到一半便生生截住了话头，猛然记起了王翦的话——

“老臣只觉，还当六十万大军……”

“悔不听上将军之言，终遭此大败！”李信痛心疾首道，呛啷一声拔出佩剑横在颈上。

“将军不可！”身边的章邯与司马军吏们一拥而上拦住了李信。蒙武也劈手夺下李信佩剑，红着眼睛连番大喝：“若说谢罪，我等人人都须谢罪！目下当务之急乃全师回秦，先回咸阳再论罪责！”说着转身大吼：“关外老军上前！”

呼啦一下，周围一片白发黑脸的都尉司马们都拥了上来。

“老兄弟们！而今我等攻楚大败，若无死士断后，便是全军覆没！”蒙武雷鸣般的吼声穿透了重重雨幕，前所未有的震撼人心，“我等打了几十年仗，杀敌无数，早够本了！我等当留下挡住楚军，日后让后生们为我等报仇！”

“将军聒噪！谁没个死？哪个怕了？”一个白发苍苍的老都尉喊道。

“哪恁多话！我等留下便是！”另一个满脸沟壑纵横的老司马道。

“快，后生们快走！一群楚人，怕甚来！”又一个独眼的军侯道。

一片激越吼声回荡在雨幕中，老卒们个个丢下战甲、头盔、盾牌，脱掉战袍，露出伤痕累累的水淋淋赤膊齐齐排成一排，远远望去直如一道遍体鳞伤的古铜色大墙一般——

——轻兵绝杀！这是秦人延续了数百年的战法，放弃一切防护，只以血肉之躯与敌手抗衡，唯处危绝之境方有此战法！

“列位老叔……”李信死死咬住下唇，泪水和着雨水扑簌簌落下，他推开身边的司马军吏们，大步来到老卒们组成的血肉大墙前，扑通一声拜倒在泥水中，“老叔们人人戎马一生，此役过后当解甲归田，这最后一战，李信本该为列位挣得灭国大功，却不想，不想……”他哽咽着说不下去了。

“马革裹尸乃我等心愿，老死病榻才没出息！将军快走！”老卒们纷纷吼道。

“迎击楚军！”蒙武大手一挥厉声叫道，“战鼓全起！鹰旗！圆阵！……”

惊天动地的鼓声与雷声交相轰鸣，用来指挥死士的鹰旗在雨中招展开来，老卒们呼喝咆哮着举起兵刃盾牌，一边抵御着楚军如潮的攻势，一边重新排起队列，但见一个个黝黑赤膊随着鼓声在雨幕中来回晃动，片刻工夫便百人一队，排成了足足数百个大小不等的圆阵，每处圆阵都是矛戟等长兵在外圈，戈铍盾牌等短兵在内圈，弓弩旗鼓则居于阵心。这是专门用来防御自保的阵法，混混沌沌形圆而不可改，然则一旦结成便再无法移动，只能是在死守中耗尽兵力。

“后生！”留在最后的蒙武，两只大手托起了仍跪在泥泞中的李信，又重重拍上了他的肩头，“你与俺那俩儿子一般年岁，俺心底也当你子侄一般。听老叔一句：这次败仗，非你一人之错，你谋划无差！秦王不会怪你，老叔不会怪你，战死同袍在天之灵也不会怪你，关中秦人只要明白个中道理，也不会怪你！没甚可恨自己的！回了咸阳好生休整，下次领举国大军重来，俺不信打不过楚人！快走！”

李信抬起眼睛望着蒙武，看到他那原本粗犷而苍老的面容，一时间竟变得神采奕奕起来。

“……好！”李信深深吸了口气，“老叔保重，大梁等你！”

老将军笑了，露出了雪白而齐整的两排牙齿。

“你老叔命硬，长平活下来了，邯郸活下来了，肥下、番吾照样活下来了，赵人都杀不死，楚人更杀不死！俺还要活着回频阳，把王翦那老匹夫揪出来！”

这是他留给李信的最后一句话，说罢也像那些老卒一样，赤膊散发，挥舞着长剑冲向了楚军。

“老叔，活着回来！”李信撕心裂肺的哭吼，穿透了重重雨帘。

“传令项梁：交他四万兵马拖住蒙武，余部随我追击李信！”

望着如潮水退却般茫茫涌向雨幕中的秦军，项燕抹了把满脸雨水，扭头大喝道。

“诺！”军令司马一声应和摇起了令旗。楚军很快便一分为三，中间的项梁部依旧正面猛攻，其余楚军则分成一个大大的“人”字，从那一座座圆阵的空隙和左右两翼掠过，继续向着已开始远去的李信大军追击而去。

三日之后，项氏父子在已被楚军收复的陈城会合了。在三日三夜毫不间断的追击中，项燕与各族私卒分头围剿李信大军，连破两座壁垒，全歼七名都尉所部秦军，歼敌至少十万。百余年后的太史公，以简简单单的一句话记载了秦人这场前所未有的溃败：

“……荆人因随之，三日三夜不顿舍，大破李信军，入两壁，杀七都尉，秦军走。”

第十三章 请田

1

尽管早早便得知了李信战败的消息，但王翦接到尉缭的书信，已是一个月之后了。

在这之前，儿子王贲已发来书信，简略描述了自己在那一战中的作为：闻听楚军自繁阳全数北上截击秦军主力，王贲大吃一惊，忙率自己的两万人马渡淮，冒着被数倍于己的楚军发觉的危险一路兼程急进，终于在蒙武部即将被项梁全歼之际赶到了寝城郊野。尽管自身也疲惫不堪，但总算在一番激战之后击退了连续猛攻三日三夜的项梁部，从而救出了最后幸存的八千关外老军，又从堆积如山的尸体中拖出气息奄奄的蒙武，狼狈不堪地撤向了砀郡。目下经医士抢救，老叔总算已无大碍了……

得知儿子与蒙武尽皆无事后，王翦微微松了口气，本想回关中探视那老匹夫，但转念一想，大军刚败战，定有诸多善后事宜要忙碌，自己此时前往必然徒增掣肘，心念及此终是强自压抑下来，只将多名精干仆役派向咸阳，自己则每日在庄园外官道旁的茅亭前转悠着，等待他们的回信。一个月下来，王翦约略从童仆们带回的一鳞半爪的消息中掌握了庙堂近来的动作，而尉缭的书信也大体验证了他的判断，看到尉缭的描述，王翦虽不意外，却也暗自心惊。

得知败战后，勃然大怒的秦王一把扯碎了军报掀翻了王案，又大声咆哮着抽出佩剑连连劈砍着大殿铜柱，直至筋疲力尽才一把丢下长剑颓然跌坐在地，勉强冒出一句“丞相国尉善后”便再也不吭声了。王命一下，尉缭忙与丞相隗状、长史蒙毅、上卿王绾李斯带着一干精干吏员急如星火地连夜赶往败军集结的砀郡，筹集粮草药材、调集医士、安置伤兵、抚恤眷属等诸多事宜大体有眉目后，败绩已统计了出来：秦军七名都尉战死，阵亡士卒达十万七千三百六十七人，撤回者也绝大多数带伤；丧失了平舆、寝城两处壁垒，淮北全数占领城邑得而复失，连化入秦地多年的淮北重镇陈城都被楚军收复；全部大型兵器和辎重粮草尽数落入敌手。此外，本是秦国重臣的昌平君熊启竟然临阵倒戈，转投敌国，给整个庙堂乃至整个秦国王族带来了深重耻辱。归总而论，这是秦国自秦王政即位以来的最惨重失败，甚至还是商鞅变法以来的最惨重失败。

看到这里，王翦再强自镇定也无法掩饰自己的心乱如麻，终是合上了手中的简册，独自一人在后院踽踽转悠起来。

就实说，此番最让王翦震惊的，还不是这场败战，而是昌平君的反叛。昌平君与秦王、与自己在灭国方略上的大政分歧，早已是众人皆知，必是数年来他在庙堂上的孤立、秦王对他有意无意的冷遇这种种因由日积月累的叠加，最终促成了这次的总爆发。想到这里，王翦心底不禁充满了悔意，自己若早能察觉到这点，及时提醒秦王，或许局面不会闹到这般不可收拾的地步。

“罢，道不同，不相为谋，由他去了……”王翦无奈地想着，重又将思绪转到了这次败战本身。

如自己所料，此次李信败战最直接的原因便在兵力不够。若果以六十万大军攻楚，李信纵然分了重兵驻扎在那些已攻占的城池，纵然放弃了大型兵器，面对着项燕的主力大军也决然不会立即落在下风，面对着突然冒出的近十万私卒也足以从容应对，面对着昌平君突然在背后反秦，也不致手忙脚乱。

除却自己，庙堂上几乎所有人都和李信估算得一样，以为整个楚国兵力绝不会多于三十万，可事实证明，光是这一战，楚军便已达到了这个数目。满朝君臣文武中只有自己对了，然而王翦倒宁可自己错了；而兵力不足之外，更深层的原因则是，秦王和整个庙堂心下都没对楚国做好举国大决的准备，他们都被楚国多年的疲弱乏力和面目模糊迷惑了：广袤的土地使楚军有了极大的回旋余地；数百万上千万的人口给楚军提供了绵延不绝的兵源和粮草辎重；世族分治虽使楚国长期乏力，然而在亡国之际却同样能骤然聚合，凝聚起巨大力量。

李信蒙武所见识的楚国实力，怕还仅是冰山一角，那广袤的江南之地、吴越之地、岭南之地、荆江之地，还不知会藏有多少兵马？这场惨败，能否使秦王和整个庙堂意识到这点，从而真正清醒过来？

王翦没有回咸阳求见秦王，当面备细指出此战的失误与教训；也没有向秦王上书，详细拆解秦国应当采取的应对措施。这几日他唯一做的，只是依旧蛰伏在频阳自己的庄园里。如此作为并非托大，也并非对朝局漠不关心，而是他深谙那非其人勿与语之理：若秦王不知吸取教训，只将这次败仗视为偶然，甚或如秦昭王那般，明知自己错断却还要连番发兵以求挽回颜面，则无论自己是求见还是上书，他也仍不会听，结果甚至可能适得其反；只有秦王真正意识到自家症结所在，真正弃绝了对楚国的轻视，他才会真正听进自己的意见。对这一点，王翦有着充足的信心——秦王乃不世出的明君，尤其对自己的错失能深彻悔悟，逐客令后如此，邯郸复仇后如此，荆轲刺秦后如此，而今面对着这场惨败，也同样该当如此，只消耐心等待，必会等来秦王召自己回咸阳的王命……

王翦并未料错。

香火缭绕中的茫茫松柏林一片肃穆静谧，只有阵阵松涛呼啸。一个身影久久伫立在一方石刻前。这里便是秦国社稷所在——太庙；而那个孤魂般的身影，便是备受打击后痛定思痛的秦王政；他面前的这方石刻则是由黑玉石凿成的，石面上一个个白色秦篆读来令他面红耳赤无地自容：

“嗟！我士，听无哗！予誓告汝群言之首。……责人斯无难，惟受责俾如流，是惟艰哉！……虽则云然，尚猷询兹黄发，则罔所愆。……”

——《秦誓》。

这是当年先祖穆公所做的誓言，为自己没有听从蹇叔、百里奚这些老臣的建言，导致那场崤之战的失败而自责，读到那句“番番良士，旅力既愆，我尚有之”时，秦王政心下不禁喟叹起来。这句话说的是，白发苍苍的良士，尽管体力已衰，我却还是要亲近他们，本指蹇叔百里奚那几位老臣，却使秦王政想起了已辞官的王翦，不错，百里奚之于穆公，正如王翦之于自己。早在伐楚朝会前自己去见老将军时，他便说过伐楚必倾举国之兵，更说过灭楚非抱举国大决之心不可。那时自己不赞同，绝非如坊间传言那般担心他拥兵自重，而是认为举国之兵灭楚实在太过挥霍，认为这位老将军太过谨慎小心，然而铁的事实血的教训却森森然证明，王翦是对的，错的是自己，是整个秦国！要命的是，直到这场惨败轰然降临时，所有人才回过味来，只有王翦是在出兵前预见到的，这是何等清醒的洞察？自己这个秦王没有这种洞察，李信、蒙武没有这种洞察，王贲、蒙恬乃至其他臣工同样没有这种洞察，满朝文武中如何只有王翦有？

秦王的思绪不由得飘到了多年前。他记得王翦是在自己即位之后，桓齮为上将军时开始的独立领兵，如今已有近二十年了，而今仔细回忆着王翦历次用兵，秦王政不禁惊讶了——休说灭国大战以来，便是王翦在蒙骜帐下做都尉以来，他几乎年年有战，却从没有过一场败仗，若单论不败纪录，竟然直追武安君白起！上一次的败战还是河外之战，而那次他还仅是个裨将，也并未直接领兵！

自己如何从未意识到这点？整个秦国如何也从未意识到这点？

惊讶中的秦王政反复想着，终于渐渐明白了：尽管和武安君一样从未有过败仗，然而王翦与此同时却也从未有过辉煌大胜。即便灭燕赵两场灭国大战也都是靠着谨慎固守获胜，实在平淡得紧。正是因这一系列胜果无不看似普通寻常，王翦的名字始终不及武安君白起那般如雷贯耳。很多人甚至说，王翦之所以连战连捷，纯是因秦军战力强大、秦国国力雄厚，他本人其实将才平平；即使不是王翦，哪怕是随便一人领兵，都能水到渠成地取得胜果。

然则，果真如此么？秦王政想起了当年关于神医扁鹊的故事，世人皆云扁鹊医术最高，概因他每在患者病入膏肓时才开始治病；然他却有两位医术更高的兄长善防患于未然，重病刚有征兆便预先根治，患者根本不会得病，却反觉他们不会医治，是故两人名气反不如扁鹊大。这岂不与《孙子兵法》中那句“百战百胜，非善之善也；不战而屈人之兵，善之善者也”的道理一样么？而看似将才平庸的王翦，不也正是如此么？

战事是邦国大争的延续，不是自娱自乐的博戏，不是校军场上的练兵操演，自然也不是统帅之间的将才比拼，而是双方无数将士之间实实在在的浴血拼杀舍命捐躯，更是双方各自背后整个邦国之间的较量。也正因此，它要的不是眼花缭乱令人热血沸腾的过程，而是最终实实在在的胜果。此种形势下，作为三军司命的统帅，唯一要考虑的便是最终胜负，而非想方设法证明自己将才如何卓越、战法如何奇绝。对那些尽管也是才华横溢的败军之将，后人固会叹息不以成败论英雄，然则若换作自己，谁愿去做这败军之将？谁肯为了得到几声哀怜的叹息、几掬同情的泪水，而宁可覆军杀将丧师辱国？这不成了沽名钓誉么？这既是对邦国大计的懈怠，更是对将士们鲜血和生命的漠视！唯其如此，只要能以最小代价取得最大胜果，便是真正将道，便是邦国大争之正道，奇绝战法与这最终胜利相比，何足道哉？而纵观战国之世历代名将，最接近这一评判标准的，还要数王翦！

不经意间，秦王政发现自己又转到了那方黑玉刻石前，轻拂过冰冷的碑身，他这才记起，这块刻石便是王翦老家频阳所出产的墨玉，整个秦国只有那里有这种玉石，于是不禁长吁一声，一拳砸到了碑身上。

“该请老将军出山了。”他喃喃道。

……

“父王！你出来了?!”

慢悠悠走出太庙时，一个还略显稚嫩的清脆女声不经意间在前方响起，秦王政一直阴沉的面目骤然开朗了起来。仿佛阴霾的天穹中投下一缕阳光一般，心下也忽然涌起一股暖意。

“惟嬴，如何来这里了?”

“父王，你进了太庙三日都没出来，我和赵叔又不能随意进去，只能在此守候……”

说话的是个十二三岁的碎女子，个子相对年岁而言已很高了，然而那明亮的眸子，那娇嫩的脸庞和嘴唇却仍有稚气未脱之感，她一双白皙温润的小手轻拉住了父亲的袍袖，眼角噙起了泪花。

秦王政的长女，华阳公主。

“阿翁没事，没事……”秦王轻抬起右手，抹去女儿眼角的泪珠。

“没事就好，父王，咥饭去吧。”华阳公主破涕为笑，轻晃着一双小手，仰头望着自己的父亲，长长的睫毛忽闪着，一双细长的丹凤眼中满怀期待。

“听你的，咥饭。”秦王笑了，又转向立在远处一直不敢近前的赵高，“阿高，王贲将军回咸阳了么?”

“陛下，已回了。”

“善，本王先咥饭，你去请他，请来之后为本王备车。”

“陛下这多日未进食歇息，不缓缓么?”赵高惊讶了。

“车上也可睡，国事要紧！”秦王政又不耐烦了。

“陛下……却要去何处?”

“频阳！”

2

日出之时，秦王政的金根车终于赶到了频阳一带。

尽管道路略为崎岖，金根车却始终极平稳地飞驰着，而车中的秦王政也一整夜都鼾声如雷，看得出即使是稍有颠簸，也不会打扰他的好梦。

累成这样还如此火急火燎地去请父亲，看得出秦王是真急了，坐在对面的王贲心下冒出了这样的念头。

尽管父亲预料了这次伐楚极可能失败，但王贲还是没有想到竟会败得这般惨。那日看到李信和蒙武老叔等一干败军之将回咸阳时，那些刚还在痛骂他们败师辱国的老秦人们便愣住了，王贲心下也猛然揪紧了——才一个多月不见，李信竟瘦了几圈，全没了往日的俊朗洒脱，囚车上的他须发散乱脸色憔悴双目血红，赤膊上背着一根粗大荆条，被尖锐的棘刺割得鲜血淋漓；后面那辆车上的蒙武老叔也是这般，只是他那赤膊上更多了好几处既深且长的剑伤。看到这些生还者们的惨相，老秦人们谁也不忍再责骂他们了，不知是谁第一个哭号起来，紧接着便是一片哀声，整个咸阳顿时笼罩在了巨大悲痛之中……

冷静下来后，王贲也曾设身处地替李信蒙武想过战法。他比对着地图，将手中这摞军报分析了不知多少遍，心底推演了不知多少种可能，可每次看到最后都是无可奈何地摇头——李信的谋划固非无懈可击，然仅凭那二十万兵力，无论如何也无法一战击溃楚军，即便全数占据整个淮北，也照样无法保证将这片土地安然无恙化入秦国。可这是李信谋划有差么？从筹备攻楚直到大败而归，李信所下的苦功，整个朝野都看在眼里，连同自己在内，也分明都一力赞同了；面临着危局时，他与蒙武为力挽狂澜而做出的种种努力，将士们浴血拼杀的种种事迹，也都传遍了咸阳。换言之，他二人已尽全力了，这一仗只要开打，换作别人也必定会如此谋划，若是自己领军，兴许还不如李信谋划得扎实，兴许还要败得更惨！

王贲紧缩起眉头，这才觉出，无论是自己、李信还是秦王，都不及父亲的老辣。而今秦王这般急于赶往频阳，显然也意识到了这点。

一声哈欠，对面的秦王政深深一个懒腰，终于醒过来了。

“难得睡这般沉……”秦王政喃喃道。

“陛下再睡睡，到千口村还有段路。”王贲望着满脸疲惫睡眼惺忪的秦王政，心下颇有些不忍。

“不需不需，本王一夜沉睡便抵得三夜！且看看这频阳景致！”秦王政连连摆手打开车窗，面对着扑面而来的清新晨风一个深深吐纳。

王贲遥指车窗外那秋日里一片苍黄的连绵群山：“陛下请看，北面山峦乃荆山，传言当年黄帝铸鼎与驭龙升天皆在此！”

说话间，王车已驶过荆山，眼前赫然一条大水蜿蜒流向东南，中间一道白石桥横亘水面，王贲说这便是漆沮水，频阳人皆称其为石川水，一直流入郑国渠，过了此水便正式进入频阳。再向北走了几里，一片连绵起伏的山峦已展现在眼前，王贲又指着西北方那最高峰道，那便是频山，又名明月山，乃是这一带最高峰；频山以东是金粟山，阳光斜照下山体如粟米洒金般光灿灿，上将军目下必在此山前。秦王问你却如何知晓？王贲笑说陛下且听，前方有甚声响？秦王屏息静气，果然听到远处依稀传来鼓声阵阵。

“如何有人击鼓?”

“这便是频阳老鼓！我等频阳乡党人人皆会，上将军更是个中好手!”王贲语气中充满了自豪。

“原来如此!”秦王政惊讶不已，“阿高，再快，我等也去见识!”

“诺!”赵高一个呼哨，马鞭在空中清脆地叭叭两声，四匹骏马更加起劲儿地狂奔起来。

鼓声渐渐清晰响亮，嗵嗵嗵敲在心头，直如军中战鼓一般。隆隆鼓声中，秦王大声问坐在对面的王贲是否快到了，王贲却笑着指自己耳朵又摆摆手，示意自己听不见。但他显然明白秦王意思，探头出窗看了看便猛拍车厢，驾车的赵高回头望见王贲手势，当即心领神会拉起缰绳停住车驾。秦王命赵高留下，自己则同王贲换上常服下了车，在震天鼓声中并肩向前走去。

拐过一道山坳，秦王吃惊不已。眼前是一片金黄草场伸展到金粟山下，数百名乡民分散立在草场上，人人身披蓑衣头戴斗笠，依手中锄耰镬锸等不同农具区分队列阵形，正随着鼓声节奏操演种种阵法。外围又有十数辆车舆环绕，显是充作营垒；又有耒耜等农具插在地上，充作拒马、蒺藜；最外围则环绕着数十面牛皮大鼓，一个个赤膊鼓手，有十几岁的少年也有白发苍苍的老翁，无不挥动着儿臂般粗细的鼓槌，齐齐击打着鼓面，间或为操演的乡民们齐声呐喊助威，击鼓时还辅以种种动作，既是击鼓，也是以鼓为舞。而位于正前方高台上那面最大的战鼓前，击鼓最卖力的那位左袒老者，分明便是上将军王翦!

秦王政示意王贲和自己一同上前，从不时爆发出阵阵喝彩的围观乡民们身后绕过，在百余步外遥望着王翦，但见他浑身上下已是大汗淋漓，阵阵水汽正不住从那满头白发上腾起，左袒在秋风中、同样汗津津的古铜色肌肤，在阳光下反射着亮晶晶光泽，那件粗布衣衫更是被汗水洇湿了一大片，纵然如此却仍乐此不疲击着鼓，不断发出将令。几名后生也伫立在他身旁，依鼓声不时举起放下各色令旗；乡民们更随着旗鼓不时变换成各种队列，从最寻常的方阵到用于进攻的锥形阵、用于防御的圆阵，种种阵法不一而足，彼此配合得行云流水，演练得竟是有板有眼。

约略半个时辰的演练之后，王翦身旁一位后生用木杵敲击起充作金柝的大锅，听到这“鸣金”声响，乡民们迅速将阵形换为原先的方阵，再度肃然挺立，整个大阵巍巍山岳一样岿然不动，手中高擎的各色农具也如松林般密密匝匝齐整排列。紧接着，王翦那苍老却仍雄浑无比的声音回荡在了草场上空：

“今日暂且到此！列位乡党且下田，三日后再行操演！”

“诺！”鼓手和操练的乡民们齐声应和一哄而散，扛起各色农具欢笑着纷纷下田了。高台上的王翦则望着乡党们的背影满意地长出口气，抬起衣袖抹了抹满头汗水，如一只大鹰般从五六级的台阶上直接跃下，其剽悍利落绝不像年过六十的老人。

“阿翁！”双脚刚刚着地，耳畔突然响起一个令他无比熟悉的声音。王翦抬眼望去，一下愣住了。

“王贲?”王翦惊讶地望着自己的儿子，突然间又是满面寒霜，“你不在军中，如何私回频阳？想受军法么?”

“我非私回频阳，你且看这是谁!”

“王老将军，错怪王贲兄弟了！此番来频阳乃寡人本人之意，与王贲无涉!”

另一个同样熟悉的声音带着笑意响起，王翦转过头，更加惊讶地瞪大了眼睛——

秦王!

3

“秦王！……”

尽管王翦大体料到，秦王会再询问自己对楚战事，然依天下通行的君臣礼节，此时秦王肯紧急召见自己就已是难得明君了，不想而今竟来亲见自己！一时惊讶得瞪大了双眼又揉揉眼眶，秦王政见状不禁哈哈大笑，王贲也跟着笑起来。

“陛下……如何，来这擂鼓坊?”王翦期期艾艾问道。

“寡人想看看这频阳老鼓!”秦王政笑道，“这些演武乡民，莫不都是老将军族人?”

“有老夫族人，然多是频阳乡民……”王翦虽是口上答着，却仍有些懵懂。

“老将军又如何想出这练兵之法?”

“攻战守御之器具，尽出于农事，耕战本就一体，况乎乡民平日务农、战时从军，人人尚武，自然须不时操演……”

“阿翁，还不快叫乡党迎接秦王!”王贲一旁不耐烦插嘴道。

“啊，是也……”王翦猛醒，刚要大喊，却被秦王政一把拦住：“老将军，莫惊动乡民，误了农事!”

“也好!”王翦连连点头，“既如此，陛下且随老夫回庄!”

三人说着回到大道上，又一同上了辒辌车，在王贲的指引下向着王氏庄园飞驰而去。被王氏族人迎入庄中后，秦王命赵高在外等候，又叫王贲去见自己妻儿。此时一个黝黑壮实的八九岁小童提个竹篮蹦跳着进了厅，笑嘻嘻地将篮子在秦王面前端端正正摆好。秦王低头望去，但见篮中装满了红彤彤的柿子，不禁惊讶地“咦”了一声，拾起一个轻咬一口，立刻便是满口沁人心脾的香甜，赤红的柿汁随即溅得满嘴满脸，逗得王翦和小童哈哈大笑，秦王自己也笑个不停，连咬带啜几口吃掉一个，举着黏糊糊的双手连连咂嘴说直是甜到心里。小童忙又飞奔出去，提了陶罐陶盆给秦王洗手洗脸，秦王边洗边端详这小童，只觉他相貌与王翦王贲颇有几分相像，王翦说这是王贲之子，自己的孙儿王离，刚满九岁，秦王笑问他会否击鼓，王离挺直身子大声道：“俺王氏上下男女老幼都会，大父说了，我等若欲从军，必先习得击鼓!”

“你日后也想从军么?”秦王政颇感可乐，擦干了手，抚摩着王离小小的脑袋笑道。

“想！俺日后还要和大父、阿翁一般，挣高爵，当大将!”王离声音虽稚嫩却无比清晰，秦王和王翦不禁都大乐起来。

“陛下此来，究竟何事?”待到王离出了屋、厅堂中只留自己和秦王相对而坐时，王翦转回了正题。

他刚一开口，秦王立即正色离席，毕恭毕敬地向王翦深深一礼：“寡人此来，想请老将军重新为将，领军灭楚!”

“……”王翦没有吭声，甚至都没有起身还礼，只是默然端坐着，若有所思。

“伐楚不听老将军言，寡人悔矣!”秦王政直起身来，皱眉慨叹道，“寡人心怀轻慢，以为楚国不堪一击，是故遣李信蒙武只以二十万人攻楚，不想楚国兵力远超预料，终是大败而归，果然辱没秦军……”

“此番败战，老夫也有耳闻。蒙武能捡回命来已是谢天谢地，只是可惜那十万士卒白白捐躯了……”王翦的声音也低沉下来，却并未回应秦王要他重新为将的请求。

“此战秦军大伤元气，本当休整大半年再战，然目下楚军气势大盛，已重新占据淮北重镇陈城，更有以此为根基，进逼南阳、颍川之势；各地世族也开始蠢蠢欲动……”

王翦抬眼望向秦王：“陛下之意?”

“此种形势下，绝不能推迟伐楚，不然六国旧土极可能生乱，统一大业不知又要推迟多久！老将军虽因病辞官，却独忍弃秦国乎? 请老将军重新领兵挂帅!”秦王政说着又是深深一躬。

“灭楚，确不当迟延。”王翦面无表情道，语气却极是冷峻，仍是既未还礼，也未离席，“只是老臣体弱多病，陛下当更择良将……”

“老将军休再多言，莫要推辞了!”秦王政语气极是恳切，“兵争谋划当唯论胜负，选将用人也当唯论才具，寡人已明此理，再无朝局衡平之心，望老将军谅解寡人!”

“……”

秦王政满怀期待地望着王翦，但见他一语不发，和在灭楚朝会上一样，仍是半眯着眼睛，微微低着头。尽管这样，秦王心下却并无担心——若在常人看来，自己分明是强逼着王翦为将，如同当年秦昭王逼白起那般，可这二者之间却大不相同：当年秦昭王与其说是真想灭亡赵国，倒不如说是想给自己找回颜面，白起的反对也正是因认识到这点，知晓这发兵徒劳无益；此番却不然，自己已不计颜面真心悔过，方才王翦又分明赞同了立即再度攻楚，换言之，王翦与自家并无大政方略之分歧。秦王相信，向以国事为先的王翦既然认可了自己的决定，便决然不会为了全身自保而拒绝重新领兵，他有足够的把握听到王翦肯定的回答。

果然，片刻后王翦半眯着眼睛，重新开了口：“陛下若逼不得已用老臣……”

“必用老将军!”秦王政目光中充满了殷切。

“……非六十万大军不可。”

“听老将军计，六十万!”

“举国大决?”

“举国大决！”

“如此，老臣领命！”

这样说着，王翦也猛地睁开眼睛，双目中骤然暴射出精光。

“好！这才是本王上将军！这才是我大秦将军！”秦王政哈哈大笑着再次离席，第三次深深一躬，“寡人代我大秦六十万将士，向老将军一拜！”

“不敢！”王翦也连忙离席，头一次向秦王政还礼，“一统华夏之志，老臣无时或忘，唯担心陛下对灭楚之艰险认知不足。而今陛下既有举国大决之心，举国之兵交与老臣，老臣再无忧虑，从此以后必当为我大秦一统华夏，肝脑涂地！”

“大哉老将军！”

“大哉秦王！”

两人不禁齐声大笑，王翦大手一挥叫家人摆开接风宴，肥羊炖烤彘肩藿菜羹拌苦菜粟米团热甘醪纷纷摆上，满满当当铺上了几张大案。秦王政终于办成了心下这最要紧之事，大是畅快，也实在饿了，一见这满案粗朴又丰盛的家常饭食不由得食指大动，咽了咽口水，叫声我等开咥，先捡起一只热腾腾的羊腿猛啃了一大口，口中还在嚼着，另一手又抓起个黄澄澄的粟米饭团塞进嘴里，再举起陶盏将甘醪咕咚咚一口气灌下，大快朵颐的模样看得王氏众族人目瞪口呆。只有小王离大是兴奋，硬要同秦王比拼饭量，不料刚吃了一个粟米饭团，秦王已连吃了三个；待到他吃得肚子鼓起不住饱嗝时，秦王竟还在大吞大咽，不由得连连咂舌：如此吃法当真直逼蒙武爷爷，顿时逗得众人满堂哄笑。

酒足饭饱之后，已是月上中天之时。王贲劝秦王留在庄中睡一晚再走，秦王政虽已微醺却仍是连连摇头，说军情紧急，自己还当连夜赶回咸阳，王氏父子不好再挽留，踏着月色将他一直送出庄。三人并排走在田垄上边走边聊，赵高则催动着金根车跟在后面。

“对也，今日如何不见老夫人?”秦王政忽然惊讶道。

“去岁病故了。”王翦叹了句，“我那老妻，与老夫聚少离多，族中家务多是她掌事，操劳了大半生却也未享几日清福，可惜了……”

秦王政一时默然，片刻后又想起了甚：“老将军可有续弦之念?”

“续弦?”王翦一愣，忽然笑了起来，“老夫这等年纪，续弦岂不惹人耻笑?”

“这有甚? 老将军勿忧，续弦之事包寡人身上！”

“谢过秦王，当真不必了。”王翦摇着满头白发，“老夫儿孙满堂，人伦之乐无过于此，自家又垂垂老矣，纵有心也无力了……”

秦王政没有吭声，只久久地若有所思。

三人一路走一路聊，不觉间已走出三五里路，这才互相拱手作别。望着父子俩酷肖的一双背影，秦王政忽然想起了什么，大叫了一声：

“老将军留步！”

“陛下还有事?”

父子俩转过身来，但见远处的秦王对赵高说了句甚，赵高便钻进辒辌车取出一样物事，月色之下光灿灿分外耀眼，秦王又双手捧着它快步上前：

“老将军，寡人自咸阳赶来时太过匆忙，不及带上将军金印，然则今日拜将必要有信物，此乃寡人平日饮酒所用之金斗，权且交与上将军，见此物，如见上将军印！”

说着他毕恭毕敬弯下腰，双手将那件金灿灿物事举过头顶，王翦借着月色看时，那果然是一只熠熠生辉的酒斗，不由得默然了：天下能有哪位将军如自己一般，竟得国君亲往家中，亲手奉上这颗金印?又有哪颗上将军印如这金斗一般，乃是国君随身之物?秦王对自己，当真可说是信任得无以复加了。

迟疑了片刻，他也毕恭毕敬躬下身，由秦王手中接过了金斗。

4

“停！停！”

王离死死搂住丹骎那粗壮的马颈，拼命大叫着，与其说是想让这烈马停下来，倒不如说是在向四面八方求救。

然而这不过是他自己的一厢情愿。丹骎载着他狂奔着，几乎一眨眼就从千口村跑过了石川水，奔向了荆山塬，田野中正在劳作的无数乡民只觉一道红色旋风刮过眼前，根本没看清那匹红马的模样，更别提注意到马背上还有个大汗淋漓、吓得脸色煞白的碎崽子，自然谈不上救他下来。

王离小小的身子随马背剧烈颠簸着，几乎随时都能被掀到地上，那满是污泥的小脸紧贴着丹骎火红的长长鬃毛，全是汗水。眼下的他心中除了恐惧，只剩了深深的悔意。方才家中正在为大父和阿翁回咸阳而饯行，族人们都聚到一起击鼓，震天的鼓声几乎传出三五里远，那时他还心下一阵狂喜，按预先谋划好的方略，“出了一支奇兵”，偷偷溜到马场，寻到了正卧在草丛中瞌睡反刍的丹骎。这是匹刚两岁的小红马，却已长得十分壮实，阿翁和大父都极是喜爱它，说它是甚汗血宝马，只是这马性子太烈，不让任何人近前，自然也还顾不得给它加马具。王离早对它觊觎已久，眼下终于逮到这千载难逢的“战机”又怎能放过，于是卧在草丛中匍匐着，悄悄爬到了近前，瞅准它毫无防备便一跃而起，正好端端落在了那赤裸裸的背上！

“成了！”这是当时欣喜若狂的王离心下唯一的念头。

九岁的王离一直骄傲于自己的骑术——他几乎是在马背上长大的，目下虽还不如马身高，但已不用马具也能骑着草场中任意一匹马纵横驰骋，他相信只要能骑上丹骎，它必会对自己俯首帖耳。

然而，美梦成真立刻变成了噩梦降临。丹骎感到自己后背一沉，猛地一跃而起，王离一个趔趄险被甩下，幸好间不容发之际死死搂住丹骎脖颈，两条腿也猛地钩住了马身。丹骎见无法摆脱背上重负，显然也大怒了起来，仰天一阵咴咴嘶鸣，甩开四蹄便狂奔起来，狂奔中还忽而扬起前蹄人立，忽而向后尥起蹶子，却还是未能甩下王离，于是越是飞奔越是狂躁，竟从马场围栏一跃而过，疾驰向了频阳的山野。王离这时真正慌了起来，大叫着阿媪、大父、阿翁，快来救阿离，可这叫声连同马蹄的嘚嘚声、丹骎的嘶鸣声一同淹没在了隆隆鼓声中，没有一个人听到，丹骎便这样拖着他一路狂奔而来。

“碎崽子，不想活了！”

一声粗豪的怒骂如平地惊雷般响起，王离只听到丹骎一阵愤怒嘶鸣，紧接着便感到自己的身子直立了起来，连忙用尽了吃奶力气紧贴在丹骎背上，正当他觉得筋疲力尽、立刻就要松手从马身上摔下时，丹骎终于重新四蹄着地，喷着沉重响鼻扑通一声卧在了黄土中。王离这才长出一口气：这匹烈马，终于被自己驯服了。

疲惫已极的王离松开了双臂，从马背滚落到地，腾起的烟尘呛得他一阵咳嗽，却再也不肯动一下，只是大口喘着粗气，望着午后瓦蓝瓦蓝的天穹，心下后怕不已。

片刻后，他看到一张白发白须的黑黝黝大脸出现在眼前，这张脸和阿翁一样粗犷和凶神恶煞，也戴着和阿翁一样的板冠，却比阿翁老得多，约莫与大父一般年岁。王离心下很是畏惧，又觉得这张大脸颇有些眼熟，但此时他累得一动也不能动，是故只是愣愣盯着他不敢作声。

“何事啊？”另一个温和些的声音响起，大脸旁边又出现了一张年轻得多的脸庞，相貌似乎和三日前来家中胡吃海咥的那位秦王甚是相似。

“不知谁家碎崽子纵马狂奔，险些冲撞了公主车驾。”刚才那大黑脸颇有些恼火地答道。

“小后生，有伤么?”那颇似秦王的脸孔关切问道。

王离摇摇头，躺在地上没有吭声。

“自家起得来么?”

王离点点头，蹒跚着爬了起来。

“家在哪? 须送你回去么?”

“谢，谢公子，不必了……”王离含含糊糊说着，一边磨磨蹭蹭向走开了几步的丹骎蹒跚而去，听着那“秦王”与大黑脸的对话：

“总算将惊马拦下了，蒙将军这手套索本领，当真神乎其技!”

“嘿嘿，俺有三大绝技无人能及! 一是角抵，二嘛便是这丢套索，三便是咥饭!”

“那倒是，若说咥饭，便是那些少壮将士怕都不及! 今日见了王老将军，蒙将军且悠着点儿，莫把我等饭食全吃光了!”

蒙将军? ……咥饭? ……王老将军? ……

王离听不大明白两人在说甚，只知那“王老将军”当是在说大父，因为在这频阳，那些叔伯们只要一提大父便是王老将军，提到阿翁则是王大将军。如此说来，这两人是要去找大父? 若真那般可坏了，阿翁若知自己把丹骎偷出来，肯定要打烂自己尻子!

王离偷偷扭过头望着那张大黑脸，越来越觉得自己见过他。对，蒙武爷爷! 他只来过家中一次，自己虽想不起长相，那大饭量却实在记得清清楚楚，他一顿便吃光了家中三日余粮，又喝光了大父存了三十年的一坛老酒，气得大父直骂他酒囊饭袋! 是他没错!

王离眼珠转了转，看蒙武显然没认出自己，心下也打定主意装聋作哑，忙又转过身去，扭头看到丹骎喷着响鼻仍然卧在地上喘息，心中踏实了不少，于是转过身按住丹骎的脊背，想要爬到它背上。

“呀，如何有伤?”身后突然又传来了一声清脆的惊叫。王离诧异地回头望去，却见远处黑压压一片的车队，无数盔明甲亮的黑甲骑士们簇拥着一辆张有帷幔的大车，一位衣着华丽的阿姊正在一旁两位阿婆的搀扶下蹲身慢慢下车，落地后便疾步向自己走来，头上身上的佩玉也随着步伐清脆作响。

“小弟，你受伤啦?”她走近王离，弯下腰，惊讶地望着他的双腿，抬起头时一股香气直扑王离鼻端。

王离没有答话，他几乎是立刻便被这阿姊的长相吸引住了，他只觉得她肤色比自家那只小白羊还白，一双细长的眼睛直如夜晚星辰一般亮，那红扑扑的脸庞像是，像是……他思来想去，一时想不出用什么来打比方。

像红红的柿子。王离最后这样想。

“你伤了，痛不痛?”她一脸关切地又问。

王离满脸疑惑地低下头望向自己的胯下，却也不禁大为惊讶——自己双腿里侧一片湿淋淋的鲜红，直如流着血一般!

自己受伤了?可如何分明没有感觉?想到这里，他茫然摇摇头。

她又拉起他的手，一种温润滑腻的触感当即从手上传来，王离猛一哆嗦，几乎是瞬间便陶醉在了这种感觉中。

“手上也有血!”她惊惶道，“王叔，坏啦!我等撞伤人啦!”

“怎会?”一旁的“秦王”已经踱到了远处，一听这话也颇惊讶，大步走了过来。

“你瞧，满手的血……”她一下慌了，声音里也隐隐带了丝哭腔。

“阿姊……”王离小声喃喃道，“阿姊，你好美，比俺阿媪还美……”

她听到他的声音，诧异地抬起头。王离看那娇嫩的脸庞离自己近在咫尺，自己分明嗅得到她身上的那股奇香，不禁咽了咽口水，抬起手轻摸了摸她的脸颊。

仿佛被火灼了一般，那阿姊陡然退后了一步，脸立即涨得通红，目光中又是惊奇又是愤怒。

“秦王”走过来了，弯下腰仔细检查着他的双腿，王离则低着头呆呆看着他的动作，颇有些不知所措，根本没注意那阿姊投向自己的愤怒目光。

“怪哉，并无伤处，如何这多血?”那“秦王”惊讶道。

“莫不是马伤了?”远处的蒙武喊道。

对也!难道是丹骎?

王离快步跑到丹骎面前，伸手向它背上一抹，果然满手红彤彤，他心下一惊，忙将手凑到鼻前猛地一嗅，怪的是竟无半点儿血腥，只是一股汗味!

“大宛汗血天马!”蒙武也大步踱了过来，双目中炯炯放光，“俺只听说过此马，今日开了眼!后生，这马哪来的?莫不是偷的?”说到最后一句，脸色陡然沉了下来。

“俺才不是偷儿，这是俺自家的!”王离大叫。

“你家在何处?”蒙武一步步逼近，看到他那高大的身影，王离心下越发害怕起来。眉头一皱，忽然计上心来，猛向他身后指去：“你且看，在那边!”蒙武扭过头时，他已蹿上了卧在地上的丹骎的马背；蒙武转过身，丹骎已立了起来，尥开蹶子欢快地一溜烟跑掉了!

“你个小贼，哪里跑!”蒙武这才明白自己上了当，气急败坏地骂道，一把重又甩出手中的套索，堪堪要套上王离身子时却软软滑在了地上。

丹骎跑出几丈远重又停了下来，王离得意地冲蒙武做着鬼脸，这时他眼角的余光忽然瞥到了一直呆立在一旁的那位阿姊，于是一种近于捣蛋的快意随即从心头涌起，他不假思索地向着她响亮地大喊：

“阿姊，你真美! 长大了俺要娶你做媳妇!”

这句话引起了车队的一片哄堂大笑，王离见她脸涨得和丹骎一般红，也胜利地大笑着催动着丹骎一溜烟跑去了，心下充满了快意，俨然觉得自己成了英雄一般。

“哪里的小贼?”背后传来了那阿姊气愤不已的高呼。

“公主，脸上如何也沾上了汗血?”匆匆赶来的傅姆惊讶道，连忙又掏出一条丝巾，想为华阳公主擦去脸上的“血迹”。

“想，想是方才不小心蹭的……”华阳公主只觉脸烫得厉害，忙一手抢过傅姆手上的丝巾，拼命擦了起来。

5

“谁家碎崽子，这般淘!”蒙武愤愤叫道。

那“秦王”微微一笑，心下已猜出了几分——孩子骑的那汗血马极是珍贵，岂能是寻常人家有的? 而这方圆数百里的频阳，除却王氏，又还有谁是名门望族?

只不过他不能点破此事，见了上将军也绝不能提。他总不能说，公主要嫁上将军时遇上了你孙儿，你孙儿还说长大了要娶她当媳妇……

“公子婴，如何? 继续走吧!”蒙武喊道。

“好，走! 上将军想是已从家中出来了。”子婴应道，又转向一旁的华阳公主，声音也放轻了许多，“惟嬴，走吧!”

满脸通红的华阳公主轻轻点头，子婴一招手，一位傅姆连忙赶过来，将她搀向了幨车。

望着华阳公主身上那件绣有翟纹的玄色深衣、外披的锦质幓衣、腰间绣有凤鸟和流云纹的帨巾，以及系在帨巾上的杂珮和鞶囊，子婴颇有些叹息，除了因未行笄礼而未梳以“副笄六珈”的发型，仍代之以各插一枚簪珥的双鬟外，小公主的服饰、随行的仪仗车马以及各种礼器，无不是严格按王族公主出嫁时的礼制准备的，即便最挑剔的儒生也找不出纰漏。然而令子婴尴尬的是，这场昏礼竟只有作为六礼最后一个环节的亲迎，前面的五礼竟一样都没有；更要紧的是，就连新婿本人也对这场昏礼毫不知情！

别说新婿，子婴自己都颇有些懵懂。

子婴是秦王政的族弟，目下为主管王族事务的驷车庶长。三日前，秦王政从频阳回来后立即找他，劈头就问，王族中可有适龄未嫁的公主？子婴忙问何事，秦王说自己才知道上将军王翦已是鳏夫，想在他出征伐楚前为他续弦。子婴连连称好，又在他的连声催促下查遍了王族谱牒，却无一名公主合适，不是已有婚约便是年岁太小。情急之下，秦王忽然想起了自己的长女华阳公主，子婴当场便愣住了，喃喃道公主不过十三岁，不嫌太小么？秦王政说当年惠文王之女嫁给燕易王时也是这年岁，不小不小。子婴又问王老将军足可做公主大父，公主能乐意么？秦王政有些恼怒，说老将军乃天下名将，她有甚不乐意的？多少女子想嫁老将军这般英雄还不得呢！子婴心知秦王继位来便一心扑在了国事上，根本不懂男女欢爱为何物，做出如此心血来潮之举倒也不足为奇。又问三日之后老将军便要回咸阳，是否太过仓促？秦王便说纳采、问名、纳吉、纳徵、请期那些劳什子全不要了，只筹备好最后的亲迎便可，昏礼不就是个程式么，哪恁多讲究？大不了补办便是！……子婴实在拗不过，只得硬着头皮操办起了这场显是太过荒诞的昏礼。

看着幨车上眼中一片茫然的华阳公主，子婴颇有点儿心疼。自己是看着惟嬴长大的，一直拿她当亲女儿一般，心下也确实想过她出嫁时，自己要亲自护送她到夫家，却不料这一日竟来得这般突然、这般仓促，连六礼都未能齐备，这不成了私奔野合了么？王兄对待国事的全力以赴堪称无可挑剔，然则对自己向来最疼爱的长女，如何竟这般荒疏？华阳公主若真嫁与了王老将军，日后还不知将如何怨恨父王！

然而从另一面看，这便是身为王族公子公主的命——在常人看来，你衣食无忧，你钟鸣鼎食，你永远也不必为生计奔波忙碌，身为王族直是天下第一幸事；可只有他们自己心底才明白，自己终生都要肩负着邦国的兴衰，肩负着社稷的存续，更要为此付出太多代价，相较而言，如目下这般大违本心的婚事不过是最寻常的牺牲而已。惟嬴能明白此中道理么？

无论明不明白，无论愿不愿意，她也都只能接受了。

“上将军车驾行至十里之外！”前方突然响起了斥候的声音。

“善！搭锦幄！”蒙武猛一挥手，大喝道。

转眼间，两座大帐都已搭好，昏礼所用的诸般器具也一一摆好，华阳公主也在傅姆和媵妾们的陪伴下，迈进了其中一座大帐。此时日头偏西天色微暗，在战国先民们看来，黄昏之时日月交替，这夫妻人伦之大礼也恰有阴阳融汇之意，是故命名其为昏礼，演变至后世才变“昏”为“婚”，而目下既已是黄昏，举办昏礼自然正当其时。

天时，地利，人和，万事齐备，只等新婿驾临了。

“娘嘞，俺当年可没这般麻烦！”蒙武挠着头啧啧道，“王翦老匹夫也真艳福不浅，这小娇娘连俺见了都眼馋！”

“蒙将军不若也再来一回？”子婴笑道。

“那却不敢！”蒙武慌忙摇头，“俺那婆娘烹杀了俺的心都有！”一句话惹得子婴大笑起来。说话间，斥候报说上将军车驾已至近前，蒙武下令列兵为城，士卒们便迅速排成一个黑压压的巨大圆阵，将两顶大帐围在中央；子婴再一挥手，《何彼襛矣》的乐声便飘荡开来：

何彼襛矣，

唐棣之华？

曷不肃雝？

王姬之车。

……

悠扬的乐声中，王翦父子的车队已出现在视野中了。

“这……谁家亲迎？”听着前方乐声，望着远处黑压压一片的士卒，王翦愣住了。

王贲也倒吸了一口气：“这般大排场？公主出嫁一般！”

“王翦！你个老匹夫！”随着一声粗豪的大笑，一骑一车先后飞奔过来，当先那名骑士分明是蒙武。

“老匹夫！不是被押在廷尉府么，如何又放出来了？”王翦故作严厉道。

“秦王让俺给你做裨将，将功折罪！”蒙武骤然又神气了起来，“鸟，这般军务回去再说，正事要紧！你看这是谁?”向身后一指。

“公子婴?”王翦父子更惊讶了。

“老将军，可喜可贺！见过少将军！”那辆轩车辚辚驶了过来，六尺伞盖下的子婴满面笑容地拱着手，“在下为上将军婚事而来！”说着从袖中抽出铜函，高声念诵起了秦王赐婚的王命，及至最后一句“上将军王翦当于相遇处与公主完婚”念罢，远处的军阵便响起了上将军万岁公主万岁的连声欢呼。

“这，这……”王翦愣怔不知所措了，王贲的脸更是刷一下变得通红。

“老匹夫好艳福也！”蒙武哈哈大笑，“有这等好事还磨蹭个甚！”

王翦这才如梦方醒，一张老脸红到了脖根，情急之下连忙摆手：“秦王厚意老夫心领，若说赐婚却是万万不可！老夫家中老妻虽去，却也儿孙满堂，续弦与否当真无关紧要！再者老夫报国乃为将本分，何关赏赐? 此番婚嫁，老夫当真不能从命！公子见谅，秦王见谅！”

“公子、老叔，也请容我一言！”王贲同样涨红了脸，“公主正在妙龄，上将军却已是暮年，若以红颜伴白发，便是误她终身！休说公主必定不愿，上将军也不愿，便是我王氏举族也不愿如此！万望秦王莫再提此事！”

“……既如此，我便回报秦王，此事从长计议了。”子婴沉吟了片刻，终是笑了起来，心下竟颇觉畅快。

“谢公子体谅，谢公子体谅！”王翦涨红的老脸终于渐渐复了原。

蒙武却是一脸鄙夷：“王翦，拒纳公主可是君王大忌！当年吴起不是这般么?”

“咳，甚话！”子婴颇不以为然，“秦王何等人也，岂会如此猜疑? 老将军切莫放在心上！”

“不，不！蒙武此话有理！”王翦连忙摇头，“为平天下非议，老夫还须另行设法……”

旬日之后，灞上。

“自古将在外，君命有所不受。”面对着屏息静气的万千将士，秦王政的秦音分外清晰响亮，“王翦将军身系我大秦命祚气运，更当如此——长史，斧钺！”

一柄黄钺和一柄金斧被长史蒙毅递了上来，秦王政先接过黄钺，手持钺身，将钺柄递给王翦：“自此上至天者，将军制之！”

“谢陛下！”王翦双手接过了黄钺。

秦王又将斧柄递了过去：“自此下至渊者，将军制之！”

“谢陛下!”

“社稷安危，一在将军，今楚国不臣，愿将军率师应之!”

王翦抬起头，与秦王对视了。他看得出秦王目光中对自己的信任——这一钺一斧交到手上，自己也便有了几乎等同于秦王的无上权力；他也看得出秦王目光中的坚定——举国六十万大军自此尽数交与老将军，只待与楚国举国大决便是！心念及此，王翦深吸口气答了声“诺”，苍老的声音又骤然在连绵的秦军方阵上空飘荡开来：

“老夫王翦明告三军将吏士伍：今秦王授我斧钺，肃将天威，有进死之荣，无退生之辱，用命赏于祖，不用命戮于社。军无二令，将无二言，勉尔，乃诚，以从王事，无干典刑！……”

“秦王万岁！上将军万岁!”万千秦军的欢呼，如沉雷般久久回荡着。

……

“陛下，”拜将仪式后的饯行军宴上，王翦向秦王高举起酒爵，略带歉意地笑了笑，“公主之事……”

“寡人明白。”秦王政也忙双手捧起酒爵，“此事原是寡人思虑不周，该寡人向上将军致歉！只是老将军甚封赏都不要，实在可惜，不知老将军还有甚心愿?”

“陛下之言，正中老臣心思，老臣正要向陛下求赏。”王翦呵呵笑了起来，与秦王一同饮尽酒水后放下铜爵，从衣袖中掏出一卷竹简，在满朝文武群臣好奇的目光下，郑重其事地双手将它捧到了秦王政面前：“此乃老夫求封赏之书，请陛下赐老夫频阳美原之千顷良田，以供子孙耕耘!”

“这有何难！长史拟书，照办便是!”

“还有一事!”王翦又从袖中掏出了一卷绢帛，“老臣请陛下将频阳老宅重新修缮，再扩建三倍!”

“可也！老将军动身之后，寡人便着手办此事。”

“还有……”王翦又把手伸进了袖子。

“你这厮，到底多少上书？何不一并都说了!”蒙武一旁不耐烦道。

“对也！——王贲，将老夫上书尽数搬来!”

当王贲抱着一个大大的木笈重新回来时，朝臣们都愣住了，所有目光都集中到了那堆小山般的竹简上，紧接着周遭便响起阵阵议论，不时还有一两声窃笑夹杂其间。王贲黑着脸绷着嘴角，大是尴尬地挺立着，王翦却浑然不觉来到木笈前，将一捆捆竹简逐一掏了出来。

“陛下，此乃老臣请在咸阳修缮上将军府之上书……”

“此乃请在频山设苑囿，供老臣行猎之上书……”

“此书信罗列之田宅园池，也请一并赐予老臣……”

“好好好，本王一并准了！”秦王政笑着打断了王翦的喋喋不休，“上将军出征在即，何忧贫乎?”

王翦面色却颇为懊恼：“为大王将，有功终不得封侯，老夫不趁此良机请美田园池，谋划子孙业，更待何时?”说得秦王君臣不禁一阵大笑。

笑声中，王翦带领着蒙武李信王贲等大将辞别了秦王与众臣，纷纷上了车马一路向东而去，不料刚出得函谷关，便遣使回咸阳再次替自己求赏，此后日每派出一次，及至抵达大军集结的南阳郡时，王翦已足足四次向秦王求赏了。

“你个老匹夫！如何又要求赏?”当王翦准备第五次送回请赏上书时，蒙武皱着眉嘟囔着，“这一路走来请赏这多次，几同乞贷一般，不觉过甚么?”

“不然。”王翦摇摇头，神色分外淡漠，“秦王粗疏而不信人，今将举国之兵交于我手，老夫若不多请田宅以为子孙基业，岂不令秦王疑我?”

“你个老匹夫，当真做此想?”蒙武惊讶了。

望着蒙武一脸愕然，王翦笑了：“蒙武，你当真不明此中道理么？秦王信得老夫，老夫也信秦王信得老夫；然则，天下之人未必信得老夫，老夫也不信天下之人皆信得老夫。”

“……何解?”蒙武被这分外拗口的一段话绕得迷糊了。

“六十万大军交于老夫之手，岂能没有朝野议论？岂能没有六国之人攻讦？秦王目下不会为此所动，可日后却又如何？这便是三人成虎之理，君不见信陵君李牧乎？老夫此举是做给秦王看不假，然本意却是要提醒他，切莫因些许非议而背后掣肘！”

“老匹夫心眼儿倒不少……”蒙武喃喃自语道。

“继续送！老夫就是要大张旗鼓地请田求赏！就是要让天下人知道，老夫不过一庸碌田舍翁而已。如此，诛心之论方能平息！”王翦大笑着猛一挥手，一名骑士从他手中接过第五封请田书信，纵马疾驰而去了。

第十四章 相持

1

宛城幕府刚立定，秦国上下便大大忙碌了起来。

“众将：目下可知楚军之强、灭楚之难？可有举国大决之心？”

这是王翦重新为将、首次幕府议兵时开宗明义的第一问，浑厚的嗓音掷地有声，炯炯的目光随之扫视了幕府一圈。

“重兵灭楚，举国大决！”幕府一片齐整应和。

“既无异议，老夫开始铺排。前次大败，我军损失惨重，目下又欲倾举国之力与楚大决，当务之急先是后援。为此，老夫下将令若干：其一，以南阳郡、砀郡为两大后援根基，各地粮草辎重尽数集结于此。”

三川郡，敖仓。这座百余年来的天下第一粮仓，头一次尽数打开了全数大小仓廪，金灿灿的粟米黄澄澄的秣草如滚滚洪流般倾泻而出，又被装入万千只麻布袋捆扎好搬运上船，鸿沟之上顿时一片帆樯林立，无数运粮船舶穿梭如织。

“……其二，无分秦国本土、关外新地，尽征民众入军，补充折损兵力。”

内史郡，旧都栎阳。县府门前人声鼎沸，挤满了已傅籍的精壮后生们，他们各自脱下布衫，露出上半身黑黝黝的壮实筋肉，以什伍为组逐一接受吏员们的检验，被选上的无不兴高采烈欢呼雀跃。

“……其三，内史郡与各关塞只留两成兵马，十万九原军保留半数，余皆向南阳、砀郡聚拢，陇西、北地两郡后备战马全数南下。”

陇西郡，天水放马滩。成群尚未套上装具的战马沓沓掠过壮阔的草原河滩，咴咴嘶鸣声响彻天宇，它们的马身统一为五尺八寸，按当时说法，探前趹后，蹄间三寻（马奔走时，前后蹄间一跃而过三寻）。

“……其四，各郡县官署法吏御史，全数清点符节契券，统计各地军粮辎重、男女老弱、牛马草料，尽快汇拢上报。”

南郡，云梦睡虎地。县府里高高堆积的如山简牍之间，一个个忙碌身影或是奔波往返传递文书，或是伏案摇动着笔杆，在竹简上记下一串串秦篆。

“……其五，各地加紧召集工匠，打造各色军需物资。”

南阳郡，宛城。熊熊炉火不分昼夜地燃烧着，红亮的铁水缓缓淌入模式统一的范铸，牛皮风箱一开一合的翕动声，淬火时的滋滋声，打铁的叮当声响久久交织在一起。

颍川郡，棠溪。工匠们有的在打磨戈援的锋刃，有的在将一个个部件拼装成弩机，有的将手中削好的硬木贴上竹片、捆扎上漆制成积竹柄，有的则在完工的长剑锋刃上刻下自己的名字。

河东郡，曲沃。一双双大手将柘木弓干先后贴上牛角制成的弭、麋鹿的筋络，在筋上涂以鱼胶后仔细缠好丝线，并在弓身上涂漆。

蜀郡，成都。无数机杼吱嘎响动，梭机往返牵引着纬线，渐渐织成一匹匹布帛，又渐次经历裁剪浆洗等各道工序，最终在一双双巧手之下变为一件件战袍。

右北平郡，无终。革匠们将一张张鞣制好的皮革切割为甲片，在上面钻孔，以细皮条编缀成一副副皮胄革甲，或是将整张皮革蒙在木盾框架之上，用彩漆在盾面绘上各色鲜艳威猛的兽面。

汉中郡，秦岭南山。连绵的斧斤斫木之声打破了广袤林海千百年来的寂静，一棵棵参天大木轰然倒下，被逐一砍削打磨成形制各异的部件，又组装成一辆辆战车、连弩、冲车、云梯。

上郡，高奴。一桶桶黑黝黝的油脂被从地底打捞上来，倒入一只只陶缶后扎紧缶口，不待浓郁的油脂腥气弥散，一辆辆牛车已满载着这些猛火油吱嘎远去。

“……其六，巴蜀水军恢复操演，待合适时机浮江汉而下，水路攻楚。”

巴郡，江州。沉寂多年的水面上重又响起了号角，一艘艘楼船艨艟驶入江面，楼船士们的呐喊声回荡在两山之间。

“……其七，巴蜀巨商寡妇清与多家义商联手，由齐国购得海盐四十船，资我灭国大战。”

“齐国果然暗自援秦！”大将们面面相觑，目光中多了一丝惊喜。

齐地，河水入海口。载满海盐的连绵船队逆河西进，直向砀郡进发，船头无不飘扬着寡妇清商社的特有标志——振翅起舞的锦鸡文翰。

“……其八，姚贾入楚，顿弱坐镇蓟城监视燕代残部，上卿陈驰、荆苏仍留临淄稳住齐国，以防合纵死灰复燃；其九，因前次攻楚多名将尉牺牲，也是再给李信、蒙武将功补过之机，此番攻楚以李信为中军司马，蒙武仍为裨将！”

“诺！”幕府中的应和声音惊天动地，蒙武、李信两位败军之将虽是面红耳赤，声音却分外响亮。

在这一系列将令下达之后，整个秦国都开始运转起来，所有的官道上都川流不息地流淌着车马民夫，所有的水路航道上都是白帆林立穿梭如织的船只。一队队秦军，一批批民夫，一群群战马，一辆辆战车，从秦国的各个角落陆续南下东进，川流不息地开往南阳郡和砀郡。及至王翦赶至南阳郡之际，由灭国主力、关塞守军、各地郡县官府守军甚至中尉禁军共同组成的六十万大军已尽数集结于两郡；整个秦国的所有大将，除却蒙恬镇守北疆外，也都集中到了南阳的中军幕府。王翦明白，秦王，还有秦国，真真正正是将这灭楚之战当作了举国大决，而眼下灭楚的一切准备都已就绪，自己已再无任何后顾之忧，唯有放手一战！

“……告病归乡期间，老夫日夜谋划攻楚之事，终是想出成型方略。前次攻楚，李信蒙武虽因兵力不足而大败，然只说方略本身，却是无错！老夫之意，此番进兵，当先以收复陈城为首要目标，此后仍以平舆、寝城、汝阴为用兵重心。不同者，此番不出轻兵不用奇计，全军步步为营，一城一地逐步蚕食楚地城邑，逼楚军主力决战，再一举全歼之；若楚军故技重施，再度弃城退守，则我等分为前后两军，二十万后军逐一占据淮北诸城，巩固后防；四十万前军与楚军主力长久相持，重演灭赵之战！”

“啊？……”听到上将军的谋划，大将们一片惊讶。

“为何如此？”蒙武大惑不解，“从来都是客兵利速战，主兵利持重，我等如何倒过来了？”

“之所以如此，只在一句话。”王翦的目光闪烁着，笑了，“楚师轻窕。”

“是也！”李信第一个恍然大悟。

“李信，你说。”

“诸位，此语乃是春秋晋楚之战时，晋将栾书所言。”李信精通战史，说起来几乎不假思索，“栾书之意，楚军皆为轻兵，我军只需固守对峙，数日后其必定士气涣散谋求退兵，若趁退兵之际大举追杀，必能获胜，当年吴起也有类似论述！而李信上次攻楚之最大失误，便是弃秦军重装，只以轻兵奔袭，可谓以己之短攻彼之长！”

“李信明白自身用兵缺失，能自责自省，可谓大幸。”王翦点头赞许道，“老夫再多说几句。大败我军之后，楚军士气正盛，而我军人数虽众却有两短：一则各地守军杂糅，彼此配合未臻默契；二则多有水土不服者，战力未达最佳。皆须时日休整，若此时仓促开战，两军实力此消彼长，我等并无足够胜算。目下形势当反其道而行之，时日一长，楚国庙堂必生掣肘内争，楚军士气也必定低落。其时我军寻机猛攻，定能将它一举击溃！诸将明白否？”

“明白——！”

“既如此，众将听老夫调遣！公子腾，你领八万人留守南阳郡，与国尉府一同负责辎重粮草总后援！”王翦举起了第一支令箭。

“诺！”

“杨端和，你领十二万大军为后军，自砀郡南下，首攻陈城，再逐一占领楚军所弃城邑，每城各留五七千人，其余人马集中陈城总司策应，为我全军搂住后腰！”

“诺！”

“王贲，你领十万大军为先锋，三日后率先自南阳郡向东开出，驻守颍水西岸，与汝阴项燕主力相持！”

“诺！”王贲一声短喝，几步上前接过令箭。

“你是先锋大军，又要直面项燕，各部之中最为紧要。若出半点儿差错，军法是问。”

王贲没有吭声，双手捧起令箭向父亲深深一躬，退下了。

“蒙武，你领军十万稍后出发，在正中央驻守，与寝城景骐楚军相持！”

“诺！”蒙武的吼声也分外响亮，夯石一样嗵嗵嗵走上前来，伸出大手一把抓住王翦手中的令箭，王翦却没有立即松手，蒙武自然也没能抽出令箭，两人登时僵住了。

“你……?!”蒙武一愣。

“此番，切莫轻动。”王翦语气极其凝重。

“……知晓。”蒙武狠狠点了点大脑袋，王翦的手随即松开，蒙武几乎是一把便将令箭夺了过来。

“羌瘣、辛胜，你二人各领四万兵马自砀郡南下，分别在蒙武部东西两侧驻扎，使我各部秦军首尾相顾！”

“诺！”

“老夫自领十二万大军，最后自南阳郡出发，驻扎营地最西端，与平舆屈定楚军对峙。我军立足未稳，楚军难保不会偷袭，是故老夫须亲自坐镇粮道。马兴、李信，你二人各为护军都尉、中军司马，跟随老夫左右！”

“诺！”

“各位回营休整，旬日之后我等各自出发，仍走上次攻楚老路，老夫最后与诸将约期合战：下月丁亥，诸将皆当各在预定地点立营。王贲先到，当辕门立表，漏刻计时，但有纰漏迟延，军法伺候！”

“不得，无返！……”将尉们的应和，响彻了中军幕府。

就这样，秦王政二十三年仲冬，公元前224年冬雪初降之际，六十万秦军汇成了浩浩荡荡的黑色洪流，分别从西、北两个方向进发，在淮北的原野上伸展得无边无际。秦国的第二次灭楚之战大幕，就此徐徐拉开。

2

“王贲部距平舆只半日路程，阿翁为何不许景骐屈定偷袭?”

“轻举妄动，必定大败。目下只能按兵不动，长久相持。”望着儿子满是期待的目光，项燕淡漠一句。

“然则，又能相持到何时? 我等好不容易才说服楚王放弃陈城等地，如此却又如何向庙堂交代?”

“贸然出动，必定死伤无算，那时老夫更不好交代。”

项梁还想再说些什么，然而看到父亲那冷峻的目光，终于还是忍住了，拱了拱手径自下了城垣。

望着这对父子，始终在一旁沉默的昌平君也暗自叹息起来。无论是他还是项氏父子都没想到，数月之前的那场大胜，换来的竟是无穷无尽的烦恼。

重创李信秦军后，整个楚国上下一片欢欣鼓舞自不必说，秦相昌平君临阵倒戈献出陈城，更使楚人兴奋不已：连堂堂丞相都弃国而逃，虎狼秦王之不得人心可见一斑；而昌平君宁可不做这丞相也要回到故国，其拳拳爱国之心当真天地昭昭！唯其如此，对于昌平君的回归，楚国君臣几乎是当作英雄凯旋来庆祝的。接风宴上，楚王负刍与这位头回谋面的王兄执手相望泪光盈然，当场决定昌平君仍和在秦时一样总司楚军后援，待到下次胜秦后再行擢升，昌平君大为振奋，慨然表示自己必不负陛下重托，于是楚王万岁昌平君万岁的欢呼随之响彻了整个酒席宴。

话虽这样说，可昌平君还是在那次接风宴中感到了些许不是滋味，当时尽管众多大臣都已喝得烂醉如泥，抗秦的诸般大要却商议得差不多了——此番仍以大司马项燕为上将统率抗秦，以景骐为次将，屈定为末将，昌平君总司后援，各世族将私卒与辎重悉数发至淮北，以重镇陈城为根基抗秦，一旦再次大胜，便由陈城北上继续进攻秦国砀郡，将秦人彻底赶至大河以北，实现历代楚王饮马大河的夙愿！听到这里昌平君心下很不是滋味——以楚国目下实力，能大败秦军一次已很是难得了，更遑论主动攻秦，可自己毕竟初来乍到，不便当庭反驳，于是只得默然；与此同时他也注意到，满庭雀跃欢呼的大臣们当中，只有项燕在一声不吭地喝着闷酒，一爵接一爵。

“陛下，诸位，老臣有话。”当那场接风宴即将散席之时，项燕终于开口了。

“大司马请讲！”已是满面红光的楚王负刍兴奋地说，其余老世族也都纷纷安静下来，等待着项燕的破秦长策。

“陛下抗秦之心可嘉，老臣既然再次领军，也必当全力以赴……”项燕先着意奖掖了一句，可那郑重的语气却使楚王君臣不由得正襟危坐起来。紧接着项燕开始阐述自己谋划：此番楚军虽胜，却胜在侥幸，真正大战尚未到来，秦强楚弱之实力比对也未因一次胜战而变。况乎此番秦军必以王翦为将，必会起举国之兵，也必不会如上次那般放弃重装，轻兵奔袭，是故我等仍当再度弃城、放弃淮北，以大批空城诱使秦军再次分兵；举国楚军则尽数收缩至淮南、江南一线，倚仗山水相连之地利，借舟师强于秦军之唯一优势，水陆并举共抗秦军。而秦军远道而来，一则水战必定战力大减，二则兵力已被大大削弱，此消彼长之下，我等方可与其长期周旋。更有甚者，北疆尚有匈奴与燕代残部盘踞，东面还有齐国，与我楚军对峙之际难免会再起战事，若是那般，秦军极可能分兵回援，我等只需趁其后撤之际猝然一击，必定能再度重创秦人！……

“老夫却有疑问。”项燕一席话说完，昭氏老令尹晃着满头霜雪，缓缓起了身，“若依大司马方略，秦军占了整个淮北，都城寿郢岂不直接暴露于兵锋之下？我等各族封地也尽在淮北，却是如何是好？”

“楚国都城也当再度南迁。以老臣之见，可迁至江东，姑苏、会稽、丹阳皆可；各族封地除却留给秦人，别无他法。项城、下相也要丢弃，老夫不比令尹好受，也只能忍痛割爱……”

“大司马阔绰也！”老令尹语速虽仍不疾不徐，语气中的揶揄嘲讽却显而易见，“项氏人口财货皆在江东震泽，姑苏方为项氏根基，在淮北只项城、下相两处封地，留给秦人自不心疼；然则我昭、景、屈、黄各族封地皆在淮北，若一并丢弃，岂不挖了我等老根？更有甚者，大司马公然提出要陛下迁都，还说要迁至江东，此中何意？老夫不解。”

“老令尹之意，项燕想要楚王入我项氏封地，借机挟持楚王，把持国政？”项燕的双目第一次喷出了熊熊火焰。

“大司马莫动怒，老令尹绝非猜忌之人。”负刍看场面不对，忙打起了圆场。

“老夫未做此想，然旁人如何看大司马提议，老夫却也不知。”老令尹冷漠地撂下了这一句，不吭声了。

随着老令尹的沉默，刚才还一片火热的酒席顿时冷清了下来，老令尹的话道出了所有世族元老的想法——其一，若是整个放弃淮北，我等封地问谁去要？其二，焉知你项氏不是想趁机打压我等，扩充自家权力？自大胜秦军之后，项燕在楚国声望堪称如日中天，已使世族大臣们感到了难以言说的恐惧：若任由项氏一家坐大，对自己必是深深威胁。而今最位高权重的昭氏老令尹率先发难，他们自然心下大感快慰；可项燕毕竟大军在手，又是目下楚国唯一一个能抵御秦人的名将，却也谁都不敢轻易开罪于他，于是只能微妙地沉默着。

眼看会场陷入了僵局，次将景骐递给屈定一个眼神，颇审慎地开了口：“在下之意，大司马或是高估秦人亦未可知。”屈定心领神会，忙也接了一句：“正是！末将之见，秦军盛名之下，其实难副！”

“二位请讲。”项燕冷冷道。

“大司马方才说得好，秦军后患未除，既要防九原匈奴，还要防燕代残部，光是北疆便至少要分去十万大军驻守；东面还有齐国需提防，又要分去十万大军；我等又是刚重创秦军，斩敌至少十万；秦军还需在各关隘要塞驻军，还需防备各国旧地民众起事……以在下之见，秦军举国兵力纵然号称六十万，可若再攻楚，至多举三十万人而已，我军却足有六十余万，战力纵然不及，兵力却远超秦军，何必白白丢弃淮北?”景骐说得振振有词。

“秦人既遭惨败，常理论之，一年之内无力重新攻楚!”屈定也道，“列位不见，那王翦每灭一国之后，必当停战大半年以喘息休整么? 何况此番是被我等狠狠重创，他若想恢复元气，不得再招新兵么? 不得再征发粮草么? 不得重新打造大型兵器么? 凡此种种，没有年余时日，万不能准备就绪！而今秦军尚未动作，我等便率先丢弃大片城邑，岂不大大可惜?”

项燕这两位副手的意见，顿时壮了众人胆气，大臣们随即一片七嘴八舌，这个说淮北乃我楚国命脉，每年上缴府库之财货粮草不知几多，白白丢给秦人岂非割肉饲虎? 那个云丢弃淮北固然容易，若要收回却是难上加难！还有说我等未与秦人再战，如何认定必然不敌? ……昌平君记得，听到大臣们纷纷反对时，自己偷眼看项燕，原本担心他会当场发作，不料项燕虽脸色铁青却始终保持平静，只在最后全场静下来时冷冰冰来了一句：“老臣言尽于此，但凭陛下决断。”

眼见气氛要僵，楚王负刍忙打起圆场，他心知无论项燕还是其他元老，自己都不能得罪，更有甚者，正是因各族之间的倾轧，自己才能借调解之机巧妙维持着各族间的平衡，相应维持着王族独大的地位。于是刻意先将双方都大大奖掖了一番，说无论如何众卿都是忠心为国，甚好甚好，此后又字斟句酌说出了自己的看法：秦人不可不防，然毕竟目下尚未攻楚，就此撤出淮北实在可惜，本王之见不如这般：秦人来袭时，我等仍以平舆、寝城、汝阴一线为界，仍放弃界北，退守界南，如此既能分去秦军至少十万兵力，各族封地也不致损失太多……昭氏老令尹和景骐屈定等人各自盘算了半晌：若依此法，自家封地虽有折损但毕竟损失不大，相形之下总比丢掉全部封地好得多，这才勉强答应。负刍再问项燕，项燕深深一声叹息，只说了句“老臣无话”，只是不知这“无话”究竟是默许了这一决断，还是对自己提议被否而失望。

那一次的接风宴，真正让昌平君这个在外邦长大的楚人头回见识了楚国政局——世族势力盘根错节，各自有着独立的封地、私卒和府库，自然也各自有着不奉王命的底气。楚王名义上虽统治着整个广袤的南中国，然而同世族大臣们相比，不过是一家最大的世族而已，若无其他各族一致赞同，任何王命必定是寸步难行……这种种景象，在秦国简直无法想象。昌平君经历过周王室的灭亡，本以为天下已再无分封，却没料到这老掉牙的政治传统，竟还在楚国活生生地延续着。

就这样，他跟随着项燕的大军来到了这汝阴，正式开始了抗秦的诸般谋划，在此一待就是数月。

……

“阿翁，阿翁！……景骐屈定，他们……”项梁的急切声音打断了昌平君的回忆，他和大司马一同扭过头，却见满头大汗满脸通红的项梁正匆匆奔上城头，上气不接下气。

“景骐屈定如何了？”项燕心下一沉，能让儿子如此失态，必然不是小事。

“他们擅自出动，偷袭秦军去了！”

3

草木枯黄的淮北旷野上，赭黄色的楚军潮水簇拥着两面同样颜色的大纛，铺天盖地般向北袭去。打头大纛上是一个“景”字，后面则是“屈”字，正是楚军次将景骐与末将屈定统率的人马，尽管有大司马项燕不许攻秦的军令，然而两人还是擅自出兵了。

几个时辰前，得知秦军前部已进逼到不足百里之外时，两人同时想到对手远道而来，势必立足未稳，此时若突然出动做闪电一击，必有八九成胜算！于是各派骑士将秦军动向与自己的应对打算急报给项燕，本以为大司马会痛快赞同，不料却接到项燕严禁出兵的将令，二人便老大不乐意起来，私下会商之际互相试探一番，竟发觉彼此打算完全一致，一拍即合之下决意不再理会项燕军令。他们都知抗命的下场，却也决然不信大司马敢处罚自己，开罪于景、屈两家，再说若能偷袭得手大胜凯旋，大司马便更无话可说，自己何惧之有哉？就这样分头赶回了平舆、寝城，各自抽调了五万兵马，在凛冽寒风中一路向北耀武扬威而来。依两将思忖，王贲下楚十城时，景、屈两家虽被打得大败而归，然却非自己亲自领兵，也皆非精锐；进攻南郡则是难度极大的攻坚战，是故败仗也情有可原。而今不然，两人麾下都是族中精锐，又是平原野战，他们决然不信自己会败给秦人！

“你我两族私卒，在整个楚国战力都响当当，即便不能大胜，至少也可重创秦军！”动身之际，屈定地兴奋大叫道。

听到斥候飞马来报，云王贲部已在十里之外，统领前军的景骐大喊一声

"荆尸阵"，随之戎车上便令旗翻飞，十万楚军迅速化为左、中、右三方大阵，被称为"二广"的两翼方阵位置略略靠前，中军则稍为靠后，三军都是战车步卒混编，每车配以一百五十名步卒，大阵背后各有所谓的游阙轻兵作为后备军，这是春秋时期楚武王所创的阵法，数百年来楚军几乎从未变过。

……

"景骐……"

望着远方滚滚风烟中那一排排并驾齐驱风驰电掣的楚军战车越来越近，王贲嘴角浮现出一丝冷笑——南下前阿翁便告诫过自己要提防楚军偷袭，而今观之阿翁果未料错，楚人也忒小觑秦军了。想到这里瞥了一眼麾下山岳般岿然不动的秦军大阵，看到将士们目光中不仅没有一丝慌乱，反倒满是交战的渴望，满意地点了点头。

远处的秦人已清晰可见了，伫立战车上的景骐手搭凉棚望去，方才的满心豪气中却渗入了一丝隐隐的不安——这阵势有些古怪！

展现在眼前的秦军，列成了前锋三军、后卫两军，共计五座大阵。前锋中军与后备两军都是典型的方阵：最外一圈由三排射士拱卫，除却直面楚军的，还有面向左右与后方者，显是为防备敌军迂回偷袭；射士背后是三排用于防御的革车，每辆革车上的车士都竖起了大盾；战车之后便是一队队步卒，重装持长矛者居前，轻装持盾牌短铍者在后；左右两翼部署的是灵活机变不下骑兵的轻车，既可与射士协防，又可瞅准战机杀向敌阵。

然而相较这三座常见的方阵，特殊的却是前锋左右两军，各呈向阵外弯曲的钩形，也都各由四个小阵组成：凸出全阵、直面敌军的是射士阵；外侧弯出的"钩刃"是四人一组的骑兵阵；内侧"钩身"由步、车、骑混编形成两个小型方阵；与前锋中军相接的最后两个小阵则完全由战车组成——

钩形阵，进可攻，退可守，最攻守兼备的阵法。

"管他何等神异，我等直冲便是！"尽管心头隐隐浮起一丝疑惑，戎车上的景骐还是猛然劈下令旗。

几乎是同一时刻，对面的王贲也沉默不语地举起了手中令旗，旗上一只黄犬在风中招展开来——

弩阵起！

犬旗飘扬，隆隆鼓声中，位于最前端的射士们齐齐迈出左脚，踏上弩机机身，弯腰以双手拉起弩弦，使弩矢填入机身凹槽。

"重创秦军！"伴随着车轮滚滚、马蹄嘚嘚，景骐的吼声分外响亮。

“各校望山！”传令军吏逐个喝道。

一阵纷乱嘈杂，几乎片刻便恢复了寂静，只有一声声“我部就绪”的回应，从各百人队渐次传来。

“弩阵么?”望着前方秦军阵中那一排排闪烁着寒光的弩矢，景骐心下一沉，立刻便又踏实下来：这居中的百余乘战车都是族中老本，极为坚固，车身包裹多层皮革又反复刷上几遍桐漆，寻常箭矢能钉上都殊为不易；数千车士也全是精壮私卒，人人披挂着犀甲，一手持藤牌，另一手或是宛钜（宛地产的长戟）或是铁釶（铁制长矛），就连驾马的马具都是厚实鲛革，相对轻装为主的楚军来说，实在可算武装到了牙齿，秦军弩阵纵强，又能强到何等地步?

已可看清秦军一片漆黑的衣甲了，景骐发出了将令，伫立战车上的车左们稳稳举起了手中的积弩，率先向秦人射出一排排箭矢，却尽数扎在了两百步外，远远望去如一层层密密匝匝的蒺藜。楚军显然并未指望对秦军造成杀伤，隔着这样远的距离便开始放箭，只是为了示威而已。

“不过如此。”王贲嘴角浮现出了凶险的微笑，“你等也看我秦人手段！”说罢劈下了令旗。

楚军弩矢刚射完，尖利的呼啸声便由对面秦军弩阵中连连响起，浓重的漆黑箭雨陡然腾起，如同乌云般遮住了天幕，转瞬间便划出万千弧线，向着仍然在飞驰的楚军战车迎面刺来。

“这是……弩矢?”景骐倒吸一口凉气，整个人僵在了战车上。

顷刻之间，战马的悲鸣、战车倒地的轰隆声伴随着士卒们的阵阵惨号连连响起，断裂的残肢、破碎的木料随着道道殷红飞溅到了烟尘中，有一道血泉甚至直刺向景骐的战车，将他迎头浇成了血人。刚是第一轮强弩射过，楚军冲在最前端的战马战车便无一生还了，他们有的是狂奔中的战马被钉在了地上，顺势掀翻了战车；有的是驾车的驭手被穿了个透明窟窿，战车也便失去了控制；有的甚至是急驰的战车直接被击穿，车上的士卒也跌落下来摔得粉身碎骨；还有的是后队战车被前面的马尸人尸战车残骸挡住去路或直接绊倒。只有少数反应极快的战车躲过了种种障碍得以继续前行，却也大多被当头扑来的第二轮弩矢再度射穿，还没等杀到一箭之地，楚军的战车已折损了三十余辆，整个车阵大乱了起来。

眼见秦军弩阵如此强大，景骐心下不禁涌上了一股寒气，忙大喊：“中军猛攻！左右二广，骑兵击敌两翼！”可虽是下令“中军猛攻”，却率先停下了自己的战车，只立在大纛下掠阵，又令左右两军的骑兵出动。骑兵以散阵冲锋要比战车快捷，目标又小得多，秦军弩矢很难如方才那般密集杀伤楚军，如此至少可避开那恐怖的箭雨，结结实实厮杀起来。

“蠢！钩形阵更难破！”王贲不屑地一句，落下手中犬旗，扭头向军令司马喊道，“左右两翼，变阵！”

两面鸟旗在风中招摇开来，凄厉的牛角号随之在左右两座钩形阵中同时响起，此时突前的楚军左右两广已杀至近前，两座钩形阵已开始了变化：最前端的射士迅速后撤，外侧“钩刃”的骑兵阵向前拉长，包抄楚军两广背后，内侧“钩身”的混编阵也攻向外侧，猛插向了楚军侧翼。左右二广的楚军顿时被这变故打得措手不及：若继续前冲，固能全歼那些徒步射士，然自己也要落入秦军左右夹击之中；若是先抵御两侧敌军甚或撤退，则战车必须停下来重整队列，最具威力的冲锋显然便失去了效果，只怕重新整好队列时，不知要损失多少战车！

就在楚军的左右两广大乱起来时，他们的中军也与秦人轰然碰撞了。

眼见楚军战车杀至近前，中军阵表的秦军射士抛射出最后一轮弩矢便立即掉头，插入背后一辆辆战车的空隙又快速没入阵中，而那些早已跃跃欲试的革车也一同轰隆开动，迎着对面楚军呼啸而去。

即将交手之前，为保证准确杀伤对手，双方战车都各自放缓了速度；而错毂的一瞬间，两军车左们也同时挥出手中的长戈大戟，猛啄向对手的咽喉胸膛，他们脚下安于车轮上的利刃同样交错划过，在火星飞溅中发出尖利刺耳的声响。血花与烟尘一同飘荡的同时，两军战车已交错而过、继续直插敌阵而去，或是留下一具具尸体倒栽下来，被后面躲闪不及的战车碾得血肉模糊；或是整车都被敌军车轮上的利刃划碎，连车带马一同倒地。双方战车的第一轮交锋就此结束了。

“阵形疏散，让过敌车！”景骐发令的同时，驭手也急忙催动着戎车让到一旁，眼见秦军战车汹汹袭来，楚军的步卒大阵匆忙疏散开来，尽管战车插入大阵之际也有楚人被撞倒杀伤，但伤亡并不严重，转眼工夫所有的秦军战车便穿过了楚人中军，只有他们停下掉过头来调整队形后，才会与对手重新开始下一轮的对战。

“好！”眼见与秦军战车的交手并不落下风，景骐心下又振奋起来——秦军也许弩阵强于楚军，然两军果然短兵相接，战车却不占优，如此看来仍可一战！

偏偏此时，前方车士们的惊恐号叫打断了他的思绪，及至看清秦军战车背后的步卒方阵时，景骐顿觉浑身的血液凝固了。

秦军并没有如自己那样疏散开来让过战车，恰恰相反，他们仍是保持紧密阵形，显是意图正面阻击。数不清的三丈长矛齐齐挺出，密密麻麻组成了一片精铁棘丛，无数锋锐矛尖折射的日光晃得人头晕目眩；在这矛丛后面，秦军的万千重装步卒双手紧握矛杆，前五排均为平举，自第六排起矛杆便架在前排同袍的肩头上，所有人都肩挨肩地紧密拥挤在一起，不留任何空隙容楚军插入或闪避，仅仅是原地驻守，那些紧密排列的长矛也足以戳穿所有的战马战车。

看到这里，景骐彻底化作了一座陶俑，他没有下令战车停下，因为根本没用。车士们的哀号、战马的悲鸣一同响起时，他不忍卒睹地闭上了眼睛。

根本来不及收住脚步，楚人的战车便尽数撞在了长矛方阵上，人马都被刺穿了身子，车身也无不被戳得粉碎，方才与秦人战车交手之际他们已减缓了车速，面对着整肃森严的秦军方阵早失去了最大的冲击优势；然则退一步讲，即便全力冲锋，只怕这些战车仍不是对手。

再看对面的秦军方阵，仍是渊停岳屹稳如泰山。

“长矛步卒压上！”王贲一声令下，旄尾随令旗的招展飘扬起来，重装步卒的长矛方阵开始缓缓启动，如同一只巨大怪兽碾压过遍地鲜血中的人马尸体、战车残骸，竖起浑身的尖刺，向着惊慌失措的楚军森森逼近。

阵阵哀号声从两翼传来，心惊胆战的景骐抬眼四望，却见在两座钩形阵的夹击之下，左右二广的楚军也开始陷入了重围。眼见三路楚军同时遭到重创，不由得连连跳脚大叫着快撤军快撤军，然后一把从身旁军令司马手中抢过铜槌，拼命敲起了金铎。

而另一边，听到清脆响亮的金声从楚军后阵遥遥传来，眼见楚军战车步卒开始了大溃散，王贲断然发出了新将令：“短铍方阵，疏阵追杀！”羽旗招展之际，手握短铍的轻装步卒们便发出阵阵呐喊，与其说是咆哮不如说是欢呼；随之便疏散开来，五人一伍结成一个个小队，从一方方长矛步卒的大阵空隙中穿过，直取那些慌不择路的楚军而去。

……

“楚人撤军了？”

一个时辰的追杀下来，登高远望那片漫无边际乱纷纷退却的赭黄色潮水，王贲的笑容中颇有些轻蔑。

“将军，我等大举掩杀，必能全歼楚军！”步卒阵中一片喧腾，士卒们难以按捺交战的渴望，纷纷嚷了起来。

王贲却是面色一沉：“忘了上将军叮嘱么？李信上次败得还不够么？若无

把握，谁都莫追杀！不管他，我等继续前行，先筑营垒！”说着一挥手，黑色的洪流又开始缓缓流淌起来。

4

眼见景骐屈定大败而归，楚军众将一个个都瞠目结舌了。

汝阴的中军幕府里，两人赤膊背着荆条，垂头丧气跪在项燕面前，将败战经历从头到尾讲述了一遍，此后便向项燕请罪：我二人罔顾军令方遭此败，士卒折损近万，当真罪该万死！请大司马依军令惩治我等！说时痛哭流涕，语气分外诚恳。项燕面色铁青地听他们说完，伸手从奏案的箭壶中抽出了令箭，一把丢在地上。景骐和屈定也同时一阵战栗止住了哭声，大气也不敢喘一声，只竖起耳朵等候着下文。

少顷，项燕冷冰冰的嗓音才在幕府中响起：

“景骐、屈定，你二人擅自出兵，终遭败绩，若依军令，本当斩首……”

听到“本当斩首”这四个字时，景骐屈定两人心中陡然涌起一阵绝处逢生的狂喜，却仍各自低着头，还是一副垂头丧气的模样。

“……然则大战未开，尚在用人之际，老夫若斩你二人，恐使将士寒心……”项燕的声音依旧冰冷，景骐屈定心下却越发踏实了起来。

“……现命你二人各回营垒，好生防备秦人；再违抗军令，立斩不赦！”

项燕最后一句语气极是严厉，景骐屈定却彻底放下心来，齐齐拜倒在地大声号喻着：“谢大司马不杀之恩！”

“大司马，这……妥么？”两人千恩万谢地出了中军幕府后，始终沉默的昌平君终于忍不住问道，违抗军令竟能被赦免，这在秦军中简直无法想象。

项燕烦闷地一声叹息：“老夫自知慈不掌兵之理，然楚军能征战之大将本就寥寥，这二人将才尚可，斩了他们还有谁能领兵？更有甚者，斩此二人，便是同时开罪于景氏屈氏，庙堂之上，老夫树敌够多了……”

昌平君无话可说了。

“昌平君，楚军诸般后援如何了？”

“粮草……只到四成，勉强够全军三个月用度。”

“兵刃衣甲如何？”

“还在赶制……”

“兵力自不必说了，老夫本就知晓。大军原定月内集结，不料目下还未到齐……老夫并无责怪昌平君之意，只是对楚国病根，昌平君而今有数了吧?”项燕嘴角浮现起了一丝苦笑。

昌平君无可奈何地点点头。

那场不欢而散的接风宴之后，随着楚王负刍和世族大臣们回到寿郢，整个楚国也开始了新一轮备战。各族私卒源源不断开向了平舆、寝城、汝阴等城邑，名义上都听从项燕调遣，实则休说项燕，便是景骐、屈定想发号施令，都须聚拢起分属各族的大将们会商后方能发出，否则军令下达后往往便是石沉大海，项燕纵然为大司马，却也无从绕开这些烦琐程式独自决断——一旦得罪了他们背后的世族，搪塞军令都是轻的，直接与自己翻脸都有可能！再者就连项燕自家都不时被楚王召回寿郢，或是汇报军务，或是排解纠纷，甚或澄清关于项氏的流言传闻。数月下来，一边是中军幕府里整日大会小会不断，将军们折冲斡旋扯皮掣肘的时辰，竟比待在自己营垒的时辰还多；另一边则是一切抗秦筹备都进展甚微，目下秦军都已大举来袭了，楚军却仍不啻一群乌合之众，若当真与秦军硬战，简直是以肉投虎。

而前日的景骐与屈定，也正是以自己的轻举妄动，验证了项燕这一推断。

好在景骐屈定遭此一败，也使楚军明白了秦军战力，轻敌之心登时大减，诸般筹备也快捷了不少。在项燕的努力下，经过庙堂和幕府无数次的争执、论辩、驳斥、解释、讨价还价，楚军终于在秦军全数开到前大体完成了抗秦准备。各地私卒总算磨磨蹭蹭地集中到了一起，粗粗估算起来竟也直逼六十万；无数辎重粮草也磕磕绊绊地运来，至少能支撑这前所未有的大军扛过这个春天；最关键的是，楚军也终于构筑好了（自认为坚固的）防线。

星罗棋布的营垒绵延二百余里，最东端的颍水西岸，项燕仍驻扎在汝阴，统领着二十余万楚国官军主力，昌平君熊启也在这部；项燕以西是项燕的长子项伯、次子项超，麾下是三万江东子弟兵，外加同样数目的楚国官军；项超再向西，驻扎在最中央寝城的是景骐的十余万兵马，主力是景、昭两大族的私卒；最西端平舆所驻扎的楚军则是屈定统帅的屈、黄两大族私卒；寝城平舆之间的郊野则是项梁所率十余万兵马，以尽可能接应支援景屈两部。

而在楚军大肆铺排部署的同时，大片大片的黑压压秦军也不断从楚军的视野中流过；接下来的整个冬天，整个淮北原野再也没有一刻安静了——举目都是营垒军帐，举目都是车流人流，举目都是炊烟袅袅旌旗飘飘。那些永远也数不清数目的士卒民夫们，整日便是忙着埋拒马修鹿砦挖壕沟筑壁垒，如一群群兵蚁般来来回回上上下下地忙碌着。震天的号子声中，民夫们有的担着土石，有的竖起木板，有的挥舞着锹耒向木板间填土，有的将一瓢瓢米汤灌注进去，有的则双手提起石夯重重砸向填好的黄土，只见无数黑亮亮的膀子黑黝黝的大手晃动着，人人都在凛冽的寒风中汗流浃背，明明是严冬，可秦军营地却分明是一片盛夏的热火朝天。

而在这最前沿的工地背后，一块块由射士、步卒、骑士、战车组成的黑色方阵也井然有序地轰隆隆压来，踏过各种各样的官修大道田间小道，一块块方阵间还有大批斥候骑传侯穿梭往返，如同一条条细线将一块块布头缝缀在一起。方阵背后，更有大队大队满载辎重粮草的牛车和各色大型兵器，在广袤的淮北旷野上铺展得漫无边际，络绎不绝地昼夜流淌着。号角声、鼓声、车轮声、牛马牲畜的嘶鸣、步卒们齐整沉重的步伐、下达传递应和军令的来自天南海北的各色口音，夹杂在一起，在弥漫于天地间的滚滚烟尘中分外嘈杂喧闹。

两个月后，秦军营垒终于尽数构筑完成了，足足近百处营垒散落在这一线所有丘陵谷口等兵家必争的形胜之地，遥遥望去竟如无数座大小城邑一般。最东面是王贲营盘，王贲部以西是辛胜部，辛胜部再向西依次是蒙武、羌瘣两军，而驻扎在最西端那片最壮阔的营垒便是王翦本部所在，他的中军幕府则设立在平舆西北的天中山上。而当全军营垒筑造完毕后，王翦也再度将大将们召集于此。

“目下壁垒已构筑完毕，老夫之意，我等只日每练兵，演练诸般对楚战法，加强各部彼此协同，不奉将令不出壁垒一步；若有楚军来袭，一律弓弩射回，但有擅出者，必当军法！”

“只是如此一来，要拖到何时?”蒙武问道。

“长短难料。以老夫推测，时日必较灭赵更长，至少整整一年！”

“……”

幕府中一片沉默，连一声惊叹都没有，所有人都愣住了，人人心底都翻涌起了一股寒气。此前秦军只有两次长期对峙，对手都是赵军：长平大决是一次，秦赵两军各四十余万在上党山地对峙了九个月；灭赵之战又是一次，三路秦军三十万，与赵军分头对峙了十个月。可若按上将军打算，那两战无论是投入兵力还是对峙时日，都将远不及这灭楚之战！

眼见大将们心下还有迟疑，王翦面色冷峻地再度开了口，中气十足的浑厚嗓音回荡在幕府大帐中：“诸将牢记，此番灭楚乃举国大决，更是一统华夏之最后一战！谚云，图大则缓。当年长平大决之时，我军正是靠耐心固守迎来战机，一举击溃四十万赵军，而今攻楚也当如此！老夫现将灭楚方略归为十六字：养精蓄锐，持重待机；避敌锋芒，击其惰归。诸将当牢记在心！”

“诺！避敌锋芒，击其惰归！”王贲第一个应道。

“击其惰归！”所有大将随即应道。

随着应和声尽数落点，秦楚两军间漫长的对峙相持就此开始了。

5

“将军，楚人又挑战来了！”

大帐门口，军吏的声音不期然响起。

“睬他做甚，乱箭射回！”军床上的王贲翻了个身，脸朝里裹紧了身上的大被，烦躁道。

“然则……”

“上将军军令：擅出营垒者斩！”王贲明白他要说甚，背对着他没好气地丢下一句，立刻便是鼾声如雷。

“……”军吏欲言又止了片刻，终是一拱手退下了。他前脚刚走，王贲的呼噜便停了下来，直直瞪着军帐穹顶。尽管天还未大亮，他却也了无睡意，在军床上又辗转反侧了几回，终是一骨碌爬起来，穿戴完毕大步流星匆匆出了大帐。

还未赶到营垒最前沿，他便听到远方一阵嘈杂，极目望去只见对面仍是一片漫漫赭黄，在黎明的原野上伸展得无边无际。然而楚军却并不向前凑，只在数百步外逡巡着，不时射出几只弩矢或丢出几块石头，更多的楚军则挥动着戈戟，扬着长弓短剑，耀武扬威地远远谩骂着，偶尔还能听清其间夹杂的几个特别大的嗓门：

“不开打趁早滚，缩裆里掖着吧！”

“有种出来打，躲壳里学老鳖么！”

“兵熊熊一个，将熊熊一窝！”

“王翦狗熊，秦人跟着狗熊！”

……

听到最后一句，王贲只觉一股热血陡然直冲向头顶，劈手从壁垒前一名士卒那里夺过秦弩，不待瞄准便向楚军阵中射去，然而两军毕竟隔得太远，弩矢距楚军还有百步之遥便插入了地上的黄土中，反而引得楚人一片哄笑，种种挑衅更是变本加厉。有的丢下兵刃盾牌，一屁股箕踞了下来；有的脱得赤条条，四仰八叉躺倒在秦人眼前；有的从怀中掏出糇粮大嚼着，还掰下一小块丢向秦人，口中喊着“嗟，来食”；有的索性解开衣甲，掏出胯下的家什，毫无遮掩地溲起尿来。自然，与此同时各色刻毒骂辞更加不绝于耳，最后干脆齐齐骂了起来：

“不敢出战，秦人软蛋!”领头的一位千长喊道。

“不敢出战，秦人软蛋——!”楚军士卒们骂得颇为齐整响亮。

“秦人软蛋，不敢出战!”千长又喊道。

“秦人软蛋，不敢出战——!”楚军士卒们也跟着骂，虽是了无新意，气势倒也惊人。

“将军!”身旁几名司马忍不住了，满怀期待的目光全投向王贲，王贲恨恨咬了半天牙，终究还是只吐出一句：“擅自出战者，斩!”说罢冲着一旁的壁垒狠狠踹了一脚，泥土窸窣落下时已转身大步走了。

这是秦王政二十四年初，公元前 223 年的初春时节，秦楚两军的对峙已有三个月了，而这般情景也持续了半月有余。

去岁深冬，王翦率数十万大军浩浩荡荡南下，却并不急于出战，整个冬季只是构筑壁垒。两个多月过去，当寒冬渐渐进入尾声时，秦楚两军都已严阵以待蓄势待发，正式形成了对峙态势：北面的秦军营地壁垒森严，黑色的军帐旗帜衣甲如茫茫北溟般时刻翻卷涌动；南面的楚军营垒虽简陋了不少，气势却更见壮阔，汪洋恣肆的赭黄色与淮北原野上些许苍黄的草木融为了一体，大有草木皆兵之感，竟让人分辨不清到底兵力几多。

这两支同样壮阔的大军各自在淮北原野上落地生根之后，淮水两岸的楚地民众们无不咋舌惊叹奔走相告，有那胆大的还登上远近的山塬墚峁围观，遥遥指点着两军营垒议论纷纷。有上了年纪的老人说，当年长平之战时，秦赵两军兵力已是前所未有的大规模了，不想我等有生之年竟还能目睹如此旷古大决，当真幸何如之；另一个老人便接过话来说，长平之战固然规模空前，秦赵两军却都屯集在上党山地，兵力隐藏山峦之中难睹全貌，何如在这茫茫旷野大肆铺开？又有人说，赵军虽是山东首强，可谁能想到竟连一场像样大战都没打便亡了国？我楚军虽多年孱弱，却能一举重创秦军主力，眼下又聚集了此等大军，更有天下名将项燕统领，楚国亡不了！还有人说，我楚国被秦人欺凌了这多年，而今终是该翻身了！于是一时间，楚军必胜的说法传得沸沸扬扬。

与庶民们的满心欢喜刚好相反，楚军营中却是一片烦躁。

秦军刚向淮北进兵时，众将都以为王翦会依“客兵利速战”的老规矩立即猛攻，项燕据此拟定的方略便是，楚军严防死守，绝不能使秦军占得半点儿便宜，损失惨重无妨，只要能瓦解秦军最先几次攻势，便必能挫动锐气，以后秦军越是猛攻便越没力道，这便是强弩之末的道理。当时众将一力赞同，景骐屈定大大吃过秦军苦头，更是再也没了轻敌之心，上上下下心都提到了嗓子眼儿；却不料整个冬天秦军都只是忙着筑壁垒，众将又纷纷猜测，秦军必是意图先站稳脚跟，修好壁垒后必定便会发动猛攻，于是仍然严阵以待。可没想到秦军花大力气好容易修成了壁垒，竟整日便是缩在里面不踏出一步，这种种反常作为，实在令楚军将士们瞠目结舌不知所措了。

又是旬日过去，天气已渐渐转暖，正是打仗好时节，秦军却依然故我。斥候们回报说，秦军或是操演兵马，或是做投石击壤等种种军中游戏，不时还烹牛宰羊大吃大喝，可就是不出营。听到这一消息，景骐屈定等将都有些坐不住了，又开始向项燕请战，项燕心下也诧异起来，终于答应了他们骚扰秦军的请求。景骐屈定大是振奋，忙派出几十支千人队轮番前去扰敌。

楚军没想到的是，他们一路袭来，刚望得见秦军壁垒的城垣时，由大型兵器抛出的强弩飞石便铺天盖地倾泻而来，转眼便将他们打得哭爹喊娘，根本没法继续向前冲杀；想张弓射弩还击，对手尚在数百步外，弓弩射程远远不够；想寻防守薄弱之处，秦军壁垒绵延错落，毫无破绽。连番冲杀了六七日、折损了两三千人，却连秦营都不得近前，景骐屈定纵有万丈决心也手足无措，只得一边大骂秦人脓包一边悻悻撤军。如是几次三番之后，景骐屈定进攻秦军讨不到半点儿便宜，若与对手一样缩在壁垒不出却又心有不甘，是故这半月来便命士卒们隔着老远对秦军百般辱骂，每日都是从早骂到晚。楚人一开始还搜肠刮肚去想那各种刻骨骂辞，若是想出一两句精妙的，传开了还往往能引得一阵大笑；可骂到后来便索性不去费那心思，单拣那最简单最响亮的去骂，虽说秦营隔得老远，对方当真难以听清，不过成千上万人众口一词，气势上倒颇为先声夺人。

然而，尽管骂得这般响亮，楚军还是束手无策。

听到景骐屈定一脸愤愤却又无可奈何地报上这几日“战况”，项燕更是忧心忡忡了。

领兵抗秦前，项燕曾专门揣摩过秦军以前的战事，尤其是那几次灭国大战，因此目下已明白对手王翦的打算——秦国国力雄厚，足以支撑长期的持久战。如眼下这般无穷无尽耗下去，最先撑不住的只能是对手，当年的赵国如是，目下的楚国亦如是；而一旦对手先撑不住，或是撤军，或是粮草断绝，或是庙堂生变，甚或仅仅是士气低落，王翦便能立刻抓住这一战机，瞅准破绽狠狠一击，往往只需一下，便可打得对手再也爬不起来。这方略简单么？的确简单，简单到无须任何拆解便能明白，简单到项燕去向楚国君臣们提起这一战法，得到的都是一片不屑的冷笑。然则如此简单的战法，你却如何应对？如此简单的战法，你能使得出么？你能有王翦那日复一日耐心等候的沉稳定力么？你能有王翦那战机一闪便能捕捉到的精准目光么？你能有王翦那不出手则已，一出手便必定见血封喉的凶狠手段么？王翦的稳、王翦的准、王翦的狠都在其次，最最关键的，王翦背后是甚？是吞并了将近三分之二天下的大秦帝国，是战力强悍纪律严明的六十万大军，是数百万辛勤耕耘奋力劳役的农人民夫，是充裕的粮草，是精良的装备，是清明的庙堂，是举国上下如臂使指的统一天下之志！

凡此种种，楚国又有哪一样可堪匹敌？

想起楚国庙堂，项燕便觉憋气；甚至可以说，与秦人的相持倒没什么，庙堂世族们的掣肘、军中景骐屈定等大将之间的倾轧，才真正让他倍感窝心。这几个月间，先是负刍下了王命，说甚大司马忠心为国日夜操劳，本王与众臣十分感念，皆夙夜期盼大司马早传捷报，表面上将项燕大大奖掖了一番，其实却是不着痕迹地催他早日攻秦；接下来昭氏老令尹又打着楚王旗号，带着些许酒肉来到营垒，名义上是劳军，可那些随行吏员们个个鬼鬼祟祟，一双双眼睛如小鼠般四下张望，老令尹本人也只言不由衷地寒暄上几句，便几次三番地盘问为何不大举攻秦，项燕反复说秦军防守森严，贸然攻秦只能徒然折损人马，老令尹却只呵呵呵地皮笑肉不笑；再后来，一直负责后援、也一直在替项燕同庙堂斡旋的昌平君从寿郢回汝阴，带了整整一箱世族元老们给楚王的上书，无不是罗列后援的种种困难，异口同声地强调若再不破秦，楚国便难支撑下去……各种消息纷至沓来，项燕连为自己辩解的兴致都没了——你一个人说得过那多张嘴么？你说上一句，那边十句等着你，那些老世族既然认准了你抗秦不力，无论如何分辩，他们都能找出你的千般不是；老世族们昏聩颟顸，根本就甚事不做，只在一旁袖手旁观指手画脚，自己却是肩负着抗秦重任，若整日孜孜不倦与他们折辩，既无益处又白给自己添堵，更要紧的是极可能因此耽搁了抗秦大计，若真如此，不仅更给了元老们攻讦的口实，自己更成了楚国罪人！

在项燕的满腔郁闷中，春天悄然来临了，秦楚两军的对峙却始终波澜不惊。这本是继长平之战后第二次总兵力超过百万人的大会战，也是整个中国冷兵器时代最后一次兵力超过百万的大会战，更是整个人类历史上冷兵器时代的巅峰之战。若说数十年前的长平之战决定了战国时代的最终走势，那么眼下这场秦楚之战，便是终结战国时代的最终绝唱。然而，尽管这场旷古大战已进入到第四个月份，却始终是平静时候多，凶险时候少。随着大地回春天气转暖，两军营内也慢慢没有了对峙之初的肃杀，尽管楚军的挑战和叫骂还在继续，尽管秦军的守备仍然森严，然而两军将士心头那根紧绷的弦都开始慢慢放松了，两军营地中渐渐有了高声说笑，有了对对方毫无作为的蔑视与鄙夷，有了对这场对峙究竟何时结束的种种推测，有了对对峙结果究竟如何的种种猜疑。

只是谁也没想到，这场终结了战国时代的最后绝唱，落幕的时刻竟那般遥不可及。

第十五章 岂曰无衣

1

“多少步?”

“看不清，想来百步出头!”

“真他娘差，整日放开猛咥，才这般近?”

“不错了！记得否，前几月刚开练，我等撑死七八十步远!”

……

一片热辣辣的喧闹中，一个个黑铁塔般高大魁梧的秦军猛士们粗声大气说笑着，争先恐后伸出粗壮双臂举起石块倚在肩上，熊掌般粗壮的大手托在后面，听到军吏一声令下，便齐齐朝着斜上方天穹猛然推出。一块块石块在空中呼啸着划过道道远近高低各不相同的轨迹后，纷纷砸落在前方草地上，军吏们随即飞奔往返，捡起石块送回来再回报投了多少步，于是下一队士卒又走上前来，重复着相同的动作。整个草场热闹非凡，与其说是练兵，不如说是军中游戏，此等气氛在向来持重肃杀的秦营中实在少见。

自秦楚两军开始对峙以来，这种情形已持续近四个月了。

士卒们的吵嚷声不断传来，间或爆发出雷鸣般的喝彩，坐在草地上的惊厌烦地皱起了眉。他好不容易才找到这样一处清静之地，本想静下心来写家信，不料刚开了个头，便又有一队士卒占了这片草场，练起了投石。一会儿上将军还要来检视营地，自己若再换地方怕是来不及，也只好硬着头皮继续写了。

惊口中叼着一片不时上下颤抖的翠绿草叶，捻着手中的大笔冥思苦想着，他想起了仲兄黑夫。若说打仗，仲兄肯定不如自己，不久前他才得了个公士爵，可自己早早就是上造了；不过若说动笔，黑夫却比自己厉害得多，提笔就是一封信，自己何时能有他那两下子呢?

“纵然写完，不还是没用么?”惊只好拿这个念头安慰自己。黑夫的上一封信早在二月就写好了，可那时秦楚两军刚开始对峙，上将军怕士卒们懈怠，严禁和家中通信，结果那封家书仲兄揣到目下都还没寄出去，只能指望哪位同袍负伤回乡时，偷偷托他带回家，可目下始终无大战，想找个伤员还真不容易……

惊晃了晃脑袋，驱散了心底的一大串胡思乱想，悬了许久的笔终于落下，落在了手中这条细长的尺牍上：

“惊敢大心问衷，母得毋恙也? 家室外内同……以衷，母力毋恙也? ……”

父亲死得早，母亲辛辛苦苦将两位兄长和自己拉扯大，如今也老迈了，不知这两年身子是否如从前那般健旺? 自己和黑夫从军以来，家中便只剩下长兄阿衷在勉力支撑，也不知是否吃力……

口中那片草叶又上下摆动了几次，凝神细思许久，惊终于又憋出了一句：

“……与从军，与黑夫居，皆毋恙也。……钱衣，愿母幸遣钱五六百，布谨善者毋下二丈五尺。……”

惊的脸微微红了，尽管自己和黑夫已是尽可能精打细算，但家中实在不宽裕，五六百钱、两丈余布可不是个小数目。他挠了挠头，又想了一会儿，终于为自己向家要钱要布找到了一个有力借口：

“……用垣柏钱矣，室弗遗，即死矣。……”

惊又想起了自己的乡党垣柏，在他们这些来自安陆的士卒中，垣柏可当真算得上阔绰了。他和自己一同长大，从军攻楚以来一直接济自己和黑夫，可眼下却连他的钱都已花完，军帐里一个秦半两都不剩，当真快要愁死了。想到这里，愁眉苦脸的惊又在这一句后面连加了三个“急”字，接着便一鼓作气写了下来，边写边念念有词：

“……惊多问新妇、婴皆得毋恙也? ……”

“……惊远家故，衷教诏婴，令毋敢远就若取薪。……”

“……惊敢大心问姑姊，姑姊子产得毋恙？……”

惊并没有察觉到，自己把“新妇”写成了“新负”，“取薪”写成了“取新”，“姑姊”写成了“姑秭”，写信时他心中只想着自己的媳妇娑，长兄衷新娶回的嫂子，还有刚生完孩子的姑姊。他记得这几个婆娘只要凑到一起，便永远有着说不完的闲话，不算宽敞的家中总是到处充盈着她们咯咯咯的笑声，直如一群老母鸡般聒噪，那时自己整日被这说笑吵得头昏脑涨苦不堪言，目下回想起来，却是那般令人怀念……

咬着草叶，惊的眼圈微微红了。

“……新地入盗，衷唯毋方行新地。”

看看尺牍正反两面都快写满，惊在尺牍为数不多的空白处写下了对长兄的最后一句叮嘱——新地有很多盗匪，衷一定不要去那里。他想了想，再度在这块尺牍的最后一点空白上加了“急急急”三个字，同时也结束了这封带着许多错字的家信。写完后他如释重负地喘了口气，吐掉草叶吹了吹尺牍，让那上面的墨迹干得更快，然后伸了个懒腰。

“阿惊，阿惊！在不在？”黑夫的叫声突然在一片喧闹中响起。

“这里这里！”懒腰刚伸了一半，惊赶紧站了起来。

“到处找你不见，原来缩在这里！”黑夫一脸不快，“赶紧回营，上将军巡视来了！”

“哦……好！”惊看看尺牍上的墨迹已完全干了，忙不迭捡起两块空白尺牍盖在正反两面字迹上，又抽出一条丝绳将三块尺牍捆好揣进怀中，跟着仲兄匆匆奔向了校军场。可尽管他俩跑得飞快，赶到校军场却还是迟了。

广阔的校军场站满了衣着各异的士卒，他们外套的甲胄虽仍是乌油油一片，里面的战袍却已色彩斑斓了。许久无战，天气又渐渐转暖，士卒们整日操练，自觉不必日日穿着那件军中统一发放的黑色战袍，而百将千长们也大多对此睁一眼闭一眼，于是上将军王翦面前的这些士卒个个身上五彩缤纷，各种颜色式样的衣衫都有。

“上将军巡视也迟到！”一位百将的愤怒声音不期然响起。王翦循声望去，但见两名迟到的士卒羞愧地低下了头。天气已很暖了，可不同于其他同袍身上薄薄的单衣，这两人还身着冬装，跑了一路已是大汗淋漓。

“你二人，如何迟到了？”王翦问道，语气听不出喜怒。

兄弟俩小心翼翼抬起头，对视了一眼，同时开了口：“我等……”

“……你说。”惊向黑夫示意，阿兄不仅是文笔，口才也比自己要强。

黑夫咽了咽口水："我等兄弟，方才在写家信……"

王翦扬了扬眉毛："家信？老夫不是不准寄信么？"

"虽，虽是如此，我等却还是牵挂家人……"黑夫结结巴巴答道，想了想又补充了一句："能否寄出倒在其次，写出来，总，总比闷在心里舒坦……"

王翦轻轻笑了，目光柔和了起来。

"老夫看看你等家信，可否？"

黑夫迟疑了一下，从袖中取出那封一个多月前就该寄出的信，双手捧着交给王翦。王翦接过木牍，只觉上面微潮，似乎还带点儿余温，想必是黑夫身上的汗，他将这几块捆扎在一起的细长尺牍展开，一个个秦篆便跃入了眼帘：

"二月辛巳，黑夫、惊敢再拜问衷，母毋恙也？黑夫、惊毋恙也。前日黑夫与惊别，今复会矣。黑夫寄益就书曰：遗黑夫钱，母操夏衣来。……"

"你等没有夏衣？"王翦抬眼望向黑夫，黑夫点点头。

王翦接着读了下去，黑夫在信中请母亲在老家安陆买些丝布做襦裙送来，若是安陆的布太贵，只寄钱来也可；他还从这封信中得知，黑夫和惊先前都是杨端和的士卒，两人跟着大军先后攻占了陈城和周边一些城邑，各自立了军功，目下则归于王贲麾下；在这封信的末尾，黑夫还请衷替自己和惊问候许多人：自己的姑姊，东室的季媭，婴记季，住在"夕阳"的吕婴，住在"匾"的阎诤老人，衷的新媳妇，还有一个叫婺的女人……

"倒是礼数周全。"王翦自言自语道。

尽管黑夫在信中同样把"新妇"写成了"新负"，但这封家书比惊的那封要条理清晰，错别字也少。

"我等没钱也没衣衫，只能管家中要了……"看到上将军嘴角隐隐浮现出一丝笑意，默不作声的惊胆子稍大了些，小声道。

"禁止通信，非老夫不通人情，实是为保军中机密，也是要你等安心，老夫自己也数月未得家中音讯。你等这两封家信，目下仍不能寄出。"王翦淡淡道，将尺牍还给了黑夫，后者把自己的信揣进了怀中，沮丧地低下了头。

"然则，老夫帐中还有几件旧单衣，可送与你等。"王翦说着转向身边的秦腾，"秦腾将军，派军吏记下士卒尚无夏衣者，尽快补发——你等归队。"

"谢上将军！谢上将军！"惊喜出望外地连连道谢，黑夫则一扯惊的战袍，两人向王翦深深一躬，立刻转身向自己所属的那个百人队跑去。

"上将军，可开始了么？"一旁的王贲沉声问道。

"可也！"

“诺!”王贲拱手应和，又猛一招手，“演武——!”

鼓声轰响，号角嘶鸣，秦军开始了演武。

2

宽阔的校军场上旌旗招展，金鼓轰鸣，欢呼声吼叫声直冲云霄。

第一通鼓声响起之际，士卒们纷纷开始检视自己的兵刃盾牌；第二通鼓声中，他们按各自配在左右肩与前胸、写有各自姓名的青白赤黑黄等各色徽章，迅速按所属卒伍排成一座座方阵；听到第三通鼓，他们掏出糇粮大口吞咽起来，又在第四通鼓声中整理自己的头盔铠甲战袍；而第五通鼓刚响起，一位位军侯司马千长百将便手持代替金鼓的瓦块木板，高举着代替令旗的竹竿，率领着麾下士卒们，向校军场上那并排竖立、彼此间隔百步的三根粗大标杆依次走去，分别演练技击、大步前进、跑步疾行及各色阵法；校军场周遭则是一队队射士向一排排鹄的射出弩矢，一位位驭手驾着战车先后从将台前驶过，一名名骑士策马飞驰，或跨坡塬或越沟堑，或随令旗摇摆做出急行转弯等种种动作。

而在此期间，王翦始终静静伫立在将台上，看似面无表情，实则每位士卒的一举一动都没逃过他的眼睛。

一个时辰的演武结束了，校军场上烟尘尚未散尽，手捧傅籍的军吏们已分头来到各部跟前，依照名册大声念着一个个名字，被点到名字的则先后出列，在军吏导引下重新组成一方方大阵。各部重组完毕后，王翦环顾校军场黑压压一片的人头，高声开了口：

“列位同袍，今日演武，老夫不仅要看你等战力，更欲拔擢精锐，人尽其才！你等当中，有战力过人者，或敢死乐伤，或强梁多力，或轻足善走；也有出身低微者，或为赘婿，或为刑徒，或曾做过俘虏，或因违反军规遭罚。老夫要说，战力过人者，老夫待你等再立新功；出身低微者，老夫待你等洗刷耻辱！方才老夫已按你等各自战力身份，重新划分卒伍，如此你等可彼此切磋激励，日后征伐，便以这新卒伍作战！”

“上将军万岁——!”

“先莫急喊万岁!”王翦在大将们的簇拥下下了将台，缓步走过一排排士卒面前，“弟兄们，这几个月过得如何?”

“光美!”一片异口同声的应和。

“光美?”王翦目光一闪，笑了，“怎个光美法?”

“每日粟米菜酱管饱!”

“还有牛羊肉可咥!”

“隔三岔五还可饮酒!”

“此皆将军功劳。”王翦转向身旁的秦腾，呵呵笑道。

“甚功劳!”秦腾也摆手笑道，“不倾举国之力，哪有这多粟米肉食?想供将士饱餐，也是无米之炊!”说着也走上近前，抬高声音大喊：“弟兄们!秦腾此番总管辎重粮草，你等起居饮食若有不便，直接报与军吏便是!”士卒们齐声喊着“谢将军”时，他又对自己身旁一名军吏低声道：“喜，过会儿你召集百名军吏，去各营逐一询问。”

“诺!”喜一拱手。

“你等可有不满?”一旁王翦再度发问道。

“无仗可打!”一大片分外齐整响亮的回答。

“光咥饭不打仗，不给劲!”

“楚人整日辱骂，气不过!”

“只要出战，我等必杀得楚人哭爹喊娘!”

“对!我等请战!”士卒们嚷成了一片。

“急个甚!”王翦高声笑道，“早晚要开打，你等当务之急是练好投石!谁能将那十二斤(秦斤，合六市斤)石块投得二百步远?能投二百步外，再谈攻楚之事!”

一片沉默，士卒们都不吭声了。

“然则，这却何时是个头?几个月下来，俺都长膘了!”蒙武小声嘟囔着，大将们不禁一通哄笑。

“你个吃货!”王翦指点着他笑道，“这几个月可曾偷懒?”

蒙武一脸不服气：“小看俺?俺顿顿大吃，也没丢下操练!臂力比从前更甚!”

“休要夸口，给我等演示一番!”王翦说着向士卒们大声问道：“蒙将军想练投石，你等愿看否?”

“愿看——!”士卒们一片热辣辣的应和。蒙武年轻时便是军中有名的力士，目下虽年岁已大，一膀子力气却仍大大有名，士卒们自然愿亲眼目睹神力。

“投石无妨!然则俺有话在先，后生们看完必须更卖力练!”蒙武大手一摆甚是振奋，在士卒们齐刷刷的应和声中拣起一方石块，大步走到那条用木炭画好的粗大黑线前，又冲前方列好队的士卒们大喊：“散开散开!石头不长眼，莫砸了你等!”

随着他一声令下，士卒们立刻空出一片足有一百步宽二百步远的空地，蒙武却叫说还不够，远处的再散！士卒们顿时都觉不可思议，却终究还是将信将疑照办了，只有王翦淡淡笑着不置可否。

待到面前已腾出一块足够广阔的空地后，蒙武满意地掂了掂手中石块，自言自语道分量刚好，说罢将石块扛在肩上后退两步，又深吸口气猛然大步一跃，肩上的石块也随之被双手推出，只听“呜”的一声，大石竟陡然飞向天穹，变成了一个小黑点!

“彩——!”整个校军场沸腾了。

“嗵”的一声巨响，石块猛地夯在了校军场的尽头，腾起一股烟尘。

“老卒没白吃这多牛肉，果然一膀子牛力气!”王翦哈哈大笑。

“去去去，休与俺耍嘴皮!”蒙武拍着双手的尘土，一脸不屑，“你有甚手段？也让俺瞅瞅!”

“上将军来一个!”一向不苟言笑的王贲也难得起了哄，校军场顿时又一片喧哗，王翦则笑着摆手示意众人静下来，然后抬高了声音：“老夫自然没蒙武那般力气，却有一样比他强！准头更强!”

“凭甚这般说?”蒙武瞪起眼睛。

“这便让你开眼！——来人，摆石块!”

几名军吏在王翦面前堆起一堆用来抛掷的石块，又在百步开外每隔十步便摆上一摞碎石，远远望去如一个个小土丘一般。

“老夫每投一次，便要砸碎一摞碎石，你等信也不信?”

“不信，决然不信!”蒙武连连摇头。

“若每次都砸中，今日你那肥羊炖便须让与我!”

“这有何妨？大不了俺改吃牛肉!”

王翦胜券在握地笑了笑，也举起了石块。

“第一块——!”

“嗵!”飞石落处，最左面的那摞石块轰然炸裂，碎石纷飞。

“莫急叫好!”蒙武止住了正要张嘴喊“彩”的士卒们，“全投完再说!”

“第二块——!”伴随着王翦苍老却有力的嗓音，第二块大石也随即飞出，左数第二摞碎石也被压成了齑粉。

“第三块——!”

“第四块——!”

“第五块——！”

一片沉寂的校军场上，只有王翦的一声声大吼，以及一摞摞碎石炸碎的声音在回荡。所有士卒都兴奋得满脸通红，大气也不敢喘，心里默默数着数。

“第九块——！”王翦又丢出了一块飞石，仍然分毫不差地砸飞了右数第二摞碎石。

“老卒可以嘛……”蒙武撇着嘴喃喃道。

王翦却没理会他，只眯着眼睛盯着最右面一摞硕果仅存的碎石堆，轻轻掂起了最后一块石头。

“第十块——！”

“彩——！”随着最后一摞碎石炸裂开来，憋了许久的士卒们骤然爆发出山呼海啸般的喝彩。

“如何?”王翦冲着蒙武笑道，“投石老夫自然不如你；若论击壤，你却不如老夫多矣！”

蒙武一脸沮丧：“俺认输。不想你这老卒竟还有这手，今日俺那份肥羊炖让与你便是……”

王翦哈哈大笑，又冲校军场上的士卒们大喊：“弟兄们都见了！你等投石，除却力道，准头也不能少！力道要向蒙武看齐，准头要向老夫看齐！明白了?”

“诺——！”

就这样，士卒们重新练了起来。一边热火朝天地投着石，一边唱起了那首《击壤歌》：

日出而作，日落而息。
耕田而食，凿井而饮。
帝力何有于我哉！

秦王政二十四年，公元前223年的整个春天，秦国灭楚的数十万大军，每日都过着这样的生活。

3

黄昏的天中山，一片静谧与安详。

秦军的中军幕府设在了坐北面南的一片开阔坡地上，王翦伫立在幕府大帐前，双手拄着定秦剑，静静聆听着被风送来的声声金柝、阵阵马嘶和四下里的蝉鸣，一动不动地望着脚下那片腾起袅袅炊烟，夕阳下仿佛披上一层影影绰绰薄纱的壮阔营地。

这是秦军各部将领每月的例行会商，自秦楚开始对峙以来，王翦始终没有忽视与各部将士之间的交流，但得空闲必往各营轮流巡视，日常的演武议兵自不必说，更不乏与将士们一同饮食洗沐，而这每月一次的例行会商自然更是重中之重了。

“本月如何？”他开口问道。

“汝阴无战！”王贲第一个回答，他需要直面项燕主力，任务最为艰巨。

“寝城无战！”蒙武一声闷喝。

“平舆无战！”护军都尉马兴代替王翦答道。

“我等亦无战！”辛胜、羌瘣一同回答。

“甚好。今日会商，老夫两事知会各位，皆为姚贾密报。”

听到这句，众将双目中纷纷大放精光——此次灭楚前，姚贾统领的黑冰台已秘密潜伏在楚都寿郢，多方打探楚国动向，而今既发来密报，显然不会是等闲事宜，极可能是秦军战机！

“第一事，寿郢目下传出流言：大司马项燕徒拥举国大军，却半年按兵不动，似有隐衷。”

所有人嘴角都浮起了一丝笑意，他们同时想到长平之战时那句“秦军不畏廉颇，独畏马服子”，以及当年关于李牧谋反的传言。目下这流言不用说，必定又是黑冰台的杰作。

“第二事，悬刀头目张良一直潜伏寿郢，目下已前往汝阴。”

张良名字刚一冒出，所有人又都心下一沉，王贲更是猛地挺直了身子，瞪大了眼睛——

这张良竟和项氏有来往？他又有甚谋划？

“张良因何去见项燕，尚是未知。”仿佛明白儿子心下在想甚，王翦沉声道，“目下项燕动向如何，也未可知，然各部仍不得松懈，随时要准备应对各种变故。”说着转向儿子，“尤其王贲部，更要小心。斥候营近日如何？”

“一切如常，三日一报。”

“今日之后，缩短为日每一报。此后黑冰台密报先送你处，筛选后再来报我。”

王贲点点头，心下随之冒出一个念头——

自己要亲领斥候营，追捕张良。

汝阴的项燕幕府中，气氛凝重得有些滞涩。

夏夜的晚风被严严实实的帐帘挡在了幕府之外，一声声蝉鸣只吵得人心烦意乱，点燃的艾草弥散出的淡淡青烟虽驱赶了蚊蝇，却也使幕府中多了一股呛人气息。项燕只觉胸口憋闷坐立不安，终是猛站起来，一把将帐帘扯开了一角，晚风拂面才觉好受了些，于是就这样面无表情地望着外面的月色。

在他身后，项伯、项超、项梁昆仲三人若有所思地沉默着，目光同时集中在面前那位年轻公子身上，此人如女人般白皙清秀，一双眸子如夜空中的寒星般闪烁着光芒，正是销声匿迹已久的张良。

“郢都各色流言已是风生水起，大司马当早做谋划。”张良沉声道，嗓音却一如既往地女人般柔和。

项燕没有吭声，仍是背对着张良与几个儿子，默默望着外面的夜色。

——又是秦人的流言战，何其拙劣！我等不愿与秦人大战么？若能强攻，伤亡再重也会死战到底，那些世族元老竟不知么？可这流言虽拙劣，却难保不会生效，吴起、屈原、廉颇、乐毅、信陵君、李牧……倒在流言下的六国雄杰还少么？

一时间，项燕想起了李牧，也想起了死于刺客之手的好友庞煖，心下不禁涌起一股悲凉。当年庞煖南下找自己搬救兵时，赵国已命悬一线，李牧也是岌岌可危；不想数年之后，赵国命运又降临到了楚国头上，李牧的命运也将降临在自己头上。当年的赵国与目下的楚国颇多相似，自己却绝不愿如李牧那般任人宰割，既要铁心抗秦到底，自己首先便要保全自己本人和族人！

尽管背对着所有人，没有任何人看到，项燕的嘴角却猛地抽搐了一下，然后转过身来，语气极为平静地叫着长子：“阿缠。明日你便回寿郢求见楚王，就说老夫旧伤复发，请求交出军权，告老还乡。”

“啊！……”项伯倒吸一口冷气，愣住了。

“老夫不给庙堂些许脸色，只怕他们还要得寸进尺。”项燕不易察觉地攥紧了拳头，“你不必在意楚王与老世族如何应对，将老夫意思带到，此后召集我项氏在寿郢的族人，带他们全数回吴中封地；回震泽后，无论庙堂如何催促请求甚或威逼，都绝不能再动！”

“诺！”

项燕又将目光投向了幼子：“阿梁，你去让女萝这几日收拾准备，阿缠动身两日后，让她径自回震泽。阿缠去寿郢当大张旗鼓，使众人皆知；女萝回震泽，却务要隐秘。你莫出面，仍留军中，只遣私卒乔装护送便可。”

“诺!”项梁目光中陡然射出了光芒。

“来汝阴时，张良所乘辎车极是稳当，两匹驾马也皆为名驹，可借与公子。”张良插嘴道，项梁自然明白张良这话的真正含义，感激地向他点点头。

“阿超，一两月之后我军极可能大举进攻秦军营垒，你也当领江东子弟兵出战，然则切记到时不要真正尽力，虚张声势便可，莫使子弟兵白白流血。”

“诺!”

项燕又望向张良：“公子可暂居老夫幕府，襄助军务。”

“张良尚有一策，愿献与大司马。”张良声音虽轻，语气却十分自信，“大司马此番谋划，若能有另一人同谋，当事半功倍。”。

项燕扬起了眉毛：“何人?”

“昌平君，熊启。”

沉默片刻后，项燕点了点头。

皎洁的月光下，项燕在汝阴城外的山塬上负手而立，昌平君则站在他身旁，一同遥望着前方的秦军营垒，晚风不时将敌军的喧闹说笑声送入耳畔，两人反倒是良久无言。

“昌平君，你我交情匪浅；在秦之时，你更多次助我项氏。目下寿郢流言四起，你信得过老夫否?”项燕终于打破了沉默，仍是望着前方的秦军营垒，语气却很诚恳。

“若连大司马都信不过，楚国还有谁可信?”

项燕陡然转过身来，双目在月光下炯炯有神：“既如此，愿同老夫共举大事否?”

昌平君心下一惊：“大司马何意?”

“昌平君在秦之时，必定经历过秦军灭赵。目下楚国正如当年赵国，老夫也正如当年之武安君李牧。老夫欲再行兵变，还欲立你为王!”

昌平君猛然打了个寒战：“大司马三思!”

“顾不得许多了。”项燕罕见地发作起来，“老夫领军抗秦以来，世族元老整日掣肘大军，目下又开始攻讦老夫。若任由他们闹下去，老夫身败名裂死于非命尚在其次，却是谁来抗秦? 若欲扫清后患，则必当抛开一干世族!”

“若大司马立我为楚王，楚国岂不更是四分五裂，亡得岂不是更快!”昌平君颇有些焦急了。

“目下淮北尚有数十万楚军，秦军绝难一战吞之；纵然大破楚军，甚或攻克寿郢、俘获楚王，然君若为新楚王，楚国仍不会亡国；一旦打出昌平君旗号，楚地民众反而会纷纷来投。届时我等以茫茫震泽为根基，掩藏于江东山水之间，王翦纵有万千大军也极难清剿!”

“……”昌平君陷入了沉思。

“老夫当年曾铲除李园，拥立负刍为楚王；目下也自可拥立君为新楚王。君幸勿迟疑!”

昌平君沉默许久，终是一声长叹：“本欲抗秦保楚，却终是分裂楚国；自身初衷、实际作为竟如此南辕北辙，惜哉！只怕你我，都将成楚国罪人……”

“老夫又何尝愿意?”项燕目光中已闪烁起点点泪光，“然而今已别无选择，若一味愚忠，便只能如当年三闾大夫屈原般无所作为，目下老夫，也只能壮士断腕了……”

“罢，我意已决，你我共举大事!”昌平君终于下定了决心。

“共举大事!”项燕也慨然应道，四只大手牢牢握在了一起。

忽然间，两人都愣住了。方才说话间，晚风仍不时将秦军营垒的动静送至他们耳畔，目下自然也是如此，然而此刻依稀传来的，却是一阵雄浑激昂的歌声：

岂曰无衣，与子同仇。
王于兴师，修我戈矛，
与子偕作!
……

骤然听到这歌声，昌平君不禁心下一颤。这是秦国最有名的战歌，唱的是秦军将士们的浴血同心、生死与共——不要说没有战袍，你我同穿一件，你的敌人便是我的敌人；邦国要兴兵征战，我便磨砺戈矛，与你同上战场！秦人之所以将战友称为同袍、袍泽，其渊源正在于此。这歌声昌平君实在太熟悉了，秦军无人不会，在新卒从军伊始，在各部操练间歇，在大军凯旋途中，甚或在哀悼阵亡将士之际，这首雄烈军歌都会不经意响起，目下秦军营中唱这战歌自不足为奇；然而在此时的昌平君听来，心下却是一阵五味杂陈。他不禁想起自己在秦国的数十年岁月，又想起了自己的叛秦，自然也想到了即将与项燕实行的又一次反叛，今昔对比之下，更觉命运的跌宕，人生的无常，眼角不由得湿润了起来。

歌声仍然在响着，越来越清晰。一直沉默的项燕，心下也不禁泛起了一丝酸楚。他自然也听过这首战歌，也常为这歌声中的手足之情动容——这便是秦军，这便是秦人。无论他，无论楚国，无论六国之人如何痛恨他们、鄙夷他们，无论面对着何等的艰难甚至危险，他们始终同心协力。可楚国呢？

“我等不及秦人也……”

项燕深深叹道，心下涌起一阵浓浓的失落，久久伫立在夜色中，听着这《无衣》战歌：

……岂曰无衣？与子同裳。
王于兴师，修我甲兵。
与子偕行！
……

4

绵绵细雨下了一整夜，直到目下还能听到帐外的沙沙雨声，这场雨怕是直到午后都不会停下来了。望着窗外的潇潇雨幕不知多久，项梁才回身望向自己整装待发的妻子。

“收拾停当了？”

“停当了。”

“莫漏掉甚，你这一去，便……”项梁本想说“便不再回来了”，转念一想却太不吉利，是故只说了一半。

“没甚漏掉的，”女萝仍只是笑，“我留在此地的，只有一样。”

“甚？”

“你。”

项梁哑然失笑。

“此番回去不必担心，曹咎办事向来谨细，更兼忠心耿耿，那些护送士卒也都是江东子弟兵中的精锐，你大可放心。”

“这我却信。非但曹咎，你办事更是稳妥。”

“再见面，怕便是数月之后了。阿翁与昌平君刚开始谋划，我等还须与秦军对峙下去……”

“急个甚？许是你回江东之时，我已给你生了个大胖儿子。”

项梁微微一笑，伸手轻按在妻子依旧平坦的小腹上，仿佛能感受到生命的隐隐迹象。

“你我多年无子，无论男女，此番能安然生下便好。”项梁目光中满是柔情，“走吧，外边曹咎等了许久了。”说着转身撩开帐帘的一角，一股湿漉漉的凉意便迎面扑来。

外面一辆通体乌黑的辎车已在雨雾中等候多时，披蓑戴笠的驭手曹咎眼见两人出帐，忙拱手问候又撩开车帘，和项梁一同将女萝搀扶进车中。

“路上小心。”沙沙雨声中，项梁低声向妻子说道。女萝自然明白他真正所指，无声笑笑凑了上来。项梁拥她入怀，辛夷的淡淡气息便随之笼罩了自己，他轻吻着她那还带着雨滴的宽额，只觉得冰凉中一片温润。直到辎车辚辚消失在了雨雾中，这温润之感仍久久留在项梁的唇边。

阵阵沉闷雷声遥遥传来，站在洞口望着连绵的雨帘，王贲鹰隼一样的目光直盯着掩映在竹林中的那条小道。已是午后了，正主却始终没有出现，他一时不由得怀疑起了自己的判断——那张良神出鬼没，行踪极其诡秘，难不成换了条路？还是说他已从自己眼皮底下悄悄溜走了？

反复想了想，王贲否定了这一猜测。连日来他已派出大批精锐斥候，扼守在汝阴通往各处的所有大小要道，暗中监视着过往的行人车马，多日前，项燕的长子项伯率军回寿郢便没躲过斥候耳目，然则经仔细检查，他们并没发现张良混迹其中；前几日，几批显是斥候的楚人在这一带踏勘，再度引起了王贲的警惕，他推测几日后必会有重要人物途经此地；今日清晨，斥候又向他报信，说张良所乘的那辆辎车已离开楚军营地正一路南下，走的正是前日斥候踏勘的那条小道，得知这一消息时王贲兴奋得几乎一跃而起，这便带领着十余名最精干的斥候，亲自来到这条小道的山林中埋伏了起来，他有足够的自信，只要张良准备离开汝阴，肯定逃不脱自己手心。

这时，一阵枭啼自雷雨声中远远传来，乍听起来似乎毫无规律，然而王贲随着这节奏暗暗打着拍子，已听出了它的含义：三辆车，三十四人，七里之外！

“终是来了……”王贲喃喃道，双手搭上了两腮，一声震彻山谷的虎啸，随即在雷雨声中回荡起来。

“什么声音？”车中昏昏欲睡的女萝突然惊醒。

“夫人莫惊，我等对付得了。”布帘外传来曹咎恭敬的声音。

虽是有曹咎的宽慰，女萝却再也睡不着了，她警惕地侧耳倾听，然而除了车轮辚辚和驾马响鼻，便只有四下里的雷雨声。

这沉寂不知持续了多久，外面突然传来一阵尖利呼啸，随之而来的便是阵阵惨号和驾马的嘶鸣，其中还夹杂着私卒们的高喊，紧接着她感到辎车正在向后掉头，曹咎的大喊也从外面再次传来。

“夫人莫探头！一切有我等！”

“到底甚事?”女萝下意识地蜷紧了身子，双手捂住自己的小腹。

“秦人——！”

车外仍是接连不断的杂乱声响，方才听到的那种尖利呼啸，一下下箭矢扎在车篷上发出的闷声，辎车急促的吱嘎喘息，几匹驾马越发紧急的嘶鸣，泥水的四溅，曹咎的大声发号施令，子弟兵们彼此间的招呼，伤者的呻吟，与雷雨声久久交织在一起，女萝大气也不敢喘地听着外面的生死搏杀，一手死死扒住车厢，另一手则紧紧捂住小腹。

车外终于平静了下来，一个粗重嗓音随之响起：

“悬刀张良，你已难逃我手，下车，随我回秦营！”

女萝心下一惊，只觉这声音似乎哪里听过。

“足下认错了！”曹咎的怒吼声，“我等只是寻常商旅！车中乃是我家主母，不是甚张良！”

那粗重嗓音冷笑了一声：“寻常商旅也穿犀甲? 也有这宛钜? 你楚国何时人人皆兵了?”

“莫再聒噪！足下要么让开，要么兵刃上见高下！”

“你以为逃得走么? 我一声令下，你等一个也别想活！”

车外重又沉寂下来了，只有雷雨声不断作响。

王贲冷冷望着眼前这支伫立在雨中的小小队伍，思绪飞转。尽管人数毫不占优，但方才那第一轮强弩的偷袭，已有五六名楚人倒在了遍地血泊泥水中，剩下这些人纵以几辆大车为掩体，自己一时奈何不得，却也不担心能把他们全数拿下。王贲真正在意的其实只有那藏在车中的张良，若让对方在被俘前自尽便大不划算了，也正因此，目下当务之急还是逼张良出来束手就擒。主意已定便大喊一声：“张良，死到临头还做缩头龟么?”

“何人?”辎车中终于响起了一个清脆声音，一听这声音，所有秦人都面面相觑地愣住了：“真是女人? ……”

王贲同样愣住了，这声音他只听过一回，然而那次之后便再不会忘记。

“真是她么? ……”王贲喃喃道，竟不由自主地颤抖起来。

这时，透过绵绵雨丝，他看到一双小巧的脚轻轻由辎车背后探出，踩在了泥水中；接着，一个纤瘦身影下了车；当她从容转到视野中时，所有秦人都不由自主惊叹起来，他们谁都没见过这般绝美的女子，而王贲的瞳孔更是陡然收缩，那一瞬间，他止住了呼吸——

果然是她！项氏一族的巫女，项梁之妻，女萝！

她却如何出现在这里？张良哪儿去了？

这辎车中本该是张良，却又如何变成了她？

“可是王贲将军？”种种惊讶疑惑纷至沓来之际，对面响起了女萝的清脆声音。

“正是！”一片惊讶的目光中，王贲毫不迟疑地答道，“可是项梁将军夫人？”

女萝淡淡一笑算是作答，对曹咎的拦阻摇摇头，径自向王贲款步走来。王贲一愣，也一把丢下手中兵刃，再一招手，示意斥候们照自己样子做，同样踏着遍地泥水血污迎上前来。

相隔三五步时，两人颇有默契地同时站住了。女萝向王贲轻轻屈身行礼，王贲也连忙拱手一躬。

“王将军，久违了。”女萝轻轻颔首，嘴角一丝温淡的微笑。

“夫人……如何在此地？”

“我等欲回江东，特向将军借道。”

“……张良，当真不在车中？”

女萝笑了，露出了细小整齐的雪白牙齿：“那张良不会离开楚军大营了。我等没甚可骗将军的。”

“……”王贲咬住了下唇，心头不禁涌起一阵失望。

“女萝请将军放过我等，我等虽是楚军，目下对秦却并无不利。”

“放过你等，我岂不成了东郭先生？”

女萝笑着摇摇头：“这些私卒，人数在秦军之上，战力也旗鼓相当。当真交起手来，秦军纵然能胜也伤亡难料；将军本为张良而来，目下却扑了个空，再因缠斗而折损人手，岂非得不偿失？”

“如此说来，夫人反倒是为我秦人着想了？”王贲的话语中带了一丝淡淡的揶揄。

“非只为秦人，也为我楚人。无论何故，少流血总是好事。”

沉吟片刻，她又轻轻一句：“天下多少征战杀伐，本就全无益处……”那语气中的幽怨，在沙沙雨声中格外浓重。

王贲冷笑着摇了摇头，终是主动转移了话题：“夫人笃定我会放行，才肯亲自与我交涉?”

“将军磊落之人，更是明锐之人，断不致将我等扣押。”

王贲笑了笑，长出一口气：“罢，从夫人所愿。”说着转过身来，向斥候们一挥手，“散开!”斥候们心下虽老大不情愿，却还是照办了。

“谢将军。”女萝又是盈盈一拜，又转过身来，冲着身后的楚人们喊道：“你等，且将牺牲的几位兄弟抬上车，继续前行!”

“诺!”曹咎一拱手，忙带领着其他人忙碌起来，很快收拾停当，赶着辎车从分列两旁的秦人中穿过，走出百余步后停下，转身遥遥喊了一句：“夫人请上车!”

“今日谢将军放行，你我后会有期。”女萝笑道，颔首向王贲致谢，又与他擦肩而过，带过一股辛夷的气息，穿过雨幕缓缓向前方走去。

王贲也默默转过身来，望着细雨中那远去的背影若有所思，忽然心下一动，大叫一声：“夫人留步!”

女萝收住了脚步，回过身来远远望着他。

“王贲，不情之请……”王贲罕见地嗫嚅着，片刻后终是下定决心，声音也大了起来，“临别前，愿得夫人歌喉一闻!”

女萝笑了，舒展着宽大的广袖，轻轻唱了起来。那淡淡的笑容，那纤瘦的身影，伴随着那个雷填填雨冥冥的午后，伴随着那片风飒飒木萧萧的山谷竹林，伴随着那曲忧伤而柔婉的《山鬼》，永远留在了王贲的记忆中：

若!
有人兮山之阿，被薜荔兮带女萝。
既含睇兮又宜笑，子慕予兮善窈窕。
乘赤豹兮从文狸，辛夷车兮结桂旗。
披石兰兮带杜衡，折芳馨兮遗所思。
余处幽篁兮终不见天，路险难兮独后来。
表独立兮山之上，云容容兮而在下。
杳冥冥兮羌昼晦，东风飘兮神灵雨。
留灵修兮澹忘归，岁既晏兮孰华予!
采三秀兮于山间，石磊磊兮葛蔓蔓。
怨公子兮怅忘归，君思我兮不得闲。
山中人兮芳杜若，饮石泉兮荫松柏。
君思我兮然疑作!

雷填填兮雨冥冥，猿啾啾兮狖夜鸣。
风飒飒兮木萧萧，思公子兮徒离忧！
……

这是秦王政二十四年，公元前223年的夏末秋初。王贲并不知道，大半年之后，自己与面前这个女人重逢时，便是此生见到她的最后一眼。

5

多日沉寂的牛角号重新响彻了云霄，惊雷般的战鼓声由四面八方炸响，与无数人喊马嘶一同交织在一起，无比震慑人心。

广袤寥廓的淮北原野上，从平舆到汝阴，漫无边际的赭黄色潮水由南向北滚滚袭来，即使是人马车流荡起的巨大烟尘也无法掩盖那大片衣甲旌旗映射着的万点金光，碧蓝的苍穹和秋日艳阳的照耀下，楚军的洪流直如波澜壮阔的金色大海一般汹涌澎湃。秦楚对峙以来，楚军声势最浩大的一次猛攻开始了。

“楚军来袭，五百步外！”登高瞭望的军吏报道。

接连三下鼓声响起，预告敌袭的绛旗在半空中招展开来。

“连弩，射！”王贲狠狠劈下了令旗。

震天的轰鸣中，材士们各自松开了手中的辘轳，万千根粗大如长矛的连弩箭矢组成一片密密麻麻的箭雨，骤然自秦军营垒背后腾起，猛扑向对面笼罩在浓重烟尘中的赭黄色洪流。战马的悲鸣、士卒的惨号随即在楚军阵中此起彼伏地响起，大片血花在原本绿油油一片的离离青草中绽开、怒放，道道血泉四下里喷溅着，将飞扬的黄土烟尘打湿、染红，变成了氤氲蒸腾的滚滚血雾。

“楚军攻势未减，四百步外！”

四下战鼓声中，第二面绛旗冉冉起。

“连弩再射！蹶张弩预备！”

密集的箭雨重又呼啸着喷出；一队队射士伸脚踏上弩身，将弩弦拨到钩牙之上。

抬眼望去，王贲看到前方楚军脚下的土地已是一片殷红，如同被彻底洇湿的巨大红毡，然而赭黄色的洪流仍无退缩之意，依然在继续向前挺进。

“前锋三百步外!”

军吏的话音湮没在了五声战鼓中，三面绛旗在头顶齐齐飘扬。

“蹶张弩齐射！擘张弩预备！长矛步卒入壕!”王贲的声音中也多了一丝亢奋——许久没见过这样悍不畏死的敌军了，这是斗志何其高昂的对手？嗜血的渴望在胸中陡然激荡起来。

擘张射士平举起手中的秦弩，弩尖反射着点点寒芒；一队队重甲步卒挺着手中的长矛，纷纷冲到阵前跃下壁垒，分头扑向数十步外几道半人高的壕沟；而在他们头顶，一阵比方才更加密集更加凶狠的箭雨，如黑压压乌云一般迅疾掠过，在秦军营地最前沿投下转瞬即逝的巨大阴影。

楚军不断响起的哀号声已清晰可闻了，然而这哀号却迅速湮没在了震天喊杀声中；与此同时，冲到最前的楚军也终于等到了还击的时刻，一杆杆竹子削成的矰矢梭镖，一根根积弩的弩矢，挟着破空呼啸声直取秦军阵前，尽管还没能触碰到营垒最前端的拒马鹿砦便纷纷坠落，但已在黄土地上甩出了道道血痕，显然这是来自楚人自己身上的血。

“二百步!”

六声战鼓，四面绛旗。

“射士轮射!”

在连弩车持续轰鸣的同时，射士们也开始了轮番射击，他们共分成三排，第一排射出箭矢后立即蹲身，后两排紧跟着射出第二轮、第三轮，然后重又是已装填好弩矢的第一轮，彼此之间衔接得毫发无差。若论威力和射程，他们手持的弩机都不如大型弩车，然而却简便得多，弩车每次射击都须十人协力装上弩矢，终究要有不短间隔，准头也大有欠缺；而射士们只要衔接得当，完全可以毫不间断地持续射击。

正是因此，目下楚军蒙受了甚至比方才还要惨重的伤亡。遍地血泊中，一辆辆战车翻倒在地，车轮仍在兀自空转；一匹匹战马的尸体横七竖八散落着，脖颈脊背肚腹插着一根根粗大弩矢，道道血泉仍在不住向外喷涌；更不必说那浸泡在血泊中数不胜数的尸体，有的士卒还没断气，仍然在呻吟着挣扎着，然而无数袍泽却已纷纷踩过他们尚未僵冷的身躯，越过各色尸体组成的天然障碍，继续奋不顾身地向前狂奔着。

“百步!”瞭望的军吏嗓音中也不禁多了一丝颤抖。

六面飘扬的绛旗在湛蓝天穹下汇成了一片红色云雾，没人再去数那已经连绵不绝的鼓声了。

“步卒大阵，起！”王贲索性将令旗摔在一边，呛啷一声抽出了佩剑。

“杀！杀光秦人！”已急红了眼的楚人汹汹吼道，死伤了不知多少人才终于换来与秦军短兵相接，人人都憋了一肚子怒火。

然而突然间，正当秦军壁垒前最外围那道鹿砦已清晰可见时，冲在最前端的数百名楚人发出了又一阵此起彼伏的惊叫——眼前壕沟中已升起了层层叠叠的精铁棘丛！他们根本没能收住脚，更不用提后退，便立即被后面的人推挤着撞上了那万千矛尖，而后面的又被更后面的继续挤上前去，就这样第二排推着第一排，第三排挤着第二排，转瞬间便纷纷撞上了秦军的长矛方阵。尽管如此，后面无穷无尽的楚军仍然踩在前面袍泽用血肉填出的道路上，呐喊着，狂奔着，冒着头顶身前遮天蔽日的箭雨，踩过遍地的蒺藜，留下一片片血淋淋的脚印，冲垮了鹿砦，拆毁了拒马，终于与对手短兵相接了。

霎时间，赭黄色的潮水一遍遍扑向黑色的礁石，吴钩斩向了革盾，越剑刺中了铁甲，兕甲经住了长戈的啄击，藤牌挡上了短剑的劈砍，到处是飞溅的鲜血，到处是兵刃的寒光，到处是狰狞的面孔，到处是激荡的烟尘，就连这战场的上空也到处都呼啸着掠过弩矢飞石竹蹭梭镖，密集的箭雨不时遮蔽了湛蓝的天穹，甚或使秋日也黯然无光。

……

这一战持续了大半日，当日头开始渐渐偏西时，楚军终于不得不撤退了。尽管人人勇敢无畏视死如归，然而血与肉终究敌不过金与铁；更重要的是，他们的对手是占尽了天时地利人和的秦人。在这场迄今为止声势最浩大的攻垒战中，楚军尽管也杀伤了近万名秦军，实在算得上对峙以来难得的胜果，然而自身的损失却是数倍于对手——一次便阵亡了三万余人，轻重伤者加起来，更是足足五六万有余！

尽管心下早有预料，然而读到中军司马呈上的战报后，项燕还是不禁倒吸了口冷气。他知道此战楚军必败，却没料到竟会败得这般惨，不由得愤懑地一把丢下竹简，紧闭起双目。

“总算江东子弟兵没动。”项超低声道，“不然，怕是只这一战便要全数葬送。”

“朝野或因此责怪父亲不肯尽全力，也未可知。”项梁也补充了一句。

项燕疲惫地摇头：“顾不得了。老夫主张，朝野尽知。楚王君臣要怪便怪了，老夫怕个甚……”说到这里长出一口气，无穷无尽的烦闷中终于渗入了些许畅快。

两个月前，他派项伯回寿郢求见楚王，表明了自己请辞大司马之职、回江东封地休养之意，顿时引起了整个庙堂的震荡，元老们讶异不已议论纷纷，楚王负刍更是愕然。就实说，世族们确对项燕的大权独揽极为不满更放心不下，若国政稳定，都巴不得项燕辞官，然则目下却是何等形势？数十万秦军屯集淮北虎视眈眈；项燕又在军中威望极高，更有上次大败秦军的辉煌战绩，深得士卒拥戴。除去他，楚国上下分明找不到第二个能与王翦分庭抗礼的名将，无论于公于私，项燕都不能不继续当这个抗秦统帅。

此种情况下，各元老忙不约而同地对项伯好言抚慰起来，楚王负刍甚至当即便要派出宫中太医入军看护项燕。而项伯则照父亲叮嘱的那样，既没有当面替父亲应承继续领军，也没有坚执再提辞官之事，只说会将楚王回信报给父亲，然则离开王城之后却没直接回淮北，而是召集起了项氏在寿郢的所有族人，一番密商后，在官府任职的族人无不纷纷辞官，收拾好了细软，浩浩荡荡地出了寿郢南门。守城甲士顾忌项氏势力不敢擅自阻拦，只得飞报楚王，负刍得知后大急，急召世族元老一同议事，一整夜商议后终是达成一致意见：暂不强留项氏一族，任由他们回姑苏。昭氏老令尹作为王使，带着几名太医赶赴淮北，一是转达庙堂抚慰之意，将几名太医留下照拂大司马；二是再度重申，庙堂对大司马绝无猜疑，任由项氏回江东便是明证，大司马一心抗秦便是；三则是告知项燕仍当尽快破秦，否则长此以往，楚国粮草必定难以接济。

看到老令尹那恭敬中又带些忐忑的表情，项燕表面上虽仍冷冰冰，心下却踏实了，庙堂的一切反映都没逃过他的预料，要自己早日破秦的要求，虽可算是庙堂开出的条件，但粮草难以长期支撑也确是实情；即便负刍君臣赞同自己继续与秦军遥遥无期地对峙下去，楚军粮草至多撑到入冬也要举国绝炊了。明了于此，项燕终是颇勉强地与老令尹周旋了一番，装出不情愿的样子，答应过段时日便强攻秦军壁垒，于是便有了今日那大举攻垒的一战。

……

夜深了，中军幕府的灯火却始终亮着，项燕字斟句酌地写着给楚王的上书：此番强攻秦军营垒，我军阵亡三万有余，伤者更不计其数，实在无力正面破秦；继续对峙，粮草辎重又难以为继。为长远抗秦考虑，老臣仍敦请陛下兵撤淮南，水陆并举，缩短粮道，如此方有望存续社稷！这封并不能算长的上书，项燕前后反复修改，竟写了整整一夜，破晓时分才终于疲惫地撂下了笔，遣军吏送回寿郢。一切尽妥后，他闭上了布满血丝的双目，软倒在军床上，只觉心力交瘁：数万楚军将士为证明一个显而易见、根本不必折辩的道理白白付出了性命，这在爱兵如子的项燕看来直是荒谬绝伦，然目下他却也别无选择——若无这场惨败，楚王君臣便不可能真心赞同自己的谋划，此中道理，与自己的老对手王翦称病归乡竟是一样的。

“老夫与那王翦，居然殊途同归……”这是项燕熟睡前的最后一个念头。

第十六章 亡秦必楚

1

项燕不会知晓，自己无意间的一句话居然一语成谶。他的对手王翦，此刻也几乎要被军中汹汹请战的浪潮淹没了。

秦军已在这淮北白白耗了近一年，始终没捞到大战可打，终日便是无休止投着石块，一开始还颇有趣味，时日一长便倍觉单调。前日楚军大举进攻，长久无战的将士们意外之余也大是惊喜，拼死搏杀了大半日，纵然没让楚军讨到半点儿便宜，自身却也阵亡了万余人，相较楚军伤亡固然小得多，然在将士们看来却是大大憋气：灭国大战以来，除却前次攻楚大败，秦军几乎还从未遇到过如此硬仗，又何曾战死过这多人？憋了大半年的求战欲望陡然爆发了，士卒们围着百将千长请命，百将千长围着军侯都尉请命，军侯都尉围着裨将主将请命。此种形势下，各营主将也终于忍不住了，蒙武拉上王贲辛胜羌瘣飞马赶到天中山，奋力拨开围定了中军幕府叫嚷着大破楚军的士卒军吏司马将尉们，如一道黑旋风般卷入了幕府，进了帐也不吭声，只是双臂叉腰，渊停岳峙般立在了王翦面前，呼哧呼哧喘着粗气，王贲等几员主将也跟了进来。

“逼宫不成?”王翦上下打量着蒙武，冷冷道。

“军中士卒投石，大半都已过二百步！”蒙武只说了这一句。

王翦没接口，打开奏案上那只铜函，双手从中捧起厚厚一摞叠起的绢帛：

“对峙以来，老夫每月向秦王上书一次，转述诸位请战之心。这些都是秦王回信，自家读读。”

蒙武默不作声地从王翦手中接过绢帛展开，一列列显然出自秦王政亲笔的秦篆，以及末尾那朱红的王印便一同展露出来，他一眼扫过却是一愣，抬起头不知所措地盯着王翦。

“念。”王翦的语气虽并不疾言厉色，但却有着一种别样的威力。

迟疑少顷，蒙武终于大声念了起来：

“灭楚之战，乃举国大决，非奉将令，不得轻战，违者军法从事！”

他停顿了一下，又小声补上一句：“……秦王政二十三年，二月。”

“其余十封大同小异，你等还需看么?”

所有人都不吭声了。

“若仍想请战，老夫准你等回咸阳见秦王，何如?”

仍然一片沉默。大将们谁都明白，就算见到秦王，也多半会是同样的答复；而前几日刚与楚军大战了一场，接下来难保不会还有战，若因还都请命错过战事，实在大大不值。

看看众人都不再说话，王翦又转向身旁的李信：“取出来。”李信一拱手，领着两名军吏一同进了后帐，又人手一样金灿灿的物事回来了。当他们来到光亮处，所有人都看清那三样物事时，更没人再吭声了。

李信手中捧着的，是秦王亲赐王翦的那只充作上将军印的金斗；两名军吏各自握着的，同样是秦王亲赐的黄钺金斧。搬出这三样信物来，王翦的意思显而易见——再有鼓噪发兵者，立斩不赦！

眼见王翦动起真格的，蒙武牙咬得咯吱咯吱响，片刻后终于扭过头去，大步出了幕府；辛胜羌瘣几人迟疑了片刻，也默默一拱手跟着走掉了。转眼间，幕府中的请战大将只剩下王贲一人。

“如何? 你还想再出战?”王翦盯住自己的儿子。

王贲从袖中抽出两枚竹简递给父亲：“战机已至。”

王翦端详着竹简，认出这是黑冰台密报，尽管那上面刻着杂乱无章的符号纹路，但他训练有素的双目已看出两封密报的内容——第一枚竹简说的是，项燕与楚国庙堂龃龉，项氏族人已回江东；第二枚则说，昌平君半月前便为王使，前往江东劝说项氏，却至今未归！

“常人观之，必以为项氏在同庙堂怄气，然实际上，项燕乃一箭双雕，示威施压只示形而已，本意是借机将族人撤出寿郢；此外，我部斥候也打探到，项梁之妻秘密潜回了震泽，也足可证实这点。”王贲语气很是自信，只是说到“项梁之妻”时稍迟疑了一下。

“只这两点，便是战机?”王翦抬眼看自己的儿子。

“斥候刺探与黑冰台密报均已确认，楚军粮草辎重已大大减少，项燕撑不得多久。”

“继续。”王翦面无表情地盯着自己的儿子。

“楚国庙堂一个月来已是乱象连连，负刍君臣三番五次催促项燕攻秦。”

“还有。”

“几日前楚军大举进攻，显是项燕为应付寿郢催促不得已发兵。然那一战中，江东子弟兵一人未动，显是为保全项氏实力。换言之，项燕已对寿郢催逼大为不满。”

“说下去。”

“半月之前，昌平君主动向楚王请命担任王使，云自己愿赴吴中，劝说项缠等人重返寿郢。可他赶赴震泽后，又回信说项缠等人仍不肯还都，自己还在劝说，回到军中尚须时日。”

“你意?”

“昌平君主管楚军辎重，不可一日离军；他为人也精明谨细，决不会办事拖沓，而今延宕到目下，显然颇有蹊跷；而项燕本与他交好，却对他长久离军听之任之，毫无催促之意，更是大违常理。”

“如此?”

“昌平君实为项燕一党。数月以来，项燕一直在将自己根基不着痕迹地慢慢撤回江东!”

“为何?”

“抛开庙堂，独自抗秦!”王贲斩钉截铁地给出了自己的判断。

“仅此而已?”王翦毫无表情。

“还不够么?”王贲反问道。

王翦没有马上答话，负手在幕府中转了几圈，忽然扭头向一旁的李信发令：“李信，今夜丑时，在王贲幕府聚将，切莫鸣钟，只遣军吏逐个知会。”

仅仅三个时辰后，各路统帅重又齐聚了，一个个目光中的惊讶和期待显而易见。白日里上将军刚拒绝了他们的请命，不料夜深时又紧急召他们议事，而且还换到了王贲的大帐，这其中种种异常之处不禁使所有人都嗅到了大战将至的气息，所有目光也都集中在了面前衣甲齐全精神抖擞的上将军王翦身上。

“楚军，或将有变。”这是王翦的开场白，只简简单单的一句，然而火光照耀下，大将们分明看到他双目中跳动着胜利的光芒。

“项燕何时撤军、撤向何方，目下一概不明，然老夫不会放过这一战机，预先召来各位，便是提前定好掩杀方略，以防楚人隐秘撤军。”

仍没有人吭声，但好几员大将都不禁激动得颤抖了起来。

王翦第一个转向了自己的儿子：“王贲，你先将一万精锐派往蕲城郊野秘密驻扎；再严密监视楚军，项燕一旦撤军，立即示警！果真开战，那一万精锐便迅速开出，驻守要道构筑壁垒，堵截楚军东向退路！”

“诺！”王贲明白自己任务最为艰巨，深深一点头。

“蒙武，你莫去理会楚军，领矫健轻兵强渡淮水，抢在所有楚军南撤前，直取寿郢！”

“没大型兵器，围得住么?”蒙武大是兴奋之余，更是疑虑重重。

“不求你即刻下城，只消围住寿郢，使楚王君臣无路脱逃，便是大功一件！再者，老夫命你等日日练投石，为的是甚?”

“明白也！”蒙武大喜过望，“放心，负刍那帮撮鸟，一个也跑不了！”

“秦腾，你部八万辎重兵作为援军，随时准备投入战场！辛胜，你袭杀寝城楚军！羌瘣，你袭杀江东子弟兵！杨端和，陈地后备大军你只留两万，剩余兵马秘密南下，屯于我大军营垒后方，一旦出兵，羌瘣为前军，你便为后军！”

“诺！”

“马兴，今日之后，老夫不再居于天中山，而是居于此处，你当率铁鹰锐士千人队与死士营来此护卫，及至开战，与老夫一同咬定项燕；各将也当严守机密，不得泄露老夫在此！”

“诺！”

“李信，今日之后，你不再任中军司马。”

“……”李信愣怔不知所措了，所有大将也都面面相觑，极为惊讶——李信虽有上次大败，然已是诚心悔过，此次任中军司马以来也算得尽职尽责，上将军如何骤然将他贬黜了?

“……你是西路军统帅，天中山十余万大军归你统领！大举攻楚时，你负责掩杀平舆楚军！”王翦这后半句使大将们又吃了一惊。

“上将军！李信请与马兴对调，随上将军追杀项燕！”李信陡然面红耳赤起来。

“……统领这等大军，乃你戴罪立功之难得良机，你不愿么?”王翦沉吟片刻后问道。

李信紧咬牙关，大步出列，向着王翦深深一拜：“李信攻楚大败，致使万千将士平白抛尸异乡，每念及此痛彻心扉！请上将军允准李信统领死士，追杀项燕，一雪前耻!”

“也好!”王翦叹了口气，“老夫已将前次败军将士归为一营，组成死士营，如今便交你统领!”

“谢上将军!”李信深深一拜，已是痛哭失声。

“然上将军……”一旁的马兴欲言又止。

王翦将目光投向马兴：“老夫知晓。马兴你虽多年为老夫护军都尉，然论将才足以独当一面；既如此，天中山大军交你统领!”

“上将军！稳妥起见，还当几将分领!”马兴尽管兴奋得声音都颤抖起来，却还是高声叫道。

“也好！章邯，你与马兴同领，人各六万!”

“诺!”马兴章邯齐声应道，能在这场生死大决中独立领兵，均感无上荣耀。

王翦炯炯的目光最后扫视了一圈，语气也极为罕见地隐隐一丝激动：“诸将，我等已与楚军对峙了整整一年，能否毕其功于一役，只在此战!”

“不得，无返!”众将齐齐起立，又齐齐拱手。

2

金柝的声音遥遥传来，半睡半醒中的项燕眼皮猛地一跳，恍惚中，心下涌起了一股不祥预感。

这些天来，他本就无一夜熟睡过，睡梦中想的全是自己与昌平君的起事，按说一切都已谋划妥当了：项氏族人已回到江东，开始积极准备抗秦；昌平君借口劝说项氏回寿郢，也来到了吴中，只待自己杀回寿郢、清除元老大臣之后再回来即位；另一方面，几个月前的惨败，终于使楚王君臣无可奈何地同意了自己兵撤淮南的请求，尽管他们同样提出了限制，要求项燕大军驻扎在寿郢郊野抗秦，绝不能放弃楚国都城，但这对项燕来说已无关紧要——只要能名正言顺退兵，大军如何行动便由不得他们了，这才是将在外君命有所不受。目下，只要能找到一个秘密撤军的良机，只要能安然无恙地撤入淮南，项燕便有足够把握，将整个局势牢牢控制在自己掌握中！

虽则如此，可自己心底却如何这般惴惴不安?

“大司马，营外有一老者自称故人，请求见大司马一面！”幕府帐外响起了侍从忐忑不安的声音。

项燕猛地坐了起来：“故人？何人?”

“自称楚南公！”

“快请进来！”项燕的声音陡然间急迫起来，连忙翻身下床，片刻之间便穿戴完毕，冲出了幕府。

“大司马，别来无恙！”一声苍老却又矍铄的声音不期然响起，一位须眉皆白的白衣老者，沐浴着满天星光，面带微笑站在项燕面前。

望着这位久违的好友，项燕却并无对方那般轻松，沉默着向他郑重其事地深施一礼。

楚南公则默默望着项燕沟壑纵横的面孔，轻声一句慨叹：“一别经年，君老矣！”

项燕不无苦涩地笑了：“整日殚精竭虑操心劳碌，焉能不老？何如你这般仙风道骨?”

“何不效陶朱公范蠡，泛舟五湖?”

“如你这般了无牵挂之人，天下终究少有。”

“若说全然了无牵挂，却也未必。老夫终究还有一女嫁与你项氏。”

“欲见女萝，却是晚了一步，她已回了江东。”

“人生聚合无定，岂能强求？老夫只可惜，将来怕是见不到外孙了。”

“何意?”项燕目光陡然闪烁起来。

“楚国败亡在即，大司马心下无数么?”楚南公语气分外镇静。

项燕没有答话，心头却扑扑大跳起来。

中军幕府里，两只小巧的白玉盏冒着袅袅热气，棋子一下下落在纹枰上的清脆声音不时响起，燎炉的火焰照着盏中清亮的米酒，也映照着静默对坐着的两位老者。这是两人之间的默契：每次重逢，都要来上一局棋。

布局阶段波澜不惊，双方都没试图轻易打入对方阵营，而是各自经营着自家疆土：执白先行的项燕第一子落在了右下方的小目上，目下已借小目之子摆出“无忧角”的两翼张开阵形；楚南公则以左上角“星”位为根基，筑起了堂堂正正的“三连星”，一举将棋盘左侧收入囊中。双方显然都是先站稳脚跟，然后开始漫长的试探与对峙。

棋子一枚枚落下，项燕抱定了稳扎稳打之心，既不打入左方的黑子疆土，也不急于抢占右上角与顶端大场，却从无忧角两翼突入中央，终于占据了天元这一中枢要地，紧接着便由无忧角两侧的边星分别向中腹跳了一手。如此一来，右下四分之一个棋盘几乎就要完全成为自己的实地；楚南公则趁机抢占了右上角及其上的两处星位，之后单关加强了左上角。眼见这般，项燕的眉头不易察觉地轻皱了起来：楚南公布局太快了，若再不抑制，三五步后必成滔天之势，彼时即便自己实地占优，也绝难再挽回局面。心念及此，他拈起一粒白子，挂上了左下角星位，准备开始蚕食对手的疆土。

项燕没想到的是，楚南公却对这枚白子置之不理，反倒向右下角的白阵投入一子。

眼见黑子并未纠缠自己的侵入，项燕思虑再三，又是一手小飞挂在左下角，就此形成了“双飞燕”之局；而楚南公仍不理会，也在白阵右方又投入一子，显是欲弃左下角，转在自己阵中腾挪。

“岂能如你所愿！”项燕心下暗想，额角却开始冒出涔涔汗水，知道自己不能再这样从容行棋了。须知，他为经营右下方费了七手棋，而楚南公在左下方只有一手棋。若弃右下而换取左下，便是自行放弃了先前七子夯下的根基，相形之下得不偿失。心念及此，当即开始了对白阵中黑子的猛烈攻势。不想楚南公并不恋战，弃掉右边一颗黑子，又将下方黑子跳向中央，项燕则紧追不舍，心下已做好两手打算：或是全歼打入的黑子，或是借追击黑子构筑中腹外势，一举削弱黑子五连星阵势！

恰在此时，楚南公的黑子却突然停止了外逃，远远从上边星位三间大跳起一子，似要遥遥接应逃出的小股“兵马”。项燕见状不由心生狐疑：如此中途半端，弃又弃得不干净，逃又逃得不彻底，只怕楚南公孤棋难以做活，而上边阵势也会被自己一举击破，若果不能妥善处理这串孤棋，难免要落败势，楚南公棋力向来高深，只不知当如何应对？忙对黑子又堵了一手。

出乎他意料，楚南公仍在上边悠然地斜拆二，经营起了上边实地，项燕尽管心生狐疑，毕竟杀得兴起，虽见上边黑子加强，却也弃之不理，迎着黑子孤棋的出逃方向当头一个镇头，将黑子孤棋牢牢锁在了白阵之中，心下也稍踏实了些：若能顺利吞下这串黑子，即便上边损失实地较多，白子仍相对领先，况且全局并无明显孤弱之子，自己该当胜算颇大。

然则，就在他认为自己已占据优势之时，对面的楚南公却是诡秘一笑，转在右下角白棋无忧角内“啪”地落下一子，碰上了小目位的白子。项燕见状蓦然一愣，片刻思忖之后只觉心头咯噔一下，这才明白楚南公先前投两黑子入白阵的真正心思：两子从两边逼住无忧角，便使黑子在角部有了活棋可能；以此为伏笔，接下来的弃子、出逃、接应皆是掩人耳目，其真正目的却是一石三鸟：其一，巩固上方黑子实地；其二，寻机在右下角活棋生根，将孤棋变成活棋，搜刮白棋实地；其三，通过黑子的活出，自然将尾追黑子的一串白子变成形状不正的孤弱棋子，无中生有地为黑子创造了绝佳的攻击目标！

尽管大帐中远算不上闷热，项燕额头却渗出了涔涔汗水。他皱着眉头，撑着开始发昏的头脑，眼睁睁看黑子夺取了右下角的阵地，想反击却自顾不暇，十余种可能的变化在心底纷至沓来，却仍无法将原来围攻黑子的白子全数活出；再加上上边已成黑子地盘，白子无论实地外势均不占优，草草应得几手、负隅顽抗一番，只得长叹一声，丢下了手中的白子。

“败了……”项燕一推纹枰，心力交瘁地长出一口气。

“大司马而今棋力，较当年大有长进，然则仍稍逊一筹，能与老夫相持这般久，也殊为不易了。”楚南公也颇有些惋惜地叹了口气。

项燕没有答话，只是无力地苦笑了一下。

“这局棋，你与老夫相持不可谓不久，谋划不可谓不周全，攻势更不可谓不猛烈，然则终究还是被老夫瞬间翻盘，可知此中道理么?”

“愿闻其详。”

“无他，根基不稳耳。”

“怎讲?”

“这局棋，你先是试图与老夫长久相持，可毕竟棋力不济，开局布防便不如我得心应手，已然失了先机；此后，你自己也心知如此遥遥无期对峙下去，必是自家先撑持不住露出破绽，这便开始大举进攻想扭转颓势，然老夫根基已然扎实，边角之地纵有受挫，大局却仍在股掌之中，反倒是大司马自己求胜心切，孤注一掷企图险中取胜，或诱使老夫也同你大打对攻，却不知如此却破绽更多更大，又被老夫反过来抓住，老夫之所以不马上反攻，不外乎继续积蓄力量，等待更大胜算而已。”

“如此说来，你最终反攻……?”

“老夫瞬间翻盘，看似偶然，实则经营已久，此刻不过水到渠成而已。其实，胜负输赢早在中盘对峙之时便已然分出，只是大司马自己浑然不觉而已。”

金柝之声遥遥传来，整个中军幕府的空气仿佛凝滞了。

“胜负，已然分出……自己，浑然不觉……”项燕喃喃念着楚南公这两句话，心思却已飘到了另一场更大也更关键的战局上——同样是漫长的对峙，同样是自己百般进攻对手却岿然不动，接下来会是如何？想到这里，只觉心下一阵冰凉。

“如此说来，老夫此战必然败亡？”项燕半是自言自语道。

“败必然是败，亡却未必亡。大司马若欲活命，终究有办法。”

项燕嘴角浮现出一丝不屑的冷笑：“公竟不知我楚人覆军杀将之俗么？”

“老夫自然知晓。我与大司马数十年交情，知你绝非急流勇退明哲保身之辈。”

“既如此，你却为何千里迢迢来老夫军中，说这些你我早已明了之道理？”

楚南公沉默了片刻，终是笑了，举起始终没有动的白玉盏，小口啜饮着盏中已变得冰凉的米酒，直到将白玉盏轻轻放下，这才开口：“老夫，不过是为见你最后一面。”

项燕也陡然沉默了。

“除此之外，老夫还欲送你一言。”

“你说便是。”项燕淡然答道，将手伸向了自己那只白玉盏。

“楚虽三户，亡秦必楚。”楚南公静静吐出了这八个字。

“亡秦，必楚……”项燕愕然转向楚南公，伸向玉盏的手也陡然停住了。

3

楚南公走后的半月内，“楚虽三户，亡秦必楚”这句谶语传遍了整个楚国。

楚南公本就是名满天下的大阴阳家，曾著有《南子》三十一篇，绝不会轻易泄露天机，而今既做预言，自然引起楚人密切关注，更有大批巫觋、卜官、阴阳家、方士等纷纷拆解，众人精力大都集中在这“三户”究竟何指上，有的说应该是指东楚、西楚、南楚这三楚；也有人说应该是指昭、屈、景这三大世族；还有认为它指的是那遥远赵地临漳一带的三户水……种种说法当真众说纷纭。

然而多年之后，最后一种说法又慢慢冒出头来——这“三户”真正所指的，其实是秦末崭露头角的三位楚人：陈胜、刘邦和项羽。

尽管说法不一而足，整个广袤的楚国却仍到处流传着这句话，楚人们陡然兴奋了，楚军低落已久的士气陡然高昂了，楚王负刍和世族元老们也陡然看到了转机——上天终是眷顾楚国，在楚军谋划退兵之际借楚南公之口道出了天机，既然“亡秦必楚”，此时撤军不正是以退为进么？欣喜之下竟开始主动催促项燕撤军了。

与负刍君臣的急切刚好相反，项燕却分外冷静。

坦白说，对于楚南公的预言，项燕并没当一回事，然则在张良的建议下，他却还是派了士卒们在军中大肆宣扬。张良的理由相当充分：项燕自己不信，可其他楚人信，楚军信，楚王和元老们信，将这预言传遍楚国，至少可鼓舞起低落已久的士气，还可大大减轻撤军阻力。而今从寿郢庙堂的反应看，这手棋显然是奏效了，只是项燕心下却颇觉讽刺——明明是正确方略，却非要借这虚妄之言方能实施，可喜乎？可悲乎？

纵然如此，他却也顾不上计较这些了，只是全力谋划着楚军南撤：依项燕打算，楚军各部当留下空营旗帜虚张声势，择日逐次撤军。撤军次序是，项超张良领半数江东子弟兵最先向东撤退，既是为大军先行开路，也可说是对秦军进行试探，若秦军未察觉，便由汝阴背后向东面的蕲城进发，南下过淮水后驻于寿郢以东三百里外，此后便是项梁、屈定、景骐各部依次动身；项燕的汝阴大军，以及另外半数子弟兵一同负责殿后，待各路兵马都安然撤至淮南后再行撤退。

“妙！大司马谋划周详！”

“安然撤入淮南，秦人能奈得我何！”

“秦人天明睁眼，我等早不见了！”

“王翦欲寻我等，只能泛舟淮水了，哈哈！”

……

项燕部署完毕，幕府里便喊成了一片，楚军大将们人人兴奋不已。只是谁也没注意到，他们的大司马目光中却闪过一丝落寞。

夜深了，绵延数百里的楚军大营都陷入了一片沉寂，各军帐内都是鼾声如雷，与遥遥传来的金柝之声相映成趣。雾气开始氤氲在各个角落，渐渐湮没了楚军的旗帜、营帐、鹿砦、壕沟甚至灯火，一片迷茫混沌的沉沉黑暗中，唯有点点风灯点缀其间，却也被蒙上了一层模模糊糊的淡淡光晕。

王贲守在山洞口，警觉的目光望向远方，试图穿透那茫茫雾气，寻觅着什么。

他在等待，等待着麾下斥候报告楚军开始撤退的消息。

自那次幕府秘密会商之后，王翦便进驻了儿子帐中，而王贲本人则率领着麾下所有的斥候，分散在楚军营地周围一切要害之处，不分昼夜监视着楚军的一举一动。连日来他们已发现了众多蛛丝马迹：运自后方的辎重车辆大幅减少了，楚军大营和寿郢之间往来的信使却大大多了；冷清已久的营垒中重新热闹喧腾了起来，士卒们在各营地间进进出出，行伍散乱衣甲不整，相互之间议论纷纷，语气神色皆大为焦躁，却丝毫不见再度攻秦的任何迹象……将这种种反常之处与自己所掌握的军报结合起来，王贲很容易便得出结论——楚军退兵，就在这几日间。

淮北秋末冬初之际正是多雾时节，半个月来已断断续续起了三四次雾，却大多稀薄，目下这场大雾却极是浓重，甚也看不清，王贲尽管距楚军大营很近，却也极难听到任何动静，也正因此，他才格外小心。

这时，耳朵凑在地听（埋于地下、口蒙皮革的陶瓮）旁的斥候神色间突然大是兴奋，忙向王贲打起手势，王贲刚一接替他的位置，便感到一阵轻微却齐整的震颤由远处遥遥传来，不禁心下一跳：只有行进中竭力隐藏自己行踪的大军，才会发出这种震颤，旌旗可以不打，鼓号可以不响，然而这行进中的脚步，却是无论如何也无法完全掩饰的。

震颤越来越大，也越来越近了，王贲仍伏在地上，耳朵贴着地听那蒙在瓮口的皮革，屏住呼吸，足有半个时辰一动不动，仔细分辨着它们的方向与节奏。他终于听出来了，这支大军正在由西向东进发，根据那短促又极有规律的颤动，他判断这是一支以骑兵为主的轻装楚军；而根据这震颤持续的长短，这支楚军当在两万人以上。

“楚军撤退，是否报知中军幕府?”身旁的斥候打着手势问。

王贲思索了片刻，摇了摇头——这支楚军显然只是先头部队，大军尚未全数撤出营垒，若目下便开始大举掩杀，难保不会打草惊蛇；而如果让楚军因此缩回头去，则相当于白白错过了这次战机，对手下次撤军不知又待何时。毕竟自己也在楚军各处营垒外安插了斥候，不如等各路都发来军报后，再向父亲发出总攻的信号。

震颤声渐渐远去了，微弱了，直至消失了，楚军那支先头部队已走远了。王贲并不知道，自己处心积虑要抓的张良正在那支楚军中，就这样与自己擦肩而过。他只是死死盯着夜幕中的迷雾，等待着其他斥候们的消息，然而大雾中却始终一如既往的静谧，于是心下渐渐焦灼起来：自己放过了楚军的前锋，始终没有发出进攻号令，如此果真对么？若此时各部楚军都已开始撤退，自己岂非贻误战机？若因此而使楚军安然撤走，自己更是秦军乃至秦国的罪人！

身后的洞穴深处不疾不徐地传来阵阵“滴答”声，这是他们特意安置在洞中，充作漏刻以计算时辰的陶罐，王贲一边等待着其他斥候的回音，一边默默数着水滴声。

一刻过去了，两刻过去了，半个时辰过去了，一个时辰过去了，洞中其余几位斥候虽一语不发，目光中的急切却是显而易见。王贲的额头不禁渗出了一层冷汗，他知晓自己必须做出决断——是立刻向父亲的中军幕府发出信号，还是继续等待，等待其余各部斥候的信号？

反复思量下，王贲轻轻举起了右手。

身边的斥候如释重负，忙将双手搭上两腮，准备向中军幕府发出总攻的暗号。

然而，当他深吸了一口气，正要出声时，却感到肩膀陡然一沉。

王贲举起的手，落在了他的肩上。

“再等！”他低声道。

时光如陶罐中的滴水般一点一滴的流逝，斥候们用来彼此呼应的枭声依旧稀稀落落回荡在雾气中，楚军营地一切如常，王贲确信自己的部署没有任何意外，目下唯一能做的就是继续等。等，天下多少事的成败，尽在这个字眼儿中。无数庶民们为华夏一统而等了数百年，秦人为大出天下而等了百余年，远在咸阳的秦王为灭六国等了将近十年，而自己的父亲，以及举国六十万秦军，为眼前这场胜利也等了一年有余……与他们相比，这片刻的等待又算得了甚？

突然间，一阵长短不一的枭啼遥遥传来。王贲心下一动，暗暗伴随节奏打着拍子，很快便听出了这枭声传出的含义——

楚军南进！人数难查！

紧接着，迷雾中开始不断传来一阵阵枭啼。同样的节奏，同样的内容，各路斥候的军报终于先后传来了。

王贲知道，只有敌军人数达到三万以上，才会“人数难查”，而目下各路斥候的军报都是如此，显然楚军已开始全面撤军！

“将军！”洞中的斥候们呼啦一下全围了上来。

王贲点点头，大步来到洞口，深吸一口气，双手搭上两腮，亲自向远方的父亲发出了总攻的信号。

4

沉沉暮色与茫茫大雾中，一声长长的虎啸遥遥响起。

“号角战鼓！全军杀出！”刚听到这个声音，睡梦中的王翦便从军床上一骨碌翻身而起，胡乱披上贴身衣衫猛扑出帐，声嘶力竭地大吼着。

绵延数百里的秦军营地迅速从沉睡中苏醒了。晃动的火光勾勒出了奔波往返的一个个人影那模糊的轮廓，纷乱的步伐、嘈杂的喊声中，第一声号角的呜咽划破了夜空，向四面八方激荡开来，紧接着，同样的声响也在茫茫大雾中逐一传来，一浪高过一浪。

——“全军杀出！”甲胄已穿戴齐全的蒙武，将手中的马鞭挥向了南方。

——“全军杀出！”远在天中山的马兴和章邯，各自吹响了号角。

——“全军杀出！”几乎在同一时刻，杨端和、辛胜、羌瘣、秦腾都在各自营垒中高喊道。

“全军杀出……”急促的马蹄声中，向蕲城飞驰而去的王贲心下默念着。

仿佛在回应方才那声号角，秦军的战鼓很快渐次响起，无尽的混沌中亮起了星星点点的迷茫灯火，这些亮光都被雾气蒙上了一圈光晕，轮廓都显得模糊不清，然而却是越来越多、越来越密，转眼便连成了一片；紧接着，震天的杀声穿透了重重大雾，影影绰绰的大片黑影犹如夜雾笼罩下的大海，天崩地裂般倾泻奔涌而来。

“秦军出动了?”遥望着远方雾气中骤然腾起的那大片淡淡光晕，屈定大吃一惊，不禁两股战战起来。

“快！南向急行！向项梁求援！”另一边，景骐声嘶力竭喊道。

撤军之时，两人都以为空营足以骗过秦军，楚军又是向来善于轻装疾进，一夜急行即使不能赶到淮水，至少也足可将秦军远远甩在身后，因此退兵全然散乱无章，根本没想到要提防追击，却没料到刚离开营垒敌军便掩杀了过来，如此形势下再想缩回去已然来不及，只能硬着头皮继续向前赶。两人不约而同下达了急行军令后都在心底默念着，但愿能把秦军远远甩下，安然无恙渡过淮水！

然而晚了。茫茫大雾中，秦人的千军万马已夺占了被楚军废弃的营垒，在沉沉暮霭中渐渐逼近全速撤军的楚人。转眼间，马兴辛胜两部的前锋已紧紧咬住了景骐屈定的身后，正准备如那咬住猎物的大蟒一般，将对手缓慢却毫不停顿地一点点吞进自己的肚子里。在一声急似一声的号角呜咽中，在一声沉似一声的战鼓轰鸣中，士卒们声震寰宇的喊杀，战马的铁蹄与嘶鸣，战车的车轮碾轧，旌旗的猎猎掣动，甲叶的铿锵撞击，箭矢的凄厉呼啸，一同滚滚而来，那是沉雷在苍穹中的炸裂，那是烈火在地缝中的喷涌，那是洪水在夜幕中的咆哮。头盔、铠甲、盾牌、锋刃甚或马具与战靴上的铜钉，一同反射着火把的光芒，聚散离合倏忽不定，如同夜空中星海河汉般流淌着，盘旋着，涌动着，奔腾着，飘荡着，越来越近，越来越清晰，当落在最后面的楚军士卒们惶恐不安地扭头回望时，百余步外那些战车并排着呼啸前行的轮廓，甚至可以隐隐看清了。

“快逃！快逃——！”屈定几乎喊破了喉咙，嗓子喊到最后已不似人声，不得不伏下身子咳嗽起来。

“后队列阵，迎敌——！”景骐尽管抽出佩剑指向身后，手中的剑尖却和他的声音一样剧烈颤抖着。

来不及了，无论是四散逃命还是列阵迎敌，都已来不及了。破空的箭雨已淹没了两支楚军的后阵，如同一把长长的镰刀当头劈下，只一击便收割了上千名楚人的性命；血雨在楚军身后此起彼伏地喷溅着，染红了脚下的泥土，染红了层层叠叠积压在一起的尸体，染红了还活着的士卒们的衣甲脸庞。有些幸存者尽管躲过了箭雨，却被脚下袍泽们的尸体绊倒，仰面朝天倒在鲜血汇集成的水泊溪流中，而他们刚在惊魂甫定中举起手中的藤牌，便被轰隆隆开过的秦军战车连人带盾牌甲胄碾成了一摊模糊血肉，或是被急驰而过的战马铁蹄踢碎了头颅踩折了肋骨，方才还此起彼伏的呻吟声转眼便被震天杀声淹没，迅速消弭在了无边无际的呐喊中。

重重迷雾中，到处是追击、逃命、冲锋、抵挡、碰撞、厮杀；到处是长矛弩矢的穿刺，短戈战戟的啄杀，剑刃的劈砍，盾牌的撞击，车轮的碾压，马蹄的蹴踏；步卒被骑兵冲散了队列，战马哀号着被战车撞倒，车驾被弓弩的箭雨钉翻在地，射士们还未及填充弩矢便被蜂拥而上的步卒们结果了性命……广袤无垠的淮北原野上，充塞氤氲于天地间的大雾中，秦楚两军正如两条修蛇般绞在了一起，不断地搅拌、翻滚、缠绕、盘旋，张开血盆大口各自咬住对方的七寸，将赤浪般的淋漓鲜血洒向雾中。两军都如海浪般时进时退：忽而被推到前方，忽而被拉回阵后，忽而被聚拢到一处，忽而又被抛洒到四方；同时又如礁石般或隐或显：这个瞬间明明看到双方还在周旋进退，下一个瞬间已消失在了夜色与雾霭中，而刚刚还是一片漆黑一片灰暗的雾气，也许不知何时又会突然被大片大片的火把映出奋勇厮杀的士卒们的身影，战局和这大雾一样令人捉摸不透。光与影，虚与实；剑与血，火与雾；攻与防，进与退；生与死，成与败——这一切的一切，都在这场神秘莫测的大雾中，以不为人知令人目眩的速度急速切换着，唯一不变的只有那金戈铁马、浴血搏杀，唯一不变的只有那性命相搏、死不旋踵。这是终结整个战国之世的最后一场大戏，这广袤的淮北原野是它一望无垠的舞台，这弥散氤氲于天地间的大雾是它气势恢宏的背景，而在其间厮杀拼搏的近百万士卒是它的主演，近百万的肉体，近百万的鲜血，近百万的心灵，近百万的魂魄，一同构成了这场大戏的全部。而主导这场大戏的则是深孚众望的秦国上将军王翦，他果然没有令天下人失望，百余年的期待、数十年的筹备、近十年的积累、一年多的演练之后，当天下无数翘首以盼的脖颈都已酸痛，当天下无数望穿秋水的眼睛都已疲惫时，他却在所有人都猝不及防之际，轰然间全盘托出了这场自己苦心孤诣谋划多年的压轴大戏，它惨绝人寰却也震慑人心，它骇人听闻却也令人心潮澎湃，它以平凡无奇甚或枯燥乏味为开场，令无数观众昏昏沉沉了不知多久，却突然间奇峰突起，一下便达到了波澜壮阔惊心动魄的最高潮，非绝世妙手而不能克臻至此。

夜色依旧深沉，原本浓重的雾气却开始渐渐稀薄了，原本柔和的片片光晕渐渐耀眼了，无数火把已将淮北原野映照得如同明晃晃白昼一般，也映出了奋不顾身拥向汝阴壁垒的秦军身影，他们原本只是一片片模糊的轮廓，目下却随着雾气的散去而清晰起来。

“报上将军：平舆楚军已被马兴击溃，屈定阵亡!”

“寝城楚军全军覆没，辛胜正在搜寻主将景骐!”

“项梁部开始东向撤军，羌瘣正在掩杀!”

“杨端和已火速发兵，增援羌瘣!”

“蒙武部正兼程赶向淮水!”

“王贲部即将与蕲城秦军会合!”

“秦腾后军正向南赶来!”

……

一道又一道军报，绵延不绝地报到了王翦耳畔。

“马兴辛胜向东进发，与老夫合力攻杀汝阴楚军!”火光下，王翦的面色冷峻而坚毅。

“诺!”

“羌瘣杨端和掩杀项梁，阻止其与项燕会合！”

“诺！”

“蒙武尽快渡淮水，围住寿郢！”

“诺！”

“秦腾紧随蒙武渡淮，支援围城！”

“诺！”

“王贲加快构筑蕲城营垒，更要提防项超回援！”

“诺！”

“李信传令全军，随时小心身后项梁！”

“诺！”

发布完这一系列将令，王翦大步登上了刚在楚军营垒前搭好的司令云车又放眼望去，看到在秦军的猛烈攻势下，项燕亲自指挥的汝阴营垒已经岌岌可危了。

大批楚军仍在拼死抵抗着，从壕沟之中，从鹿砦之后，从营垒夯土的外墙背后刺出一根根长矛、射出一支支弩矢、丢出一块块礌石，尽管如此，在重装秦军面前，这些掩体终究还是太嫌简陋了。在头顶嗖嗖掠过的箭雨的掩护下，秦军步卒们向着汝阴营垒发起了全面冲锋，那高举在手中密密匝匝并排在一起的大盾，纵然承受了楚军一次又一次箭雨的洗刷也仍然势不可当，那数千支锋利短铍从这一排排大盾组成的铜墙缝隙中透出，任你再骁勇善战也无法直攖其锋，一座座步卒方阵如一只只巨大的铜铁刺猬，蠕动着逼近楚军营垒，步伐缓慢却坚不可摧。有视死如归的楚人潜伏在壕沟里，见秦人欺到身前便探起身试图偷袭他们的下盘，不料刚冒头便见对手将手中的大盾向脚下重重一顿，利如锋刃的盾牌边缘立即便切断了他们的胳膊或脖颈，伴随着鲜血残肢甚至头颅的飞起，一个个失去胳膊的伤兵一具具无头的尸体便重又滚落进壕沟，反倒为敌人填平了障碍，而秦人却几乎对此不屑一顾，仍然踏过他们的身躯继续一往无前，就这样缓缓越过了壕沟，跨过了鹿砦，一直进逼到营垒的土墙下，一次又一次冲击着掩藏于土墙背后、胆敢抵抗或反击的敌军。一排排短铍刺出，不仅带下一具具赭黄色衣甲的楚军尸体，带下一汪汪鲜血，更带下一坨坨土墙的碎块，留下一道道裂痕甚或缺口。

“大司马，营垒已被冲出缺口，秦军杀进来了！”又一名浑身浴血的千长跌跌撞撞跑了过来。

“堵住！”满脸铁青的项燕只回了这一个词。

“堵……拿什么堵？”

“拿人往上填!”项燕从牙缝中挤出这句话来。

在秦军的连番冲击下，楚军营垒的外墙终于开始出现了缺口，先前只有三五处，然而迅速增加到七八处、十余处、二十余处，待到后来甚至有无它们都已没甚区别了，万千轻装秦军互相推挤着，支撑着，托举着，攀爬着，不乏身轻力健者索性脱下甲胄丢下盾牌，只猛然一跃便越过了墙头，踏出的缺口还在窸窸窣窣向下掉落着黄土，他们自己却已继续呐喊着咆哮着远去了。如是这般三番五次，夯土筑成的楚军营垒经不住这猛烈的踩踏，呻吟着崩塌出更多更大的缺口，后面的秦军步卒趁势汹涌鱼贯而入，黑色人潮刚席卷而过，大片楚军的营垒便如同被黑压压的蝗群光顾过的田畴一样，转眼间面目全非了。

营垒外墙已被攻破，尽管如此，营垒中的楚军却仍然奋力抵挡着，当真是按项燕的军令，拿人往上填。他们先前还试图堵住营垒外墙的缺口，然而随着秦军如潮水般涌入，也便顺理成章地放弃了这一打算，与敌军真刀真枪地性命相搏起来。战事到了此等地步，一切谋略、阵法甚或技击技巧都已全然无用，左右战局的唯一要素只是双方的人数和战力。楚军心知肚明，这两点无论是哪一条自己都远处下风，他们只能靠高昂的士气和必死的斗志来勉强扳回些劣势，于是抵抗也分外凶狠，秦军与他们的厮杀也就格外惨烈。眼前是火焰晃动、血肉横飞、寒光闪烁，耳畔是震天的杀声、剑锋的铿鸣，头顶是破空的箭雨，脚下是汩汩的鲜血与遍地的尸体，这一个瞪着红彤彤的眼睛，那一个露出白森森的牙齿，这边面孔扭曲狰狞，那边口中喑呜叱咤，这里是血淋淋的伤口，那里是白花花的脑浆，不断有人哀鸣着倒下，或卧或躺或辗转反侧地承受着袍泽与敌人的践踏，很快便步了身旁那些死者们的后尘，而就连这些人也没有放弃拼杀，或是抱住还在厮杀的敌人的腿脚，或是与同样倒下的对手扭打在一起，剑锋、匕首、箭镞甚或石块、树枝、沙土，一切能抓在手里的都是杀敌的武器；拳头、手肘、膝盖、额头、指甲、牙齿，全身上下但凡有一处硬的地方，都被用来性命相搏，他们在浸泡了鲜血的滑腻枯草上或松软泥泞中翻滚着，揪着对方的头发，掐着对方的脖子，咬着对方身体的任何一处，撕扯着对方的伤口，将自己的血敌人的血一同四下里泼洒，就连已经开始坍塌的营垒和那满山遍野的草木也仿佛无法承受这惨烈，一同在这凶狠厮杀中悚然战栗着。

秦人已取得了压倒性的优势，楚军败局已定，唯一的疑问是还能撑持多久，然而恰恰是关于这点，答案迟迟无法揭晓。惨烈的搏杀延续了整整一个时辰，楚人的鲜血不知流淌了多少，秦军却始终无法彻底击溃他们，而正当战局胶着之时，秦军后阵却又起了突变。

“上将军，一支楚军正向我身后袭来！”斥候隔着老远便大声吼道。

“何人领军?”王翦抬高了嗓门。

“没有旗号，然则，领军楚将戴一副黄金面具！”

5

对项梁来说，直到秦军开始掩杀前，父亲的整个撤兵方略还是一帆风顺的。

几个时辰前，接到父亲派骑传候发来命自己动身的军报后，项梁便借着夜色和雾气的掩护，统领着麾下大军从景骐驻守的寝城背后绕过，开始向汝阴壁垒进发，准备与父亲会合。不想大军刚走到一半，北面的大雾中便响起了秦军的战鼓号角与喊杀声；此后景骐军使接踵而至，报说秦军开始掩杀，次将请少将军迅速回援！说话间父亲的军使也匆匆赶到，带来了新的军令——立即进发汝阴与自己会合，不惜一切代价！景骐军使闻讯大惊，急急分辩说次将末将正在危急，还请少将军先援我等，不料话音未落，项梁已手起剑落，将他一剑刺落马下！

“少将军！”其他都尉军侯无不大吃一惊。

“若没他们拖后腿，楚军怎会如此！”透过黄金面具，项梁的声音无比阴沉凶狠，“死到临头才知求救，晚了！休管他们，全力赶往汝阴！”

相较景骐和屈定，项梁要幸运得多，终是赶在秦军合围之前杀出了重围，与父亲顺利会合时麾下还有近一半兵力，然而他没有想到的是，王翦已将父亲的大军逼到中军幕府之外，羌瘣与杨端和两部也在身后紧追不舍，很快就会赶上来；稍远处更有马兴辛胜两路大军，无数的长矛和戈戟开始从四面八方渐渐合拢，楚军的全线溃败是早晚之事了。

“完了！”

望着前方逐渐逼近的黑色波涛与节节败退的黄色浪潮，项燕心下痛惜不已。举国近六十万大军，竟在自己手上尽数葬送！庙堂昏庸也好，世族掣肘也好，种种原因都不是借口，是自己力主撤军给了秦人破绽，更何况自己还想抛开庙堂独自抗秦！自己是楚国的罪人，这场惨败的罪魁祸首！

“大司马，快顶不住了！秦军前锋离幕府只几百步了！”一员满脸血污的都尉慌慌张张跑来。

没有任何回答，只有一片静默，在震天的喊杀声中分外突兀。

“大司马……”都尉又惊又疑地望着项燕，看到大司马的剑锋已横在了自己脖颈上。

“覆军，杀将……”项燕嘴角浮现起了一丝自嘲的冷笑。

覆军杀将，是楚军的一个久远传统——楚人但遇败战，主将绝计不会独生。尽管列国间大都有这种习俗，但楚国却最为明显，覆军杀将者也最多，楚武王之子屈瑕，楚成王的令尹成得臣、司马子西，楚康王的令尹子囊，楚平王的司马薳越……数百年间，楚国不知多少败军之将都是如此了结了自己，而目下，该轮到自己了。

“阿翁，不可!”项梁的急切声音陡然从背后响起，项燕扭头望去，正看到自己的儿子，面具倒映出的火光在脸颊的轮廓上流动着。

项燕没有吭声，保持着横剑的姿势一动不动。

“阿翁，只要回到江东，一切就都还有救。阿兄已先撤军，只要我等还能回到江东，仍可继续抗秦，楚国还没完!”

“楚国，还没完?”项燕凄然一声叹息，“此时，秦军怕是已开始攻打寿郢了吧……”

“上将军，蒙武将军来报，景骐已逃回寿郢!”

“我等，被追杀，大军，没了，全没了……”景骐跪在负刍和一干老世族面前，头发散乱满身血污，哆哆嗦嗦地嗫嚅着。

“如何? 六，六十万大军……全没了?”负刍“腾”地一下站了起来，一声声闷哼随即响起，几个年岁大的世族大臣纷纷倒地，整个大殿一下炸开了锅。

“非但如此，秦军，蒙武部……”景骐梦呓一般说道。

“蒙武部目下何处?”王翦转过身来，紧盯着军使，景骐的下落他完全不屑一顾，只关心蒙武的进展。

“已赶至寿郢郊野!”

“鸟个楚王! 鸟个老世族! 赶快献城投降! 老子给你一个时辰，再不开城门，便硬攻了!”

蒙武的粗嗓门回荡在寿郢的郊野，回荡在芍陂的水面。在他身后，数万大军已大剌剌铺开，这是一支完全由轻兵组成的大军，除去数不清的弓弩，除去攀爬城头所必备的轻便云梯外，没有带任何攻城的大型兵器。

“秦腾如何?”王翦跟着问。

“将军紧随蒙武赶到，已分兵驻守所有水陆要道，寿郢已是一片孤城!”

“我等卡死了寿郢一切退路！别想逃了！”秦腾站在蒙武身旁，也向着不远处的城垣大喊，一脸意气风发。

“我等还，还能跑么?”楚王负刍满头大汗嗫嚅着。

“跑不掉了，陆路水路都跑不掉了，到处是秦军……”景骐跌坐在地上，沮丧道。

“难道……只能降秦了?”昭氏老令尹喃喃自语，偷偷看了负刍一眼。

“陛下，为免生灵涂炭，还是降秦吧！”大殿内一干老世族纷纷吵嚷道。

“降秦?”王翦笑了，“负刍纵然平庸，终究夺位为王，这点儿血性总算还有。”

“降秦?”面对着满朝老世族们，负刍第一次强横了，“我楚人向来血性，何曾不战而降？——景骐！”

“臣……在！”景骐不明所以地应道。

“城中还有三千兵马，交你统领，抵抗秦军！”

“……诺！”

“能直接逼降寿郢自然最好，只怕楚国君臣仍会负隅顽抗。”王翦半是自言自语地沉思道，“攻城怕是无可避免，然则，想必蒙武正求之不得。”

“不肯降？老子巴不得你不降！”蒙武放声大笑，“正好痛快一战！”

“陛下啊！我等如何抵御得了秦人？硬撑能撑住么?”老令尹摇晃着满头霜雪哀叹道。

“莫慌，莫慌！以本王之见，这蒙武兵力虽多，却都是轻兵，没甚攻城器械；我寿郢城中尚有三千守军，无论如何，至少能抵挡旬日！”负刍语气很是坚定，却不知是在安慰众人，还是在自我安慰。

“蒙武部虽都是轻兵，更无攻城器械，然楚王君臣，却也休想高枕无忧……”王翦嘴角绽开了一丝自得的笑意。

“蒙将军，打吧！”身后的大阵中，士卒们喊成了一片。

“石块搜集得如何了?”蒙武转过头问身边的秦腾。

“积得不多。然攻城之时，可继续搜集！”

“善！”蒙武大是振奋，“传我将令——攻城！”

“传老夫将令！”王翦扭过头，厉声喝道，“蒙武已开始围攻，我等更要早擒项燕父子！”

铺天盖地的石块纷纷砸向了寿郢城垣，本就不算高大的城垣顿时被飞石组成的暴雨所笼罩，在弥天的烟尘中震颤着，战栗着。

“秦军不是没有攻城器械么？这飞石是哪来的？”城垣之上，和守军一同匆忙寻找掩体的景骐不禁大惊失色。

“老夫令士卒整日投石击壤，而今终是派上用场了……”望着前方已开始溃退的项燕楚军，王翦暗想。

“寿郢完了，楚王完了，楚国却还没完！”项梁急切道，“楚国还有阿翁，还有昌平君，还有我等兄弟，还有我江东项氏！”

“好，阿梁，记住你自己说的。”项燕的面色前所未有的冷峻，“项氏不灭，楚国不亡！你先撤退，老夫为你断后！”

“不，阿翁先走！楚国可以没有阿梁，不能没有阿翁！”项梁哽咽着猛地站起身来，扭头大喊，“江东子弟兵！”

“在！”一片奋然应和，这三千江东子弟兵是汝阴楚军中剩下的最后一支精锐。

“独子随大司马走！父子二人，儿子随大司马走！兄弟二人，弟弟随大司马走！剩余人等，随我留下断后！”

“诺！”人群唰地分为两列。

“大司马快走！”左列准备突围的江东子弟兵齐声喊道。

“大司马快走！”右列留下来的江东子弟兵齐声喊道。

“阿翁，快走！”项梁久久长跪着，隐藏在黄金面具背后的双目，隐约有泪花在闪烁。

项燕弯下腰，扶起了自己的儿子。“阿梁，老夫江东等你！”又望向那些留下来的士卒们：“老夫也在江东等你们！”

“阿翁放心！”

“大司马放心——！”

“左列子弟兵，随我突围！”

微微泛起一丝幽蓝的苍穹之下，依稀回荡着项燕的吼声：

“楚虽三户，亡秦必楚！……”

汝阴最后的数万楚军，终于全线溃散了。

尽管项梁已尽了最大努力，将数倍于己的秦军拖了半个多时辰，但在那疾风骤雨般的连番猛攻下，楚军终于还是抵挡不住了，不知谁喊了第一声“逃吧”，紧跟着便是一片迅速蔓延开来的巨大混乱。无论将士无论人马，无不相互推搡、冲撞、践踏，以袍泽为踏脚石来抢得一线生机。大路、小径、田野、丘陵、草丛、树林、山岭、谷地，到处是堆积在一起的死尸活人，到处是败退、摧折、崩溃、消散，撤兵终于成了真正的败逃。而在这些惊恐的逃命者背后，是密密麻麻的弩矢组成的箭雨，是青铜怪兽一般的秦军战车，是从头到脚连人带马都包裹在战甲中的铁骑，是杀得性起索性丢盔弃甲披头散发只挥舞着兵刃大呼小叫的秦军步卒，劈、砍、刺、啄、砸，这是一场单边的屠戮，一场嗜血的收割，只不过秦人收割的不是稷麦而是首级。

溃散之中，只有项梁没有慌乱，他的双目从黄金面具后面喷射出熊熊火焰，右手高高举起，挥舞着马鞭挞伐着逃散的士卒，而那些江东子弟兵也聚集在他身边，试图跟着自己的统帅维持住整支大军的秩序。然而一切努力都是徒劳，尽管这支千人队有如顽韧的礁石般屹立在溃散的乱流中，却仍然无法避免被淹没的命运。眼见如此，项梁终究还是一声长叹，下令丢掉大纛，全力突围，手中的吴钩也随即向东一挥，整个护卫千人队便呼啸着向吴钩所指的方向席卷而去，这于他们倒非难事，漫山遍野都是逃命的楚人，他们甚至是身不由己地被人潮裹挟而去，如同一叶小舟在沧海横流中被风浪向前推挤着，需要担心的不是能否前行，而是不要被这波涛吞噬。

“上将军，汝阴楚军彻底溃散，然项燕父子已先后突围!”

“李信，率锐士千人队与死士营，随老夫追杀项燕!”王翦一把推开目瞪口呆的军使，大步下了司令云车，随即飞身上马，箭一般地第一个冲了出去。后面的李信刚一愣怔，马上便招呼起早已等候多时的死士们匆匆追赶起前方那一骑绝尘。

“上将军，如何亲自出马?”急雨般的嘚嘚马蹄声中，李信一边大喊一边拼命抽打着战马，这才勉强赶上了正在狂奔的王翦，与他并辔疾行。

“项燕绝不能逃入江东！必须死在淮北!”急雨般的嘚嘚马蹄声中，王翦报以同样的大吼。

6

淡黄色的朝阳从群山背后缓缓升起，艰难地将微弱的曙光穿透重重阴霾，有气无力地投向淮北大地，尽管它丝毫没能改变那昏沉沉的天色，却勉强照亮了原野上一抹正在蠕动的赭黄色。

这是一支只有数百人的马队，那沾满了血迹汗渍污泥的破烂战袍和碎裂甲胄，那插在后背肩膀胳臂的一支支断箭，那一张张疲惫憔悴的面孔上的惶急表情，分明显出这是一支正在逃亡的败军；而那赭黄色的衣甲，以及那面已破碎不堪的大纛上的“项”字，也分明昭示出他们的真实身份。

“阿翁，这大纛显眼又累赘，直是活靶子；而今我等又败局已定，打不打都一样，不如降下吧！”项梁忐忑不安地叫道。

“老夫不死，大纛不倒！”项燕只说了这一句。

“……诺！”

“我项氏但活下一个，大纛便不能倒……”

项燕的阴郁目光直射向前方。他右臂中了一箭，左肩则留下一处剑伤，所幸并不妨碍策马急行，而胯下的战马已换了第四匹，甲胄也留下不下十道剑锋砍斫的痕迹，战袍更是几乎辨不出本色，身旁的项梁和其他江东子弟兵们也大体如是。目下这支马队早就疲惫不已狼狈不堪，根本不再有任何战力，甚至很难说还剩下多少清楚意识，几乎完全是凭着本能在向前赶。支撑着他们继续前行的唯一动力便是，回江东。

昨夜大败之时，项氏父子都先后涌起过必死之志，然而当项梁终于在秦军重重包围中杀出一条血路、与项燕顺利会师之后，父子俩心头却都不约而同地保留了一丝求生的渴望。秦军刚杀过来，项燕便派出军使去向最早撤军的项超求救，目下项超必定正在向回赶，只要能在秦军先头部队追杀上来前与其会合，项氏本部兵马至少还可退入江东喘息修整，这便意味着他们必须全力东行。

“我等，这是到哪儿了？”

儿子的声音打算了项燕的思绪，他扭头看去，但见项梁喘着粗气，一边颇警惕地环顾四周，身后的子弟兵们也随之纷纷勒住了缰绳。

展现在他们面前的，是一片广阔沼地。迂回曲折的水道在这片巨大的洼地淤滞、沉积，盘根错节的枯黄衰草覆盖在茫茫无际的泥淖中，一片片倒映着阴沉天色的水洼偶尔夹杂其间，只有从那浑浊泥水上方能管窥这泥淖的本来面目。楚军逃亡的路上，雾气已尽数消散，然而在这片沼地中，连绵不绝的雾气仍然重新萦绕在连绵的衰草泥泞与水洼中，使这里显得神秘莫测，杀机四伏。

“蕲城东北，大泽乡，老夫年轻时曾到过此地。”项燕咬着牙喃喃道，“由此向东数百里，都是这般泥淖水洼与平地驳杂，尤以垓下一带为甚。我等小心，不然稍有不慎便会陷入泥中。”

他稍一沉吟，又扭过头对儿子和其他骑士喊道：“下马！牵着马走！”

“秦人若追上，却又如何是好？”

“王翦便是追上，也须这般走。”项燕脸色阴沉，率先牵着战马走向了沼泽。后面的项梁和其他子弟兵们如法炮制，一行人就这样小心地蹚过水洼与泥泞，在茫茫大泽中渐渐远去，只剩那面赭黄色的大纛还依稀可辨。

“将军，项燕父子已逃至大泽乡！”

“楚军最先东去那部，到了哪里？”

“那一部项超统领，两万兵马，正在火速回援，已赶至垓下以东数百里外！”

“好快！”王贲心下一惊。

按先前打算，他本想在这垓下河谷守株待兔，等项燕自投罗网，不想项超这般神速，目下竟已近在眼前，只怕尚未等到项燕，自己便先要面对身后项超的猛攻了。自己麾下虽有万人，纵然早已构筑好壁垒，却也实在无足够把握应对这多自己一倍的兵力。

“项燕身后可有追兵？”

“上将军亲率两万轻兵追击，已赶至二十里外！”

“父亲?!”

王贲心下又是一惊——父亲向来不出奇兵，而今竟亲自领军前来，可见项氏父子在他心头分量多重！既如此，自己更不能让他们跑掉！仅仅一个闪念，便立即打定了主意：“进兵大泽乡！先与上将军夹击项燕，再一同应对项超——！”

随着这一声令下，一道道黑色潮水自垓下山谷的各个角落纷纷涌出，又汇合成一条长龙，向西滚滚而去。

路越来越难走了。

雾气没有全然散尽，天空却又更加阴郁了，不知何时，本就颇黯淡的日头已堕入了层层雾霭，零星的细小雪花却开始渐渐飘落，落在这最后一支楚军的衣甲上，以及那面仍在倔强招展着的破碎大纛上。

一匹匹战马时而低垂着头，试图从那微蒙白霜的草丛与泥泞中分辨出陷阱；时而又扬起脖颈，不安地“呼哧呼哧”喷着响鼻，与士卒们的艰难喘息声、蹚过水洼泥泞的“哗哗”声混成了一片，除此之外便了无声息，没有风声，没有鸟鸣，没有草木的战栗，这里更看不到山塬林木，看不到村落道路，自然也看不到生机，鸟兽在这里绝迹，这里也渺无人烟，天地间竟只剩一片寂静。

一片令人不寒而栗的寂静。

项燕右手牵马，左手拄着用来探路的吴钩走在最前，尽管其他不少子弟兵都自告奋勇要前面开路，却都被他拒绝了，除他本人外，别人都不知这泥淖的深浅，只怕猝不及防之下会枉送性命，于是只有儿子与他并排走着。

细小的雪花仍在不住飘落，项梁已摘下了自己的面具，警惕的目光扫向四面八方，偶尔瞥向身旁的父亲，却见他的发丝、胡须甚至眉毛上都积压了一层雪花，然而项梁知道，即使没有这层雪，父亲的须发本也都是白的，他记得父亲今年整六十，论年岁尚未老迈，一年前秦楚两军对峙时还仅是鬓角微霜，不料一年间须发全白了……

"阿翁……"项梁轻轻伸手，抹去了自己父亲眉毛上的雪花。

"放心，我等，回得去。"项燕瞥了自己儿子一眼，向来不苟言笑的脸上绽放出一丝笑意，然后他的目光又直直望向前方。

"我等，回得去……"

项梁的思绪，随着这句话渐渐飘回到少时，他记得那时的父亲头发和胡须都还是乌黑的，该是阿兄的年岁；而自己却还是个孩子，该是和如今的阿籍一般大。那时自己每日都要在震泽中凫水一个多时辰，即使是深冬时节，震泽的水已寒彻入骨时也是如此，正是在那许多个冬日的一天，自己奋力凫水时忽被一股急流卷走，是父亲跳入水中，冒着同样被淹死的危险将自己救了上来，而当自己与父亲终于艰难爬上一处沙洲，却发现已被急流冲到不知何处时，父亲便说了那同样一句话。

"我等，回得去……"

那时他还小，他只能仰着头望着身旁的父亲，他只觉得自己的父亲无比高大；如今，自己已和父亲一边高，甚至还要高些，父亲却已苍老了，然而他此刻带给自己的那种踏实和笃定之感，仍和那时没甚不同。

"当真回得去么?"项梁心下默念道，目光也不由自主地投向远方的迷雾，寻觅着阿兄率领的援军的踪影。

突然，他感到脚下一沉，低头望去却惊恐地发现，自己的双脚已陷入了泥中，正在缓慢而不易察觉地向下沉去!

"泥潭!"父亲急迫的声音陡然响起，"后撤！快后撤!"

整支马队都陷入了混乱，项燕父子与走在前面的二十余名子弟兵双膝以下已被泥淖吞噬，后面不少人都想将他们拖出来，却反而连自己也陷入了泥中，转眼间所有人都成了这片沼地的俘虏。泥淖不算很深，膝盖被没过后便没有继续下陷，然而无论这些楚人如何拼命拔起双腿挪动身子互相拉扯，依然是寸步难行，只能这样进不能进退不能退地徒劳挣扎着。他们愤愤的咒骂声，急切的求救声，与战马惊惶的嘶叫恐惧的悲鸣混杂在一起，久久回荡在细雪与雾气中，完全打破了沼地的死寂。目下威胁着他们的已不是敌人，而是造化的神秘意志，面对着这样的对手，热血和斗志已不再起任何作用了。

而正在这时，他们发现远方的重重迷雾中隐约浮现出了大片阴影。

“秦人……”项燕松开了手中的缰绳，一任自己的坐骑近于疯狂地挣扎着，只是呆立着遥望那渐渐逼近的阴影，一股恶寒自心底渐渐升起。

7

的确是秦军。

大片阴影透过飘飞的雪花，穿过迷茫的雾气，踏过遍地泥泞水洼与湿滑的衰草，从前后两个方向同时向着这最后一支楚军缓缓逼近。随着他们的身影由飘忽逐渐变得清晰，楚人已可看清他们那黑色的衣甲，还有那手中正在闪烁着寒芒的弩机，甚至那两面黑色大纛上同样以白线绣着的“王”字都能看清。这些秦人平举手中的弩机徒步前行，默不作声地迈着沉重有力的步伐，散成一个巨大的扇形，又渐渐汇拢成一个巨大的黑色圆环，围住了这片泥潭，也堵死了楚人的一切去路，如同一条系好的黑帛套上了他们的脖颈，而且还在不断收紧。

尽管心知一切抵抗都已无用，江东子弟兵们还是纷纷举起了手中的藤牌越剑吴戈。

行进到一箭之地时，这前后两支同样打着“王”字旗号的秦军同时止住了脚步；身后的黑色大阵缓缓裂开，一位须发雪白的老将踏着遍地泥水，徒步走上前来。

“大司马，少将军，又见面了。”

一片寂静中，王翦的苍老声音回荡在风雪中，深不可测的眼睛不动声色地望着泥潭中的这些人。

项燕分外平静地遥遥拱手：“上将军，老夫此番口服心服。”

项梁则没有吭声，闪烁的目光逐一扫过身边的子弟兵们，看到所有人手中都没有弓弩时，双目中掠过了一缕失望。

“老夫追击大司马之时，秦军已围困寿郢，楚王君臣被擒只在早晚之间，大司马不必再负隅顽抗了。”

项燕却面色平静，陷在泥中的僵直身子一动不动：“楚国国土广袤，楚人众多，更有世族林立，纵然楚王被俘、寿郢被占，各地世族仍将自行抗秦，我江东项氏更是如此。”

王翦微微颔首：“大司马此言不假。项氏，终是秦国心腹大患。”

“要杀便杀，哪恁多话!”

项梁的声音突然响起，王翦掉转目光，正看到那愤怒的目光投射到自己身上。

“老夫，目下还不想……”王翦淡淡道。

项燕的笑容中满是嘲讽：“上将军想招降我等么?”

“大司马父子，今日必须死于此地。”另一个冰冷而粗重的嗓音从前面的秦军中响起，项氏父子同时扭过头，但见秦军前阵中同样缓步走出一员黑甲黑袍的骑将，然而不像王翦那般谨慎，他并没有停留在弓箭射程之外，而是穿过飘洒的雪片径自一步步向前，一直走到泥潭的边缘才停下。

“江东项氏纵肯归降，秦王纵肯纳降，我也不会放过你等。”那鹰隼般的双目扫过项燕父子，平静的语气中却蕴含着无尽的杀机，“对你等六国世族，王贲绝不心慈手软，必当斩草除根。——请上将军下令，放箭!”

“再等等。”王翦声音不大，却极是沉着有力，说着缓缓踏上几步，望着泥淖中的项氏父子，“大司马，老夫之所以亲自领军前来追杀，自是为防止你等逃亡，然在此之外还有一事。”

说着他将手按在了腰间，又丢过来一样物事，项燕抬手抓住，顿时愕然。

“此乃当年邯郸之战时，大司马赠与老夫之物，目下还与大司马。”

望着这只纹饰精致的革囊，项燕的笑容中颇有些自嘲。

“大司马、少将军，老夫明白，以楚人血性，劝降便是对你等莫大侮辱；然你等纵与老夫多年为敌，却也英雄了得，老夫真心佩服你父子二人，也正因此，此番愿成全你等最后尊严。”

尽管王翦没有继续说下去，但项燕明白他指的是什么，当年两人第一次交手时，自己曾对王翦说过同样的话。不由得郑重其事地深深一躬：“老夫，谢过上将军。”

抬起头时，他发现王翦正在紧盯着自己，两位老人就这样最后对视了一眼，这一瞥中包含了太多太多的东西，然而王翦的目光中唯独没有胜利者的喜悦，项燕的目光中也没有失败者的屈服。

目光交错的那一瞬间，王翦的记忆倏忽间闪回到了数十年前，两人的第一次交手，那时的情形与目下颇多相似，唯一的不同便是自己与项燕的角色全然颠倒了过来，他不知自己当时是何等神色，但他觉得，该是和此刻项燕的目光相差无几。

那是一种问心无愧的坦然，那是一种勘破生死的轻松，王翦确信，此刻的项燕，与数十年前邯郸之战时的自己，心中所想的并无不同。

于是他也向对方深深一躬，没再吭声，只是转过身去，一步步走向了秦军大阵。或许是错觉，项燕觉得那背影说不出的落寞。

望着那个背影，他深吸一口气，呛啷一声抽出了自己的佩剑。

“阿翁……”项梁的声音微微颤抖着，这次却没有阻拦自己的父亲，而是单膝跪下，泥水瞬间没过了他的前胸。

“大司马！”子弟兵们也纷纷跪倒在泥水中，泥水四溅。

“阿梁，你与老夫并肩而战多少年了?”剑刃横在脖颈上，项燕仰天望着纷纷扬扬洒下雪花的苍穹。

“十年，十年了……”大滴大滴的泪水，从项梁的眼眶中不住淌下。

“你等呢?”项燕环顾身边的子弟兵们。

“三十年了！”一个老卒喊道，“邯郸之战时，我便跟大司马北上救赵！”

“我阿翁当年随大司马灭鲁！”另一个年轻士卒喊道。

“我兄弟二人打过河外之战！”

“我参加过最后一次合纵，一直打到蕞地！”

……

“好，好……”项燕淡淡笑道，目光逐一扫过子弟兵们，“你等都曾出生入死，都是我楚国热血儿郎，只要我楚人，只要我项氏都有你等热血，楚国不灭！项氏不灭！”

“楚国不灭！项氏不灭！”子弟兵们人人声音颤抖，泪光莹然，各自将手中兵刃横在脖颈，只有项梁双手握紧了那面残破的大纛。

“阿超援兵，也该到了吧……”项燕轻轻叹道。

匆忙的脚步声和泥水四溅的声音遥遥传来，一名秦军士卒匆匆由后阵赶到王贲身旁，低声说了句什么，王贲脸色陡然变了。

“惜乎咫尺之间，终未能见他最后一眼，还有阿缠，阿籍……”

项梁则没有吭声，他心底只默念着一个名字：

“女萝……”

“射士，预备！”王贲抬起了右手，万千弩矢随之指向了这最后一批负隅顽抗的楚人。

项燕却并没有向秦人望上一眼，只任由自己的思绪飞扬着，心底回荡着自己和王翦当年那两句对话：

——“蒙君之惠，三年将拜君赐!”

——“拜赐之师，给你三十年!”

……

王翦，这次是你胜了，老夫败了。然则楚国没有完，项氏没有完，楚国与秦国、项氏与王氏之间的恩怨，也没有完……

“各校望山!”王贲的喊声重又响起。

王翦的身影已渐行渐远了，项燕向那个背影望去了最后一眼，深吸一口气，仰天长啸，吼出了自己最后的遗言：

“楚虽三户，亡秦必楚！……”

在那个瞬间，一股血泉自他的脖颈中喷涌而出，染红了正在飘飞的雪花，染红了泥泞的沼地。

在那个瞬间，除去项梁之外，所有子弟兵都割开了自己的喉咙，纷飞的血雨弥散于天地之间。

在那个瞬间，项梁奋力挣扎着试图从泥泞中站起，高高举起了那面破碎不堪，却仍在风雪中招展的“项”字大纛。

在那个瞬间，正向秦军阵中走去的王翦心底猛然一颤，收住了脚步，半侧过脸来。

在那个瞬间，王贲劈下了高高举起的右手，密集的箭雨自从秦军阵中射出，直扑向陷在泥淖中的楚军尸体。

在那个瞬间，项超与张良率领的江东子弟兵已越过了垓下，正在近乎疯狂地向西疾驰着，离项燕自刎的那片沼地只有百里之遥。

……

在那个瞬间，天地间的一切都仿佛静止了。

公元前223冬，楚将项燕兵败逃亡至蕲地，在重重包围中自刎而死，临终前吼出“楚虽三户，亡秦必楚”的誓言；十三年后，公元前209年夏，大泽乡的滂沱大雨中，九百名戍卒揭竿而起，再度借项燕之名打出了抗秦旗号，他们在史书上留下的，则是另一句誓言：

“大楚兴，陈胜王！……”

第十七章 国殇

1

攻陷楚都寿郢、俘获负刍君臣后，王翦等大将在寿郢郊野的芍陂岸边迎来了秦王车驾。

这已是淮北之战、项燕战死将近一年后了。这一年光景中，秦军蒙武、秦腾两部对寿郢围而不攻，只隔三岔五投掷连绵飞石以为骚扰；其余各部大军则对藏匿在淮北淮南各山地、河谷、城邑的楚军余部逐一扫荡清理，又先后设立了陈郡、九江、长沙等郡县，耗时虽久，却有效稳定了楚地民心，更给下一步进军江南、岭南这两大片楚地创造了坚实根基。及至整个淮水流域尽数落入股掌，王翦才下令对早已奄奄待毙的孤城寿郢发动进攻，只短短半日便告捷了，楚王负刍与各族元老无一脱逃，被一网打尽，顺利得让蒙武连呼不过瘾不过瘾。

捷报发回咸阳第三日的黄昏，秦王车驾便抵达了攻楚秦军之中，秦王万岁秦国万岁的欢呼声随之响彻了寿郢郊野与芍陂水面。早已准备好的军宴随之开始，整个秦军营地一片热火朝天。一股股炊烟腾了起来，一团团篝火燃了起来，一只只尚且滴着血水的肥羊在火上翻滚着，一只只陶盏斟满了清亮的凤酒，倒映着跳动的火苗。一个个精壮后生，人人打着赤膊精着身子，有的左手一只羊腿右手一碗秦酒，大快朵颐开怀畅饮，更多的却是击着瓮扣着缶弹着筝拍着腿，唱着笑着吼着叫着跳着舞着……芍陂岸边成了一片欢乐的海洋。

望着夜色中芍陂倒映出的一片灯火，听着耳畔震天响的喧闹欢笑声，秦王政感慨地长出口气。

“陛下还好？未醉吧?”王翦呵呵笑着，大步走了上来。

“无妨无妨！”秦王政摆手笑了，“今晚喝的乃热甘醪，甜水一般，甚事没有！”说罢又是悠悠一叹，“只待天下一统之后，寡人再开怀畅饮了！”

“陛下所言不差，”王翦脸上虽仍挂着一丝温淡笑意，语气却已郑重了起来，“楚王虽俘，楚国未灭。目下，尚未到真正庆贺之时……”

和目下尚在北疆苟延残喘的燕代两国一样，楚国尽管大势已去，却未完全灭亡；更要紧的是，楚军溃散的余部、尚未被俘的老世族们，以及岭南一些百越部族，纷纷向江南吴越之地汇集，使那里俨然成了又一处抗秦热土。之所以如此，只有一个原因：在江东项氏的拥戴下，昌平君熊启即位成了新楚王。

非但如此，项梁也还活着；甚至据黑冰台密报，悬刀首领张良也在江东。

淮北大决之际，王翦刚逼杀项燕，项超张良便匆匆赶到。其时两军兵力相差无几，大泽乡一带又遍地泥泞，根本无法全力冲杀，若当时开战实在胜负难料，王翦又虑及昌平君与项氏族人大都在江东，秦军终归要南下震泽，彼时重兵压境胜算更大，是故终是撤出大泽乡，放走了江东子弟兵，项梁也因此而得救。却不想倏忽一年间，项氏竟重又开始恢复实力了……

“老将军，平定江东之事，心下可有成算?”秦王的声音又在耳畔响起。

“已有七八分。此战，将与我军以往征战都不相同。”

“何意?”

“这一战，将是水战……”王翦的目光，紧盯着黑暗中倒映出点点灯火的芍陂。

送走秦王之后，王翦再度开始了新一轮战事谋划。

与楚军对峙的整整一年，以及那场淮北大决战中，秦国尽管取得了旷古大胜，六十万大军却也前前后后足足损失了七八万。这剩余大军中，原先的九原军、驻扎在燕赵旧地的大军，两部共计十万人马，以李信为将先行北上，提防近来又开始蠢蠢欲动的齐国和燕代残部，淮北淮南两地也共留了十余万兵马，由杨端和统领，从而彻底解决了秦军后顾之忧。此后，王翦便率领着剩余近三十万大军继续一路南下，在暮春时节抵达了大江以北的昭关，一则等待巴蜀舟师顺江而下，与自己会合，二则为此次进兵江东做准备。依其进兵方略，三十万秦军分为一路主力两支偏师，两支偏师一南一北，辛胜率领南路七万余人，过大江后向东南进军，一直抵达浙水入海口，占据会稽山、若耶溪一带，从而卡住楚军向东越逃亡的南下道路，更是阻止百越人北上援楚；北路是同样兵力，由羌瘣率领，过大江后分别占据丹阳、金陵、朱方、云阳等城邑，断绝楚军北上逃亡之路；主力大军则由王翦亲领，以巴蜀舟师为前锋，沿大江支流中江向东驶入震泽，陆路大军则紧随其后，舟师与楚军决战于水上，陆路大军随即便登陆震泽东岸、强攻姑苏！

“……诸将，统一大业尚未完成，万莫轻心。自古为山九仞，功亏一篑者屡见不鲜，当年乐毅灭齐便是前车之鉴！而今这平定江东之战，既非统一天下之最后一战，也非平定楚国之最后一战，更非淮北大决那般旷古大战，然却是我等灭国以来关键一战，也是最难一战，更须上心！”这是当时王翦对大将们交代的原话。

“说此战关键，原因有三：其一，昌平君已在姑苏继任新楚王，欲灭楚国乃至六国世族，必以斩此大纛为先；其二，昌平君乃江东项氏拥立，一年来项氏又招兵买马扩充实力，而今已是楚国反秦之轴心力量，铲除项氏乃铲除世族之关键，平定江东乃摧毁楚人战心之关键；其三，项氏本就与百越部族暗地里通连，我等若欲占据岭南、平定百越，必先拿下江东以为根基！”

“明白——！”

“与此相对，此战难处亦有三：其一，楚人血性，项氏更是如此，况乎此乃项氏保家卫国之最后一战，是故江东子弟兵势必顽抗到底，此番必是一场空前恶战；其二，江东地理与中原淮北皆大不相同，项氏所据守之姑苏，前有茫茫震泽，后有浩渺东海，更有无数溪流纵横交织其间，我等无法如灭国大战一般屯集重兵长围久困；其三，根除后患之难，正因此地多水多山，极易逃遁藏匿，我等纵能平定江东、攻破姑苏，也难保不会走脱漏网之鱼，即便当真统一天下，此地仍会有世族流窜潜伏，图谋复辟，仍会是反秦热土！”

“那却如何打？水路或陆路奇袭姑苏？”王贲皱眉问。

“一则不可，二则不必。不可者，楚人行舟长于秦人，我等与其水战周旋并无胜算；姑苏周遭又是山峦连绵，地势险峻，战车及攻城兵器都无法运至城外，是故无法奇袭。不必者，此战不仅是为全歼项氏，更要震慑楚国人心，我等主动放弃陆战优势，与楚人水战，既要诱使项氏聚集兵力决死一战，更要明告楚人，无论何等战法，你都不是秦军对手！”

“上将军明断——！”

驻守昭关半个月之后，大江上游开始渐渐出现了片片白帆根根樯桅，大大小小的船只越来越多，绵延数百里——巴蜀舟师开到了。此后在两位水军主将屠睢、任嚣的指挥下，秦人开始了水军操演。初春到盛夏这两个月里，茫茫大江上始终回荡着震天的金鼓声、喊杀声、桨手划桨的号子声，形形色色的各式战船在江面上穿梭如织，步卒们或是跳入江中苦练水性，或是在楼船上协同演练拍杆、大炮、弩机等大型兵器，或是在先登、赤马上操演阵形，以尽可能熟悉水上厮杀。尽管江南天气湿热，大江之上更是酷热非常，明晃晃日头一晒，体格稍差者只怕片刻便顶不住，呕吐中暑者更是比比皆是，可纵然如此，众多士卒却也没几个肯叫苦喊累，水上操演竟比陆上练兵还要卖力。如是操演了两个月，秦军将士们人人都被晒得树干般黝黑精瘦，却是倍显精悍，再也没有船舷上摇摇晃晃站不稳者，再也没有因舰船颠簸而眩晕呕吐者，再也没有不慎掉入江中便胡乱打着水求救者……秦军舟师的战力，已是极为可观了。

下江东那日是个风和日丽的清晨，一望无际的江面上碧波万顷波光粼粼，湿润清新的江风拂过，江面便荡漾起微微波涛，如林的樯桅如云的白帆也随之轻轻颠簸着，一片激昂的号角战鼓声中，同样变得黝黑精瘦的王翦登上楼船的重楼，江面上也随之回荡起了他那苍老的吼声：

“水军已成，我等发兵江东！”

“不得，无返——！”

将士们的吼声响彻了大江上下，一艘艘楼船艨艟斗舰逐一开出，秦军舟师浩浩荡荡地沿江而下了。

2

“阿翁，你睁眼，你睁眼看看阿超！”那个粗重的嗓音不住颤抖着。

“公子节哀顺变，大司马，想是没救了……”另一个女人般轻柔的嗓音轻声道。

“阿翁！”第一个声音似乎咬紧了牙关，受伤的野兽般发出一声极尽痛苦的压抑呜咽，“我等，终是慢了一步……”

“长公子，当务之急，一是小心秦军去而复返；二是……”

“去他娘的！”粗重的嗓音爆发出一声怒吼，“来啊！王翦王贲，有种来啊！

我等还有两万江东子弟兵，谁怕了？……”

轻柔嗓音轻叹口气，抬高了声音：“三十名斥候向西探察秦军动向，一个百人队，拖出大司马等人尸身！”

一阵夹杂着悲痛哭泣愤怒唾骂的混乱嘈杂，天地慢慢旋转了起来，他感到两腿一紧，仿佛被什么物事咬住了一般，然后自己的整个身子又被一股力量拖向什么地方。渐渐地，先前一直缠绕着自己全身的那种滞涩之感正在褪去，一阵冰冷刺骨的寒意却慢慢袭来……

“阿梁，阿梁！”又是那个分外急切的粗重嗓音，他感到自己的身子在猛烈晃动着。

“仲公子，在下于医道略知一二，请在下一试。”又是那个轻柔的嗓音。

“公子，定要救活阿梁！便是我死了，他也不能死！”

“张良，尽力而为……”

他感到一只冰冷却又纤细的手，轻轻抹去了自己脸上的泥水，人中又猝不及防一点刺痛，然后便是一滴水落在了嘴唇上，缓缓渗进了口中，淌进了喉咙，接着又第二滴，第三滴……浓烈的草药味随之弥散开来。

“好，还有救。”叮当的銮铃声中，那个轻柔嗓音也微微颤抖起来。

记忆渐渐混乱了，模糊了，支离破碎的回忆碎片纷至沓来，他只记得到处是弥漫的风雪，震天的杀声，纷飞的鲜血，密集的箭雨，他只记得天空是灰色的，脚下的泥潭是黑色的，天地之间一片雪白血红中，唯余一抹赭黄色；而在那杂乱无章的各种声音中，只有一个苍老的声音无比清晰：

“楚虽三户，亡秦必楚！……”

……

项梁猛地睁眼，已是满身满头的大汗，他大口喘着粗气，又惊又疑地环顾四周，却只见一片黑暗。

片刻后，他轻轻下榻踱到窗前，月光下的震泽仍旧静谧，然而他明白，这种平静不会持续多久了。

“又梦见阿翁了?”

柔婉的声音从身后响起，项梁扭过头去，望见妻子坐了起来。借着朦胧月光可以看清，大被之下她的小腹已高高隆起了。

项梁默不作声地点了点头，重又踱回榻边，将女萝拥在怀中。

“秦人快来了。”长久的沉默后，他只说了这一句，面容极是冷峻。

“你不能走么?”女萝低声道。

“你能走，我不能走。秦人已打到家门口，岂能不战而逃？我江东项氏，绝无忍辱偷生之理。”

“当年你去找武安君时，不也劝过他东山再起么？”

“此一时，彼一时。”项梁重重叹了口气，“那时李牧将军若能入楚，仍可继续抗秦，总算有救；而今我等却已退无可退，只能决死一战了……”

“你若死，我便不走。”

“听话，我已让曹咎办妥，一旦开战，你与阿籍便南下百越，去见鄱君。”

“我不走，我与你同死。”

项梁的笑容凄苦中带着一丝甜蜜：“若在从前，我不拦你，目下不然，你须把孩子生下，将他抚养大，让他日后为我项氏报仇。”

说着，他轻轻伸手按在了自己妻子的小腹上，阵阵胎动告诉他，生命的迹象已越来越强烈了。

女萝没有回答，只是低声轻唱了起来，震泽的阵阵涛声中，歌声分外柔婉温存：

秋兰兮蘼芜，罗生兮堂下。
绿叶兮素华，芳菲菲兮袭予。
夫人自有兮美子，荪何以兮愁苦？
……

宫室中一片鸦雀无声，只有项梁低沉沙哑的嗓音久久回荡着。

“楚王、列位请看，此乃震泽山水全图！”项梁手中吴钩的剑鞘搭上了牛皮地图，“目下三路秦军进逼江东，北路取金陵、朱方一带，南路取会稽山、若耶溪，中路沿中江而下直取震泽西岸，显欲三路合围，目下整个震泽，只有东岸还在我楚国手中。”

“如何布防？”昌平君问。

项梁手中的剑鞘指点着：“震泽东岸，三处最为紧要，我等正当布防于此，互为犄角！姑苏自是秦人此战目标，而此城西门胥门面朝震泽尤其关键，自当留重兵把守；西北是姑苏山，乃方圆数十里之最高点，秦军若由震泽北岸登陆，此处更是必经之地，也当留一军驻守；胥门西南、震泽之中，又有半岛龙头渚、小岛夫椒山，彼此东西相隔只十里，当年吴越夫椒之战便在此地。这夫椒山山石嶙峋、洞穴错列，极易藏兵，又近震泽南岸，也当留一军在此。目下我等楚军共计五万，论兵力自然不及秦军，然舟师实力犹存，尚有近百艘舰船、万余名水军，足可与秦人抗衡，此战未必一定战败！项梁之意，舟师防御之关键，便是阻止秦军登陆三处要冲！”

“兵力大将，如何分配?”

“五万楚军，共分三路：项梁自领两万兵马亲守胥门居中策应，长兄项缠领三千精锐驻守王城、随侍楚王，共为第一路。西南夫椒山留一万人马，周文统领；龙头渚留一万五千兵马，令尹宋义统领，两军合为第二路。五千楚军扼守姑苏山，景驹公子驻守，是为第三路。仲兄项超领舟师在震泽中直面秦人！各位意下如何?”

“善！”一片应和之声。

“大司马虽不幸罹难，却还有季公子，实是项氏之幸，楚国之幸！”昌平君也一声感慨，“本王便以季公子继任大司马，为抗秦主将！本王也要亲自守城，激励楚军将士！”

“臣，谢过陛下！”项梁郑重其事一拱手，向着昌平君深深一躬。

“秦军来了么?”

凝望着震泽水天相接之处，张良轻眯起眼睛。目力所及之处，已隐约浮现出了片片阴影。

尽管随项氏撤到了江东，但张良并未留下来一同参与抗秦谋划，非因他贪生怕死，而是即便留在江东，他对楚国也无用处；再者他要忠的是韩国，要复兴的也是韩国，并非楚国，是故早早便向昌平君和项梁辞行，昌平君等人商议抗秦之际，张良已收拾停当，准备离开江东了。

“公子，这便要走?”一个女人的声音忽然从身后响起，张良诧异地转身，望见了女萝那原本纤瘦，目下却略显臃肿的身形。

“项夫人有何指教?”张良颇有些意外，望着她步履蹒跚地向自己走来，却是一动未动。

女萝缓缓走到他面前，这才面带微笑地轻声开口：

“女萝有一事相求……”

“公子，秦军舟师出动了！”

听到几名士卒这般惶恐叫道，大惊失色的景驹快步狂奔到姑苏台上，向着西方的水面放眼望去，心下猛然揪紧了。

他是景骐的族弟，在那些孑遗世族中出身最高贵，却从无战阵阅历，是故项梁交他的任务也最简单，只需守住姑苏山随时关注秦军动向，起狼烟示警即可，还安慰他说，此山地势险要，又有舟师在身前做屏障，秦军断不会主攻此地，足可安然无恙，他这才忐忑不安地在此守了三日。三日来震泽始终平静安详，水面如一泓明镜般倒映着含黛的远山奇绝的崖壁，然而目下他才知晓，震泽也有狰狞的一面，凶悍的一面——阴霾的天穹下，那一泓明镜彻底破碎，水面先前的平静已荡然无存，一浪高过一浪的汹涌波涛此起彼伏，远方的水面也随之变得灰蒙蒙一片模糊不清。可即便这般，景驹仍看得清楚，那水天相接之处，已渐渐浮起了大片的黑点！

“烽火，点烽火！”看到这里，景驹心下一股恶寒，两股战战地大叫道。

姑苏台上陡然闪现出一簇明亮火焰，在阴霾的天穹下，在灰蒙蒙的水面上，在黑黢黢的群山中，分外引人注目。这是敌军来袭的信号，其中含义自周幽王之时直到目下，始终没有变过。

“阿梁，我等后事都安置好了么?”项超凝望着那点烽火，默默问道。

“曹咎已备好车马，女萝与阿籍这便由小道走，秦人围困前走得脱。”黄金面具背后，项梁的声音极是低沉。

“善，阿兄先走一步了。”项超神情冷漠地点点头，抽出吴钩大步走下城垣。

“阿翁！我也要去！”

项羽扒在姑苏胥门的城垣上，探出半个身子，冲着远方已成了一个小黑点的父亲，直着嗓子大喊。

这时他感到肩膀一沉，扭头望去，正见到季父脸上的那副黄金面具。

“阿籍，你阿翁听不见了，不用喊了。听季父话，回去找你婶娘，还有你曹叔，随他们走。”

季父的嗓音熟悉而又陌生，其中夹杂着一股难以名状的阴沉冰冷，与那副黄金面具上的狰狞表情倒很是相配。即使是天不怕地不怕的项羽此刻也不禁哆嗦了一下，一双重瞳子骤然黯淡了下来，头一次没有任何折辩，默不作声地低着头乖乖走了。

“阿兄！”黄金面具背后，项梁的目光中分明有亮光在闪烁着，望着那连绵船队迤逦而去，他很是明白，这很可能是自己见到阿兄的最后一眼了。

与此同时，他的心头也回荡起了妻子的歌声：

与汝游兮九河，冲风起兮横波；
乘水车兮荷盖，驾两龙兮骖螭；
登昆仑兮四望，心飞扬兮浩荡；
日将暮兮怅忘归，惟极浦兮寤怀！
……

“城之气，色如死灰者可破，此战不妙啊……”夫椒山上，曾做过项燕手下视日（负责望气占候的军官）的周文仰起头，望着阴霾的天穹喃喃道。

3

风浪越来越大了。

尽管仍是盛夏，然而此时的震泽水面却有如深秋一般寒冷，剧烈的颠簸中，不时有一人高的浪头呼啸着腾起又重重拍打在船舷上，浓浓的腥味随之弥散开来。无数水沫从那密密麻麻的掣棹孔中溅入船舱，溅在一队队头裹黄布的桨手大汗淋漓的赤膊上，分不清哪里是汗哪里是水。纵然如此，桨手们却毫不在意，仍然大喊着号子，虬结的肌肉壮实的臂膀奋力划动着，各自手中的长桨也齐齐伸入水中，劈开道道白浪，一艘艘舰船随之冲开波浪一往无前。凄厉的牛角号、沉重的牛皮鼓与桨手们喊着的号子混杂在一起，甚或压过了风浪之声。

“盼了这多年，终是等来了一战！”尽管天色极是阴沉，舟师统帅屠睢心下却分外畅快，“任嚣，我等今日非打出威风不可！”

“巴蜀舟师多年无战，然看此番景象，战力仍是不差，老夫无忧矣！”望着渐渐远去的舟师船队，王翦心下暗想。

阴沉的天穹越来越低矮阴暗，开始慢慢向水面直压下来；水面的浪潮却越来越急，越来越高，甚至拍打到了斗舰的甲板上。船队就这样乘风破浪前行了半个时辰，远方水面上终于出现了大片大片的黄点，显是楚军舟师无疑了。

“敌船出现！”最前方的斥候船打出了旗语。

“楼船居中，抛碇立定；余船散开，分居两翼！”屠睢发出了将令。

旌旗招展号角声声中，秦军船队开始了从容不迫的调度。先登赤马等原本突前的轻快小船分别驶向东北东南的斜前方，艨艟等中型舰船则紧随其后，共同张成了一个开口向东的“八”字，居中的几丈余高的巨大楼船则在大批斗舰的簇拥下，由正中开口处慢慢驶出，又与两翼舰船平齐成一个“一”字，但闻一阵锁链的哗啷啷声响，一只只粗大石碇垂入水中，随着一阵阵前后左右的摇摆，所有大船都在惊涛骇浪中稳稳立定了。

“准备迎敌！”随着屠睢楼船发出的旗语，各船迅速忙碌开来。一架架弩机的绞车吱嘎转着，纷纷架好粗大弩矢；一块块巨石被推到大炮和拍杆之上；一张张防止敌军跳船的罟网被悬挂在两舷；一队队射士簇拥到了女墙战格后面，从弩窗中探出了无数弓弩；一队队藏身舱中的步卒则握紧了手中的长矛梭镖撩钩，等待着接舷战时一展身手。

“敌船近前！”随着撤出的游艇纷纷回撤，位于整个舰阵最前端、离楚军船队最近的斥候船也打出了旗语，不待楼船有所回应便迅速向本阵撤去。

“便是目下！”屠睢毫不犹豫，不等斥候船完全撤入船队中，猛然劈下了令旗。

牛角号穿透了风浪声，在秦军船队的头顶回荡着，粗大的弩矢巨大的飞石接连自一艘艘楼船中射出抛出，纷纷扑向茫茫一片的楚军船队，震泽水战开始了。

楚军射士们集中到了船首，最前排士卒竖起了一面面藤牌，挥舞着一块块布幔抵挡着箭矢，后面的则由空隙之中向着正在逼近的敌船回以箭雨。不过双方的对射更主要还是为威慑对手，真正杀伤敌军的反而不多，原因很简单，此时水面风浪颇大，两军舰船也不住颠簸，即使早已习惯了水战的士卒们，能稳稳立在甲板上也都很是不易，更不必说瞄准，他们唯一能做的只是半伏在船舷上，不顾一切地胡乱射出箭矢，至于能有多少命中敌军便只能听天由命了。

“快，再快！准备接舷！”

项超和屠睢几乎是同时下达了同样的将令。水战不同于陆战，大型的楼船虽装备了弩机拍杆之类大型兵器，却很难随心所欲快速移动，一旦遇上轻快灵动的小船，远程兵器的威力便大打折扣；而先登赤马等小船又只有弓弩，威力本身就稍逊一筹，遇上目下这般的风浪更是大受限制，于是无论对哪方来说，取胜的关键还在接舷战上。

风浪中，两军舰船越来越近了，双方互射的箭矢已可不时杀伤对方的士卒，他们各自最前面的十余只舰船马上就要接舷了，秦楚两军统帅的脸上同时浮现出了胜利在握的笑容。

“下水！”当双方的舰船相隔只有数十丈的距离时，项超一声惊雷般的暴喝，斗舰上的令旗忽然令人眼花缭乱地连续翻飞，各舰船上的士卒见状纷纷脱去兜甲与战袍，一片黑黝黝的脊背瞬间便由船舷没入了冰冷刺骨的震泽之中，又被惊涛骇浪瞬间淹没。秦军知晓楚人是要凿船，忙向水中纷纷射去弩矢，更有士卒拥到船舷上，手持撩钩向水底猛戳，虽然也带起了滚滚血水，甚或翻起几具尸体，然而更多的楚人已摸到了秦军舰底，只听秦人船上一阵“进水了进水了”的惊呼，最前面的几艘先登赤马船身已开始稍稍倾斜；而与此同时，楚军的一艘艘舰船却仍然支着盾牌喷射着箭雨，全力向秦军冲来，秦军的前锋处境立即艰危了起来。

“快接舷！再不接舷，船要沉了！”秦军各舰的头领纷纷喊道。

震天的号子声压过了震泽的风浪，尽管秦军的不少舰船都开始渐渐下沉，但大部分舰船终于侧过身逼近了敌舰。如蝗的箭雨中，无数长长的钩拒齐齐探出，钩住了楚舰的船舷，楚军士卒挥舞着短剑试图斩断它们精铁铸就的细长钩身，却没能得逞。随着一阵此起彼伏的沉闷碰撞声响，几丈高的水雾浪花被激到半空中，两军的舰船终于纷纷撞在了一起，不少楚舰被秦人突冒上的冲角刺穿，现出了一个个巨大的窟窿，折断了一支支长长的木桨，舱中桨手们即使没被冲角直接刺穿身子，也被瞬间涌进船舱的大水吞没，一时间哀号声此起彼伏。

而这时，大批秦军士卒在隆隆鼓声中手持盾牌挥舞短剑，如同攻城或攻垒那样，吼叫着由自己船上纵身跃上敌船，展开了白刃战。绵延数里的各色大小战船上，喊杀声、兵刃撞击声、箭矢破空声和始终没有停息的风浪声交织在一起，浪花与汩汩鲜血混在一起，染红了每一艘舰船。原本颇为宽敞的甲板上陡然挤满了秦楚两军的士卒，彼此簇拥着，砍杀着，每一块立锥之地都要在刀光剑影鲜血飞溅中经过反复的拉锯争夺。秦人每向前逼近一步就要付出不知多少血的代价，而楚人的牺牲更是惊人，他们多是轻装，动作虽极是灵便，但在这寸土必争的接舷战中却完全施展不开，正面厮杀更是无论攻防都要远远落于下风，往往三四名楚军才能换回一名秦军的性命。所幸的是他们还占有一定地利优势，还有射士长矛手飞镖手们躲在后面半人高的女墙战格里，居高临下地从弩窗矛穴中向敌人射出弩矢刺出长矛掷下犁头镖。秦人纵然战力更强，在这接舷战中却大多都是使用短兵，很难向对手还击，于是双方一时间仍然势均力敌，战局很快陷入了胶着。

这接舷战仿佛只过了片刻，却又仿佛过了几个时辰，虽然有着浪花不时的冲刷，甲板却还是被鲜血完全染红了，到处都堆积着两军士卒的尸体。仍然是震天的风浪声喊杀声兵刃撞击声鲜血喷溅声，然而渐渐的，已杀红了眼的两军士卒们分明听到一种奇特而熟悉的声响，穿透了各色杂声直抵耳畔，这声音清脆而短促，向来为懦夫们所盼望却又为勇士们所厌恶——

铎声！秦军下令撤军了！

“撤退！撤退！”秦军后阵纷纷响起了不甘的吼声。

“掩杀！掩杀！”正杀得性起的楚军士卒眼看敌军要撤退，不由得士气大振，哄嗡一声纷纷拥上前来，几乎是要把秦军挤下自己的舰船。原先秦军是在步步紧逼，楚军在节节后退，而目下两军的形势却一下倒了过来。

越来越清晰的鸣金声中，秦军井然有序地竖起手中的革盾，一边抵御着楚人突然变得猛烈的攻势，一边慢慢后退，后退中还得小心翼翼地注意着脚下，以免被甲板上的尸首绊倒，退到船舷边上便纵身一跃，重新跳回自己的舰船，也有胆大性急者顾不上丢盔弃甲便直接跳入水中，能否重新浮上来便看自己的造化了。

尽管撤退时颇有些狼狈，但大部分秦军终究还是撤回了自己的舰船上，又是一番互相纠缠的混战，秦楚两军的舰船已开始渐渐分开了。

“出师不利？……”一直在后阵静静观望的王翦，轻皱了下眉。

“首战告捷！”项超粗犷的脸上隐隐浮现出一丝笑容。

然而，当他的目光投向秦军后阵时，这笑容便立即凝固了。

殷红一片的震泽水面上，方才作为先头部队的先登赤马已开始快速撤退，然而大批的艨艟斗舰却渐渐逼近。这是方才一直按兵不动的中军，屠睢见战局不利，当即便下令中军一分为二，既是接应撤退同袍，也是趁着他们缠住楚军、诱使其聚拢在一起时大举进逼，只要能将楚军舟师围拢在一起，他们便失去了灵动快捷这一最大优势，唯一的出路便是与秦军硬碰硬，而无论秦人还是楚人都心里有数，这样硬拼下来，最先全军覆没的只能是楚军。

“重新散开！”项超眼见形势危急，连忙下令道。

尽管楚军舰船动作算得上快捷，但秦军的艨艟斗舰却还是排成纵队劈波斩浪地渐渐逼近了，当楚军战船已进入自己射程之内时，项超看到远处那灰蒙蒙的水面陡然现出了连绵不绝的大片火光——

火箭！

“散开，快散开！”项超忙声嘶力竭地大喊。

楚军舰船的动作仍是迟了一步。万千支拖曳着金蛇的箭矢如同一个个巨浪被泼向铁灰色的天穹，又划过无数道令人眼花缭乱的赤色弧线迎头浇下，尽管大部分都坠入了震泽中，然而即使只有少半命中目标，也足以对楚军造成沉重打击和巨大杀伤。第一轮火箭射罢，动作最慢也落在最后的十余艘先登赤马几乎是立刻便笼罩在了火雨里，瞬间腾起了冲天火焰，舰船上的士卒们随之一片手忙脚乱。秦军这些箭矢浸透的都是猛火油，火势极旺又难以用水浇灭，是故尽管楚人们奋力从震泽中舀水救火，却始终收效甚微，转眼间，帆布、樯桅、船桨、船身便先后笼罩在了火海之中，更有不少甲胄沾火的士卒成为一团团火球，紧接着就在阵阵惨号和剧痛中变成了一截截焦炭跌入水中！种种惨象使其他士卒无不心惊肉跳，索性彻底放弃了灭火的努力，放弃了舰船纷纷跳入水中。于是一时间，整个楚军的船队中到处是冲天的火光，滚滚的浓烟，木料与肢体焚烧时的焦臭，以及几乎令人窒息的热浪。

“撤军！撤向夫椒山！”眼见自己麾下的舰船折损近半，项超只得痛心大喊道。

“趁势掩杀，追击！”屠睢令旗劈出，也吼道。

秦楚两军的攻守之势，随之颠倒了过来。

4

夜幕降临了。

汹涌的浪涛间不时浮沉着舰船的残骸、溺毙或战死士卒的尸身，偶有幸存者扒住破碎的木料大声呼救，却迅速淹没在那风浪声中，往往一个浪头拍过他们便被卷入了水中，再也没有冒出头来。

不过，即使其他袍泽能听到这呼救，也肯定顾不上去理会，战况正在惨烈之时，谁都自身难保，根本不可能有心思去管别人。

秦楚两军的水面战场，此时已由震泽中心一带的水域转到了东南一隅的夫椒山以北，已快接近姑苏胥门。数百年前的春秋后期，吴王夫差与越王勾践之间的夫椒之战便发生在这里，那一战，作为进攻者的越王勾践大败而归，吴军尾随他败退的路线迤逦追击，一举逆袭到了会稽山。而目下这场水战，同样占据主场地利的楚军，还能否重现当年的大胜?

怕是难了。

楚军的撤退很是狼狈，项超本来下令将所有着火的舰船尽数聚拢起来，以此阻隔秦军的追击，然而秦军舟师动作实在太快，数十艘先登赤马几乎是箭一般地穿过震泽水面的滚滚浓烟与熊熊烈火，直取断后的楚军战船，无奈之下，项超索性下令将最后面的十余艘战船也尽数点燃，船上士卒尽数跳水逃生，这才勉强挡住了秦军追击，给剩余楚军的撤退争得了片刻战机。此后剩余舰只尽皆撤向东南，近一个时辰的逃亡后，撤到了南面的夫椒山一带。项超清点了一下舰只和士卒，这才发现都已折损过半，又与身旁的几名司马简单商量了一下，都认为以剩下兵力已很难再同秦军舟师正面抗衡，目下只能是借助夫椒山和胥门的地形，水陆并举同秦军周旋。这两处之间水域很是狭窄，不容大批舰船展开，浅滩上又都是礁石密布，秦人舟师大多吃水较深，难以近前，只能以弩机、大炮等大型兵器遥遥抛射弩矢飞石。可夫椒山上嶙峋的山石却是最易闪避躲藏，而胥门距浅滩还有相当一段距离，弩矢飞石根本攻不到那么远，秦人引以为傲的大型兵器实则都很难发挥作用，他们还是只能依靠着接舷战，一刀一剑纯以血肉之躯同楚军拼命，而这恰恰是楚军最求之不得的。

目下看来，秦人终是不得不遂了他们的心愿。楚军剩余的舟师归拢聚集到夫椒山以北之后，暂时得到了片刻的喘息，但一个时辰之后，秦军前锋又尾随而至，两军匆匆开始了第二轮拼杀。仍然是震天的喊杀，仍然是飞溅的鲜血，仍然是不时倒在甲板上或坠入水中的士卒尸体，仍然是到处熊熊燃烧的烈焰，与方才不同的是，目下夜色已开始降临，因此遍布水面的火光也就分外显眼。

火，到处是火！滔滔巨浪中，一片片烈焰腾起，飘摇，弥漫，如同血色的花朵绽放在一望无际的水面上，点燃了烟波浩渺的震泽，照亮了深沉苍茫的夜空，映红了远处壁立千仞的崖岸。一半是烈火，一半是冰水，暮色与火光，烈焰与惊涛，红与黑，明与暗，共同在此谱成一支气势磅礴的乐曲，久久回荡在江东的土地上，回荡在这个天下行将一统的前夜。

远处，万山红遍，层林尽染；近处，乱石穿空，惊涛拍岸。

尽管凭借着狭小水域，凭借着夫椒山的弓弩支援，楚军舟师还能继续与秦军相持，但项超明白，目下与自己鏖战的仅是先头部队，当秦军后援赶到时，便是楚军的末日降临。自己能撑持多久，只取决于敌人何时到达战场，这不啻于一个莫大的讽刺。

仿佛正是要验证他的想法，当秦楚两军激战正酣时，透过遍布在震泽黑黝黝水面上的熊熊火焰，项超依稀看到远处的暮色中又浮现出了大片大片的火光，而那火光周遭的阴影也被映衬得格外浓重，这火光和阴影动作都颇为迟缓，然而确定无疑的是，它们正在向自己的方向缓缓前行！

不用问也知道，这必定是秦人的后援。

“终是来了！”项超长出一口气，心下反而涌起一股豪情——与秦军撑持了这么久才全军覆没，楚人也算虽败犹荣了！

“终是到了！”楼船上的王翦喃喃自语道。

方才的第一轮激战之后，眼见楚军逃向东南，屠睢毫不犹豫地下令全速追击，任嚣前军便如一支支离弦之箭般冲了出去，然而当屠睢自己乘坐的楼船已经起碇，正准备也开始向夫椒山方向追击时，却忽然看到身后王翦所乘的那艘

“太白”向自己打出旗号，示意他稍等。一艘游艇又由后阵快速驶来，带来了王翦的军令——舰船继续追击楚军舟师，楼船全数留下；震泽岸边所有待命的运兵船尽数跟上，以楼船开道，直取姑苏胥门外的浅滩！

看了王翦军令，屠雎当真心下一惊：这楼船最为笨重，虽备有各色大型兵器，看似威力巨大，但主要作用一是自保，二是用来威慑敌军，水战中很少用来直接攻敌，而目下上将军如此下令，好比说陆战中主帅亲自上阵搏杀，太危险了！不及细想便匆匆下了楼船登上小艇，迎着已开始向自己驶来的后阵船队而去，片刻之间便上了旗舰“太白”。

“上将军！亲自攻城太过弄险！”刚一见到王翦，屠雎便迫不及待大叫道。

“将军体恤之心，老夫心领；然则目下战局吃紧，老夫不能坐视将士浴血牺牲。”王翦语气平静道。

“上将军不知，楼船吃水太深，若靠近浅滩，极易触礁！”

“老夫本意也非直接进攻姑苏，而是为运兵船开路，以步卒攻城！”

“那却不必！只要连续猛攻，最迟天明，楚军必定无法抵挡！”

“如此一来，我等将士又要多死伤多少？况乎小船载兵少，前军分散不能聚合战力，难以冲破楚军防线！”

“上将军却是全军统帅，不可轻易涉险！”

“岂有此理！老夫性命便比士卒更金贵么？”王翦面色陡然沉了下来，“攻占姑苏涉及灭楚根本，目下当务之急，乃不惜代价正面破城，擒获昌平君，舍此之外别无他法，危险与否自也不必考虑！只要最终胜战，老夫生死又何足道哉！将军执掌舟师，水战老夫自然听凭调遣，然目下要打的却是陆战！”

“那，末将与上将军同往！”

“那却不可！将军还需指挥水战，老夫自家领兵便可！”

“罢！”屠雎一声大喝深施一礼，“屠雎这便让出楼船，自己换乘斗舰便是！”

“……既如此，将军指挥水战，压制夫椒山楚军；老夫负责陆战，强攻胥门浅滩！”

就这样，屠雎换乘斗舰，继续率领战船杀奔夫椒山；而一直留在震泽西岸待命的秦军步卒们则纷纷拥上早已腾空的辎重船，在震泽水面上浩浩荡荡铺开，与王翦统领的几艘楼船会合后便一同向胥门驶去，目下已开到夫椒山战场以北的水域了。

“秦人要直取姑苏，拦住他！拦住他！”项超遥遥望见那大片灯火并没有加入夫椒山战场，而是径自向东驶去，顿时明白了王翦的真实意图，急切大叫道。

纵然明白，他却也无可奈何了。楚军舰船本就所剩不多，目下又被屠睢任嚣尽数封锁在夫椒山以北，自保尚且勉强，又如何去堵截那些运兵船？尽管总算有几艘运气奇佳的先登赤马冲破了秦军艨艟斗舰的密集箭雨，来到了楼船跟前，可几乎立即便悔不当初。楼船上抛射来的弩矢飞石自不必说，楚军战船总算还能凭自身的轻便腾挪躲闪，最要命的是那一艘艘浮岛般的巨船竟全然不怕楚军箭矢，劈波斩浪径直轰隆隆撞来，光是那泰山压顶般的气势便足以令楚军心惊胆寒！两股战战的楚人忙将船只划向两侧，这时只听一阵木料碎裂一片凄厉哀号，几艘躲避不及的小船几乎是整船都被撞得粉碎，好不容易逃开的另几艘船还没顾得上喘口气，却又仰头望见一根根粗大的拍杆由楼船船舷猛然伸出，紧接着便是一块块巨石自头顶轰隆隆拍下，又是一片凄厉哀号！

而在这之后，秦军楼船几乎是毫发无损地继续向东驶去，只留下漂浮在殷红水面的一片片破碎木料与一具具尸体，后面大批大批的运兵船则紧随其后继续前行，很快，胥门城垣和浅滩上那正在闪烁的大片灯火遥遥可见了。

“传令楼船：弩矢飞石掩护！运兵船抢滩登陆！”王翦厉声喝道。

“太白”上的巨大红灯不断亮灭着，将他的将令传遍全军，很快七艘楼船便相隔数十丈一字排开，齐齐向胥门前的浅滩泼洒着箭雨，一艘又一艘运兵船则穿过楼船之间的水域，快速向那片浅滩驶去。

“告知景驹，放弃姑苏山，全军增援胥门浅滩！”

“诺！”

“城中驻守士卒，除却楚王卫队，余皆随我杀奔浅滩！”

“诺！”

“阿兄，保护好楚王，还有我项氏！”

“诺！”项伯也大叫道。

一直驻守在胥门城垣上的项梁连连大吼着，脸上的黄金面具倒映着火焰，闪烁着金光。

“季公子，有劳了。”

项梁转过头去，正望见昌平君那坚定的目光。

项梁没有答话，此时说甚都显多余，他只是向他深深一躬，随即便转身匆匆下了城垣，冲向前方的浅滩。借着火光，城垣上的众人可看到项梁的背影在夜色中急奔向前，翻身上了自己的战马，手中的吴钩向前方的浅滩划出一道青光，身后的数千名江东子弟兵随即跟着席卷向了震泽东岸，那面赭黄色大纛在火光中招展着，即使是沉沉夜幕也不能使它显得丝毫黯淡。

夜风拂面，王翦雪白的须发随着衣袂舞动着，锐利的双目直直望向震泽东岸，他看到幽暗的天穹下，如墨的水面上，无数火把在晃动着，不时照亮着那一艘艘运兵船的轮廓，呼啸的夜风和飞溅的浪花没能扑灭那些火把，浅滩上楚军的箭矢也无法阻碍这些几乎没有任何防护的舰船。在楼船抛射出的飞石弩矢的掩护下，运兵船已穿过层层波浪，绕过片片礁石，进逼到了浅滩前。借着那大片大片的火光，甲板上的王翦甚至可以看清，无数步卒的黑色衣甲蠕动着，离陆地还有上百步距离，便各自高举着盾牌从船舷上纷纷跳下，没入齐腰深的水中，缓慢却毫不停顿地向浅滩蹚过去，一时间水面上尽是沉浮涌动的秦军，而他们一旦上了岸便势不可当地扑向浅滩上的守军，与对手厮杀在一起打得难分难解。

正当秦军前锋已开始纷纷登陆时，北面山塬上却忽然闪现出了大片火把，震天的喊杀声也随即响起，王翦皱起了眉，他知道这是一直扼守在姑苏山的景驹的那支楚军，必是眼看秦军已开始登陆，知晓再守原地已无意义，这才南下赶来支援。心念及此断然下令："楼船近前，堵截援军，绝不能使它与守军会合！"

"上将军，再近可能触礁！"身旁的马兴急道。

"触礁也好过楚军近前！"

"诺！"马兴虽心下忐忑，却仍是发出了王翦的将令。

"太白"上的巨大红灯急速明灭着，其余几艘楼船的将士们看到这信号，无不倒吸一口冷气，第一反应是莫非"太白"发错了军令？然而看到这艘巨船已开始尽可能快地向着东北方浅滩挺进，这才知晓他们的上将军没有神智混乱，于是纷纷硬着头皮跟在后面，驶向前方那片暗礁遍布的水域。

王翦对战机的把握可谓恰到好处，景驹援军刚从山塬中杀出，即将与浅滩的守军会合时，密集的弩矢飞石便从夜色中呼啸而至，冲在最前面的数百名士卒顿时折损大半。景驹本就未经战阵历练，猝不及防遭此偷袭，顿时便乱了手脚，想也不想便下令全力突围，不想几艘楼船的攻势极是猛烈，纵然有个别士卒逃了过去，死伤者却要几倍于突围者，纵然如此，景驹却仍不甘心罢手，仍然一味下令前冲，如此一来，这支楚军虽然损失惨重，却终究还是有零星的小股部队逃过了秦军的猛攻，得以与浅滩上的守军顺利会合。

"再向前！"王翦的瞳孔收紧了。

"……"马兴只是默默点了点头，便要转身发出将令。

“慢!”王翦又拦住了他，“只‘太白’向前便可，其余楼船莫要涉险!”

风灯明灭，“太白”不顾那近在咫尺的暗礁的威胁，继续缓缓向前驶去，而在它那分外猛烈的箭雨的猛攻下，景驹的忍耐终于被逼到了极限，一声恐惧大叫便拨转马头，丢下自己所有士卒，失魂落魄地趁夜色向北疾驰而去。剩余士卒没料到主将竟丢下自己临阵脱逃，正在面面相觑愣怔懵懂，不知是谁一声“我等逃命吧”的号叫终于提醒了他们，人人拔腿就跑，纷纷逃向了山塬之中，于是这支楚军还未及同秦人真正一战，便在恐惧与惊惶中自行溃散了。

“好，只剩正面楚军了!”王翦心下稍放松了些。

然而他刚出一口气，便突然感到脚下猛地一颤，幸好眼疾手快扒住栏杆才没有跌倒，只是跪倒在甲板上，紧接着便听到耳畔一声沉闷巨响——

不好!

“上将军，‘太白’触礁了!”身后传来了马兴的大喊。

5

秦军越来越接近胥门了。

尽管项梁迅速率军杀出，但借着楼船那密集弩矢飞石的掩护，秦人已在浅滩上站稳了脚跟。这片浅滩本就地势广阔，最利大军铺展，楚人纵在后面又构筑壁垒挖了壕沟，却已很难抵御秦军攻势，目下这里到处弥漫着震天的杀声，摇曳着无数的火把，上千秦军咆哮着呼喝着，挥舞着兵刃晃动着火把，迫不及待地与楚军厮杀在一起，胥门城垣近在咫尺，胜果唾手可得，将士们的战心自然加倍炽热，更是奋勇杀敌。

尽管负责的是抢滩登陆，王贲却并没把太多心思放在阵前——目下战局已纯然是正面拼杀，谈不上什么调遣运筹，以秦军自身战力，以麾下那些都尉军侯的将才，完全不必自己操心，只要后面秦腾能顺利将攻城兵器尽数运上浅滩，这一战便胜了大半，接下来只有猛攻胥门了。

在他身后，一艘艘运兵船仍在源源不断地驶向浅滩，但与方才不同的是，不少士卒跳下水后，并不急于冲上浅滩加入战局，而是蹚着水将自己所乘的运兵船拉向岸边，同前面已靠岸的船只靠在一起，拼成一片水面上的浮桥，后面的士卒则踏着浮桥将大批攻城用的物事运上滩头——一筐筐用来投掷的石块、一桶桶油脂、一架架轻便云梯……当这些都已堆积在浅滩之上时，一阵阵齐整的号子又由远及近缓缓传来，数十名士卒合力扛着五六根湿淋淋的粗长撞头，小心翼翼地踏过一艘艘随着波涛略略颠簸的运兵船，终是将它顺利运上了岸。这些撞头本是冲车的关键部件，沉重的冲车难由水路运至胥门下，是故负责攻城的王贲和秦腾商议之后变通了一下，只运来撞头，如此攻城威力固然逊色，但总算聊胜于无，可以说破城关键便在它们身上。

“可也!”眼见撞头安然无恙运上了岸，王贲彻底放下心，转过身又看到楚军已无法抵挡秦军兵锋，正在缓缓后撤，更是难掩心下兴奋，呛啷一声抽剑前挥：“全力掩杀!”

然而，正当鼓声大起，秦军呼啸着拥向败退的楚军时，他身后却远远传来了一声沉闷巨响。王贲扭头望去，心下猛然咯噔一下：但见远处一片苍茫的漆黑水面上，父亲所乘的那艘“太白”楼船已撞上一片巨大礁石，目下正在倾斜着身子，缓缓下沉!

“阿翁!”王贲急急一声大叫，目眦欲裂，然而咬了咬牙仍是红着眼睛大吼一声，“继续前冲!”

“将军……”将士们本以为王贲会下令救上将军，听到这里不禁都一愣。

“兵力有限，不能再分了！目下当务之急，乃攻破胥门!”

“少将军!”身后的水面上，陡然响起了急切的叫声，王贲借着火光看清，一艘游艇正在奋力划向岸边，一名士卒大喊道，“秦腾将军有话：他去救上将军，少将军安心攻城便是!”

“诺!”王贲长出一口气，“替我谢他！上将军靠他了!”说着转过身来，重新将长剑向前一挥：“随我杀!”秦军的茫茫人潮便随之呼啸着涌向东面的胥门。

“秦军兵临城下了!”

脸色惨白的项伯扭过头来，向着身后大喊道。

尽管可以说一直在等待着这个时刻，昌平君却还是心下一沉，大步向前走去，败退回城中的江东子弟兵此刻已尽数屯集在城垣之上，原本都是张弓搭箭藏身城牒之后，眼见楚王上前，都向一旁恭敬让开。来到近前后昌平君极目望去，看到胥门外的旷野上已挤满了黑压压一片的秦军。

不同于抢滩登陆时的急不可待，目下这些秦人却是好整以暇地排成一个个齐整方阵，肃然伫立在城垣的一箭之地外，森森林立的戈矛与盾牌衣甲一同反射着火把光亮。他们没有一个人喧闹，没有一个人叫嚷，笼罩在胥门外的旷野上的，除却夜风的呼啸、震泽的涛声，便只有一片死寂。昌平君知道，秦人在等待，等待那些攻城器械准备齐全后尽数运到阵前，直到那时他们才会爆发出山崩海啸般的呼吼，滚滚涌向自己脚下的城垣。

“季公子，守城士卒，还余几多?”

“只余五千了。”黄金面具背后，项梁的嗓音颇为嘶哑，“方才浅滩激战，子弟兵已折损过半。”

“好，还能再抵挡一番。”昌平君的嗓音仍是极为平静。

“楚王，城垣上太过危险，不如先下去避避……”项伯嗫嚅道。

“长公子径自下去可也，本王只在此督战，哪儿也不去。”

“既如此，我等一同在此便是。”项伯擦了擦额头上的冷汗。

昌平君没再理会他，来到立在城垣上的那面犀皮战鼓前，亲自挥起了两只粗大鼓槌，隆隆鼓声随即响起。

仿佛是在回应这鼓声，远处的秦军大阵中也传来了一阵极为规律的沉闷声响，前面的士卒们一同抬起手中的戈矛，再一同将长柄顿到地上，齐声低吼着，矛柄顿地之声与那吼声迅速汇成了一片，节奏虽极尽单调，却带着一股说不出的杀机。便是在这单调的节奏中，便是在脚下大地的战栗中，便是在这随之腾起的微潮的烟尘中，原本紧密的秦军大阵渐渐稀疏了，一根根撞头、一架架云梯慢慢向前蠕动着，从后阵缓缓来到了阵前。当这些简单的攻城兵器尽数准备就绪后，一面黑色大纛也随即在夜风中招展开来，上面那个巨大的“王”字清晰可见。

“王，贲……”城垣上的项梁，咬着牙喃喃道。

“项梁，想为你父报仇，便与我决死一战!”王贲大喊道，尽管身处秦军阵中，但他仍能依稀辨清远处城垣上项梁的身影，还有脸上那副熠熠生辉的黄金面具。

两人隔得太远，项梁自然没有听到王贲的喊声，但他心下所想的，也确是自己的父亲。

“子弟兵，今日最后一战!”项梁猛抽出吴钩，直指一箭之地外的秦军。

“攻城!”王贲的剑锋也直指城垣上的项梁。

听到各自统帅的将令，城外郊野上的秦军、城垣上的楚军，同时爆发出一片响亮的应和，最后的决战就此打响了。

尽管最先有所动作的是那些云梯和撞头，但秦军的第一轮攻势却来自后阵的射士们，一簇簇明亮的火焰在弩阵中燃起，迅速连成一片，与身后震泽水面的那片火海遥相呼应，随即便挟着呼啸声，摇曳着万道金光扑向胥门城垣；接下来是负责掷石的士卒们，他们都是王贲精心遴选出来的力士，个个极尽魁梧高大，跟着那些射出的火箭，将手中的石块也纷纷砸向城垣和城门。一时间，胥门的城垣上到处是熊熊燃烧的火焰、石块砸在砖石上腾起的烟尘和碎石，还有躲闪不及的子弟兵们飞溅的鲜血。而与此同时，一个个方阵的步卒们也高举着革盾，掩护着一架架云梯一根根撞头，缓缓向着胥门下挺进。

“各寻掩护!”城垣上的项梁大喊，一旁的军吏舞动着火把，将他的将令传遍全军。

恰在此时，他突然望见一块飞石，正向着几步外的昌平君呼啸而来，忙大吼了一声“楚王当心”，一个箭步闪他身前，高举起手中的藤牌。一声闷响，藤牌被飞石击碎了，炸开的碎屑迸射得到处都是，两人同时被那巨大的冲力撞倒在地，又都被那腾起的烟尘呛得不住咳嗽，烟尘散去时才看清，彼此都已被方才那一下撞得头破血流。

“陛下……”项梁艰难地撑起身子，手刚碰上胸口便是一阵剧痛，不由得大叫起来。

“没事，你断骨了么？快下去!”昌平君挣扎着爬起来，额头嘴角满是鲜血，身上的襜褕也被撕扯成了碎片。

“并无大碍……”项梁嗫嚅着。

“阿梁!”项伯急切大喊着飞奔过来，将自己的幼弟向后拖去，以免再被飞石火矢伤到，又扭头大喊，“陛下，还是下去避避吧!”

“你等下去，本王守候在此，与社稷共存亡!”昌平君整了整已经破烂的衣冠，仍是从容不迫道。

“楚王所言不差，你等走吧。”

身后忽然响起一个无比熟悉的声音，项梁心下一惊，忙扭过头去，却见自己的妻子远远立在身后，隆起的小腹使原本纤细的身材显得臃肿了许多，面色更是极尽苍白。

“女萝，你如何……回来了?”项梁挣脱项伯的双手，试图爬起来，然而刚撑起身子便喷出一口鲜血，重又倒地。

女萝笑了，步履蹒跚地走到项梁面前轻轻蹲身：“我本就没走。阿梁，你忘了，我是项氏巫女，征战之时本当留在军中。”

“早说过，你不能和我同死，如何不听?”项梁喘息道。

“我不会和你同死。”

“那却为何……”

“阿梁，让我看看你。”女萝低声道，轻轻伸手取下了项梁脸上的黄金面具，于是那苍白憔悴的脸庞随即展露在她面前。

“这是我看你最后一眼，也是你看我和孩子最后一眼。”她的声音虽极低，却在那震天的杀声中格外清晰，“阿翁死后，你便是项氏支柱。复兴项氏的该当是你，却非我，也非你我之子。”

项梁没有吭声，目光中充满了惊诧。

“阿梁，原是我私心过重。”女萝最后一次将自己的丈夫揽在怀中，辛夷的香气随之淹没了他，“你想让女萝替你肩负重托，女萝办不到，也不愿你我的孩子这般。我和他，都不愿为你的仇恨活着，若果真那般，我宁可他从未来过这世上。今日我等能做的，只有替你死，日后你也只能自家扛着这重担，连同我俩那份，活下去……”

“你，你要做甚?”项梁陡然激切起来，伸出手紧紧抓住妻子的胳膊，再次挣扎着想要起来。

“阿梁，好好活下去……”女萝却早已预料到他的反应，轻轻伸手捂住了项梁的鼻端。

猝不及防之间，项梁只觉一股浓郁香气猛地笼罩了自己，一阵天旋地转之感随之陡然袭来，他缓缓闭上眼睛软倒在地，抓住自己妻子的手也软绵绵地垂了下来。

女萝将他的身体放平，分外仔细却又麻利地将他胸口的伤处包扎好，又将那副布满了血污的黄金面具擦干净，塞进了他怀中，这时她注意到自己丈夫腰间插着一柄匕首，于是将它从鞘中抽出，藏入袖中。做完这一切，她额头已涌起一层汗水，这才站起身来，转向身旁一直手足无措的项伯。

“女萝……”项伯还没缓过神来。

“阿兄，带阿梁走吧，我留下来。淮北之战我便错过了，今日不能再错过这最后一战，倒是你等兄弟，只要能活下来，终能复兴项氏。”

“可……”

“姑苏城中有一道暗河直通震泽，阿兄该当知晓。”

“是，是……”项伯期期艾艾道。

“你等入震泽之后上龙头渚的东洞庭山，自然便有人接应，莫再耽搁了，快护楚王先走!”

“秦军攻城，岂能无人抵御? 本王也不走了。”昌平君方才一直在城头督战，此时也大步走来，他虽未受重伤，破碎的衣衫却已辨不出本色，脸上也变得黑一块花一块。

“楚王……”女萝和项伯颇有些惊讶地望着昌平君。

“我虽生长于秦，终是楚人。于楚而言，我既是末代楚王，自当殉国；于此战而言，我也是此战主将，该当覆军杀将。”

“我项氏，也当如此……”

“开战之前，寡人也做如是想，目下却改了主意。复兴楚国之希望，不在楚国王室，却在世族，在江东项氏！你等快走，此乃王命！”

“既如此，楚王保重！女萝保重！我等……去了！”项伯终是一点头，哽咽着向两人各自深深一躬，扛起仍在昏迷中的项梁，蹒跚着去了。

望着两人的背影，昌平君深吸了口气，扭头转向女萝：“项夫人，有劳了！”

女萝轻轻点头，缓缓走上城垣，发丝与衣袂一同在夜风中飘摇。她最后一次望向自己丈夫的背影，然后转过身来张开口，悲怆苍凉的歌声最后一次破空而出。

6

“什么声音?”正在指挥攻城的王贲陡然愣住了。

震耳欲聋的各色嘈杂中，他分明听到一阵歌声，时起时伏，若隐若现，氤氲在天地之间，于是一颗心也陡然狂跳起来。他不知这歌声来自哪里，却知这是谁在唱歌，这个声音他听过便不会忘却，他一直牢牢记得它，还有她。

王贲的目光四处张望着，终于看到前方的城垣上伫立着一个白色身影，伫立在黑暗的天穹下，伫立在熊熊火光中，一队楚军士卒高举着盾牌组成一个大阵，保护她不被纷飞的矢石伤到；与此同时，他也终于听清了那遥遥传来的歌声：

操吴戈兮披犀甲，车错毂兮短兵接。
旌蔽日兮敌若云，矢交坠兮士争先。
……

“这，这是……”王贲的嘴角微微翕动着，目光中充满了惊讶——

《九歌》最终章《国殇》。

这是《九歌》中除《礼魂》外的最后一首，也是最特殊的一首，其余九首祭祀的都是天上地下的神祇，只有它祭祀的是那些战死沙场的寻常将士；这更是最荡气回肠的一首，不仅是哀悼那些为国捐躯的万千忠魂，更有着对生者的激励，是故在悲痛中更蕴含着无比的壮烈。

“火箭飞石暂停!”王贲不假思索地大吼。

听到他的将令，后阵的射士和掷石的士卒们旋即停了下来，也正在此时，秦军进逼到了城垣脚下。一架架云梯搭上了残破不堪鲜血淋漓的城垣，一位位死士沿着云梯迅速向上攀缘，有那心急的士卒甚至先扒住云梯，再让同袍们将云梯连同自己一起搭上城头；转眼间，第一拨士卒已有数十人登上了城垣，与楚军厮杀在一起。

“能否，将她生擒……”王贲双目紧盯着城垣上那个白色身影，心下暗想。

城垣之上，秦楚两军开始短兵相接了。

除却黑沉沉的夜空，血与火的映衬下，一切都被涂上了一层狰狞可怖的红色，还在燃着火苗的木料是红的，浸泡在血泊中的同袍尸首、遍地的碎石砖砾也是红的，溅上了鲜血、熊熊火光映衬的城垣自然更是红的，就连纠缠厮杀在一起的士卒们，从头到脚也都是红的。战况已极尽惨烈，两军士卒都纷纷脱掉了衣甲摘掉了头盔，赤膊散发地搏杀着，几乎分不出敌我。他们满身满脸都是血，人人露出血淋淋的牙齿，瞪着红彤彤的眼睛，挥舞着的兵刃上也沾满了自己的血敌人的血，袍泽的鲜血与敌人的鲜血交融在一起，死者的鲜血与生者的鲜血交融在一起，鲜血又与火光交融在一起。所有这些还在顽抗的楚军士卒们，已不是在为生而战，而是在为死而战。

凌余阵兮躐余行，左骖殪兮右刃伤。
霾两轮兮絷四马，援玉枹兮击鸣鼓。
天时怼兮威灵怒，严杀尽兮弃原野。
……

女萝的歌声似乎并不分外响亮，却有着一种穿透一切的别样力量，即使是那漫天的喊杀也无法掩盖，正如那城垣上的血与火无法将她的白衣染红，那弥漫在四处的血腥无法淹没那股辛夷的淡淡香气一般。

而在她脚下，那扇高大的胥门，正在越来越剧烈地震颤着。

这扇城门本由极尽坚硬的木料制成，外面又包裹着一层铜皮，为防火攻还涂上了厚厚的泥巴，几乎可说坚不可摧；然而目下泥巴已渐渐干涸，经过方才秦军连续不断的齐射，数十支火箭先后钉在了城门上，熊熊燃烧的火焰甚至将城门外面的铜皮都烤得有些熔化，还有那连绵不绝的飞石不断砸在城门上，给它的表面留下一片大小不一的凹坑。而目下，更有数十名士卒双手环抱着那些巨矛般的撞头，先齐齐后退两步，再一同喊着号子，将撞头猛地撞向城门，在他们身旁则簇拥着更多士卒，双手高举大盾防备着守军抛下的箭矢滚木礌石，为自己更为那推动撞头的士卒们掩护，一个倒下去，另一个接替上来。

撞头一下下轰击在厚厚的铜皮上，尖利的撞角先是和那些飞石一样，在城门上留下了几个凹坑；反复几次撞击之后，凹坑便越来越大越来越深，四周的铜皮上也渐渐出现了道道龟裂，撞头慢慢刺进了裹着铜皮的城门中，而那面渐渐扭曲变形的城门也随之发出一声沉重似一声的喘息。尽管城门内的楚军士卒们纷纷运来木料大石等诸般重物，将它们堵在门背后，不少人甚至直接扑上去死死抵住，却还是不时被那些撞头的巨大冲力推开。

终于，一声巨响骤然打断了女萝的歌声，随之而来的便是一阵剧烈震颤，三四支撞头同时轰进了彻底扭曲的城门，一同撞开了一个巨大缺口，随着一下下捶击，这缺口还在继续扩大，熊熊燃烧的大门火星迸射，铜片木屑碎砖在弥散的烟尘中四处飞溅，门背后堆积起来的砖石木料彻底垮塌，试图用身子堵住城门的几名士卒也在这一下下轰击中断送了性命；很快，伴随着震天的哀鸣，胥门终于被攻破了，黑衣黑甲的秦军立即如潮水般涌入城门，与门背后的楚军厮杀在一起。

随着城门破碎传来的剧烈震颤，负责守护女萝的士卒站立不稳，纷纷跌倒在遍地废墟中，腾起的浓重烟尘使所有人都睁不开眼，一时间到处是喷嚏咳嗽。而当烟尘散去时，他们连忙望向他们的主母，人人大惊失色，他们看到她和自己一样跌倒在地，散乱的发丝已变得汗津津，惨白如纸的脸庞更是因剧痛而扭曲，最触目惊心的是，她双腿之间的白裙已被鲜血洇湿，陡然一片殷红。

“夫人，夫人！”呼啦一声，所有的子弟兵都围了上来。

女萝却是强忍着剧痛，勉强绽开一丝惨然的笑容，推开了所有试图将自己搀扶起来的臂膀，踉跄着重新站起来，几乎是用尽了生命中最后的力量，重新唱了起来：

出不入兮往不反，平原忽兮路遥远。
带长剑兮挟秦弓，首身离兮心不惩。
……

“随我冲——！”

王贲拼命挥舞着手中的长剑，汗水与血花一同飞溅，一个个试图拦住去路的楚军士卒都在他凶狠的劈砍中倒下，身后的侍卫们大惑不解地紧随其后。方才胥门被攻破时，王贲竟从司令云车上飞身而下，亲领卫队冲向城垣，与楚人厮杀在一起，而他们既拦不住自己的统帅，又无法冲到前面去替他开路，甚至连跟上他的步伐都很难，只能飞快跨过一具具倒下的尸体，跟在他身后猛冲向城垣，以免被落下。

“诚既勇兮又以武……”那歌声越来越清晰了。

近了，自己离她越来越近了。

王贲大步迈过一级级通向城垣的石阶，低头闪过面前这名楚人的吴钩，尽管动作慢了一步，左臂留下了一道深深的伤口，然而他手中的长剑却已刺穿了对手的喉咙，喷涌而出的血泉将他的脸庞染得殷红一片。

“终刚强兮不可凌……”

就在前面，就在前面！

长剑重重斩在又一个士卒的藤牌上，巨大的力道竟将对方连盾牌带胳膊一同砍断，与此同时那柄满是缺口的剑也折断了。王贲不等士卒呻吟着倒下，已经丢下断剑，一把夺过他手中的越剑，一个大步跨上了城垣，一眼瞥见了数十步外的那个白色身影。

“身既死兮神以灵……”那个身影背对着自己，面向着潮水般涌入胥门中的黑压压秦军，仍然旁若无人地唱着。

再有一步！

护卫女萝的最后十几名子弟兵一同拥上前来，王贲的侍卫们也呼啦一下散开，再也不讲究什么阵形，再也顾不上什么技击之法，纯然便是一片杂乱无章的混战。而在这混战之中，只有王贲的目标是清晰的，他的双目一片血红，直勾勾地盯着那个衣袂飘飘的白色身影，几名子弟兵大吼着扑上来，先后给他的肩膀双臂胸膛腰间各留下一道道深浅不一的伤口，可他竟看也不看便声声怒吼连连挥剑，将他们一一斩杀在血泊中，仍然继续向着那个白色身影大步走去——

人挡杀人！拦我者，死！

“……魂魄毅兮为鬼雄！”

唱罢这最后一句，女萝的声音突然间变得喑哑，她陡然喷出一口鲜血，然后便踉跄着跪倒在地，双手不住颤抖着，勉强支撑着自己的身子，口中不住喘着粗气，丝丝鲜血随着汗珠与泪水一滴滴淌下。

这时，一双秦人才会穿的方口翘尖战靴，一柄秦剑的剑尖，一同出现在了视野中。她轻轻抬头，与王贲的目光对视了。

“项夫人……”尽管剑指女萝，王贲却还是勉强压抑住心底的激动，手上的剑锋难以察觉地微微颤动着。

女萝惨白的嘴唇上下翕动着，想说什么却始终没有发出声音来，她这才知道，自己已经哑了。

看到王贲那陡然变得惊疑的目光，尽管面孔已被疼痛和疲惫所扭曲，她却还是笑了，坐在地上缓缓向后退去，在砖石上留下一道道触目惊心的血痕。

王贲默默呆望着她的动作，当看到她慢慢爬到城垣的一处破碎缺口前时，他忽然明白了她要做什么，忙冲了上去。

“项夫人！”王贲大叫道，一把抓住了女萝的左袖。

胸口突然传来一阵剧痛，猝不及防之下，王贲不由得松开了手。他低下头，看到一柄匕首从自己铠甲的甲叶缝隙中刺入，鲜血正由伤口中不住地汩汩流淌着。

他惊讶地捂住伤口再重新抬起头，却见女萝已经立在了城垣的那处缺口前。她面带微笑，轻轻抚摸着自己隆起的小腹，又最后一次擦去嘴角的血丝，理了理散乱的长发和那件已被血污弄脏的白衣，做完这一切之后，随即转身扑下了城垣。

“女萝——！”

王贲近乎疯狂地大喊着，顾不得自己胸口的伤，张开手猛扑了上去。

他几乎已抓住了她的手臂，却还是慢了一步，它从他手中滑落，紧接着那散乱的发丝、那飘飞的衣袂，也先后从他的指间纷纷穿过，于是他只能扒在城垣上，眼睁睁望着她像一只断翅的白蝶般轻盈飘落，手中只留下来自她白衣上的一小片白帛，满是血迹。

此时此刻，已身中数箭的昌平君缓缓扭头，正在向姑苏胥门投去自己的最后一瞥。

此时此刻，荡入震泽的那叶小艇上，曹咎默默停住了船桨，项羽大声号啕着，泪流满面的项伯则拼尽全身力气从后面抱住已苏醒过来的项梁，阻止他跳入那黑黢黢一片的水中。

此时此刻，退入夫椒山的项超一把抹去脸上的血污，扭头重又扑向杀至近前的秦军，几根长矛一同贯穿了他的身体。

此时此刻，王翦刚被秦腾接上小艇，喘着粗气默默伫立着，须发衣甲不住向脚下滴着串串水珠。

……

一阵眩晕之感随之袭来，耳畔的杀声慢慢喑哑了，眼前的血泊与火光也模糊了，王贲捂住仍在淌血的胸口，闭上眼睛，嗅着那仿佛仍萦绕在城头的辛夷的淡淡香气，心底回荡起了那个令他永难忘怀的歌声：

若！
有人兮山之阿，
被薜荔兮带女萝。
既含睇兮又宜笑，
子慕予兮善窈窕。
……

歌声越来越低，终于消失了，他也随之仰天倒了下来。

7

夫椒山上，混战仍在继续着。

楚军舟师已被全歼，秦人已冲上夫椒山，与最后的楚军厮杀在了一起，因而夜色下仍然到处都是震天喊杀声，不住摇曳的大片火把，只有这龙头渚还是一片寂静一片黑暗。

“长公子，真是此处么?”

曹咎警惕地四处张望着，死死攥着项羽的胳膊，项羽尽管已擦干了眼泪，却仍不时冒出一两声没能压抑住的哭泣。

“没错，东洞庭山……”项伯扛着自己重又昏过去的幼弟，小心翼翼打量着四周的黑暗。

“长公子，你等终是到了。”銮铃声中，一个女人般柔和的嗓音不期然响起，项伯一个哆嗦，借着远处的火光，勉强分辨出远处黑暗中一个纤瘦的阴影轮廓。

“子房?”

“张良在此等候多日。”那个阴影伴随着叮叮当当的声响一步步走向他们，一双深不可测的眸子在黑暗中闪烁着光芒，“等候与你等一同逃亡。”

甬道中黑暗而寂静，一股潮气迎面扑来，借着摇曳的火光可以勉强看清，岩壁上蒙着一层湿漉漉的露水，前方显然通向地下，谁也没想到在这东洞庭山上，竟还有这等秘密石窟。

“此道通往震泽之下，传言当年夫椒之战时，吴王夫差临战前梦到的那条青龙，便盘踞于此。然这地穴真正去处，却是通向一条暗河，由此可直往湘水。”銮铃声中，张良的声音使几人不禁一阵寒战。

前方的黑暗中传来了阵阵水声，始终氤氲在甬道中的潮气也越发浓重了，张良收住了脚步。前方黑暗中也突然亮起一点火把，照亮了茫茫一片的黑黢黢水面，与震泽不同的是，水面之上并不是寥廓的苍穹，却是逼仄的嶙峋石柱，水面中央荡漾着几艘小艇，那支火把便来自那里。

“各位请上船。此番能否活命，便看我等造化了。”

小艇晃晃悠悠荡入了那片无尽的黑暗。

“子房，你却如何知晓这处地穴?”项伯忽然打破了沉默。

“项夫人告诉我的。她说，当年她与仲公子都还是小童之时，曾在此嬉戏，无意间发现了此地穴，回去问自己父亲，由楚南公那里得知了其中奥妙。”

“也是她托你在此等候?”

“正是如此。”

“那她……对阿梁没说甚?”

“只让我转告仲公子一句。好好活下去……”

“好好，活下去……”望着平躺在小艇中仍然昏迷不醒的幼弟，项伯喃喃道。

天终于大亮了。

一日一夜的激战过后，震泽重又恢复了平静，然而那大片大片被鲜血染红的潮水，那漂浮在水面的各色战船残骸、破碎的木料和布条，那堆积岸边的小山般的尸堆，那不时可见的阵阵黑烟，那氤氲在空气中的腥气与焦臭，都分明昭示着昨夜那一场空前惨烈的恶战。

在蒙武秦腾等人的陪伴下，王翦缓缓走在残破不堪的姑苏城垣上，他们身旁则是一队队忙碌不停的士卒，或是两两一组搬运着尸体，或是提来大桶从震泽汲来的清水，冲洗着城垣上的血污，或是将那些碎石砖砾扫归到一起，眼下秦军已是这座城邑的主人了，因此打扫得也分外上心。

“昌平君有下落了么?”王翦问秦腾道。

“找到了。攻城时身中流矢而死，死时手中仍紧握一面‘楚’字大纛，已验明正身无疑。我等将那大纛裹他身上，运回幕府，准备择日依楚俗下葬。”

“也算对得起他了……”

“项氏族人也大半死于这一战，项燕次子项超也找到尸首了。”蒙武插嘴道，说罢却又皱起眉，“然则项缠项梁却不知去向，那个张良也是；还有那景驹、宋义、周文几人，也下落不明!”

王翦叹了口气：“余皆碌碌之辈，加紧搜捕便是。只是那项梁张良二人，实在让人放心不下……”

“对也，还有件怪事!”蒙武突然又想起了什么，“项氏一族有个巫女，便是那项梁的女人，你可听说过?”

“听说过，还见过一面，江东都叫她女萝，可是如此?”

“便是她！据士卒说，昨夜明明见她由十余丈高的城垣上跳下来，然则士卒们拥上前去，却硬是不见尸首！非但如此，更奇的还在后面：她坠地之处，只余一汪碧血!”

“碧血? ……”

“俺听说，那女子死时，王贲侄儿也在?”蒙武不经意问道。

“莫提那竖子。”王翦脸色陡然又沉下去了，“蠢!”

“上将军说何人?”一个冰冷的声音突然在面前响起。

几员大将同时抬头望去，却见王贲全身包裹着厚厚的布带，胡乱披着件战袍站在他们面前，左手攥得紧紧的。

“身为统帅，攻城时竟第一个上去拼命，找死么?”王翦满脸怒气地瞪着自己儿子。

“上将军不也将楼船开到岸边助战么?”尽管因身体虚弱还有些站不稳，王贲却仍是针锋相对。

“老夫亲自出马，乃是虑及大势！谁像你那般只知逞匹夫之勇? 那多年仗，白打了? 受伤这般重，能活下来都算你命大！若非医士救援及时，怕是早从尸堆中寻你了，你何时能让老夫省心? ……”

王贲没有再吭声，默默听着父亲的连声咆哮，左手始终紧紧攥着。

“行了行了！老匹夫!”蒙武在一旁打起了圆场，“若说鲁莽，你这一战尤甚世侄，便是俺也做不出这等事体！总归有惊无险，该当高兴!”

王翦这才住了口，喘着粗气别过了脸去。而王贲也默不作声转过身，背对着父亲望向远处的震泽。

在他始终紧攥的左手中，是一小片沾满血迹的白帛。

“上将军!”一名军吏飞奔上城垣，气喘吁吁地喊道，“我等在震泽西北岸惠山一带掩埋尸首时，挖出一方怪异石头！”

“石头？石头有甚怪异？”

“那石头上刻着怪异文字图画，我等谁也认不出，想请上将军亲往观看！”

“走，我等看看去！”王翦扭头对蒙武秦腾说道。

“上将军去吧，我还需留此地，继续清理城垣。”秦腾笑道。

“也好，那我等先走！”王翦说罢带着蒙武等一行人匆匆走了，王贲也默不作声跟着去了，城垣上只剩秦腾和一名随身吏员。

眼看众人背影都已远去，秦腾招呼吏员随自己继续巡查这城垣，走了数十步，几名正在忙碌的士卒吸引住了他的视线，他看到他们正在将一枚枚沾了血污的竹简木牍擦拭干净，再细心地码成一排。秦腾本就是军政兼通，更好阅读典籍，看到他们的举动自然好奇，走上近前问了一句：“这是何物？”

“将军，这些都是我等同袍遗物啊！”一名士卒抬头，看到是自己的将军，忙起身答道。

“遗物？”

“这些竹简木牍，或是遗书，或是未及寄出之家信，总归都是出自同袍手笔。这多人死在异乡，路途遥远自然无法运回尸身，我等也只能捡出这些遗物，尽力送回老家，让他们家人好歹有个念想……”

秦腾点点头，蹲下身子，随手从那堆竹简木牍中拣起了一片，看清了那上面的字迹：

“二月辛巳，黑夫、惊敢再拜问衷，母毋恙也？黑夫、惊毋恙也。……”

“这，这是……”他惊讶不已，忙又拣起另一片，也看清了那上面的另一句话：

“惊敢大心问衷，母得毋恙也？……”

沉默了片刻，秦腾也缓缓起身，将两片木牍交与了身边那名吏员：

“喜，待你归乡之时，且将这木牍交与他们家人吧。”

“诺。”叫作喜的吏员接过这两片木牍，毕恭毕敬地将它们藏入袖中。

“啥文么？谁他娘认得出！”望着这块石碑，蒙武皱着眉头道。

“不是秦字，也不是楚字，更非金文，怕是仓颉也不认得。”王贲淡淡道。

“好字，好字……”屠睢叹道。

“好在哪里？”任嚣问。

屠睢轻轻挠头：“说不出，总归是好字……”

众人眼前的这块石头，形状颇为特异，上细下粗顶端微圆，上刻一个个极是陌生的文字，总共十二个，个个字体古朴遒劲，分明带着一种扑面而来的雄浑韵味，却没人说得出它是什么文字，更遑论辨识出真正含义。

“上将军，这似是石鼓文。”一名司马小心翼翼道，“俺是陈仓人，那边存留十块碣石，都是这般形状、这等字体，上刻秦君游猎的诗文，识字先生说，这字乃当年周王室一位名籀的太史创制出的，叫史籀文，俺家那边嫌拗口，又见这碣石圆滚滚，索性叫它石鼓文。”

“你识得?”

“俺不认识，一位同乡御史与俺相熟，兴许认识！俺这便叫他过来!”

少顷，司马领着自己的乡党走上前来，那御史看了一眼，立刻“啊”了一声，转身向王翦一拱手：“上将军！这石上写的是：有锡兵，天下争；无锡宁，天下清!”

“无锡? ……”王翦扬起眉。

“是也!”一名军吏插嘴道，“俺听说此山数百年来一直产锡，当年春申君便曾在此开采锡矿!”

“我也听说，近年来此山产锡日渐减少，不知何故!”又一名都尉叫道。

“原来如此。”王翦笑道，“此石出世，莫非是说天下该当安宁?”

“若是这般，此地不如更名无锡!”王贲叫道。

“无锡，无锡! ……”士卒们兴奋的高喊，久久回荡在天穹下。

王翦一声叹息：“无锡宁，天下清。虽是吉兆，虽是善愿，然则坐等却永远等不来安宁。天下尚未真正一统，我等还须继续奋战!”说罢望向众人：“我等回幕府，商议燕代齐之事!”

“诺——!”

第十八章 天下虽安

1

公元前222年，秦王政二十五年冬，代地。

代城郊野遥遥对峙的黑红两方大阵中，万千骑士战马尽皆死寂，唯寒风拂过时可闻一片旌旗猎猎。

“公辅，怕么?”

“父王放心，赵人血性，何惧之有!”

望着对面黑森森一片的秦军骑阵，父子俩只有这简短的两句对话。

马背上的代王嘉面色凝重，尽管刚年过四旬，在寒风中飘拂着的几缕乱发却已是一片花白；而他身旁那位少年骑士也不过十余岁，套在瘦削身躯上的一身衣甲尚显宽大，稚气未脱的面庞上却是一脸狞厉。

“归队吧，过会儿多杀几个。”代王嘉的语气很是平淡。

马背上的赵公辅没有答话，只是向着自己的父亲深深一躬。

就在赵公辅策动着战马沓沓走入代军骑队的同时，一箭之地外，秦军统帅王贲也勒住缰绳，遥望着远处一片火红的敌阵。

对面的代军组成了一个开口向外的箕形阵，三方大阵每阵千人，由代王嘉居中领军，一位位代军骑士尽管身形瘦削面容菜色，可那一张张憔悴面孔上却写满了肃穆悲壮，显是一支因绝望而战力倍增的哀兵；另一面的秦军兵力总数虽也是三千，却是分成了三支锥形阵：王贲领两千锐骑居中，左右两翼则各有五百名精锐铁鹰锐士。双方都是清一色的骑兵，兵力总数也完全对等，休说灭国大战这多年，即便在整个战国之世，这等情势也极是罕见。

“代军虽只三千，却尽皆精锐，显见今日又是场恶战。”身边的李信沉声道。

“有把握么，李信?”

李信拨动了一下手中的弓弦，发出一声颤音：“李信，不会再失手了。”

“只是你身为裨将，此战却亲身杀敌，太过弄险。”

“若能擒得赵嘉，再险也值。”

王贲没再多说，当即抬起手，身旁的军令司马便挥动起颜色各异的两面鸟旗，长短不一的号角嘶鸣声随即响起。

“秦赵恩怨，一战了结——!”

对面的代王嘉抽出佩剑高呼着，头盔上的曼胡之缨与那面鲜红的“赵”字大纛一同猎猎飘拂。伴随着鼓号声的交相轰鸣，红色箕阵随即响起愤然的呼号应和，作为“箕壁”的左右两翼迅速张开，代王嘉亲领的“箕底”稍稍错后，也在向对手渐渐逼近。

“……代军唯一胜战希望，便在将我军围而聚歼，故而要在两壁；我军破敌之关键，却在直捣腹心，是故左右偏师不求歼敌，只需拖住代军两翼，便有七成胜算；正面破敌，擒获代王，自有我来！诸将放心，无论赵人阵形如何，真正决胜者，仍是战力高下!”

这是开战前王贲对裨将李信等人的交代。明了于此，一大两小三座黑色锥形阵随即各自分开，左右两翼率先发动，向着箕阵两壁猛攻过去；王贲亲领的两千主力则直向那面“赵”字大纛所在的“箕底”发起了正面冲锋。

“秦军两翼人少，先行击破!”赵嘉扭头一声大喝，令旗战鼓未及发出将令，左右两翼代军已同铁鹰锐士们厮杀在一起，红色潮水般汹涌扑向两枚黑色箭镞；而仅仅是片刻之后，秦人中军那枚最粗大的黑色箭镞也直刺向赵人中军，两军全面交手了。

不绝于耳的呼喝声中，战马的身影彼此交错，长剑的锋刃互相撞击，不断有鲜血在飞溅，不断有尸首从马背上坠落。两军形成了奇特的对比，今日这三千代军皆为昔年赵国边军余部，也是代王嘉战前反复遴选出来的，实在是苟延残喘的代国难得的一支精锐，更兼被这目下这场死战所激励，战心炽烈得无以复加，个个咆哮着呐喊着，近乎疯狂地策动着战马挥舞着剑锋，既不讲阵法也不讲协同，纯然是同归于尽的决死拼杀；秦军骑士则自始至终肃然静默，只偶尔交换着简短口令，胯下战马的闪转腾挪、手上剑盾的挥舞格挡却掐算得分毫不差，彼此配合更是天衣无缝，攻则如水银泻地，防则如铜墙铁壁，总能在局部形成兵力优势，往往代军一剑刺来，顿时便是三五柄秦剑同时挥出，对手若不肯回救，便必然要负伤落马。是故无论赵人如何舍生忘死奋不顾身，两翼代军始终无法击溃铁鹰锐士们，反倒是王贲中军正在渐渐蚕食代王嘉所部，一个时辰的拼杀下来，赵嘉的中军千人队已折损了将近三百人，渐渐开始撑持不住了。

“两军还剩几多?”立在中军后阵戎车上的王贲凝望着远处的战局，冷不防问了一句。

负责瞭望的军吏本就是老练斥候，一眼扫去便大体算清了两军旗帜：“代军不到半数，我军约略两千!”

“……”王贲没有吭声，心下却暗自吃惊：代军战力果然惊人，目下纵落下风，却也使秦军折损了近三分之一，若将这三千代军全数歼灭，只怕秦军便要伤亡过半。不行，此番虽是对等拼杀，却也当尽力减轻两军伤亡!

“李信!”王贲大吼一声，自戎车飞身跃起，跨上一旁的战马，话音落点之际长剑已然出鞘；早有准备的李信同样一声应和吹响了号角，环绕戎车的护卫骑士们也随之催动起战马，结成又一个锥形阵，那面“王”字大纛旋即向着代军中军席卷而去。

浑身大汗的代王嘉抽回兵刃勒住缰绳，瞪着血红的双眼望着面前的战场，赵人的尸体层层叠叠布遍了原野，红色的鲜血红色的衣甲红色的旌旗混在一起，显然此等局势若持续下去，代军的全军覆没只是迟早之事。正在此时，中军前阵杀声大起，一面黑色的“王”字大纛在浓重尘雾中闪现，一队组成锥形阵的骑兵正将黑红纠缠的战团切割开，直冲自己而来。

“父王，杀王贲之机!”赵公辅嘶声吼道。

“没那般简单，王贲是要诱我等自投罗网!”这个念头从代王嘉心底一闪而过，然而下一个瞬间，他便笑了——

只是，正合我意!

想到这里他扭过头，一声声嘶力竭的咆哮：“随我冲，先取王贲——!”随即一马当先率先杀出，赵公辅忙与其他骑士们一片奋然应和，也紧跟其后冲杀而去。

“生擒赵嘉——!”

王贲的吼声飘荡开来时，两支百人马队已纠缠在了一起，几乎是刚一交手便倒下了一片尸体，代军骑士们连声怒吼着与秦人厮杀的同时，秦军百人队阵形已变为十骑一什，七什仍与代军厮杀，两什以迅雷不及掩耳的速度左右张开切入代军，将代王嘉与周遭骑士猝然分割开来，王贲亲领的最后一个什则直取孤立无援的赵嘉!

“来得好!”赵嘉却是一声咆哮，挺剑直扑黑森森一片的秦军骑士，心下已涌起必死之志。

眼见赵嘉汹汹冲来，马背上的王贲吹响了预先含在口中的骨笛，尖锐刺耳的哨音响起之际，他背后却忽然闪现出一名骑士的身影，手中一张满满张开的大弓。

“不好!”这是那一瞬间，赵嘉心下唯一的念头。

接连三下箭矢呼啸，一声战马的长长悲嘶。他的坐骑猛然抬起两只前蹄人立而起，三道血泉同时从左眼、脖颈和前胸激射而出，然后带着自己的主人重重砸倒在地。

左腿一阵剧痛猝然传来，代王嘉一声极尽痛苦的大叫，心知它已被沉重的马身压断，眼前随即便晃动起了四五柄长剑。

他试图推开马尸爬起来，然而只要稍稍一动，左腿便是钻心的痛；心知已无力再有作为后，他终是将尚能活动的左手艰难地探入怀中，想要拔出那柄预先藏好的匕首。

“小心绑了，回营救治。”尽管战场上依旧杀声震天，但耳畔这声简短低吼赵嘉却听得清清楚楚，他刚来得及握住匕首的铜柄，几只粗壮有力的大手便攥住了他的臂膀。

“代王已俘！大纛在此！代军降秦！……”仍是那个粗重的嗓音，已被绑得结结实实的赵嘉拼命扭头，正见那名马背上的黑甲秦将奋力挥舞着那面污浊不堪的红色大纛，连声高喊着；失去统一号令的代军骑士们尽管还在各自抵抗，却已再难挽回败局。眼见如此，他不忍卒睹地闭上了眼睛——

赵氏列祖列宗，子孙赵嘉不肖，终致断送我大赵社稷，自家也为秦人所虏。但能脱身，赵嘉定当自裁于列祖灵位之前……

“阿翁——!”

听到这声远远传来的大叫，赵嘉猛然睁眼，一眼便看到儿子的身影。赵公辅方才被突然插入的秦军锐骑挤到了一旁，目下正拼命杀来想要搭救父王，而方才那名射死自己坐骑的骑士已然策马迎上前去。

“公辅，莫管我，快逃，快逃!”赵嘉情急之下大叫道。

兵刃撞击声盖住了赵嘉的连声嘶吼，那名秦军骑士已横马拦住了赵公辅去路，马背上的两人各自挥动兵刃劈砍着，转眼间连过三招，然而第四招时赵公辅终是慢了一步，赵嘉眼睁睁看着儿子肩头被对手一剑劈中，一声大叫跌落马下。

“公辅——!”

赵公辅没有听到父亲的这一声大喊，他只躺倒在地，死死盯住这名将自己打落下马的骑士，目光中满怀恨意。

“起来吧。”李信的目光却很平静，“这等年岁身手若此，也数难得；日后你愿入秦军，可来找我。”说着转身上了马。

躺倒在地的赵公辅愣愣望着他的背影，这才注意到对方手中握着的，是一个黑黝黝的剑鞘。

秦军开入代城的当晚，赵嘉父子被押解到了一座临时充作囹圄的仓廪中，沉重的石门刚吱嘎着打开，那盏幽微的灯光下便有一团物事动了一动，一声哼唧随之颤抖着响起：

“莫，莫杀我!”

“进去。”领队的屯长没有理会那个声音，却对赵嘉喝了一声。父子俩没有吭气，拖着沉重的脚步向仓廪中缓缓走去。

“代，代王?”那个声音中满是惊奇，“你也被俘了? 代国也灭了?”

赵嘉收住了脚步，向那个声音传来的方向望去，看到一个瑟缩成一团的身影爬了起来，从那动作中可以看出，他两手正使劲儿揉着双目。

“你是何人?”赵嘉身心俱疲地低声问了句。

“我，我乃燕王……上月王贲李信拿下襄平，寡人便做了俘虏，一直被囚到目下……”那个声音嘟嘟囔囔道，语气中满是沮丧。

2

将代王嘉与燕王喜一并囚禁之后，王贲李信连夜开始了下一步的方略谋划。秦军攻克姑苏、平定江东后，六大战国便只剩了齐国和燕代。尽管如此，咸阳庙堂仍没有轻举妄动，而是慎重议定了整体方略，以求以最小代价拿下齐国这最后一个大战国，以最稳妥的方式扫清燕代残部这盘踞北地多年的后患。议兵结束后，王贲领灭楚主力中的轻车锐骑秘密北上，在蓟城与坐镇燕地的李信会合，转述了这即将开始的一系列战事的方略：先平燕，次灭代，最后攻齐，并着意强调：平定燕代之关键，一在隐秘，二在快捷，一旦泄露消息或稍有蹉跎，都有可能打草惊蛇，使燕代齐任意一方及时做好防御准备甚或逃亡，若果然那般，必将后患无穷。李信听罢极是赞同，三日准备后，两人便率领着五万轻装秦军日夜兼程深入辽东，以迅雷不及掩耳的神速攻克了全无防备的襄平，一举擒获了正在谋划北逃匈奴的燕王喜，重演了当年李信千里追击太子丹那一幕；此后又马不停蹄地挥师代城，与不久前灭燕的隐秘不同，这次却是大张旗鼓一路西进，行至代城郊野还向城中射去写给代王嘉的战书，云秦赵多年恩怨，今日灭代当一战了结，秦人愿出三千兵马与赵人对等厮杀，统帅王贲也愿亲自上阵，此战若败，秦人就此退兵，放过代国；然赵人若败，便须开城降秦，从此成为大秦子民！

发出战书前，李信还心存踌躇：赵嘉若不理会，我等硬攻代城只怕急切难下；若果真开战，我军万一无法胜过赵人，难道要就此放弃灭代了么？王贲却很是自信：赵嘉会应战，黑冰台报说，此人生性刚烈，苟延残喘多年，眼见复国无望，早有殉赵之心。而今有此杀敌良机，他焉能闭城不出？必要与我等拼死一战。只怕我等要担心者，并非能否胜代，却是防他战场自裁！李信听罢重重拍案：此事虽难却不必担心，我来擒他！正是因此，才有了前面代城郊野的那场对等兵力的正面厮杀。

目前为止，燕代两国顺利平定，王贲李信顿时放心了一半，大体安定代城、上书秦王报捷后，又开始为接下来的灭齐做准备了。又一次的灭国大功并未使两人得意忘形，恰恰相反，面对着最后的齐国，两员大将格外上心。

之所以如此，原因只有一个：灭燕代期间，多年来悄无声息的齐国突然起兵，尽发五都之兵二十万，全数屯集于目下的秦齐边境——巨野泽东岸；非但如此，齐国还向常驻临淄的三位秦使顿弱、陈弛、荆苏下达了措辞严厉的王命，要他们限期离齐。

守西界、绝秦使，两大举动自然使秦国庙堂大为惊讶，尤其是后一样。须知多年来，齐国始终是秦国最着力分化的邦国，大批黑冰台弋射经年潜伏齐国几座大城，田氏庙堂一举一动都难逃秦人耳目；更有齐相后胜收受了黑冰台大笔贿赂，但有重大决策，黑冰台甚或得知得比齐人还早。谁承想在这灭齐当口，多年疲软的齐国竟一反常态强硬了起来！莫非秦军灭燕代之举，使齐人意识到自己将大难临头，欲与秦军决死一战?

李信提出这一疑问时，王贲轻叩着奏案上的竹简，沉思片刻摇了摇头："国尉军报说，齐国庙堂格局未变，显见近来变故并非齐王主张，仍出自后胜之手。此人巨商出身，向来油滑世故，当不敢与秦国真正闹翻。目下上卿顿弱还在设法与他会面，欲当面质询，一切都须回信传来再说了……"

临淄南郊，牛山。

五道温暖甘洌的清泉自牛山涌出，在山脚汇成一片南北长三百步、宽十步的狭长大泽，水面蒸腾的热气使整座山岭即便在这深冬时节也依然郁郁青青，这便是齐都临淄最负盛名的形胜之所——天齐渊。

袅袅的水汽使浴室中一切都显得影影绰绰，浸泡在温泉水中的后胜深深一个吐纳，只觉心力交瘁。没人能看清那张面目模糊的脸上究竟是何等表情，正如没人能看清这位数十年来恭谨事秦的太平丞相如今突然对秦翻脸，究竟是出于何等居心。

回顾自己多年秉政的经历，后胜只觉恍若梦中。数十年前，一度如日中天的齐国遭到了燕国为首的五国联军的猛攻，长达六年的燕齐之战由此爆发，齐国也由盛转衰一蹶不振，虽经艰难复国，却也只是堪堪自保。倏忽数十年过去，齐国国政几经辗转，最终落到了自己手上，有齐王建这具傀儡在前，自己抱定了不求有功但求无过的打算，对内无为而治，一切政事能推就推能拖就拖；对外则恭谨事秦，不仅对五国的多次求援置之不理，反倒是秦人每灭一国，都遣使赴咸阳祝贺一回。也正因此，秦军灭国大战这多年，天下一片天翻地覆，唯有齐国始终静悄悄全无声息，齐王建与自己这一干君臣充耳不闻天下事，只一心过着优哉游哉的日子，倒也自觉其乐无穷。

可谁也没想到，十余年后，太平日子眼瞅着要到头了。

楚国灭亡后，五国世族如潮水般纷纷涌入齐地，汹汹之势直逼五十余年前燕军破齐之时。更有甚者，这些世族贵胄入齐之后，或是大肆散播秦军如何残暴的诸般流言，或是在各地官府门前向县令城守请命，要求成军抗秦，或是索性直接拼凑成一支支乌合之众般的"义军"，整日吵嚷着要与秦人死战到底，搅得齐国鸡犬不宁。在他们的带动下，以田儋、田荣兄弟为首的齐国世族们也纷纷打出抗秦旗号，争先恐后开始招兵买马，其中更不乏趁机打家劫舍的浑水摸鱼之辈，数十年来康乐太平的齐国，几乎一夜之间便成了一团乱麻。

此种情形下，一向气定神闲的后胜也开始心惊肉跳了。他担心的不是齐国可能的灭亡，而是自己的出路，既担心“宽缓阔达，贪粗好勇”的国人会把亡国的愤怒发泄到自己头上；也担心降秦之后，秦人会杀掉自己以平民愤——那赵国上卿郭开不就是前车之鉴么？骑墙摇摆了不知多久，这位丞相终于谋划出了一个自认为万全的对策，于是有了不久前绝秦使、发兵守西界的举动，如此一则可防国人闹事；二则可向朝野表露抗秦决心，顺应那些求战呼声；三则是向秦人彻底摊牌——你若不肯应我，便先与二十万大军过招！

……

“丞相，秦使求见。”潺潺水声中，仆役的恭顺声音遥遥传来。

“让他稍候。”一直在闭目养神的后胜，缓缓睁开了双眼。

换好一身崭新衣冠，后胜慢条斯理地缓步踱出房舍，来到一处幽静雅致的庭院。冬日的寒冷仿佛与此地无缘，遍地青草依旧翠嫩欲滴，满庭竹木也依旧蓊蓊郁郁，更有各色奇花异卉点缀其间，在素淡中平添了一抹绚烂。

所有这一切生机，都来自庭院正中的一池温泉，这是自天齐泉引入庄园的。一个黑衣人正伫立在温泉旁，背对着后胜。

“上卿以为，此地如何?”尽管心下忐忑，后胜却仍是满面春风，笑吟吟问道。

“四季如春，确乎难得。然若无这池温泉，只怕满庭草木，早尽数亡于风刀霜剑之下。”那个背影没有转身，冷冰冰道。

后胜自然听出了此中弦外之音，只是干笑了一声。

“丞相近来举动，却做何说?”那个身影转过身来，犀利目光几乎要在后胜身上戳出一双透明窟窿。

秦国上卿，黑冰台殿戈，顿弱。

后胜早已料到对方会如此发问，忙装出一脸茫然：“此乃齐国君臣共商之结果，老夫无力扭转庙堂决策，上卿如何将此事算在老夫头上?”

“齐王何时自家亲政了？丞相又何时失势了？而今齐国庙堂，竟非你说了算?”

“……”后胜心知不必在这等事由上辩解，是故只是淡然一笑，“上卿究竟欲老夫如何，直言便是。”

“齐人举国降秦。”顿弱毫无遮掩地直奔主题。

听到这简单的一句，后胜的目光中掠过一丝自信的笑意：依照从商市道，对方既然开价，交易便总有做成的可能。想到这里面色坦然地开了口：“老夫可从中尽力斡旋，然秦人必须存留田氏社稷，必须为齐国留下临淄周边五百里封地，日后齐王仍是齐王，老夫仍是齐相，我等君臣仍如当年周王室一般自治。”

“丞相不愧商人出身，如此漫天要价！”顿弱的笑容中带着显而易见的讽刺。

“毕竟，齐国尚有二十万大军。”虽被揶揄了一句，后胜面色却依旧坦然。

“足下以为，秦国会忌惮齐军？秦国所图，无非两国少流鲜血而已，绝非不敢开战。就实说，我秦人闻战则喜，齐人若能与秦军痛快大战，怕是王贲蒙恬二位将军正求之不得。”

后胜轻轻垂下眼帘，以掩饰自己心头的忐忑：“上卿之意？”

“为大局计，也为丞相计，顿弱倒有一更好主张，丞相可自家斟酌。”

“需老夫做甚？”

“恰恰相反，甚事不做，只称病躲于丞相府中。”

后胜没有吭声，目光中却充满了惊讶。

“齐国庙堂正在微妙之时，上下各方明争暗斗，丞相此时若直接跳出力主降秦，必成众矢之的，非但易招杀身之祸，更可能引发齐国大乱。”

“齐国大乱，秦人灭齐岂不更易？”

“齐国早晚都是囊中之物，我等何不谋求稳妥灭国？”

“然则，没有老夫，何谈稳妥？”

顿弱的嘴角浮现起了一丝嘲讽笑意：“这多年来，丞相为秦齐修好多有操劳，已为亡齐夯实根基；目下火候既到，一切便看我等手段。”

“秦国竟不在意二十万齐军？”后胜惊讶了。

“不在意。”

“不在意齐国绝秦使？”

“不在意。”

“也不在意世族抗秦暗潮？”

“不在意！”

“若齐国陡然振作、一心抗秦，也不在意？”

“不在意！”顿弱大笑起来，“若真那般，齐王必先杀丞相以壮士气！丞相尚不在意，我等又何必在意？”

后胜嘴角抽搐着，无话可说了。

“然则，不需老夫插手，日后给老夫何等回报？”片刻踌躇后，他终于提出了自己最关心的问题。

“保你一条性命，也可保你衣食无忧，甚或锦衣玉食。”

“仅此而已?”后胜的语气中掩饰不住的失望。

“以目下大局，丞相能保得自家平安，便是万幸了。”顿弱的语气极是轻蔑。

后胜沉默了片刻，终于一声长叹：“罢！既然无功，自不得受禄。老夫不能助秦内灭齐国，也只好袖手旁观了……”

“丞相放心，若能顺利灭齐，我便奏请秦王，将秦宫重宝分你三成。”

“当真?”后胜的目光陡然亮了起来。

“只是你须忠心耿耿，为我秦人踏实做事!”

“好，好，一言为定!”

……

就这样，这场决定了齐国命运的密谈，终于在皆大欢喜中结束了。

3

巨野泽东岸，一片漫漫紫色旌旗营帐在方圆数十里尽数铺开，战鼓号角终日响彻原野。尽管齐军长期不修战备，然如此大军也确乎多年罕见，更有齐国世族乃至五国流亡贵胄拼凑的数万私卒掺杂其间，终日吵吵嚷嚷汹汹求战，使这一带再无宁日。

“声势虽大，不知战力几许?”

“外强中干，怕是布虎一只!”

遥望着对面的齐军营地，王贲蒙恬一同大笑起来。

接到顿弱自齐地发来的阴书后，仍然据守燕地的王贲得知了齐国近来局势：尽管名义上齐秦断交，顿弱、陈驰、荆苏也不再通过邦交渠道与齐王君臣往来，然局势仍在掌握之中。那次密谈结束后，后胜便托病闭门不出，没了他勉强维持着庙堂的日常运转，整个齐国很快乱了起来，所有的国政军务都堆积纠缠到了一起，谁也不知如何处置；大臣们个个成了没头苍蝇急得团团转，就连一向对国事不闻不问的齐王建都从幽居的深宫中踱出来几次，探头探脑望着大臣们叫嚣乎东西、隳突乎南北，茫茫然不知所措。眼见这等形势，王贲彻底放下心来，留李信驻守蓟城，自己则亲领一个百人队赶往巨野泽西岸，准备与蒙恬商议对齐之战的最后筹备。

蒙恬是半月前自上郡南下的，这还是十年灭国大战以来，他第一次离开北疆。和当年灭燕之战王贲佯攻代城一样，南下的九原军虽只五万兵马，却号称大军十万，一路开到巨野泽西岸与齐军遥遥对峙，多竖旌旗广布军帐，论声势竟不比对手逊色。蒙恬之所以如此作势，正是要拖住齐军主力，使齐人全部注意力都放在自家身上，从而为王贲南下创造战机。而目下无论是临淄形势抑或巨野泽齐军动向都表明，这一声东击西的方略奏效了：齐国庙堂混乱依旧，巨野泽齐军更不用说，士卒们队列散漫，军帐驻扎得毫无章法，鼓号凌乱金声混浊旌旗驳杂，只要是稍有经验的斥候向那片营地望去，都可迅速对这支貌似强大的军旅做出评判——乌合之众而已。

与蒙恬的议兵很简短也很顺畅：蒙恬继续多方示伪，如有必要还可向巨野泽齐军发动几次骚扰进攻；王贲则从燕地闪电般南下，尽快攻克临淄，此后再从容不迫地挥师西进，与蒙恬东西夹击齐军主力。之所以如此部署，概因王贲李信蒙恬三人都不约而同地认准，只要临淄陷落、齐王被俘，失去号令的巨野泽大军便是一盘散沙，该当一鼓而定；此后齐国境内即使还有老世族的零星抵抗，也肯定不足为虑！商议已定后王贲重新北归，三日之后，燕地秦军动身南下，正式开始灭齐之战了。

如同一石激起千层浪，王贲秦军的南下，顿时在巨野泽大军中引起了一片恐慌。与秦军对峙这多时日以来，齐军无论国府大军还是世族私卒，人人都坐立不安如坐针毡，既提防着秦军偷袭，害怕会猝不及防间贸然开战；又担心着临淄方面的动向，不知究竟是战是降。只不过，他们担心的都是巨野泽对岸的蒙恬秦军，毕竟多年以来，谁都清楚秦军的一贯战法——先长期固守，再瞅准时机一举出动，击溃敌军主力。所有齐人都以为，毕竟齐军粮草还算雄厚，粮道也还算顺畅，只要自家阵脚不乱，同秦军拖得一年半载当非难事，却不想目下秦军竟会一反惯例，兵行诡道，绕过主力直取都城！

得知王贲南下的消息，领军齐将忙派出特使飞马赶回临淄，向丞相并齐王请示该如何应对，特使不顾阻拦硬闯进丞相府，却见后胜躺在榻上哼哼唧唧，吭哧半天也憋不出一句囫囵话；再闯入宫中，齐王建更是拿不出一个主意，只是没完没了嘟哝着不当如此如何是好，待到特使无奈之下赶回巨野泽大营时，北路秦军已进逼到济水北岸，离临淄近在咫尺了。

一边是迫在眉睫的敌军，一边是六神无主的庙堂，一切都如当年秦军灭赵时的翻版。如此形势使巨野泽齐军也乱成了一锅粥，几员领军齐将担心远在临淄的家室，又认定巨野泽秦军只是在虚张声势，进攻临淄的才是秦军主力，因此力主撤军回援国都；田氏兄弟等世族却认定，齐王建后胜本就是一对暗弱君臣，齐国抗秦轴心不在都城而在巨野泽大军，北路秦军纵然拿下临淄，齐军和老世族仍可各自为战，因此不仅反对回援临淄，更主张围魏救赵，率先向西路秦军发动攻势。两派争执不休，足足吵了三日都莫衷一是，始终没能商议出个结果。

偏偏此时，西路秦军反倒率先打过来了。

之所以发起这次突袭，是因斥候急报云巨野泽齐军躁动不安，极可能分兵回援临淄。蒙恬得知后心下一沉：若果真那般，则王贲必然大大麻烦，目下必须兵行险着！当机立断决定向巨野泽东岸实施突袭，以此拖住齐军主力，为王贲攻下临淄争得战机。换言之，西路秦军向齐军发起的并非全面进攻，而仅是一场有意张扬声势的偷袭战；此战目的也非与齐军决战，而纯是缠住对方。就这样，蒙恬率领着区区五万人马，充作十万大军，在连弩大箭的掩护下如决堤洪水一般呐喊着咆哮着，势不可当地向着齐军营垒汹涌袭来。

没想到的是，齐军的孱弱大大出乎意料，胜负几乎片刻见了分晓。数十年无战的齐军哪见识过如此阵势，尚未迎敌便两股战战几欲先走；待到秦军杀至眼前更是一触即溃，不等截杀便逃得干干净净，片刻间便作鸟兽散。大半日的冲杀之后蒙恬清点人马，秦军自身伤亡微乎其微；再看战死的齐军，尸体足足铺遍了整个巨野泽东岸，最令人惊讶的是，这些死者大都是自相践踏而死，秦军真正杀伤的反倒只占少半。

“打了这多年仗，从未见过如此鱼腩之旅，连燕军韩军都不如！”那一战之后，王贲听蒙恬摇头叹气这般说道，满脸的不可思议。

不可思议，不仅蒙恬这般看，王贲自家也是感同身受。蒙恬击溃齐军自是虎入羊群，王贲拿下临淄同样摧枯拉朽。蒙恬刚开始突袭主力齐军，王贲便按预先约定的那样领大军迅速抢渡济水；几乎是蒙恬大破齐军的同时，王贲大军也抵达了临淄城下，在临淄郊野浩浩荡荡铺开。没有任何抵抗，没有任何戒备，摆在他面前的只有洞开的城门，只有高悬在城垣上的那面巨大白旗，只有无数脸上写满了惶恐、麻木和恭顺的齐人，陶俑般伫立在道路两旁，没一个人流露出哪怕是一星半点的反抗之意。

山东六国之首强，曾经的东帝，繁荣富庶文华风流均冠绝天下的赫赫大邦，尚武之风不下任何族群的齐国，就这样举国降秦了。

一片梦魇般的死寂中，秦国大军浩浩荡荡开进了临淄，王贲顾不得其余，亲领五千精兵径自赶往临淄王城，去见顿弱、荆苏二人。

“两位上卿，齐国，这便完了？”尽管已经占领了整座临淄城，王贲却还是大觉不可思议。

“少将军猝入临淄，齐民莫敢格者，还有假么?”顿弱笑着反问了一句。

“齐王何在?”

“正在宫中恭候，上卿陈驰也在齐王身旁，少将军这边请。”

一个充满了殷勤的苍老声音遥遥响起，王贲望向顿弱身后，正见一位高冠老者满面笑容地走上前来，深深一躬：“后胜见过少将军。”

“齐王君臣本当出城请降，如何还要我等入宫？是否别有图谋?”

“惭愧惭愧!”后胜满脸歉意地笑道，“贵使陈驰已与陛下约定，齐国开城迎秦国兵马，秦国当以五百里之地封于齐王，是故陛下还在宫中，等候封赏王命!”

“真好盘算!”王贲如同看一只怪物般地望着后胜。

“丞相之意，齐国降秦非你一己主张，乃齐王自家决断，可是如此?”荆苏一旁插嘴道，看似询问后胜，实则是向王贲解释。

“那是自然！老夫已卧病月余，秦齐之战、庙堂降秦，都是半点不知!”后胜忙不迭道，还装模作样地连声咳嗽起来，“老夫这便带少将军入宫去见齐王，这边请，这边请!”

在后胜的带领下，王贲来到了齐王宫大殿前，正要绕过大殿进入后宫，却注意到大殿门口竖着一方石刻，这石刻很是宏阔气派，由上自下刻着八个朱红的齐字：绥靖万邦，天下太平。一旁的后胜殷勤道，这两句八字各有讲究，前一句是《诗经·桓》中的“绥万邦，屡丰年”，自己加了个‘靖’字；后一句却是语出《吕氏春秋·大乐》。这石刻乃自己请高明石匠凿刻而成，前一句讲秦齐亲善，后一句却是祈求祥瑞……听着后胜沾沾自喜的解释，王贲却是一脸不耐，扭头对身旁一名司马下了令：“凿掉八字，石刻沉海。”

“少将军，这是……?”后胜颇有些不知所措。

“天下太平，靠的是以战止战，不是媚外屈膝。”王贲丢下这句，径自大步迈向了连绵的宫殿群落。

4

饶是阅人无数见多识广，王贲也着实被眼前的末代齐王田建深深震撼了。

尽管王贲就站在眼前，齐王建的目光却仿佛越过了这位秦军统帅，也越过了高高的宫墙，直直望向一望无尽的天边。若非他怀中铜函里确是王印，王贲真要怀疑这齐王是否天生痴呆，又或者后胜是否找了个假齐王来哄骗自己。一旁的后胜显然看出了王贲的怀疑，殷殷笑说，陛下已服过神医丹药，正在冥思之中，这才稍稍缓解了王贲的疑心。

“上卿陈驰曾许齐王以五百里封地，可是如此?”王贲向齐王建问道。

“哼……”齐王建不置可否般轻哼了一声，细如游丝，似有若无。

“本上卿不过从中斡旋而已，商议之时并未报与庙堂，与齐王也只有口头商定，绝无书面之约。”陈驰的口气极是淡漠。

“……”齐王建沉默以对，表情也同样淡漠。

看到齐王这等反应，王贲心下极为惊讶。陈驰当面否认自己许出的封地，虽然确无凭据，也不能算违约，可若以“一诺千金”的私德论之，也实在算得上反复无常，直如当年张仪诈楚一般，然这齐王竟完全不放心上，当真奇怪！不及细想便不耐地丢下一句：“口说无凭，自不算数。”又向身旁手捧铜函的顿弱使个眼色，顿弱便打开函盖抽出里面的绢帛，右手一抖，将它展在了齐王建面前。

“此乃秦王王命，足下请看。”王贲连“齐王”都懒得叫了。

王命极是简洁，只简简单单一句话：灭齐之日，迁齐王于共城。秦王政二十六年春。

齐王建抬起眼睛扫了一眼，仍是面无表情，一语不发。

“足下这便收拾行装，一个时辰后由我秦军护送出临淄，动身前往共城!”王贲一句话说罢，两名秦军步卒便大步上前，与其说是搀起齐王建，倒不如说将他拖了出去，而田建本人即使受到了这般对待，仍是一声不吭，乖顺如绵羊般地被拖走了。王贲简直怀疑，自己就是拔出剑来，他也会顺从地跪在地上，毫无怨言地引颈就戮。

……

三日后，姗姗来迟的蒙恬也到达临淄，与王贲一同领兵追剿溃散的主力齐军与各路私卒，逐一占据即墨、莒城、琅琊、阿城等其他齐地重镇，并采取诸多举措以求尽快安顿大局：遣重兵分头把守城门官署仓廪等各处要地；收缴各官署的印玺符节；将属官吏员们尽数登录造册，严加看管；清点统计各城庶民国人的户籍，全力搜捕在逃世族；严禁士卒砍伐林木、拆毁房屋、掠夺粮草、宰杀牲畜等等。在极善政事的蒙恬的协助下，诸多政务处置得很是顺畅便捷。一个月下来，齐地已大体稳定，只是顿弱带来了新一则流言，云齐王建被迁至共城松柏林后，秦王下令断绝他饮食，终是将他活活饿死。齐人还做了一首

《松柏歌》来哀悼，此歌只有两句：松耶柏耶！住建共者，客耶！

“如何又是这等流言？”看到顿弱书信，王贲皱起了眉。

蒙恬也不屑地笑了：“齐王明明是郁郁寡欢自家绝食而死，在齐人口中却成这般，可秦王何必将他饿杀？若论私仇，秦王幼年曾在赵国受过欺凌，险些死于荆轲之手，头回伐楚还被打得大败，赵燕楚三王，谁不比齐王更招秦王仇恨？然则三王都安然无恙，秦王又如何偏容不下一个最恭顺的齐王？再说，当真要杀，鸩酒匕首哪样不利索，何必非要将他饿死，还闹得天下尽人皆知？”

“传谣之人何曾想过这些？唯图口快而已！当年我拿下大梁，不也有传言说我屠城么？”王贲很是随意地将顿弱书信丢到了一旁，又自嘲地笑了笑，“说来这灭齐也与灭魏相仿，都是兵不血刃。”

“这齐国，也确乎异类……”蒙恬同样叹息道。

幕府之中，两人聊着此番灭齐之战，心下都大觉感慨。想当年战国之世，齐国曾长期雄踞山东六国首强，在天下人眼中更是近于完美的强国：论历史，早期的姜齐乃灭商功臣太公望封国，后世虽为田氏取代，却仍传承百余年；论国力，自管仲兴商以来，齐国始终是天下首富，便是曾经的霸主魏国也难望其项背；论吏治，齐威王整肃吏治虽仍是人治手段，却也算得上成效卓著，除却目下的后胜，极少有郭开李园子之一般的巨奸大恶；论文华，稷下学宫海纳百川，容纳了多少士子游学修习，堪称天下文明渊薮；便是论军力，齐人也多有尚武之辈，那著名的“余勇可贾”典故便是说齐人，技击之士也是天下难得的精锐，还曾有过桂陵、马陵等煌煌大胜，更不必提诸多兵书皆出自齐人之手……然则，便是如此一个全面兴盛之大邦，整个战国之世却始终无法如秦国一般横扫天下，齐湣王时期刚吞灭宋国便引来了乐毅率领的五国联军，连续两败便一蹶不振；更有甚者，目下面对着亡国之危，居然未曾有过像样抵抗便举国请降，一贯留给世人的印象与实际的表现反差竟至如此强烈，实在令人咂舌。

“齐秦同称强国，然仔细观之却大不相同：秦国务实，齐国务虚。齐国之强盛，虚势多于实地，是故根基远不及秦国扎实，一旦硬碰硬，便往往被打回原形。”聊到这里时，蒙恬拆解道。

“此话怎讲？”王贲还是头一次听到这等论断，不觉大感新奇。

“蒙恬祖上乃齐人，对齐也算略知一二，这便逐一比较秦齐不同。”蒙恬一声叹息，扳着手指算了起来，“论政道，秦国以商君之法为治国理念，讲求国事一决于法；齐国却是势治为先，吏治虽几经整顿，却仍有田氏王族雄踞邦国利益之上。论经济民生，秦国固有重农抑商之举，然粮帛盐铁等诸般实用物资却向来充盈，决然可撑持连绵大战；齐国虽是商道繁荣财货齐全，却只追求活金而不在意紧要财货之积累。论文华，秦国固不能与六国相比，然于水事、农桑、工程等实用领域却是独步天下；而齐国虽开创稷下学宫汇集天下学派士人，却是纯为治学，于邦国大政并无直接裨益，也罕有士子大家入朝秉政。最后论兵事，我秦军自不必多言，商君变法后早成虎狼之师；而齐人虽也悍勇，却无严明法度统御，有功吝赏败逃不罚，战力自然落了下乘，荀子云技击之士乃亡国之兵，此之谓也。”

“原来如此……”

“正是因此，齐国当年不敌联军，险被灭国，也在情理之中。田单复国后虽是难得的中兴之机，惜乎齐襄王、君王后、齐王建尽皆目光短浅，只图自保不求振作，整整五十年皆无对外战事，终致军备废弛。昔承桑氏之君，修德废武，终致灭国，显见任何邦国都须内修文德，外治武备。”

“邦国大争如逆水行舟，不进则退，岂有偏安而能长久者?”王贲也叹息起来，说罢忽又笑道，“我倒想起《司马法》中两句兵谚，刚好暗合湣王之后的齐国：第一句便是‘国虽大，好战必亡。’那齐湣王便是刚愎自用，到处轻启战端，终于落得一朝败亡。”

“说得好，”蒙恬连连点头，“然则那齐王建、后胜君臣，却是走了另一极端，以兵谚论之，便是——”

“天下虽安，忘战必危!”王贲与蒙恬齐声开口，又不约而同笑起来。

笑够了，蒙恬重又严肃了起来：“话说回来，大争之世你死我活，齐国行偏安之道可谓自寻死路。然若天下安定，则齐国这等全面兴盛之治国之道，将比商君战时法治更适合未来秦国，堪为我等君臣效法之榜样。”

“……”王贲从未听过这等评判，听到这里陡然惊讶了。

“而今六国尽灭，天下该当安定，日后你我若能辅政，还当改弦更张，修正秦法啊……”蒙恬悠悠一声叹息。

5

终南何有？有条有梅。

君子至止，锦衣狐裘。

颜如渥丹，其君也哉。

……

宏大祥和的歌声乐声响彻了咸阳大殿。已经是皇帝的秦王政，头戴通天冠，身着袀玄、腰佩四采黄赤璲绶，端坐帝位之上，环视着肃穆庄重的大殿。

大臣们分列东西两侧，文臣以两位丞相隗状、王绾为首，列于大殿东侧，面西而立；武将则以九原将军蒙恬为首，列于东侧，面向西方。不同于文臣一列的是，蒙恬的右手，最接近自己王座的那两个位置却是空着的，皇帝知道，那是王翦、王贲父子的位置。

目下已是秦王政二十六年，公元前221年，齐国灭亡的半年之后。半年前，随着齐国这最后一个战国的灭亡，秦国历经十年的统一战争终于宣告圆满结束；而春秋战国数百年来的纷争，也终于随此战的结束落下了帷幕。此后数月间，秦王政与隗状、王绾等一干股肱重臣宵衣旰食夙夜忙碌，先后创设了新帝国的一系列架构，整个秦国庙堂这才稍喘了口气；秦王政第一次以始皇帝的名义下令天下大酺，又在这咸阳宫正殿举行大朝会，准备对以王翦父子为首的灭国功臣们进行封赏。

《终南》的乐声中，皇帝看到两个身影，一个瘦削，一个魁梧，正在并肩踏上大殿外白玉阶，穿过殿前大鼎腾起的袅袅青烟、踏上大殿内的长长丹墀时，两人一同收住脚步，乐声也同时停了下来。

“受册者至——！”伫立在一旁的典仪高声宣道。

随着这声呼喝，他们在赞引的导引下，先后踏丹墀向前走去。两人都身着袀玄，头戴貌冠，双手各秉一件九寸命圭，腰间的丝质大带各系紫色组缨，下缀白玉双刀佩。皇帝望着他们越来越近的身影，慢慢看清了王翦那苍老的面容雪白的须发，也看清了后面王贲那粗犷的脸膛闪亮的眸子，于是感慨万千地叹了口气。

来到大殿东北的受册之位后，王翦父子面向西肃然挺立，两名通事手捧册案，先后走到两人面前，立在了奉常胡毋敬身旁。

“上有制，上将军王翦受册，爵武成侯，食邑频阳十三县——！”

“谢陛下！”王翦接过通事手中的册书，伏身向王座上的皇帝拜谢道。

“武成侯受玺——！”

奉常胡毋敬上前一步，由通事手中接过那枚龟纽白玉印玺，将印玺结在王翦璲绶的末端，王翦又是一拜，退到了一旁。

“上有制，将军王贲受册，爵通武侯——！”

“谢陛下！”王贲的嗓音更加浑厚，王座上的皇帝也不禁轻轻点头。

望着王贲也接过册书和印玺，大殿中的文臣武将们无不悚然动容。须知商鞅变法以来，秦国的最高荣耀便是君侯之封，孝公、惠文王、武王及昭王的前期中期，能得封君侯者无不是赫赫功臣，必定都有大功于秦，如商君卫鞅、武信君张仪、武安君白起等；秦昭王后期及孝文王、庄襄王两代，秦法开始有所松动，君侯之封的尺度也随之放宽，以致并无显赫功绩的蔡泽甚至嫪毐之流都得以跻身君侯之列，但这封君封侯仍然绝非易事；始皇帝亲政之后重又恢复了秦法的森严，十余年间除文信侯吕不韦、昌平君熊启等几位老臣是在先王时期受封外，再没有封过一人，而今王氏父子却同时封侯，这是何等荣耀？休说秦国，便是整个战国之世也绝无仅有！

“武成侯王翦万岁！通武侯王贲万岁！”当王贲也退到一旁，与父亲比肩而立时，大殿中的群臣们群情激昂，情不自禁地齐声喊道。

欢呼声尽数止息后，始皇帝的声音在大殿中飘荡开来：

“周室分封数百年来，天下动荡杀伐，苦斗不休，终致田畴异亩，律令异法，衣冠异制，文字异形，使我华夏族群几近分裂消亡。所幸此等数百年乱局，终在我等君臣这一代终结。十年征战，六国尽灭，疆域一统，天下大定，此中老将军父子居功至伟，无愧我大秦将军！”

震天的欢呼声中，始皇帝与王翦对视着，王翦温淡地笑了，眼前又浮现出那张离开自己已有数十年的面孔，耳畔也响起了那句曾不知多少次涌上心头的问话——

你等从军，所欲者何？

陶盏中汩汩流出了清亮的秦酒，淌到了苍黄的枯草之间，又缓缓渗进泥土中，浓郁的酒香随即弥散开来。

“司马靳，王翦已看过武安君，再来看你……”望着眼前的坟冢，王翦喃喃道。

“……华夏终是归于一统了，此中也有王翦一份功劳，兄弟无愧你当年言传身教，而今终可告慰你在天之灵了。然则天下仍未太平，摆在王翦面前，摆在皇帝面前，摆在我秦人面前的，还有太多太多重任难题。终息战乱、一统天下，只达成我等一半心愿，日后我等还当创建新政，还当盘整华夏，还当重铸文明。皇帝本想让我回频阳养老，想让我带着武成侯爵位，带着一身荣华富贵去享清福，可老死病榻却终非我所愿。王翦今年六十有五，身子骨却还硬朗，再操劳十年当能撑持，如今新朝初立百废待兴，正是我等奋发之际，老夫也当为创建新制攘一臂之力，为这万仞泰山添一抔之土，岂能告老还乡全身而退？前日我已上奏皇帝，欲尽数退还攻楚前所求那些房舍田产，只请他准我继续平定百越，以保岭南之地真正融入华夏，皇帝本不忍心，然终究还是通通应允了。老夫再回频阳看一眼，不日便要南下百越，日后，你我兄弟怕是再也不能重逢了……”

王翦一边说着，眼圈也微微红了，然而他几乎是立刻又笑了起来，像拍一个老友的肩膀那样，轻轻拍了拍司马靳的那块墓碑，直起了身子。

这时，他听到身后传来了一阵怪异的声响。

王翦转过身，看到蒙武手捧着一只陶埙，憋红了脸正在努力吹着。

“老夫早就说过，樊於期这埙，没人吹得动。”

“俺才不信……”蒙武嘟囔着，又拼命吹起来，然而发出的仍只是一串混乱不堪的杂音，其中还夹杂着几个格外刺耳的音符，王翦不禁大皱起眉头。

“还恨他么？”

“便是恨他，又能如何？人死终不能复生……”蒙武叹道，又反复试了几次，还是没能吹响，只得放弃了这一努力，将那陶埙还给了王翦。

“你这老卒，而今也多愁善感了？”

“谁他娘多愁善感！”蒙武不屑道，“俺只是想这樊於期，虽是叛臣，虽是害得俺阿翁送命，然唯有一样让俺不服不行。”

“甚？”

“甘为认准之事抛却一切，搭上身家性命在所不惜。”蒙武罕见地沉思道，“单凭这股血性，此人终究是条汉子。”

“六国之人，大多如此。”王翦叹道，“项氏父子，昌平君，张良，李牧，荆轲，太子丹……可惜，这等人终究是逆天下大潮而动，其人可敬，其行却可哀，其志更不足效法。方今天下初定，这等一心复辟复仇之人绝不会少，日后仍不会太平……”

“这等事，有俺侄王贲管，他不是太尉么？”蒙武大手一摆，“你我只操心岭南之地便是！”

“老夫要回频阳看一眼，随我同去么？”

“你先去！俺那长子难得从北疆回来，俺也要与他盘桓几日，聊够再去找你！”

“善，等你父子便是！”

“频阳柿子好吃，去了你得管够！”

“你个老匹夫！上次一顿吃光了我家三日存粮，真个酒囊饭袋！”

……

与蒙武分手后，王翦回到了频阳。

正是深秋时节，仍然是湛蓝的苍穹，仍然是滔滔流淌的石川水，仍然是金光灿灿的金粟山。白发苍苍的王翦一袭布衣，在田间地头慢慢转悠着，任由已有些寒意的秋风拂面，打量着眼前这熟悉却又陌生的一切；王贲则走在自己父亲身旁，同样是布衣散发。这同时被封侯的父子二人，这名震天下的两代大秦将军，此时却与频阳的那些寻常农人并无不同。

除却与路上偶遇的乡党们打上两句招呼外，父子俩都是一声不吭。

五十年了，王翦一边走一边任由思绪飘飞着。从自己十五岁从军到目下，倏忽间已过去五十年了，那些一道从军的同袍们几乎一个不剩，只有自己还活着，仍然健旺如昔生龙活虎；只有自己功成名就，带着一身荣耀重归故里，比起冢中长眠的那些人，自己实在幸运得无以复加。既如此，自己更该好好活下去，替那些死者活下去，完成他们没能完成的心愿。这里，频阳，是自己人生的起点，也是自己疲惫倦怠时休憩的驿站，却不当成为自己的归宿。自己的归宿，在那万里之遥的岭南，在那水天茫茫的南海，自己这就要领大军南下，给那片充满了酷热瘴气毒蛇猛兽的蛮荒土地带去华夏文明的火种。而在此之前，让自己向这片生于斯长于斯的土地望去最后一眼；今后，这故乡怕是只能梦里相见了……

“阿翁，而今六国已灭，以战止战之心愿，阿翁已然达成，平定岭南果真那般紧要么？”一直走在他身旁的王贲，终于打破了沉默。

“以战止战，非将道全部，安国全军方为真正精髓。”王翦苍老的声音在频阳原野上徐徐飘散着，“单有强大军力，单能强力灭国，非长久之计。六国军力不强么？楚赵魏齐，都曾有过精兵良将，便是燕韩也不容小觑，然却终究先后灭亡，何也？各有自家软肋死穴：韩国亡于术治阴谋，赵国亡于内乱兵变，燕国亡于迂腐守旧，魏国亡于轻视人才，楚国亡于分治乏力，齐国则亡于绥靖偏安。有此等前车之覆，我等焉能不引以为鉴？若只沉浸于目下胜果，以为从此以后太平无事，焉知今日之六国，不会变成明日之秦国？而今岭南百越、北疆匈奴、中原复辟贵胄，仍为我大秦腹心之疾。三大隐患一日不除，我华夏族群便一日不得真正康宁，又何谈安国全军？是故我等自当未雨绸缪，防患于未然。”

“只是你这一去，又不知艰险几多了。若非将才尚欠，我本当代你南下。”

“你这竖子，老夫没事。”王翦第一次冲着儿子笑了，“倒是你，肩头重任尤甚老夫。前日尉缭告老还乡，皇帝命你继任太尉，可见对你何等器重。而今六国方灭，人心思旧者绝不在少，图谋复辟者也不在少，日后有你忙的。”

“明白，镇压复辟虽不动大军，却也是另一类战事，阿翁放心。将者总文武、兼刚柔，乃国之辅，辅周则国必强，辅隙则国必弱，王贲定会做好。”

“大父，阿翁！客来了！”一阵急促的马蹄声伴随着还有些稚嫩的喊声，一同遥遥传来。转眼间一股红色旋风便卷到了父子二人眼前，随着一声长长嘶鸣，一个英挺壮实的少年翻身下马，衣襟上溅着片片红斑，如同血迹一般。

“阿离，客呢?”王翦只见王离一个人，颇有些意外。

“客在后面!”王离大叫着指向身后，王翦王贲一同顺着他手指的方向望去，这才看到两匹骏马两名骑士飞奔过来。

“王翦！你这孙儿骑术了得，这宝马更是了得，竟把我等足足落下半里!”蒙武大叫着赶到王氏父子面前，下马后一直紧盯着王离的那匹汗血宝马，目光中满是艳羡。

“世侄，骑术这般出众，日后随我打匈奴如何?”紧随其后的蒙恬也下了马，笑着摸着王离的脑袋。

“匈奴? 匈奴在哪儿?”王离一脸懵懂。

“匈奴啊，在九原，在阴山草原!”

“阴山草原大么? 有频阳大么?”

“大！几十个频阳加在一起也不如大草原大！你骑着这小红马，跑上十日十夜也跑不到头!”

“好啊好啊！俺要去阴山，俺要打匈奴！丹骎也要随俺去!”王离欢呼雀跃，一下把众人都逗笑了。

“这碎崽子，猴精猴精的!”王贲皱着眉瞪着自己儿子。

“实在说，王贲兄，过几年让阿离随我去九原吧!”蒙恬笑道，“皇长子已入了卒伍，让这后生也跟去吧!”

王贲也笑了笑：“从长计议吧。碎崽子山野乡间长大，我倒想让他先入禁军，在蒙毅麾下磨磨这猴性，有些历练了再去你那儿!”

“善，一言为定!”

“若是那般，日后我等祖孙三代，便是一在岭南，一在关中，一在北疆了……”王翦笑道。

“行了行了，莫再絮叨了!”蒙武大喊道，“俺跑了一路，肚肠都空了，快带我等回庄，俺要放量大啐一通！”

“你个大肚肠！知道日后南下便再无牛羊肉可啐，可是要在老夫这里先吃个够本?”王翦瞪着眼睛道。

“着啊！到底多年同袍，甚都瞒不过你！”

“今日若再把我庄上余粮吃光，老夫便不准你去岭南，给我留在频阳做隶农，何时种够粟米才许走！”

“你管得起俺饭么？……”

几人缓缓走向千口村，说笑声吵闹声逐渐远去了，消失了。而在他们头顶湛蓝的天穹，一队大雁排成整整齐齐的“人”字，齐声鸣叫着，拍打着翅膀，向着南方飞去。

这是它们的命运，也是他们的命运。

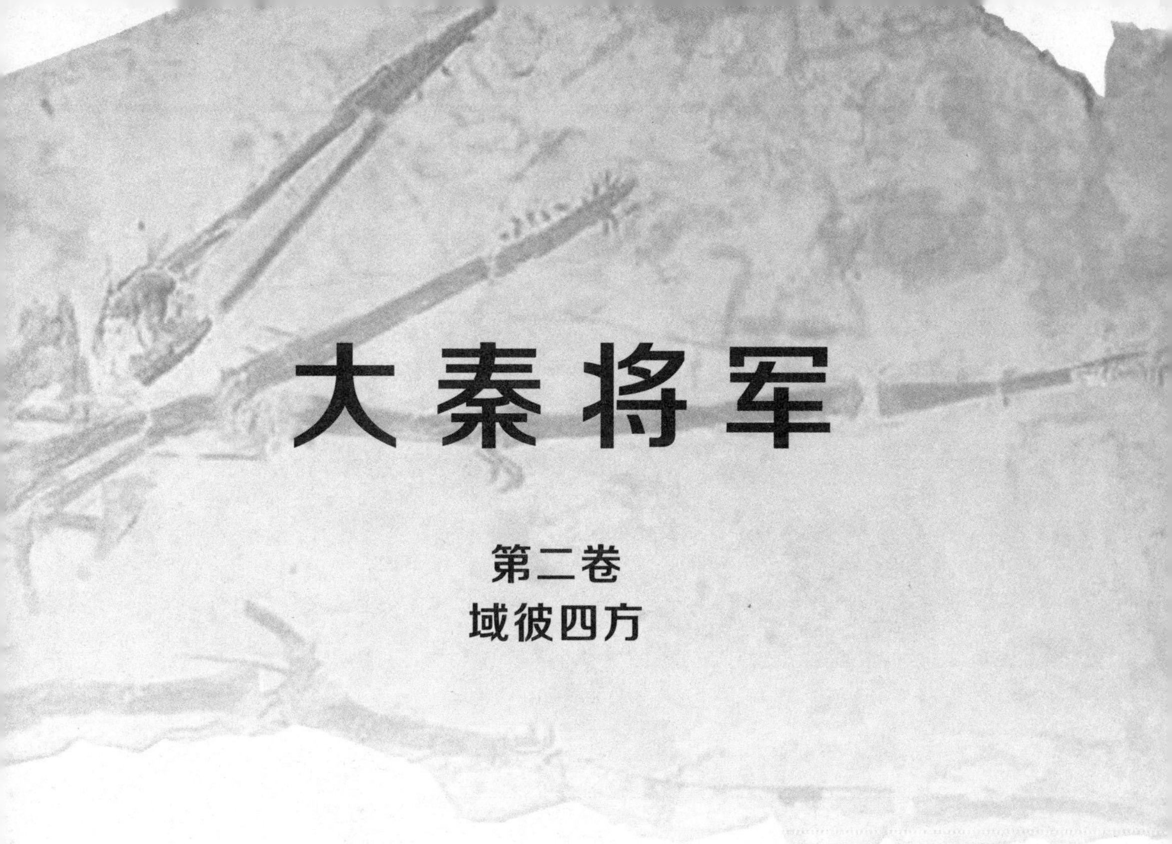

大秦将军

第二卷
域彼四方

张述◎著

陕西出版传媒集团
太白文艺出版社

第一章 博浪沙

1

公元前 218 年仲春的一个正午，雄浑悠长的号角响彻了函谷关。

湛蓝天穹下，沐浴在万丈金光中的箭楼城垣分外高大雄峻，一个个黑甲士卒握紧手中长戈挺立城垣之上，脚下是两扇大敞的三丈高关门，一条足可并行四五辆战车的宽大官道从关内青翠连绵的山地峡谷中伸展开来，向东方的中原之地绵延而去。驰道的黄土路面上已预先洒过了清水，过车马时既不会尘土飞扬，也不致泥泞难行，不干不湿刚好。

天开函谷壮关中，万谷惊尘向北空。

这里便是函谷关，传统意义上秦国与山东六国的界关，在长达数百年的战国铁血大争中，它是当之无愧的天下第一关，函谷这个名字来源于它的外形——深藏在近千里山地中的这条大道，邃岸天高空谷幽深，号称涧道之峡车不方轨，正如漫漫峡谷中抽出了一支狭长的木函，实在是浑然天成的天险之所。

不过十一年前，秦国灭韩设立颍川郡从而在关外完全立定脚跟之后，这里便成了一座象征性关隘，两扇巨大关门从此也再没关闭过，目下秦国统一天下已有三年，天下之人都已成为秦人，函谷关更是对自己所有的过客敞开着胸怀。

号角响到第三遍时，黑甲士卒们已鱼贯下了关城，背对官道，面朝黔首，组成两排盔明甲亮的黑森森丛林；数十名黑衣吏员也分散开来，没入那些挤在松荫下、商社客栈门口的人群中，而那些大声谈笑着的黔首们见状也纷纷从怀中袖中腰间囊中掏出一方方形制相同的竹片递给他们。随着这些吏员挨个儿勘验照身，一个不胫而走的消息飞快传遍了整个人群——

皇帝要来了！

“你，照身?”

一名年轻吏员来到一个踮脚伸脖四处张望的中年人面前，抬眼道。

此人四十余岁，身着粗布长衫，头戴一顶竹皮冠，一脸疲民般的狡狯。尽管因赶路而大汗淋漓，神色间却很是兴奋，眉毛几乎要飞到头发里，闪烁的目光也不断四下游移着。

“这里这里！小兄请看！”中年人笑嘻嘻地从袖中掏出自己的照身，许是对那副近于疲民的神气略感不快，年轻吏员从他手中接过竹片之后，看得格外仔细。

“泗水郡，沛县，泗水亭，中阳里——亭长刘邦?”吏员皱着眉一字一顿地念着，抬起眼睛看看他，又低头望着手中照身帖上刻着的头像，如是反复了三四次，似乎不大相信照身上的头像和他是同一人。

“如何? 不像么?”刘邦嘿嘿笑着。

“你还是亭长? 有你这般的亭长么?”

“尔……俺便当不得么? 兄弟且看那照身上的官府大印，盖得清清楚楚！”

“你却如何当上亭长的?”吏员总觉得此人来路不正，不由得分外上心。

刘邦的笑容中颇见羞赧：“惭愧！当年尔……咱在乡里游手好闲败尽家产，闹得家道中落。六国尽灭之后，秦法推行天下，容不得闲人懒人，俺便痛改前非，去县府做了大半年小吏，后又恰逢皇帝废分封、设郡县，新设了泗水亭，县令见咱做事还利落，便让俺做了亭长。”

“来此地做甚?”

“前日咱领了徭役去到骊山，而今交卸了差使正要回乡，刚好听说皇帝巡狩到此，便想凑个热闹——小兄可知，皇帝车马何时到?”

“快了！不然我等为何查照身? 便是怕有刺客混迹其中！”

说话间，一阵马蹄声已由远及近迅速传来，二十名黑甲骑士五人一伍，排成四个小锥形阵，由官道远处飞奔而来，转眼便如一团乌云般飘然而去，穿过了函谷关门消失在远方。

“斥候游骑！第一队！”有人兴奋地大叫着，说话间又有同样排成四个锥形阵的先后四队骑士，风驰电掣地穿过了函谷关。

“皇帝历次出巡，都撒出斥候先行踏勘。我大秦以六为纪，这斥候也向来六队，目下已过五队，再过一队便该是皇帝卤簿了！”刘邦身后有人低声解释道。

仿佛为了验证这话一般，随着第六队斥候从众人眼前飞驰而过，函谷关的关城上再次响起了雄浑的号角。万千黔首们翘首等待了片刻，果然看到大批头戴狸头白首、手握凤形阖戟的卫卒缓缓而来。

“太尉！通武侯！”人群中有人亢声高喊，太尉万岁通武侯万岁的欢呼声随之接连响起，欢呼声中，一辆分外高大的驷马戎车辚辚驶来，车上挺立着一员全身戎装的大将，年岁与刘邦相当，身材极是魁梧。他身上的铠甲绘有极其繁复的纹路，腰间革带上挂着一枚垂有紫绶的灿灿金印，身后一名侍卫则手持金斧，斧身和金印一同在正午的日头下熠熠生辉，刺得人几乎睁不开眼睛。

然而，最令人不敢与之直视的，还是那双鹰隼般的双目，那冷峻犀利的目光不时扫过官道两旁的黔首们。尽管欢呼声不绝于耳，那张粗犷中透着机警的面孔却不见一丝笑容，而他整个人也如一只栖息在林中的大鹰一般，仿佛随时准备振翅冲上苍穹。

“这便是……太尉王贲?”刘邦愣愣地望着那大将的铠甲，尽管目力极佳，他却从未见过这样的纹路，更不必说从中辨认出爵位。

旁边一人似乎明白他心下想的是甚，悄声道：“太尉乃上将军王翦之子，山东六国皆为他父子二人灭掉。天下一统后，上将军受封武成侯，已南下去平百越，太尉则受封通武侯，留在庙堂，二十级军功爵到顶了！”

“厉害厉害！”刘邦倒吸口冷气，连连咂舌。

在这些黔首们交头接耳的同时，卫卒们已尽数开过，接下来便是一辆辆载有庙堂重臣的黑篷红身属车分左、中、右三列辚辚而来。黔首们从那各色旌旗中相继认出了左、右两位丞相隗状、王绾，御史大夫冯劫，廷尉李斯，郎中令蒙毅，以及冯去疾、章邯等大臣，于是不约而同地欢呼起来，这不仅是因对大臣们的爱戴，更因这些属车的出现，意味着皇帝很快便要出现在眼前，如何不让黔首们兴奋异常！

“大秦万岁！皇帝万岁！……”

突然间，欢呼声变得格外响亮，被挤在后面的刘邦心知这定是皇帝车驾出现了，忙踮起脚尖伸长脖颈急切张望着。他果然没有猜错，眼前是郎中令蒙毅统领的铁鹰锐士卫队，他们簇拥着一辆金光闪闪的金根车，六匹披有金饰具装的雄壮骏马拉动着它，饰以金银玉石、绘有日月星辰山川水流的车身折射着日光，在迎风招展的黑旗皂旒的掩映下倍显华丽；驭手是秦人很熟悉的中车府令赵高，而车中无疑便是他们的皇帝！

看到这等浩大声势，看到这辆富丽堂皇的金根车，刚才还在忘乎所以高喊万岁的刘邦一下呆住了，他愣愣地伫立在原地，许久之后才发出了一句长长的感慨：

“嗟乎，大丈夫当如是也！……”

伴随着这句慨叹，皇帝的车队缓缓出了函谷关，向着关外的山东之地驶去。

2

夜幕降临之际，遥远的巨鹿郡一座叫宋子的城邑，迎来了一位奇特的客人。

门外的马蹄声和响鼻声打破了深夜的沉寂，也打破了宋子城这唯一一家小酒肆里那无拘无束的气氛。听到这声，刚还在粗声大气谈笑的酒客们同时闭上了嘴，正在诧异什么人会在这夜深人静时来访，酒肆的大门便“吱嘎”一声大开，带来了一阵銮铃的叮当声，一个女人般轻柔的嗓音也随之响起：

“店家，酒。”

酒客们不约而同地揉了揉各自蒙眬的醉眼，这才发现一个纤瘦身影伫立在客栈的大门口，面孔隐藏在斗篷阴影里，昏黄火光的照耀下直如幽灵一般；眼尖的酒客还注意到，那斗篷下还悬着一枚小小的銮铃，方才那清脆的叮当声响便是它发出的。

“先生……投宿么?”店东叫沈汭，是位面相和善而平庸的中年人，看到这个古怪身影不禁警惕起来。

“照身在此，店家休要疑我。”那人轻扬袍袖，一方竹片便“叮”的一声被他丢到了面前的案上。店东弯腰拾起竹片，轻声念了起来：

“泗水郡……韩，城，父?”

尽管手中这方照身上同样烙着官府大印，沈汭却仍摩挲个不停，总觉得它打磨得略有些粗糙，和寻常照身不大一样。

与此同时，那人抬起两只袍袖，露出苍白而瘦骨嶙峋的双手，褪下了斗篷的兜帽，于是一张女人般清秀的面孔便出现在众人眼前，看到那苍白到有些病态的肤色，那毫无血色的薄薄双唇，还有那双如同暗夜中两点寒星般闪闪发亮的眸子，沈汭和所有酒客都不由自主地一阵哆嗦，没来由地感到了一股寒意。

“在下疑心过重，先生莫怪！快请入座！”尽管沈汭的警惕没有减少半分，却还是毕恭毕敬地将照身还给了对方，随即稍稍抬高了嗓音，“老高，给客人上酒！”

一个庸保抱着一只瓦罐一只陶盏上前，将清亮的酒水注入陶盏，赵酒的香气也随即弥散开来。斟满陶盏后庸保毕恭毕敬说了句“先生慢用”，转身便要退下，却被对方一声“且慢”拦住了，扭过头惊讶地望着对方。

韩城父上下打量着这庸保。此人相貌平凡无奇，因竟日的操劳而满面倦容，年岁大约在四十到五十岁之间。他那一身粗布衣衫上打了三五个补丁却很是干净，袍袖和衣襟更不见任何酒渍油腻，这在寻常庸保身上几乎难以想象。

“你的手。”审视了这庸保片刻，韩城父重又开了口。

庸保踌躇地伸出右手。

“另一只。”韩城父仍不动声色道。

庸保似乎颇有些紧张，又迟疑了片刻，终是将怀中的酒罐转到右手抱着，将左手缓缓摊在了对方面前。

韩城父握住了这只手，庸保猛一个寒噤——对方的手寒彻入骨的冰凉，紧接着他便注意到，这只右手的小指断了一截。韩城父却显然不在意他的惊疑，而是细细审视起了庸保的左手。这只手手背粗糙，掌心布满老茧，显是长久做活计使然，然而那五根手指却无不修长纤细，这似乎隐隐昭示着，它的主人从前也经历过一段养尊处优的日子。

“寻常做粗活之人，都是指肚有老茧，足下为何指尖也有?”韩城父放开了他的右手，缓缓抬起头，盯住他的眼睛问道。

望着那暗夜寒星般的目光，老高缩回手没有吭声，只默默地站在他面前。韩城父却也没继续追问，只是小口呷着盏中的赵酒，片刻后轻轻放下了见底的陶盏：“我那随身包裹中有一架琴，劳烦足下帮我取来。”

老高转身要走，一直旁观的沈汭却作势止住了他，自己亲自出了酒肆大门，少顷抱着件黑布包裹的长长物事回了前厅，又在韩城父面前摆好，后者则一口饮尽盏中酒，袍袖轻轻一拂，一架古琴便赫然展现在众人眼前。

“此琴名为‘绕梁’，典出歌女韩娥那‘绕梁三日’。本为楚庄王珍宝，几经周折，方落我手。这琴，我已多年未动了……”

说话间，他用袍袖拂去琴身上的浮尘，白皙细长的手指轻按在了弦上，又望着愣怔的老高淡淡道：“在下抚琴一曲，请足下评点。”

幽远的琴声缓缓响起，韩城父十指轻轻拨动着，琴声便如流水般不疾不徐倾泻而出。正厅所有人，无论沈汭、庸保还是酒客们，听到这琴声无不愣住了；然而最惊讶的却是庸保老高，尽管这琴声并不激烈，反倒颇为沉郁忧愤，可老高却愣愣望着酒肆窗外的夜色，目光中若有所思，额头上也微渗出一层细小汗珠，同时嘴唇轻颤，用低得难以听清的嗓音，吐出了一连串模糊不清的字眼儿：

“止息……井里……顺物……干时……”

金铁铿鸣之声骤然从韩城父指尖炸响，在正厅中激荡起来，如同千军万马纵横驰骋，无尽的杀机骤然笼罩了整个酒肆，就连几盏原本黯淡的灯火也仿佛被这乐声中的杀机点燃，骤然大亮起来，随着琴声节奏摇晃不已。方才还醉眼蒙眬的酒客们更是人人惊悚，如同酷暑中被猛地迎头浇下一桶冷水，酒意瞬间消散得无影无踪！

众人之中，只有老高仍毫无反应默默呆立着，只是随抑扬顿挫的琴声不断念叨着一个个谁也听不懂的词，不断摇曳的灯火也分明照亮了他眼角的泪水，以及抖动得越来越厉害的嘴唇：

“取韩……亡身……烈妇……含光……沉名……投剑……”

一声极尽激烈的琴音伴随着琴弦断裂之声，在韩城父指尖一同炸开，猝不及防的酒客们纷纷离席跃起；只听混杂着酒水四溅的“当啷”一声，惊魂甫定的众人扭头看去，却见老高怀抱的瓦罐落到地上砸得粉碎！

与此同时，一阵狂风从敞开的酒肆门口猛地涌入厅中，所有的灯火瞬间被扑灭了。正厅陷入了一片黑暗和沉寂，其间浓浓氤氲着酒水的气息，沈汭和酒客们的耳畔只剩下了老高的痛哭失声：

“《聂政刺韩王》!《聂政刺韩王》! ……”

这支曲子，讲的是聂政行刺；而它在后世的名字，叫《广陵散》。

“足下，究竟何人?”沈汭擦去额角的冷汗，骤然警惕起来。

轻柔的笑声在黑暗中响起。借着窗外的月光，众人依稀看到韩城父缓缓起身，几步来到庸保老高面前，又轻声问道：

“高渐离，你还要隐姓埋名到何时?”

一阵惊讶的窃窃私语顿时响起，酒客们纷纷交头接耳。谁也没想到，当年名动四方的天下第一乐师，刺客荆轲的生死之交，竟躲在这宋子城的小酒肆里做庸保！

“这位客人！那高渐离乃官署通缉的重犯，老高在我这酒肆中做了多年庸保，人最是踏实可靠，你且休要栽赃陷害！”沈汭愤愤叫道。

“诸位不信，可自问他。”韩城父淡淡道。

所有大惊失色的目光都集中到了老高身上，他却浑然不觉，只是自顾自哽咽抽泣着：

“足下琴声，怫郁慷慨，如雷霆风雨，似戈矛纵横，声调绝伦于天下……然则，此琴声愤怒躁急，有以臣凌君之象，足下琴声如此，显见绝非善类！”

韩城父低低笑了起来，一片黑暗中，那仍旧轻柔的嗓音却令人不寒而栗：“真我知音，当年荆轲刺秦，想必也如聂政一般?”

老高不住抽泣着，却始终没有明白答话，片刻后才仿佛下定了决心，转过身去大步走向后堂。转眼间后堂便亮起了灯火，一阵叮咚作响的筑声陡然飘荡开来，所有酒客纷纷跃起，一窝蜂地追逐筑声而去，不想刚撩起门帘，众人便齐声惊叹起来：大亮的灯火下，高渐离已换上一身锦衣华服，案前端端正正摆着一张筑，他左手按在筑弦上，右手则挥动着竹尺急速敲击着，暴雨惊雷般的筑声夹杂着他那苍凉激越的歌声：

风萧萧兮易水寒，
壮士一去兮不复还。
探虎穴兮入蛟宫，
仰天嘘兮成白虹！
……

高渐离忘情地唱着，田光伏剑、樊於期自刎、易水送别、咸阳行刺的一幕幕，逐一在他眼前闪过。九年了，荆轲已死去九年了，九年间，他没有一日不在缅怀着故去的好友；然而这多年来，他隐姓埋名做庸保，再没摸过自己的筑，再没穿上过这件唯一的锦衣，也再没有放声高歌。目下，他再也不想忍了。

一曲歌罢，高渐离猛地喷出一口鲜血，染红了锦衣衽领，然后随着一声轰然大响扑倒在筑上，大汗淋漓地喘着粗气，已是泪流满面。沈汭和酒客们早知道荆轲刺秦王的故事，又刚得知他便是高渐离，无不悚然动容，都围在他身边默然无语。

“高渐离，想报仇么?”

一片寂静中，韩城父那轻柔的嗓音不期然响起。

“想。”高渐离勉强支撑起了身子，仍然在大口喘着粗气，却终究还是低声吐出了这个字眼儿。

“为荆轲?”

“为荆轲。”

“向皇帝?”

“向皇帝。”

“既如此，随我走。”

高渐离稍稍侧过头，望着灯火照耀下韩城父的那双冰冷的眸子。

“随我见一个人。”

“何人?”

“故人。”

高渐离摇了摇头：“我没有故人。”

“当年那狗屠，也不是你故人?”

这个回答使高渐离猛地一怔，双目中也陡然腾起了火焰；然而仅仅是一瞬间，那火焰便重又黯淡了下来。

“我没有故人……”

“高渐离，随我走。”韩城父再次重复道。

“我不是高渐离。我是老高，宋子城酒肆的庸保老高……”

“你是高渐离，你要为荆轲报仇，你必须随我走。”韩城父反反复复道，语气越来越坚定。

“我不是高渐离！我不是高渐离！”高渐离突然连声大吼起来，一把将那张筑推到了地上，又掀翻了身前的长案，沈汭和酒客们无不大吃一惊，忙一拥而上将他按倒，高渐离却仍用尽了全身力气挣扎着，忘乎所以地连声大吼着：

“我不是高渐离！不是高渐离！你等为甚逼我！为甚逼我！……”

不大的厅堂里乱成了一团，然而在这混乱中，韩城父却仍静静伫立着，默默望着被按倒在地却兀自挣扎着大喊着的高渐离，目光中也隐隐带着一丝怜悯。

不知过了多久，高渐离的挣扎终于渐渐弱了下来，整个厅堂也随之安静了下来，最后只剩下了沈汭和酒客们的粗重喘息，还有高渐离夹杂着啜泣的喃喃低语：

“我不是高渐离，我不是高渐离……”

沈汭和酒客们不敢松手，仍然将他按在地上。韩城父则望着高渐离那散乱的头发，还有那件刚上身便沾满了污泥的锦衣，轻踱到他面前蹲下身子，静静地望着他，用只有他能听得到的声音小声道：

“你是高渐离，你要为荆轲报仇……”

说罢，他直起身子扭过头，在一片诧异的目光中回到前厅，随手抄起那张绕梁琴，又在叮当銮铃声中一步步走向酒肆的大门口。

一阵嘈杂声响自远处遥遥传来，夹杂着模糊不清的高声喊叫，沈汭心下一惊，忙快步赶到窗前望去，但见街巷尽头已然亮起了大片的火把，照亮了只有县卒才允许配备的根根长矛！

“抓捕悬刀张良！休叫他跑掉！”有人大喊道。

“果然是他！”沈汭额头猛地渗出涔涔冷汗，随着呼啦一下散开的酒客们拥出了酒肆，然而却只听到一阵清脆的銮铃声响，一声长长的马嘶，随即张良的身影便融入了夜色倏忽不见。

与此同时，高渐离仍伏在后堂中，大汗淋漓地喘息着，口中兀自喃喃自语：“我不是高渐离，我不是高渐离……”

3

阴霾的天穹乱云飞渡，肆虐狂风呼啸着掠过灰黄一片的原野，将沙砾席卷起来扬得铺天盖地。正是仲春时节，前几日天气本已开始回暖，目下却又分明倒退回了深冬之时。

这里是三川郡治下的阳武县西南，遍地可见的灰黄沙土、嶙峋山石与整个富饶的三川郡土地形成了鲜明对比，仿佛秀发浓密的头顶突然现出一块斑秃，显得极不协调。不知是否由于风沙大的缘故，这里被叫作博浪沙。

（注：博浪沙地貌之描述，来自马非百先生《博浪沙考察记》一文。）

尽管目下这一带空无一人，然而透过那漫天飞舞的黄沙可以看见，官道尽头出现了一个小小黑点，又慢慢变成了一人一马。那匹低垂着脖颈的骏马通体乌黑，而骑士也同样身披一件黑色斗篷，将兜帽拉得不能再低。这一人一马在那肆虐的风沙中时隐时现，影影绰绰几乎显得颇有些不真实。

这已是张良离开宋子城后的第三日了。

聆听着狂风的呼啸，张良回忆着自己这几年来的经历。

从秦军平定江东到目下，已有五年了。当年正式宣告楚国灭亡的那场震泽水战之后，张良同项梁兄弟等人一同由地河中逃跑，终于捡了条命，就此分道扬镳。张良扮作游学士子潜入了淮阳城，亦即楚国旧都陈城，表面上是学儒家六艺，私下里却是四处联络六国世族和自己流散四海的悬刀旧部，如此几年下来，终是重又召集了一批人马，而今眼见悬刀元气有所复苏，他心下便又开始谋划起一桩惊天大案。

风沙小了些，距驰道数百步外的一座沙丘背后，一间不起眼儿的小小店铺闪现在眼前。张良径自来到店铺门前，将坐骑留在外面，将木门推开一道狭窄缝隙，闪进了屋内。这是间仅容得下五六个人的狭小店铺，乍看上去与所有肉屠店铺都无区别：阴暗、逼仄，仅有的几件家具也显得黑乎乎油腻腻，地面随处可见因时日太久而变为黑色的斑斑点点的血污，梁柱上则用铜钩悬挂着几张不算大的毛皮、几条粗长干肉，一同挡住了本就不算亮堂的光线，整间屋内还萦绕着一股难以驱散的腥气。

而这间店铺的主人，目下则静静伫立在张良面前。这是个相貌粗犷的虬髯大汉，粗厚的头发随意披散着，与乱蓬蓬的胡须混杂在一起分不出彼此。尽管目下仍是春寒料峭，他却只胡乱披着一件油腻腻的单衣，露出了胸口那石头般结实的肌肉，以及一大片寸许长的胸毛。

“酒，肉，三日没吃喝了。”张良没与他寒暄，径自脱下斗篷，抖落上面的沙砾。

虬髯大汉先递过一只斟满清水的陶盏：“那高渐离，果真不肯与我等同道?”声音低沉浑厚。

张良细长的指甲轻轻弹去了漂在水面的几点尘埃，将清水一口气咽下，又举起陶盏示意再来一碗，然后小口呷着，若有所思：“日后若有机会，此人或能振作，目下却无可能。”

虬髯大汉目光中掩盖不住的失望，提起瓦罐，咕嘟嘟将陶盏重新斟满，又顺手放下一条干肉，转身打开木门，踽踽转到马厩去喂马了。

干肉肉质很硬，颇有些粗糙，但在饥饿的驱使下，张良也顾不得许多，只是狼吞虎咽着。这是狗肉，当时的主要肉食之一；而那虬髯大汉是狗屠，当时市井中常见的行当之一。或许是因每日目睹的都是鲜血与死亡，这一行当也成了许多风尘奇侠藏身其中的渊薮，许多刺客侠士都做过狗屠，或至少也是屠户出身，这个名单可以开出长长一列：聂政、专诸、朱亥、樊哙，更不必说甚或被奉为屠户祖师的张飞……而张良面前的这位狗屠，也同样如是。

两人是通过一位被称作沧海君的老贵胄相识的。潜伏淮阳那几年，张良也曾在周边郡县多有游荡，每日混迹于一个个城邑乡村，打探各种消息，结识各色人等。也正是其中一次游荡，他在东海郡结识了沧海君，对方早闻张良大名，自然与他一见如故。得知张良反秦之心后便向他推荐了一个人，正是当年荆轲两位好友之一的狗屠……

“公子探清了?”狗屠的声音打断了张良的回忆。

“万无一失，明日必经此地。”

“那便好，我这里也藏好了，随我来。”

狗屠起身，大步来到高悬屋顶的一只铜钩前，举手奋力一拉，一阵锁链的哗啷声响中，张良身旁的石板便裂开了一道缝隙；狗屠弯身掀起石板，露出一个黑森森的井口，纵身跃入了井中。而张良警惕地关紧了店铺的木门，又仔细听了听窗外风沙的呼啸，确信在此等恶劣天气里不会有客人光顾，这才也轻轻跳了下去。

这是口废弃的枯井，不过丈许深而已，张良跳下来时，狗屠已打开了井壁上隐蔽起来的暗门，消失在那暗门背后的狭小地道里。而目下张良也如法炮制，他弯下腰循着狗屠的足印，在地道中走了三百余步，终于看到前方现出一点火光，照亮了狗屠那蜷曲的身影，待到张良弯腰快步上前后，狗屠便侧身让出一点儿狭窄空隙，张良伸手向前摸去，顿时感到那种金铁特有的冰冷坚硬的触感。他没有吭声，只满意地拍了拍对方的肩膀，然后两人便一先一后原路返回，重新回到店铺中。

“能挖得这等深长地道，也实在难得了。”张良慨叹了一句。

“凿穴乃我墨家攻城十二法之一，自不足为奇，公子放心了么?”

张良笑了：“目下只余最后一疑了。足下身手，较荆轲如何?”

“荆轲本欲让我行刺秦王。”

“然则，那次是以匕首近身行刺，此番却大不相同。”

“公子可知聂政朱亥?”

“两大侠士，天下谁人不知?”

“聂政乃我先人，朱亥乃我授业恩师。”

“……”张良没有吭声，目光中透出无尽的惊讶。他与狗屠相识虽有年余，却从不彼此谈及过往，而今头回得知此人身世，自然大大震惊。

“我本聂政后人，自幼居轵深井里，后拜在朱亥门下习武，朱亥故去又投入墨家，结识了荆轲、高渐离。荆轲邀我一道刺杀秦王，我本与他约定，回乡后事料理完毕便随他同赴咸阳，不料赶回燕国才知，太子丹等候不及，已催荆轲动身，副使也换成了秦舞阳……”

“而今，你不想再错过刺秦之机了?”

“不想错过了。”

“善，自会遂你心愿。”

狗屠却没有回答张良，只是将目光投向风沙弥漫的窗外，低声哼唱了起来：

东连三晋兮构强胡，
齐楚蜂起兮策可图。
旷日持久兮不能竣，
四海缟素兮倚锟铻！
……

4

天色仍阴霾晦暗，但当皇帝的车驾进入博浪沙地界时，风沙已小了不少。

尽管按寻常看法，这一带本不该有甚潜在危险，但三川郡守还是特意调来了大批郡卒，密密麻麻驻守在驰道两旁。在郡卒们面前则同样拥挤着黑压压一片的黔首们，他们大多因长期风沙吹打而面色黝黑粗犷，衣襟上也沾满了沙土，人人都是一副灰头土脸的模样，人人却又都翘首以盼，大声议论着等候着皇帝车驾的到来。对黔首们来说，皇帝出巡实在是毕生难得一见的盛景，无论多辛苦也值得冒着风沙远道赶来，亲眼目睹一番。

雄浑的号角盖过了风沙的隐隐呼啸，急促的马蹄声由前方传来，一队队骑士自黔首们眼前箭矢般掠过，下驰道后呈扇面状分散开来，消失在连绵沙丘之间；不久后，驰道远方的尘雾中也浮现出了大片阴影，皇帝的车队如同一条巨大的长龙，穿过漫漫黄沙，沿着驰道的轨迹迤逦而来。

辚辚车轮声与风沙呼啸声此起彼伏地唱和着，单调而枯燥。伫立在戎车上的王贲已颇有些疲惫，却仍不敢怠慢，鹰隼般犀利的双目仍然不时扫向驰道两旁。

按理说，他本不必这般警惕。此次巡狩主要是为向天下宣示大秦新政的成效，更是为督导途经郡县的实际政务，本该比前两次安全得多；皇帝不必像此前两次巡狩那般，冒着遭遇匈奴的风险奔波跋涉，或者如过湘水时遇大风浪险些翻船，连随身玉璧都沉入水中。整个巡狩途中，唯一可能的危险便是遭遇暗杀，然而对任何刺客来说，想在此地动手都是难上加难——这一带深山大泽茂林曲涧一概欠奉，只有一望无际的漫漫黄沙，便是把一群牛羊散落道旁，也足可数得一清二楚，刺客却是如何藏身？纵能混迹于道旁黔首当中，可这驰道宽广足有数十步，这等距离休说短兵，便是弓弩都难以近前。昨日，三川郡守还特意派出大批郡卒在此踏勘，没有发现任何异常。常理推断，这一带无论如何都该是安全的。

然而，王贲仍没能放下心来。

他之所以这般如临大敌，原因只有一个：昨日黑冰台密报送到手上，报告了两条消息，第一条消息是，当年刺客荆轲的同党高渐离已在巨鹿郡宋子城被捕，现正被解送向咸阳；第二条消息则更令人吃惊：销声匿迹已久的悬刀头领张良，同样出现在了宋子城，且逃脱了县卒追捕，一路南下潜入了中原！

看到这两条消息，王贲的吃惊当真非同小可。高渐离被擒犹在其次，张良的重新出现才真正让他惊讶。灭楚之时，他也确曾费尽心机寻觅张良下落，却始终一无所获，不料三年之后竟又有了他的音讯。这张良诡计多端且行踪诡秘，悬刀更精于行刺，当年荆轲刺秦王便有其参与，而今此人又偏在皇帝巡狩之际重现中原，谁能说他此番不会再次策划暗杀？

如此看来，这一路还当真不能掉以轻心。

皇帝的车驾已出现在黔首们面前了，一声声万岁的热烈欢呼连绵响起，人人都对这威武雄壮的仪仗车驾赞不绝口，那一张张木讷朴实的面孔也写满了兴奋，眼前的一切都与往常没甚不同，然而王贲却从这看似寻常的场合中察觉出了些许异样——不知是否是错觉，他似乎听到路旁那一声声欢呼中，不知何时渗入了一丝异样的动静。

是銮铃声，一缕若有若无的銮铃声，隐藏在那欢腾的浪潮中，不易察觉地响动着。

王贲心下猛地一沉，尽管仍旧挺立在戎车上，他却已暗暗屏住呼吸，侧耳倾听起来，不料此时那銮铃声却又倏忽不见了。他再次诧异地把目光投向驰道两旁，试图从黔首们那一张张面孔中分辨出些许异样神色，却似乎看到人群中站着一个极为眼熟的身影。

那个身影披着一袭黑色斗篷，相貌如女人般清秀，肤色苍白到近乎病态。王贲惊讶地望着那个身影，如同望着一个重返阳世的孤魂，他看到他抿起那毫无血色的薄薄双唇，向自己抱以一丝讥诮而挑衅的微笑，一双眸子如同暗夜中两点寒星般闪闪发亮——

悬刀张良！

遥望着远处浩浩荡荡的卤簿车队，端坐沙丘之上的张良伸出细长的五指，拨动起了琴弦，铮铮琴声响起时，那女人般轻柔的嗓音也随之轻声吟唱：

“壮士怒兮入秦关……”

眼角的余光忽然察觉到有什么闪亮物事，王贲急急扭头，果然见到黑压压的人群中突然闪现出一点寒芒。

“……匕首镝兮惊龙颜……”

张良的歌声依旧不紧不慢，一双闪亮的眸子却没有一刻离开驰道中的车队。

呼啸声从驰道两旁接连响起，人群兴高采烈的欢呼瞬间变成了乱纷纷的惊恐尖叫，车队中四名卫卒猝然倒地，被弩矢刺穿的喉咙冒出了汩汩鲜血，染红了他们头戴的狸头白首。

“……铍交胸兮袖何绝……”眼看皇帝的卤簿队形已乱，张良嘴角微微荡漾起一丝笑意。

——“刺客！”

王贲一声大喊，没有理会已经牺牲的部属，猛地跃下戎车，随着一声清亮龙吟，腰间长剑锵然出鞘。身旁的卫卒和铁鹰锐士们簇拥在陡然停下的金根车四周，四辆轻车也马上驶来，围定了金根车的四个角。

“……白虹雌兮仇未雪……”张良细长有力的十指微微颤抖起来，目光中也闪烁起杀机。

驰道两旁的郡卒们迅速撒开，围住了因惊恐而试图逃散的黔首们，惊声尖叫此起彼伏。

“……谁报太子兮徵声竭！”

最后一声颤音消弭之际，张良已站起身来，吹动了含在口中的骨笛。

凄厉的骨笛声响彻了博浪沙阴霾的天穹，王贲还未及寻觅那声响的来源，却突然听到左手前方五十步外，人群中响起又一阵尖叫。他循声望去，正见一个高大身影猛然将身旁一株枯树推倒，弯下腰一把从沙土中掣出一截粗长锁链，哗啷声响与沙土滑落的窸窣声混在一起，分外惊心动魄。方才还拥挤在一起的黔首们都大为惊恐，如潮水般向四周拥挤着退去，给他周围让出了一片不小的空地。

同一个时刻，远处的张良也在紧盯着狗屠的动作，尽管没有吭声，那灼灼的目光已经表露出了他的心思——

在此一举！

狗屠手中的粗大锁链随之绷紧，脚下的沙土也迅速向四周开裂，如同怪兽浮出水面一般，一样球形的巨大物事开始破土而出，在绽开碎裂的一片灰黄中显露出自己铁青色的外壳。沙土飞溅中，他脚下陡然现出一个黑洞洞的地穴，手中却多了一只明晃晃的巨大铁椎——

这才是真正的刺客！方才的弩矢不过是幌子！

想到这里，王贲不假思索地大喊了一句："射杀刺客！"话音未落，足有十数名卫卒都从背后取下弩机；同样数目的铁鹰锐士则策动着坐骑猛扑向狗屠。

"晚了！"狗屠嘴角现出一丝凶险笑意，目光越过了卫卒们头戴的一片白茫茫狸首，紧盯着远处那辆金灿灿的金根车——

荆轲，当年未成心愿，我替你了结！

一声暴喝，狗屠裸露的粗壮臂膀上青筋暴起，筋肉虬结，他全力掣动手中的锁链，急速挥动起那只巨大铁椎。

"陛下小心！"那一瞬间，王贲陡然扭头，一声撕心裂肺的大吼。

他的声音迅速消失在突然传来的风沙中，一阵狂风猛然平地而起，将滚滚黄沙卷成了一条灰黄色的巨龙，呼啸着湮没了狗屠的身影、拥挤的黔首、卫卒和铁鹰锐士们，以及皇帝的车驾。白昼在短短一瞬间变成了黑夜，一切都陷入了蒙蒙混沌中，人们即便近在咫尺也无法看清彼此，所有人都猝不及防地眯起眼睛，四下里乱成了一团。

"赵高，快走！"王贲只来得及喊出这一句，刚别过脸，扑面而来的沙尘便一下涌入了双目，针扎般的刺痛迫使他不得已重新闭上眼，泪水不由自主地涌了出来，连忙又用手背遮在面前。

尽管如此，他却仍听得清楚，漫天风沙声和周遭的一片嘈杂里，一声重物破空的声响正由方才狗屠所在的方位遥遥传来。他勉强半张开蒙眬的双眼透过指缝望去，却见一个巨大阴影如同大炮抛出的巨石般穿越了风沙，挟着巨大的呼啸掠过自己头顶，径直向着金根车飞来！

那间不容发的一瞬间，风沙中传来一阵长长的马嘶，一阵车驾骤然启动的辚辚声，紧接着便是一阵天崩地坼的巨响，其中夹杂着木料铁皮的破碎声、血肉模糊的沉闷声响、人喊马嘶的哀号，本已猝然受惊的车驾陷入了更大的混乱。

"陛下！陛下！"王贲听出这是郎中令蒙毅的声音，充满了急迫。

"陛下如何了？"风沙中此起彼伏地响起了一片叫喊，人人焦躁不安。

"陛下大安，陛下无事——！"中车府令赵高的声音在前方遥遥响起。

"陛下万岁——！"听到赵高的答复，震天的欢呼甚至盖过了风沙声，无论锐士、卫卒、郡卒还是道旁始终惶惶不知所以的黔首们，都一同高喊起来，已开始有人向着赵高声音的方向摸索着走去。

“不得妄动!”王贲一声大叫，重又跳上戎车，奋力敲击起金铎，清亮的铎声回荡在漫漫风沙中，所有侍卫们都收住了脚步。

风沙稍小了些，王贲终于可以勉强看清周遭情景，他发现不知何时，皇帝乘坐的金根车已停在了前方数十步外，正在尘雾中隐约浮现出轮廓，金根车旁则立着一个自己无比熟悉的高大身影。

“王贲，朕没事!”那个身影遥遥喊道。

听到这一句，王贲一直悬着的心终于放了下来，跳下戎车，三步并作两步抢到金根车旁的皇帝面前，四只大手紧握到了一起。

“陛下……”王贲大喘着粗气，只挤出了这两个字。

“亏你喊了一声，赵高才将车赶了出去，还好无事。”皇帝的话语断断续续，胸口也剧烈起伏着，显然也是心有余悸，“莫管我了，先看有无伤亡!”

“诺!”

“陛下，请上车!”一直驾着金根车的赵高遥遥喊道，声音和整个身体都在颤抖着。

皇帝不耐烦地一挥手，撇下金根车，和王贲一同向着铁鹰锐士千人队大步流星匆匆赶去。郎中令蒙毅和刚赶到的三川郡守也迎上前来，呼啦一下将两人围在了中间。

“陛下，臣护驾不周，该当受罚!”蒙毅大喊，语气中满是懊恼。

“臣，万没想到，三川郡治下，竟有刺客……”三川郡守眼下却也多少有些手足无措了。

“方才那巨响咋回事?”王贲没有理会两人的自责，径自问道。

“请陛下太尉亲往观之。”蒙毅没有多说一句。

一行人转眼间便回到了金根车方才停留的地点，眼前的一切却是触目惊心——一片巨大的血泊浸染了滚滚黄沙，血泊中横躺着一辆战车的残骸，已辨认不出本来面目；旁边则是两名卫卒、三位黔首和两匹战马血肉模糊的尸体，死状均惨不忍睹。而更令人吃惊的是，在他们身旁，一只巨大的球状铁椎浸泡在血泊里，显然是刚从几位死者身上砸碾而过。

可想而知，方才若非阴差阳错，目下横躺在血泊中的便该是皇帝了。

所有人围成一圈望着这铁椎，他们看到它尾部挂着一条既粗且长的锁链，淋漓的鲜血涂抹在椎身的表面，隐隐勾勒出一个图案的轮廓——

白虹贯日。

“悬刀……”王贲面色铁青地向着那铁球轻踢了一脚，中空的声音随之回荡了起来。

“全军听令！”他猛转过身，鹰隼一般的目光迅速扫过所有士卒，“郎中令领锐士留下，守护皇帝；三川郡守领郡卒清理驰道，一应善后；其余卫卒，随我大索博浪沙！”

5

旬日后的黄昏时分，王贲率领着卫卒匆匆赶到琅琊，与驻跸在琅琊台下的皇帝车队会合了。

博浪沙遇刺后，大臣们都劝阻皇帝中止巡狩，折回咸阳，皇帝却笑着拒绝了，说刺客一击不中，必定全身而退，此行当再无危险；况且若只因刺客行事便缩回咸阳，岂非明告天下，我等君臣怕了老世族？王贲等人苦劝无效，只得兵分两路：皇帝车驾继续巡狩，王贲则领百余名精锐铁鹰锐士留下，会同三川郡守统领的卫卒开始在郡中大索刺客。

谁也没想到，这次大索却是一无所获。

刚确定皇帝安然无恙，王贲便展开了搜捕，先是在人群中发现了四具服毒而亡的黑衣尸首，从他们身上发现了白虹贯日的纹青；又从狗屠动手地点发现了一条长达数百步的地道，直通向一处偏僻的狗肉铺。显然张良等人是由店铺下面挖地道直通驰道旁，又将铁椎预先埋好，上以枯树做伪装。行刺之前，狗屠先是手无寸铁地混迹黔首当中，以此逃过郡卒们的检查，其他几名悬刀刺客听到张良发出号令便同时动手，虚张声势引人注意；此时狗屠便趁人不备掣出铁椎，将它砸向皇帝的车驾。不料人算不如天算，突如其来的一阵风沙，使狗屠因看不清楚而误中副车；也正是因了这场风沙，张良和狗屠才得以迅速逃亡，郡卒们的大索才毫无结果。

听王贲讲完连日大索的结果，皇帝久久无言。

望着皇帝那灯火下更显憔悴的面孔，王贲轻皱起了眉头。在他的记忆里，皇帝自幼便每日习武，身体绝不比自己差到哪儿去。当年荆轲暗杀之时，他竟能瞬间躲过那近在咫尺突如其来的淬毒匕首，甚至连一丝伤痕都没留下，还反过来砍翻了荆轲，换作寻常人等，谁又能做到？却不料倏忽几年过去，眼前的皇帝已瘦削了许多，而今的他面色灰暗，双目之下隐隐有了眼袋，一向伟岸的身影也佝偻了起来。王贲知道，这都是累的。这些年来，皇帝全身心地扑在了国事上，没日没夜操劳着，先是为灭国大战而操劳，统一天下后又为创建新政而操劳：废分封、设郡县，推行秦法，设立三公九卿，统一文字、钱币、度量衡乃至车轮间距，决通川防，堕坏城邦，疏浚漕渠，修筑驰道，还不包括三次大巡狩……哪一样重大举措都可称得上石破天惊，皇帝须有多忙碌操劳，才能将这些大事尽数做完？天下人都知晓，统一天下这些年来，皇帝每日批阅的竹简木牍重量达不到一石，便绝不会安寝休息，无怪乎体魄已不如从前。

只怕是博浪沙之后，皇帝要操心的更多了。

六国灭亡后，咸阳庙堂没有对那些世族贵胄太过触动，尽管也取消了他们的封地，恢复了那些隶农童仆们的自由身，又将大批老世族迁入咸阳或其他郡县，但仍保留了他们的财货；这些世族们除了受到严密监视，除了不再拥有先前的官职爵位，仍能过着锦衣玉食的生活。咸阳庙堂之所以如此，是希望通过怀柔手段减弱老世族敌对之心，慢慢使他们接受秦政，慢慢融入整个秦帝国，毕竟贵胄中才干之士绝不在少数，若能真心拥戴秦法，不知能成就多少功业！

然而这次的博浪沙事件，却如同深夜里的沉雷一般，骤然惊醒了咸阳庙堂。王贲这才明白，世族们对秦政的仇恨是无法化解的，他们对故国的眷恋是不会消弭的，庙堂纵然有心宽大，他们却也决然不会领情，只会将这宽大视为退让，只会越来越孜孜不倦地动摇秦政，若这般听之任之下去，长此以往，秦政当真可能就此倾覆！

既然这般，却该如何应对？

“太尉，如何看待此事？”皇帝的声音打断了王贲的思绪。

“单就此事，臣不主张继续追查，我等已大索十日，再行追查乃徒费人力而已；然却也绝不能掉以轻心。张良此番行刺，定会鼓舞众多对秦政不满之人，六国世族必当纷纷效法博浪沙，汹汹复辟大潮也必将就此到来，我等若听之任之，帝国根基必当因此动摇！”

皇帝点了点头：“太尉此言甚得我心。你大索天下这几日，朕也是终日思谋，目下你既回来了，便将镇压复辟之事交与你。上将军与太尉父子都是天下名将，都曾主持过灭国大战，而今，朕欲请你再打一场定国之战！”

“陛下可有成型方略？”

“两手应对，其一，自南北秦军主力中各抽一批兵马，将其调回中原；其二，重启黑冰台，交你统领，全力捕杀逃亡世族。如此你手中便是一明一暗两支兵马，明者关中军，暗者黑冰台！两军齐出，必能彻底根除复辟！”

王贲心下陡然一凛，片刻沉思后却坚定地摇了摇头：“谢陛下信任，然臣以为，撤回主力秦军，合法度却不可行；黑冰台剪除复辟，可行却不合法度。”

“何意?”

“先说撤军之事。臣总司南北两路秦军后援，知晓秦军概况。目下主力秦军约五十万，共分南北两路。北路归蒙恬将军统领，负责抵御匈奴，乃我华夏屏障，断不可轻动。而岭南大军一则远在南疆，山高水远难以赶回；二则兵力有限，又分散驻扎在各地要塞，几无多余兵力调回，否则战事更加吃紧。”

皇帝皱起了眉头，这几年来平百越的艰难他是清楚的。

“黑冰台呢? 如何也不行?”

“我大秦以法立国，不经法度肆意杀人，乃秦法大忌！无论怎样严加防范，终有沦为暴君权臣手中利器之可能，几如赵国黑衣为郭开韩仓所用一般，早晚会流毒无穷，使天下人人自危!”

皇帝的额头隐隐渗出了一层冷汗，他一直对当年祸乱赵国的郭开恨之入骨，更对王贲提出的这种可能深有感触。这黑冰台本是当年惠文王时期的丞相张仪所创，草创之时张仪便明告朝野君臣，黑冰台只对敌，不对己；只对外，不对内；只对六国，不对秦人；只对邦交，不对内政。四条法度，黑冰台无论何人但有违反，一律都是灭族之罪！之所以如此，怕的便是这支秘兵参与内政，引发内乱阴谋。

然而，张仪去相之后，黑冰台却还是被惠文王收归王室直领，从而埋下了庙堂动荡的隐患。惠文王暮年因迷信鬼神而神志昏乱，借黑冰台之手杀害无辜，一时引发了朝野剧烈震荡；而接下来公子壮、蜀侯煇、成蛟、嫪毐等多场内乱，也都或多或少有黑冰台的影子闪现。如此看来，它确是秦国庙堂的巨大隐患。

话虽如此，可目下复辟势力这等猖獗，能放弃黑冰台，任凭世族贵胄蛀蚀秦政么?

“王贲，依朕本心，也不愿乱法。然则，黑冰台固有乱政隐忧，目下终究非常时期，妥善利用，也不啻为防范奸佞之神兵利器……”

尽管皇帝分明是商量的口吻，但王贲已明白他的本心了，沉默片刻后，终于分外平静地开了口：“陛下，臣愿执掌黑冰台，然陛下须应我两事。”

皇帝笑了：“人马随你调遣，财货任你挥洒!”

王贲一脸冷峻地摇头：“臣之所求不在于此，却在两点。一则，黑冰台只做暗探，绝不能做刺客，以防凌驾于秦法之上；二则，大局安定之后，黑冰台不能继续存留，必须解散。”

“前一样朕应你，宁可搜捕世族更慢更难，也不能动摇秦法根基；可这后一样，朕目下尚难决断，可否先暂缓时日？”

王贲本想再说些什么，看到皇帝那满脸疲惫的样子，终究还是忍住了。

连枝灯的火光摇曳着，王贲和蒙毅默默伫立在大帐中，望着长案前忙碌的皇帝，他们看到他正提着一杆粗大的铜管毛笔，在一张绢帛上写着一封密诏，王贲认出，那杆大笔是蒙毅的兄长、九原将军蒙恬亲手制成献与皇帝的；他同样也看清了绢帛上那一个个齐整森严的红色大字，那是经规范统一后推行天下的秦篆：

着太尉通武侯王贲兼任黑冰台断令一职，黑冰台各署吏员归其节制。始皇帝二十九年二月丙辰。

“蒙毅，用印。”皇帝放下了大笔。

蒙毅默不作声地走上前来，将一直捧在手中的那方印玺稳稳盖在了绢帛上，抬起来时，八个朱红的大字便赫然印在了绢帛上：

受命于天，既寿永昌。

三下五除二，他便将绢帛卷好放入一支铜函中，又利落地糊好封泥，双手将铜函捧到了王贲面前，王贲深深一躬，接过铜函收好。这时皇帝又打开了早已摆在案上的另一方铜函，一枚青白色的玉牙赫然在目，王贲一眼便认出，这是当年国尉尉缭的随身之物。

“黑冰台乃秘兵，并非官署，只名分上归典客署所辖，是故并无正规印玺符节，只有这样信物。黑冰台之人见此玉牙便会听你号令，收好。”

王贲答了声“诺”，将这玉牙藏进怀中，又向皇帝一拱手：“陛下，王贲这便去召集黑冰台。陛下保重。”

皇帝点头：“你也是，小心些。”

王贲转过身，大步出了帐，却仍能感到背后皇帝投来的目光，那一刻，两人心下几乎闪过了同样的念头——

又一场战事，打响了。

第二章 罘

1

天穹中刚泛起一丝幽蓝，一位骑士便悄悄出了巡狩大营，一路向东北方疾驰而去，天黑时分抵达了位于胶东郡的腄城。

这座滨海小城偏居东海一隅，北面几十里外便是大名鼎鼎的芝罘岛，那里供奉着齐地八神之一的阳主，想必是因这一原因，这里一直是齐国方士们的渊薮。去年皇帝第二次出巡，正是派出方士徐福由此地出发进入东海，前去求访长生不老的灵药。而目下这位骑士也正是在一家经营方士药材的店铺前停了下来，又被迎入店中。

一艘仅容得两三人的小舟悠悠荡入了平展如镜的黑黝黝水面，谁也不会想到，这座外表寻常的店铺，竟会在后庭中有如此一片宽广水面；更不会有人想到，令六国人闻风丧胆的黑冰台出令之所，便设置于腄城这座毫不起眼儿的滨海小城。

而之所以如此，便在如今的天下大势。

灭六国时，旧齐地远离中原，相较其余五国平安得多，自然吸引了无数世族来此逃难避祸；偏生齐国又未经正经一战便举国投降，聚集于此的六国世族便安然逃过了战火与杀戮，又兼旧齐地依山傍海极易躲藏，但有逃亡者，即便不在城邑中抛头露面，也足可隐居乡野，是故这旧齐地自然成了世族根基最雄厚的土地。

也正因此，目下黑冰台将近八成兵力，都散布在了齐地；更重要的是，黑冰台也在齐地发现了张良和狗屠的踪迹。

小船在水面上微微颠簸着，船中一盏风灯照亮了几乎头碰头对坐在一起的两个人。

“瑕丘、莒城、高密、即墨四地曾先后飞鸽传书，云二人曾途经几城。”借着风灯的黯淡光亮，顿弱的手指在地图上缓缓移动着，“各城人手都不够，并无足够把握擒获张良，是故只是暗中追踪，惜乎在即墨被他甩掉了，然则我等大体能推断出，他二人多半是要来这腄城。”

“何以见得?”王贲没有抬头，始终紧盯着地图。

“数月来，这芝罘岛不时有可疑人等出没，极可能是流亡世族活动；更要紧之处，有一人曾与张良往来密切，而今张良深入齐地，极可能是要来找此人。”

“何人?”

“齐相后胜!”

“他还活着?”王贲心下一跳，也随之抬起了眼睛。

尽管齐国正是自己三年前领军灭掉的，但王贲几乎都要忘记这位卖齐大奸了，况且齐国灭亡后此人便失去了音讯，他早以为后胜被黑冰台秘密处死了。

“此人没死。”顿弱显然看出了王贲心思，“齐国灭亡后，他便被黑冰台安置在这腄城隐居。皇帝命我等严密监视此人，更要保他性命。之所以如此，一则他终究未曾残害过忠良，罪行较郭开等奸佞为轻；二则，他对我等还有用。”

“可是欲以他为饵，钓出大鱼?”

“不错，据我等探察，此人一向油滑世故，虽以降秦换得一时平安，却又心存骑墙，决然不信庙堂会放过自己。如此考虑之下，他方与张良等人秘密通连，为自己预留退路。”

“好个骑墙鼠辈，果然奸商。”王贲脸色很是阴沉，“看来目下欲擒张良，他便是唯一线索了……”

一簇小小的火苗闪现在了漆黑的地窖里，如同流萤般飞舞着，片刻后才栖息在了灯芯上，一片奇异的华彩随之绽放开来，驱散了周遭的黑暗，也点燃了后胜那双充满了迷醉和贪婪的眸子。

这是一支完全由整块青玉雕琢而成的五枝灯，每根枝杈都是一条不同姿态的蟠螭，各自口衔灯芯，身上的鳞甲仿佛也随那摇曳火光而转动着；无论材质还是工艺都可称得上世所罕见。

后胜抬起那只尽管苍老，却因保养得当而仍显白皙润泽的手，颤抖着拂过灯身，一种玉石才有的冰凉温润之感便随即传来，他猛一哆嗦，幸福地闭上了眼睛，感慨万千地长出一口气；然后重新睁眼，环顾起地窖中那琳琅满目的金镒、海珠、玉璧、异兽裘皮，没有一样不是价值连城，这些都是他为相数十年来的积累与收获。

恋恋不舍地向这些奇珍异宝环视了许久，后胜缓步走出地窖，锁住这座埋藏着无数财货的宝库，然后紧捧着那盏青玉五枝灯，仿佛捧着自己性命一般，缓步走在一片黑暗的地道中。五枝灯的灯火照亮了黑暗，也维系着他心中的希望之火。

这是目下的皇帝，当年的秦王，借上卿顿弱之手赐给自己的。这稀世重宝本身的价值犹在其次，隐藏在它背后的，更有皇帝对自己的宽大为怀。若非皇帝的特别关照，自己必然逃不过黑冰台的暗杀，也必然和其他那些盘踞庙堂的六国奸佞一样，在某个伸手不见五指的暗夜里，无声无息地倒在鸩酒、匕首或是弩矢之下。正是因此，这五枝灯之于后胜，不啻一道保命护符一般。

尽管如此，当他从一扇暗门中来到厅堂内，将五枝灯轻放案上后，心头却仍不禁怦怦大跳起来。

“此物在手，丞相还不放心?”

一声銮铃的响动，一个女人般轻柔的嗓音在背后问道。

后胜转过身，与那双深不可测的眸子对视了。

“此番若能成功，自然再好没有；然则，焉知能否逃过一劫……”后胜的嗓音略略颤抖着。

“丞相放心，只要按先前叮嘱，张良保你无事。”那个声音不紧不慢道。

“今日造访，我等为足下带来一样薄礼。”

顿弱说罢这句开场白，便把手伸向那只摆在后胜面前的长匣。随着匣盖缓缓打开，后胜的眼睛也慢慢瞪大了。

这是一架长六尺有余的古琴，琴身上装饰着围成一圈的七件珠宝：黄澄澄的紫金，亮晃晃的白银，红彤彤的珊瑚，白花花的砗磲，晶莹的青琉璃，剔透的紫水晶，清澈的琥珀。在这七件珠宝中央，是镌刻在琴身上的四个古奥繁复的史籀文：璠玙之乐。

“足下若实言相告，此物便留给你。”顿弱抬眼盯住后胜道。

后胜的目光中流露出了毫无掩饰的贪婪，然而当他无意间触碰到一旁王贲的目光时，却猛地打了个寒战——太尉自始至终一声不吭，目光中的杀意却是显而易见。看到这里，后胜看似无意地伸出手，将案上的青玉五枝灯摆布了一下。

“说吧。”王贲自然注意到了他这一举动，却是语气如常。

后胜眼珠骨碌碌转着，似乎在谋划着应对之法，许久沉默后，这才结结巴巴开了口：“老夫与张良……”

不知是否是那璠玙之乐起了作用，和王贲顿弱的预想不同，后胜的交代虽算不得顺畅，却也并无太多遮掩。后胜说，自己与张良认识了两三年，也是悬刀背地里的支持者之一。博浪沙行刺后，张良比王贲早一日抵达腄城来见后胜，要他设法助自己逃亡，还许诺事成之后必有重谢；同时威胁说若敢拒绝，必会让自己死状奇惨无比。自己不敢向官府告发，只得勉强答应，又与其一同谋划了逃亡之法：齐国灭亡以来，后胜一直在做五石生意，将丹砂雄黄曾青等各色药石用航船运至燕齐等地；他与张良的约定便是，下次商船出海时，便将张良悄悄运走，而后胜自己也须随他一路同行，实则是做他的人质。

“于张良而言便是人质；于你自家而言，也是想逃出黑冰台掌心，可是如此？”听到这里时，王贲面无表情问道。

“不敢！”后胜连声惶恐道，“老夫非颟顸之人，自然懂得纵然逃亡，又怎能躲过黑冰台追捕？答应随张良逃亡，实出无奈耳！”

“何时何地与他见面？”

“不与他直接见面。他说，商船泊到芝罘岛，我只需将财货运上船，子时径自开船，按原本航路行船便是，他自会设法上船。”

“你不怕他夺你财货，再杀你灭口？”

听到这句，后胜顿时面如土色。

“悬刀行事虽则隐秘，却向来言而有信，不然，天下世族也不会买账……”

王贲和顿弱互相对视了一眼，两人心照不宣地一同起身，踱到了屋外。

“后胜之言，断令如何看？”顿弱低声问道。

王贲向屋内瞥了一眼：“他未骗我等。张良城府既深，更胆大妄为，他能将图谋明告后胜，自然也当料到黑冰台会来询问。到时我等纵布罗网，他也自有法脱身。”

“既如此，如何应对？”

“……随机应变吧。”沉默了少顷，王贲只答了如此一句。

2

相较白日，暮色中的浩渺大海静谧安详了不少，一轮下弦月在海面倾下皎洁璀璨的片片银芒，借着月光可遥遥望见远处一个巨大阴影，如同怪兽般蜷伏在离岸边不远的海中，那便是腄城外的芝罘岛了。

和所有海岛一样，这座岛屿同样四面环海，然而特殊之处在于，它却还有一条长长沙埂通向陆地，如同海中小径一般；岛上也是山壁陡峭怪石嶙峋，纵然海面风平浪静，波涛冲击着石礁岩洞也仍是激流腾旋訇然有声，极为神奇。

正是退潮之际，芝罘岛与海岸相连的那条沙埂已显露出来，一支自腄城开出的车队辚辚驶上了这条海中小径。飞沫不时被浪涛溅起，打在苫盖得严严实实的车身上，也打在一位位车夫的粗布衣衫上、一头头驾车黄牛的背上，无论人畜，身上都是一片潮湿。

轻啐了一口沾在唇上的咸腥飞沫，王贲望着不远处的芝罘岛，想起了关于它名字的由来——那个“罘”字，本是猎具之意，只是不知此番会猎，究竟战果如何?

后胜说出张良谋划后，王贲马上与顿弱等人商讨起了擒获张良的方略。几位黑冰台殿戈都不约而同主张大索芝罘岛一带，但王贲考虑再三，还是否决了这一提议——张良本就神出鬼没，芝罘岛也是山石嶙峋洞穴错列，黑冰台人手更颇为有限，实在没那般容易捕捉到他的踪迹；若临时从别处调集人马，不仅根本来不及，更可能打草惊蛇，相形之下倒不如引蛇出洞!

众人最终被这一谋划说服了，依据王贲部署，几名殿戈胡非子、屈将子率十余名弋射留守后胜宅中，同时探察附近街巷；高何、县子硕负责秘密召集腄城附近的其他弋射，命他们分头潜往芝罘岛；王贲与顿弱则领十余名最精锐的弋射混迹在驱赶牛车的仆役当中，准备跟着后胜按约定上船，一旦张良现身登船，众人便将他一举擒获。顿弱本劝他坐镇腄城，毕竟此番行动风险不小，王贲却执意亲往，之所以态度如此坚决，自然一是希望亲手擒获张良；二则考虑到黑冰台人数本就少，自己虽已不算年轻但身手仍然不差，亲自参与自然多一分胜算；其三他也相信，身处船上，四周又都是大海，张良决然逃无可逃，面对着众多弋射只能束手就擒，自己的谋划该当万无一失，反倒是顿弱太过谨慎了。

牛车走得并不快，不过终是顺利来到岛上，又安然无恙地穿越了芝罘岛上的层层密林，来到了海岛东岸一处浅滩前。

“便是这里!”后胜低声道，“老夫船只每次出海，都由此地装卸财货!”

为了掩人耳目，这支车队并未举起火把，好在借着明亮月光，他们仍可看清面前是一片极为平缓的沙滩。芝罘岛向来多山石，周遭海域自然也分外风高浪急，然而在这里，连绵山石却凹了进去，高高的崖壁围成了一个小小港湾，遍布的暗礁也被开阔的浅滩所代替，连汹涌海水也在此失去了威势，变得舒缓平和了起来，山石与浅滩共同形成了一个上佳的天然码头。

“目下正在落潮，船只尚难近前，涨潮时方可靠岸。”后胜殷勤道，“我等可先装卸财货。”

众人忙碌了起来。小半个时辰后，十余辆牛车上所有装满财货的铜箱木匣都已被卸下，密密麻麻摆满了沙滩。这一切都完成后，他们各自直起身，凝望着暮色中的大海，等待着航船的到来。

王贲用眼角余光打量着后胜，看到他神色间早已没了巨富的颐使气指，只剩下商贩的谨小慎微；那闪烁不定的目光和额头密密麻麻的冷汗，都确定无疑地显露出他内心的惶恐不安；他双手紧紧抱住一个细长铜匣，匣中便是那支青玉五枝灯。

他再望向一旁的顿弱，不禁微微一笑，这位比自己还要年长、一向以文士装扮公开亮相的上卿，此刻却是一身短褐布衣，举手投足间全然是武士的干练利落。

“船来了!”不知过了多久，负责瞭望的弋射伏在头顶的崖壁上喊道。

王贲向顿弱使了个眼色，沿着一条难以察觉的小道快步腾挪，来到了那位报信的弋射身旁，顺着弋射手指的方向，果然看到月光下的海面上腾起了一点渔火。

成败在此一举了。

王贲将目光不由自主地投向身后的海岸，尽管漫长的海岸仍是黑黢黢一片，但他知晓，高何、县子硕率领的斥候已潜伏在了那里，眼下自己已布置好一切，只等猎物自投罗网。

渔火越来越近，商船的轮廓也渐渐清晰起来，目下即使是站在浅滩上也同样可以看出，这是一艘齐地极为常见的中型商旅货船，这种船吃水不深，至多能载五六十人，只能在近海航行，若想远渡重洋却是难上加难，只怕一个大浪便要沉了。如此看来，后胜纵跑也跑不了多远，甚或连旧齐地都逃不出。这样想着，王贲心下更加踏实了。

他瞥了一眼后胜，看到他尽管故作镇定，但那显然越来越粗重的喘息却出卖了他心下的焦灼。

商船上的渔火反复亮灭了三次，显然是在向岛上发出信号。在王贲的授意下，后胜报以同样的信号，于是对面那点渔火开始向岸边漂来。小半个时辰后，船身靠上了浅滩。

“大人，我等到了！”一个扒在船舷上的阴影喊道，看不出他的相貌衣着，只是听声音很年轻，不会超过三十岁。

“有劳陈执事！”后胜心下放松了些，高声道。

那陈执事一挥手，船舷上便探下一排排宽大厚实的木板，垂下一条条粗长的绳索。一个个矫健的身影沿绳索滑下来落到浅滩上，又迅速将这些木板拼成了一座座浮桥。仆役和水手们随即混在一起，有条不紊地忙碌起来，他们将那些事先捆扎好的一只只沉重木箱推上那些充作浮桥的木板，一直推到船身下，再由船上的水手转动绞车，将它们绾上甲板。半个时辰后，后胜那笔巨大的财货便从浅滩尽数转移到了商船中。此后仆役们一分为二，一半赶着牛车原路返回腄城，另一半则随后胜上船，准备一同前往琅琊。

自然，上船的这些人，都是黑冰台弋射假扮的。

王贲不动声色地偷偷观察这些水手，还有领头的那位陈执事，发觉这些人个个筋肉虬结目露精光，举手投足间大有令行禁止的军旅之风，而那位陈执事更是一望而知的技击高手，心下顿觉蹊跷。依常理，富商招徕剑士保护财货本不足为奇，然而后胜这些水手竟如此训练有素，这不能不让他警觉。王贲暗暗数了一下，发现连同那位陈执事在内，船上水手足有二十三人，而黑冰台弋射总共只有十六人，若当真搏杀起来，未必能占得便宜。

虽则如此，目下商船却已入了海，所有人都退无可退了。

夜色中，商船扬起风帆，悄无声息地驶入了东海。

3

身后的芝罘岛越来越远了。

望着已在夜色中变得模糊不清的海岛，王贲心下的不安越来越强烈——船越走越远，张良却始终没有出现，这其中莫非有诈？还是生了其他变故？

他瞥了一眼后胜，不知是否在有意躲避自己，后胜并没有向自己看上一眼，只是抱紧了怀中的铜匣。

王贲与不远处的顿弱飞快交换了一下眼色，两人一同向后胜走来。

“大人，我等就这么走了？”王贲轻踱到后胜身旁，装作若无其事的样子轻声问道。顿弱也走上前来，虽然没有吭声，目光中显然也写满了质问。

“老夫，却如何知晓……”后胜本人也极是忐忑，结结巴巴答道，月光下可以看到，他的额头上渗出了一层冷汗。

“这是何意？”

身后响起了几名弋射惊讶的询问，三人同时扭过头去，正看到月光下两名水手绾动绞车，将石碇沉入海中；紧随其后的是一阵哗啦声响，船帆也随之降了下来，船体摇晃两下，很快便在海中静止了，只随波逐流地微微颠簸着。

“咋回事？”王贲陡然警觉起来，扭头厉声向后胜喝问道。

“我，我也不知……”后胜的目光中同样满是惊讶，突然醒悟过来，高叫了一声，“陈执事！如何不前行了？”

几乎是与此同时，在水手们的簇拥下，那位陈执事的身影已出现在甲板的另一端，向三人一步步走来，尽管甲板在风浪中颠簸不止，他却始终如履平地。从那小心翼翼的步伐中可以看出，他全身上下都充满了戒备。

王贲不动声色地使了个眼色，顿弱悄悄向旁边迈上一步，和他互为犄角站立着，又将双手缩入袖中拢在一起，暗自握紧了藏在袖中的匕首；所有刚才还分散在甲板上的弋射们也呼啦一下围了上来，护在他们身前。

陈执事显然对黑冰台的防备毫不意外，只是一声冷笑：“你等，果非寻常仆役。”

“彼此，足下也非船夫。”王贲冷冷回敬道。

“陈横，你这是何意？”后胜又问了一句，语气既惊且惧，“投奔老夫以来，老夫何曾亏待于你？这是要做甚？”

陈横的笑声分外刺耳：“三年来，大人的确不曾亏待我等；然大人扪心自问，这十数年来，你对齐人却又如何？”

“此话怎讲？”后胜陡然慌乱起来，王贲顿弱也心下一惊。

陈横望向后胜的目光中添了一丝恨意：“后胜，你为相十余年，于国事庸碌无能，只知搜刮民财中饱私囊；秦人攻齐，你更是力主降秦，终使偌大齐国不战而降，铸成田齐百余年来最大国耻，无耻之尤也！”说到后面，已经声色俱厉地吼了起来。

听着陈横的话语，后胜浑身颤抖着，更加抱紧了手中铜匣，凑到王贲耳畔低声嗫嚅着："太尉、上卿，你等，定要保护老夫……"

王贲厌恶地瞪了后胜一眼，没有理会他，避开甚秽物一样径自上前一步，直面陈横等一干水手，平淡一句："若想要此人性命，我便将他交与你。"

"用这后胜一人，换得你等活命？足下太高看此人，他这条狗命一钱不值！这船上，倒有一人性命极为珍贵，便是足下！"

"何出此言？"

"莫再装了，通武侯！"

王贲的瞳孔骤然收缩了。

"你如何知晓我行踪？"

"自是公子良告知我等！"

"也是他派你来杀我？"

"我等非公子良门客，刚好同道而已！陈横明告太尉：今日出手皆为公子良谋划，你自诩为他设下罗网，却不知自己才身在罘中！"

尽管没有吭声，但听到陈横最后一句话，王贲目光中却陡然闪过一丝凶光。

"足下当真以为，张良罗网能困住我等？"

"太尉若想全身而退，尽可一试！"陈横恨声撂下一句，右手也猛然一挥，"飞冲！"

金铁铿鸣之声回荡在夜色下的阵阵浪涛中，水手们齐齐亮出了一把把长短不等的铁剑。

"你等是墨家？"听到"飞冲"这个名字，王贲心下一惊，这是《墨子》中记载的一种攻城器械，这飞冲战阵更是墨家最有名的战法！

"不错，我等都是齐墨！秦灭六国多有杀伐，其中更以你王氏杀戮最甚，我等既然主张兼爱非攻，今日便要诛灭你这庙堂鹰犬！"

王贲脸色一沉，他没理会陈横的指责，只是一声断喝："弋射听令！列阵迎敌！"

"诺！"尽管猝遇劲敌，黑冰台弋射们却谁也没有慌乱，齐齐抽出了藏在身上的各色兵刃，又一把扯掉罩在外面的布衫，露出了一件件贴身护甲。

"断令，此战请交我统领，我知如何应对。"身后传来了顿弱的声音。王贲目光中掠过一丝惊讶，却毫不犹豫地点头应了一句："善，你来掌管号令，我前面搏杀便是！"说着也抽出了自己的短剑。

“弋射听令！沉机！”顿弱的一声高呼，在海浪呼啸中仍极是清晰。

“沉机?!”听到这个词，对面所有的墨者都愣住了，呆呆地望着对面的黑冰台弋射们变换队形，退到甲板一隅，收缩成一个错落有致的拱形阵，将顿弱和王贲围在了正中。

“你等是秦墨!”陈横大喊了一句，语气中充满了恨意。

“旁门左道！异端邪说!”他身后同样响起了齐墨们的愤怒吼声。

“不错，正是秦墨!”顿弱朗声回答，“然墨家已一分为三，谁敢说自己便是正统?”

王贲惊讶地扭头看着顿弱，顿弱脸上却看不出任何表情。

陈横也是一声冷笑：“正统与否，确不足论。然则今夜，你我却须分出高下胜负！攻——!”

兵刃撞击声回荡在阵阵涛声中，墨家两大分支开始了同室操戈。这两拨人马，齐墨占了人数之优，黑冰台却都有着卒伍经历，论纪律的严明、论配合的默契均强于对手，况乎墨家向以防御出名，后世墨守成规之说便由此而来；而甲板上本就逼仄，齐墨人数虽多却难尽数施展。此刻这些弋射又都退到了甲板一隅，虽是背水为战，却也避免了腹背受敌的危险，一时半会儿绝不致落败。

月光下，不断可以见到兵刃的寒芒在闪烁；涛声中，兵刃撞击的铿鸣、手戟刺穿肉身的沉闷声响、交战双方的怒吼、负伤者痛苦的哀号混杂在一起，此起彼伏。王贲手中短剑随着声声怒吼连连刺出，三两下便刺死了一名持匕首的齐墨弟子，他身后两三个同伴刚挺出长剑，不料一个腿上中剑，另一个剑锋斫在了王贲身旁一名弋射的手戟上，还未及将长剑掣出，王贲短剑又到，再度将他刺穿。其余齐墨眼见王贲身手了得，也知他是庙堂高官，心下不约而同起了擒贼擒王之念，当即又有三四个人抢身过来。王贲右手短剑横在身前拦住一人剑锋，左手刚从战死的齐墨手中拾起的长剑又赶在另一人的匕首之前刺中了对方喉咙。这时第三人剑锋迎头劈到，王贲躲无可躲，心下暗叫一声不好，已涌起必死之志，却见那人高举着长剑，满面惊讶地倒在了甲板上，小腹一道极深的伤口正汩汩向外淌着血，原来是自己身后同伴刺出了一剑。

双方都不知晓这场交锋持续了多久，月光下只能看到一个又一个齐墨中剑倒下。而黑冰台尽管因防守严密只战死了四五个，人数却仍处于劣势，即使是剩下的这些人也个个带伤，体力更大不如前；显然，若这般继续拼杀下去，他们必定撑不了多久了。

战阵后方响起了陈横的骨哨声，死伤甚重却仍在穷追狠打的齐墨突然放弃了攻势，齐齐向后滑去，一同退到六七步外，转眼便结成了与黑冰台同样的防御阵形，当真训练有素。

“墨家战阵，果然名不虚传……”

王贲捂住腰间，咬着牙喃喃道。温热的鲜血正不住从指缝间滴出，又顺着衣襟沿大腿淌到脚下，于是忙趁这难得的喘息之机撕下了衣襟，尽可能利索地将它缠在伤口上，做完这一切，心下这才略松口气。然后他环视四周，借着皎洁的月光看清，鲜血已染红了甲板，所有人的双脚都浸泡在了血泊中，周遭是横七竖八摞在一起的尸体，王贲扫了一眼便大致估算出，齐墨一方已战死了近十人，换言之，对手还有十余人；再向身旁瞥了一下，发现自己这边只剩七八人了。

“早闻听太尉身手了得，铁鹰锐士中堪称首屈一指，纵然位列三公也未曾荒废，而今观之，果然名不虚传。”陈横冰冷的声音遥遥响起，王贲却是心下猛然一惊。

直到目下他才想起来，此人方才根本没出手。

“你命齐墨退下，便要对我说这些?”

齐墨们向两侧分开，陈横冷笑着走上前来：“太尉定然好奇，方才我为何不加入战阵，可是如此?”

王贲眯起眼睛，没有答话。

“黑冰台与齐墨同出一门，我等自不敢小看；稳妥起见，我方才下到舱底做了些手脚。”

“何意?”

“你且低头看看！”

王贲低下头，顿时愕然——脚下的血泊，正在缓缓向船舷左侧流去。

“方才你等厮杀之时，我已凿穿了舱底，你等只顾拼命却未察觉，此船片刻后便会沉入海中，你等都将葬身鱼腹！”

一声极尽痛苦的哀号骤然响起，王贲虽未扭头去看，却已听出这是后胜的声音。

“陈横！你欲杀这一干秦人，将他们径自杀光便是！何苦要凿沉老夫货船?”方才厮杀时后胜一直瑟缩在一旁默不作声，此时却呼天抢地起来。

“老贼死到临头，还贪恋你这船财货么?”

“你不能杀我！”后胜突然暴怒起来，刚要起身，不料甲板已倾斜得很明显，他因没站稳而跌坐了下来，只得一手搂住怀中铜匣，一手扒住甲板，匍匐着爬向陈横，“张良曾保证，只要老夫听话，便绝不动我半点毫毛！你既听命于张良，便也不能加害于我！”

陈横爆发出一阵大笑，尽管甲板颠簸倾斜着，他却还是如履平地，几步便来到他面前蹲下身子：“我自不会杀你，一剑杀你太过便宜！若欲那般，我有的是机会，何必等到目下？我就是要你眼睁睁看着自己的财货尽数泡了汤，要你跟着那无数财宝尽数沉入海底，如此方才解恨！”

说罢他猛地飞起一脚，伴随着一声凄厉惨号，后胜在空中翻了个身，重又跌落在甲板上，纵然如此，他还是立即哭号起来：

“老夫半生心血都在这船上，你何如一剑杀了我痛快！……”

他的哭声没有引来任何怜悯，齐墨们反倒是一同放声大笑，笑声中，船身倾斜得越发厉害了，无论齐墨还是黑冰台都已无法站稳，于是纷纷扒在甲板上，只有后胜紧紧抱住怀中的铜匣，仍然跪坐在甲板上放声痛哭着，海水已开始涌上甲板了。

“陈横！你凿沉了这货船，自己岂不一样葬身海底么?”王贲双手紧紧扒住桅杆，高声道。

“那又如何?我等水性远比你强！退一步说，能与你这庙堂重臣死在一起，也值了！”陈横说罢一个呼哨，随即便与所有的齐墨齐齐跳入海中，月光下只见一片人头晃了一下，立刻便在波涛间消失得无影无踪了。

4

“……果不愧墨家，好算计，好胆略！”望着夜色下波涛汹涌的大海，王贲咬着牙自语道。

“断令，船马上沉了，快想对策！”风浪中，同样抱住桅杆的顿弱在耳旁大吼道。

“啊，对也！”方才一直哭号着的后胜又是手脚并用，蹚着越来越深的海水爬到了王贲身边，一只手仍死死抱着那只铜匣，另一只手却拼命扯着王贲的衣襟，“太尉，太尉！这匣中乃是皇帝亲赐老夫的青玉五枝灯，你定要保我身家性命！你若能救得这船上财货，老夫愿将这些重宝让一半给你！……”

“方才谁云齐墨该将我等杀光?”王贲怒喝道，手臂猛一挥，后胜又在空中第二次翻了个身，只是这次却落入了海水中。

“太尉救我！太尉救我！”后胜高声道，右手仍抱住铜匣，左手则徒劳地挣扎着，拍起高高的浪花。尽管仍趴在甲板上，但此时船身已被完全淹没，他眼看便要落入海中了。

“咎由自取！”顿弱愤愤骂了句。

“救我！救我！”后胜哭喊着，除了仍然高举着的左手，以及竭力高昂着的头颅，整个身子已完全没入了海水，浪花不断打进嘴里，他的求救也变得断断续续起来。

王贲皱了下眉头，终是左手扒住桅杆，探出身子，向后胜伸出了右手。顿弱也叫声“太尉小心”，从后面拉住了王贲。

“伸手！伸手！”王贲大喊着，竭力去抓后胜那胡乱挥舞的手臂。

“救我！救我！”

后胜的手拼命挥着，终于猛地攥住了王贲的手腕，然而两人的手都极是湿滑，王贲分明感到后胜的手正在一点点滑落，不禁大喊一句：“另一只！也伸出来！”

后胜却是痛哭流涕着连连摇头：“那灯，不能丢……”

他刚说到这里，恰好一个大浪打来，顿时将他连同他无比珍重的青玉五枝灯一同卷入了海中，这句话随之也就成了后胜的最终遗言。

王贲不出声地骂了一句，双手重新扒住了桅杆。

“本想救他一命，此人或许还能有用，谁想他却自我了断了。也好，总算免脏我手……”

他这样想着，却又听到一阵木料裂开的吱嘎声响，扭头望去却见船身几乎竖直了起来，自己与顿弱扒住的桅杆不堪承受两人的重量，已开始齐腰折断，马上就要带着自己跌入水中！

“扒住！……”由桅杆上坠下的那个瞬间，王贲忙大喊了一句。

桅杆折断的巨响、水面溅起的浪花一同淹没了他的喊声，一人高的巨浪迎头泼来，冲散了发髻，将王贲从头到脚浇得一片精湿，他只来得及吸一口气，便立即没入了冰凉的海水中。

尽管眼前一片黑暗，耳畔一阵咕嘟嘟声响，周身更是彻骨的冰凉，但王贲仍死死抱住了桅杆，双脚则全然出于本能地猛然向下踩水，终于感到自己开始慢慢向上浮去。

凛冽的海风陡然袭来，一股战栗掠过王贲湿透的全身，他大口喘着粗气，不住向外吐着涌进口中的咸腥海水，睁开眼睛望向四面八方。这时看到深邃的天穹下，一个个浪头连绵不绝地拍来，飞溅的浪花闪烁着千万点银光，一望无际的苍茫大海如水银般荡漾着无数明亮的水波。后胜的商船已带着它的主人，带着那些死者，还有那笔巨大的财宝一道沉入了东海，除了若干破碎木料尚在浪涛间沉浮不定，整个海面再也看不见商船的任何残骸；除了勉强能嗅出的一丝血腥气息，海面更是再也看不见方才船上那番生死搏杀所留下的任何痕迹，甚至再也看不见一个生还者——无论是陈横那些齐墨，还是其余几名幸存的黑冰台弋射，水天之间竟只剩下了自己一个人。

“顿弱！顿弱！”王贲向着四面八方大喊，声音在风浪间显得模糊不清。

“有！”顿弱的声音从身后传来，王贲扭过头，正看到他劈波斩浪向自己游来，“断令勿忧，顿弱水性不差！”

王贲一手紧紧抱住桅杆，另一手奋力划着水，慢慢游到了顿弱身旁，一把抓住了他的胳膊，顿弱也同样伸手抱住了桅杆，两人终于暂时安全了。

“你我都成了周昭王！”顿弱一句自嘲，尽管同样窘迫，两人却还是一同笑了起来。传言当年周昭王南征渡汉水时，楚人将他的船只偷偷用鱼胶粘接，行至中流时胶液融化船只解体，周昭王因此溺水而死，这故事用到目下两人身上，倒也贴切。

“去年我随皇帝巡狩，过湘水时遇大风浪险些翻船，当时都庆幸自己命大，却不知今日还能否逃过一劫?”王贲叹了口气，虽然死生难料，却是仍全无惧色。

顿弱摇头：“当真难说，目下只能指望高何等人了……”

两人没再吭声，只是继续抱住桅杆，在冰凉的海水中沉浮着，他们都很清楚此时处境——以自己的力量，无论如何也不可能重回岸边，只能这样随波逐流；获救的唯一希望便是守候在岸边的高何、县子硕发觉出异样，早日驾船来搜救自己，可目下一片夜色沉沉海水茫茫，他们何时才能找到自己?

一种几乎是前所未有的沮丧感骤然攫住了王贲，他仔仔细细地梳理头绪，终于明白过来，尽管一心想要擒获张良，但自己的一举一动始终没有逃出张良的算计——张良逃到了旧齐地的确不假，他找到了后胜也的确不假，但他更料到黑冰台会一路追来，也料到黑冰台若要追捕自己必会找到后胜；他同样料到后胜多半会出卖自己的行踪，而黑冰台也同样会根据后胜说辞为自己设下罗网，于是索性将计就计，先利用后胜将黑冰台骗到船上，再利用齐墨同时除掉黑冰台和后胜，当真算得上一箭双雕。只是不知事成之后，这张良却是以何种办法脱身?

仰望着黑暗苍穹中的那一轮下弦月，王贲无可奈何地叹了口气，终是不得不承认，自己这次败给了张良。如同方才陈横所言，自己自诩为他设下罗网，却不知自己才是身在罘中。

这一夜的后半段，两人都是在海上沉浮着，当天边微微泛起一丝鱼肚白时，他们都已筋疲力尽，不住战栗着，浑身上下无处不僵硬非常，双腿也开始抽搐起来，然而正当自觉再也撑持不下去时，他们终于看到远方的波浪间出现了一个小黑点，而且越来越大，离他们越来越近。

“终是，来了……”王贲牙齿不住打着战，喃喃自语道。

顿弱并没有吭声，却腾出右手在怀中胡乱摸索着，最后总算掏出一只小小的骨笛。他有些手忙脚乱地将它塞在嘴里，几乎用尽了全身力气吹起来，这声音一开始短促、喑哑、杂乱无章，但终于变得激越清亮，响遏行云，即使是在波涛之中也显得分外清晰。

5

两名黑冰台弋射齐齐伸出粗壮的胳膊，将水淋淋的王贲拉上了船。甲板的另一侧，同样水淋淋的顿弱仰望着清晨的天穹，大口喘着粗气，疲惫不堪地闭上了眼睛。

“我等来迟了，断令见谅!”高何大步走来，语气中满是懊恼与无奈。

王贲无力地摆摆手，他已累得说不出话来。

“断令能否再撑一会儿? 有事禀报!”

“说……”王贲箕坐在甲板上，勉强不让自己倒下。

“昨夜胡非子等人留守后胜宅中，却遭偷袭!”

“啊!”王贲猛抬起了头，目光中充满了诧异:“死伤如何?”

高何脸色极为难看：“十余人中只胡非子、屈将子活了下来，也是身负重伤。”

“嗵”的一声，王贲一拳擂到了甲板上，牙咬得咯咯响。

“当时我等分散守在岸边，直到商船开走，也不见这一带有任何动向。我心下狐疑，派出弋射秘密跟踪那些仆役回到腄城，不料始终不见回报，腄城方向反倒一片火光冲天！我忙回援腄城，才看后胜庄园已是一片火海，只来得及救出胡非子、屈将子，也是奄奄一息，方知中了张良声东击西之计……”

“然则，那张良，不知躲到了何处……”王贲沮丧地低语着，颇为费力地爬了起来。

“断令，船！又一艘船！”一名弋射喊道。

王贲顺着他手指方向望去，却是又惊又疑：但见一艘轻快小船扬着白帆，正由芝罘岛方向箭一般驶来，转眼间便从北面两三里外驶过。

望着小船几乎从自己眼前溜走，王贲双手握紧了栏杆，心下全然明了了——这才是张良！昨夜齐墨兵分两路偷袭，他定是一直埋伏在滨海某处，既是以齐墨吸引自己注意，更是想借齐墨之手，一举铲除黑冰台。目下他见黑冰台全力搜救自己与顿弱，知晓已无人顾得上管他，这才真正开始逃亡！

“我等快追！”县子硕急忙喊。

王贲摇了摇头：“晚了。他那小船本就轻快灵便，目下又是顺风顺水，我等追不上了……”沉思了片刻，终是咬着下唇恨恨一句，“白牺牲了这多兄弟，还是让张良跑了，此番是我指挥不力，我当亲向皇帝请罪。”

“断令不必自责，黑冰台之人，早有死于非命之觉悟，本当无怨无悔。”顿弱的声音从身后响起，王贲大为意外地转过身，望着他向自己一步步走来。

“顿子何出此言?”

顿弱的脸色语气都很平静：“十余年来，黑冰台遭暗杀者、失踪者、严刑拷打致死者数不胜数，单我所知便有百余起。今日死伤，实在不足道也。”

“纵然如此，我也当为牺牲同袍请求抚恤。”

顿弱笑了：“那更不必，我等之死，本就不同于将士战阵牺牲。死于沙场尚算军功，死者可享哀荣，家人可继承爵位；然我等秘兵活在世上便悄无声息，死于非命更无人知晓，也不当为人知晓。”

王贲拧起了眉头：“同是为国捐躯，皇帝为何厚此薄彼?”

“非是皇帝不肯抚恤，乃我等拒绝一切生前身后尊荣赏赐。断令昨夜也知晓了，我等都是秦墨。”

“墨家主张兼爱非攻，齐墨楚墨便因此反秦，你等又为何支持秦国?”

顿弱笑了笑：“墨家主张博大精深，然其中也多有矛盾，否则不会一分为三。世人只知墨家兼爱非攻主张，却不知我等也主张尚同，若欲尚同便须天下一统，而一统之希望只在秦国；再者墨家诸如尚贤、节用、节葬等主张更与秦国一致，我等自然支持秦政。”

王贲沉默了。此前他曾大体听说过墨家的分裂。百余年前墨子亡故之后，墨家共同秉政的四大弟子禽滑厘、邓陵子、相里勤、相夫子之间便歧见甚深，最终正式分裂，分为楚墨、齐墨与秦墨，而其中秦墨多精于器械百工，因此大半从军，或是担任各地城守亭尉，或是打造兵刃衣甲，或是构筑城防，或是制造各种攻守器械。而直到目下王贲才知晓，黑冰台竟全是秦墨！然仔细想想却也不足为奇：黑冰台所打交道者皆为六国奸佞，凡奸佞者必有贪财畏死两大通病，那后胜便是明证，然则墨家却恰恰既不贪财更不畏死，加入黑冰台确乎再合适没有。这些墨家信徒们，自春秋之时起便追随着先师那摩顶放踵的身影，奔波在列国间，赴汤蹈刃死不旋踵，锄强扶弱却既不图报更不索恩，只在消弭战火后默默消失在暗夜中，事了拂衣去，深藏功与名。在诸子百家之中，确乎只有墨家，才肯为自己的信念做出那么多常人难以企及的牺牲。

“大哉秦墨!”想到这里，王贲轻轻慨叹了一句。

“非但秦墨如此，齐墨楚墨，也同样如此……”顿弱淡淡道，目光投向那点越来越远的小船。

“这一战，齐墨伤亡惨重……”

小船上，一个女人般的嗓音轻叹了一句。

“墨家向来轻生死，战死师兄弟都是死得其所，公子无须为我等叹息。”陈横神情却很是淡漠，“只是此战虽除后胜却走脱王贲，未成全功，实在可惜。”

张良笑了：“王贲何等人物，岂能轻易入彀？此番我能顺利脱身，已然知足了。公子大恩，容张良日后相报。”

“墨家义举，向不图报。我与公子既是同道，扶助一把本就该当。”

“只要同道，同心与否却不足论。只是张良一事不明：公子本是齐国王族，两位兄长更是齐地世族领袖，当年你若欲抗秦，何不追随他们，却入了墨家?”

“我非为抗秦而入墨家，乃是入了墨家才欲抗秦。自不必要这姓氏。”

张良诡秘地笑了：“然则，田氏祖上本是陈国公族，先祖陈完入齐之后方改为田完，而今公子改回陈氏，此中当真无有重振家风之愿么?”

陈横没有说话，只是死死盯着张良，而张良也同样望着他，深不可测的眸子仿佛要看穿他的内心。

“此事，却与足下无涉。”片刻的沉默后，陈横撂下了这一句，一个呼哨，小船随即掉转船头，向着东方飞快驶去。

三日之后，王贲来到了琅琊台，与皇帝会合。

尽管同样失望于这次失败的抓捕，皇帝却并未责罚王贲。皇帝说，此番黑冰台谋划无差，败战非因你等出了纰漏，乃是我等君臣错判了形势，朕本以为不过几个复辟世族而已，掀不起多大风浪；却没料到那张良根基如此深厚，竟能得墨家暗助。胜败乃兵家常事，既非无端败战，便不当惩处你等。然而听罢皇帝一番话，王贲却更加无地自容了——原本自己和皇帝都不约而同认准，后胜掌握着天下世族的一切线索，张良则是天下世族的领袖，其他复辟势力不过零零散散不成气候，只要控制住后胜、擒获张良，世族们的一切动向便都逃不出自己的眼睛。谁想自己却是出师不利，后胜死了，张良逃了，而今又突然冒出个神秘的陈横公子；更有甚者，沉寂多年的齐墨竟也重新利剑出鞘，若无妥善应对，他们极可能成为大秦帝国的又一潜在威胁。墨家纵然不与老世族合流，却是极得天下民心，若在各地对黔首进行煽动，长此以往实在形势难料……

目下观之，复辟势力远比自己想象的强大得多，也顽韧得多。

不经意间，王贲心头重又浮现出皇帝此前的提议：抽调一部南路秦军回中原镇守，然而他几乎是立即否定了这一念头：父亲那边战事很是艰苦，不久前才刚平定东越地，此种形势下调岭南秦军回撤，不啻釜底抽薪，何能因自己的无能拖父亲后腿？张良等人目下虽渐成气候，然只要庙堂君臣巩固秦法，只要天下黔首拥护秦政，至少五六年之内，世族们纵然传播几则流言、策划几起暗杀，仍不致动摇根本。待到岭南大体平定、百越部落融入华夏之时，庙堂再将岭南军撤回中原，秦政必将永固！

心念及此，他这才放心了些，缓步踱出大帐，望着面前的东海。

海鸟的鸣叫随着咸腥味的海风遥遥传来，海面上无数雪白的浪头翻滚涌动，卷起千堆雪；远处则是万丈霞光染红了浩瀚东海与漫天云彩，而目力所及的那水天相接最远处，一轮旭日正在冉冉升起，照亮了崖壁平滑如新的表面上那一列列密密麻麻的小篆，正是去年皇帝第二次巡狩，离开琅琊台之前留下的：

> 维二十八年，皇帝作始。端平法度，万物之纪。以明人事，合同父子。……

下面还有几行字：

> 维秦王兼有天下，立名为皇帝，乃抚东土，至于琅琊。列侯武成侯王翦、列侯通武侯王贲……与议于海上。曰：……今皇帝并一海内，以为郡县，天下和平。昭明宗庙，体道行德，尊号大成。群臣相与诵皇帝功德，刻于金石，以为表经。

（注：史记原文为“列侯武成侯王离”，杨宽先生以为王离乃王翦之误，从此说。）

伫立在琅琊石刻下，王贲久久眺望着水天茫茫的天尽头，目光一直投向了江南以南的东越之地，他知道自己的父亲便在那里同百越人作战。灭六国后，他一度以为父亲已到达了自己戎马生涯的终点，正如到达东海之滨后便是天尽头了，然而目下他才明白，灭六国不是父亲的结局，而是另一段新征途的开始，正如那茫茫大海的最南端，还有一片更广阔的天地等待着人们去探索去征服一般。

而自己，也当同样如是。

——阿翁，不知你目下如何了?

第三章 蛇影

1

东越地，东冶。

“蛇！蛇！他娘的有……”

极尽惊恐的大叫不期然响起，打破了深夜的寂静，紧接着便成了一阵混沌不清的呜呜声。

“娘的，吓，吓死俺了……”片刻后，方才发出大叫的那个声音喘着粗气道，显然是惊魂甫定。

“你个老匹夫！险些吵醒士卒，想惑乱军心么?”第二个苍老声音不屑道。

第一个声音长出了口气：“醉了，俺醉了，真个草木皆兵……”粗重的声音中极是疲惫。

说着，他将手中的螺杯放在了竹案上，又扭过头来望着挂在墙上的那张竹弓，方才正是这竹弓的影子倒映在螺杯里的酒面，使他误以为是一条蛇。平静下来的杯中酒水，随即映出了一张布满皱纹的大脸，还有那乱蓬蓬的雪白须发。

“胆小鬼!”王翦望着蒙武的醉态，一脸鄙夷道。

蒙武没有理会，举起螺杯将酒水一饮而尽，再用手背起劲儿抹了抹大嘴，长吁一口气，这才踏实下来，片刻后满是愤懑地重又开了口，语气也越来越激动：“再这般下去，老子早晚要疯掉！鸟个鬼天气！鸟个鬼地方！要么毒辣辣日头整日暴晒，要么绵绵阴雨一两月不停；翻了一道山又是一道山，过了一片林又是一片林，满眼都是山岭山岭山岭，密林密林密林，连他娘个敞亮地方都没有！一年四季还都有瘴气，有他娘没瘴气的时日么？这还没完，到处都是毒虫猛兽，还有那最该死的蛇！”

说到蛇的时候，蒙武不由自主地猛打了个哆嗦，两只毛茸茸的大手起劲儿地互相挠着胳膊，满脸惧怕和厌恶的神色。

“有完没完?”王翦冷冷道。

蒙武没有理会王翦，大手直指向面前杯盘狼藉的竹案，继续滔滔不绝发着牢骚：“还有吃！这糯米饭吃多了肚胀！那炙鱼如何这多刺？还有那些个甚龟鳖蚌蛤，又腥又臭，老子看都不要看一眼！这个这个这个，还有这个这个这个，还有这个这个这个，都他娘是人吃的么？最恶心的便是那鱼生，臭气熏天，夏日里净招苍蝇，老子闻一下便想吐！”

“你到底想做甚?”王翦分明也恼怒了。

“老子要回关中！老子要吃羊肉！”蒙武一跃而起怒吼道，整座栏杆也跟着吱嘎摇晃起来。

“耐不得苦战便滚！秦军不留软骨！”王翦也霍然起身，声色俱厉道。

蒙武气呼呼地瞪大了铜铃般的眼睛，死盯着王翦，突然打了个响亮的饱嗝，刺鼻酒气随即扑上了王翦的鼻头。

王翦皱起眉，抬手挥了挥扑面而来的酒气，蒙武也颇有些尴尬，重又坐了回去，干栏又跟着“吱嘎”了一声，竹屋中重又沉默了下来。

片刻后，王翦重重一声叹息：“你以为老夫便喜欢这荒蛮之地？你以为老夫便不思乡？这多士卒，水土不服者有之，得疫病者有之，中瘴气者有之，丧生毒蛇猛兽之口者有之，你以为老夫心下便好受？然则……”

“莫再说了，知你想说甚！”蒙武大手一挥打断了王翦的话，沮丧地嘟囔道，“俺也真是鬼迷了心窍，竟被你这老匹夫骗到此地。光打东越便费了这多时日，俺还得一直在这鸟地方镇守下去，想回关中不能回，真这般灰溜溜回咸阳，才没脸见俺那俩儿子，俺家婆娘更要骂死俺……”

王翦鼻中哼了一声，口气也缓和了下来：“你这番牢骚，发便发了，仗该打还须打。明日还要和那无诸驺摇见面，莫再喝酒了，睡了睡了！”

蒙武没有答话，满脸愁苦地爬上了竹榻，刚翻过身来，几乎立刻便是鼾声如雷。

干栏的灯火黯淡了，一片寂静中只有蒙武的粗重鼾声绵延不绝，王翦倚在干栏的窗前，眺望着月光下这片小小的秦军营地。这是一处群山环绕、遍生荆棘的谷地，只能堪堪容纳千余人，然而在这一带层峦叠嶂的山岭中，已实在算是难得的平坦地带了，整个大军百人一队分散在附近的广袤山地中，士卒们模仿百越人那般披荆斩棘、刈草伐竹，依山势搭建起了一座座架在木桩上的小小竹楼，充作了军帐。

其实这些被称为干栏的木楼竹楼，谁都住不惯。王翦曾听过不少士卒抱怨，这干栏太轻灵，动作稍大便是一阵吱嘎作响；也有人抱怨竹楼高出地面，爬上爬下太费功夫，若遇偷袭，忙乱之中甚或可能一跤跌下。可士卒们却也别无选择，毕竟相较先前，目下能有个栖息之所已算不错了，刚开始向东越进军时，他们更是苦不堪言——那牛皮制成的军帐长期浸泡在露水雨水里无不发霉发臭，住在帐中太过憋屈；露天宿眠则既潮湿更危险，即便没有百越人偷袭，那各式各样的毒虫也已够让人毛骨悚然，几乎每日都要有人被那些千奇百怪的毒蚊、巨蚁、怪蝎、蜈蚣、蟑螂、蚂蟥、蚺蛇咬伤甚或中毒致死，想想都要让人头皮发麻。

望着月光下一座座干栏那用藤条、树皮和茅草扎起来的屋顶，王翦深深皱起了眉，这几年来平百越进程的缓慢，虽未出乎意料，却仍不能让他放心。

“以岭南军目下实力，平定整个岭南，至少需十年之期!”

这是三年前，王翦在咸阳殿上的原话，当时六国已灭，王翦也大体安定了江南地，回咸阳受封武成侯，也正是在那时，他正式向皇帝提出了平定百越的建议。直到目下，王翦还能记得自己说出这句话时，众多大臣们投来的诧异目光。

就实而论，庙堂对百越并非一无所知，皇帝君臣都知道百越与楚国、与中原的渊源。所谓百越，实则是中原人对楚国南部诸多方国部落的泛指，这些部族早在上古三代便和中原保持着一定往来，禹帝曾在会稽大会包括越人在内的天下诸侯，百越中一个被称为越裳的方国还曾向周王室献过白雉。春秋时期，越人在江南一带正式立国，最有名的君王便是那位卧薪尝胆的越王勾践，然而在越国衰落下来、亡于楚国之后，越人便从此集体南迁，与岭南各地土人融合，渐渐化为目下的诸多百越部落，重又与中原疏离了起来。

这些部落族群分布极广，散落在楚地以南的大半个南中国，除去几个大部族已成为方国，大部分依旧蒙昧冥顽，仍保持着火耕水耨、果蓏蠃蛤的落后生活方式，彼此之间也是攻伐不断。皇帝君臣一向以为，以主力秦军那无坚不摧的战力，平定这等部落方国当不在话下，至多三五年便可结束战事，却不料按王翦估算，时日竟和灭六国一样长，如何不令他们惊讶?

“平百越之难，尤甚于灭楚，至少四难：其一，地理之难。茫茫岭南环境恶劣却又土地广袤，部族林立较楚国更为松散，只能兵分几路渐次进军，如此则进展必然缓慢。其二，战事本身之难。岭南少平原，多山林溪流，战车骑兵攻城兵器等都无法施展威力，只能以舟师与轻装步卒作战，百越人却是久居竹丛溪流极熟地形，必借地利与我周旋。其三，辎重补给之难。若万里迢迢自中原运粮，光运粮人畜便会耗去自身所运大半粮秣，待到深入岭南，怕连车马船舶都难以跟上，只能人力输送，后援必较灭楚更难。归总而论，老夫估算十年之期，已是最低限度!”

“老将军可有现成办法，解决后援粮道?”皇帝神色间极为关切。

“实不相瞒，陛下，正因后援困扰，我等商议之后，终是决定两大步平定百越。”王翦的手指扫过牛皮地图，画了一个下凹的弧线，“陛下请看：此番平定百越，以最为主要之六大部族为目标，只要将其尽数降服，其余小部族皆不足论。这六大部族，由东南向西南，依次为东瓯、闽越、扬越、南越、西瓯、雒越：东瓯、闽越分布于江东以南，合称东越，皆为越王勾践直系后裔，与中原人往来频繁，在百越诸部中较为开化，我等若是且战且和、以战求和，降服两部当不在话下，因此我等用兵，当以这两部为先；第二步才是翻越五岭，平定其余方国。目下我等已在江东囤积大批军粮，支撑平东越之战不在话下，越五岭之后便须另做谋划。然则陛下放心，再苦再难，我等终不会放弃百越之地!”

“善!”听到这里，皇帝慨然拍案，“而今天下一大外患、一大内忧：外患者，九原匈奴也；内忧者，岭南百越也。岭南之地纵然偏远，终是我华夏领土；百越部族纵然蒙昧，终是我华夏子民。当年楚国虽占岭南却有名无实，今我大秦既然一统天下，便不能坐视这片土地继续蛮荒，再苦再难，也要使岭南真正融入华夏文明!”

“陛下明断——!”整个大殿中一片齐齐应和。

……

“再苦再难，也要使岭南真正融入华夏文明……”望着夜色中的秦军营地，王翦默念着这句。

2

未到正午，日头已极是酷烈。此时的中原还是春日，然而这七闽之地却已是盛夏般的炎热了。

不过这酷热的天气，并未对宴饮之人有任何影响。一株四五人都合抱不过来的榕树伸展开郁郁葱葱的枝叶，挡住了头顶火辣辣的日头，又投下了浓重的树荫，枝条上的气生根由树冠纷纷垂下直入泥土，只一株便形成了一片小小的丛林。

而在林木环绕之间，潺潺溪流旁的一张张竹席上，正端坐着一位位在中原人看来模样甚是古怪的越人，他们有的身着左衽的葛麻衣衫，有的赤裸上身只披一件草莱，黑黝黝肌肤上露出各种斑斓图案。所有人头上都不戴冠，披散的头发直垂到肩膀，个个聚精会神地听着歌女用越地特有的野音引吭高歌。待到一曲唱罢，席间便响起一阵喝彩之声。

“治世之音安以乐，其政和；乱世之音怨以怒，其政乖；忘国之音哀以思，其民困。声音之道，与政通矣！”一个声音用微带越地口音的雅言悠然道。

“闽越君也熟读儒家经典，殊为难得。”王翦不无揶揄地笑道。

那人也笑了，一咧嘴便露出两个黑黑的牙洞，那是依越人习俗凿掉的：“我闽越、东瓯自归顺大秦以来，无不渴慕王化——可是如此，摇兄?”

“是！听，将军要走，都，都……”被称作“摇兄”的另一人用生硬怪异的语调结结巴巴道，只说了一半便说不下去，急得抓耳挠腮。

王翦仍是带着淡漠微笑打量着两人。他们个头都不高，都是肤色黧黑、鼻如鸟喙、脖颈细长，不大的眼睛中闪烁着狡狯的光芒，相貌还真与那勾践颇有几分相似，这便是闽越王无诸和东瓯王驺摇，目下虽已做了秦军俘虏，诸般待遇却仍和以前没甚区别。

他们那看似殷勤恭顺的神情中，似乎总带些忐忑，王翦明白两人心思——他们未来的命运掌握在自己手中，两人着力铺排今日这场饮宴，自然希望尽可能讨好自己。

三年前，王翦领灭楚大军自江南地而下，攻向东越地。只是此地多山，容不得大军尽数施展，而东瓯、闽越两部兵力加起来也不过区区三五万，二十余万秦军若全数攻来，实在是牛刀杀鸡；况且平定东越后还要回身攻岭南，路途太过遥远。有鉴于此，王翦将秦军分为了四路：第一路由蒙武统领，以会稽郡为后援，自江东地南下，集于彭蠡泽流出的余干水，堵死东越人出江、淮的通道；第二路由王翦亲率，据守南野之界，既是防止东越人向西南逃亡，也是防备已南逃的扬越人支援东越，更为下一步进攻南越西越做准备；第三路、第四路分别由任嚣、屠睢率领，都不参与攻东越之战，而是分别赶赴长沙郡、黔中郡的最南端，修筑九嶷、镡城两座要塞以为下一步进攻岭南的跳板。

分派已定后，蒙武率领的秦军便沿余干水攻向了东越，王翦部则在侧翼进行支援掩护，两路秦军都先后陷入了苦战。东瓯、闽越装备战力等都远不及秦军，翻山越岭却无不如履平地，因此始终避免与秦人正面交锋，却是不断发动偷袭，一时给秦军添了不少麻烦。好在秦军延续了灭国大战以来的用兵方略，不以杀伤敌军为目标，只是沉下心来稳扎稳打，一步步向东越腹心地带推进，王翦又不时向两位越王反复劝降。此种情况下，平定东越的战事既小且零散，断断续续持续了两年，秦军最终以先后俘获驺摇、无诸两人为标志，彻底结束了对东越的战事。

东越之地就此平定之后，紧随其后浮出水面的，便是与民治相关的一系列问题：如何治理这两处新领土，如何对待俘获的两王；如何对待百越人，是否在当地推行郡县；百越人是否也适用秦法，是由咸阳派遣官吏治理闽越，还是他们自行推举贤才治理……种种事由看似烦琐零碎，却无一不事关平百越的全局运筹。相较南越、西越，这东越尚算开化，日后尚不知艰险几多，若能将东越之地安然无恙地化入帝国版图，既可为岭南秦军打下一个坚实的大后方，又可为平定南越、西越提供先例，极具垂范之效，是故不能不慎重。

正因如此，坐镇南野的王翦与众将商议后，终于决定对东越地以怀柔安抚为主，待平定整个岭南后再通盘考虑。得到咸阳赞同之后，王翦便来到了软禁两位越王的这片山地，准备正式宣布这一消息，此后便要率大军翻越五岭，进发岭南了。

“东瓯君心意，老夫明了，两位君长，请了请了！”王翦笑着举起螺杯，趁势为结结巴巴的驺摇解了围。

“请！请！”两位被废黜的越王忙不迭地一同举杯。

王翦刚把螺杯举到嘴边，不经意间向一旁瞥去，正见蒙武双手撕扯着面前一条肥大炙鱼，埋头大吃着，于是也高声提醒一句：“蒙将军！请了！”

“唔！唔！”蒙武忙不迭抬起头，口中还在咀嚼着，淋漓的大手擦都顾不上擦便也举起了陶杯，长鲸饮川般咕咚咚咽下，又继续低头忙碌起来，直到将那条炙鱼一扫而光、只剩光秃秃鱼刺后，这才满意地长出一口气，很响亮地咂起了嘴：“虽说不如羊肉给劲，却也难得咥这般痛快了！”

王翦没再理会蒙武，却是转向无诸和驺摇：“两位君长，老夫日前已接皇帝诏书，东越之地如何治理，庙堂已有成型谋划，二位请看。”说罢从袖中抽出一只木函。

“武成侯转述便可，我等不识秦篆。”无诸笑吟吟道。

王翦笑了笑，剥去封泥打开函盖又将绢帛一抖：“皇帝之意，三法治理东越：其一，东越地设闽中郡，在郡中推行秦法、设置郡县，庙堂当遣兵马与官吏驻扎郡县，日后坐镇闽中郡的，便是这位蒙武将军；其二，二位不再为王，只做部族君长，麾下私卒一概取缔，然则原有待遇一概不变，你等也可襄助蒙将军继续治理东越，换言之便是有治权、无军权，两位君长可有异议?”

“无有无有！”两人一同摇头，心下完全踏实下来。

“目下最主要者，便是这两条。”王翦郑重道，停顿了一下又补充说，“还有最后一条，不必立即实施，可日后再行。”

无诸和驺摇面面相觑，心下又有些忐忑。

“其三，日后大批越地住民向北迁徙，在乌程、余杭等故吴地定居，咸阳庙堂也会将一批黔首由中原徙至越地，使中原人与越人混杂群居，如此既可使越人慢慢融入华夏，更可加快开发越地，堪称两全其美。两位君长意下如何?”

听到这里，无诸瞪圆了眼睛，驺摇更是张大了嘴，两人不易察觉地交换了一下目光后，无诸才目光闪烁着开了口：“敢问武成侯，何时开始?”

“平定整个岭南之后。而今天下诸多大工程已陆续铺开，各地人手都紧，迁徙民众之事牵涉又太过广泛，是故当徐徐图之。老夫也心知，百越人迁徙异乡，必多有不便，然百越族群融入华夏之关键便在于此。咸阳庙堂与老夫，可以缓，可以等，可以折冲可以斡旋，然终究是要迈出这一步，为文明融合之大计，两位当体谅我等君臣苦心。”

两位君长都听出了王翦话语中的软中带硬，驺摇颇有些拿不定主意地望向无诸，无诸则在片刻沉思后勉强点头：“我等，勉力而为便是。”

王翦呵呵一笑：“甚好！两位君长大局为重，来来，老夫敬两位！”

“干，干！”无诸和驺摇不无勉强地齐声应道。

3

夜深了。

远方的海浪声遥遥传来，周遭林木也随之沙沙作响，海风穿过重重密林带来了一丝寒意。无诸怕冷似的哆嗦了一下，蹑手蹑脚藏身一棵大树之后，探头探脑地向外面那暮色中的莽莽山岭瞥去。

这座山叫冶山，离白日里宴饮的于山不远，传言欧冶子曾在此山铸造过宝剑，无诸之前几代闽越王的陵园也建在这里。正因此，在东越人心目中，这里直如圣地一般。

然而这片圣地，目下却遍布着秦人的营帐，晃动着秦人的火把，这些外来者们侵占了闽越人原本的领地，真正的主人却要被赶到别处，想到这里，无诸心下陡然一阵刺痛。

“我等深夜至此，却是做甚?”身后的驺摇警惕环视着暮色中的这片密林，用越语低声问。

无诸却没有吭声，只是引着他蹑手蹑脚走向密林深处，上一任闽越王便葬在那里。当站到自己父王那高高坟冢前时，他将双手举到腮旁，发出了一连串清脆的鸟鸣。而整片密林立刻便传来了阵阵回声，驺摇颇有些惊讶地环顾四周，只觉这鸟鸣仿佛充斥于天地之间。

最后的余声还在林中萦绕，一个声音却已从密林中缓缓响起：

“见过两位越王!”

这个声音无比嘶哑阴沉，驺摇不禁猛一哆嗦，忙抬眼望去。借着稀疏的月光，他依稀分辨出一个身影，隐约伫立在夜色之中，和周边林木似乎没什么两样。

驺摇咽了下口水，用目光向无诸询问着此人的来历。

“东瓯王不必提防，我乃楚人，也可算是吴人。”阴影显然看出了驺摇心中所想。

“楚人? 吴人?”驺摇大皱眉头，阴影的身份不仅没使他的敌意减少，反而又浓了几分。自春秋始，楚、吴、越这大江以南的三国便始终被中原人一体视为南蛮，可彼此间却也是恩怨纠葛甚深。在极度排外的越人心中，无论吴人还是楚人，都和目下的秦人一样不可信。

无诸凑到了他耳旁："摇兄，这位将军乃旧楚大将，与鄱君吴芮相熟。吴芮指点他来见我，说想助我等反秦，我让他藏身这冶山中。"

"助我等反秦？如何相助？"驺摇拧紧的眉毛仍没有松开。

"在下只问两位越王，你等甘愿这般永做秦人俘虏么？"那楚人问道。

"自然不愿！委派官吏骑我等头上也罢了，废黜我等王位也罢了，凭甚要将我等迁到别处？还非要迁到那旧吴地！吴人乃我越人死敌他不知么？还想要中原人南下，与我等混杂群居？当年楚人都不敢来我百越，如何秦人来了便硬要如此？"

"秦人横蛮，此举不足为奇。非独百越人如此，六国灭亡这多年，天下不知多少庶民被秦人威逼离乡，终生也不能重回故土。若敢反抗，重则连坐灭族，轻则被罚为苦役刑徒，替那狗皇帝修骊山陵、建阿房宫！"

驺摇牙咬得咯咯作响，却又不敢大声怒吼，终是一拳砸到了身旁一棵大树上，黑暗中一片沙沙作响："降秦本非我等所愿，迫于无奈耳。我等本以为秦人和那楚人一样，只要朝贡称臣，便不管我百越内务，谁想竟这般步步进逼，实在欺人太甚！日后若当真将我等迁走，只怕想回此地祭拜先祖也不得了！"

"如何反秦，将军教我！"无诸却只是低声一句。

"秦人之意，要在平定整个岭南后，再将百越人徙至吴地。既如此，只要秦军长久陷于岭南战事泥潭，无暇顾及其余，你等便可始终留在东越！"

"如何阻碍秦军？"

"百越各部当仿中原六国会盟，一同合纵抗秦，如此实力必较单打独斗要强，至少可保自身立于不败！"

"好！好！"驺摇目光中陡然精光大亮，兴奋不已。

无诸却显然比驺摇想得更远，沉思着摇头："然则，我等已被软禁于此，各部君长纵肯会盟，我等却又如何参与？再者，我等手中已无兵马，谁又肯买我等账？"

"会盟之事有我操持，二位君长目下还当安心做秦人囚徒，只要其余各部能抗得秦人，挨到天下大势有变，两位趁势而起，定可恢复王位！"

两位被废黜的越王互相对视了一眼，尽管不明白这楚人为何这般热心反秦，但依他谋划，自己却全然不必冒风险，只需坐等便是，何乐而不为？心念及此，无诸率先点头："善，我等赞同！"

"然则，我等如何助将军抗秦？"驺摇迫不及待问道，"将军要财货么？珠玑、犀角、翠羽、紫贝，我这里全有!”

阴影低低笑了起来，笑声中满是不屑：“余皆不用，只需闽越王将这越王墓中那件镇墓之宝借我便可。”

“镇墓之宝?”驺摇大为惊讶，将目光投向身旁的无诸，却见无诸脸色已陡然变得惨白。

“将军……如何知晓此物下落?”

“天下觊觎越王四宝者不计其数，多我一个，又有何妨?”

“将军要此物，究竟何用?”

“在下并非贪恋重宝，我既知晓此物被藏于此地，若想自行盗走，可谓易如反掌。向你借它，不过是想让百越各部看看你等诚意。”

无诸踌躇了许久，终是下定决心，转身大步走入陵园，片刻后双手垫着一块丝巾，捧着一件细长物事，缓步来到驺摇和那阴影面前。借着月色，两人注意到他手中正闪烁着点点碧光。

那是一柄青绿色的短剑，剑身镌刻着蛇形纹饰，泛着诡异的光芒。

“步光，步光!”驺摇惊讶地低声反复喊道。

这是百越部族的越王四宝之一。所谓越王四宝，便是步光之剑、旸夷之甲、屈卢之矛、五胜之衣，都是当年越王勾践打造出的，在越人心中如九鼎之于周王室、玉玺之于秦帝国一般神圣。然越亡于楚后，这四件重宝也随之失踪了，有人说它们已毁于战火，也有人说它们散落在百越各部，四样重宝重聚之日，便是越国复兴之时。而驺摇没有料到，这四宝之一的步光之剑，竟一直藏在闽越!

“此物乃我闽越重宝，父王临终时命我将它陪葬。而今将军愿为我百越抗秦，无诸将它送与将军，如此好过长埋黄土之下多矣!”无诸的面色极为郑重。

阴影上前接过短剑，月色中，看到剑身上的蜿蜒纹路形成了一道弯曲的蛇影。

“谢闽越王厚意!”他沉声答道，脸上的黄金面具在月光中熠熠生辉。

4

雨点纷纷洒落在头顶、脸颊乃至全身，他收住脚步抬起头，望见一棵棵参天古木舒展着无数枝杈，在头顶交织成一望无际的墨绿色穹庐，只有透过无数细小缝隙才能勉强望见那阴霾的天空，连绵的细雨也是从这些缝隙中渗下的。

他缓缓伸出一双粗枝般枯瘦黝黑的双臂，承接起雨水。手中一副黄金面具正在熠熠生辉，雨滴接连不断地打在它上面，连绵不绝地溅起细小水花。

他已在这五岭连绵的山林中跋涉了将近两个月，几乎每日都会遇上一两场这样的雨，身上永远是半干半湿的。到了后来，那件已被无数枝条荆棘划得破烂不堪的衣衫也开始散发出阵阵霉味，于是他索性将它丢弃，像同行的那些百越人一样，赤裸着双脚双腿和黑黝黝的脊背，如一只灵猿般在林木间攀缘，如是这般日复一日，而今的他已是蓬头垢面须发散乱，与身边的百越人几无分别了。

谁也不会想到，当年的抗秦名将项燕之子，楚国淮北将军项梁，竟然变成了这副模样。

然而对项梁本人来说，这根本算不得甚。目下的他唯一在乎的，便是抢在秦军之前赶到岭南，想方设法借助那些君长的力量抗秦，他甚至希望自己能亲领一队百越人同对手周旋，如此，才能将这些进犯岭南的秦军久久拖在这片蛮荒土地上；如此，才能有望为日后的复辟创造条件，才能有望与秦军统帅王翦对阵，报那杀父之仇。

这些年来，这是项梁心中唯一的念头。

当年和张良等人一同从震泽逃离之后，摆在项氏兄弟面前首要的问题便是何去何从。项伯主张潜回故乡下相，理由是秦人刚占领整个淮北，秦法施行得还不够深彻，目下项氏已有族人流亡到了那里，改名换姓后得以顺利藏身，显见秦人统治还很薄弱。但项梁却并不赞同兄长——淮北虽易藏身，却再难施展，只要人力足够，咸阳庙堂只需三五年时日，便足可将此地治理得如关中一般戒备森严；待到那时，自己纵能在下相日复一日潜伏下去，却也必将处于连坐保甲监控之下，或是不得已亲自下田躬耕，或是被官府征发去服徭役，再无自由可言，就连逃亡隐居都要被问罪。若当真那般，复仇自然成了泡影，更遑论颠覆秦国！

恰在此时，秦军准备进攻东越的消息遥遥传来，项梁当机立断，决意前往岭南，借百越之力与秦军周旋。项伯苦劝无用，终是不得已赞同了幼弟的决定，兄弟俩就此分别，项伯带着侄儿项羽和诸多亲信门客回下相，项梁则孤身一人赶往彭蠡泽，前去投奔一位故人。

“公子，那便是罗浮山了。”

沙沙雨声中，身旁一个声音用吴语说道。

此人身着青黑色葛布织成的左衽襦裙，头发如中原人那般盘成发髻，又以骨笄固定，分明是江东吴人装扮，看相貌却显是百越人。这是扬越人的君长，鄱君吴芮。

在百越各部中，吴芮的扬越部很特殊，其余各部多为越人后裔，也都奉越王勾践为自己共同先祖；扬越部却是吴人与越人杂居后形成的，传言中吴芮更是吴王夫差之后。他们在百越各部中最接近楚国，楚国也向来注重对扬越人的笼络，吴芮继位后便被封到了彭蠡泽畔的鄱邑，又得到鄱君封号，而他也主动给自己起了这个中原人的名字，久而久之，原本名字反而没人提及了。项梁当年为将时曾长期镇守九江一带，一直与他过往甚密；震泽水战前夕，项梁原本也想将自己的妻子女萝、侄儿项羽一并托付给吴芮照料；而目下，他正是希望借自己这位旧相识之力，会盟百越各部，一道抗秦。

（注：扬越人来历说法不一，此处参照何光岳先生著《百越源流史》一书，有部分调整；吴芮身世、与项梁之渊源则皆为虚构。）

项梁毫不怀疑，吴芮的抗秦之心怕是比谁都急迫。百越各部中，扬越部最为靠北，乃南下秦军首攻目标，王翦蒙武进攻东越地时，任嚣部也同扬越人有过几次小规模交手，扬越人连战连败，不得已放弃彭蠡泽，仓皇南逃至五岭以南，凭借台岭抵御秦军；若非秦军目下还未做好全面南征的准备，只怕扬越人早已和东瓯、闽越一般了。

正是因此，当吴芮见到千里迢迢赶来的项梁，听他讲述了联兵抗秦的谋划时，没有一点儿犹豫便答应了，又指点项梁前往与扬越部尚有往来的东瓯、闽越两部。不想项梁前往东越时，秦军已封锁了由江南通往东越的所有关隘道路，项梁也无法穿过那连绵的崇山峻岭，只得在会稽山、若耶溪一带潜伏下来，直到王翦平定东越后不久，他才得以见到已成为俘虏的两位越王，尽管两人已无兵马，项梁却从无诸手上得到了步光之剑，总算没有空手而归。

……

听到吴芮的声音，项梁抬起头，从林木间瞥见了雨雾中的罗浮山一角。这是一座外形奇特的大山：自山腰向上，以一条飞瀑山溪为界，如树木开杈般截然分成了罗山、浮山这东西二峰。晴天望去双峰并峙，如两座砥柱般矗入南天；然而阴雨绵绵之时，两山之间便是一片云雾缭绕，仿佛合到一起漂浮在茫茫云海之上。正因了这奇特景致，种种传说便围绕着这罗浮山生发开来，此山也与那西越地的博邪山一样，并列而成百越人心目中的两座神山。

抵达山脚下时，阴雨仍然连绵不绝，林木却开始渐渐稀疏了，约莫半个时辰之后，前方豁然开朗，山脚下一片稍显宽敞的空地出现在眼前，吴芮说，这便是登上罗浮山的必经之路。

“秦人!”沙沙雨声中，项梁突兀听到有人用急促如鸟鸣的越语喊道，一座座山石背后随之陡然闪现出一张张竹弓，一个个黝黑身影也纷纷从一棵棵林木上跃下，落地后踩着遍地泥水围成一个大大的圆弧。透过雨雾，项梁看到他们赤裸的黝黑上身都文有蛇虫状花纹，下身围着葛、竹等草木编成的草裙，中原人管这叫卉服；但不同于断发的东越人，他们的头发却是在脑后梳成一个小辫，有的垂在后项，有的竖于头顶，这种发型被中原人叫作椎髻。他们手中的兵刃形形色色，从刀斧到戈矛应有尽有，小部分是青铜，大部分则是石制甚或竹木的。这些简陋兵刃自然使项梁嗤之以鼻，但面对着百越人们流露出的显而易见的敌意，他也并未掉以轻心。

“并非秦人，扬越人!”吴芮不等他们采取进一步行动，抢先用越语答道。

一阵窃窃私语从百越人当中响起，他们自然认出了这些扬越人，目光中的警惕却丝毫没有减少，更有许多人紧盯着扬越人当中的项梁——此人若不是秦人，脑后如何没有椎髻？身上又如何没有蛇虫文身？离项梁最近的几个百越人还看得很清楚，此人牙齿很是齐整，一颗也不缺，换言之他并未凿过齿，如此一个怪物，能不是秦人么?

在他们心中，天下之人只要不是越人，便都是秦人。

几个百越人不怀好意地咧嘴笑了起来，用舌头舔着嘴唇和露出一个个黑洞的牙齿，项梁记得屈大夫的《招魂》以及《墨子》中都记载，有些百越部族有食人之俗，或许这些人也是如此。

“吴芮?”一个头领模样的百越人走上前来，面目不似其他人那般凶狠，戒备的目光却仍上下打量着项梁。

吴芮轻轻点头：“桀骏将军。译吁宋到了?”

“到了，已在山上，你等随我来。”桀骏回答。

5

飞瀑的潺潺水声遥遥传来，阵阵轰鸣不时夹杂其间，这道位于罗浮二山之间、被视为它们天然分界的飞瀑，因一整夜山雨而水量暴涨，也使两山之间更加壁垒森严。雪白的水花从山坳间汹涌泻入水潭，又汇成条条山溪继续向下流去，溪水流经之处形成了诸多水洼泥泞，项梁便伫立在泥泞中，仰望着那些头插翎羽、手戴珊瑚砗磲、身绘蛇蛙鸟纹的一位位君长。项梁的目光逐一掠过那位面目平庸的南越君，那位身材矮壮筋肉虬结面相凶暴的西瓯君译吁宋，那位头戴竹笠、身着贯头长袍，一脸淡漠矜持的雒越君长蜀泮，以及乌浒、僚、濮、俚、蜒等其他小部族的君长，心下不禁浮起一丝轻蔑。

"一群蛮子!"他暗想。

这时，他与吴芮的目光对视了，透过那意味深长的目光，项梁明白他想说的是甚：

"当心，在这岭南之地，在百越人面前，你才是蛮子!"

几乎是与此同时，作为罗浮山地主的南越君率先开了口：

"各部君长，秦人已连灭东瓯、闽越，又开始攻打扬越。前日扬越君亲来求援，可抗秦终不能只我南越一家出头；今日将各位请来，便是想与你等商议抗秦之事。"

四面八方响起了一片轻微躁动，好几位君长都在窃窃私语。吴芮沉吟了一下，率先开口："秦人南下来，我部连战连败，已退至五岭以南，多亏东越地尚未全数平定，秦人暂未南下。是故当早谋抗秦之法!"说着伸臂遥指项梁："这是楚国大将，知晓秦人动向!"

"各位君长!"项梁忙抬高声音叫道，"我自东越来，东瓯闽越已亡，秦人将兵分三路前往五岭！若不早做准备，坐等秦人攻来，谁都逃不掉!"

"傻不隆冬东越人，一点卵用都没得!"译吁宋探身骂道，挂在胸前的几颗髑髅互相撞击着，发出阵阵空洞声响，"秦人敢打我西瓯，我将他一个个剥皮肢解，连皮带肉吃个干净!"

项梁面无表情，心头却涌起了对译吁宋的蔑视。

"当年楚军平岭南之时，西瓯曾大败于楚人，连西瓯君祖上都死于令尹吴起之手，而今楚人又大败于秦人，各位君长自行掂量，百越能否胜秦?"

又是一阵嗡嗡声响起，各部君长又是好一阵议论，方才对秦人的轻蔑陡然被狐疑取代了。当年吴起由魏国逃到楚国，楚悼王以他为将进攻岭南，当时百越各部都对楚军不屑一顾，不料刚交手便被打得大败，译吁宋的祖上便是那时战死的，此后各部只得臣服楚国，岭南也由此被纳入了楚国疆土。这些君长自然没亲历过抵抗楚军那战，可无不对当年本部的惨败耳熟能详，而今秦人战力竟比楚人还要强，这不能不让他们心生忐忑。各部君长此时都不约而同冒出了同一个想法：这也许是百越人百余年来面临的最深重危机了。

“将军，我有一问。”南越君极为谨慎地开了口，“我等各部已向楚国臣服，而今若也向秦人称臣纳贡，如何?”

项梁的笑声分外刺耳：“只怕秦人没楚人那般仁善，那皇帝要的也不光是你百越臣服！而今东越两王都已被废黜囚居，秦人还想日后将东越人赶到中原；此番进攻岭南，对扬越、南越、西瓯、雒越，对所有百越人，必定都是这般！你等若不抗秦，也当被秦人赶出故土，甚或变为中原人！如此作为，岂不就是要将百越赶尽杀绝?”

这话甫一出口，整个山谷立刻炸开了锅，各种乱糟糟的吼声骂声一同在山谷中激荡起来，惊飞了林中的各色鸟雀，许久之后才渐渐安静下来，这时，一个陌生的声音以再清晰不过的雅言开了口：

“将军之意，我等该当如何?”

项梁扭过头，刚好遇上了雒越的君长、安阳王蜀泮的目光。

尽管蜀泮声音不大，说的又是百越人大都听不懂的雅言，但他的嗓音中却带有一种难以名状的威严，听到他开了口，方才仍然在聒噪的百越人都齐齐闭上了嘴。山谷中陡然变得鸦雀无声起来。

项梁仔细打量着他，他从吴芮那里听说过这个蜀泮，百越各君长中只有他自称安阳王，概因雒越部是百越各部中最强大的，百越人的另一座神山博邪山也在他们股掌中，是故这位安阳王已隐隐成了百越各部的盟主。

“目下唯有一法。”项梁与蜀泮的深沉目光对视着，分外平静地用越语答道，“百越各部组成合纵联军，分头出兵！中原六国数十年来多次合纵，我楚国始终是纵约长，秦人也始终未能讨得便宜，可见合纵确是抗秦之最大利器，百越各部也当仿效中原，方能抗得秦人!”说着又高举起手中的短剑，拔剑出鞘：“各位请看，此乃步光之剑，闽越王无诸将此剑赠我，东越两王皆愿会盟!”

眼见剑身那碧油油的光芒，谷中顿时一片惊叹，译吁宋等好几位君长都是一副跃跃欲试的贪婪神情，若非项梁身后站着那些满是警惕的扬越人，他们真有可能扑上去抢夺这柄剑。

蜀泮的目光中也掠过一丝惊奇，面上却是不动声色，只淡淡反问了一句：“合纵既能抗秦，中原各国却又为何被秦人尽数灭掉?”

听到这句，项梁心下暗暗佩服——这安阳王果然是个人物，竟对中原战国间的渊源极为熟悉！想到这里极为罕见地奖掖道：“安阳王明锐！中原合纵之败，败于六国君王貌合神离，个个口称抗秦，实则无不想借机多占利市，如此合纵自然形具神散、有名无实，秦人稍加阻挠挑拨便土崩瓦解。若要铁心抗秦，百越各部便不能如中原六国一般彼此内耗，该当同舟共济共抗强敌！”

“如何同舟共济？”

“各族公议，选出一位君长担任盟主，协同调遣各部；再各派一将领本族兵马分头北上，效法扬越，堵死五岭一切水陆通道，将秦人尽数阻隔于五岭以北！”

项梁的语气极为笃定，这是他事先便谋划好的方略。本来按中原合纵抗秦的惯例，百越各部应当各自出兵组成整支大军，但一来这些越人彼此之间相互仇视，纵然硬是捏合到一起也无法如臂使指；二来岭南的纵横山地也容不下太多兵力大肆铺开，如此一来，组建大军既无可能也无必要。此等形势下，还是百越各部分头进兵、彼此呼应的方略更易成行，项梁本人对此还是颇有信心的。

蜀泮微微一笑：“将军之意，哪部君长可为盟主？”

“我西瓯战力最强，我又是百越第一勇士，自当我来做这个盟主！”译吁宋第一个吼道，闪烁的目光中充满了得意。不料马上便招来一片骂声：

“我雒越阮翁仲还未开口，你这蛤蟆便敢自称第一勇士？”

“你那第一勇士，谁认了？我扬越为整个岭南扛住秦人，盟主当由我等君长来做！”

“此次会盟乃我南越召集，理当由我等君长来当盟主！”

……

“你等这群哈卵！我译吁宋平生杀人无数，人头摞满了千百座干栏，如何不是第一勇士？如何当不得盟主？”译吁宋陡然恼怒了，呼地站起身从自己盘踞的那块巨石上跃下了谷地，胸口几颗髑髅也随之哗然作响，不料落脚之处那片水洼极是湿滑，他刚跳下来便仰面朝天滑了一跤，跌得浑身泥水，尴尬狼狈之相顿时引起了满山满谷的哄笑。

望着面前这场闹剧，项梁皱起了眉头，心下陡然腾起一股怒火：这些百越蛮子都要死到临头了，却还在为个空头盟主争来争去，当真不可理喻！再看对面的吴芮，脸色铁青一语不发，显然也是对各部联手抗秦不抱任何希望了。

“将军也见了，单是公推盟主，我等便已闹得不可开交，更不必提携手抗秦之事。”当桀骏等人慌忙将译吁宋从泥水中拉起来时，蜀泮的声音重又响起，“百越各部本就各行其是，彼此间部族仇杀更数不胜数，比你中原列国更甚。将军所言之合纵，只怕仍是悬空干栏一般空谈。”

“安阳王可曾听过唇亡齿寒之理?”项梁紧盯着他问道。

蜀泮的脸上浮起一丝嘲讽笑容：“我雒越距五岭数千里之遥，身后又是数千里茫茫山林，更有西瓯横在身前。秦人纵然南下，也必定先灭西瓯，后攻雒越，西瓯尚不在意，我雒越又何必与这蛤蟆一同进退?”

“谁愿与你这雒越狗叼联手！我等打不过秦人，也不向狗叼求援!”译吁宋大喊道，西瓯士卒们也随之赞许地吼起来。

“既是如此，我等各自抗秦便是!”蜀泮冷冷道。

“各打各的！散了散了!”陆梁、乌浒、濮等其他小部族的君长也纷纷喊道。

……

站在罗浮山脚下，望着百越各部士卒们在各自君长的号令下乱糟糟地退却，项梁牙咬得咯咯响，眼见这场会盟无果而终，自己借百越之手抗秦的谋划又将以失败告终，他实在难以抑制心下的挫败感。

“敢问足下，可是旧楚大将?”此时，身后一个苍老的声音用雅言问道。

项梁和吴芮同时转过身，却见身后不远处，伫立着一位身着贯头长袍的白发老者。

“是我。足下何人?”项梁警惕地打量着对方。

“我乃安阳国丞相皋通，奉陛下之命，特来请将军议事。”老人恭敬道。

第四章　五岭透迤

1

就在项梁随吴芮北上的同时，王翦已大体安顿了东越地，又与留下来镇守的蒙武道了别，率领着幕府人马一路向西赶向了九嶷山。

这片山地位于苍梧郡南部，属于五岭中萌渚岭的支脉，由九座风貌极其相似、远看难分彼此的山峰组成，九嶷（疑）之名便如此得来，据说上古之时舜帝南巡亡故于此。而王翦风尘仆仆赶到这里，也是要与驻守于此的任嚣、由镡城要塞先行赶来的屠睢会合，议定进攻岭南的诸般事宜。

会商地点选在了九嶷山一道山溪旁，满山遍野的湘妃竹在微风中沙沙作响，潺潺溪水声夹杂其间，倍显清幽。众将围着一张多张牛皮连缀起的巨大地图或站或坐，仔细端详起了这片他们即将要去征服的土地。

这张地图的最北端，有三处被朱砂涂红的城邑，自西向东分别是位于庐江郡最南端的南野要塞、众将目下所处的位于苍梧郡的九嶷要塞、位于黔中郡最南端的镡城要塞。这三处要塞便是目下秦帝国势力所及的最南端，再往南便是一片既宽且粗的巨大山地，这片山地是北向流淌的湘水之源，自西北向东南一路延伸直至海边，自西向东依次为镡城岭（后世称其为越城岭）、萌渚岭、都庞岭、骑田岭、台岭（后世称其为大庾岭），镡城岭正对着镡城要塞，萌渚岭直面九嶷要塞，台岭则伫立在南野要塞对面。五岭以南则是大片代表着未知的空白，只有几道粗线标注出了几条大水：台岭中流出了溱水，萌渚岭中淌出了湟水，镡城岭的东南则是离水，都是由北向南流淌，先后汇到一处直至流入南海。三水之间，又有一个个秦篆大致标注着那些百越部族的名字：台岭以南、溱水流域大体为扬越；萌渚岭以南、离湟二水之间的广大空白为苍梧、南越等部；镡城岭以南、离水西南为西瓯；西瓯再向西南便是雒越。在这些大部族之间，还零星散落着乌浒、俚等其他小部落。

而王翦的方略，便是以苍梧郡为后援根基，几位大将各领一军，兵分三路穿越五岭，越岭之后伐木造舟沿水而下：东路军由南野要塞出发，过台岭，走溱水，平定扬越；中路军自九嶷要塞南下，翻萌渚岭，顺湟水而下攻向番禺，取南越；西路军由镡城要塞进军，越镡城岭，沿离水攻向西瓯；平定三部之后，中、西路军再行合围最后的雒越。

众人都很清楚，此番战事艰苦尚在其次，首要难题还在翻越这五岭：这五大山岭层峦叠嶂绵延近三千里，其间只有寥寥几条小道或溪流可供穿行，大军若尽数集结于一处，只怕一年半载也无法尽数穿过；更有甚者，若百越各部有所警觉，赶在秦军过五岭之前尽数封死山路，便是坐拥百万大军也无法南下，因此此番进兵关键，一在隐秘，二在快捷。

“……当年司马错曾领大军翻越秦岭攻占巴蜀，各位将军久处蜀地，必对其中种种艰辛多有耳闻，而今我等翻越五岭，难度绝不逊于过秦岭，诸将切不可掉以轻心！”说到最后，王翦正色告诫道。

进军方略商定后，便是确定各部领军大将。三路秦军中，西路军路途最远，面对的西瓯部也最蒙昧愚顽，背后更有雒越人，可想而知战事当最为艰难，王翦本想亲领西路军，却遭到了众将一致反对，在屠睢的强烈要求下，最终将西路军统帅让给了他；中路军则交由任嚣统领，准备进攻南越；王翦自己统领的是东路军，对手是最弱的扬越。

除此之外，鉴于岭南气候地理均与中原迥异，众将商议之后决定吸取进攻东越经验，对南征秦军装备编制等方方面面进行了一次较为彻底的变革，大略归总主要四方面：

其一是兵种的变化。岭南之地多山多水，百越人战力比秦人又低下得多，面对这等地理与对手，战车、骑兵和攻城器械既无法施展威力，也没这般必要，反倒会拖累行军；是故秦军放弃了所有车马和攻城器械，改乘先登赤马等小型舰船，车士骑兵也全数改为了清一色的步卒与楼船士。

其二是装备的变化。岭南天气湿热，秦军若仍身披重甲行军作战，只怕尚未开战便要中暑病倒大半，因此王翦将那些铜铁甲胄换成了皮甲藤牌等，戈矛等长柄兵刃也只保留了小半。除此之外，鉴于构造精密的弩机很可能因气候潮湿而变形弯曲无法使用，王翦也大量削减了这秦军最引以为傲的远射兵器，而以竹木制成的弓矢代替，如此一来，秦军战力虽然有所下降，却最大程度避免了气候的影响。

其三是编制的变化。以前秦军多以万人为行军作战的单位，作为军中将领中坚的也多为都尉，但此次南征本就是分兵几路，随着深入岭南腹地，还极可能继续多头进军，是故王翦将秦军十余个大兵团尽数打散成一个个千人队；还改变了作战、后援部队相互独立的原有格局，每个千人队都是士卒、民夫、工匠混编，民夫负责搬运粮草、砍伐竹木、开山凿石，工匠负责修葺兵器、建造干栏和船只，军民之间界限不再明显；除此之外，还有许多医师携带大批药材随军出征，以应对暑热瘴气以及虫蛇猛兽的威胁。

最后也是最关键的，便是后援的变化。按惯例，秦军本该以目下屯兵的苍梧郡、庐江郡为后援根基，然这两郡在当时都属荒蛮的江南地，无论人口还是可供农耕的田畴都很稀少，显然无法提供雄厚的粮草支撑；更有甚者，岭南的连绵山峦和纵横溪流，使任何运送粮谷的车辆牛马都无法顺畅抵达前线；而若纯然以人力肩挑背扛，只怕这些粮谷早在半路便要被充作口粮消耗光，如此根本无法保证大军深入作战。

最终，大将们决定以淮北地为后援，由水路运送粮谷。具体说来便是，粮草由泗水郡、陈郡等地装船，再通过两地密集遍布的水网入大江，沿江而下先后到达洞庭泽、彭蠡泽再分别向南，一路沿湘水逆流而上（不同于绝大部分河流，湘水是由南向北流淌的），支援西路军、中路军；另一路则沿湖汉水南下，支援东路军。如此运粮不仅便捷，自身所耗粮谷更少。而总司后援的重任，便落在了苍梧郡守灶、苍梧尉徒唯的肩头。

“只是，此法仍未全数解决运粮之难。”苍梧郡守灶伸指滑过牛皮地图的粗糙表面，解说道，“粮船运至五岭一带，水势便渐渐变浅，直至化为道道小溪，无法继续前行，若欲运粮，仍只能以人力将粮谷运过五岭，再行搬上粮船继续南下，如此则后援还是难称便利。”

“仍是五岭阻隔啊！”王翦不由得叹道，“目下也只能过五岭再说了……”

分派粮草药材、修缮兵刃、打造船只等诸多事宜尽数办妥之后，已是月余之后了，秦军终是尽数完成了南下的一切准备，一个淫雨霏霏的清晨，中路秦军最先动身了。

细密的雨帘笼罩在湟水和九嶷山麓之上，给这南楚之地添上了一丝朦胧凄迷。宽阔的水面上，密密麻麻的运兵船已尽数集结，中路军统帅任嚣伫立在当先那艘最高大的楼船上，亲手挥动令旗向上将军王翦和其他同袍们道别，此后船队便缓缓穿过细密的雨帘，向那片中原人此前从未涉足过的南天之地进发了。

“上将军！我等也要回镡城要塞，这便与上将军别过了！”船队消失之后，身旁的屠睢亢声道。

王翦轻轻点头：“善！老夫也将回南野筹备进军，且待我等会师岭南！”

“不得，无返——！”众将的吼声，回荡在沙沙雨声中。

2

黯淡的光亮由生满青绿苔藓的窗口投入了竹寮中，落到挂在竹墙上的那张岭南山水图上。这地图是由牛皮制成的，纵然已得到了尽可能妥善的保存，但从那上面偶尔可见的几块青绿色瘢痕可知，在这岭南潮湿的雨季里，它仍很难完全避免发霉的命运。

王翦伸出瘦骨嶙峋的手指，轻轻抠掉了地图表面的那几块霉斑，指尖又从地图上自西向东缓缓掠过，在牛皮上留下指甲的划痕，最终落到了五岭的最东端，那上面用秦篆标注着“台岭”两字。

他的目光在这两个字上停顿了片刻，终是踱到了竹寮的窗前。窗外细雨绵绵，无数细小雨点打在窗口斑驳的青苔上，又溅起更细小的水花迸进窗口，湿漉漉一片，王翦却是浑然无觉，只是凝望着近在咫尺的那片郁郁苍苍的山林。岭南的雨不同于关中的雨，甚至也不同于北方的雨。关中的雨，北方的雨，打在身上都是彻骨的冰凉，让人战栗却也催人振奋，然而这里的雨却仿佛沾染上了此地的燠热、黏滞、沉闷，不仅带不来任何清爽，反而使人更透不过气来。

一向沉稳的王翦，此刻心底却罕见地郁积起了一团烦躁。

他所统领的东路军，是在一个多月前离开南野要塞向五岭进发的。按原定计划，被分为一个个千人队的士卒和民夫们轻装上阵，割刈或烧去丛生的杂草与荆棘，砍倒一棵棵粗大的古树，有时甚或要凿开山石，就这样在荒莽山林中一点点开辟出一条条小道，在诸多宽深溪流间铺设起一架架浮桥，为后面的大军打通行进的道路。后军则始终与前军保持着半日上下的路程，沿前军开辟的道路，利用前军留下的木材石料，专挑地势险要之处建造起一座座营垒。这些营垒规模都不大，但既可屯兵又可囤粮，彼此间隔又都很近，足可保证更后面的民夫将辎重粮草由南野要塞接力传递至前军，遇敌时不同营垒间更可互为唇齿，相互支援。也正因此，秦军进入五岭的这些时日以来，尽管也有小股扬越人试图偷袭他们，但始终没有遇到太大危险。如此行进了半个月，东路军进程虽极是缓慢，每日至多不过行进十余里，但大体来说还算顺畅。然而，当数万秦军全数没入五岭的连绵密林、真正来到台岭脚下后，麻烦却降临了。

尽管自认为行军已足够隐秘，但王翦还是没有想到，扬越人早早便用山石、滚木和荆棘堵塞了穿越这条山岭的一切水陆通道，还在那最宽阔的溱水之上筑起了一座营垒，扼守住了要冲，据说这营垒是扬越将军梅铞建的，秦人习惯性地将它称为梅将军城。一个多月来，秦军先后向这梅将军城发动了三四次强攻，却无不以失败告终，自身反倒折损伤亡颇多。

究其原因，并非扬越人战力强悍，实在是这台岭太过险峻，它的名字便来源于山势——如平台般既高且平，陡峭入云。征战五十年来，王翦虽也见识过阏与、井陉等险关，却还当真没见过这般险要的隘口。那数不胜数的嶙峋的山石、粗大的古木、纠结的藤萝、遍布的荆棘，再加上不时可见的瘴气沼泽，都滞涩着秦军进攻的脚步，纵有个别身轻力健的士卒能攀缘上去，却也根本敌不过严阵以待的大批扬越人，徒然白白送死而已。此后王翦又多次派出精干斥候到处查访其他山路，却无一不是空手而归。王翦纵然徒拥数万大军，面对着如此天堑，一时也徒唤奈何。

“如此险关，当真兵家必争之地。若能越过五岭，老夫必在此设下关塞，遣重兵把守。”望着竹寮外连绵的细雨，王翦的目光也分外阴郁。

“上将军，探路斥候又回来了！斥候营都尉求见！”竹寮外的沙沙雨声中响起了军吏的喊声。

“请进来！”

一阵极富节奏的吱嘎声从门口响起，不大的竹寮也随之轻微晃动了起来，斥候营都尉常颁撩起了垂在门口的竹席，小心低头踏入这间狭小的幕府。令王翦颇意外的是，他身后还跟着另一名秦军士卒，这士卒显然很不适应狭小的竹寮，刚一进来额头便碰到了梁柱上。这是个还不到二十岁的后生，身形虽瘦却很是结实，肤色黑了些，相貌称得上英俊。

王翦将探询的目光转向常颇，常颇显然明白上将军的意思，不等他询问便开口道："上将军，此乃我斥候营一名屯长，赵仲始！"

王翦"啊"了一声。他对赵仲始这个名字并不陌生，曾听常颇几次提到过此人，知道这个年轻人是东路秦军中最年轻的屯长，目下已是簪袅爵了；于是颇有些赞许地望着这位军中的后起之秀："何事找老夫？"

"此番他率士卒探路，有一设想欲禀报！——仲始，讲！"

赵仲始上前一步拱了拱手："上将军，我等斥候前日踏勘，见台岭一处山麓，腰身处有大群白猿上下攀爬。我等若学那白猿攀上山岭，奇袭梅将军城，必能奏效！"

"学那白猿？攀山奇袭？"王翦颇有些哑然失笑，"这台岭何其陡峭，白猿纵能上下，你却如何攀爬？"

"上将军不知，我等大都是巴蜀山地长大，自幼最擅翻山攀树！这般山岭虽然险峻，却敢一试！"

"纵然如此，扬越人若有所察觉全数攻来，你等岂非大险？"

"不会！那群白猿所在，距梅将军城至少有一日山路，中间又隔着重重峻岭，扬越人不会注意；况且他若早知此地，还会有那多白猿么？早被吓走了！"

"也是一说，只是此计实在太过大胆……"王翦沉思了片刻，这才开口："你等先下去，老夫想想。"

两人走后，王翦站在窗前，望着外面连绵的雨雾，沉吟了整整一个时辰，终于叫来几名传令军吏，连发三条将令：其一，抽调三个百人队，第一队负责收集藤条皮革；第二队负责将它们编制成一根根绳索，每条至少要三十丈长，能承受五人以上重量；第三队负责砍伐树木，劈削木楔。其二，东路军全部铁鹰锐士集结，另招募死士八百，每人领三日口粮，配齐兵刃甲胄。其三，其余士卒即日起枕戈待旦，随时准备进攻梅将军城。

"你等切记。"口授将令时，王翦的语气极是严厉，"最后一条将令当大张旗鼓传出，前两条务必隐秘行事，不能走漏半点儿风声！"

"却是为何？"埋头记录将令的军令司马诧异地扬起了脸，然而遇到王翦那锐利的目光时，立即知趣地闭上了嘴。

……

雨已完全止住了。

黯淡的日头终于重现天际，天色依然是灰蒙蒙的，远处的山野间却腾起了蒙如轻尘的缕缕白色雾霭，须臾之间便自下而上充塞谷中，几乎咫尺间都无法分辨人物，那便是所谓的瘴气。

赵仲始仰起头，沿着台岭陡峭的崖壁远远望去，勉强可见一片郁郁葱葱的苍翠中点缀着一点雪白，于是深吸口气，低头最后检视了一番自己全身的装备——牢牢绑在腰间的牛皮绳索，头戴的宽大竹笠，裹在双手上、既吸汗也保护手掌的布条，背在身后装有攀爬工具、军粮饮水、止血草药的竹筒，不由得想起父亲。入巴蜀舟师前，自己每日都是这副模样，父亲笑说，自己本是赵地男儿，儿子竟成了蜀人。每次听到父亲这话，自己总笑着回敬道，蜀人赵人，终归秦人，有甚可争的。只不知今日一去，自己还能活着见到他么？……

“各位弟兄，后事交代清了么？”上将军苍老而浑厚的嗓音不期然响起。

“交代清了！”以常颏为首的将士们一片齐声应和。

王翦踱到了赵仲始面前：“仲始，为何不让老夫看你家信？”

“我……”赵仲始没想好如何回答，顿时语塞。

看到他的窘态，王翦笑了：“罢，不愿让人知你来历，老夫便不强求，只是切记：你只比老夫孙儿大几岁，还年轻，真扛不住便原路下来，莫硬撑，老夫再想办法便是。”

“……上将军小看我！”赵仲始憋了半天，突然冒出了这一句，引起一片笑声。

王翦也笑了起来：“好，老夫这便向秦军锐士赵仲始谢罪！”说罢弯下身子深深一躬，赵仲始涨红了脸连忙还礼，周遭笑声也更大了，气氛顿时和缓了不少。笑声中，领队的常颏大喊一句“出发”，赵仲始便第一个转过身去，向着台岭陡峭的崖壁走去。

3

“叮当！叮当！”

随着一声声锹击，细碎的木屑石末窸窸窣窣落下，有的黏在汗湿的手臂上，有的则滑落下来，坠入脚下那深不可测的谷底。

除了这单调空洞的敲击声，四下里便再无声息，赵仲始可以清楚地听到自己的怦怦心跳和粗重喘息。他两手已磨出血泡，衣衫也被汗水、雾气和露水浸湿，牢牢贴在身上极不舒服，但他仍是用左手铁钩死死扒住头顶山石，右手奋力挥舞着铁锹，将锹尖一点点凿入老树的枝干和山石的缝隙中，再先后抽出双脚踩进去，支撑起全身的力量，接下来继续重复先前的所有步骤。

高处传来的一阵猿啼使赵仲始惊讶地仰起头，尽管宽大的斗笠阻隔了视线，但他仍能透过斗笠边缘勉强望见，离自己大约二十余丈高的地方，赫然现出了大片云雾般的雪白，知晓已到一半，尽管心下欣喜却仍不敢懈怠，继续小心一尺一寸地缓缓攀爬着。猿啼之声越来越清晰，爬到后来，甚至还能不时闻到阵阵说不出名目的清香，但赵仲始顾不得分辨，只是心下暗暗祝祷，千万不要有白猿突然扑下，将自己推入这万丈山谷。

还好，意外始终没有出现。又向上攀了十余丈后，山势陡然变得平缓起来，当他的双脚终于牢牢踩在了平缓山石上时，一直悬着的心总算稍放了下来，环顾左右才注意到自己身处一片茂密白梅林中，方才那股清香便是梅香；更奇的是，前日他踏勘时见到的那些白猿都在这里，无不攀挂在白梅枝头嬉闹，白梅白猿混在一起皓然难辨，怪道山下望去一片雪白！

眼前虽是这般难得一见的胜景，赵仲始却也并未驻足流连，而是转过身解下缠在腰间的粗长牛皮绳索，一端绑在一棵粗大梅树上，再将另一端顺着崖壁缓缓垂下去。片刻后他感到手中绳索被有节奏地连掣了三下，脚下山谷也传来了阵阵喊声，于是用尽全身力气攥紧了这根绳索，同样将它使劲晃动了三下，很快手中绳索便陡然绷紧又猛地沉重起来，不久后常颁的身影便出现在了视野中，当他终于攀到自己脚下后，赵仲始伸长胳膊，一把将他拉了上来，而常颁几乎是立刻便瘫在了湿漉漉的草丛中，丝毫不去担心这里是否会潜伏着蛇虫。

“终是，有了落脚之地……”他喘着粗气道。

“这处山地，少说能容百人！足可供我等中途歇息！”

赵仲始说着取下背后的竹筒，掏出一支空了一半的竹节，打开茅草扎好的竹节口，对着嘴咕嘟嘟大灌了一通带着清香的冷水，又掏出竹叶包好的饭团干肉大嚼了起来。

“甚好甚好！单是觅得这般去处，便该给你晋一级爵！”环顾着周遭一片白茫茫的梅树，听着白猿们连绵不绝的啼叫，常颁叹了一句，从自己身背的竹筒中取出一条大绳，又将它缓缓垂下去。

赵仲始愣愣望着他：“都尉，不多歇片刻?”

“歇个×子！”常颁不断向下缒着绳索，“入夜还不到顶，我等都没处睡！”

赵仲始叹了口气，顺着常颁垂下去的那条绳索向脚下望去，但见稀薄雾气中，深不见底的山谷仿佛张开了绿森森的大口，说不出的阴森诡异，顿时没来由地感到一阵寒意，忙重又向后靠去。

常颎瞥他一眼："怕了？当初你先提的奇袭，又反悔了？若让你老汉知晓，看他说甚！"

"别别别！"赵仲始大急，忙连连摆手，"阿翁不许我人前提他，都尉千万莫讲！"

常颎颇有些不屑地撇撇嘴："你老汉也是稀奇，既非王族也非名将，有甚见不得人的？"

"这却不知了……"

"——好！上来了！"常颎感到手中绳索一沉，忙牢牢攥住。赵仲始探头望去，只见另一位同袍也被绾在绳索上，正在将一个个粗大的木楔钉入方才自己和都尉凿出的那些石孔，从而架好一个个尽可能结实的落脚点。这本是巴蜀山民们修栈桥之法，本来还应将一块块木板钉上这些木楔，从而铺成一条水平延伸的栈桥，但眼下秦军为的是攀缘，是故略去了后面步骤，赵仲始看了不禁由衷赞道："都尉，你这法子好！"

"当年张仪开金牛蜀道，有几段栈道便是这般开凿，司马错方能平巴蜀！"

"那夜郎、滇、巂等西南夷诸部不能平定，也因道路不畅？"

"岂有他哉！若能重回蜀地，俺有机会便上书咸阳，请开道直通滇池，去打西南夷！"

"好哇，我也同去！"

……

暮色降临了。

月光下的五岭如巨蟒般向西迤逦延伸而去，起伏不定的山势又如一只狂奔巨兽那长长的脊背，虽有月光照耀，高耸险峻的山峦却仍是一片无尽墨色。然与平日大不相同，黑暗中却还闪烁着一条细长的火龙天梯，一直绵延到山顶；在这条天梯脚下的谷地中，更有大片火把照亮了谷中的林木山岩溪流，以及一个个悬挂在崖壁上、正在向上攀缘的死士们。

而他们脚下的山谷中也聚集着数百名士卒，人人大气也不敢喘一下，一双双满怀期待和焦灼的眸子直勾勾盯着崖壁。

和士卒们一样，王翦也仰着头，目不转睛盯着那些正在攀缘的同袍们。他们已爬了一整日，大部分人都只在稍宽敞些的山岩上休憩了几次；而王翦也同样在这谷中守了一整日，寸步不离，除草草吃了几个饭团、喝了几口清水外，一样空着肚子。直到目下，最先开始攀缘的赵仲始和常颎都没有任何音信，想到这里，王翦心下不禁忐忑起来。

从清晨到深夜，已有百余名死士悬挂在这条崖壁上，头顶身旁脚下甚或手扒脚踩的崖壁上，不时可见片片淋漓的血痕，有些来自他们自己，有些则来自不慎坠崖身亡的同袍。王翦记得清清楚楚，跌下来的共有十七人，都是直直跌入谷底，在同袍和自己眼皮底下摔得粉身碎骨，鲜血将脚下草木染得殷红一片。

虽然这般，其他攀缘者却没有一声叹息，仍在奋力向上；谷底士卒们尽管个个眼眶浸满泪水，却也同样默不作声，只手脚利落地将死者血肉模糊的破碎尸身尽可能收拾齐整裹上草席，并排摆在一起，预备攀缘完毕后一同埋葬。

而他们的统帅，上将军王翦，也同样面无表情地沉默着，死死盯着那条延伸向山顶的火龙。他不是对士卒的死伤浑然无觉，而是明白此时绝不能轻易大放悲声，徒然扰乱其他攀缘者的军心。若非自己年事已高，王翦恨不能也攀上这峭壁，宁可亲冒着坠崖的风险，也不愿在这里眼睁睁地看着一个又一个士卒摔死。

忽然间，半空中似乎传来了一阵微弱喊声。众人心下都是一凛，忙竖起耳朵屏住呼吸仔细倾听。王翦听到这声音遥遥传来，先是模糊不清，但很快便越来越近，越来越响，显然是攀缘的士卒们一个个地接力向下传递着什么消息，最后，他终于听清了士卒们在喊着什么：

“万岁！登顶了——！”

“万岁——！”死一般沉寂的山谷终于响起了欢呼，喊声回声夹杂在一起，雷鸣般响亮。

“噤声！”王翦虽也大是兴奋，却仍断然喝道，士卒们忙纷纷闭上嘴，整个山谷几乎立刻便恢复了寂静。

“听老夫将令！”王翦低声道，“你等继续攀缘，登顶后由常颍统领，向梅将军城背后溱水进发，隐匿行踪，五日内赶到！老夫这便回营，自明日起，每日虚张声势进攻，只待你等奇袭，快去！”

士卒们目光中满是兴奋地默默点头，随即便各自忙碌起来。

4

号角声重又回荡在台岭的山林飞瀑间，项梁扒住城堞向山脚望去，透过葱茏的林木、萦绕在山间的雾气，依稀可以看到一个个秦人的身影蠕动着，如一只只黑蚁般缓慢艰难地向自己脚下的营垒爬来，然而最多爬到一半便不再近前，只藏身于山石树木之后，呐喊着举起弓弩向上射去，尽管这些箭矢偶尔也能造成杀伤，但绝大部分都钉上了树木山石，对居高临下又隐蔽林中的扬越人几乎毫无威胁。

看到这般情景，项梁心下终于难得涌起了一股舒畅。随吴芮北归之后，他便提出了堵死台岭大小山路、筑起这座营垒的建议，吴芮本人虽不通兵事，他麾下的大将梅鋗却极力赞成，在项梁的指导下，扬越人很快便抢在秦人到来之前断绝台岭要道，又建成了这座夯土营垒，果然一直对峙到目下。项梁相信，秦人远道而来，粮草周转很是困难，百越人却全无这方面顾虑，这山中的各色飞禽走兽甚或蛇虫都可食用，长期耗下去只能是秦人扛不住率先撤军，那时自己若能瞅准机会领百越人突兀杀出，极可能大获全胜，甚至杀死秦军统帅王翦！

战事断断续续持续了一整日，仍是虚张声势多，舍命搏杀少，秦人似乎也学起了扬越人，纷纷藏身密林中与对手耐心周旋，可在项梁看来，这却是地地道道的东施效颦——若说游击作战，秦人岂能胜过百越人？而战事进程也完全验证了这点，从清晨战到黄昏，数千扬越士卒几乎毫无伤亡。战报传开，扬越人一片雀跃，心下都觉得只要有这五岭天险，只要这梅将军城还在扬越人手中，秦人也不过如此。

也恰是这一晚，有耳目灵通的士卒不知从何处得知，中路秦军已越过萌渚岭，将南越人打得落花流水，正在向番禺步步紧逼；而屠睢率领的西路秦军也穿过了镡城岭，很快便要与译吁宋的西瓯军交手，击败他们显然仅仅是时日长短的问题。这消息不胫而走，很快传遍了台岭上下，扬越人都大感幸灾乐祸，欢欣鼓舞之下纷纷点起了篝火，敲起了铜鼓，跳起了蛙舞鹭舞，自发庆祝起来，种种响动连山下的秦人营垒都能听见。

这场狂欢一直闹到夜深才渐渐消停。此时梅将军城中人人都已大汗淋漓筋疲力尽，索性不回各自的竹寮干栏，径自露天宿眠。于是一处处篝火边上，到处都是横七竖八的半裸士卒，到处都是如雷的鼾声、喃喃的梦呓、火焰熄灭后的呛人烟味与扑鼻的酒气汗臭，除却几十名岗哨外，整座梅将军城都迅速沉入了梦乡，而即使是这些值夜者也大多不断打着哈欠，摇摇晃晃地把身子压在铜矛上，勉强支撑着自己不倒下。扬越人平日里便谈不上甚军纪，目下更是如此，谁也不信这一夜会有什么危险，更不必说秦人前来偷袭。

然而没人想到，营垒数十步外一棵合抱粗的橄榄树上，赵仲始正屏住呼吸攀着树枝，紧盯着梅将军城里的动静。

秦军是在两日前尽数攀上台岭的，所有死士聚齐后，便在常頞的率领下向着梅将军城秘密进发。按常理，秦军本可借密林掩护，沿台岭山脊急速行军，直取这座扬越人的要塞，可如此虽然快捷，却还是可能被分散驻扎在要塞外围的敌军察觉，走漏风声便是大险。反复思量之下，常頞选择了另一条路线：先行绕到扬越军防守薄弱的台岭南麓，此后便迂回曲折地沿道道山溪飞瀑溯流而上，慢慢向上攀缘，到达梅将军城脚下再发动突袭。之所以逆水而行，一是水流可冲走一切行军痕迹，二是水声可掩盖行进时的种种响动。自然，逆水而行同样也有几大弊端，其一便是行进起来艰难了许多，士卒们稍不留神就会滑倒甚或坠下山谷；其二是路途也遥远了许多，为了轻便，士卒们只带了三日军粮，可若这般行军，没有五日不可能到达，秦军肯定是要挨饿。

最终促使常頞下定决心的，还是赵仲始等斥候带来的军报：这几日上将军向扬越人连番发动进攻，扬越守将梅锠担心台岭北麓的守军兵力不足，已将南麓本就有限的守军尽数抽调了过去，这几处营寨实际上都空了。听到这里，常頞一跃而起，当即决定原定计划不变，仍是如此行军！

“只要奇袭成功，再是艰险也值当！”常頞目光炯炯道，“不过是饿上两三日，怕个甚！”

就这样，这支不到千人的奇袭队伍秘密进发了。他们克服了各式各样的艰险，强忍着腹中空空的饥饿感，终于在第五日黄昏到达了几乎是毫无防备的梅将军城脚下，此后便借着夜色和密林的掩护分散开来，只等他们的都尉一声令下，便齐齐发动猛攻。

这时，他看到梅将军城的方向，几点火光正由远及近晃动着。

项梁手举火把，巡视着梅将军城的一个个岗哨，这个夜晚，只有他没有饮酒，更没参加百越人的狂欢，是故仍然精神抖擞；而他身后的梅锠却显然快要撑持不住了，依他看来，目下的夜巡纯是多此一举：山下数里之外，秦人营垒依然故我，一切都显示出今夜和以往没有任何不同。

“公子，秦人既然攻不上来，似不必这般小心，何不早睡？”梅锠强忍着哈欠问。

“秦人接连五日虚张声势，大不同以往，难保无有图谋。”项梁依旧是目光炯炯。

“能有甚图谋？有这五岭天险，有这梅将军城，秦人除非生了双翅，变作羽人，不然休想逾越……”

项梁没有理会，依旧手举火把缓步走着。

“你等，终究未与秦人交过手，更未与王翦交过手，不知他厉害……”

眼见火把渐渐远去，赵仲始悄无声息地跃下了橄榄树，又转身一招手，“随我来!”

说罢，他第一个奔向了梅将军城。

“得手了！得手了!”台岭下的秦军营垒中，彻夜不眠的士卒们喊成了一片，人人兴奋不已。

不远处的台岭之上，那座数月来始终使秦人望洋兴叹的要塞，此时已笼罩在了熊熊火光中，秦人们甚至可以隐隐听见那被夜风传来的断断续续的喊杀声，显然常颏的奇袭成功了。

“果然未让老夫失望!”向来喜怒不形于色的王翦也难掩内心的狂喜，转身一声大喝，“传我将令，整军杀出!”

随着这声苍老有力的喊叫，早已摩拳擦掌枕戈待旦的秦军士卒们马上大张旗鼓地再次向台岭进发，这一次却是真刀真枪地大战了。

“莫乱！先聚拢士卒，站稳脚跟!”一片混乱中，项梁终于找到了束手无策的梅销，大声喊道。

“没人听令了!”梅鋗面无人色地答道。

“……”

项梁咬住下唇，望向整座营垒，心知梅销所言不差，目下的梅将军城已是一片血流成河了。奇袭的秦军虽说经过了多日长途跋涉，又断了两日军粮，可说是强弩之末，但在压抑了太久又陡然爆发出来的斗志的鼓舞下，战力仍称得上恐怖。面对着如此对手，扬越人即便正面拼杀也抵挡不住，况乎如目下这般全无防备？当即或是在沉睡中被杀，或是慌不择路地抱头鼠窜，甚或丢下兵刃跪地大哭，乞求秦人饶自己一命，当真一片兵败如山倒的乱局，如何还能抵挡？

“公子，秦人攻上来了，快逃吧!”梅销的声音不住颤抖着。

项梁快步奔到城堞前向下望去，心下陡然揪紧了——沉沉夜色中，数十条火龙从山脚下的秦人营垒中扑向了台岭半山腰的各处营寨，借着火把光亮，依稀可见无数人头攒动着，尽管耳畔一阵喧闹，但他仍能不时听到号角与鼓声，显然，山下秦军攻上来了！

“王翦……”望着秦军那一条条正向山上攻来的火龙，项梁咬牙切齿却是全无办法，一瞬间心下已是一片雪亮：目下梅将军城显然不保，一旦这座营垒落入秦人之手，实际上便意味着扬越人失去了台岭天险，而五岭这道防线一旦被突破，扬越军便再也无险可守，如此一来又与西瓯、南越有甚分别？还是早晚要被秦人剿灭！

可即便如此，你又能如何？若继续耗在这里，除却死于秦人之手，仍是全无用处！

想到这里，项梁一眼瞥见离城垣三五步外垂下的几根粗大藤萝，迅速一跃而起扑上了藤条，极是利索地顺着它滑落到了城垣脚下，瞬间消失在了密林之中。身后的梅锔见状先是一愣，紧接着也如法炮制了。

及至王翦踏入梅将军城时，这片营垒已平静了下来。

缕缕细瘦炊烟冉冉升起，不大的空地上布满了一处处灶坑，大小形制各不相同的陶器架在火上，显然都是秦军自扬越人手中缴获的战利品，它们的新主人都已饿得前心贴后心，目下全副精力都集中在它们身上，只有很少几人顾得上理会自己的统帅。

“这釜中煮的是甚？”走到一名士卒身旁时，王翦好奇地张望着即将沸腾的清水中那咕嘟嘟的气泡。

“采来的几根笋，还有几捧山菌！”士卒答道。

“你这里呢？”王翦又问另一名士卒。

“山溪里捞的螺蚌！”他咂着嘴答道。

“俺这锅里是山鼠！”第三名士卒叫道。

“俺吃的是蜂蛹和蚂蚱！”

“俺抓了只鲮鲤（穿山甲）！”

“俺射死了两只飞蝠，也一并煮了！”

“俺刨出了几十条大蚯蚓，上将军尝尝？”赵仲始殷勤地举起了热气腾腾的瓦盆，要送到王翦面前，王翦慌忙摆手，连说多谢不用，顿时引起一阵哄笑。

“弟兄们实在饿极了，等不及军粮运上山，自行觅吃食了！”常颇笑道，“我等这几日行军，都是学百越人那般逮到甚吃甚，上将军见笑！”

“有甚可笑？饿极了谁不是如此？”望着埋头大吃、陡然黑瘦了好几圈的赵仲始，王翦慨叹道，“此番奇袭，弟兄们受苦了，你等先填饱肚肠，多休整几日；老夫领其余弟兄在此建关修路，将这天堑变为通途！”

“万岁，建关修路！”士卒们的吼声，响彻了整座台岭上下。

5

大群鸟雀振翅飞出，匆匆逃离这片已成了是非之地的山岭，当它们在台岭的林木中投下大片阴影时，秦人的脚步已踏入了这片峡谷。

阵阵浓烟从密林中渐次升起，尽管潮湿，却非带着露水的晨雾；尽管呛人，却非能毒死鸟兽的瘴气，谁也不知它究竟是甚。与之相伴的还有耀眼的火光、蒸腾的热浪、震天的椎凿声与号子声，使这里充满了喧闹与嘈杂。

“洒油——！”王翦苍老的吼声响彻了峡谷，一面青色令旗飘扬开来。

隆隆鼓声中，一群大汗淋漓的赤膊士卒每人一只陶罐，齐整行进在已开辟好的峡谷山路中，来到那被乱石、荆棘和长木堵塞了去路的谷口时，依次将陶罐中明亮浓黑的汁液泼向堆积在谷口的一丛丛干柴，再提着已空的陶罐逐个退下。眼见士卒们尽数退出山谷，伫立在崖壁上的王翦挥起了红色令旗：“举火——！”

数十只明晃晃的火把被丢向谷口，霎时间点燃了大片干柴，谷口整个笼罩在了一片火海中，不知多久后才渐渐熄灭，此时那些干柴、荆棘和树干都已成了堆堆焦黑的枯炭，而更奇特的是，就连那些堆积如山的乱石也都是块块通红透亮。

“上将军，可以了！”常颎指着那些红亮石头兴奋道，王翦点点头，手中又一面黑色令旗平展挥出：“激醋——！”

一只只弥散着扑鼻酸味的陶罐被丢下谷中，纷纷炸裂开来，惊雷般的炸响中，刺鼻呛人的白烟蒸腾而起弥散开来。

“碎石——！”虽是咳嗽不止，王翦却还是猛然劈下了白色令旗。

方才退出山谷的士卒们重又向谷口挺进了，不同的是，他们都用一块块浸满了水的葛布蒙住了口鼻，怀中也换成了一根根同样浸过水的撞头，踏着鼓点渐渐逼近再齐齐猛撞，数十下撞击后，已渐由亮红褪为雪白的乱石终于轰然坍塌，巨大的烟尘骤然充塞了整道峡谷。怀抱撞头的士卒们尽管蒙住了口鼻，却还是此起彼伏地响起了咳嗽喷嚏声，更多的士卒却欢呼了起来：

“万岁！五岭打通了——！”

“都尉此法甚好！”王翦慨叹道。

常颇笑了："当年李冰修都江堰，便是这般！日后我等当在此筑关修道！末将之意，这隘口不远处正是溱水，又名横浦水，此关不如叫横浦关；至于这驰道，本是扬越人盘踞之地，不如就叫扬越道！"

王翦捻着雪白的长髯，满面赞同："扬越道固好，只是此道原本就有，我等将其大大拓宽，如此既防百越人北上，又保后援粮道畅通，平定岭南之后，更可加强百越中原之联系，更利文明融合。老夫之意，不如再加个'新'字，扬越新道！"

"扬越新道！扬越新道！"山上谷中的士卒们又是一片欢呼。

"报上将军！扬越来降——！"

听到斥候带来的这个消息，整个山谷的欢呼声瞬间沉没了，取而代之的是一片惊讶之声。众将面面相觑，都大感意外，无不怀疑其中有诈，王翦却只是一句"看看再说"，一抖战袍，率先离开了谷口。

在台岭南麓的溱水岸边，他们见到了前来请降的扬越君吴芮。

"扬越君肯主动来降，老夫甚是欣慰。"看着面前这位脸色颓唐的君长，王翦慨然叹道，"然则你须明白应承老夫几事，不然老夫宁可与你等再战，何如?"

"武成侯直言便是。"吴芮不卑不亢答道。

溱水岸边，王翦向他提出了秦人的条件：其一，扬越人须如东瓯、闽越两部一般，接受郡县秦法，受秦人官吏治理；其二，扬越人须助秦人继续拓宽扬越新道；其三，北迁一批扬越人至江南，秦人则迁至岭南，使扬越人与秦人杂居一处，真正实现融合。这三样，吴芮毫不犹豫全都应承了，自己则提了一请：我扬越部本居于江南彭蠡泽畔，楚王也曾将自己封为鄱君，是故求庙堂允许自己重返彭蠡泽，做鄱阳县令。王翦也答应得分外爽快，扬越降秦之事便这般定了下来。

当晚，王翦在军中设宴隆重招待了吴芮一行，两边大将刚开始还都颇有些拘谨，酒过三巡之后便渐渐无拘无束起来。席间王翦盛赞了梅锠堵死台岭通道、筑城据守的方略，梅锠很是尴尬，勉强笑道，这也是五岭山势使然：只要卡住几处要冲，休说一座台岭，便是整个五岭都难翻越。若百越各部果真分头堵死四岭，哪支秦军也没法南下！

"将军竟能有此等见识，了得也！"听到这里，王翦心下陡然一跳，顿时对这位看似粗憨的番将刮目相看了。

梅锠慌忙摆手："哪里话！此策非我想出，乃有高人指点！"

“高人？何等高人?”

“乃是……”梅铜刚要说出项梁的名字，陡然感到吴芮向自己意味深长地瞥了一眼，于是没有再吭声，随手抓起一条炙鱼，默默啃了起来。

因了扬越人的主动归降，东路秦军只用了半个月便占据了扬越人的所有聚居之地，大体安顿下来之后，王翦便向咸阳庙堂上书，禀报平扬越战果，同时提出了修扬越新道、筑横浦关的建议，更没忘记转述吴芮的请求。由于台岭已被初步打通，此番咸阳的回信相当快捷，皇帝的诏书不久后便送到王翦手上，对东路秦军的奖掖自不必说，也全数赞同了王翦的建议，还说日后关中一旦有富余民力，必定会将其抽调至岭南，协助秦军修路筑关。诏书同时还对吴芮和扬越部表示了宽慰之意，更批准了吴芮之请，任命其为鄱阳县令，接到诏书后随时可赴鄱县上任。

“鄱君心愿已了，可喜可贺!”王翦笑着将诏书递给了吴芮。吴芮一眼扫过诏书，心下也踏实下来，又与王翦商议了开扬越新道之事。王翦决定由有过开路经验的常颏统筹规划，扬越人这边则协助秦人开路，粮草工钱由秦军一体支付，扬越人与秦人一同劳作、同吃同住，无分彼此。议定之后，吴芮便收拾行装，与梅铜等人动身赶往江南了。

吴芮走后，南路军任嚣也送来军报，报说南越地大体平定，请上将军前往巡视。王翦见信大喜，决定先去南越见任嚣，再去西越见屠睢，幕府的司马军吏们都要随他动身，王翦却坚决拒绝了：自己是去巡视南越、西瓯两地，并非亲自指挥作战，那多人去了也无大用；扬越地却是刚平定不久，马上又要修路筑关，正在用人之时，还是尽量多留人的好，常颏却说上将军至少也当领个千人队，王翦沉吟了片刻，终是勉强赞同了，却只决定领一个百人队，说只要领军百将精干，沿途但有些许不测，也不在话下。

“既如此，何不命那赵仲始随上将军去?”两三个都尉便异口同声地叫了起来。

“对也!”经众人提醒，王翦这才想起那位年轻屯长，夺取梅将军城后，赵仲始因立下大功，连晋了两级爵，职位也成了百将，可说是整个东路军中最年轻的少壮了。想到这里不禁大手一挥，呵呵笑道：“善，便是他!”

第五章 五胜之衣

1

明媚的日光下，滔滔碧波上，十余艘插有黑旗的舲舟自台岭缓缓驶出，很快将巍峨的五岭甩在了身后。

各种五彩缤纷的鸟儿在两岸郁郁苍苍的林木间翻飞着，其中不时夹杂着一两个不住晃动的黑点黄点，那是一只只猿狖在枝杈间跳跃攀爬着，它们彼此间的呼喝混杂在各色鸟鸣之间，为这首杂乱无章却又异常热闹的合唱平添了几个响亮的音符。

赵仲始紧紧把着舵立在船尾，沐浴着从林木枝叶的缝隙间洒落的日光，呼吸着潮湿的水汽，心底快活得只想大喊大叫。南下百越已有年余，他早习惯了那或是酷热或是阴雨的天气，早习惯了那遍布瘴气荆棘的危机四伏的山林，也早习惯了那些丑陋凶险的形形色色的蛇虫猛兽，却还是头一次见到这般风景。

不过在此之外，令他兴奋的还有对重新见到父亲的隐隐期待，他知道父亲目下是在中路军，南越地被平定后，被任嚣将军派到番禺东北一个叫龙川的地方任县令，此番极可能赶过来，也极可能与自己相见。赵仲始还记得几年前自己从军的那个晚上，父亲曾虎着脸对自己说，你既执意入巴蜀舟师，便须凭一己之力打拼，不得向外人提我；若不立军功，更休要来见我！那次以后，这三五年间，自己还当真没再见过他。

说起来，若非上将军器重，自己还真没机会去见父亲。想到这里他向身后望去，正见身后几丈外的水面上，上将军王翦伫立在船头，看到自己扭过头来便笑着扬了扬手。

船行了一整日。黄昏时分，王翦下令所有船只尽数歇息，待到岸边燃起渔火炊烟时，王翦遥望着倒映着夕阳余晖、如一匹灿烂锦缎般的金红色水面，认出这条与溱水相汇的大水当是湟水。任嚣对自己讲过，这湟水发源自萌渚岭，也是下岭南要道之一，中路秦军便是由此南下。横浦关开建不久，任嚣也开始谋划在湟水上骑田岭的阳山一带筑关，如此一来，便是东有横浦关，西有阳山关。心念及此不禁突兀一句："两关似还不够，还当再加一关！"

"再加一关?"旁边的赵仲始颇有些摸不着头脑。

"我等脚下，正是湟溱二水交汇之处，地势极是险要。"王翦拄着砍下来的一根竹竿，轻敲着脚下这片土地，"不如于此地再筑一关，如此便前有横浦、阳山二关，后有此关，三关刚好成一个大角，正可互为唇齿！只要守得三关，中原与岭南地便是畅通无阻；万一中原有变，只要尽数封闭三关，至少可保岭南安然无恙！"

"中原有变?"赵仲始愕然了，"中原能有甚大变?"

"……但愿老夫多心了。"王翦顿了一顿，又淡淡笑了笑，"统一不过数年，那些六国世族又大都健在，无不图谋复辟。此等形势下，庙堂但有不慎，中原便极易生乱，可我南北两路大军又不能轻动：北路九原军还须抗击匈奴；我等又战事未结，纵然平定岭南全境，无数十年之功，百越人也不会真正融入华夏，此时若骤然撤回，各部定会重新自立，岭南便是得而复失！"

赵仲始瞪大了眼睛："上将军之意，就算中原有变，我等南下秦军也不能回援，而只能扼守五岭以求自保?"

"舍此之外，别无他法。正是因此，老夫才看重这五岭三关……"

次日清晨，溱水水面上投下第一缕鱼肚白时，船队重新起航了。接下来的一日一夜再无大事，当行至第三日午后时，水面骤然开阔起来，极目望去但见滔滔碧波连绵不绝，更有一群群海鸟不时在浪峰波谷间倏忽起落，发出不绝于耳的清脆鸣叫，与丈许高的浪花拍打在礁石上激起的阵阵巨响不住应和着，南海到了。

秦人们的欢呼声中，岸边一座座巨大的造船台随之映入眼帘，无不下垫枕木、上置木墩，一艘艘半完工的大海船安置其上，船匠们正在那上面忙碌着。

他们先是将一块块带有榫头的船板拼接起来，再将它们与各色支撑构件相接，插入船身或舱壁，最后则挥舞着铁凿将一枚枚铁钉钉入船身，叮叮当当声不绝于耳。造船台下面则是用一块块木板拼接而成的滑道，至少二百步长，一直延伸到海边，显是待到航船造好之后由此入海。

“上将军！我等来迟了！”船队刚在造船场旁靠岸，任嚣便领着一队士卒快步迎来，在一片欢笑寒暄中将王翦引向了离船场不远处的那片山岭，边走边讲起了平南越的战事。

任嚣说，自己领中路秦军越过五岭后，众将都认为南越地广袤，各部唯南越君马首是瞻，逐一降服进程未免太慢，一旦旷日持久，粮草后援也会大为艰难，若能先出奇兵迅速攻至番禺，一举擒获南越君，便极可能大大震慑南越地，甚或使众多部族不战而降。任嚣大为赞同，当即将全军一分为二，遣一支水师沿湟水而下，秘密行驶旬日后突兀出现在番禺以北。南越君得知后大吃一惊，根本不及召集各部抵御秦军，手忙脚乱之下忙弃城沿海路逃向西南，据说一直奔到了南海对面一座大岛上。他这一逃，留守番禺的南越人与其他部族顿时群龙无首，有人主战有人主降，更有人主张也一并南逃，此时领军奇袭的那员大将瞅准时机孤身前往番禺，竟是兵不血刃说服了南越人不战而降。此后这支秦军据守番禺之都，任嚣自己则稳扎稳打，边战边谈，终是先后降服了其他各小部族，南越地遂告彻底平定。

“何人这等胆识?”王翦惊讶地扬起白眉。

任嚣笑了：“此人名赵佗，常山真定人。”

他刚说出这个名字，王翦身后的赵仲始便情不自禁地“啊”了一声，眼见两位统帅都看自己，忙红着脸笑道：“没，没事……”

一行人来到山坳中一处宽敞谷地，但见又是一片忙碌景象，到处是堆积如山的石料木材砖瓦，谷地正中则矗立着一座正在修筑的石头城邑，长宽四里有余，诸多抬石运木夯土砌墙的民夫穿梭其间，忙得热火朝天不亦乐乎。任嚣指着东南那片山地说，那山叫番山，北面一里外则是禺山，番禺之名便是由此而来；又指着那座正在建的城邑道，这番禺城有一传说，云周夷王时有五位仙人各骑一羊聚集于此，将五谷赠与南越人，护佑此地永无饥荒，言毕便腾空而去，只留下五羊化作五块大石，是故此地又有五羊城之别称。此城据说是楚人留下，号为楚庭，然楚国开发终究有限，时日一长便多有损毁坍塌，自己平定南越地后眼见它这般荒废实在可惜，于是便率领秦人和百越人一同增筑此城。

“万岁！出水了——！”

远处一阵欢呼将众人目光吸引了过去，但见几名士卒一片欢呼着奔走相告。任嚣笑说，想是赵佗凿成了井，我等且去看看，领着一行人上了山。行至半山腰，正见一群士卒围成一圈，圈外的人向里递进只只空桶，提出来便盛满了清亮亮泉水，更外面的便用手中掏空的椰壳自桶中舀起泉水，捧到嘴边大喝起来。

“赵佗，看谁来了！”任嚣叫道，人群中一员中年大将抬起脸，正见王翦满面笑容望着自己，不由得惊喜一句：“上将军！”

“到处不见将军，原是在此凿井！”王翦笑道。

“末将在龙川便凿过井，这几日助任将军筑城，见众人用水须从远处运送多有不便，便想试试再凿一口，而今总算成了！”

“老夫也看看此井！”王翦说着凑上前，但见三十余尺深的井中正荡漾着一泓清泉，清晰映出自己的白发黑脸，赵佗递过盛满井水的椰壳，王翦只喝了一小口，顿觉一道冰线自喉咙直灌入肚肠，暑热已是无影无踪。众人见状一齐大笑，赵佗又亲自给随王翦来的士卒们人人倒上一椰壳井水，来到赵仲始面前时，却是愣在了原地。

“将军……”赵仲始紧紧绷着嘴角，生怕自己一不小心便笑出声来。

“你……你却如何来了？”赵佗惊讶道。

“你等认识？”王翦很是意外，看看赵佗再看看赵仲始，这才注意到两人相貌颇有几分相似之处，恍然大悟之余，顿时放声大笑起来。

当晚，任嚣、赵佗设下酒饭招待了王翦一行。席间王翦问起赵佗身世，赵佗说自己本是赵人，后来徙至蜀郡入了巴蜀舟师，又随舟师南下百越，赵仲始也是如此。任嚣则说，我中路秦军中，赵佗堪称军政兼通第一人，南越平定后他便去了番禺东北的龙川任县令，在当地筑城凿井，南越人大为拥戴，还将此城呼为佗城。便连隐居当地的一位中原神医霍龙先生都大为赞赏，主动出山助他治理龙川，还治好了不少秦军和百越人。我等已与先生约好，此番他也随上将军去西越地，那里瘴气甚大，不少士卒都病倒了。上将军前去也须小心，王翦忙点头称是。任嚣说着忽然一拍额叫道自己如何忘了，匆匆离席而去，片刻后抱着一只竹匣回来了。

“这是何物？”王翦好奇地问道。

任嚣打开竹匣，双手掣出一件物事，王翦一下愣住了——匣中是一件颜色极其艳丽的战袍，上面缝缀着五彩缤纷的各色鸟羽，一排排列得极是齐整密集。

“此乃五胜之衣，是当年越王勾践那四大重宝之一，后来辗转流落至南越部，又被我等缴获！此战袍由碧鸡、红雀、白雉、山鹏、鹲鹛这五色鸟羽缝缀而成，鸟羽缝上前都在草药汁里浸过，上将军穿在身上便是百毒不侵，此番西进大有用处！上将军披上此袍，让我等看看！”赵佗等将也随着纷纷起哄。

王翦接过战袍，好奇地捻了捻战袍上的一根根鸟羽，再掂了掂这战袍，只觉甚是轻软，不由得啧啧称奇：“既如此，老夫谢过任将军。只是此袍实在太艳，老夫穿身上，岂不惹将士们笑话?”

“岂有此理!”赵佗叫道，“上将军穿上它，年轻二十岁!”

王翦被逗笑了，也没有坚执推辞，接过战袍披在身上转了一圈：“蛮夷大长老王翦，见过诸位将军!”一本正经的表情惹得众人又是一通大笑。两日之后，他便真披着这件五胜之衣，与那位神医霍龙，以及赵仲始率领的百人队重又上了船，一路西行了。

2

西越地，赤水北岸。

弓弦颤动的声响自密林深处突兀传来，走在最前的秦军斥候刚发觉不妙，涂有毒药的箭镞已贯穿了他的喉咙。

乌黑的血水喷涌而出，身后的同袍见状忙纷纷举起藤牌挡在身前；几乎与此同时，一根根竹制的箭矢梭镖已从四面八方射出，尽数扎在盾面上。

“百越人——!”随着百将吹响骨笛，其余的秦军士卒忙三人一组分散开来，然而一声声惨号仍接连响起。百将藏身一丛箭竹之后，只向周遭扫了一眼便咬紧了牙关——在这支秦军百人队周围，突然现出了五六个陷阱，里面插满了竹木削成的长矛，跌进坑中的士卒无不被刺穿了肚腹与喉咙!

这时，他听到背后传来了难以察觉的响动。

百将一声暴喝半转过身，反手将秦剑猛地抡出一个圆弧。只听“当”的一声，剑锋陡然被一柄兵刃架住，一张纹满了虬结花纹的面孔近在咫尺。那西瓯人咧开嘴，露出狰狞的笑容和鲜红的舌头，不等对手抽出剑，两排被凿开几个黑洞的牙齿已然咬上了他的右臂。

一阵钻心的痛陡然传来，百将吃痛一声大叫，猛然掣回臂膀，剑锋过处，西瓯人同样绘满了蛇纹的赤裸胸膛已被划开，可百将未及收回手中血淋淋的秦剑，小腹又受了重重一击，原来是第二名西瓯人以同伴尸体为掩护给了他这一拳。百将刚挺直身子便觉身后又有甚物事落下，扭头看时却见第三个西瓯人自一根粗大藤条上滑落，手中那柄沉重石斧陡然向自己额头砸来！

伴随着两声尖利呼啸，两根弩矢分别贯穿了这西瓯人的身躯和手腕，他坠落在地时已成了一具尸体，百将正要冲上前去补上一剑，后背却又是猛地一沉，原来是方才那给了自己一拳的西瓯人扑上身后，紧接着一只粗大胳膊便横上了脖颈，扼得他喘不过气来。

又是一声呼啸，扼住他脖颈的胳膊松了下来，那名西瓯士卒也软软滑落在地，背上还插了一支震颤不止的羽箭。

“百将！”十步之外，一名手捧弩机的少年士卒欣喜叫道。

“身后！”百将却并无半点儿死里逃生的喜悦，厉声大叫道。

少年士卒的笑容陡然凝固在了脸上，一根竹矛从背后贯穿了他的身体，带着斑斑血迹由他的前胸透出。

“狗日的西瓯人！”眼见连续两次救了自己性命的兄弟倒在偷袭下，百将急红了眼，弯下身子从死去的西瓯人手中随手捡起竹矛狠掷向那名暗下黑手的西瓯士卒。竹矛同样轻而易举地刺穿了偷袭者的身躯，然而与此同时，他却感到一股剧痛由脖颈传来，抬手按上只觉湿漉漉一片；再将手掌举到眼前时，分明看见满手都是乌紫色的血。

“药箭……”他喃喃道，一股眩晕随之袭来。

当百将的尸体也倒在血泊中时，一阵铜鼓的沉闷声响四下响起，更多的西瓯人呼喊着秦人们听不懂的越语，从密林深处赶来，从荆棘与草丛中闪现，从垂在秦人们头顶的藤萝上跳落，从四面八方纷纷扑来。后面的人举着木弓竹箭，前面的有人挺着竹矛，有人握着石斧，有人索性挥动着草草砍削成的沉重木梃或粗大的荆棘枝，甚至还不乏赤手空拳、仅靠着牙齿与指甲便想同秦人搏杀者。只有三五个百越人身上披着犀皮象皮制成的铠甲，手中兵器由青铜铸就，显然便是头领了。

“撤退，快撤退！”眼见百将已经牺牲，向自己拥来的百越人少说也有两百以上，一名屯长连忙下令回撤。

“将弟兄们尸首背走，休要留给越人！”另一名屯长喊道。

这话提醒了士卒们，想到同袍的尸体将成为这些百越人口中的食粮，人人都是一阵恶心一阵痛恨，不顾越来越逼近的西瓯人，纷纷跃下陷阱拖走了同袍们的尸身，屯长则背起了死去的百将，尽可能快地向后退去。

这次还算幸运，尽管已经有几个身手矫健的西瓯人赶到近前，却很快便倒在了断后士卒们的弩机下，当大批的西瓯人扑向这片战场时，这支负责探路的秦人小队已经逃得足够远了。

这场小规模的遭遇战，不过是几个月来秦人遭遇的无数次偷袭中最普通的一次。

听着屯长的报告，屠睢面无表情地望着不远处那片危机四伏的密林，从头到尾没有说一句话，直到屯长退下去后才沉重地叹了口气，抬起手轻轻按着额头。

回想着这几个月来的战事，他已经心力交瘁了。

其实，西路军本是三路秦军中兵力最强大、人数也最多的，分配兵力时，由于担心西瓯部会同身后的雒越部携手抗秦，上将军王翦有意给西路军划拨了近半兵力；而这支卒伍也并非一开始就这般不顺，刚好相反，三路大军刚动身南征时，西路军恰是进展最快的，那西瓯君译吁宋根本不知秦人深浅，尽起举族大军，还特意选了一处在岭南颇少见的旷野作为战场，想一战便将秦人一口吞掉，不料刚一交手便是兵败如山倒。屠睢记得，译吁宋当时惊慌失措地收拾残兵败将一路南逃，自己则亲率大军从水路尾随追击，很快在郁水上游追上了对手，再度将他们打得大败，又一并击毙了那位气焰嚣张的君长。而今回想起来，这无疑是平西瓯的一个重大转折，只不过当时所有人都以为，从此以后战事将越来越简单，可谁也没想到，接下来的实际进程却与预料的全然相反。

屠睢还记得，译吁宋被杀的消息传开后，整个西路军上下一片欢欣鼓舞，士卒们都说，失去了君长的西瓯人再不足惧，平定西越地已是指日可待。基于此种判断，许多将尉都不约而同地建议派出多名信使，分头前往西瓯人村寨进行劝降，如此必定能更省力气，屠睢一开始认为风险太大，并未轻率答应。然而没过多久，中路军赵佗劝降了南越的消息遥遥传来，屠睢听后不觉心动，终觉值得一试，于是在军中遴选出了一批见识与胆略俱佳的百将屯长，派他们去劝降西瓯人。也正是在那之后发生了一件怪事，目下回想起来，屠睢还觉得那是个不祥之兆。

他记得那一日，自己和一干将尉出了营垒，有说有笑地送走了一个又一个信使，看着他们先后消失在密林深处，正转过身准备回营垒，密林深处却忽然响起了一个沙哑的声音：

“将军欲劝降百越人乎?”

所有人都惊讶地转过身，打量着那片雾气缭绕的密林。他们都听得清楚，这声音说的是中原人通行的雅言，并非那鸟鸣般的越语，可除了秦军之外，还能有哪个中原人千里迢迢赶到这荒蛮的百越之地?

“足下何人？可否露面？”屠睢皱起了眉，向着传出这个声音的密林走近了几步，身旁的几名侍卫也举起藤牌，护在自己统帅身前。

枝叶震颤中，一阵如野兽嘶吼般的低沉笑声由远及近迅速传来，越来越清晰，很快，众人便看到一个灵猿般矫健的身影在那浓密树荫中骤然闪现，又如一片树叶般悄无声息地飘落下来，刚好落在二十余步外。

“你是中原人？”屠睢警惕地望着这个身影，尽管此人身着百越人才会穿的左衽葛衣，又打着赤脚，但发型却既非断发也非椎髻，而是仍如中原人那般盘起头发。他面色黝黑，须发蓬乱，一双眼睛闪烁着野兽般犀利的光芒，整个人从头到脚散发着一股野性的气息。

“我非中原人，乃是楚人！”他的话语中带着一股强烈敌意。

“来我军中，究竟何事？”屠睢以同样冰冷的语气反问道。

“只为警告将军两句。其一，莫要白费气力，西瓯人不会乖乖降秦；其二，秦人若不想死，趁早滚回关中！”

“休得猖狂！”几名侍卫一同怒吼道，几乎同时放下手中的藤牌，从背后摘下弩机，弩矢齐刷刷地指向了那个身影。

“我等怕死便不来这岭南，若想吓走我等，只怕足下也是白费气力！”屠睢止住了正要扣动弩机的士卒们，冷冷回敬道。

那人低声笑了，没有再多言，重又手脚并用爬上了树，迅速消失在浓密树荫中，方才那阵枝叶震颤声重又响起，只是这回却越传越远了。

伴随着这响动的，是他留下的最后一句话，仍然如野兽的咆哮般阴郁：

“谓予不信，自可拭目以待！……”

想起这句话，沉浸在回忆中的屠睢紧锁起了眉头，而今他不得不承认，警告已经应验了——那人消失后的次日清晨，他听到幕府外的士卒们一片愤怒惊叫，三步并作两步跑到营垒外时，却是和士卒们一样又惊又怒！

——营垒外的那片树林中，不知何时已挂上了几名信使血淋淋的首级，还有他们那只剩白森森骨架的尸体！

接下来的整整五日，士卒们每日都会在营垒周边的丛林中发现那些只剩骨架头颅的尸体，人人愤激不已，而屠睢也终于明白，面对这些蒙昧愚顽的西瓯人，还是只能用拳头说话，当即下达了进军将令。然而当一队队秦军冲向百越人村寨时，他们看到的只有熊熊火光和滚滚浓烟，西瓯人已全数逃入了深山密林中。

“这西瓯人宁与野兽为伍，重回茹毛饮血之时，也不愿要我中原文明？”站在冒着缕缕白烟的遍地废墟前，屠睢脸色阴沉极了。

从那以后，西路秦军便开始陷入了苦战。和另两路秦军一样，这十余万大军也同样被西越地的崇山峻岭、莽莽山林和纵横交错的溪流分割成一个个千人队甚或百人队；也正因此，面对着西瓯人神出鬼没的偷袭，秦人始终防不胜防。这些百越人能在任何时刻、任何地点出现，用任何手段杀死你——在密林里，你可能被树梢上抛下的一根竹矛刺穿了身子；在山岭中，你可能被岩洞深处突然投出的一柄石斧砸碎头颅；驾着小船在溪流中行进，你不知何时会被一支毒箭射中胸口；就连夜间在营垒干栏中酣睡，你也有可能被一把匕首割断了喉咙。更有甚者，在这些百越人手中，山林中的一切物事，都可成为置人于死地的利器——你头顶随时会落下一根沉重的木桩，你脚下随时可能出现陷阱，你划着的木筏随时可能散架，你要喝的溪水也随时可能被含有剧毒的胡蔓草浸过。你缩在自己的营垒闭门不出，干栏竹寮的窗口不知何时会被丢进一条毒蛇几只蜈蚣；你恼火不已地准备将铠甲披挂上身，却又可能被不知何时藏在衣甲中的一只毒蝎蜇伤了手；你和同袍们全力杀出冲进密林，也许便会有一只蜂巢被丢到面前，冒出的毒蜂会瞬间将你蜇得体无完肤；你追着这些鬼鬼祟祟的百越人蹚过明明只有膝盖深浅的池塘，踝胫上也许立即便会附满了吸血的蚂蟥；你好不容易追着他们赶到了密林深处，发誓要将他们杀个片甲不留，他们却又转瞬间消失得无影无踪；更要命的是你总会惊恐地发现眼前弥漫着一片浓重瘴气，脚下是沾上便要手足溃烂的毒泉或陷进去就拔不出脚来的泥淖；纵然如此你也应当谢天谢地，这总比面对着几只怒火中烧的犀牛或一群饥肠辘辘的巨鳄要强得多。

所有这些，都是几个月来令西路军谈虎色变的遭遇。

满腔郁闷的屠雎负手在幕府中转悠着，无意间拾起了石案上的一枚竹简，只扫了一眼便又多少有些烦躁地将它重新丢下。那是上将军发给自己的军报，说东路军已经平定了扬越部，自己不日将赶往南越地巡视，此后再来西路军中检视军情。这军报是一个多月前送来的，上将军便再是磨蹭，这几日也该到了。

“只能听上将军之见了……”屠雎深深叹了口气，喃喃自语道。

3

到达赤水一带的西路军驻地时，正是瘴气最重的清晨。

眼见无比熟悉的秦军营垒已隐约掩映在林木深处，百人队同时发出了欢呼，赵仲始第一个蹿上了岸，其余士卒们也纷纷弃舟登陆。然而王翦刚踏上湿滑的泥地，身后便突兀传来了老霍龙的大喊：

“且慢前行！小心瘴气！”

所有人都止住了脚步，与此同时，走在最前的赵仲始惊讶地发现，离自己不过十余步远的那几株木棉背后，陡然腾起了一道柱状黄雾。这黄雾一开始不过弹丸粗细，很快便如飞蓬般盘旋着飘散开，几乎是瞬间便向自己面前扑来。

“趴下！憋气！”霍龙的吼声再度从身后传来。

这关键的一句救了赵仲始，眼见那黄雾已近在眼前，他不及伏身，情急之下便仰面倒下，然后一个骨碌翻滚到三五步外，双臂随即猛然抱紧头闭上眼，口鼻也压到了胳膊上，就此屏住了呼吸。片刻后，一阵脚步声越来越近，一只大手拍上了脊背，上将军那苍老的声音也在耳畔响起：“没事了，起来吧，仲始。”

赵仲始从胳膊的缝隙间瞥了一眼，正见王翦那关切的目光，这才大大松了一口气，满身泥水地爬了起来，见霍龙也站在王翦身旁，忙又向他深深一躬：“有赖先生指点，终是捡回命来，谢先生！”

“小兄弟好身手，再迟片刻，怕便要吸入瘴气了。”霍龙笑着还礼，又转向王翦，“不想这西越地瘴气这般浓，我等先在此歇息饱餐，饮几杯热酒，再吃几粒这薏苡仁——上将军不必吃了，你那五胜之衣能辟百毒！”说着取下背负的药囊，掏出一把白亮亮海珠般的薏苡仁分给士卒们，众人便散坐开，就着酒水吃喝起来。霍龙也讲起了这瘴气，说它是鸟兽尸体腐烂后，久受日晒雨淋湿热蒸郁而成，中瘴轻者寒热交替往复，重者纯热无寒，更重者昼夜发热昏昏沉沉，最重者甚或可能一病而失音，此谓痖瘴。不同瘴毒治法也不同，有宜散寒邪者，有宜下热毒者，然归总而论大体药石针刺二法。霍龙最后说，但凡病症，向来治不如防，此番自己也带了不少药材，见了屠睢将军，请他在西路军中广为种植便是。

众人聚精会神地听他讲着，然而谁也不知道，前方那片密林深处，威胁着他们的并不只有瘴气。

难以察觉的沙沙响动从枝叶间传来，两名藏身枝叶间的西瓯人正注视着秦人们的一举一动，而当身披五胜之衣的王翦出现在视野中时，他们的目光便再也没有离开那件艳丽战袍了。

密林深处，隐隐传来了阵阵鸟鸣般的越语：

“五胜之衣？不是南越部圣物么？如何到了秦人身上？”

“君长活着时早想要此物，我等若能将它弄到手，献与桀骏将军，必得重赏！”

“好！我等寻机杀了那秦人！”

“你个哈仔！杀他容易，可他身边满是秦人，如何从他身上剥下战袍再逃走？还是先报将军，再做计较！”

……

枝叶震颤的沙沙响动远去了，密林中重又恢复了寂静。

借着茫茫林莽的掩护，这个负责报信的西瓯人极其敏捷地越过山岭密林草丛溪流，第三日黄昏之时抵达了侵离水畔一片遍布鹅卵石的广阔河滩。河滩上点起了一团团的篝火，震天的铜鼓声中，一群群西瓯人正在那些篝火间忘情地跳着族中特有的蛙舞。

很难用合适笔调来描绘这幅景致。这些西瓯人排成或横或纵或圆圈等各式队列，舞姿却是整齐划一，同样是双手曲肘上举、两脚叉开半蹲，双手忽而举起忽而收回，双腿忽而挺直忽而蜷曲，这个跃起来那个蹲下去，那个站直了这个又弯下身，动作简单却又极尽豪放，举手投足间透着一股仿佛来自远古的神秘蛮荒之气。

摇曳的火苗映照着这些舞者不断扭动的身躯，将这些变幻莫测的身影投射到他们身后。那是一片极尽广阔的崖壁，凹凸不平缝隙横生的石面上，不知是谁用赭红颜料密密麻麻绘满了千余个大小人形，动作无不与这些正在狂欢的舞者们类似，在忽明忽暗的火光照耀下，简直让人难以分清哪些是真人，哪些是画像。

而在这片广阔河滩的最中心，是一名身材最高大、装束也最奇特的巫师：他披头散发，脸戴一副熠熠生辉的黄金面具，手中兵刃则是一柄闪烁着碧光、镌刻着蛇纹的短剑。他的舞姿忽而上冲忽而下飞，忽而纵跳忽而扑击，那短剑也如一条青蛇般盘旋舞动，晃动着绿芒。这是来自当年越国早已失传的剑舞，据说首创者便是越王勾践。

“君长——！”随着一声长长的尖利呼啸，所有的乐声歌声都止住了，舞者们都停了下来，给匆匆赶来的斥候让开一条路。

“今日一队秦人去了赤水！五胜之衣在那领头秦人身上！”

斥候的消息引起了一阵惊喜的赞叹，一时间四面八方都在叫喊：“五胜之衣！夺回五胜之衣！”

一根闪烁着银色寒芒的长矛晃动着，一个面色阴沉的头领缓步上前，平举起手止住了乱纷纷的喊叫："五胜之衣自当夺回，然此事重大，我等还须商议一番。"说着向一旁那位脸戴黄金面具的巫师恭敬行礼，又做了个邀请手势，随即拄着那根银色长矛率先穿过人群走向密林深处，而那名巫师则默不作声跟在他身后，手中的蛇形短剑在黑暗中闪烁着点点碧光。

"我等欲出兵夜袭秦人，夺回五胜之衣，项将军意下如何？"两人来到密林深处的一处洞窟中后，头领开门见山问道。

"我等多次夜袭，秦人近来戒备森严，贸然出动极难得手。"黄金面具背后，那名巫师的嗓音嘶哑低沉。

"可那五胜之衣，绝不能落入秦人之手！"

"一件战袍，能胜过诸多西瓯人性命？"

"并非寻常战袍，乃我百越人圣物！百越人传言，谁能集齐越王四宝，谁便可一统百越！安阳王若知此事，也必会拼命夺回！"

"你百越人当真古怪。"

"楚人不也信奉神巫么？将军当明白我等心思，桀骏请将军同往！"

"同往？你等此番是去盗宝，非与秦人搏杀，我去了何用？"

"几月来将军诸般主张，哪样未曾奏效？"桀骏的脸上浮现出歆慕之色，"弃寨入林、夜袭骚扰、劫毁粮船，三法都是将军提出，打得秦人晕头转向！此番有将军谋划必能成功，将军肯去，日后西瓯部尽听将军调遣！"

听到桀骏的表态，项梁先是微微一怔，一丝隐秘的欣喜从眼中闪过，却仍装出一副不大情愿的神态："既如此，我便助你。"

望着桀骏远去的身影，项梁若有所思地沉默着，双目在黄金面具下闪烁着亮光。他对那件五胜之衣并无多大兴趣，但能借这个机会轻易得到西瓯人的拥戴，从而拥有一支听命于自己的队伍，这却是他真正在乎的。

罗浮山百越君长大会之后，安阳王蜀泮遣丞相皋通来访，曾力邀项梁来雒越部，项梁当时没有答应，皋通却也并未就此放弃，表示随时欢迎他来雒越。秦军突破台岭之后，项梁虽及时逃走，吴芮却已决意降秦，项梁反复劝说无效，终是愤然离开了扬越部，想起皋通承诺后又来到了雒越，被安阳王蜀泮奉为上宾。此时西瓯人大败于屠睢的消息传来，安阳王心知秦军一旦全歼西瓯部，接下来的目标便必是自己，但出于保存实力的考虑，也是因对西瓯人长久以来的蔑视，并不愿直接出兵助西瓯抗秦。项梁得知后便自告奋勇前往西瓯部，代表安阳王向接替译吁宋继任部族头领的桀骏开出了条件——雒越可助西瓯抗秦，然西瓯人须归顺雒越，两部共同组成瓯雒部。这一提议尽管也遭到不少西瓯人的强烈反对，但桀骏心知若不如此，西瓯人只能是全军覆没，终是力排众议答应了。

两部联手后，名义上的统帅仍是桀骏，但项梁很快便成了联军的真正核心。他先是亲往秦军营垒，向屠睢发出警告，又派人尽数杀死信使送回尸骨，以此示威于秦人。此后还为桀骏拟定了三条抗秦方略——其一，尽数焚毁西瓯人剩余村寨，所有人逃入山林，渔猎为生；其二，利用西越地密布的山林溪流同秦人长久相持，分成数十人百余人的小股队伍，昼夜骚扰秦军；其三，针对秦军粮道曲折、运粮艰难的情况，专一偷袭秦军粮船，或劫走整船，或将粮船纵火凿沉。三大方略果然立竿见影，西越地战局很快便颠倒了过来，西瓯人虽仍不能反败为胜，但已完全止住了秦军的步步紧逼，双方渐渐进入了胶着状态。项梁看得清楚，如此僵持下去，秦军的撤退便是早晚的事，而目下这次夜袭，只要谋划得当，完全有可能再次给予秦军沉重打击，大大加快他们的败退。

短短片刻间，他心下已经盘算好了这次行动的诸多方略。

"鸡卜——！"桀骏挥手向黑压压一片的西瓯人喊道。

一阵咯咯鸡鸣响起，一只尚未长出尾巴的小公鸡扑打着翅膀，被一名巫师倒提到篝火前，另一名巫师则将几块沉香木丢入篝火中，浓郁的香气随之弥散。第一名巫师双手各握小公鸡的双爪，在香气的氤氲中高声祷祝后拔出匕首杀死了它，割下双爪。他将这两根空心胫骨洗净，又用麻线将它们束在一起，再以竹签由麻线捆绑处先后插入中空骨中，接下来举起这根两端各插胫骨的竹签第二次祷祝，又捏起一根根寸许长的小竹签，先后插入两根胫骨侧面所有的小细窍中。对着这些竹签仔细看罢，便高喊了一句："娅浦佑我！大吉——！"说着两手各捏一根胫骨，将它们高举过顶。这时所有西瓯人都看清了，绝大部分小竹签都直直插进了两根胫骨，如两根微缩了不知多少倍的细短棘枝一般！

"将军，我等听凭调遣！"桀骏将手中那柄被称为屈卢之矛的银色长矛重重一顿，扭头望向项梁，神色中既有欣喜也有敬重。

项梁扫了这位西瓯头领一眼，目光中有些轻蔑，也有些感慨。尽管楚人本身便被中原人视为蛮夷，但在楚人心目中，这些百越人更是蛮夷，项梁南下之前本也做此想。然而当真正与这些百越人相处之后，他才慢慢觉察出他们看似野蛮的外表下那难得的质朴单纯。便说这些最是蒙昧愚顽的西瓯人，他们若将你视作仇敌，自然会日夜想着将你杀了吃肉；可你若真成了他们心目中的英雄，他们也必会毫无保留地对你奉若神明。说来也怪，项梁与他们相处了数月，竟有了些回到自家封地、面对那些江东父老的错觉。想到这里，他举起了步光之剑一声大喊："随我出战！"

"将秦人杀了吃肉！杀了吃肉！杀了吃肉！……"所有的西瓯人高喊道，踏着铜鼓的咚咚响声，一队队消失在了密林深处。

4

"西路军，进展不顺啊……"王翦裹紧了那件五胜之衣，凝望着营垒城垣外那片雾气缭绕的密林，半是自语道。

"末将无能，愧对上将军。"身旁屠睢的声音低得几乎听不见，"辎重补给本就艰难，粮船又屡被西瓯人偷袭，不仅难以继续深入，只怕继续相持都大为不易。"

王翦没有吭声。他已听屠睢讲述了西路军的遭遇，心下也极为沉重。

尽管秦军可以靠着渔猎，甚或学百越人火耕水耨而多少收获些吃食，但他们最主要的依靠还是军粮。刚越过五岭时，西路军大体集结于离水流域，军粮自湘水运来，在镡城岭北麓卸下，由人力扛挑过山，再经离水、郁水的诸多支流运至秦军各营垒，如此虽大费周章，总算还能支撑战事。可随着秦军深入西越地的密林、一步步远离湘水甚至离水，辎重的运输也就越发艰难了。军粮由淮北运至这赤水一带本就路途遥远，郁水支流又大多是道道小溪，水流甚浅，于是只能在岸边换成一艘艘小船运粮，每船十余名士卒押送，可如此一来不仅加快了军粮消耗，更给了西瓯人可乘之机。这些百越人似乎瞅准了秦军软肋，常常藏身于溪水两岸的密林中，借着夜色掩护偷偷摸上运粮船，或是杀死船上的士卒、夺取整船，或是索性将船只凿沉，纵然自己得不到军粮，也断不让它落入秦人口中。正是因了这种种艰险，十成军粮往往只能有两三成运至营中，只能勉强保证将士们不挨饿，百般无奈之下，屠睢只得下令全军停止继续进军，各自留守现有营垒中。

"上将军，我总觉得此中有蹊跷。"屠睢皱着眉道。

"蹊跷？如何蹊跷？"王翦目光一闪。

屠睢摇摇头："我等想不通，西瓯人有勇无谋，个个只知往刀口上直撞，若非如此，我等也不会那般轻易杀了译吁宋。可如今不知怎的，竟想到截我粮道之法，莫不是无师自通？怪也……"

“想不明白，莫瞎想了。还是说说，如何应对?”

屠雎咬了咬下唇，脸色很难看：“上将军，我等早都商议过：目下若不能保证粮道通畅，西路军只能弃营北撤，退至镡城岭以南!”

“……”王翦沉默了。

“放弃西越地北撤，我等也深感羞耻。可将军不知，西路军已快断粮了，目下营中得疫病、中瘴毒者又不少。再这般耗下去，平定西越便是痴人说梦，士卒也都是白送性命！我等绝非耐不得苦战，更非贪生怕死，只要军粮跟得上，再难再险也不会退缩，可目下……唉!”

王翦眉头紧锁，轻捻着雪白长髯：“兹事体大，容我想想。”说着裹紧了身上的五胜之衣，沉思着凝望着远处那片潜伏着无尽凶险的密林，许久之后终是点了点头：“撤军吧。将军说得在理，我等虽不惧牺牲，然终须死得其所，这般耗下去实在不值。若庙堂怪罪，自有老夫去说。皇帝虽向来不恤民力，却也非听不得劝谏，老夫讲清此间难处，当能体谅将士们。”

“那便好，谢上将军!”

就在两人进行这番对话的同时，在他们正对的那片密林中，两道满怀仇恨和兴奋的目光，都集中在了王翦身上。

“果是五胜之衣!”

“竟是王翦?”

同时发出这两句截然不同的感叹后，桀骏和项梁飞快地交换了一下眼神，又一同闭上了嘴，直到对面的两人一同消失在城垣背后，这才如释重负地各喘了口气。

“桀骏将军，多谢你力邀我前来……”项梁紧咬着牙关，几乎是从牙缝中挤出了这句话，双目中闪烁着野兽般的光芒，面孔也因兴奋而完全扭曲。

“此番我等，来得好?”桀骏不明所以，满脸疑惑。

“来得好，来得太好了……”

他一边这样回答，一边轻抚腰间的步光之剑，那短剑也随之闪烁着不祥的绿芒。

“在附近林中搜集苍术，洗净晒干与雄黄捣碎成粉，每座干栏各分一两，置于干蕉叶上，以炭火熏烤！青蒿、石膏、附子、丹砂这几样，也一并收来！还有槟榔子、红花茶、黄花根、高良姜、楮叶、菖蒲、艾草……越多越好！记下了么?”

“记下了!”几名军中医士手捧木牍飞快记着，记好后纷纷拥出干栏。老霍龙则伸出左手，轻卷起面前这名昏迷士卒的上唇，右手一根细亮铜针便端正刺入了上唇正中。拔出铜针后，他左手轻拂去渗出的血丝，又顺手掰开了士卒的嘴，右手放下铜针，捡起身旁一片楮叶，分外仔细地擦起了他的舌头。片刻后士卒一声呻吟，终是缓缓睁开了眼。霍龙扶他起身，让他双足并拢站在床前，又手捏铜针躬下身子，瞅准他双脚后踝上两条隐约可见的青脉刺去，随着士卒一声大叫，但见两股细细的红线陡然喷出。

“可矣！血止之后，好生调养两日便复原了。”霍龙站起身来，一旁的赵仲始递上盛满清水的竹筒，士卒连声感激，接过竹筒便咕嘟嘟一气喝下，很快便舒服多了。

“此为热瘴，上下唇乃阳明胃脉所经；后踝乃膀胱脉所经，刺此二处可疗太阳受寒，若冷瘴或杂病，却不可如此。”霍龙向王翦屠睢解释道。

“先生果然神医！若早日来我营中，我等士卒便不会伤亡这多了……”屠睢叹息了一句。

霍龙笑了笑没有搭话，又去检视另一名士卒了。

“营中如何这多病患?”王翦皱起了眉。

“这个月雾气大，营中闹了疫病，两三成士卒都中了瘴毒。末将前日也病了一回，幸无大碍。”

王翦沉默有间，解下了身披的五胜之衣，递给屠睢：“将军披此战袍，可辟百毒。”

“不可不可!”屠睢忙摆手拒绝，“如此贵重之物，末将岂能收下? 再者上将军年事已高，更需此袍!”

王翦笑着硬是将战袍塞入屠睢之手：“将军莫推辞了，老夫巡视一番便走，你等若想北撤却还需时日，焉知归途风险几多? 此袍穿将军身上，也算物尽其用了。”

“既如此，谢过将军!”屠睢没有再拒绝，双手举着五胜之衣上下打量着，“只是这战袍……也忒艳了些!”话音未落，便和王翦霍龙赵仲始一同笑了起来。

数日之后，西路军做好了撤军的全数准备。

浓重的雾气雨丝笼罩在整个西越地，也笼罩了整个秦军营垒，百步之外便难辨人影。干栏竹寮的地板墙壁上触手便是湿冷水滴，仓廪中的粮草多有霉烂，浸湿的衣甲战袍贴在身上也是黏糊糊极不舒服，潮湿的空气使人胸口憋闷，呼吸都显艰难起来。而正是在这南天的大雾中，西路军开始了分批撤军。

迷雾中的秦军营垒影影绰绰，借着依旧闪亮的大片火把，隐约能从一片朦胧中看到城垣军帐的诸般轮廓；还有那些仍然高悬的旗帜，甚至还可看到诸多人影伫立在城垣上，金鼓号角也声音照常。按理说，百越人是无法看出秦人已撤军的。

“上将军，营垒距渡口不过三十余里，即便西瓯人偷袭，大军也可及时赶回。放心便是！”屠睢笑道。

王翦却没有笑，面色反而分外严峻。

幕府会商时，屠睢要求亲自断后，他本不赞同，毕竟此间风险太大。然而屠睢却因战事不利心下有愧，是故分外坚执，王翦拗他不过，这才勉强答应。心下却隐隐涌起一阵不祥预感——许多年前，在那淮北战场上，项燕也是这样撤军的，还是亲自负责断后，而结果自不必多言。

想到这里他心头一跳，连忙拱手：“将军莫掉以轻心。老夫先行一步，安顿好主力大军便回来接应你。”

“诺！”屠睢也一拱手。

王翦向身边的军吏点了点头，军吏无声地挥动起令旗，一片难以察觉的沙沙脚步声便迅速响起，绵延不绝地流向了营垒背后的那片密林中。

走出百余步外，王翦扭过头，看到屠睢伫立在雨雾中，身上那件五胜之衣却仍极是鲜艳。

望着面前这座萦绕在雨雾中的秦军营垒，项梁嘴角浮现出了一丝凶险微笑。

“将军，你如何知晓秦人撤军了?”桀骏低声问道。

“你听。”项梁只简单答了一句。

桀骏屏息静气了片刻。

“只有鸟鸣，似是营垒方向。”

“正是，若大军仍驻营中，则禽鸟必不敢在营垒之上盘旋。”

“可那城头，还有那多士卒……”

“这也是秦人伎俩。我中原人作战若欲隐秘撤军，都以草人插于营中，迷惑敌军。”

“将军厉害！”桀骏的赞叹中满是崇敬。

项梁没有答话，轻抽出了步光之剑，凛凛碧光在剑锋的蛇纹上游动着：“听我号令，动手！”

“动手！”桀骏也深吸一口气，将手中的屈卢之矛高举向空中。

5

“甚声音?”已经走出十余里的王翦收住了脚步，警觉地转过身来。

士卒们面面相觑，侧耳倾听了片刻，终于听到营垒方向隐约传来阵阵杀声。

“有偷袭!”王翦扭头一声大叫，苍老的声音陡然焦急起来，“快回撤——!”匆匆丢下这句便一头扎进浓雾中，身形矫健得如一头豹子，根本不像个老者；后面赵仲始只一愣怔，也急忙快步跟了上去。

“莫慌！都向我这里聚拢!”

同一时刻，在十余名侍卫的簇拥下，屠睢一边向营垒中心的校军场后撤，一边大吼着，然而这吼声迅速便淹没在了震天喊杀声中。

望着一片雾气中无数晃动的猿狖般的身影，屠睢咬紧了牙关。他原本自信自己的伪装足可骗过那些冥顽的百越人，却不料他们竟仿佛早有预料，轻而易举便抓住了战机！更令屠睢惊讶的还是西瓯人的战法，目下整片营地各个角落都拥入了西瓯人，粗略估算也足有数百，显然并非只从一两个方向而来。如此看来，他们必是预先分成十数队潜伏在周遭密林，趁着雾气变浓同时潜入营地，以偷袭之法杀死了望楼上负责警戒的士卒，又同时发动攻势!

如此战法，除非训练有素的卒伍方能运用，这些尚未开化的西瓯人却是如何使出?

屠睢顾不上细想，心下只是飞快闪过一连串的念头：最令自己担心的事终于还是发生了，方才自己已派出士卒冲出营垒，去向正在撤退的主力大军求援，目下唯一出路便是集结起剩余兵力，一路且战且退，尽可能快地与赶来驰援的主力大军会合。只是不知，面对着潮水般涌来的西瓯人，自己还剩多少人？还能撑得多久？剩下这些人还能否全身而退?

屠睢并未乱了手脚，或者说在拼尽全力使自己冷静下来。他明白，古往今来不知多少次败仗，都不是真正败给了敌人，而是败给了自己的慌乱和恐惧，而这其中统帅的胆略又至关重要，只要自己没有慌乱，士卒们便不会慌乱，仍有可能将损失降至最低。想到这里不假思索地大喊了一声：“鸣金!”

“军吏都冲上去了，没人守在将台!”身旁一名侍卫叫道。

屠睢扭头望向百余步外的校军场，依稀望见那孤零零的将台上，一面大鼓一口金铎伫立在缭绕的雾气中，大军撤退时并未把这一金一鼓带走，为的便是以防万一，目下不幸果然要用上了。当即咬咬牙，裹了裹身上那件五胜之衣，发足狂奔了过去，几名侍卫一时未及反应，眼见自己统帅已跑出了十余步，这才连忙跟上。

“快！再快！”尽管已是全力狂奔，屠雎心下却还是在不断催促着自己。

“快！再快！”十数里之外，气喘吁吁的王翦不得不停了下来，大口喘着粗气。

“上将军，我等，似是走错路了……”身后的赵仲始嗫嚅道。

王翦诧异地抬起头，这才注意到雾气已浓重得辨不出周遭了，一时间额头不禁渗出了涔涔冷汗，然而他只是稍一迟疑，便听到那喊杀声从自己左手的方向遥遥传来，于是又是一声大吼：“循声回撤——！”

将台就在眼前了，尽管大雾弥漫，但屠雎仍能依稀看到那金鼓的轮廓，顿时大为振奋，几乎是一下便跃上了三尺高的将台，劈手从金铎旁的木架上抢下了一根细长的铎槌，高高扬了起来。

然而，正当他要将铎槌砸上金铎时，一道诡异的碧光却突兀从金铎后面闪现，直取前胸而来。

猝不及防的刺痛猛地由胸口扩散开，右手的铎槌无力地落下，屠雎弯下腰，低下头，看到自己胸口插着一柄翠绿色的短剑，汩汩鲜血正在往外冒；然后，金铎背后传来了一个颇耳熟的声音：

“王翦，没想到吧?”

他惊讶地抬起头，看到一副黄金面具从金铎背后闪现出来，雾气中说不出的诡异阴森。

“是你?”捂住胸口的伤处，屠雎咬着牙喃喃道，他想了起来，这是那个曾警告过自己的楚人的声音。

“是你?”黄金面具下，那楚人的目光和语气竟仿佛比屠雎还要意外。

“五胜之衣如何到了你身上? 如何不是王翦留在营中?”那楚人一把拔出了碧绿色的短剑，气急败坏地连声怒吼道，语气中充满了愤怒和不甘。

“将军！将军！”迷雾中响起了侍卫们的吼声；与此同时，远处也传来了惊天动地的吼声，王翦亲领主力大军杀回来接应了。

情知此番没有达到目的，项梁虽懊恼不已，却也没有任何迟疑，飞起一脚便将屠雎踹下将台。几名侍卫一拥而上围住自己的统帅时，他已转身消失在了迷雾中。

“将军！将军！”侍卫们顾不上追击项梁，只是围住屠睢急迫地大喊，手忙脚乱地想给他包扎伤口。而屠睢尽管感到全身的力量都在渐渐流逝，却还是拼尽全力大叫道：“莫管我，快鸣金！”

一名士卒眼含泪水从屠睢手中接过铎槌，猛扑上将台，清脆的铎声当当响起，穿透了层层大雾，传到了幸存士卒们的耳中。听到这个声音，心下已开始慌乱的士卒们重又都恢复了镇静，或三人一组，或五人一组，自发地和身旁同袍们结成一个个小战阵，每个小战阵由爵位最高的士卒指挥，一边继续抵御着西瓯人近乎疯狂的猛扑，一边缓慢而有序地向着校军场的方向慢慢后撤。而这时，远方山林中那惊天动地的吼声也越来越近、越来越清晰，转眼间，主力大军已重新冲入了秦军营垒，大批援军怒吼着扑向前方的战场，要为牺牲的同袍们复仇。

一阵急促尖利如鸟鸣的越语从西瓯人后阵响起，桀骏见秦军主力回援，发出了撤军的号令。于是更多的越语在大雾中此起彼伏，那些方才还步步进逼的西瓯人连忙向后撤去，一个个猿狖般的身影蹦跳着狂奔着，很快便没入了雾中。当他们尽数撤退后，一阵北风吹散了浓重的大雾，秦军营垒也终于逐渐露出了本来面目。

王翦面色凝重地走向躺在血泊中的屠睢，尽管伤口的血已被止住，但他的脸庞仍浮现出了濒死者才会有的灰白色，喘息也越来越艰难，那件沾满了泥泞和血污的五胜之衣也已被脱下，随意地团成一团摆在了一旁。

蹲在一旁的霍龙将手搭上了屠睢的脉搏，无可奈何地摇了摇头，从袖中掏出一个小小的药盒，捏起一颗紫红色的药丸递入屠睢口中，始终紧闭双目的屠睢这才眼皮一跳，终于重又睁开了眼睛。

“将军,老夫必设法将你灵柩运回巴蜀,你且安心。”王翦的声音微微颤抖着。

屠睢却轻轻摇头，脸上浮现出一丝笑意：“谢上将军，不，不必了。回巴蜀，路远，又崎岖，还是，安葬于此吧……”

“也好，然老夫代西路军将士对你发誓，有朝一日，我等定要重回此地！”

“我，信上将军……”

屠睢艰难地笑了笑，闭上眼睛喘息了一番，忽然重又睁开眼，显是想起了甚，语气也陡然急迫了起来，“上将军，有人，想杀你！”

“百越人想杀老夫者，多的是，老夫定会留意，将军放心。”

屠睢却急切地连连摇头：“并，并非，百越人，乃是楚，楚人……”

“楚人?”王翦的眉头拧成了一团，“这西越地，如何会有楚人?”

“黄，黄金，面……”屠睢喃喃念叨着这几个模糊不清的字眼儿，同时感到死亡即将降临到自己身上，于是用尽了最后的力气，用近乎痉挛的右手抓起被丢在一旁的五胜之衣，将它死死按到王翦怀中。

“上将军，当心……”

王翦轻轻伸出苍老的大手，合上了屠睢的双目，将那件五胜之衣重新披在身上又裹紧，忽然觉得心下一股说不出的凉意。

宽阔的离水如一条迤逦绵延的长长青罗带，一路向南汇入郁水。两岸一座座奇峰突起的青山，如一根根破土而出的春笋般直插入云。在这些山峦天然形成的诸多危岩绝壁上，不时可见风雨侵蚀生成的一道道狭长洞穴，其中一处便是西路军将士们为自己统帅选定的栖息之所。

叮叮当当的声响不断由半空中传来，满身汗水的常颎率领着赵仲始等数十名巴蜀山民子弟躬身跪伏着挥动椎凿，尽可能将脚下的崎岖地面凿得平滑，以便屠睢的棺椁顺利滑入洞中。大体完工后，常颎一声令下，赵仲始等人便将数十条粗大麻绳垂到山脚下，片刻后，山下便遥遥传来了任嚣的吼声：

“起——!”

一根根粗大的麻绳陡然绷直，在常颎的指挥下，岩洞中的士卒们齐齐喊着号子，将手中的麻绳一寸寸扯向身后，巨大的棺椁便开始缓缓向上升去。当棺椁经过自己面前时，预先守候在山腰上的士卒们便纷纷挺直了手中的木杈顶住了棺椁，以防它撞上崖壁；与此同时，山脚下无数的陶埙竹篪一同响起，吹起了悲怆激越的秦风。

这种葬仪叫崖葬，又名悬棺葬，尽管将棺椁运上绝壁高崖颇要费一番工夫，但死者的尸身却可以避开绝大多数野兽的侵扰，存放棺椁的岩洞又通风干燥，更利棺木保存，是故此等丧葬习俗在整个南中国都甚为普遍。也正因此，任嚣、赵佗等人商议之后，一致建议上将军以此法安葬屠睢。

“我等，且向屠睢将军道个别吧。”常颎深深叹口气，带领着士卒们向着屠睢的棺木齐齐拜了四拜，然后便依次紧握着麻绳向山下攀去。待到赵仲始最后一个双脚落地，山下的蒙武拉开一张十二石的大弓，射断了那根维系着岩洞与山脚之间联系的麻绳，于是再也没人能打扰死者的长眠了。

幕府竹寮中，各路南征秦军的大将们再度济济一堂，然而这次的重逢已不再完整。

除西路军统帅屠睢外，中路军、东路军，包括更东面蒙武统领的东越军，都有多名将尉牺牲，更不必提那些军侯司马乃至寻常士卒。各路统帅分别报上了本部兵力，相较出征前大多折损了两三成左右。虽说目下东越、南越都已平定，但难免会再有反复，而剩下的西越地几乎占整个岭南的小半土地，更盘踞着西瓯、雒越这两大部族，秦军目下无论兵力还是粮草都颇有些吃紧，若贸然进兵，实无必胜把握。是故众将经商讨后最终决定暂缓进攻西越，先将主要精力放在东越、南越的治理上，待到彻底解决辎重补给之后，再行考虑重新平定西越地。此后王翦便根据这一方略，将目下几路秦军进行了部分整合：蒙武部仍驻守东越地，任嚣也仍驻守南越地，原先由王翦亲领、驻守扬越地的这路秦军则并入任嚣的中路军，这两路秦军的重心是在各自驻地修道筑关，加强对两地的治理；王翦本人则接替牺牲的屠睢，亲自统领西路军，只与西瓯人对峙，不主动出击。商议已定后，王翦便修书一封交与常頞，派他将这书信带回咸阳，上报皇帝。

不过令众将意外的是，一个多月后，归来的常頞却带来了皇帝的诏书，云庙堂有意将常頞调往蜀郡开道，特意询问上将军之意。常頞解释说，岭南以西、蜀地以南，另盘踞着夜郎、滇、邛都等西南夷诸部，当年都曾臣服于楚国，然庄跻暴郢时占据那里自立为王，也就此断绝了与楚国乃至中原的联系。天下一统后，皇帝便同样想派出兵马收复西南夷，从而使这片土地也融入华夏文明。而自己本是蜀人，祖辈又都是修栈道的工匠，对这开道之法尚算通达，皇帝便有意将自己调离岭南军，派往蜀郡。

“将军欲在何处修路?”听到这里，王翦问。

“上将军与各位请看。”常頞摊开了地图，手指上了蜀郡最南端，“此为僰道，由僰城向南直通滇池，乃当年李冰任蜀郡守时，以火烧崖壁之法修凿而成，后因战乱断绝多年，末将此去，便是要将它重新打通。只是此道地处险厄，颇难开凿，估计纵然凿通，也不过道广五尺。”

“若能开通这五尺道，将军也算大功一件了。”王翦赞道，“目下几条扬越新道进展顺利，暂无须将军长久坐镇，老夫无由阻拦，军务交接完毕，将军自可归蜀。”

“谢上将军!”常頞拱手一躬。

“将军是回了巴蜀，我等不知何时方能重归故土。”赵仲始的神色间却颇有些失落。

“何时能归? 老夫自己也不知……”

站在离水旁的王翦淡然一笑，扭头望向远处屠睢长眠的那处崖壁，心下回荡起了自己对屠睢的许诺：

“老夫对你发誓，有朝一日，我等定要重回此地!”

第六章 滴水

1

在常颎动身回蜀郡的同一个清晨，远在关中的杜县校军场上，欢呼呐喊声闻于天。

万千黔首拥挤在山塬梯田般的一层层木楼看台上，将这校军场的东、北、西三面围得水泄不通，只在正南面留下了一个宽百步的巨大缺口，人人都伸长脖颈、踮起脚尖，俯瞰着场中那些正在彼此厮杀的两队秦军锐骑。除却胸前佩戴的徽记、一座座小阵的旗号有别外，他们的兵刃、衣甲乃至阵形都完全相同，便连伫立在戎车上高高飘扬的两面黑色大纛上，也各是一个“蒙”字。黔首们都知道，这两面大纛来自庙堂上同为重臣的蒙氏兄弟：九原将军蒙恬、郎中令蒙毅；而正在交手的两支卒伍，自然便是分属二人统御的两支精兵——九原边军和禁中宿卫。

各自孤零零伫立在后阵的戎车上，各色令旗先后竖起落下，伴随着时疾时徐的鼓声号角，将两位统帅的将令分别传递开来；烟尘滚滚人喊马嘶中，两军都以锥形阵揳入对方战阵，去掉了箭镞的弩矢纷纷射出，涂以朱漆的木剑彼此挥动着，在双方各自的臂膀、肩头、胸口留下点点道道殷红，不时有满身红斑的战马嘶鸣着直立起来，将自己的骑士抛下马背，落地者便悻悻向场外蹒跚退去。

这是遴选禁中宿卫的校武，每年一次，今年这次因了蒙恬将军亲率九原飞骑回到关中，是故也显得格外隆重。而对于看台上的太尉王贲来说，儿子王离也在场上，演武的结果将直接决定他能否入选皇帝最精锐的郎中卫队，自然更是紧要。

只是目下的太尉，心思却并不完全在演武之上。

尽管常頞修五尺道之事已定，但这仍没使他和皇帝心下轻松半点儿。屠睢牺牲乃至西路军受挫，既标志着平定岭南的遥遥无期，也使他抽调岭南军回中原的计划大大推迟。接到父亲请求西路军北撤驻守的上书后，皇帝请他前来商议时提出，想将父亲接回咸阳辅政。王贲思忖了片刻，仍是谢绝了这一提议，他对父亲很是了解：毕竟岭南未定，西路军又刚受挫，正在吃紧之时，无论是出于大局考量还是自家颜面，父亲都不可能心甘情愿地放弃平定岭南。皇帝听罢他的判断久久默然，最终还是赞同了他，又惋惜道，只是太尉负担却更重了。自己当时勉强一笑，心头却越发沉甸甸起来……

“这一战，想是九原军胜吧。”看台上皇帝的声音将王贲的思绪拉了回来。

“有皇长子在，必胜！”廷尉李斯满面笑容应道。

王贲望向场内，看到一个时辰的厮杀下来，九原军还余近百骑士，禁中宿卫却只剩六十余人了，虽然如此他却还是摇头：“禁军都是铁鹰锐士，单兵技击当超九原军，蒙毅未必轻易落败。”

“至少，太尉公子还在场上。”李斯又不失时机地插了句嘴。

王贲瞥了李斯一眼，勉强挤出一丝算是客套的笑意。

“廷尉长公子不也在么?”皇帝笑了。

“惭愧!”李斯口上虽这般说，语气中却满是自豪。

“哪个是皇长子?”御史大夫冯劫问。

李斯忙指向场中：“骑白马那个!”冯劫顺着望去，果然见到一匹极为显眼的白马，马背上的黑甲骑士刚好与一名郎中擦肩而过，手中木剑猛然挥起，端端正正刺中了那郎中的咽喉。同为军旅出身的冯劫不禁可着嗓子喊了声“彩”。

——“伯秦万岁!”一阵女声和童音混杂在一起的清脆叫声，突然淹没了冯劫的喝彩。校军场中许多黔首好奇地扭过头去，却见一群皇子公主全数抛却了矜持，忘情地纷纷站起身来高喊道；其中一名身着大红阙翟的公主分外兴奋，尽管看不清长相，但显是位绝代佳人。

皇帝向侍立在一旁的中车府令赵高说了句什么，赵高又忙向远处的宗正子婴连连摆手，还不待子婴发话，那些皇子公主都纷纷退了下去，叫声几乎瞬间便消失了。只有那位一身大红的公主仍扒住栏杆，兴奋不已地望着校军场，却也再未吭声。

此时又一轮对攻刚刚结束，背向而驰的双方各自只剩了二三十人，显然下次交手便当分出最后的胜负。这时还在场中的郎中们听到远处自己统帅所在的戎车上响起了鼓声，扭头看时正见两面令旗交叠在一起，正是全军集结的军令，五位九原骑士组成的锥形阵正全力向那里冲去，显欲斩将夺旗。

“李由，中军有险!”嘚嘚马蹄声中，一个清脆声音大喊道。

“知晓！王离，回撤!”回答他的那个嗓音显然沉稳了许多。

进行完这两句简短对答，两名骑士便同时拨马回撤，一同向着后阵戎车迅速赶去，他们都很年轻，一个是位壮实少年，一双眼睛虽不大却是黑白分明，脸上写满了焦急；第二个显然年长几岁，尽管心知败战在即，面上却是不动声色。

前面的九原飞骑越来越近了，领头那名白马骑士听到身后马蹄声便扭过头，后面的李由看清了那位被称作伯秦的年轻人，他和自己年岁不相上下，有着一双细长却闪亮的眼睛，漆黑的剑眉，高挺的鼻梁，相貌极是俊朗。

“不愧皇长子。”李由这样暗想着，在马背的颠簸中举起弓矢，正要瞄准伯秦后心，却不料间不容发的瞬间，那伯秦竟如脑后长眼一般猛然回身，抢在李由张弓前回射了一箭！猝不及防的李由急忙侧身欲躲，却还是肩膀中了一箭，当即跌落下马。

“糟!”这是滚落在地的李由心下唯一的念头。

下一个瞬间，他便看到那队九原飞骑冲垮了郎中们匆匆组成的圆阵，伯秦一马当先冲向戎车，木剑直指挺立车上的郎中令蒙毅。

“郎中令，得罪了。”尽管剑指蒙毅，伯秦的声音却仍十分恭敬，目光中也带着一丝笑意。

“哪里，皇长子了得。”蒙毅点头慨叹着，跳下了戎车。

“王离，王离！你要做甚!”耳畔突然响起郎中们此起彼伏的喊声，伯秦和蒙毅惊讶地扭头望去，却是陡然愣住了——

不知何时，王离已催动战马脱离战阵，绕到了九原军身后!

“碎崽子，还真有鬼主意!”高台上的冯劫哈哈大笑。

“嗵”的一声，王贲一拳擂到了护栏上，脸色红一阵白一阵，当即便抓起令旗准备要发出将令，罚王离直接退场，却被皇帝拦下了：“太尉暂缓！过后补罚不迟，且看他要做甚。”

王贲牙咬得咯咯直响，终是放下了令旗，死死盯住马背上儿子的身影，眼见他疾速插入了九原飞骑背后，向着远方孤零零伫立阵后的戎车狂奔而去，顿时明白了儿子的心思——

他是想突袭蒙恬！

“王离，回来！不听将令者，罚出场外！”身后蒙毅大叫道。

“不必！”伯秦拦下了正要挥动令旗的郎中令，扭头向着自己的骑士们大喊，“涉间、苏角，随我回撤追击！”说着挥动起木剑，率先拨马赶上。

“回援！回援！”其余几名骑士齐声怒吼，本已完胜了对手，却不料还有条试图偷袭的漏网之鱼，这是对他们尊严的一个极大挑战。

那辆戎车仍孤零零伫立在校军场尽头，四名骑士守护着它，人、马、车，始终纹丝不动，并无闪避或逃走的打算。马背上的王离扭过头去，却见九名骑士散开了一个大弧，由两翼向自己包抄过来，于是催动战马变换方向，向着右首的看台直插过去。

“哪里跑！”伯秦大喊着一马当先，胯下那匹神骏无比的白马更加起劲儿地狂奔着，嘴角的白沫被迅速甩向后方，将其余骑士远远抛在后面，距王离不过数十步远了。

“伯秦万岁！”看台上的皇子公主们眼见两人先后向自己脚下赶来，个个兴奋非常，那位一身大红的公主更是忘情大喊着。这是个身材高挑丰满的少女，皮肤白得耀眼，相貌极是俏丽，一双细长的丹凤眼此刻瞪得大大的，圆圆的脸庞也添上了兴奋的红晕，与那件大红阙翟交相辉映。

“将闾、阿高、荣禄、阳滋，快跟阿姊一起喊，就喊阿兄万岁，皇长子万岁！”少女眉飞色舞喊道，声音甚是清脆。

“阿兄万岁！”几个同样兴奋的少男少女一同大喊，“皇长子……”

“如何又闹起来了？”一个略带些揶揄的声音淡淡响起，皇子公主们扭头看去，慌忙恭敬站了起来，都不敢吭声了。

子婴的身影出现在了他们面前。

“皇叔。”少女也不得不敛衽而立，可那剧烈起伏的胸口，那脸上仍未褪去的红晕，还有那已经有些蓬乱的云鬓，却与她那庄重的神情显得颇不协调。

“说了多少遍，老是这般毛毛躁躁。”子婴皱眉叹道，“惟嬴，你既是长公主，便当在这多弟妹面前有个长姊样子，多学学你阿兄……”

“呀，皇叔你快看！阿兄追上了！”惟嬴突然打断了子婴，多少有点儿故作惊讶地跳着脚指向台下。

“这般快?”子婴顾不上教训惟嬴，只是盯着校军场中那两名骑士，喃喃道，“可这王离骑术也果然了得……”

听到王离这个名字，惟嬴一愣，仿佛想起了什么，但随即便不屑地撇了撇嘴。

伯秦距王离越来越近了。

王离扭头望着如影随形跟在身后的白马，又拼命夹紧双腿，试图催动坐骑再快些，然而却是徒劳，这匹战马虽说也很是雄骏，可在伯秦那名驹面前却仍稍逊一筹，于是不禁深深怀念起自己留在频阳老家的丹骎来，胯下若是那匹汗血宝马，又怎会被追上?

“伯秦，追上他！追上他！打他下马！”

耳畔传来了声声尖叫，王离知道那是那些皇子公主们在为伯秦呐喊助威，策马狂奔的间隙，他向那个方向的看台飞快地瞥了一眼，只注意到那个一身大红的公主正在忘情地喊着，心下不由得颇有些气恼——偏生你们都为这九原飞骑鼓劲儿，俺非胜了他不可！

恰在此时，耳畔突然响起了伯秦的吼声：“下马受降！”

王离心下一颤，本能地扬起手中的木剑，只听当的一声，刚好架住了伯秦劈来的木剑。

“就不降！死也不做俘虏！”尽管臂膀被震得微麻，王离却还是怒吼道。眼见伯秦第二剑劈来，本想全力格挡，却不料终是慢了一步，木剑端端正正斩在了自己右腕上，留下一道红痕，手中的木剑也应声落地；与此同时，伯秦已超过了他半个马身。

“就不降……”王离双目通红，将下唇咬出了血，双腿骤然发力，整个身子陡然从马背上跃起，猛扑向近在咫尺的伯秦。

巨大的烟尘陡然笼罩住了这两人二马，整个校军场看台上所有的黔首都疯狂地喝彩着，欢呼声响彻云霄。尽管烟尘大起，但所有人仍能看到，两人都滚落到了马下，正在黄土地上扭打成一团！

“阿兄使劲儿！揍他揍他！”所有的皇子公主都兴奋地大喊，惟嬴的喊声尤其响亮。

山呼海啸的呐喊声中，两人已在黄土地上连滚了三五圈，身上都满是黄土，稍稍稀薄的尘雾也因这厮打重又浓重了起来。不知过了多久，两人才停止了各自手中的动作，一个倒在地上大口喘着粗气，另一个则紧握兵刃抵住对方胸膛，显然已分出了胜负。但那四散飞扬的尘埃却使黔首们始终看不清，到底谁打败了谁?

悠长的牛角号再度响起，整个校军场重又安静下来，黔首们纷纷望向王台，但见令旗晃动不已；紧接着便是太尉王贲那冰冷的嗓音：

“九原飞骑，余二十二骑；禁中宿卫，全军覆没。九原飞骑胜!”

沸腾的欢呼声中，王离沮丧地喘着粗气，望着抵在自己胸口的木剑，还有伯秦那平静的目光。

“还要再战么，王离?”一个熟悉的声音响起，却不是伯秦开的口，王离侧过头，正见一个硕大的车轮停在自己几步之外。

不知何时，九原将军蒙恬已来到了自己面前。

2

阵阵夜风将酒肉香气送了过来，饥肠辘辘的王离抽了下鼻子，偷眼瞥向远处校军场上那一丛丛篝火，以及围住篝火的黑压压一片的人群。他知道那些都是白日里自己的同袍和对手，他们正围坐成一圈，开怀畅饮大快朵颐，只有自己站在这里。

“偷看个甚!”王贲皱着眉头一声怒喝。

王离没有搭话，只是重又站得笔直。

“频阳王氏的脸都被你丢光了！我王氏历代从军者不下千人，何曾有过你这般不听号令之辈?”

“俺脱队时，已是全军覆没了!”王离梗着脖子一脸不服，“若真在战场上，主将早就阵亡，听谁号令?”

“闭嘴!”王贲一声断喝，王离虽未再吭声，却仍是毫无屈服之意。

“俺气不过！不战到最后，俺绝不放手!”

“闭嘴!”

“杀了俺，可也；要俺投降……”

“闭嘴!”王贲第三次吼道。

王离不吭声了，王贲恨恨盯着儿子，背着手慢悠悠转了几圈。

“这次若非皇帝力主，我决不会让你入这禁军。今日蒙恬蒙毅虽说都未对你说上一句，然你这不是撕我面皮么？你让我如何面对皇帝，如何面对蒙氏？若你大父、你阿媪知你这般不成器，又该何等伤心？”

“……”

“你且看那李由，年纪轻轻已是铁鹰锐士，又是文武双全，皇帝一直想让他做个县令，还想将长女嫁他；你再看你！何时能为我王氏争口气？”

“我……”王离又想开口。

“闭嘴！”

“太尉，如何还在骂王离啊？”皇帝笑着踱了过来，身后竟跟着白日里那个伯秦。王贲见状虽恨恨喘了口气，却还是向两人一拱手：“陛下，皇长子。”

“还是不听号令之事？算了算了，不是甚大事。”皇帝笑着直摆手，“若是战场搏杀，既已全军覆没，如何不战死前多杀几个，捞个够本？”眼见王贲不再吭声，皇帝又笑着向王离招手：“来来，王离过来，这是伯秦，真名扶苏。”

王离一愣，这才意识到自己面前这位伯秦的真实身份，忙拱手轻声叫了句“皇长子”。

扶苏也笑着还礼：“叫伯秦便好，只莫与旁人提了。兄弟今日确令伯秦佩服。”

“佩服？有甚可佩服的……”王离仍是满脸沮丧。

“尚未加冠便能有这般骑术、这般急智，已极是罕见。更有甚者，那股牛劲更难得！”

“牛劲？”

“就不降！死也不做俘虏！”扶苏学着王离的口气答道，一语未落，便和皇帝齐声笑起来。

“朕就是瞅准你身上这股牛劲，才特意叮嘱蒙毅，千万要将你招入禁军！”皇帝笑道，“太尉也莫再责罚王离了，走了走了，喝酒吃肉去！”

“谢陛下！”王离这才重又兴奋起来，不顾父亲皱眉投向自己的目光，第一个飞奔向那片篝火。

“臣公事在身，恕不奉陪，陛下见谅。”王贲语气仍极是冰冷。

皇帝微微一怔，笑着点点头，和扶苏也一同去了。

“九原军明日便回北疆，今夜一定尽兴！”回到篝火营地的中心时，皇帝在一片万岁的欢呼声中高喊道，“莫光闷头吃喝，谁会乐舞？”

“蒙将军会秦筝！”九原骑士们一片异口同声地高喊。

“弹筝自无不可，然若有歌舞，当能增色不少！谁来?”蒙恬高声笑道。

皇帝的目光扫了一眼，最后落在了沉默着的李由身上：“李由会秦风否?”

李由微微一笑：“尚可。”说着站了起来。

“善！九原军有蒙将军，禁中宿卫有李由，乐师歌者俱备，唯缺舞者，既如此，朕再点一人！赵高，请长公主!”

这个提议顿时使整个营地沸腾了，九原军和禁军人人兴奋不已，将士们固然大多没见过长公主惟嬴，却也听说华阳公主乃皇族第一美人，这位名声在外的长公主的芳名，自然对这些大都未婚配的士卒有着莫大吸引力。

欢呼声中，中车府令赵高躬身消失在了黑暗中，片刻后便捧着一副长大秦筝重新归来，将秦筝毕恭毕敬地在蒙恬面前摆好；紧接着，围坐在篝火旁的王离感到一团红云从自己眼前飘过，欢呼和喝彩从四面八方一同爆发时他才看清，眼前正是白日里看台上那位喊得最为忘情的公主，仍是那件大红阙翟，熊熊火光映得那白皙的脸庞两颊飞红，一双闪亮的眸子竟使人不敢与之对视，尽管周遭无数道目光都集中在了身上，她却毫不理会任何人，径自来到了皇帝面前深深一拜，道了声父皇。

“好美……”望着那高挑的身形、娇美的脸颊，王离心中猛然咯噔了一下。

“此乃朕之长女，小名惟嬴，封号华阳公主!”皇帝呵呵笑道，“朕今晚叫她过来，便由她给将士们献上一舞!”

华阳公主显然没想到，父皇叫自己过来是这等事，目光中隐隐闪过一丝惊奇，却并未吭声，而是转向蒙恬轻轻一躬：“蒙将军，请!”嗓音甚是清脆。

蒙恬带着长辈那种宽厚的微笑轻轻点了点头，双手按在了秦筝之上：“公主，请!”

“公主，请!”李由也沉声道。

公主这才注意到李由也在场，脸色变了一变，目光却躲闪般地迅速移开投向了远处，嘴角也浮起一丝嘲弄的笑意：“公子由，请!”

“公子由定曲吧!”蒙恬显然也察觉到了此中微妙，呵呵笑道。

“也好。”李由微一沉吟便重又开口，“既然如此，便是《秦风·小戎》如何，惟嬴?”

人群中轻响起一阵窃笑，这《小戎》本是妻子思念从军丈夫的民歌，明白此中渊源的士卒都知道，李由点这一曲自是别有深意。

“听说，皇帝想将公主嫁与李由，公主不愿!”王离听身旁一名郎中低声道。

“好事啊！”另一位同袍同样压低了声音，“我等有望了！”

“想得美！你先混个三公九卿再说！”

正在此时，忽闻一声叮咚，秦筝的铿锵大响顿时弥散开来，李由那粗犷嘹亮的嗓音也划破了校军场的寂静：

小戎俴收，五楘梁辀。
游环胁驱，阴靷鋈续。
文茵畅毂，驾我骐馵。
言念君子，温其如玉。
在其板屋，乱我心曲。
……

“彩——！”一曲终了，所有士卒们都忘情地吼了一嗓子，不料华阳公主却是静悄悄敛衽肃立，自始至终纹丝未动。

“好个言念君子，温其如玉！”皇帝轻轻颔首，一语双关道，“惟嬴，如何不舞?”

华阳公主瞥了自己父亲一眼，轻咬下唇，向李由促狭地笑了笑：“公子歌声自然天籁，可惜此曲太过平和宽缓，惟嬴跳惯了快舞，耐不得你节拍。”

“……”李由微微一怔，却也笑了起来，“公主见谅，却不知公主想挑哪一曲?”

“目下，哪曲也不想挑。”华阳公主扬起头，仍是满脸嘲弄笑意，不顾皇帝倏忽沉下来的脸色便开口：“父皇见谅，惟嬴身体不适，舞不动了，敢请父皇准我告退歇息。”说罢不等皇帝再开口，已经一团火焰般飘去了，只给将士们留下了一个红艳艳的背影。

望着公主的背影，皇帝眉头紧锁，踱到蒙恬身边耳语了几句，蒙恬便转向将士们朗声笑道：“公主累了，歇息去了，我等不必管她！来来来，谁来角抵?”

随着这句话，方才凝固的气氛再度活泛了起来，士卒们精赤着上身，两两一组角抵了起来，欢声笑语重又不绝于耳。

然而谁也没注意到，皇帝却向一旁的赵高使了个眼色，悄悄走了。片刻后，他果不其然在校军场入口处见到了被卫卒拦下的华阳公主。

“父皇……”眼见皇帝的身影缓缓上前，华阳公主咬住下唇，勉强再次打了声招呼。皇帝则没有理会，向在场的几名卫卒侍女傅姆吩咐了句退下，直到只余自己与公主两个人时，这才望向女儿：“为何擅自告退?”

“惟嬴不是舞姬。”华阳公主语气中全都是不满。

“你与李由婚事在即，如何还这般任性?”

“笄礼未行，谈何婚嫁?”

皇帝刺耳地一笑，显然等待的便是这一句。

“你皇叔已选定了时日，一月之后，便行笄礼。”

冷冷丢下这句后，皇帝重又转身向远处的大片篝火走去，只留下华阳公主呆立在原地，脸色陡然变得惨白起来。

3

载驰载驱，归唁卫侯。
驱马悠悠，言至于漕。
大夫跋涉，我心则忧。
……

寥廓苍凉的歌声徐徐传来，连绵筑声也随之响起，犹如一汪清水倏忽淹没了这间小小的厅堂。那筑弦上迸出的一个个铿锵音符，分明幻化成了急促的马蹄声声，而那只枯瘦大手中挥动的也不是竹尺，却是飞扬的马鞭。骏马在筑弦上飞奔着，左首是无际桑林沙沙作响，右首是蜿蜒濮水潺潺流淌，一同向身后飞快地退却着，只不知是哪个女子伫立在轩车之上，久久望向这桑间濮上，望着自己那熟悉而陌生的故国。

一曲终了，那个枯瘦的背影幽幽一声叹息。

“六年了，老师仍是这般眷恋故土。”华阳公主低声道，面容沉静肃穆，全然不是数日前校军场上那般飞扬跳脱的模样了。

“六年?”那个枯瘦的背影自嘲地笑了笑，“燕国灭亡不过六年，然则公主可知，我已多久未回濮阳?”

“……十年?”

“二十五年。”

“……”

“二十五年前，我也与你一般大。”枯瘦背影的语调低沉舒缓，如同在讲一个久远的故事，“二十五年前，我第一次认识荆轲，还有那狗屠，我等三人一见如故，当即结为刎颈之交，每日在那桑间濮上聚酒高歌……然则那年，你父皇硬逼卫人让出濮阳，还想将卫人尽数迁往野王，我等也就此分道扬镳。荆轲去了楚地，成了楚墨；狗屠去了魏国，师从朱亥；我最无用，便流落燕国击筑为生，如此过了十四年。十四年之后……”

他停了下来，而华阳公主也没有催问，她已猜到了那十四年之后——

秦王政二十年，燕太子丹患秦兵至国，使荆轲刺秦王。

“老师，一直恨父皇，是么?”静静沉默了片刻，华阳公主迟疑道。

“皇帝杀了荆轲，又矐我双目，换作公主是我，却待怎想?”高渐离轻轻转过身来。尽管心下早有准备，然而看到他面对着自己时，华阳公主心下仍不由自主揪紧了。

这依然是两年前宋子城酒肆中的高渐离，面容依然憔悴，身形依然枯瘦，不同的是，双目已全然失去了神采。

“老师，惟嬴也知，父皇此举确是对不住你；既如此，惟嬴，惟嬴愿替父皇，补偿你……”

高渐离没有答话。

“老师，旬日之后我便年满二十，该行笄礼了。”

“我知此事，皇帝命我为乐者。”

“然则，笄礼之后，我便须嫁李由了。”

“恭喜公主。”高渐离的声音平静呆板。

华阳公主轻轻咬着下唇：“公子由自然好，样样挑无可挑。他还是廷尉长子，父皇器重廷尉，我皇族也与李氏有好几次婚嫁……目下王绾丞相意欲辞官，父皇还有意擢升廷尉为左相。我若嫁与李由，父皇与廷尉自然更是开心……”

高渐离一声不吭，呆滞的双目直愣愣盯着远方。

华阳公主深深叹了口气：“然则，我不想嫁。十三岁时，父皇便想将我嫁与上将军王翦，幸而亲迎时被老将军推拒了；十五岁时，父皇又问我蒙氏长公子、冯氏仲公子哪个好，我说两位公子都从文，我只嫁习武之人，总算又推掉了；而今我那八九个妹子都已嫁与了朝中重臣之子，只余我一人了，此番只怕无论如何是躲不过了。只是，父皇却不知，其实我，我心里有人了……”

她有些说不下去了，抬起袍袖，轻拭了下眼角。

高渐离仍是没有吭声，于是屋子里一时间很静，只有漏刻的滴答声遥遥传来。少顷，他听到她深吸了口气，似乎在勉力平静自己的心绪。

“老师，我……我稀罕你。”

高渐离身子轻轻一颤。

“老师，我是说心里话。父皇本该杀你，却又爱惜你乐艺，这才对你施了矐刑；虽是无奈，可终究弄得你这副模样，惟嬴看了心痛。惟嬴想，想替父皇补偿你……”

“公主不过可怜我而已。”高渐离嗓音冰冷。

“老师，你如何不信?”华阳公主的语气急迫了起来，“两年前，惟嬴一听你击筑，便被你的筑声迷住了，过后方知你身世凄苦，这才求父皇准我向你习筑，这两年来……你，你不知我心思么? 为何总对我这般冷淡?”

她低声说着，高渐离听她声音离自己越来越近，那股熟悉的体香也越来越浓郁，当即站起身来又背过去，轻轻仰起脸，呆滞的双目仿佛在望向远方。

“高渐离，谢公主错爱。然则，公主当听你父皇安排。”

“我不愿，我不愿!”华阳公主突然忘乎所以地大叫着，猛地从背后抱住了高渐离，嗓音也哽咽了起来，“老师，旁人见我贵为公主，又最得父皇宠爱，都道我整日无忧无虑，却不知我也有伤心之事，我心伤者便是与你没有将来。然则我仍想一试，我这便去找父皇，对他说我要嫁你，我要服侍你一辈子；他若不许，我便死给他看!”

“莫再逼我!”高渐离猛地转身挣脱了华阳公主的双臂，用尽全力将她一把推到了榻上，语气中也陡然带了怒意，“高渐离此生都恨你皇族，公主休再白费气力!”

华阳公主一动不动地伏在榻上，愣怔怔地望着高渐离，片刻后终于轻声饮泣起来。

高渐离仍是默默伫立着，当公主的抽泣声渐渐小下来之后，这才重又开口：“公主，你终究不明我心思。两年前目盲之时，高渐离便已心死，你眼前之人，不过徒有皮囊而已，不值你多费半点功夫。你走吧，过几日笄礼后我便上书皇帝，请求另换一人教你击筑。”

华阳公主没再吭声，悄无声息地站起身来，咬着下唇，擦拭着眼角重又涌出的泪水，默默走了出去。

当她的脚步声彻底消失在远方时，如一根石柱般伫立的高渐离这才缓缓走到窗前，呆滞的双目仍直直望向远方，由窗棂中透出的日光照亮了他的脸庞，那上面挂着两行清泪。

漏刻的滴水声轻轻传来，他的心底重又回荡起了那个夜晚，宋子城的酒肆中，那个女人般的嗓音同自己的对答：

“高渐离，想报仇么?”

“想。”

“为荆轲?”

“为荆轲。”

“向皇帝?”

“向皇帝。”

“既如此，随我走。”

“我不是高渐离。我是老高，宋子城酒肆的庸保老高……”

“你是高渐离，你要为荆轲报仇，你必须随我走。”

……

你是高渐离，你要为荆轲报仇……

高渐离双手紧抱住头颅，发出一声压抑了许久的呜咽，两年前的回忆闪电般苏醒了。

那个女人般的嗓音消失之后，他记得自己旋即被闻讯赶来的县卒们捉住了，好几双强有力的大手将自己按在酒肆冰冷的青石地上，又用粗大的绳索将自己捆得结结实实，一直押送到宋子城的官署羁押，然后便是不分昼夜的审讯和囚禁。那些日子里他的头脑始终昏昏沉沉的，面对着御史提出的所有问题，他唯一的回答便是我不是高渐离。后来他隐约听狱卒说起过，御史似乎对自己一筹莫展，又似乎深感案情重大，于是一路上报到了咸阳的廷尉府，而廷尉李斯又报与了皇帝，皇帝早听过自己的名字，有意亲见自己……而在那之后，便是栎阳狱中，那个改变了自己一生的夜晚。

当时，自己手脚都戴上了沉重粗大的桎梏，坐在散发着霉味的草席上，隔着一座铁栅面对着三个模糊身影，因为光线黯淡，他看不清他们的容貌，而那夜之后也再没机会看清了，他只记得那三人的声音。他们向自己反复问了足有十余个问题，自己一律沉默以对，问到最后，中间那个身影终于失却了耐心，向左边那人说了句廷尉依法处置吧，对方便应道明日当可定罪；又问了句当处何罪，答说依谋逆罪论，当处腰斩。不想听到这句后，中间那个身影沉默了。

“高渐离击筑天下闻名，堪称乐圣；此人虽参与刺秦，却远非骨干，就此处死，可惜了些……”

“陛下不当坏法。”右面那个始终没吭声的影子开口道，嗓音极为粗重。

“朕……自然不愿，只是爱惜此人才干。”

“陛下若当真欲赦免高渐离，臣倒有一法。”左面的影子沉吟道，“改谋逆为连坐，改腰斩为矐刑。臣可设法与宋子城御史疏通，不再公开高渐离刺秦罪证，仍将他视为酒肆庸保，那酒肆店东和几名庸保未将张良行踪及时报官，已被连坐罚为刑徒，我等也可如法炮制……”

“廷尉!”右面的阴影愤然一声低吼。

“太尉，此案……毕竟不甚严重。”左面的阴影略带些歉意地笑了笑。

“千里之堤，溃于蚁穴!”右面阴影的吼声似乎震得整座狱室都摇晃了一下。

“……陛下明断。”左面的阴影没有辩驳，只是沉声道。

“太尉，只此一次，下不为例，何如?”中间的影子沉默了片刻道。

没有回答。

“高渐离，听清了么?”见右面的阴影不再坚持，中间那个影子又面向高渐离问道，“你击筑天下无双，刺秦之案又牵涉不深，是故朕欲赦免你，知否?”

高渐离一声不吭。

“朕不强你领情，只给你两条路自行挑选：其一，你承认与荆轲合谋刺秦，御史判你谋逆，处你腰斩；其二，荆轲刺秦之事你并不知晓，然张良路过宋子城时，你等也未报官，御史据此判你连坐，处你矐刑，日后你便久居咸阳宫中，任乐府令丞，为少府属官，朕从此对你既往不咎，何如?”

“……”

“朕给你一夜，容你仔细考虑，天明之时你若仍不吭声，廷尉便依法行事，朕也不必再顶着群臣直谏、朝野非议，硬留你性命，知否?”

这是那三个阴影留给自己的最后一句，说完便都起身消失在了那片黑暗中，当最后一丝回声也听不见时，狱室重又寂静了下来，只能听到答答的滴水之声。

“滴答，滴答……”

4

答答的滴水声依然不时传来，那是时光流逝的声音，高渐离记得，当时自己始终静静坐在黑暗中，一语不发。

铁栅对面那三个阴影早已远去，高渐离愣愣望着他们依次消失于其中的那片黑暗，目光中一片漠然。他知道方才坐在中间的便是皇帝，他给了自己一线生机，代价却是以后只能永远生活在黑暗中，既如此，何如一刀杀了自己痛快？这种近于侮辱的怜悯，他既不想要，也不稀罕。

然而不知为什么，他心底重又回荡起了那几句对答：

“高渐离，想报仇么？”

“想。”

“为荆轲？”

“为荆轲。”

“向皇帝？”

“向皇帝。”

……

报仇，为荆轲，向皇帝……

只要能报仇，我愿忍受苦楚，我愿忍受屈辱；我愿付出一切，我愿放弃一切；我愿毁掉自己，我愿毁掉天下，只要能报仇……

只要能报仇……

“滴答，滴答……”

高渐离暗自数着滴水的声音，水滴得很慢，中间间隔很长，但他那双训练有素的耳朵仍能听出，已过去了整整一个时辰。

这漫漫长夜，何时方能到头？

“吱嘎……”

一点细微的响动，从铁栅对面的黑暗中遥遥传来，打破了这单调的滴水之声，若是换作常人，也许会以为那不过是老鼠在磨牙，但高渐离因黑暗和绝望而倍加灵敏的耳朵却分明听出，那是钥匙在锁眼中轻轻转动的声音，开锁者正在小心翼翼地藏匿自己的行踪。

然后，一阵几乎察觉不到的脚步声，混杂着同样轻微的呼吸，在黑暗中朝着自己这个方向缓缓传来。一个比周遭黑暗更加浓重的阴影，慢慢出现在铁栅对面。

“高渐离，想报仇么？”那个阴影说道。

滴水的声音依然不疾不徐地传来，陶俑一般枯坐着的高渐离，身子终于颤抖了一下。

他已听出，这是那个经常回荡在自己心底的声音。

“你要救我？”多日以来，这还是他第一次开口。

阴影笑了，笑声和他的嗓音一样，仍是女人般柔和：“我能救你，却不会救你。我在这栎阳狱中只安插了一名耳目，救了人便会暴露，必定脱不了干系。是故就算要救人，我也只能救一次，却不是你。”

“你是想等自己万一落到这里，才动用此人。”

“不愧是高渐离，一点就透。”

“既不救我出去，你又来见我做甚?”

“我只问你一句，高渐离，想报仇么?”

“想。”

“为荆轲?”

“为荆轲。”

“向皇帝?”

“向皇帝。”

“若是这般，你便须活下来，活人才能报仇。”

“纵然活下来，我也成了瞎子，如何报仇?”

“皇帝不会疑心瞎子，更不会提防瞎子。”

“如此，我便能如荆轲一般接近他?”

“那时，你便可了却荆轲与自己的心愿，也可为天下除去这暴君。”

“可我双目已盲，又不会武功，更手无寸铁……”

“这些我都会设法，只要你肯报仇，只要你肯活下来，我会派人找你。”

“我如何知晓那是你派的人？如何知晓那不是皇帝来试探我?”

对方笑了：“还记得么?”

一声銮铃的清脆声响，打破了狱室的沉寂。

“銮铃声响，便是我派来的人。”

说罢，他没有再等高渐离吭声，便悄无声息站起了身，向着那片黑暗中走去。銮铃声混杂在答答的滴水声中，说不出的清脆悦耳。

高渐离仍旧坐在黑暗中一动不动，默默数着滴水声，当清晨的第一缕晨曦投入狱室中时，他终于深吸了一口气，大喊了一声：“来人!”

一名狱吏的身影，出现在了那片已开始稀薄的黑暗的尽头。

“矐刑，留我手么?”高渐离遥望着他，喃喃道。

……

漏刻的滴水之声答答传来，高渐离默默听着，这声音使他想起了狱室中滴下的露水，在生死关头的那几日，是它激励了自己活下去。

仍是黑白莫辨的日日夜夜，仍是冰冷的铁栅、潮湿的岩壁，然则相较前些日子，每日还多了一个时辰的矐刑。他被强按着脖颈，伏在一只盛满了马粪、底部架有炉火的木桶上，蒸腾的马粪热气熏得他涕泗横流大声号啕，每一次都痛得死去活来，每一次受刑后都能感到自己眼前的天地黯淡了许多。这刑罚持续了整整五日；五日之后，他终于甚也看不见了。

高渐离记得，那时自己瞪大了眼睛躺在黑暗中，不堪忍受的痛楚使他心头涌起了深深悔意。他摸索着砸碎了盛着粗劣饭食的陶碗想把自己饿死，然而这时听到了狱室中的滴水声，也回忆起了自己五岁第一次习筑时的情景。那是个雨后的清晨，当时他静静闭上眼睛，聆听着雨滴从屋檐上坠落在面前的筑弦上，发出幽微的颤音，也仿佛滴落在自己的心底。于是他平静了下来，摸索着抓起散落在地的糙米，不顾那上面沾染的尘灰，将它塞进了口中。

一边嚼着，心底重又回荡起了那个声音：

“高渐离，想报仇么?”

“想。”

“为荆轲?”

“为荆轲。”

“向皇帝?”

“向皇帝。”

……

漏刻的滴水之声仍然答答传来，高渐离枯瘦的大手拂过面前的筑弦，一阵杂乱无章的响动打破了沉寂，淹没了那滴水之声。

目盲已有两年了，自己在咸阳宫这间小小斗室也已居住两年了，两年来除去必要的饮食起居，自己的生活便简化为两件事：要么专心致志地在屋中击着筑，要么静静坐在院落中，一动不动聆听着天地万物的声音：花开，云卷，叶落，雪飘……庄子说过，那叫天籁。两年间他还听到过各式各样的嗓音，它们声色各异，每三五日一轮换，却是同样的麻木呆板，那是那些侍女和内侍的嗓音。

这其中，只有两个嗓音令他刻骨铭心。那第一个便是华阳公主，她向皇帝请求跟着他学筑，但他始终说不清，自己和她究竟谁从对方身上得到的更多。她曾让他摸过她的脸庞，他也由此发现她是个绝色女子，然而相较相貌，他更喜欢她的声音：那声音有时像清晨的鸟儿一般婉转，有时又像叮咚的山泉一般清澈。它是自己两年来唯一的慰藉，是自己黑暗的天地中唯一的光亮，他有时竟会迷惑，筑声和她的嗓音，自己究竟更偏爱哪个；若硬让自己在二者间做出取舍，自己又会挑哪个?

而直到今日他才知晓，自己选择了前者。原因无它，自己和她之间看似只隔着一根细细的筑弦，然而这根筑弦下面，却是一道永远也无法逾越的深沟。她先是她父皇的，其次才是他的，而她的父皇，又是他不共戴天的仇人。

这位不共戴天的仇人，也是这间斗室的第二位常客，自己熟悉的另一个声音。大约每隔上一段日子，他总会放下手头那无穷无尽的国事，缓步踱入这间屋中，旁听自己如何教他的女儿击筑；有时只有自己一个人击筑，他便会止步立在门口，静静听自己奏完一曲后才进来或离去，尽管常常默不作声，但自己知道那是他。他不止一次涌起过一个念头，想趁他坐在自己面前、听筑声听得入迷之时，猛然抄起手中这件乐器将他砸得脑浆迸裂，然而他也知道这不过是痴心妄想：当年武功高强的荆轲尚且未能得手，况乎手无缚鸡之力又双目已盲的自己？况乎自己手中，不过是一架木制中空、根本伤不了人的乐器?

况且他还记得那个女人般的嗓音，那个声音许诺过要来找自己。因此他就这样日日夜夜等待着，对那个声音的期待，远远淹没了对华阳公主的爱，甚至对皇帝的恨，只因他知道，等到那个声音时，离自己解脱之日也就不远了。

半个月前，他终于等到了。

那一日，他从周遭的混乱嘈杂中得知，咸阳宫中似乎出了甚大事，后来才知晓，皇帝带着皇子公主和三公九卿们去了杜县，说是要遴选郎中，那一日留在这个小院中服侍和监视自己的，也只剩下了两名内侍。不过这些都与他无关，他仍像以往那般坐在院中击着筑，这时他听出筑声中混杂了什么响动，那是从院落门口传来的、难以察觉的脚步声，于是忙平展手掌按住筑弦，乐声戛然而止。

“不愧天下第一乐师，这点儿动静都能听出。”那个声音笑道，然后便是一声清脆的銮铃打破了沉寂，脚步声随之由远及近传来。

高渐离至今还记得，听到銮铃声时，他心中猛然一跳，然而旋即告诉自己，这不是那人——这是个自己完全陌生的嗓音，该是个与自己年岁相当的中年男人，嗓音很纤细，袍袖的沙沙摩挲声证明他似乎是个文士，却与宋子城和栎阳狱中那个柔和嗓音截然不同，绝不会是同一人。

“不必多心，你这院中目下只两名内侍，那两人也被我支开了，一时半会儿绝回不来，此地并无旁人。”那声音不紧不慢道。

“足下何人?”

“便是你等待之人。”

“你也是宫中之人?”

“足下何其多疑也。我非宫中之人，却可随意出入宫中，我知晓你，你却未曾见过我。”

“你要助我杀皇帝?”

“我受人之托，特来助你。”

“如何助我?”

“筑给我。”

高渐离不仅没有照做，反而本能地将筑从石案上一把抄起，死死抱在怀里。

“罢，你既不肯给我，我便给你两样物事。”

他走上前来，似乎在高渐离面前的石案上摆了什么，然后又退了回去。

“你摸摸看。”

高渐离伸出手摸索着，结果摸到一样粗大沉重的冰凉物事，上面似乎有甚纹路，又摸到一个小到足可攥在手心的陶瓶。

“此为何物?”

“大者便是铅锭。你自行将它藏入筑中，以筑砸皇帝。”

“……皇帝戒备森严，能行么?”

“那便看你造化了。”

“小者呢?”

“我自行配制的神药，药性极烈却蕴有剧毒。吞下它后，半个时辰内你便浑身燥热、气力倍增，然药效一过便会力竭而亡。动手之前，你可先服此药，切记，只有半个时辰。”

“你是方士?”

那人又是一声轻笑，脚步声重又响起，这回却是渐渐远了，显然正在向院门走去。

“还有一事。”当脚步声传到院门口时，他听到那人停了下来，扭过头对自己说道，“莫向内侍打听我是谁，不然你便再也无法行刺皇帝。你只这一次可乘之机，是否动手，自行掂量。”

脚步声继续远去了，这次是真的一去不返了。

那最后一句其实完全多余。他的脚步声刚消失，高渐离便将那只小陶瓶藏入了袖中，又用颤抖的手指松开筑身上的弦，将它一把塞入中空的筑身中，再将筑弦重新按原样紧上，尽管双目已盲，但他的动作仍如庖丁解牛般熟练。做完这一切后，他轻掂着那陡然沉重了许多的筑，如释重负地长出了一口气，心头却如塞了只兔子般狂跳起来。

目下万事俱备，只欠东风了。

5

旬日之后，小寝之中。

脂粉的香气萦绕在鼻端，耳畔一片轻微的嘈杂，脚步声，说笑声，揖让声，佩玉叮当声，丝竹调弦时的颤音，酒器被不慎碰响时发出的清亮响动，宾客们洗手时的哗哗水声，一同充斥在这间不算大的小寝之中，使这里显得喜气洋洋。高渐离从中听出了皇帝的声音，还从周遭的对话中听出了其他那些人的身份——那温和的声音来自宗正子婴，那总在一起吵吵闹闹的两个少年是公子将闾和公子高，那跑来跑去大喊大叫没一刻安静的是少子胡亥，其中自然还有众多莺啼般的女声，那是妃嫔和公主们的声音。然而这一切却都与他无关，他只是默默抚摸着怀中沉甸甸的筑，如同战士出征前擦拭着手中的利剑。

十一年前的荆轲，可曾这般擦拭过那柄徐夫人匕首?

“滴答，滴答……”

漏刻滴水声尽管湮没在一片嘈杂声中，但高渐离仍听得清楚，也始终一点一滴地计算着时辰。他刚吞下了那枚药丸，半个时辰内药效会慢慢发作，而今已不可能再回头了。

他试图分辨出华阳公主的声音，但失败了，不过他也知晓，作为今日这场笄礼的主角，她该是坐在东房中等待着，直到乐声响起才会出现在宾客们面前。

他又仔细倾听，发现皇帝坐东面西地坐在自己对面，十步之外。

十步，自己若能有荆轲的身手，这个距离便不是障碍，然而自己不过是个文弱的乐师，更要紧的是，自己双目已盲，只能从声音判断出皇帝的位置。

所以自己必须等待，等待皇帝自投罗网，只有在他真正开口时，自己才能动手。

这时，他听到一个轻柔的，显是女子的脚步声，从自己面前经过，带过一阵脂粉的香气，一直走到了小寝正中央，宾客们的说笑声陡然安静了下来。按照前几日的预先排演，他知道这标志着笄礼即将开始，于是将怀中的筑摆放到了面前。

身后吹笙的乐手发出一个商音，于是一片呜呜的调弦声响弥散开来，从参差不齐变为整齐划一，高渐离也抬起手，最后一次调试好了筑的音色。

不知是否药效已开始起作用，他觉得手有些颤抖，嗓子也有些干。

“行笄礼——”当小寝中重又安静下来后，女官清亮的嗓音飘荡开来。

高渐离左手抚弦，右手挥动竹尺敲击在筑弦上，《摽有梅》的乐声立即笼罩了整座小寝：

摽有梅，
其实七兮。
求我庶士，
迨其吉兮。
……

“入席——！”赞礼女官唱道。

听到这一声，一直默默伫立小寝外的王离有些按捺不住了，他看看其他郎中，似乎没人注意自己，于是身子微向前倾了倾，终于用眼角的余光瞥见了小寝中的景象。

他看到一片背对自己的黑压压身影，所有人的目光都集中到小寝正中肃立的几名女子身上。华阳公主身穿带有朱红锦边的缁布彩衣，梳着女童的双紒，站在西阶的一名中年妃嫔向她深深一揖，这便是此次笄礼的正宾，王离听说这是扶苏和华阳公主兄妹的生母，一名来自旧楚国的妃子。她施礼后便缓步下堂，两名各捧匜和盘的执事侍女为她倒水洗手，而华阳公主和跟在身后的赞礼女官也都即席坐下，后者为前者解开了双紒，并拾起象牙梳，分外仔细地梳着她那一头如瀑的黑发。

“初加——”乐声中，赞礼女官唱道。

洗罢手的楚妃重又上堂，来到了女儿面前，缓慢清晰地说出了初加祝词：

令月吉日，始加元服。
弃尔幼志，顺尔成德。
寿考绵鸿，以介景福。

一边说着，她一边望着公主，等待她仰起脸来与自己对视，然而令她意外的是，女儿却始终低垂着眼睛，那向来红润的脸颊更透出了一股惨白。

华阳公主的确不敢抬头，更不敢吭声，她只怕一抬头眼泪便会落下，一开口就会哭出声来。

乐声再度响起，楚妃为自己的女儿插上了发笄，赞礼女官帮她正了正，引领她回到东房，准备换上初加礼服。这时所有宾客都注意到，公主的步伐似乎有些惶急。

皇帝和身旁的子婴不约而同地交换了一下目光，颇有些疑惑。

“初醮——！”

换上襦裙的公主从东房中重新走出，面西坐好，女官举起置有醴酒和谷饭的醴席，将它搬到公主身旁，又端起酒樽，转身递给楚妃，楚妃手捧铜爵，说出了醮辞：

酒醴和旨，笾豆静嘉。
受尔元服，兄弟具来。
与国同休，降福孔皆。

乐声重新响起，华阳公主接过铜爵，两手却难以抑制地颤抖着，有几滴酒水甚至因此而泼洒出来，洇湿了她的襦裙和坐席。为掩饰自己的失态，她忙将酒爵送到嘴边，以袖掩面，仰头将酒水缓缓喝下，慌乱的目光却越过了面前的母亲，望向对面堂下神色木然的高渐离，他正专心致志地奏那曲《燕燕》，讲的是女子出嫁于归时对娘家的留恋和怀念。她知道他看不到，也不会想到，自己正在望着他。在所有人眼中，这场笄礼标志着自己已正式成人，从此以后真正步入了谈婚论嫁的年岁；然而在她心中，这是自己向他无声的最后道别，今日之后，自己便不再是那个无忧无虑的少女，而将迎接那每一个女子都要等待的婚嫁归宿，自己与他之间从此便是咫尺天涯。也正因此，她对他的最后一个心愿便是，他能亲眼目睹这个真正宣告自己成年的仪式；然而她也知道，他偏偏看不见。

燕燕于飞，差池其羽。
之子于归，远送于野，
瞻望弗及，泣涕如雨。
……

高渐离的确看不见，即使看见，他也不会将半点儿心思放在公主身上。事先服下的丹药生效了，他觉得自己的喉咙几乎要冒烟，额角也涌出了大滴汗水，一颗心跳得越来越急，尽管各色丝竹之声淹没了整个小寝，但他仍能分辨出放置于角落的漏刻的滴水之声，那滴滴答答的声响告诉他，半个时辰已过去将近一半了。目下初加已结束，然后便是再加、再醮、三加、三醮、字笄者，直到最后的聆训时，皇帝才会来到华阳公主面前训诫，也只有那时自己才能动手。而在那之前，自己能不能控制住自己，不露任何破绽？自己又能不能撑到动手之后才倒下?

……

“那周公也忒煞可气，将周礼搞得这般烦琐，竟不能短些么?”望着华阳公主一次又一次消失在东房中，站在小寝外偷窥的王离憋不住要打哈欠了。

已是三醮了，华阳公主也换上了最后一件褕翟礼服，三爵酒下肚，脸颊已飞起了两片酡红，目光也添了一丝迷离，当她即将起身返回东房时，一个趔趄，险些瘫在座席上。

好几名宾客都欠起身想站起来，但楚妃动作比所有人都快，忙伸手托住了女儿，目光中满是疑问，然而公主只是愧疚地笑了笑，重新站起身来，总算安然无恙地回到了东房。

“怪也，公主如何这般失态?”王离喃喃自语。

不止是王离，小寝中也响起了一阵轻轻的窃窃私语，宾客们都大为惊讶。

“阿姊酒量怎还不如我?”胡亥嘟嘟囔囔道。

整个小寝中，唯独高渐离没有受到半点儿影响，整个天地似乎都已与他无关，他不再去默数那滴水之声，不再去想自己承担的使命，也不再去想自己对皇帝的恨、华阳公主对自己的爱。方士的丹药使他浑身充满了力量，心绪也前所未有的轻松，此刻的他完完全全沉浸在了乐声中，只觉自己今生都未曾奏过这般美妙的曲子。十一年前的荆轲，将藏有匕首的地图捧上咸阳殿时，会不会也是这般感受?自己和他，还有那已经不知去了何处的狗屠，其实都是一类人，宁可轰轰烈烈地焚毁自己，也不愿悄无声息地苟活于世间，只是自己没有荆轲和狗屠那般坚定，他们选择了坚持，而自己却一度选择了放弃。在宋子城做庸保的那几年，自己几乎已被怯懦浸泡得麻木了；在狱中的那段时日，自己又终日沉浸在绝望中不能自拔；在咸阳宫中这两年，双目失明的痛苦又始终是笼罩在心头的一片阴霾，而直到目下，人生的最后关头，自己才终于尽情享受到了生命的欢乐，即将轰轰烈烈地爆发出自己一生中的最强音，既然如此，夫复何求?

想到这里，他忽然对那不知名又未谋面的方士萌生了一丝感激。

手如柔荑，肤如凝脂，
领如蝤蛴，齿如瓠犀，
螓首蛾眉，巧笑倩兮，美目盼兮。
……

望着肃立小寝正中的华阳公主，王离觉得此刻的她还真有些像《硕人》中的那位美人。她始终侧对着王离，距他又太远，他看不出她神情中的慌乱和忧伤，但那娴静的侧影却使他觉得似曾相识，片刻回忆后，他终于记起了多年前大父那场半途而废的昏礼，也是后来才知，当年差点儿要嫁给大父的正是她，那个险些被丹骎冲撞了车驾、以为自己受了伤的阿姊——还好大父拒绝了那场荒唐婚事，不然自己该如何称呼这位只大自己四岁的公主？

顺理成章地，他也想起自己当时对她喊的那句话：

“阿姊，你真美！长大了俺要娶你做媳妇！……”

“做媳妇倒也不错，长得这般美……”这个念头陡然闪过，王离不由得嘿嘿傻笑起来，脸也微微红了。

他就这样自顾自地浮想联翩着，没有意识到笄礼已开始进入尾声：

“字笄者——！”

礼仪既备，令月吉日，
昭告尔字，爰字孔嘉，
淑女攸宜，宜之于嘏，
永受保之……

“——儿虽不敏，敢不夙夜祗来。”

这还是华阳公主在这场笄礼中第一次开口，她几乎用尽了全身力量，才使自己的声音平静如常。

所有的乐声都停止了，赞礼女官的声音最后一次响起：

“聆训——！”

皇帝站起身来。

6

皇帝缓步拾级而上，走至小寝正中，面对着自己的女儿，背对着十余步外的乐手席。高渐离屏住了呼吸，和华阳公主一样，等待着他开口的那一刻。

皇帝用充满慈爱却也不乏疑惑的目光望向长女，不明白她为何这般慌乱；公主则仍然低着头，不敢与自己的父皇对视。

“惟嬴，抬头看我。”皇帝轻轻说道。

尽管他的声音轻得难以听到，但他身后五步之外，坐在乐手席首位的高渐离身子却是猛地一颤，这句轻得几乎没人听到的声音，虽无法使他觉察出皇帝究竟站在哪儿，但足以让他确定，这就是皇帝本人！

华阳公主缓缓抬起了头，两行泪水从她的脸庞无声地滑落，她几乎立刻便逃避般地移开了目光，直直望向皇帝背后。

女儿的反常表现使皇帝心下惊诧不已，但目下当务之急还是结束这场笄礼，于是他还是深吸口气，说出了训词：

“事亲以孝，接下以慈。……”

——是时候了！

高渐离轻轻伸出了双臂，他已听出，皇帝就站在自己面前五步之外，六级台阶之上！

“……和柔正顺，恭俭谦仪。……”

他握住了筑。

“……不溢不骄，毋诐毋欺。……”

他猛地站起身来。

“……古训是式，尔其守之。”

说完最后一句，皇帝忽然看到面前的公主半张开嘴，目光中充满了惊惧，正直直望向自己身后，于是也扭过头来，却同样大吃一惊——

不知何时，高渐离已扑到自己身后，双手高举一张长筑！

“老师——！”

华阳公主的尖叫声陡然响起，猛然将皇帝一把推开；与此同时，高渐离手中的长筑已全力抡下！

一声沉重的咕咚声响，一阵佩玉发出的清脆叮当，褕翟如鲜花怒放般绽开。

“渐离……”扑倒在地的华阳公主含着泪喃喃道，额角淌出的汩汩鲜血染红了白玉地砖。

高渐离心下一惊，自己竟和荆轲一样，第一击同样落空了！

巨大的慌乱陡然笼罩了整座小寝，高渐离听出了女宾们的哭喊，听出了皇子们的尖叫，听出了混乱的脚步声，听出了佩玉碰撞的叮当声，听出了乐器、礼器被碰倒时的嘈杂响动，然而所有这些他统统都不关心，他只寻觅着一个声音！

“擒拿刺客！”皇帝愤怒的大叫淹没了所有声音，几乎使整座小寝为之一颤。

这正是高渐离要捕捉的那个声音，他重新抡起筑冲了过去。

“休得猖狂！”一阵飞快的脚步声正奔向自己，紧接着另一声怒吼陡然在耳畔炸裂，这是个年轻人的声音，显然是负责护卫的郎中冲了过来。

高渐离没有任何迟疑，手中的筑当头劈下，一阵沉闷声响紧跟着一声哀号随即传来，几乎与此同时，他感到胸口挨了重重一击，可疼痛却并不像他以为的那样剧烈，片刻的胸闷之后，他再次挥起了筑，声嘶力竭大喊着：“皇帝！拿命来——！”

王离左手按住被筑砸伤的右臂，钻心的疼痛使他不由得龇牙咧嘴。他又惊又惧地望着胡乱挥动着筑的高渐离，没想到这乐师竟能有这般大气力，更没想到他胸口承受了自己狠狠一下肘击，竟仿佛浑然无觉。怎么办？自己并无兵刃，只能与这疯子赤手空拳地搏斗，然则看他目下这样子，打得过么？

“狗皇帝！来啊！我虽不如荆轲，却也不怕你！”高渐离哈哈大笑着，嗓音几乎不似人声，仍然挥舞着手中的筑，这沉重的兵器此刻在他手中竟如一块薄木板般轻飘飘。

“高渐离！”他听到了皇帝的怒吼，“我便在……”

不等皇帝说完，他毫不迟疑地向那个声音扑去，然而这次却上当了，刚迈出脚他便感到一只强劲的大手攥住了自己的脚踝，再一用力，他便被掀翻，筑也跌落在地发出一声巨响；然后一个沉重的身躯便压了上来。

“莫动！”还是那个方才和自己搏斗的年轻郎中，“不然……”

高渐离双手齐出将他猛推开来，紧接着一跃而起反过来压到他身上，左手死死掐住对方脖颈，右手则在身旁摸索着筑，心下主意已定：纵无法杀死皇帝，至少也要抓一个陪葬！

片刻间，右手终于摸到了筑，他忙将它抓在手中，重新高举起来——

“渐离——！”耳畔响起了华阳公主的哭喊。

这一声喊叫使高渐离迟疑了起来，尽管掐住王离脖颈的左手没有任何放松，筑身却停在了半空。

所有人都停了下来，所有的混乱声响都在那一刻止住，小寝之中只能听到两个搏斗者粗重的喘息，还有华阳公主的抽泣声。

而在此之外，高渐离又听到了那滴答声响，那是漏刻的滴水声，却也似乎是某种水滴落下时溅起的水花：

“滴答，滴答……”

那是华阳公主额角淌下的血，混合着泪水一同滴落。

随后，他听到公主艰难挣扎着，抽泣着，缓缓向自己膝行而来，那股他已很是熟悉的香气也随之越发浓郁；最后他感到一股暖意笼罩了全身，原来她从背后抱住了自己：

“渐离，莫要这般……”

温热的水滴滑过他的脸颊，滴落在地上。

“滴答，滴答……”

高渐离感到全身气力都开始涣散，双手也正在迅速绵软下来，他没有拼尽最后的力量挥下手中的筑，反倒缓缓垂下了右手。木制筑身摔到了白玉地砖上砸得粉碎，巨大轰鸣声中，他慢慢仰天倒下，倒在公主的怀抱中，吐出了最后一丝气息，嘴角却仍挂着一丝心满意足的笑容。

王离大口喘着粗气爬了起来，想过去扶起公主。公主却茫然摇头，只将高渐离的尸身抱得更紧。从她额角淌下的血，继续混合着泪水一同滴落：

“滴答，滴答……”

皇帝也面色铁青地走上前来，目光却停在了那方砸得粉碎的筑上，一块黝黑沉重的铅锭横躺在散落的木料中，上面还镌刻着一个图案——

——白虹贯日。

“来人，请太尉。”皇帝咬着牙喃喃道。

第七章 微行

1

始皇帝三十一年十月岁首的一个黄昏，一辆辎车由皇城东偏门辚辚驶出，来到了宵禁后的咸阳街市上。

片片黄叶在秋风中打着旋纷纷落下，给巷道的地面铺上一条金色毡毯，辎车的车轮碾压过去便发出窸窣声响，没有一名伫立街头巷尾的甲士试图阻拦它，那盏高悬车前、上纹一个怪异斑斓图案的风灯已昭示了车主身份——他来自兰池宫，有权不分昼夜随时出入咸阳乃至皇城。

一路沿渭水东去，辎车抵达了六国贵胄们聚居的尚商坊。这片坊区位于咸阳东北郊，毗邻兰池宫，当年天下一统后，庙堂为防世族复辟，由太尉王贲出面，将六国贵胄富豪商贾的土地房舍田产一概收归国库，仆役也大多恢复了自由身，只保留了他们各自的财货，又将他们尽数徙于此地聚居，数目足有十二万户之巨。如此一来，这些贵胄们只有浮财却无田产，若想继续维持锦衣玉食的生活，除却经商便别无他法。可在当时的世人，尤其这些眼高于顶的贵胄们看来，要自己去操持这等卑贱末业无疑是不堪的侮辱，因此肯行商坐贾者终究不多，整日饮酒博戏聚赌狎妓的反倒比比皆是，如是几年下来坐吃山空，世族子弟们原本丰厚的积蓄渐渐告罄，由此出现大批家道中落者，这些破落贵胄们生计无门，便有不少沦为盗匪流散于关中，使得负责捕盗的司寇署大是头痛。

也正因此，这片聚集了众多六国老世族的坊区，实在是一片是非之地。

辎车驶进坊区，停在一座小小的药材店铺前，离开那里后继续向前，没入了灯火海洋；不久后一名肤色黝黑的胡商自店铺后门小心走出，看似漫无目的地转悠了小半个时辰，终是缓缓走进了一家不起眼儿的狗肉铺，被一名狗屠引入了一间没有点灯的狭小密室里。

一声銮铃的清脆声响打破了寂静，借着月光，胡商望见一个瘦削阴影伫立在黑暗的角落中。

张良。

“先生辛苦了。”他轻轻开口道，嗓音如女人般轻柔。

胡商疲惫地摇摇头，一声长叹。

“高渐离事败后，其余后事如何?”

“公子大可放心，当时只两名内侍知我私下见过高渐离，然则公子也知，这二人后来都被我借故调出皇城，公子又设计将他们灭了口……”

“先生慎言，那二人不过是乘渡船时不慎溺水而死，与旁人何干?”

“啊，是也!”胡商哑然失笑。

“高渐离死因，庙堂如何说辞?”

胡商的笑声带着无尽的自豪：“尸身无残毒遗留，廷尉府几名医官皆未查出蛛丝马迹，只道此人行刺时太过兴奋，终至猝死。”

“如此说来，先生丹药，当真神异。”

“我等行事，终须滴水不漏。此番在下逃过一劫，公子也不会暴露，不觉庆幸么?”

“难得又一次刺杀良机，却是再度失手，有甚可庆幸?”

胡商没有答话，只是面带揶揄的笑容，那副表情分明是在说：与我何干?

片刻沉吟之后，张良终是轻叹口气：“罢，此次事败，再行谋划便是。然则，先生仍须助我。”

“只是，博浪沙公子已失手了一次，而今又未能成功，你……”

“此事却与先生无关，你只说，做不做?”

“自然无妨，只是公子须先应我两事。”

“两事先生不说，我也知晓：其一，莫逼先生亲自动手，更不能让先生身份暴露；其二，万一走漏风声，须保先生全身而退。”

胡商笑了，是那种心照不宣的笑："知我者，公子也！"

"虽则唯利是图，却更胆小如鼠，先生果与后胜一路。"张良报以同样的冷笑。

"谢公子夸奖。"胡商坦然应道，"只要应这两事，在下听凭调遣。"

"先生不在意酬劳?"

"公子出手豪阔，几曾让在下失望过?"胡商笑吟吟道，"发话便是。"

张良却没笑，站起身缓缓来到窗前。

对面三条街巷外便是兰池宫，宫门前一盏高悬旗杆上的巨大风灯，正在黑暗中轻轻晃动，火光映得纱罩上那个斑斓图案倍显诡异。

"此事，说难也难，说易也易……"他望着那只风灯，淡淡说道。

两个月后。

反复打量着手中那枚木牍，王贲的面容分外冷峻。这是廷尉府医师的上书，详述了对高渐离尸检的结果——死者浑身并无异常，唯心肺颅腔尽皆充血，显是行刺时兴奋过度所致。思忖有间，王贲终是放下了它，又拾起了另一卷竹简。这是廷尉李斯会同郎中令蒙毅联名所上的奏章，上面说，整个皇城已大索了数月，照料高渐离日常起居的那些内侍侍女，向高渐离学筑的华阳公主，廷尉府都已逐一勘问，然则仍没人能说出，高渐离究竟从谁手中得到的那方用来行凶的铅锭。由于查无对证，李斯和蒙毅商议后，拟依据连坐之法，将这些侍女内侍一体斩决。奏章的末尾，是皇帝亲自用朱砂写下的批语，全天下只有他才有权写这三个字：

制曰：可。

"又是查无可查。只可惜那些无辜之人了……"王贲暗想。

高渐离的行刺，自然引起了一股轩然大波，也同样震惊了整个天下：那方铅锭上镌有白虹贯日图画，显是悬刀凶器，与博浪沙飞椎一样，这图画也显是向皇帝示威，要天下复辟势力都知晓他行刺壮举，以此鼓舞那些反秦之人。可更令人震惊的是，高渐离双目已盲又有内侍监视，整日寸步不离那座院落，绝无法私下出宫密会张良，既然如此，他拿到那方铅锭的唯一可能便是：宫中已混入了悬刀，或至少也是悬刀内应，趁人不备将凶器塞给了他！若真这般，刺客便是潜藏在皇帝身边，岂非大险?

黑冰台的明察暗访已持续很久了，目下各方回馈的消息都表明，这内应很可能便在方士当中。原因有三：其一，皇帝特许这些方士随意进出皇城，他们完全可能借机与世族贵胄们私下往来；其二，这些方士居于兰池宫，却口称求仙炼丹都须隐秘，数月来始终不许任何外人入宫，便是把守兰池宫的卫卒进去也须预先得他许可，岂非大有蹊跷？其三，郎中令蒙毅曾说，这些方士前两月还曾向皇帝上书，言及微行之事，若皇帝应方士所言微行出访，刺客岂非更易行事？

除此之外，还有一件事使王贲不能不警惕。他曾听蒙毅讲过，高渐离行刺之前，宫中有两名内侍出了意外：他们奉命将方士所需药材运往兰池宫，孰料渡船过渭水时不慎翻了船，两人都不习水性，终是溺水而亡，当时咸阳令和断狱都尉踏勘后都认定此事是意外，因而并未上心；郎中令蒙毅虽也得了给事中上报，然咸阳宫中内侍足有千余，死两人终究不是甚大事，便只是下令好生抚恤两家家眷便是。不想事后却在查勘中发现，正是这两人在杜县校军那日负责照料高渐离！

杜县校军之日，两人照看高渐离；三日之后便都溺水而死，还都是前往兰池宫给方士送药材途中；不久后便是高渐离行刺，此中当真是巧合么？……

“太尉，陛下特诏！”

气喘吁吁的中车府令赵高站在王贲眼前，饶是深冬时节，额头还是有汗珠不住滴落。尽管心下惊讶不已，王贲却还是接过他手中的铜函，三下五除二掣出绢帛，只扫了一眼便拍案而起，双目陡然闪过一道精光：“请中车府令转告陛下，王贲明日便同中尉彻查兰池宫。”

“太尉，陛下还有一事告你。”

赵高低声说着，目光却不住向书房外打量着。王贲心领神会，将他迎入屋中，又将房门紧闭，这才转过来望向赵高：“说吧。”

赵高再次环顾左右，确认周遭不会有第二个人偷听，这才凑近王贲耳朵，用轻得仿佛吹气般的声音道：

“明夜子时，陛下将微行前往兰池宫！”

2

供奉齐地八神的祠堂外挤满了黑压压一片的方士，被挺戈佩剑的甲士们拦在外面，他们不住窃窃私语，纷纷把目光投向殿中。不算太宽敞的祠堂里则是一片忙碌，士卒们进进出出，将那些翻箱倒柜四处搜查得来的成果堆积在一处；

而他们的统领马兴，眼下则负手而立，冷冷环视着这座除皇帝本人外，此前从未有外人涉足过的祠堂。在马兴看来，那墙壁上镌刻着的各种神秘图画，那弥散在屋中的浓重药味，那祠堂正中供奉的八座神主灵位，还有那些堆积在大殿中的各色铜鼎、陶罐、葫芦、刀具、药石、丹砂、风干的花草、脱水的蛇虫……几乎处处都是疑点。

不同于马兴的警觉，太尉王贲却静静跪坐在草席上，小口啜着陶盏中温热的蒒草药茶，方士首领徐福则一脸散淡的微笑，垂手立在他面前。

蒒草药茶有股说不出的怪味，王贲每啜上一小口，都要艰难地让这汁液在舌尖打个转后才能咽下，他一边含着这难以下咽的饮品，一边望着对面的徐福若有所思。

王贲以前虽见过徐福两三回，却还从未像目下这般与他面对面；而关于徐福的来历，他也只依稀记得，此人是在皇帝第二次巡狩前入宫的，没多久便随同皇帝出行。在芝罘岛祭祀完阳主后，他便奉皇帝之命出海求仙。不料数月后空手而归，说是此番人手不够、船只太少，在海上行不得多远，还请陛下许自己多招几名助手；皇帝又统统赞同了，还特意将兰池宫交给徐福和那些方士居住。此后几年间，卢生、侯生等大批方士便都先后入住于此，整日躲着庙堂神秘兮兮不知鼓捣个甚，直到今日，王贲才第一次见到了徐福以外的这些人。

“太尉，甲士已将大小房舍逐一清查，并无可疑之处。”马兴望向王贲的目光中含义很清楚：下一步如何是好?

王贲对此报以平静的目光。大搜查的一无所获，也是他早就料到的——即便果真与悬刀通连，从高渐离事发到目下，也足有好几个月，足够方士们藏匿或销毁一切罪证，自己奉皇帝之命突击彻查兰池宫，真正含义其实是消除皇帝微行来此的一切隐患。心念及此，他不动声色地一口吞下盏中剩余茶汁，尽管被那股怪异腥味熏得皱起眉，却还是起身离席，向着对面的徐福深深一躬：“此番多有叨扰，先生见谅了。”

徐福也连忙还礼，一脸笑容可掬：“太尉职责所在，不必致歉。高渐离事后，我等方士也是人心惶惶，几月来太尉大索咸阳，唯独空出了兰池宫，此中固有皇帝恩宠，可如此一来，我等反倒说不清了；商议之后才主动上书皇帝，请求搜查兰池宫，只是不想这般突然。”

无论徐福有何真实图谋，这番话却说得无懈可击，王贲自然也只能点头，下令士卒们将这些器皿药材放归原处，向马兴使了个眼色，又将徐福请出了祠堂。

两人出了八神祠，沿一条曲折小径向上走了百余步，来到假山上一座孤零零伫立的茅亭中。远处烟波浩渺的兰池洪波涌起，那条石雕而成的巨鲸更是在浪花中栩栩如生，还当真有些沧海气象，而两人脚下的这座小岛，也颇有些像那传说中的蓬莱仙山。王贲早听说建这兰池宫乃徐福的主意，具体营造也是徐福操持，只不知投皇帝所好、慰他求仙之志之余，是否别有图谋？想到这里对徐福开了口：

“先生，今夜子时，皇帝当微行来兰池宫。”

出乎他意料的是，徐福却瞪大了眼睛：“今，今夜？”

“你也不知？”王贲仔细端详着他的表情，却没发现半点儿作伪的迹象。

徐福苦笑着摇摇头：“也知，也不知。”

“何意？”

“我等确曾上书，请皇帝今夜微行来兰池宫；可目下方知，皇帝当真要来。”

“为何如此？”

“说来话长。”徐福苦笑着讲起了其中原委。

依徐福所言，皇帝之所以礼遇方士，一是命他们求仙，二是为照料自己身体。这些年皇帝操劳过度，暗疾多有复发，又不耐太医静养歇息的嘱托，身体每况愈下，直到徐福等人每月定期入宫，服侍皇帝服用丹药之后，病情才开始好转。两个月前徐福等人又上书皇帝，说我等多年求仙不得，乃是因恶鬼妨害，皇帝唯有微行出巡，居所隐秘，方能避开恶鬼，求得仙药，建议他两个月之后，腊月“大寒之阴”时微行来兰池宫，如此便是一举两得：既能避开恶鬼，又可接受方士治疗。可皇帝一是忙于高渐离行刺等案，二也确实是心存疑虑，这卷上书也便石沉大海了，徐福等人本以为皇帝不肯照办，不料时隔两个月却突然旧话重提，实在不能不让他们惊讶。

“‘……臣等求奇芝仙药者常弗遇，类物有害之者。方中，人主时为微行以辟恶鬼，恶鬼辟，真人至。……愿上所居宫毋令人知，然后不死之药殆可得也。……’此乃当时在下与卢生、侯生、韩终、石生五人联名上书，太尉不信，可问郎中令，当能找出那卷上书。”

“那倒不必。”王贲摇头道，虽不信这上书所言，却也知道徐福不会在这种小事上骗自己，“你等所言那‘大寒之阴’，又是甚？”

“乃是旧齐节气之一。齐国节气不若中原列国，共三十个，这‘大寒之阴’便是冬季七节气中第五个，为至静之时，最利闭藏休养，算来正在今夜子时之后。”

王贲沉默了。方士上书劝说皇帝微行之事，他此前听蒙毅提起过，也始终对此很是怀疑；而昨晚听赵高带来皇帝要微行的消息时，他的第一反应是，这是方士和悬刀预先商议好的阴谋，一旦皇帝微行出巡，必会遭刺客中途截杀。可他实在没想到，皇帝此番微行，方士竟也事先毫不知情！

既如此，莫非自己多虑了？

虽是这般，王贲却也知道自己不能掉以轻心，毕竟皇帝微行时不可能带那多侍卫，果有刺客，极可能让他们行刺得手，是故自己必须预做绸缪，当即便转身要走：“既如此，我便叫卫尉、中尉调集人手，沿途防备。”

“太尉不可！”徐福连忙拦住了他，“微行微行，自然不能如巡狩那般大张旗鼓，岂能三步一岗、五步一哨？倒不如不来！”

王贲嘴角一阵抽搐，对徐福这多名目的讲究很是不耐，然只片刻思忖后便拿定了主意，直视着徐福的双目：“纵然如此，却也不能无备。为免泄露皇帝行踪，自目下开始，王贲便留在兰池宫，先生等人也当一直待在我眼前，不得擅自离开半步，如何？”

“……可也！悉听太尉安排。”思忖了片刻，徐福点了点头，显然心悦诚服地认同了。

“恶鬼没甚可怕。真正可怕的，乃是内鬼。”一边和徐福重新走向八神祠，王贲一边这样暗想着。

3

细小雪花由幽暗天幕中无声落下，借着辉煌的灯火可以看出，咸阳城连绵的宫阙房舍屋脊都铺上了薄薄一层银装。

金柝之声自远处遥遥传来，子时到了。

“陛下……”

书房门口响起了赵高恭谨的声音，他小心翼翼向这偏殿中望去，看到皇帝依然在忙碌着。

“‘富者田连阡陌，贫者无立锥之地。’淮北民田兼并竟至如此，许民买卖田地之法令，竟也被世族贵胄钻了空子，借此机会搜刮盘剥民众……”

望着面前的三五份上书，拧紧眉头的皇帝这样暗想着。

不知思索了多久，他忽然觉出身边有人，抬眼望去，却见赵高侍立在几步之外，不由得很是不快地问了句："甚事?"

"陛下，该，该去兰池宫了。"赵高吭哧道。

"啊，是也，忘了忘了。"皇帝以手加额，淡淡笑了笑，这才伸了个懒腰，将那卷《黔首自实田》的法令留在奏案上，缓步出了书房。

"陛下，真，真微行么?"跟在后面亦步亦趋的赵高低声问道，"高渐离之事刚过去……"

皇帝斜了赵高一眼："有何不可？这咸阳城，比陇西戎狄之地如何？比湘水翻船、玉璧沉水如何？比阳武博浪沙如何?"

"可陛下，那方士……"

"你等私下议论，朕也知晓。方士中自然颇多贪财之辈，然只要丹药管用，又有何妨？若果能长生，朕便微行，又有何妨?"

"可兰池宫距皇城，终究路途不短……"

"微行之事，除太尉与方士，不是只你知晓么？若遇刺客，便是你走漏的风声!"皇帝装出了一副严厉的口吻。

"陛下……"赵高惶急了起来。

看着赵高脸色骤然发白，皇帝哈哈大笑："谁不知你可靠？朕说笑而已，你这竖子还当真了?"

"王言如丝，其出如纶。陛下虽是说笑，阿高不敢不当真。"赵高虽松了口气，却仍是嗫嚅道。

"既是你亲自操办，朕自然放心！去请郎中令，走了走了!"

"你二人各换便装，随我走。"

"俺?"

王离揉一揉惺忪的睡眼，惊讶地望着面前的蒙毅，令他吃惊的并非命令本身，而是郎中令那冷峻的表情、严厉的语气，记忆里只有高渐离行刺那几天，郎中令才会这副模样。

又出大事了?

"左右都不是好事。"一边和李由撒腿奔出郎中们的寝室，王离一边暗想着。

当两人收拾停当、随郎中令来到那扇不易察觉的小小偏门前时，王离看到一个身影伫立在灯火下，面孔隐藏在黑暗中，只能看到零星的雪片落在皮裘上，当蒙毅来到他面前，拱手一句“陛下”时，他不禁大吃一惊。

那个影子向蒙毅点点头，又稍仰起脸：“李由，王离?”果然是皇帝的嗓音，两人忙拱手应了句“见过陛下”，皇帝又轻轻笑了：“好，你二人都可靠，我等这便动身——赵高!”

一旁的黑暗中，中车府令赵高手提风灯的身影闪现了出来。

“你二人左右保护皇帝，半步不离，随时注意周遭。如有半点儿差池，灭族之罪!”蒙毅在耳畔低声道，王离听了狠狠一个寒战，李由虽不动声色，却也不由自主地握紧了拳头。

四人将皇帝围在中间，不疾不徐走在深夜的咸阳街头。转眼间来到咸阳东郊，又冒着纷飞的雪花，沿渭水北岸的官道一路向东北走去。每走上几百步，王离都能发现路旁的密林中，小丘背后，甚至布满积雪的衰草灌木丛里，都会有两三双眼睛注意着自己的举动，随之还会传来阵阵不规则的枭啼，但只要郎中令报以另一种节奏的枭啼，他们便沉默了。王离知晓这是父亲统领的黑冰台暗哨，想到这里，一直紧绷的心稍轻松了些许。

皇帝倒似乎并不像王离那般如临大敌，而是闲庭信步地走着，有一搭没一搭地和李由说着闲话：

“李由，那次之后，朕才知晓惟嬴的心思，难怪她这两年来百般寻借口推托……”

李由笑了笑，却没有吭声。

“那高渐离砸伤了惟嬴，她又大病了一场，目下只好转了些许，太医令说，怕是开春后方能痊愈了。如此看来，你与她的婚事仍须后延，我已同廷尉提过，你且莫要太过心急。”

“谢陛下，这却无妨。然则，公主若是不愿……”

“不愿也得愿。”皇帝的语气极是坚决，“朕此前便太过骄纵她，终是宠得她一身刁蛮习气，想做甚做甚。只怕她嫁入你家也是个悍妇，日后你还需多管教她。”

李由颇有些尴尬地笑了笑，片刻沉默后终是冒出一句：“陛下……当多去探望公主。”

皇帝疲惫地摇了摇头：“哪有那多闲暇，这几月来淮北各郡都有密报，言北楚之地兴起民田兼并之风，朕心思都放此处。这几月只看了她两次，她又每次见了朕都是哭，朕烦她这般。明年开春，她便再哭再闹再卧榻再装病，也必须嫁出去!”说到最后，语气已颇见严厉了。

“……听凭陛下安排。”

一旁的王离虽始终没吭声，却并未放过皇帝和李由的对话，不知为甚，听到皇帝的最后一句，他心绪一下黯淡了下来。

冒着纷飞的雪花，踏着官道上薄薄的积雪走了将近半个时辰后，前方的黑暗中开始渐渐浮现出越来越多的灯火，甚至可以听到阵阵丝竹和喧闹声不时传来，尚商坊到了。

“这不一路无事么？赵高也忒胆小了。”皇帝笑了起来，“尚商坊已到，兰池宫就在眼前，我等紧走几步！”

“……方士者，本为周代掌四方讼狱之职官，然战国之世却演变为精通方技、炼求奇药之士……”

“天下公认之方士始祖，便是阴阳家邹衍，他所创这阴阳五行之说，讲究‘顺时而发，推刑德，随斗击，因五胜，假鬼神而为助者也’。……”

“……世人多将邹衍学说斥为怪迂之变，我等方士也多被骂为怪迂阿谀苟合之徒，然若依我看，我等炼制丹药至少无人能及……”

尽管徐福一直在絮絮叨叨说着，但祠堂之中，气氛却仍极是沉重。

王贲漫不经心地听着徐福的殷勤唠叨，鹰隼般的目光依次扫过坐在自己面前的四名方士，他们始终沉默着，只是偶尔插上一两句嘴，或彼此间难以察觉地交换一下眼神。从午后到目下，整整四个时辰内，王贲与他们始终端坐在祠堂内，除却在士卒的监视下去溷厕解手外，自始至终都没迈出这里半步，就连晚汤都是在屋内草草解决的；而其他方士想进这间祠堂或是想出兰池宫更不可能，王贲带来的甲士们早将此地围得水泄不通。

外面不时传来兰池的阵阵涛声，甲士们静默肃立着，陶俑般的轮廓被一盏盏风灯照亮，肩甲都覆了一层薄薄积雪，剑锋与戈援一同闪闪发光。远处，正对尚商坊的兰池宫门前，那盏巨大的风灯仍在风雪中摇曳着。

“太尉，子时已至，已是‘大寒之阴’了。”徐福笑道。

王贲瞪着他，不明白这话的真实含义。

“太尉不知，我等炼丹求仙讲究应时而动，是故最是看重时辰节气。”侯生解释道，“我等每夜都有人守在宫门前风灯下，每隔一个时辰都要换一次风灯，每次节气变换，更须如此。不知太尉允准否?”

王贲皱起了眉：“非常之期，各位不宜轻动，士卒代劳便可。”

“……也好。”徐福与其他四人交换了一下眼色，终是勉强点了点头，卢生站起身来：“风灯存于府库，我等这便取出。”在两名甲士的监视下出了祠堂，片刻后带着一只巨大的风灯去而复返，将风灯递给王贲："太尉请亲自检查。"

王贲细细打量着这盏风灯，看到它用白纱围起的四面都是一个古怪人形，人身上弯弯曲曲伸出了多条蛇形曲线，说不出的神秘诡异，正是这些年来咸阳黔首很是熟悉的那个图案。

"这是甚？鬼画符么？"

"太尉，此乃海神禺强，我等方士长年奔波海上，自然对其尊崇有加。这人身上生出的曲线，便是他双耳两脚各悬的二青二赤四蛇。"徐福殷勤指点着，又从革囊中掏出一方小小铜印："太尉请看，这便是禺强印，图画与这风灯上一样。"

王贲扫了一眼那方阴文铜印，果然如徐福所言，只是小了许多，于是哼了一声，将风灯塞给两名待命士卒，两人走后又来到窗棂前，片刻后便看到高悬兰池宫门前的红色风灯已被降下，取而代之的则是那盏白色风灯在夜色中徐徐升起，被风雪吹得不时摇曳。

三条街巷外的客寓里，一个阴影正目不转睛注视着兰池宫正门的动向。

"皇帝，果然来了……"看到那盏不时摇曳的白色风灯，凭栏远望的张良轻轻道。

然后他侧过脸，望着身旁的狗屠："我已将悬刀人手尽数调出，你我此番若仍不成功，怕是再无机会了。"

"公子不必多言，此中轻重，自会掂量。"

"你仍不需援手，仍要正面出战？"

"悬刀人手本就有限，我一人足够；再者，我要让他知晓，自己是为荆轲、高渐离复仇。"

"若是不成，却又如何？"

"成与不成，我都不会偷生。"

张良没再答话，而是转过身，面对着黑暗中那一双双闪闪发光的眼睛：

"听我号令，悬刀出动！"

剑锋出鞘声此起彼伏地响起，黑暗中闪烁起了道道寒光，其间还夹杂着一阵锁链的哗啷声响、銮铃的叮当声；少顷，一个又一个黑影便从这座位于尚商坊边缘、毗邻狗肉铺的小小客寓中纷纷拥出，无声地踏过薄薄一层积雪，先后消融在了夜色中。

4

夜空中的雪片越来越多，乱糟糟卷成一团，仿佛一副密密匝匝的银白色大网罩下来，脚下的积雪不时发出错落有致的咯吱声响。王离举着风灯，紧跟皇帝身旁，警惕地望着前面的黑暗。

他们这一行五人，此刻正走在一条位于尚商坊边缘的街巷中，这是蒙毅选定的路线，虽略偏僻却很宽敞，更要紧的是，这附近还有一处黑冰台的暗哨，三名弋射该当潜伏于此；而不到一里之外便是兰池宫正门，有杨端和马兴统领的卫卒守候；兰池宫中还有太尉王贲坐镇，若一切正常，这一带该当无事。

“停！”身后忽然响起了蒙毅警觉的声音，几人心下一惊，几乎同时停住了脚步。蒙毅没有解释，而是将右手搭在嘴边，发出了三长两短的枭啼。

这是黑冰台弋射们彼此识别的暗语，一路走来，那些暗哨都是如此询问着他们的身份，一旦蒙毅答错，得到的回应便很可能是一支弩矢或一柄匕首。然而蹊跷的是，皇帝这一行已在这条巷中走了百余步，设置于此的暗哨却静悄悄毫无声息，除了远处尚商坊的丝竹喧闹之声，便是一阵令人心悸的静谧。

王离和李由彼此对视了一眼，心底同时腾起一股没来由的寒气。

“陛下不妙！我等掉头！”蒙毅压低声音道。

还不待几人有所动作，远方无尽的墨色中猛然腾起了一丝火光，很快这火光便越来越亮，霎时间竟映红了天际，而方才那从兰池宫方向隐隐传来的丝竹喧闹声，也迅速变成了一阵紧急的叫嚷呼救！

——尚商坊失火了！

“陛下快走！”蒙毅大叫着，第一个转过身来，却愣住了。

背后百余步外的街巷里，同样亮起一点火光，映照出一个瘦削的身影，静默伫立在夜色与风雪中。

“皇帝？”

銮铃的清脆响动声中，那个阴影轻声问道，声音如女人般轻柔。

尽管不远处就是一片混乱呼喊，这里却仍静谧异常，这句低声问询也就格外清晰，仿佛还有一丝余韵在回荡。

王离心头猛地一颤，只觉得浑身血液瞬间凝固了。

蒙毅掏出了藏在怀中的骨笛，尖厉的啸声随即响起，若是在万籁俱寂的深夜，这求救的声音足可传至一里之外，然而目下它却转瞬间淹没在了那片嘈杂声中。一瞬间所有人都明白了对方谋划——附近这处黑冰台暗哨已被解决掉，外面守军又忙于灭火，没人会在意他们，便是求救也不会有人听见。

“陛下，我等前冲!”赵高急迫叫道，“巷子不长，冲出去还有……”

最后一个“救”字未及出口，前方的黑暗中便响起一阵哗啷声响，赵高一声痛苦哀号，应声躬下了身子，手中的风灯也坠落在地，火苗点燃了外罩的纱布。借着火光可以看清，他左肩深深插入了一只铜钩，鲜血正从创口中不住向外淌着；铜钩的末尾则连着一根粗长的锁链，一直通向前方十余步外的黑暗中。

“阿高?”身旁的皇帝又惊又怒地大叫。李由却挡在了皇帝身前，语气仍很是沉静：“前后都有强敌，陛下不当轻动。”

“李由王离随我迎敌!”剑锋出鞘的仓啷声响中，蒙毅的吼声在王离耳畔炸裂，与此同时他已闪身挡在了皇帝面前，同样拔剑出鞘的王离也与他和李由一同结成了一个小小的三角锥，将皇帝围在正中。

前面的哗啷声响重又响起，赵高一声大叫。王离扭头看去，但见粗重的锁链陡然绷直，插入赵高肩头的铜钩已被掣动着拔出，扭曲如一条毒蛇般缩回了前方的黑暗中。

然后，锁链哗啷声和脚步踏雪的咯吱声中，一个高大身影缓缓走来。借着火光可以看清，此人是个狗屠装束的虬髯大汉，尽管风雪交加，他却只穿着一件薄薄的单衣，手中的武器则是根粗重的锁链，锁链末端是那只反射着火光的铜钩，丝丝鲜血正从钩尖滴落，将他脚下的白雪溅上点点殷红。

“赵高退下，保护皇帝!”蒙毅沉声道。

尽管受了重伤，赵高却仍勉力挺直了身子，缓缓向皇帝退去。皇帝则眼疾手快地猛拉了一把赵高，两人一同藏身大树背后，又按住他肩头示意待好，自己则从那棵藏身的大树后站了出来。

他不是为自己藏身，却是为了安置受伤的赵高。

“悬刀?”望向那个瘦削的身影，皇帝的嗓音仍然镇定自若。

“不错，我便是张良。此人便是博浪沙那飞椎力士。”銮铃声中，身后的阴影柔声道。

“荆轲、高渐离，生前也是我好友，当年本该我与荆轲同行。”狗屠也开了口，嗓音雄浑厚重，手中的锁链不住发出哗啷声响。

皇帝四人谁也没有吭声，他们都心下雪亮，这狗屠胆敢光明正大站出来独对四名武士，显是有了足够把握，身手只怕远胜荆轲。

“王离，我与李由拖住这狗屠，你攻向张良!”蒙毅低声一句，张良却仍听到了，颇有些不屑地哼了一声，不等王离行动便将手中火把抛向身前，一人多高的熊熊火焰立即猛蹿起来连成了一片，彻底封堵了退路。王离这才注意到，张良身前的雪地上有一大片黑黝黝的水洼，倒映着跳动的火光，这些漆一般黏稠的黑水正在缓缓向他们面前蔓延流淌，散发着一股浓烈的腥气。

“猛火油!”王离不由得暗暗惊讶。

目下这一带处处起火，忙于救火的士卒黔首们自不会注意到这条暗巷中的刺杀；更有甚者，在这街巷中无论搏斗还是求救，发出的任何响动都会淹没在混乱之中，况且目下这熊熊烈火又阻隔了退路，他们既无法冲出去，也指望不上任何援手冲进来救驾。看眼前形势，若想活命，除却杀死对面的狗屠外，别无他法。

然而，他们当真敌得过此人么?

赵高仍在勉强压抑住呻吟，蒙毅虽没有吭声，牙却咬得咯咯响。王离和李由面面相觑，尽管这是个寒彻入骨的雪夜，然而此时他们的额头都渗出了滴滴冷汗。

方才那片混乱的求救声再度响起，只是这次不是在远处，而是在一墙之隔的大道上，因而也就愈加清晰。火焰的舞动中，面前张良的身影开始扭曲飘摇，渐渐诡异起来。

“狗屠，动手吧。”张良的语气仍是那般淡漠，却蕴含着无尽杀意，说罢便转过身去。当那个鬼魅的身影消失在熊熊烈火的背后时，狗屠举起右手，开始在头顶抡动起锁链，那动作一开始既轻且慢，但三五圈之后便迅速加快，转眼间锁链便幻化为一团疾速盘旋的黑色云雾，仍在纷纷坠落的雪花也被这云雾改变了轨迹，近于狂乱地甩向四面八方，王离无法看清他的动作，只能紧紧握住手中短剑，将它竖在胸前，防住自己从额头到胸口这一线，以防那突如其来的一击刺入自己的咽喉或胸膛。

“来了！当心!”蒙毅的吼声突兀响起；几乎是同一时刻，那锁链也直取王离而来。

5

锁链直取王离而来，从那哗啷声响的来路中可以听出，显是贴地而行。

尽管刚听到蒙毅警告，王离便立即向外侧跃去，手中短剑也迅速劈下准备护住双腿，不料动作还是慢得太多，但闻一声箭矢钉入骨肉般的闷响，一股剧痛便从右踝传来，王离一声大叫歪倒一旁，汩汩鲜血不住从右脚的伤口向外喷涌开来。

“休得猖狂！”蒙毅一声大喝，已同李由一左一右扑了上去。

又是一阵锁链的哗啷声响，王离发出了第二声极尽痛苦的哀号，铜钩已刮下他右脚一块皮肉，又疾速向后缩去。他在雪地中打挺般翻了个身，伸手想攥住这锁链，咫尺间却还是慢了半拍，蒙毅李由一左一右两侧抢攻到狗屠身前时，铜钩已缩回他手上。然而此时，两柄短剑也已从两个方向一同刺向了狗屠的左右两肋；两人彼此的配合极是默契，两柄剑一先一后，刺去的方向高低也不相同，巧妙汇成了一个可随时变换后着的夹角，封堵住狗屠所有可能的退路，无论他如何应对都会顾此失彼，总会有其中一柄剑刺中他。这是郎中们日常演练的剑法，搏斗时只要有两人以上，都会以此配合呼应。

“成了！”王离心下暗暗喝彩——狗屠技击之术再是高明，也不可能毫发无损！

王离的判断的确很准，狗屠确是躲无可躲，然而他的应对却大大出人意料。两柄短剑一同刺来，他眼见自己无法完全躲过，当即腰身一拧转向左边，完全将后背让给了右面的李由，李由短剑刺来之际，他却已扬起手中的锁链与铜钩，猛然砸向左面的蒙毅。而令人大为意外的是，李由的剑锋堪堪刺入狗屠空门大开的身后，却不可思议地滑向了一旁，只喷溅出丝丝缕缕的鲜血，染红了飘飞的雪花，显然狗屠那件看似单薄的衣衫中还穿着护甲；与此同时，他手中的锁链也完全缠住了另一边蒙毅握剑的右手，铜钩锋刃直啄向他的胸膛。

“郎中令退后！”情急之下，王离大喊了一句。

不必他提醒，蒙毅也已开始向后退去，然而狗屠的动作竟是惊人的快捷凶猛，仍是向着蒙毅全力猛扑，手中的铜钩也随即抡出，对准蒙毅的咽喉横扫而去！

间不容发之际，蒙毅堪堪闪身躲过了铜钩，但缠住手臂的锁链却使他无法行动自如，仍没能躲过铜钩之后砸来的锁链。但闻一声闷哼，胸口已被重重砸中，剧烈的疼痛使他当即喷出一口鲜血，随即软倒在了遍地雪白血红中。

狗屠大手猛地向后一掣，锁链便如长蛇般从蒙毅的手臂和胸口灵巧滑落，缩了回来，此时李由再次冲上前，短剑第二次刺向狗屠背后。这一下刺得远较第一剑深，终是刺穿了护甲，鲜血喷溅出来，染红了飘飞的雪花，也一并染红了李由持剑的右臂；狗屠却是一声大叫，全然不在意自己的伤势，抡起铜钩猛然冲向了一直在观战的皇帝，还有因负伤而卧在皇帝身前几步的王离。

“来了！”尽管也曾无数次经历过拼杀，甚至几个月前还同高渐离有过一次殊死搏斗，但望着狗屠猛扑过来，王离心下却仍是阵阵胆寒，不由自主握紧了手中的短剑，左手撑着冰凉的雪地，终于勉强立了起来，准备再度迎击狗屠手中那致命的利器。

转眼间，狗屠已冲到自己面前十余步，手中的铜钩仍在不住挥舞盘旋。

“哪里跑！”身后的李由踩着遍地淋漓鲜血，紧追不舍大吼道。

“哪里跑！”王离大喝着一跃而起，尽管右脚刚落地便是一阵剧痛，但他仍咬紧牙关，一瘸一拐地挺剑扑向狗屠。

几乎与此同时，狗屠手中的铜钩也高高挥起。

面对着那只凶险的铜钩，王离的眼睛已陡然变得血红，他不知它会啄向自己身体何处，许是面门，许是胸口，许是两肩，许是下腹，但这些他都顾不上了，郎中令已经倒下，生死不明；中车府令虽在身后，同样受伤不轻，狗屠一旦越过自己，便是直面皇帝本人，自己便是皇帝面前的最后一道防线！

那个瞬间，王离的身体也同狗屠手中的锁链一样拧转，短剑在黑暗中掠过一道扭曲的寒光，直取对手右肩，纵然狗屠的铁钩能抢先取自己性命，但只要这一剑能刺中，王离便有足够把握卸下对手的整只右臂！

若能成功，自己纵然送命，狗屠却也无法再挥动锁链，自然也就无法行刺皇帝了。

然而王离没想到的是，狗屠的应对再度出乎他的意料。面对着自己孤注一掷的一剑，他既没有抢先抡出锁链进攻，却也没有任何回防，而是猛然一个大转身，将手中铜钩突兀挥向了身后——

他真正要对付的，是正在背后追击的李由！

这一下太过隐蔽更太过突然，全力追击的李由没有防备狗屠这一手，眼见他转身挥出的锁链直取自己下腹，几乎不及反应，只是本能地一个侧身闪向一旁，肚腹却还是被划出了一道既深且长的伤口，同样是一声痛苦的大叫中，李由的身子如陀螺般旋转了几圈，拼尽全力才勉强没有倒下，尽管左手捂住了伤处，鲜血却还是赤泉般喷涌而出。

“李由!”尽管短剑已从身后刺中了狗屠的右肩，王离却没有半点儿轻松，情急之下仍大喊一声。

心念电闪间，他已明白了此前连番打斗中狗屠的图谋。众所周知，再强的技击高手，只要独自面对两个以上对手都会左支右绌，更遑论狗屠是要孤身一人与四名武士对战。狗屠本人自然也明白其中的道理，是故选择了将四人各个击破——四人之中赵高身手最弱，他便在他们毫无防备时先行偷袭，将他打成重伤，率先解决掉一个；接下来他又试图以同样方式干掉自己，可自己身手终究高强得多，是故只是负伤，尽管如此，战力也已大打折扣；当蒙毅李由两人同时出击时，狗屠早看出蒙毅是四人中真正发号施令的轴心，身手又弱于李由，于是抢先向他发起猛攻；而自己和李由一前一后夹击之际，他又是宁可受伤，以示形之法一举击倒战力最强的李由。如此一来，其余三人都已全无战力，只剩下受伤的自己，却也大大落了下风，若说与这狗屠一对一，决然没有战胜的把握。

“果然高手。”王离咬着牙恨声道，手中刺入狗屠右肩的短剑猛然掣出又就势向外一撩，只听咔嚓一声，狗屠那只挥着锁链的右臂终于应声落地。

鲜血再度喷涌之际，狗屠猛然转过身来，剩余的那只左手紧握成拳，直捣王离胸前，被王离左掌接下；狗屠动作却是快得惊人，手腕瞬间翻转，已然反过来擒住了王离左臂，但闻一声闷响一声惨号，王离左臂已然脱臼!

突如其来的剧痛使王离的脸色陡然变得扭曲惨白，大滴汗珠不住落下，纵然如此，却还是用尽全力挥动短剑向狗屠脖颈急斩，狗屠松开左手猛一侧头，却未能完全躲过，被王离短剑劈中了头顶的发簪，蓬乱粗硬的长发随之披散下来；然而下一刻，他原本空着的左手却突然多了一柄细短匕首，在金铁铿鸣声中猛地架住了短剑。直到此时王离才看清，狗屠手中握着的，是他头顶的发簪。

两位搏斗者用各自剩下的那只手死死握住了兵刃，又将全身力量都压在了上面，他们彼此面孔相距不过几寸，可以清楚听到对方的呼吸与心跳、看清对方通红的眸子。经过这番两败俱伤的生死格斗，两人都是强弩之末，谁能坚持到最后，谁便能决定皇帝的生死。在王离看来，狗屠伤势远重于自己，目下该是自己略占上风，然而很快他便发现自己错了。

鲜血一刻不停地从伤口中流淌着，将狗屠从头到脚染成了血人，可他的气力却仍未衰竭，那支充作匕首的发簪竟仿佛磁石般将王离的短剑牢牢吸住，而且还在慢慢前压，竟推得王离双脚开始向后退去，在洒满鲜血的雪地上留下两道深深的血痕。此等情形之下，王离终于开始惊惶起来，此前他从未见过如此强悍、斗志更如此顽强的对手。眼见自己的短剑已被压到了离胸前不过一寸之处，马上便要割破衣衫，他深吸口气一声暴喝，本想后跃到几步外再做计较，不料脚下一滑，已仰面朝天跌到了雪地上。

“完了！”后背感到雪地冰冷的那一刻，王离索性闭上了眼睛，等待着狗屠的匕首向自己的喉咙刺下。

一瞬间很静，他能感到雪花落在脸庞上的点点冰冷，预料中的剧痛却始终没有来到；非但如此，他还能感到，除却雪花的冰冷，还有一些温热的水滴滴在自己的脸上、身上。

王离缓缓睁眼，看到一柄短剑悬在自己脸庞上空，刺入了狗屠的肚腹。

这一剑，来自方才一直默默观战的皇帝。

几乎是与此同时，他看到无尽黑暗的天穹被火光映照着，如同笼上了一层红黄色的帷幄，两侧堆满积雪、夹起这狭长夜空的高墙之上，也各自伫立着两排黑影，手中的弩机闪闪发光。

“咚”的一声闷响，其中一个黑影跳落到巷中，溅起了雪花；然后，那个令王离无比熟悉的粗重嗓音随之响起：

“王贲护驾来迟，陛下恕罪！”

6

“忍住，莫乱动。”

“阿翁，轻，轻点儿……啊！”

一阵剧痛猛然传来，王离大叫了一声。

“行了！接上了。”王贲松开了手，抹去额头的汗水。

“疼，还是疼……”王离龇牙咧嘴道。

“疼也不许哼！”

王离不敢吭声了，只是右手轻抚着肿胀的左臂，片刻后才缓过劲儿来，喘息着一句：“阿翁，陛下没事？”

王贲重重一声叹息："总算没事。倒是你等几人，个个受伤不轻，伤最重者便是李由，太医令说，伤口若再深上寸许，李由肚肠怕是要淌出来了。"

"那狗屠，当真难对付……"王离嘴角抽搐着，仍是心有余悸。

"狗屠虽死，张良却逃了。"王贲面色极是阴郁。

昨夜火起之时，王贲的第一反应便是：这必是悬刀所为，也必是悬刀的障眼法；而悬刀的真正目标，也必是微行的皇帝！当即冲出八神祠，命一队甲士继续守住徐福等方士，自己则直奔兰池宫正门，率领着士卒一条街巷一条街巷地搜寻皇帝踪迹，这才及时赶到救得皇帝等几人。将皇帝护送进兰池宫后，王贲又忙下令封堵尚商坊一切出入要道，连夜在大街小巷中开始了大索，忙碌了一夜，虽在尚商坊中多处都发现了悬刀的尸体，或是在搏斗中被杀或是自我了断，却始终没能抓到一个活口，更要紧的是，仍没能发现张良行踪。

"当真行踪鬼魅！"听罢父亲的叙述，王离喃喃道。

王贲脸色也极其难看："不仅如此。这次皇帝微行，事前知情者只有我、赵高，还有那几名方士，连蒙毅都是在皇帝动身前才被告知。却是谁、却是如何走漏的风声，招来了刺客？"

听到这句话，王离大惊失色，张大了嘴巴。

"难道是方士……"

"我也怀疑如此，然从我告知徐福直到事发，那几人始终处在我眼皮底下，更有众多人证。纵然知晓皇帝行踪，他们又如何同刺客暗地里通连？"

"……"王离张口结舌。

"若不是方士，便只能是我与赵高。"

"阿翁，你……"王离大是惊惶，挣扎着要坐起来。

王贲盯住了儿子："你信我是内鬼么？"

"决然不信！"王离拼命摇头。

"信赵高么？"

"也不……"王离刚要再度摇头，却迟疑了起来。

王贲叹了口气："皇帝也不信。然则，赵高却一口应承了下来，说自己不慎泄露了皇帝行踪。"望着儿子吃惊的目光，又解释道："赵高也是一片苦心。依照秦法，若查不出元凶，徐福等方士，我，赵高，人人都要连坐，上次高渐离行刺，那些内侍侍女不都是如此么？可我位列三公，那些方士又是多年照料皇帝身体，处置谁都如折了皇帝臂膀一般；赵高又自觉没能护好皇帝，心下大为愧疚，是故主动顶了罪。"

“中车府令忠臣也!”王离这才稍松了口气,“如此,皇帝便要杀他?”

“依郎中令之意,赵高当杀,不然无从给天下交代;然则皇帝感念他忠心,力争要赦免,廷尉也有意附和,这几日郎中令等人,正与皇帝争执不下。”

“既如此,赦免了中车府令,倒也不错……”

“竖子知道个甚!”王贲语气十分不满,“特赦令一下,便是法外施恩,如此先例一开,秦政岂不松动?我倒宁可连坐,也不愿见皇帝坏法。”

“纵然如此,如之奈何?秦法纵然森严,可终究不能制约皇权,皇帝当真铁心要做,仍是无可阻拦……”

王贲满是烦闷地一声长叹:“我也无计可施,却也不能全无举动。是故前日已自请贬黜,这两日便等回信了。”

“太尉,辞官之事,暂缓如何?”

望着王贲的上书,皇帝沉思道。

“此番陛下遇刺,臣终究有失职之处,臣倍感自责。中车府令一介内侍尚有担待,况乎臣?”王贲语气虽并不如何激烈,却极是坚定。

“朕明白你的心思,然朕也说过,反复辟乃定国之战,既是兵争,输赢自是常事,若因一时失利便要斩杀大将,朕又有几多大将可用?谁又能如武安君,如王老将军般一生不败?”

王贲沉默了。

“就实说,此番行刺,狗屠也死了,那些悬刀刺客也都死了,只剩了一个张良,以朕之意,不必再追查下去了。”

“陛下?!……”

皇帝无可奈何地摇头:“博浪沙那次,不也如此么?上次高渐离行刺,连坐问斩者足有三十余人,可杀了这多人,还是揪不出真凶;这次连日大索,关中更是人人自危,米价飞涨到一石一千六百钱,仍是一无所获。面前大事又是一件接一件,我等君臣,终不能整日死盯着这件未遂刺案没完……”

“可陛下若再微行……”

“这你却放心。”皇帝的笑容中也满是歉意,“此事之后,徐福、卢生等方士也上书于朕,请朕将咸阳宫殿均以复道、甬道相连,以此隐匿行踪。朕再微行,也只走这些复道甬道,刺客无法近前了。”

“……”

“再者,朕目下还有一件要紧之事,欲交与你。”

“甚?”

“旧楚地民田兼并之事。”

皇帝说着从奏案前站起身，将几卷竹简递给王贲。王贲扫了一眼，发现这是泗水郡、陈郡等地郡守县令的上书，内容大同小异——自咸阳庙堂年初颁布《使黔首自实田》的法令、民田得以自由买卖后，六国诸多旧世族、富商大贾便开始借徙民、徭役征发等机会，以极低价格由黔首手中购得大量田产，此风尤以旧北楚地为甚，许多黔首失田之后又反过来沦为老世族的佣耕，几乎重又成了灭六国前的封地隶农。官署想管，可这民田买卖却正合法令，禁止兼并必与法令抵牾；可若不管，眼看众多黔首沦为佣耕，岂不又倒退回了封建之时?更有甚者，秦政向以耕战为两大支柱，而今已出现了民失其田的苗头，若听之任之，便是从根基上动摇秦政。正是因此，郡守县令们都不敢怠慢，赶紧上报咸阳庙堂。

“太尉，你意下如何?”王贲读完这几卷上书后，皇帝问道。

“民田兼并之事，的确不能放任。然以臣之见，此事只能徐徐图之。一则，目下大工程连绵，更不必提岭南北疆未定，我等并无精力人手全力彻查；二则，既要使民田继续得以买卖，又不能使黔首因此失田，其间如何衡平，尚须时日揣摩；更有甚者，臣对农事一知半解，心中尚无成算。”

皇帝轻轻点头，显然早有准备了：“此事好说，朕已为你选定了一名干员，此人极富理财之能，有他襄助，太尉无忧!”

“既如此，臣领命。”

第八章 三户

1

红日方升，照亮了覆盖在秦川上的皑皑白雪，照亮了河滩旁刚抽出嫩芽的杨柳枝头。如烟的晨雾尚未散去，一艘客船便驶离了码头，沿着滔滔渭水东去了。

而这艘客船一直紧闭的乌篷中，王贲正在聚精会神地听着对面那人滔滔不绝地讲着什么。

此人衣着华丽，长得高大白胖，一张大脸更是肥白如瓠，无论从哪儿看去，都是个不折不扣的富商。王贲记得一个月前，这位御史张苍由冯劫引领着来到面前时，自己颇为诧异，实在没法从这位白胖吏员身上看出半点儿精悍气象。冯劫却似乎明白他的心思，豪爽大笑道，太尉莫看张苍肥白如瓠，肚中可是学富五车，举凡理财经济商旅农耕等民生之事，无所不包，治粟内史也不过如此，有他相助太尉自可放心！王贲仍是将信将疑，直到和张苍聊起来后才对他刮目相看。张苍说，根除民田兼并之难，首在厘清民户田数，目下唯有自行暗访方能摸清，这一句顿时说中了王贲的心思：那淮北也恰是黑冰台重点监视之地，他本就有亲往彻查之意，于是将张苍提议上报皇帝，得到皇帝赞同后，两人便乔装打扮成富商，带着四名扮成船工的弋射，开始了东去的行程。

虽是正襟危坐一脸严肃，张苍那白白胖胖的脸庞却颇显憨态可掬，此时正对王贲详细拆解着秦国田制：

“……太尉当知，商君变法之后，国有私耕之井田制被正式废除，民田自此允许自由买卖；然此时秦国仍是地广人稀，相较可耕之田，农人远远不够，是故多余土地便被王室收归国有，规定不得随意私占。若想从王室获得田产，便有名田制、授田制两法，或累积农功军功，换得国府奖励田产；或在庙堂鼓励垦荒时获得田产，换言之秦国田制便是国有、私有并行。然到统一天下之后，形势又为之一变，此番大势之变，还与太尉大有关联。”

“与我有关?”

“当年由太尉出面，将天下富豪十二万户徙至咸阳，以防范六国复辟，而这些世族田产也多被收归国有，庙堂由此得了大批可授之地，此等形势之下，庙堂便推出自实田法令。实，充实、占有之意也，此法令便是许六国无地黔首去官府自行申报登录，领取豪强土地，几为授田制之变形。如此便是一举多得：其一，打击六国豪强贵胄，使其失去作乱最关键之资本；其二，鼓励农耕垦荒；其三，调整当年商君战时法治，给黔首自选田地之自由。以张苍之意，待到此法令推行天下数年后，庙堂还当推出新田法，进一步推进田地私有……”

“如此说来，这自实田法令颁行天下，本是好事，却又如何变了味道?”

“微妙正在于此。”张苍苦笑起来，“而今虽可自由买卖田地，然以常理观之，寻常黔首只要足够耕种，自然不必也无力大量购置田产，能大肆兼并者唯有六国世族。可这田地毕竟是立身之本，不会有黔首轻易卖出，复辟贵胄若想兼并，只能或欺诈或威逼，一旦有此等违法之举，只要黔首及时举报，官府必当追查到底，却不知为何竟无人告知? 怪也……”

王贲沉思着点点头，忽然又想起了什么，快步冲出船舱，向掌舵船工高喊了一句：“先入灞水，去骊山!”船工一声呼哨，手中舵一转，船头便调整了方向。

“去骊山?”眼见王贲坐回舱中，张苍颇有些摸不着头脑，“大人去皇帝陵做甚?”

“我等去皇帝陵，见一个人……”王贲压低声音说了几句，“……你意如何?”

“对也，该当如此!”张苍恍然大悟，连连称赞。

客船沿灞水向东南驶去，到达骊山正是夕阳西下之时。金色晚霞中，骊山逶迤的轮廓向远方绵延伸展，直如一匹奔腾的骏马一般壮美。骊者，青黑色马也，骊山之名便由此而来，而眼前这景致，便是关中八景之一的骊山晚照；而皇帝的陵寝，也正是选在这里。

运石甘泉口，
渭水不敢流。
千人一唱，
万人相钩！
……

震撼人心的歌声中，万千火把照亮了夜空，照亮了暮色中的骊山，也照亮了这片巨大的工地。一片赭红的刑徒人群齐齐喊着号子，拖动着一块形似巨龟的佷石艰难前行，他们个个身着赭衣，粗大绳索无不在肩头磨出深深血印，渗出来的鲜血与淋漓的汗水一同滴落到脚下的泥土中。

“阿戕、阿欸，陶俑涂料太淡，再浓些！”

“阿訾、阿鮫，这戈援还不够平滑，返工！”

“阿婴，你这砖瓦都烧裂了！阿禹、阿苍小心！摔了砖瓦，唯你是问！”

……

诸如此类的喊声从四面八方传来，道路上满是川流不息的人群，或是担着各色土木砖石，或是在将白亮亮的水银、明晃晃的鲵鱼膏一罐罐一坛坛封好运走；两旁的无数窝棚作坊中，这边在忙着烧制陶俑部件再拼接到一起，那边在调制红绿蓝黄紫褐白黑等各色颜料，准备涂到那些陶俑身上；头顶的夜空被冶炼铜汁的冲天火光映得一片红彤彤，脚下的土地被堵塞渗水、下锢三泉的叮咚锤凿声震得微微颤动……这片亘古罕见的巨大工地直如一座巨大的迷宫般复杂，然而王贲却显是轻车熟路，带着张苍穿过万千忙碌身影来到陵园前，向守园士卒说了句甚，片刻后便有一名风尘仆仆的将军快步赶来。王贲向张苍介绍说这是少府章邯，职掌王室府库及各种工程，主持皇帝陵寝修建。三人草草寒暄几句，章邯便引着王贲张苍来到一处清静谷地，听王贲讲起了来意。

“……秦法历来视无田产者为疲民，一律罚为苦役刑徒。我等寻思，天下刑徒近半都在这骊山修陵，此间必有许多失田之民，是故想见见这些人，预先打探一番。”说罢来龙去脉，王贲最后讲道。

“太尉倒是找对路了，我手下这刑徒当中，失田之人还真不在少。”章邯叹息了一句，说着扭头叫石室外的军吏，“将黥布等人叫来！”

少顷，石室外面传来一阵锁链的哗哗声响，还有一个个粗重嗓门的骂声。

王贲张苍随章邯出了石室，果然看到一队赭衣刑徒被押送到此，有的被剃光头，有的脸上刺字，有的颈带铁圈，正在吵嚷叫骂着，见到章邯出来，这才渐渐安静了下来。

“你等听好，这是咸阳来的太尉，有话问你等！若是好好答话，今夜你等便不必再做活！”章邯说着踱过刑徒们面前，最后在一名脸上烙有“囚”字的虬髯大汉前停了下来，“黥布，给太尉讲你如何失田！”

“还不都是他娘的官府害的！”黥布愤愤骂了一句。

“官府害的？何意？你是何人？”王贲上下打量着他。

“俺本不姓黥，姓英，有人给俺算过命，当先受黥刑而后称王，俺便故意受了刑……”黥布的回答引起了一片笑声。

“不许胡说八道，说正事！”章邯怒斥道。

“……俺本扬越人，鄱君降秦后，俺便随扬越人北上，定居九江郡六县，后来县令让我等自占县中田地，俺便也占了二百亩，又报了官府登录。不想未及耕种，治所寿春便来人说，要在郡中征发民力去拆城墙……”

“拆城墙？”乍一听，王贲没回过味来。

“你这鸟太尉如何不知？黔首都说，此事还是你主管呢！”

“原来如此！”王贲这才明白，黥布口中的“拆城墙”，必是那“堕坏城郭”，也是自己近年来负责的主要工程之一：征发民力，拆除六国旧地残留的宫殿王城、关隘城垣，以及属于旧贵胄的那些私家城邑。故楚地世族封地本就多，九江郡也须从郡中大量征发民力去拆除城邑，黥布自然逃不掉。

“拆城墙之后呢？”

“俺不想去，自家刚占了田，这般丢掉又可惜，恰好一家楚国富商来六县买地，俺便将田地卖了百十个秦半两，自家逃了。不想没逃多久便被郡卒抓回，说啥秦法有定，私自逃亡者都须罚做刑徒，便把俺押到这鬼地方，可不都是官府害的么！”

“明明是你躲避徭役私自逃亡，如何怨在官府头上？”

“你这鸟太尉好没道理！”黥布梗着脖子大叫道，“你等先是分俺田地，分好却又开征徭役，俺想耕田都没法耕，明摆着骗俺！没法耕种俺便卖田逃跑，你等又抓俺回来，还将俺押到此地做苦役，俺落到这步田地，能说与你官府无关？”

“你当时为何卖田？”

“左右也耕不得田，留着何用？可不要卖么？有人肯买，自然便卖，袋里有了钱才是真，哪恁多‘为何’?”

“何不再等等，服完徭役再回来耕种?”

黥布颇有些鄙夷地望着王贲：“回来再耕？谁知这一去何时能归？这几年天下大工程数不胜数，哪一项完结了？便是完结了，还不又有新活铺排下来?”

“即便如此，这些工程大多利国利民，你等如何这般抵触?”

“利国利民又如何？这些俺都不懂，也不想懂！便是秦国富强了，俺自家还不是身无分文囊中空空？这几个——”黥布说着指向身后其他刑徒，“都是安分守己的黔首，好几个还都有爵位！这个叫牙，兰陵人，不更爵；那边几个是东武人，这个叫鵙，也是不更爵；那个叫庆忌，上造爵，他们都和俺一样，都是不愿服徭役卖了田！有田不能耕，与失田有甚分别?”

“是也，有田不能耕，不如卖掉!”刑徒们乱纷纷叫道。

“换言之，你等卖田都是自愿，不是被逼的?”王贲很是意外。

“要说逼，也是被官府逼的!”黥布大叫道。

“对，官府逼的！官府逼的！……”刑徒们又纷纷叫道。

王贲与张苍对视了一眼，都不吭声了。

2

两个多月后。

一艘快船沿泗水而下，在沛县的码头靠上岸边，一位吏员模样的冷面中年人从舱中探出头来，警惕地向外面扫了一眼，没发现任何异样，这才颇矫健地跳上岸，显然身手相当不坏。

紧接着，另一个同样打扮的白胖高大者也一个大步迈上了岸。不料落脚处刚好是一摊烂泥，白胖者脚下一滑一声惊叫，双手乱舞着眼见要跌落下水，冷面中年人正要揪他衣襟，一名早就守候在岸上的船工却已抢先伸手拉住了他。白胖者边擦汗边连声道谢，船工却只轻轻点头，跳上旁边一艘小船悠悠荡入了泗水。白胖者眼见他已消失不见，又见左右无人注意自己，这才轻轻张开了一直紧攥着的拳头，但见掌心中是一小团打成结的布疙瘩。

白胖者没有打开，而是将它递给了那中年人。后者熟练地几下拨弄，一小方麻布便在掌心舒展开来，中年人一眼扫过便将它藏入袖中，白胖者则叫来一辆垂帘辎车，两人一同上车后便辚辚驶上了驿道。一个时辰后，远处驿道旁一方巨大青石上赫然显出了“泗水亭”三个篆字，辎车便在青石后面的亭舍大门前停了下来。

老亭父将两人引入亭舍，又叫来一名年轻吏员摆上陶壶陶盏斟上凉茶，说俺这便差县卒去找亭长，待他回来再上饭食；亭长素来好客，知有吏员投宿，定会与你等好生喝几杯。白胖吏员笑道无妨无妨，我等倒也不饿，只不知亭长去了何处？老亭父一脸苦笑：休说你等不知，便是我等也不知，刘亭长一日倒有半日不在亭里，也不知又去哪儿游荡了。说罢摇头叹气径自走了。

眼见老亭父出了门，白胖吏员便从里面轻闩上房门，扭头望向那始终没有吭声的冷面中年人：“大人，密报说的甚?”

“让我等去下相。”对方低声道。

“有眉目了?”

中年人没有答话，只是点了点头。

离开骊山陵后，王贲张苍都极为意外，他们本以为兼并田产都是老世族巧取豪夺所为，黔首都是被世族威逼着卖地，却没想到双方竟是你情我愿，更没想到黔首们卖地的最主要原因，竟是因徭役的沉重。而接下来两个月的明察暗访，更加深了王贲的惊讶。两人一路走访了沿途二十余县，每到一地都向郡守县令询问当地民情，查询黔首们自行上报的占田数，王贲本以为如此便可轻易查明多少黔首失田、失了多少田，又有多少是在老世族逼迫之下无奈贱卖。不想单看这数目却是看不出任何破绽，买卖田地者少之又少，一时郁闷不已，与张苍商讨后终是决定换了办法，将此次彻查分成几步逐一实行：其一，表面仍继续要各地黔首自行上报占有田地数目；其二，命潜伏在旧楚地各处的黑冰台弋射分头暗访，探查真正占有的田亩数；其三，有了大体眉目之后，再将一明一暗两种不同途径得来的田亩数两相对照，相差多者必是兼并严重之地；其四，将黑冰台人力集中于此，全力彻查幕后买家到底何人，只要能得到世族贵胄威逼黔首卖田的证物，便可向他们径自问罪。自然，依张苍之见，此番暗访只是治标，田地兼并之事绝无可能只靠一两次暗访便就此消亡，是故还须从根上铲断。王贲早已做好打算，回咸阳后便当会同廷尉，密商根除兼并之新田法。

虽已部署稳妥，王贲心下却不见任何轻松，这一切都来自两个月来与黔首们打交道的经历，尤其是那个叫陈胜的佣耕。

他是在颍川郡的鄢陵（注：《史记》云陈胜籍贯为阳城，后世多认定此阳城为今日之河南登封，然此地毗邻新郑，当属韩国，与其楚人身份相悖，故取鄗陵阳城之说。）见到陈胜的。当时他和张苍装扮成富商四处暗访，在田间遇到一群歇晌的农人，将随身带的米酒干肉糇粮与他们分享，很快便赢得了他们的好感。这时王贲注意到，一个黑瘦后生却并未与他们一同歇息，而是拄着铁耒立在田垄间，久久遥望着远处原野，同伴们叫他过来喝酒吃肉，他却没有理会，反倒没头没脑地冒出一句：日后我若能富贵，不会忘了你等。一句话引得大家哄笑不已，纷纷笑说你一介佣耕，何来富贵？陈胜却也不反驳，只冷笑着又冒出一句：燕雀安知鸿鹄之志哉！说罢也不歇息，继续奋力耕作起来。一名老者便对王贲叹道，这陈胜卖了田、做了佣耕后性子便乖僻起来，人倒是好人，也最有主意。王贲忙问他为何卖田？老丈你等也是失田佣耕？老者慌忙摆手：大人莫问，说不得。说着便招呼其他农人纷纷下田了。

听了老者的描述，王贲心下顿觉蹊跷，终是耗到日落收工时叫住了陈胜，将他请到一间小酒肆攀谈起来。陈胜初始很是警惕，几杯酒下肚才放松了些，讲起自己身世：他本是旧楚士卒，当年秦军灭楚还在大司马项燕麾下，楚国灭亡后便成了农人，还从官府手中占得百亩田地，可恨被故楚贵胄项氏逼着卖掉，自己衣食无着，只能做了佣耕。王贲问他何不上报官府？陈胜却是满脸不屑地冷笑：官府也能信？我等目下虽是佣耕，总算还能勉强果腹艰难度日，若当真报官言自家无田，若那官府又与老世族一鼻孔出气，岂不要将我等罚为苦役刑徒，去那骊山修皇帝陵？……

与陈胜道别后，王贲心头久久不能释怀。须知自商君变法起，秦国庙堂制定国策时所遵循的最根本、也最不容动摇的一条铁则便是“法以爱民”，王贲很是清楚，无论山东六国如何大肆攻讦秦政，如何炮制出秦人生活悲惨的种种流言，都无法回避一个最基本的事实——秦政若果真是虎狼苛政，秦国若果真穷兵黩武，只可能是两种原因导致的两种结局：其一，因连绵无穷的战争或劳役迅速激化国中矛盾，很快便被民众暴动所推翻，如此则秦国可能会强大一时，却绝不会长久；其二，无声无息地苟延残喘下去，纵能勉力撑持个数十年上百年，却绝无可能在天下有任何伸展，最终只能是被外敌所灭。或是强大却速亡，或是持久却孱弱，古往今来，任何一个邦国、王朝的最终结局，舍此两种外再无其他可能。然而事实却偏是，秦国一以贯之地强大了近百年之久，既没有被民众暴动所推翻，更没有因国力孱弱而亡于外敌，反倒以雷霆之势摧枯拉朽，短短十年间便统一了天下。如此铁一般的事实摆在眼前，那些谎言再花样百出，不还是不攻自破么？秦国与秦政，若无黔首们真正发自内心的拥戴与推崇，何能做到这一点？

自然，秦政确有缺陷，最大缺陷便是过于死板严苛，秦国民风也因此远不如六国那般自由奔放，然则在那刀兵连绵朝不保夕的战国之世，民众最关心的首要问题是填饱肚肠，是故秦国必须全力农耕；次要问题则是保全自己性命，不能死在敌军剑下，是故秦国也必须全力征战。当年商君定下的一耕一战两大国策，正是为满足民众这两大首要生存需求而定下的，若不能满足这两点，你再是文华绚烂，再是民风奔放，甚或国家再是强大，又有甚用？当真会变成《商君书》所云的舍本逐末。而秦国也正是以放弃这“末”为代价，保证了“本”的牢固，由此得到了民众拥护。

然而，王贲却无论如何也没有想到，当六国灭亡、天下一统之后，黔首们对于秦政的态度却会出现如此大的变化。自己所见的黥布等刑徒，陈胜等佣耕，他们口中对官府的怨言，他们心中对官府的误解，尽管只是几十人的牢骚，然则谁能说这些话语不代表万千黔首的心声？既然已出现如此端倪，自己和皇帝，还有整个咸阳庙堂，又如何能不把它放在心上？

可纵然如此，却又如何应对？尽数停工么？这多工程都已大肆铺开，岂能就此半途而废？更有甚者，除却阿房宫、骊山陵这有数几样外，剩余那些工程绝大多数都利国利民，那些旧城郭能不拆除么？那些淤塞的漕渠能不清理疏通么？那些驰道能不修筑么？中原通向岭南的扬越新道能不建么？皇帝和蒙恬还在谋划，准备通连秦、赵、燕三国长城以抵御匈奴，如此至关重要的工程，能不做么？

……

“也只能从长计议了。”想到这里，王贲深深一声叹息。

3

天色完全黑下来时，都已饥肠辘辘的王贲张苍终于等到了那位刘亭长。

“大人见谅，见谅！”

门外刚响起一个略带些痞气的声音，一个四十出头的中年人便快步进了客房，一连串的拱手赔礼：“沛县刘邦，见过二位，见过二位！”

这仍是当年的刘邦，头上仍是一顶锃光发亮的竹皮冠，身上仍是一件邋里邋遢的布衫，身形却已微微发胖，满面都是红光，开口便是扑鼻的酒气，嘴角的笑容却是越发玩世不恭。与两人打过招呼便命老亭父端上酒肉饭食，还明言这是自家掏囊，与官府无关。王贲张苍早就饥肠辘辘，与刘邦干罢一碗米酒，便绰起竹筷大吃起来，一转眼便将各自案前饭食风卷残云般一扫而空，连两碟调味佐料都星点不剩。刘邦见状不禁哈哈大笑：二位几日没动碗筷，如何这般猛士吃法？张苍笑答：我等从陈郡来，路途遥远，路上也顾不得打尖，亭长见笑！

“陈郡？闻听陈郡正在彻查黔首自实田数，可有此事？”

“亭长耳目好生灵便，前几日刚下令，你这边便知了？”

“咱刘邦虽说一无所长，交游却广，俺兄弟张……俺刚好有兄弟在陈城做门监，听他说的。”

王贲与张苍对视了一眼，略一沉吟，终是明白说道：“实不相瞒，我等正为此事而来。”

“沛县也要查了？”

王贲点点头。

“查吧，查吧。”刘邦漫不经心应道，“左右不过一阵风……”

“此言何意？”王贲警觉起来。

刘邦诡秘笑了：“二位都是小吏，也不是甚庙堂大员，我便直言了。若依我说，庙堂查也白查。须知秦法纵能推行天下，却也难在我楚地深彻推行，为何？秦灭六国，楚最无辜，我楚人也自然深恨秦人。你若委派秦人官吏，楚人自然不服管，是故楚地官吏多为当地楚人担任。皇帝多半以为如此一来，天下之人该念他好了吧？嘿嘿，偏只是一厢情愿！”说到这里他半是嘲讽半是可惜地摇头笑道，“单说这楚地，你用楚官治楚民，楚民倒是服了楚官楚吏了，可这楚人官吏却未必肯服秦人庙堂，能给你尽心么？我便听说，楚地各郡县吏治大多松懈，那些郡守县令对当地黔首大多刻意回护，执法远不及关中那般森严，若遇触法，多是睁一眼闭一眼。”

“此话不假！”进来添酒的老亭父不禁笑呵呵地插了句嘴，“不说旁人，单说刘亭长，最是贪杯好色，廷中吏无所不狎侮，又是整日山吹海侃，萧功曹便说他多大言少成事，这般人物竟也能做亭长，岂非天大怪事？”

“你个老儿忒煞多嘴，去去去，困觉去！”刘邦不耐烦地起身离席连挥衣袖，硬是将老亭父推推搡搡轰出门外，这才重又回来坐下，“这老儿总看我不上，整日唠叨个鸟秦法，说甚秦法禁官吏妄言，言行不足为人师者不得为吏，聒噪！”

“亭长这般随心所欲，县令怕是不知吧？”眼见王贲脸色铁青，张苍连忙向他使个眼色，笑呵呵问道。

“如何不知？装聋作哑而已！”刘邦一脸坏笑道，“县令也是楚人，乡里乡亲总不好撕破脸皮，毕竟咱刘邦虽说不拘小节，却也未误过大事，更有萧功曹等一干兄弟帮衬，还算个能吏，罢黜了俺再换个亭长，怕是还不如！二位不知，我楚人向来散漫难约束，最耐不得秦法繁剧，各地官吏人手又有限，根本管不过来，既然本就无能为力，何不入乡随俗？便是换作你二位为郡守县令，也只得如此！一则不愿严管，二则严管不得。如此一来，庙堂政令到了我楚地，自然变了味道。你便当真命官府彻查民田兼并之事，终究还将沦为官样文章。”

“官府如此，可黔首为何也不愿明言失田？”王贲皱着眉，百思不得其解。

刘邦哈哈笑了：“老兄不懂楚人心思！这些年来秦政虽推行天下，却还未深彻执行，六国旧地仍是民心未附，其中尤以我楚地为甚，众多黔首还留恋故国，纵不敌视官府，却也观望摇摆，此等人自然既不肯兜底报上自己所占田产，也不会轻易将买地旧贵胄报官，此其一也。”

“其二呢？”

“这二嘛，你等想破头也猜不到。老实同二位兜底，那些世族贵胄，都有黔首护着！”

“啊！”一听此言，王贲张苍当真惊讶了。

眼见两人一脸难以置信，刘邦打了个哈哈：“人心思旧者，又不只老世族。春秋战国数百年，分封制大行其道，早成天下人心中定势。休说世族自觉天经地义，那些依附贵胄的门客仆役，那些采邑庄园的隶农乡民，也多以为追随主东乃顺理成章之事。秦国统一之后打压豪强，将这些人尽数恢复自由身，他倒未必习惯！此种情形之下，你秦政再有些许瑕疵，譬如徭役繁多，譬如吏治松弛，黔首们自会不满秦政、怀念旧主，只怕是甘愿受老世族盘剥，也不肯要秦政！”

“岂有此理！”王贲愤然道，刚要站起来，陡然注意到张苍的目光，这才勉强克制住自己，嗓音却仍不由自主地打战，“自天下一统，皇帝与咸阳庙堂创出多少新政？废分封、设郡县，建三公九卿，书同文、车同轨，齐钱币度量衡，又有决通川防、堕坏城邦、疏浚漕渠、修筑驰道等工程，更有南平百越、北防匈奴，这多举措，哪样不是利在千秋？从本心讲，骊山墓、阿房宫我也不赞同如此铺排，求仙炼丹我也以为徒然耗费财力，然则这些许瑕疵远不致动摇我秦政根基，天下黔首如何不看这多大政，却仍是怨声载道？”

“高论，高论！兄弟能有如此器局，日后必当大有作为！”刘邦大笑着拍案道，抄起案上陶盏，咕咚咽下一大口米酒，“实在说，俺刘邦也是眼高于顶，生平只服两人：少时最是仰慕信陵君，人到中年，最崇敬的便是皇帝，若依我看，皇帝作为纵不超三皇五帝，至少也可与之比肩，大丈夫当如是也！然则你却不知，天下几多人能有你我这般见识？那多碌碌之辈，终生所思所虑者无非自身温饱安危，你与他说个甚天下大政，又有几多人肯去细细思量？这秦政明明为我华夏族群夯实了文明根基，天下之人却不会想此等泽被万世之长远好处，只知念念不忘为此所付之牺牲，将皇帝骂作暴君，将秦政骂作苛政，反倒为那些拉倒车之老世族鞍前马后效力，世间乖谬无过于此！我楚地一句民谚天下闻名，二位该当也曾听说——楚虽三户，亡秦必楚，说的便是楚人反秦之心！”

“这不是当年楚南公所言么？如何仍未消亡？”王贲惊讶不已。

“何曾消亡过，只怕越传越广了！”刘邦方才归来时本就酒意正浓，又陪王贲张苍饮了几杯，目下早已是酩酊大醉，自然也就根本没注意面前这两名吏员的阴沉脸色，仍是哈哈大笑，“庙堂若不及早休养生息、轻徭薄赋，仍如目下这般压榨民力甚或变本加厉，这秦政便是再好，天下黔首也不会买账！咱刘邦便是再赞同秦政，却也不会再为庙堂效力！无他，天下黔首虽未必明白甚是好，却定然明白甚不好。你虽高明，我等未必明白你；可你若果真混蛋，我等却也会断然将你推翻，绝不容忍昏君暴政！……”

尽管仍是在嬉笑怒骂，刘邦的声音却渐渐小了下来，他大张着嘴狠狠打了个哈欠又伸了个懒腰，口中喃喃说着绝不容忍昏君暴政，身子却已慢慢伏到了案上，不久便打起了鼾。

王贲与张苍却是毫无睡意，仍是相对枯坐着，良久无言。

4

“使劲儿使劲儿！”

“再加把力！”

“好！快了快了！”

“小心，步子莫乱！”

……

岸边一片此起彼伏的吼声中，几十个精赤着脊背的高大后生如骊山刑徒那般肩扛一根根绳索，拉纤般蹚过齐腰深的冷水，奋力向岸边一步步走去。那些足有儿臂粗的纤绳无不紧绷绷湿淋淋，一直没入水中，随着他们的步伐一寸寸前移着，碎玉般奔涌的雪白水花间渐渐露出一样被多只铁钩钩住的黑黝黝物事，看那轮廓，却是一只奇大无比的鼎耳。

“万岁！出水了出水了！”眼见鼎耳渐渐露出水面，岸边呐喊助威的十余个后生兴奋得大喊道。

欢呼突然间变成了惊叫，只听“嘭嘭”声接连响起，但见五六根纤绳接连绷断，一个个赤膊后生猝不及防纷纷仰面跌入湍急的水中，其他人见状忙转身由背拖转为手拉纤绳，却还是收不住脚，不由得被那刚露出一耳的大鼎一点点拖向水中，眼看便要前功尽弃！

“莫慌！我来！”随着一个惊雷般的声音陡然炸响，一个巨大的黑影猛地扎入水中，激起丈许高的水花，岸边随即一片惊呼——澎湃的水面上渐渐浮起一只三足朝天一人多高的巨鼎，鼎身上缠满了水草覆满了泥沙，鼎口淌下的淋漓水流汇成一道小小的瀑布，淋在下面一个魁伟后生的头上肩上身上。这后生看年龄尚未加冠，却是一脸连鬓络腮大胡须，两只大手牢牢攥住了大鼎的两耳，一双粗如树干的胳膊挺得笔直，同样赤裸的黑黝黝上身筋肉虬结，极尽威猛雄壮，而最特异的还是那双眸子，不仅闪烁着烨烨雷电般的精光，每只眼睛竟然都有两个瞳仁！

“力能扛鼎！项籍万岁！”所有后生都忘情地欢呼着。项羽爆发出一阵雷鸣般的大笑，举着鼎湿淋淋地大步踏上了岸边，双手将巨鼎一丢，泥水四溅中，半个鼎身已然没入了岸边泥泞里；他又伸出熊掌般肥厚结实的大手抹去了鼎身上的厚厚淤泥，随即露出了那上面青色的斑斑铜锈。

“没错！”项羽指点着鼎身大喊着。“看这纹路：这是泗水，这是睢水，这是淮水，这里该是下相！这便是九鼎之一的徐州鼎！当年暴秦灭周、兵入洛阳，这九鼎便不知所终，不想今日为我项籍所得！”

“九鼎重现，公子天命攸归！”后生们又是一片狂呼。

“好，好个天命攸归！”项羽得意地大笑着。突然间却变了脸色，双臂猛然抓住鼎耳奋力一挥，那珍贵无比的巨鼎便如飞石般砸向了十余步外的一座山石，一声沉闷巨响一阵剧烈震颤，顿时炸裂成万千碎石铜块，四下飞溅开来。后生们或是被砸伤，或是站立不稳倒在地上，登时便是一片叫苦连天。

“公子，如何砸了这九鼎？”头破血流的后生们纷纷大叫，人人痛心不已。

“你等懂个屁!”项羽一声大吼，“这九鼎是甚?是王权!那狗皇帝当年巡狩至彭城，曾征发上千民力打捞此鼎，不就是为昭示自家威势么?我要的就是打碎这王权!”

“可公子若九鼎在手，岂不更能引得天下归心?还能如皇帝般创一番功业!”其中一名后生仍不服气，忍痛叫道。

“哪恁多聒噪!项籍只管破，不管立;只管反秦，不管建政;只管打天下，不管治天下!”

项羽的语气中蕴含着无比的凶狠，所有人都不敢再吭声了。

“此鼎在你等心中珍贵无比，可在项籍眼里，不过一堆废铜!伯父一直收集铜料，这碎铜刚好给他，你等快搜集起来!”

“诺!”后生们应和着散开，奋力开始了忙碌，另有几人警觉地四下张望着，个个训练有素，颇有军旅之风。

就在后生们将铜块捡拾完毕，赶着牛车匆匆离开泗水岸边不久，从上游悠悠驶来了一艘客船，那苫盖得严严实实的舱中，面对面坐着三个人。

舱中的灯火照亮了一名御史打扮的中年人，正将一堆竹简轻推到对面的王贲和张苍面前:“断令，数月来我等四处明察暗访，已大体摸清了真相。这些都是田产密契，这一摞是陈郡的，那边是泗水郡的，其余几郡也有不少，单是这些密契有载的民田，便有万亩之多，不知整个楚地还有多少黔首失田，又有多少田地成了世族产业!”

“何人这般大肆购田?”

御史递上了一枚宽大竹简:“断令请看!”

接过竹简只扫了一眼，王贲的脸色便沉了下来，这竹简显是一副田契，上面刻着已被废止的楚地文字:

“阳夏黔首吴广，以郢爰三十之价，自卖田三百亩与故主项氏……”

“钱币一统以来，天下只余秦半两，楚国旧币也已被废，这老世族竟以此换得三百亩良田，与空手强夺何异?”张苍惊愕地倒吸了口冷气。

“项氏……”望着这枚竹简，王贲从牙缝中挤出了这个词。

“主事者，乃当年项燕长子项缠，淮北流失民田，近半都为他吞并，太尉手中这田契有头无尾，另一半便当在项氏庄中!”

“如此黑幕重重，为何无人报官?”

“项氏自家豢养了一批私卒，动辄便是利剑威吓，寻常黔首自不敢轻易报官;楚地又法度松弛，多与当地豪强往来甚密，报官也未必管用，如此一来，黔首宁可追随世族，也不再信任官府，便一直捂到目下。”

王贲没有说话，终于明白暗访时黔首为何防备自己了。

“可黔首却又如何信得过足下，连这般密契都给了你?”张苍颇有些惊讶地问。

御史笑了：“断令也知，为掩人耳目，我等黑冰台之人平日都有正当营生，在下正业便是监御史，目下负责在陈郡疏浚鸿沟漕运、统领民夫营，与黔首同吃住同劳作，自然得他们信任。譬如这阳夏吴广，先前不肯明言失田之事，与我相熟后心下憋屈，这才偷偷讲出来。”

“若非史禄，这道黑幕怕是难以揭开，足下此番大功一件!”张苍击节赞叹道。

（注：史书中此人被称为“监御史禄”，禄当为其名，监御史为其官职，本书为行文方便冠之以史姓，却未必是其人真正姓氏。）

史禄拱了拱手：“先生谬赞了，在下本分而已。只这旧楚地吏治混乱，咸阳又鞭长莫及无从上报，而今难得庙堂欲彻查此事，我等岂能毫无作为?”

“好！此番必不负你等企盼!”王贲一拳擂到了木案之上，震得灯火都晃了两晃，“目下既有了田契，足以证明老世族巧取豪夺兼并田产之罪行，我等便可真正开始整肃！我意，便以这下相项氏开刀!”

“伯父，阿籍回来了!”

一边兴奋吼着，项羽一边大步走向了书房，却突然间收住了脚步——迎面而来的是一双明亮冰冷的眸子，如同夜空中的星辰般闪烁着寒芒。

“数年不见，少公子这般高大了。”

说话的是个难以分辨年龄的男子，相貌如女人般白皙清秀，而他的嗓音也女人般轻柔悦耳。可不知为甚，在他面前，勇武过人的项羽竟没来由地觉出了一股寒意。

“阿籍，这是旧韩张氏长公子，公子良，你幼时见过。”项伯踱了过来。

项羽没有吭气，只是向张良勉强一点头，神色间颇有些冷淡，这位公子他确乎记得，可对他女人般的相貌没有任何好感。

不过，张良显然也没将项羽放在心上，而是重新转过脸来，细细端详着项伯。几年工夫，这位项氏长公子已是人到中年，尽管身材因多年的养尊处优而稍有些发福，但从那双孔武有力的手上却可看出，他并未荒废技击之术，身手未必比年轻时差。

“倒有当年大司马几分精明气象，只是若论见识胆略，怕仍不能同季公子并论……”想起早已销声匿迹的项梁，望着相貌相似、秉性却不同的项伯，张良心下颇有些感慨。

项伯自然不知张良心思，只负手在书房中踱了几步，犹豫片刻后终于转向项羽：“阿籍，听伯父说，你径自到厩中选一匹最快好马，出下相去蕲县找你曹叔，越快越好！”

“为何？”项羽大为惊讶，“伯父吃了官司？秦人要来抓伯父？我与他拼了！”

“低声！莫问！”项伯压低声音喝道，快步打开房门探头张望了一番，这才又扭过头，“此举只防万一，只要无事，伯父不出三日便亲往蕲县找你；记住，非我亲往，不能信任何找你之人！快走！”

项羽没动，只是将牙咬得咯咯响，却还是转过身大步出了书房。

“何不命少公子随我等一同走？如此，还多个帮手。”望着项羽的背影，张良低声道。

项伯深深叹了口气：“你却不知。我这侄儿最好逞血勇，带他随行，难保不会与人争斗厮杀，我又管不住他，如此，还是分头行事的好……”

张良略带嘲弄地笑了：“公子原是怕连累了自己。”

“岂有此理！”项伯愤愤道，却又心力交瘁地叹了口气，“我这侄儿只怕他父，只服我幼弟。可他二人一个故去，一个失了音信，从此便无人能管他了，若指望他中兴项氏、灭亡暴秦，只怕是痴心妄想……”

“秦政至今仍无松动，公子当以自保为上，复仇复辟诸事，只能待大势有变再做计较。目下风声甚紧，各地都命黔首上报自占田亩数，显是要打压民田兼并，张良更得内应密报，言太尉王贲已亲来淮北。这多迹象，公子还拿不定主意么？”

项伯哀叹了一声：“近来黑冰台暗访甚密，我当然也知，可若举族逃离，断然走不掉；若我孤身逃亡，却又放不下。项氏族人原本星散各地，这几年也都陆续来下相，若不告知他们，秦人岂不会将他们尽数下狱问斩？……”

“危急关头，竟欲鱼与熊掌兼得，公子可人也！”张良笑了，“兰池事败后，张良不畏凶险来此劝公子一同逃亡，只为给反秦大计多留一丝火种，不料公子竟还这多羁绊。罢，道不同不相为谋，张良去了……”说着站起身来，径自向门口走去，清脆的銮铃声也随即响起。

“子房，我若果真欲投你，却当去往何处？——我绝不泄露你行踪！”身后传来了项伯结结巴巴的问话。

张良原地沉默了片刻，终是悠悠一声叹息：“看在季公子分上，你若欲逃亡，可往东海郡下邳城寻我。”

“在下邳藏身何处?”

轻轻的笑声伴随着叮当銮铃声渐渐远去了，项伯这才意识到，自己的问题何等愚蠢，不由得脸红了。

5

项伯没有料到，张良离开的当晚，一场大祸便降临到自己庄中。

眼看天色已晚，他刚下定决心，决意按张良建议的那般悄悄逃亡，不想随身行囊才收拾一半便听到外面一阵喧闹，愤愤骂声混杂着凶狠犬吠混成了一片，紧接着一名仆役匆匆来报：一队人马将庄园包围得水泄不通，要入庄彻查!

“何人?”项伯心下颇为意外：数年来自己苦心经营，在这下相也算得一手遮天，若咸阳果有动静，县令便当先来告知，自己之所以不急于逃亡，多半也是因此，可今夜如何竟有人能绕过县府，径自拿人? 当下不及细想快步冲了出去。

熊熊火把照耀下，庄中大群挥舞棍棒菜刀的精壮仆役们，正在与黑冰台弋射们对峙着，人人目露凶光大声呵斥：

“何方贼人，敢打项氏主意?”

“不知我项氏大名么? 在这泗水郡，县令都须让我家主公三分!”

“今日撞到刀口上，刚好擒了你等，解送县府领赏!”

“何必费那般气力? 尽数打杀了便是! 县令问起，便说都是盗匪!”

……

“果然不愧当地豪强，一干仆役都这般猖狂。”王贲冷笑着大步上前，望着这些杀气腾腾的仆役，高叫了一声：“何人主事? 我乃黑冰台，目下须彻查庄园!”

听到黑冰台这三个字，气焰嚣张的仆役们不禁面面相觑。在六国旧民心目中，这是个令人闻风丧胆的名字，各种各样关于它的恐怖传说都已广为流传。

“何人主事?”王贲第二次高声叫道。

“何人猖狂?”一个倨傲的声音随之响起，一个身披锦袍的中年富商缓步走了出来，正是项伯本人。

“黑冰台么?”十余步外，项伯颇有些轻蔑地上下打量着对面的王贲，“一群弋射，也敢来此地撒野？告知县令了么？县令许你来我庄中彻查了么？若无县令手书许可，我等便是尽数打杀了你等，也不为过!”

“对！杀了这干狂徒!”身旁的仆役们纷纷喝道。

王贲却是冷笑着望着这些仆役们，直到他们稍稍安静了下来，才重又开口：“足下便是项氏长公子?”

“你是何人?”项伯强自镇定问道，他并未见过王贲，但从他的语气中分明听出，此人当与自己打过交道。

“忘了么？当年我曾领军连下淮北十城，公子还是我手下败将。”

“你是……当今太尉，王贲?”项伯愕然后退了一步，脸色陡然变了。

“目下，也是黑冰台断令。”王贲说着举起右手，亮出了一样物事，“黑冰台奉皇帝之命，彻查世族兼并民田之事!”

灯火照亮了那枚玉牙，看到这样信物，听着王贲冷森森的话语，项伯陡然颤抖了起来。

“鸟个庙堂之命！主公，我等与这干秦人大战一番!”项伯身后的仆役私卒们纷纷叫道。

“项氏意图抗法么?”王贲的瞳孔陡然收紧了。

“莫要轻动，不然我等都要被连坐问斩!”项伯扭头大喊，“听我话，放下兵刃!”

仆役们迟疑了片刻，不知是谁第一个丢下了手中的棍棒，此后其他人也开始纷纷效法，一时间各式棍棒菜刀堆成了小山。

“公子总算识得大体。”王贲一双鹰眼上下打量着项伯，“然则单是这几把菜刀，便与庙堂收缴私兵之禁令相悖，我等若当真彻查，只怕还会查出更多罪证!”

项伯没有吭声，脸色却开始发白。

王贲也没再理会他，扭过头来面向弋射们：“听我号令！你等分为两队，第一队看管庄中一切人等，不得走脱一人；第二队三人一组，彻查庄园!”

整座庄园骤然陷入了混乱和恐慌之中。项氏的数百名族人、童仆都被驱赶到了院中，喊声骂声哭声登时混成了一片；弋射们则纷纷散入庄园之中翻箱倒柜四处搜查，只有王贲本人静静伫立在项伯面前，冰冷的目光望向怒火中烧的项伯。

“报断令，地窖中搜出百余把吴钩！”

“偏房查出十余箱私铸秦半两！”

“密室藏有大量铜块铁锭，至少千斤！”

“书房中有项氏与昭、屈、景等族往来书信数十封！”

……

“报断令，田契找到了！”

两名弋射合力搬着一个巨大的铜箱蹒跚而来，又将它掀翻在地，只听哗啦一声，箱中竹简立刻散落在地堆成了一座小山。王贲快步走去翻检着一枚枚竹简，突然间目光大亮拾起了其中一枚，又从袖中抽出另一枚外形一样的竹简，啪的一声将两者合在了一起，顿时凑成了一副完整田契：

“阳夏黔首吴广，以郢爰三十之价，自卖田三百亩与故主项氏，吴广以田主之名永为项氏佣耕，如有泄密，杀身灭族！”

“以田主之名，永为项氏佣耕。”王贲的嘴角浮现出一丝冷笑，“你等欲以此法吞尽淮北民田，使黔首重又变为自家隶农么?”

项伯仍没有吭声，只是咽了咽口水，额头却冒出了大颗大颗的汗滴。

“而今证物确凿，项公子还做何说?”

“能有何说? 认栽而已！”项伯别过脸，愤愤道。

王贲一声冷笑，手一挥，两名弋射齐齐大步上前，擒住了项伯双臂。

“最后一问，太尉如实告我！”尽管被弋射们推搡着，项伯仍昂然叫道。

“说！”王贲的脸上看不出任何表情。

“你等……当真要将我项氏灭族么?”项伯将牙咬得咯咯直响。

“依秦法，私藏兵刃、私铸钱币、私吞民田，桩桩都是大罪，你项氏纵有不知情者，最轻也当处以连坐，罚为刑徒；公子本人既是主谋，更无生还可能。”

“然则，若我肯帮庙堂彻查兼并之事，能否饶我等性命?”项伯仍奋力挣扎着，声嘶力竭大喊道，“楚地世族兼并之事，我一清二楚，甘愿将其间内幕和盘托出！只要你饶我等性命，我也认了！何如?”

王贲颇有些意外地皱起了眉，沉思了片刻，忽然冷冷一笑：“你等案情，自有廷尉府处置，与我何干?”说着一挥手，两名弋射便拖走了连番大吼不断挣扎的项伯。

旬日之后，一场巨大的风暴骤然席卷了淮北各郡县。

被俘的项伯极是配合，几乎不等御史审讯，便主动将世族们兼并民田的诸多内情和盘托出。有了项伯的供认，又有黑冰台弋射们搜集的众多田契，王贲便开始彻查此事。他自己坐镇陈城，又从咸阳请来了廷尉李斯、御史大夫冯劫，三人商讨之后议定了各自的分工：王贲负责缉拿各郡县的世族，李斯负责勘问审讯，冯劫则负责监督那些办案的郡守县令以及吏员，以防有玩忽职守甚或徇私舞弊之事。分派已定，三人便分头行动。半月之内，王贲一举擒获了千余名旧楚世族后裔；而冯劫手下的御史们也开始了对淮北各郡县官吏的查勘考核，当场罢黜了百余名与六国世族过往甚密的官吏乃至县令郡守；有贪赃枉法的数十名官吏更是和那些世族一样，统统交付了李斯的廷尉府。一干吏员们没日没夜地勘问了月余，终是尽数审讯完毕；李斯会同吏员们拟定了奏书，决定尽数没收老世族侵吞的十数万亩农田，重新退还原先田主；而涉案的众多老世族则依各自罪行的轻重，或斩首或流刑或罚为城旦刑徒。

奏书上报咸阳后数日，王贲李斯冯劫三人接到了皇帝诏书，奏书的绝大多数内容都得到了皇帝的赞许，却唯独将涉案世族中的头号重犯项伯由斩首改作罚为刑徒。皇帝在回书中说道，项缠虽为田产兼并一案之首犯，却也有告奸之功，若无减刑，只怕日后若再有彻查之事，落网世族更无人肯痛快交代，故对其网开一面。王贲捧着回书沉默了半晌，终是颇有些无奈地叹了口气。

“断令心下仍是不甘?”张苍笑道，“此番一举擒获了千余名老世族，民田也尽数退还了黔首，更大大整肃了淮北吏治，断令当真打了个大胜仗，该知足了！”

王贲摇摇头：“如此彻查，虽收一时成效，终是治标不治本，只怕过上三五年，老世族又会死灰复燃。我等终不能每日只紧盯此事……”

“太尉放心！张苍已想好新田法若干大要，归总而论一句话：不禁土地买卖，却严禁占田逾制，只要待时机成熟时推行天下，定能一劳永逸解决兼并之事！”

“那便好，明修法治、体恤民生，方为固本长策。只是目下大局未定，北有匈奴虎视眈眈，南有百越负隅顽抗，咸阳庙堂仍抽不出人手顾及此事。”

“百越未定，原因何在?”听到这里，史禄分外上心地问了一句。

王贲叹了口气：“无他，辎重后援不力。”当即将父亲这几年来的战事扼要讲述了一番。

“……屠睢牺牲、秦军北撤后，咸阳庙堂也就此事商讨过，都觉若想使粮道顺畅，最好的办法便是修一条长渠通连湘、离二水，可……”

“修渠?”史禄目光大亮，“在下曾为水工，修渠是老本行!”

“竟有这等事?”王贲陡然惊喜了。

三言两语，史禄便将自己的身世讲述了一番：他先祖本是越人，以赘婿之身来到咸阳，而他本人曾为郑国老令吏员，随他修过郑国渠，渠成后便离秦，游历中原各地。眼见六国各自拦水修坝危害别国，各地漕渠断裂淤塞者比比皆是，遭罪的却都是无辜庶民，心下极为痛惜。当年秦军灭魏之际，他曾试图劝魏王假早做预防，不料那昏君不仅不听，还险些要杀他，终致秦军水淹大梁……

“……当年终究是两国交战，王贲也是不得已而为之，监御史见谅。”王贲颇见难堪地拱手道，心下隐隐泛起一丝愧疚。

史禄点了点头：“大梁被水淹后，我曾一度痛恨秦军，然更立志要如李冰郑国两位前辈一般，有朝一日除尽天下水患。天下一统之后，庙堂短短一年便接连出台诸般举措，在下也都看在眼里，终是对秦国秦政刮目相看，这才主动以墨者之身入了陈郡官署，又被选为黑冰台弋射。然这些年心思一直在通川防、疏漕渠之上，于反复辟之事倒不甚上心。”

“这几年，你疏了几条漕渠?”

“除鸿沟外，还有会稽郡的通陵渠、长沙郡的汨罗流、陇西郡的秦渠、陈郡的琵琶沟……”

“监御史这般精通水事，我便荐你入岭南，为秦军再修一条运粮沟渠，何如?”王贲重重一拍案，陡然兴奋起来。

史禄毫不犹豫一拱手：“在下愿往!”

“那我这便修书，交你带给上将军!”

第九章 通渠

1

苍老的咳嗽陡然打破了午后的寂静，昏昏沉沉的王翦睁开眼睛，无奈地长出一口气，轻轻擦去嘴角的口涎，睡意陡然消失得无影无踪。

“上将军！”一直守在外面的赵仲始听到干栏中的动静，连忙三步并作两步地蹿上了竹梯，隔着布帘叫道。

“无事无事！”王翦疲惫地摇摇头，颇有些艰难地坐了起来。

赵仲始撩起布帘走了进来，正要端起一旁盛满清水的陶盆，王翦却摆手示意自己来，一边笨拙地下了床，接过赵仲始递过来的浸满冷水的汗巾擦了擦脸上的汗水，又抹去眼角的眼垢，这才觉得神清气爽了不少。对赵仲始温淡地笑了笑：“人老了都这般，有点儿响动光亮便睡不着，老夫终究这把年纪了……”赵仲始没有答话。

自从屠睢牺牲、西路军北撤之后，他便随上将军来到了这离水岸边，一待就是两年。两年间，赵仲始明显感到上将军身体大不如前了：他的饭量已显著小了许多，觉也越来越短，尽管仍坚持每日亲自巡视营地，可这例行公事似乎越来越成了他的负担，好几次回到幕府都是脚步艰涩气喘吁吁大汗淋漓。几名都尉都劝他，说目下秦军驻地距西瓯人盘踞的密林终究还有几日行程，这两年来战事也少，上将军不必每日巡视；有一次驻守闽越地的蒙武将军过来，见了上将军的憔悴形貌更是大为震惊，硬要上书咸阳，请求皇帝允准他北归养老；不久前任嚣将军还派来军使，说目下南越地的治理已大有起色，南路军有意请上将军坐镇番禺指点军务。但这些上将军都坚执回绝了，说自己驻守这西越地是来打仗的，不是来养老的，若想归乡，自己早就自行上书了，还用旁人代劳？目下西瓯、雒越两大部尚未平定，老夫何能心安理得做逃兵，若是那般，如何对得起屠睢将军与其他牺牲将士的在天之灵？再者任将军将南越地治理得好好的，自己又何必跑过去指手画脚给他徒增掣肘？众人听了都无言以对，就连蒙武将军也只嘟囔了句老匹夫当真犟驴一头，没再多说甚。

“仲始，有甚重要军务么?”王翦缓缓踱到干栏的窗前，喃喃问道。

“哦，辎重营一队人马到了要塞，欲求见上将军。方才我看上将军难得睡着，便未叫醒您……”

王翦的脸色陡然沉了下来：“老夫不是早说过，但凡军务，不得半点儿延误么?”

“仲始知错。”赵仲始低声道，没有再为自己分辩。

王翦没再理会他，阴沉着脸披上战袍，大步撩起布帘下了干栏。

在充作幕府的岩洞中，他见到了四位不速之客。他们个个风尘仆仆，无一不黝黑精瘦如同一条条人干，脖颈背后都被晒脱了皮，从头到脚弥漫着浓浓的汗酸体臭，而那位显然是头领模样的吏员虽被其他人叫作监御史，却是一顶竹笠一根铁杖一身粗布短衣，分明是水工的打扮。

“几位远道而来，有何见教?”王翦惊讶地打量着这几人。

那水工模样的监御史拱了拱手，又递上一封木牍：“此乃太尉亲书，请上将军过目。”

“王贲书信?”王翦瞪圆了眼睛，接过木牍扫了一眼便抬起头，“先生欲凿运粮漕渠?”

眼前的这人，正是经王贲举荐来到岭南的监御史史禄，他身后三人则是三位精通水事的都尉。一个月前，史禄随秦军运粮船逆湘水而上赶到了零陵。此城位于苍梧郡西南端，也是平定西越的秦军重要后援城邑之一。靠岸后，史禄便赶到县府求见零陵县令信，提出希望县令指派向导引自己实地踏勘。县令信闻听史禄来意后大为振奋，先将此事上报苍梧郡守灶，又叫来了三名都尉，三人一个姓张，一个姓刘，一个姓李，从军前都是巴蜀水工，祖上还随蜀郡守李冰治过水，史禄与三人一见如故，次日便在他们的陪伴下，在湘离二水间的山地中开始了踏勘。一个多月的风餐露宿后，这才来向王翦报到。

“我等已将湘离二水踏勘完毕，目下想出了凿渠之法，这便讲与上将军……”史禄不紧不慢讲了起来，虽无地图写放沙盘等诸般物事，王翦却是听得极为用心，待到史禄一口气讲完，兴奋得重重拍了下石案：“以老夫观之，可行！只是兹事体大，须各路统帅一并商讨，更须知会咸阳庙堂，几位耐心等待！”

半个月后，仍是在这座岩洞中，征南秦军的各路主将团团围定了一副巨大的写放沙盘，有一搭没一搭地聊着。蒙武伸出大手，好奇地捏着沙盘上的黏土；任嚣则同一旁的徒唯低声讨论着这座微缩工程；赵佗却是呆呆凝望着沙盘，若有所思地沉默着。

摆在他们面前的，是三条彼此通连、用来代表水流的细窄沟壑，大体成一个向左倾斜的“H”形。众人已认出，左面那一竖该当是南下的离水，右面那一竖则是北去的湘水，而中间那条曲曲折折的沟壑，无疑便是即将准备凿通的水渠。这条漕渠特殊之处在于，它与右面“湘水”的通连处，伫立着一个倒“人”字的水坝；倒“人”字水坝右面那一笔的末端，又有一条不大起眼儿的小小沟壑自“湘水”干流中分出，曲曲折折向北延伸了一段，这才重又汇入“湘水”。

此时王翦一声清咳，苍老却仍有力的嗓音在岩洞中飘荡开来：“各位，面前这副沙盘，便是运粮渠之草图，此渠之设想，出自这位监御史禄与辎重营三位都尉之手笔。目下便由他讲与诸位。”

说罢开场白，王翦向史禄点点头，闪身让到一旁，史禄则握起探水铁尺上前，将探水铁尺伸向沙盘：“各位当能看明，此三条沟壑，左沟离水，右沟湘水，中间横沟便是运粮漕渠；归总而论，凿渠只在一上一下两难：湘水水位低于山岭，无法翻越山岭汇入离水，此为一上之难；纵能设法凿成大渠、越过镡城岭，可过岭之后山势又开始陡降，水流必定一泻千里，运粮船只十有八九将被打翻，此为一下之难。然史禄却有法解决，这便讲与诸位。”

幕府中一片寂静，众将聚精会神地听着。

史禄的铁尺打上了那座倒“人”字水坝：“依我等谋划，此渠共有三大要害。要害之一便在这湘水堤坝之上。各位请看，此坝并非寻常‘一’字，却是个‘人’字，两边各自接近东西两岸一端，分别与北、南渠口相连。如此设计，一是要将湘水一分为二，一半继续北淌，一半引入离水；二是将水流压入南渠，如此尽力减少落差，大大抬高水位；三是可视不同水势随时调整水量：枯水时可将全部湘水引入南渠，洪水泛滥时又可越过坝顶，泄入湘水，以保渠水始终衡平。正是因此，我等私下都将此坝呼为天平！”

“长堤可叫大天平，短堤为小天平！”王翦呵呵笑道。

“要害之二，则是这渠身数十道陡门船闸，可解湘水高流之难。”铁尺指向渠身时，众人才注意到这道“长渠”每隔一段距离，都有一道小小木片。

史禄拾起一只船形竹片，先后置入分别位于上下游的两道“陡门”之间，先将“船尾”后面、位于下游的那第一道“陡门”堵住“渠身”：“船只入渠，先闭合下游陡门，以此截断水流、抬高下游水位。如此，下游水位将渐渐上升，直至与上游平齐，船只也将随水流上浮，此时可逆流而上。”史禄说着便推动船形竹片自东向西“航行”，“及至船行一段，地势再度拔高，则在其身后闭合第二道陡门、打开第一道陡门放水，从而再度积水，使船只继续上行。如此反复，则船只可借水势，越岭而上！”

说话间，此刻位于船尾的上游第二道“陡门”已被闭合，先前下游的第一道陡门则被打开，“小船”在史禄的推动下继续西行，望着写放沙盘上的演示，众人想象着实地情景，不禁纷纷赞叹。

（注：据水利专家伍镇基先生考证，史禄的主要功绩只在建小天平坝、开凿南渠；《桂林风土记》、《灵渠记》等史料也载，北渠、铧嘴、大天平及陡门等其他工程实为东汉马援及唐人李渤、鱼孟威三人陆续增建，然为全面介绍灵渠，也为叙述方便，特将此等工程一并视为史禄修建。）

“然则船只下行之难，却又如何是好?”赵佗喃喃道。

“这便是要害之三，解此难题之要，尽在南北二渠。南渠正是此番凿渠之主体工程，此渠沟通湘离二水，自小天平堤尾部起，蜿蜒流入离水，共分四段，每段都可由周遭引一条天然水流分别涌入渠道，如此一可增高水势，二可节省人力缩短工期，三更使渠道依山势蜿蜒盘旋，缓其去势，减其流速，使舟行平稳，建瓴而下！”

“建瓴而下，好！”任嚣赞道。

史禄的铁尺又指向了“大天平”尾部，那里是一条更加曲折的沟壑：“再看北渠。此渠由大天平尾部起，向北迂回于平畴之间，再流回湘水。由分水塘到北渠渠口，径直长短只有三里，然我等若这般开凿，同样水流湍急；湘水更会径自沿北渠直泄而下，不断冲刷北渠河床，如此既可能冲毁堤岸，也会使大小天平尽皆失效，故而我等也着意将其掏得更加曲折，个中道理与南渠一样！”

“妙！”蒙武连连拍案。

“除大小两天平、南北二渠之外，我等还欲造其余几项附庸工程，然皆为细枝末节，不必赘言。各位将军以为，我等谋划如何？”史禄目光炯炯地打量着围绕在沙盘旁的一干大将们。

“彩！”岩洞中的大将们，齐齐可着嗓子喊了一声。

“各位认可，我等欣慰。”史禄笑着点头，“只是如此工程，牵一发而动全身，岂能一次会商便草率决定？虽有各位首肯，上将军却还须询问咸阳庙堂！”

“不必再等了！”一直没有吭声的王翦笑了，“召集众将之前，军使已将皇帝回书送到，各位请看！”说着一招手，一旁赵仲始便展开了手中卷轴，绢帛上那幅水渠图示便展现开来，而更引人注目的则是图旁出自皇帝手笔的那三个秦篆：

诏曰：行！

“万岁——！”岩洞中顿时一片欢呼。

2

沉寂了两年的西路军营地，大大热闹了起来。

王翦站在宽阔的城垣上，望向西面那片长长的工地，这道长达三里有余的城垣是他亲自督建的，城垣之上甚至宽可纵马飞驰，城北便是那道正在开凿的南渠，与他所在的城垣斜向并行，伫立于此，整个工地便尽收眼底。

他看到湘离二水、镡城都庞二岭之间的这片广阔山地中，无数士卒、民夫和工匠从数十座营垒中络绎不绝开出。东起湘水西至离水，举目皆是一座座因陋就简的干栏竹寮，举目皆是旌旗漫卷烟尘弥漫。位于长龙最西端，也就是自己脚下的离水之畔的这片平整旷野上，四五座新建成的驻军要塞拔地而起，分散在流入离水的两条大水之间，后世将两水分别称作大小溶江，位于两江汇流的三角洲上的那座要塞便被称为小营；而小营西北，与其隔离水相对的那座更大的要塞则被称为大营。尽管论规模，这些要塞都不能与当年灭国大战时的营垒相提并论，但相较那些干栏竹寮已极是宏伟巍峨，在士卒们眼中不啻城邑一般，于是索性将它们统称为秦城。

王翦的目光没有向几座秦城投去，他的全部心思都在数十里外，湘水西岸，那才是整个工程的轴心所在。

那日幕府会商之后，凿渠的几件大事都先后定了下来：其一，此次凿渠以史禄为渠令，张、刘、李三都尉任渠丞辅之，职司全部工程，上将军王翦亲自总揽其他一切后援事宜；其二，自西路军各营遴选四万精壮士卒民夫，负责修渠建城；其三，上书咸阳，请求适当增运粮草；其四，西路军其余各部、南路军、东路军皆按兵不动，提防变故发生。诸般事宜商定之后，蒙武、任嚣、赵佗等各自回了东越南越，王翦、史禄等人则开始了连轴忙碌。

方略刚公布，所有的营垒都沸腾了，所有的士卒民夫都捶胸顿足急不可耐地吵嚷着要去工地，热辣辣乱哄哄的诸般景致直如汹汹请战一般，说来也是因将士们压抑得太久了。原统帅屠睢牺牲后，西路军便与西瓯人展开了漫长的对峙，两年不解甲弛弩，而比起西瓯人的偷袭，这遥遥无期的等待更是使军心浮动，将士们人人心头压抑憋屈，口出怨言者心生愤懑者比比皆是。而在这紧要关头，建城凿渠的消息骤然传来，将士们如何不欢欣鼓舞？

而目下，由各营遴选出的四万余人被分为了三大块。最西端工地，即王翦目下所在，有万余士卒热火朝天地挖着壕沟垒砌着土墙，修筑秦城营垒；中段是南渠的施工段，也是主体工程所在，那里聚集了两万民夫，被分为四批，在南渠的四段渠道同时开工，刘、李两都尉一同负责这段工程；最东端便是整个工程的核心，大小天平和北渠都在这里建造，由史禄带领张都尉亲自坐镇，在这里劳作的也大都是有过凿渠经验的工匠。在此之外，更有川流不息的大队民夫将一袋袋粮谷肩挑背扛地运至整片工地上，另有几个千人队日夜在渠道各要害地段巡视，以防备西瓯人可能的偷袭，保护渠道不被破坏。目下两个月过去，最东端的几座秦城已全数建好，这里也由此成了警戒士卒们的驻地，王翦也将中军幕府移到了这里。

“上将军，我等收拾已毕！”赵仲始远远喊了一声。

“走，随老夫巡视漕渠！”

出得秦城两三里，刚入山谷，隆隆鼓声和震天号子便不绝于耳，灼人热浪伴随着滚滚烟尘扑面而来，工地上无数黑黝黝光亮亮的脊背晃动着，来来回回穿梭不停，热火朝天的景致使王翦想起当年修郑国渠之时，不由得感慨万千地长叹起来。他率领着一行人自西向东沿渠道工地缓缓而行，不时召来各段工头问询有无懈怠误工者。工头们便从袖中怀中纷纷掏出一枚枚沾满尘灰散发汗臭的潮乎乎竹简木牍递来，上面稀稀落落记载着受罚者的姓名爵位，拢共加起来也不到百人。王翦大为惊讶，沉着脸反复质问是否有隐匿不报，工头们无不大是委屈，说弟兄们昼夜苦干死战，白日顾不得咥饭夜晚顾不得上榻，谁下去歇歇都自觉颜面无光，中暑累倒者比比皆是，我等劝都劝不住，有甚隐匿不报的？上将军不信可自行暗访，但有隐瞒，我等甘当军法！王翦听了这才良久无言，沉思片刻后下了两道将令：其一，自今日起，修渠士卒民夫必须按时作息起居，不得随意抢工；其二，霍龙先生莫再留自己身边，也请他来工地坐镇，医治伤病众兄弟。一旁赵仲始嗫嚅着想说霍龙先生不在，上将军身体不适却如何是好，想了想还是没有开口。

一行人走向渠口，正好与刘、李二都尉会合，刘都尉神色间很是兴奋，李都尉更是孩童般雀跃不已，拉着王翦去看新建好的泄水天平。众人走上长长的堤岸，李都尉指着脚下说此堤被我等呼为秦堤，也是防南渠渠水泄走的，此处距湘水近在咫尺，地势又较湘水高，若无此堤，渠水都将白白流走，更难行船。说话间前面沟渠旁现出一条奇特长堰：顶端以巨石砌成，下面却开了一个个渠眼，再下则是根根直插的条石层层叠叠一直向下延伸。李都尉踏上长堰指着脚下渠眼说，方才秦堤是蓄水用，此处却是用作泄水，泄水天平之名由此得来。渠中水少时，便关闭这些渠眼；若遇洪水泛滥，便将其尽数打开，如此多余渠水可由渠眼泄回湘水，不致因水流太急而冲毁秦堤，而这些流水也同样可灌溉耕地。说着又指向渠眼外那些层层叠叠的条石说，上将军看这些条石像不像鱼鳞？我等都称其为鱼鳞石，如此叠法远较寻常直上直下垒砌经久耐用，前面大小天平坝也是如此，此乃刘都尉谋划！这句话顿时引起一片赞叹，寡言的刘都尉仍是一声不吭，脸却微红了。

到达渠口，王翦与两位都尉道了别，继续沿曲曲折折的秦堤东行，已可遥遥听得远处水声，转过弯时眼前便豁然开朗：湘水已被一道临时垒好的堤坝挡住而绕道北流，淌入了先行凿好的北渠；一片底部干涸、遍布着大小鹅卵石的广阔分水塘中立起了人字形大坝的雏形，两条大坝间散落着数百名奋力劳作的士卒，正两人一组将一根根粗长原木由岸边运至堤坝前，再分毫不差地将它们码放得整整齐齐；岸边则散落着一座座石坊，凿石声叮叮当当不绝于耳，不时有一队队民夫穿梭其间，扛着一根根打磨好的条石运至一处空场，那里堆满了同样的条石；又毗邻几座铁坊，近百名民夫正在那里起劲儿拼装着它们，再分头运至那些铁坊之中。

史禄不在工地，留守的是张都尉，张都尉迎接了王翦，王翦问起这些条石原木乃至铁坊，张都尉大为自豪，引领着众人来到那些条石前，王翦这才看明白：这些条石并非寻常石头，而是两端各留有一个燕尾形（等边梯形）凹槽，每两根一拼，两边一对，中间便形成一个两边宽中间窄的凹槽，民夫再将这些对好的条石依次运至铁坊，工匠们则将铁水灌入条石槽中。张都尉解释说待铁水冷却变为铁码，两根条石间便被牢牢铐住结为一体，几无分开之可能，以这等条石垒砌内堤，远较寻常条石牢固。王翦又问那些原木怎么回事？若以它为坝基，整日浸水岂不都朽烂了？张都尉笑说上将军放心，这原木并非寻常木料，乃是我等就近砍伐的上好松木，木中含松脂，浸水不仅不烂，反会吸水鼓胀，越泡越结实，俗称水泡万年松是也，我等都说，这些松木纵然两千年也不会坏！说罢又道，这大小天平坝，坝基便以松木打成排桩，抓牢底层鹅卵石；内坝则以铁码铐起之条石垒砌，排成那鱼鳞状，用作外坝坝面。坝基、内坝、外坝之间，再以石灰、黏土、粗沙混合生桐油黏合衬砌，既牢固又防渗水，水势再大也不怕！

"监御史等人奇思妙想，虽李冰郑国复生，不过如此！"结束一整日的巡查时，王翦对史禄慨叹道，语气中满是钦佩。

史禄却笑着摆手："谢上将军，然则设想再妙，终须落实方成；此等赞誉唯待渠成，我等方能坦然受之！"

"善，老夫坐待渠成便是！"王翦大笑道。

3

工程进行到第三个月时，秦人凿渠的消息终于传到了西越地的重重密林里。

阴霾的天空下是一片连绵起伏的青翠山麓，绿茵掩映中依稀可以看到依山势而建的一座座干栏、一块块坡田，一直延伸到山脚，灰白的薄雾和云气萦绕其间，使这些竹楼和田地显得影影绰绰，也让人难以看清这片广袤山地的本来面目。这是西越腹地最高峰，后世名字是大明山，百越人自己则称其为"博邪山"，即镆铘山，这个名字无疑与越王勾践相关，而此地也确乎铜矿遍布，适宜冶炼各种工具兵刃。雒越部之所以远较其他百越部文明开化，很大程度上是拜它所赐，而他们在此形成的村寨，便相当于安阳国的国都。

露水从枝头无声坠落，有几滴落到了项梁的头顶，将他披散在肩头的灰白长发打湿，他却毫不在意，仍然倚在一块遍布青苔的湿漉漉的山石上沉思着。

两年前，他在那场偷袭战中杀死了西路军统帅屠睢，虽未夺回五胜之衣，却也得到了西瓯人的拥戴。此后王翦接替屠睢领军北撤，项梁却阻止了西瓯人继续追击，他明白，此番秦军的撤退乍看上去与当年李信攻楚时的退兵一样，实际却大有不同：当年李信已陷入绝路，更兼战况紧急，是故撤退时毫无章法，士卒们也全无抵御楚人的战心，这才有了父亲那三日三夜不舍的追击；目下不然，屠睢固然阵亡，战局却依旧胶着，秦军的撤退毋宁说是积蓄力量，等待卷土重来的时机，而他们的统帅也不是当年年轻气盛的李信，却是老谋深算的王翦，如此一条老狐，退兵之际岂能全无防范？就这样，项梁放任了秦人安然北归，自己则力劝桀骏率领西瓯人南下归顺雒越，秦越双方从此开始了遥遥对峙。

虽未真正击退秦军，瓯雒两部却仍大为振奋，安阳王蜀泮便以为如此硬撑下去，秦军早晚要北归，可项梁心下却无任何轻松，他知晓秦军元气未伤，他们根基还在，实力还在，统帅王翦也还在。两年来，他每月都要派出斥候北上探察敌情，有几次还是亲自前往，虽说极少能探得王翦身影，却完全可以肯定他始终留在军中，若说这老狐两年来整日缩在营中一筹莫展，项梁是决然不信的，他知道以王翦的顽韧心志，绝不可能就此善罢甘休，后退是为了前进，蛰伏是为了暴起，拳头收回来是为了更加凶狠地打出去，这便是王翦，这便是秦人。

而目下，秦人开始“挖土”——西瓯斥候如此称呼秦人那项工程——的消息遥遥传来，终于验证了项梁的猜想。他虽不明白凿渠的诸般细节，但完全可以猜到，那长渠必是用来运粮的，一旦挖成，秦人粮草必会得到源源不断的补充，他们便必将批亢捣虚长驱直入，待到那时，自己便回天乏力了……

一滴露水忽然穿过长发的缝隙，滴到了后颈，项梁猛一哆嗦，转身向身后走去。

“毁渠?”

念叨完这两字，安阳王蜀泮久久无语，片刻思忖后才向身旁的皋通瞥去一眼：“蒲正意下如何?”

皋通轻捻着雪白的长须：“骆垌所言自然不差，可你能毁掉一次，他便不能重修么？至多延缓渠成时日，可我雒越郎兵又将死伤多少?”

“依蒲正之见，我等又当如何?”项梁反问一句，雒越人分别把王、相、将称为召宏、蒲正、骆垌，他也入乡随俗了。

“老夫尚无定见，只觉不当如此仓促发兵。”

“……”项梁沉默了。他明白，若不继续与皋通争下去，自己便只能说上句“在下言尽于此，召宏自行掂量”，可若真让安阳王自行掂量，这一提议十有八九便会石沉大海。在他看来，这位安阳王心机确乎深沉，才干见识手腕也都算得上乘，可此人却独独少了大器局，只牢牢抱定保全自身实力、坐等对手衰落的念头，直如当年山东六国中的齐国一般，短期看这般想法自不算错，然则秦人也会和你一般无为么？邦国大争本就如逆水行舟般不进则退，那秦人力争上游，你却原地踏步，长此以往能不越来越落下风么？

虽说看得很是清楚，项梁却不能吭声，这不仅是非其人勿与语的道理，更因他时刻记得自己的外人身份，也相信安阳王与皋通这对君臣同样记得，他知道他们虽用自己，却又防着自己，反过来自己也一样。

蜀泮站了起来，贯头长袍轻轻摇曳着，缓步踱到了干栏的窗前："蒲正之言在理，我安阳国不当贸然出兵。然则，却也不能坐视秦人凿成此渠。不是还有西瓯人么?"

听到这句，项梁心头一阵五味杂陈，说不上兴奋还是轻蔑——安阳王这番话，毕竟也算是赞同了自己的提议，无论如何终究是好事；可他却是本人缩在后面，派那些徒有蛮勇的西瓯人，跟着自己这个外人前去送死，当真好盘算!

虽然明了于此，他却还是向蜀泮深深一躬，"召宏明断!"

皋通也笑了："老夫前日领工匠制成三百张竹弩，可助骆垌，此番必能重创秦军。"

"谢蒲正。"项梁点头向皋通致谢，又转向安阳王："除这三百张竹弩之外，臣还想要一人一物。"

"一人一物?"安阳王扬了扬眉毛。

"这一人，便是雒越第一勇士，阮翁仲。"项梁盯着安阳王的双目，一字一顿道，"这一物，便是……"

再度攻秦的打算一公布，所有的西瓯人都兴奋了。

译吁宋死后，继任的桀骏便率领着族人主动归顺雒越，西越两大部族终是结成了同盟，合称瓯雒部。可虽说"瓯"在前"雒"在后，这同盟的君长却是安阳王，一干轴心元老也大都是雒越人，西瓯人只占少半，如此极不平等的状态其所以能维系下来，既是因雒越人的装聋作哑，也是因桀骏的有意忍让。若说一开始归顺雒越时，桀骏纯粹是因西瓯部的弱势而不得已忍气吞声，那么到了后来，这忍让却很大程度上是他自家心甘情愿了。不同于其他那些徒有蛮勇的族人，桀骏是当真佩服雒越部的强大，也当真佩服安阳王的才干谋略，他之所以对项梁信任备至，也不能不说是出于类似原因；而听到项梁讲出自己的打算时，他几乎想都不想便一口应承下来，同样是出于类似的原因。

“若非项将军，我西瓯部早挨秦人灭了；将军发话便是！弟兄们，可是如此？”说到最后一句，桀骏扭头望向其他族人，立即得到了一片不假思索的响亮应和。

“此番若能得手，项梁必当替将军说话，请召宏授你铜印青绶，执掌瓯雒全军！”项梁虽是面无表情，心下却隐隐闪过一丝愧疚，他很是清楚，以蜀泮的猜忌多疑，是不会真正相信桀骏的。

“项将军打仗最狠，桀骏配不到这将位，只愿随项将军打秦人！”桀骏大叫道，重重一顿手中的屈卢之矛。

“将秦人杀了吃肉！杀了吃肉！”西瓯人们纷纷嚷道。

随着西瓯人纷纷潜入密林，博邪山深处也传来了阵阵巨响，一个小山般魁梧的黑影迈着沉重步伐，走出山谷，追随着西瓯人的足迹而去；与此同时，另一个浮岛般的巨大身影也从博邪山一道水流中游出，激起了冲天的水花，月光下依稀可见一颗颗锋利牙齿，闪烁着森森光芒。

4

“立好了么？”望着遥遥立在大天平坝上的张都尉，史禄摇了摇手中令旗。

“好了！”对面的张都尉摇摆着令旗大吼道。

“小天平坝如何？”史禄又转向另一侧，再次摇动手中令旗喊道。

对面的刘都尉没吭声，只是同样挥舞着令旗，做出肯定答复。

一旁的王翦饶有兴味地望着几人的举动。目下他和史禄的位置，刚好处于已建成的大小天平坝的人字形交会处，史禄在这里立起了一根一人多高、外形很是奇特的石柱，这石柱以一块尖形料石为基座，尖端直指正北；基座上凿有环形凹槽，石柱嵌入槽中可自由转动；柱身正中凿有一个方形孔洞，一根木杠从孔洞中穿入，石柱顶部则是另一处凹槽。

“转柱！”史禄叫道，李都尉向赵仲始一招手，两人分别来到木杠的两端，一同逆向推动起了石柱，一阵吱吱嘎嘎的响声随即响起。

“停！”史禄又喊道，吱嘎响声随之停了下来，史禄走到石柱前，眯起眼睛，目光越过石柱的顶端，落在大天平坝张都尉身边那根竹竿上。

“大天平坝，百二十步，与石柱等高！”

“万岁!”北岸一片欢呼雀跃。

石柱吱吱嘎嘎重又开始转动，片刻后随着史禄又一声号令，再度停了下来。

“小天平坝，百二十步，与石柱等高!”

“两坝等高，万岁!”这次，南北两岸一同响起了欢呼声。

“回上将军，我等选了多处数番测量，两坝高度都是一般，足可将湘水三七分开!”史禄转过身来面对着王翦，拱手昂然道。

“既如此，老夫放心了!”王翦笑着还礼，“此皆监御史与三都尉功劳！各位连日来甚是辛苦，老夫做主，自明日起歇息三日；今晚你等痛饮大吃!”

“上将军万岁！……”士卒、工匠和民夫们欢呼着纷纷丢下手中各色工具，欢笑着嬉闹着成群结队离开了渠口，沿着渠道纷纷向西面的秦城走去，人人心下都是难以抑制的兴奋，晚炊刚开始，许多人一碗秦酒下肚便已经醉了。

与士卒们不同，中军幕府之中，王翦、史禄和刘、李两都尉却并不那般放浪形骸，毕竟水渠尚未全数完工，张都尉又在渠口守夜，是故也算不得庆功酒，席间几人也始终是酒喝得少，话说得多。史禄说，对这水渠，目下自己尚有两样担心，一是百越人前来偷袭毁渠，二便是工程本身之忧，听到这里，王翦皱起了眉。

“前日斥候也报与老夫，说这几日工地以南，重又发现百越人踪迹，难保不是冲此渠而来，好在老夫已预做绸缪。可监御史所言第二忧，忧从何来?”

“我等反复思量，这大小天平人形堤坝，其余都好，唯有一样让我等放心不下：怕还不够牢固，若遇大暴雨，难保不会被冲垮。目下已渐入雨季，我等心下多有不安，只想早日防患于未然。”

“有眉目了么?”

“目下尚未有。”李都尉颇沮丧地摇摇头。

“有!”极少开口的刘都尉忽然冒出一句。

“有法解此难题?”李都尉一时有些摸不着头脑。

刘都尉却是连连摆手：“说，麻烦；图，取来你等看!”

“阿兄也!”李都尉一脸哭笑不得，“你便多说几句，又有何妨?”

“刘都尉寡言木讷，却闷头解了此难，了得也!”王翦大笑道，史禄李都尉也跟着笑了起来，刘都尉却只似笑非笑地嘴角扬了扬，出了中军幕府。王翦史禄李都尉三人则继续聊着，猜测刘都尉能以何法解此难题。史禄道，三都尉中刘都尉最不爱讲话，然则心思却最巧，凿渠这几个月，许多难题都是他闷头解决，想出法子也极少开口，往往递过一块木牍，要点与图画便全在上面了；李都尉也说，阿兄甚都好，就是不爱说话，有时我等整日都听不见他吭一声，做的活计却比谁都多！王翦笑道，光做不说者，总比只说不做者强上百倍，人无完人，便莫苛求了。史禄与李都尉连连点头称是。

几人正在说着话，帐外忽然闪过一道亮光，随即便传来了滚滚雷声。

“下雨了?”李都尉一愣，首先想到的是，外面的张、刘两都尉会不会淋雨?

“切莫是暴雨！”史禄脱口而出——刚建成的大小天平坝会否有事?

王翦没有吭声，心下却涌起一阵不祥预感，他想到的是两年前西瓯人偷袭、屠睢牺牲那一夜，当即离席而起来到窗边，一把拉开帐帘。

掀开帐帘的一刹那，墨黑的天穹中电光一闪，照亮了南面的连绵山峦和重重密林，令王翦惊讶的是，他似乎看到一个巨大的阴影，正在向秦城方向移动！

紧接着，密林中响起一阵沉闷吼声，瞬间淹没在了滚滚沉雷声中。

“听清了么，甚声音?”秦城望楼上，一名值夜士卒惊讶地问自己的同袍。

“不，不知！”另一名士卒又惊又疑地握紧了手中弩机，“莫不是……我等听错了?”

仿佛为了驳斥他一般，密林深处响起了第二声长号，比方才那声更加沉闷，更加悠长，更加令人不寒而栗；不仅如此，两名士卒这次还同时感到一阵震颤遥遥传来。

“看见了甚?”屯长的吼声从望楼下响起。

“甚也看不见！”望楼上的士卒大叫。

这话果然一语成谶，一阵疾风随即猛地卷入望楼，片刻间便将几只风灯撕成了碎片。

“快掌灯！快掌灯！”狂风的呼啸中，相邻的几座望楼也同样响起了此起彼伏的喊声，方才那阵震颤不仅没有停息，反而越来越剧烈，越来越近了。

“到底甚事?”屯长口中吹响了骨笛，三步并作两步地爬上了望楼。

守在望楼上的两名士卒已惊讶得说不出话来了，只是向着前方的夜色中指去，屯长顺着他们的手指方向望去，只见前方的密林中，隐约现出了一个巨大的模糊黑影！

又是一道闪电划破夜空，那个巨大黑影穿过丛林，来到了秦城前开辟的那片百余步宽的空地上。借着闪电带来的转瞬即逝的光芒，三人都已看清，那是个块头足有城垣一半高的巨人！

他那乱糟糟的头发沾满了由林中带来的枝叶、藤条、苔藓和泥土，下颌的硬须如一根根铜刺般大张着，一直垂到前胸，一双铜铃般的眼睛如猛兽般闪烁着粼粼绿光。看到秦城就在眼前，他张开血盆大口，露出匕首般锋利的两排牙齿，爆发出方才那阵震慑人心的咆哮；两只强有力的臂膀则肌肉虬结青筋暴起，高举起一根寻常人根本合抱不过来的粗大树干，将它重重掼在地上，当即便砸出一个一尺深的大坑！

整片秦军营垒，仿佛也随着这重重一掼而震颤了起来。

"愣怔个甚？快放箭啊！"屯长大喊道。

两名士卒如梦初醒，连忙射出了两支弩矢，然而巨人眼见弩矢射来，既不躲闪也不格挡，反而张开了双臂，胸口门户大开！

嗖嗖两声，两支弩矢明明刺中了胸口，却是深深陷进了象甲之中，直如鸡卜时两根竹签插入胫骨一样！

巨人雷鸣般地哈哈大笑，双手各拔出一根弩矢，只一握便将两根硬木削成的弩矢捏得粉碎，此后又弯下身子，双手举起那根深深掼入地面的粗大树干，隔着百余步便将它猛掷向望楼！

随着一声巨响，整座望楼都变成了一堆破碎木料。

沉闷的铜鼓声响、报告敌袭的骨笛接连响起，倾盆大雨也随之瓢泼而下了。

"百越人偷袭！"王翦雪白的须发飘舞着，如一头苍老却仍然强壮的雄狮那般怒吼道，"监御史守好渠口，李都尉分兵警戒渠道各段要害，快！"

"诺！"史禄和李都尉齐声叫道，又同时接过令箭冲出幕府，却刚好与闯进来的赵仲始撞了个满怀，两人顾不上与他多说什么，匆匆飞奔了出去。赵仲始则侧身让过他们，大叫了一声："上将军！西瓯人杀过来了！"

"兵力几多？"

"一个！"

王翦愣住了。

5

登上城垣背后的司令云车时，刚好又一道闪电划破了夜空，王翦借着亮光一眼便看清了脚下的形势。

营垒中所有的将士们都已集中到了城垣上，拼命向着营垒外那片百余步的空地，以及空地后面的密林中泼洒着弩矢。尽管他们不少人都颇有几分醉意，但毕竟训练有素，又早习惯了百越人的偷袭，是故并未慌乱；然而对面密林中那些蚂蚁般拥挤在一起的西瓯人，却与以往偷袭时大不相同，他们不再像以前那样贸然冲来，而是统统缩在密林中，向着数百步外的营垒不断射箭。按说如此战法该当正中秦人下怀——西瓯人弓箭射程很短，这般距离根本无法伤到自己；然而此番不然，他们射出的箭矢竟根根直取城垣，鹿砦背后、壕沟之中、城垣之上，不时有躲闪不及的秦军士卒中了箭，惨号着倒下来，一时间居然防守得大是吃力！

“这是何等箭矢，威力竟不下秦弩！”王翦雪白的眉头拧成了一团，心下暗想。

而比这箭雨更令王翦惊怖的，还要数那个巨大身影，那的确是人，却远比寻常人高大得太多太多。他的前胸和肚腹都有厚厚的象甲防护，头上也胡乱披了一块粗厚兽皮，四肢却仍袒露在外，已密密麻麻插上了十余支箭矢，淋漓的鲜血从这些创口中流淌出来，混合着雨水，在脚下汇成一道道溪流一汪汪水洼，可他却毫无畏惧。眼见对面的城垣上挤满了黑压压的人群，千百只弩矢划破雨幕向自己纷纷射来，他只是满怀嘲弄与不屑地哈哈大笑，冒着纷飞箭矢快步奔向城垣，厚厚脚掌每一下都要在泥泞的雨地中踩出一个巨大的深坑。

“赵仲始！”王翦叫了一声，仍然紧盯着那个离城垣越来越近的高大黑影，“你领三个百人队，依老夫谋划行事……”

一座又一座硬木的鹿寨和拒马，被巨人生生以双手拆毁，以双脚踩塌，那上面精铁打造、粗如长矛的巨大尖刺将他手脚刺得鲜血直流，可他毫不在乎，仍一刻不停地披荆斩棘。守在鹿寨背后的士卒们纷纷挺起长戈挥出长矛刺向巨人，他却全然无视，每拆毁一道工事，只需轻轻一挥臂一抬腿，那些试图进攻他的秦人们便在一阵阵哀号中变为了一团团血肉。他就这样转眼间来到城垣下，同样毫不在意头顶纷纷丢来的滚木礌石，却弯下腰重新抱起那根刚被丢去的大树猛然扫向城头，一下便将城垣上的几名士卒砸成了肉醢，右肩随即便向那夯土城垣狠狠撞去。

“轰隆——！”

巨大的震颤猛地传来，匆匆赶来、正要挥动长戈啄向巨人头顶的士卒们站立不稳，纷纷跌倒在墙头的泥水中，他们刚要爬起来，第二下震颤重又将他们震倒在地。刚刚第五下震颤，便是一阵天崩地裂般的巨响，因浸满了雨水而变得湿软的夯土城垣，已被这血肉的撞城锤冲出了缺口。城垣上几名士卒惊恐大叫着，随着纷飞的泥浆雨水先后从高处跌落，巨人却已侧着身子冲进了城垣的缺口，待到他一只脚踏入秦人的营地时，这一段夯土的城垣已轰然坍塌成了一摊烂泥。

“击鼓！”王翦一声大吼，身旁的军吏在大雨中举起了风灯。

当阮翁仲闯入秦城的同时，一队队轻装秦军也伴随着隆隆鼓声，高举着盾牌挥舞着长戈，散成一个大弧鱼贯拥来，巨人又是一阵仰天大笑，双手紧抱那根粗大树干一个横扫，秦人见状急忙四散，巨人得意之余正要继续前冲，他们却重又围了上来。如是两三次反复，阮翁仲虽也不时能杀伤秦人，却也再难前行，恼怒之下只是全无目的地胡乱挥舞着树干，木屑、树叶、枝条连同血肉和残肢，一道被甩得四下纷飞。

“阮翁仲大是吃力，我等不如也冲出，助他杀敌！”眼见阮翁仲被缠住，密林中按兵不动的桀骏焦急道。

“不必，当前形势，我正求之不得。”黄金面具背后，项梁的声音和他的目光一样冰冷，“如此缠战，秦人便会全力对付阮翁仲，无暇顾及别处，正可便宜皋通行事。”

“可这般打杀下去，阮翁仲迟早会寡不敌众……”

“此人再是勇猛，不过奴隶而已，安阳王尚不在意他生死，我等又何必在意？换作将军自己，可愿牺牲西瓯人性命，救得此人么？”

听到这话，桀骏没来由地一阵战栗，他心下忽然涌起一丝怀疑，也许项梁出兵前，根本就没想到让阮翁仲活着回来。

“阮翁仲拖得一时是一时，我等不必出战，只以弩矢掩护，只要皋通那边得手，立即撤军！”

“赵仲始，能否对付这巨人，便看你了……”遥望着巨人凶性大发，不断有士卒死于那巨木之下，云车上的王翦咬牙喃喃道。

正在这时，一声号角突然自校军场方向悠悠响起，随即便是一点火光在雨幕中闪现。

“赵仲始准备好了！”王翦心下终于松了口气，连忙扭头一声大喊：“鸣金！”

清脆响亮的铎声穿透了雨幕，听到这个声音，还在与巨人纠缠的所有士卒都开始向后退去，巨人却格外兴奋，大步追击着他们，那一双大脚到处，木栅围墙干栏军帐无不像小木块垒起来般被轻易推倒，一眨眼就变成了一摊摊废墟。建筑此起彼伏的坍塌声和雷雨声、喊杀声掺杂在一起，却仍掩不住巨人那忘情的大笑，笑声竟充满了无尽快意，而他面对着这些狼奔豕突的秦人，也正如一个懵懂孩童面对着那些四散逃命的蝼蚁一般。

“不对！”正在密林中观望的项梁突然大叫，“阮翁仲，回来！回来！”

“有甚不对?”桀骏一头雾水，“阮翁仲攻进寨子，不正是因秦人抵挡不住么?”

“秦人便是退，也当四散开来，如此方能活命，岂有全数退向一处之理?目下分明有诈！阮翁仲，回撤！蠢材！”

尽管项梁察觉到了问题，但已晚了。

“猎物，入彀了么?”

遥望着那个巨大的身影，云车上的王翦嘴角浮现出了一丝冷笑。

而此刻的巨人，也已狐疑地收住了脚步。

眼前是一片极尽空旷的校军场，透过细密的雨帘，他勉强可以看到空地对面是黑压压一片的人群，然而那些秦人似乎并无冲过来厮杀之意。

又是一道闪电划过天际，雨更大了，那个瞬间，阮翁仲分明看到了秦军阵中一片闪烁的寒芒，他愣住了。

他从未见过这样怪异的大型兵器。

“百人队，各校望山！”赵仲始的声音回荡在雷雨中，严阵以待的士卒们静默着绞动起辘轳，一根根粗大如长矛的弩矢纷纷瞄准了远处那个小山般的影子。

尽管心下本能地涌起一阵不祥的预感，但巨人自出生以来便不知何为退缩，他依然爆发出一声震慑人心的怒吼，大步向着那些秦人冲去，两只大脚交错砸落在空地的泥水中，溅起了半人高的泥浆，整个人直如一座山岳般压来，那巨大的压迫感竟使赵仲始一时喘不过气来！

三百步……二百五十步……二百步……一百五十步……

赵仲始默默数着，眼眶的肌肉急速收缩。巨人其实已进入射程，但目下大雨滂沱，贸然射出弩矢极易失去准头，他希望等到把握更大时再射出。

百步！

“射！”赵仲始突然劈下手中的令旗。

巨大的呼啸声中，十余根粗大的弩矢如同一道道黑色闪电般相继由秦军阵中刺出，划破雨幕后错落有致地直扑向阮翁仲，刹那间便深深刺穿了他的身躯，道道血泉接连喷涌，立即便在巨人脚下汇成了一池血水！

剧烈的疼痛使巨人连声大叫，刚被三根弩矢射中时，他还奋力抬起脚步试图继续向前扑去，然而后面的弩矢接连不断，有增无减，根根都贯穿了他的身躯，周身的力量迅速随着流淌的鲜血而消逝，他立即发现自己无法再向前挺进，于是一种前所未有的恐惧感终于攫住了他，他顾不上拔去那些仍插在身上摇摇晃晃的长矛，转身便向着营垒那被自己撞出的缺口逃去。

“那夸父败逃了！我等追！”赵仲始一把掣出短剑，剑指那个飞速远去的庞大阴影叫道，兴奋的吼声随即在秦军阵中炸裂，士卒们如同围捕一头巨象的猎手们那般散开，纷纷向着落荒而逃的巨人冲去。

“骆垌，救俺！”冲出秦军营垒后，巨人气喘吁吁大吼着，只觉自己的步伐一步比一步沉重，身后秦人们却距自己越来越近了。

“竹弩，射！”隐身林中的项梁眼看秦人尾随着巨人冲出营垒，即将追上巨人，当机立断下令道。

“可阮翁仲……”桀骏还有些迟疑。

“此人没用了！”项梁厉声道，“杀了他！”

出乎项梁的意料，西瓯人没有照办，而是面面相觑不知所措。

一道凶光掠过项梁的眼睛，他猛然跃出密林，黄金面具反射着烁烁电光。

“骆垌！俺……”眼见项梁突然出现在自己面前，预感到自己快支撑不住的巨人心下顿时一阵狂喜。

笑容忽然凝固在了脸上，他看到项梁面对着自己，平举起一只竹弩，弩矢的尖端闪烁着白亮的油光。

“骆垌！你……”

后半句话还没有出口，他便感到腹部的伤口传来一阵轻轻的刺痒，如同被蚊蚋叮咬过那般；然后便是一阵突如其来的剧痛，仿佛有什么物事在那伤口中炸裂开来。他惊讶莫名地低下头，看到一根白色的弩矢刺入了方才秦人给自己留下的伤口中，镞头已裂成了片片碎块，将伤口切割得更加血肉模糊。

一阵麻木感从伤口周遭迅速扩散开来，巨人抬起头，用难以置信的目光望着骆垌，可他只看到那副毫无表情的黄金面具，闪烁着诡异的光芒；身后，则是秦人越来越近的呐喊与脚步声。

他缓缓倒下，溅起了一人高的泥浆和血水。

项梁收起弩机，转身，不等那些秦人看到自己，已没入了密林中。

“撤军！”他大喊道。

6

“总算逃过一劫，若无这几架连弩，后果不堪设想！”

眼见西瓯人重新没入林中，王翦擦了擦额角的汗水，心下暗想。这连弩是王翦为防百越人偷袭，命一干工匠在两年间断断续续打造成的，凿渠这几个月刚将部件拼装起来，本欲将它分头安置在渠首渠道要害地段，不想今夜已提前用上，这西瓯人还真神速……

“上将军，我等清理战场方知，那巨人尚有气息！”又一名匆匆奔来的军吏大喊道。

“如何还活着?”赵仲始听得目瞪口呆，“你等留他做甚，还不杀他以绝后患！”

“莫杀他！”王翦却抬手止住了军吏，“仲始，你去请霍龙先生带医师赶去，尽力保他性命！”

“为甚?”赵仲始大为惊讶。

“我等与百越人长久无战，目下难得擒到活口，或可从他口中探得一二虚实，目下他重伤无法为害，不必担心，快去！”

“诺！”赵仲始带着军吏匆匆跑掉了。

“上将军，监御史急报！渠口已被冲垮；张、刘都尉也已牺牲！”赵仲始前脚刚走，一名浑身透湿的军吏便在云车下大喊，一把抹去眼泪。

“啊！”王翦只觉胸口一闷眼前一黑，当即便要向后倒去，几名军吏和司马忙一拥而上扶住了他。王翦艰难地喘息了片刻，终是轻轻冒出一句：“去，渠口……”

“上将军先歇息片刻……”

——“去渠口！抬也要把老夫抬过去！”

被担架抬到渠口时，眼前的景象令王翦欲哭无泪。

围在岸边的士卒们踩在遍地鲜血中，或震惊或愤怒或悲痛或茫然的目光全数集中在已被淹没的渠口。原本干涸的分水塘重又填满了水，大小天平两条堤坝都已垮塌过半；中间那人字形交会处，更是被不知什么物事拱开了一个巨大缺口，澎湃的湘水从两堤那参差不齐的茬口中汹涌喷出，断裂的一根根松木在急流中打着旋儿流向北方，渐渐汇入了北面的茫茫暮色和细密雨帘……只这一晚，秦军数月的辛劳便随着那滔滔北去的急流，尽数打了水漂。

王翦双目陡然间变得通红，他死死咬着下唇，雪白的须髯不住颤抖着，喉头上下蠕动着，却是说不出一句囫囵话来。

“两都尉尸身，何在?”许久之后，他才重又开口，声音嘶哑低沉。

身旁的史禄挥了挥手，不住拭泪的士卒民夫们便向两旁分开，三十来具草席掩盖、躺在遍地血泊泥泞中的尸身赫然在目，李都尉单膝跪在其中一具旁，跪射俑般一动不动。

在几名军吏的搀扶下，王翦挣扎着下了担架，蹒跚着来到李都尉面前，蹲下身轻掀开草席，看到了刘都尉那鬓角还在滴着水的死灰色面孔。

“张都尉呢?”王翦嘴角抽搐着。

李都尉木然指了指另一具尸身，王翦正要掀开，他却是如梦初醒般紧握住王翦手腕，摇了摇头。身后的史禄轻声一句：“尸身已是残缺不堪、惨不忍睹，上将军年事已高，看了伤心更伤身，莫看了。”王翦这才无力地点了点头，想要扶起李都尉，手却被他轻轻推开了，死死盯着王翦：“上将军放心。无论死伤多少，这渠，我等都要修成!”

王翦扭头转向围在一旁的其他士卒们：“你等，也都这般想?”

“重修水渠！重修水渠!”响亮的吼声骤然从人群中爆发出来。

幕府中，王翦听史禄和李都尉讲了昨夜渠口被毁的全部经过，越听越是心惊肉跳，若非昨夜诸多士卒亲眼所见，被毁的渠口就生生摆在眼前，他几乎要把两人讲的故事当作海客奇谈了。

史禄说，昨夜西瓯人刚开始偷袭秦城，他便按上将军将令赶往渠口。当他冒着大雨刚与值夜的张都尉会合，眼前便现出了令人惊怖的一幕——瓢泼的夜雨中，借着尚未熄灭的火把光亮，所有人都看到湘水的尽头闪现出一个庞大无比的黑影，如一艘艨艟般匪夷所思地飞速顺流而下，直取渠口而来；只听一声巨响，大小天平前截流湘水的拦水堰顿时被它撞开了缺口，水流开始迅速涌入干涸的分水塘。两人正在大急，却见远处刘都尉已一马当先跃下了分水塘，显是要堵住拦水堰的缺口，却不料奔到拦水堰前时，那缺口竟骤然扩大，一道汹涌大水猛地从中漫卷而来，当即便将刘都尉和其余五六名士卒尽数卷走，众人最后是在北渠中发现了他们的尸身……

“我等找到他尸身时，他手中还攥着这物事。”史禄叹息着伸出手，手中是一方捆扎起来的湿漉漉的木牍。

"干透再打开，不然只怕坏了字迹。"王翦也叹了口气，"那怪物，到底是甚?"

"风高浪急，谁也看不清，只知必定是庞然大物；张都尉尸身又留有巨大齿痕，看来是甚水中猛兽。"

"张都尉又如何死的?"

"他，本不必死……"

刘都尉等人被洪水卷走之后，史禄与岸边其他士卒自然又惊又怒，可那怪物意犹未尽，冲垮拦水堰后钻出缺口，又向大小天平坝扑了过来，士卒们忙操起弩机射去，可当时正值深夜，又是大雨滂沱，水中更是白浪滔天，弩矢根本射不中；纵然放小舟入水，却是划不了几下便被风浪打翻，人人都湿漉漉地爬上了岸。张都尉情急之下向着大天平飞奔而去，史禄拉他不及，眼睁睁看着他也跃下了大天平坝。

巨大的轰鸣和震颤随之响起，几乎是在张都尉跳下水的同时，大小天平坝已被冲垮了，闪电掠过夜空时所有人都看到，红色的浪花不断冲天而起，如同时刻变幻着形状的血色花朵一般，随之荡漾开来的血腥气息连岸边都能闻见，然而谁也看不清那水中究竟是何等的搏杀。此时众人就是想冲上堤坝去援助，也已没有办法，两条堤坝都被冲出缺口，而且这缺口还在随着剧烈的水下搏斗而不断扩大，每一下颤动都意味着堤坝又被撞垮了一段，心念至此，士卒们人人痛惜，却只能一筹莫展地观战。

这场水中恶斗持续得并不长，大小天平传来的震颤很快开始逐渐变弱，被激起的水花也没有方才那么高了，所有人都明白，生死就快要分出来了。而这时，他们看到水面上卷起了一个巨大漩涡，那庞然大物猛然转过身掉头便走，待到被激起的两排丈许高水墙重又跌落回湘水时，士卒们看到怪物的影子正在向湘水上游而去，很快变成了一个黑点，只在湘水中留下大片大片的鲜红，被激流冲刷着，不断淌向已经垮塌的渠口……

"那怪物，被张都尉伤了?"听到这里，王翦长吁一声，轻擦去额角的冷汗。

史禄点头："伤势必定不轻。否则不会轻易逃走。"

"张都尉……最后如何了?"

"怪物逃后，李都尉立即下水打捞尸身，终是在小天平下的水底找到了。他先是被那怪物生生拦腰咬断身子，又重重撞在小天平坝基上，尸身被找到时，已是血肉模糊，谁也认不出了……"

一旁的李都尉落下大滴泪水，片刻沉默后却终是哑声开了口：“请上将军召集将尉，重新修渠！”

王翦默默望着他：“你等不歇息几日么?”

“不必了，修渠要紧……”

这次会商的地点设在了湘水渠口，断裂的大天平坝旁。众将席地而坐，围成了一个大弧，王翦史禄则坐在大弧正中，他们人人干瘦黝黑、衣衫褴褛，然而却无不神色肃然，甚或连一声粗重喘气都听不到。

望着一个个直如流民乞丐般的将尉们，王翦不禁心下恻然，却仍没对众人有一句抚慰，而是开门见山提出了自己拟定的多道将令：其一，将此番死难的士卒民夫尽数安葬，上报庙堂以抚恤他们远在中原的家人；其二，派出十余艘配备了精兵硬弩的舲舟逆湘水而上，搜寻那撞毁堤坝的怪物；其三，将十余架连弩分头部署于渠口各要害处，以防西瓯人再次偷袭；最后，重新调整各段工程的人力，尽快开始重修被毁坏的渠口。

“渠口被毁，老夫心下同样痛惜，然则死者已逝，纵然悲痛也于事无补，我等终不能整日怨天尤人，还当尽快振作，早日修成水渠告慰死者；再者渠道已近完工，纵然重修，工程也终比推倒重来小得多。此乃老夫之意，各位意下如何?”

“没甚异议！这便开工！”将尉们早对渠口被毁之事憋了一肚子火，顿时杀气贯顶吼成一片。

史禄神色却很是凝重：“各位士气未堕，在下自然欣慰，然目下还有一大难题，必须解决。”说着站起身来，抬起手中的探水铁尺，指向远处残余的大天平坝：“我等所谋划这水渠，并非尽善尽美，人字堤垮塌，自有西瓯人破坏之故，可其间也有自身痼疾！在下已对上将军讲过，此堤还嫌单薄，骤遇暴雨便易崩塌，此番如何? 那怪物纵然凶狠，可堤坝若足够牢固，岂能这般轻易得手? 正是因此，我等当引以为戒，先解此难题！”

一席话说罢，将尉们已是鸦雀无声，人人眉头紧锁。

“对也，阿兄不是有草图么?”李都尉突然一句。

“莫不是他手中那木牍?”史禄也如梦方醒，连日来他忙得连轴转，根本就把这事置之脑后了，想到这里忙从腰间革囊中抽出那方已干的木牍，小心翼翼地解开麻绳，打开后只看得一眼便是一声惊呼：“我等无忧矣！”说着举起木牍，让所有人看清。

“如何又一条堤坝?”将尉们惊讶不已。

展现在众人面前的，仍是渠口平面图，尽管墨迹因浸水而略有些模糊，但大体轮廓依然可以看清。和原先不同的是，倒人字的大小天平坝交会处，又有一条堤坝向南探出，逆流直插入湘水之中，与大小天平连在一起，同样组成了一个人字，只是这人字头部比以前伸得更长；更奇的是，这条堤坝前锐后钝、头尖身厚，直如耕田的农具犁铧一般！

“这铧嘴形堤坝，便是用来保护大小天平？”李都尉的目光陡然明亮了起来。

“不错！”史禄语气中也添了一丝激动，“你等且看，此堤坝三面有石堤，背面紧接大小天平，迎流而上深入湘水，如此一可将迎面扑来之激流一劈两半、逆分为二，化正压为侧压，保护大小天平不致被冲垮；二可引水分流，将水流一路向西引入南渠，合于离水，另一路继续流入北渠，仍归于湘水；三更可激起水势，使船只更易循岩而上，与大小天平作用一般！”

“阿兄好一番苦心！”李都尉点头叹息道。

“有此铧嘴，堤坝便不会再被冲垮！”王翦也兴奋地接过木牍，又抬眼望向将尉们，“既如此，我等重新开工！”

7

幕府会商的次日，所有死者尽数下葬了。

两都尉尸身被合葬到了渠口西南，李都尉每日无论多忙多累，都要独自来这坟冢前，对着墓碑低声说上一阵话。史禄看了心下不解，向王翦提起此事，王翦却是淡淡一笑：监御史怕是无从知晓此中况味，说着把目光投向了北方，清楚记得，在那万里之遥的关中故地，也有那样一座坟冢，埋葬着一个自己曾无比敬仰过的人。

葬仪结束后，王翦放下了其他堆积如山需要处理的军务，匆匆赶去看那位特殊的俘虏。

赶到校军场时，他看到巨人赤身躺在黄土地上，身中的几根粗大弩矢已被拔出，手脚则被安上了几根粗大镣铐，一个百人队昼夜不眠地守在旁边，望楼上的四架连弩齐指他胸口，不过仅就目前来看，种种防范还是多此一举。这巨人还在昏睡着，发出阵阵风声般的鼻息，一任霍龙指挥着几名战战兢兢的助手，给自己的创口换药。

眼见上将军前来，老医师苍老的脸上绽放出了笑意，将医刀递给身旁另一名医师，又将血糊糊的双手在陶盆中洗净，向王翦讲起巨人的伤势：他非独受伤失血，更兼身中剧毒，稍迟便性命不保，好在此人极是强壮，经我等两日抢救，已脱离险境。王翦问究竟何毒，霍龙便小心翼翼地用一支竹钳夹起一片小小的白色木屑。

“此为箭毒，无论人畜，中此毒者都将心跳停止、鲜血凝固，一刻之内倒地而亡，我等医家皆呼其为‘见血封喉’，好在老夫已预先搜得一批解药，便是这红背竹竿草。”说着从药囊中拣出一株风干了的药草，外形很是奇异：叶片是红色的，草身如竹木般细长。

“西瓯人，下手这般毒……”

霍龙又捡起一枚完好弩矢，长不过五寸，没有尾羽，状如茨菰叶：“还有，这箭矢乃桄榔木削成，一旦沾血便裂开破碎，扎入血肉，使人受伤更重。”

“我等打扫战场，还捡到了此物。”赵仲始说着递上一只构造精巧的竹弩。王翦看了更加惊讶——削竹为弓矢自然常见，然以竹为弩却是闻所未闻，毕竟弩机构造太复杂，做起来极为费力，远非弓矢可比，然而眼前这竹弩几乎不逊于秦弩。虽说竹木不如铜铁能长久保存，却也轻便得多，在这潮湿多雨的岭南，也必不会像寻常弩机那般易锈蚀；更有一样，此地竹木几乎举目可见，随时能就地取材，这种竹弩完全可大批量制造！

——百越人何时有这等精良兵器了？

“上将军，依我等之见，此物颇似我蜀地射虎竹弩！”赵仲始道。

王翦心下一跳，他也听说过这射虎竹弩。相传三位蜀人英雄廖仲药、何射虎、秦精曾刈竹为弩，射杀了一只长久为患的凶猛白虎，从而为民除害。这射虎竹弩也由此名声大噪，可后来制弩之法却不知不觉亡佚了，而今如何竟出现在这百越之地？

恰在此时，一直昏睡的巨人忽然发出一声闷雷般的呻吟，所有士卒如临大敌，纷纷抄起兵刃。霍龙却摆手笑说，此人刚恢复，还无力闹事。说话间巨人微睁开眼，目光中满是迷茫，喉头又咕哝了一下，王翦听出，那是在用越语说出“水”这个字。两名医师合力将一只陶罐搬到他脸旁倾倒下去，巨人忙贪婪地大张开嘴，长鲸饮川般将清水一气咽下。

“好，此人会说话，并非愚顽之辈。”望着医师们一罐罐地接连喂着水，王翦心下踏实多了，“我等过几日再来，看他恢复得如何。”

五日之后，王翦派去搜捕怪物的船队回来了，却是一无所获。领军的千长报说，他们逆湘水行了百里，又仔细搜索了湘水两岸，休说不见怪物踪迹，便连百越人都没见到半个，船队毕竟是小艇，载不得许多粮草，只能回撤。王翦早预感此次会无功而返，是故没有责怪千长，只是传令下去，在渠口以南、湘水上游增设了哨卡，每日都派出船队往来巡视，以防怪物重现，将令下达之后便重又去往了校军场。

这次，巨人已可自由转动脖颈了，听到王翦的脚步声，他缓缓扭过头，一双铜铃般的牛眼直盯着王翦，却看不出喜怒。老霍龙笑说，此人体内毒性已解，再养息月余，定然重又生龙活虎。王翦听了更是放心，走上前去低头望着巨人那张大脸，用清晰的越语问道："你叫甚?"

"阮翁仲。"巨人声音虽轻，却仍如同沉雷一般。

（注：我国民间传说中，阮翁仲为陇西临洮人，秦始皇依其形貌铸十二金人。然越南也有传说云，此人本为安阳王时期交趾人，名李身，使秦时留在中原，具体可参见《大越史记全书》《岭南摭怪》等典籍；《大清一统志》等方志也记载其为南海人，从此说。）

"阮翁仲，老夫有话问你，你若老实作答，便放你走。"

"你问。"

"毁我渠口者，何物?"

"不知。俺只奉命行事，其余一概不知。"

"谁命你来的? 命你做甚?"

巨人闭上眼睛，眼角渗出了大滴泪水，声音直如呓语一般："骆垌，带俺来此地……"

"命你攻我营垒、杀我秦人?"

"他还说，他若下令撤军，俺便须撤回林中，随他回博邪山。俺没听，骆垌，便要杀俺……"巨人忽然嘴一咧，发出一阵古怪的哭号。

"你那骆垌，是雒越大将?"

"并非百越人，是楚人。"

"楚人?"王翦惊讶了。

"上将军，当年屠睢将军临终前也说过，百越军中确有个楚人!"赵仲始叫道。

"叫甚?"

"……不知，俺只叫他骆垌。"

“长得甚样?”

“两只眼睛，两只耳朵，一个鼻子，一张口……”

“……”

王翦满腹狐疑，继续反复盘问，巨人却说不出甚，只说骆垌作战好生了得，极得我等崇敬，召宏同样信任此人，却不知他为甚要杀自己；再问起雒越西瓯两部诸多情形，巨人有时答得很是痛快，有时一问三不知，有时又颠三倒四前后矛盾，翻来覆去问了半天，始终没说出甚真正有用内容，王翦只能失望地一声长叹。

“上将军，此人怕是有意隐瞒，且待我等用刑!”赵仲始愤然道。

霍龙皱起了眉：“千长，你却不知。此人没甚心机，他若说不知，便是当真不知，绝不致隐瞒欺诈。”

巨人向老霍龙感激地瞥去了一眼，又转向赵仲始，脸上艰难绽出一丝苦笑：“你便杀了俺，俺也不怕。俺早该死骆垌手下，你便留俺活命，俺又能去何处?回去仍是死……”

王翦与赵仲始对视了一下，无奈地摇摇头，正准备转身离开，霍龙却拦住了他：“上将军，老夫试试。”说罢转向巨人：“阮翁仲，老夫几夜没合眼，终是救你一条性命，你该当知晓。”

阮翁仲铜铃般的眼睛直勾勾盯着霍龙：“先生救俺，日后必当报答。”

霍龙笑了：“可你若死了，却是如何报答老夫?”

“……”阮翁仲无言以对。

“你那骆垌要杀你，你便让他杀；老夫要你活，你却不肯活。你且说，这般做，对么?”

阮翁仲的目光中顿时充满了迷惘。

“俺，俺不知……俺只知自己是奴隶，命是召宏的，召宏让俺听骆垌，俺便听他……”

“你百越人不是最讲恩仇必报么? 可骆垌有负于你，你却如何不去报仇?老夫于你有恩，你却也不报恩?”

“俺，俺不知……俺是奴隶，骆垌让俺做甚便做甚，俺对他忠心，却不知他为甚要杀俺……俺不知，当真不知！……”阮翁仲反复说着这几句，忽然又号啕痛哭了起来，众人眼见这凶神恶煞的巨人大张着嘴涕泗横流，一时无不悚然动容。

阮翁仲哭声渐止，老霍龙掏出汗巾，擦去他眼角和脸颊的泪水：“阮翁仲，你如何看待骆垌，老夫无权过问，也不指你报恩，却想你允诺老夫一事：待你康健之后，不若留在此地，助我等凿渠，何如?”

王翦心下一惊。

“先生……”赵仲始大急。

“……”阮翁仲也沉默了。

霍龙望着王翦笑了：“老夫也是突发奇想，这才擅作主张，上将军见谅。老夫照拂阮翁仲这几日，看他是虽混沌愚顽，却是心地纯善，又这般神力无穷，目下我等凿渠正在紧要关头，他若肯助我等，岂非大大好事?”

看王翦沉思不语，霍龙又笑着补充了一句：“其实百越人也大多这般恩怨分明。你对他坏，他便加倍对你坏；你对他好，也加倍对你好。”

“也好！那便听先生，我等试试!”王翦终是点头笑了，又转向巨人，“阮翁仲，你意如何?”

阮翁仲默不作声，许久之后，终是轻轻点头。

一个月后，阮翁仲终于站了起来。

当赵仲始率领着一干士卒，亲手解开束缚着巨人手脚的那些粗大镣铐时，手心当真捏了把汗。他看得出，在场所有秦人个个都忐忑不安，只有老霍龙的目光仍旧安详。

最后一根镣铐落地了，巨人终于摆脱了所有的桎梏，他双肘撑地，艰难而笨拙地坐了起来，活动活动酸麻的四肢，迷惘地望着如临大敌的秦人们，并未像他们担心的那样忽然发作起来，挥舞着双臂将他们尽数砸成肉醢。

“好了么，阮翁仲?”老霍龙赞许地望着他那魁梧的赤裸上身，又在那满是虬结筋肉的粗壮臂膀上用力捏了捏，满意地点了点头。巨人则目光柔和地望着他的一举一动，待他放手后便将左拳擂向了脚下，单膝跪倒在老医师面前，直如小山一般：“阮翁仲做了俘虏，又为先生所救，此后便是先生奴隶！俺这条命，日后便是先生的!”

霍龙却将他扶了起来：“百越人将战俘用作奴隶，甚或将他们杀了吃肉，我秦人却没这等习俗，你非奴隶，我等谁也不将你看作奴隶。”

“阮翁仲，日后你便是秦军士卒，与我等一般，绝不低人一等!”一旁的王翦也正色道。

“……诺!”阮翁仲黑黝黝的大脸陡然变得通红，突然间冒出了这个刚学会不久的词；两只毛茸茸的大手，也第一次如秦人那般拱在了一起。

巨人来到渠口，顿时引起了轰动。

所有的士卒、民夫和工匠，统统停住了手头的活计，惊讶地仰头望着那高大身躯，以及被他拖动的那些条石。这些条石堆得足有两人多高，完完全全是一座小山，寻常至少要四五十名精壮劳力方能勉强拉动，可这巨人竟轻轻松松便将它们拖了起来。

“监御史，老夫给你找的这民夫，还算能干吧?”遥望着阮翁仲高大的背影，王翦呵呵笑道。

史禄一脸不可思议：“如何是民夫? 直是头巨象，一人足可当百人用!”

“虽说如此，却也忒能吃了，每餐都吃得一石粮谷，一只整羊……”李都尉小声嘀咕着。

“能吃方能做!”王翦浑厚的笑声陡然飘荡开来，“老夫不怕多吃，只怕少做!”一语既出，几人都笑了。

“而今渠口工程，已无难处了。”史禄感慨叹了一句，“有了这夸父，我等人力大大增强，更有刘都尉设计那铧嘴，大小天平便是坚不可摧，任他何等大水也冲不垮!”

“只是，却还有一样隐患。”王翦叹息了一句，“便是上次那毁堤怪物啊……”

他的担心果然不是杞人忧天。两个月后，当渠口的大小天平连同铧嘴都已重新修得有模有样时，他们最担心的事再次发生了。

8

又是一个暴风雨的前夜。墨黑的天穹中，血红色的弯月没入了涌动的乌云背后，一阵急似一阵的夜风卷起湘水的飞沫，卷起潮湿的水汽，刮向秦人聚居的这片山地。当澎湃的湘水腾起丈许高的大浪，接连拍打在拦水堰上时，幽深的山谷随即回荡起了草木的连绵应和。

这时，远方的天边缓缓响起了沉雷的滚动，雨水哗哗降下了。

“你等且听!”渠口以南，一里之外的湘水上游，舲舟上把舵的士卒突然大叫了一声。

他的两名同袍竖起了耳朵，竭力从水声和风雨声中捕捉蛛丝马迹，另一名士卒则将不怕水的猛火油火把插到了船头，隐隐照亮了湘水上游，一阵近似沉雷般的声响正从那里传来，很快，黑暗的尽头开始出现了一点小小的白浪。

“落碇迎敌！”百将强压下心底腾起的恐惧，嘶声咆哮道。

几艘舲舟的船身剧烈颠簸着，士卒们伏在船舷上随之不住起伏着，十分勉强地各自握住弩机瞄向前方，“准备迎敌”。只是他们并不清楚这“敌”究竟是何种面目；对于自己能否应付，更是心里没底。

白浪越来越大，转眼间已成了两堵一人高的长长白墙，水墙之间则是一条礁石般嶙峋的粗长黑影，浪花飞溅中，士卒们依稀可以看到一张同样嶙峋长大的上颚浮在水面，更有一对金黄色光斑，闪烁着凛凛凶光！

那是怪物的眼睛，直如两面铜鉴一般。

不等百将下令，士卒们已纷纷射出弩矢，两面水墙却忽然降了下来，浪花变成了泡沫，那个黑影连同那对金黄色光斑也瞬间消失了，怪物陡然不知了去向。尽管依旧风浪大作，秦人们却感到水面一下安静了许多，如同刚从梦魇中惊醒一般，怪兽方才带来的那种让人几乎喘不过气来的威压，竟瞬间烟消云散了。他们不由得面面相觑：难道那怪物突兀掉头折返了？还是它绕过了自己？或者……

——“不好！它潜过来了，快……”看到船舷旁的水下忽然现出一个巨大黑影，一名仍然艰难高举火把的屯长大叫道。

他只来得及喊出前半句，后面的话都被淹没在了巨响中。伍长所在的这艘舲舟已被撞得粉碎，破碎木片和残肢血水伴随着浪花四面飞溅，腥臭的气息迅速弥散开来，水幕里一个巨大黑影猛然扑起，直冲向横亘前面的第二艘小艇，顿时引起一片惊恐尖叫和痛恨咒骂。当浪头重新被激起丈许高时，相邻舲舟上的其他秦人只能听到同袍们的惨叫，还有随之而来的木料碎裂声，怪物那既长且宽的上下颚凶狠开闭的瞬间，已生生咬断了第二艘舲舟，如同咬碎一段小木棍那般轻易而干脆。而它那高高甩起的巴蛇般的长尾重重落下，打翻了第三艘舲舟，再次激起冲天水花的同时，后面的百将终于看到了那上面反射着火把光亮的一块块巨大鳞片。

“巨鳄——！”百将大吼了一声。

渠口刚响起凄厉的骨笛声，赵仲始已向着小天平坝一路狂奔而去。

“畜生！今夜你不死，我死！”他双目通红，心下发狠道。

两个月来，他始终以猎人的耐心在这渠口等待着，此刻终于要与这猎物正面交手了，一颗心跳得简直快要蹦出了胸膛。尽管自认为布下了天罗地网，可要说能一劳永逸除掉这怪物，他还当真没有足够把握。

赵仲始刚奔上小天平坝，水面上便开始了一场惊心动魄的围猎。

急雨般的乱箭中，那只仿佛来自远古洪荒时代的巨兽在汹涌澎湃的湘水里翻滚扭动着。岸边点起了无数明晃晃的火把，将这片广阔的分水塘照得直如白昼一般，目下已可看清，这是条奇大无比的巨鳄，可若非亲眼所见，谁也不敢相信世间竟有这般强大而恐怖的生灵。它的躯体直如一座小浮岛，暗青色的巨大鳞片在浪花中泛着令人不寒而栗的光泽，两片铜鉴般的金黄色光斑则在风浪中忽隐忽现，游移闪动着凶残而狡诈的光芒。

数百名士卒聚集到了岸边，许多人高举弩机向它射去；停泊在分水塘岸边的所有舲舟也都尽数下水，围绕着艨艟般的巨兽游弋，和岸边的同袍们一样泼洒着箭雨；这其中甚或还有一位位铤而走险的死士握着长矛短剑径直跳下水，试图寻出它身上薄弱之处再予以重创。然而看目下形势，秦人们唯一能做的也仅仅是阻止它靠近防水堰，夜色、雨水、浪花和巨大的颠簸使他们无论身处岸边还是船上都难以瞄准，纵有几根弩矢射中了鳞甲，却也都堪堪滑开，根本无法威胁到它，反倒是接连有四五艘舲舟因太过靠近巨鳄，或被巨口咬断，或被长尾打碎，或被身躯撞翻；那些死士们更不必说，根本无法靠近那怪兽。

“尽数散开，连弩准备！”赵仲始大吼道。

清脆的铎声穿破雨幕遥遥传来，水面的舲舟、水中的士卒们放弃了与巨鳄的周旋，开始向岸边散去；赵仲始则三步并作两步冲上了铧嘴，这里安放着一架重型连弩，守候在这里的数十名士卒也都是他从护渠千人队中亲自遴选出的精锐。

“千长，我随你同去！”李都尉的声音从身后响起，赵仲始顾不得多说，只点了点头，两人便一同发足狂奔而去。

——“上弩矢！”赵仲始隔得老远连声大喊着。

士卒们的忙碌中，一根粗如长矛的弩矢被安置在弩车既深且长的凹槽中，随着绞车的转动，又被粗大的绳索向后拉去，蓄势待发。

——“校望山！”

一阵轮辐旋转的吱嘎作响，一阵铰链拉动的哗啷声，几番调整之后，弩矢的尖端瞄准了分水塘中的巨鳄。此时拦水堰已被它撞垮，湘水如千万匹脱缰骏马哗哗涌入分水塘，巨鳄也随着这洪流向面前的铧嘴浅滩冲去，片刻间长吻便出现在铧嘴前的水面上。雨幕中，它示威般张开狭长洞穴似的血盆大口，颗颗斧钺般的锋锐牙齿不住滴着淋漓的血涎，闪烁着凛凛寒芒。

——“射！”

几乎与弩矢呼啸声掠过的同时，一道巨大血泉陡然从巨鳄张开的大嘴中激出，直直喷溅到了拱卫弩机的士卒们的盾面上，一股浓烈的血腥气息笼罩了所有人，巨鳄应声发出一阵地动山摇般的怒号，跌落入水中，溅起了一阵高高的浪花，终于受伤了。

“后撤!”巨鳄没入水中、水面泛起大片殷红的同时，赵仲始又吼了一句。想将弩矢重新绞上弩机，终究要有一段不短间隔，巨鳄完全可以抢在第二根弩矢发射之前冲上铧嘴，把他们连人带弩机一同咬得粉碎，目下能够重创它一次已极为难得了，不必继续恋战。

然而他担心的情况并未发生，巨鳄许是被剧痛吓阻，没有再试图正面登陆上岸，而是在水中发狂似的兜着圈子，愤怒地闭合着上下颚，只两三下，便将那根深深刺入口中的弩矢咬得粉碎；紧接着便仍大张着嘴绕过铧嘴浅滩，扑向了一旁的大天平，守在坝上的士卒们纷纷逃散开时，它已再度大张开嘴，连撞带啃，生生把坝身咬出了一个不小的缺口。

分布在岸边的几架连弩相继呼啸着射出五六支弩矢，每一根都准确无误地射中了巨鳄，然而有两三支却在它厚厚的鳞甲上滑开，落入了水中；另外几支虽刺入那鳞甲的缝隙，却也未能使它再受致命创伤，只是插它身上不住晃动着，这巨兽依然凶狠地在大天平坝上咬出一个个缺口。眼见连弩机都无法威胁到它，秦人们顿时愣住了。

“狗日的，我宰了它!”李都尉一把抄起脚下一根粗长弩矢，这便要与巨鳄拼个你死我活。

“都尉，休要莽撞!”赵仲始急忙拉住他。

“放手！我被它吞了，刚好与两位阿兄会合!”李都尉拼命挣扎着。

又一阵滚滚沉雷声从远处响起，听声音该是来自身后，湘水下游。还在争执的两人一下都呆住了，他们都能从这沉闷响动，以及随之而来的剧烈震颤中感到，又一个和那巨鳄不相上下的庞然大物，正在向渠口飞速赶来!

李都尉愣在了原地，赵仲始则喉头动了一下，咽了咽口水，众人面面相觑，谁都没再说话，雨水依然在倾泻着，水花依然在飞溅着，巨鳄依然在肆虐着，死一般的寂静却陡然笼罩了铧嘴之上，所有人都不约而同地冒出了一个念头：

有这一只怪物已够受了，如何又来一只?

响声越来越近，震颤也越来越剧烈，可所有人都没心思再有任何举动，只是这样静默伫立在雨中，手足无措。

便在此时，众人背后大天平坝的北面，再度激起了两排高高的水墙；一个庞大阴影随即冲天而起，带起一股股巨浪，直扑大天平坝而来!

“完了!”那一瞬间，李都尉手中的长长弩矢跌落在了脚下的泥泞中，心下很清楚，大天平坝这回是无论如何也保不住了，想到这里，他痛苦地闭上了眼睛。

突然间，他耳畔响起了赵仲始和士卒们充满惊喜的叫声，紧接着一阵长号便淹没了这些叫声。这绝不是任何猛兽所能发出的声音，李都尉只觉得它极是耳熟，睁开眼睛时，他再一次愣住了——

阮翁仲!

若不是心知巨人已完全归顺了秦军，怕是所有人都要将他错当成另一只怪兽，而在夜色、雨水和浪花的烘托中，巨人也当真与那巨鳄没甚区别。他发出一声震天的咆哮，从水中一跃而起，如同泰山压顶般猛砸下来，却并不是像秦人先前以为的那样扑向大天平，而是端端正正砸到了正啃啮着坝身的巨鳄身上。这一下去势极猛，巨鳄猝不及防，当即带着骑在自己背上的夸父滚落入水，激起冲天的浪花。但它却并没能摆脱巨人，阮翁仲已伸出两只强壮有力的胳膊，张开十根粗大的手指，死死抠住了巨鳄那铜鉴般的双目，血水不断从眼眶中淌下，巨鳄因这剧烈的疼痛而近乎发狂地翻腾着，将身躯扭动成各种形状，忽而一个猛子扎入水底，鼓荡起滚滚泥沙；忽而猛然跃出水面，再重重扎入水中，瞬间被浪头所吞没。

所有的秦人都聚集在了渠口，惊愕地望着阮翁仲与巨鳄在滚滚波涛中的厮打，他们望着这两个庞然大物的翻江倒海、劈波斩浪，深深为他和它之间的抗衡而惊叹。阮翁仲，这个仿佛来自远古、浑身散发着蛮荒气息的巨人，正为了守护这条浸满了人们鲜血与汗水的水渠，与那代表着造化神秘意志的巨兽对抗着。这般惊心动魄震慑人心的场景，只能出现在鸿蒙初开的上古时代，只能出现在人们口耳相传的神话之中，这人与兽之间，或者毋宁说人与造化之间的较量，已远远超过了人类想象的极限，于是他们个个默默无语，深为眼前的一切所折服。

雷声、雨声、水声、阮翁仲的咆哮声、巨鳄的嘶吼声夹杂在一起，响彻了整个分水塘，也响彻了整片山谷，即使是三五里外都能听见；而慢慢地，这巨响中渗入了阵阵铿锵鼓声，岸边观战的秦人大为惊讶，不少人暂时把目光移开了水中的激战，四下打量着，寻觅着鼓声的来源。

“是上将军！上将军亲自击鼓助威!”有人大喊道。

的确是王翦在擂鼓。老将军没有戴斗笠，也没有披上蓑衣，只身着一件单薄战袍，浸透着汗水和雨水，那雪白的须髯在夜色中飘拂着，也和战袍一样被雨水打湿，虽然这样他却还是奋力挥舞着鼓槌，一下下重重砸在鼓面上，溅起一朵朵水花。

“猛士阮翁仲，护我秦凿渠——!”咚咚鼓声中，史禄的大吼穿透了雨幕，遥遥传来。

“猛士阮翁仲，护我秦凿渠——!”所有的士卒高高举起手中的兵刃，忘情地为阮翁仲呐喊助威，巨大的声浪盖过了风声雨声水声雷声，骤然激荡在渠口的水面上。

呐喊声突然变成了欢呼声，但见波涛汹涌的湘水中陡然出现了巨鳄那庞大的身躯，它的双目已被阮翁仲生生抠瞎，不住流淌着汩汩鲜血，大张着的嘴中也不住滴下淋漓的鲜血，四肢则拼命划着水，向着南渠渠道的方向落荒而逃，在秦人还没来得及围追堵截之前，怪兽已冲上了南渠的北岸。

“想逃么——!”

惊雷般的怒吼响起来的同时，阮翁仲高大的身躯也猛然浮出水面，丈许深的湘水只能没过巨人的腰间，他笔直伫立在湘水中，双手高高托举起一块从水底生生抠出的巨石，两只大手奋力一挥，那方一丈余高、十余丈长的巨石，便如同被一架大炮抛出一般猛然飞出，在夜空中划过一道巨大的影子，猛然砸向巨鳄!

一阵骨节断裂的巨大声响从南渠方向传来，大石端端正正砸中了巨鳄的脊背，那厚厚的鳞甲纵然可以抵御一切锋刃的穿刺，却仍无法承受住巨石的重量，怪兽发出一阵撕心裂肺的悲鸣，拼命挣扎着，动作却是越来越慢，越来越僵硬，终于一动不动了。

“飞来石！飞来石——!”

雷雨和浪花声掩盖不住秦军将士们的兴奋激吼，也同样掩盖不住阮翁仲的放声大笑，这是他被俘以来的头一次欢笑，笑声中充满了无尽的快意与自豪。无论他还是他们，心下都很清楚，他已真正成为秦人中的一员。

（注：巨鳄毁堤、飞来石及后文三将军墓等情节，均来自灵渠当地传说，此处有改动，读者有兴趣可自行查阅。）

9

冬雪初降之际，秦凿渠终于尽数完工了。

每到冬季下雪，秦人驻守的这片山地便会出现一幕奇景：雪花只会降在南渠北岸的山地中，很少越过山峦，于是每到雪落之时，山地北麓便雪花纷飞，白茫茫一片；到了南麓却登时变成蒙蒙细雨，仍是漫山遍野的青翠碧绿。这片山地中有一处关隘极为狭窄，也是秦人驻军营地之一，被后人称为严关，后世有“北雪南风不过关”一说，指的便是朔雪至严关便不再南下的奇景。

不过水渠凿成的这个冬天，雪花终于翻过了严关，纷纷扬扬降到了已通航的南渠之上。也正是在这场初雪中，秦军开始了在秦凿渠的首航。

乱纷纷的雪花在湘水上飘扬，水面上蒸腾起阵阵雾气，悠扬的号角声由远及近传来，一艘艘插有秦军黑旗、可载百斛粮谷的小船劈开波浪，南向逆湘水而上。打头第一艘粮船的船头，赫然伫立着上将军王翦和渠令史禄，他们身边则是蒙武任嚣赵佗徒唯等将。尽管水面上雨雪交加，但没人愿进舱中取暖，仍伫立在甲板上，听史禄断断续续讲着近一年来修渠的种种艰险，众将也都没了粗声大气说笑的兴致，或是静静听着，或是轻轻点头慨叹，只偶尔见到两岸现出或秀美或险峻的山势时才彼此指点一番。而整个旅途中，负责号令整支船队的李都尉除却下达必要的军令外，始终默默无语若有所思。

船队从湘水进入弯弯曲曲的北渠，曲折蜿蜒行得数里后，已可遥遥听见涛声阵阵，片刻后分水塘便展现在众人眼前，但见铧嘴浅滩如一条狭长舰艇般竖躺水中，潜在水下的大小天平坝则在水面分成了“人”字，上面不时点缀着碧绿水草，也都覆盖着白雪；透过清可见底的水流，依稀能够望见水下摆列得极是齐整的一排排鱼鳞石。湘水的滚滚波涛先是被那铧嘴一分为二，又越过两座堤坝，被这大小天平三七分流，七分仍然继续北淌，三分则被引入了南渠渠口，溅起层层叠叠的雪白浪花。

船队经由北渠，过大天平坝绕过铧嘴，又沿着小天平坝折向西北，由此进入了主航道——南渠。

这南渠水面并不开阔，不过三五丈宽，两岸青山耸立绿树成荫，繁茂枝叶在头顶密密匝匝交织在一起，都被枝头的皑皑白雪压弯了腰，只露出一线狭长的灰色天穹，容得细小雪花从中渗下，渐渐没入碧绿的渠水雪白的浪花之中；渠道水势却颇为湍急，一艘艘粮船几乎是被滔滔浪花裹挟着向前，许多地段都要小心控制船速以免翻船。船队就这样先后驶过秦堤、泄水天平、飞来石，众人都从史禄口中听说了那方巨石的来历，而亲眼看到它巍巍然挺立在南渠北岸时，还是不由得大为震惊：不知那阮翁仲到底如何神力，竟能举起这样一方巨石，还能从渠口将它一下投到这里，砸死那巨鳄。

“那阮翁仲目下在何处？让俺也见见这等猛士！”蒙武满脸兴奋地向史禄

问道。

“阮翁仲也在护渠之列，我等再行片刻，当能见到!”

船队又迤逦行得半个时辰，水势开始减小，水流逐渐平和，船速也因此迟缓起来，史禄解释道，这渠道所经地带以石质为主，多山塬多墚峁，许多地段既难深挖，也难拓宽；因而此渠虽有陡门控制水量，能大体通航，却仍大受天时制约，有些地段的渠道水浅无法行船，许多地段又是弯多、滩陡、水流急，不易航行。这些地段，我等只能趁水涨之际行船，或由纤夫挽舟直上，如登峻坂，将船只生生拉过去，面前这一段便驻守着第一批拉纤民夫。

说话间，前方已遥遥响起了一阵上将军万岁监御史万岁秦凿渠万岁的吼声，船队转过一个弯，众将一眼便看到两岸伫立着一队队士卒，其间最显眼的便是阮翁仲。看到巨人那小山般魁伟的身躯，蒙武等人不约而同地发出了一片惊叹，阮翁仲却只是憨憨地笑着。

船队上的将士们依次下船上岸，匆匆几句寒暄后便是合兵一处，赵仲始挥动着令旗喊了句“拉纤”，两边士卒便不顾严寒和飞雪纷纷脱去战袍，拖动着一根根粗长的绳索，将粮船一寸寸一尺尺拖过水浅之处。他们大多二三十人为一组，每组拖曳一艘粮船，唯有阮翁仲是一人拖着王翦等人的头船，毫不费力地大步流星向前。船队尽数被拖过水浅地段后，众将才向赵仲始阮翁仲等人道别，继续顺水而行。

在李都尉的号令下，一座座竹篱硬木制成的陡门在背后次第开合，水势也由此渐渐升高，使船队得以凭借水势由低向高前行，王翦等人均对这陡门赞叹不已，问这陡门可是监御史自家构想？史禄却笑说，将军猜错了，此是出自李都尉之手。王翦很自然地望向身后，却见李都尉始终默默望着前面的渠道，沉思着什么。

三日之后，渠道最西端的秦城赫然在目，船队终于驶完南渠，进入了离水。一路巡视下来，南北两条渠道全线坚实通畅，各渠段监察军吏将军报汇总至史禄手中，由他大声念出结果时，所有人都长长出了一口气，欢呼声顿时在秦城脚下、离水上空炸裂开来。王翦当即命其余粮船继续沿离水南下，将军粮分头运至离水两岸的西路军各部营地，自己则与众将来到南渠、离水交汇处以南的那片秦军墓地，祭奠起了因凿渠而死难的士卒民夫们。

埙篪或幽怨或激越的乐声中，王翦带领着一干大将，祭奠了那长眠于此的百余名兄弟，又念诵了咸阳庙堂对修渠将士们的褒奖，史禄因修成这道水渠而被擢升将军，爵位连升五级；李都尉与牺牲的张、刘两都尉同样成为了将军，爵位各升三级；赵仲始由千长升为都尉，晋爵两级；阮翁仲则从白身士卒变成了簪袅爵，其余死者生者也都各有奖励。万千将士们肃然伫立在这些密密麻麻的坟冢前，静静听着王翦苍老的声音回荡着，没有哀号，没有啜泣，没有泪水，却是人人心潮澎湃。

这场祭礼持续了大半日，日暮黄昏之时才结束，而当人群散去、黑色的洪流开始向几座秦城流淌之际，李都尉来到了王翦与史禄面前："上将军、史将军，末将想去祭奠张、刘两位将军。"

"老夫给你一整日，去吧。"王翦赞同了。

"我与李将军同往祭奠，如何？"史禄迟疑道。

李将军却笑着摇了摇头："有些话，末将只想对两位阿兄说。"

"既如此，我等便不搅扰了。"史禄掩饰般地笑了笑，看着他向王翦和自己各施了一礼，身影踽踽消融在了夜色中，不知何故，心下隐隐涌起了一丝不安。

整整一夜，李将军始终没有归营；次日，士卒们在张、刘两将军的墓前发现了他已冰冷的尸体，怀中还有一枚竹简，刻着他的绝笔：今水渠大成，末将了无牵挂，不敢贪功独享，故随两兄而去。望上将军将我三人尸身合葬，使我等泉下相聚……

"李将军，何必如此……"念着竹简上这行字，史禄痛惜道。

王翦叹了口气："三将军誓同生死，直如田开疆、公孙乾、古冶子三士一般，虽嫌褊狭，却也刚烈。而今死者已矣，夫复何言……"说着转向同样默然肃立的赵仲始："你等，且将张、刘、李三位将军合葬，再为三人重立一块墓碑。"

"上将军，此三人合葬一穴，闻所未闻。碑上，却是写甚？"

"就写，三将军墓吧……"

众人的身影渐渐远去了，三将军墓前，依旧回荡着王翦的苍老嗓音：

"而今粮渠已成，辎重补给之难已解；我等这便回秦城，商议平西越之事！"

第十章 莽昆仑

1

秦凿渠修成的消息传来后，安阳王蜀泮马上召集起了瓯雒两部所有元老，商讨对策。

“……我等之所以能与秦人相持多年，非因自身战力强大，只因秦人粮草周转不畅，无力大举南下。然则目下，秦人粮渠已成，王翦已无后顾之忧，必将大举侵入西越地，届时瓯雒联军必当遭遇灭顶之灾！”项梁的声音回响在岩洞中，说不出的低沉阴森。

一阵窃窃私语随之响起，瓯雒两部的元老们纷纷交头接耳，阵阵回声在岩洞中飘荡开来。

皋通粗重地叹了口气：“而今，不仅水渠凿成，那神蛟也被杀了……老夫豢养这神蛟足足五年，每日都以活生生的奴隶喂它，方将它养成这般神兽，却不料，却不料……”他雪白的胡须不住地颤抖，语气中满是痛惜和懊恼。

“蒲正若欲复仇，可找阮翁仲，你那神蛟便是他杀的。”项梁冷冷一句。

“这畜生！”皋通愤愤拍打着脚下的地面，骂的虽是阮翁仲，听来却仿佛是骂那巨鳄，“他自幼被召宏抚养大，每日光喂饱他便不知费我等多少气力，尤甚于那神蛟！不知报恩也倒罢了，竟转投了秦人，老夫早该将他喂了神蛟！”

“可那阮翁仲并非有意！当时骆垌若能救他，他不会被俘，也不会降秦！”桀骏高叫了一声，西瓯人最敬猛士，他对阮翁仲多少有些好感。

项梁凌厉的目光扫向了桀骏：“将军之意，是怨我将阮翁仲推给秦人了?”

“并非此意，可……”

“阮翁仲之事，莫再争了。”一直沉默的安阳王终于开了口，“此人终究奴隶而已，日后杀他便是，目下当务之急，仍是抗秦。”眼见众人都是一副赞许神色，当即转向项梁：“骆垌，如何抵御秦人，你心下有无成算?”

“拒守博邪山，死战抗秦。”项梁简简单单答道。

“为何如此?”

“拒守博邪山有五利：其一，此地山势险要，易守难攻，更有险关横亘山前，容不得秦人铺开兵力，直如五岭一般，我等只需三五千精锐，便可抗得万千秦军；其二，由此山向南乃大片旷野，有无数雒田支撑，当无断粮之虞；其三，此山蕴含铜矿，可供冶炼兵刃打造铠甲；其四，此山为安阳国神山，雒越郎兵拒守此山，必定士气高涨，人人用命；其五，此山西南麓有雒越水，即便战事不利，还可由此水路撤退，辗转南逃。自然，此间还有一处不能不防：秦人可能自博邪山南麓攻我身后，此地乃大片旷野，若秦人兵力铺开，我等怕难抵挡。”

“不可能！”桀骏大叫了一声，“这一带秦人未曾深入，沿途又足有数百条溪流，若不识途，他绕都要绕晕！何能知晓南麓地形?”

“阮翁仲在秦人手上，难保不会带路。”项梁声音很冷淡。

皋通却是不屑地笑了笑：“骆垌放心，即便有阮翁仲领路，秦人也只能经一条狭窄水道，方能到博邪山，然此道凶险万分，更有神灵护佑，秦人敢走此路，必定有去无回！”

项梁皱起了眉：“神灵护佑?”

安阳王也露出了深不可测的笑容：“蒲正所言在理，南路不必担心，我等只扼守北麓险关便是。蒲正，你明日便回螺城，将那大军尽数调来，抵达之后，我等便要全歼秦军！”

听到皋通全无迟疑的一声应和，项梁桀骏等人都十分意外，他们此前只听说安阳王在西越地最南端的密林中，仿效中原人起了一座石头城邑，号曰螺城，却从不知道用来做甚，更没料到那里竟还有一支大军！

众人惊讶间，安阳王重重叹了口气：“事已至此，我等只能背水一战。本王亲领郎兵镇守博邪山，总司兵刃打造、粮草周转；蒲正亲往螺城，调集螺城大军；骆垌则全盘谋划战事!”说着站起身来，缓步走到项梁面前，轻轻张开攥紧的右手，掌心中是一枚秦半两般的圆形小铜印，背面的印纽穿着一条青色绶带。看到项梁那询问的目光，他将铜印塞到了他手中：“此铜印青绶，便是我安阳国将印；今日本王便是将举国兵马尽数交付骆垌。”说着如中原人那般，向项梁深深一躬。

耳畔桀骏等人的欢呼声中，项梁轻捏起这枚铜印，却见那上面并无任何文字，而是以阳文镌刻着一个神秘符号，这符号由左中右三部分组成，左右两部完全对称，中部则由自上而下的四个极繁复的图案组成，远远望去如同一个武士双手各握一柄长兵刃一般。

“这是……”项梁只觉这符号多少有些眼熟，自己以前似乎在哪里见过类似图画，蓦然间“巴蜀图语”四字划过眼前，当即心下一跳——父亲年轻时曾秘密潜入巴蜀，支持当时野心勃勃的蜀侯煇起事叛乱，蜀侯当时便给了父亲这样一方印章为信物，那次叛乱虽最终失败，但自己对这图画却是记得清清楚楚，也是第一次从父亲那里听说了这巴蜀图语。可在这岭南之地，这雒越部如何会有蜀地印章?

还有那蜀人的射虎竹弩，皋通又如何得到的? 而安阳王名为蜀泮，却不知他名字中的“蜀”，与那巴蜀的蜀，有无关联?

尽管心下有着诸多疑问，项梁却未及多想，心知这位一向多疑猜忌的安阳王肯把将印交与自己这个外人，显然已是极大的恩宠。虽说项梁并不以为统领一群半裸着身子、挥舞着铜兵的百越人是自己的荣耀，可见到安阳王这般信任，心下也颇为振奋，忙亢声道：“谢召宏！项梁必为召宏肝脑涂地!”

安阳王笑着点了点头：“在此之外，本王还欲给你指派一个帮手。”随即响亮击了三下掌，一个身影便闪现在了洞口。由于背光，所有人都无法看清那人相貌，但从那娇小轮廓可以猜测，那是个女人。

“此乃本王乜娘，媚珠。”

一阵惊叹声顿时响起，桀骏等西瓯人面面相觑。他们都知道，雒越人所谓的“乜娘”便相当于中原人的公主，而他们也的确听说过安阳王有这样一位相貌绝美的独女，可真面目如何却从未有人见过，不想此刻她竟出现在眼前，一时间个个惊讶。

不过，项梁的心却沉了下来，嘴角也缓缓浮现出一丝不屑的冷笑：“原来是位监军……”

蜀泮把目光投向项梁和桀骏："乜娘多年来一直居于螺城，不久前才北上来到博邪山，虽是女流，身手却不逊我雒越郎兵，若跟在两位骆垌身边做个侍卫，也算有用；除此之外，本王另有一大心愿：此次若能抗得秦军，便将乜娘嫁与那最奋勇杀敌的猛士，诸位以为如何?"目光随即环视了一周。

"召宏明断!"无论西瓯还是雒越的元老们都大是振奋，齐声高喊道，有几名年轻的将军甚至兴奋得站了起来，只有项梁仍然沉默着，心下打着自己的盘算。

"骆垌，你意如何?"安阳王紧盯着项梁，目光中颇见深意。

项梁没有说话，却从腰间解下了那柄须臾不离身的步光之剑，双手捧着它，缓缓走向那个站在洞口的娇小身影。

"骆垌，何意?"望着眼前的步光之剑，那个娇小身影惊讶问道。

"此剑交与乜娘，防身用。"项梁低头望着她，淡然答道。

"乜娘，你且留下。"

当众人先后走出岩洞、纷纷散去时，安阳王叫住了自己的女儿。

"召宏，有何吩咐?"媚珠站在洞口的光亮里，身影显得影影绰绰，腰间的步光之剑也闪烁着凛凛碧光。

"本王有一谋划，须你亲自出面……"

2

"来，尝尝此物！俺亲手做的！"秦城的幕府里，蒙武兴奋地叫道。

王翦好奇地绰起竹筷，从盖在碗面的几块干肉缝隙中探入碗底搅起一团白花花直如麻绳般的物事，一股透着股淡淡草药味的肉汤香气也随之荡漾开来，他将那团物事夹入口中，咀嚼了两下便瞪大了眼睛，雪白的须髯也翘了起来："好吃好吃！不想你这老匹夫竟还有这一手！"说着左手端碗右手绰筷，唏哩呼噜大吃起来，转眼间便将碗中干肉与那物事风卷残云般打扫得一干二净；这还意犹未尽，又撂下竹筷，双手端碗仰起脖颈，咕嘟嘟将碗中汤水喝得涓滴不剩，有几滴汤汁甚至溅到了须髯上。放下陶碗长出口气，额角已是隐隐渗出一层细汗，这才咂着嘴问："此究竟何物?"

"这叫粲，也叫乱积，俺叫它米粉！"蒙武笑得见牙不见眼，得意扬扬地举起一支牛角，牛角尖上钻有一个细细的小孔，“俺先将稻米用清水泡软，再将它捣成米浆倒入牛角，顺着牛角小孔一条条流入沸水，煮得此物，再混入汤汁，便成了这米粉！”

“汤汁也是你熬的?”

“俺只管榨米浆，汤汁却是霍龙先生配的！这秦城驻地珍稀林木甚多，能入药者也不在少，霍龙便挑了十余味草药香料，与肉汤一同熬制，再配上诸般葱蒜，便成了这汤汁！”蒙武说着从竹筒中又盛上一碗递过去。

王翦接过第二碗，不再像方才第一碗那般猛吃了，而是轻挑着碗中米粉，送入口中慢条斯理嚼着：“幸亏监御史凿通漕渠，军中粮草丰厚，你这老卒方有余粮鼓捣这等稀罕物事，此番悠着点儿，莫光顾猛吃撑破肚皮！”说到后一句，又含着满口米粉大笑起来。

“去去去，谁与你拌嘴，吃你的去！”蒙武一脸不屑，神色间陡然正经起来，“俺这米粉可不能让你白吃，你须应俺一事！俺且问你，下一步如何走，你心下有数了么?”

“下一步?”王翦端起陶碗，继续吹着汤汁中不断腾起的热气，“自是大举进攻西越地了。”

可以说，蒙武等的便是王翦这句话，听到这里脸上顿时浮现出神秘笑意，笑嘻嘻地凑近了王翦：“那个，俺正想与你说此事……这进攻西越地，怕便是南平百越最后一战，俺前几日听说你欲调南路军一同围剿，俺想——我等东路军想……”笑容中颇有些讨好的意味。

“也想参战?”

“哎哎哎！”蒙武连连点头，一张粗犷的大脸上绽放出的笑容更加灿烂了，“不愧多年同袍，果然明白我等心思！”

“不行，闽中郡距这西越地不知几千里，老夫每次聚将都是你到得最晚，等你赶到，仗早打完了！再说南路军又不缺兵，凭甚白白等你? 你是阮翁仲，一可敌百? 有你在便士气大振、战无不胜? 你是天下第一利口，能说得瓯雒人径自投降?”

“俺，俺会做米粉……”

王翦不屑地一声冷笑。

“王翦，”蒙武的语气几乎有点儿哀求的味道了，“平定东越地到目下，已过了四五年，俺再没上过战场，东路军众将个个无所事事，整日演武操练还觉憋闷！你我好歹并肩而战几十年，如何就不能通融通融，也让俺跟着再打这一仗?”

“非是老夫不肯，兵争只能就大势说部署，你说你去了何用？有你没你有甚分别？白吃军粮而已！”

蒙武还想辩解，却想不出甚有力的理由，最后只得憋出一句：“白供你恁多米粉了！”

“除非你能提出自家战法，说服各路大将，不然东路军还给我回去驻守，莫再掺和这一战！”

“老竖子等着！俺非想出法子不可！这最后一战，俺东路军去定了！”

“好！老夫等着，看你能搞出甚名堂！”说着，王翦又将已经见底的陶碗举到蒙武面前：“再来一碗！”

“自家盛去！”蒙武愤愤地大手一摆，转身出了幕府。

三日之后，秦军进攻西越地的幕府议兵终于开始了。

除蒙武一脸气鼓鼓外，其他大将都聚精会神望着面前一幅巨大地图，这是整个西越地的地势全图。

“众将且看，整个西越地，地势南北差异极大。由我等脚下这秦凿渠一路向南，尽为茫茫山峦莽莽密林，此间又尤以腹心地带那最高峰博邪山为甚；然越过此山便是一马平川，博邪山南麓乃一片宽缓山塬，正如我中原地带一般；再向南虽仍是密林遍布，却远比博邪山以北开阔得多，只要我等能突破博邪山这一线，瓯雒联军便无险可守。然若欲正面突破，却有一难，你等且看此处。”

众人随着王翦的手指望去，但见地图上的博邪山东南，还用朱砂标注着一处关隘，显然是要害地段。

“博邪山以东，便横亘着这处不知名关隘，探路士卒权且呼它为昆仑关，取那昆仑山之巍峨险峻之意。据斥候所言，此关极是雄峻，不输我五岭三关。若百越人将兵力尽数屯集于此，我等便万难翻越。正是因北面强攻难度太大，老夫才定下一策——南北夹攻！”

指着地图上的博邪山，王翦详细讲解起了这一带地理：此山以北为赤水，与离水相通，绵延千里后汇入郁水，当年屠雎为将时曾一度打到过这里。大将们一直以为这赤水便是郁水上游，而今看了地图才知，它仅为郁水源流之一，郁水真正的主流是在博邪山南。如此一来，便是赤郁二水各从北南两面将博邪山夹在中间，最终合为一水；而王翦的计划简言之，便是自东向西沿这两条大水，将西越地两刀横切为三段：王翦亲领的西路军为第一路，总数五万人上下，由离水出发，沿着密布的水道向西南缓缓前行，先后收复当年屠雎领军时放弃的那些秦军营垒，并以蚕食战法逐渐控制赤水以北的西越地，真正进入赤水后再登陆南下，挺进昆仑关前。

另一方面，南路军以任嚣、赵佗为将，共两万人，他们运载着几年间陆续打造的百余架大炮连弩，自番禺启程，逆郁水而上，到达赤水入郁的水口后兵分两路：任嚣率五千人护卫着大型兵器入赤水，并入已因分头驻守而兵力大减的王翦部；赵佗则领剩下的一万五千人继续西进，登陆郁水北岸，北上进攻博邪山南麓。三路秦军中，王翦任务一是保障后援粮道，二是占领西越地；任嚣的任务是正面威慑昆仑关；赵佗的任务则是从博邪山南麓猛攻瓯雒军，切断敌军南逃之路。按照王翦的计划，南北两军一同攻克博邪山、擒获安阳王之后再合兵一处南下，进军象地招降百越最后的残部。计划讲罢，幕府中顿时一片欢欣鼓舞，只有蒙武黑着脸默不作声，东路军其他大将都默默无语。

“蒙武，你意如何?”看蒙武一直没有吭声，王翦有意问道。

蒙武仍是黑着脸，鼻中哼了一声：“俺有提议：东路军出一万人，先走海路到番禺，与南路军会合，再随赵佗入郁水，南向进攻郁水南岸!”

“蒙武，你……”王翦想说什么。

“知晓你要说甚，听俺说完!”蒙武伸出五指张开的大手，止住了王翦，“我等方略，绝非头脑一热提出的，乃是三日来反复商讨争出来的!”说话间其他东路军大将也纷纷点头，目光中都充满了渴望。

“你说。”王翦勉强道。

蒙武陡然神气活现起来：“你等所虑者，不外乎两点：一则，路途这般远，我等能否赶过来？二则，纵能赶过来，又有无必要？俺这便讲与你等！先说能否赶过来：其一，此段路关键之处在东越到番禺这一段海路，然都是沿岸航行，风浪不大，这几年我等更打造了一批大海船，驾船士卒无不精通水性，足可远洋航行！其二，东越地平定这多年，我等也积累了足够粮草，又以大船沿岸而行，既能载得足够军粮，沿途又能不断补充，若说连番大战自然撑持不起，然只这一次，没问题!”

“……”王翦想说些什么，却还是没有吭声。

“再说有无必要！此中因由有三：其一，多俺这一路，分头进兵更快捷；其二，俺这一路也配有百架大型连弩，战力极强；其三，最特殊者，俺这一路不光是人，还有马!”

听到这里，整个幕府一片惊讶：天下战马都尽数集于北疆以抗匈奴，蒙武却是何处来的战马？便有骑兵，那西越地又都是山林，如何驰骋?

“中原固无骑兵，然当年俺坐镇闽中郡，终日穷极无聊，便由中原购得了八百匹战马，又偷运到了东冶，几年下来繁衍生息，已有千余匹之多！俺本就骑将出身，东路军当年做过骑兵者也不在少数，我等对付百越不在话下！你方才也说了，那博邪山南麓便是一片旷野，你等若急切不能拿下博邪山，俺便以这支轻骑奇袭百越军背后，定能将那群撮鸟杀得大败！”

“……”王翦陡然沉默了。

“上将军，此法甚好！”任嚣第一个叫道，“只要这支飞骑能到西越地，善加利用必成一把尖刀！”

“况且百越人未见过骑兵，不知如何抵御！平原交手，蒙将军必胜！”赵佗也叫道。

“上将军让我等也出战吧，最后一战了！”东路军几员大将更是纷纷叫了起来。

“也罢！”王翦终于点了头，“既如此，东路军蒙武部便也参与此战，然这一路主将却是赵佗，你须为裨将！”

“只要有仗可打，便是做步卒也无妨！”蒙武哈哈大笑。

“休得轻敌，这一战乃是底定南天之最后一战，务必万无一失！”

“上将军放心！”连同蒙武在内，幕府中所有的大将都喊成了一片。

3

头顶的天空仍然一片晴日，大滴的稀疏雨点却是毫无预兆地纷纷洒下。同一个地方竟同时现出晴雨两种天气，这在中原人看来实在罕见，可在这岭南之地却已屡见不鲜了。

“上将军，舱中避雨吧！”赵仲始递过一顶竹笠。

“无事无事，”王翦呵呵笑着，接过竹笠扣在头上正了正，任凭赵仲始手忙脚乱地为自己披上蓑衣，“这白撞雨转眼便过，下不了多久！老夫先看此地水势！”

“这水有甚好看？只颜色比前日深了些许。”

“我等继续西行，这水流颜色必将越来越深，到了最后怕是都将变成红色！屠雎将军曾对老夫讲过，此水位于博邪山以北数百里，传言那帝之神泉便在此，水色四时皆赤，我等自郁水西进多日，终是看到水色变深，那赤水该当不远了!”

雨依然在下着，却已不是先前的大滴雨点，而是变成了纤细雨丝，日头自淡薄的云层背后透出光亮，给细细雨幕披上瑰丽光芒，竟也有了一丝温润之感。王翦摘下竹笠轻磕在干栏之上，抖落了那上面的雨滴，满头白发也随之腾起阵阵热气；他大口呼吸着潮湿的水汽，望着雨中这条逐渐变为红褐色的郁水，心下缓缓涌起大战在即时才会有的豪情。

距那次幕府会商已过去大半年了。会商结束后，蒙武、任嚣、赵佗众将便动身赶回东越、南越，准备按议定路线进军；留在秦城的王翦也聚齐了麾下将尉，第一道将令便是大大增强护渠兵力，这使将士们很感意外。须知依多年的对敌经验，百越人只能打顺水战——若一时得手，便往往会越打越凶，可一旦受挫，定会一蹶不振逃之夭夭，断无屡败屡战的顽韧心志。在他们看来，秦凿渠修成之后，百越人必定心生沮丧，就此南撤，怎会鼓起余勇继续偷袭?

然而令他们惊讶的是，百越人这次竟真的卷土重来了。半个月内，西瓯军连续四次偷袭秦城、秦凿渠，意图烧毁粮仓、破坏渠口，好在各要害处都已事先驻扎了足够兵力，百越人几次骚扰都无功而返，这在秦军南下的数年来，实在是绝无仅有的激战。将士们个个大惑不解，问起上将军时，他却诡秘一笑，只说了一句：“此番领兵者并非百越人，自不能以往日经验观之……”

此后，王翦也开始了诸般铺排：其一，上书咸阳庙堂，请皇帝大举征发民力南下，以补充岭南秦军的兵力；其二，继续加强对漕渠和粮仓的警戒，并在秦凿渠周遭增建多处驻军营垒；其三便是修缮舰船、打造兵刃等其他后勤事宜。如此半年一晃而过，西瓯人已偃旗息鼓，各处驻军营垒打造完毕，第一批中原移民也进驻秦城；此时南路军又传来了军报：蒙武部已从海路赶至番禺，与任嚣赵佗一同开始进兵，王翦便将史禄留在秦凿渠，与新来的中原移民一同负责后援，自己则亲领赵仲始等其余将尉，分乘连绵船队顺离水而下，正式开始了占领西越地的征程。

纵然这般，王翦这一路走得也很是缓慢，之所以如此，也是由此次进军目的所决定：秦军首先还是要保证粮道安全，军粮沿秦凿渠运入离水，再分头进入赤水、郁水，可说两路秦军都依靠这条航线运粮，若真有闪失，实在后果难料；其次，王翦还要保证赤水以北的西越地尽数纳入囊中，也正因此，自进兵伊始他便不断调拨出三五千不等的士卒，先后沿离水西岸的密集水网向西分头进军，计划一步步蚕食掉博邪山以北，自己则带领着大军留在离水之上，准备一旦出现意外便随时接应；其三，南下前秦凿渠频繁遭到偷袭，也给王翦敲响了警钟，他很清楚，瓯雒军如此近乎疯狂地进攻，只能证明一件事——那个指挥百越人的楚人，已察觉到百越与秦军的决战不可避免，若果真如此，摆在自己面前的必将是一场恶战。尽管自己这一路动身之际足有五万人之多，但一个月来逐一分兵，目下只余万人；任嚣赵佗蒙武那一路秦军又是路途遥远，自己若不等到与他们会师便兼程急行，岂不成了孤军深入？

好在直到目下，秦人的进军仍然波澜不惊。西路军将尉们大都是当年屠睢旧部，也都跟随屠睢相继占领过这些地域，是故此番进兵完全是熟门熟路。沿离水而下的这一个月来，一份又一份捷报先后传入王翦手中，各路将尉的进军普遍顺畅，一个个千人队、百人队分头登陆，潜入密林作战，大半兵力用来逐一占领沿途要冲，剩余小半兵力则负责一点点搜捕扫荡残敌。那些西瓯人虽依旧勇猛善战神出鬼没，但架不住秦人军粮充足、稳扎稳打，更兼几年来秦军整日便是跋山涉水过密林，剽悍灵动已毫不逊色于他们，西瓯人逃则无路可逃，战又战不过，若不想死便只能投降被俘，如此一来战事大多既小且零碎，秦军所遭遇的抵抗也始终微乎其微。显然，这次西路秦军是志在必得了。

三日之后，西南两路秦军顺利会师了。

郁水岸边的开阔河滩上，几路大将再度会面。王翦听任嚣讲了南路军进兵的经过：蒙武的东路军自闽中郡出发时，任嚣赵佗都捏了把汗，但几个月后眼见那支浩荡船队完好无损地出现在番禺城南的广阔海面上，所有人都松了口气；看到那些仍然贮藏舱中的丰厚粮草，那些保存完好的大型弩机，那些仍旧生龙活虎的战马，任嚣赵佗更加振奋——东路军的加入，显然大大充实了这一路秦军的实力。而蒙武也因此大是得意，与南路秦军会合之后，他和东路军大将们只在番禺休整了五日，便随任嚣等人西入郁水。这第二段路也大体波澜不惊，只是将士们都不约而同发现，随着船队不断西进，郁水上游的支流越来越多、越来越密，而郁水主水道也较入番禺的那一段窄了不少，若继续走下去，难保不会走错进入岔路。好在他们很快便遇到了从离水入郁水的秦军粮船，有粮船士卒们指引，这才得与王翦部会师。说到这里时，赵佗问上将军可否调几名熟悉郁水的士卒，为我等做向导？已可列席大将会商的赵仲始便提出阮翁仲的名字，众人纷纷称好；王翦当即便命军吏去叫，片刻后巨人那高大身影便出现在了河滩。

“上将军，将军。”看到这么多大将都在，巨人颇有些局促地拱了拱手，用还不纯熟的雅言轻声道。

“阮翁仲，郁水流域，你熟否?”

“熟。俺自幼在博邪山长大。”

“郁水好走么?”

“不好走。支流多，水势急，险滩暗礁也多。”

“若你为向导，引赵佗将军这一路西进，你能认得路、避开险滩暗礁否?”

“能！俺闭着眼睛也能走!”

“既如此，老夫便将你调至赵佗麾下，给此路船队领路，如何?”

“领路无妨，可俺有一请。”阮翁仲很费力地吭哧着，“开战时，俺，不想上阵……”

“是不愿与雒越人为敌么?”

阮翁仲点头，声音极低:“是。俺不想做叛贼。”

赵佗笑了:“有此顾虑，也是人之常情。虽嫌迂阔，却也忠义，末将以为无妨。”

“上不上阵无所谓，肯为我等领路便是!”蒙武拍案大叫，“这一路，俺刚好与你比比力气!”

“力气你怕是比不过，饭量倒可比比看。”王翦淡淡一句揶揄，众将顿时一片哄笑，阮翁仲虽不明白其中的意思，看众人都笑，也跟着憨憨笑了起来。

4

夜色深沉，连绵呼噜声萦绕在营垒上空。这几日秦军各部都开始收拾营地，每日从早忙到晚，秦军将士们个个疲惫不堪，往往是天一擦黑便早早便熄了灯火，除却值夜哨兵，整个营地便迅速沉入了梦乡。

然而这个夜晚，阮翁仲却是辗转反侧，默默想着自己的心事。

从被秦人俘虏，到成为这支大军的一员，再到目下领昔日的敌人回来攻打自己原本的部族，总共加起来不过一年光景，对阮翁仲来说却如一场清秋大梦一般。这一年间，他的确多次想过要回博邪山，却从未想到如此回去；他本有多次机会逃出秦营，却终究没走。说来也怪，短短的一年间，他竟感到自己已完全融入了这些秦人当中，而这些秦人也从未将自己当外人，中原人那所谓的袍泽手足之情，他并不懂，却也感到自己已与他们同呼吸共命运一般。秦人对自己，从不像雒越人对自己那般整日吆来喝去……

“倒也非人人如此，乜娘便对俺好，只是许久未见，却不知她如何了……”巨人这样想着，终于感到意识渐渐模糊。

正当困意开始袭来时，他却忽然听到了什么响动——一阵奇特的鸟鸣，从不远处那片林子的深处遥遥传来。

阮翁仲猛地睁大眼睛，呆呆望着头顶的夜空。其他秦人都是住在军帐中，可他身子太过长大，更兼早就习惯了露宿山林，因而经都尉赵仲始同意，他并未与同袍们同住，而是单独睡在营地外，便是有了风雨，也不过是多加一个草草建成的顶棚，如此一来倒也顶得半个哨兵，除却值夜士卒，周遭任何动静都是他第一个听到。而目下也同样如此，他分明听出那是冶鸟的鸣叫，这是越地深山中特有的一种飞禽，叫声极是奇特；更要紧的是，阮翁仲分明从那奇特节奏中听出，这是骆垌领军时定下的瓯雒军的暗号！

他猛然坐了起来，蹑手蹑脚向着那鸟鸣方向走去。来到密林深处后收住脚步，小心翼翼仰望着林中一棵棵木棉树的广阔树冠，他轻声问了句：“何人?”

一个细巧身影如鸿毛般轻轻飘下，阮翁仲只觉肩头微微一沉，脖颈已感到了剑锋的锐利冰凉，然后便是一股他无比熟悉的柚花香。

“不许吭声！”一个虽甜美却充满威严的女声低声道。

“乜娘? 是乜娘！”尽管剑锋架在脖颈上，阮翁仲却毫无惧怕之意，极力压低的嗓音充满了惊喜。

“住口，我不认得你！”那女声恨恨道。

“乜娘……”阮翁仲愣住了。

“叛贼！召宏蒲正都说你降了秦人，我不肯信，非要亲眼看过。这几日一直暗随秦人船队，果然见你日日与他们混在一起！你自幼被召宏抚养大，便这般没心肝么?”

“秦人，并非凶兽……”

“还替他说话！”那女声切齿道，手上稍一用力，剑锋已微微陷入阮翁仲脖颈的皮肉。

“乜娘，你且先放手……”阮翁仲低声哀求道。

他听到身后的乜娘不屑地哼了一声，随即脖颈上的剑锋也被移开，后背又猛然一轻，尽管没有任何声音，他却知她已飘落下来。

“转过来，不许吭声。”

阮翁仲诚惶诚恐地转了过来，果然看到了那个熟悉的娇小身影。他想叫声“乜娘”，这个词却只在喉咙里打着转，终究没有出口，因为他看到了她手中一抹碧油油的绿光。

步光之剑。

阮翁仲想问“这不是骆垌的么”，记起乜娘方才那句“不许吭声”，只得又将这话咽回了肚腹。

“我说、你听，你只许点头摇头，不许吭声！听到否?”

阮翁仲慌忙点头。

“召宏知你降了秦人，甚是痛心，本欲派精锐郎兵杀你，却被我劝下，我说你降秦必有缘由，愿潜入秦营劝你回来。而今我只问你，想不想重回雒越?”

阮翁仲又连连点头，目光中满是感激。

“若想回去，你却须替我做件事。我已听秦人议论，说要让你带路走郁水，你只需将秦人船队诱入险滩，召宏再在此地埋伏重兵，不怕不能重创秦人！那时，召宏与蒲正便不再计较你降秦之事，你还成了百越英雄！如何?”

阮翁仲愣住了，想了想后急忙摇头，喘气声也陡然粗重了起来。

“你不肯?”她又惊又怒道。

阮翁仲继续摇头，指指自己的口又摆摆手。

“许你说话了！”

“俺，不能这般。”阮翁仲这才重新开口，声音尽可能地低沉，“乜娘，你对俺好，俺感激；可秦人，一样对俺好，俺不能害他们……”

“好，好。”那女声切齿道，“你不肯，杀了你便是！”话音未落便身形一跃碧光一闪，蹿上了阮翁仲肩头，步光之剑也架到了巨人的脖颈上。

“乜娘，你若想杀，便杀了俺。”出乎她意料，阮翁仲的语气极是平静，“你是俺看着长大的，安阳国上下，也属你对俺最好，俺死你手，也是该当……”

碧绿的剑锋微微颤抖着，女人的喘息急促了起来。

“阮翁仲！在林中做甚?”背后的夜色中陡然闪出一点光亮，赵仲始的声音遥遥传来。

“不好！都尉！”阮翁仲当即大惊道，“乜娘，你快逃！”

“逃?”女声冷笑了一声，“岂能这般逃……”

“阮翁仲！在林中否? 与何人说话?”那点火光由远及近缓缓晃动着，很快，赵仲始便来到了阮翁仲面前。

“都尉……”阮翁仲无言以对。

赵仲始高高仰起头，用狐疑的目光打量着巨人，巨人则近乎逃避地也抬起眼睛，望着头顶连绵的漆黑树冠，忽然急切大叫了一声：“都尉，小心头顶!”赵仲始猛然抬头，却见一点碧光自头顶的黑暗中急速坠下!

“不好!”心念电闪间，他本能地后退一步，左手火把右手短剑一同交叉格挡，碧光闪过时只听当的一声，两柄剑已绞在了一起。下个瞬间那柄绿幽幽的短剑便已然滑开，斜取赵仲始胸口；他急忙侧身闪过，右手回剑格挡的同时左手撩起，准确捏住了对方握剑的手腕，食指中指掐上筋门，那人顿时吃痛一声低呼，步光之剑已掉落地下。

而与此同时，赵仲始也吃了一惊——自己握住的这手腕十分纤细滑腻，对方的那声呻吟也极是轻柔，显是女人！微微一怔之余，左手力道减弱了些许，火光一闪的瞬间，已看清了那偷袭者的相貌——这不光是个女子，还是个美女。身姿娇小矫健自不必说，肤色虽偏黑，五官却极是纤丽玲珑，双眉细长双眸清澈鼻梁小巧嘴唇娇嫩，休说在百越女子中极是罕见，便是与中原女子相比也毫不逊色!

赵仲始只愣了一瞬间，可这一瞬间已足够那女子应对，她被握住的右手陡然一翻，反过来攥紧了赵仲始的手腕；赵仲始惊讶之下挥起右手短剑刺去，她却已如一团流云般飘开，随即转身蹿上背后一棵木棉!

“哪里跑!”赵仲始一声大喝扑上前来，伸手便抓她左腕，眼看已经抓住，不料她动作极灵活，轻轻一扭便脱离开来。赵仲始只觉手指钩住了几颗被丝线连在一起的圆润物事，尚未回过味来，已听到一阵珠玉相撞的叮叮当当声；而女刺客显然无暇顾及，身躯如一条灵蛇般扭动着，转眼便没入了树冠的阴影中。

赵仲始愤愤地抬头望着那一片漆黑的树冠，吹响了骨笛，凄厉刺耳的声响瞬间打破了夜色的沉寂。

天明时分，这场徒劳无功的搜捕结束了。

王翦慢慢踏入这片丛林，赵仲始和阮翁仲则一左一右跟在他后面，前者一脸冷峻，后者则满脸惶惑。

“这是甚?”王翦忽然停住了脚步，指着不远处问道。那里散落着数十颗圆珠。

赵仲始快步上前，弯下身子，将那些圆珠尽数捡了起来：“上将军，海珠!”

王翦细细端详着赵仲始掌心的这些海珠，它们每一颗都有着圆润的珠身，泛着洁白光泽，除了各自留有一个小孔供丝线穿过外，连最细微的丝络也没有；不仅每一颗都是罕见的硕大，更罕见的是，这十数颗海珠彼此之间大小还相差无几。看到这里，他不由得叹了一句："此女身份，显是尊贵无比。"

"上将军何出此言?"

"仲始，你知这采珠有多艰险么? 若欲采珠，必须以绳索将采珠之人缒至数十丈深海中，采珠人一旦掣动绳索，舟中留守者便须将其拉出水面，然此中快慢却极难把握，过快过慢都会死人，是故这每颗海珠都不知凝结了多少鲜血。正是如此，无论中原人百越人，都将这海珠视为越地精华，说它是月之所生、日之所养。老夫那老妻，生前也有如此一颗海珠，还没这般硕大圆润，老夫买时足足花了三百金!"

赵仲始倒吸一口气："既如此……"

"能配得这般奇珍，该当是安阳国公主。"

"可那安阳王，竟能命自己女儿涉险?"

"乜娘自幼身轻如燕，攀树、行舟、游水、箭术，哪个男子都比不上，召宏知她身手，这才肯放心让她前来。"阮翁仲插嘴道。

"为甚一定让她来游说你?"王翦转向巨人。

"俺本是她奴隶，后来秦军南下百越，骆垌来了安阳国，召宏才命俺跟着骆垌……"阮翁仲说着忽然想起了什么，"对也，都尉昨日缴获的短剑，便是骆垌随身佩剑，步光之剑!"

"步光之剑?"王翦惊讶地重复道，赵仲始忙将那柄泛着碧光的短剑抽出剑柄，平举到上将军面前，王翦接过它，仔细鉴别着上面的蛇纹，肯定地点点头："此剑若说安阳王之女随身佩剑，老夫自然相信，却如何到了那骆垌手上?"

"骆垌来我安阳国时，便佩此剑，如何得来却是不知。他有两件物事最是显眼，一样便是这步光之剑；另一样是一副面具，每逢有战，他都要披头散发戴那面具……"

"面具?"王翦更是惊讶，"何等模样的面具?"

"……"巨人挠挠头，一时语塞，显然不知该如何形容。

"可是黄金打造?"

"不知，只见它黄澄澄的……"

王翦没有吭声，记忆却陡然闪回到了十年前，自己统领数十万秦军进行灭国大战之时。

"楚人，黄金面具，难道……是那项梁?"他皱着眉，自言自语道。

赵仲始也没有说话，只是呆呆凝望着手中的这数十颗海珠。

“媚珠……”他默念着这个名字。

5

三日后，王翦这一路秦军正式抵达了昆仑关外。

司令云车重新立了起来，王翦身披五胜之衣，腰佩那柄新缴获的步光之剑，伫立在云车上。比起当年灭国大战时，王翦身形已瘦弱单薄了许多，体力也远不如从前，便是目下，也是在几名军仆的轮换搀扶下才登上了这里，然而他的目光却仍旧犀利如鹰。他并没有逗留在脚下两山之间的那道关隘，而是先向着关隘的西北方，那座雾气缭绕中的博邪山遥遥望去。

这座大山蜿蜒叠翠，中有五峰直插霄汉，三十余条流水环绕拱卫着它。它几乎是整个西越地的最高峰，绵延三百余里，源头当上溯自那遥远西北方真正的昆仑山，由西北自东南一路闪展腾挪，山势由此渐渐变得低矮宽缓，到了眼下这里却又奇峰突起，直如一条万里长龙猛然昂首一般，是故那最高峰也被称为龙头峰。

终是打到这里了，整个岭南地，百越人负隅顽抗的最后据点。想到这里，王翦心下不由得一阵感慨，又将目光投向博邪山前的昆仑关。

这处两山间的关隘位于博邪山东南角，中间一条东北西南走向、长达一两里的狭长山道，许多地段只能容得十数人并肩前行，山道以南则是一处极为险要的山塬高地，百越人重兵把守于此，任何企图由山道进兵的敌军，都势必要从他们脚下经过。而山道尽头便是那昆仑关，因了距离太远，王翦只能大体估算出石块垒砌成的关城高达十余丈。两旁深邃幽暗的密林成为这座关隘的掩体，而萦绕在它周遭的那些缥缈雾气，以及关城上空那阴沉压抑的灰色雨云，更给它增添了几丝神秘与威严。

“显是中原筑城法，莫不是那楚人造的?”

想到这里，王翦又遥望着关城上那些密密麻麻的百越人，试图找出那个戴着黄金面具的楚人。

此时此刻，项梁也在望着对面的秦军。

关城上挤满了密密麻麻的百越人，守在城垣上、即将直面秦人强攻的仍是西瓯人；躲在他们后面的则是雒越士卒，个个外罩象皮制成的甲胄，如龟壳般胸背各一大片，象皮上又用黄黑漆涂成了百花虫兽的纹路。许多人身背竹弩，手中的柳叶形短剑、靴形铜钺等各色兵刃也刻画着虎鸟鱼形等各色纹路，闪烁着凛凛金光。不少士卒还随身带块砥石，这些狭长石块略长于手掌，不仅用于磨砺兵刃，更是辟邪和保佑胜战的护符。

这些士卒，便是所谓的雒越郎兵。和秦人一样平日耕种雒田，战时冲锋陷阵，尽管人数不过区区数千，但战力在百越各部中可称得上首屈一指。他们和瓯雒军那些元老们簇拥在一起，众星捧月般将安阳王拱卫在正中，只是所有人都有意与他保持了两三步的距离，他们的君长周遭仿佛有个无形的圈子，将所有人尽数隔绝在了外面。

之所以如此，便在于此刻安阳王身上的那领金光灿灿的奇异皮甲，上面缀着鱼鳞般薄软的细小甲叶，每片都锋锐无比，战甲上身，安阳王周身便如刺猬一般，是故没人敢接近他们的君长。这便是当年越王勾践的战甲，也是越王四宝的最后一样——旸夷之甲。

“多少人，知道么?”望着远处的秦军营垒，安阳王面无表情问道。

“王翦任嚣，两部共计一万三千人。”两步之外，项梁高声道，“另一路秦军由赵佗、蒙武率领，正向我等背后挺进，万余人。”

“可怜，可怜。”安阳王摇头叹息，脸上浮现出一丝诡秘笑意，“那万余人，怕是有来无回了……”

项梁没有答话。

“骆垌，你等严守昆仑关，只要能撑到蒲正领螺城大军前来，这一战我等便赢定了。”

“我等定会死守！召宏放心!”项梁尚未开口，桀骏倒是抢先慷慨激昂道，手中的屈卢之矛闪烁着耀眼银光，与安阳王身上的点点金芒交相辉映，另外几名西瓯元老也随之爆发出一阵热烈狂呼。

安阳王倒没有理会他们，却对项梁轻声一句：“骆垌，本王有话对你说，这边请。”眼见项梁跟着他走到僻静之处，这才收住脚步，脸上罕见地堆满了亲切笑意：“骆垌，这几日有劳你了。大战在即，本王有意赏赐骆垌，却也知骆垌向来不要封赏，是故今日特意请你前来，想与你商议一番。”

项梁狐疑地望着蜀泮，愈发觉得他的笑容意味深长，不明白这位安阳王又有何等图谋。他很清楚，自己与他之间，名义上虽是君臣，实际上毋宁说盟友的味道更浓些，两人彼此之间很是微妙：看似距离很近，实则终究隔着厚厚一层纱帷。他自己绝不肯融入百越人之中，而他也心知，安阳王同样对自己有着一丝隐隐疑虑。抗秦之初，尽管安阳王将那铜印青绶交与了自己，而自己为表自身毫无异心，也同样将步光之剑送与了他的女儿，但这仍不能换来两人彼此间的完全信任。既然如此，目下安阳王那葫芦里究竟卖的何种药?

项梁心下转的念头，安阳王未必不会察觉，他慢慢收敛了笑容，负手来回踱了几步：“骆垌，此番乜娘拖累你了。”

尽管蜀泮的语气很是轻松，项梁心下却是陡然一凛，登时明白了他的意图。

“拖累却未曾拖累，原是召宏待乜娘太过严苛。”

安阳王嘴角又浮现起了笑意：“如此说来，骆垌对这侍从还中意?”

“……还好。”

“你若与乜娘再近一步，却又如何?”

“召宏有话，便请直说。”心下的猜想果然得到了验证，项梁心下并无意外，却对安阳王的转弯抹角很是不屑。

蜀泮微微一怔，却还是堆笑道：“本王直言了。本王曾向将士们许诺，欲将乜娘嫁与最奋勇杀敌者；目下观之，舍骆垌之外，显然别无他人……”

“召宏见谅，恕臣难以从命。”不待安阳王说完，项梁生生打断了他，语气居然前所未有的冰冷。

安阳王陡然住了口，项梁近乎无礼的口气使他很是吃惊。

“召宏，臣在楚地曾娶过妻。而今已然过世；乃秦人所杀。”

“既如此，骆垌更当再娶……”

“而今臣心中除却亡妻，不会再有第二个女人，召宏莫再提此事。”项梁语气已是前所未有的斩钉截铁了。

安阳王眯起眼睛，嘴角浮现出一丝不解的笑容。然而他毕竟城府深沉，重又笑了起来：“无妨，召宏不愿，此事从长计议便是。”

“召宏见谅，臣还欲彻查关防，先行告辞了。”项梁拱了拱手，甚至没等到安阳王点头，便径自转身走了，只剩下安阳王望着他的背影，紧紧皱着眉头，不明白项梁拒绝这一天大好事，究竟是何图谋。

夜幕时分，一阵奇异声响从昆仑关背后遥遥传来，似风非风，似雨非雨，似雷非雷，这是博邪山特有的声响，它在后世有一个别名叫大鸣山，也是由此而来。

关城上的项梁回过身来，望着背后这座神山，尽管暮色深沉又不时有雾霭缭绕，但他仍依稀可见龙头峰顶隐隐一片亮光，高悬在漆黑的半空中。那是雒越人的灯火，安阳王正带领着族人在那里祭天。

“今夜祭天，骆垌如何未去?”

一个甜美的嗓音在身后响起，项梁转过身，看到了那个娇小身影。

“我非雒越人，乃楚人。”

“骆垌在我安阳国居留多年，又领我雒越人抗秦，我等早将骆垌视为雒越人。”

项梁淡漠一笑，心头浮现的却是安阳王对自己的百般提防。

“乜娘如何也未去?”

“原本去了，半途折返回来见骆垌。”

“何事?”

“只为那步光之剑……”

“再是珍贵，终究一把剑而已。乜娘不必自责。”

“骆垌当真不放心上?”媚珠的语气极是惊讶，“我等百越各部为这越王四宝征战多年，死伤了不知多少。我回博邪山之后，召宏听我丢了步光之剑，直是勃然大怒，将我囚到今日才放出来，可你竟……”

“我乃楚人。你百越人以为珍贵之物，我却不放心上。”

“既然如此，骆垌以为，何物最是珍贵?”

“珍贵?”项梁抬眼遥望着漆黑夜空，天穹中已轻轻飘起了细细雨丝，“而今我心中，无一物称得上珍贵……”

媚珠不可思议地摇摇头：“我却不信。谁心中无珍贵之物? 我最看重者，便是阿媪生前留我的一串海珠，阿媪说我名字便是由那海珠而来。她死后我便将它戴在腕上，只当她日夜伴我身旁，只是上次潜入秦营，也不慎遗失了……”说着轻轻低下头。

“若能破得秦人，或可将它与那步光之剑一同找回，乜娘勿忧。”

“骆垌，我却不明，你来我安阳国数年，召宏诸般赏赐一概谢绝，却又为何这般卖力助我百越抗秦?”

“助你等抗秦，非为百越，乃为我自身。我欲向秦人复仇，与你百越人，不过恰好同道而已。乜娘失了步光之剑和那串海珠，心下痛惜；然在我心中，秦人由我手中所夺之物，远比那两物珍贵。”

“到底何物?”

项梁没有回答，缓步踱到城垣垛口前，遥望着远方雨幕中的秦人营垒。

“乜娘愿听我歌一曲否?”

“骆垌也会我越人歌?”

“并非越人歌，乃楚歌。有天琴否?”

“有！我去拿来。”

媚珠的身影一晃便消失不见，片刻后带着一把天琴去而复返，这是雒越人特有的乐器，状如后世胡琴，只是并非以琴弓去拉，而是用手指在弦上弹拨，多是祭祀时伴奏用，在这雒越地极是常见。

项梁接过天琴，指尖拂过琴弦，发出了丝丝缕缕的颤音。下一刻，幽咽的琴声便在他指尖弥散开来，在沙沙雨声中回荡着，倍显荒凉萧疏。他深吸口气，低声唱起了那千回百转的楚歌，自从当年楚亡于秦之后，他便再也没听过这首歌，也同样没唱过，然而它却始终回荡在他心底，连同那个纤瘦的白色影子。而今他已人到中年，嗓音也嘶哑了许多，不似年轻时那般嘹亮，可恰是因此，歌声中反倒平添了一股别样的深沉。

若！
有人兮山之阿，
被薜荔兮带女萝。
既含睇兮又宜笑，
子慕予兮善窈窕。
……

静谧的细雨中，博邪山下，昆仑关上，歌声久久回荡着，回荡在这两军决战的前夜，这是大战之前最后的宁静。黎明之时，决定整个岭南命运的决战便将打响，多年之前项梁曾失败过一次，而今，他不想再失败第二次。

第十一章 丘徙

1

鼓声震天，眼看位于后阵的司令云车升起一面白色令旗，掣动绳索的士卒们便猛然松手，在机括巨大力道的作用下，一架架大炮的木梢陡然直立，一摞摞石块也随之被弹射到半空中，又相继掠过远近高低各不相同的无数道轨迹，分头直取城垣和几处山塬而来。这些飞石先后轰击在城垣上，巨大的烟雾随着这轰击骤然腾起，笼罩了整座关城，一直向头顶的天空激荡，氤氲片刻才渐渐散去，露出城垣上比比皆是的裂痕。掺杂着尘埃的汩汩鲜血缓缓淌下，逐渐填满了这些缝隙和凹槽，将城垣上片片深绿色的苔藓先后染成绛紫色。

烟尘刚散去，昆仑关的关城上、关城以南那处险要山塬上，以及周遭几处林木中，随即回荡起铜鼓的声声闷响，垛口背后、林木之中也露出一张张椎髻文面的黝黑面孔，西瓯人愤愤叫骂着，握着竹弩，向峡谷之外秦军阵中倾泻起如蝗的箭雨。百越人的反击不仅猛烈，更令人吃惊的是，他们竟也学会了秦人的轮流射击，同样是第一排士卒齐射后撤下去装填弩矢，第二排冲上前来接力补射，彼此衔接的流畅竟不输秦人的弩阵。

负责掠阵的任嚣伫立在峡谷外一处低矮山塬上，遥望着西瓯人的动向，心下暗自惊讶：此前听说西瓯人大多散漫，何时竟习得这般协同作战之法？莫不是那楚将练兵成果？

秦军攻关已是第五日了，作为试探性进攻，前三日攻势极猛，不想却出师不利，昆仑关关城与关前山塬形成了掎角之势，攻坚时几里之内都遭到来自山塬的箭雨礌石滚木的压制。而秦军一则是仰攻山头，难以强弩压制对方；二则山下道路狭窄，兵力难以展开，更兼关城中还不时突然杀出西瓯人来干扰，是故始终进展甚微。有鉴于此，任嚣自第四日起改变了战术，仿效当年上将军在井陉关与李牧对峙时的战法：白日里，只以飞石向关城和山塬猛轰，兼以步卒虚张声势；夜晚则不时擂响战鼓却不真正冲锋，待到敌军几次虚惊、渐渐懈怠之际，再来一次真正夜袭，如此虚实间杂，反倒较先前斩获更大，是故任嚣心下也轻松了些。

不过与战事相比，更令他上心的还是上将军的病情。刚到博邪山的次日，上将军就病倒了，高烧三日不退。老霍龙也不吃不睡整整照料了三日，虽说终是退了烧，但这一病之后，上将军原本就大不如前的体魄显然愈加虚弱了，连下床都很是艰难。若非如此，也不会轮到任嚣指挥攻关。

“暂停攻关，起炊造饭！”看看日到正中，任嚣大手一挥，一面茜色令旗招摇开来。一缕缕炊烟从秦军营地先后升起时，他已快步赶向了位于后阵的幕府大帐，刚迈入帐中便叫了一声：“上将军，今日还是老样子！”

一声轻轻的呻吟，军床上的王翦别过脸：“百越人，未曾杀出？”

“缩在关后，我等抛石时头都未露。”

王翦的声音直如梦呓一般：“无妨，只要将百越兵力，全数吸引于此，足矣……赵佗，有消息么？”

“信鹞尚未飞到。”

“岭南之地云雾缭绕，信鹞飞来，尚须时日，赵佗无信，也在情理之中……”

任嚣点点头，心下却隐隐有些不安。对自己麾下这位裨将，他本是极有信心的，幕府会商、决意兵分两路时，上将军提出由赵佗任南路秦军统帅，而非职爵更高的自己，当时其他将领，包括赵佗本人在内都颇意外，可自己一听就明白上将军为何这般安排：自己长于正面强攻，用兵也偏谨慎稳健，南路秦军却多少有些奇兵味道，反倒更适合敢于大胆出新的赵佗。明了于此，任嚣心下不仅毫无失落甚或嫉妒之感，却是为赵佗由衷高兴，尽管赵佗只是一员裨将，然而南平百越这些年却屡立奇功，政才将才都可称得上耀眼，完全可以胜任……只是，距上次军报送来已过去了半个月，不知赵佗这一路进展如何？

“甚个鸟天气，甚个鸟地方！”

蒙武一把抹去脸上的雨水，愤愤地抬头骂道。

刚刚还是一片蔚蓝的天空，不知何时已布满了涌动的乌云，直如清水中注入一汪墨汁，由一点漆黑迅速氤氲蔓延盘旋飞腾，转眼间整个天穹都变得漆黑一片，密密麻麻的豆大雨点也随之啪啪落下，打得身上生疼；尽管如此，浩浩荡荡的船队中却没一人顾得上披蓑戴笠——比这雨水更令他们揪心的，还是眼前的航程。

急流从一块块冒出水面的黑色巉岩两侧奔腾而去，不时有一个个大浪撞击在礁石上，激起丈许高的浪花和弥散的水雾，随之而来的便是震耳欲聋的狂暴嘶吼，听得船上的秦人心惊肉跳，每一下轰鸣都使他们产生错觉，仿佛自己的船只撞上了礁石。

他们没有试图靠岸，并非不想，而是不能。船队行进在郁水的中心，涌向四面八方的急流、无处不在的礁石、不知潜藏于何处的漩涡，以及那一座又一座树干荆棘藤萝纠结形成的浮岛，使这片原本开阔的水面陡然变成了一处看似四通八达、实则处处死路的迷宫，若不肯耐心寻找出口，只想凭着一腔蛮勇横冲直撞，只怕顷刻间便要整船沉入那深不可测的泥水之中。

仅仅是这几日间，他们便已接连损失了六艘船、七百余名袍泽、百余匹战马，还不算船上那些大型兵器与粮草。前舟之覆，后舟之鉴，目下的整支船队，所有人都绷紧了弦。

突如其来的狂风从毫无遮挡的水面上席卷而来，刚被淋得透湿的蒙武使劲儿打了个哆嗦，眯起眼睛，透过雨幕望着前方水面上那长长的船队。他所在的这艘斗舰是整支船队的殿军，已被前一艘落下了不短距离，若当真看不见前船，那可实在成了盲人骑瞎马夜半临深池。

不过还好，目下这一段水势稍平缓了些。尽管仍是逆水，但前船也有意放缓了船速等待后面同袍，于是蒙武这艘船的桨手们更加拼命划桨，终是乘风破浪地渐渐追上。看到前船影子越来越清晰，蒙武终于放心了不少，但紧接着，一阵深深的懊恼却又从心头涌起。

出发前，他和赵佗自以为考虑到了各种可能，在阮翁仲兢兢业业的导引下，这几日来的航行也算得大体顺畅。可他们却没想到，即将接近航程终点时，竟会突然遇到山洪暴发水势猛涨，船队在这汪洋恣肆的大水中奋力行驶了两日，饶是坐镇头船、熟悉水路的阮翁仲也只能大体指出前行方向和那些最明显的险要之处，其他那些数不胜数的暗礁和漩涡，都得要水手们小心翼翼地随机应变；

再加上又是逆水而行，自然进程缓慢。

两个时辰后，铅灰色的天穹微暗下来，雨也渐渐止住了，船队终于找到了一处水势平缓的港湾。疲惫不堪的士卒们纷纷靠拢船只，在沙洲上升起一堆堆篝火，脱下早已湿透的战袍，又将一袋袋被浸湿的军粮运到火旁，少部分由炊兵架在锅上烹煮充作今晚战饭，其他的则和战袍一样在火旁烘烤，以免发霉生芽。那些蒙武费尽千辛万苦才运来的战马也被拉上了岸，每一匹都喷着响鼻，甩着身上的水花，无精打采地低着头，经过这几日风浪的颠簸，它们都显得极为憔悴萎靡。

士卒们各自忙碌的同时，蒙武却既没烤火歇息，也没坐等战饭煮熟，甚至顾不得换去那潮湿的衣衫，便匆匆赶来见赵佗。

“还他娘……得走几日?”大咧咧地一屁股箕踞下来，蒙武满是沮丧地喃喃问道。

尽管被一整日的航程折磨得心力交瘁，话都懒得说，赵佗却还是从牙缝中挤出一句：“快了，快了。阮翁仲说，我等再行得三百余里，便可上岸了。”

“三百余里!”蒙武的大脸陡然皱成了一团，“那还须……多久?”

“若仍是这般水流，该当旬日。我等逆水行舟，走不快。登陆后轻兵疾进，五日当能赶到。”

“这便是将近半个月了。”蒙武叹口气咬咬牙，“还不知百越军是否防备。常理论之，该当会有……”

虽然并未与那所谓的骆垌交手，但蒙武已多次听王翦麾下的将士们提起那个神出鬼没的楚人，也听说过那副神秘的黄金面具，但不同于王翦的将信将疑，他心下已经认定，那就是当年的旧楚大将，项梁!

“竖子，当年灭楚时，让你从江南地跑掉了；天下一统之后，又让你从中原跑掉了；而今南平百越，你竟撞上刀口，看你还能跑哪儿去!”蒙武愤愤想着，不经意间仰起头，发现漆黑的天穹中又飘起了雨丝。忙笨拙地站起来：“歇了歇了，明日继续赶路!”

2

面前的水道愈加狭窄，头顶也晦暗了起来，他们已驶进了一道曲折逶迤的峡谷中。两岸刀削般笔直的峭壁上生满了层层林木与藤萝，数不胜数的枝条旁逸斜出，在峡谷上空缠绕合抱在一起，交织成一张墨绿色大网，将大半光亮遮蔽得严严实实。随着战船的深入，它们也变得越来越低矮逼仄，在水面投下了浓重深沉的树影。

峡谷里静谧而阴郁。尽管水流依然湍急，却听不到潺潺声响，只有一两声猿啼回荡在连绵的林莽与崖谷中。一阵寒意笼罩了赵佗，他仰起头，看到一只鸧鶊张开两翼、散开九条尾巴，悄无声息地滑进了头顶黑暗的林莽，这种被视为不祥的飞鸟更加深了他心下的不安。

他们是昨日离开郁水主道、拐入这条峡谷的，仍是阮翁仲带路。巨人说，这条水路虽是走峡谷，看似险了许多，但礁石漩涡极少，该当不会有事，水也不比郁水主道浅多少，大船足够驶进；更关键的是，它是离博邪山最近的一条水路，出了峡谷便是一处大大的港湾，由此上岸再一路向北，虽还有几日路程到博邪山南麓，却已是大片旷野了，我等足可长驱直入。赵佗蒙武又问还有无其他水路，阮翁仲说不走这道峡谷自然也可，下一条支流的水面便开阔得多，只是礁石暗流也多，水也更浅，怕是大船难以驶进；其他水路就更远也更险了。众将听了颇为踌躇，围着篝火商讨之后都认定还是第一条更稳妥，然而唯一令众将担心的是，这是条长长的峡谷，地势极为险要；阮翁仲知晓这条水路，那雒越人也同样知晓这条水路，若在谷中设下伏兵，岂非大险？最后是赵佗说服了众人：这条水路纵有百越人设伏之隐忧，可百越人船小而陋，我军船大且坚，百越人万难抗衡，安阳王派再多人也无济于事。众将若有此忧，自己愿领斥候船，先入峡谷一探究竟！众将苦劝无用，次日终是在峡谷外纷纷下碇，立定各自战船，与赵佗约定在此等候六日，到时若仍不见他们出来，便只得绕开这道峡谷，继续走郁水主道了。此后，赵佗便带着阮翁仲和一个百人队分头上了四艘舲舟，逆着水流消失在峡谷深处。

一个又一个水湾不断出现在眼前，每遇一次拐弯，士卒们都绷紧了心弦，担心会有意外；每行得十余里，他们都会停下来丈量水深，以防大船经过时搁浅触礁，有时还会向那树影最深处射去一支弩矢，以试探是否有百越人埋伏，弩矢射出时，只有几只鹳雕被惊飞，扑棱棱拍打着翅膀，穿出林木间的狭窄缝隙飞上天穹，在这峡谷中留下阴郁的回响。

如是行了一整日，眼前始终是这般压抑的景致，士卒们心下都有些焦躁，都希望能尽快划出峡谷，赵佗本人表面上虽镇静依旧，心下却仍难以抑制地打着鼓，不知此次是否便是自己的最后一次航程。整支队伍中，只有阮翁仲一直安之若素。

赵佗仰头瞥了巨人一眼，看到他平静的目光，心下的忐忑舒缓了不少。自始至终他都没对阮翁仲起过半点疑心，不是因他没想到这点，而是因他知道，巨人若当真意图对这支秦军不利，有的是更好的办法。

又一道水湾横在眼前，几艘舲舟先后转过它时，赵佗原本指望看到峡谷豁然开朗，没想到面前却是愈加狭窄逼仄，几艘舲舟直如在隧道中行船一般，以赵佗估算，这里只能供秦军最大的战船堪堪驶过，还要小心翼翼不要撞在崖壁和礁石上。

“这是整条峡谷最窄处，再行得一个时辰，便该出峡谷上岸了。”阮翁仲忽然低声道。

几乎是在他开口的同时，几名埋头划桨的士卒只觉头顶一黑，莫明其妙地仰头看去，不由得停住了手中的动作，赵佗也骤然吃了一惊。

周遭已完全暗下来了。

几艘舲舟所驶入的，与其说是峡谷，倒不如说是一座幽深的岩洞，两边的崖壁顶端已完全合拢在了一起，与水面一样漆黑，士卒们连手中的船桨都已看不真切；一阵潮湿的寒意也陡然沁入骨髓，好几名士卒都不由自主地战栗起来。这时，他们听到头顶传来无数翅膀拍打的声音。

“火把！”赵佗叫了一声。

火把照亮了漆黑一片的峡谷，也照亮了两边的崖壁，秦人们随即一片厌恶的叫声——头顶十数丈高的崖壁上，布满了大大小小的飞蝠，足有数百只之多，有的倒挂在山岩上一动不动，有的则在秦人头顶的黑暗中振翅飞舞，一眼看去直令人起鸡皮疙瘩。

“一群飞蝠，有甚大惊小怪！”赵佗高叫着举起弩机，箭矢破空的声音响起时，那无数飞蝠发出了阵阵尖细叫声，如一团阴云般，向着峡谷前方那无尽的黑暗中纷纷飞去。

“将军！将军你看！”好几名士卒忽然指着前方黑黝黝的水面，大叫起来。他们都是跟随赵佗多年的猛士，绝不是胆怯之人，此刻的叫声中却充满了惊恐。

赵佗顺着他们手指的方向望去，也不由得倒吸了一口凉气。

“召宏，这几日秦人自然对昆仑关一筹莫展，臣却仍不放心。”站在安阳王面前，项梁面色很凝重。

“骆垌有甚担忧？”安阳王仍是那一副矜持淡漠的表情，自从项梁拒娶自己女儿以来，两人彼此已大大冷淡了。

“臣担心者，并非正面秦军，却是那赵佗、蒙武一路，那一路意图沿郁水而上攻我身后，臣担心他一旦登陆，我等将腹背受敌。”

安阳王嘴角浮现出一丝不屑的冷笑：“骆垌放心。阮翁仲虽不肯将秦人诱入死地，秦人却也无法突破这道水路。”

“何以见得?”

“阮翁仲所能引得之路，本王早已猜到。那日祭天之时，本王已亲往博邪山金洞，请娅浦出山。娅浦已在那条水路，设下了埋伏……”

“娅浦? 埋伏?”项梁眯起眼睛，心下一阵诧异。

“娅，娅浦?”

阮翁仲惊讶道，语气中充满了崇敬。

其他的秦人同样是一脸难以置信的神色，然而与阮翁仲的喜出望外截然相反，他们震惊之余更是满脸的厌恶。

波涛陡然变得汹涌澎湃，几艘舲舟上下颠簸着，火把也随之不断颤动起来；尽管如此，借着这有限的光亮他们仍能看出，前方黑黝黝的水面上开始浮现出礁石般大片大片的阴影。这些阴影原本彼此相隔甚远，然而随着浮出水面的部分越来越多，也慢慢连在一起，直至成为一片宽阔浮岛，将去路堵得严严实实。火光下，可以依稀辨认出水面无数正反射着光泽的青黄色鳞甲，那些锋锐的雪白利齿，还有那一双双闪烁着凶光的金黄色眼睛。

也许是数十条，也许是上百条鼍鳄，正从前方黑暗中不断涌来，阻住了去路，围住了这些秦人，身形虽不如那条毁坏秦凿渠的巨鳄庞大，但可想而知凶残程度完全不亚于它。赵佗还来不及下令将舲舟掉头向后划去，已有数十条鼍鳄悄无声息地从这些小船的船舷两侧疾速游过，堵住了他们的退路。在这些凶兽们的包围下，秦人这四艘孤零零的舲舟显得分外无助，他们只能握紧手中的船桨或兵刃，等待着迎接一场必输无疑的战事。

然而，这还不是最令人惊怖的。前方的黑暗尽头，在那些鼍鳄不断激起的水声以及它们发出的嘶吼声中，还夹杂着另一种咝咝声响，那显然是蛇芯的颤动，可谁也无法想象，仅凭那一根细小的蛇芯，竟能发出这般清晰的动静，这是何等庞大的巨蛇? 想到这里，一阵沁入骨髓的寒意掠过了每个秦人的身上。

蛇芯的颤动越来越清晰；前方黑暗中显出了一点光亮，那不是日光，却也不是火光，当它停在距舲舟前几丈远的水面上时，所有人都看清了那是条无与伦比的大蛇，径围和那只毁渠巨鳄不相上下，却显然比它还要长，单是一只蛇头便可抵得秦人一艘舲舟。同那些鼍鳄一样，那蛇头和蛇颈有着大片青黄色鳞甲，有着一双金黄色的蛇眼，不同的是还多了一条细长鲜红的蛇芯。而它的头顶则矗立着一根三尺长的尖角，通体晶莹剔透，闪烁着方才秦人们看到的那种光亮。

尖角后面，一个女人的身影静静站在蛇头上。她身着雒越人的贯头长袍，隐藏在黑暗中的面孔虽看不清，身段却很是窈窕婀娜。

赵佗没对此有半点儿留意，眼前的景象早使他周身寒彻，一颗心扑通通狂跳得几乎出了胸膛，他缓缓举起了手中的弩机，瞄准了对面那个女人，可与其说是当真要射杀她，倒不如说是意图自卫。

“秦人已深陷死地，还想负隅顽抗么?”那个女人开了口，声音冰冷清澈。

3

“秦人已深陷死地，还想负隅顽抗么?”

女人的声音冰冷清澈却略显苍老，竟是极为清晰的雅言，这句话不住回荡在崖壁中，透着一股难以言传的威严。

此时，整条峡谷都已静了下来，巨蛇的蛇芯不再进出吞吐，那数不胜数的鼍鳄也不再激荡起水花，这些丑恶却也强大的恐怖生灵，都静静地止住了动作，似乎是在屏息静气听着女人的聆讯。

听到这句话，赵佗身旁一直愣怔的阮翁仲如梦初醒，连忙伸出大手，按下了赵佗手中的弩机，然后用无比敬畏的嗓音低声说出了“娅浦”这个词，缓缓向对面的女人单膝跪倒。

“娅浦?”赵佗不明白这个词的含义，但似乎隐隐觉得在哪听过它。

仿佛明白赵佗心下所想，那女人轻声开口：“我便是娅浦，你中原人所谓龙母是也，也是那博邪山山神。”

“龙母!”赵佗心下大惊，终于想了起来。这龙母是百越各部一同供奉的女神，中原人叫她温夫人。传说她多年前抚养了一条巨龙，只是有次误断龙尾，于是这龙便成了掘尾龙（断尾龙），显然便是面前这条巨蛇；她也由此得到了龙母的称呼。只是赵佗不知，看眼前这阵势，她显是欲驱动这些凶兽，将自己这一行人尽数吞噬，却为何没有径自下令?

“龙母，欲使我等葬身蛇虫之口?”赵佗尽可能地压抑住心头一阵阵悸动，勉强不使自己的声音打战。

“非但如此，更要使你等认得自身罪孽，方显天道昭彰!”

“罪孽?”赵佗惊讶地反问。

“娅浦，秦人，无罪!”阮翁仲脸憋得通红，大叫道。

龙母转向巨人：“你便是那降秦叛贼，阮翁仲?”

“俺……”阮翁仲承认也不是，否认也不是，只能这般踌躇着。

“为何降秦？为何降秦后也不肯回百越？为何引领秦人攻你部族，助他屠戮自己族人?”

“娅浦，秦人，并非恶人……”

“并非恶人?”龙母反问道，冰冷的语气中隐隐透着一丝嘲讽，“秦人是否杀我百越子民？是否占我百越土地？是否欲将百越人变得同中原人一般？如此作为，竟非恶人?”

“……”

“龙母，你自可驱动蛇虫吞噬我等；然听我一言：我等绝非你所以为的那般禽兽之师!”赵佗高声叫道。

龙母轻声冷笑：“想狡辩么？好，你我一样样辩。我先问你，秦人为何攻我百越?”

“我等南平百越，于秦人讲，为的是天下一统；于百越人讲，更为使他们真正融入我华夏族群!”

“天下一统？你等天下乃是那中原之地，并非这岭南！岭南从不是你中原人土地，我百越人也从不与你中原人一家；而今你等南下，便是侵我百越!”

龙母的最后一句话回荡在峡谷之中，倍显阴森。脚下的巨蛇重又咝咝吞吐起了蛇芯，水面上无数鼍鳄也纷纷张开了狭长的血盆大口，显然都在等待着龙母的命令，猛扑向这些秦人。

眼见这等景象，赵佗尽管心惊肉跳，却还是勉力平静开了口：“四海之内皆天下，岭南又怎能例外？龙母忘了么？周成王时，越裳部便向周室献过白鹇以示臣服；成周之会，更有百越各部献上族中特产珍奇。数百年来，百越各部与我中原往来从未断过，始终与我中原人同为兄弟部族！而今如何要自外于华夏族群?”

“为何自外？这何须问？天下一统，与我百越何干？融入你中原文明，又与我百越何益?”

这句话无疑意味着龙母默认了方才的回答，赵佗不由得大是振奋，拱了拱手：“龙母明鉴！中原列国铁血大争数百年，一统之识几成天下共识，也几成天下苍生之共同心愿。我秦人扫灭六国，非独为成就自身大业，更为顺应这一统大潮，熄灭战火消弭兵戈，还万千庶民以安乐康定！而今天下已定，唯余百越诸部各自为战，部族之间攻掠仇杀不计其数，不但使岭南各部永无宁日，也迟早会诱发我中原动荡边患；诸多部族也仍是火耕水耨，果蓏蠃蛤，有的还有食人之俗，直如上古先民般蒙昧愚顽。我等若欲消弭兵戈、移风易俗，使岭南与中原一般安定，使百越与我等一般开化文明，便必须平定岭南，必须统一百越各部！”

“统一之说，绝非你等肆意滥杀之借口！”龙母的嗓音依然严厉，“秦攻百越这多年来，休说你等杀了万千百越人，便是秦人也一样死伤无算，号称伏尸流血数十万！你且说，死伤这多人，换得一个大而无当虚无缥缈之一统，又有何益?”

“秦平百越，确乎杀伤甚众，却皆是无可避免之死伤，我等从无滥杀屠戮奴役之举！况且但有征战必有杀伐，但有杀伐必有死伤，敢问龙母，古往今来可有哪位圣贤君王，哪支仁义之师，一人不杀、滴血不流，便能取得胜果？多年来，秦军牺牲甚众却极少怨言，正是因我等人同此心，心同此理！”

“便无屠戮奴役，也无掳掠？难道那皇帝并非贪图我岭南之地，并非贪图那诸般珍奇之物?”

“我秦人若贪土地，也当贪那富饶之地，可这岭南偏僻荒蛮人烟稀少，纵然占得，对我大秦又有何裨益？更有甚者，我等南下百越以来，修扬越新道、设五岭三关、建番禺城、通秦凿渠，哪一样不利秦越往来，哪一样不利南北交流？得利者非独秦人，更有百越人！我等若只欲劫掠，何必下大气力修这多工程?”

“好一张铁口！”龙母刺耳地冷笑了一声，“你等以为，开几条路、通几道渠，百越人便会念你等的好？便会将你等视作自家人？休要自欺欺人！我百越人千百年来有自家习俗，人皆雕题凿齿、断发文身，衣则短绻不绔，食则饭稻羹鱼，住则干栏巢居，行则舟车楫马，哪一样又与你中原人等同？这诸般习俗，哪一样我等也不会丢弃，去学你中原人！你纵能并吞岭南，也无法强力扭转！”

赵佗微微一笑：“龙母不知，我等本就不会强迫百越人学我中原人；恰恰相反，在这岭南之地，中原人却要学百越人！我等并非要将百越人变为中原人，乃是要使中原人与百越人融为一体，不分彼此！和揖百越，此之谓也！”

“中原人，要学百越？……”龙母的语气中，第一次隐隐透出了一丝惊讶。

“赵佗祖上乃赵人，目下又是秦人。昔年赵主父胡服骑射有云，夫服者，所以便用也；礼者，所以便事也，商君亦有类似说法。那诸般礼仪习俗，只要合乎时势，只要不是那内斗食人之类陋习，便足可保留。百越人衣食住行诸般风俗，虽与中原大有不同，却也是为适应这岭南气候地理生发，我等何必强自扭转？”

“娅浦，”阮翁仲也开了口，“俺，甚也不懂，也不会说，可俺只知，秦人对俺好；俺与秦人相处了这久，也觉秦人与百越人，没甚不同，俺，还有俺百越人，若是如秦人那般过活，也没甚不好……”

巨人那结结巴巴的话语完全消失在了水面上，龙母却始终沉默着，而水中的那些猛兽也一动不动，只有百十双金色的眼睛闪烁着凛凛凶光，集中在这些秦人身上。

不知过了多久，一声冷笑终于打破了黑暗峡谷中的沉寂。

“秦人，临死之前，还欲做何辩解？”

“娅浦！”阮翁仲惊叫道。

赵佗轻叹口气：“赵佗言尽于此，信与不信，尽在龙母，尽在百越人自身。今日我等怕是难逃此劫，然赵佗可代万千南下秦人，在龙母面前，在百越人面前立下重誓：终我等这一代秦人，绝不负百越之民；但有负者，必如我一般命丧鳄吻蛇口！龙母只需看我袍泽日后作为，便知我绝无虚言！你且动手吧！”

说罢，他不再去看那阴影中的龙母，也不再去看那些丑恶凶狠的蛇虫，只是闭上眼睛，静静等待着死亡的到来。

一阵轻柔的笑声缓缓响起，在赵佗听来却带着一阵难以言传的阴郁；然后他重新听到了水花飞溅之声，听到了那些鼍鳄拥挤在一起时鳞甲的摩擦，以及蛇芯吞吐的咝咝颤动，还能感到鼍鳄沉重的身躯蹭过船舷的震荡，显然，这些猛兽已开始有所行动了。

“将军你看！”耳畔忽然传来士卒们惊喜的叫喊，赵佗猛然睁开眼睛，也不由得心下一惊——那些鼍鳄的确是在行动，只不过它们并不像秦人以为的那样纷纷扑上船舷，却是掉过头向着来时的方向，绕过一艘艘舲舟，极为齐整有序地退回了黑暗中；而那条奇大无比的掘尾龙也低下了头，缓慢而毫不间断地向后退却，伫立在它头顶的那个婀娜身影，也随着那点光芒一点点远去；紧接着，峡谷中最后一次回荡起了龙母那冰冷清澈的嗓音：

“秦人，你等今日所立之重誓，我已牢记，你等也切莫忘却。此番我且放过你等，然则并非就此不闻不问；自今日起，我当与这岭南之地万千百越人，一同紧盯你等日后作为。若你等自食其言，口说文明融合，却行屠戮掳掠奴役之事，我绝不会放过你等，万千百越人也绝不会放过你等，必当奋起反抗！好自为之！……”

尽管仍是漆黑一片，水面却重又变得空荡荡了，除了秦人的四艘舲舟依旧孤零零漂荡着，峡谷中已空无一物了，前方也畅通无阻了，方才发生的一切，都仿佛一场梦魇一般。

赵佗深深吸了一口气，面朝龙母远去的方向，扑通一声拜倒在甲板上，放声大喊：

“若秦人不负百越，百越何负秦人？龙母告诫，赵佗永铭于心，秦人永铭于心！赵佗此生，必当全力促成秦越融合；但有食言，甘受天谴神罚！……”

4

半个月之后，南路秦军安然登陆的消息传到了博邪山，瞬间在百越军中掀起了轩然大波。

“如何这般？如何这般？”刚听到这消息，安阳王猛然站了起来，在那些元老们眼中，他们的召宏还从未有过这般失态之时，“蒲正那驱兽之法便是娅浦所传，这多年来，娅浦何曾弃过我等？本王亲往金洞之时，娅浦也满口应承，许诺必不让秦人上岸一步，可，可如何又……”说话间，桀骏等西瓯元老们同样一片窃窃私语。

“秦人兵锋在即，不加强南麓防备，却在此争辩不休，又有何用？”

项梁轻蔑地扫视着这些元老们，他本就对安阳王请那龙母出山半信半疑，目下听到秦军登陆的消息，自然也丝毫不觉意外。

尽管对项梁的质问颇感不快，安阳王心下却也分得清轻重缓急，听到这里勉力平复心绪，恢复了原本淡漠矜持的表情：“骆垌所言极是。好在本王刚接到消息，蒲正所领的螺城援军马上便到，还有时日容我等筹备御敌。本王之意，连日对峙，骆垌本就不时出关偷袭，不如待大军来到，先行猛攻北路秦军。”

“臣自当领命。只是，那螺城大军究竟战力如何？”

安阳王眯起了眼睛：“这支大军，兵力不多，却个个以一当百……”

“快，再快！”急促的马蹄声中，蒙武大吼道。

尽管年过七旬，但这位年老力士的骑术却丝毫不减当年，而他胯下那匹战马尽管历经了漫长的水上航程，一路萎靡不振，但登陆之后仅仅歇息了两日，便重又生龙活虎起来。

蒙武亲率的这队七百余人的轻骑，目下正奔驰在博邪山南的大片旷野上。登陆后蒙武不耐大军行进缓慢，便亲领飞骑为斥候，先行为大军开道，可北进几日来，他和骑士们每日往来驰骋于这片旷野，竟连半个雒越郎兵都没见到，与其说是在刺探敌情，不如说纯是在走马撒欢。这几日秦军先后拿下了三四个已彻底搬空的小村落，可眼前除却一座座竹木搭建、石阶上生满了青苔的干栏外，便只有那大片雒田。这等情形使蒙武认准，百越人全部兵力势必都集中在昆仑关，背后即使不是空门大开，也绝无足够兵力防御！目下他刚派出了数十散骑搜索方圆十里的动静，若再无意外，便准备多行数十里，一直赶到博邪山脚下，真正摸清对方底细，再打马回来。

然而，正当他们狂飙突进时，忽然感到远方大片雒田的尽头，隐隐传来了一阵奇异颤动。

“停！”方才还踌躇满志的蒙武勒住马缰，抬手止住了正要四面散开的马队；再一挥手，一名骑士翻身下马伏在地上，将右耳贴近了泥土。

“五里之外，千人以上，步卒。可步卒之外……”骑士目光中满是惊疑。

蒙武皱紧了眉头：“步卒之外？鸟个百越人，也能有骑兵战车?”

“并非马匹，步伐远较马匹沉重，似是庞然大物。然则，听不出甚……”骑士无可奈何地摇摇头，爬了起来。

“庞然大物?”蒙武的脸不由自主地开始抽搐：这西越地处处古怪，先有巨人阮翁仲，后有毁渠巨鳄，再有那拦路巨蛇，而今又将有何等怪物？心念及此，连下几道将令：“起号，所有游骑撤回！我等止步，原地等待！”身旁另一名骑士便吹起牛角号，两长一短的声响反复回荡在旷野之上，一匹匹飞骑闻声不断从远方撤回，与留守的骑士纷纷围拢在蒙武周围。

脚下的颤动仍然剧烈，不过秦人可以确定的是，那支大军并不是迎着自己而来，而是和他们一样，向着博邪山而去。这时一阵微风迎面刮过，夹杂着一股浓郁的臊臭气味，战马们顿时变得烦躁不安，好几匹都开始转动马头甚或尥起蹶子，这些原本训练有素的牲畜目下竟这般反常，显然表明前方有着巨大危险。

前方响起了警哨之声，然后所有人都能看到，方才被派去打探虚实的骑士们，正拼尽全力向自己这边赶来，人人神色惊惶，手中抓着用于示警的绛旗拼命挥舞；胯下的飞骑更是近乎发狂地飞奔着，马嘴边飘荡着长长的白沫。

“废物！何等强敌，这般惊慌！”眼见四匹飞骑越来越近，蒙武高声骂道。

“怪物！怪物！”当先一名骑士大喊道，拼命地试图拉住缰绳止住战马，可那满口白沫大汗淋漓的坐骑丝毫不肯停下，反倒一个蹶子将他尥倒在地；紧接着，另外三匹战马也驮着各自束手无策的骑士，向着马队背后绝尘而去。

“到底他娘甚事?”蒙武飞身下马，快步走到跌落在地的那名骑士面前，双手揪住衣甲将他提起，不料骑士已累得两眼一翻晕死了过去。刚好此时风大了些，空气中那股臊臭也浓重了许多，更多的战马开始变得狂躁，其他骑士拼命扯着缰绳、大声吆喝也不能止住它们不断后退，原本排好的战阵已开始混乱起来。

“战马搂不住了!”骑士们纷纷大吼。

蒙武牙咬得咯咯响，拔出匕首刺伤了自己左臂，鲜血从伤口涌出时他又匕首入鞘，撕扯下战袍的一角，捂在伤口上，浸满鲜血后便蒙上了战马的口鼻，浓郁的腥气勉强压住了空气中的臊臭，他的坐骑旋即安静了下来。

“老家伙，一闻血味倒提气了……”蒙武嘴角绽出了一丝笑意，又扭过头粗声吼道：“你等先撤！与主力大军会合！俺过去，看看何等怪物!”

“将军，我等随你去!”

“滚滚滚！老子又不与雒越当真交手，看清便走；你等又没俺那两下子，跟在身旁白白拖累，快滚!”

骑士们都知老将军脾性，没再坚持，齐齐一拱手，掉头撒马而逃，漫漫旷野上瞬间便只余蒙武一人一马，铜铸铁打般威风凛凛伫立着。

“老伙计，怕了?”蒙武轻拍着自己的战马，嘴角绽出一丝嘲讽笑意，又从战袍上扯下几条，先后蒙住了战马的双目，塞住了它的双耳。

“怕个鸟，死便死了！赵佗那后生在峡谷当中，不比你我更险?”他大叫着策动起已闭目塞听的坐骑，迎着前方巨大危险而去。

半个时辰之后，他看到前方无尽的雒田中腾起了巨大烟尘，更有一个又一个虚实莫辨的庞大阴影夹杂其间缓缓移动着，如同一座座岛屿在海上荡漾；和那片他们已感受到的震颤同时传来的，是阵阵古怪凄厉的嗥叫，声音极是尖利刺耳。蒙武心念一动，翻身下马将坐骑拴在一棵大树下，双手扒住了树干。尽管已是老人又身体沉重，但他动作仍然矫健，三两下便爬上了树梢，向着远方那片烟尘遥遥望去。

烟尘稀薄了不少，蒙武看到一个个由雒越郎兵组成的步卒方阵，此刻正排着齐整队列向前挺进；而这些方阵之间还有一个个庞然大物，每个都如小山丘般巨大，有着一条弯曲粗长的大蛇般的鼻子，两扇鼓面大小的耳朵，嘴边露出两根向上弯曲的长长獠牙，四根石柱般粗壮的大腿拖着沉重步伐缓慢走着。

“象群!”蒙武惊讶了。

他不是没见过象，非但下岭南后见过，即使是在中原，也在大河边上见过那凶猛的河象。但他还从未见过这般大的象群，一眼扫去便可看出，它们竟有数十头之多；他也从未见过被人驯服过的象群，更从未见过如目下这般披盔戴甲、显是要用作战场搏杀的战象!

它们周身披挂着厚厚犀皮缝制的铠甲：象头配有面罩，象鼻备有锁甲，四条象腿装有护膝，最易受伤的胸腹部更被犀甲严丝合缝地护住，就连那双长长的象牙都被套上了两根锋锐的矛尖。非但如此，每头战象背上还设有一座象舆，里面坐有三名郎兵，和秦军战车一样，也分别是一人驭象，一人持竹弩，一人握长矛；战象的四条腿旁还各跟一名手持剑盾的郎兵，这七人一象，便是最基本的战斗单元。

那每一个庞然大物，都不啻一座活动的堡垒，蒙武简直无法想象，若秦军真与如此大军交手，究竟胜算几何？看它们行进方向，显是要前往昆仑关，既如此，北路秦军岂非大险?

“狗日的雒越人，竟有这般大军！俺须尽快告知王翦!”蒙武愤愤咒骂着，一下从树梢上跳下，解开绳索掉转马头，绝尘而去。

5

昆仑关前，你来我往的攻守转换仍在持续着。

已是黄昏了，眼看一整日的战事又将结束。望着前方那片飞石组成的暴雨，任嚣心下涌起了一丝疑惑。双方已这般僵持了二十余日，各自损失了一两千人马，秦军固然沉得住气，可百越人如何也毫不焦躁？任嚣知晓，北路秦军实则是在等南路同袍登陆，只要赵佗蒙武攻至博邪山南麓，便足可一锤定音，自己不急于攻关也正是因此。可那百越人究竟何等图谋，任嚣却无论如何也想不清。

无论安阳王还是那个楚将，头脑都比其他百越君长清醒得多，任嚣决然不信他们会只知死守，如此耗下去，最大的可能便是，和秦人一样，他们也在等待变数。只是这变数究竟是甚，任嚣实在想不出。他本想同上将军说说自己的疑虑，可连日来上将军仍在卧床，他不愿拿这种捕风捉影的怀疑去打扰上将军静养。

“刚好信鹞也未到，到了再一体商议吧。”他这样对自己说。

密集的箭雨从前阵升起，两支步卒千人队也开始扛起一架架轻便云梯向着昆仑关城与关前山塬进发，转眼间便在箭雨的掩护下，分头抵达了关城与山塬脚下。为吸引百越人的更多兵力、更好地掩护南路秦军，这几日任嚣已改换了战法，几轮飞石过后辅以弓弩威慑和步卒攻坚，如此战况较此前激烈了不少，而无论秦人还是百越人的伤亡自然也增加了不少。

“弩矢暂停！”任嚣一声令下，一旁的军吏已放倒了龙旗。云梯在震天的杀声中纷纷搭好，秦军步卒们开始了攀爬，而守关的西瓯人也先后射下弩矢砸下石块，双方的又一轮攻防开始了。

恰在此时，远处的昆仑关背后，忽然传来了阵阵地动般的震颤，连后阵的任嚣也隐隐感觉到了。

“这是咋回事？”后阵暂停射击的射士们虽是一动不动，却用眼角余光彼此交换着心下的惊讶。

震颤越来越近，越来越剧烈，其间还夹杂着一两声令人毛骨悚然的刺耳尖叫，除了正在忘情厮杀的攻坚死士们外，后阵所有的秦军将士们都闻到了一股浓郁的臊臭，无不皱起了眉头。与此同时，司令云车上的任嚣陡然发现，昆仑关背后腾起了巨大烟尘！

“不好！”任嚣虽不知那究竟是何物，心下却也陡然涌起一丝不祥预感，忙一声大吼，“弩矢飞石，准备迎敌！”

然而，后阵士卒们未及有所动作，便突然听到前方响起一片惊恐叫声。但见此时昆仑关关门洞开，冲天而起的厚厚烟尘中，一个又一个巨大的阴影猛然冲出，将一架架搭上关门的云梯撞得七零八落，踏过那些惊叫着或是跌落云梯或是从云梯旁散开的秦人的身体，挟着方才那刺耳尖叫和扑鼻臊臭猛然冲出峡谷。后面秦人这才看清，它们一个个长鼻大耳弯牙粗腿，都有着无与伦比的庞大身躯，仅仅三五个并排便塞住了整条山道，直如一堵排山倒海袭来的高墙，景象异常骇人；正是那安阳国的战象！

这简直是一大群阮翁仲，成群结队向你迎面冲来。

“攻关兄弟，撤军！快撤军！”清脆的金声中，任嚣急切大喊着，“射士阻击，小心误伤！步卒组方阵！飞石全抛！”

一面面令旗的挥舞招摇、一面面战鼓不同节奏的轰鸣声中，秦军开始了颇显狼狈的变阵：峡谷中已被打得溃不成军的两支千人队，或是全力外逃，或是紧贴两旁崖壁，尽力让过这些巨兽；峡谷外的射士们开始全力泼洒箭雨，他们身后的步卒们则握紧了手中的短铍和革盾，准备与这些巨兽厮杀，人人手心都是汗津津的。

“射士射击——！”后阵的任嚣大喊。

急雨般的飞石箭矢纷纷扑向这些战象，却只是扎入了象身上的犀甲，根本无法造成任何杀伤，却反而更激怒了它们；它们大张着耳朵，高扬着长鼻和獠牙，仍然猛扑上前，当阵表射士们匆忙撤向后阵时，这些战象已纷纷楔入步卒方阵了。

许多人都见过浪花扑上礁石，却从未有人看到礁石迎着海水冲击过去，然而这般震撼景象竟在两军阵前活生生上演了。这些战象正如一块又一块活动的礁石，猛扑向秦军的海洋，冲，顶，撞，拱，踏，踩，撕，咬，不必说象舆上抛洒下来的那些弩矢、刺下来的长矛，也不必说装备在象牙、象脚、象头上的那些锋刃，即使没有这些人为配上的兵刃，这些巨兽浑身上下也无一处不是武器：那长长的獠牙登时便刺穿了一个又一个士卒的肚腹，胃肠直如一条条扭曲红蛇般流淌了出来；那粗壮的象腿抬起再落下，随即便留下一团团血肉模糊的肉醢；而当它们深深低下头向前猛冲时，光是一撞便可撞倒五六个人。可最恐怖的还是它们的长鼻，这些直如大蛇般扭曲摇摆的粗长物事，杀起人来竟如此花样百出：这一根拦腰卷起一个士卒，将他高高扬起时已勒断了对方脊椎；那一根重重落下或大力横扫，顿时将另一个连头盔带头颅一道打得粉碎；有的虽卷起一个没有直接勒死，却只消轻轻一扬便可将他抛到数十步外，落地后仍是毫无悬念的粉身碎骨；也有的并不向远方抛出，而是将猎物甩到自己面前，然后随心所欲地补上一脚或用长牙挑起；还有的甚至根本不必用那长鼻直接攻击，只消从遍地石块中随意吸起一块再猛然喷出，就足可造成惊人的杀伤！

有些悍不畏死的士卒试图与这些巨兽抗衡，他们有的挥舞着兵刃左右腾挪，试图砍下象鼻；有的甚至倒在地上，一骨碌向着战象身下滚去，试图斩断它的腿脚刺穿它的肚腹。然而，无论他们如何一而再再而三地试图阻挡，结果仍是一次又一次的失败：想斩象鼻者被象鼻卷起，想砍象腿者被象脚踢翻，想刺象腹者未及近前便被象牙刺穿。正如他们的任何抵抗都显得那般徒劳可笑一样，他们的所有反击也都显得那般隔靴搔痒。在这些陆上的霸者面前，人类显得何其渺小和孱弱，他们之于它们正如蚊蚋之于人类自身一般。转眼间，这些巨大礁石便带着力拔千钧横扫天下的气势，轻而易举从秦军前阵中杀出了一条血路，眼看便逼近后阵了。

眼见士卒们无法奈何这些巨兽，任嚣只得大为心痛地喊道：“撤回营垒！两千人断后；一千人将大炮阻塞道路！”

清脆的金声连绵响起，负责断后的士卒们迅速推拉着大炮阻塞去路，其他人则穿过这些大型兵器之间的缝隙匆匆退却。虽是心下痛惜，他们却还是不得已将大型兵器尽数堆积，留给了这些巨兽们肆意摧残。而凶性大发的战象也对着这些硬木制成、块头与自己不相上下的巨大物事大展神威，继续凶狠地用象鼻抽打，用象牙穿刺，用象头顶撞，用象脚踩踏，用各种手段摧毁着那一座座大炮；这些曾经威力无比的大型兵器，失去了人手的操作也便失却了魂灵，不过是一具具硬木皮革和铜料制成的行尸走肉而已，它们一语不发地承受着战象们的蹂躏，只有在彻底粉身碎骨时才会发出一声声呻吟。

秦人打造这些机械足足花了两三年，而战象破坏它们不过是转眼间的事，尽管如此，它们仍然为秦军争取到了片刻喘息的工夫。任嚣此时已将所有幸存士卒都重新聚拢起来，尽可能快地向营垒的方向撤去，一路撤退，一路丢下众多辎重以阻隔战象的追击。

“狗日的，百越人哪来这多怪物！”一边在士卒们的护卫下仓皇后撤，任嚣一边恨恨骂道。他回过头来望着战象耀武扬威地摧毁着那些连弩大炮，心下痛惜不已——只这一战，秦军这些大型兵器便尽数被毁，日后又如何攻打昆仑关？

可这阵痛只是一闪而过，他甚至顾不得自怨自艾：目下尚未脱离险境，牺牲掉大炮所换来的逃生机会很是有限，若不尽快撤军，仍会被那些巨兽追上，还会造成巨大伤亡！

天色渐渐暗了下来，前方的山路有些模糊了，尽管秦军营垒的点点篝火就在不远处，可将士们却分明听到身后又响起了战象那刺耳的尖叫。这时赵仲始匆匆赶来，缕缕血丝不住从额角向下淌着，擦都顾不上擦：“任将军，我率千人断后，你等快回营垒！”

“不，我来断后！此番败战，罪责在我！”任嚣说着扭头一声大叫，“快散开，伐木堆于道中！”

听到任嚣的将令，这些残兵败将们终于稍稍振作了精神，呼啦一下散入林中，挥舞着趁手兵刃砍伐起了林木，再纷纷将它们丢弃到几条山道中央直至填满；此时，战象们的嘶鸣声已越来越近了。

一支支弩箭瞄准了战象来时的方向，尽管所有人心下都腾起阵阵凉意，却还是鼓起了最后一丝勇气，准备着如同勇士那样轰轰烈烈战死。

“点火，照明!”任嚣再次喊道，暮色越来越浓了，若不点火，射士们怕是根本看不清前方，哪怕那些战象在夜色中无比显眼。

几个军吏匆匆抱着一支支皮囊冲上前去，将罐中黑黝黝的猛火油尽数泼洒到那些枝叶树干上，这些油脂纯粹是赵仲始部撤退时随手抄上的，秦人们谁也没想到此刻会派上用场。

当军吏们纷纷退下时，前方的峡谷中已经开始闪现出大片大片的阴影，与浓重的山影混杂在一起，若不是正在向秦人这边飞奔着，还真难以分辨出彼此。

而秦军阵中，任嚣握着一根点燃的火把，亲自大步来到那些泼洒了油脂的乱木枝叶面前，他恨恨地望着那些正在向自己飞奔过来的战象，猛地将火把甩向了乱木堆。

火把在暮色中画过一道金红的弧线，熊熊火焰冲天而起；与此同时，前方山道的拐角处，骤然闪现了那些战象的巨大身影。

仍然是剧烈的震颤，刺耳的尖叫，浓烈的臊臭，然而秦人们没想到的是，震颤突然减弱了，任嚣惊讶地向着远方的夜色中望去，却见那些战象们放慢了脚步，越跑越慢，最终在离火焰还有百余步时尽数停了下来，扬起长鼻，齐声发出一阵令人发指的尖叫。

然后，一个人影走出象群缓缓上前，当对方走到火堆前时，最前面的士卒分明可以看到，此人披头散发、须发灰白，脸上戴着一副熠熠生辉的黄金面具。

这人与秦人们隔着熊熊烈火对峙着，一时相对无语；片刻后终于开了口，嗓音嘶哑阴沉：

“秦人，我乃楚国大将项梁，今日追击至此，不为全歼你等，只为下战书：明日午后，你我两军在此决战!”

6

“午后，决战……”

望着老霍龙忙碌的身影，任嚣喃喃自语着。

干栏中氤氲着熬煮草药时的刺鼻浓郁气息，夜已深了，这里却依然闪烁着牛油灯的光亮，也照亮了军床上昏昏沉沉的王翦。老医师两根手指捏起细长的铜针，将它在牛油灯的火焰上反复炙烤，取下来后瞅准王翦的人中轻轻一刺，昏睡中的王翦当即眉毛一皱一声呻吟，一双颇有些浑浊的老眼轻轻睁开了一道缝。

“任嚣……”王翦梦呓般呻吟道。

任嚣正要答话，老霍龙却向他摆手示意，又端起一只陶盏递到王翦嘴边：“上将军，喝了说话。”

王翦望着那陶盏，目光中陡然透出一丝疑惑——那里面盛满了红殷殷的鲜血，老霍龙却是笑了笑：此乃狗血，有扶正补虚之效。说着向任嚣一招手，任嚣、赵仲始连忙上前一同扶起王翦。王翦接过陶盏，皱眉将盏中鲜血一口口喝下，这才振作了些。

“任嚣，说说今日败战经过。”

任嚣颇愧悔地低下头，咬咬牙讲了起来。听罢这番败战经历，王翦沉默了许久，才轻轻一声叹息。

“果是项梁，不承想，他竟由江南赶到这岭南。此人心志非常人所及，用兵虽嫌急躁，却也是杀伐决断凌厉无匹……”这个念头，不住盘旋在王翦心头。

“上将军你昏睡之时，我等众将已商讨过战法，足足议了两个时辰，都觉一筹莫展，不知如何胜这战象。”

“战象……”王翦一双白眉拧成了一团，“老夫只记得，当年商纣王平东夷时有过一支象军；楚昭王对战吴军，也用过战象，然则如何克它，老夫却不知，典籍同样未载……”

听到上将军也没有对策时，所有的大将都沉默了。方才他们无不将希望寄托在上将军身上；然而目下希望却落空了。

“若我等退守营垒，也未必就败！”赵仲始叫道，“我等营垒也还坚固，那战象再是力大，急切间也未必能一举攻破！”

任嚣摇摇头：“若所有战象一同杀来，即便一时能守住，怕也损失惨重。”

所有人都不说话了。谁也未曾想到，多年征讨岭南，眼看就要大功告成，最后关头竟突兀冒出如此强悍劲敌。硬拼么？白日里损失已这般惨重，继续硬拼下去，必定是秦军最先撑不住；相持么？那战象来势汹汹，任你何等鹿寨拒马阻隔都不怕，片刻间便能将营垒拆得七零八落；若是那般，却是如何是好？

“那些战象，每头都如阮翁仲一般，当真不知如何是好……”任嚣叹道。

“阮翁仲?”王翦轻声默念着，“阮翁仲或知战象弱点?”

“纵他知晓，目下也不及告知我等。明日再无消息，或项梁提前攻来，便只能背水一战了。”

王翦沉默着点点头。

“不管怎样，目下我等至少可做几事：其一，向全军征集破敌之法；其二，尽快加固壁垒；其三，探视受伤士卒，鼓舞士气。”

“上将军，我等士气不差……”

——“你莫阻拦!”

在军吏的搀扶下，王翦蹒跚着来到一座座伤兵营，顿时引起一片惊讶。将士们人人皆知上将军连日来一直卧病在床，眼见他今夜竟亲来巡视，无不大是振奋，除却伤重实在无法动弹着，其余伤兵都勉力起身迎接，纷纷叫嚷说上将军放心，今日败仗乃我等大意，明日再战，绝不会败！那战象虽猛，我等不怕!王翦先前还有些担心士气，而今眼见这些死里逃生的将士们战心炽烈，顿时放心了大半，走得几座伤兵营后，又来到了营垒的城垣上。

寒风料峭，夜色苍茫，秦军营垒所在的这片谷地却是灯火通明。挖壕的挖壕，伐木的伐木，凿石的凿石，所有人都在连夜忙碌，准备迎接明日那一场凶多吉少的大战。望着将士们彻夜忙碌的身影，王翦不顾任嚣等人的劝阻，裹紧战袍斜靠在城垣上，凝神思索着破敌之法，如此不知不觉间竟过了大半夜。随着笼罩在岭南大地之上的夜色缓缓褪去，黑暗的苍穹也慢慢由墨黑渐次转为黛蓝、靛蓝、藏青、碧蓝，一片鱼肚白从东面的山峦背后微微泛起，新的一天，来到了。

“上将军，诸般御敌工事，都已尽数修好；斥候已由昆仑关归来，报说百越军尚无动静；信鹞也已放出，都是催促赵佗将军尽速进兵。”背后，赵仲始轻声道。

“好，只等项梁战象了。”王翦的语气极是淡漠，“他不欲抢先攻来，显是对这战象，自信十足……”

他这样说着，目光无意间投向远方天穹，忽然瞪大了一双老眼；同时身旁也响起了赵仲始的惊喜叫声。

“上将军，信鹞!”

不知何时，黎明的天穹中已多了个黑点，转瞬间便骤然成了一只褐色信鹞，正在空中画着圈子，与一只兀鹰周旋着。兀鹰几次瞅准时机声声长鸣，箭一般冲向信鹞，即将扑到之际却总被猎物堪堪避开；信鹞虽暂可自保，若要降在营垒却是万万不能。王翦和赵仲始都已认出，这正是南路秦军放来的信鹞!

间不容发之际，赵仲始抬起弩机瞄向空中，只听“嗖”的一声，兀鹰一声凄厉嘶鸣振翅而去，只余片片黑羽乱飞。信鹞则扑棱棱拍打着双翅，降到了城垣，赵仲始匆匆上前捧起信鹞，又手忙脚乱地将绑在信鹞脚上的那只碧油油的小竹管解了下来，递给王翦：“上将军请看！”

王翦拧开竹管，抽出细长的白绢匆匆展开，一行显是出自赵佗之手的细小秦篆赫然现于眼帘；一眼扫过，他再度瞪大了眼睛，神色间陡然兴奋起来。

“原来如此……”王翦的声音隐隐颤抖着，忙抬眼望向赵仲始：“请任嚣将军过来，召集众将！”

7

午后时分，营垒外的那片谷地中，秦军与百越军各自摆开了阵势。

身经百战的秦人显然有些军心浮动，他们不少人都有伤在身，裸露在外的臂膀或脖颈裹着厚厚大布，显是昨日的败战残兵，目光中也都充满了惊疑，若非在战场上，有着严厉军令约束不许随意吭声，只怕阵中早就一片窃窃私语了。

尽管昨日便与对面那些庞然大物交过手，而且还遭遇了惨败，但秦人仍难掩心下对它们的好奇。

一箭之地外的地势稍高处，遥遥伫立着雒越军的战阵。他们兵力与秦人大体相当，却多出了那些强大巨兽，一双双长长的獠牙闪烁着寒芒，巨大身躯在那些百越人的头顶投下宽阔的阴影；单是这样静静伫立着，便透出一股渊停岳峙的气势，真正交起手来更是无与伦比的强大，昨日秦人早已用惨重伤亡充分印证了这一点。

与以往小股部队偷袭骚扰截然相反，今日的百越军，完全可以称得上堂堂之阵，正正之师，没有计谋，没有奇兵。这倒非因统帅项梁想不出出奇制胜之法，而是他实在觉得，在这支强悍大军面前，任何计谋与奇计都不过是雕虫小技而已。

“三十……四十……五十……五十三头！”任嚣眯着眼睛，暗暗清点着那些战象的数目。

这时，对面百越人的军阵中裂开了一道缝隙，一头比其他所有同类都要高大的战象缓缓走上前来。象舆上高高挺立着一员披头散发须发灰白的战将，脸上戴一副熠熠生辉的黄金面具。

“果是项梁……”遥望着那副黄金面具，伫立在望楼上的王翦喟叹了一句。

项梁催动着战象缓缓向前，每一下沉重步伐都如战鼓般敲在秦人心头，他们屏住呼吸注视着他的一举一动，不知对方要做甚。

战象从坡塬上缓缓走向谷底，走到两军阵前最中心的位置，这才收住脚步，项梁那略带嘶哑的嗓音也随之飘荡开来：

“秦人主将，出来答话！”

秦军阵中仍是一片寂静，没有人动一下，更没有人吭一声。

黄金面具背后隐隐浮现出一丝冷笑。项梁已注意到对面的秦人虽不吭声，目光中却是显而易见的疑虑，心下胜战的把握更大了。皋通将这支象军交于自己手上时曾特意叮嘱过，这战象虽威力惊人，却也有着诸多弱点，昨日他之所以一鼓作气攻到秦营前却未继续进兵，便是因此——战象耐力太差，昨日征战了两三个时辰，都已是强弩之末，继续攻垒必定疲态尽显，此外它还有着另一个不足为外人道的致命弱点，继续作战也必会暴露无遗。是故项梁便以约战为借口，不着痕迹地将战象撤回了昆仑关，一则养精蓄锐，以待明日猛攻；二则是避免秦人发现这一软肋。而这一夜他更没有大意，特意派出多名斥候紧盯这座山谷，尽管斥候回报说秦人彻夜都在备战，但在项梁看来，这恰恰证明了他们的无计可施。而目下王翦有意的示弱，更使他自觉胜券在握了。

“老夫有恙在身，不便亲往阵前，项公子见谅。不知有何见教？”

远方遥遥飘来了那个熟悉而苍老的嗓音，项梁仰头望去，正见望楼之上伫立着一个鲜艳的红点。

“无有见教，唯有警告：秦人南平百越之征程，到此为止！我这战象郎兵，今日便要将你等尽数剿灭！”

王翦淡淡笑了笑：“当年老夫领军灭楚之时，令尊也曾信誓旦旦要抗我秦军，而今如何？”

只这一句，项梁登时便觉气血上涌杀气灌顶，若无面具遮挡，只怕脸色早已是红一阵白一阵，然而他终于还是强忍住了。

“战阵前徒逞口舌之利，何如刀剑上见个真章？王翦，待我破得你等，定要将你头颅祭奠我父兄妻儿！”他冷冰冰丢下这句话，伸出左手细小的铜钩，轻轻敲击战象左耳根，那庞然大物便轻盈地掉转了身子，重新走向了百越军阵。

“攻敌！”回到阵中时，他大吼道。

如同吹响了万千号角一般，所有战象都高高扬起长鼻，尖利刺耳的鸣叫顿时在山谷上空炸裂开来；随后便迈开四只巨大象腿冲出军阵。步伐一开始很是缓慢，不久便越来越快，到了后面直是争先恐后扑向秦军营垒。象舆中的射士们向着秦军阵中泼洒出阵阵箭雨，负责护卫象脚的郎兵们则全力狂奔跟在战象身旁。这些庞然大物经过足够的休整，体力已完全恢复，目下又是居高临下从坡塬向谷底冲锋，自然比昨日杀出峡谷气势更盛，直如山崩地裂一般惊人。

对面的秦军大阵却仍旧岿然不动，无数士卒们如万千陶俑一般静静伫立着，除却粗重的喘息之外，几乎没有任何响动。

“屠灭秦人！”战象的凄厉叫号中，项梁用越语嘶声高叫道。

他喊出这句时，冲在最前的六七只战象距秦人只数十步之遥了。

一股微风迎面刮来，象舆中的项梁正在连声嘶吼着，却是陡然一愣——这微风中竟隐隐透着一股油烟气息；与此同时，他看到对面秦军营垒的城垣上，已闪现出了点点火光。

“不好！”项梁心下猛然一颤：战象这最关键的弱点，竟让秦人得知了！

“全力冲锋，猛攻营垒！”他大吼道，此刻回撤战象已然来不及，这些尽管威猛却也笨重的巨兽很难迅速掉头，即使掉头回撤，若秦人趁势掩杀仍难免落败，目下也只能孤注一掷，硬着头皮猛冲了！

然而终究晚了，他的将令还不及传至全军，营垒城垣上一队队秦人射士已将弩矢的尖端浸满了油脂再逐一点燃，镞头也一一瞄准了那些战象庞大的身躯。

“射！”王翦劈下手中的红色令旗。战鼓响起，一道道金红色的弧线随即划破天穹，再如一条条火蛇般纷纷坠下。

两军激烈厮杀的战场上，再度此起彼伏地响起了战象那刺耳的尖叫，然而这尖叫中已没了斗志和战意，却浸透了浓浓的恐惧与慌乱。这些外表强大的巨兽其实并不如人们想象的那般勇猛无畏，使它们惧怕的东西简直数不胜数，而最令它们惧怕的还要数目下这样物事——火！

纷纷坠下的火箭，有的从战象头顶或眼前呼啸着掠过，有的射中了战象袒露在犀甲外的肌肤，有的射在干燥的犀甲上，有的则射在草丛中或是尸体上，但无论触碰到了什么，都是上佳的引火物，登时便熊熊燃烧起来，迅速汇成了一场极为猛烈的大火。那骤然腾起、不断变幻成各种怪异形状的妖冶红光，那扑面而来的滚滚热浪，那呛人的浓烟，无不使这些战象大惊失色，突如其来的剧烈疼痛更使它们不住地放声悲鸣。无论象舆中的驭手们如何挥动着手中铜钩，敲击着它们的耳根，也没有一只战象肯再听自己主人的命令，它们疯狂甩着象鼻、挥动着象牙，狠狠踩着象脚，转过身来向着自己的后阵猛冲过去，簇拥在它们身旁的雒越郎兵们躲闪不及，或是被象鼻砸死，或是被象牙戳穿，或是被象脚踩扁，象舆上的那些郎兵也大多被战象的剧烈颠簸甩落在地，即使没有被一下摔死，也多是被战象踩得粉身碎骨。多日前，这些战象曾使那些战马感受到了无与伦比的恐惧，目下这恐惧却反过来降临到了它们自己身上；而昨日它们施加于秦人身上的那花样百出的屠戮，目下也反过来施加在了雒越人身上，一时间百越军骤然大乱了起来！

“撤退！撤退！”眼见象群全数失去了控制，项梁急急挥动着铜钩敲击自己这头战象的额头，他的战象是最后冲上前的，那正在肆虐的烈火还没有烧到它面前，项梁想趁它还未受惊前赶紧掉头撤军，至于其他那些战象，也只能撤回多少是多少了。

然而，项梁的铜钩刚要向战象的额头扣去，便陡然感到脚下的象背直立了起来——那巨兽竟猛然扬起了两只前腿，人立了起来！

猝不及防的项梁陡然从象背上滚落下来，重重跌落在地，后背突如其来的剧烈疼痛使他几乎喘不过气来，尽管如此，他却还是拼尽全力翻了个身，仰头望着自己的坐骑，不禁一阵痛惜——那巨兽已被火箭射瞎了一只右眼，目下正全无目的地疯狂猛冲，周围的十余名雒越郎兵躲闪不及，已被它连撞带踩尽数杀死！

“嗵”地一声，项梁一拳擂到了身旁的一面铜鼓上。

“完了！”他咬牙切齿地暗想，雒越部这最后一支有望扭转战局的大军，竟然顷刻之间全军覆没！想到这里狠狠敲起了铜鼓：“撤回昆仑关！”

“全军杀出——！”眼见战象败退，王翦大为兴奋，一声苍老的大喊太过用力，不由得弯下腰咳嗽了起来。然而突然间一阵眩晕袭来，王翦全力握住栏杆，这才勉强支撑着自己没有倒下，重新睁眼时已感到心跳猛然加快，全身血液都涌上了头顶，额头上登时渗出了涔涔汗水，顿时心下明白，自己快支撑不住了。

“上将军，百越人撤军了！”

眼见百越人落荒而逃，只留下那些失去控制正在狂奔的战象，任嚣难掩心中狂喜，快步登上望楼，却是猛吃一惊——两名军吏紧紧扶着上将军，看他那蜡黄的脸色、满头的汗水，似乎随时都可能倒下！

“上将军！”任嚣惊叫着猛扑过来。

“莫管老夫……”王翦汗如雨下，轻声嗫嚅着，“百越人败逃，更当乘胜追击，定要拿下昆仑关前，那座险要山塬……”

“上将军，那你……”

“机不可失，快去！”王翦拼尽最后一丝气力大叫道，陡然喷出一口鲜血。

第十二章　和揖

1

“项将军，项将军败了！秦人正在追杀！”

听到族人们的大呼小叫，桀骏心头猛然一颤，三步并作两步爬上山塬，心下顿时揪紧了——前方几条山谷中遍地血泊尸首，无数雒越郎兵们蠕动的身影挤满其中，丢盔的丢盔、弃甲的弃甲，狼狈不堪地向着昆仑关纷纷败逃，身后紧跟着大片黑甲秦军，直如黑色浪潮般将他们从背后一点点吞没，显见形势危急万分！忙一摆手中的屈卢之矛：“我等下山增援！”

“可项将军令我等死守……”几名西瓯元老迟疑道。

“项将军便在军中！他有闪失，谁还能抗秦？你等不去，我独自去！”顿时引起西瓯人一片不假思索的应和。

“桀骏将军，我也去！”人群中响起一个清脆的女声，桀骏刚扭头便触碰到了媚珠那急切的目光。

“乜娘，你……”

“败军里，也有我雒越族人！”

“一同下山！”桀骏二话不说，挥起屈卢之矛，率领着西瓯人大呼小叫着向山下猛扑而去。

……

“骆垌！你果还活着！”

前面遥遥传来了桀骏惊喜的叫声。正在山道中狂奔的项梁猛然收住了脚步，望着正向自己飞奔而来的桀骏与媚珠，黄金面具的眼眶中透出了诧异的目光。

“骆垌，我等，来援你了！”桀骏气喘吁吁道。媚珠虽未吭声，也重重点了点头。

“桀骏，如何弃山而下?”出乎桀骏的意料，项梁的语气中没有任何死里逃生的欣慰，反倒透着一丝不满。

“先援骆垌要紧！”

“不知轻重！”项梁猛然一声暴喝，“你弃山而下，若被秦人抢得山塬便是大险！快撤回去！”

桀骏愣住了，思忖片刻却仍一声大吼：“不行！我等先要保得骆垌无事，旁的顾不得！”说着长矛一招，身边的西瓯人已呼啦一下散开，迎着那些猛扑过来的秦人而去。

“蠢也！”项梁愤恨得一跺脚——西瓯人虽是好心，却大大打乱了他的部署，他们盘踞的那座山塬是昆仑关前的制高点，一旦失守为秦人所得，秦人当即便可居高临下压制昆仑关，必会将百越军压得抬不起头来，地利优势便要损失大半！正是因此，开战前项梁向桀骏提出的要求便是，无论战事如何吃力，他亲领的这支西瓯军都绝不能弃山而下，桀骏当时满口答应，不料眼下早把这叮嘱抛在了脑后！眼见西瓯人不会再听将令，目下唯一的补救之法便是自己撤入昆仑关，再抽调关头雒越守军顶替西瓯人占领那座山塬，但动作必须要快，若雒越守军动作稍迟，秦人便极可能全歼西瓯军、夺取山塬……

“骆垌，保重！”

媚珠的叫声打断了项梁的思绪，他如梦方醒，一把攥住了媚珠的手腕：“乜娘，休要妄动，随我入关！”

媚珠却是抽回手腕，笑着摇了摇头：“请骆垌转告召宏，乜娘若回不去，便是去到了娘那里，让他放心！”说罢也如一片鸿毛般飘向了前方的战阵。

项梁目光阴沉地望着她的背影，重重叹了口气，转身与他们背道而驰，飞奔向了昆仑关。

战局已越来越明朗了。

对追杀的秦军来说，西瓯人的突然杀出虽令他们颇感意外，却并未造成太大障碍。这些西瓯人虽士气正旺，单兵战力也算得强悍，可彼此默契却实在是等而下之。一个时辰厮杀下来，秦人已歼灭了西瓯人大部，又顺利拿下了他们弃守的那座险峻山塬，此时还在拼死抵抗的，便只剩下桀骏、媚珠和他们身边的百余名士卒了。

望着这些西瓯军中最后的顽抗者，尤其是挥动着那根亮晃晃长矛进退腾挪的桀骏，赵仲始心下暗自赞叹，思忖片刻后叫来几名百将一阵小声商议，又吹响了骨笛。听到这号令，那些不断挤压着西瓯人的秦军步卒纷纷后撤到一旁，后面的射士们却是举起弩机快步上前。桀骏等人见状正在愣怔，秦人阵中已裂开一条缝隙，一个年轻都尉用极清楚的越语叫了一声："西瓯人，你等败局已定，还不速速降秦?"

桀骏狠狠啐了一口："降秦？先胜我再说！"

赵仲始早猜到他会如此回答，微微一笑："若我胜你，西瓯人便尽数降秦；若我败给你，便放你等回昆仑关，何如?"

幸存的西瓯人面面相觑，其中一个喊了一句："秦人狡诈，不能信！"

"你且问那些降秦部族，我秦人何时出尔反尔？我既许诺，便决不反悔。此乃你等脱身之唯一战机！"

西瓯人又是一阵窃窃私语，这回却显然不乏动心者。桀骏思忖片刻终是上前一步，屈卢之矛直指对面的赵仲始："我便与你一战！可你却须应我一事！若我败了，我等听你处置，可你须放乜娘走！"说着指向身旁的媚珠。

"骆垌……"媚珠惊讶道。

直到目下，赵仲始才注意到桀骏身旁那个娇小的身影，心下陡然浮现出那一夜她与自己交手的情形，那夜尽管看不真切，他却对她的相貌记忆极深；目下正是白日，她虽拼杀了许久，脸上已满是血污，却仍难掩明艳。赵仲始见了她微微一怔，但马上一挥手："先走便是！"身旁的士卒顿时让开一条去路。

"我不先走！"媚珠摇头高声叫道，"骆垌，我看你胜秦人！"

桀骏感激地望了她一眼，又挥动着长矛向赵仲始大喊了一句："谁先见血，谁便认输，来啊！"

赵仲始淡然一笑，自腰间抽出短剑摆好架势，看到剑锋骤然绽放出的光芒，所有西瓯人都惊叫了起来——

步光之剑。

眼见百越圣物落入秦人之手，桀骏同样又惊又怒，一声大喝，手中矛尖一颤猛刺过来。赵仲始则滑步侧身躲过，欺到桀骏身前，桀骏长矛收招之时，他右手短剑已刺向对方右肋，桀骏将矛杆猛然向下斜压，一声闷响架住剑身；不想赵仲始早已料到，剑身刚与矛杆相架便迅速撤回，脚下再一滑，已闪到另一侧，这次剑锋直取桀骏左腰；桀骏又以矛为棍顺势横扫，赵仲始眼见矛杆扫来却不躲不避，剑锋变刺为砍，直直迎着矛杆劈来。只听喀嚓一声木料破碎之声，那屈卢之矛的矛杆已被拦腰斩断！

这一下猝不及防，桀骏饶是向后一个滑步，堪堪避开剑锋，却也不由得惊出一身冷汗，须知这屈卢之矛的矛杆乃是以上好的思檑木制成，此等木材坚实无比，浸入水中百年不腐，不曾想竟被步光之剑一剑斩断！再看手中断为两截的矛杆，茬口极为齐整平滑，显见用力均匀。如此看来，矛杆被砍断，固因步光之剑乃神兵利器，可这秦人身手也极是了得！

心念及此，桀骏嘴角猛然抽搐，那张绘满了蛇纹的面孔也因此更加扭曲，他一声大吼，左手矛尖右手矛杆齐齐挥出，再度扑向赵仲始。

尽管对方此番气势更猛，赵仲始却看出他攻势已显散乱，心念电闪间已谋划好对策，将身一矮，赶在左矛右棍合围前挺剑，直取桀骏当胸。桀骏左矛回防，右棍当头劈来，不料赵仲始剑锋去势丝毫不减，直扎桀骏左腕！

两声痛苦叫声同时响起，矛杆端端正正砸在了赵仲始左肩，将他打得一个趔趄；可与此同时步光之剑也刺伤了桀骏左腕，鲜血随之答答滴下，染红了屈卢之矛那闪亮的矛尖。

西瓯人和秦人同时一片惊叫，几个秦人想冲上去，赵仲始笑着摆了摆手，擦掉额头的汗水，仍勉力直起腰；桀骏却是口中咝咝抽着凉气，绘满了蛇纹的脸上满是沮丧，他并未再摆开重新交手的架势，却将双手的矛头矛杆一同丢在了地上，愤愤喊了句："见血了！"

听到这句，两军士卒这才回过味来：这一回合交手，本是赵仲始受伤更重，桀骏抡下矛杆砸在肩头时，他怕是肩骨已被拍碎了。可偏偏事有奇正，两人交手前约的是"见血认输"，尽管赵仲始受了重伤，却是钝物所伤并未见血；反倒是桀骏手腕已被剑锋划破，渗出的血滴谁都能看到。若依这战前约定，此番便是桀骏落败！

尽管肩头钻心地痛，赵仲始却还是勉强绽出一丝笑意："不算你输，再来！"

桀骏却沮丧地摇摇头："你已让我一次，何能再让一次！自家落败，岂有反悔不认之理——你等，丢下兵刃，我等降秦！"

他那最后一句话是冲着自己的士卒们说的，这些西瓯人尽管满脸不服，但沉默片刻后终是先后丢下了兵刃，秦人士卒们一拥而上，将他们尽数绑了起来。

“都尉以诈术骗得我等降秦，不觉胜之不武么?”

一个清脆的声音陡然响起，说的竟还是雅言，赵仲始一怔，正撞见了媚珠那冷冽的目光。

“依乜娘之意，却又如何?”

“我与你再战一场!”

赵仲始笑了：“乜娘不必费心，我不会与你交手。”

媚珠双目中陡然腾起一丝怒意：“看不起我? 我且明告你：我虽是女流，身手不比男子差!”

“乜娘身手，末将数月前已有领教，不知你偷袭我时，何不觉胜之不武?目下我已受重伤，乜娘还要与我交手，何不觉胜之不武?”

“……”媚珠怔住了。

“秦人，我等守约，你也须守约，放了乜娘!”身后已被捆起来的桀骏大吼道。赵仲始转身向他一点头，又向士卒们一招手：“放乜娘走!”士卒们第二次为媚珠敞开了一条生路。

“……”媚珠轻咬着下唇，目光中隐隐透出一丝惊奇，她仔细打量着这个年轻秦人，可除了一脸诚恳外，她从他脸上看不出任何图谋。

“乜娘，我秦人绝非要将你等斩尽杀绝，只要百越人真心肯降，万事好谈。方才我已应承桀骏将军，他既守信降秦，我秦人自然更当守信！你走吧，下次若再有缘，你我或可一战!”

“乜娘，还不快走!”桀骏等西瓯人纷纷叫道。

“骆垌，我这便回去调援军，定要将你等救回!”媚珠向桀骏叫了一声，瞥了赵仲始一眼，欲言又止，终是转身便走。

“乜娘留步，还有一事!”赵仲始忽又叫道，将步光之剑一把丢在地上，从怀中掏出一个小小布包，强忍着左肩的伤痛，蹒跚来到她面前：“此乃你上次遗落之物，今日还你。”媚珠接过布包，打开后顿时惊讶地抬眼望着他。

那里面，是数十颗圆润晶莹的海珠。

“这海珠，我本欲交阮翁仲，由他寻机还你。他却说你深恨他，不敢再亲来见你，是故，仍留我这里。”

迟疑了片刻，媚珠终是小声说了句“谢都尉”，然后小心翼翼地捂住了装有这些海珠的布包，紧贴在心口。然后她便看到，面前的这个年轻秦人笑了，于是也尴尬地笑了笑，没再说话，扭头飞奔向远方的昆仑关。

2

夜风轻拂过连绵林莽，林涛阵阵，直如无数喁喁私语一般。安阳王蜀泮静坐在这片谷地中，面前是一处深不可测的黑漆漆山洞，洞中不住传来的缕缕寒意，使他不由自主地战栗着。

“娅浦，为何弃我百越，反助秦人?”安阳王语气中透着一股浓浓的疲惫倦怠。

幽深的洞中隐隐传来了龙母那清澈冰冷的嗓音：“蜀泮，而今竟还执迷么?这岭南之地已蛮荒了千百年，你愿见我百越人永世蒙昧下去么?”

“自然不愿。然假以时日，我雒越部必当一统岭南，使百越人开化。”

洞中传出了龙母揶揄的笑声，“假以时日?你继位为王二十年，一心想待别部衰落后坐收渔利。二十年来，你除却坐看别部互相攻伐，除却以种种手段挑动他们内斗，又有甚正经作为?你眼界胸怀这般狭隘，一统百越岂非痴人说梦?”

安阳王死死咬住下唇：“蜀泮受教，只要此番能击退秦人，蜀泮必当改弦更张、励精图治。”

“怕是由不得你了……”洞中轻轻飘出了龙母的叹息，“秦人南下以来，东越南越治理大见成效，我也乐见他助我百越人移风易俗，甚或与百越人杂居通婚，直至彼此融合。”

“此话怎讲?”蜀泮惊愕了，“我百越人皆为越人之后，岂能变为秦人?”

龙母的笑声中满是嘲讽：“目下我百越各部，哪支是血统纯正的越人之后?闽越部有闽人血统，扬越部有吴人血统；你雒越部更有蜀人血统！既如此，百越人何以不能与中原人融合?”

蜀泮默然了。

究其实，和闽越、扬越一样，雒越也是外来移民与当地越人融合后形成的一个全新部族；不同的是，它是经雒人蜀人这两大部族相互攻杀后形成的。雒人是雒越地最早的先民，建立了一个叫文郎的方国，历代首领自称雄王，也有人说是雒王。后来蜀亡于秦，大批蜀人在蜀泮先祖的带领下一路南逃至此，为争夺土地而与雒人展开大战，最终杀死了末代雄王，征服了当地民众，鸠占鹊巢地建起安阳国，一直传到目下。安阳王之所以痛恨秦人，正因自己先祖曾为秦人所败；然而他却忘记或有意忘记了，若以血统说事，自己便是外来部族，又凭甚以此指责秦人？久久的沉默后，他无可奈何地再次开口：“娅浦之意，我雒越除却臣服秦人，别无他法?”

“秦人平定岭南乃大势所趋，你纵然顽抗到底，也终是徒劳，反而白送我百越人性命，何如径自降秦？我言尽于此，你且好生掂量。”

“娅浦，容我思量一番……”

“我自然容得你，秦人却未必容得，你且好自为之。”

幽深的洞中不住回荡着这最后一句话，山谷重又安静了下来，安阳王跪坐了不知多久，终是缓缓起身，蹒跚着离开了这片谷地。而当他走出山谷时，看到皋通恭敬伫立在树影下。

“召宏，南路秦军，又发来了劝降书信……”

“老套说辞了，不看也罢。随我去看秦人营垒。”

两人来到博邪山南麓，向山脚下那片极尽壮阔的秦军营地放眼望去，但见夜色中一片灯火通明，夜风中遥遥传来了声声金柝阵阵马嘶。

“我瓯雒联军，还剩几多?”

“西瓯人只余三千了，目下尽数集于昆仑关，桀骏被俘后都是人心浮动。我雒越郎兵倒还余万人，都在这南麓驻扎，斗志也尚可。只是这南麓无险可守，纵然硬拼，怕也抵挡不了几日……”

默默望着山脚下近在咫尺的秦营，这对君臣心下不约而同都有了恍如隔世之感。蜀泮至今还记得，旬日前，皋通亲领那数十头战象抵达博邪山时，所有百越人都沸腾了，他自己也是踌躇满志，一心以为有此大军在手，必能将秦人杀得大败。不料旬日之间，战象全军覆没、关前险塬失守、桀骏被擒，一系列惨重失利接踵而至，两军战局转眼间便发生了剧烈倾斜。目下北路秦军已进逼至昆仑关前，连日来一直盘踞在那座险峻山塬上，居高临下向关城倾泻着箭雨石块，使西瓯人伤亡极是惨重；而南路秦军的到来，更使他们脖颈上的绞索越收越紧了。

南路秦军是三日前抵达的，当时昆仑关前激战正酣，雒越郎兵大半都被抽调到了北麓，南麓只余五千人留守。当蒙武率领的那支先锋飞骑出现在南麓山脚下的原野时，毫无防备的安阳王大惊失色，急召元老们商议对策。寥寥数语间，众人都不约而同认定，南麓虽只余五千郎兵，但眼前这支飞骑更不到千人，后面大军至少还须大半日方能陆续赶到，不如先下手为强，抢先吞掉这支小股骑兵！当下便命南麓守军主动出击。不料这支飞骑人数虽少，战力却惊人。博邪山南麓本就一片旷野，最利骑兵纵横驰骋，雒越郎兵又多为步卒，本身就大大落了下风，更关键的是从无抵御骑兵的经验，结果刚开战便是一边倒的战局。蒙武亲率的七百余飞骑轻轻松松便斩首了同等数目的百越人，自家伤亡却连百人都不到，乐得蒙武大叫："快哉快哉，俺从军数十年竟从未打得这般畅快。"安阳王见状不妙，急令南麓守军撤入林莽，以竹弩射住阵脚，这才勉强挡住了蒙武飞骑的铁蹄。

据实而论，百越军在这场遭遇战中所受的实际损失并不如何大，关键是士气备受打击，死里逃生的郎兵们惊魂甫定，向同袍们绘声绘色地描述着那些见所未见的秦军怪兽。这些飞骑带给百越军心头的震慑，几乎不亚于百越战象之于秦军，一时军中人人自危，安阳王急切之下又忙从北麓昆仑关重新抽调了数千人回来，这才勉强稳住了军心。

然而次日正午，当赵佗亲领大批步卒，簇拥着一架架大型连弩浩荡开来时，雒越人更加感觉大难临头了。因昨日受挫，心有余悸的安阳王抱定了死守的念头，命郎兵们只以竹弩远射秦人；不料秦人同样还以颜色，机发连弩射出的粗长弩矢，大炮抛出的大块飞石，无不打得雒越人血肉横飞。即使这般彼此对射也大大占了上风，更不必提其中还有蒙武那队飞骑时时骚扰，每次杀出必定斩杀近百，激战一整日，雒越人又是损失了将近两千，负伤被俘者更是比比皆是。当晚赵佗还放归了几名被俘的雒越郎兵，让他们给安阳王带去书信，说我秦人南平百越，为的是以战止战，安阳王若能降秦，可保你王位，更保雒越部免遭涂炭，如此则岭南幸甚，百越各部幸甚！望安阳王择善从之，无忽！

蜀泮目下还记得，刚一看到赵佗这封书信时，他愤怒得当场抽出了短剑，将这块写满秦篆的木牍劈得粉碎，又下令斩杀那几名被放归的俘虏，一心想继续同秦人周旋。然而两日鏖战下来，瓯雒联军伤亡更是惨重，原先两万五千人的大军，目下已折损过半了；南路军的赵佗、北路军的任嚣第一次劝降失败后，也仍未放弃，每日持续猛攻之余，继续不断通过各种途径诱降，内忧外困之下，无论西瓯人还是雒越人都有私下里投奔秦人者，如此下去，只怕不等秦人攻来，瓯雒联军自己就要渐渐瓦解了……

"蒲正，你说我等君臣，目下如何是好啊……"安阳王一声轻叹，打破了沉默。

皋通向自己的君长轻瞥去一眼，看到他那闪烁的目光，已明白了他的心思，深吸口气轻声开口："召宏，恕老臣直言了。老臣之意，我等只能与秦人媾和了。”

“只不知，秦人能做出何等让步……”

“老臣愿替召宏周旋。秦人平定东越时，与那无诸、驺摇两王议定之条件，老臣也略知一二，然我雒越实力终究强于东越，目下也仍有万余郎兵，与秦人还价该当底气更足。老臣之意，当务之急乃是保得召宏王位、保得些许兵力、保得一座螺城，只要保得这三样，我安阳国便有望再起；只要秦人肯应这三样，其余何等条件，我等都可应承。”

“只是，怕那秦人不会轻易答应……”

“唯其如此，我等与秦人媾和，必要表露足够诚意。老臣斗胆劝谏召宏，向秦人献出一物两人。”

“哪一物?”

“召宏那件旸夷之甲。”

安阳王嘴角猛地抽搐了一下。目下五胜之衣、步光之剑、屈卢之矛已陆续落入秦人之手，自己若再献出这件战甲，越王四宝便尽归秦人，如此岂不更加表明，秦人一统百越乃上应天意? 可纵然心疼，你又能如何? 这般重宝唯有在强者手中方能焕发光彩，目下自己尚且自身难保，若仍不自量力占着它，早晚会引火上身，谁不知中原人那“匹夫无罪，怀璧其罪”之理? 想到这里勉强平复了心绪，又问：“哪两人?”

“第一人，便是乜娘。”

蜀泮目光中透着无尽失落：“你意，和亲?”

皋通点头。

安阳王咬紧牙关：“本王，当真不想将乜娘嫁与秦人。我只这一女，自幼视她如掌上明珠一般；更有甚者，日后她若生下一男半女，我王位岂不落入秦人之手?”

“此事老臣可代为斡旋，我百越人婚嫁向来男入女家，若依此俗，乜娘纵嫁，秦人也仍须留在螺城。如此名为和亲，实为质子，他若留我等眼皮下，那秦人纵想对召宏不利，也须掂量一番。”

“也好，第二人却是谁?”

“这第二人，召宏该当猜得出……”皋通把声音压得更低。

两人低声说着，却都没有注意到，离他们不远处的一棵桄榔树上，枝叶正在难以察觉地颤动着。

3

“骆垌，骆垌!”

媚珠那极尽急迫的叫声从关后传来，关城上的项梁扭过头，正看到那个娇小身影如一片鸿毛般飘来。

“乜娘?”项梁身边的西瓯人惊讶地望着她匆匆奔上城垣，这些天来，这位安阳王的女儿已和他们相当熟稔了。

——“召宏，召宏欲抓捕骆垌，将你献与秦人!”

一股无名业火陡然从项梁心头腾起，双目放出两道凶光。

“召宏疯了么？若抓捕骆垌，谁还能抗得秦人?”身旁的西瓯士卒们又惊又怒，纷纷大叫道。

“召宏就是不想抗秦了!”媚珠胸口剧烈起伏着，“方才我无意撞见蒲正与召宏密谈，听他提到我，便一路听下来。这才知晓，蒲正劝召宏降秦，还劝他把骆垌交与秦人!”

“皋通该死!”西瓯士卒们异口同声怒骂道，“我等去博邪山见召宏，让他杀了皋通!”

“快看！郎兵!”一个西瓯人遥指关城下一片晃动的火把叫道。

“好个安阳王，好个皋通……”望着这队郎兵向自己脚下飞奔而来，项梁恨声道，一瞬间心下飞快闪过了诸多念头——若立即逃跑，关城前是秦人营垒，关城后是冲过来的郎兵，两侧又都是壁立千仞的崖壁，根本无路可逃；更要紧的是，目下身边尚有众多西瓯人誓死追随自己，郎兵来时多少能抵挡一番，总不致束手就擒，若孤身逃亡，怕逃不了多远便要被抓回来，那时自己可真就是砧板上的鱼肉了。想到这里，任凭身旁的西瓯人如何愤激地怒吼着，项梁始终一语不发，静静看着郎兵们冲上城垣，出现在自己面前。

“骆垌，召宏有请。”领头雒将看到面前阵势，心知项梁已有防备，踌躇了一下，却仍是装出一副若无其事的模样。

“此番请我，如何还需郎兵护送?”

“……属下不知，只奉命行事。”

“烦你转告召宏：目下战事正紧，我走不开，如有要事直言便是；若当真机密，便请召宏亲来找我。”

“骆垌欲抗命?”

“除这昆仑关，我哪也不去。”项梁的嗓音阴沉嘶哑。

“若真如此，便得罪了!”雒将沉声道，缓缓掣出了柳叶剑。

“谁敢动骆垌?”一个清脆的女声陡然响起，郎兵们心下一惊，雒将则皱起了眉：“乜娘，此乃召宏之命，我等……”

“我才不管！谁敢动骆垌，我杀了他!”媚珠厉声道，同样掣出了自己的兵刃，西瓯人见状也纷纷叫嚷起来：“对，谁敢动骆垌，我等将他杀了吃肉!”

“既如此，休怪我等无礼了。”雒将脸色铁青道，又转过脸来面向自己的部属们，“召宏有令，骆垌若不肯走，便将他生擒！谁敢阻拦，格杀勿论！乜娘若欲阻拦，也将她生擒!”

说话间，身后已爆发出一阵怒吼；转过身时，西瓯人已呼啦一下散开，猛扑了过来，雒将早有防备，当即一声大叫：“西瓯人反叛，杀!”

“雒越人欲降秦，杀了他们吃肉!”所有的西瓯人愤愤骂道。

随着这一片叫骂，昆仑关上登时便是人头攒动、火光摇曳，混战开始了。

“我等打开关门，骆垌快走!”几名西瓯元老大叫道。

“打开关门……”项梁恨声重复了一句，他心下当然明白，一旦打开关门，秦人登时便能知晓，也必会趁机夜袭，昆仑关的失守几乎是板上钉钉；可这却是自己唯一的脱身机会，若不把握便只能沦为阶下囚，无论被安阳王还是被秦人捉住，都不会有好下场!

更有甚者，安阳王如此对待自己，自己又何必替他卖命到底?

想到这里，项梁不由得目眦欲裂，最使他愤怒的还不是自己所陷入的危局，而是目下形势。眼见安阳国已是风中之烛，秦人只要攻克昆仑关、占领博邪山，整个岭南便将全数落入秦人之手，如此一来，自己多年心血又将付之东流！虽明此中道理，可自己目下尚且自身难保，却又如之奈何? 心念及此终是一把扯下脸上的黄金面具塞入怀中，恨声叫道：“打开关门，我等一同杀出!”

远方一阵突如其来的吵闹喧哗，骤然打破了深夜的沉寂。

“百越人偷袭?”沉睡中的王翦陡然惊醒，勉力支撑着身子坐了起来。

五日前大破战象、夺取关前山塬后，两军战局陡然反转了过来，随后南路秦军进逼百越军背后的消息也接踵而至；连番捷报使病榻上的王翦大为振奋，几日间病情便神奇地好转起来，休说任嚣赵仲始见了啧啧称奇，便是老霍龙也连连慨叹说不可思议，上将军这般年岁还能有这般身子骨，只怕万里也难挑一，王翦笑着连连拍案，若我秦军连战连捷，怕是每打一场胜仗，老夫都要年轻一岁！逗得众将笑声一片，对昆仑关的攻势更紧。而目下，任嚣命赵仲始率三千精锐据守那关前刚夺下不久的险要山塬，从早到晚轮换猛攻，直到暮色降临方才稍事休整，此种形势下，百越军不仅损伤惨重，更是疲惫不堪，又如何有足够精力和兵力前来偷袭？

“上将军，并非敌袭，乃是百越军内乱！”同样闻讯而至的任嚣兴奋不已叫道，“赵仲始急报：瓯雒两部互相攻伐，昆仑关关门大开，百越军尽数杀出；他请立即发兵，夺取昆仑关！”

王翦惊讶地瞪圆了眼睛，匆匆披上战袍，几步跑出干栏外，但见前方的昆仑关上果然一片火把晃动，急忙大吼一句：“赵仲始莫动，守定关前山塬！任嚣，你调集三千精锐轻兵疾进，直取昆仑关！”

黎明时分，秦人终于占领了昆仑关。

在任嚣等大将的簇拥下，王翦踏过遍地尸首与鲜血，缓步登上了关城，遥望着不远处的博邪山，终是轻舒了口气：

“大局定矣……”

听任嚣讲起昨夜的战事，王翦自己也觉颇有些不可思议。关门打开后，那些西瓯人呐喊咆哮着汹涌冲出，却并不是像秦人们以为的那样直取关前险塬，而是冒着赵仲始部从山塬迎头倾泻的飞石弩矢，沿着狭长的山道拼命前冲，与其说夜袭，倒不如说是突围一般。尽管任嚣调集人马已足够迅速，但两军相遇时西瓯人还是冲出了狭长山道，在一片四通八达的谷地与秦军交上了手，转眼便被击溃。此后任嚣毫不停顿，在赵仲始部居高临下的掩护下，一路逆袭至关城脚下，此时匆匆赶来守关的雒越郎兵刚开到，根本不及从容布阵便仓促与秦人交上了手，半夜激战后又被杀得大败，只得丢下数百尸体，狼狈不堪地逃往博邪山。如此一来，百越军最后一道防线已被突破，只剩博邪山直面秦人，王翦目下已命全军稍事休整，一个时辰后便准备向博邪山进发。

“那项梁，有下落了么？”王翦轻声问。

任嚣颇失望地叹了口气：“未曾见到。我等将战场尸体逐一搜索，又彻查了周遭山林连同关城，都未见他踪迹。”

“……罢，目下当务之急乃平定雒越、擒获安阳王，余皆顾不得了。”

“上将军！”赵仲始气喘吁吁地奔上了关城。

王翦转过身来：“何事？”

“雒越人，请降来了！”

4

皋通缓步走上昆仑关城时，一轮旭日正由东方缓缓升起，缕缕晨曦从关城上投下，照亮了这位雒越使者手中的一团奇异物事。那上面无数细小的甲叶不住闪烁绽放着灿灿金光，炫目到近于刺眼。

“老夫乃安阳国丞相皋通，特奉我王之命，前来与秦人和谈。此旸夷之甲，便是我王献与武成侯之见面礼。”皋通用清晰的雅言不卑不亢地说道，双手捧起战甲献到王翦面前。

“此甲，便是越王四宝之一?”王翦眯上眼，才看清那团金灿灿的物事。

“正是。目下步光之剑、五胜之衣都在武成侯身上，桀骏又为秦军所擒，屈卢之矛当也在贵军手中，而今安阳王主动献上旸夷之甲，如此则越王四宝尽归武成侯，若依我百越人之说，武成侯便是这岭南之主!”

王翦笑了笑，伸手想掣起战甲看个究竟，皋通却忙将手中战甲向后撤去：“武成侯小心。这甲叶边缘极是锋利，贸然碰触必定受伤!”

“如何这多讲究?”王翦大为意外。

“越王勾践当年打造这副战甲，为的便是防备刺客。此甲在身，何人近前都将为它所伤。上将军披挂此甲，日后便再不必担心有人暗算，可高枕无忧矣!”

“原来如此，安阳王披挂此甲，原来是谁也信不过!”王翦哈哈大笑，“他却不肯想想，如此固无人近前，他却也不能随意近人，岂非自缚手脚? 你百越人若都做此想，只为保护自身，便不肯与人往来交流，岂非故步自封，焉能文明开化?”

“……武成侯说的是。”皋通沉默片刻，终是无奈地笑了笑。

王翦也呵呵笑了：“安阳王终归一片诚心，此甲老夫收下，只是这些甲叶既招摇又易误伤，还是卸下为好。丞相若欲和谈，这边说话。”

“请，请!”眼见王翦收下了旸夷之甲，皋通也忙不迭应道。

双方和谈很是顺畅。多日来南北秦军围攻之余，已反复向安阳王君臣开出了降秦的价码——降秦之后，安阳王可保留王位，保留那座远在西越地最南端的螺城，如中原那卫国般享有部分自治，这也是王翦和一干大将商议后做出的让步，皋通来之前已对此了然于心，只是交涉时又追加了一个要求：保留千余名郎兵来拱卫螺城。皋通的解释是，留这千余郎兵只为自卫，绝非图谋作乱，毕竟安阳王生性谨慎，难信外人；王翦思忖了片刻赞同了，只是说自己也须将幕府设于螺城附近，当与安阳王时常来往。皋通一连声道那是自然，说着又代安阳王提出了和亲之事，这回不仅王翦扬起了眉毛，任嚣等大将目光中也满是惊讶。

“安阳王此举大显襟怀!”王翦朗声笑道，“只我等大将多有妻室，岂能再娶公主，啊?”话音未落，众将已是笑声一片。

皋通神色却很是殷切：“何人娶亲，武成侯可自行决定；乜娘才貌俱佳，决然配得上秦人。”

“甚好，此事容我等慢慢商议，你我先定和谈之事!”王翦大是振奋，大手一摆。

三日之后，安阳王降秦之事已尽数谈妥，南北两路秦军的大将们也终于在博邪山上重逢了。

龙头峰前的大泽旁一片热辣辣说笑声，其间又以蒙武的嗓门最亮，老将军一直兴高采烈手舞足蹈，直如孩童般快活。他得意扬扬地吹嘘着自己如何率领着飞骑千里驱驰，直如一柄利剑般直插百越军背后；猝不及防间撞见那成群战象时，自己又如何临危不惧，孤身前行以打探战象底细；此后自己又如何急急撤军，将这支新冒出的大军报告了赵佗；赵佗又如何与自己火急火燎地连夜商议破战象之法，交与信鹞及时告知北路军；此后自己又如何领飞骑再度北上，一举重创博邪山南麓守军，为南路军赢了个开门红……总之，若按蒙武所说，他自己那支飞骑便是平定百越的第一劲旅，而他自己也无疑是第一功臣。

“你个老卒！商议进兵时还不许我等参战，而今如何？看走眼了吧!”蒙武沾沾自喜地摇晃着大脑袋，语气中掩饰不住的自得。

“走眼了走眼了!”王翦哈哈笑道，“只是你个老匹夫，如何把旁人功劳也扯自己头上？火攻之法破战象，可是你想出的?”

“……只这一样么!”蒙武先是一愣，又嘟囔了起来。

赵佗也笑了：“上将军所猜不差，非独蒙老将军，我等将士谁也未曾见过那般巨兽，如何想得出破解之法？此法乃阮翁仲提出！他在螺城时便是象奴，那些战象许多都是他一手喂饲，对战象脾性再熟不过!”

“如此看来，此番阮翁仲方为功臣！目下他去了何处?”

沉重的脚步声从洞外遥遥传来，半睡半醒的桀骏猛地张开眼睛投向洞口。

被俘以来，他和其他西瓯人一直被囚禁在秦军营垒中，直到几日前才被转移到这博邪山的几处山洞。虽则换了囹圄，且是更为熟悉的博邪山，他心下却反而更是沉重——自己被关在这里，只能证明秦人已拿下了博邪山，只能证明瓯雒联军已遭惨败！

而昨日，他终于从洞口看守自己的秦人那里得知了昆仑关失守的全部经过：自己的族人们掩护着骆垌逃离昆仑关，刚送走骆垌，秦人便杀了过来，一番激战之下，数千西瓯人小半战死，大半逃亡或被俘，竟是全军覆没！桀骏还记得，听到这里自己心中满腔悲愤，一声大叫一口鲜血两眼一黑便直直栽倒在了地上，醒来之后便发觉自己躺在了这里。这一日一夜，细细回想着译吁宋死后自己的诸般作为，只觉万念俱灰，越发感到自己依附雒越部的决定从一开始便错了。当时他领着西瓯人投奔雒越部，为的便是族人能有个透亮出路，为的便是族人能真正如雒越人那般开化起来。不料安阳王疑心太重，始终对自己和西瓯元老们备加提防，而雒越人也始终对西瓯人极是轻蔑，西瓯部人人愤愤不平，几次密谋要离开昆仑关逃入林莽，纵然重过那茹毛饮血的日子，也比在雒越人手下受这鸟气强得多，当时是自己苦苦劝住了他们——目下毕竟大敌当前，抗秦才是第一要务，我等不能只为怄气坏了大事……谁承想，自己一忍再忍换来的仍是而今这结果！

洞外的沉重脚步声越来越近了。

看守自己的两名秦人走了进来，解开捆绑住桀骏的绳索，一人用越语说了句“洞外有人见你”，便任由他起身。桀骏蹒跚着走到洞口，却是猛然一惊：“阮翁仲?”

伫立在洞口的确实是巨人阮翁仲，看到桀骏出来，他略有些尴尬地笑了笑：“骆垌，俺，来看你……”

桀骏已猜到了对方来意，马上皱起了眉：“若欲劝我降秦，却是白费工夫。”

“……为何?”

“我等归顺了雒越，得了甚好?”桀骏的声音分外愤激，“卖命的都是我等，死伤的都是我等，纵然这般，安阳王也看不起我等，直将西瓯人当奴隶一般！我等虽甚也不懂，西瓯也不如雒越强大，却也不能整日看人脸色！我等受够了！如何肯再降秦人，接着受鸟气?”

“桀骏将军，秦人与安阳王，终究不同。”一个苍老的声音用越语悠然说道。随着这句话，阮翁仲身后现出一个老人的身影，桀骏认出，他身披的那件艳丽战袍正是五胜之衣。

“你，你便是……”桀骏愣住了。

老人笑着拱了拱手：“老夫王翦。想劝将军与我秦人一同治理岭南，更想劝西瓯人与秦人化敌为友。”

“你秦人既侵我岭南，烧杀抢掠想怎么办便怎么办，何必假惺惺充好人？我既落入你手，你想杀便杀，休如召宏那般辱我！”桀骏气咻咻叫道。

王翦轻轻摇头：“老夫方才说了，秦人与安阳王，终究不同。将军信不过老夫，总该信过阮翁仲。你且问他，我等如何待他？”

桀骏把目光转向了一旁的巨人：“阮翁仲，你便降了秦，不还是奴隶么？不还是要为秦人凿渠么？不还是被逼着掉头打百越么？”

“不一样，不一样。”阮翁仲连忙摇头，“俺在安阳国，人虽叫俺第一勇士，却也瞧不起俺；可秦人，却把俺当兄弟看……”

“秦人说拿你当兄弟，你便信么？召宏还说无论瓯雒，都是我百越部族，他必当一体对待，实则如何？”

王翦点点头：“老夫也最恨那言行不一之人，将军有此顾虑，确在情理之中。老夫不愿对将军说那般漂亮话，也不会说，只向将军一诺：将军若果真愿本部如雒越一般强大，果真愿自己族人不再整日挨冻受饿、互相杀伐吃肉，老夫愿助将军，我秦人也愿助百越人，何如？”

“……你秦人，哪有那般好心？”

“将军看我等日后作为，便知我等心思。老夫这便放了将军，还有将军那些族人，你等去留自便：欲回林中继续渔猎，便请回；若欲留下，秦军可供你等吃喝，给你等住处衣衫，你等可与秦人杂居共处。只要不再如当年那般攻我秦人，秦人绝不对你等用刀兵！”

“与你共处，我等又做甚？你肯白供我吃喝？”桀骏听得颇有些心动，忙追问道。

王翦笑了：“哪有这般好事！百越人也须同秦人一道垦荒耕种、修路凿渠。”

“若秦人欺压我等，却又如何？”桀骏的目光中仍闪烁着警惕。

“若果有私斗仇杀之类事端，我秦人必邀将军等西瓯元老前来，两方一同商议裁决，若是秦人过错，便罚秦人；可若是百越人过错，将军却也不得偏袒。”

“……我却如何信你？”

王翦笑了，双手捧着一样物事上前，将它平举到桀骏面前：

“此乃西瓯部圣物，老夫将它交还将军，自目下起，将军去留自便。”

望着王翦手中那根已换了完好矛杆的屈卢之矛，桀骏迟疑片刻，终是伸手接过，又紧握住了矛杆。

5

“桀骏将军，后会有期！”王翦拱了拱手，沉声道。

“……”桀骏沉默半晌，仍没有吭声，只是学着王翦的样子也拱了拱手，转身招呼起了族人，带领着他们蹒跚走向了密林深处。

“上将军，放他们走，妥么?”望着他们的背影，任嚣皱眉问道。

“老夫已说了，来去自便吧。桀骏已代西瓯人应了老夫，今日之后，西瓯人便不再与我交手，彼此各安其所。此人极重信诺，当不会反悔，只要西瓯人守信无战，我等便不必强求他信过我等，日久方见人心，不在一时。”

“可屠睢将军……”

王翦叹了口气：“彼时乃两军阵前，算是各为其主；再者，人死终不能复生，我等也不能整日念着旧仇……”

赵佗也笑了笑：“秦瓯两部虽有仇怨，却非无从化解，只是尚需时日。若是急功近利，反倒揠苗助长，慢慢来吧。”

“幕府议事！走了走了！”蒙武大叫道，一干将尉们随即簇拥着王翦，一同走向幕府山洞。

这次的议事，可称得上是真正决定岭南未来命运的一次商讨。其时的岭南之地，只有最先被平定的东越地早早设了闽中郡，秦法和郡县制也贯彻得相对深入，而南越地和刚平定的西越地虽有秦人驻军，终究不能如此一直驻扎下去，大局稳定后仍要安心开发，也正因此，与之相对的一系列问题便摆在了王翦等人面前。毕竟，岭南之地不同于六国之地，百越人也不同于中原人，以目下形势，若想完全依治理山东旧地那般治理岭南，一是秦国自身未必有足够力量，二是也可能因此引起百越人的逆反之心，是故幕府会商时，王翦特意向任嚣等将询问了当年秦国攻占蜀地的先例。久居巴蜀的任嚣，祖上正是曾随司马错灭蜀的汉中守任鄙，是故对灭蜀之战以及治蜀方略都很是熟悉，当下便讲了起来。

秦惠文王之时，巴、蜀两王彼此攻伐，蜀王之弟苴侯向秦国求援，当时上将军司马错认为，秦国趁此机会灭这两国，既是禁暴止乱，名正言顺，又有“广国”“富民”“缮兵”这三大好处。最终说服秦王出兵灭国，又在两国旧地设了巴、蜀、汉中三郡。考虑到两地民风刁悍，又刚归附秦国人心未定，是故没有将两地等同于其他郡县，而是实行了羁縻之策：将两地作为王族封地，受封于此的历任王族子弟都号称巴侯蜀侯，襄助民治的大臣则为巴相蜀相，除不得成军外，一切民政都可自治；原先的巴、蜀两王则被贬为君长不得干政，却仍保留了王侯待遇。此后历代秦王又对他们多方笼络，长期与两族通婚，秦昭王更在与巴人的会盟中象征性立誓说，秦若犯巴人，当罚铜制黄龙一双；巴人若犯秦，则输清酒一盅。如此经过数十年的融合，巴蜀终是渐渐化为了秦国领土。

虽然这般，任嚣却说，这羁縻之策可行之巴蜀，却难行之百越；只能做权宜之计，不能当长远谋划。说着进一步拆解道，巴蜀之地与百越之地，有两点最大不同：其一，民风之别。巴蜀两地甚为开化，向对中原文明有仰慕之心，可行之以怀柔；百越部族却大都以渔猎为生，仍是蛮荒部族，不会轻易归顺，若如楚国那般只以松散盟约治理，百越人必定日日图谋反叛，如此则后患无穷。其二，地理之别。巴蜀地势外险峻而内平缓，只要进入腹地便是一马平川，大军驻扎极是便利，纵起叛乱也可很快平定；岭南之地却是山峦连绵丛林密布，一旦生乱便极难降服，当真如此，则华夏无岭南矣！

听到这里，赵佗也插了嘴：便是巴蜀之地，羁縻之策行至后来也渐渐失效，三十年来接连三任蜀侯蜀相叛乱，及至最后一次蜀侯绾叛乱被平定后，当时在位的孝文王才开始全力治蜀：其一，彻底废弃巴侯蜀侯称号，取消王族封地，将巴蜀郡县直接划归庙堂治理；其二，以李冰为蜀郡守，修建都江堰，彻底根治水患；其三，拓宽关中入巴蜀之两条大道巴山道、金牛蜀道，加强关中巴蜀之联系；其四，自中原迁徙民众及富豪至蜀地；其五，修筑成都城，广开贸易，设锦官掌丝绸织造，设盐官铁官大兴盐铁。如此五策之下，巴蜀地终是彻底融入了秦国，与关中一同成为我秦国两大粮仓之一，更彻底融入了中原文明。

“行郡县、修水利、筑驰道、徙民众、兴民生，如此五策，果然直指要害！”听到这里，王翦兴奋地重重一拍案，“几位之言使老夫茅塞顿开，如何治理岭南，老夫心下明了矣！若说修水利，我等已有秦凿渠；若说筑驰道，也有扬越新道；目下所需者，便是其余三样！”

“赵佗更有一策：混风俗！”赵佗叫道。

经此次幕府会商，众将大体议定了治理岭南的长策，归总而论，便是以下几样：

第一大举措，将中原郡县制继续推行于岭南。在南越地设南海郡，西越地则一分为二，西瓯人主要盘踞的东北部设桂林郡，雒越人主要盘踞的西南部设象郡。南海郡治所为番禺，下辖龙川、博罗、揭阳等县；桂林郡治所为布山，下辖中留、四会、朱庐、劳邑等县；象郡治所为临尘，下辖象林等县，再加先前设立的闽中郡，如此便是岭南四郡。此等郡县设置大体与中原等同，却不设郡守只设郡尉，相当于军政合一，之所以如此，也是由岭南局势决定的——百越人刚归附，难保不会降而复反，是故须加强兵事掌控；再者此地远在天南，与中原往来太费周折，若事事都须庙堂允准，显然要平白耗去太多工夫，更无从应急，是故几名郡尉必须有足够专断之权，方能保得随机应变。商讨到这里时，任嚣等人都提出四郡当统一听王翦号令，王翦却坚执拒绝了，反倒是提议由任嚣任南海尉，为四郡尉之首。众人都明白上将军此中深意——自己年逾古稀，身体也虚弱，该是交接之时了，是故包括任嚣在内的众将终是赞同了。

第二大举措，大举迁徙中原人口入岭南。秦灭六国后，咸阳庙堂曾有过多次迁徙民众之举，这些被迁民众大体分两类，第一类为苦役刑徒等获罪之人，其中也包括赘婿、商贾等社会地位低下者；第二类则是部分六国贵胄及其家眷、族人、门客、仆役等，被迁徙之处多为蜀地、北疆等边陲荒凉之地。这般迁徙的目的，其一是对边陲之地进行开发治理，其二则是消除复辟隐患。目下秦军刚平定岭南，二十余万大军折损甚多，这岭南之地又是地广人稀，急需补充人口，于是众人很自然想到了徙民之策。不过赵佗又额外提出新增一类移民——治狱吏不直者，顿时引起众人赞同：治狱吏不直者便是断案不公之司法官吏，秦越杂处，秦人之间、越人之间、秦越之间必定纠纷甚多，此等官吏虽皆获罪之身，然毕竟精通大秦律法，在这岭南之地极是稀缺，自然来得越多越好。

紧随这移民举措的，便是第三大举措，赵佗所谓“和揖百越”之策，这是针对中原人南下与百越人杂居的情况提出的，归总而论主要四点：其一，大量任命桀骏等百越君长为官吏，与秦人一同治理岭南，以部族首领身份虚领民治，实权还在郡尉手中。通过控制族领来控制部族，并且将百越各族首领、元老及其子弟聚集在各郡治所，一为学习中原文化，二为提拔百越人才，三也是便于监控。其二，中原人将铁器、耕牛等物事带到岭南，再将凿井、建城等技术教与百越人，还可与其商贸往来，如此可大大便利南北物产交流。其三，中原人在衣食住行、礼仪风俗等方面模仿百越人，使之从心理上接受自己，渐渐与中原人融合，同时再将中原的语言文字教与百越人，慢慢引导他们消除那些诸如食人仇杀之类恶习。其四，中原人与百越人和亲通婚，以利族群融合！

“这最后一样尤其好！赵佗既提出通婚，不如先为我等垂范一番，何如?”任嚣笑道，“你儿赵仲始不是尚未婚配么？那安阳王便有一女……”当即把皋通提出的和亲请求从头到尾说了一遍，最后道：“那女娃儿我等也见过，长得确是俊俏，如那蜀妹子一般，就是黑了些许，配给仲始，还真半点不差！”

“竖子好福气！”蒙武拍案大笑，“战事刚完便混了个媳妇，还是公主！”

赵佗略有些尴尬地笑了：“上将军、列位将军，且容末将与犬子商议一番，何如?”

王翦也笑了：“无妨无妨，好好商议便是。就实说，老夫也觉得这桩婚事若成，确是天大好事！”

“只是，只犬子一人了结这终身大事似嫌不够；末将又有一提议！”赵佗笑着岔开了话题，“目下我等将士与百越人广为婚配，似显仓促，是故末将又有设想：我等请求咸阳庙堂，自中原征发大批女子南下，与岭南将士婚配！”

“甚好！将军此法，当真能救急！此提议算在将军头上！老夫这便上书庙堂！”

“这赵佗整日便是想女人！”蒙武拍案大叫，众将笑声一片，赵佗倒也不觉难堪，笑着回敬了一句：“蒙将军或可不想，我等可憋不住！”洞中顿时又是大笑。蒙武更是得意扬扬：“俺那婆娘还在咸阳。中原移民大举南下以后，俺与王翦便都要上书皇帝，请他许我等回中原了！”不想话一出口，任嚣赵佗等人无不大吃一惊，幕府洞中一下安静了下来。

“你等……还不知?”蒙武察觉气氛有异，诧异地望着众人，又将目光投向王翦，王翦却是静默以对，最终颇有些尴尬地苦笑起来：

“你这老卒，如何这般口快……”

6

岭南军的上书送至咸阳宫时，正是夜半时分。

皇帝刚上床合眼，太尉王贲便一阵风般冲入寝宫，刚叫了声陛下，守在外面值夜的赵高便慌忙摆手示意他噤声。王贲大不耐烦，自数年前皇帝微行遇刺，又赦免了赵高死罪后，他便和郎中令蒙毅一样，对此人隐隐有着一丝反感，目下见他阻拦更是心下不快，正要呵斥上几句，却不料皇帝已穿戴齐整，快步走出寝室了。

“王贲，何事这般紧急?”尽管刚被吵醒，心下很有些烦躁，皇帝的语气却仍然平和。

“陛下，武成侯来报，岭南已定!”王贲顾不上为吵醒皇帝而致歉，开门见山道，说着双手奉上了王翦的书信。

“好!大好事!”皇帝顿时睡意全消，一把抢过绢帛匆匆展开，边看边叫道:“请左丞相议事!”

片刻后，同样刚被唤醒的李斯已匆匆赶到了偏殿，眼见灯火之下，皇帝太尉都已等候多时，不禁吃了一惊。皇帝三言两语便将岭南大势交代清楚，最后道:“岭南局势涉及长远大政，更涉及天下安定。武成侯上书已说得明白，若欲岭南真正化入中原，一则须行郡县制，以秦法治理岭南地;二则须迁徙中原人口大举南下，与百越人杂居。朕欲今夜商定岭南之事，这才连夜请来丞相，勿怪!”

“岂敢岂敢!如此大事自然耽搁不得，臣岂能只顾卧榻酣睡!”李斯一连声道，语气极是谦恭;又连忙转向王贲，“太尉，恭喜恭喜!”

尽管李斯的语气满是真诚，王贲却只轻轻点头没有吭声，李斯倒也浑然无觉，只是从皇帝手中接过王翦书信，聚精会神地看起来。看罢一抖绢帛，抬起了眼睛:

“陛下、太尉，臣以为迁徙民众之事可立即着手。武成侯书信已将治理岭南之大要说清，诸般举措都有成例在先，我等循例而行便可;更兼秦凿渠修成后，我等已开始筹备徙民，此事必然顺当。此中唯一匠心独运之处，便在赵佗那征发女子南下之提议，只是却有一难。目下关中人口空虚，书信上说请求女无夫家者三万人，以为士卒衣补，臣怕人数不够。以臣之见，这第一批不如只征发一万五千人。”

“也好，日后还有徙民，我等再行征发便是。”皇帝点头道。

“此外，岭南将士之家眷，也当尽数南下与之团聚——自然，武成侯不当在此列。”李斯忙赔笑道，“武成侯多年坐镇南疆又年事已高，平定西越时便病了一场，显然不宜继续留在岭南。目下南疆大局已定，臣之意，还当将武成侯接回中原颐养天年为佳。不知陛下、太尉意下如何?”

“朕也有此意!”皇帝笑着转向王贲，“太尉如何看?”

“谢陛下……谢丞相!”王贲迟疑了片刻，这才补上后半句，“实在说，臣也早有此想，还在家信中劝过武成侯北归。”

“前日蒙毅也向朕提过，请将蒙武老将军接回咸阳，你王蒙两家果然想到一起了!”

李斯也笑了：“王氏蒙氏皆为军功世家，更兼两代世交，进退一体自在情理之中。”

王贲却没有笑，李斯虽在夸赞自己，可他听了心下却很不是滋味。

“既如此，此番征发移民之事，便交丞相办理；征发完毕，便由太尉统领，赶赴岭南。近来岭南的扬越新道、通西南夷那五尺道都先后修成，朕已许常頞回岭南与将士们重聚，目下也想命太尉巡视岭南之地，正好顺道将武成侯、蒙老将军接回中原，何如?”

“臣领命!”李斯王贲齐声应道。

“太尉莫忘了将王离也一并带去。”李斯呵呵笑道，王贲不无尴尬地一笑。

“除此之外，朕还欲派一人与你等同行。”皇帝又开了口，这次却叹了口气，“便是朕那长女，华阳公主。”

“……”王贲大感难堪，顿觉无言以对。

当年皇帝擅自做主，欲将华阳公主嫁给父亲续弦，虽被父亲坚执拒绝，此事却还是传遍了天下，虽无其实却有其名，王贲每每想起此事都大觉颜面无光。好在自己是外臣，很少能遇到公主，总算眼不见为净，却不料目下皇帝竟突然提出要公主也随同出行，如此自己少不得要与公主往来，公主更少不得要与父亲见面，到时却将是何种尴尬局面?想到这里颇见踌躇。

皇帝神色间也很是无奈：“朕也知惟嬴会拖累太尉。只是此番，中原移民里女子甚多，朕让她跟着去，也是劳军之意。”

“公主此番，倒也可散散心。”李斯一旁笑了。

“朕也做此想。丞相，公主回中原后，你我便当商议她与李由的婚事了。当年高渐离事后，她便大病了一场，好不容易痊愈，却骤遇生母病故，又以服丧为名一直拖到目下……李由若有闲暇，不若也同去?”

“犬子将赴三川郡任郡守，这几日正在忙碌准备，怕是脱不开身。”

皇帝满意地点了点头，又转向王贲：“太尉，既然如此，惟嬴便有劳你关照了。”

“臣领命。”王贲拱了拱手，勉强一点头。

两个月的准备之后，秦帝国统一后规模最大、影响也最深远的一次徙民，终于开始了。

这是个万里无云的晴朗春日，皇帝亲自为统领移民大军的太尉王贲壮行，又亲自将王贲等人送出了咸阳。根据王贲拟定的计划，总数三十余万的移民在关中渐次集结后，由陆路浩浩荡荡向南，出武关、抵达汉水之后改乘舟船，沿汉水而下直抵大江。此后便分为两路，一路顺赣水南下，一路逆湘水而上，两路并进直抵五岭北麓的苍梧郡。由此再各分两路，总共变为四路，都是循扬越新道而下；这四路大体与当年秦军南下路线相近，总体而言都是水陆兼程。

四条路线依次是这般：最东端的第一路，大体是当年王翦领军南下的路线，陆路过台岭，水路下溱水；第二路大体是当年任嚣、赵佗那一路，但又有所不同：自湘水上游耒水南下，过耒阳至郴县，再由郴县向西南走陆路，穿越骑田岭，抵达阳山关，再由湟水南下；第三路为新开辟的路途，与第二路相近却又不同：逆湘水的另一上游潇水南下，陆路过九嶷山、萌渚岭抵达临贺县，再沿贺水南下入郁水；最后一路便是西路军的南下路线，也是秦军平岭南最关键的那条粮道——逆湘水南下抵达镡城岭余脉，经秦凿渠入离水，再沿离水南下，顺水路直到番禺，王贲亲领的这一路便准备走这条线路。

宽广的武关道上旌旗猎猎、车马辚辚，南下的黔首们浩浩荡荡拥挤在大道上，绵延足有十数里。他们或是扛着行李，或是赶着牛马牲畜，或是赶着堆满了铁制农工用具和丝绸布帛的车驾，漫无边际地涌动着，直如一条蜿蜒逶迤的长龙一般壮阔。望着这些黔首，王贲心下也颇有些感慨，他知道，他们大多是苦役刑徒，也有不少是赘婿甚或商贾，还有些是闾左之户，以及断案不公的官吏，总归大半是获罪者，少半则是所谓的卑贱之人。此番被咸阳庙堂强行迁徙到岭南，虽也有流徙惩处之意，但终究也是给了他们将功折罪甚或立功挣爵的机会，只不过他们为此付出的代价却也着实不轻——终其一生再也无法回到中原故土，只能终老于那岭南蛮荒之地；毋宁说，这也算是另一种意义上的牺牲。

“无论如何，阿翁总算是要回中原了，这却是幸事……”望着那川流不息的人潮，王贲心下暗想，“却不知，他正在做甚?”

第十三章 珠联·璧合

1

“骆垌，不能砍啊！”皋通雪白的须髯不住抖动着，声音也有些发颤。

“不能砍啊！”郎兵们纷纷跪下，嗓音中充满了恐惧。

任嚣却没有答话，只是一脸冰冷地抬头仰望着。

他们面前伫立着一棵参天大树，只这一棵便形成了一片广阔丛林，树干怕是七八个人合抱也抱不过来，浓密的枝叶挡住了所有光亮，使树下显得阴冷无比；那粗大的树枝上披着一层厚厚的青苔，直如长长的须髯一般垂落下来，和那些长蛇般的藤萝纠缠在一起，不住摇曳着。

“你百越人，如何供奉这等林木？”

皋通声音压得极低，仿佛生怕这树听到一般：“骆垌有所不知，此树已生了数千年，目下已化为妖精，变幻勇猛，能杀生人物，我等都呼其为猖狂神！我等每年都要杀数十名奴隶祭它，这才换得一时平安。”

“杀恁多人，就为祭这一棵怪树？把它砍了！”任嚣脸色铁青叫道。

“骆垌，你若砍此树，便是坏我百越之俗！”皋通陡然愤怒了。

“岂有此理！你百越风俗，也分良俗陋习，良俗我等自当遵循，可那诸如食人人殉之类，若听之任之，何来百越之开化？将蒲正等人拉开，把这树砍了！”

士卒们轰嗡一声应和分为了两队，一队将皋通等雒越人拉走，另一队挥舞着斧钺开始了伐木。任嚣则没再理会呼天抢地的皋通，径自走向了王翦所在的幕府岩洞。

“任嚣，何事吵闹？”当他走进岩洞时，王翦轻轻皱眉问道。

“百越人将一棵怪树奉为神灵，每年杀奴隶祭它，我方才下令伐去此树，革除这人殉陋习。”

“此等陋习，确当强力扭转。”王翦口上虽这样答着，神色间却有些心不在焉。

“上将军，安阳王目下也收拾停当，不日便要赶往螺城。此地虽偏远，却离临尘甚近，只要我大军驻扎于此，不怕安阳王生出异心；赵佗也定了仲始与安阳王之女的婚事，只是雒越人提出，此番婚嫁须按百越之俗，仲始须入赘女家，随那媚珠去螺城。赵佗父子虽都有踌躇，然他二人终究大局为重，终是都赞同了……还有，我刚得快报，言三十余万中原移民已分头南下，月余之后当抵达岭南，此番太尉请上将军一并前往番禺，接上将军回中原，恭贺上将军！”任嚣说罢一拱手。

王翦却是慨然一叹：“惜乎老夫年事已高，若能再有个十年光景，必定留这岭南之地，与将军等人一同开拓岭南！”

“上将军莫再操劳了，还是早归中原颐养天年吧！我等虽不舍上将军北归，然若仍留岭南，我等更是不忍！”

王翦笑了笑没有答话，沉默片刻后忽又想起了什么：“那些西瓯人如何了？”

“杳无音信，那桀骏想是领族人逃入密林了。”

“也罢，此事只能从长计议，任他们去吧……”

“我等这便要与安阳王一道，祭奠两军战死士卒，也请上将军收拾一番，与我等同去。”

“好，同去！”

当一轮满月高悬在头顶墨蓝色的天穹时，秦人和雒越人便都聚集在了山间的一片广阔谷地上。百越人将这种谷地称为天坪仙圩，认为是鬼神会集之所，居住在这一带的雒越人一旦死去下葬，亲人们都会在此祭奠亡魂；而今晚这场祭礼无疑也有着类似含义。

各色名目的香木堆成了一座高高柴山，各自散发出的气息混杂在一起，弥散出一股奇异芳香。谷地上一片静默，秦军士卒和雒越郎兵此刻都丢弃了兵刃、抛却了甲胄，无分彼此混杂在一起，一同望着并肩伫立在柴山前的两个身影，那便是王翦和安阳王。两人各擎一根长长火把，一同将它们丢向了柴山，熊熊火焰冲天腾起映亮了半空，却也映出了头顶崖壁上赫然闪现出的大片身影。

一片惊讶之声响起时，王翦眯起眼睛，几乎立即便认出了来者。

这一队队黑影在山道上默不作声地蠕动着，缓缓向谷地走来，当出现在秦人面前时，火光照亮了那些赤裸的黝黑肌肤，还有那上面斑斓繁复的蛇纹。

西瓯人。

在秦人的诧异目光中，为首那个西瓯人缓步上前，默默无语地将手中火把同样丢向了那熊熊燃烧的柴山，紧接着一个又一个西瓯人走上前来做出了同样举动。当这柴山燃烧得越发猛烈时，那人沉吟了片刻，终是转过身来，面向王翦，用虽不纯熟却很是清晰的雅言开了口：

“上将军，要去南越地?”

王翦点头：“正是。桀骏将军如有兴致，不妨与我等同去，看秦人与百越人如何相处，何如?”

片刻沉默后，桀骏像中原人那般拱起了手：“谢上将军!”

当高高腾起的火苗渐渐熄灭，那原本高耸的柴山已变为一片黝黑的木炭灰白的烟尘时，秦人和百越人已踏着斑驳月光各自散去，雒越人回到了他们的干栏中，西瓯人回到了密林深处，秦人则向山脚下自己的营地进发了。

巨大的火把洪流向博邪山脚流淌着，赵仲始率领着麾下士卒，默不作声走在山道上，只觉心下一阵乱糟糟。父亲向自己提起婚事时，他当即大吃一惊；再一听对方是那安阳王之女，一颗心更是狂跳个不停；而当父亲说起，成婚之后自己必须入赘螺城时，他简直惊愕得无以复加了。他不是没想过娶亲，甚至也不是没想过那个媚珠，那可以说是自己在这岭南之地认识的唯一一个女子，两次见面，自己还真对她有了隐隐的好感。只是他从未想过，自己若真欲成婚，还须入赘到雒越部，还须整日面对那安阳王、皋通之辈！须知那时赘婿的社会地位极低，若非走投无路，谁也不肯倒过来去女家过活，此番咸阳庙堂之所以征发赘婿为南下移民，正是因此。

“我赵仲始堂堂七尺男儿，如何竟要做赘婿? 阿翁，你这不是将我往火坑里推么?”刚听父亲提起此事，赵仲始顿时满脸愤然了。

“竖子，我且对你直言：若非上将军力主，安阳王之女还真落不到你手上!”赵仲始至今还记得阿翁那严厉的语气,“军中多少将士尚未婚配,你也该当知晓;此番南下移民虽有女子,却仍远远不够,大半将士终究还得找百越女子。那媚珠在越女里已是万里挑一,这般媳妇配与你还不知足?赘婿又如何?中原人眼里赘婿卑贱,百越人却以为理所当然,我等既欲和揖百越,自当遵从百越习俗。自己委屈些许,换个如花似玉的媳妇,你自家说值不值!更有甚者,你不光是做赘婿,还有重任在肩,还要替我等监视安阳王,防他心怀不轨!……”

一席话说完,赵仲始无言以对了。

“你若不要,有的是将士抢着要,我这便去与上将军说!”赵佗皱着眉硬邦邦撂下这一句,这便转身要走,赵仲始情急之下忙喊了声“阿翁且慢”,见阿翁转过身来,终是红着脸嗫嚅道:“那,那便是她了……”

“都尉,你看!”身旁千长的叫声陡然打断了赵仲始的思绪,他刚一抬头,便心头鹿撞起来。

月光下,一个娇小的身影正静静立在山塬上。

“你等,先回营,我稍后便归。”赵仲始尽管强自镇定,嗓音却仍不由自主地发着颤。千长拱手应了声“诺”,语气中却隐隐透着一股笑意,扭头大喊“疾行回营”,队列中便响起一两声没能忍住的笑,但所有士卒立即齐齐喊着号子,快步向山下奔去;转眼间,这里只剩下赵仲始和那山塬上的影子了。

“乜娘。”赵仲始三步并作两步地登上了山冈,喘息声很是粗重。

媚珠轻声笑了:“你等,明日便要动身回番禺?”

“是,中原移民已大举南下,太尉也欲巡视南越地,岭南军各路将士都须前往迎接。”赵仲始的语气很是急促,“太尉回中原后,我再回这西越地,随,随你去,去螺城……”

“先带我去番禺看一眼,如何?我也欲见你秦人经营岭南。”

“好,好啊!”赵仲始一愣,却是马上笑了,“数年前我便去过番禺,对那里还算熟,可带你四处走动;阿翁还在龙川做县令,我却从未去过那儿,到时你我同去。”

媚珠点头笑了,仰头望着他没有吭声,赵仲始也一时语塞,只觉脸庞微微发烫,片刻沉默后才没话找话地憋出一句:“乜娘,来找我……有事么?”

媚珠笑了,抬起手,让他看自己手中那只小布包。

“海珠虽还了我,线却断了,不若你帮我穿上?”

赵仲始笑了,笑容中多了一丝羞赧:“我且一试。”说着左手小心地从媚珠掌心捏起第一颗海珠，右手则捏着一根长长的丝线，将它从海珠上那小小的孔洞中穿了进去。

媚珠默默望着他的动作，双眸中闪动的光芒有几分兴奋，也有几分羞涩。

2

当王翦等人开始向番禺进发时，中原移民的船队已进入洞庭泽了。

“洞庭泽！洞庭泽！”

王离深吸了一口湿润水汽，忘情地大喊起来。

尽管天空一片阴霾，但望着眼前这一望无际的大泽，王离心绪没因此受到丝毫影响，他自幼便在老家频阳长大，此前见过的唯一一条大水便是渭水，此次南下一路行水，总算大开了眼界。

“纵在这大泽上劈波斩浪，也比整日咸阳宫里傻戳着强！”王离这样想着，更是开心，索性放开嗓子大吼起来。

“瞎吵吵甚！”身后忽然响起一个严厉嗓音，王离回头一瞥，忙挺直了身子。

王贲黑着脸走上前来，上下打量着装出一副肃穆表情的儿子：“此番你护卫公主，她若有个三长两短，有你这竖子好看。回舱守着去！”

王离没敢吭声，不等父亲再开口便想脚底抹油，不料刚准备走便愣住了。

在一名傅姆两位侍女的簇拥下，华阳公主缓缓来到了王氏父子的面前，然后礼节性点点头，用低得几乎听不见的声音说了句“太尉，公子”。王贲大感难堪，忙低头拱手还礼，王离也没好气地叫了声“公主”，却并未拱手行礼。王贲没话找话与公主寒暄了几句便借故离开了，华阳公主则轻声一句“太尉请便”便来到船舷，望着波涛怒号的洞庭泽默默出神。王离见她摆明了不想和人说话，自然乐得不吭声，又不能轻易走，只好和那几位侍女傅姆守在她身后，只觉浑身都不自在。

和阿翁一样，这一路最让王离感到不便的，便是与公主的相处。自上次笄礼之后，几年来他很少见到她，只隐隐听说高渐离死后她大病一场，与李由的婚事也由此搁置；再后来她的生母楚妃染了一场怪病，莫名其妙故去了，她便向皇帝主动提出要服丧三年，虽是为表孝心，但宫中人私下里都传言，公主其实也是想以此继续拖延婚事。只是如今三年丧期将满，此番回咸阳后她怕是再难推托了。目下皇帝已将廷尉擢升为左丞相，又准备任命公子由为三川郡守，显是在为这场联姻预做绸缪，而此番要公主也一同南下，表面上是去劳军，其实是想让她散散心，免得真正出嫁时还是那般郁郁寡欢。

一路行来，王离虽与华阳公主每日见不上几面，却也着实觉得她与此前大不一样了。他看出她瘦了许多，也苍白憔悴了许多，更沉默了许多。此番南下以来，他竟从未见她真正笑过；只要无人理会，也总是那般若有所思。王离也曾几次试图与她搭讪，可她始终对自己爱答不理，依照王离自家说法，“公主变怨妇了”。

“公子……”华阳公主的声音如蚊蚋一般。

王离一愣，直到看到那双细长双眸正盯着自己，这才反应过来，慌忙一拱手：“公主有何吩咐?”

“你挡我路了。”

王离大是尴尬地让到一旁，华阳公主看都不看他一眼，自顾自地向舱中走去。然而她刚与他擦肩而过，忽然收住脚步，把目光投向了船舷的一侧：“那是甚?”语气中满是惊讶。

王离顺她目光望去，正见烟波浩渺的湘水尽头，隐隐现出了一片黝黑。

“定是那湘山，湘夫人祠所在!”王离语气很笃定，其实他也并未见过，只是听父亲提起，皇帝当年巡狩时曾到过那里。

华阳公主目光中透着一丝迷惘，她转过身重又来到栏杆前，望着那片水雾中模糊不清的岛屿，久久沉默着，最后才喃喃一句：“娥皇女英投湘水而死，便是在此吧……”眼角也隐隐泛起了泪花。

船队这般行了四日，连日来洞庭泽始终是淫雨霏霏，水天之间一片灰蒙蒙的混沌，风浪的巨响中，偶能听到岸边遥遥传来虎啸猿啼，反而倍显阴郁凄凉；那些南下黔首又都是中原人，不习水性，更未曾经过这般风浪，因颠簸而晕船呕吐者比比皆是。

而就是在这风雨最大的一日，又轮到王离当值了。不想他刚来到寝室门口、替换了前一位同袍时，华阳公主便主动走了出来，长发披散着，只裹着一件大红单衣，双目直勾勾盯着王离，直如女鬼一般。

“公主……”眼见她目光中一片迷离，王离不知所措起来。

“公子，我欲出舱。”华阳公主声音不大，语气却极是坚定。

“这般大风浪，你去做甚?”王离大为惊讶。

“我欲出舱。”华阳公主重复了一遍，双目仍然死死盯住王离。

王离把目光投向她身后，正见那位一直随侍在公主前后的老傅姆向自己连连摆手使眼色，于是伸手拦她去路：“公主不可。舱外风浪正大，若有闪失……”

“若有闪失，你担当不起，是也不是?”华阳公主的目光里充满了讥诮。

“谢公主体谅，俺……”

王离话只说了一半，华阳公主却是猛然抬起右手，抡圆了向他左脸打来，他忙举左手格挡，不料她又蜷起右膝向他胯下顶去；王离见势不妙侧身闪过，她却身形一晃，如一团红云般从他身边飘过。王离心下暗暗吃惊，他虽听说公主自幼习武，却还是未曾料到她身手竟这般迅捷，急忙伸手扯住她裙角，不料华阳公主根本不在意，猛然一掣，只听刺啦一声，身上那件本就是薄帛织就的单衣已被撕裂，露出了一双雪白的小腿，王离这才注意到她还是赤着脚，愣怔间公主却已披头散发发足狂奔，在侍女傅姆的惊声尖叫中向着甲板猛冲而去。王离急忙追逐着她奔上甲板，却是大吃一惊：透过细密的雨帘，他看到公主竟猛扑向栏杆，紧接着便是纵身一跃！

——她是要投水！

王离一个箭步飞奔到栏杆前，却见水面只余一点鲜红，正被急流向西冲去，顾不得多想便吹响骨笛，随即翻身跃过栏杆，也向着洞庭泽一个猛子扎了下去。

当太尉王贲狂奔到甲板上时，只能看到挂在栏杆上的一小片鲜红的丝帛碎片；他再抬眼望向一片迷蒙的洞庭泽水面，只剩一片细密的雨帘、滔天的白浪。

周身血液猛地涌上头顶，王贲只觉一阵眩晕，死死咬住下唇直至出血，这才勉强撑住没有倒下，睁开眼时便是一声大吼：

“放舟入水！活要见人，死要见尸！……”

王离双足猛一发力，终是从水面冒出头来，他一边大口吐着水，一边四下张望，由头顶淋漓淌下的水流使他难以睁开眼睛。纵然如此，蒙眬间仍能看到那片殷红近在咫尺，心下忙松了口气，手脚并用几下划水游了过去，双手猛然从背后搂住公主的腰肢，不使她挣脱。华阳公主一声尖叫，扭头看是王离，目光中的恐惧陡然变成了恼火。

“放手！我早不想活了，你管我做甚，快放手！”她拼命挣扎着，大叫道。

“任你投水，我便活不了！”王离气急败坏地咆哮着。

“我投我的水，你死活关我甚事?”

“莫胡闹了！丑似无盐女，凶如母老虎，还想学湘夫人？笑煞人也！”

“你！……”华阳公主勃然大怒，不料一个大浪刚好迎头打来，她猝不及防之下大呛了一口水，连声咳嗽之余，再也顾不得挣脱王离的双臂了。

“糟!”王离心下一颤：看情形公主全然不会水，自己也水性平平，虽是费尽辛苦将她救起，可若继续这般全无目的扑腾下去，怕是两人仍要淹死在这洞庭泽里，还是及早觅得落脚之处为妙。心念及此他忙极目望去，却见一片烟雨凄迷水天茫茫，哪有一处可供落脚?

这般随波逐流了不知多久，两人终是看到前方隐隐现出一片水岸，可王离也已筋疲力尽，越是奋力蹬水，越觉双腿沉重，呼吸也越发艰难，唯有拖住公主的双手还不肯放松。而华阳公主则任由他拖着自己向前，虽已不再哭闹，偶尔瞥他一眼，目光中却仍满是愤懑。

“公主，我，我若淹死，必是，你害的，我做水鬼，也不放你……”一边蹬着水，王离一边上气不接下气道。

华阳公主无言以对，片刻后只冒出一句：“谁要你也随我投水?”

王离没有答话，他已累得出不了声，双腿终是渐渐停止了蹬水，拉住公主的双手也缓缓松开，开始慢慢沉入水中。

“若是为救皇帝死掉，倒也无妨；偏是为这刁蛮公主而死，何其不值也……”他这般想着，无可奈何地闭上了眼睛。

整个身体完全没入了水中，一片恍惚的王离正在等待水流灌入自己的口鼻，却不料有人竟从水下托起了自己，心下顿时一惊，睁眼一看，却见是公主!

“你，你会水?”他吐着口中的水，含混不清地问。

“水性尤甚于你!”华阳公主将王离托上水面，冷冷一句。

“那你却装不会……”

“谁叫你说我丑!”

华阳公主嘴上虽尖刻，水性却当真了得，纵然洞庭泽中风高浪急，却仍是游得如一条鱼儿一般，两人这般轮换着划水，终是慢慢游到了岸边。王离顿生死里逃生之感，搀着公主蹚着水踉跄上岸；华阳公主则默不作声任由他拉着自己，不料刚步履蹒跚地走上十几步，却颓然倒在了沙洲上。王离大惊之下忙扑了过去，伸手一试鼻息才放下心来——她睡着了。

“睡得倒踏实……”王离喃喃一句，却也开始感到困意袭来，不期然间两腿一软，就势跌倒在了公主怀里。他心下自然明白此举大是无礼，可极度疲惫之余却再也动弹不得，况且身上既湿且冷，公主丰满的身子却是温暖如燎炉一般，他刚一搂住便再也不想松手了。

“害我险些搭进命去，便占你便宜了，却又怎的?”他迷迷糊糊想。

“放，放手……”睡梦中的公主含糊不清道。

“知，知晓也……”王离也嘟囔着，努力与睡意抗争着，他知道，自己该努力从公主身上爬起来，把她拖到干爽之处，再生火烤干自己和她的衣衫，也是向船队求救……

他梦见自己做了这些，然后便鼾声如雷起来。

3

华阳公主睁开眼时，发现天已全然放晴了。

岸边生满的芷草蘋草郁郁青青，眼前的大泽波澜不惊，如洗的碧空中正有一群沙鸥掠过，全然是一派春和景明，昨日洞庭泽上那片风雨凄迷的景象，如一场梦魇般烟消云散了。

华阳公主无意间低下头，却发现身上正披着王离的战袍，大惊之余忙将它轻撩起一角，看到自己那件大红单衣还在身上，这才稍放下心来。

“醒了?”王离的声音从不远处飘来。

她忙一骨碌起身，整整身上衣衫，尽可能使自己显得庄重些，又忙将那件战袍向王离递了过去。

“还你。”她口上虽这般说着，目光却不住躲闪着。

“我还有中衣，你只这一件单衣，将我战袍换上便是。”王离也努力想使自己的语气轻松些。

“何，何时了?”华阳公主只觉脸颊微微发烫，低声问道。

“不知……”王离刚一开口便打了个哈欠，连忙用手背挡住，“我也才醒。”

“还未见太尉船队?”

“都说了，我也才醒。”

“哦。”

两人颇有些尴尬地一同不作声了。片刻后，还是公主先打破了沉默。

“如今，却是怎么办……”她表面上是喃喃自语，其实却是在问王离。

王离深吸口气：“也只能等船队搜救了。只不知何时方能找到此处。俺这便去前面山林里找处山塬，生堆篝火求救，顺道寻些吃食，你且在这里等着，何如?”

华阳公主惶惑不安地点点头，王离放下心来，站起身蹒跚着走了。不想刚走出十余步，忽听她身后叫了一声：“王离!”

“何事?”王离转过身来，注意到公主这次对自己是直呼其名。

“……早去早回!”

王离笑了，他忽然想起，阿翁以前每次出远门时，阿媪也这般叫他，心下不觉泛起一丝暖意。

在山林中不知跋涉了多久，一阵潺潺水声遥遥传来，王离循声找去，片刻后眼前现出一条清澈山溪向脚下淌去，匹练般一路流入洞庭泽；再仰头望向上游，但见山溪尽头，青翠山峦中赫然点缀着一片淡粉，不由得大是惊讶。攀山岩逆溪流上行了小半个时辰，眼前竟陡然现出大片桃林，树梢上大片桃花开得正盛，微风拂过便是满天花雨落英缤纷，片片花瓣随风飘落，有的落在树下大片绿毡般的兰草丛中，也有的落在溪水上，打着漩儿向下游漂去。王离更是好奇，继续逆山溪前行，最终在桃林尽头一片峭壁下的狭长山洞中发现了山溪的源头，他见这山洞有半人高，于是蹲下身子，手脚都浸到冰凉溪水中继续匍匐前行。孔道一开始很狭窄，行得数十步后便慢慢豁然开朗，眼前也越来越亮；再行得一阵，突然间便是一片耀眼日光，他忙闭上眼睛，少顷才缓缓睁开，一眼望去却是大吃一惊!

“如何竟有这般好去处?”王离欣喜不已，随即便放声大喊起来，“公主，公主!”

“如何竟有这般好去处?”

望着眼前的景致，华阳公主双目陡然放出了光彩，不由自主地发出了同样的感叹。

展现在两人面前的，是一处别有洞天的山谷，脚下一片没膝的漫漫兰草，轻风拂过带来阵阵幽香；四周则是青山环绕，显是再无山路与谷外相通，唯有一道白练般的瀑布飞珠溅玉般泻在一汪清澈深潭中，不住腾起丈许高的水雾，又化作十余道潺潺小溪蜿蜒而来。

“这般山水，终老于此也值了！我等给此地起个名字，何如?”华阳公主深吸了一口带着兰草幽香的潮湿水汽，双目陡然明亮起来，心中的阴霾一扫而空。

“你说叫甚?”

“桃花源!”

几尾锦鳞在清澈明亮的溪水中不时一闪而逝，王离则伫立在潺潺溪流中，手中擎着一根削尖的细直松枝，瞄了半晌陡然刺去，不料扑了个空。那鱼儿在水中极是轻捷，尾鳍一摆便逃之夭夭，王离这一下却去势太猛，松枝插入水中溅起了高高的水花，将他满头满脸浇得透湿。

“笨！笨死了！我来!”

眼见王离这般狼狈，华阳公主大觉可乐，头一次朗声笑起来，也赤脚踏入水中，从王离手中一把抢过松枝，如法炮制了几次，却也是次次失之交臂，毫厘之间被鱼儿堪堪躲过。她气恼得将松枝一把丢入溪水，气鼓鼓一句：“不干了，谁愿捉谁去!”

王离却毫不气馁，仍弯腰从溪水中捞起那根松枝：“这等功夫急不得！俺幼时在老家那石川水中……”不想刚说一半，便被人从后面狠狠一推，猝不及防之下一头栽进了溪水里，水花溅起时，华阳公主忘情的大笑顿时在耳畔响起。

“推俺做甚!”他口中吐着水大叫着，“好容易晾干了衣衫，全湿了!”

“看你那笨相，好玩儿!”华阳公主的笑声如鸣玉般清脆，抬脚向他扬起一阵水波。

山溪的寂静骤然被打破了，两人一边躲闪着对方泼来的水花，一边向对方奋力还击，水声和笑声久久回荡在山谷上空，惊飞了一只只山雀。闹了不知多久，两人打够了笑够了，不约而同软倒在山溪旁郁郁青青的荇草丛中，大喘着气互相望着彼此，嘴角都挂着一丝笑意。

“公主，俺……”王离喘着粗气道，望着华阳公主湿漉漉的衣衫紧裹在身上，成熟丰满的身躯曲线毕现，心下陡然腾起一股欲火。

“做甚?”华阳公主的眸子如溪水一般明亮。

“俺想……”王离强自镇定地一脸坏笑道，只觉脸陡然滚烫起来，一颗心也扑通通跳得快要出了胸口，他试探地向她凑过去。

“去!”华阳公主皱着眉，一脚将他蹬到一旁，自己也赶紧站了起来，神色间却看不出是假意嗔怪还是真动了怒。

“你……”王离跌坐在湿滑的草丛中，一时愣怔了。

“还愣着甚，抓鱼去!”

“好好好，马上去。”他忙一脸乖觉地一骨碌爬起来。

天擦黑时，篝火终于燃起来了。

两人并肩坐在山巅的一片坡地上，借着火光，看见浩渺的洞庭泽仍和白日里一般沉静，幽蓝的天穹上高悬一轮皓月，在平滑如镜的水面上投下一个孤零零的倒影，宛如一块浑圆的玉璧浸在水中，偶有夜风拂过，这倒影登时便会破碎成片片浮光。

三四条已被开膛破肚、刮去鳞片的肥鱼在架上缓缓翻滚着，不时滴下一两滴油脂，嗞地一声腾起老高的火苗。

“你从前烤过鱼?”看着王离还算娴熟的动作，抱膝坐在一旁的华阳公主好奇地问道。

“幼时便烤过!”王离的语气里满是自豪，“俺老家有条石川水，幼时俺便在水中摸鱼，摸上了在浅滩边架火烤!”

“石川水? 便是在那频阳? 我倒是见过。”

“你也去过?”

“你忘了?”华阳公主淡然一笑，笑容中隐隐有些羞赧。

“啊啊，记起来了……”王离恍然大悟，想起多年前她要被皇帝嫁给大父，路上险被自己撞了车驾之事，顿时颇感尴尬，讪讪笑了两声，眼见几条鱼已烤好，忙选了一条最肥大的递给她。

“虽是缺油少盐，味却不差，尝尝!”

“都煳了!”望着手中那焦黑的鱼身，华阳公主嗤笑道，小口啃起来，片刻后脸上便浮现出一丝赞赏，“然则，还真不错。”

“哪恁多讲究，有的咥便不错了!”王离倒是兴致很高，径自取下另一条，向着不住腾起热气的鱼身猛吹了几口，不顾上面的炭灰便大口啃了起来，三两口便将这烤鱼啃得只剩光秃秃骨架。

“瞅你那吃相，都成花脸了!”望着王离顿时变得黑乎乎的嘴角和脸颊，华阳公主朗声笑道。

“饿了这般久，哪顾吃相，俺……”王离啃着鱼肉含混说着，忽然间却是愣住了。

华阳公主扬起袍袖，轻轻为他擦去了脸上的一抹炭灰。

“公主……”王离傻傻地望着她的动作。

华阳公主笑了：“甚公主不公主的，叫我惟嬴吧，父皇和阿媪都这般叫我。”

“惟嬴……”

华阳公主凝望着跳跃的火光，半是自言自语地幽幽道：“除我嬴姓皇族，外人能叫我小名者，也只寥寥几个了。公子由算一个，你算一个，那另一个……”

她没说下去，但王离已猜出那人了。

"高渐离么?"他问。

华阳公主轻轻一笑，没有答话。

"惟嬴，你，想投水，便是，因他么?"王离期期艾艾道。

华阳公主叹了口气："不全是。人死不能复生，我也心知此理，只一时不愿理会而已；再者老师终究是求仁得仁，他死后我虽伤心，这几年过去，却也渐渐想开了。"

"那为何还……"

华阳公主摇摇头，神色间透着一丝疲惫："我是厌烦了，厌烦这宫中日子。在你等眼里，皇族整日便是锦衣玉食又无所事事，可我等也有自家的烦心事。若依我说，那偌大咸阳宫，不过一座镶金嵌玉的狱室而已，我，还有我那些妹子，也都是父皇用来笼络朝中重臣的物事。老师在时，我心下好歹还有个念想；老师不在了，这点儿念想也就没了。你也当知，此番由岭南回中原之后，丞相便要正式向皇帝提婚，这桩婚事我躲了多年，却还是躲不过。我，我心里烦，宁可一死……"

"你便那般憎恶公子由?"

"也非憎恶。公子由确乎样样都好，只是太像丞相了……"

"太像丞相?"

华阳公主"扑哧"一声笑了："你不觉那父子俩都一个味道? 老是那般一本正经正襟危坐。李由还好，丞相可当真老儒一般，也无怪他早年师从荀子。此等人，你若只与他泛泛相交，自然无人不说他好，可无论你与他多近，心下终究隔着一层纱。我若嫁与公子由，这辈子自是与他举案齐眉琴瑟和谐，却也不过是由咸阳宫换了一座狱室而已，没意思……"

"那你想嫁何等男子?"

"不知。然则，他须和我阿兄一般，做那金戈铁马叱咤风云的英雄!"说到后面，公主的语气中竟也带了丝须眉男儿的豪情。

"那，你觉得俺如何?"王离忽然没头没脑地冒出一句。

一时间忽然很静，只能听到篝火燃烧时的噼啪声响，华阳公主仿佛没有听到一般，只是默默望着火焰出神。

王离从侧面望着她娇艳的脸庞，不禁咽了咽口水："惟嬴，俺，俺想娶你当媳妇……"说着试探着向她凑了过去。

公主忽然咯咯笑了起来，笑声极是突兀，极是清脆响亮，王离不知她是真的开心还是在嘲笑自己，正在懵懂中，公主却已站起身，也就势躲开了他。

“想得美！”她扭头望向他，语气中带着一丝不屑，又带着一丝顽皮，眼睛却是亮亮的，王离仍然搞不明白她是真看不上自己，还是在欲擒故纵。

“俺，俺就是稀罕你嘛，你投水那会儿，便稀罕你了……”王离抬眼望着她，喃喃道。

“你稀罕谁就是谁？总归你不行。”华阳公主口上虽这般说，神色间却并不以为忤。

“我怎就不行？我虽不如皇长子与公子由，却也不差！我已是不更爵了，还两次救过皇帝！”

“不更爵有甚稀奇？阿兄都是公大夫爵，都尉了；救得父皇虽也是大功，却又如何比得上抵御外侮？不说阿兄，不说公子由，便是你王氏，上将军和太尉都是天下名将，你又比得上么？”王离无言以对，想了片刻，终是低下了头。

华阳公主盯着王离，嘴角浅浅一丝笑意：“你比我还小，何必那般急着成家？生为男儿身，不去想着建功立业，却整日念叨着娶媳妇，羞不羞？”

“如何与俺阿翁说辞一般……”王离沮丧地喃喃道。

沉默了片刻，他重又抬起头：“若俺日后真做了大将，立了大功，你肯不肯？”

华阳公主望着他满是期待的目光，眨了眨眼，想了想，片刻后平静应道：“好啊。”

“真的？”王离瞪大了眼睛。

“王言如丝，其出如纶。我既是皇族，说话自然也当算数。”

“你也稀罕我？”王离又惊又喜，傻笑起来。

“不是稀罕你，是不想嫁公子由，你总比公子由好些。”

“那他那边……”

“你自己设法把丞相逼退了呗。”

“善，那便这般！”王离根本没将“把丞相逼退”这事放在心上，兴奋得一蹦三尺高，一时间手足无措，忽又想起了什么，“对也，俺，该给你样定情信物……”说着探手入怀，掏出两轮半块的玉璧，“这璧是娘给俺的，让俺随身佩戴，还说若遇了可心女子，便将这璧送她。惟嬴，今晚俺便送你一半，另一半自己留着，待到日后娶你，你我再重拼起来……”

“想得这般长远？”华阳公主笑了，却当真伸出纤细白皙的指头，好奇地拾起其中一块，轻轻摩挲着，只觉这半块玉璧隐隐透着一股温润，怕是还带着王离的体温，片刻后便将半块玉璧握在手中，抬眼望向王离，无比郑重地应了一句:“好，我便等你立了大功，当了将军，回来娶我。”

说着，两人将各自手中的半块玉璧拼在一起，一轮完整的玉璧便呈现在了两人眼前，这时才注意到，这玉璧通体浸染着雾气般的褐色纹路，璧孔中则镂雕着一条螭龙，身姿极是生动传神。

“你且看，这玉璧像不像那轮明月?”华阳公主指着高悬在天穹中的圆月笑道。

“像，真像……”王离望着她的侧脸已有些痴了，梦呓般喃喃应道。

“但愿你我，能如这明月玉璧一般，落个圆满。”华阳公主轻声道。

“既如此，我等不如……”王离舔了舔有些发干的嘴唇，嗓音也情不自禁颤抖起来，说着悄悄伸出一只胳膊，试图把公主揽入自己怀中。

“呀，你看，火光!”华阳公主忽然叫道，直指着远方的洞庭泽。

王离的动作和他的笑容一起僵住了，他也看到远处黑黝黝一片的水面上，陡然现出了大片大片的灯火，看方向分明是向他们脚下而来。

“得救了得救了！必是太尉船队!”华阳公主大叫起来，高兴得转身在王离身上又捶又打，王离却是愣怔地望着那些越来越近的航船，一时不知如何是好，最后才颇有些失落地喃喃一句:

“阿翁，你如何来得这般快……”

4

“那便是秦凿渠?”

遥望着湘水上游隐隐可见的那道“人”字形堤坝，华阳公主的双眸陡然明亮了起来。

“公主该回舱了。”王贲冰冷一句，一招手，四名侍卫便齐齐迈上一步。华阳公主却也不恼，笑了笑转身走了，望着她的背影，王贲的目光中透出了深深的不快。

半个月前，他费尽千辛万苦，终是在洞庭泽西岸找到了公主和儿子，眼见两人安然无恙，心头一块大石总算落了地，紧接着便腾起一股怒火。他没对公主有任何安慰，也没向她询问任何问题，连一句闲话都没讲，只冷冰冰地请她一会儿回船歇息，同时明告在场所有的侍卫侍女，从目下起直至回咸阳，不许公主再接近船舷一步；此后便当着公主和所有人的面，把儿子狠狠臭骂了一顿。可出乎他意料的是，面对着自己劈头盖脸的斥责，儿子并未如往日那般梗着脖子昂然不服，更无任何辩解，只一脸平静地听着，看那目光显是在出神，自己骂了他那般久，怕是一句都没听进去；更有甚者，他嘴角居然还隐隐泛起了一丝笑意。

“……若依军法，玩忽职守者当拘禁旬日，受军棍二十！”说到最后，王贲死死盯着儿子，恨恨一句。

“哦，罚便罚了。”王离这才回过神来，分外平静地点头道。

“你认罚?”王贲的目光中多了一丝狐疑。

“认，自然认!”王离的语气仍是那般无所谓，眼角的余光却不时向一旁瞥去。

王贲随着儿子的目光看去，正见公主迅速把目光移开，嘴角同样一丝浅浅笑意，脸颊更是一片飞红，心下的狐疑越发浓重了。

“王离，你且过来。”当公主离开后，王贲冷冷对儿子道。

“又要训我?”王离一脸满不在乎。

“有话问你，不得隐瞒!”王贲的语气很是严厉。

船队抵达秦凿渠，沿离水南下进入郁水，旬日后终是到达南海郡治所番禺。震天的欢呼声中，蒙武任嚣赵佗史禄徒唯等人热辣辣的说笑声中，王贲终于见到了自己的父亲，然而甫一见面，他便惊讶得说不出话了——那干瘦的身形黝黑的肤色憔悴的面容自不必说，那满头霜雪满脸的皱纹老人斑也不必说，最令王贲意想不到的是，父亲竟俨然成了半个百越人！他不再戴那高高的板冠，而是梳起了椎髻；身上也不再是中原的右衽麻布衣衫，而是以木棉织成的左衽短衣；一双黑黝黝的赤脚上没穿牛皮战靴，却是套着一双编制粗糙的草鞋。若是口中再凿掉几颗牙齿，脸上再文几道蛇纹，王贲面前的秦国上将军、武成侯王翦，便是地地道道的百越君长了。

“如何? 老夫不是好好的么?”面对着久别重逢的儿子，王翦纵然喜怒不形于色，此刻却也难掩欣喜，哈哈大笑起来。

“好自然是好，可你却……”

“服者所以便用，礼者所以便事!”

王贲却没接口，打量父亲片刻后才吐出一句：“上将军，瘦了，黑了，老了。”

“你等都这般大了，焉能不老？”王翦笑道，尽管面前的儿子也已年过不惑，他语气却仍是对待孩童一般，“此番阿离也一同南下了？”

“大父！俺在此！”一个清亮的声音不期然响起，王离迈出一步，却突然间一阵龇牙咧嘴，眼见大父一脸关切，不想让他知晓自己前几日刚挨了阿翁的军棍，勉强笑着拱了拱手：“见过大父，啊不，上将军！”

“碎崽子，这般大了！”眼见孙儿比自己还高，王翦也大是惊喜，“目下可在军中？可有爵位？”

“俺是郎中，不更爵！”

“二十出头能得不更爵，尚可，然还不够。”王翦轻轻点头又轻轻摇头，“再者留咸阳也没劲道，若想出息，还须真正上战场，杀敌报国！”

“上将军说的是！九原军近年又要扩军，阿离已报请太尉，想入九原边军！”

“善！这才是老夫孙儿，这才是我王氏子弟！”王翦一掌拍在孙儿肩头，“可曾娶亲？”

“尚未。”王离红着脸摇摇头，目光却陡然明亮起来，“然则……”

“然则，已有中意之人？”王翦放声大笑，王离也跟着嘿嘿嘿笑个不停。

“可是我频阳村姑？还是咸阳女子？”王翦笑着问道，丝毫没有注意到一旁王贲铁青的脸色。

“便是……”

——“见过武成侯。”

王离刚要开口，一个女声忽然打断了他。华阳公主缓步上前，轻轻颔首向王翦致意。王翦微微一愣，脸上却立刻浮现出温淡笑意，拱起手：“一别经年，公主也这般大了。”

华阳公主笑着点点头。

一旁的王贲仍是大觉尴尬，把脸移向一旁，不料却正望见儿子紧盯着公主，目光中满是如醉如痴，只得无奈地重重叹了口气：“却是如何推掉此事……”

红彤彤的落日将一天云彩染得殷红欲滴，也在浩渺无边的海面洒下粼粼金光，如同融化的金水正在翻滚涌动一般。

王翦父子呼吸着潮湿咸腥的空气，聆听着浪涛的澎湃，一动不动地望着那轮正在慢慢坠入海中的沉沉落日，父子俩一瘦削一高大的身形，在背后的沙滩上留下了两道长长的影子。

“阿翁，这几日中原黔首已大体安顿，明晚便是我等与百越人会盟大典。

明日一过，我等便该回中原了，你也随我回吧。”

“回吧，也该回了……”王翦没有看自己的儿子，仍是望着那轮落日喃喃道，“说心里话，老夫还真留恋这岭南之地，也不甘就此回频阳养老；可若继续留下，身子又禁不住操劳，留下来怕也没甚用……”

“阿翁，你也操劳一生了，孩儿虽知你暮年壮心，却还是劝你一句，歇歇吧，随我回关中吧。回去后，你若喜热闹，便居于咸阳，这多年未见，我一直未能尽孝，此番也好照料你，皇帝和庙堂众臣也都对你甚是牵挂，回去后你可与他们多走动，还可好好管教阿离；你若喜清静，便回频阳老家，你当年那些乡党，族中那些老人，也还有几个健在，闲暇时可与他们盘桓。蒙武老叔此番也要回去，你等若都愿意，我也可将他接来与你就伴。”

“此事都好说，听凭你安排便是了。”王翦笑着摆手，又叹了口气，“只怕回关中后，老夫仍挂念天下大局，仍是闲不下来。你我都知，岭南虽定，天下未定。将者国之辅也，总文武，兼刚柔，战时思谋的便是杀敌卫国；纵然和平之时，也须居安思危，未雨绸缪。”

“阿翁所言不差。蒙恬密报，北疆匈奴近年也有异动，皇帝目下正筹划第四次大巡狩，意欲巡视北边，此后便当对匈奴用兵了，只是此战，又将加大黔首负担。”

“纵然如此，却也别无他法。”王翦毫不犹豫道，“抵御外侮向为邦国重中之重，再是体恤民力，也不能以此为借口废弛军备，不然便成了当年那齐国。”

“这也是我等君臣共识。只是目下各地人手都极缺，此番又是三十余万移民大举南下，岭南之地人口虽充实许多，中原之地却空虚了。”

王翦摇摇头：“以岭南目下局势，仍是别无他法。若依常理，岭南秦军当数年一轮换，定期撤回中原，可中原又哪有恁多人可南下？这万千秦人、万千中原人，只能终生留守于此……”

他稍顿了一下，重又开口：“你等南下这几日，老夫心下也颇不宁静，一有空闲总想，这多黔首，都是庙堂应老夫之请征发南下的，老夫命他们终老于此，自己却独回中原，这，这岂非私心过甚？……”

王贲连连摇头：“不一样，绝不一样。”

“你我虽知不一样，那些南下移民呢？肯心服么？……”

这次，王贲没有说话，只静静望着水天之际的最后一抹余晖。

“上将军、太尉！南下移民，有人闹事！”王贲麾下一名军吏匆匆赶来，大喊道。

父子俩相视一惊，一同快步赶了过去。

在军吏的引领下，两人转眼间便到得移民营地，来到那处闹事军帐前，第一眼便见到脸色铁青的赵佗；再进军帐，但见十余名中原移民在士卒们的看押下围坐成一圈，个个满脸通红，帐中也弥漫着一股浓郁的酒气。

王贲冷冽的目光扫过了一圈："酒后私斗?"

一片垂头丧气中，一人抬起了头："若欲惩处，太尉只责罚我一人便是，与旁人无涉。"是个原本面目和善平庸的中年人，此刻却双目血红，呼哧呼哧地喘着酒气。

"你是何人?"

"沈汭，原是恒山郡东垣县人，后徙至巨鹿郡宋子城，开酒肆为生。当年庙堂重犯高渐离曾在我酒肆为庸保，我不知他身份，收留多年；重犯张良来酒肆时，我也未及时报官，被连坐处以流刑。"中年人答得很是流利。

"高渐离? 张良?"王贲一惊，"如何闹事?"

"今晚，岭南老军为我等新来移民洗尘，赵佗将军与我有旧，亲来帐中与我等共饮。我饮酒过量，心下悲愤，便与他争吵起来……"

王贲望向一旁的赵佗："与你有旧?"

赵佗无奈地点点头："沈汭幼时与我同里，此后多年未见，这几日我看移民名册方知，他也到了岭南，这才过来，不想酒过三巡，我俩话不投机便吵起来。"

"因何争吵?"

"我等……心下委屈!"沈汭嘴唇翕动了几下，终是痛哭失声，其他移民也纷纷大放悲声，"为何把我等流徙到这蛮荒之地? 为何非要我等终老于此? 我等不愿!"

"岭南蛮荒却又如何? 不能归乡却又如何? 些许艰苦你等便吃不得? 些许牺牲便受不了? 战国之世，天下多少将士战死异乡，比你等如何? 那些岭南老军驻守多年，吃苦受累不知几多，照旧不能重归故土，比你等如何?"

"凭甚非要我等吃苦牺牲? 谁愿做英雄烈士谁去做，我等只求自家温饱!"

王贲盯着满脸通红的沈汭，深吸一口气："是，强行征发移民南下，确是大违你等本心，你等当中定然不乏怨恨庙堂者。然我仍代庙堂说上一句，我大秦那法以爱民之准则，从未变过！若非岭南大局所迫，我等何必顶着汹汹骂名，冒着关中空虚之风险，这般大费周章征发移民? 再者我也劝你等想想，若人皆抱你等心思，人人只求自家合适，面对困苦人人畏缩退后，面对危难无人挺身而出，何来国家强大、族群兴盛?”

“太尉，你嘴上说得动听，自家为何不来这岭南戍边? 此番你南下，可是要将上将军接回关中? 如何上将军就能归乡，我等偏不能? 只怕也是私心使然，说一套做一套!”沈汭仍是大不服气。

“屁话!”王贲陡然愤怒了，“你以为我便未历过艰危? 我在沙场上出生入死之时，你在何处? 再者上将军戎马一生，立下无数大功，年逾古稀还在这岭南之地操劳，现已有恙在身，暮年回中原养息有甚过分? 能与你相提并论么?”

“王贲，莫再说了!”始终沉默着的王翦，终于打断了儿子，缓步来到沈汭面前：

“你等所言有理。老夫既然奏请庙堂征发人丁南下，又不许你等北归，自家便当为众人垂范。目下老夫明告各位：老夫不走了，老夫到死都要留在此地，与你等一同为我华夏守住这片南天之地!”

“上将军……”沈汭和其他移民都愣住了，赵佗也愣住了。

“阿翁……”王贲也愣住了。

王翦扭过头望着儿子，斩钉截铁地答了一句：“不必多言，我意已决!”

5

番禺城外郁水岸边，番山脚下的郊野上，已摆开了一个大大的集市。

这是百越人去圩的日子，几类中原人的赶集，只是相较中原，百越人的圩市仍是以物易物。秦军占领番禺后，任嚣眼见这圩市对百越民生大为有利，也鼓励士卒们去圩，既满足军中日常所需，也是与百越人加强往来，是故圩市上便渐渐多了秦人身影。百越人初始虽对秦人倍加防备，但对方那些铁器陶器布帛无不是自己日常必备却又极缺之物，是故也渐渐尝试着与秦人往来，几年下来，这圩市日渐壮大，而不久前中原移民大举南下后，这圩市几乎不输中原大集了。

日上半山时，百越人或是挑担或是荡舟，中原人则赶着车马，各自将诸般物事纷纷运到郁水岸边，很是自然地摩肩接踵混在一起，操着各自的语言或吆喝或询价或闲谈。百越人物事少，又大都是水产山果等可食之物，是故多是抱着自家的竹筒木桶四处逡巡游荡，也有的操着小舟在郁水上沉浮，若有买家高声询问，便将小舟划过去详谈；而中原人货物多，又往往是不便搬运的沉重大件，因此多是先寻得一方干爽的立锥之地，将自家物事堆在地上大剌剌铺开，随即便用那鸟鸣般的越语高声叫卖吆喝起来。

到处都是稀奇古怪的物事，百越人或背或抱或提着那些红艳艳的荔枝、黄澄澄的甘蕉、碧油油的橄榄、紫彤彤的甘蔗、毛茸茸的椰果、圆滚滚的橘柚；还有那些在中原人看来绝难下口的种种稀奇古怪的虫蚁飞禽：蚺蛇、蝗虫、蚕蛹、竹鼠、鲮鲤、飞蝠、潮鸡、禾花雀……更不必说那些中原商贾们梦寐以求的种种奇珍异宝：珠玑、玳瑁、犀角、象齿、珊瑚、翠羽……而中原人带来的那些农具、皮革、筋角、木料、海盐、器皿、布帛，同样大受百越人欢迎。举目都是黑压压交易的人群，充耳都是议价的鼎沸人声，这番禺城外的圩市虽是粗放简陋，却也透着浓郁的质朴古风，洋溢着别样的喜庆热烈。

之所以如此，也是因今日这圩市不大一般。百越人纷纷传言，黄昏时分，秦人和百越人的君长将在番山上举行会盟大典，前几日来到番禺的那位太尉，将代表咸阳庙堂对百越各部君长进行任命，从此双方当永罢刀兵，日后秦人便将与百越人正式在一起混居，一同开发这岭南之地！消息传开后，去圩的百越人大是好奇，都想亲眼目睹这难得一见的盛事，纵然换罢了自己所需的物事也不肯散去，仍在圩市上久久游荡着，耐心等着傍晚的到来。

日头偏西时，番禺城中开出了一队队士卒，每队都是秦人百越人各半，装束都是百越人的葛布衣衫，分别簇拥着百越各部的君长长老、秦人的将领，先后出了番禺城，前往番山而去。及至抵达番山之巅时，天色已微微黯淡，士卒们打起了无数火把，号角的嘶鸣、铜鼓的闷响之后，四下里迅速寂静，任嚣的声音飘荡开来：

“会盟大典起行——契臂！”

“契臂？如何不是歃血？”身处护卫士卒中的王离暗暗惊讶。

石磬铜铙的乐声中，他看到位于会盟台正中的大父褪去衣袖，露出黝黑干枯的左臂；而他身旁的蒙武爷爷等一干大将，还有那些百越君长元老们，也都纷纷做出同样举动。几位百越巫师走上前来，手中托盘放满了匕首，每位盟誓者都伸出右手抓起一把，将锋刃抵在了各自袒露的左臂上。王离陡然想起阿翁曾对自己讲过，这是百越人的盟誓习俗——将自己臂膀划破，再在伤口上以染料刻刺出文身，是为契臂。此次会盟，大父没有采用中原通用的歃血，而是选择了这百越的契臂之誓，显然也是为表诚意，可中原人向来讲究身体发肤受之父母，最忌自伤自残，便连须发都不得随意割剃，对大父等人来说，这契臂实在是不小牺牲！

他转着自己念头的同时，所有人都在自己左臂割开了一条长长的伤口，两名士卒开启了泥封，将坛中凤酒尽数倾在了大大的陶盆中，浓郁的酒香飘荡开来时，王翦第一个大步上前，将鲜血淋漓的左臂伸了出去，滴滴鲜血坠入陶盆的酒中，如云雾般蒸腾荡漾开来；其他人紧随其后一拥上前，将越来越多的鲜血滴入酒中，很快便把这盆酒染得殷红一片。

“秦人越人，血酒相融！”任嚣大叫道。

“中原百越，血脉相通！”桀骏也叫道。

“万岁！秦越一家，不分彼此！”所有人都吼成了一片。

欢呼声中，那一盆混入鲜血的酒水被不断传递着，每位盟誓者接过来都喝上一口，人人满嘴殷红，却都望着彼此模样放声大笑。更多的百越巫师走上前来，手持顶端沾满了青黑色颜料的尖刺，极为利落地在每一位盟誓者的伤口文上一条蜿蜒游动的青蛇，然后便各自抓起一把草药，为他们止住了血。此后，王翦和安阳王分别用雅言和越语昭告了天地，而太尉王贲也代表咸阳庙堂宣读了对百越众多首领和长老的嘉奖封赏，会盟大典旋即进入了最后一个环节：献越王四宝。

千里迢迢由东冶赶来的闽越君无诸，双手奉上了那柄流动着幽幽碧光的步光之剑，安阳王蜀泮默然无语地献上了金光灿灿的旸夷之甲，百越人新推举的南越君献上了鲜艳的五胜之衣；最后是桀骏走上前来，双手捧着那杆银光闪烁的屈卢之矛。

王翦没有立即接过长矛，而是静静望着桀骏：“将军，愿将屈卢之矛献与老夫？”

桀骏也盯着王翦的双目，那满是蛇纹原本颇显凶悍的面孔，此刻却荡漾着一种质朴的感动：“随上将军一路走来，秦人所做之事，我都看在眼里！桀骏信得上将军，百越信得秦人！”

王翦笑了，双手接过屈卢之矛，将它高高捧起，举过头顶：

“越王四宝流散百年，而今终得重聚，此百越之大幸；岭南各部分崩离析百年，而今终得重归华夏，更是天下之大幸！今老夫代中原庙堂、南下秦人向百越各部立誓：终我等有生之年，中原不负岭南，秦人不负百越！”

“秦人不负百越，百越何负秦人？我等服膺！”百越人纷纷高叫道。

“礼毕！会盟大典成——！”

沉闷的铜鼓响起来了，清亮的石磬响起来了，其余各小部族的君长们纷纷献上了岭南之地的种种特产：晶莹圆润的南海秏米，青翠欲滴的路人竹笋，五光十色的苍梧翠羽，张牙舞爪的海阳大蟹，色彩斑斓的文蜃、玄贝，入口鲜美的阳朴之姜、雒越山菌，芳香扑鼻的招摇之桂、禽人菅草，被盛在玉卺中、以西瓯郁草酿制成的琼浆玉液……当这些琳琅满目的珍奇物产如流水般被纷纷献上时，一队越女也来到会盟台正中，跳起了岭南之地特有的翔鹭舞。

她们每三人一组，共分八组，无不头戴羽冠身披羽衣，装扮成百越传说中可自由翱翔的羽人，双臂不住地左右屈伸、上下摆动，模仿鹭鸟的振翅翱翔之姿；双腿则同样如鹭鸟行步那般交错地抬起落下，动作极是轻盈婉转，那些羽冠羽衣也随着她们双臂的摆动、进退转动的步伐而不住地飘荡摇曳，颜色式样各异的鸟羽组成了一片绚烂多姿的广阔海洋。这舞姿带动了所有人，不断有其他中原人起身来到场中，模仿着她们的身姿跳着；百越人同样不甘落后，纷纷加入其中，整个会盟大典很快演变成了狂欢的节日。而当一对青年男女的身影并肩出现在众人面前时，欢乐的气氛达到了顶峰，这正是那对刚成婚的新人，赵仲始和媚珠。

秦军大将们围上前来，或恭喜或夸赞或打趣不一而足。新婚夫妇却多是无言以对，只是腼腆地笑着，赵仲始向媚珠偷瞥去一眼，看她黝黑的脸庞已红得发紫，投向自己的目光却分外火辣，心下也能猜到自己的面色，于是和她相视一笑，伸手想去拉她。指尖刚碰到腕上那串海珠，她却笑着跑开几步，转身望着他，用雅言轻轻唱了起来：

今夕何夕兮，搴舟中流；
今日何日兮，得遇君子同舟；
蒙羞被好兮，不訾耻诟；
心几顽而不绝兮，相知君子；
山有木兮木有枝，心悦君兮君不知！
……

“《越人歌》!《越人歌》!”几名来自旧楚地的中原移民纷纷叫道，他们听出，这是越人最著名也最古老的情歌。

“我百越向有山歌唱和之俗，赵将军当应上一曲!”桀骏大喊了一声，顿时引来一片附和。

“我却不会……”赵仲始没想到会横生枝节，一时颇有些愣怔。

“若唱不出，乜娘便不能认骆垌为夫!”阮翁仲插了句嘴，一片笑声随即响起。

“谁给起头？我跟着唱便是!”赵仲始颇有些尴尬地四面求助，一脸的无奈，引得周遭笑声更大了。

恰在此时，一个女声远远响起，清亮悠远的歌声陡然鼓荡开来：

蒹葭苍苍，白露为霜，
所谓伊人，在水一方。
溯洄从之，道阻且长；
溯游从之，宛在水中央。
……

伴随着这歌声，人群分到了两旁，一身火红华服的华阳公主嘴角含笑，在一队中原女子的簇拥下缓缓上前，边走边唱。赵仲始陡然精神大振，也随着歌声唱了起来，媚珠望着他，目光中一片柔情，终是慢慢走过去，将自己的手放入了赵仲始的双手中，腕上那串已被重新穿好的海珠正泛着温润光泽。

蒹葭萋萋，白露未晞。
所谓伊人，在水之湄。
溯洄从之，道阻且跻。
溯游从之，宛在水中坻。
……

歌声迅速蔓延到了天地间，那些中原女子们也齐声高唱着，站在她们当中的华阳公主更是脸颊绯红，与那件红衣交相辉映，整个人如一团火焰般点燃了人们的眸子。

角落里，王离静静地望着她，恍惚间不知自己身处何方了。

“惟嬴，你我往后，也有这一日么?”他默默摩挲着手中那半块玉璧，喃喃自语道。

蒹葭采采，白露未已。
所谓伊人，在水之涘。
溯洄从之，道阻且右。
溯游从之，宛在水中沚。
……

四面八方都响起了苍凉激越的和声，所有的中原男子，无论士卒还是黔首，无论关中秦人还是六国移民，无论驻守多年的老军还是新近南下的移民，都一同唱起了这人人耳熟能详的秦地情歌，嗓音或嘹亮或低沉或嘶哑或雄浑，许多人都是泪光莹然。王贲看到了前日与赵佗和自己争吵的那个沈汭，也在忘情地跟着高唱，已是泪流满面；他再向父亲瞥去一眼，见他正面向北方若有所思，心下不由得微微一颤。他知道，那里是他们生于斯长于斯、却再也不能重归的北方故土，父亲和岭南秦军，和这些中原移民们一样，背井离乡千里迢迢地来到这天涯海角，来到这中原人心目中的天尽头，从此以后，他们将在这方全新的广袤天地里挥洒血汗披荆斩棘，与百越人一同修路、凿渠、垦荒、定居、通婚，一代一代繁衍下去，重复华夏先民们那战天斗地的经历，直至故去之后，一缕魂魄方能回到那遥远的北方……

歌声久久回荡在这岭南土地的上空，与那阵阵林涛海浪一起，化作了连绵的惊雷，渐渐向北方飘去。

清晨的雾气氤氲着，番禺城外的郁水水面上帆樯林立，船队就要回程了。

“上将军，我等走了，你，保重。”望着面前的父亲，王贲低声道。

王翦的笑容却很是散淡：“莫为老夫操心，做好自家事便是。”

王贲又转向一旁的蒙武：“还有老叔，你也不肯回？怕是九原将军与郎中令，都要怪我了……”

“咳，那两个竖子定然不敢！”蒙武大笑着摆手，“俺被你阿翁骗上贼船，下不来了！”

“你个老匹夫！”王翦直瞪蒙武，“谁不许你回了？你自家不肯走，非要一道耗在这岭南！”

“莫吵了莫吵了！”王贲笑着止住了两人，“既如此，我便听凭你等之意，回报庙堂了——王离，同上将军与蒙将军道个别！”

站得稍远的王离忙迈上了几步，昂然一拱手：“上将军，回咸阳后，俺便拾掇入九原军，早日立功挣爵当大将，绝不给你丢脸！”

“善，老夫等你佳音！”王翦点头赞许道，“然则，还有另一重任，你也须早日完成！”

“甚?”王离一愣。

“让你大父早日见到孙媳！”蒙武插嘴道，两位老人同时放声大笑。

“武成侯。”不知何时，华阳公主也飘到了众人眼前，轻施一礼。

“公主。”王翦、王贲、王离竟不约而同一起答道，祖孙三人的反应却各不相同——王翦原地不动淡淡一笑，王贲本能地侧身让开，王离却不由自主迈上了一步，无意间与华阳公主并肩站到了一起。

看到两人目光中闪烁着同样的幸福，王翦什么都明白了。

“天意也……”他情不自禁地慨叹道，自顾自大笑起来。

“怎，咋回事?”一旁的蒙武还有些摸不着头脑。

“老夫这一心愿也了了!”王翦高声笑道。

“上将军，太尉。”一个粗重的声音在几人头顶响起，一片黑影陡然笼罩了所有人，却是阮翁仲。

“太尉，俺也有一请。你等，这便要回中原。俺，也想跟着走，去看看你中原模样……”

“若去中原，怕是再难回来了，你不留恋这岭南么?”王贲问道。

“不能重回，自是留恋，然上将军不也如此么?俺没事。”

“可曾与乜娘他们道别?”王翦也问。

“道别了，乜娘，赵将军，桀骏将军，都道过别了。召宏与蒲正虽不愿见我，我却也托乜娘带了话。”

王贲向巨人的身后遥遥望去，看到远处的赵佗也正在和自己的儿子儿媳依依惜别。

“既如此，你便随我走吧。”他点头道，“先回咸阳，再入九原军，与匈奴交手。”

“谢太尉!”巨人一拱手，神色间很是兴奋。

船队起航了。

站在甲板上沐浴着晨风，王贲遥望着仍然留在岸边、已离自己越来越远的父亲，心下不由得一紧；他知道，这很可能是自己最后一次见到父亲了，想到这里情不自禁握紧了栏杆，望着父亲已渺小了许多的身影，遥遥发出了一声撕心裂肺的大吼：

“阿翁——!”

随后，他看到慢慢远去的父亲向自己轻挥了挥手，然后化作了一个小小的黑点。

第十四章 亡秦者胡

1

“太白出于西方酉位。命曰大嚣，刚，主用兵！”

一片鸦雀无声中，奉常兼太史令胡毋敬的苍老嗓音陡然飘荡开来。

浓烈日头的照耀下，咸阳宫皋门前一片金光灿烂，十二尊熠熠生辉的巨大金人正威风凛凛分列两旁，一同俯视着这皇帝巡狩前的大蒐礼。它们脚下的车马广场已变为一座小型校军场，一队队披挂齐整的甲士排成了黑压压的队列，方阵最后是鹤立鸡群的阮翁仲，直与那十二金人一般威风凛凛。

“乐起——！”

乐师们奏起了黄钟大吕，雄浑的秦风骤然笼罩了车马广场，协律都尉金石般的嗓音响遏行云，众士卒也随之高唱起了《无衣》。

“秦王训示，将帅听命——”

一身戎装的皇帝大步上前，环视一周后开了口，一个个咬字清晰的秦音随即飘荡开来。

皇帝训示的同时，阅兵台上的王贲则望着阮翁仲身旁的王离。

“竖子，总不让我省心，且看你此番能否出息……”

王离却并未发觉父亲在看自己，他的目光不住地向咸阳宫前扫去，心下暗自盼着能再看到那个火红的影子。

王离记得，还是随移民下岭南的途中，父亲便向自己问过惟嬴之事，刚一听到自己肯定的回答，脸色当即就变了；而听到自己已与她私订了终身，更是暴跳如雷。

“公主当年与你大父那婚约，天下人尽知；你若娶了她，旁人如何说我王氏？不成乱伦了么？我王氏的脸都要让你丢尽了！你这不是撕我面皮么？……”王离至今还记得父亲那一连串的咆哮。

“那桩婚事根本就未成行！大父与惟嬴无名更无实！两人也都决然不认！”

“皇帝早想将公主嫁与公子由，回咸阳后丞相便要正式提亲，这些你都知晓，却偏横插一杠，成心不是？”王贲额角青筋骤然暴起，大声怒吼，“你本就与李由相熟，如何做出这等事体？”

“李由本就不稀罕公主，他早跟俺讲过，若不是丞相之意，自己还当真不愿娶她，他稀罕那百依百顺的……”王离咕哝着。

“闭嘴！”

“我若与他好好讲，他那般通情达理，定不会记恨俺……”

“闭嘴！”

父子俩同时沉默了下来，王贲咬紧牙关，负手转了几圈，重又开口：“李氏与我王氏同为望族，丞相与我更是庙堂文武两大重臣，你这事一出，两家日后如何相处？我与丞相本就关系冷淡，日后天下必是一片流言蜚语，言我二人将相失和！天下女子万万千千，你为何偏认准她一人？”

“管他旁人如何指指戳戳，总归俺这辈子认定她了。你若不许，俺便与她私奔……”王离小声道。

“闭嘴！”王贲的吼声震得舱中灰尘都窣窣落下了。

……

王离记得，因了此事，父亲一路都没给自己好脸色，回咸阳之后第一件事就是命自己收拾行装，准备随皇帝巡狩，还说到达北疆之后，自己便要入九原军，不奉军令不得回咸阳。王离知道，他也是想借机断了自己对惟嬴的念想，虽说自己早想入九原军，可明了于此心下还是难受了好久，担心再回咸阳见到公主时，她已成了郡守夫人。却不料几日之后，父亲又把自己叫去了太尉府，一脸铁青：“碎崽子，这回该知足了。”

“甚，甚知足？”

"皇帝终是答应将公主嫁与你了。"

"真的?"王离兴奋得欢呼起来。

"先莫得意！想娶公主，你须先在九原军中立下战功，挣得爵位!"

"好说！俺奋勇杀敌便是!"王离陡然神气活现起来。

"哪有那般容易!"王贲厉声喝道，"打匈奴可不是校军演武，那匈奴人远比高渐离狗屠之流狠得多!"

王离这才冷静下来，不吭声了。

王贲深深叹了口气："就实说，这门婚事若非丞相自行退让、皇帝主动提起，我定不赞同。此番你若立不得战功，我更没脸见他二人!"

"丞相……如何肯自行退让?"王离惊讶了。

"丞相主动向皇帝提出，李氏已和皇族有过多重联姻，王氏却还未曾有过，只有当年上将军那次，也是半途而废；目下上将军坐镇南疆，不再回中原，皇帝本当对王氏多加抚慰；你与公主又是两情相悦，他更该成全此事。"

"丞相大好人也！皇帝也赞同了?"

"赞同了。还赞了丞相胸襟度量，让他回去好生抚慰李由，又说李由仍就任三川郡守，日后他的婚事包自己身上。"

"彩!"眼见此事皆大欢喜，王离乐得一跃而起，看到父亲那冰冷的目光，忙又收敛了笑意。

"随我来。"王贲向儿子丢下一句，径自转身去了。父子俩一前一后来到庭院中，王离一眼看去，更是欢呼雀跃：

"丹骎——!"

他大叫着一下扑了过去，而丹骎也同样认出了他，仰天发出一阵欢快嘶鸣，任由他死死搂住自己的脖颈，把脸庞埋在长长鬃毛中，这匹当年的小红马而今已真正成年，更壮实也更雄俊了。

"阿翁，你真好!"与丹骎亲热够了，王离这才扭过头望着父亲，嘿嘿傻笑起来。

王贲的目光柔软了些许，然而旋即重又变得冰冷了。

"你可知，我为何将丹骎自频阳带来，交与你?"

"明白！阿离必当奋勇杀敌!"

"……主君苟屏詷马，驱其殃，去其不祥。……律律弗御自行，弗驱自出……主君勉饮勉食，吾岁不敢忘。"

当时马禖的祝祷之声依旧回荡在王离心头，他望了望身旁的丹骎，又望向阅兵台，这才发现皇帝的训示已然结束了，父亲接过皇帝亲赐的定秦剑，高高伫立在戎车之上，正在朗声宣布军规和赏罚律令。

“肄兵习阵，斩牲誓师——！”

阅兵台上一只黄驹血溅三尺。王贲接过司马递过的鼓槌，重重擂响了号令三军的战鼓，王离心下一凛，知晓演武这便要开始，再也没了轻慢之心。

鼓声开始从四面响起，司马们振动着金铎，军吏们依鼓号声分别举起手中令旗，千长们也开始指挥起各自的兵卒。刹那间，密密麻麻的步卒方阵或开或阖或动或静或起或落，半个时辰后才随着太尉的号令，恢复了先前的阵形。

“出征——！”

黑色的洪流开始向东面涌动起来，打头的便是阮翁仲那高大身影，随着咸阳街市上无数黔首们的夹道欢呼、啧啧称奇，皇帝的第四次大巡狩正式开始了。

“惟嬴？真是惟嬴？”

望着远处山塬上那个一团火焰般的影子，骑在丹骎背上的王离一开始还以为自己眼花了，又用余光瞥过几眼，这才确信自己没有看错，心下只想大叫一句“惟嬴，等我回来”，只虑及自己身处军中才没有开口。

望着皇帝车队渐渐远去，华阳公主若有所思地沉默着。

“送君千里，终有一别，公主请回吧。”李由的声音从身后响起。

华阳公主转过身，轻轻颔首。

“公子，此番，对不住了……”

“公主能重新振作，还觅得可心夫婿，可喜可贺。”

“谢公子玉成，若非你向丞相提起，此事当真结果难料……”

“些许小事，公主莫放心上了。此乃你头回开口求我，自当效劳。”

“……怨恨我么？”

李由微微一笑：“相濡以沫，不如相忘于江湖。”

“三川郡虽距关中不远，却也政事纷繁，你我日后怕也难见面，公子多保重。”

“谢公主，你也一样。”

两人互相深施一礼，背向而行，华阳公主转身迈上车驾，李由则转身骑上自己的坐骑。随着车轮的辚辚转动、战马的咴咴嘶鸣，他们终于分道扬镳。华阳公主向西回咸阳，李由东去前往三川郡上任；而王离则追随着皇帝和父亲，跟着巡狩的车驾仪仗一路北上。

三个人，就这样各自踏上了人生的新一段旅途。

2

第四次巡狩即将结束之际，浩浩荡荡的卤簿车队由雁门郡向西，进入了上郡。

数月来，巡狩车队离开关中，先北上辽东，皇帝在碣石山送方士卢生、韩终等人出海求仙，寻访那两位传说中的仙人羡门、高誓；太尉王贲则继续搜捕在这滨海一带藏匿逃亡的复辟世族，明察暗访世族兼并民田，拆毁那些林立的要塞城邑，此外还将战国时期列国阻塞水流、淹没别国土地的堤坝尽数拆毁，疏浚了多条壅塞的漕渠，几样大事逐一了结之后，车队开始掉头西行，前往上郡。

抵达治所肤施时，已是黄昏时分。漫天云霞将天际涂抹得一片血红。数千里荒莽山地一片令人心悸的空旷，举目皆是林莽荒地深沟长壑，呼啸的山风送来了林涛阵阵，却反给此地更添一丝寥廓。

这便是河西高地了。

整片高地，只有南部少半伸入内史郡，其余四分之三都在上郡。这是一片呈南北走向、以山塬为主的狭长土地，它是整个中原地带的制高点，占据这里便可居高临下威慑四方；另一方面，这里毗邻帝国疆域的西北角——北地郡，它们的正南便是帝都咸阳所在的内史郡，两郡一东一西，恰如两扇紧闭的门扉守住了关中沃野，守住这里便是守住了关中的北面门户。多年之后的汉文帝时期，匈奴老上稽粥单于正是突破了此地一路南下，一直杀到长安以北的甘泉才撤军，一时震惊了整个西汉帝国。

正是因此，列国铁血大争数百年，无论中原战局如何惨烈，秦国始终都在这里雷打不动地保留着一支精锐；而秦灭六国的那十年征战中，九原将军蒙恬同样常年驻守于此，只在最后的灭齐之战中担任了一路偏师。之所以如此，也正是因他身上肩负着整个秦国甚至中原的安危。

漫步在秦长城上，一脸沟壑纵横的九原将军蒙恬回忆着多年来的秦胡战局。多年前赵国衰微之际，匈奴人自赵国手中夺取了上郡以北的河南地，此后很快便如滚雪球般逐渐壮大，然而所谓的“九原边军”，自己这位所谓的“九原将军”，却是常年驻扎在九原以南的上郡，至多只能大体控制河南地的最南端，对攻无不克的秦军将士们来说，这不啻一个巨大嘲讽。从灭六国起直到目下，足足十余年间，无论皇帝、太尉王贲还是蒙恬本人，都没有淡漠对匈奴的提防，更没有放弃反击匈奴、收复九原的谋划，然而终究也都没有轻举妄动。之所以如此，原因只有一个——难以捕捉匈奴主力。若不能将其一举歼灭，不久之后他还会卷土重来；而若主动出击，他们却又能轻易逃入大漠深处，根本无从捕捉行踪。无论哪种结果，对匈奴的战事都会将本就积累不甚丰厚的国力尽数耗尽，把帝国拖向崩溃的边缘。有鉴于此，蒙恬王贲提出的对匈奴的长久方略便是，秦军长年累月与匈奴对峙，尽可能多地积累丰厚的粮草，待到匈奴主力全数南下之际，以万钧之势对其做雷霆一击！

而目下，斥候们传来的消息显示，头曼单于终于要率领匈奴大军来了。尽管蒙恬已为这一战苦心孤诣筹备了多年，但此刻他感到的不是建功立业的渴望，却是肩头沉甸甸的重负，对这一战的分量，他再清楚不过。

凛冽的山风带来了悠扬号角声，皇帝的卤簿车队已出现在远方了。

宽阔的幕府石室中只留下了六个人，皇帝、太尉王贲，以及四位北疆将军：九原将军蒙恬、陇西将军李信、北地将军秦腾、云中将军杨翁子。李信秦腾都是灭国大战时的统帅，驻守北疆多年，尽管脸上都写满了风霜，却也更添稳健沉雄；老将杨翁子则是卫尉杨端和的族兄，自孝文王时起便多年驻守北疆，后又做蒙恬裨将多年。四人先后向皇帝和太尉简短问候了一声，便默不作声肃立一旁了。

“闲话以后再说，先说正事。”皇帝大手一挥，尽管与几人都是多年未见，却一句寒暄也顾不上讲，径自来到羊皮地图前，五位将军也同时迈上一步，团团围在他身旁。

这是秦国与匈奴等周边游牧部族对峙的全图，很明显地被分为东南、西北两部，东南便是秦帝国的上郡、北地、陇西三郡，西北则是各游牧部族地盘，二者大体以大河中段为分界。众所周知，整条大河由西向东流淌，成一个“几”字，“几”字那左面一撇，西面盘踞着羌人、月氏人，东面便是陇西、北地二郡，由南向北并列。“几”字右面的一竖，将上郡、云中两地同雁门郡东西分隔开来。而那“几”字顶端的一横，则贯穿了目下匈奴盘踞的河南地。这片土地，大河以南是一片瀚海大漠，毗邻上郡的河西高地，也阻隔了秦军北上、匈奴南下的步伐；大河以北则可大体分为西东两段，西段由河水分出一段支流，蜿蜒流淌一段后重新汇入河水，这条支流被叫作北河，北河以北是阳山、高阙、北假一带，东段没有明显大支流，却有一条西南东北走向的大山，这便是大名鼎鼎的阴山，这一带草原依山傍水，土地极尽肥沃，匈奴单于庭便坐落于此。

由东端的云中郡起，还有一条代表着长城的蜿蜒巨龙向西伸展，经过阴山南麓，一直伸展到高阙塞，这是当年赵武灵王主持修建的赵长城西段，目下却已全然沦陷于匈奴人铁蹄之下。

幕府中一片寂静，只有九原将军蒙恬的声音不住回荡着，讲述着匈奴人来袭的计划，以及自己预备的应对。

蒙恬说，头曼单于此番联结了东胡、月氏、羌三部，欲三面开打：东面因燕赵长城阻隔，东胡部无法逾越长城，是故尽数西来，意图攻我云中郡；匈奴主力在北，意图直取上郡、分头穿越秦长城损毁地段；羌人、月氏在西，意图跨过大河，先取陇西西大门枹罕，再东向攻占治所狄道，占据渭水源头后顺水而下，直取关中西部门户陈仓。

而蒙恬对此等局势的判断是：边地四郡中，云中郡西邻上郡、东邻雁门，直面东胡；自从被燕将秦开大败之后，东胡已孱弱多年，必不敢率先攻秦。上郡位于河西高地，易守难攻，前面横亘着茫茫瀚海，北地郡则是山地荒漠驳杂，这两地又有九原军背靠长城严阵以待，只要将大型器械分头部署要害地段严防死守，匈奴便无法继续南侵。唯有陇西郡值得警惕。此地为山地草原驳杂，利于隐秘行军偷袭，李信虽有五万兵马，然此番羌人、月氏人却是头回联手，匈奴右贤王部也号称要一同出兵，如此则兵力极可能不够，蒙恬之意，九原军当分出一部人马支援。具体说来便是：九原军主力调拨六成，携重型器械西进增援，上郡大营留四成驻守。李信陇西军务求大破西路诸胡联军，断匈奴右臂；陇西败战消息传来，头曼单于必定撤军，此时上郡驻军立即北上追击，纵不能擒杀头曼，也要狠狠大破匈奴本部，此后便是一鼓作气收复河南地！

一席话说完，皇帝和王贲都沉思起来。许久之后，王贲才开了口：“王贲之意，蒙将军通盘部署无懈可击，所需调整者只是各部兵力！”说着也指上地图，“依蒙将军原本谋划，陇西乃大军集结之主战场，上郡次之；我意二者两相颠倒——重兵仍屯集上郡，虽也增兵陇西，但只需数万人马，携带过半大型连弩，足可抵御诸胡联军。只是，增援陇西之兵力当虚张声势！”

——“此后再多方示伪，使匈奴以为我等防御重心仍在陇西！”蒙恬双目陡然明亮起来，朗声叫道。

王贲没有说话，却是点点头。

“如此，头曼单于必然以为上郡空虚，定会以主力南下进攻上郡，我等可一边正面迎击，一边分兵包抄匈奴后路！”蒙恬一拳擂到了地图上。

“九原军可三面围困，只留出西面，如此一来头曼必定西逃，与诸胡败军合兵！”李信同样脱口而出。

“蒙将军自东北向西南，李将军自西南向东北，两边一同夹击，必当在我北地郡围歼匈奴！”秦腾也笑道。

“如此，老夫云中守军却是做甚，干看着么?”杨翁子轻捻着雪白的须髯皱眉问道，引起了大将们一片哄笑。

眼见几员大将竟然这般默契，皇帝也大为振奋，呵呵笑道：“来，我等详细谋划一番，如何将那头曼老狼诱入罗网！”却不想正要继续部署战事，中车府令赵高的声音突兀从帐外响起：“陛下！几位方士，都回来了！”

3

上郡大营里，皇帝和随同出行的王贲、李斯等庙堂重臣重又见到了那些久违的方士。

除徐福前往旧齐地外，其余几名方士领袖都在，一张张因风吹日晒而黑里泛红的脸上沟壑纵横，人人风尘仆仆，目光却无不机警明亮，一见皇帝太尉便纷纷起身，各自离席长施一礼，显得极是殷勤。皇帝笑着还礼，王贲却毫无反应，只是冷淡点头，自从当年皇帝兰池逢盗之后，他始终对他们极为警惕。

方士中地位仅次于徐福的卢生，向皇帝讲述了此次出海经过，云虽未能访到仙人、求得仙药，却也觅得了一条谶语，不敢耽搁立即返程，此后得知陛下已赶往上郡大营，这才日夜兼程赶来。说着命仆役搬进一方奇异的嶙峋大石，这大石通体呈青黑色，由上到下带着一块块拳头大小的斑纹，总共五块，每块都仿佛一幅方正图画，又仿佛一个笔画繁复的远古文字。卢生说，这方神异大石是他们在一处无名海岛上发现的，这些斑纹都是上古鸟篆，连起来是一句谶语：亡秦者胡也！

这方石头和这句谶语，自然引起了皇帝君臣们的警觉，却并未太过在意，亡秦者胡，这“胡”自然指的是北疆匈奴，然即便没有这谶语，秦军也必要与匈奴展开决战。是故皇帝只是下令将这大石摆到角落里，又请方士们下去歇息，卢生等人则请皇帝准许他们再次出海，既是求仙，也是再行探察此谶语真正含义，皇帝一并允诺后他们便恭敬地退出了幕府石室。

不过，太尉王贲却是死死盯着方士们远去的身影，目光中满是警惕。及至议兵结束、其余大臣们都先后退出幕府后，他留了下来，向皇帝说出了自己的怀疑：

“陛下，臣对几名方士有疑：我等在辽西郡待了数月他都未归，可我等刚到上郡大营，他便立即跟来，直是尾随一般。还有那谶语也透着古怪，臣敢断言，这句‘亡秦者胡’，必会被那些复辟老世族利用，撒播于天下，搅得黔首人心惶惶！”

“我等若一举击溃匈奴，这流言岂不不攻自破？王贲，你多年执掌黑冰台，也变得这般疑神疑鬼了。”皇帝笑了，显是对此不以为意。

王贲却没有笑：“目下九原秦军即将北击匈奴，这干方士留在军中甚为不便。臣之意，当将他们尽快遣走为宜，若仍留于军中，难保不会夜长梦多。”

皇帝的眉头陡然紧锁起来：“你意，方士可能刺探军情？”

“陛下莫忘了当年兰池逢盗之事。若无内鬼，张良何能确切知晓陛下行踪？还当……”

王贲只把话说了一半，这对向来快言快语的他来说，已是极为罕见了。

皇帝沉默了片刻，这才颇不情愿地开口：“既然如此，太尉之意如何？”

“大战在即，臣倒有一箭双雕之法，既可试探方士虚实，也可迷惑匈奴。”

“你且讲！”

“便是这般……”王贲压低了声音。

“先生，先生！”中车府令的声音忽在帐外响起，正在收拾行装的几名方士纷纷一跃而起。

“皇帝又发病了？”卢生盯住满脸惶恐的赵高，手上已开始将各色丹药逐一塞入自己的药囊。

赵高喘着粗气，重重点头，一把揪住卢生将他扯到屋外，侯生、韩终、石生三人也慌忙收拾好丹药，跟着匆匆赶了出来。赵高边走边说，皇帝正在忙碌北击匈奴之事，却是突然发病昏厥，郎中令便遣自己来请几位先生，自家则守定幕府，严令其他人等不得进密室一步！

听到赵高的讲述，几名方士彼此对视了一眼，目光中很是意味深长。

幕府的石门虚掩着，门缝中透出了一缕亮光，门口则挤满了众多惶恐不安的内侍，眼见赵高前来，忙自发地让到一旁。赵高匆匆推开了房门，迎面便是脸色冷峻的郎中令蒙毅。再看幕府之中，昏黄灯火下，那方他们寻觅回来的神秘大石还在那里孤零零地摆放着，一缕黯淡光芒照亮了那几块被解释成“亡秦者胡也”的斑纹。一方长案上则堆满了竹简绢帛，一卷半摊开的牛皮地图甚是显眼，上面还以丹砂曾青绘出了颜色粗细不一的各色线条箭头。长案背后便是寝室，只有一张大床，皇帝昏倒其上，脸色死灰牙关紧闭身体僵直，直如死尸一般。

眼前景象虽触目惊心，几名方士却都训练有素，一声不吭便各自开始了忙碌：石生捧出药臼，韩终取出丹药，三两下便将丹药在臼中捣碎，一旁侯生已捧着一个药葫芦，将里面红亮的汁液向臼中滴了几滴，卢生则举起一只细薄竹勺伸了过去，石生将臼中调和好的药汁涓滴不剩地倒入竹勺，卢生转过身时韩终将一只长流（长嘴）银匜塞入皇帝一直紧闭的大口，又将竹勺中的药汁灌入，眼见皇帝咕咚一声咽下，几位方士这才如释重负地纷纷长出了一口气。

皇帝死灰的脸庞终于渐渐恢复了血色，又慢慢睁开眼睛，他艰难地喘着粗气，向着方士们点了点头，虽未开口说话，目光中的感激却是显而易见。

“幕府重地，几位先生不宜久留。”一直在旁边默默关注他们举动的郎中令蒙毅开口道。

卢生却摇摇头：“郎中令见谅。陛下此番发病突兀，我等虽施以急救，然难保不会反复，我意，我等须轮值守护于此，若一夜无事，方能放心。”

“不能将陛下抬到寝宫么？这幕府中多少机密简册，无一不关军国大事，若你等……”

“蒙毅……”病榻上的皇帝梦呓般轻轻开了口，“总归只这一夜，莫再费周折了……”

沉思片刻，蒙毅终是勉为其难地说了句“诺”，背过身去卷起那幅北疆地图，又向一旁的赵高递了个眼色，赵高便抱起那大捆大捆的竹简，将它们尽数锁进角落里一只巨大的木笈。做完这一切之后，蒙毅向几位方士交代说，几位今夜只留一人在这幕府前厅守候，一个时辰一换，只要皇帝无事，不得随意迈入寝室。卢生等人唯唯连声，此后蒙毅便留下两名内侍守在皇帝的寝室，方士们则只留下了第一位值夜的韩终，其余人等便一同退出了幕府。

夜深了，摇曳不定的昏黄灯火在那方“亡秦者胡也”的石头上，以及昏睡中的皇帝的脸庞上投下种种古怪的影子，眼看寝室中两名内侍昏昏欲睡，守在幕府前厅的那名方士终于开始了行动。

他先是装模作样地伸伸懒腰，在幕府前厅中悄无声息地来回踱了几圈，眼见那两名内侍并未被惊动，便悄悄来到燎炉前，从袖中取出两只小陶瓶，将其中一只陶瓶中的药粉轻轻洒入炉中，催眠的芬芳氤氲开来后，他已吞下了另一只中的解药。眼见两名内侍连同皇帝都响起了鼾声，他又取出一把细小的钥匙，无声地打开了角落里那只巨大的木笈，准确无误地抽出了北疆地图和另几份写有军令的竹简，匆匆济览一遍便将它们重新卷起放回，再将木笈原样锁好。做完这一切后，他小心翼翼地向寝室望去，看到两名内侍依旧在昏昏沉睡，顿时放下心来，迅速回到案前双手支颐，假寐了起来。

清晨的曙光投入了幕府，昏睡一夜的皇帝缓缓睁开了眼，看到幕府中只有赵高站在面前。

“阿高，方士呢?”皇帝轻声道。

“陛下，方士已走，说陛下已无大碍，还留了瓶丹药。”

“善，你且先出幕府，让朕养养神。”

当赵高的身影消失、幕府石门轰隆隆关闭之后，皇帝重新紧闭了双目，似乎在积蓄着力量，片刻后才重又睁眼，轻声一句：“出来吧，太尉。”

王贲的身影从一座暗门里闪现了出来。

“陛下……”看到皇帝一脸憔悴，王贲心下大是不忍。

“好了，好了。”皇帝轻轻摇头，露出一丝疲惫的笑意，“此番虽是做戏，朕这病痛却非作伪，若无方士神药，当真吉凶难料……”

“陛下离不开方士，臣明白。”

皇帝嘴角浮现出一丝苦笑，又养息了片刻才开口：“此番，你看清了?”

“臣一夜没睡，看清了。”

“先莫说是谁。除非你有足够明证，朕才会听你的。”

“臣知晓。若只这一事，臣不会贸然认定他与世族暗地勾结，黑冰台会继续暗访，北击匈奴之后，当能掌握明确证物。”

“朕却是盼你多虑了……”

“陛下好生歇息，臣告退了。”王贲没有接过皇帝的话头，拱了拱手退下了。

他独自一人来到庭院外，不出所料地看到一名年轻方士伫立在角落中。看看左右无人，忙快步上前：“你等何时出海?”

“便是午后。”

“盯紧那人。”

“断令放心，果有问题，此番定能抓住他把柄。”

“善，你且去吧。”

“诺。”方士的身影消失了。

4

就在皇帝的巡狩车队向西进发时，一支匈奴马队也由辽西郡的海滨秘密出发，一路辗转，终于抵达了阴山脚下的单于庭。

“终是到了……”清脆的銮铃声响中，一个女人般柔和的嗓音轻声道。

“先生自是到了，然对我而言，却是远远未到。”一个粗犷却又阴沉的嗓音答道。

“王子何意?”

“父王将单于庭自狼居胥山迁至这阴山，自是了不得的功绩；可若依我说，这单于庭该设在中原!”

“冒顿王子壮志可嘉。”

进行这番对话的两个人，此刻正在一望无际的草原上并辔而行。时候正是黎明，借着他们手中的火把可以看清，第一人似是中原人打扮，身材清瘦，着一件黑色斗篷，拉得很低的兜帽遮住了上半边脸，露在外面的肤色极是苍白，斗篷下还悬着一枚小小銮铃，正不住发出清脆的响声；另一个则是地道的匈奴人，尽管还是青年，脸上却写满了风霜，他身材矮壮两腿短粗，宽阔的脸庞上唇胡须浓密，下颌却只留一小撮硬须，左耳佩有一只正反射着火光的明晃晃大耳环，一顶皮风帽将披散的粗厚长发全然掩盖住了。

寒风如刀，枯黄的茫茫牧草没过了马膝，中原人和匈奴人都默不作声地率领着马队，向着不远处那连绵起伏的山峦的轮廓走去。

张良轻低着头，苍白而瘦骨嶙峋的双手紧握马缰。一路走来，尽管与身旁这位匈奴王子一同度过了众多艰险，两人却仍没有成为患难之交，依旧小心翼翼地彼此保持着距离。

当年王贲在淮北缉拿项氏满门时，他已抢先一步自下相脱身，此后便逃亡到东海郡潜伏下来，几年来以下邳为根基，四处同陈横等齐墨、东海郡一带的旧楚旧齐世族们秘密往来。数月前，他先后得知了秦军平定岭南、皇帝准备前往北疆巡狩的消息，毫不迟疑便做出了两手准备，一方面请陈横等齐墨南下，寻访打探项梁下落，若能找到便接应他回淮北；自己则带领着十余名悬刀刺客前往旧燕地的滨海，准备伺机再次行刺皇帝。然而张良没料到，航船刚赶到渤海海滨，自己安插在皇帝身边的耳目便发来密报，说太尉王贲正在这一带大肆搜捕老世族，旧燕地已是风声鹤唳，此种形势下根本不可能接近皇帝。张良虽心下失望，却也不肯就此空手而归，他知皇帝下一步便是要前往上郡，而去九原军的最大可能，便是安排对匈奴的战事，于是炮制了那条“亡秦者胡也”的谶语，又密令自己的耳目多加留意与九原军相关的种种动向，这回他终于没有失算，果然了解到了蒙恬抵御匈奴的种种谋划。

更使张良觉得时来运转的是，他本欲孤身前往茫茫草原，寻访那不知藏匿于何处的单于庭，不料竟在这旧燕地碰上了前来打探皇帝动向的匈奴王子冒顿，两人一拍即合，冒顿这便引着他向匈奴腹地赶来。

“赫连！赫连！”身后传来了匈奴骑士们的叫声，冒顿收住缰绳下马转身，和同伴们一道高呼着“赫连”，不顾清晨的寒冷，向着那轮初升的日头崇敬地跪伏了下去。这是匈奴人特有的风俗，每日清晨黄昏，日月初升之际都要跪伏祭拜。

张良却仍端坐马上一动未动，只是望着那洒满朝霞一片金黄的大草原；待到匈奴人纷纷起身重又上马时，他再转过身，看到了远处巍峨苍翠的阴山，以及阴山脚下那座头曼城。说是“城”，实则是连绵的雪白毡帐结成的一片营寨，其中最高大也最显眼的一座，便是单于庭所在的穹庐了。

马队飞快掠过大小穹庐、帐篷间堆积着的一座座草堆、畜粪堆，一副副挂着成串风干牛羊肉的木架，来到单于穹庐前。一名奴隶手捧铜盆拦住张良，张良依匈奴礼节，伸出细长的手指从中掬起一捧炭灰，将苍白的面孔涂得黑漆漆一片，这才跟在冒顿身后走入穹庐。

一张张被缝缀在一起的珍贵白狐皮围住了穹庐四壁，纯银三足灯台闪烁着点点火光，袅袅香烟自金光灿灿的铜炉中飘出，掩盖了帐中浓烈的腥膻味、马奶酪浆的酸气，也使这里显得影影绰绰。正中是一张巨大奏案，上面并排摆放着三样物事：被称为“径路刀”的一柄尺许长的短剑；被称为“金留犁”的一把匕首；以及一颗用作酒杯的人头，死者光秃秃的头盖骨已被挖去，尽管脸上已被蒙了一层皮，但那痛苦扭曲的神色仍旧依稀可辨。

一只毛茸茸的大手正按在人头酒杯上面，它的主人嘴角挂着一丝狰狞笑意，冷冷望着面前的不速之客。

和儿子一样，头曼单于个头不高却极为壮实，双腿很短，上身却很长，再加上胸膛宽阔、臂膀强壮，是故坐在案前仍颇显高大。他头戴单于金冠，一只头颈由绿松石雕成的金鹰展开两翼，立在冠顶俯瞰大地；张良听说过，这便是单于金冠，和那径路刀、金留犁一样，都代表着赫赫威势。

而在他两旁，按地位高低分别坐着左右贤王、左右谷蠡王、左右大将等贵胄和部族首领，他们平时都散布在各地草原，麾下控弦之士从数千到上万乃至数万不等，这几日却都集中在了这里。所有人都紧盯着张良，目光中不无轻蔑与敌意。

“冒顿，如何领来了一头病羊?”头曼单于用匈奴语开口道，上下打量着瘦削的张良，一双小眼睛泛着狡狯的光芒。

“禀报单于，此乃屠耆。”匈奴王子沉声道。

头曼单于的目光中闪过一丝疑惑，他好奇地打量着面前这透着三分神秘诡异的中原人，不明白如此一个看似弱不禁风的瘦弱之人，为何竟被儿子称为贤者。

“并非病羊，乃是狡狐。”张良用匈奴语答道，右手按在左胸深弯下腰，“韩人张良，参见撑犁孤涂单于虚连鞮头曼。”

头曼单于眯起了眼睛，不禁对这熟悉匈奴语言风俗的中原人产生了兴趣。

“屠耆可知，我这名号何意?”

“撑犁者，天也；孤涂者，子也；单于者，广大也；虚连鞮者，孝也；头曼者，万也!”

“所言不差!”头曼单于对张良的兴趣更加浓厚了，“我便是那统领无边大地的天之骄子！屠耆此来，何以教我?”

“闻听单于东约东胡，西约羌、月氏，意图射猎中原，特来献计，助单于真正占那无边大地。”

“说!”

“在下知晓冒顿此番谋划：东胡在东，匈奴在北，羌人月氏人在西，三路一齐开打，然则如此布置，却与往年南下大掠并无不同。单于乃不世出的英雄，心比那飞天的雄鹰还高，比那骏马跑过的草原还广，竟只甘心这般偷摸劫掠一番便撤去？便不想在那中原扎下根来?”

大帐中陡然静了下来，头曼单于也顿时收敛了狂傲，仔细打量着张良那双深不可测的双目。片刻沉默后才冒出一句：“屠耆教我。”

张良的嘴角浮现出一丝笑意，知道自己说到头曼单于心坎上了。

“在下在那秦人皇帝身旁安插了一名耳目，已预先探得了蒙恬兵力配置，这便讲与单于。”他说着缓步来到大帐中刚铺开的地图前，伸出细长白皙的手指指点着：“此为东胡即将前来的云中郡，此为目下匈奴秦军对峙的河南地与上郡，此为秦人北地郡，此为羌人月氏人开始尽数集结的陇西郡。蒙恬的谋划便是……”

5

在上郡停留旬日之后，皇帝动身南下回咸阳了，谁都不知皇帝在上郡究竟做了甚，但所有人都能从接下来的种种迹象中看出，北疆秦军分明已开始了备战。

此次随同出巡的三位武将，太尉王贲、卫尉杨端和、中尉马兴，竟全都被留在了上郡，一同留下的还有大半士卒、近半车马。此后随着太尉王贲的一系列命令，整个北疆都忙碌起来：从辽东开始，一直到雁门、代郡，北疆东线所有郡县都开始进入警备，一座座烽燧接连升起狼烟，辽西郡守辛胜、雁门郡守羌瘣等一干灭国大战时期的老将也被纷纷调至上郡；北疆西线，云中、上郡、北地、陇西这直面胡患的四郡更是战云密布，各郡县官署纷纷征发精壮民力，调集各地战马，整修大型军械，检视修缮各段长城，由关中向四郡输送粮草，补充打造兵刃甲胄，散出一匹匹斥候飞骑不断北上西进探察敌情……任谁都能看出，沉寂多年的九原军，这回是当真要有大动作了。

“千长，中原不同于岭南，也在情理，可你说中原这地方不同，相差如何也这般大?”

这一日的操演结束后，望着黄昏中荒莽的河西高地，以及那些川流不息的士卒民夫队列，阮翁仲喃喃问道。

“怎讲?”王离向坐在身旁、却还是与自己一般高大的巨人瞥了一眼。

巨人满脸不可思议：“俺随你等一路北上，见那楚地风貌尚与我岭南相去不远，可到了关中，却见景致大不相同。此番随皇帝出行，俺又见了那东边大海，见了目下这山地，更觉大开眼界……”

“稀罕这北疆么?”王离笑着问。

巨人沉默了片刻，摇了摇头：“不稀罕。林子少，水流少，终日漫天黄土、风吹日晒，又冷又干，不如岭南。”

“后悔来此地了?”

“后悔来北疆，却不后悔去关中。那多青山绿树溪流大泽，那多高楼广厦，那多稀罕物事……”阮翁仲一边说着，目光中也满是神往。

王离笑了：“关中形胜之地，谁不稀罕！这北疆自是荒凉，可若无人驻守，岂能保得关中富庶？实在说，俺刚到这上郡，心下也凉了半截，可再想想蒙恬将军和皇长子，都在这上郡戍守了多年，他二人吃得苦，我如何吃不得？既来之则安之便是。不日便与匈奴开打了，整日杀得昏天黑地，也便没心思念叨这等琐事了……”

“我等此番，能大胜匈奴么?”阮翁仲一脸迷惑。

“能，一定能！蒙恬将军何等名将，谋划了不知多少年，若无十足把握，敢轻易开打么?”

“却不知那匈奴人，比我百越人如何?”

王离笑了：“怕是更难对付!”

“俺不信！俺百越人虽打不过秦军，却不输匈奴!”

王离多少有些不屑地摇了摇头：“当年秦军受挫于岭南，只因粮草不够，秦凿渠一旦开通，百越各部便抵抗不得；这匈奴却厉害得多，逐水草迁徙，以放牧为生，无城郭、无房舍，不事耕种，大草原上来去如风，直如群狼一般!”

“……”阮翁仲没有答话，沉默了。

初来上郡，巨人自然如北上这一路遭遇的那样，再度引发了九原军的震动，蒙恬却是对王贲塞给自己的这位夸父大伤脑筋，不知该如何安置。阮翁仲单兵作战自然所向披靡，一个人便可抵得上一队重装步卒，若在岭南秦军那小股作战的卒伍中，自是锋锐无比的利器，可九原军向来延续秦军的大兵团传统，各部最讲的便是协同配合，阮翁仲初入秦军，短短几个月根本不可能练得那般如臂使指，也没有一队步卒能与他协同操练，如此一来要他何用？无奈之下，蒙恬想起了那传说中的中山国力士吾丘鸩，于是对他做出了几项特殊安排：其一，让军中工匠为他量身打造一套巨大铁甲、一柄重达四十斤的铁杖；其二，命他每日练习投掷长矛石块，务求精准；其三，自军中选出一名精于技击的千长，教他些基本的军中技击之术；其四，每日军中操演都命他在一旁仔细观看，多少也要熟知九原军基本战法；其五，命他暂归扶苏麾下，日后再另做安置。就这样，巨人在九原军中算是扎下根来，而每日教他技击的，便是同样归于扶苏麾下的王离。从岭南到咸阳到辽西再到目下的九原，两人虽只相处了短短数月，却还当真相得，彼此已成了亲密无间的袍泽，彼此吵闹更是常事，只是阮翁仲笨嘴拙舌，次次斗嘴都落下风，好在也不恼，嘿嘿一阵憨笑也就过去了。

“你二人倒真有闲暇，还有空在此拌嘴。”身后一个声音淡淡道。

两人同时扭头，看到扶苏正站在身后几步开外，忙同时叫了声“都尉”，巨人则很笨拙地站了起来。

“随我走。”扶苏沉声一句转身而去。两人忙快步跟上，片刻后便来到了幕府大帐外的校军场上，王离一眼便望见那面大纛下伫立着九原将军蒙恬、陇西将军李信。

“好个猛士！”李信仰头望着巨人，目光中充满了赞赏，“直如前些年我临洮传言中那长人一般高大！”

“为你配的这夸父如何？够扎势吧？”蒙恬笑道，“到时只需阵前一站，气势上先压胡人一头！”

“扎势，确是扎势！”李信朗声笑道，“便是他了！”

蒙恬点头，仰望着巨人：“阮翁仲，你今晚收拾行装，明日一早随李信大军出发。”

“去，去做甚？”巨人惊讶地瞪大了眼睛。

“去陇西，打匈奴！”李信笑道，“陇西多山谷，你这般威猛，只消往谷口一站，千军万马也冲不过去！”

“好！甚好！”一听有仗可打，阮翁仲陡然兴奋起来，然而马上又迟疑了，“可俺若去了陇西，岂不是要与都尉、千长和丹骎分开了么？”

“只这一战！”李信又好气又好笑，“战后你便回上郡——不对，该是九原了，仍归伯秦部！”

“阮翁仲，军令如山，便是让你送死也不得迟疑，断无还价之理，日后牢记。”扶苏也沉声道。

“日后还归都尉管，俺便去！”巨人马上爽快地应承了。

“善，没你事了，去吧。明日等候军令便是。”蒙恬点点头，示意阮翁仲可以走了。待到巨人高大的身影消失在校军场尽头后，蒙恬又冲着一直沉默的王离开了口：“王离，你前日请命，我允准了。事关重大务求成功，还要安全回营。能做到么？”说话间紧盯着他的双目，语气前所未有的郑重。

“能！”王离毫不犹豫地应道。

……

次日清晨，红日刚升上山头，整个上郡大营便沸腾了。

号角四下响彻了河西高地，散落在山塬梁峁的一座座营垒全然大开，士卒们组成的一条黑压压长龙向西流淌而去。打头的便是那位顶盔贯甲、直如天神般威武高大的巨人阮翁仲，他高举一面秦军“李”字大纛，大步流星走在最前面开道；身后便是那些雄壮的战马，那些高大的战车，那些森严的重甲步卒，那些怪异威猛的连弩大炮，那些载满了粮草兵刃箭矢军帐的辎重车辆。他们行进途中带起的遮天蔽日的烟尘，使那一片林立密集的旗幡显得影影绰绰，又如漠漠阴云般连绵不绝，任何训练有素的斥候只消遥遥望上一眼，便足可断定这支大军至少也有二十万以上。

伴随着那号角声声的，是万千九原军将士高唱的《小雅·出车》：

我出我车，于彼牧矣。
自天子所，谓我来矣。
召彼仆夫，谓之载矣。
王事多难，维其棘矣。
……

“李将军，此番你重任在肩，定要小心。”站在上郡大营那面大纛之下，王贲向面前的李信沉声叮嘱道。

“太尉放心。”李信深深点头，“这一战，我等已期盼了多年，不能大胜，不算全功！”

“谁云只你二人期盼多年？我等便不盼这一战么？”李信身旁的秦腾朗声笑道，“时隔多年，昔年灭国大将终是尽数齐聚，重又披挂上阵，岂能不好好打他一仗！”

“正是如此！”杨端和、辛胜、羌瘣、马兴、章邯等大将齐声叫道，此后纷纷跃上各自战车，眼见他们先后随黑色洪流向西而去，王贲也扭过头来望向蒙恬：“蒙将军，大军既然开出，我也便回咸阳了，皇帝与我都信得过你，放手开打便是！”

“太尉放心！”蒙恬拱手一躬，忽又想起什么，补上一句，“王离，我定会……”

“莫要管他！”王贲却骤然打断了这句话，“他若是虎狼，便无须旁人照应；他若是羔羊，便更不必管他，我王氏不要那般孱弱子孙！”

蒙恬笑了：“皇长子当年从军，皇帝也这般说。也好。”

王贲默不作声向他拱了拱手，飞身跃上戎车，一路绝尘而去；几乎与此同时，一名骑士也孤零零伫立在上郡大营之外，牵着自己那匹通体火红的骏马，扭头望着太尉王贲远去的车队。

“阿翁，此番俺绝不给你和大父丢脸……”

他轻轻默念着，然后飞身上马，拍拍自己坐骑的侧脸：“丹骎，走了，随我会匈奴去！”

火红的骏马仰天嘶鸣，如一团红云般向着北方飘去，一人一马很快便成了一个小小的红点。

6

九原军刚向陇西进发，秦军的动向便落入了头曼单于之手。

穹庐之中，头曼单于轻抚着长案上的人头酒杯，听着斥候军报，细小的双目闪烁着兴奋的光芒。

斥候回报说，蒙恬只在上郡大营留下了五万兵马，其余大军均交与李信，尽数向陇西调集，兵力二十万，连弩大炮三百余架，辎重车马更是绵延不绝，少说也有万辆之多；更有甚者，秦军新来那怪物，直和祭天金人般高大的阮翁仲，这次也在军中，显是秦人为在陇西开战才将他调去。

“蒙恬定是认准，五万兵马拒守长城足够，这才敢将大军西调……”如此暗想了许久，头曼单于嘴角终是露出一丝笑意，叫来了冒顿与左贤王，讲述秦人动向后又说出了自己的盘算：目下秦人大军集结于陇西，上郡必定空虚，是故我等可将计就计，在陇西虚张声势假意示形，真正主力仍然直取上郡！具体谋划是：冒顿领本部三万人马，假扮成十万大军支援陇西，辖制诸胡联军，作势拖住陇西秦军，此中关键在于，诸胡联军不能虚张声势，而必须与秦人全力拼杀且死伤不论，须知李信为人精细，诸胡联军若不肯硬攻，必被他察觉，如此则无法迷惑秦人；陇西一旦开打，头曼单于自己便领东胡匈奴联军进兵上郡；李信知匈奴意图自上郡南下后，定会重新调兵东进，此时冒顿便须拖住李信，只要匈奴主力能突破长城，杀入关中，便是大功一件！

“……冒顿，我知你不想匈奴人伤亡，你可设法让那月氏、羌两部打头阵。那两部头领我都知晓，一不知秦人底细，二也是蛮勇无谋，便让他们留在阵后也不会答应，替我匈奴送死正好！这是径路刀，”头曼单于说着递过自己那柄随身短剑，“我与各部头领盟誓，曾用它搅酒，诸胡都知此乃我随身之物，此番交你做信物，他们必定认你！”

冒顿恭敬地伸出双手，从父亲那里接过了这样信物，转身出了穹庐。他前脚刚出大帐，左贤王便蹑手蹑脚来到帐口，看到冒顿走远后忙快步赶回，一脸喜色："单于妙计！你这一箭发出，必当连射两只大雕！"

头曼单于不屑地哼了一声："两只？"

"不对，三只……四只！"左贤王扳着手指算了片刻，这才回过神来，更是满脸钦佩，"既攻入中原，又破了秦人，还削弱了羌、月氏、呼衍氏……还杀了冒顿！"说到最后一句，猛然放低了嗓音。

头曼单于粗犷的脸上绽放出一丝狞厉的笑意，却又轻叹口气："冒顿若非我儿，我也不会对他动杀机。此子才干在我匈奴人中都是首屈一指，当真不愧我儿。可惜他非要力主我匈奴多与中原人往来，多学那些中原风俗……"

"况且，单于还有阏氏那幼子，可是如此？"左贤王笑了。

"不错，若不杀冒顿，我死后，他必会杀她母子俩……"

"屠耆，明早我便动身去陇西了。"

一声銮铃的清脆响动，张良轻抬起头，静静打量着面前的匈奴王子。

"做甚？"

"与秦人交手。"

"秦人多少？"

"二十五万。"

"诸胡联军多少？"

"连我本部援军，十三万。"

"兵力相差这般悬殊，王子有把握不会落败？"

"我有法保得匈奴本部。"

"恕张良直言，单于遣王子前往陇西，只怕另有深意。"

"单于的心思，我一清二楚。"冒顿笑容中的寒意极为慑人，"命我前往陇西，先是不许我参与攻河西之战，如此便立不得战功；此外，那右贤王向与单于不和，绝不肯听命于我，若诸胡联军再惨败给秦人，羌王、月氏王必同时向我发难，到时右贤王再从中煽动，极可能有兵变。单于命我前往陇西，明是重用我，实是想借刀杀人！我若不听单于之言，不与秦人真正交手，他更可借口攻秦不力将我斩杀！"

"单于为何这般算计王子？"

"还不是宠爱他那阏氏！"冒顿咬牙切齿道，"那阏氏已为单于新生了个狼崽，早想废我王子之位，也算准了我不会甘心，这才想先下手为强！然则我偏不上当。做统帅，我自然要做；攻秦，我也自然要攻；只是不会自投他罗网。"

“王子果然人杰，张良没看走眼。”张良点点头，语气中充满了赞许，“在下愿为王子一谋：陇西秦军中，有张良一位故交，张良可说动他倒戈，到时里应外合，必能大破秦军。”

沉默着思索了片刻，冒顿还是摇了摇头：“此法虽省力，却是太险，划不来。”

张良没有再坚持，目光中却隐隐闪过一丝失落。

冒顿站了起来，在穹庐中来回踱了几步：“屠耆，你若随我去陇西，战场上太过凶险；若留这头曼城，难保单于不会寻借口杀你。你且走吧，此番你通风报信，也算我匈奴功臣，想要财货牛马尽管开口，想去何处直说便是，我可遣亲信骑士送你。”

“王子信不过我那故交，却信得过张良，肯放我走?”

“便是屠耆果然心怀不轨，也决然算计不过冒顿。”冒顿森然丢下一句，“只是目下，你已对我无用而已。”

张良沉默了片刻，终是轻轻点头：“既如此，张良告辞，但愿匈奴此番能大破秦军。”说着起身向穹庐帐外走去。

“屠耆甚财货也不要么?”背后传来了冒顿的叫声。

“此事，待你匈奴灭秦之后再说……”

这句话夹在銮铃声响中，显得分外轻柔；话音未落，张良的身影已同夜色融为了一体。

夜半时分，陇西长城前。

北起狄道、南至临洮那绵延数百里的长城之外，漫山遍野散布着形形色色的戎狄部族，无边无际的畜群蠕动在连绵草地上，铺天盖地的穹庐林立在坡塬间，直如密密麻麻的蝗群覆压在广袤田畴中一般，分外触目惊心。

尽管已是深夜，但长城外仍是那些牲畜形形色色的啼叫，仍是那些戎狄战士们操着各色口音的吆喝呼哨，仍是那些羌笛、琵琶、箜篌混在一起形成的各种杂乱无章的乐声。连日来的每个夜晚，诸胡联军的营地都是这般乱糟糟一片，吵得人根本无法入睡，对秦人来说，此间唯一好处便是，一旦对手试图夜袭，自己马上便能察觉。

一座座烽火台上不断在夜风中摇曳的巨大火焰，与士卒们手中火把的光亮交相辉映。在士卒们的簇拥下，陇西将军李信漫步在长城上，巡视着城防。

上郡议兵时，李信已明确了自己的任务：多方示形，一方面诱使西路的诸胡联军深入陇西腹地，另一方面则使头曼单于认定秦军主力在此，从而放心南下；待到蒙恬下达出击将令，则亲率陇西军大举杀出，全力攻破诸胡联军，将他们往东北方向驱赶，直至与蒙恬主力及时合围，将他们包抄后一举剿灭。

按照这一谋划，回陇西的路上，李信一路多方示伪，将五万大军伪装成二十万，以此骗过了匈奴斥候；到达狄道后便将这支援军和那些大型兵器补充进陇西守军，使整支卒伍达到了十万，此后又连连调配兵力，刚刚做好准备，诸胡联军便开始大举西进，猛扑陇西郡西大门——枹罕要塞。此地向来是重兵把守，李信这回却只留下了三千死士和些许牲畜财货，又在由枹罕到狄道的近百里山地草原间选取险要地段，接连布下了十数座营垒，各留守了三五千不等的死士们，要求他们尽力将诸胡联军多拖住几日，以期使对手形成错觉——秦人虽也猛勇，但自己若硬拼下来，仍可将他们击败！目下已过去了旬日，战事进程一直按李信的预料进展着，诸胡联军用两日攻陷了枹罕要塞，又用了五日攻到狄道—临洮一线以西，不出所料地在长城脚下被阻隔，又不出所料地因轻敌而不甘撤退，仍旧在持续猛攻……

目下，只待蒙恬那边了。

同一个时刻，伫立在诸胡大阵后方一座山塬上的冒顿，也在打量着对面的陇西长城。

旬日前，他来到诸胡联军中，向各部首领出示了径路刀，也传达了父王之命，羌王月氏王早盼着大举攻秦，一听自然毫无异议，右贤王却对冒顿的到来大为不满。他是匈奴最大的世族呼衍氏的族长，一直不服头曼单于，自然同样不服冒顿。而冒顿也明白他的心思，当夜便暗地里前去拜访，将父王连番谋划和盘托出，右贤王听得咬牙切齿连连拍案，这便要撤兵杀向河南地，去向头曼单于兴师问罪，却终究还是被冒顿说服了。冒顿说，单于命右贤王攻秦，你无凭无据撤军便是违抗号令，到时单于以此为借口，联结几家一同讨伐你，呼衍氏岂不是大险？而今你我便是一根绳上两只雁，是故冒顿愿为呼衍氏一谋：我等虽则进兵，却不与秦人当真开打，若战事不利，至少能保得匈奴本部无恙！说罢又是一阵低语，右贤王总算将信将疑答应了。

次日大帐议兵，冒顿便对各族头领道，我匈奴向有月满而战之俗，此番进兵自然不得违背，目下距月满尚有时日，当驻扎几日再行进兵。羌王月氏王哪知冒顿真正心思，顿时嗷嗷大叫哪等得那般久，要打马上打！两王反应自然都在冒顿算计之中，假意折辩一番，又假意不得已屈服，最后同两王约定，羌人、月氏人若等不及，可先行攻秦，若能胜战，缴获的牲畜奴隶财货都归各自所有，匈奴部一概不要，只等杀入关中后再大肆劫掠。两王一听自然大是振奋，不及细想便调兵东进。冒顿当时还心下冷笑不已，觉得他们真是自寻死路，不料枹罕竟真被两部联手攻下了，两日激战，三千守军战死了大半，剩余七八百人仓皇败逃，羌人月氏人尽管死伤同样多，却终究旗开得胜；接下来几日的战事，进程更是顺利得出人意料，诸胡联军竟一路狂飙突进到了狄道—临洮一线！

不过，当他们正式攻向长城脚下的秦军营垒时，形势有变化了，这回他们遭遇的秦军战力显然强了许多，激战一整日，诸胡联军伤亡数千，半步前进不得。羌王月氏王顿时大为光火：鸟个秦人，如何这般勇猛了？不信打不过他，给我杀！杀上长城，活人一个不留，全数屠尽！如是这般连续猛攻了三日，却仍是一筹莫展，攻势竟一下艰涩了起来……

“莫不是有诈?”这个念头始终盘旋在冒顿心底。连日来的战事的确大为反常——按理讲，诸胡联军遭遇的是秦军主力，前几日战事本该分外艰难，不料连日来节节胜战，此中最大可能便是，李信是在诱使联军步入死地，然后几面合围。可又有一样说不通：这狄道一带不同于枹罕，尽是草原，根本无从设伏，既如此，李信究竟意欲何为？除非……

——除非，秦人已看穿父王谋划，知晓匈奴主力仍在上郡！

心念及此，冒顿不由得心头一颤，冷汗涔涔渗了出来，连忙转身下了山塬，向着右贤王的大帐走去。

7

震天的杀声与战鼓号角声中，一股股粗大狼烟冲天而起，陇西长城脚下，诸胡联军的攻势已持续多日了。

那些身披兽皮袒露着一边臂膀、披散的粗厚长发半遮住黑黝黝脸庞的羌人，那些褐发尖颏深眼窝、头戴毡帽身披皮裘的月氏人，共同组成了诸胡联军的前锋，他们不用缰绳鞍辔便在坐骑背上坐得安如磐石，挥舞着手中的棍棒、流星锤、管銎斧、鹤嘴斧，驱动着那些高大强壮长毛及脚的牦牛，那些背生双峰的橐驼（骆驼），那些毛色呈鳞状、前脚全白的驒騱……一同向着长城脚下的秦军大阵漫山遍野轰隆隆漫卷而来。骑士们面孔扭曲双目血红，声嘶力竭地咆哮着；而那些异兽们也用各种音色吼叫着，鼻孔喷出的粗气汇成了片片白雾，一座座不断起伏的脊背几乎结成了一片斑斓的连绵山峦，单是那一往无前的气势便令人心惊。

在秦军营垒那宽深壕沟和连绵城垣的阻隔下，在长城上居高临下接连泼洒的飞石弩矢的阻击下，诸胡联军的攻势仍是徒劳无功。不时可见那些中箭或被飞石砸中的异兽发出阵阵痛苦的嘶鸣，或是掉头回撤，或是发狂般地四下乱窜，自相碰撞践踏者数不胜数，而羌人月氏人的骑士只要跌落在地，立即便会被它们的铁蹄踢碎头颅踏破肚腹，成为一具具鲜血四溅肚肠流淌的尸体。可饶是如此，却仍无一人后撤，尤其是素来悍勇的羌人，号称得西方金行之气，最以战死为吉，依旧一拨拨向着秦军营垒猛冲不止。

与此形成鲜明对比的是位于后阵的匈奴骑士们，依旧一片鸦雀无声。马背上的冒顿和右贤王一同伫立在匈奴大阵的最前方，遥望着远处的厮杀，脸色都极为阴沉。

“这才是秦人的真正实力，我等硬拼，根本拼不过。”望着远处胶着的战局，冒顿压低了声音。

“冒顿你且说，我等何时撤兵?”右贤王以同样的低声问道。

“目下羌人月氏人两部战力犹存，秦人还会用连弩飞石多耗一时，待到他们筋疲力尽才一举杀出，到时我等全力撤军，既名正言顺，两部也无暇顾及!”

“也罢，那便再等……”

“将军，匈奴人怕是察觉了。”

长城之上，望着对面依旧岿然不动的匈奴大军，一名司马轻声道。

李信的嘴角浮起一丝冷笑：“不怕，他能逃得一时，也逃不过一世。赵公辅尚未发来消息，莫要轻动。”说着目光越过脚下厮杀的战场，投向了远方。

“赵公辅，只看你这一路了……”李信自语道。

恰在此时，诸胡联军的右翼，也就是南方，突然传来了阵阵轰鸣，巨大的烟尘陡然弥漫开来，片刻之间变成了大队陇西飞骑，马背上的骑士们人手一柄投枪；最特殊的是，冲在最前面的竟是个两丈高的巨人，尽管浓重烟尘包裹着他，却仍能看到他身披全副秦军铠甲，身背一柄极粗大的铁杖，左臂则环抱一捆连弩大箭，迈步狂奔竟比战马冲得还快，正是那巨人阮翁仲!

“来了！来了!”长城上的守军们兴奋地奔走相告，本就振奋的士气更加高涨起来。

“阮翁仲赵公辅同时自南面临洮出动，一路侧击诸胡联军，一路包抄后路。阮翁仲既然杀到，赵公辅必定也快到了！等的便是此时!”想到这里，李信双目陡然泛起光彩，将手中令旗猛然一挥。

无数号角的嘶鸣响彻了深秋的天穹，秦军戒备森严的营垒顿时接连洞开，一队队骑士纷纷杀出，又如道道利剑般刺向诸胡联军，瞬间便将羌人和月氏人的军阵切割成了万千碎片。与此同时，阮翁仲率领的那队陇西飞骑也迅速逼近，陇西飞骑阵中投矛连连掷出，每支投矛到处都是一片血花飞溅；巨人更是一声雷霆般的咆哮，右手从左臂那捆大箭中抽出一支，同样将它掷向了手忙脚乱的诸胡联军，立即便扎穿了一头牦牛三名羌人的身躯，竟比真正机发连弩的威力还大！

“快撤！快撤！”羌王和月氏王几乎是同时喊道，他们眼看秦军飞骑已纷纷揳入各自战阵，砍瓜切菜般屠戮起来，这才见识了秦军战力是何等恐怖，不由得呼天抢地捶胸顿足，率先夺路西逃。眼见首领撤退，那些戎狄士卒们更是无心恋战，也紧随其后开始了乱糟糟轰隆隆的大溃败。

“右贤王，便是此时，我等也逃！”冒顿大喊了一句，第一个掉转了马头。

“好！全军向东北突围，杀回河南地！”眼见羌人、月氏人兵败如山倒，右贤王居然大是振奋，率领着早已随时候命的匈奴飞骑，如一片茫茫大浪般向着东北方卷去。

“匈奴果然遁逃了！”李信心念一动，第一反应是自己亲领一军前去追击，但冷静下来又想了想，很快否定了这个念头：冒顿与右贤王虽是向河南地撤退，但那里还有蒙恬重兵围剿，几乎可以肯定不会让他们逃脱；相形之下，还是赵公辅那路最为要紧，他手下一则兵力少，二则时辰紧，那一带虽地势险要易守难攻，可若无大军支援，还真有可能被突破，如此看来，当务之急还是全力追杀羌人月氏人，支援赵公辅！

不过，自己也不能就此放任冒顿与右贤王逃走，李信的心思转得飞快：这二人向与头曼单于不合，若无追兵紧追不舍，使他们时刻感到威胁，逃出陇西战场从容休整后，他们很可能不会与头曼单于的主力大军会合，而是径自向西北方逃窜，如此一来，仍可能走脱这条漏网之鱼！毕竟，这部匈奴人加起来仍有五六万之多，人数着实可观，李信无论如何也不希望让他们轻易逃掉。心念既定大吼一句：“全军齐出，将羌人月氏人向西驱赶！阮翁仲来见我！”。

“将军！”巨人很快出现在了李信面前，铠甲战袍不住向下滴着鲜血。

“还跑得动否?”李信仰望着他。

“再奔上一日也无事！”巨人一拳擂在自己胸口的铠甲上，发出轰隆声响，语气中满是自豪。

“交你一样重任，看见那匈奴人否？将他们赶向东北！”

巨人随着李信手指的方向遥遥望去，正看到那片白色浪潮迅速向东北方散去。

“俺在百越赶过象群，好说！”巨人匆匆撂下这一句，便领着五千兵马追击而去；李信则亲率大军，开始了对溃逃的羌人月氏人的最后掩杀。

此时的战场大势已开始有所变化：李信的主力骑兵、阮翁仲方才率领的那支偏师分自东、南两个方向攻来，很快便收拢合并成一路，结为半环，一同将羌人、月氏人向西渐渐挤压。这两部戎狄士卒本就从不讲究队列阵形，目下又是同病相怜，自然都混杂在一起，只是盲目追随着各自首领，互相践踏着，全力向西疯狂逃窜。不过，羌王和月氏王虽是各自逃命，倒也没完全慌了手脚，他们想法都一样：追杀的秦军以骑兵为主，这一带却是山峦起伏，不利于骑兵纵横驰骋，追击的脚步定会大大滞涩；可羌、月氏两部却是长年生活在山地，由此逃亡既顺当又便于藏匿，只要能稍稍喘息片刻，便足可重整旗鼓，总不致全军覆没！是故他们不约而同选择了原路返回，向着东进攻秦时的山道拼命逃去。

却不料，正当戎狄大军五色驳杂的人潮向西席卷而去时，前方那片原本寂静的连绵山林骤然鼓号大作，无数原木飞石随之滚滚落下，正在全力前冲的人潮骤遇这一突变，立刻如浪头遇上水坝般卷了回去，倒是止住了溃退之势，重又立定了脚跟。胡人们定睛看时，漫山遍野已亮出了秦军的一面面黑旗，当先一面大纛上的白色“赵”字分外惹眼！

随后，一个年轻嗓音由那面“赵”字大纛下响了起来，夯石般砸上了戎狄士卒的心头：

“胡人听好！我乃秦军裨将赵公辅！奉陇西将军之命，已堵死你等退路，若欲活命，早早弃甲请降！”

“岂有此理！”羌王咆哮起来，“骑兵打不过也倒罢了，这山地你秦人也这般猖狂么？给我杀！这一路秦人不多，全力突围，当能活命！”

“李信大军在后，若不突围，我等都要死在这里！”月氏王也大叫道。

“死到临头，还心存侥幸？”大纛下的赵公辅一声冷笑，劈下令旗，“火箭，射——！”

一面红色令旗在山谷中招摇开来，霎时间，喊杀声、号嗡声、箭矢破空声、火焰燃烧的噼啪响动声登时混杂在一起，久久回荡在了谷地上空。

……

一个黑衣人静静伫立在离这片战场不远处的山头，默然望着满谷的烈火，又遥望着那面“赵”字大纛，终是眯起眼睛，轻叹了一口气。

“赵公辅，你竟忘了自己是何人么？如何为秦人卖起命来……”

他这样自言自语着，转身缓步走了，銮铃的叮当声响混杂在脚步中，分外清脆悦耳。

第十五章　如鸷击雀

1

头曼单于并不知晓陇西战事的失利，即便知晓，这场败战也丝毫不会影响他的谋划，当诸胡联军已被全歼、冒顿和右贤王正在阮翁仲的追击下仓皇逃窜时，他已率领着真正的匈奴主力大举南下了。

一片寂寥的大漠尽头隐隐显出了一线苍黄，很快便成了遮天蔽日的烟尘，如同海潮正在逼近，原本平静的大地也开始越来越剧烈地震颤起来。庞大的骑兵大军慢慢在烟尘笼罩中现身，雪白的旗帜，雪白的畜群，身着白色翻毛羊皮的骑士，漫无边际地覆盖了茫茫瀚海，最高那面大纛上绣着一匹双头马，宣告着匈奴人的到来。

这支史无前例的大军足有数十万之多，分为前后两军。前军是主战的二十余万骑兵，由左贤王、东胡王和那些形形色色的部族首领共同统帅，匈奴的年轻精壮和所有东胡人几乎尽数在此；后军中除却那些赶着一辆辆胡车和无尽牛羊的老弱、少年、女子之外，最显眼也最令人震撼的，便是头曼单于亲率的四方色马阵——那成千上万匹骏马，按毛色分为壁垒森严的四方大阵：最前端的南方是一片漫无边际的血红，那是万千骍马；左手东方是清一色的青駹马，一片密林般的郁郁葱葱；对面的正西方则是数千白马组成的一片雪原；而负责殿后的便是大群乌骊，直如无穷无尽的北溟一般……

望着自己的四方色马阵，望着那漫无边际的车队畜群，头曼单于心下踌躇满志——这次与其说是南下进军，不如说是匈奴举族南迁。他虽不喜欢那个叫张良的中原人，却也承认，他为自己勾勒出的前景的确诱人：河南地已被匈奴占了，这还不够，自己下一步还要击溃九原军，还要越过长城和河西高地，直捣关中！只要匈奴大军能杀入关中，便如同饿狼扑入羊群，那无数的畜群、财货、人口，都将是匈奴人囊中之物，自己也将正式在中原立国称王！……南下以来，这样的宏图伟业一直盘旋在头曼单于的心头，使他得意非凡，在他眼里，那未来的一连串胜利都是理所当然的。

“单于！单于！”一名匈奴骑士的高呼打断了他的思绪，“左贤王来报！前军发现秦人斥候行踪！我等可需再等，待陇西战报传来，再行进军?”

“不必！”头曼单于分外豪爽地大手一挥，“诸胡联军败不败，与我何干?数十万大军南下，秦人纵有图谋，还能将我等一口吞灭? 多等一日，他便多一分准备，我等正要打他个出其不意！你且告诉左贤王：继续急行，到了上郡直接开打！”

“遵命！”

望着骑士策马绝尘而去，头曼单于得意地笑了：三日后方是满月之日，秦人只知我匈奴月满而战，定然以为我等那时才会进攻。他却不知，月圆之夜匈奴自要大举进攻，不过那时我等已越过长城，要攻的已变成关中了！

想到这里他放声大笑起来，笑过之后忽又觉不对，凝神细思了片刻，又扭头高喊了一句：“传令四方色马阵：先莫紧随前军，与他拉开百里路程！”

深秋的寒风掠过河西高地的重重山林，哗哗林涛随之响起，却衬得这片幽谷更加空旷寂寥。斜阳下，黑压压一片的九原飞骑已集结成一块块方阵，战马都是清一色的阴山胡马，每一匹自幼都以粟米喂养，号称粟马；马背上的骑士近三分之一都是铁鹰锐士，可以说整个九原军的精锐，都集中在了这支卒伍中。

没有旌旗的猎猎掣动声，也没有号角战鼓的轰鸣，更没有战马的响鼻、骑士的喊叫。非但如此，所有的战马都被包裹起了四蹄，马嘴也被罩上了一层麻布；而骑士们也各自口衔一根长枚，他们背后的弩机箭箙、腰间的长剑匕首、手中的革盾，也都已牢牢固定好，即使抓住它们猛然掣动，也不会发出丝毫响声。

“王离，准备好了么?”扶苏策动着胯下那匹名为追风的宝马，来到了王离面前，低声问道，目下这支一万五千人的骑兵中，只有他一个人还能开口。

望着扶苏关切的目光，丹骎背上的王离咬紧口中的长枚，使劲儿点头，目光分外坚定。

“千万莫把我等带迷路。”扶苏说着笑了。

王离也发出了强自压抑的轻笑，仍紧咬着长枚摇头，又拍拍丹骎的脖颈。

“也对，你纵迷路，还有丹骎。”扶苏笑着也摸了摸丹骎火红的鬃毛，“既如此，你便领千人队做前锋，一定小心！”说着也将手中的长枚横在嘴边咬住，对王离一挥手，王离则对他重重一点头，双腿轻轻一夹，丹骎便迈开小碎步，向着密林深处而去。一个又一个千人队紧随其后连成了一条长长的黑色洪流，悄无声息没入了河西高地的山林之中。

咸阳，太尉府。

刚接到信鹞带来的蒙恬军报，王贲便站起身，来到那幅北疆地图前久久凝视着，心下不知是第多少次推敲起九原军决战时的部署：一旦匈奴主力南下，各路九原军便分头行动，杨翁子五万步卒连同大型兵器依旧驻守上郡大营；杨端和辛胜等灭国旧将领军向西，分头埋伏在北地郡；蒙恬亲领十万大军插向云中郡，切断匈奴向东的退路，将匈奴主力向西驱赶；最后一路奇兵则插入匈奴背后，自北向南发动突袭，直取头曼单于！

王贲早已知晓，那最后一路奇兵，领军的是皇长子扶苏；引路的，则是自己的儿子王离。

尽管心下对即将第一次上阵杀敌的儿子也极是牵挂，但目下王贲最在意的，还是目前战局的变化——老奸巨猾的头曼单于偏多了个心眼儿，没有跟随匈奴主力一同进攻长城，而是将整支大军分为前后两部，自己缩在后面，看架势显然仍有狐疑。此种形势下，若欲抓住头曼，关键还在皇长子那一路，只不过那支飞骑是由儿子导引，这碎崽子入军以来虽未真正出过大纰漏，却也着实不能让人省心，此番能否完成这重任?

尽管王贲仍然紧盯地图，心却早已飞到了河南地战场之上，随之涌上心头的，是自己年轻时和李信的一番对答。陇西李氏向以骑射出名，李信箭术同样出类拔萃，自己曾问过他那神射之要究竟在何处，李信只简单给出了四个字：持满毋发——瞄准后拉弦，但轻易不要松手，只有万无一失时才一击必杀！这是箭术，却也是将道，这点说起来容易，真正做起来却是难上加难，除却勇猛无畏，这还需要何等顽韧的心志、何等沉雄的定力、何等敏锐的眼光、何等精准的判断？放眼秦国，甚至放眼天下，能同时满足这几样的大将几乎没有，李信自己做不到；扪心自问王贲自己同样做不到。在他的记忆里，只有一个人，绝无仅有的一个人，能真正做到这持满毋发。

那便是自己的父亲，上将军王翦。

而蒙恬，究竟能否做到？

“蒙恬，看你的了；王离，莫让我失望……”望着那幅北疆地图，王贲心下暗想。

2

不知何时，原本明晃晃高悬天际的日头躲入了重重云层，天色开始晦暗起来，寒风掠过登时便是遮天蔽日的一片灰黄，沙粒纷纷扬扬打在铠甲头盔上，发出音色不同的清脆声响。骑士们都抬起手臂，尽可能挡住脸庞，尽管他们都以麻布蒙住了大半张脸，但仍有袒露在外的肌肤不时被细小沙粒打中，刀割一般疼，偶尔甚至会渗出一两道血丝。

不过，王离却并无丝毫抱怨，反倒颇有些庆幸：这不时卷起的沙暴，虽说使行军认路平添了不少艰难，却也刚好掩盖了此番奔袭战的所有形迹——大队人马的身影，战马驰骋时腾起的烟尘、发出的颤动，一并都消弭在这沙暴中了，此种形势下，即使有匈奴人的斥候往来游弋巡逻，发现这支飞骑的可能性也会大大降低，也算是老天护佑。

在王离的带领下，这支秦军三日前率先由上郡动身，走的便是王离刺探军情深入瀚海时的旧路，他们的计划是先一路北上，急行抵达大河南岸，然后折返回来，一面南行一面探察匈奴大军动向，确定头曼单于的所在后，便立即向单于庭发动雷霆一击。而目下，他们的任务已完成了相对容易的少半，一万五千飞骑风驰电掣了一整日抵达大河南岸，此后便一边寻觅着匈奴大军留下的那些踪迹，一边小心翼翼地藏匿着自己的行踪，如是度过了后两日，若依寻常脚程推断，匈奴大军应该就在前方不远处了。

远处遥遥传来了秋雁的唳叫，极有规律的三长一短，反复回荡在瀚海上空。王离听出这是自己千人队的斥候发来的军报，表示发现了情况，招呼同伴一起过去，于是招了招手，率领着一个骑士赶去。片刻后便望见了几名斥候的身影，再向这片沙地扫过去一眼，不由得瞪大了眼睛：方圆数十里的荒漠上，到处是散落成堆的畜粪、屠宰牲畜留下的斑斑血迹、被啃得光秃秃又随意丢弃的骨架、篝火燃烧后剩下的炭灰、穹庐破碎的布条……最关键的是，大片大片杂乱无章的脚印与牲畜蹄印，正向着前方绵延而去。

除此之外，这里还萦绕着一股淡淡的膻臊味，即使是不时刮起的沙暴，也无法将它们全然驱散。

"是匈奴主力，没错！"王离这样暗想着，心下涌起了紧张和兴奋，情不自禁地颤抖起来——此地既还有膻臊余味，便只有两种可能：其一，匈奴大军牲畜太多，膻气极重，直到目下还未能全部散去；其二，匈奴人刚过去不久，这膻气未及散去。自然，更可能是二者兼而有之！如此看来，匈奴大军该当不远！当即策马回撤去见皇长子，报上军情后又提出建议：那头曼老狼猾得很，若不能一刀捅中心窝，便绝难将他杀死，是故自己当再去探一次单于庭所在！扶苏思忖片刻点头应允，一边命王离前去，一片下令全军变为锥形阵，自目下起放缓马速徐徐前行，但闻号角，随时冲杀！

将令刚一下达，一万五千飞骑便开始变换队列，纷纷以百人队为单元，片刻间化作了一百五十个锥形阵，扶苏部居中，涉间部在西，苏角部在东，张开了一个东西走向的大弧，向着正南方向缓缓推进。

追风的脚步不紧不慢，扶苏挺直了身子端坐在马背上，左手紧握缰绳，右手则放在了腰间的牛角号上，向着王离远去的方向不住地眺望。

一个时辰后，前方瀚海中遥遥传来了一长两短的雁唳，扶苏心下猛然一阵惊喜，知晓这是在报告敌军出现，但他仍不愿轻易发动攻势，于是依旧缓缓前行。大军就这样又前行了片刻，王离和丹骎那一人一马终于出现在了前方，而扶苏等人也见到了王离手中不断挥舞的绛旗，听到了他的遥遥高呼：

"单于庭十里之外！万无一失——！"

"善！"扶苏攥紧了手中的号角，扭头一句，"涉间，派三名骑士折向东南报告蒙将军，其余人随我杀！"说着取下牛角号凑到嘴边，凄厉的嘶鸣随之响起；涉间、苏角也随即各自吹响了号角。当这声声号角响彻了大漠的同时，所有的战马都开始加速，它们先是不紧不慢地跑着，然后越来越快，转眼间便成了狂奔，带着各自的主人，一同向着不远处匈奴人的营地滚滚而去。

刚接到扶苏发来的军报，已率领大军插向云中郡的蒙恬也挥师西进了。

铁灰色的天幕越发阴沉，云层也堆积得极尽厚实，朔风由北方席卷而来，使整个河西高地如严冬般酷寒。然而这逼人的寒意却无法阻挡九原大军的铁蹄，举目皆是笼罩在烟尘中的战马剪影，举目皆是掩映在雾气中的战车轮廓，马匹的嘶叫、车驾的轰鸣、战士们的咆哮与声声号角阵阵鼓声交织在一起，混成了震撼人心的滚滚沉雷，同浓重的尘雾激荡在一起直冲云霄。极目望去，但见一座方圆十数里的黑色大阵正如澎湃的洪水一般，裹挟着连绵雷声阵阵烟尘向西汹涌而去。

一身戎装的蒙恬陶俑般高高挺立在戎车上，没有受车身颠簸的丝毫影响，冷峻的目光依旧直盯前方，乌黑的斗篷随身后的大纛一同在寒风中猎猎飘动着。当那片漫无边际的匈奴海洋已出现在天边时，他猛然举起了手中紧握的鼓槌。

“扫灭胡虏！护我华夏！”车轮滚滚、马蹄声声中，蒙恬的声音格外清晰，沉雷般的战鼓也随之响起。

“不得，无返——！”全力飞驰的万千九原飞骑齐声吼道，同时掣出长剑指向前方，万千道铁青色的光芒一同闪烁，结成一张天衣无缝的巨大罗网，向着白茫茫的匈奴海洋渐渐逼近。

3

“秦军主力?”正在继续南下的左贤王勒住马缰绳，倒吸了一口冷气。

此刻他目光所及之处，一片浓重的乌云正急速席卷而来，转瞬间便成了秦人大军，南北足足数里长，正中第一排那数百辆轻车排得极为齐整，直是一面铜墙铁壁一般，而两翼的飞骑同样整齐划一，战马的高度、彼此的间距、马蹄的步伐，更不用说毛色和马具，竟是完全一致！左贤王虽不知秦军战力的深浅，然和绝大多数匈奴人一样，鉴别战马却是一等一的行家，目下他只遥遥扫过一眼便足可断定，能有这般军容，这些飞骑定然都是九原军精锐，若当真交起手来，怕是连头曼单于那四方色马阵也要甘拜下风！

“杀啊！我等大军二十余万，兵力远超秦人，怕个甚?”眼见秦人大军杀到，一旁东胡王不仅不慌，反倒第一个咆哮起来，休屠王、浑邪王等一干小王也纷纷附和。眼见众王战心正炽，左贤王也顿时双目血红，一把抽出了战刀：“杀！将蒙恬大军开膛！”

随着这声咆哮，刚停下来的匈奴飞骑纷纷拨转马头，挥舞着手中的战刀短铤，口中呼喝着，争先恐后迎着迅速逼近的秦军车骑大阵冲去，人人都是杀气灌顶杀声震天。此番他们依旧延续着自己那虽简陋却也凶悍的一贯战法：所有骑士都催动坐骑全力冲锋，不讲阵法，也不讲彼此协作，准备待冲到一箭之地时万箭齐发泼洒出密集箭雨，如此战法，尚未真正交手便可先发制人，射杀大批敌军的同时更狠狠打击对方士气！

然而谁曾想到，面对着九原秦军，这一战法却完全失效了。冲到两箭之地，马背上的匈奴人刚举起长弓，箭矢未及搭弦，便听对面秦军车阵中同时响起“弩矢准备”的齐声高呼；匈奴人还在诧异，一片黑色蝗群已从那些战车马背上齐刷刷腾起，一瞬间便迎面猛扑了过来，冲在最前面的数百名匈奴骑士猝不及防，无不被连人带马射穿，纷纷倒栽翻滚在遍地血泊中；稍后不少人虽高举木盾阻挡箭雨，不料秦军弩矢居然威力惊人，便是厚厚木盾都能射个透明窟窿，竟连盾牌带臂膀一同穿透，直直刺入心窝！再后面的匈奴骑士恼怒不已，一边策动着战马继续全力突前，哇哇怪叫着终是射出了箭矢，可弓箭的射程却远不及秦军弩机，箭矢距秦军前锋尚有数十步便失去了力道纷纷坠落，丝毫无法构成威胁！

“莫慌！短兵相接，秦人不是对手！”左贤王倒是毫无畏惧，依旧大吼道。

即使没他这句话，匈奴人也照样不会退缩，虽是遭了迎头痛击，却依旧冒着巨大伤亡继续冲锋，连珠般的短铤箭矢自疾驰的战马上依次投射而出，纷纷刺向越来越近的秦军，虽大都被车士骑兵的革盾阻挡，却也能不时造成杀伤，秦军眼看着要失去方才那片刻间的优势了。

“车阵如前，骑阵散开！”就在两军即将相接的刹那，车阵后方传来了蒙恬的将令；也恰是那个瞬间，匈奴与秦人的两方大阵轰然相撞了。

黑白两股潮水先是相对涌动，然后迎头撞击，继而搅拌到一起，发出一浪高过一浪的轰鸣，双方都试图淹没和吞噬对方。平心而论，匈奴和秦军的单兵战力斗志实则不相上下，他们装备虽差，人数却多于对手，两军唯一差别正在于有无成型战法与彼此协作，然而正是这唯一的差别决定了他们的胜负乃至生死。匈奴人没有任何战术可言，仍是各族首领率本族骑士自行冲杀，各自为战；秦军却是无论战车骑兵，都以百乘百骑为搏杀单位，战车由正面冲撞匈奴大阵，骑兵自南北两翼包抄，然后斜向揳入分割，将对手一点点撕碎再一块块吞噬。当那一个个严密的锥形阵疾速冲锋时，便如一根根弩矢刺入匈奴人松散的骑阵，又如一柄柄锋锐的战刀劈开一条条血路，那整齐划一的狂奔战马是它们的箭羽和刀柄，那密密麻麻排列得无懈可击的甲胄盾牌是它们的箭杆与刀背，而那依次抡起再逐一劈斩的战刀，便是它们的箭镞与锋刃！

如风暴，如雷霆，如怒涛，如山崩。九原边军的飞骑们尽情释放着压抑了太久的嗜血欲望，每个百人骑队狂飙掠过后只留下残肢飞溅、尸横遍野，只留下声声哀号、片片血泊，然而他们没人有兴趣扭头瞥上一眼，除却必要号令，自始至终都默不作声地冲杀着，直到这一队队飞骑完全穿透了匈奴的骑阵、彻底从另一端杀出重围后，他们才会拉住坐骑、掉转马头，趁着马速稍稍放缓之际重新调整队列，彼此调换位置。在战马交错的短短一瞬，原本位于队尾或队中的骑士已换到队首，替换那些厮杀了一轮的袍泽，或者填补牺牲者的位置，随即百将便会重新发出冲锋的号令，这些骑士们便开始了第二轮涌动、撞击、搅拌，每两轮冲锋之间几乎没有明显的停顿，无论人和马都仿佛永远也不会疲惫。

在这般连番冲击下，连匈奴人都看呆了——他们没人能反击，没人能抵挡，甚至没人能逃开！若是队列稀疏，秦军骑士便可轻易突入自己的大阵、用那所向披靡的战法将他们杀得大败；若将队伍收拢，虽能勉强挡住秦人，可彼此却也相互阻碍掣肘，骑兵那剽悍灵动的最大优势顿时荡然无存，只能立定了战马与秦人硬碰硬搏杀，偏偏匈奴人装备又差，一对一硬拼根本拼不过，如此一来整支大军还是要被秦人一点点蚕食，无论怎样应对都是死！

也正因此，他们眼中的秦人，每一支骑队都可说是一副有着生命的杀人机括，一只有着人心的远古巨兽，他们的每一个动作分明是那般单调枯燥，然而手中的长剑你举我落此起彼伏之中，竟也带着一种韵律般的节奏。没有任何图画能勾勒出这幅景象，图画是静止的，那一气呵成行云流水的斩杀却是灵动的；同样没有任何语言能描绘出那些动作，语言是苍白的，那天衣无缝水银泻地的配合却是鲜活的。若能说那血淋淋的杀伐屠戮也有种令人不寒而栗的别样美丽，那么他们当真达到了美感的极致，这分明是径路神手中的战刀，只为杀戮毁灭而生，所过之处寸草不生，片瓦无存！

一个时辰转眼过去，夜幕开始降临，两军都各自点起了火把，无数光亮混杂在一起，直如一只光怪陆离的怪兽翻滚涌动着，秦人依旧默不作声地策马扬刀，收割稷麦一样收割着死亡；而匈奴人尽管伤亡数倍于对手，却是越战越勇，到处是愤怒的呼喝与咆哮，到处是哀鸣与呻吟，与那呼啸的夜风争相轰鸣。

秦军战阵的后方，蒙恬高高伫立在金鼓戎车之上，明亮的眸子倒映着河西高地上大片晃动的灯火，尽管战局正在胶着，他的心思却并不在眼前，而是等待着扶苏王离不断发来的军报。

“全歼匈奴主力，只是一半胜果，还有头曼单于啊……”

冲天的火焰如云霞般染红了大漠的夜空，鲜血已汇成道道小溪，大批牛羊的尸首倒在血泊中，任凭无数铁蹄践踏着；其他幸存的牲畜则哞哞咩咩地惊恐嘶鸣，漫无目的地彼此冲撞拥挤，向着四面八方逃去，试图远离这片弥散着浓重血腥气息的屠场。好在已没有牧人再去理会这些牲畜，它们原本的主人早都尽数投入了搏杀，战死者绝不在少数。

炎炎红光中可以看清，黑甲的秦军骑士们狂吼着挥舞起战刀，战马们嘶鸣着撒开铁蹄狂奔，一拨又一拨匈奴人倒下，一拨又一拨秦军冲上来。他们冲锋、追击、劈砍，与敌人交错而过，然后留下一具具尸体，再继续重复这一切。不同于河西战场两军旗色战甲的泾渭分明，这片瀚海里却是一片斑斓驳杂，灰黄的沙土、殷红的血泊火光、雪白的羊群，还有头曼单于那已被彻底打乱的青红白黑四方色马阵，更有那些服色各异的匈奴男女老幼，通通混在了一起；同样不同于河西战事的胶着，这片斑斓驳杂的人畜海洋，正在全力向西汹涌滚动着。

早在蒙恬大军出击前，扶苏统领的这支骑兵便从背后向匈奴人发动了猛攻，顿时引起了一片震惊——须知匈奴盘踞河南地多年，从来都是由北向南大肆劫掠，中原各国即使正面迎击者都少之又少，绝大多数只背依长城勉强防御，何曾想而今竟能有大军由背后突然袭来，竟还穿越了茫茫瀚海！更有一样，匈奴后军单看人数几乎与前军等同，若看战力却是远远不如，除却护卫头曼单于的那四万骑士算得精锐，剩下的绝大部分都是女子、老人和孩童，以及一些伤病士卒，虽说匈奴人皆能战，面对突然杀到的敌军照样可以抵御一番，但扶苏这一万五千飞骑却都是九原军精锐中的精锐，战力比主力大军还稍胜一筹，匈奴人便是真正上阵的精壮男子尚且不敌九原军，况乎这些女子老弱？眼见秦军呼啸翻卷着隆隆压来，不知兵力究竟多少，统领四方色马阵的四名且渠当下都建议头曼单于全力南撤，与左贤王等前军会合。然而头曼单于到底老辣，虽也吃惊却未乱手脚，没有赞同这南撤提议，而是命四方色马阵尽数集结，轮番迎击北面秦军，同时又派出军使向左贤王询问战事进展。头曼单于的打算是，若匈奴主力攻势顺利，便留四方色马阵断后，自己全力撤退，只要四方色马阵能阻击一时，以秦军兵力断难一举突入自己正中大阵；而一旦与左贤王等人会合，自己便可派出大军，重新北上迎击这部秦军，到时便是以多打少，这秦军再是精锐，也必定撑持不住。

谁曾想到，半个时辰后军使仓皇而返，失魂落魄地带来了河西战报——左贤王尚在南下，秦军主力突然西向大举杀来，战事分外吃紧！头曼单于吃惊不小，这才明白自己声东击西的谋划已被秦人看穿，再看北面四方色马阵连番猛攻，却是不断折损，更焦灼起来，立刻下令尽数丢弃畜群车队以阻碍秦军，其他匈奴人全力南撤，与左贤王东胡王会合！

这次，头曼单于没有再命四方色马阵断后，其中原因很多：其一，看目前这形势，便是真正迎击也未必打得过；其二，既然匈奴前军已战事吃紧，自己也就更要珍惜这四万精骑，不能再贸然派他们前去送死；其三，他相信若将畜群车队尽数丢弃，足可阻隔那些追击的秦军；最后一个原因则不足为外人道：四方色马阵是他本部兵马，若尽数折损自己便元气大伤，怕是更难压制儿子冒顿和右贤王等人。明了于此，头曼单于尽管也对丢弃财货畜群大感痛心，却还是下令全力撤退。这道军令一下，已渐渐抵挡不住的匈奴后军无不撒开马蹄全力狂奔，真正成了满山遍野大逃亡。

然而匈奴人想不到的是，秦军等待的恰是这一时机。

刚看到那面双头马的大纛向南飘去，秦军阵中便齐齐响起了号角，骑士们杀声震天，一个个百人骑队开始迅速汇拢，那些无边无际的畜群和七零八落的胡车虽将他们阻碍了一时，但秦军骑术丝毫不逊于匈奴人，仍然很快便结成了上百个黑色箭头，直如一股铁流般汹涌淌向那面双头马大纛。

四方色马阵固然都是快马，然而其他匈奴人却瞬间被秦军追上了，落在最后的是一群不到十岁的孩子，骑术最差，坐骑又多是驽马，马队全速飞奔起来，很自然便沦为了队尾。眼见秦人就在身后，他们不由得惊恐地纷纷大叫起来，徒劳地举起短短的木弓，射出一根根只能杀伤野兔的短小箭矢。但一片哭号中，他们仍被秦人淹没了，当先那名千长扬起长剑，刺穿了其中一个孩子的身躯，那孩子随即从马上软软倒了下去。

王离向那具小小的尸体飞快瞥去了一眼，没有看到死者最后的表情，只看到潮水般的鲜血正迅速淹没脚下的黄沙，那红殷殷的颜色令他想起自己方才杀死的一位匈奴女子，那是个罕见的美人，显是头曼单于的一位阏氏，因为只有焉支山的红蓝花调制成的名贵胭脂，才能有她脸颊上的那种明艳红色，与眼前这鲜血如此相似。方才王离看到她的脸颊时曾微一愣怔，那颜色令他想到了惟嬴，然而她却恰恰抓住了这转瞬即逝的时机，一箭射中了他的左肩，力道准头居然丝毫不逊于寻常男子，若不是有厚厚的肩甲保护，倒头栽下马的便不是她而是他了。

王离没有第二次迟疑，他的手坚定有力，长剑刚一掣出，立即刺向了另一个孩子的后心。他已对他们没有怜悯了，扶苏早就告诉过他，战场上只有敌人和袍泽，没有男女老幼之别。

“他们都是狼崽子，长大了一样吃人。”扶苏的话语仍然回荡在耳边，罕见的阴郁低沉。

心念及此，王离的长剑如切入油脂般熟练劈进一具又一具躯干，纷飞的血花喷溅了一脸，温热中带着一种灼烧感，有几滴溅到了嘴唇，仍是那熟悉的腥味。这灼烧感，这腥味，仿佛也点燃了自己周身的热血，他感到自己胸中似乎灌满了马奶酒，正如火焰般熊熊燃烧着，于是也情不自禁地高声呐喊起来。

“杀，一个不留！”

他声嘶力竭地大吼着，涂满血污的面孔已完全扭曲。

4

“还有多远?”头曼单于纵马狂奔的同时，气急败坏地大叫着。

“就在眼前！”一名且渠抬起手指向前方，同样高声叫道，骤雨般的马蹄声、无穷无尽的喊杀声使他的回答时断时续。

一直低伏在马背上的头曼单于缓缓直起身子，抬眼望向远方，终于看到了久违的左贤王的大纛，心下猛然一阵狂喜；然而接下来看清整个河西高地的战局时，他再也高兴不起来了。

无数战马驰骋狂奔着，无数战士咆哮厮杀着，黄沙、烟尘、刀锋、箭矢、鲜血、尸体，统统混杂在一起，滚滚流淌过这片广袤战场，泼洒出斑斓而诡异的巨大地画。无论左贤王还是东胡王，都已无法掌控整个大军，所有的匈奴人东胡人都只能各自为战，连左贤王自己的马队都陷入了九原飞骑的重重包围分割中。一队又一队骑兵就这样被逐一击溃，只得向着西南方仓皇败逃，那是蒙恬遵循围师必阙的兵谚而有意留下的缺口。

“单于，只能逃了！再不走，便是全军覆没！”

当左贤王终于与头曼单于在乱军中会合时，他遥指着西南面的缺口大叫道。

“嘿——！”头曼单于狠狠一拳擂到自己胸口，终于惘惘不甘地扬起了马鞭。

“将军，头曼逃向西南方！”

当那面东倒西歪的双头马大纛也开始渐渐飘去时，扶苏派出的骑士已飞马赶到了立定掠阵的蒙恬面前，高声叫道。

“追！依计行事！”蒙恬的话语简短有力，每一个字都如射出的弩矢那般坚定。

“诺!”骑士这便要拨马而去。

“慢！大橐给王离！让他追杀时打起来!”说话间，一件乌黑物事已“呜”的一声飘拂着飞了过来，骑士伸手抄住便策马飞奔起来。

如潮的人流席卷着头曼单于的马队，匈奴飞骑的无数阴影接连消失在西面的茫茫暮色中，而他们的敌手并未放过这些漏网之鱼，仍旧紧追不舍。你可曾见过狂风暴雨席卷天地，一瞬间撕碎那漫天飘飞的云絮？你可曾见过红日由云层背后崭露头角，驱散世间的一切阴冷黑暗和魑魅魍魉？你可曾见过多日没能得食的饿狼骤然扑入羊群，将那些胆怯的牲畜赶得无边无际四散奔逃？你可曾见过苍穹中的鸷鸟伸展开宽大的羽翼，在地面投下一道不住盘旋的不祥阴影，又突然间风驰电掣一个猛子扎下来，顿时将群雀纷纷惊起，如一团乌云般弥散到整个天际?

——便是这般!

大半夜的狂奔之后，匈奴人的坐骑终于开始渐显疲态，不断有一匹匹狂奔中的战马口吐白沫甚至鲜血，然后筋疲力尽地突然倒下，将背上的骑士狠狠摔落在地。尽管如此，在匈奴人近乎疯狂的鞭打下，剩余的战马依旧拼尽全力跑着。

秦人仍在后面紧追不舍，还能奔跑的马匹越来越少，目下唯一希望便是向陇西方向一路逃去，与冒顿王子统领的诸胡联军会合，如此则还可能捡回一条命来。

不仅是头曼单于，所有的匈奴人都这般想着。

广袤平整的旷野开始渐渐高低起伏起来，这是开始进入山地的征兆，头曼单于知晓，自己正行进在北地郡，由此再向西南，还须至少赶上五六百里方能到达陇西，怕是在此之前所有的战马都要被累死，可纵然如此仍是别无他法，只能奋力一搏!

“但看天意了……”头曼单于咬紧牙关暗想，不经意间嘴角竟然露出了一丝冷笑：目下获救的唯一希望，竟落到了自己一心想置于死地的儿子身上，何其讽刺!

他们狂奔了整整一日，再度入夜时，前方的地势越来越起伏了，山塬墚峁也渐渐开始多了起来，暮色中如同怪兽起伏的脊背，到处是崎岖复杂的岔路，尽管匈奴人个个心急如焚，却还是不得不减缓了马速。看到这般地势，头曼单于本能地涌起了不祥预感。

“分开走!”他大喊道,“挤在一起太慢!出山地再会合!”

在他的命令下,匈奴马队很快分散为一支支小队,纷纷流入那些山路。头曼自己则领着三千余名亲信骑士从其中一条逃亡,他也试图寻觅一条开阔些的大道,然而浓重的夜色、纷繁芜杂的山路,以及背后穷追不舍的秦人,根本容不得他仔细踏勘,于是只能这般慌不择路逃下去。万一这前方有埋伏……

仿佛是在验证他刚冒出的这个念头,前方山塬突然杀声大起战鼓雷鸣,明明不算狭窄的谷口,转眼间便涌出了一队队重甲步卒;大片大片的火光照亮了两侧的山塬,也照亮了一架架重型弩机的轮廓。

“头曼!我等已在此等候多日,终是等到你这头狼撞入罗网,该是老夫尽地主之谊了!”山塬之上遥遥传来了秦腾苍老的笑声,与此同时,远方的各处山坳中也纷纷飘来各色喊杀声。

“有伏兵?”头曼单于大吃一惊。

他没有想到,开战伊始,秦腾等灭国大将们原本随着李信大军一同西进,然而并没有真正前往陇西,却是途经北地郡时秘密留了下来,各路大将各领两三千人不等,预先备好大批连弩和滚木礌石,分头埋伏在往来必经的数十条山道中,单等头曼单于败逃至此再全力杀出。而今,猎物终于落网了。

“给我杀!全力突围!”头曼单于战刀一挥,大喊道。

“匈奴人果然只认打认杀,既不肯降,便莫怪老夫下手狠了!——给我狠狠地打!”秦腾狞厉一笑,又声色俱厉一声怒吼。山谷中飞石弩矢火箭随即纷纷降下,匈奴骑士们登时一片哀号。

眼见身边一个个骑士纷纷倒下,向来心志顽韧的头曼单于终于万念俱灰了,他气急败坏地从身旁骑士手中一把抢过那面双头马大纛,将它远远丢去;然后便从腰间拔出那柄金留犁,将锋刃倒转过来对准胸口:

“谁想我一世雄杰,竟落到这般地步……”

突然间,正面谷口的秦军步卒方阵背后遥遥传来了一声怪异破空声响,头曼单于登时倒吸一口凉气,这个声音他太熟悉了——

鸣镝!

几乎是与那破空声响的同时,马蹄声由远及近迅速传来,另一队突然出现的匈奴飞骑,如潮水般扑向了谷口步卒方阵的背后。这些重甲步卒正在向着谷中的匈奴人全力压去,未及提防,陡然被冲开了一个缺口,头曼单于惊喜望去,却见当先一骑正是冒顿!

“单于快走!”冒顿只简单撂下一句，便拨转马头，重向谷口冲去。

“好，快走!”绝处逢生的狂喜笼罩了头曼，就连他的坐骑也陡然抖擞起来，立即在冒顿马队的掩护下向着谷口冲去。

“合围！合围!”眼见变故突起，头曼单于即将脱逃，秦腾愤怒不已，连声大吼起来。

“合围！合围!”猝不及防下被冲开队列的重甲步卒们，重又纷纷扑了上来，迅速将阵形合拢。可他们终究慢了一步，头曼父子还是赶在缺口闭拢前逃了出去，马队迅速拐过前方的山塬，几乎是一眨眼便消失不见了。

“狗日的!”秦腾咬牙切齿痛骂了一句。自己的谋划原本算得周密——各路大将分头埋伏在这片山地，无论冒顿东来还是头曼西去，都可将他们先围歼一部再应对另一部，可偏偏事有奇正，这两队匈奴人竟同时赶到又从容脱逃，自己登时便是腹背受敌！目下谷中埋伏的秦军全是重甲步卒，匈奴人纵然人困马乏却也万难追上，却是如何是好？想到这里只得悻悻吼了一嗓子：“传令各部，先剿灭剩余匈奴人！待皇长子赶到，再做计较!”

“诸胡联军，败了?”嘚嘚马蹄声中，头曼单于喘着粗气问道。

冒顿点点头，阴郁的目光仍然紧盯着前方。

“谷中其余各部，也都遇伏被歼了?”

冒顿又点了点头。

“你来时，有追兵么?”

“有，便是那巨人阮翁仲引领。”

“目下赶到了何处?”

“他们都不熟悉山路，已被我甩脱了。”

“你等，还余多少人?”

“族人一路逃散，还剩四万余人。”

“好，总算未输个干净。”头曼单于疲惫地点点头，“我这里还有……”

他突然住了口，警惕地向着儿子瞥去一眼。

冒顿却没有吭声，沉默地策动着战马。

“冒顿，此番败战，乃我调遣之失，你能扭转危局，很好……”头曼单于口气也软下来了。

“单于不必多言。”冒顿很不客气地打断了父亲。

黑暗的天穹中隐隐泛起一丝幽蓝，匈奴人的最后一队骑兵，此刻已全数隐没在了北地郡连绵的山地中。头曼单于的计划是先继续向西南方向逃，然后借着这一带的复杂地形，渐渐迂回绕道折向西北，逃入月氏盘踞的大漠，此后再折向东北，逃回北河一带。目下看来，他们似乎暂时摆脱了秦人的追赶，却仍然不敢大意，继续压榨着自己坐骑仅存的体力，打算直到出了这片山地之后才稍稍喘息片刻。

前方地势终于重新平缓了起来，一片还算开阔的山谷满满展现在眼前，只要越过前面的三五处谷口，便是北地郡西陲的草原了。秦腾等大将没有在那里设下埋伏，因为他原本自信在方才的山地就足可将匈奴人全歼，也正因此，只要头曼单于越过那处谷口，纵然仍无法摆脱追击，却也可以很轻易地逃走了。

然而恰在此时，一声极尽痛苦的嘶鸣突然响起，头曼单于的坐骑口中猛地喷涌出汩汩鲜血，双膝一跪跌倒在地，将自己的主人狠狠摔了下来，然后便一动不动了。

马队刚一停下，便接连有马匹不住倒下。被甩出几步外的头曼单于恨恨爬了起来，向着自己躺倒在地的坐骑蹒跚走去，冲着它的肚腹凶狠地踢了几脚，却仍是毫无反应，越来越多的鲜血不断地从战马的口鼻中流淌出来，它已被活活累死了。

这已是头曼的第三匹坐骑了。

“再来一匹！”头曼单于沮丧地吼道。

没有回答，他们已没有多余的战马了。

与此同时，所有的匈奴骑士早都和坐骑一样跌倒在地，或躺或坐分散在这片山塬之间，大口大口喘息着，不少人刚一趴下便昏死过去，不知是谁第一个啜泣起来，立刻引起了一片号啕，整个山塬登时便是哀鸿遍野。

“不许哭！”冒顿陡然站了起来，脸色铁青叫道，“想把秦人招来么?”

然而话音刚落，他脸色一下就变了。

他听到又一阵震颤，正在由远及近渐渐传来。

5

这震颤分明是马蹄声，可冒顿心下却是猛然一跳，他听出马蹄声中还混杂着一个巨大的脚步声，一路撤军以来，这声响他已很熟悉了。于是连忙愤然一声大吼：“准备迎敌！”

此时，大批秦军飞骑如一股股潮水涌来，分头堵住了这片谷地的四五个出口，而当先最开阔平缓的那处谷口，也赫然闪现出了阮翁仲那两丈有余的高大身影。

“匈奴人！我等虽被你一时甩掉，终是重又追上了！”黑暗的半空中传来了阮翁仲兴奋的大吼，雷鸣般轰隆隆回荡在谷中。

数日前奉李信之命，阮翁仲率领着五千轻骑追击冒顿和右贤王，先头几日一直死死咬在匈奴人身后，不断将他们向东北方驱赶，又不时截杀那些落单的士卒。冒顿和右贤王一则不清楚阮翁仲真实兵力到底几多；二则担心若与他缠战，李信大军会迅速赶上；三则也是想尽快与头曼单于会合，因而顾不上真正拼杀，只是全力逃亡，进入北地郡后因地势复杂，冒顿又着意多方示伪、迂回穿插，终是在救出头曼单于前甩掉了秦军。阮翁仲本就不识路，这支秦军也是自上郡调去的，同样对这带地势不熟，是故被匈奴人越落越远。眼见敌军没了踪影，几名千长都主张原地驻守，等李信大军赶来后再重新追赶，阮翁仲却是大急，力主先不要告诉陇西将军，不然我等都得挨罚。众人跟丢了匈奴人，本就大感颜面无光，听了这话都觉有理，于是没再报告李信，而是绕到了这片山地的西北边缘，他们都相信，如果冒顿还活着，必将从此突围。结果阴差阳错间，阮翁仲的这支秦军居然成了围堵匈奴人的最后一道防线。

“祭天金人，祭天金人！”眼见远处巨人的庞大阴影，匈奴人纷纷低声道，颤抖的嗓音中满是敬畏。

冒顿却没在意其他人的惊叹，而是向秦军扫去了一眼，恶狠狠道：“秦人不过数千，接连猛攻，当能突围！”

“战马，怕是跑不动了……”右贤王喘着粗气道。

“下马，步战！”

“也只能如此了！”头曼单于把牙咬得咯咯响。下马步战，匈奴人固然大落下风，却可使战马稍事歇息，战死者空出的坐骑还可用来轮换骑乘；再者他也大体看出，这几队秦军加起来也不过区区数千，又无秦腾伏兵那般的大型兵器，匈奴人目下虽士气低落又疲惫不堪，兵力却至少还有数万之多，便是步战，照旧打得过！

“秦军主力打不过，连这小小偏师也吃不掉么？”想到这里，他恨声一句。

尽管疲惫已极，匈奴人对秦人的仇恨仍被这句话挑动起来了。他们果然纷纷下马，拉着弓箭挥动着战刀短铤，分头向着秦人把守的几处谷口袭来，纵不能一雪前耻，至少也要狠狠出口恶气！

不想，匈奴人还是失算了。

“来得好！俺正要杀个痛快！”阮翁仲放声大笑，低下头冲着脚下的袍泽叫道，“长矛！全数递来！”

“一个百人队递矛！其余人掩护！”一旁的千长深知阮翁仲神力，大喊了一句。

“去找陇西将军，领主力过来！”另一名千长也叫道，一名骑士绝尘而去之际，其他秦人也迅速下马改做了步卒，最前三排士卒摆起矛阵，其余人则纷纷将长矛堆到了阮翁仲脚下。巨人见状大喜，两条粗长臂膀一伸一弯便抄起了一捆长矛，雷鸣般哈哈大笑起来，仿佛孩童得到了蜜饯饴糖般开心。

“欺我太甚！”眼见阮翁仲喜笑颜开，头曼单于更是恼怒，吼了一声杀，所有的匈奴人已徒步飞奔了过去。

惊雷般的怒吼划破了山谷上空，冲在最前的匈奴人立即惊恐地发现，巨人举起握住长矛的右手，随之而来的便是一道长长黑影，猛然从幽蓝的半空中画过弧线。

凄厉的哀号声中，一片血雨四溅开来，那一根长矛居然同时贯穿了四个人的身躯；其他匈奴人刚一愣怔，脚步只是稍稍放缓，第二根长矛再度呼啸着飞来，又是三个匈奴人被同时戳穿！

“散开，快散开！”冒顿气急败坏大吼道，他已看出，巨人丢出长矛看似随意，实则准头力度都拿捏得恰到好处，单拣人群最密集之处丢去，绝非胡乱投掷。目下天色虽暗，可巨人偏偏夜能视物，当真古怪！

“一起上啊！我等人多，怕他一个不成?”头曼单于呼喝着。

就在父子俩大喊的同时，阮翁仲连续投出三支长矛，相继戳穿了十几个匈奴人的身躯；身后秦军也射出了弩矢组成的箭雨。尽管如此，匈奴人却还是前赴后继向巨人冲去，试图从那黑压压一片的战阵中冲出一个缺口，支撑他们的已不再是仇恨，而是远甚于仇恨的恐惧——毕竟后面秦人随时可能追上，若到那时便再无法脱身，目下纵然损失惨重，也只能全力冲杀，不能再耽搁了！

半个时辰一晃而过，天色微亮起来，谷中已布满了层层叠叠的匈奴人尸体，浸泡在蛛网般四处流淌漫延的红色溪流中，然而匈奴人依旧一拨拨冲上来送死，面前那巨人背后便是生路，只要越过他便能捡回一条命来，求生的渴望使他们的攻势一浪高过一浪。

“来得好！”巨人大笑道，说话间又是两根长矛嗖嗖掷出。半个时辰的厮杀中，他已投出了不知多少根长矛，周身虽是大汗淋漓，动作却毫不见滞涩，反倒越战越勇。

“矛呢？再来！”巨人看也不看脚下士卒们，只是遥望着匈奴人潮，大手一摊高声叫道。

“……没了！”

“啊！”阮翁仲一惊，这才低下头，果然看到脚下那原本高高垒起的长矛，此时已经荡然无存了。

“弩矢也快用完了！”士卒们纷纷叫道。

“快冲！秦人没箭了！”眼见方才一直没有间断的箭雨陡然停了下来，冒顿已猜出了一二，高喊起来。匈奴人陡然士气大振，近乎疯狂地呐喊着向前蜂拥而来。

“你等堵住谷口，一切有俺！”阮翁仲一声怒吼，大手猛然从背后掣出了巨大的铁杖，一个箭步跨了出去，嗵嗵嗵十几步便冲到了匈奴人面前，右手铁杖斜斜砸下，人群中当即绽开了一片血光；与此同时左手大大张开，如一把大钳般抓住了一名匈奴人的肩头，那士卒举起战刀只稍一愣怔，阮翁仲已将他整个人一把提起，猛然抛向远方。

那疯狂挥舞的铁杖之下，尸体成片成片地倒在血泊中，又不时有一个个躲闪不及的匈奴人被巨人随意抓起，又被更随意地抛向不知何方，在空中划过一阵惊恐尖叫后便永远沉默了下来；远处的匈奴人躲避着夸父的冲杀，不住泼洒出箭雨，却不能伤他分毫，而是全数插在了那一身重铠上颤动着，使他远远看去如同一只直立起来庞大无比的刺猬，说不出的怪异。这等身姿，直如传言中那中山国的力士吾丘鸠一般——所击无不碎，所冲无不陷，以车投车，以人投人！

“杀战马！先杀战马！”背后传来了同袍们齐齐的高呼。

“好！便杀战马！”阮翁仲哈哈大笑，铁杖直劈横扫杀开一条血路，快步杀入人群之中，直取那些留在后阵的战马而去。

“不好，拦住他！”头曼单于大惊失色——若战马被尽数杀死，自己便能突围而出，同样逃不得多远，早晚仍要被秦人擒获！必须拦住那巨人！

虽是心知如此，他却也无能为力了，高声大叫的同时，阮翁仲已杀入了马群，又是一片血肉横飞，那些方才一直在休憩、刚恢复了些许气力的战马惊恐地连声嘶鸣，纷纷起立撒开四蹄躲避着阮翁仲的劈砸，漫无目的地在谷中狂奔起来，匈奴人虽人人都是驯马好手，不致被战马撞伤踢翻，可一边要围攻阮翁仲，一边还要躲避受惊的战马，立刻大见混乱。

“我这多匈奴人，竟奈何不得一个怪物么?”冒顿双目血红切齿骂道，抽出自己的弓箭，小心避开战马，在乱军中迂回前行着，避免巨人注意到自己。可他的谨慎完全多余，阮翁仲心思根本不在他身上，他已杀得狂性大发，再也不讲究甚技击之术，只胡乱挥动着铁杖，劈头盖脸连排劈下去，杀到最后索性将铁杖一把丢向乱军之中，又摘下头盔同样劈头盖脸砸去，随即赤手空拳扑向了人海，双手一探，已从面前抄起了一匹狂奔中的战马的四蹄；再向两旁一扯，将那战马活活撕开！

“痛快！杀得痛快！”夸父满手满脸满身的鲜血，却是哈哈大笑。

笑声忽然被一声奇异凄厉的呼啸截断了，一股剧痛从脖颈传来，然后便是汩汩流水从那痛处喷涌而出，阮翁仲惊讶地丢下两片马尸，抬起大手捂上脖颈，摸到了一支箭矢，将它拔出来举到眼前，看到那箭矢镞头镂空，尾羽是漆黑的鹫羽，这是匈奴人中最精锐的射雕手的标志；而与此同时，自己的大手已沾上了满把鲜血。

然后他抬眼望去，看到百余步外，冒顿左手握着一根长弓，右手已经空了。

“能伤到俺，你有种！”尽管脖颈不住传来剧痛，阮翁仲仍然放声大笑着，丝毫不顾脖颈的伤口，甚至连包扎也不肯包扎一下，重又扑了上去，这次竟一手抓住一匹战马的两蹄，将它们同时倒提了起来，向着纷纷逃开的匈奴人排山倒海般打去！

面对着夸父那近乎疯狂的屠戮，匈奴人终于绝望了，再也没有人敢直撄其锋，所有人都在张皇失措地逃避着他的追打，而秦人又封堵住了谷口，试图逃命的人或马都纷纷撞在了那密集的盾面上，于是只能在这谷地中被巨人追打着来回逃窜，直如被一只鸷鸟驱赶的雀群一般。偏偏此时，又有阵阵马蹄声自远处逐渐传来，没有人能听出方向，因为四面八方都是这般声响。

头曼单于抬眼望去，但见封堵住谷口的秦人背后，大群大群的陇西飞骑已出现在了黎明前的旷野之上；他再扭过头，同样是黑压压一片的上郡骑兵战车，一面面大纛次第闪现，在晨风中纷纷飘扬。

“大秦陇西将军李信在此——！”对面的陇西飞骑齐声高喊着。

“大秦北地将军秦腾在此——！”背后的秦军中一片呐喊。

这两声之后，一片又一片声色各异的嗓音，逐一飘荡开来：

“大秦云中将军杨翁子在此——！”

“大秦辽西将军辛胜在此——！”

“大秦雁门将军羌瘣在此——！”

“大秦代郡将军杨樛在此——！”

“大秦上谷将军赵婴在此——！”

“大秦右北平将军王戊在此——！”

“大秦渔阳将军赵亥在此——！”

“大秦卫尉杨端和在此——！”

“大秦中尉马兴在此——！”

……

一个又一个名号，如同连番惊雷在匈奴人心头炸裂，他们做梦也没有想到，灭国大战时几乎所有的秦军大将，竟然悉数在此亮相！

当这些声音尽数消弭之际，匈奴人背后那滚滚铁蹄声也逐渐近了，最后几声高呼遥遥传来，它们一开始离得甚远难以听清，然而很快便越来越响亮了：

“大秦九原将军蒙恬在此——！”

“大秦皇长子秦扶苏在此——！”

“大秦太尉王贲在此——！”

暴风骤雨的马蹄声急速传来，借着无数火把可以看清，当先是三面黑色大纛，三个斗大白字清晰可辨，正中央是“蒙”字，下面的战车上高高挺立的正是九原将军蒙恬；左面那面大纛上是一个“秦”字，正是皇长子扶苏那嬴姓秦氏的秦；而右面那“王”字大纛下，挺立着的并不是太尉王贲，却是千长王离，那面大纛上的“王”字，是他的父亲，大秦太尉通武侯王贲的王；也是他的大父，大秦上将军武成侯王翦的王！

——十面埋伏，十面埋伏！

所有的匈奴人都慌作一团，眼见秦军重兵已尽数开到，面前又是这祭天金人一般高大的阮翁仲，他们再也支撑不住了，纷纷丢下了手中兵刃，人人瘫倒在地，哇哇大哭了起来。

阮翁仲却是放声大笑，那脖颈的伤口已淌下了越来越多的血，在脚下汇集成了一大片鲜红的水泽，可他却毫不在意，仍然面向东方，威风凛凛挺立在越来越亮的天穹中，高声叫道：

“蒙公！都尉！王离！我等胜了么？”

“胜了！大获全胜！”蒙恬遥遥答道。

“那便好！”巨人又低头望着脚下的匈奴人，如同俯视万千蝼蚁一般：

“匈奴人，可怕我秦人了么？”

“怕了，怕了！”匈奴人顿时呼啦啦跪倒了一片，大声哭喊道。

“还敢再来侵我中原么?”

“不敢了，不敢了!”

“可肯降秦?”

“降了！降了!”

巨人又是一阵雷鸣般的大笑，扭过头去，望向自己身后那些堵住谷口的士卒们:“你等，将匈奴人擒了!”

一片响亮的应和，密集的方阵变为了松散的疏阵，士卒们开始向着这些束手就擒的匈奴人三三两两走来。

然而谁也没想到，此时原本已开始明亮的天穹骤然间阴云四合、朔风四起，纷纷扬扬的大雪随之白茫茫连天泼下，秦军士卒微一愣怔之际，但闻两声马嘶接连响起，一阵马蹄声穿越了正在向匈奴人杀来的秦军，向着西北方向的荒漠中急速冲去!

“重封谷口！重封谷口!”士卒们乱纷纷喊道，连忙重新向后退却。

“头曼冒顿逃了！快追!”有人叫道。

尽管士卒已经重新堵住了谷口，逃出去的匈奴人寥寥无几，然而这场突如其来的大雪，终究拦住了秦人追击的步伐。极目望去，天地间白茫茫灰蒙蒙一片，却是如何觅得头曼父子的行踪?

风雪肆虐了近一个时辰才慢慢止住，天色终于大亮了起来，一轮红日高高升起，驱散了满天的浓云，照耀在了远处纵横阑干的瀚海之上。所有的秦军将士勉强睁开眼睛，向面前这白茫茫一片的谷地望去，不由得一片惊叫。那些匈奴战俘们依旧战战兢兢跪伏在地，而他们面前的阮翁仲已全身冰冷僵直了，满头满身的雪白血红也都结成了冰。纵然如此，他却依旧威风凛凛地挺立着，面朝东方迎着那轮初升的红日，嘴角残留着一丝最后的笑意，双目也折射着晨曦的光芒。

“阮翁仲!”王离声嘶力竭地大吼着。

“阮翁仲!”扶苏同样大叫道。

九原将军蒙恬默默下了战车，缓步穿过匈奴战俘们，来到阮翁仲的遗体面前，向他缓缓拜倒；随后，整个山谷中所有的秦军也学着匈奴人和他们的将军那般，同样拜倒在这祭天金人一般的巨人面前，黑压压一片的人群，久久覆盖在了白皑皑的谷地中……

“阮翁仲……”

太尉王贲放下蒙恬发来的战报，深叹了口气，缓缓走出了咸阳宫外。

尽管已是深秋，头顶却正是艳阳高照，碧蓝的苍穹下，皋门外的那十二金人在日光下熠熠生辉。王贲遥望着这些与阮翁仲一般高大的金人，久久沉思着。

忽然间，他心下一愣，猛然瞪大了眼睛，死死盯住了那一张张金灿灿的面目，紧接着大步冲到它们脚下，高高仰起头望去，不由得不可思议地摇摇头，连声慨叹起来："此前，如何从未注意过……"

——那十二金人，面目竟与阮翁仲一模一样！

6

绵绵春雨自清晨下起，午后时分开始慢慢稀疏，一直灰沉沉的天穹也随之逐渐明亮，及至雨水止歇，日光便透过稀薄云层投下万丈光芒，给碧油油草原罩上一层金边；清澈晴空也随之重新崭露头角，映出两道五光十色的长长虹霓，在它们下面，巍峨阴山直插云霄，山麓上尚未消融的残雪反衬着点点银光。

微凉的清风迎面而来，九原城垣上的王离深吸了一口潮湿的空气，远眺着阴山和山脚下的这片草原，头一次感到天地如此壮阔。浩瀚草海如春水般无穷无尽地恣肆汪洋着，而他也觉得翻滚在胸中的那股豪气，即使是这广阔草原也无法完全容纳。

目下王离已是都尉了，他的公乘爵是这几个月来刚挣得的。去岁深秋的那场大战中，三十万秦军一举歼灭了近二十万匈奴人，虽然最终走脱了头曼、冒顿父子，但仍使对手承受了前所未有的惨重失败；此后蒙恬领大军继续北上，一鼓作气收复了整个河南地。以阴山为根基休整了一冬，及至天气刚开始回暖，便继续开始了北击匈奴的第二战。由于匈奴主力损失殆尽，这一战打得很是轻松，轻易便将匈奴人尽数赶到了漠北，而王离便是那一战中追随着皇长子扶苏，一直打到阳山脚下，又向匈奴人盘踞在河南地的最后一个据点——北河北岸的高阙塞发动了奇袭，从而彻底收复了赵武灵王时期旧赵的全部故土；他也凭着这几个月间的奋勇杀敌，与扶苏、涉间、苏角等人并列为九原军中的新秀将领。

聚将钟声遥遥响起，王离向着眼前的草原恋恋不舍地瞥去一眼，快步奔向了中军幕府，尽管他的位置是整个幕府所有将领的最末席位，但终于可以名正言顺地参加九原军的幕府会商了。

“各位将军。”眼见王离最后一个赶到，蒙恬这才开了口，“北击匈奴两场胜战，我等却匈奴七百余里，匈奴人元气大伤，已远遁漠北。以目下形势观之，只要大局无变，至少十年之期，匈奴人断无实力重新南下，九原边患已大大减轻！民谚有云，胡人不敢南下而牧马，士不敢弯弓而抱怨，此之谓也！”

一阵轻微骚动在幕府穹庐中响起，所有人目光中都是按捺不住的兴奋。王离更是喜形于色，向着涉间苏角左顾右盼，忽又向前探出身子，望向前面的扶苏；然而皇长子却并未注意到他，仍然聚精会神地听着蒙恬的话。

“然则，我等仍不能掉以轻心。”蒙恬的语气陡然一转，“毕竟，头曼父子仍在世间，匈奴也终未全灭。为保我华夏文明薪火相传，我等不光要却匈奴于千里之外，更要对这河南地通盘谋划，使其真正成为中原之巍巍屏障，使我华夏族群真正长治久安！”

“愿闻将军谋划！”举座一片响亮应和。

“当年赵国河南地之失，堪为我等前车之鉴！”蒙恬的话语罕见的沉重，“赵失河南地，固有国力衰颓、力不能逮之故，然更关键之处在于，夺得此地后，只将其视为拉锯战场，根基不稳。为免重蹈覆辙，我等谋出几法，现讲与诸位——杨将军。”

蒙恬向杨翁子点了点头，一向沉默寡言的老将军站起身，身后两名军吏也大步上前，挂起一幅巨大的牛皮地图，当所有人都看清那上面绘制的图画时，幕府中顿时响起了一片不期然的惊叹。

展现在将军们眼前的，便是整个秦国北疆的地图，东起辽东郡、西到陇西郡，大体在正中位置的便是目下的九原郡，九原郡以南是上郡，再南则是内史郡。在座大将们都是长期戍边，对这北疆郡县都很是熟悉，自然不觉奇怪；然而令他们惊讶的是，在这幅地图上，有一横一竖两条粗线贯穿了这些郡县，大体形成了一个“T”形，而那一横一竖的交会之处，便在九原阴山！

王离好奇地仰起头，尽管隔得老远，他却还是看清了那道竖线南起咸阳以北的林光宫，向北贯穿上郡的河西高地，一直延伸至目下所在的阴山，奇的是，它居然是一条笔直长线！须知河西高地山峦起伏，无论在此修建何等工程，都只能因地势而建，想要修得如图上那般笔直，几乎是无法想象的。而那道横线更是神异，自陇西郡的狄道开始逐渐向东北方伸展，先后与旧秦长城、旧赵长城、旧燕长城重合在一起，一直延伸到了最东端辽东郡的海边，粗粗估算，少说也要万里之长！

“这两条粗线，便是我等要修建的两大工程。”杨翁子几步来到地图旁，伸手指了上去，“一竖一横两条粗线，竖者便是要修的一条大道；横者便是我等欲通连的长城。有此两大工程为依托，再以我秦军战力，足可彻底根除匈奴胡患！”

一片鸦雀无声中，杨翁子先讲起了这条大道。此前，九原军多年守定上郡，坐视匈奴坐大而不轻易出击，之所以如此，难处正与岭南军平百越一样，粮草补给艰难。仅以地利而论，运送粮草最佳路线便是由关中径直北上运往上郡，然河西高地号为天险，山峦起伏林木密布，道路迂回崎岖处太多，只得由旧齐地琅琊、腄县等滨海郡县征发粮秣，辗转运至北河，每消耗三十钟方能运来一石粮草。正是因此，蒙恬杨翁子方才谋划修这条运粮大道，号为秦直道。

这条计划中的大道，大体分为两段：第一段南起云阳林光宫，经三百里驰道抵达秦长城，此段路已修完。真正要修的乃是第二段：自长城起，北至阴山九原，全长一千五百里，全部以黄土夯筑，沿线每隔一段都设有烽燧，近半路程修筑于子午岭山脊之上，其直如矢，不迂不绕，逢山开路，遇谷填埋，可谓直道通衢、堑山堙谷。依蒙恬估算，秦直道一旦竣工，自咸阳出发，快马疾行三日三夜即可赶到九原，如此，则关中粮草可迅速运至北疆，九原军足可与匈奴长久相持。

而至于那道长城，则更为紧要，工程也更加浩大。尽管目下北疆已有燕、赵、秦三段旧长城，却还不够。三段长城一则年久失修，二则多有破损断裂之处，以匈奴飞骑之神出鬼没，仍有可能突破防线，深入中原。也正因此，蒙恬才会想到要将三段长城尽数连接再延伸，使之真正成为永久屏障。依照谋划，这道长城由东向西大体分为三段：东段，本是燕国名将秦开所筑的旧燕长城，东起襄平西到造阳，扩建后将由辽东向西直抵代郡；北段，本是赵武灵王所筑赵长城，阴山南北各一条，由代郡向西延伸至阴山南北直达高阙塞；西北段，以秦昭王所筑秦长城为基础，东北起九原，西南至临洮。如此一来，这长城便要有万里之遥，当真亘古未闻！

不仅如此，这长城绝非一道单纯围墙，更有城、障、亭、燧等诸般建筑互为补充依托。城便相当于营垒，战时屯兵，平时驻民，还可囤积辎重粮草；障便相当于关隘堡垒，多扼守于山梁岭脊、大河深谷等险峻之地，只驻军不驻民；亭、燧二者相近，都是瞭望示警之岗哨，有狼烟烽火者为燧，无者为亭。四者结合便是浑然一体，如此九原军驻守长城进可攻、退可守，背后还有秦直道提供粮草辎重，任他匈奴何等强大，也万难如以前那般肆虐！

“万岁！”杨翁子一席话讲完，所有将军们都可着嗓子齐齐一声吼。

“然则，伯秦另有一问。”皇长子扶苏开了口，“两大工程，须耗民力时日几多?”

扶苏声音并不大，然而话音落点，整个幕府穹庐顿时便是静如幽谷，将军们齐齐噤声，所有目光都盯住了蒙恬。

“至少百万民力，五六年之期。”蒙恬不假思索答道。

扶苏拱了拱手：“伯秦直言，将军勿怪。秦直道、长城自然都是旷古工程，一旦修成，必当利在千秋。只是目下各地都是大工程，若再行征发民力，恐又将大大加重黔首负担。伯秦担心，国力能否支撑得起?”

蒙恬轻轻点头：“将军所言不差，然目下仍别无他法。匈奴残部虽远遁却未消亡，我等纵得休整之期，也仍须居安思危。抵御边患乃生死存亡之大事，纵然消耗民力，仍不得不如此。自然，两大工程竣工之后，我等也当上书咸阳庙堂，尽快遣散民力。”

沉思片刻，扶苏终是点头赞同了。

接下来会商再无波澜，杨翁子又提出了另外两样举措：其一，在这河南地设九原郡，自榆中并河以东，属之阴山，共设三十四县，以九原城为治所；其二，徙民实边，自内地迁徙中原黔首，来此戍边定居。这河南地自身宜牧宜耕，北面更有大河为天堑，足可阻挡匈奴南下，是故既有关中之丰饶，也有河西之险要，所缺者唯人力而已。只要人手充足，河南地便可由游牧草原变为农耕田地，成为膏壤植谷之地，也足可成抗击匈奴之牢固根基。众将都知徙民戍边也是这些年咸阳庙堂惯常举措，不久前更有征发中原移民定居岭南之举，自然全无异议，一力赞同了。

这次幕府议兵直到黄昏才完，众将腹中都已有些饥渴，蒙恬刚下令散去便纷纷起身离席，却不料恰在此时，一名军吏手捧一只黄澄澄的铜函快步冲入幕府，大将们见状顿时惊讶不已，他们都认出那支铜函是专门用来装诏书的，如此说来，又有新皇命下达? 不由得一个个都收住了脚步。

一片诧异目光中，蒙恬展开了函中绢帛，一眼扫去也惊讶地沉默了，片刻后才皱着眉，轻轻重复了一句那上面的皇命：

“焚书……”

第十六章 明火·暗潮

1

蒙恬接到焚书令时，整个大咸阳已陷入了一场前所未有的风暴之中。

一队黑森森甲士自太尉府大开的正门中川流涌出，手中的兵刃身上的甲胄一同闪烁着凛凛寒光，后面则是一队文吏，而走在最后的便是太尉王贲本人。

他大步来到车马广场，跃上自己那辆高大戎车。戎车刚发出一声沉重呻吟，驭手便挥起手中的皮鞭，驾马一声嘶鸣小步前行，后面的甲士文吏们也齐齐迈步跟在后面，人人步伐如夯石般沉重肃杀，而戎车之上的王贲，面容和目光也同样阴沉。

此刻的太尉装束与平时大不一样，不仅全身戎装，腰间佩上了那枚系有紫绶的太尉金印，身后侍卫还高擎着一柄灿灿金斧，更令街市上的黔首们倍感惊奇的是，他还头一次佩上了皇帝亲赐的那柄定秦剑。须知这几样都是标志着赫赫权势的信物，今日太尉竟把它们全数亮出，却不知将是何等大事？一时间不少好事者都纷纷撂下手中的活计，远远尾随着一路来到了咸阳宫外的车马广场。一眼望去更是吃惊，但见卫尉杨端和、中尉马兴也同样各领十数辆战车数百名甲士抵达广场，咸阳庙堂三位执掌军权的重臣，竟同时集中在了这里！

惊讶不已的黔首们正在窃窃私语，王贲却是默不作声一招手，一名文吏手捧一卷竹简大步上前高声念诵起来，他只念了第一句，整个车马广场便“轰”的一声炸开了锅——

《大秦皇帝焚书令》!

片刻的惊讶之后，死一般的沉默便笼罩了车马广场，唯余文吏的声音反复回荡着。黔首们面面相觑，没一个敢吭声。谁都知晓皇帝正月才过完四十八岁寿辰，此后九原军第二次大捷的消息又传至咸阳，更添了不少喜庆，黔首们私下里都在议论，两次大胜匈奴，该当破解那“亡秦者胡也”的谶语了，皇帝也该让天下黔首歇歇了。然而谁都没想到，今年皇帝发出的第一道诏令，竟然是要焚书!

太尉王贲鹰隼般的犀利目光不断在人海上空逡巡着，而他本人也正如一只蓄势待发的大鹰，随时准备向什么地方扑去。

焚书令在黔首中间引起的震动，是他早就料到了的，然而这也恰是他所希望看到的。

谁也没想到，这场席卷了整个秦帝国的风暴，这一深远影响了中国历史两千年的事件，竟是在皇帝的寿筵中初现端倪的；更没有人想到，引发这一事件的人物，竟是一直被皇帝奉为上宾的儒生博士们。目下回想起来，王贲才明白儒生们与秦帝国的政见终究是冰炭不能相容，这政见分歧早在多年前新政初立之际便有了苗头，然而因了皇帝对博士们的包容，因了儒生博士们的妥协退让，也因了国事繁剧头绪众多，这分歧没有继续扩大，可王贲知道，它从未真正消失，只是这多年来一直被掩盖了起来。

儒生进入咸阳庙堂，儒生与咸阳庙堂的政见分歧，由儒生引发的这道焚书令，都得从秦国与儒家的关系说起。

天下一统前，由于秦国以商鞅学说治国，时人乃至后人便多以为法家乃秦国唯一治国主张，其他学派都被尽数排挤禁绝，其实大大不然。在当时百家争鸣氛围下，各学派主张都有彼此融合相通之处，任何学派想不受其他学派影响，都是不可想象的；而任何一个国家试图以单一学说治国，同样是不可想象的。同样的，秦国以法家为主导的同时，也包容了道家、墨家、阴阳家等其他学派，即便是人们普遍认为与法家主张最势不两立的儒家，也同样在秦国占有一席之地：当年秦穆公便得到了孔子的赞赏，儒法并举的荀子也曾应秦相范睢之邀访秦，更不用说吕不韦兼收并蓄了诸子百家思想，编纂了大体因袭儒家王道学说的《吕氏春秋》一书；秦法中甚至专有一篇《为吏之道》，主张“君怀臣忠，父慈子孝”，显然也是吸收了儒家主张。根本而论，秦国与儒家只是彼此轻视而已——秦国看不起儒家复古倒退的为政主张，也看不起儒家的书生空谈和不切实际；而儒家同样将秦政视为虎狼苛政，举凡提到必是连篇累牍的口诛笔伐。但归总而论，二者彼此间还是大体相安无事的。

不过，当秦国统一天下之后，情势开始有所变化了。天下统一之后，皇帝创设新政之时，也开始考虑起大兴文华之事。于是开始面向天下招收士子，数月下来足足搜罗了数百人，儒墨道法等各派饱学名士也足有七十余人，被皇帝尽数拜为“通古今、典职教、辨然否”的博士。其中有一人最为特殊，便是孔夫子的后人孔鲋，皇帝因他身份特殊，破了秦法无功不封爵的成例，径直将他封为文通君，与武成侯王翦、通武侯王贲等庙堂股肱并列，可说是破天荒地将儒家推到了各学派的领袖位置。之所以如此，也是有深意在里面的：儒家诸般治国主张自与秦政多有牴牾，而且也被数百年来铁血大争的现实证明了完全走不通，然则这学派终究在天下有着深远影响，秦帝国若果能与儒生化解宿怨，岂非自己海纳百川的最好明证？而儒家弟子之中也毕竟不乏真才实干者，若果能改弦更张，抛却或修正自家那些不合时宜的主张，真正融入帝国新政，岂不也能一展胸中所长？

然而不久之后的大朝会上，儒生们的表现却使皇帝、使整个庙堂失望了。

那次大朝会，是天下统一之后的第一次大朝会，要会商的是关于秦政的根本大事：究竟当在天下推行何种治式？须知在当时，中国乃至人类历史上一直实行到现今、在今人看来已是顺理成章的郡县制，不过是区区百余年前才出现的新生事物，天下仍大行其道的，还是自周代延续下来的封建制——国君将土地封与有功之臣与王室子弟，封主在封地内享有自治，可自行决定赋税、自行营造城邑、自行成军，只在名义上效忠国君，国君不能直接干预封主，遇有国家大事须将他们一同召集会商后决定；而封地的民众隶农也只对封主效忠，二者之间实为人身依附与被依附关系。

这一制度乃周初创设，自西周时代一直到春秋时代，始终是天下主流；然而到了春秋末期，分封制效率低下、不利国家号令统一等诸般缺陷也逐步变得明显，诸侯们裂土分疆彼此苦斗也越来越频繁，此种形势下，几大战国都开始不同程度地实行起了郡县制——取消或限制封主治权，使封地隶农获得人身自由，将封地收归国有，设立郡、县、乡、里四级行政区划，由国君亲自任命的官吏治理，官吏只对国君负责，任期满后不得继续留任。郡县制的出现无疑是当时一大创举，但各国世族力量仍旧盘根错节，国君轻易无法触动，很大程度上也仍需倚重他们，是故各国仍是郡县制与封建制并存，国君对于本国世族只是尽力削弱，无力或不愿完全取缔，即便是变法最为彻底的秦国，也一定程度上保留着虚封制，天下黔首也大多认为此种混合并存之制是理所应当的。

而这种看法，又以那次大朝会上王绾丞相的发言最具代表性——今诸侯初破，燕、齐、楚等地偏远，若不分封则无以镇守边陲，请立诸皇子为王！王绾刚说完，庙堂上儒家博士们便异口同声地附和起来。皇帝当时没有做出决断，而是下令群臣商讨此事，最后还是李斯以周武王分封后便有管侯蔡侯叛乱的例子说服了众人，建议皇帝可赏赐皇子功臣以财货爵位，却不当再行封建，如此方能使天下无异心。皇帝最终采纳了李斯的意见，王贲还记得他当时的原话：天下共苦战斗不休，方有侯王；今天下初定又复立国，是树兵也，若求宁息，岂不难哉！这才最终决定了彻底放弃分封制，将整个天下真正划为三十六郡。

目下回想起来，王贲已经明白，那场争论表面上是分封郡县之争，其实却是复古与前行之争——儒家主张倒退回上古三代，主张礼治，主张分封，主张井田，主张回归那所谓的王道仁政，而现实却是皇帝和咸阳庙堂仍然在走霸道之路，继续推行法治，推行郡县……一个时刻梦想着向后退却，一个却在大步向前高歌猛进，二者本就是南辕北辙，能不背道而驰么?

这，才是儒家与秦政疏离的根本原因。

从那时到目下，八年过去了，尽管庙堂与博士们的相处表面还算融洽，然则二者之间始终貌合神离，不久前皇帝寿筵上的那场争论，以及目下实行的焚书令，不过是矛盾的总爆发而已。

“冰炭不同器而久，寒暑不兼时而至。该来的，终是要来。”听着文吏念诵焚书令，望着黔首们那一片震惊的目光，王贲暗想道，目光中满是阴沉。

2

那一日的情形，王贲目下还记得清清楚楚——那本是一场喜气洋洋的盛筵，皇子公主们都去了，皇族元老们都去了，三公九卿都去了，博士们自然也都去了。尽管皇帝因连日操劳而疲态尽显，但那一日仍兴致很高，向大臣们频频举爵。闲聊中，他提到了九原军北击匈奴的大捷，提到了蒙恬与皇长子立下的战功，又顺理成章地提到了儿子王离，还对自己说若无意外，明年王离回咸阳探亲之际，便让他与华阳公主成婚。王贲还记得，听到这话时自己无言以对，无意间瞥去一眼，却见华阳公主脸上已是一片飞红……酒过三巡时，博士学宫的掌事周青臣举爵站了起来，其余七十余位博士也纷纷离席，一同来到大殿正中，这位向来恭谨的仆射显然也微带了一丝醉意，很是兴奋地说了一番颂词：

“他时秦地不过千里，赖陛下明圣，平定海内，驱逐匈奴蛮夷，日月所照，莫不宾服。以诸侯为郡县，人人自安乐，无战争之患，当传之万世。自上古以来，无人能及陛下威德！”

“善！朕当为驱除匈奴、九原大捷痛饮一爵！”皇帝大笑道，庙堂上随即响起了一片万岁之声。

这时，一个峨冠博带的身影从博士中间走了出来：“臣博士淳于越有话！”

“说！”皇帝笑着举起了爵。

王贲还记得，当时连同自己在内，所有人都以为淳于越要说的与周青臣大同小异；可未曾想，他这一席话却引发了连串惊变。

“臣闻之，昔殷周之王千余岁，封子弟功臣以为辅佐。今陛下有海内，而子弟为匹夫，若有田常、六卿之臣却无辅拂，何以相救哉？……”淳于越环顾四周，声音虽不大却极为清晰。

整个大殿迅速安静了下来，所有眼睛也都一下集中到了淳于越身上，人人目光中充满了惊讶；而听到后一句，皇帝举到嘴边的铜爵也陡然停住了。谁都知道，齐田常、晋六卿都是春秋末期各自国家的权臣，也正是他们把持了大权，最终篡夺了王位。今日本是喜庆寿筵，这淳于越平时人也算伶俐，却如何说出这般不吉之言？

淳于越却仿佛浑然无觉，嗓音反而更大了：“……事不师古而能长久者，非所闻也！今周青臣面谀以重陛下之过，非忠臣！”

话音落点，整个大殿更是一片愕然。大臣们一片交头接耳窃窃私语，周青臣也脸红到了脖子根，顿时手足无措起来。

“事不师古而能长久者，非所闻也！我等恭请陛下重行诸侯封建制！”淳于越身旁的数十位博士仿佛等的便是这句话，竟然一同重复了起来，声音分外齐整。

王贲还记得，当时自己向皇帝瞥去了一眼，发现他脸色虽则沉郁，却并未任何恼怒的表示，只是片刻沉默后重新开了口：“淳于越与众博士之言，下群臣议之。”

更大的声浪笼罩了整座大殿，所有大臣都议论了起来。须知，淳于越指斥周青臣倒在其次；公然宣称秦帝国不能长久，虽则大大刺耳，也在其次；最紧要的是，分封郡县之争早在八年前便已尘埃落定，郡县制已推行了八年之久，岭南三郡才刚设立，皇帝尚在与丞相李斯商讨设立九原郡四十四县之事，一切都好好的，这淳于越如何又突然间翻出了旧账？而其他博士若非早有谋划，又岂能应得这般齐声？这般儒生如此众口一词，究竟意欲何为？而皇帝命“下群臣议之”，岂不是说郡县制也可再度更改么？一时间人人都觉不可思议。

在大臣们的议论声中，寿筵终止了，原本的喜庆气氛顿时荡然无存，取而代之的是一场针锋相对剑拔弩张的大朝会。儒生博士们争相发言，或如淳于越鼓吹王道仁政，云秦国一统天下正如商代夏、周代商，三代王道复出，理当以诸侯封建为根基；或如浮丘伯抨击皇帝作为，云皇帝大兴土木乃殚天下、竭民力，偏骈自私，何堪与三皇五帝比德？若不改弦更张，便是行桀纣之道！博士伏胜还颤巍巍叫道，华夏文明，尽在上古三代；治国之道，更在王道德政；陛下既已将孔鲋先生拜为高爵，也便当使儒家统领天下文明，行礼乐仁政！……而在这一番论辩的最后，文通君孔鲋代表所有儒家博士，说出了他们的要求：

“……陛下与列位大臣当知，自周初至今已有数百年，诸侯分封之制源远流长，本就天经地义。战国之世礼崩乐坏，诸侯攻伐不断，郡县制只为应对战乱而设，尚可实行；天下刚一统之时，大局尚在动荡之中，仍行郡县亦不失一时权宜之计。然则当今已是太平盛世，是故臣昧死请求陛下，重回诸侯分封之正道！……”

就在孔鲋发言完毕、博士们一片应和声相继消弭后，左丞相李斯终于开口了。他缓步踱到了大殿正中，向来温淡谦和的面容此刻却前所未有的冷峻。见他这般模样，不仅博士们大为惊讶，便连王贲本人也极为意外。他与李斯往来不多，但也大体知晓，庙堂一干重臣中，除却老丞相王绾、奉常胡毋敬外，李斯是与这些博士走得最近的，他早年师从荀子，为政主张同样是儒法并举，更不必提博士浮丘伯还是李斯昔年同窗，是故无论出于政见还是私交，李斯与儒家博士们交好都很是自然。今日大朝会之上，李斯始终一言不发，王贲一直以为他是顾及与博士们的交情而不便说话，可目下这形势却是刚好相反，李斯在这关键时刻站了出来，显是打算一锤定音了。

一时间，所有人都从李斯身上嗅出了决战的气息，所有的目光也都集中到了这位一脸严峻的帝国首辅身上。

李斯率先将目光投向了淳于越：“淳于越所言乃三代之事，何足法也？分封郡县之争，八年前大朝会争鸣之时早已议定，而今众博士旧话重提，甚为无谓。五帝不相复，三代不相袭，各有治国之道，并非着意相反，时势异也。今陛下创大业，建万世之功，非愚儒所能知也！……”

听到最后一句，大臣们嘴角露出了笑容，博士们则人人面露愤然之色——当年荀子曾在《儒效》中耻笑那所谓的“俗儒”，而今这位同样亦儒亦法的丞相更进一步，公然将自己称为愚儒，何其有辱斯文也！

李斯却毫不在意别人的反应，平静语气依旧透着肃杀：“今陛下并有天下，别黑白而定一尊，私学之士却仍教与非法之学。但有政令颁行，士子便各以所学大加批驳，入则心非，出则巷议，夸耀自家学说以为名声，宣扬异端以为高明，伙同同门以造势诽谤。如此风气不禁，则国之威势衰微于上，私人朋党结成于下。是故，臣奏请陛下一并禁之！”

“方略如何?”皇帝语气依旧听不出喜怒。

“六国灭亡已有八年，秦法颁行天下已有八年，不意诸侯封建仍旧根深蒂固；更兼八年来刺客行事、田地兼并、流言散播、世族逃亡等种种事端生发不止，目下庙堂又突兀冒出王道仁政之说，若任由此等说辞在天下大行其道，便等同于为复辟暗潮推波助澜，必当流毒无穷。有鉴于此，臣请陛下效法当年商君，颁行焚书令！”

“焚书?”听到这个字眼儿，大臣们惊讶地瞪大了眼睛，博士们更是震惊得说不出话了。他们都知商君焚书之事，那是当年商鞅变法时发布的法令，也因此引起了天下哗然，然而那法令只实行过极短一段时日，很快便没人提及了，可以说象征意义远大于实际意义。此后百余年间，秦国更是放开心胸吸纳诸子百家学说，焚书令早在天下人记忆中渐趋淡漠，大部分黔首甚至都不知商鞅变法时还曾有过这样一道法令。而今，丞相李斯旧话重提，而且显是准备来真的了！

（注：商鞅焚书之说，历来遭后世猛烈抨击，然查其出处，只《韩非子》有载，其余典籍皆无，是为孤证，疑为虚构之事。）

“灭绝文明，灭绝文明……”不知何时，文通君孔鲋已是脸色惨白，如同风中秋叶一般颤抖着。

“灭绝文明！灭绝文明！”博士们纷纷喊成了一片，愤激的愤激哀号的哀号哭喊的哭喊咆哮的咆哮，以头抢地捶胸顿足跳脚痛骂，不一而足，整个大殿顿时乱成了一团。

“都给我闭嘴！”

一声雷霆般的怒吼响彻了大殿，所有博士都不敢吭声了。

太尉王贲霍然起身，大步离席，每一下脚步都发出了回响，反复激荡在大殿内。博士们惊惧的目光无不集中到了他身上，这位以冷血铁腕著称的百战名将，尽管目下只是身着官服，既未顶盔贯甲也无佩剑，身上却仍散发出一股不怒自威的气势，他甚至不必开口，单是这股气势便足以使胆小者两股战战几欲先走了。

“灭绝文明?”王贲一字一顿道，语气中带着无尽的轻蔑与鄙夷，“一堆腐朽竹简霉烂木牍，一派大而无当陈词滥调，一群四体不勤只知高谈阔论的书生蠹虫，一个往不可谏去不可追的清秋大梦，也配叫文明正道？中原复辟暗潮这般猖獗，你等儒家对天下大势不闻不问，只知死死咬定自家说辞自言自语，只知对秦政瑕疵、皇帝错失喋喋不休指摘不停，一个可行主意也拿不出，反倒鼓噪唇舌为复辟世族摇旗呐喊，偏还有脸自居文明正道？天下文明只你儒家一家？天下大道只复古倒退这一条？这等复辟的文明、乱政的大道，我等要了鸟用!”

“你——!”孔鲋愤愤戟指王贲。

“臣启奏陛下!”王贲口中虽高叫陛下，双目却是死死盯住了文通君，“震慑复辟既为社稷生死存亡之事，自当视为定国之战，以军制治之！丞相既已提出完整方略，臣自请为将，操持此事!”

“我等愿随太尉焚书!”杨端和、马兴也猛然站了起来，一左一右站在王贲的两侧。

“可有异议?”听到庙堂文武两大重臣都已表态，皇帝的冰冷嗓音终于缓缓响起。

除了袍袖瑟缩抖动声之外，大殿内一片死寂，皇帝的目光环视了一圈，看到博士们人人战栗得如同秋风中的落叶一般，在三名将军出身的大臣们目光的威慑下，却是没一个人说得出口；孔鲋也只是哆哆嗦嗦指着王贲，一句囫囵话也说不出。于是皇帝终于点头一句：“制曰：可。”

这三个字如同一把斩首钺般森然落下，文通君孔鲋一声闷哼，一头栽倒在地了。

3

沉重杂乱的脚步接连踩过一枚枚散落在地的竹简木牍，一个又一个士子默然无语低着头，从怀中袖中抽出一卷卷竹简，递到一个个文吏面前，文吏们同样默不作声地伸出手，多少有些粗鲁地将那些竹简夺过来拆成一枚枚细长竹片，又很是随意地丢在身前。当这些战利品累积成一座座小山时，他们便提起一只只陶罐，将油脂泼洒到那些竹木小山上，然后便是一个掌事模样的文吏走上前来，将手中火把丢了过去。火光与烟雾一同冲天而起时，竹材燃烧的噼啪声也响彻了四方。听到这些响动，那些士子们便有人转过头来，恋恋不舍地向那些正在燃烧的竹简望去，但立即便碰触到执戈甲士们森冷的目光，于是只能一边拭着泪水一边匆匆离去。

尽管是初春，天气却冷得如同寒秋一般，大街小巷四处腾起的火焰没有给大咸阳带来丝毫温暖，反倒在这些甲士的脸上添了一丝狰狞神色。

而他们身后的那辆戎车上，全身戎装的太尉王贲如同一根黑黝黝铁柱般挺立在阴霾天穹下，冰冷的目光远远投向那些士子，仿佛要从他们当中揪出一两个居心叵测的复辟老世族一般。

突然，他的目光变得犀利起来，兀鹰发现猎物一样死死盯住了人群中的一个。

他发现了文通君孔鲋。

几日不见，文通君已憔悴得让人认不出来，他整整瘦了一圈，那件原本合身的布衫挂在瘦骨嶙峋的身体上显得空荡荡的，头戴的竹冠似也有些歪斜，总是梳理得一丝不乱的长髯此刻更是虬结成了一团……尽管和孔鲋此前见面次数也不多，但王贲记得他一向衣着考究精心修饰，举手投足都是一板一眼，还从未见过这般颓唐模样。

他注意到孔鲋也在盯着自己，却没有理会。庙堂尽管下令焚书，但针对的仅是民间藏书，博士藏书并不在焚毁之列，皇帝更没有解散博士学宫，对博士们来说，一切都还是老样子。是故王贲这几日尽管也感到了博士们对自己那再明显不过的敌意，却毫不在意。在他心中，这些博士甚至做自己敌手都不够格——一群书虫，成得了鸟事！

远处遥遥响起一阵骚动，还在围观焚书的黔首们躲避瘟神般忙不迭闪开，但见一名士子被几名甲士押了过来，那是个高大肥白的中年男子，看衣着显然也是官署吏员，他怀中紧抱着一捆竹简，被推搡得跌跌撞撞地向前走着。打头那名甲士想从他手中将竹简夺走，他却拼死也不肯松手，愤愤叫嚷道三十日后藏书不烧者才被罚为城旦，目下时日未到，你等无权逼我烧书！

望着那张满是汗水肥白如瓠的大脸，王贲皱起了眉。

他已认出，那是冯劫的属官，曾和自己一同彻查田产兼并的御史张苍。

“带那人过来。”王贲简单一句，身旁一名文吏便快步跑去，领来了张苍。

“太，太尉……”望着王贲那铁青的脸色，张苍嘴角也抽搐起来，一脸强自压抑的惊恐神色再配上那满头的汗水，显得既可怜又可笑。

王贲跳下戎车，瞥了张苍一眼，丢下句“随我来”便转身进了太尉府。押送张苍的几名甲士也想跟上，王贲却远远比画了个手势，他们便都知趣地远远站定了。

两人一前一后来到太尉府宽阔的前庭，王贲这才转过身来：“甚书?”

张苍展开竹简，打头第一枚竹简上是“春秋左氏传”五个秦篆。

王贲眯起了眼睛：“你也习儒学?”

“实不相瞒，太尉，我当年也师从荀子，与丞相、韩子、浮丘伯等人同窗，只没他们那般大成……”

“此前何不提师承门派?”

“我等同门都说，皇帝看不起儒家，知我乃儒生，怕是不得重用。”

“一派胡言！皇帝对诸子百家一视同仁，何来厚此薄彼?”

“若不欲灭儒学，焚书作甚?”张苍没好气道。

“这书，你不想交？私自藏书，不怕受刑?”

“书烧得光么？口堵得住么？庙堂若真逼得万千黔首道路以目，秦人江山便长久不了！”张苍两眼望天，语气里满是气恼。

王贲一声冷笑：“好你个张苍，这等狂夫之言也说得出口？再问一遍，你这《左传》，不交是不是?”

“不交！”张苍将竹简抱得更紧，已注意到太尉背后，远远伫立的那几名甲士正望着自己，显然只要王贲一发话，他们就会大步上前夺走竹简。

“不交就藏好，三十日后若真被我搜出，小心罚做城旦。”

“……”张苍不知所措了，他本已做好了下狱受刑的准备，正要等甲士过来时大吵大闹跳脚痛骂一番，如此纵然被抓，也不枉英雄一回，却不料王贲竟冒出了如此一句。谁都知晓这位太尉的狠辣手段，目下他却如何放过自己了?不由得期期艾艾问道：“太尉，你……是念我有过功劳么?”

“商君名言不知么？你便立过功，若触犯秦法，我也照样不会放过你。”王贲的语气和目光一样森冷，“我且问你，那焚书令，皇帝批的是甚?”

“制曰，可……”张苍喃喃道，双目忽然明亮了起来，“啊，我知晓也！难不成……”

他忽然不吭声了，王贲用目光止住了他：“知晓便可，莫与旁人说。”

张苍连连点头，心下猛然涌起一股落水之人骤然得救的狂喜。他已明白过来，王贲之所以放过自己，便在皇帝批的那三个字。须知皇帝政令分为两种，一为“制”，一为“诏”，以“制曰可”发布的，便是“可以如此”；以“诏曰行”发布的，其含义则是“必须这般”。虽是一字之差，含义却大不相同——一个大有回旋余地，一个则是无可动摇。寻常人等不了解此中微妙，可张苍身为御史对政令极为熟稔，马上回过神来，被皇帝批为“制曰可”的这道焚书令，实为可松可紧可急可缓的弹性政令，虽则雷声大，却未必落得多少雨，怕是也同当年收缴私兵一般，光是唬人而已！想到这里不禁面露喜色，向王贲眨眨眼，忙将《左传》塞入袖中，王贲向太尉府前庭一条小道指了指，他便顺着那条巷子溜之大吉了。

4

看到张苍被抓进太尉府，文通君孔鲋便没有继续逗留，而是迅速抄小路回了博士学宫中属于自己的那座六进宅院，一头扎进书房，按住狂跳不已的胸口，只觉久久一阵眩晕，忙从袖中摸出一个小陶瓶，倒出一粒药丸塞入口中生生咽下，小半个时辰后才缓了过来，发出了一阵疲惫的长吁。

自那次大朝会到目下，仅仅过了三个月，孔鲋却有了恍若隔世之感。想当年天下一统之后，他被皇帝恭敬请到咸阳辅政，还被拜以文通君的高爵，当时自己满心都是先祖那祖述尧舜宪章文武的雄心大志。然而谁曾想到，接下来的八年间，自己纵然享受着无上尊贵与荣耀，却离心中真正志向越来越远；那出仕之初的勃勃雄心，也随着自己那些主张一次次被弃用而逐渐消弭了。他已慢慢明白过来，皇帝其实根本不想用儒家来治国，和当年那魏王假一样，他供奉自己与一干博士，也不过是如四公子豢养门客一般，沽名钓誉而已！

心念及此，孔鲋再度感到了深深的失落，回乡归隐的念头又开始如幽灵一般从心头泛起，若无后面之事，他本是要向皇帝辞去爵位，重回故乡继续收徒讲学的，是自己一位故交的来访，改变了这一切。

那位故交，便是销声匿迹已久的陈余。

孔鲋记得，当这位多年未见的老友神奇地出现在面前时，自己惊讶地瞪大了眼睛，半是兴奋半是警惕——陈余当年曾暗助过张良，在黑冰台追捕的世族榜单上名列前茅，自己与他往来难保不会引来麻烦；可他毕竟也算得同门，自己仍当为亲者隐，不能向太尉举发，做不义之人！当即向陈余慷慨表态：君若有难，我来助你！陈余却是笑着摇头：文通君不必担心，今日见君非为自保，却欲邀文通君与各位儒家同门共谋大事！孔鲋惊讶地问何等大事，陈余道，我等也知文通君多年来意图复我儒家王道复古大梦，惜乎皇帝刚愎自用，文通君诸般心血尽数付诸流水，何其可惜也！为君计之，不如与我等世族合流，逼迫庙堂改弦更张，以此伸张我儒家学说！说着进一步拆解：儒家向来主张恢复王道封建；世族要复辟，也须恢复王道封建。六国贵胄整日被黑冰台追捕，绝无可能抛头露面，偏偏儒家却是天下显学，万千黔首纵不认世族，却认得儒家！贵胄说不得之言辞，儒家可为代言！君不如与我等六国世族携手，待到天下重回封建之时，定能一展胸中所长，成为货真价实之文通君！一席话说得孔鲋怦然心动，忙问既然如此，需我如何行事？陈余低声一番面授机宜，孔鲋听得连连点头，目光也越发明亮了。

直到目下，孔鲋仍能记得自己回到府邸之后，如何按陈余的谋划分头去见那些儒家博士们，逐一讲述了世族们的心思，儒家博士们始终唯他马首是瞻，自然无不响应。接下来的几个月内，几乎每隔几日便私下相聚一回，商议如何为世族复辟鼓噪声势，最终议决在皇帝寿诞这日打响第一战，大张旗鼓地鼓噪恢复封建制！

当时，陈余分析得极为透彻——只要此次论战之言辞传遍天下，顿时便能为分封制鼓荡起思潮，此后徐徐图之便容易得多。唯其如此，陈余的打算是，此番论战不求立竿见影，迫使庙堂真正废除郡县，唯求声势浩大，要让天下黔首知晓儒生博士们的政见！孔鲋又提出一个担心，如此作为会否激怒皇帝，为我等招来杀身之祸？陈余笑着摇头：政见不同，岂能一言不合便擅自杀人？皇帝纵不听你等说辞，也不敢对你等不利，不然岂不是冒天下之大不韪，自行桀纣之道么？博士们这才恍然大悟，无不赞叹他见事透彻，于是便有了寿筵上的那次争论。

然而及至论战真正开始，博士们这才发现，皇帝竟真铁了心要走桀纣之道了。虽未向博士们问罪，可丞相李斯所提的那道焚书令，直如一声惊雷炸响在了当头，无论孔鲋自己还是儒家博士们，都愣怔不知所措了，他们心头不约而同涌起了同样念头：这是史无前例的文化浩劫，是空前绝后的灭绝文明的暴行！皇帝显然已成了独夫民贼，而那原本与自己交好的丞相李斯倏忽间竟翻脸无情，显然也是少正卯般心达而险的小人！再看近年来天下民生日渐凋敝，诸般大工程无休无止，秦政显然更是虎狼苛政，自己却如何是好？孔鲋向不赞同荀子那“从道不从君”的主张，更不觉孟子那“道之所在，虽千万人吾往矣”的气魄有甚好学，只牢记着祖上“危邦不居”的祖训，既如此，自己更要走了，只不过皇帝这般暴戾，若当真直言去官，这桀纣怕是一言不合便要让自己去见关龙逢和比干，如此说来，还是效法微子去宋的好……

“文通君，故人相请。”家老的恭敬声音忽然在书房外响起。

“故人？相请？”孔鲋陡然一个哆嗦：这等风声鹤唳之际，能是何等故人？黑冰台么？能请自己做甚？下栎阳狱么？

“……是位尚商坊仆役带来的书信。”家老恭敬递上了一枚仔细捆扎好的精致竹简。

宏大祥和的编钟不疾不徐地奏着《鹿鸣》；宽阔的大堂正中，六十四名舞女挥动着袍袖缓缓起舞，环坐的宾客们则高举手中酒爵，一派谦和礼让地彼此赋诗酬答，只偶尔才小心夹起一片割好的正肉，放入口中缓缓咀嚼着，脸上也浮现出幸福的神色，仿佛世间一切美好尽在于斯。

然而，这一切似乎都与文通君孔鲋无关。

他正与陈余坐在酒肆二楼一个极不起眼儿的角落中，大堂内的动静尽收眼底，却很难有人注意到两人；更关键的是，悠扬乐声盖过了两人的话语，他们彼此能听得清对方，外人却绝难听清他们在说甚。

“礼崩乐坏矣！”听着那天子迎送诸侯时才用的《小雅》之乐，眼见八佾舞于庭，文通君很是伤感，觉得自己跪坐的席子仿佛也有些歪了，心里一直痒痒的，总想重新站起来将它摆正。

“我等谁也未曾料到，此番庙堂竟敢如此……唉！”对面的陈余忧心忡忡地一声长叹，“为分封制摇旗呐喊，非一时能奏效，我等从长计议便是。只是目下这焚书之难，却是迫在眉睫。陈余敢问文通君：秦将灭先王之籍，君却为书籍之主，岂不危哉？”

孔鲋紧锁起眉头没有答话，他还记得自己在老家曲阜收藏的那数千卷王道典籍，都是祖祖辈辈流传下来的，其中不少还是自己先祖韦编三绝的心血，依照咸阳庙堂的焚书令，三十日期满后若不交与薛郡郡守，便当处黥刑，罚为城旦苦役，想到这里不由得一阵心痛，思忖之后终是一脸傲然答了句：“吾为无用之学，知吾者唯友。秦非吾友，吾何危哉！”

“话虽这般说，那太尉王贲一旦查出孔门，岂会放过先生？又岂会放过那数千卷典籍？若那成千上万竹简被尽数付之一炬，岂非华夏文明之浩劫哉？”

想起白日里御史张苍被擒拿的那一幕，孔鲋喉头动了动，举起铜爵咕咚一口，仿佛看到自己脸颊被刺上字，混在那些黔首中间修长城的凄惨景象。片刻后才打定了主意：“吾将藏之以待其求；求至，无患矣。”声音却不由自主打着战。

“这才对也！”陈余轻一拍案，神色间满是赞许之意，“这几日，王贲那庙堂鹰犬不知焚了多少王道圣典，怕是烧尽诗书之后，便该轮到人了。如此下去，诸子学说将毁于一旦，天下学派将从此凋零，春秋战国那百家争鸣之胜景，必不复见矣！如此危急存亡关头，文通君若能冒死藏书，为天下文明留这一缕火种，功莫大焉！……”

“公子之意，我等这便回乡藏书？”孔鲋忙问了一句。

“文通君自当如此。”陈余赞许地一笑，笑容中颇见诡秘，“只是，君还需带上两人……”

夜深了。

文通君孔鲋从酒肆后门悄悄溜出，藏身于一辆早已备好在那里的辎车中，然后悄无声息地没入了夜色。他自以为这一切都做得神不知鬼不觉，不想行踪已全数落在了一双隐藏在黑暗中的眼睛里。

小巷一旁的阁楼中，那双眼睛如同暗夜寒星一般闪烁着光芒，直到辎车向着博士学宫方向缓缓驶去，这才移开了视线。

“公子此计，确乎绝妙。”黑暗中响起了一个中年人的纤细嗓音。

回应他的，是一声銮铃的清脆响动。

“数年来，先生一直为张良出力，此番保你安然脱身，也是应有之意。”

“各取所需而已。”中年人呵呵笑了，“为公子做事，利市大风险也大，然则我等喜欢。只是几次下来都是功亏一篑，殊以为憾哪……”

“当年，先生若肯将丹药直接献与皇帝，我必保你如后胜那般富可敌国，惜乎你不肯。”

“说了多少次，公子莫再强人所难。公子想杀皇帝，请自动手便是，却是莫逼我亲自下毒。”

“难不成当年高渐离之死，并非先生手笔？”

“怪哉，高渐离自家服药自尽，与在下何干？”中年人极是认真地装出一副懵懂口吻。

“兰池宫那次，也不是你升起风灯，向我等发出暗号，助狗屠行刺皇帝？”

“公子不知，当时节气已是大寒之阴，我等升起风灯，乃是兰池宫素来规矩，如何成了暗助刺客?”

“若皇帝当夜并未微行呢?”

“兴许我等升起的风灯，便不是白色，却仍是红色了。”中年人笑吟吟道。

“王贲前往旧楚地暗访之时，也不是你暗地里告知于我，使我提前向项缠通风报信?”

“却又有谁人知晓，是我走漏的风声?”中年人打了个哈哈，笑声中却颇有些勉强。

“那方‘亡秦者胡也’的石刻，不也是侯生写出的鸟篆，又由你亲手凿的?你并非欲以此谶语，激发九原军与匈奴早日开战?并非欲使皇帝如修郑国渠那般修长城，从而耗尽国力?那夜不也是你看护皇帝时，以事先配好的钥匙打开书箱，看到了北疆地图?此后不也是你命韩终、石生出海找到我，将九原军兵力部署告与了我?”

“……总归，在下与老世族，与悬刀无关便是了。”中年人沉吟片刻笑道，“在下不似文通君那干儒生，整日做那王道复辟的清秋大梦。在下襄助公子，既不为天下大义，也不为复辟旧制。皇帝死活，与我何干?秦国存亡，与我何干?天下行郡县还是行分封，一统还是分裂，平安还是战乱，都与我何干?我所求者，不过钟鸣鼎食、食玉炊桂而已，只要出得起高价，只要不是杀人，公子需我做甚，我都可鼎力相助——自然，也须让我等全身而退。”

“既如此，目下我为你拟定之出路，可还稳妥?”

“随文通君逃亡，虽则招摇却反而稳妥，公子谋划果然周全!”

“那便这般。我先动身，去接应陈横；五日之后，你与侯生依计行事。”

“一言为定，卢敖，便与公子岛上相见了。”中年人淡淡一笑。

5

文通君孔鲋逃亡了。

发现此事的是卫尉杨端和。据兰池宫卫卒报说，三日前的夜晚，文通君前来兰池宫，云自己近来心中忧愤身体不适，来此拜访方士侯生，请他给自己调理；今日天色已晚便住宫中，明日再回博士学宫；卫卒们都知文通君与方士向来交好，自然没有阻拦，谁知整整三日，文通君进去后再未出来过；杨端和闻讯后不顾禁令硬闯入宫，兰池宫其他方士却说文通君早随卢生侯生出宫了。杨端和大为吃惊，忙请来仆射周青臣一同前往文通君府邸，果见那方金印紫绶端端正正摆在书房的长案正中。两人正要前往皇城，却刚好撞见同样匆匆赶来的中尉马兴，也带来了咸阳城门守军的报告：连日来不断有博士学宫的士子以各种借口出城，粗粗估算也有六七十人，却不见一人回咸阳！三人不约而同都觉事态重大，连忙一起上报了皇帝，却不料皇帝似乎并不以为意。

在殿堂中悠悠转了几圈后，皇帝不屑地笑了笑：若将文通君视为秦官，擅自逃亡自有违秦法，然他这博士终究只是个上卿般的闲职；这老儒定是因焚书之事对秦政不满，私自逃亡虽使我等面上无光，可此举也总算硬骨，战国士风，合则留不合则去，便是追回来又不能强他继续留任，算了算了。杨端和将信将疑问：既如此，是否当调集甲士包围学宫，以免再有人逃亡？皇帝摇头：这等书生整日鼓噪唇舌夸夸其谈，不做正事只知挑刺，留下来也无大用，反倒白耗府库粟米，由他们去便是了。杨端和三人互相对视了一眼，终是一拱手默默退下了。

他们都没想到，三日之后一位不速之客的到访，却使皇帝陡然震怒了。

这位不速之客是由太尉王贲引来的，是位满头霜雪的蒙面老夫人，令君臣们惊讶的是，她一身白衣麻服，手中鸠杖与头上钗笄也都是白玉制成，从头到脚一身雪白，竟是寡妇装扮！经王贲绍介方知，这便是那位遐迩闻名的巴蜀巨商，寡妇清！

“诸位也知，老身以丹砂生意起家，多年来与齐地方士往来甚密，此番应太尉黑冰台之请，老身一路明察暗访，终是查出了徐福、卢生等人底细……”

清夫人的第一句话便引起了满朝重臣们的惊讶，而大臣们没想到的是，她的下一句更令人震惊：“只是，此事涉及陛下本人，不知陛下肯否允准老身公开讲出？”

皇帝依旧面沉似水，痉挛的双手却紧紧攥住了自己的袍袖，然而只是稍一迟疑便重新开口，语气斩钉截铁：“本王何能自外于秦法？讲！不必顾及朕颜面！”

清夫人微一点头，一双眸子透过面纱闪烁着明亮光芒，在大臣们的惊讶目光中，分外平静地开了口。

原来，徐福卢生这几名方士，都是当年齐相后胜的门客，也曾侍奉过齐王建。灭齐之后，皇帝已有暗疾，得知后胜门下有方士精于医药，便遣中车府令赵高私下里密会后胜，要他荐一名方士秘密入宫，照拂自己；作为回报，皇帝可保后胜身家财货。皇帝本以为，后胜其时已是穷途末路，能保得自身无恙便该谢天谢地；却未曾算准，后胜自保之余仍有伸展野心。他荐得徐福，一为向皇帝邀功，二则也使徐福成自己耳目，以便随时打探庙堂动向，向张良等世族通风报信。然而后胜同样未算准的是，徐福虽经他推荐得以入咸阳宫，却不愿为他卖命；然则也不敢轻易开罪于后胜，是故提出一样折中之法：自己再向皇帝推荐一名方士，日后便由此人与后胜、张良秘密往来，自己则替他隐瞒真实身份。

而这名方士，便是卢生。

卢生本名卢敖，乃旧燕人，张良谋划博浪沙行刺前曾一度在辽东藏匿，由此与他相识，得知徐福后胜之约，张良便在后胜牵线之下，将卢敖也安插到皇帝身边；此后徐福又自请修建兰池宫，并将侯生、韩终、石生等人先后接来，这兰池宫由此便成了方士居所，其实质则是方士与世族贵胄秘密往来之据点。徐福修得兰池宫后，担心自己受牵连，于是多次请求陛下允准自己出海，名为求仙实为避祸；卢敖则数年来始终在为张良效力，黑冰台之所以迟迟无法将张良缉拿归案，便在他及时通风报信。而与悬刀相关的几次事端，也都有此人的身影闪现：是他在杜县校军那日混入宫中，支开了看管高渐离的两名内侍，将行凶铅锭与丹药交与高渐离，后又将那两名知晓自己身份的内侍灭口；是他上书劝陛下微行，又是他升起白色风灯，向张良发出了暗号；还是他在王贲暗访淮北时率先将消息透露给张良；最后，又是他与几名方士携手炮制了那“亡秦者胡也”的谶语：侯生伪造石刻，卢敖趁夜晚守护皇帝时偷看北疆地图，得知了九原军兵力配置，韩终、石生则借口再次出海，向张良通风报信；若非清夫人从中斡旋，将一名黑冰台弋射以学徒身份安插进方士海船，这道沉沉帷幔，还不知何时方能揭开……

“……此外，臣另有一补。”清夫人说罢，王贲又接口道，“博士叔孙通举报，文通君已逃回鲁县老家；另有黑冰台急报：鲁县孔里，发现卢敖、侯生踪迹，以及，老世族陈余。”

“狗彘不食！”乍听到陈余这个名字，皇帝突然间暴怒了，“朕召这班文学方术之士，自然也要他服侍朕，可本意却是要兴太平之风！方士要炼求奇药，朕无一事不听！而今韩终、石生入海求仙一去不返，徐福费钱数万仍不得药，卢生、侯生朕尊赐之甚厚，冀望极深，他不思图报不说，竟还与老世族勾连！……”

皇帝的连番怒吼不住回荡在小小的偏殿中，大臣们人人面色铁青一语不发，听凭他尽情宣泄着心头的怒火。

送走了清夫人，皇帝旋即连发多道皇命：命卫尉杨端和封锁兰池宫与博士学宫，不许一人走脱；中尉马兴封堵咸阳各城门，将全城士子尽数赶往博士学宫，同时缉拿逃亡方士士子，也一并押入学宫；御史大夫冯劫彻查兰池宫、博士学宫，将方士儒生与世族通连者尽数查清，并案处理；左丞相李斯接替太尉王贲继续焚书；右丞相冯去疾坐镇咸阳，暂摄国政；太尉王贲为前锋，先行动身赶往鲁县，严密监视孔里，并将黑冰台全数人马向齐地集中；郎中令蒙毅则调集禁中宿卫，三日后皇帝将亲往鲁县！……

随着这些皇命逐一下达，咸阳庙堂开始了旋风般的运转。

整个博士学宫已乱成了一团。

未及逃走的博士士子们缩在学宫中，人人心神不宁瑟瑟发抖，不时从窗口望着外面的景象——黑森森的战车堵住了每一个出口，一队队挺戈佩剑的甲士结成了铜墙铁壁，将这里包围得水泄不通；而对面的甲士方阵中也不时裂开一条条甬道，大批垂头丧气的士子被驱赶进来，很快便将学宫挤得满满当当。不过甲士们倒也不进去，只是守候在外原地待命，如此一来，这座学宫俨然成了一座围城，学宫中的士子出不去，外面的甲士也进不来，倒是形成了对峙局势。

而这般对峙，已持续整整一日了。

黄昏时分，御史大夫冯劫也押解着兰池宫方士们匆匆赶来，又率领着数十名文吏进入学宫，兵分两路，一批吏员负责逐一勘问这些惊恐万分的士子，另一批则在学宫中彻查。士子们个个如同惊弓之鸟，纷纷说出了自己所知的博士逃亡内情——伏胜逃往了济南，羊子避难去了泰山，东园公等四人去了商山，淳于越、黄疵等博士不知去向，只知桂贞改成了香姓……御史们连轴转般忙碌了一整日，仍是全无头绪，眼看红日西沉，御史大夫冯劫喝了声全数下狱待决，儒生方士们顿时哭喊成了一片，却仍是被杨端和麾下的卫卒们尽数押走了。

望着叫苦连天号啕不止的儒生们东倒西歪的身影，冯劫向杨端和愤愤讲述了彻查兰池宫的收获：那些方士个个都是卢生、侯生的门生，跟着他们一同招摇撞骗。卢生与张良暗地往来，他们全知晓；侯生去博士学宫游说那些儒家士子，他们不仅知晓，还帮着一同隐瞒，不想几个主谋却都脱身而逃，只将这些门生丢下来顶缸：徐福与几桩大案无关，目下又远渡东海，无从追捕；韩终、石生上次出海便再不回来，乃是逃去了辽东一处秘密洞窟；卢生、侯生原本留在咸阳城中，为的是迷惑众人，使我等以为方士无逃亡之意，此番乃是随孔鲋出逃！听到这里杨端和大惑不解，冯劫却是一脸哭笑不得：这也是那张良的鬼主意，太尉早对那些方士极为疑心，在兰池宫附近布了众多暗哨，卢生、侯生纵然逃亡，也必使黑冰台早早惊觉；可若混在文通君等博士中出逃，虽则动静更大，却反而更是安全：皇帝蔑视儒生，又为表自家胸襟宽大，对博士逃亡不闻不问，他二人便与文通君串通一气，先自兰池宫一处暗道逃出宫，再打扮成儒家士子，混在博士们当中逃亡，待庙堂有所察觉时早逍遥海外了！

“那却如何是好?”听到这里，杨端和皱起了眉。

“我等能做的，也就是看好这班儒生方士了。”冯劫叹了口气，“皇帝太尉不日便要前往孔里，剩下的，看他们了！”

6

薛郡鲁县以北，泗水之畔，孔子的坟冢隐藏在一片树木驳杂的密林之中，倍显清幽。

它的主人，当时还没被加上那“大成至圣先师文宣王仲尼公”的纸糊高帽；而后世那些光怪陆离的祭孔大典，也还没有在此地出现。那时，孔子只是那满天繁星般的诸子大师中的一位，而他的这处最终归宿，也还是远离尘世喧嚣的一片寂静。

然而这个夜晚，寂静却被打破了。

夜深人静之时，密林中遥遥传来了一阵脚步声，时轻时重，时疾时徐。借着皎洁月光可以看清，一个高冠大袖、手提竹篮的阴影正弯着腰向那座高高的坟冢潜行而去。然而从那杂乱无章的步伐，那总是被袍袖缠住脚步的笨拙身姿都可看出，此人还不谙于掩藏自己的行踪。

片刻后，他终是来到了孔子墓前，正要拍打墓穴那巨大的石门，不料石门竟先轰隆隆开了一道缝隙，吓得他一声惊呼便跌坐在地：“夫子佑我！”

“文通君，噤声！”墓门中传来一声低吼。

“是，是，子不语怪力乱神……”文通君孔鲋自言自语着，哼哼唧唧地爬起来，勉强侧身挤进了墓道，墓门又轰隆一声闭合了。

长长的墓道中一片漆黑，只最前方有一丝光亮。孔鲋跟在侯生后面，脚下不住绊着蒜，高冠还不时磕碰着头顶砖石，百十步后总算来到了墓道尽头。这是间极尽宽敞的黄土大厅，迎面便是孔夫子双手交叠的佩剑陶俑，一支火把照亮了他平静的面容。

“夫子……”眼见先祖样貌栩栩如生，孔鲋大是感伤，忙将手中竹篮丢在一旁，拜倒在地后深深一个稽首大礼，呜呜抽泣起来；另一边卢生、侯生却不管他，只是手忙脚乱地揭开了他带来的竹篮，将几条干肉、几块饭团及两罐菜羹先后取出大嚼起来，不时还从一旁的木桶中舀起一勺酒浆，也不斟到甚酒器里，直接就着酒勺仰脖灌下，狼吞虎咽的吃相不由得使孔鲋大皱眉头。

“有辱先贤，唉！”孔鲋摇头叹气，重又踱到孔子陶俑前深深一躬，“夫子非礼勿视，非礼勿视！”

他环顾了整个墓穴，看到两位方士已把这里搞得一片狼藉。地面上不时可见吃剩的残渣和泼洒的酒迹，那张备在墓穴中的长大木床上，棉被草席也都凌乱不堪，角落里还摆放着一只大大的溺桶，桶盖没有盖严，仍不时发出阵阵臊臭。孔鲋见状顿时皱起了眉，君子远庖厨一般赶紧避开了。

“虎兕出于柙，龟玉毁于椟中，是谁之过欤?”眼见这方儒家圣地被两位方士祸害得这般乌烟瘴气，他不由得哀叹道。

数日前，他依陈余安排，与两位方士接上了头，又一同逃出咸阳，回到故乡鲁县孔里，并将两名方士藏在孔子墓中。此后又按两名方士事先教的那样，召集起了数百名族人和弟子，带领他们凿石的凿石，和泥的和泥，搬书的搬书，砌墙的砌墙，准备将典籍尽数藏到孔府夹壁墙中。众弟子虽四体不勤五谷不分，然连轴忙活了几日，总算大功告成，孔鲋大感快慰，还亲自给那夹壁墙起了个名字，号为鲁壁，只望这次能瞒过了……

眼见两位方士仍在狼吞虎咽，对自己毫不理会，孔鲋不禁感到颜面无光，没话找话地问道：“老夫不明，你二人既要逃亡，为何定要藏身孔里?”

“自是以孔门为幌，掩护真实行踪。”卢生边咀嚼边答，“孔里异动，黑冰台必会探知，然见这几日景况，只会以为你等忙于藏书，不会想到我二人在此。”

“却又为何藏身孔墓?”

“孔墓看似招摇，实则安全。它乃儒家圣地，黑冰台便是疑心我等藏身孔里，也不会轻易疑到此处。皇帝若果真敢掘孔子墓，更是冒天下之大不韪，他纵想投鼠，却也忌器。”

“你二人却又如何脱身?”

“明日混在祭孔儒生中逃亡。彼时成百上千儒生一哄而散，去往何处都有，黑冰台纵然暗中监视，却又怎知我二人去向?”

“可他若缉拿我弟子……”

“黑冰台果有实力，早将整个孔门尽数擒获，岂待目下?”

孔鲋似懂非懂地点了点头。

“明日祭拜完孔子，我等便动身逃亡，文通君不必管我等，也不必在意其余弟子，只消逃至嵩阳河谷，便有陈余接应，不抛头露面便定然无事。你且放心，黑冰台要抓的是我二人，不是儒家。”

“既然如此，你等欲逃往何处?”

“这便不劳文通君操心了……”卢生将手中剩下的半个饭团囫囵吞下，嘴角浮现出一丝笑意。

当皇帝的车驾风驰电掣到达孔里时，这里已是一片空荡荡了，孔府之外，只有太尉王贲领着十余名黑冰台弋射守候着。

王贲先向皇帝讲述了卢生、侯生连日来的动向：他二人已向即墨一带逃去，自己已调集黑冰台弋射，分头前往追捕，人数足有数百之多，此番不仅要擒获二人，更要擒获他们背后的张良！此外，还有与儒生相关的几事：其一，这几日孔鲋等人已将诸多儒家典籍埋藏于孔府墙中；其二，孔鲋本人已向嵩山一带逃亡，其余儒家士子也俱各星散，黑冰台因人手有限，并未全数追赶；其三，卢生、侯生在孔子墓中潜伏多日，出逃后又将墓穴原样封好，我等疑心墓中会有罪证遗留，然若掘开孔子墓，必遭天下非议，是故未敢擅动，当如何处置，请陛下明示！皇帝沉思片刻，给出了自家判断：目下当务之急，乃是缉捕世族；要抓孔鲋，随时手到擒来，是故不必管他。只是两名方士既曾潜伏墓中，我等自当掘开坟冢一探究竟。

“只是陛下，若世人攻讦……”

“掘！”皇帝毫不犹豫道，“朕在儒家口中，早已是独夫民贼；儒家为朕开列之罪状，早已罄竹难书，便多这掘圣贤墓一条，又有何妨?”

“既如此，王贲领命！”

在王贲、蒙毅的号令下，一队郎中肩扛锹耒，穿过那片驳杂的树林，开始了对孔子墓的发掘。消息传开，鲁县黔首们无不大惊失色，纷纷扶老携幼拥来围观，尽管孔夫子一生都未能实现自家政事主张，然在故乡这些旧鲁遗民心中却仍是圣贤，而今皇帝竟敢掘开圣贤坟冢，是可忍，孰不可忍！一时间人人面露愤然之色，然而面对着顶盔贯甲的郎中们却又不敢高声怒骂，只是面色阴沉地遥遥望着。

只转眼间，两扇沉重墓门便被打开了，一股烟熏的气息混杂着污浊的气流扑面而来。王贲皱着眉从郎中手里接过火把，第一个弯腰踏进了墓道；皇帝则与郎中令蒙毅紧随其后，也弯腰走了进去。片刻后，方士们藏身的大厅便映入了君臣眼帘，尽管一切都已收拾干净，但王贲训练有素的目光扫了一圈，还是看出了有人居住过的痕迹。

皇帝则并无王贲那般警惕，却在墓穴中随意漫步着。先在木床上坐了片刻，又起身巡视到食案前，看到各色酒器食器一应俱全，竟还盛着各色酒浆饭食，一时大是好奇，顺手举起一只盛满酒的铜爵，王贲还未及提醒他小心，他已轻啜了一小口，脸上浮现出了赞赏神色。

“泰山酒!”他笑道，“鲁地名酒!”

蒙毅满腹狐疑地接过酒爵，又取出一根银针浸入酒中，眼见银针白亮如常，这才稍放下心来；皇帝却意犹未尽，又从一只簋中舀起一小勺稻饭放入口中，咽下去之后笑道怪哉怪哉，祭祀夫子这饭食，如何多年来也未腐坏? 说着又来到弓箭架前，取下一张长弓举弓搭箭猛然开弦，顾不得细瞄便一箭射向了东墙，眼见箭矢嗖的一声刺入了墓壁黄土，郎中们齐齐喝了一声彩，再看皇帝，已是气喘吁吁了。

“竟能拉动这般硬弓，夫子神力!”皇帝擦了擦额角的汗水，只觉右臂一阵酸麻，不由得笑了起来，又将长弓放归了原处，重又来到孔子陶俑前，向他深深一礼：

“夫子，此番政掘你墓，非是刻意与你为难，实在情非得已。夫子才学人品，政向来钦佩；焚书与缉捕儒生之举，也是震慑复辟之需，绝非要灭绝儒家，更非灭绝百家，天下之人纵然汹汹攻讦，我等君臣也顾不得这许多，此番只在你墓中巡查一番，事毕之后定当复你墓穴如初，你若在天有灵，还望莫与政计较……”

——“陛下!”

王贲的一声怒吼打断了皇帝，皇帝扭过头，正见太尉站在东墙下那根箭矢前，借着手中火把可以看出，他脸上满是惊讶与愤怒。

“何事?”皇帝几步赶了过去。

王贲没有说话，左手将火把凑近了东墙，皇帝一眼望去，也吃了一惊。但见那箭矢射中之处，竟是一片朱砂涂抹的鲜红大字——

秦始皇，何强梁，
开吾户，据吾床，
饮吾酒，唾吾浆，
飧吾饭，以为粮，
张吾弓，射东墙，
前至沙丘当灭亡！

“此必为卢生、侯生所为！”王贲愤怒的吼声回荡在陡然静下来的墓穴中，分外震慑人心，“陛下，王贲这便领黑冰台前去追捕！”

“方士写这谶语，显是向朕示威；猖狂于斯，必有逃亡之足够把握，太尉小心！”皇帝脸色铁青地叮咛了一句。

“陛下放心！”

走出墓穴时，他们看到那些鲁地黔首仍围在孔子墓外，人人梦魇一样默不作声。只有几个总角小童对这死一般的寂静浑然无觉，又不知深浅，在一旁玩儿了起来，他们将那些细沙堆成了一个小小的土堆，正在拍着脏兮兮的小手快活地叫着，童稚的声音分外响亮：

“沙丘，沙丘！……”

几乎是同一时刻，鲁县以东数百里的东海之上一片雾气弥漫，水天尽头的一片海岛也因此显得影影绰绰，而恰是在这凄迷的雾气中，一艘小船正向那片海岛缓缓驶去。

小船之中，卢生和侯生目不转睛地望着那里，目光中满是期待。

第十七章 偕亡

1

在海岛上最深也最宽阔的那座山洞里，两位方士见到了张良。

“二位多有辛劳。”銮铃的叮当声中，张良的声音说不出的柔和悦耳，一双眸子暗夜中的寒星般闪闪发光。

卢生向张良深深一躬，尽管心下忐忑，面上却仍笑容可掬：“见过公子。悬刀果真神通广大，如此藏身之处，怕是神仙也找不到。”

“先生谬赞，此岛乃齐国贵胄出资，又有齐墨工师营建，虽只经营了数年，隐秘坚固却不输当年墨家总院。目下陈公子已领半数齐墨离岛南下，悬刀便暂居于此，鸠占鹊巢而已。”

“齐国世族，与墨家有往来?”两名方士大为惊讶。

“狄县田氏。”张良微微一笑，“田氏昆仲三人，便是田儋、田荣、田横，季公子田横早年与两位兄长不合，离家而入齐墨，又恢复祖上陈姓，目下便是齐墨巨子；这海岛本是他封地，却仍按他本名，唤作田横岛。”

“若有闲暇，我二人自当在此与公子多盘桓几日。只是此番我等克难克险逃亡至此，还望公子信守诺言，将我等尽早送至辽东，不然只怕夜长梦多。”

“二位想走自然也可，只怕你等走不多远。黑冰台目下定已向田横岛进发，二位海船再快，能轻易逃脱么?”

“黑冰台?”两名方士对望了一眼，同时倒吸了一口冷气，“我等此行，极尽隐秘……”

张良无声地笑了起来。

“二位不知黑冰台神通。你等逃出咸阳再是隐秘，他也必会察觉，这多日来岂能毫无作为? 以我估算，二位藏身孔墓那几日，他已然知晓；文通君带领族人藏书，真正图谋也瞒不过黑冰台。按兵不动，无非不愿打草惊蛇而已。”

“他是想尾随我等，钓出公子?”卢生满脸的不可思议。

“孺子可教也。”张良轻笑着赞许道，“只是想钓鱼者，又非只王贲一人，张良也是想等王贲上钩。我先用文通君将皇帝诱至孔里，再用你等将王贲诱至这田横岛。文通君与你等，都是我手中两枚饵食。”

“可公子此番谋划，能得手么?”

“纵然大险，也只能一试。要杀皇帝，必先除王贲，他统领的黑冰台乃庙堂秘器，多少六国贵胄被他缉捕擒获，他存活世间一日，我等便一日不能安枕! 与其这般终日躲藏，不如瞅准战机，与他全力一战!”说话间张良双目已放出了凶光。

“那我等……”两位方士异口同声问道，嗓音也开始颤抖起来。

“张良既然答应保二位平安，便不会食言，只是你等须待黑冰台悬刀真正交手，方能趁机脱逃，彼时黑冰台心思都在战局，无暇注意你二人。”

两名悬刀带走了方士们，张良则缓步踱出岩洞，把目光投向远处的海面，果然看到水天尽头浮现出了一艘大海船的轮廓。

“终是来了，王贲……”他眯起眼睛，默念了一句。

田横岛近在眼前了。

一艘巨大战船乘风破浪驶向海岛，船樯上一面黑色大纛迎风招展，即使远在岛上也当能看清，那上面是个白线绣成的粗大“王”字。

“王”字大纛之下，太尉王贲笔直伫立在甲板上，没有受到船身颠簸的任何影响。

“断令，此时出击，是否冒险?”已换成一身游侠装扮的顿弱低声道，“若再等等，当把握更大……”

王贲默默摇头：“等不及了。我也知兵力不足，然则，县子硕那边迟迟未到，目下方士已上岛一个时辰，我等不能继续耗下去了。”

“便是正面交战，悬刀也不是我等对手，怕个甚来!”胡非子笑道。

王贲面色却依旧冷峻："无论如何，此番仍要小心。尤其胡非子，你负责背后奇袭，那张良又在岛上布了天罗地网，怕是防不胜防。"

"此中艰险，我等知晓。倒是断令亲身涉险，让我等放心不下。"

"今日乃黑冰台与悬刀第一次全面交手，怕也是最后一次，我不想错过此战。"

"无妨，断令有我等保护。"屈将子故作轻松地笑道。

起伏的浪潮中，一艘艘小艇被徐徐缒入水中，每艘小艇都有五六名黑冰台弋射，尽管都是便装常服，但短剑吴钩手戟匕首弩机盾牌一应俱全，坐船头者高举盾牌，提防着前方可能射出的冷箭，后面剩余几人则奋力划桨，向着那座怪石嶙峋的海岛驶去。

王贲刚坐进小艇，便看到对面的田横岛上也缓缓升起了一面黑色大纛，上面是他早已无比熟悉的白虹贯日图案，他不知张良是否也伫立在那里，但他知晓，对方升起这面大纛，无疑是在向自己示威。

终要交手了。

张良与项梁，两个时时盘旋在王贲心底的名字，将近二十年间，他曾无数次下过决心要将两人亲手擒获，而今眼见其中一人就近在咫尺，追捕了多年的猎物终于要落入罗网，他只觉得自己浑身热血都开始翻涌；只是他也明白，张良固是自己眼中的猎物，可自己在他眼中，又何尝不是一样？而今猎人把自己当成了诱饵，亲自跳入罗网站在猎物面前，却难保二者地位不会颠倒过来，数年前的芝罘岛，不正是如此么？

然而这步棋尽管凶险，他却有足够把握笑到最后。

身后传来了连弩的尖利呼啸，压过了海浪的咆哮，一个粗长的黑影从海船中瞬间射出，越过正在奋力划桨的黑冰台弋射们，重重砸在了岸边礁石上，但见一片碎石纷飞中，粗大的弩矢已深深刺入了礁石中，矛杆般的箭身还在猛烈颤动着。看到这般景象，十数艘小艇上的弋射们齐齐发出了响亮的欢呼。

欢呼声突然被呼啸声截断了，三根弩矢分头由岛上射出，自不同方位同时射向驶在最前的三艘小艇，只有一声呼啸，却有三名正在划桨的弋射中箭。谁也不知这些弩矢自何处射出；同样没人知晓，它们是如何越过船头竖起的盾牌，杀伤了后面的桨手。

"悬刀人数虽少，战力却强。"眼见三具尸体先后跌倒在各自的小艇中，后面遥遥观战的王贲皱起了眉，心下暗自吃惊，他本以为这一战志在必得，然而看目下形势，胡非子的先锋攻上田横岛怕是没那般容易了。

第二声呼啸再度响起，又有两名弋射丧生。一个伤口仍在咽喉，另一个则是站起身试图还击时中了箭，一根弩矢正中额头，他未及喊出一声便跌入了大海。同船的袍泽也未及伸手拉一把，便眼睁睁看着他消失在了波涛之中，一片殷红旋即在灰蒙蒙一片的水面上荡漾开来。

王贲的嘴角抽搐了一下，没有吭声。这时第二根连弩大箭自他身后战船射出，直取那面白虹贯日的大纛，当弩矢划过的呼啸声消弭在浪涛与风声中时，所有人都看到那面大纛已摇曳着徐徐跌落了。

眼见敌军大纛已倒，弋射们陡然士气大振，从四面八方爆发出阵阵吼声，也更加奋力划着手中的船桨。尽管面前的海岛上仍然不时射来神出鬼没的弩矢，但在背后战船上连弩大箭的掩护下，黑冰台的一艘艘小舟终于开始接近田横岛的浅滩了。

“便是此时！”后面掠阵的王贲掏出骨笛塞入口中，尖利的呼啸穿透了风浪，将他的将令传向田横岛——

前军下水！攻上浅滩！

听到这骨笛声响，一位位弋射先后丢下手中船桨，纷纷跳入海中，丝毫不顾冰凉的海水和对面那神出鬼没的弩矢，只不时露出一颗颗头颅，向着近在咫尺的浅滩奋力泅渡着。

“八艘船，随我走！”胡非子挥起令旗，九艘小艇停止了前进，掉头向西而去。

2

随着王贲吹动骨笛，大批已登上沙洲的黑冰台弋射们随即分散开来，各自以三五人七八人为一组，结成一个个大小不一的战阵，在这片地势复杂的海滩上寻觅着藏身之处。位于每座战阵最前面的都是方才那些手持盾牌的弋射，后面的同袍则纷纷抽出弩机，以盾牌为掩护寻觅着对手行踪，一旦发现对面岩石背后闪现出剑锋或镞头的寒芒，便立即射出弩矢。悬刀却无人肯贸然出战，只是隐藏在礁石背后据守各处险要，瞅准时机才进行还击。这是这对多年来生死纠缠的对手间头一次正面交锋，双方一边是墨家，一边是刺客，同样长于秘事，习的也都是游侠剑法，战阵搏杀也并非各自所长，正是因此，双方还是互相试探者多，真正短兵相接者少。

而在这片战场上方，一个身披黑色斗篷的身影正默默伫立在一处隐秘山塬上，目光如暗夜中的寒星般闪烁，只是这目光并未投向脚下的战局，却是注视着远方那艘漂荡在海上的秦人战船，又将目光向南方投去。

“该到了吧……”他轻声自言自语道。

他身后的卢生与侯生面面相觑。战事刚一开始，两人便随张良来到此处观战，虽暂无性命之虞，可眼见一片鲜血淋漓却还是战战兢兢，唯一念头便是早日脱身逃离此地，偏生张良始终不理二人，这更使他们心中七上八下。眼见黑冰台已杀上田横岛，两位方士更是自觉不能继续耗下去了，他们彼此交换了一下眼色，卢生踌躇再三，终是开了口：

“公子，我等……”

这句话被一阵遥遥传来的螺号声打断了，方士们正在惊讶寻觅着这声音来源，张良的双眸却陡然闪烁出光芒，又快步向前走了几步，銮铃也随之发出清脆的叮当声响，卢生、侯生随他目光望去，却见海天相接之处，分明显露出另一艘海船的轮廓，高高扬起的船帆被海风鼓荡着，推动着它迅速向北驶来。

——“点火！”张良远眺着海船高叫一声，又转向两位方士，“二位，见到那艘海船了么？你等便是要上那船。”

“那船上，却是何人？”

“见了便知。”

“可，可靠么？”

张良向两人淡淡瞥去了一眼，神色间分明没把他们的死活放在心上。

“齐墨……”

听着阵阵螺号声，遥望着那艘正向自己疾速驶来的海船，顿弱面色阴沉了起来，他听出那螺号是墨家内部的通用信号，而对面田横岛上陡然腾起的那团火光，显是悬刀的回应。心念电闪间，顿弱已明白了对手的谋划：必是那陈横与张良约好，悬刀将黑冰台诱至岛上，齐墨再尽数杀出，将自己一网打尽！

——只不知，此番被一网打尽的，究竟是谁？

这样想着，顿弱挥舞起手中令旗，一声大吼：“船碇收起！连弩掉头，准备迎敌！”

沉重的石碇被绞车绞起，黑冰台的战船开始缓缓掉头，船上所配的连弩也瞄向了正在快速逼近的齐墨海船。然而对方显然也猜出了他们的企图，原本张满的帆樯迅速开始倾斜，船身也走起了“之”字，奇的是船速竟丝毫不慢。连弩相继射出了几支弩矢，却每每被对手船身堪堪躲开，大箭只擦过船舷，留下一道道细长缺口。如此一路驶来，又兼海上风高浪急，黑冰台始终奈何不得对手，转眼间便被齐墨逼近到不过五个船身，船头粗大的冲角更是直指己船右舷。

“久闻齐墨多为渔人水手出身，驾船果然了得。”尽管目下大敌当前，顿弱却也不由得暗自赞叹。

“齐墨巨子在此！秦墨敢否一战——?”风浪声遥遥送来了齐墨们的齐声叫喊。

“齐墨人数，三百以上！”船樯顶端传来了瞭望弋射的吼声。

“怕他不成！”另外几名弋射纷纷叫道，“与他拼了！”

顿弱向几人投去了赞许目光，随即吼道：“放弃连弩！齐聚甲板！”

刺耳的骨笛混杂在脚步声中，所有的弋射都冲上了甲板，顿弱点了点，只有三十八人。顿弱没有吭声，这些秦墨也同样没有吭声，所有人都心下雪亮：目下援军未到，齐墨又突兀杀出，形势已然大险。战船吃水深不能近岛，岛上战事吃紧，更不能撤兵。是故他们目下唯余两路，其一，弃船而逃，泅渡上岛，然此时海上风浪正大，此举无异自寻死路，是故根本不必多想。其二，以目下人手，同齐墨死战到底！毕竟于公而言，齐墨乃悬刀及复辟贵胄最大援手，黑冰台今日纵然与其偕亡，也须将他根除，否则便是后患无穷；于私而言，齐墨秦墨生死纠缠将近百年，积下不知多少血仇，无不盼着有朝一日清算总账，今日齐墨巨子亲出，黑冰台不能堕了秦墨威风！

“齐墨巨子在此！秦墨敢否一战——?”齐墨的喊声越来越大了，两船之间的距离已经进入弩矢射程之内，而且仍在不断缩短。秦墨们能够看得清清楚楚，和自己一样，对面的齐墨们也人手一支弩机，镞头和目光同样闪烁着寒芒。

顿弱没有吭声，却是猛一招手，弋射们随即默不作声地在船舷上散开，向着对面敌手射出了弩矢，他们彼此的配合衔接虽都不如真正的秦军弩阵那般天衣无缝，但威力仍不容小视，不时有一根根弩矢刺中对方的船舷，甚或对对手造成杀伤——

这便是秦墨的回答！

“虽是多年死敌，慷慨赴死之心却与我等如出一辙。”望着对面寥寥无几的敌手，齐墨巨子陈横轻声赞叹了一句。

“肯将生死置之度外者，非独你墨家。”陈横身后的阴影中，传来了一个嘶哑的声音。

“这我却信。”陈横没有回头，只是淡然一笑，“我等寻得公子时，你也是半死之人了。”

“王贲在船上否?”

“不在，只有顿弱。公子想出手否?”

“不想，我只要王贲一人性命，余皆留给你与张良。”

陈横仍没有回头，嘴角再度浮现出一丝凶险笑意。

“正合我意。顿弱这条命，我要了。”

齐墨的海船终于逼近了，粗大的冲角如同一柄巨矛迅速刺来，威力强大却又无从逃避，船头已挤满了齐墨弟子，人人手中都是一柄出鞘的短剑、一面木盾，显然准备两船相接之际便开始厮杀。

“各寻掩护！预备迎敌!”顿弱大吼着抽出长剑，做好了亲自搏杀的准备。

弋射们还不及有所行动，巨大的震颤与轰鸣便一同传来，甲板上所有人都未能站稳脚跟，一时间纷纷跌倒；冲角终于深深揳入了船身。迅速涌入的海水使船体开始出现倾斜，尽管如此，当齐墨纷纷跃上甲板时，所有弋射也先后跳起，与对手短兵相接。狭窄倾斜的甲板上容不下齐整战阵，双方只能捉对厮杀，数十对短剑互相劈砍着，大片的血花四下里泼洒，愤怒的呼号响彻半空，继数年前船上那次之后，秦墨与齐墨的第二次交锋开始了。

“顿弱何在？墨家叛逆，不敢露头么?”震天的喊杀声中，一个响亮的嗓音遥遥传来。

“陈横！秦墨齐墨多年恩怨，今日一并了结!”顿弱报以同样的高叫。

“善，此番你我对等厮杀！只是你已老迈，休怪我占你便宜!”

“齐墨巨子肯亲自出战，我正求之不得，岂会锱铢必较?”

“既如此，你且等死便是!”

那个声音尚未落点，顿弱便感到一团阴影笼罩在了头顶，仰头看去，正见陈横如一只振翅大鹰般跳上了黑冰台战船。

“当”的一声，两柄短剑绞在了一起，火星四溅。

3

此时的田横岛南岸，已渐渐平静了下来。

弋射们从战死同袍们手边拾起盾牌、弩机与各色兵刃，王贲则在遍地血泊尸体中艰难跋涉着，清点着双方折损的兵力，双目和脚下的鲜血一样通红。

黑冰台已攻克了最外围防线，大体占据了田横岛南岸的沙洲，剩余的悬刀已向腹心之地退去了；胡非子则绕道海岛背后准备包抄与奇袭。王贲刚派出四五队斥候，命他们分头探察对手遁逃方向，其余秦墨则在此休整片刻，准备待到斥候回报张良行踪，自己便亲领一队弋射抓捕张良。他也知如此铺排有些弄险，自己这一部主要任务是牵制悬刀，是故兵力有限，目下最稳妥的谋划当是原地守候，一边等真正负责主攻的胡非子发动攻势，一边等县子硕那迟迟未到的援军，三路一同会合、围定田横岛后再仔细搜查。然而王贲已等不及了，方才战船被刺穿那一幕他看得清清楚楚，也猜出留守船上的顿弱等人怕是再难生还，可自己却束手无策，只能在岸上白白看着同袍流血牺牲，却是情何以堪？目下自己唯一能做的，便是全力搜索海岛，抓捕张良！

除此之外，顿弱等人留守战船，最重要一项任务便是在海上堵截悬刀可能的逃亡，他们若全军覆没，齐墨战船便极可能过来接应张良逃脱，若果真那般，黑冰台岂不又是白忙活一场？

“目下，只能等了……”王贲把血红的双目投向密林深处，心下暗想。

“为何助那虎狼秦人？”伴随着这句厉声怒吼的，是陈横当头劈来的一剑。

“无他，尚贤、尚同！”顿弱艰难格挡住了这一剑，滴滴鲜血自他右腿伤口渗出，滴落在甲板上，与不住流淌的血水混在一起，淹没了一具具弋射的尸体。

甲板之上，他是唯一还伫立着的秦墨了。在他周围十步之外，数十名齐墨站在血泊与尸体之间，齐齐挺出手中出鞘的短剑，组成了一个环形棘阵，将这最后一名秦墨围在正中。

“尚贤尚同？如何不讲兼爱非攻？”陈横口中虽说得不紧不慢，动作却毫不迟疑，又是一剑直刺，顿弱见状急忙腰身一拧，身子如陀螺般转开，不料还是慢了一步，腰间又现一道伤口。

“兼爱非攻，终是空中楼阁。本心虽善，却无从实现……”顿弱额角冒出了涔涔冷汗，声音也开始嘶哑起来。

“纵然无从实现，也远比你等强得百倍！”陈横突然厉声咆哮，手上剑招陡然加快，“秦国暴政天下尽知，你等竟成庙堂鹰犬，助纣为虐，当真无耻之尤！”说话间五六剑接连刺出，顿弱格挡之间已是左支右绌，急急向后一个大滑步方才避开致命一击，背后却顿时感到了齐墨们手中剑锋的冰冷。

他大口喘着粗气，这才注意到自己右肩左臂又中了两剑；再抬起眼睛，看到对面的陈横神色如常，呼吸也依旧平缓。

“秦政，并非暴政；我等，也非自甘堕落……”顿弱将右手短剑刺入甲板，全身力气都集中在它上面，这才勉强不使自己倒下，鲜血从身上的五六处伤口中不断淌下，将他周身涂成了血人。

陈横并没有趁势攻来，他已看出，对手支撑不了多久了。

“还想狡辩？还需我将天下骂辞尽数复述么？远者不说，光是此番焚书，便是毁灭文明之大罪！诸子百家将就此消亡，我墨家岂能幸免？你秦墨更不能幸免！”

顿弱的嘴唇艰难翕动着，许久后才冒出一句：“焚书，乃震慑复辟之举，非要灭绝百家……”

陈横的目光中满是讥诮：“果不愧庙堂鹰犬。顿弱，你曾以反间计害死李牧，又与陈驰游说后胜齐王建不战而降，终成齐国最大国耻，而今你已落入我手，死到临头还为暴政狡辩，冥顽于斯，夫复何言！”

然而，顿弱嘴角也浮现出一丝嘲讽笑意：“足下真正痛恨者，只是这条吧。你虽为齐墨巨子，又与田氏分道，却终未忘自己贵胄之身，时刻梦想恢复故国。若大势有变，怕是会率齐墨，与老世族合流……”

“那又如何？反秦乃我等共同目标！”

顿弱拼尽了全身最后力气，终是勉强挺直身躯，惨白的脸色极尽平静：“陈横，你对秦政的指责，我尽皆知晓。然我还是要说，秦政绝非暴政；秦灭六国，也绝非你等以为的那般，只靠残暴杀戮方收一时之效。你我若同在稷下学宫，我必将与你争论清楚，惜乎目下，已时日无多了……”

陈横却是满脸漠然地望着他，一声不吭。

“我也知你听不进去，然则还要再说最后几句。”顿弱的声音缓慢而低沉，“秦政确有诸多瑕疵，可再是不济，也决然要比腐朽六国强得多；天下一统，也终究好过诸侯攻伐。你不赞同秦政自然无妨，然切莫与世族合流，秦墨齐墨纵然多年为敌，我却也不愿见你将齐墨与老世族捆在一起，那才是真正堕坏我墨家英名……”

“齐墨既与我等同道，便不会轻易退却，足下莫要白费唇舌了。”

一个嘶哑的声音由陈横背后遥遥传来，此时顿弱的视野已模糊起来，他极目望去，眼前却是一片灰蒙蒙，只能勉强看到一个影子由陈横背后走上前来，却是无法辨认那人的相貌。

“罢，我言尽于此；陈横，你自行掂量。”顿弱的嘴角绽放出一丝艰难笑意，然后他再次弯腰，将刺入甲板的短剑拔出，又缓缓举起来，剑尖直指对面的陈横。

“还想再打么?”陈横冷冷问了一句。

顿弱无声地摇摇头，剑尖陡然反转，猛然向着自己喉咙刺去。血花飞溅中，他的尸体颓然倒地。

望着那具汩汩流淌着鲜血的尸身，陈横却并无如释重负之感，心头反而更加沉重，只是默默回想着顿弱的那句最后遗言。

“公子动摇了?”身后那个嘶哑的声音问道。

陈横摇摇头，目光重又变得犀利起来。

“回船，掣出冲角，支援悬刀!”他高喊道。

“公子，黑冰台战船已沉；齐墨正赶向海岛支援；顿弱已死，那人也在船上。”

“胡非子那路如何?”

“胡非子亲领近百人赶向此地，途中已遇多处陷阱机关，死伤甚众。”

“……”

空旷的岩洞中反复回荡着悬刀带来的消息，张良伫立在高台之上，静静沉思着，片刻之后重又开口：

“既是前来送死，自当好生招待……”

“援军为何还不到!”王贲一拳擂到了身旁一棵大树上，恨声道。

他们目力所及的海面上，战船已开始倾斜，逐渐没入了滚滚波涛之中；齐墨战船却向着田横岛快速驶来。

“顿弱!”屈将子痛心疾首地大吼，其余黑冰台弋射也是一片哭吼。

“目下不是哭号之时!”王贲霍然抽出短剑，“当务之急，是擒得张良!”

凄厉的哨音自远方响起。片刻后，一名随胡非子奇袭的弋射浑身是血跌跌撞撞冲出密林，勉强吐出一句话，王贲与屈将子更是震惊了——

——胡非子也战死了!

寥寥几语间，弋射已将胡非子这一路的行踪交代清楚：他们一路损兵折将，终于杀入悬刀巢穴，不想偌大山洞中空无一人，此时岩洞四壁那些孔洞中万弩齐发，弋射们纵然迅速散开却也倒下一大片，身后头顶又传来一阵巨石滑动的沉重声响，却是洞口头顶一块巨石如大闸般飞速落下，眼看要截断退路，千钧一发之际胡非子飞身跃起抵住巨石，命部属全数撤出。就在最后几名弋射即将滚出洞口之际，洞中弩矢全数射向动弹不得的胡非子，待到所有人撤出山洞，胡非子已被射成了一副血肉筛子……

“胡非子……”弋射们一片拭泪唏嘘，王贲却将目光投向背后的海面，看到齐墨战船已越来越近，“不能再轻动了。目下我等只能将剩余兵力聚拢，等候县子硕援军！”

“县子硕，他到底磨蹭个鸟！”屈将子大骂了一句。

王贲没有理会，再度吹响了骨笛，黑冰台弋射们都开始聚拢并列好队形，他扫去一眼，发现他们还剩八十六人。此番开战之初，整个黑冰台二百余名弋射尽数集中于此，目下却只剩了三成。

“列位同袍，”王贲的目光逐一扫过这些幸存者，语气却依旧沉静，“不知何故，县子硕援军目下未到，悬刀与齐墨却近在眼前。我等黑冰台已损失惨重，又身处孤岛逃无可逃。然则，我等仍当决一死战，如此，方能无愧与死难兄弟泉下见面，方能对得起墨家慷慨赴死之大义！王贲执掌黑冰台断令，因公职在身不能入墨家，殊以为憾；然则，心却与墨家一般！而今，王贲愿与你等同死偕亡！”

“我等心下早将太尉视为墨家！”屈将子大步上前，双目中闪烁着异样的光芒，“太尉但与我等同呼一句墨家老誓，便是墨者！”

“善，你我同喊！”

所有的幸存者都褪去了左袖，将黝黑结实的左臂高举向阴霾的天穹，巨大的声浪在波涛中回荡着：

“赴汤蹈刃，死不旋踵——！”

王贲环视周遭，选定一片地势高且险峻的山塬，一招手便快步飞奔过去，大步来到一块突起的岩石前，一跃而上一声大喝：“听我号令，坐姿圆阵！”

弋射们一片脚步错落身形晃动，片刻间结成了一个圆阵：最外层三十余人左手盾牌，右手手戟吴钩；第二层均手持长剑，最里层则手持弩机，围住位于阵中、背靠背的王贲与屈将子，特殊的是，所有人都立盾于地，以跪坐之姿，矮身于盾牌与外圈同袍之后。这坐阵是军阵中极为特殊的一种，只用于骤遇强敌、卒伍慌乱时，既可防止军阵被冲开缺口、士卒随意后退，还可使士卒全身掩藏盾牌之后，从而大大降低伤亡，较圆阵防御力更强；然全军只能原地固守，一旦试图移动便会使军阵出现缺口，是故实为绝境之中负隅顽抗的无奈之举。

黑冰台阵形刚摆好，齐墨战船便出现在了田横岛不远处的海面，一艘又一艘小舟先后被放下水；而另一边，悬刀的身影也自密林中逐一闪现，手中的弩矢闪烁着点点寒芒。

“断令，来了。”王贲背后传来了屈将子的低语。

“准备迎敌!”王贲简简单单吼道。

4

寒光闪烁的短剑重重刺下，砸到了对面伤痕累累的盾牌上，挥剑的齐墨未及收剑，已被一柄从盾牌背后鬼魅般冒出的匕首刺穿了喉咙，他捂住正在喷溅血花的喉咙，踉跄着倒退几步后颓然倒下。另一名同袍已飞身而上顶替了他的位置，手中长剑全力挺出，巨大的力道竟然刺穿了盾牌，戳穿了藏身盾牌后面的弋射，这名齐墨还不及欣喜，一柄短剑却又从圆阵中陡然刺出。

齐墨微微一愣，猛然掣回长剑，顺带将对手那面破损盾牌也一并带脱了手，正要举剑格挡，不料一声弩矢的呼啸却穿透了周遭重重的喊杀声和海浪声，骤然向自己袭来。齐墨心中暗叫一声不好，正欲全力向后退去，那柄短剑却已自他胸口端正刺进。当他的尸首也软倒在血泊中时，那面刚夺下的破损盾牌已被其他弋射重新抢回，好不容易打开的缺口重又合拢了。

激战持续了近一个时辰，面对着兵力远少于自己的对手，数百名齐墨和悬刀始终无可奈何。此处原是悬刀盘踞的一处要冲，黑冰台拿下它时费了九牛二虎之力，而今攻守双方互换，他们的敌人竟然付出了更大的代价。一具又一具尸体铺满了从沙洲通向山塬的每一条小径、每一处沟坎、每一道罅隙，杀到最后，齐墨们连下脚前行都很是困难，不得不冒着头顶对手们射来的弩矢、掷下的石块，将战死同袍的尸体拖到平坦的沙洲上，而来自死者身上的那汩汩鲜血，也很快将这片沙洲染得殷红一片，甚至汇成了道道小溪，向着不断起落的浪花淌去。

天色暗下来了，正是涨潮时分，海水正向着那片生死搏杀的战场渐渐逼近，一个又一个浪头慢慢吞噬着沙洲，巨大的波涛声与无数喊杀声交相轰鸣。

一艘小舟被汹涌浪花推上了岸，一双赤脚跳上一片殷红的沙洲，溅起赤色的血花，在几名齐墨的簇拥下，巨子陈横最后一个上了岸，向那处战场只投去一眼，便皱起了眉:“这般久了，还拿不下?”

“只要调遣得当，这坐阵一旦铺开便是山岳落地，万难撼动。”他身后那个嘶哑阴沉的嗓音答道。

“公子之意?”

“别无他法，只能兵力三分，轮换进攻，慢慢磨他。”

“若是这般，只怕夜长梦多。”

“巨子若想就此撤军，也未尝不可。”

陈横阴郁的目光向战场凝视了片刻，重又开口：“若公子亲自指挥，能否迅速击溃黑冰台?”

“不能。”对方毫不犹豫答道。

“公子将才不输王贲，也不行?”

“非关将才，时势使然。若我在阵中，王贲在阵外，他一样奈何我不得。此时此地，便是孙吴再世，也只能这般硬战，巨子不必心急。”

陈横微一思忖，轻轻笑了：“也对。公子与王氏十年血仇，齐墨与秦墨也是数十年恩怨，你我都已等候多年，不在这片刻。”

“再者以我估算，黑冰台也撑不得多久了，至多，半个时辰……”

“断令，我等还能撑得多久?”屈将子握住刚楔入肩头的弩矢，将它艰难拔了出来，疼得口中嘶嘶直抽冷气。

“半个时辰，至多。”背后传来了王贲低沉的声音。

屈将子没有再理会他，仍然急迫地连声吼叫着，指挥着弋射们迅速填补一个个缺口，黑冰台只剩四十余人了，圆阵已缩小了一圈，只剩内外两层，更是人人带伤，而他们的对手尽管蒙受了同样惨重的损失，却仍然前赴后继地一批批拥来，目下已有人开始登上山塬了。

齐墨的短剑迎面刺来，面前的弋射举起盾牌防御，不料却被另外两柄剑分头刺中了跪坐的双腿，他一声大叫跌倒在地，齐墨短剑顿时变刺为砍，正要高举剑锋当头劈下，一柄长剑却突兀从那名受伤弋射身后刺出，逼退了对手。脚下跪倒的弋射又突然暴起，将匕首深深刺入了那名齐墨的下腹。当他筋疲力尽倒地的同时，另一强有力的大手却接过他的盾牌，再度填补了缺口。左右两名齐墨看清那人时微一愣怔，那人却将盾牌砸向左面，右手长剑则闪电般贯穿了右面那名齐墨的身躯；此后间不容发之际长剑盾牌左右交换，左手挺剑，再度刺穿了另一名齐墨的喉咙！

“断令！”身后响起了屈将子的喊声。

“屈将子，你执掌号令，我来杀敌！”他大吼道。

王贲亲自加入战局了。

眼见黑冰台的首领亲自上阵，无论秦墨还是齐墨都发出了一声响亮欢呼，双方拼杀也由此变得分外惨烈，更有大批齐墨纷纷拥向王贲，试图擒贼擒王，然而却无一成功。尽管年过五旬，王贲身手却不比年轻时逊色多少，身处的绝境反倒完全激发出他的斗志，那柄沾血长剑如一条火蛇般忽进忽退，忽而横扫忽而直刺，忽而盘旋忽而搅动，将一个个攻来的齐墨干净利落地刺穿砍翻，每一剑都给对手造成致命伤，倒在他剑下的竟无一幸存!

“秦墨山穷水尽了。”遥望着王贲奋力挥舞着长剑的身影，陈横喃喃道，也抽出了自己的佩剑。

“巨子也想出战?”那个嘶哑嗓音问道。

“王贲身为庙堂重臣，尚且亲身杀敌，我又岂能袖手旁观同袍送死?”

“其中有一大分别：王贲乃困兽犹斗，巨子却胜券在握，胜局已定却还亲出，岂非徒逞血勇?”

“公子所言，自是将道；然我墨家终究与真正军旅不同。军旅进退唯视利害，我墨家却只讲慷慨赴死，劲敌当前绝无回避之理。”这样回答着，陈横开始向着那处山塬缓缓走去。

“巨子留步!”

陈横收住了脚步，却并未回头：“若还想劝我，却是不必了。”

“非要劝你，是要与你一同出战。”

“公子天下名将，也逞这般血勇?”

“若对手是王贲，便值得逞一回……”

说着他缓步上前，脸上的黄金面具熠熠生辉。

奇特的呼哨声从沙洲方向响起，方才还死命拼杀的齐墨骤然一愣，心念电闪间却齐齐虚晃手中长剑，又鬼魅般迅速撤下了这片自己刚开始占领的山塬。眼见对手暂时退却，幸存的黑冰台弋射们再难支撑这小小的圆阵，纷纷跌到了遍地的泥泞血污中。

王贲却没有放松警惕，尽管同样脚步虚浮、冷汗涔涔，但他依旧努力挺直身子，握紧了手中的盾牌长剑。

四下里静了下来，除却一片喘息呻吟，便是海风的呼啸与浪潮的澎湃，一个沙哑的声音混杂于其间，从远方遥遥飘来：

“王贲，久违了。”

王贲的瞳孔收紧了起来，这个声音熟悉却又陌生，他一时无法分辨究竟是谁。

随后，他看到，一个瘦长身影从山塬下齐墨的队伍中缓步上前，一旁的火把照亮了他披散着的花白头发，以及脸上那副黄金面具，王贲低头俯瞰着他的身影，颇多感慨地长出了一口气。

“公子梁，你我竟在此重逢，天意也。”

“这多年来，我一直身处岭南与你父为敌。百越被平定后，我便逃往九江郡潜伏。齐墨巨子寻得我行踪，又带我来此地，为的便是全歼黑冰台。”

“既如此，你等为何撤退?”

项梁低声笑了起来，笑声如同野兽的低沉咆哮：“当年淮北大决之时，你父曾成全了我父最后尊严，我一直铭记在心；而今时势相异，换作你走投无路，我也欲投桃报李，再给你一次战机：你既亲出，肯否与我决一死战?”

“与你决斗，胜又如何，败又如何?”

“无论胜败，我等都要将黑冰台剿灭。”

“既如此，又何必多此一举?”

“你与我决斗，固无法左右战局结果，却能在死前要我性命，与我落个同归于尽，不值么?”

“若还不够，再加我一条性命。”

一声清脆的銮铃响动，一个女人般轻柔的嗓音，一个身披黑色斗篷的纤瘦身影也缓缓走上前来，一双眸子反射着旁边火把的光亮，如同暗夜中的寒星一般闪亮。

张良。

“王贲，你我较量多年回回平手。而今张良就站在你面前，当着悬刀、齐墨乃至黑冰台之面，立誓于此：此番我一不逃亡，二不暗算，只在此旁观你二人决斗，你若能杀得项梁，我一条命便交与你。天下在逃世族之中，我与项梁分列前两位，我等两条性命，换不得你一条么?”

遥望着张良那张女人般清秀苍白的面孔，王贲嘴角浮现出了一丝冷笑：“好一番慷慨陈词。悬刀张良心机何等深沉，岂会热血上涌拿自家性命冒险?你无非算准项梁必能杀我；纵然失手，至少也与我两败俱伤，那时你仍能全身而退！如此说法，无非想激我出战，鼓舞天下世族斗志而已！”

然而，张良却是报以同样的冷笑：

“纵然如此，却又如何? 太尉身为黑冰台断令，又自诩墨家，骤遇强敌挑战，岂有畏缩自保之理?”

“我何曾说过不战?”王贲的嗓音极尽冰冷，“闲话休提，项梁，拔剑!”

“太尉脚下那山塬太过崎岖，若欲一战，来这沙洲便是。”项梁一动不动道。

海岸一片殷红的沙滩上，齐墨们颇有默契地向两侧散开，聚集在了狭长沙洲的两端，如此围成了一片空场：两面是齐墨堵住了去路，正面是茫茫大海，背面便是黑冰台聚集的山塬。只有三个人留在了这片沙洲正中：王贲、项梁，以及张良。

王贲一步步向项梁走去，在那已被鲜血浸透的沙地上踩下深浅不一的脚印，目光则死死盯住对面越来越近的项梁。在这最后的生死关头，他心下既无波澜也无杂念，死去的顿弱与胡非子，还活着的屈将子与其他弋射们，他已不再去想了；父亲、妻儿，也同样不再去想了；至于自己是否会死于这场决斗，他更是从未在意过。此刻的他，心下只剩了唯一一个念头：

杀了他。

杀了他。

项梁心下转着同样心思。若不能毁灭整个秦帝国，若不能复兴楚国，若不能让死去的亲人复活，那他力所能及的至少还有一样——杀死他，用他的鲜血来祭奠自己失去的一切。

杀了他。

张良的目光永远冰冷镇静，他看王贲的目光和看项梁的目光没有任何不同，一个是自己的猎物，一个是手中的棋子，他苦心编织这张罗网已有多年，而今终是迎来了猎物落网，这个庙堂鹰犬，这个天下老世族最忌惮的敌人，今天必须要死在这里。

杀了他。

几乎是同一瞬间，王贲、项梁和张良的心底，共同涌起了这个念头。

5

夜已深，潮已涨，天空大海已融为一体，头顶是越来越浓重的暮色，正在缓缓向下压来；脚下是越来越逼近的海水，正在缓缓吞噬这片沙洲，不久之后，所有人便都要站在没膝海水中了。

銮铃的响动中，张良向一旁缓缓走去，既是避开海水，也是给决斗的两人让出足够的空地。

王贲双手紧握剑柄，缓缓举起长剑，护住自眉心到胸口这一线，他死死盯住对面五步之外的项梁，时刻注意着对方手中那柄细薄弯曲的吴钩。

吴钩果然动了，动作却是出人意料，项梁并未如对手那般将它高举，却是反手握剑、掉转剑尖，直指腰间剑鞘，使整个剑身都滑入鞘中；然后他踏上一步，身体半侧，右手五指张开，轻落剑柄之上。显然，方才的吴钩入鞘决非罢战，而是在为后面更凌厉的进攻而蓄势。

接下来，他整个人就这样静止不动了，仿佛自鸿蒙初开之时起，便一直这样伫立着，只有那喷射出灼灼火焰的双目才能显示出，这并非是一具陶俑，却是一只即将扑向猎物的豹子。

王贲的目光中闪过一丝惊讶，项梁摆出的这种奇特姿势，应该是某种剑法的起手势，他只隐约听部属说起过，这是齐墨特有的一种剑法，没有任何示形掩饰，没有任何变化后招，甚至没有任何退路，只要剑锋挥出，便必会饱饮喷溅而出的鲜血，无论自己的还是对手的。也正因此，即使是在齐墨中，会此种秘剑者也少之又少，而真正使出它的机会则更少，毕竟它只能用于一对一的决斗时，乱军之中你不会有足够闲暇来蓄势拔剑。

对面的项梁依然没动，意思却很是明确，即使此时开口，他也只会说出一个字——

请!

王贲不必等项梁将这个字真正说出口，他周身热血都已沸腾，瞬间爆发出一声咆哮，如离弦之箭般猛扑向对手。

项梁仍旧岿然不动，只有散乱的发丝和衣袂在夜风中飘拂着。

王贲挺剑，粗重的秦剑刺出一条箭矢般的直线，没有迟疑，没有退缩，没有迂回，没有闪避，有的只是勇往直前，锋芒毕露，雷霆万钧，狂飙突进。这一剑和他本人一样直截了当。

而当他的剑锋已逼近到项梁胸口之际，后者的吴钩也终于出鞘了。

一声尖啸瞬间响起，龙吟般清亮，鬼泣般凄厉，紧随其后的便是那耀眼青光的瞬间绽放，如一泓秋水般汩汩流淌，无尽的杀机随之汹涌喷薄，一泻千里。它画出的轨迹如太极一般圆满，仿佛盘古开天辟地的那一斧，只可意会不可言传的一剑，永远只能活在人们的想象中，却从无人得缘亲见。

那一剑，凝聚了项梁心底的一切仇恨与怨毒，同归于尽的一剑——

时日曷丧，与汝偕亡!

电光石火的瞬间，两人的身形与剑锋一同交错，彼此擦肩而过，激起大片被染得殷红的水花；同一个瞬间，一样物事挟着尖锐哨音陡然射向远处观战的齐墨们，但闻一下剑锋碰撞的清脆龙吟，那物事又陡然变换了方向，“嗖”的一声刺入他们脚下沙洲中，兀自震颤不已，齐墨们定睛看时才发现那是一截断剑；而陈横也向手中短剑瞥了一眼，看到剑锋上现出一道缺口。

他又将目光投向沙洲的正中，刚好看到两人踉跄着冲出了五六步，这才艰难地收住脚，然后他们同时直起腰，背向而立。

“嗵”的一声，王贲手中秦剑落入了海水中，溅起过膝的浪花，他没有试图拾起它，而是与项梁同时转过身，互相望着彼此。

项梁仍然握紧了半截吴钩，左手则死死按住自己的右肩，滴滴答答的鲜血自指间冒出，将他的衣衫染得一片殷红。尽管如此，黄金面具背后他的嗓音中却满是嘲讽：

“还能打么？剑都握不住了。”

王贲没有答话，汩汩血水自他右臂那道既深且长的伤口中不住淌下，将他半边身子染成了血人。

“再来！”不等王贲弯腰拾剑，项梁已挺起半截吴钩直刺而来，身形如影似魅；王贲不及拾剑却也并未闪避，左拳打向了项梁的额角，拳头与剑锋错落的瞬间鲜血飞溅。

“这是我阿翁的！”项梁将手中断剑深深刺入王贲的胸口，声嘶力竭地吼道。

他的吼声骤然被一阵剧痛截断，王贲的拳头击中了他右太阳穴，于是身子猛然一晃，除了沉闷的剧痛，更感到眼前金星闪烁，半眩晕半清醒间本能地后退了一步，然而很快便再度扑了过来。

“我阿兄的！”项梁的声音如同野兽的咆哮，他侧过身来，用左肘向着王贲下腭狠狠砸去了第二下。

王贲一个趔趄，险些仰天倒下，随即感到下腹再度被项梁的拳头狠狠击中，当他身子猛然一弯时，项梁左肘又砸向了他的后背，将他打趴在了脚下的海水中。

“女萝的！”他继续吼道。

王贲陡然在海水中翻滚了几圈，滚到了一旁，哗哗水声中赶在项梁冲过来前湿淋淋地踉跄站了起来，然后凝聚了全身的气力，挥起左拳，狠狠砸向了项梁右脸。

“我的！”拳头砸中了项梁那黄金面具的侧脸，留下一道凹坑，王贲也咆哮了一句。

项梁同样一个趔趄，左手扯下黄金面具一把丢开，再度扑向王贲，将他重新扑倒在海水中，双手死死扼住了他的脖颈。

“我孩儿的……”

他发出一声压抑的呜咽，跌倒在海水中的王贲同样伸出双臂，扼住了他的咽喉，然后用尽全身力气翻过身来，将他也推入水中。

两人在越来越深的海水中不断翻滚着，借着岸上的火把可以看清，被激起的白色浪花早已变得通红，这两个同样年过五旬的男人，此刻却如孩童厮打般缠斗在一起，既无技巧也无章法，纯纯粹粹是以性命相搏，任谁都可以看出，两人都抱定了必死之志。

陈横和张良默默望着这场惨烈决斗，没人吭声，也的确没人试图插手。于陈横来说，这是因他有言在先，不能违背自己的诺言；于张良来说，则是因他已确信，两人此番都不可能生还了。

尽管如此，他却仍为这场决斗迟迟未能分出胜负而感到焦灼，不经意间将目光越过海水中翻滚厮打的两人，投向了远方那一片黑暗的大海，却一下愣住了。

大片渔火同时燃起，照亮了一艘艘乘风破浪奋力划来的小舟，船头各插一面小旗，每艘船上都坐有八九个人；而即使略略扫过一眼也可以看出，这一带的海面上，至少也有近百艘小舟！

接连三声响箭刺入了夜空，各自摇曳的火尾组成了三条金蛇，幸存弋射们无不认出，这是黑冰台自己的暗号。

“如何还有黑冰台?”陈横又惊又怒地叫道。

“并非黑冰台。”望着那些越来越近的小舟，张良的目光中也现出了惊奇，“你看那些小旗，唯有海商船队才插。天下所有海商里，能有这多船只的，怕是只有一家……”

弩矢的呼啸打断了他，一片猝不及防的哀号声陡然在齐墨中响起，足有十几人被那些小舟上射出的弩矢刺中，先后倒在潮水里。

“各寻掩护！”陈横一声令下猛扯张良，率先闪到一块礁石的背后。其他的齐墨与悬刀尽管骤遇强敌，却也并未手忙脚乱，而是分头掩藏于一块块礁石背后。他们刚各自藏身完毕，夜风便送来了一个响亮的声音：

“悬刀张良、齐墨陈横！我乃黑冰台县子硕！领卫卒围剿你等，作速投降！……”

那些小舟越来越近了，陈横从礁石背后望去，借着船上的支支火把，他看清了小舟上那些长戈剑盾弩机一应俱全的甲士们，也看清了一面面船头小旗上的图案，那是一只只正在振翅起舞、名为文翰的斑斓锦鸡，传言是当年蜀王鱼凫的祥瑞神兽，被清夫人当作自己商队的标志。

“当是清夫人出海船，将卫卒送来。此番我等，怕难脱身了……”张良轻声一句，白皙的额角隐隐渗出了汗水。

县子硕终是来了！屈将子尽管痛恨他的迟延，却还是将手中短剑直指沙洲："随我杀！救出断令！"

当海滩上再度展开一片厮杀之际，王贲和项梁的体力也同时接近灯尽油枯了。

两人此刻已被潮水完全淹没，咸腥的海水从各自口鼻灌入胸腔，他们神智都开始恍惚，可纵然如此，却仍死死扼住对手喉咙，支撑着他们的已不再是斗志，只是最后残存的本能。

尽管眼前分明一片黑暗，项梁却觉得自己仿佛看到了那个纤瘦的白色身影；耳畔分明是海水的咕嘟声响，他心头却荡漾起了那阵悠远的歌声：

若！
有人兮山之阿，
被薜荔兮带女萝。
既含睇兮又宜笑，
子慕予兮善窈窕。
……

——父亲，阿兄，女萝，还有我那尚未出世的孩儿，项梁已然尽力了，项梁去见你等时，至少能带上王贲一条性命……

——阿翁，王贲怕是要走你前面了，你曾要王贲替你守护大秦新政，王贲怕是做不到了，然则王贲虽死，却也履行了自家职责；虽未马革裹尸，却也死在了反复辟战场上……

这是王贲最后的念头，当那震天的呐喊声由远及近时，他和项梁都同时松开了自己的双手，两人的最后一点儿意识同时消失了。

6

“这是丹药，快给断令服下!”县子硕大吼道。

“稍慢一步，我捅了你!”屈将子一把拔出匕首，抵在侯生腰间。

“知晓，知晓……”后腰骤然感到匕首锋刃的冰冷，侯生自然不敢怠慢，左手猛然掐住王贲人中，右手则从县子硕手中接过小陶瓶，拇指一抠，便将瓶中丹药尽数倒入王贲张开的大口中。

“断令若死，你也一样活不成!”屈将子的匕首已微微刺入了侯生皮肉。

“断令，当不致死……我认出这丹药，乃徐福亲手炼制，可于垂危之时起大用，只是，捡回性命，太尉也不能复原如初，只能终日静养……”

“项梁又如何?”

“公子梁虽也有伤，却好得多，只要好生养息，当能复原如初。”

“也好，待他生龙活虎之时，再将他明正典刑。”屈将子恶狠狠一句。

县子硕沉思片刻，终是叹了口气：“也罢，侯生，你若能将他二人救活，我等或可奏请皇帝，饶你一命。”

“然则，你须说出卢生藏身何处。”屈将子补充道。

侯生抬眼望了屈将子一下，苦笑着摇摇头：“我若知晓，还会瞒到目下?说了多少遍，我本欲与他同走，却被胡非子兵马堵住退路，不敢贸然露头，便在一处山洞熬了半夜，天明时卢生说出洞探察，不料一去便再未回来，自此不知去向了。”

两位殿戈彼此对视了一眼，没再吭声，屈将子一招手，两名弋射赶过来看管这位方士，然后他俩缓步走向了昨夜黑冰台据守的那处山塬，在这一带起伏的山岩中，这里可以算得一处制高点了。

天已大亮了，整整一夜的激战后，悬刀与齐墨都已全军覆没，尸体堆满了田横岛岸边的沙洲，浸泡在血红海水中，分外触目惊心，而脚下这片山塬还未及打扫，同样散落着弋射们的尸身，脚下的泥泞也浸满了鲜血。

“为甚这般久才赶到?”屈将子愤愤向县子硕质问了一句，“顿弱胡非子战死，断令也生死未卜!黑冰台都快死绝了!”

县子硕死命咬住下唇，直至嘴角渗出丝丝鲜血：“此番出战，原本一切顺当，谁曾想赶到田横岛之际，我等却在海上突遇一条巨鲛，直是海岛般大小。清夫人海船终究不是战船，船上并无连弩，我等奈何它不得，六艘战船被那巨鲛打翻了一艘，又打坏了一艘，好不容易才将它甩掉！”

“拿海客奇谈骗人么?”屈将子怒火中烧地叫道。

“你自己看！”县子硕伸手指向远方的大海，屈将子瞥去一眼便愣住了——水天相接之处的浩渺碧波中，分明是一个战船般巨大的黑影，脊背上还高高竖着一点形如帆樯的物事。

“真有这等巨鱼?”他倒吸一口凉气，满脸的难以置信。

“那露出水面的，便是巨鲛的背鳍。”县子硕语气里掩饰不住的懊恼，“迟迟未能赶到，你以为我等心下便好受么？我等一样损失惨重！”

屈将子不说话了，只是死死望着那条巨鲛。突然间，他似乎看到了什么，没有理会县子硕，飞身扑下了山塬。

“去往何处?”县子硕望着他的背影高叫道。

“卢生——！”远方遥遥传来了屈将子的喊声。

小舟在海水中不住打着旋，却始终未能再进一步，一个又一个巨浪迎头拍来，将卢生劈头盖脸地浇成了落汤鸡。

周身早湿透了，不知是海水还是汗水，尽管如此，卢生还是徒劳地划动着船桨，忽而哀号忽而咒骂，方才死里逃生的狂喜此刻已烟消云散，心中只剩下了身陷死地的绝望。

昨日他甩掉了同伴，很轻易便逃到了田横岛北岸，此时黑冰台弋射已近折损殆尽，齐墨悬刀又正与县子硕援军进行着最后的决战，自然无人发现他。天已大亮时，他又从一处隐秘港湾发现了胡非子那一队弋射留下的几艘小舟，于是慌忙上了其中一艘，将它划向深海。这一带他也曾数次往返，心知附近海面风浪不大，再加上自己水性船技俱佳，只要运气好，当不致轻易翻船。

卢生一向觉得自己运气很好，否则，何能在庙堂潜伏多年而不被发觉?

然而他没想到，奋力与巨浪搏斗了足足一个时辰，小舟却丝毫不能前进半分，他心下由此泛起疑惑：海上明明没有海风，这波涛却如何一浪高过一浪?不经意间将目光投向远方，却忽然感到一阵强烈的恐惧攫住了自己的心——透过起伏的波浪，他看到一个战船般巨大的黑影正向自己迅速游来，脊背上还高高竖着一点形如帆樯的物事。

“海神禺强……”他整个人都僵住了，只冒出了这一句。

愣怔了片刻，卢生突然醒悟过来，更加疯狂地划动着船桨，然而小舟却仍旧被巨浪推挤着忽上忽下，根本不可能向任何方向驶去，那片巨大阴影却越来越近了，卢生已能看清巨鲛那高高竖起的背鳍，那灰色的粗糙脊背，那雪白的肚腹，还有那洞窟般的血盆大口中一颗颗矛尖般的锋利牙齿。他极尽绝望和惊恐的一声尖叫，跳入了海中。

一声巨响，小舟被击得粉碎，随着一片殷红迅速泛起，他再也没能冒出头来。

遥遥望着巨鲛陡然自海中跃起，又重重砸下，将卢生的小舟砸得粉碎，屈将子如释重负地长出了一口气，嘴角微微浮起一丝笑意。

然而紧接着，那丝笑意便凝固在了脸上，突如其来的剧痛从背后迅速传来，他只觉眼前的天地迅速旋转起来，然后缓缓扑倒在地上，身下开始积起一片血泊，而且正在不断地扩大蔓延。銮铃的清脆声响随即在身后响起，屈将子拼尽最后气力扭头望去，一眼便见到张良那双冰冷的眸子，以及他身旁陈横手中的弩机。

“此刻杀他，不怕泄露行踪么?”张良轻声问了句。

“我有办法脱身，随我来。”陈横报以同样的低声。

第十八章 坑杀

1

“四月之内，臣领丞相府吏员，会同廷尉府、御史大夫府尽数勘问涉案嫌犯，诸般大要如左：此番嫌犯共计七百又六人，其中方士二百二十八人，儒生四百二十一人，其余学派士子五十七人。现已查明，七百又六名嫌犯，各涉罪行如左：其一，与六国在逃世族通连，有往来信函及知情士子口供为证，死罪也；其二，不经辞官擅自逃国，亵渎公职，有咸阳守军口供为证，死罪也；其三，裹挟族人离乡逃匿，实同民变，有当地郡县守口供为证，灭族也；其四，以古非今，鼓噪复辟，有知情士子口供为证，灭族也；其五，以诗书为据，攻讦秦政，有知情士子口供为证，弃市也；其六，私藏诗书，拒不上缴，有收缴查获诗书典籍为证，处黥刑，罚为城旦苦役也；其七，明知罪行，不举发报官，有知情士子口供为证，连坐其罪，与触法者同罪也……”

李斯那冷静的嗓音久久回荡在大殿中，尽管这封鞫书（几类后世之判决书）极尽冗长，但大殿中所有大臣始终都在聚精会神地听着。

宽敞的咸阳宫正殿内冠带如云，足足数百人之多，即使是每年岁首的大朝会上，这般庙堂众臣济济一堂的景致也不多见。

“……七百余嫌犯之外，尚有方士卢敖、侯生、韩终、石生四人与世族通连，并谋划多桩要案，此四人中，卢敖已葬身海中巨鲛之口，侯生逃亡至即墨田横岛后为黑冰台所擒；韩终、石生逃亡至辽东一带，为辽东长城守军所擒，三人皆被押解回咸阳，与诸多嫌犯一同羁押。又有在逃世族项梁为黑冰台所擒，单独羁押于栎阳狱，因受伤过重，正在调养，当在儒案完结之后，另案审理。”

听到项梁这个名字时，原本寂静无声的大殿内终于隐隐响起一阵骚动，这位大名鼎鼎的在逃世族可谓无人不知。

李斯卷起手中长长的竹简，将它放在自己面前的书案上，动作虽轻，他却仍感到手中这竹简极是沉重。

其实，他本不必参与这桩案件。依大秦法度，各地复杂重大的要案，当交由九卿之一的廷尉来审理，御史大夫府负责监督办案，案情审理清楚后交皇帝批准，整个办案过程中其他任何人都不得干涉，自己这个丞相固然是廷尉冯毋择名义上的上级，却也同样没有特权。然而此番儒案毕竟影响重大，皇帝便没有当场命廷尉府审理，李斯敏锐地觉察出了皇帝的谨慎，是故自告奋勇亲审此案，他当时心思和建议焚书时是一样的，觉得这桩儒案主要还是为了震慑威吓复辟势力，至多将这些士子尽数罚做苦役罢了。此种情况下若由自己来审此案，一则自己多年就任廷尉，秦法烂熟于心，自然得心应手；二则是向天下黔首与老世族彰显庙堂对此案的重视；三则自己也可如焚书时一样唱黑脸，替皇帝承担那汹汹骂名；四则冯毋择于公来说是自己属官，于私来说也与自己私交甚笃，也不会心怀不满……他想得很是周全，皇帝答应得也很是痛快，一切似乎都是焚书令的重演，然则真正接手这桩案件时他才发现，这桩儒案触案者竟会这般多。

七百余条性命，纵有触法稍轻者，也不过寥寥一二百人，其余将近五百人都是逃无可逃的死刑，更要紧的是，它要处决的是儒生。李斯本就身兼儒法两长，对儒家底细极是清楚：春秋战国数百年，儒家那复古倒退的为政主张虽从未被哪个邦国真正采用过，然则这个学派终日挂在嘴边的忠孝仁义那些伦理道德却始终有着巨大影响，便是秦帝国建立后也同样不能抛却这些内容，而是将它们尽数吸纳进了秦政体系。更有一样，儒家虽从未真正建过任何大功业，却向以天道公理自居，最擅口诛笔伐，唯其如此，这个学派在黔首们心目中仍然有着无与伦比的地位。此番若将这四五百名儒生尽数处决，儒家自己，以及天下黔首，势必会认为咸阳庙堂是想灭绝儒家；推而广之，极可能认为是想灭绝百家；如此必会进一步加深那“皇帝是独夫民贼，秦政是虎狼苛政”的成见！

一时间，李斯竟想起了当年渭水大刑一次斩决七百人的商君，每次想起他被处以车裂时那“秦人不怜”的情形，李斯都是心下一颤冷汗涔涔。落在自己手中的这桩儒案，会不会也使自己如商君一般成为众矢之的？有朝一日皇帝在自己前面去了，新继位的二世皇帝，会否旧账重翻，如惠文王处死商鞅般拿自己开刀祭旗，以平息天下之人的汹汹责难？

这些，都是盘踞在李斯心头的重重疑问。

隐隐之间，他有些后悔自己越俎代庖，亲自审理这桩重案了。

讯狱（审讯嫌犯）、鞫狱（裁定罪行）等诸般流程下来之后，便该是最后的读鞫（宣读判决）了，可李斯心下却越发沉甸甸的，终是召集了廷尉、决曹掾以及内史郡众多法吏县丞会集咸阳，一并进行集议；集议结果出来后，又奏请皇帝举行了目下这场廷议。

“项梁之事，儒案之后再议。先说目下此案如何处置。”皇座上的皇帝开了口。

随着这句话，大殿中微微一阵骚动，廷议开始了。

御史大夫冯劫、右丞相冯去疾、廷尉冯毋择这三位族兄弟意见一致，都以为此番儒生触法，纵然牵连甚多，案情却极是清楚，证物口供俱在，全无疑难之处，依律而行足可；况乎天下复辟暗潮汹汹，庙堂必须强硬以对，非如此不能以儆效尤，是故儒生自当尽数问斩。郎中令蒙毅也补充说，陛下这般善待儒家，甚或将孔子后人拜为君侯高爵，儒生却不知恩图报，反倒为复辟世族鼓噪声势，若连此等愚顽之人都能宽宥，秦法威严何在？天下黔首谁还肯敬畏秦法？一时间引起了大殿内齐声赞同。

“谁不赞同？也说说。”皇帝平静一句，大殿内出现了短暂寂静。

皇帝的目光扫过大殿，掠过武将席时，看到一双满怀期待的目光正盯着自己，不由得心下一沉，面上却仍是若无其事地收回了目光。

“陛下，臣以为，儒生该惩治，却不当杀。”仆射周青臣踌躇许久终于开口了，说得字斟句酌：“臣之见，诸位大人就事论事，却忽略了此中内情。臣与儒生多有往来，对儒生心思知晓一二。以臣观之，儒生此番是受世族蛊惑，其本心却非颠覆秦政。儒家迂阔尽人皆知：只知死死咬定自家政见，全无大局洞察、是非评判，更不懂律法为何物，便说陛下寿诞那次争论，以我等观之，他是在为复辟鼓噪声势；可在他自家看来，却是忠心谋国之举，实是为陛下谋万世之功……”

“秦法论行不论心！管他自家如何想，有违法之举，便当治罪！”冯劫不耐烦地插了句嘴。

“仆射固与儒家多有来往，臣却同样与儒家相熟，看法偏与仆射大不一样。”一直沉默的李斯此刻踏实了许多，觉得该自家开口了。

“丞相请讲。”周青臣心下颇见忐忑。

“仆射说诸位大臣就事论事，忽略了儒家心思；李斯却以为，仆射只知揣测儒家心思，却也忽略了儒家为政主张。儒家自始至终便是复辟学派，最终目的是甚？是祖述尧舜、宪章文武，是要天下倒退回上古三代。核心主张是甚？是王道仁政，是诸侯分封，是井田奴隶，是周礼典籍。仆射所言儒生是受世族蛊惑，李斯却以为，儒生与世族当是一拍即合。仆射虽心存善念，只怕也是迂阔了。”

“丞相此言，似对儒家多有误解……”博士叔孙通小心翼翼开了口，“我儒家并非只复辟理念，尚有纲常伦理、诗书礼乐等诸般精华……”

李斯笑容中带上了浓浓的嘲讽：“凡此种种，皆是围绕施政理念生发。那纲常伦理、诗书礼乐为的是甚？为的是君君臣臣，父父子子；为的是刑不上大夫，礼不下庶人；为的是劳心者治人，劳力者治于人；为的是民可使由之，不可使知之；为的是唯上智与下愚不移……归总而论，为的仍是自家复辟主张。不提儒家政见，单说此等细枝末节，终究言不及义。”

“老臣也以为，儒生向来成事不足，败事有余，便是果真追随世族贵胄，危害也极有限，纵然终日鼓噪唇舌，又能骗得几多黔首？骂倒我等哪个庙堂重臣？留他性命又有何妨？”奉常胡毋敬皱眉道。

“奉常差矣！”李斯目光炯炯盯着胡毋敬，“儒生自不能主事成事，却可生事壮势！奉常身兼太史令，淹通经史，当知华夏三千年那诸般革命暴乱叛逆，若无书生参与，无一次能成！譬如那悬刀张良，以李斯观之，其人真正威胁，不在多年来诸般大案，却在谋划之能、鼓噪之力。李斯敢断言，设若老世族真有实力起兵反秦，有张良出谋划策，则此人危害远甚于目下！”

一席话说罢，大臣们听得人人心惊肉跳，殿内气氛顿见肃杀。

“列位臣工可还有话？”皇帝扫视了一圈大殿，胡毋敬和周青臣同时张了张口，却又同时闭上了，大殿内再度出现了短暂的沉默。

不知过了多久，武将席终于响起了一个年轻的声音：

“陛下，儿臣……”

一阵匆匆脚步声突然打断了这个声音，然后便是谒者的高喊：

“太尉求见——！”

2

听到这个声音，所有人都心下一惊，不由自主地将目光集中到了大殿门口，然而除了谒者之外，那里看不到任何人。

一片死寂中，只能听到木杖点地的笃笃声响，许久之后，太尉王贲的身影终于出现在众人面前。自田横岛一战后，这还是他数月来第一次重新站在庙堂上。

他原本魁梧结实的身躯已瘦得如一根竹竿，黝黑浑圆的脸庞变得苍白瘦长，两颊也深深凹陷了下去，黑白相间的头发更是添了大片霜雪，仿佛骤然之间便衰老了。虽则如此，他的双目依旧闪烁着鹰隼般的光芒，腰身也依旧挺得笔直。即使是刚从生死线上走了一遭，但太尉王贲仍然拼尽全力维护着自己作为军旅大将的尊严。

“王贲……”眼见这位庙堂重臣这般形销骨立，皇帝心下大是不忍。

“谢陛下。”王贲显然明白皇帝对自己的关切，却只轻一点头，“今日朝会，臣迟来一步，陛下见谅。”

皇帝没有说话。数月来王贲一直在静养，连下床都很是艰难，因而这次大朝会其实并没要他参加，只是皇帝却也没与他多说这等琐细。

“今日儒案之歧见，王贲也大体知晓，目下也欲直陈自家主张，尚请列位臣工听臣一言。”王贲这样说着，扭头叫了一声：“抬上来!”

两名仆役抬着一只木笈出现在大殿中，又利落地将它打开，从中抽出一卷卷竹简，又在大殿的丹墀上逐一铺开。众多大臣们的惊讶目光中，王贲沉郁的嗓音回荡在了寂静的大殿中：

“此乃尉缭子任断令之初，黑冰台全体弋射之名录。灭六国前，黑冰台共计八百六十八人；灭国大战十年，折损二百一十四人；天下一统后十年间，又先后折损四百一十六人，或死于世族之暗杀，或死于对世族之追捕，因天下劳役纷繁，各地人手极为有限，故而死者一直未及补入；数月前田横岛一战，黑冰台更是死伤甚众，二百三十八名弋射仅余二十二人生还，几乎个个负伤，十二殿戈连臣在内也唯余三人尚在人世。黑冰台，已是名存实亡。”

此时，那些竹简已被尽数铺开，君臣们望去无不心下猛然一颤，但见那些竹简上刻满了密密麻麻的人名，只有寥寥无几的名字是用黑墨写下的，其他绝大多数都被朱砂盖过，显然都是死难者，一眼望去红殷殷一片，分外触目惊心！

“……黑冰台皆为秦墨，慷慨赴死本是我等应有之义。王贲向各位备细讲述这些，非为博得怜悯，却是要各位明白复辟势力之猖獗，我等面临形势之严峻。田横岛一战，项梁已被我等擒获，张良却仍逍遥法外，齐墨巨子陈横依然脱逃；除去这二人，还有魏国张耳陈余、齐国田氏兄弟等老世族未及缉捕。我等面对世族复辟势力，绝不能掉以轻心！”

“太尉之意，此番儒案，也当铁腕？”皇帝问道。

“臣也知，列位臣工之中，也有多人不赞同杀儒生，若只就事说事，此等看法自然无错；只看儒生言行，也确乎罪不至死。然则若与天下大局联系，却绝不能轻视儒案。而今天下一片风雨如晦，暗潮涌动，此等形势之下，严惩儒生正是杀鸡儆猴之意。若还宽宥，天下黔首必当以为庙堂在示弱；张良等世族必当更加气焰嚣张！当此之时便是两军阵前，我等与儒生，只能一生一死；秦政与复辟贵胄，只能一存一亡，舍此之外别无他途！”

王贲顿了顿，重又开口，低沉的语气中多了一丝隐隐的恨意：“再者，对那些主张宽宥儒生者，王贲也问一句：你等怜悯儒生，天下又有多少人需你等怜悯？天下一统之前，秦国已征战了近百年，其中死伤的那成千上万将士，你等怜悯得过来么？统一天下之后，多少黔首死于那些大工程，你等怜悯得过来么？为捍卫新政，南定百越、北击匈奴又死伤了多少将士民夫，你等怜悯得过来么？为震慑复辟，黑冰台秦墨几近全军覆没，便是王贲自己也险些丧命，你等怜悯得过来么？人都已死，纵然怜悯又有何用？自家有死难有牺牲，我等便不做事了么？战场要杀人，我等就当被骂作屠夫么？震慑复辟要杀儒生，我等就当被骂为毁灭文明么？谁不服？与王贲当庭争辩！”

王贲的话语久久回荡在大殿之中，如同雷声在沉沉滚动，撞击着每位大臣的胸膛。

“老臣迂阔了，老臣不再反对杀儒生。”良久之后，胡毋敬向王贲遥遥一拱手，嗓音极尽低沉。

皇帝的目光再度掠过大殿，当他又一次触碰到儿子的目光时，面色突然沉了下来。

武将席中的扶苏如坐针毡，几次想开口，却都生生忍了下来。父皇目光中的深意，他完全明白——别的大臣可以反对，独独你不能。从九原回咸阳前，蒙恬将军曾反复告诫过自己，看目下廷议的形势，都让蒙将军一一言中了。

数日前，蒙恬将军召集众将例行会商，尚未开口，扶苏便从他那铁青的脸色上察觉出了气氛的异样，自上次接到焚书令直至目下，已过去将近一年，一年来咸阳每次传来的消息都让人放心不下——先是焚书，又是抓捕儒生方士，又有追捕文通君、掘孔子墓，再后来便是黑冰台与悬刀的决战。而当蒙恬将军告诉众将，儒生案审理完结，皇帝欲举行廷议商讨处置方略时，扶苏心头更加沉重了。

幕府会商结束之后，蒙恬将军将自己单独留了下来，把父皇写给九原军的诏书递给自己看，那诏书上要九原军陈述自家主张，还点名要自己替蒙恬将军参与廷议。当时自己惊讶地沉默了片刻，这才明白了父皇的真正心思——这是要自己陈述对儒案主张，借此考察自己的才具识见！而听到将军推测庙堂极有可能从重处置儒生时，扶苏更是惊诧莫名，忙问将军对此案如何评判，将军却是重重一声叹息：从本心论，老夫也不赞同杀儒生，然则时也势也，如之奈何?

“将军岂能只顾揣摩父皇心思，却放弃自家主张?”扶苏当时陡然急切了。

直到目下他还记得，听到自己这句话，蒙恬愣怔怔地望了自己许久，又是一声长叹：皇帝既命公子亲往，此中深意公子自当明白。老夫要劝公子，朝会廷议之时，若庙堂决议果真如蒙恬预料那般，公子切莫开口反对，其一，你无力扭转此番决策；其二，还极可能危及自身。毕竟公子多年屡立战功，朝野瞩目；陛下近年身体又屡现暗疾，这一两年间便可能立公子为太子，此时公子若与陛下有政事歧见，必定大损资望……

“蒙公差矣!”听到这里，扶苏不假思索地回绝了，“父皇与三公九卿何等公心，但有国事争执，无不就事论事，从不顾及其余；扶苏也自当如此，岂能心有主见却怀自保之意，眼睁睁看父皇错断? 退一步讲，若父皇果真如蒙公所言，有意立扶苏为储，可扶苏若对国政毫无评判，又岂堪做这个储君?”

当时一席话说完，蒙恬将军再度沉默了，许久后才长出一口气：“罢，公子心意已决，老夫不当再多言，只劝公子切莫意气用事……”

……

“兹事体大，朕也同样思量了许久，目下便说与诸位。”眼见再无人开口，皇帝终于说话了，“秦政当以海纳包容为本，朕先前也做此想。天下一统之初，朕本欲将儒家纳入秦政，方才将孔鲋拜为文通君高爵，方才封诸多儒家大师为博士，朕与列位想的一样：儒家终日念叨那仁政王道，不过是书生空谈、本性难移，若仅止政事歧见，我等可求同存异，秦政也自然容得儒家。不期然几年下来，诸多儒生不仅未曾收敛，反倒更进一步，与世族串通勾连，先在朝堂之上鼓噪分封、攻讦秦政，又私相聚集、以古非今，再纷纷不经辞别逃官远遁，诸般实际作为，何曾将秦法放在眼里?”

皇帝的语气并不如何激烈，每个字却都极是清楚，大臣们都屏息静气，静静听着，只有扶苏充耳不闻，听着自己的心跳，转着自己的念头。

“……扪心自问，朕自觉对儒家已是仁至义尽，自觉已是尽可能包容，然则包容终究不能无穷无尽。秦国一统天下，容不得六国苟延残喘；秦法森严，容不得诸般罪行横行其道；秦政创设文明，容不得复辟倒退；太尉黑冰台，也容不得老世族与悬刀，反之亦然。便是儒家自己，终日将包容挂在嘴边，也照样容不得万事万物：孔夫子杀少正卯，老孟子一言不合骂遍天下，可曾有过包容? 孔鲋等逃亡博士，对我等君臣可曾有过包容? 何也? 孔夫子自家便有云，道不同，不相为谋；韩非子更有云，冰炭不同器而久，寒暑不兼时而至。太尉方才所言，句句命中要害——如何处置儒案，不能只就事说事，必须看天下大势。以目下形势，便是我等君臣有心容得儒家，儒家却也不容秦政，儒家背后的复辟贵胄更不容秦政！朕若只为彰显胸襟度量，任由复辟言行大行其道，那才是自毁文明，那才是误国误民！……”

扶苏又张了张口，却还是没能真正打断皇帝，双手情不自禁地攥紧了拳头，只觉得手心汗津津一片。

皇帝喘了口气，顿了一顿，重新开了口。

“朕也心知，前次焚书，虽为震慑复辟，却使学宫博士人人自危，更遭天下非议，以为此举防民众口、焚百家言，开杜绝言路之滥觞；此番若将这数百儒生尽数处决，朕更将坐实灭绝文明之大罪，儒家向来执掌修史之笔，朕也必当因此而被史笔涂抹成千古暴君。然则事已至此，朕不能再罔顾邦国存亡，再汲汲于一己虚名。朕意已决：为剪除世族羽翼、斩断复辟大纛，七百儒生当依法论罪，一人不容!”

话音落地，大殿内一时鸦雀无声。片刻之后，李斯第一个开口：“臣赞同!”

“臣赞同!”冯去疾叫道。

“臣赞同!”冯劫也高叫道。

宽阔大殿内随即先后响起了一片又一片喊声，此起彼伏：

“廷尉府赞同——!”

“郎中令三署赞同——!”

“宗正府赞同——!”

“奉常府赞同——!”

“典客府赞同——!”

“少府赞同——!”

……

听着一声又一声应和响彻了大殿，扶苏心下更加焦急，他本以为还会有大臣反对皇帝，那时自己便可相机说出心中所想，可目下观之，这场廷议显然已接近尾声了。既然如此，自己究竟说不说?

——必须说！方才廷议之时，自己几次想开口，都被父皇无声制止了；目下再不说，再没机会了！

——必须说！自己若违心缄默，何堪做热血硬骨之秦人? 何堪为我嬴姓皇族之皇长子? 何堪为我大秦储君、未来的二世皇帝?

——必须说！扶苏是为父皇好，是为大秦社稷好，是要全力扭转庙堂错断！哪怕是因此触怒父皇，哪怕是因此失却储君之位，扶苏也要骨鲠直言！

……

当所有声音都渐渐沉寂下来时，大殿内重又响起了王贲的声音。

“陛下，若欲震慑复辟，儒生不能用常刑。”尽管面色惨白声音低缓，王贲语气中的坚定却没有丝毫更改，“此案并非寻常罪案，却是复辟之案；我庙堂与复辟世族之争斗，亦是定国之战，是故王贲奏请陛下，对儒生行战场之刑!”

“战场之刑?”皇帝轻皱起了眉头。

同为大将出身的马兴杨端和面面相觑，已经明白了太尉要说什么。当即不约而同一问：“仿长平之战?”

这简简单单的一问，却使举殿大臣一片哗然，扶苏更是猛然挺直了身子——谁都知道当年长平之战赵军降卒的结局；谁都知道那一战之后数十年的恶果。

王贲果然点头，说出了两个字，尽管声音很轻，但这两字却仿佛有着千钧之重：

——“坑杀!”

“不可——!”扶苏突然忘乎所以地大叫了一声。

如同秋风扫落叶一样，死一般的寂静迅速笼罩了整座大殿。大臣们惊讶地望着这位心目中理所当然的储君，未来的二世皇帝，没有一个人吭声；而皇帝和王贲的目光中，也同时暴射出了精光。

扶苏深吸一口气，终于霍然起身，大步来到丹墀正中，清亮的嗓音陡然在大殿内飘荡开来：

“陛下、太尉，请听臣一言。”扶苏明亮的目光中透着不可更改的决心，“今天下初定，远方黔首未集，诸生皆诵法孔子，陛下却皆处以重刑，臣恐天下不安……”

3

如水的月光静静倾泻在平坦大道上，急促的马蹄声中，一匹通体火红的骏马旋风般刮过，直向咸阳方向而去，只在大道上洒下斑斑点点如同鲜血的红色汗水。

尽管丹骎已是全力飞奔，马背上的王离却仍然不住挥舞着皮鞭，狠狠抽打在坐骑的后臀上。望着前方那无尽伸展的平舒道，他心急如焚，恨不能肋生双翅，立即飞到咸阳见到皇长子扶苏，作速带他回到九原。

那次幕府会商中，尽管得知庙堂要就儒案征求九原军意见，王离本人却对这桩案子没太在意，一则他不觉得一群书生能做出何等惊天罪行，此案多少有些小题大做；二则他一颗心都挂念着父亲。直到那次会商，王离才知阿翁在与悬刀的一战中身负重伤，一度生命垂危，偏生当时九原郡内重又发现了匈奴异动的踪迹，全军都在警戒，蒙恬将军怕自己分心，是故有意隐瞒到了目下。王离记得清清楚楚，刚听到这个消息，自己惊得一跃而起，一颗心提到了嗓子眼儿，直到将军说出太尉已被救过来时才稍稍放心，当晚便又来私下求见他，请他允准自己择日回咸阳探望，不料蒙公沉默了半晌，叹气道皇长子前脚刚走，你又要去，我九原军岂能一下少两名大将？其他将军却又如何看你？太尉伤势我也知一二，目下虽仍是虚弱，却已无大碍，稍缓几日，待皇长子回来再走不行么？王离心下虽大觉沮丧，却也勉强点头应承了。就这样一直延宕到了目下。

不料三日之前，蒙将军反倒催促自己快去咸阳了。

那次又是蒙公幕府聚将，聚得极是匆忙，当王离快步赶入幕府时，一眼便见到了久违的郎中令蒙毅，正在惊喜，不料郎中令面色极为难看，根本没理会自己。众将聚齐后，郎中令径自宣读了皇帝诏书，王离记得，刚听到咸阳庙堂决定将涉案儒生一体坑杀时，自己连同整个幕府都愕然了，而众将散去、蒙公郎中令将自己单独留下时，这愕然便翻了倍：蒙公劈头一句便是你马上收拾行装动身，火速赶回咸阳，用尽一切办法将皇长子带回九原！自己忙问皇长子如何了？郎中令这才皱着眉讲述了这几日的原委。

原来朝会廷议之时，咸阳庙堂已议决要坑杀儒生，皇长子却当廷反对，皇帝极为震怒，却生生克制住了，没有理会，只勉强喊了句散朝。不料此后多日，皇长子又数次上书皇帝，请求对儒生从宽处置，所有上书都被郎中令扣下了；皇长子眼见皇帝不理会自己，又先后拜访四位三公，反复陈述自家主张。郎中令劝他莫再执拗，速回九原，他却始终不听；目下唯有以蒙公将令召他回来，否则极可能触怒皇帝，对他严惩！郎中令最后对自己说，皇长子在咸阳多留一时，皇帝怒气便多增一分，我公务在身，还须在此滞留几日，你必须尽快带他回来！听到这里，自己二话不说便答了句诺，稍事收拾飞马南下了……

“皇长子，何必如此……”狂奔中，王离咬着牙暗想。

他的思绪突然被丹骎的鸣叫打断了，心惊之余抬眼望去，却见正前方空旷的大道正中，静静伫立着一个阴影。他身披一件黑色斗篷，身形消瘦，左手举着一根火把，借着火光可以看到那只左手无比苍白枯瘦，却看不出相貌，他整张面孔都隐藏在厚厚的面纱后面，只有一双明亮的眸子，暗夜中的寒星般闪烁着寒芒。

“可是去往咸阳之人?”他轻声开口，嗓音如女人般柔和。

“足下何人?”王离暗暗握住了弩机。

“不必提防，在下并无恶意。”对方轻柔一笑，笑声中却带着一丝难以名状的诡秘，“只是有样物事，想请足下转交一人。”说着走上几步，每一步都伴随着銮铃的清脆声响，然后将手探入怀中，摸出一样物事放在地上，然后在銮铃的响动中直起身来向后退去，说出了一句莫名其妙的话：

“为我遗滈池君。”

眼见那人已退得足够远，王离这才警惕地催动丹骎上前，翻身下马拾起了那样物事——原来是一轮玉璧，正在摩挲间，阴影那轻柔的嗓音又遥遥传来：“还有一句，也请一并替我转告。”

王离抬起头时，却见那阴影已开始渐渐消融在夜色之中。一阵微微拂过的晚风带来了他的最后一句话，王离虽不明白此中含义，心下却也不由得一颤：

“今年祖龙死……”

次日清晨，王离赶到了咸阳，按程式先去太尉府见自己的父亲。

眼见父亲的憔悴模样，王离鼻子一酸，连忙扭过头去，拼命压抑住了即将涌上来的泪水——阿翁最讨厌看人落泪，幼时自己因捣蛋挨打，常是哭得越凶，阿翁便揍自己越狠，久而久之，他也习惯了决不在他面前掉泪，与其说是要强，倒不如说是怕惹他生气。

不过还好，目下父亲心思并不在自己身上，而是仔细端详着那轮玉璧。

王贲已认出，这玉璧居然是皇帝随身之物，当年皇帝第二次巡狩至湘水，遇大风浪险些沉船，随身一枚玉璧也沉入了水中，不料此刻竟在关中现身，实在蹊跷；再想想滈池君、祖龙这两个词，王贲嘴角浮现出一丝冷笑，心下猜出了八九分：滈池君乃关中水神，大秦既奉水德，水神自然便是皇帝；龙者为人君，祖龙乃龙之始祖，自然也是皇帝。那今年祖龙死，只怕又是老世族炮制的谶语，以此诅咒皇帝……

“此事，委实诡异……”听父亲说罢自己的推断，王离想起平舒道上的那一幕，只觉脊背发凉。

王贲也脸色一沉：“你且在此守候，我去向皇帝禀报此事。”

“太尉，莫忘皇长子之事！”王离连忙提醒父亲。

“要你说，这玉璧，由皇长子转交皇帝便是。”

这句话说完，王贲径自拄起木杖蹒跚地走了。一名军仆请王离在后堂稍事休息，他却毫无心思，独自去到太尉府后庭那片广阔的写放山川之间转悠开来。一个时辰后，王贲面色沉郁地回来了，令王离意外的是，父亲身后还跟着多日未见的皇长子。王离大是惊喜快步迎上，却陡然收住了脚步——皇长子脸色极为苍白，神色却一片木然，只有双目隐隐泛红似是哭过，目光中居然一片茫然。

“皇长子，你……”王离愕然了。

扶苏抬起眼睛，死死咬住下唇，向王离伸出了右手，王离这才注意到，他手中握着一条写满朱砂字迹的白帛，显是皇帝诏书；白帛下却是那轮没能交给皇帝的玉璧。王离双手接过白帛一眼看去，心下顿时揪紧了：

“将军扶苏固执己见搅扰国政，今授其监军之职，坑儒次日九原就任，不奉诏不得归还。皇帝三十五年秋。”

一股前所未有的沮丧涌上了王离的心头——自己终是慢了一步，皇长子终是惹怒了皇帝，皇帝终是下了这一道诏书，名义上虽授了他监军一职，比先前还高，可关键还在那“不奉诏不得归还”一句，这不明摆着流徙贬黜么？

“皇长子，随我后庭说话；王离，你也跟来，一旁听着。”王贲语气很是平静。

三人一前两后缓步走着，跨过了那片写放山川，伫立在了“淮北”的平地上。王贲转过身，手中木杖重重顿在了脚下的“陈城”，一声粗重叹息后开了口：“皇长子，可知皇帝因何震怒?”

扶苏默默摇了摇头，紧紧攥住了手中的玉璧。

“陛下对儒案之震怒，不在儒生反对秦政，却在他们与复辟贵胄勾连；同样，陛下对皇长子之震怒，不在你反对坑杀，却在你扰乱庙堂既定决策。”

扶苏深深低下了头。

“先说儒案。”王贲深吸口气，勉力使自己平静下来，“焚书、坑儒两大案后，天下皆传言皇帝要灭绝儒家，独尊法术，此中误解何其深重！儒家也好，法家也罢，连同墨家、道家，乃至古往今来任何学说，都无一家是万世不移之绝对真理；古往今来之任何邦国，也绝不能只将一种学说奉为治国圭臬，排斥灭绝其他学说，否则便是自取灭亡！皇帝明白此理，我等也明白此理，焚书坑儒之前，庙堂从未打压过儒家；焚书坑儒之后，也同样不会灭绝儒家，你等不见叔孙通等博士仍留学宫么? 纵然如此，此番为何仍要坑儒? 还是那句话，时也势也。若大局已定，复辟势力尽皆灭绝，黔首无不安居乐业，秦政早已深入人心，咸阳庙堂自可容忍儒生们胡言乱语，只因天下再无人听信那套王道复古之陈词滥调，然则目下却是何等大势? 复辟暗潮来势汹汹，黑冰台尽灭，便是老夫自己都险些丧命，我等还能孜孜念叨着要海纳百川、言者无忌么? 此时便正如武安君长平坑赵：若放过数十万降卒，这场旷古胜仗便是白打，武安君还能孜孜念叨着生命可贵、该当心存仁善么? 不施霹雳手段，无以显仁善心肠，大仁不仁，此之谓也!”

这篇前所未有的长篇大论说完，王贲弯下腰重重一阵咳嗽，额头也渗出了涔涔冷汗，王离刚想伸出手去搀扶，眼见父亲投来的凌厉目光，忙又收回了手。

“再说皇长子谏阻之事。”重新开口时，王贲的声音已轻了不少，“老夫能明白皇长子心思，二十年前，老夫年轻之时，也同皇长子一般气盛；便是你我脚下这片写放山川之中，老夫也曾与上将军起过争执。”

听到这里，扶苏王离心头同时一颤，都已明白了王贲说的那桩往事——灭六国时，大朝会商议灭楚，当时所有大臣都赞同李信将军出兵二十万的主张，唯上将军王翦表示非六十万不可，可遭到反对后也没有坚持己见，但扶苏王离却都不知，此中竟还有这番内情。

“老夫当时也想不通：上将军主张原本正确，为何却自甘放弃，默认了庙堂错断? 听他拆解后方才明白，多年之后方才体察他苦心。当年与前日这两次朝会，事异势同——我等谁也不敢说皇帝一定错，自然也不敢说自己就一定对；

正是因此，大臣反对者自然有，却都适可而止。独独皇长子，身为天下人心目中的储君，却在庙堂做出决策之际一再反对，天下人会如何想？复辟世族会如何想？庙堂三公九卿会如何想？……”

王贲喘了口气，停顿了片刻，这才重又开口：“皇长子心存仁善，臣知晓，陛下也知晓，然皇长子从军多年，当知国政譬若军争，绝非只心存善念便能将事做对做好。心存善念是一回事，做出的事究竟如何又是另一回事，若不察大局、不讲方略，好心办坏事者同样数不胜数。宋襄公不击半渡之兵，乐毅围困六年却不下即墨，自家固然都是好意，然则能打胜仗么？便说此番要坑杀的这些儒生，你能说这多人全是想颠覆秦政，便无一人是真心为大秦社稷好么？可便是这些自以为忠心谋国之儒生，真正做出的事却偏偏危害邦国，皇帝能饶么？”

“太尉之意，扶苏也同儒生一般？”扶苏梦呓般喃喃道。

“臣实言相告：陛下此番点名要皇长子参与廷议，实则是最后一次考量锤炼。陛下原本之意，皇长子若就坑儒一案赞同庙堂，自己便择日立你为储，如此便是向天下昭告：你若继位，秦政便不会动摇，更不会姑息复辟势力，惜乎……”

扶苏死死咬住下唇，直至出血，良久后向王贲深深一躬，没理会一旁不知所措的王离，转身大步走了。

“皇长子，最后一事！”望着扶苏远去的背影，王贲又叫了一声：“皇帝说得明白，坑儒之时你也须到场亲见，然后再走！”

扶苏停了下来，似乎迟疑了一瞬，然而很快便重又迈开脚步，消失在了写放山川的假山背后。

“太尉，那玉璧……如何没给皇帝？”王离小心翼翼问。

“皇长子本想将玉璧还给皇帝，不料皇帝根本不理会，直接一道诏书便下与了他。”

“对那玉璧，还有那谶语，皇帝却做何说？”

“山鬼固不过知一岁事也。”王贲冷冷一句，神色间很是不耐。

沉默了片刻，他又对儿子补充了一句：“你这几日跟在皇长子身旁，多劝劝他，过几日我要去栎阳，顾不得照拂了。”

“去栎阳？做甚？”王离一脸懵懂。

“去栎阳，见个故人……”

4

这是一座完全由石料垒砌成的囹圄，日光没能穿透那厚厚的石墙，尽管每个角落都昼夜燃着熊熊火把，但那摇曳不定的火光却反而加深了监牢中的阴影，给这里隐隐添了一丝诡异气氛，直如那骊山正在修建的皇帝陵一般幽暗神秘。

这便是栎阳狱，秦帝国统一天下后，专门用来看押复辟者的大狱，近十年来，这里给六国贵胄们留下了不知多少悲惨传说。

脚步声和木杖笃笃声反复回荡在空旷的甬道中，偶有一两声模糊不清的哀号哭泣传来，王贲却似乎早已熟悉了这一切，毫不以为意，仍然跟在狱吏身后，缓缓向前挪动着脚步，最终来到了一扇狱门前。

“大人千万小心，此人极是危险。”狱吏轻声一句。

“知晓，是我将他投入狱中的。”

一声机括相撞的清脆声响，整块石料凿成的狱门吱吱嘎嘎地打开了一道缝隙，一股潮湿霉味扑面而来。狱吏侧身进了囚室，王贲也跟在他身后走了进去，如同迈入了潜伏着无尽凶险的野兽巢穴。

这里唯一的光亮来自靠近屋顶的狭小天窗，秋日的阳光被竖在天窗的根根铜条分割得支离破碎，那些透射下来的光斑也因此而显得光怪陆离。尽管如此，借着这难得的光明，王贲还是看清了那粗笨栅栏的对面——天窗正下方的木床上，一个瘦削的身影正箕踞在狼藉的稻草上。他身着一件囚徒赭衣，花白的头发披散着，乱糟糟垂在双肩和后背，背光的面孔模糊不清。听到狱门声响，他抬起了头，这一简单动作引起了一阵镣铐的哗啷声响。

王贲从狱吏手中接过火把，靠近了自己的脸庞：“公子梁，看我是谁。”

对方从喉咙深处发出一声低沉咆哮：“你竟还活着?”

“你不必失望，此番我虽死里逃生，也只余小半条命了。”

“我却又如何活着?”

“你是庙堂重犯，将你救活，是为对你明正典刑。几个月来，庙堂一直审理儒案，顾不得其余；目下儒案已有眉目，此案过后，便该你了。”

“你早已满身血债，岂又多我这一条?”项梁嘶声冷笑着，从牙缝中挤出这一句，“王贲，这些年你收缴了天下私兵，彻查了田产兼并，拆毁了封地城邑，迁徙了世族贵胄，又焚毁了典籍史料，坑杀了孔门儒生，连悬刀与齐墨都为你所灭，连老夫都为你所擒，老夫确是佩服。然我只告诉你一句：莫以为六国世族将就此灭亡，莫以为天下将就此太平！老夫纵然死了，还有其他世族活着，我等终究要夺回属于六国的一切，终究要使天下重回战国！……”

王贲平静地隔着铁栅，直视着项梁的双目：“而今已不再是战国之世，你等的时代早已一去不返，你等只是在顽抗，灭六国时是在顽抗，天下一统之后仍在顽抗。有用么?”

“那又如何?”项梁陡然一跃而起，猛扑向对面的王贲，却被镣铐和栅栏拦住了，“王贲，若你是我，可肯放弃复仇么？我父死于你秦人之手，我兄死于你秦人之手，我妻死于你秦人之手，我那未出世的孩儿仍死于你秦人之手！震泽水战之后，我便日夜盼着颠覆秦政、灭亡秦军，日夜盼着灭掉你王氏满门，将你等个个都食肉寝皮、挫骨扬灰，这才有南下百越抗秦之举！王贲，你这便杀了我！你杀了我，我便可泉下见我阿翁、见我阿兄、见女萝、见我孩儿；我便可召集那些死去的子弟兵，一同化作厉鬼，日夜来索你性命！……”

项梁的双手死死攥住栅栏那粗大的铜条，拼尽全力摇晃撼动着，凄厉的咆哮也响彻了整座狱室，在四壁之间久久鼓荡撞击着。

一旁的狱吏身子一颤，想挡在王贲身前，王贲却是摇摇头，缓步来到项梁面前，与他隔着栅栏对视。

这一对多年的世仇，数十年来还是头回在咫尺之间对视着。两人都苍老了许多，王贲的面容更加憔悴，项梁的目光则喷射着近乎疯狂的恨意，他大张着嘴喘着粗气，泪水、汗水和口涎一同缓缓淌下，若无镣铐的束缚、栅栏的阻隔，他势必早如田横岛那次决斗一般扑向王贲了。

然而，王贲的目光却始终冷冰。

“若果真如此，我便等你索命。”他只平静地说出了这一句。

项梁没有答话，只是死死盯着自己的宿敌。

“此番我来见你，可知何事么?”

“向我炫耀胜果。”项梁略略平静了些，喘着粗气道。

王贲轻轻摇头：“错，是给你带一样物事。”说着将手探入怀中，掏出一样物事，毫不防备地将手伸入栅栏，举到了项梁面前。

看到那样物事，项梁的瞳孔陡然收紧了。

那是一片小小的白帛，上面还沾着星点的殷红，因时日太久，白帛已开始微微泛黄，那殷红也变成了绛紫色。

"此乃你妻女萝之遗物。秦军攻破姑苏之际，她从城垣飞身跃下，我想拉住她，却仍是迟了一步，只从她衣衫上撕扯下这一角……"

听着王贲的话语，项梁死死盯着那片白帛，眼前浮现出了自己永难忘记的那一幕——熊熊燃烧着烈火的城头，一个白色身影如折翼的白蝶般飘然坠落；随之回荡在耳畔的，则是那个缥缈歌声：

若！
有人兮山之阿，
被薜荔兮带女萝。
既含睇兮又宜笑，
子慕予兮善窈窕。
……

刹那间，他仰天爆发出一声撕心裂肺的咆哮，锋利的牙齿在黑暗中闪闪发光，随即狠狠咬向了王贲手臂。

白帛缓缓飘落在地，鲜血混合着口涎和泪水一同汩汩流淌，滴在它上面。王贲却没有掣回自己的胳膊，任由项梁久久咬住它，将它咬得鲜血淋漓，目光中却隐隐带着一丝怜悯。

三日之后，他接到了项梁的死讯。

"触壁而死?"望着狱室中躺在遍地血泊中的那具尸体，王贲皱眉道。

"是，是。"狱吏脸色惨白，大汗淋漓地嗫嚅道，"今晨前来例行探视时，方才发现，却已迟了，在下，愿受责罚……"

王贲没有吭声，示意狱吏打开栅栏，然后缓步走入了狱室，伸手轻轻拂过尸体的乱发，当那副血肉模糊的面容显露出来时，他顿时满腹狐疑，阴沉着脸站了起来，望向狱吏。

"司马欣，可知囚徒自杀，狱吏当处何罪么?"

司马欣深深低下了头："罚为刑徒，修骊山墓……"

"知晓便好。"王贲没有理会他，拄着木杖，缓步出了狱室。回想着自己这位多年宿敌的死亡，他心下颇有些五味杂陈，不知为何，感到的不是如释重负，却是疑窦顿生。

"罢，虽未能明正典刑，这边却终究了结了；且看那边吧。"走出栎阳狱，王贲扭头回望那黑洞洞的狱门入口，这般暗想着。

5

立秋之时，整片关中大地雾气竟日不散。

从大咸阳到骊山，所有的官道上都挤满了头裹黑巾的黔首，也挤满了辚辚车马，影影绰绰的人潮车流在氤氲雾气中拥挤着，一路向东涌动而来。黔首们是奉庙堂之命赶往骊山观刑的，而关于即将被处决的那些儒生，也有各色消息随他们的交头接耳不胫而走，其中流传最广的是关于卢生、侯生的流言：有人说侯生被擒之后，皇帝在阿东之台上见他，欲将他车裂，侯生却是当场将皇帝痛斥了一番，说皇帝骄奢淫逸，比那桀纣更甚十倍，大秦便是十亡也不足平天下之怨！说得皇帝仰天长叹，放走了他。另一则关于卢生的传言则更离奇，竟说他没有死，而是一直游到了北海，经太阴、入玄阙，最后到达了蒙谷，竟随一位深目玄鬓的仙人成仙了！也有人诧异：自商鞅变法至今，秦国历次决刑无一例外都在渭水之畔，而今如何竟选在了骊山？竟然还是皇帝陵旁！皇帝不怕死后这些儒生冤魂终日缠着自家么?

及至赶到那处即将决刑的山谷，所有人都大为意外：那些被迁入咸阳、在尚商坊定居的大批六国富商贵胄们，居然早已团团围定了山谷，各色华贵的衣着组成了斑斓驳杂的人海，在雾气中若隐若现；更离奇的是，这片汪洋的人海竟无一人出声，都是死死沉默着，在朦胧雾气的掩映下直如一群群鬼魂般诡异。眼见六国旧民们这般，秦人黔首也仿佛受了感染，纷纷静了下来，死一般的寂静迅速笼罩在了山谷之中。

这时，所有人都听到了一阵劳作声。

六国旧民阻挡在了前面，秦人黔首们已无法靠近刑场，况乎雾气又浓，为看清谷中形势，便有人或爬树或攀岩，总归是在高处觅得一处落脚再放眼望去，透过雾气勉强可以看出，这刑场前所未有的怪异——没有木桩，没有刑架，有的却是甲士们环绕下的一个个巨大土坑，一队队士卒正挥动着铲镬掘着土，一抔抔泥土被扬向半空，然后落在坑边堆积成一个个土堆。在这些土坑之上，雾气缭绕中，一副临时搭起的木架伫立在谷地之上，显然便是监刑台，那上面只孤零零伫立着一个全身戎装的身影，如同一根黑黝黝铁柱般挺立在大雾中。

久久的寂静不知持续了多久，一声悠长号角刺穿了茫茫大雾，紧随其后回荡起来的便是隆隆战鼓，当这些声响尽皆消弭之后，一个粗重的嗓音自监刑台上响起，鼓荡在山谷之中：

“大秦皇帝诏：查咸阳儒生方士四百六十七人，以古非今，攻讦秦政，诽谤皇帝，惑乱黔首，勾连世族，图谋复辟。为禁以文乱法之恶风，兹将儒犯处坑杀之刑！皇帝三十五年秋。”

一片哀哭响彻了大雾，站在高处的黔首们翘首伸颈望去，发现那些哭声来自山谷中一条重兵把守的小道，一辆又一辆囚车正在从小道中辚辚驶出。

“午时已至，验明正身——！”方才宣读皇帝诏书的那个身影喊道。

雾气稀薄了些，依稀可以看到一辆又一辆囚车被打开了，行刑刽子手们两人一组快步上前，拖下一个个赭红色的影子，而那些赭红影子或是死死把住囚车的栅栏不肯下来，或是早已软倒在囚车中，或是在行刑刽子手的大手中拼命挣扎试图逃脱，有几个被拖下来后还跪倒在地一连声地求着饶，尽管如此，所有人犯都没有摆脱同样的命运。镣铐的哗啷声响中，他们哀哭着，咒骂着，呼喊着，尖叫着，在那些被翻起的新泥土上留下杂乱无章的脚印、斑斑点点的鲜血，甚或片片尿渍，却仍然被陆续拖到了一个个土坑前。

少顷，雾气中响起了一声应和：“人犯验毕，无错无漏！”

“行刑手就位——！”又是那个粗重嗓音。

哀哭声更大了。刽子手们强按着儒生们的脖颈，迫使他们面朝土坑跪倒，一柄柄青铜斧钺被高高举起，在开始稀薄的雾气中闪烁着点点金光。

“行刑——！”

震天哭声迅速响起，然而立刻便被打断了，数十点金光同时落下，鲜血此起彼伏地喷溅着，浸染了雾气，浓浓的腥气陡然鼓荡开来。

“行刑”的喊声在雾气中反复回荡着，每喊一声便是一片斧钺落下，鲜血喷溅、人头翻滚，一具具尸体被推下土坑；很快，哀哭声浪渐渐小了，终于慢慢喑哑下来，谷地重又恢复了死一般的寂静。

“人犯四百六十七人，一体斩决！”

“填埋——！”

翻动泥土的声音重又响起，一抔抔泥土开始被推下，渐渐覆盖了儒生们的尸体，又渐渐填满了一个个土坑，当雾气完全散尽时，这片开阔谷地中除却一座座高高垒起如同坟冢般的土堆外，已看不到任何尸体和鲜血，也看不到任何行刑的痕迹了。

（注：坑杀之刑，后世多以为乃活埋，然《秦律》有“生埋”一词，显与

此刑有别；况长平坑杀及多年后的新安坑杀，降卒皆为数十万众，尽数活埋显不现实，更与快捷处置尸体之本意相悖，合理推断，当为杀死后就地掩埋。）

观刑的人潮默默散去了，行刑手们与甲士们也默默散去了，太尉王贲却依旧伫立在行刑台上，望着那一座座新堆起的坟冢若有所思。不知何故，他心下想到的，却是当年武安君白起的那句自白：

“为我大秦，老夫认矣……”

——“暴秦！”

一声充满悲愤的苍老声音陡然打断了遐思，王贲惊讶地抬眼望去，看到那片正在散去的人潮中，一个形容枯槁的老人正喷出一口鲜血，然后直挺挺倒在了地上。

“太尉！”一旁的几名甲士皱眉叫道。

王贲却轻轻摇头，就这样径自望着那老人被身边几名年轻士子七手八脚救起，迅速消失在了人群中。

6

月光下的悯儒谷，一个高冠大袖的身影跪伏在谷底那一座座新堆起的土丘之间，久久哭泣着，苍老的声音分外悲伤。

木杖顿地的笃笃声响从身后遥遥传来，听到这个声音，高冠大袖的身影猛然一颤，止住了哭声，却没有回过身来。

“文通君，可是要来投案么?”粗重的嗓音夹杂着笃笃声响，缓缓传了过来。

文通君孔鲋肃然起立，正了正衣冠，掸了掸袍袖上的泥土，这才转过身来面对着太尉王贲。月光下，王贲看到他深深吸了一口气，双目头一次腾起了熊熊火焰。

“王贲！”孔鲋抬起手，直直指向对面的太尉，头一次失态地怒吼起来，“你不是要灭绝儒家么？来啊，让黑冰台杀了我啊！黑冰台死绝了对么？那你亲自来！你两手沾了多少鲜血，不多老夫一人！你杀了老夫，把老夫也埋在谷中，让老夫与我同门重逢！老夫为我儒学殉葬便是！然则，老夫死前必先一抒胸中块垒，必先历数你等罪孽，必先让你知晓何为天道，何为公理！必先让天下人知晓，你纵杀了我等埋了我等，也埋不了自家罪行！……”

“罪行?”王贲眯起眼睛反问了一句，语气中满是嘲讽，“此番触犯秦法者，乃是儒生，不是我等君臣。文通君自己尚且戴罪之身，反倒说我等有罪?”

“不是么? 我等所触，还不是你那秦政恶法? 你等所创之秦政血腥残暴古今罕见，桩桩罪行罄竹难书！而今还有颜面说我等触法? 无耻之尤！”文通君须发戟张奋力振臂，愤怒的吼声响彻了整个空旷山谷。

“好，你便将秦政罪行一桩桩说来！你我一样样辩！”王贲也昂然叫道，握紧手杖重重一顿，双脚与手杖都陷入了黄土之中。

“秦政大罪，其罪有五！第一大罪便是禁绝诗书，毁灭文明！”孔鲋声嘶力竭地吼道，苍老的声音极尽愤怒，“秦人本就是戎狄部族、蛮夷之邦，不读诗书不慕王化，商鞅变法以来，秦国弃大道而施权谋，废王道而行强力，国中习俗薄恶，人民嚣顽，人与之为怨，家与之为仇；及至天下一统，又废先王之典，焚百家之言，缄天下之口，绝文学之路！今日这坑儒大罪，便是明证！老夫只痛惜自己如何未早日看穿你等面目，竟应了皇帝入博士学宫，以至与你等同流合污！”

“秦人蛮夷? 文通君身为儒家当也知史，是果真不知还是有意忘却? 我等祖上乃追随大禹治水之伯益，因勤王有功被封至西陲、与戎狄杂居，却终是华夏族群，此事天下尽人皆知，到你口中如何便成了蛮夷? 退一步讲，秦人果真蛮夷，却又如何? 我华夏族群本就以文明为纽带联结，无论哪个邦国哪支族群，哪怕是百越匈奴，只要认同华夏文明，说雅言、写秦篆、衣华服，彼此便皆我族类。统一之后，那郡县制、那秦篆、那度量衡一同推行天下，无论秦人还是六国旧民，不都接受了么? 中原人、百越人不都将变成同一族群么? 若只以出身血胤说事，岂非荒诞?”

王贲稍顿了顿，重又开口：“至于焚书坑儒两事，固有害处，然其实质乃反复辟之举，不得不为之。此事先前庙堂已有反复争论，我便与你辩，你也定然不听，仍是我说我的、你讲你的。既如此，此事暂且不论，你先往下说！”

“好！王贲，你怕了，无言以对了，方才不敢与我争辩，可是如此?”眼见太尉没有理会自己，孔鲋陡然精神大振，“也罢，此事且放一边，再说第二罪：严刑峻法，残贼天下！你等律令烦僭，繁法严刑，弃灰者黥面，偶语者弃市，黔首动辄触法！又增凿颠、抽胁、镬烹诸般酷刑，创连坐之法、造三夷之诛，使骨肉相残，上下相杀！更用贪暴之吏，生杀随意，刑戮妄加，终至赭衣塞路，囹圄成市。劓鼻盈筐，人不觉无鼻之丑；断足盈车，竟至踊贵而履贱。这不都是你秦政暴虐之明证么?”

“好一派大而无当之骂辞，我只说几句：其一，秦法乃战时之法，而非常态之法，若以军制视秦法，自然严苛非常！战国之世刀兵连绵，敌国不死我不能活，此等形势之下，商君为秦国创制，奖励耕战以激励民众，重刑惩疲以严防罪行，连坐相保使各什伍荣辱与共，举国民众尽皆成军，终使我秦国于铁血大争之中胜出，何错之有？难不成非要放任疲民私斗才算仁善？其二，秦法虽严，却清明公正，更绝非一味严刑酷法，你若说我空口无凭，便自家去翻《秦律》，看那上面都有何等规定！其三，秦法确有不足，最大缺陷便是无法限制君权，然在当今形势之下，已属难得！法以爱民比你儒家那君君臣臣如何？刑无等级比你儒家那刑不上大夫如何？你等只知将秦法与天下大势割裂开来，只知盯住秦法瑕疵喋喋不休，诚可笑也！”

“满口胡言！”孔鲋陡然愤怒了，“老夫是没翻过《秦律》，也不屑去翻，然则天下民生疾苦，老夫尽皆看在眼里！你秦政第三大罪便在于斯：徭役繁重，横征暴敛！罢黔首之力，尽百姓之财；发闾左之戍，收泰半之赋；死者以沟量，头会以箕敛！力役三十倍于古，租赋二十倍于古！天下黔首常衣牛马之衣，而食犬彘之食，男子力耕不足粮饷，女子纺绩不足衣服！你且说，这是老夫凭空编造的么?”

“是，天下一统之后，诸般大工程纷纷上马，劳役赋税确实大大增加；王贲也几次劝过皇帝，劝他早日休养生息，待到诸多工程结束，庙堂定会改弦更张，使黔首安居乐业。文通君此番指责，确有道理，然你拿上古三代指责当世，仍是不察世事变迁，刻舟求剑！上古三代能有几多民夫、几多耕地？能收得几多粮谷？天下又有几多大事、几多大工程值得多征民力、多收赋税？战国之世铁器牛耕大大普及，民众人口与开垦荒田不知几十倍于上古，天下又是大战连绵，劳役赋税远甚从前本就是应有之义，非秦国独有！况乎秦国那些大工程绝大多数皆利国利民，赋税民力增加，也非大肆搜刮！”

“还在狡辩？那六国宫殿，那阿房宫，你我脚下这骊山墓，也利国利民么？老夫与侯生出逃时，曾听他指责过皇帝，说他奢侈失本，淫逸趋末：宫室台阁，连绵不绝；珠玉重宝，堆积成山；锦绣文采，满府有余；妇女倡优，数以万计；自家享用之物，尽皆华贵奢靡，数不胜数！……”

听到孔鲋这一席抑扬顿挫的指责，王贲这次却没有开口，只久久沉默着。眼见太尉没有反驳，文通君气势更盛，嗓音也大了数倍：

“秦政第四大罪：穷兵黩武，涂炭生灵！你秦国数十年来兵革亟动，师旅数起：破人国家，灭人社稷，绝人后世；追亡逐北，伏尸百万，血流漂杵！灭六国后又贪胡、越之地，北有长城之役，南有五岭之戍，使万千将士客死异乡，老母垂泣，室妇悲恨。九泉之下添得多少冤魂？给天下留得多少孤儿寡母？你王氏祖孙三代为将，数十年来更是杀人无数，人人背万笔血债，个个负千载骂名！”

“不错！我等确是杀人无数！”听到这句话，王贲却毫不犹豫一口应承下来，“然则，征战杀戮为的是天下一统，天下一统为的是止息兵戈，今日杀人为的才是日后不杀。况乎多年征战，我等从未有过滥杀，灭六国以来更是废止斩首计功，便是你等屡屡诟病的长平坑杀、水淹大梁，也皆为时势所迫，不得已而为之！王贲想反问一句：换作文通君自己，可能一人不杀换得天下太平？但欲收获必有付出，但欲建功必有牺牲，此非但将道，更是世间一切成事之铁则，若仅以流血而否定一切征战之价值，若仅以牺牲而否定我等一切奋发拼争之价值，则世间又有何事能得你等肯定？此等说辞无论庙堂抑或山野，早已争了不知多少年，文通君如何还在喋喋不休老生常谈？”

“暴秦，暴秦！”文通君死死指着王贲，胸口剧烈起伏着，大口喘着粗气，“秦政第五大罪：开独裁先河，启专制滥觞！春秋战国数百年固然礼崩乐坏，然天下诸侯林立、邦国万千，终究一派勃勃生机：士子可楚材晋用，官吏可择木而栖，隐者可独善其身，民众可游荡迁徙；国有政变内乱，权臣贵胄可往别国逃亡避难；国有昏君暴政，黎民百姓可随意诽谤抨击乃至聚而相抗。天下之人无分富贵贫贱、士农工商，尽皆特立独行于当世，不为豪门附庸，不向权贵俯首，不出违心之论，不为违心之行；国择士，士亦择国，合则留，不合则去……凡此种种，实为大自由之黄金之世！然待你秦国统一天下，秦王登基称帝，此等自由之世将就此绝矣！你等那皇帝自诩始皇帝，妄图传至千世万世，子孙受享无穷，为此以天下私一人，合刑赏大权于一身，不惜荼毒天下之肝脑，敲剥天下之骨髓，离散天下之子女，以博自家之产业，如是观之，为天下之大害者，君而已矣！帝王者，贼也；秦政者，盗也！若任由秦政行之天下千百年，必将使我千百年历史尽以脓血充塞，必将使我千万里土地为虎狼窟穴，必将使我千百万庶民向地狱过活！我华夏族群也必将堕入永世黑暗，万劫不复！……”

“……文通君说了这多，总算冒出几句像样言辞。”待到孔鲋终于停下来时，王贲这才开口，嗓音缓慢而低沉，“不错，春秋战国确乎民风自由奔放，王贲同样心向往之；然你却何能断言，大一统之后，此等局面便必定消亡？何能以专制独裁之说将秦政一语抹杀？又何能一叶障目，不见秦政与当今天下大势之契合？春秋战国数百年，无谓杀戮使多少庶民平白流血，我华夏族群历经数百年摸索探寻，才悟出天下一统方能消弭战乱、还苍生以太平，此非独我等君臣自家认定，更是天下万千黔首之共识！否则，夏商那万千部族，何以渐趋消融，化为周初数百封国？又何以化为七大战国，最终尽数终结于秦？还不都是彼此征伐融合所致？灭国者，非独我秦人一家！便是你儒家孟子，不也说天下定于一？自商君变法之后，我秦政已建制百余载，若果真如你所言是暴政，则必定早早速亡，却又何能屹立世间如此长久，甚或最终统一天下，乃至统一文明？自然，大势有变，秦政也当随之改变，然那诸般精髓却不会变：求变图存不会变，兼容并蓄不会变，唯法是从不会变，以战止战不会变，整合统一更不会变！或许千百年后，我华夏族群果将如你所言步入万古长夜，世风日下道德沦丧：庙堂残暴苛酷，视天下为一家一户之私产；官吏贪腐糜烂庸碌无能，士人软骨委顿全无操守，民众冥顽麻木怯弱凶狠，邦国对外卖国求荣屈膝献媚，对内横征暴敛剥削脂膏……然则，此乃独尊一家学说、摒弃百家争鸣之恶果；若说专制，思想专制方为最大专制，方为恶政暴政之根源，此非秦政本身之罪！非但如此，秦政蕴含之文明根基，反能终结此等暗夜，使我华夏族群重见文明曙光！”

“一派胡言！”孔鲋却是充耳不闻，仍然戟指王贲，“王贲，你当真丧心病狂，竟将这亘古暴政奉为圭臬，还为它百般辩护！丧心病狂，丧心病狂……”

他反反复复地说了不知多少遍，终于弯下腰剧烈地咳嗽起来，王贲望着他那颤抖的满头霜雪，一声冷笑重新开口，这回语气却缓和了不少：“文通君，你将秦政骂了这般久，也该听我说说你儒家了。是，儒家说辞，确是动听：民为贵，社稷次之，君为轻；儒家本心，确是良善：要解民于倒悬，要定天下于一；儒家气节，也确是不输别派：舍生取义，杀身成仁，君子不饮盗泉之水，廉者不受嗟来之食。然则你等嘴上说得动听，却又做出了何等实事？整日念叨着生命可贵、爱惜鲜血，可除却流泪叹息，你等又能做得甚事？邦国有难、族群危亡，你等又能拿得出何等主意？纵有殉难死节之辈以激励后人，却又何能扭转大局？千百年来，我华夏族群历经劫难屹立至今，靠的是求变图存克难克险；我大秦消弭内争扫平边患，靠的是奋勇杀敌浴血征战；我等君臣创建新政，靠的是兼容并蓄群策群力……凡此种种，都须我等真正流血流汗，而非满心悲悯、满眼泪水、满口高调却束手无策！王贲敢断言，儒家若不肯改弦更张，早晚必将为时代抛弃；若果真如我方才所言，被君王庙堂独尊于天下，也必将为我华夏族群之深重灾难，那才是贻害万年！我言尽于此，你且自家掂量！”

说罢这最后一句，王贲没再理会孔鲋，转过身拄着木杖径自笃笃去了。

孔鲋直起腰来，又怒又惊地望着王贲的背影，久久沉默着，直到那个身影已渐渐远去，方才想起了甚，遥遥高叫了一声：“你不杀我?”

夜风徐徐拂过，带来了王贲略带嘲讽的最后一句话：

“杀你？不值……”

第十九章 壮士十年归

1

旭日尚未全然升起，滔滔渭水倒映着朝霞支离破碎的金红色，那道宽长白石桥自咸阳南门伸出，横跨渭水，稀稀落落的车马行人正由城中流出，从这白石桥上越过渭水，分头赶往关中大地。

回首望着咸阳仍然黑黢黢一片的高大城垣，王离百感交集地长吁一口气，自己从九原千里迢迢赶回来，只待了半个月便要回去了，阿翁实在不能让自己放心；还有惟嬴，此番回咸阳终日忙得团团转，也根本未及见她一面，听说这次皇帝本想让自己与她成婚，不想儒案一发，也泡汤了……

想起华阳公主，王离嘴角不由自主地浮现出一丝甜蜜笑意，然而他马上便收敛了笑容，向一旁的扶苏瞥去一眼，却发现皇长子也在扭头遥望着大咸阳，目光中罕见地满是惆怅。

“皇长子，陛下只一时之怒，其实心底仍器重你，此番纵将你贬走，也总有回咸阳之时……”

“不必说了，道理我都知晓。咸阳，你我终究不能久留。走吧，回九原，回九原……”

扶苏低声念叨着，然后挥舞起了马鞭，追风一阵长长的嘶鸣，扬起四蹄狂奔起来。王离见状也忙策动丹骎飞奔而去，一白一红一前一后两道影子迅速掠过关中大地，如一片流云一团火焰般飘向了天边的那片朝霞。

越来越明亮的天穹下，仍然回荡着扶苏的吼声：

“回九原，回九原！……”

半个时辰之后，他们已过了前日刚埋葬儒生的骊山，不料正在官道上飞奔着，但见迎面赶来的一匹飞骑与自己擦肩而过，随即一声高喊：“王将军——！”扶苏和王离忙拉住各自缰绳，惊讶地转过身来，但见背后那名骑士也止住坐骑掉头赶来，神色极尽悲戚。王离一眼便认出，这是自己频阳老家的一名远房族弟。

“王将军，我是要去咸阳报丧！武成侯……”

“啊！”王离顿感晴空霹雳当头炸响，整个人颤抖得如一片风中的枯叶，指尖瞬间变得冰凉，身子已向后仰去。间不容发之际扶苏一把扯住他，又和那名骑士手忙脚乱地将他抬到路旁，死命掐上人中，如此匆忙施救了许久，王离终于缓缓睁开了眼睛。

“大父，如何这般突然……”

“已故去半月了。岭南路途遥远，凶讯刚刚传到……”

半个月前，庙堂决意坑杀儒生的诏书送到手上时，王翦和蒙武正在一片桂树林中聚酒。

这片桂树林很是特异，八棵极尽枝繁叶茂的桂树便形成了一片林地，桂林郡名字便来源于此。其时已是初秋，不少桂花已先后开放，点点嫩黄点缀在碧绿桂叶间，似有若无的花香氤氲林中，闻起来使人心旷神怡，王翦已在此住了大半月了。

这桂树林是任嚣无意间发现的。两个月前，上将军王翦自临尘出发，沿水路东进，例行巡视象郡与桂林郡，与他和蒙武一同在秦凿渠会合，刚折返回来便在离水上又病倒了，任嚣下令靠岸时发现了这片桂树林，便在此扎下营来，与蒙武一同照拂上将军养息。多日来王翦一直昏睡不醒，这一日刚有所好转，蒙武大是欣慰，这才拉他一同聚酒闲谈，不料接到咸阳坑儒诏书，半靠在竹榻上的王翦紧紧皱起了白眉，又沉思了起来。

“事已至此，你便上书谏阻，也来不及了。”蒙武晃动着满头白发嘟囔着，“无论如何，这一下终究大杀世族威风，总归也是场胜仗！”

王翦沉吟了片刻，轻叹口气："此番坑儒虽属无奈，却也是饮鸩止渴；杜绝言路之先河，怕将就此开矣。目下庙堂所能做者，便是及早谋划补救之策，尽快修正秦政缺陷……"

"这你却放心！皇帝还在，李斯丞相还在，你儿王贲还在，我儿蒙恬蒙毅也在，三公九卿都还在！你能想到之事，他们想不到么？"

"未必能想那般周全。"王翦笑着摇头，"目下这岭南便有一样让老夫担忧，庙堂却未必想到：我等与九原军一南一北，关中之地又大大空虚，庙堂再不修整秦政，中原极可能出现乱局。"

"果真那般，我等便北上救援！"任嚣陡然急切了。

王翦却是一声沉重叹息："果真那般，只怕是中原未及援救，岭南已然丢了。百越各部臣服大秦不过数年，远未与中原人同心同德，大军若骤然撤出，岂不重又纷纷自立？我等多年心血，岂不尽数白费了么？是故只能严守五岭三关，断绝扬越新道，方能防止乱军南侵，保得岭南不失。"

任嚣和蒙武都沉默了。

望着两人，王翦故作轻松地一笑："老夫知你等心思。然你等也想想东周之时，若非早秦部族与戎狄数百年血战，守住了陇西，我中原岂能有西陲之地？当年先祖为华夏留住了西陲，而今我等也当为华夏留住岭南。"

片刻沉默后，任嚣终于轻叹了一句："除此之外，还真别无他法。果然那般，我等也只能两害相权取其轻了。"蒙武虽未说话，也同样点了点头。

"老夫这几日也正琢磨此事，终是觉得，须有皇帝诏书，方能给岭南将士们一个交代。老夫这便给庙堂写封上书，明日交军使送回中原！"

"末将倒有提议，此番不如上将军亲自送……"任嚣笑着向蒙武使了个眼色，蒙武心领神会，接口一句："送回咸阳后，你便留那边了！"

王翦微一愣怔，却笑着摇头："老夫知你等心意，然则老夫早向岭南军民说过，自家不再回中原了，岂能自食其言？再者，老夫也留恋这岭南。关中有关中的好，岭南却也有岭南的好。老夫看关中，如看自家频阳老宅般亲切；然则看这岭南之地，却如看自家种的稷稻抽穗般欣慰。"

"罢，那便听你这老匹夫了。"蒙武叹息道，一口气喝光了螺杯中剩下的酒，"只是你不回……"

"都这般年岁了，回不回没甚打紧了。日后老夫若撒手去了，只将尸身运回关中，葬在频阳便可。"

蒙武皱起眉："呸呸呸，你今日怎了？如何说得这般不吉？"

王翦淡然一笑："死生有命，寿数在天。我等终不能如皇帝那般，整日孜孜以求长生仙药。你我早晚有走的那日，前后脚而已，倒不如先立一约：你我谁若先去，另一人便将他送回关中，何如?"

王翦的神情分外认真，蒙武任嚣对视了一眼，均大觉诧异。

"应你自然无妨，只是这约，也忒晦气……"

三人又说了番闲话，眼看红日西沉，任嚣蒙武便都说该回去歇息了，王翦却说你等先走，老夫先将上书写完，蒙武嘟囔道明日再写不行么? 天晚了只怕受风。王翦笑道目下还未那般凉，老夫加件衣衫便是，蒙武便没再坚持，任嚣则命军吏撤走食器，取来笔墨木牍与油灯一同放在案上，又为上将军披上件战袍，然后所有人都轻轻离开了这片桂树林，只将他们的上将军留在林中。

四周都静了下来，王翦凝神细思了片刻，提笔在一条条木牍上写下了一个个严整的小篆；写完后又摸索着掏出印绶重重盖了上去，这才满意地叹口气。眼见天色已暗，本想叫军吏将自己抬回去睡，不觉间忽感一阵困意袭来，于是裹紧了战袍，靠在竹榻上轻眯起眼睛，想稍打个盹再回去。

朦胧恍惚中，他似乎看到自己身处的这片桂树林，慢慢幻化成了频阳老家的田野，明媚的晨曦洒在田垄之上，那田间分明伫立着两个身影，正是自己的儿子和孙儿。他惊讶地揉了揉眼睛再看，自己已渐渐飘荡到了两人面前。

"阿翁，终是要走了么?" 儿子的声音仍是那般粗重，却很是平静。

"走了，该走了。" 自己轻轻点头。

"还有甚未了心愿么?"

"天下在老夫手中归于一统，岭南在老夫手中化入中原，老夫自家更是拜将封侯、子孙满堂，全数心愿尽皆达成，已是了无牵挂、来去清明了。"

"大父，可你尚未回频阳看一眼，我等尚未见你最后一面……" 王离轻声哽咽道。

"阿离，如何这般儿女情长? 天下多少将士黔首客死异乡，比大父如何? 那项燕、李牧等六国将士，比大父如何? 大父曾与你讲过武安君、司马靳等人，他们又比大父如何? 生于战乱，死于一统，大父得其所哉，该为大父高兴!"

"阿翁对孩儿还有甚嘱托?" 王贲低沉的声音徐徐响起。

"阿贲，这多年来，你做得好，不愧为老夫之子，不愧我频阳王氏，不愧我大秦将军。老夫对你最后一样叮嘱：劝陛下早日善后，及早调整国策。如此，秦政将为我华夏族群造福千秋，天下也必当长治久安。"

"阿翁放心，阿贲早想对陛下说这番话了。"

“既如此，老夫放心了……”

恍惚中，王翦似乎感到身体渐渐离开了脚下土地，正在向天穹中慢慢飞升，飘向天际那一轮旭日。

“阿翁，你果真去了么?”脚下遥遥传来了儿子的呐喊。

万道金光包裹住了王翦，他的全身都融入了那无尽日光中，然后整个消失不见了，只有那苍老的声音，还在天地间最后回荡着：

“无草不死，无木不萎。老夫去了，去那一方崭新天地了。武安君、司马靳、蒙骜将军、樊於期，都在那边等老夫多年了，蒙武也早晚将随老夫而去。我等若泉下重逢，若还有来生，仍当同为袍泽，仍将并肩而战，为一统华夏，为创设新政，一同追逐我等心中那一轮红日……”

夜幕降临了，油灯的火光黯淡了，幽微了，最终熄灭了。王翦带着心满意足的笑容停下了心跳，止住了呼吸，然后再也没有醒来。

2

“上将军王翦归来兮——”

高高的栏杆之上，一名身着玄衣纁裳、头戴面具的巫师面向北方高喊着，嘶哑的声音分外凄厉，连喊三次之后松开双手，艳丽的五胜之衣徐徐飘落，站在房檐下的任嚣用衣箱接住了这件战袍，捧着它走入栏杆。

栏杆中已用麻布围成了简易的灵堂，王翦的尸身头朝正南摆放着，口中已经揳入了一枚骨匙，双足也已被并拢扶正，用麻绳捆缚固定，并以燕几（矮几）压住。蒙武蜷曲着小山一样的身躯跪坐着他身旁，将一杯秦酒轻轻放在了他的右手边，瑟瑟摇晃着满头白发，一脸痛惜：“老匹夫，你走，俺拦不住，却如何不先说上一句? 俺，俺许你这般去了么? ……”

任嚣缓步上前，将五胜之衣轻轻盖住了王翦冰冷的尸身，向他的脸庞瞥去了一眼，看到死者的神情极尽安详，仿佛睡熟了一般，不由得红着眼睛哽咽道：“蒙将军，事已至此，还是及早为上将军办后事吧。”

蒙武没有答话，只是喘着粗气点了点头。

在任嚣蒙武的率领下，岭南军船队护送着王翦尸身，回到了他阔别近十年的关中。即将抵达咸阳时，皇帝亲自带着王离和三公九卿们出城迎接，刚看到连绵的白帆出现在渭水尽头，所有人都痛哭失声了，无尽的悲恸瞬间笼罩了整个关中大地。

“阿离，你，你阿翁呢?”与王离和儿子蒙毅狠狠抱头痛哭了一番后，蒙武哭号着问。

“已病倒了……”王离哽咽答道。

“太尉本就伤重未愈，目下又骤逢上将军死讯，已卧床不起了。”一旁的皇帝走上前来，拭去了眼角泪水，“王离，王老将军丧事有朕亲自照拂，诸般丧葬用度也皆由少府支付，你却放心……”

“谢，谢陛下!”王离刚拜倒在地，又情不自禁“哇”的一声哭开了。

启殡那日，绵绵秋雨从清晨开始便潇潇落下，为整个关中大地笼上了一层薄幕轻纱。震天哭声中，有司连喊三声“噫兴”，又连喊三次“启殡”，棺柩便随各色明器一道被装上了柩车，祭罢路神、行完大遣奠后，缓缓驶出了临时充作殡宫的太尉府，一路穿过雨幕驶向了咸阳北门。大队甲士护卫着柩车，人人身着缞绖，头戴白色陌额，手举无数飘拂白幡，在头顶结成了一片茫茫云海；紧随其后的是四名散发持剑、不住高呼“魂兮归来”的巫师；他们身后便是王翦的柩车，一人在前牵引柩车绳索，柩车左右两侧各伸出四条被系在棺柩上、用来防止倾斜翻倒的黑色帛带，由八名铁鹰锐士两人一组地执着；柩车后面则是王离、蒙武等亲友，咸阳庙堂的三公九卿们，以及诸多随岭南军船队北上的百越部族君长们。这些人中独独少了太尉王贲，他因伤病在身，又兼悲痛过度，只能卧榻静养，无法参加这次启殡，自然也无法按惯例在父亲的柩车前执绋引车；然而令黔首们诧异的是，取代他做这件事的，竟是皇帝本人。

这场声势浩大的丧礼，以及死者生前的巨大功勋与名望，一同吸引了无数黔首们。尽管天色尚未大亮，关中大地却已是人头攒动，阴霾的天穹下，瑟瑟秋风、潇潇雨幕中，城中的街巷，城外的山野，滔滔渭水，莽莽北阪，绵延百余里的青山绿水间，到处是临时搭起的草棚、一字排开的祭案，所有的山塬梁峁都覆盖了汪洋恣肆的人潮，数不胜数的白色麻衣汇成了弥天霜雪，万千黔首们扶老携幼伫立在秋雨中，高唱着那曲悲怆的《黄鸟》，吹奏着激越的埙篪，捶胸顿足涕泗横流，争相目睹着岭南军统帅魂归故里；也有众多黔首恋恋不舍地随着那送葬车队走着，漫无边际的人潮，从四面八方涌向了上将军的故乡频阳……

葬礼结束后，皇帝亲自去探视卧病的王贲了。

刚走进寝室，皇帝心头便是猛然一颤：半躺半卧在病榻上的王贲散衣乱发脸色蜡黄骨瘦如柴，只有半个月未见，竟然头发全白了，看那憔悴的面容，不过五十余岁的王贲已完完全全是个老人了。

皇帝将带来的两样物事交给了太尉。一样是闪烁着幽幽碧光的步光之剑，另一样则是一方木牍。王贲伸出枯瘦的大手接过它，一眼便认出了父亲的绝笔：

“臣王翦启禀陛下：今岭南虽定，大局仍在动荡。为保岭南永固于华夏、百越真正融入中原，臣请陛下为岭南军立定密策：若中原有变，当以南海郡尉任嚣为将，统领军民五十万，断绝扬越新道，固守五岭三关，以抗中原乱军，保岭南安宁……”

看到这里，王贲粗重地喘了口气，蒲扇般的手掌遮住了双目，两滴泪水自指间滑过，轻轻滴落在军床的被单上。

皇帝点点头：“王贲，此乃上将军最后牵挂之事，于公于私都当应此请，是故朕已给任嚣下了密诏，又另添一条：任嚣若体魄不支，可自行指派其他将尉接替自己，不必通过庙堂允准。”

“那便好……”

“王贲，目下你病情如何？能走路否？”

“虽是艰难，却还能走。”

“若这般，随朕去太庙吧。朕有一物，想让你看……”

香烟缭绕的松柏林中一片静谧安详，只有脚步声和笃笃木杖声回荡着，皇帝和王贲在松柏林深处一前一后缓步走着。片刻后，皇帝在前面收住脚步，喊了一句：“王贲，看这是甚。”

王贲慢慢走上前去，看到眼前仍是一片遮天蔽日的森森松柏，中间却留出了一方开阔空地，竖着一面一人高、数丈宽的石碑，直如一面长长影壁一般。尽管光线黯淡又站得远，王贲却仍能一眼认出，足足过半的石面上都密密麻麻刻满了名字，和他那箱黑冰台名册一样，所有的名字都被涂上了朱砂，殷红一片。

“王贲，看看都是谁。”皇帝久久凝望着这面影壁，背对王贲喃喃道。

王贲挪动木杖，缓步上前，向石碑最右端那第一个名字只瞥去一眼，瞳孔便收紧了——

秦故大良造，商君公孙鞅！

他将目光向左侧瞥去，心下又是一惊——

秦故丞相，武信君张仪！

周身的热血都开始沸腾起来，王贲的目光急速向左扫去，一个又一个名字，如同一块块硬石般夯上了心头，分外触目惊心：

秦故丞相严君樗里疾

秦故丞相伦侯公孙衍

秦故上将军伦侯司马错

秦故上将军武安君白起

秦故丞相穰侯魏冄

秦故丞相应侯范雎

秦故上将军伦侯蒙骜

秦故丞相文信侯吕不韦

秦故上将军关内侯桓齮

……

——这些，竟都是商鞅变法后秦国的历代文臣武将！

王贲的呼吸越来越急促，胸口的起伏也越来越剧烈，长长的名单已接近尾声了，一个个熟悉的名字也接连映入了眼帘：

秦故泾水渠令左庶长郑国

秦故丞相关内侯隗状

秦故国尉兼黑冰台断令伦侯尉缭

秦故丞相伦侯王绾

……

秦故岭南郡尉左更屠雎

……

秦故秦凿渠丞五大夫张灵

秦故秦凿渠丞五大夫刘渠

秦故秦凿渠丞五大夫李成

……

秦故九原军千长公乘阮翁仲

……

秦故上卿兼黑冰台殿戈顿弱

秦故上卿兼黑冰台殿戈胡非子

秦故上卿兼黑冰台殿戈屈将子

秦故上卿兼黑冰台殿戈高何

……

王贲惊愕地凝望着那一个个名字，那些曾让自己感动，曾让自己振奋，曾让自己痛惜，曾让自己悲怆，甚或就曾在自己身边、与自己一同并肩而战过的名字，只觉巨大的悲怆与欣慰如同决堤的洪水般涌起，反反复复在心中搅动激荡着，轻而易举地将自己的胸口撕裂。

此时，皇帝的声音也在他的耳畔缓缓响起：

"这块石碑，乃是朕二十余年前亲政之际所立。当时朕痛惜于昔年商君、武安君两起冤案，故而在这太庙之中勒石，铭记历代功臣。二十余年来，庙堂每位重臣故去，朕都要在这影壁上亲手凿下他们的名字。这些人当中，有的背负冤屈、背负君王嫉恨死去；有的则去国还乡，不再为我大秦效命；也有的终生默默无闻，只隐身于暗处不为天下知；更不乏生前为政留下诸多瑕疵，甚或毁誉参半之人。然则在朕心中，只要为我大秦统一大业，为我大秦创设新政建下过不世功勋的，便都是功臣，纵然天下不知晓他们、忘却了他们，还有朕在这太庙深处，为他们留一个位置……"

皇帝的声音不疾不徐娓娓道来，如同在讲述一个久远的故事；与此同时，密林深处也遥遥传来了幽远深沉的回声，仿佛有人在窃窃低语。四周松柏林似乎开始旋转，百年岁月如渭水般奔腾流淌呼啸而来，彻底淹没了王贲，裹挟着他滔滔而去，一路逆流溯源而上。王贲一边在这道岁月的长河里中流击水、浪遏飞舟，一边看到那些被皇帝提到的名字，那些早该离散飘荡于天际的魂灵，一个个都回到了这里，回应着皇帝的召唤，尽数环绕在自己身边，使自己艰于视听呼吸。他张了张嘴，却是欲语无言；闭上眼睛，却是欲哭无泪，于是只能这般久久沉默着。

在那些数不胜数的魂灵中，他看到了一个熟悉的身影，一身百越人装束，纵然须发雪白却仍精神矍铄，沟壑纵横的脸上带着一丝淡淡笑意，默默注视着自己的目光中满怀着期冀与鼓励。

"阿翁……"王贲低声喃喃着，情不自禁地颤抖起来。

皇帝却是缓步绕到影壁背面，也不知触动了何等机关，一阵石槽滑动声便遥遥传来，重新来到王贲面前时，手中已多了一只铁锤和一根铁锥。

"将上将军名字，也刻上面吧。"

王贲丢下木杖接过两样物事，缓步来到影壁前，立在那长长一串名字的最后，左手的锥尖刺上了石面，右手的铁锤随即狠狠砸了上去。

"当——！"石屑纷飞。

"当！当！当！"一下又一下的凿石声，响彻了整个松柏林。

王贲的胸口如橐籥般剧烈起伏着，枯瘦的双臂双手青筋暴起，满头霜雪也在不住地瑟瑟抖动。额头已渗出涔涔汗水，眼角也落下了大滴泪水，他却一刻不停，仍在一下下挥动着手中的铁锤，只觉自己正在将父亲的魂灵一锤一锤地凿进这方石碑，只要没有凿完，自己便不能停下来，而父亲也不能得到真正安息。

不知过了多久，王贲终于完工了。望着石碑上那行新凿成的秦篆，他深深叹了口气，丢下铁锤，铁锥换到右手，沾满石屑的锋锐锥尖在左掌掌心划出一道长长伤口，一任渗出来的鲜血将左掌涂得殷红一片，然后猛然抵上了石碑，血、汗、泪混合在一起，缓缓淌过了那行新凿成的粗犷大字，将一个个秦篆涂得红亮一片——

秦故上将军，武成侯王翦！

3

王贲被皇帝亲自送回了频阳。

越过陵园入口的石坊，穿过长长甬道，王贲望见了父亲的坟冢，高高的封土坐东面西，百余步外另设有六座小冢，南北各三座，据说那里各自埋有六国图书，象征着父亲生前先后灭掉的六国。此时距下葬已过了半个月，围在封土前哭踊祭奠的人群稀疏了不少，然而王贲一眼望去，却看到了蒙武老叔的高大背影，震天的哭号分外响亮。

离着还有十几步远，迎面便是一股浓浓酒气袭来；来到老将军身边时，王贲看到他箕踞在地，身前竟是一字排开七八只酒桶，有三只已空了，他却还是一盏接一盏地喝着，还不时将酒水洒到自己面前的地上，淋得泥泞一片，就这样边喝边洒又喃喃自语：

"……老不死，这是猿酒，桀骏知你去了，在博邪山找了五日五夜，费尽千辛万苦给你觅来，你尝尝，尝尝！"

"……这是蜂蛹酒，安阳王派赵仲始送来！还有蛇酒，无诸驺摇献的！那帮撮鸟人不咋样，酒倒不错！"

"……还有椰酒！任嚣赵佗那南海郡，将士都以椰代酒，甜的！"

"……巴蜀竹叶青！知晓么？司马错将军当年最爱喝！常颁千里迢迢从蜀

地给你带的！”

……

“老叔。”王贲站在他身后，轻轻叫了一声。

蒙武缓缓扭过头。几日不见，老将军也瘦成了一条人干，通红的脸颊上满是泪痕，同样通红的鼻头上生满了酒糟，他直愣愣地望着王贲，片刻后才认出他是谁，张了张口想说什么，喉头却是猛然大动，呕出一股秽物，喷溅在王贲脚边，刺鼻的酒气和酸臭也陡然鼓荡开来。王贲皱起了眉，招呼远处遥遥侍立的两名仆役过来搀扶蒙武，蒙武却大叫说俺不走！俺要和老匹夫接着喝！王贲无奈，只得指使仆役把地上的秽物打扫干净，给老人的衣襟也擦拭一番，蒙武一任仆役们侍弄着自己，又举起了陶盏。王贲看他已是神志恍惚，情知说甚他也听不进去，只得一声长叹，拄着木杖转过身又笃笃走了。

“老匹夫，回不来了，再也回不来了……”身后又传来蒙武那古怪的哭号。

“王贲，随朕说说话。”皇帝在身后说道。

两人伫立在广阔陵园的一角，皇帝断断续续地说着闲话，王贲答得很少，更多时候只是默默听着，间或点点头。

“王贲，王老将军骤然病故，朕心下和你一样难受，目下几样铺排，想先讲给你听。其一，你受重伤后身体虚弱，怕是经不起操劳；目下又逢王老将军过世，是故朕准你暂且离职，在这频阳美原服丧休养，再派太医令夏无且照拂你。”

“谢陛下，陛下也莫太过操劳。王贲病好些，定会重回庙堂。”王贲憔悴的面容无比平静，甚或可以说木然。

“其二，朕欲使王离继承武成侯爵位。”

“……”王贲惊诧地望着皇帝，久久没有答话。

皇帝也目光炯炯地盯住了王贲：“王老将军与你两代名将，都为我大秦立下不世功勋，老将军未及享一日清福便这般去了，朕才想让王离替他承袭爵位，也算告慰老将军在天之灵。如此，你频阳王氏便是一门三侯，我大秦立国以来数百年，从未有第二家功臣享过这般荣耀，山东六国一样没有！此后待服丧期满，朕再将惟嬴嫁与王离，如何?”

沉吟了少顷，王贲摇摇头：“此子虽立过战功，然则远不够封侯。陛下若法外行赏，既坏法度，也害了此子，必会使他骄矜大长，却是不可，陛下莫再提此事。”

皇帝皱起了眉头，心下隐隐一阵不快，忽然想起多年前自己想把华阳公主嫁给王翦时，老将军也同样说了这么一句，心头一颤，只得长叹一声："若是这般，此事便暂缓，且待王离与惟嬴大婚之际再说。"

王贲点点头，没有吭声。

"还有一事，朕欲着手重建黑冰台。你为断令之时，黑冰台只能缉捕世族，却无权处置。此番却不一样，朕欲使黑冰台成为悬刀那般刺客门派，不必经过审讯，便可直接暗杀那些复辟贵胄！如何?"

王贲没有回答，目光中却透出无尽的惊疑，片刻之后才重又开了口："陛下若当真行此举，确能收一时功效。然则从此以后，秦政便不再是秦政，秦法也不再是秦法，秦国更不再是秦国，而是与山东六国别无二致。"

"何出此言?"皇帝心下一颤。

"一旦将黑冰台这般秘密力量用于国中，必将流毒无穷。若不经审讯、不依律法便能擅自杀人，黑冰台必将沦为当年赵国黑衣那般黑恶势力，使天下黔首人人自危!"

"王贲，你所言道理，朕也明白。"皇帝的嗓音不由自主打着战，王贲知道他在极力压抑着心头怒火，"然则你以为，朕便愿意坏法么? 被逼无奈耳！两害相权取其轻，朕决意密杀世族，也经了反复衡量。你当年领军之时便以武安君为榜样，甚或自己也曾决水灌大梁城，更有不久前坑杀儒生之举，自当懂得形势所迫之无奈。朕若重启黑冰台、暗杀老世族，固会引起一时动荡，固会使天下人心惶惶，然则只要能将复辟者尽数除掉，便可一劳永逸根除后患，更可震慑其余心怀不满之鼠辈，不值么? 未雨绸缪终究好过亡羊补牢!"

"此一时，彼一时!"王贲的语气也开始咄咄逼人了起来，"武安君坑杀降卒，臣水攻大梁，都是在两军阵前，面对的都是敌军，既是两军对垒，自然无所不用其极；坑儒之事也同是因儒生触法在先。而今面对的却是我大秦黔首，是要绕开秦法肆意密杀！陛下这不是未雨绸缪，是要铸大错!"

"王贲!"皇帝一声暴喝，死死盯住了太尉。

王贲的语气先前还颇为冷静，说到后面却渐渐激动起来："陛下，自商君变法以来，我秦国向来唯法是从。而今陛下欲不经法度肆意捕杀，便不啻六国那般人治，将彻底动摇秦政秦法之根基，危害远比世族复辟更甚！陛下忘了么? 灭赵之际，陛下密杀自己当年仇人，上将军如何规劝?"

皇帝不说话了，心头猛然回想起王翦那苍老的声音：

"法之不行，自上乱之……"

长久沉默后，他终于一声长长叹息："王贲，你，对……"

“尉缭子有云：武者，所以凌敌分死生也；文者，所以视利害、观安危也。兵之用文武，如响之应声，如影之随身也。天下一统后，臣武事之外也多掌文事，十余年来对秦政更颇多反思。对陛下这十余年来诸般作为，臣有几句肺腑之言相告。”

“说。”

“陛下统一天下，开万世新政，必当于青史之上留下煌煌一笔。其间虽也有过失，终究瑕不掩瑜；虽也有仇视秦政之复辟势力，也终究不成气候。臣敢断言，陛下无愧千古一帝。然则人无完人，陛下仍有几样缺失，若能尽数补正，则陛下便是无懈可击，秦政便是无懈可击。”

“哪几样?”

“其一，屡有坏法之举，势治太过，使秦法松动。陛下明察：这些年来种种事端，哪次不是因陛下坏法招致？陛下本当杀了高渐离，却饶他性命，结果招来此人行刺；秦法禁用方士，陛下却用了，结果方士害得陛下险在兰池宫送命；陛下破了秦法无功不封爵之成例，将孔鲋拜为文通君，结果他反倒与复辟世族串通一气；方才陛下还说要使王离破格继承爵位，还说要重建黑冰台、暗杀老世族……凡此种种，皆为坏法之举。”

“可朕当年赦了赵高死罪，也没灭项氏举族总未招致恶果……”皇帝喃喃道。

“陛下当知，秦法也有真正死穴，便是难以限制君权。秦法看似森严整肃，然其根基只维系在君王那一根独木之上。君王若奉法严明，秦法自然坚如磐石；可君王若肆意妄为，则秦法必定轰然倒塌，甚或成为君王倒行逆施之工具。”

皇帝沉思了片刻，却又摇摇头，重新侃侃而谈起来：“王贲，此话虽有道理，你却忽视了两事。其一，若依法度，你所言那般昏聩君王，极难真正登上皇位；其二，便是果真登上皇位，有其他忠心谋国之大臣辅政谏阻，也极难肆意妄为。我秦法历经六代七王打磨锤炼，已几近完善，为防昏君即位，自然也有王位传承之法度——只要不是内争夺权，历任秦王子嗣都须经庙堂大半臣工认同，方能真正被立为储君、即位为王。目下没有外人，朕可放开说话：以朕那最不成器的少子胡亥说事，便是他果真想自家登皇位，只要那些皇族元老、三公九卿恪守法度铁心反对，便决然无法成为二世皇帝；纵然成了皇帝，也决然无法随心所欲。”

“然则，若佞臣昏君同时在朝，却又如之奈何?”王贲平静问道。

“同时在朝?”皇帝皱眉反问了一句，又不解地笑了，“满朝三公九卿，谁非忠良，朝中何能有奸佞？……”

他陡然住口，顿觉王贲话中有话，然而王贲却转移了话题：“陛下，人云法家乃法、术、势三派，然就实而论，术治、势治皆大有危害。奉行术治，则国中必然人人自危，形同内耗；奉行势治，则必然形成君王独断，长此以往法度将荡然无存，二者实质仍是人治之变形。为我秦政绵长恒久，陛下还须奉行法治，弃绝势术，慎之戒之。”

“善，朕牢记于心，日后不会再有坏法之举了，你接着说。”

“陛下第二样缺失，便是忽视民生。臣曾听文通君指责过秦政，其余诸般骂辞多为道听途说或一己臆断，然则唯独这条没有说错。陛下与庙堂带领天下黔首建成那般功业，然黔首自身并未真正体会到秦政诸般好处，以致臣暗访田产兼并之时辄闻怨声，何也？便在陛下只顾一味创设大政，忽视了这最寻常之黔首生计。历来大政根基在民，只要黔首拥护秦政，我大秦便不会灭亡，我华夏族群之文明便不会断绝；然则若有朝一日，天下黔首抛却了庙堂，则大势便万万无可扭转。为防微杜渐，陛下当修正秦法，行轻徭薄役之策。”

“修正秦法？”

“目下之焚书坑儒，恰如当年长平坑杀，虽收一时之效，却也贻害甚烈，大伤元气，臣担心秦国又将如当年一样走入低谷。然则长平之后有文信侯主政，开始编纂《吕氏春秋》，着手修正秦法，终使秦国重新挺了过来，目下也当这般。须知世间从无一成不变之国政，若只认定秦法万世不移，不肯因时因势而变，那便成了儒家那般食古不化、抱残守缺，早晚必当僵死。以当今大势论之，坑儒之后，秦政又当变更。这数十年来，陛下与庙堂够忙碌了，天下黔首也够苦了，既如此，该将战时法治转为常态法治，行轻徭薄役、休养生息之政。”

“此事朕也应你，你接着说。”

“第三样缺失：迟迟未立储君，给皇位传承埋下隐患。皇长子纵有缺失，然其才具见识功勋人望，无不远超其他皇子，仍是储君不二人选，陛下不当太过苛责。以臣之见，若皇长子果真继位为二世，以蒙恬辅政，继续行法治大道，再行轻徭薄役、休养生息之政，则秦政必将永固！”

“朕，不是不想立扶苏为储。然扶苏与庙堂歧见尚在，朕又刚命他回九原，若没个由头，岂能随意再召他回来？”

皇帝负手悠悠转了几圈，抬眼望着远方天际：“来年吧。来年，朕再出巡一次，最后一次巡狩。此番，朕欲去江东，挖挖世族老根，再沿途宣示大政，换换说辞，多说说德政，为修补秦法预先吹风；两事办妥，朕便北上九原去见蒙恬扶苏，正式立他为储。如此几桩大事做完，朕便回咸阳了，哪也不去了……”

“惜乎臣却不能随行了……”

“你莫想那般多，好好静养，养好病，朕等你重返庙堂！”皇帝的笑声很是爽朗。

“谢陛下！”

皇帝的卤簿车队渐渐远去了，望着那条车马长龙缓缓向南驶去，王贲久久无言。

“断令。”身后传来了一个熟悉的声音。

“世间已无黑冰台，王贲也不再是断令了。”王贲没有回过头，自顾自地望着车马长龙消失在旷野尽头，“足下去意已决?”

“顿弱等人已死，多少与在下相关，县子硕心下有愧，此其一也；黑冰台已被遣散，我等继续为官也再无用处，此其二也；墨家不可能再见容于秦国，不可能再见容于庙堂，此其三也。”

“你等担心，再有焚书坑儒?”

“墨家自身安危尚在其次；首当其冲者，我等只奉本派学说，不听庙堂律令，极可能沦为以武犯禁之游侠，必有扰乱天下之隐患，齐墨不正是这般么?再者，数百年乱世间，我等秉持兼爱非攻之说周旋列国，天下一统后兵戈消弭，墨家非攻心愿既已达成，也便再无存世之必要。”

“然则，若天下再有动荡，墨家是否还会利剑出鞘，为国锄奸?”

县子硕笑了。

“若是十数年、数十年后，在下不敢断言；若只数年之内，我等秦墨或可一试。果真那时，不必太尉召唤，我等自当挺身而出。”

王贲转过身，向身后这数十名最后的秦墨深深一躬。

天色已晚，看到他们的身影也消失在暮色中，王贲转过身走向父亲的坟冢，此时诸多围在坟冢前哭踊祭奠的人群已经散去，高高的封土远远望去一片寂寥萧疏。

“太尉，太尉！”照拂蒙武的那两名仆役匆匆赶了过来，“太尉亲去劝劝吧，老将军从下午一直喝到方才，吐得到处都是，倒头要睡，我等想抬他走，他却大吵大闹不让碰，又不许我等近前……”

说话间，借着刚升起的一弯新月，王贲果然看到蒙武四仰八叉躺在遍地狼藉中，那些堆积如山的酒桶散落在他周围，已经全都空了。不由得叹口气，强忍着刺鼻酒气走到蒙武身前："老叔，醒醒，回屋睡。"

蒙武一动不动。

"老叔！"王贲拄着木杖弯下了身子，声音大了些。

蒙武仍是毫无反应，王贲心头陡然涌起不祥预感，伸手探探鼻息，却是猛然一个激灵！

"死了？"他惊愕地自言自语。

死了！老将军信守诺言，送回了老友遗体，自己也随他去了！

4

明媚的晨曦从宗庙窗棂中透入，照亮了王离的身影，他身着缁布采衣，脚上一双采履，头上梳着幼童才有的双紒，用一根横插于发顶的骨笄固定好，由骨笄垂下的头发则被一条叫作缅的黑色布帛束好。

王离一脸虔诚地垂着眼睛，正襟危坐在阼阶上，不知目下的自己该是何等模样，只觉一定很是可笑。

大父丧事完结后，皇长子已先行赶回了九原，尽管假还未满，王离却已归心似箭了，他并非不想在频阳多待几日、多陪陪阿翁，而是蒙恬将军和皇长子更让他放心不下。蒙武爷爷也莫名其妙故去后，蒙恬将军并未回咸阳来参加葬礼，而是继续留在九原防御匈奴，丧事都交给了留在咸阳的郎中令操持。王离想象得出，蒙恬将军心下悲痛肯定不比自己少，既然如此，自己更要早日回九原军中，尽力替他多分担些辛劳。他正要向阿翁提这话头，不料阿翁却先来找自己，说大父已入土为安，家中无事了，你还当尽早回军中；只是这几年来你一直戍守北疆，虽年过二十却未及加冠，此番好不容易归乡，莫再拖了，加冠再走。王离本想再问自己和惟嬴的婚事何时办，可一见父亲那不苟言笑的面容，再想大父刚去世不久，只能生生把话咽回了肚里。就这样，筮日、筮宾、约期、戒宾、设洗等诸般流程逐一走过，终是轮到了正礼。

——"始加！"

有司的喊声将王离的思绪拉了回来，头顶随之陡然一紧，王离可以感到那顶缁布冠被套在了发髻上，笄身随即从侧面插了进去。父亲粗重的嗓音也在宗庙中回荡开来：

令月吉日，始加元服，
弃尔幼字，顺尔成德。
寿考唯祺，介尔景福。
……

“再加——！”

吉月令辰，乃申尔服，
敬尔威仪，淑慎尔德。
眉寿万年，永受胡福。

此时的王离，已戴上了白鹿皮缝制的皮弁，身上衣着也换成了一身白缁布织成的素积（白衣、白裳），腰间是同样颜色的素韠与缁带，这标志着他已可从军了。望着白衣如雪的儿子，王贲一时竟颇有些恍惚：三十多年前，父亲也是在这里，为自己先后加上了三顶冠，此后自己便随他从军了；而今自己仍是在此，由加冠者变成了主宾，受冠者变成了儿子；自己已比当年的父亲还要苍老，父亲也不在了，所幸还有儿子，还和当年的自己一样英气勃勃……他颇有些感慨地叹了口气。

……

“三加——！”

王贲捧起第三顶也是最后一顶冠——外玄内红、坠有缁色纮带的爵弁，将它端正戴到了王离头上，第三次说出了祝词：

以岁之正，以月之令。
咸加尔服。兄弟具在，
以成厥德，黄老无疆，
受天之庆。

然后他捧起一柄佩剑递给儿子，王离双手接过，父子俩就这样对视了。

“碎崽子，大父看着你呢，莫让他与我失望。”太尉暗想着，看到儿子黑白分明的眸子中的坚定，不禁嘴角轻扬，极为罕见地露出了一丝无声笑意，他知道儿子已明白自己要对他说甚，也知道儿子对此的回答：

“阿离明白，阿翁放心！”

……

“阿离，随为父再去见见你大父。”

冠礼结束后的次日清晨，当王离已整装待发、牵出丹骎时，王贲对儿子说道。

王离丝毫不感意外，牵着丹骎跟在父亲身后，再度前往了陵园。

“阿离，知晓为甚带你来看大父么?”

“让阿离走之前，向大父道个别。”

王贲轻摇着满头白发：“不止于此。而今大父故去，为父怕也时日无多，我频阳王氏的将来，实则落到了你肩头。目下你已加冠，已算真正成人，更须惕厉自省。此番回九原之前，为父尚有一段话告诫你，你且仔细听着，记在心里。”

王离挺直了身子，静静等着父亲开口。

“……主不可以怒而兴师，将不可以愠而攻战。合于利而动，不合于利而止。怒可以复喜，愠可以复悦，亡国不可以复存，死者不可以复生。故明主慎之，良将警之。此，安国全军之道也。”王贲苍老的声音回荡在坟冢前，说不出的悠远。

“这是……《孙子兵法》?”

“也是武安君当年所言。武安君一生未尝一败，其不败之奥妙尽在于斯：为将领兵，当以大局评判为依据，绝不能只凭一时意气率性而为，否则必当覆军杀将。”

“怒可以复喜，愠可以复悦，亡国不可以复存，死者不可以复生……”王离反复念叨着这句话。

“你大父一生戎马，已然做到合利而动；为父虽多有不及，却也时刻将这句话铭记心头，你也当如是。记住，你虽立了些许战功，然则若想成天下名将，若想如武安君、如你大父那般，路却还远，还须经百般锤炼。频阳王氏传至你这辈，已是三代为将，孟子云君子之泽，五世而斩，你定慎之戒之。”

王离默默低下头、撩开袍袖，将袒露的左臂举到面前狠狠咬下，重新抬起头时，嘴角已挂上了一缕血丝，然后他将自己血肉模糊的左臂举到了父亲面前：“阿离啮臂立誓于此，父亲教诲阿离永铭于心，定然不堕王氏威风!”

“说到便要做到，为父等着看你实际作为。你且去吧，下次回来若能再立战功，为父便向皇帝提亲。”

王离赧然一笑，飞身上了丹骎，汗血马扬起前蹄，发出一阵欢快嘶鸣，也带来了他的高声呼喊：

“大父、阿翁，阿离去了！阿离也要和你等一样，做天下名将——!”

丹骎的马蹄声和嘶鸣声回荡在天地间，王离大口呼吸着清新的晨风，看到视野中的山峦溪流田畴房舍都在急速向后退去，情不自禁地高呼了起来。

远方的天边忽然现出一个小小红点，尽管根本看不清那是谁，王离心下却猛然涌起一阵狂喜。一眨眼工夫，丹骎便带他飞到了近前，他几乎没有勒住缰绳便飞身跃下了马背，快步狂奔了过去。

“惟嬴……”王离气喘吁吁叫道。

华阳公主静静看着他，眼睛亮亮的，脸颊两片绯红。

“惟嬴，你，你如何来了?”王离只觉心头的欢快如泉涌一般汩汩冒出。

华阳公主仍没有吭声，嘴角虽是紧紧抿着，却也是难以抑制的笑意，然后大出王离意料地猛扑了过来。王离猝不及防，也许是根本就不想提防，一下就被扑到了路旁浓密的草丛中。

“惟嬴，你……”

他的后半句已被公主温润的双唇堵住了，只能发出一阵呜呜声，温暖的芳香也随之淹没了他。突如其来的狂喜填满了整个心胸，若不是不能说话，他势必会放声大笑大叫；若不是被公主死死压在身下，他势必会一跃而起，发疯一样地在频阳的山野乡间狂奔不已。然而激烈的喘息和淋漓的汗水中，王离终于反败为胜了，衣甲不知何时都已被尽数褪下，他一骨碌便将公主压在自己赤裸的身下，也就势扯开了她的衣衫，赫然映入眼帘的一片反射着浓烈日光的雪白，只刺得他头晕目眩，强烈的欲火猛然笼罩了周身，他如同酩酊大醉一般不能自已，忘情地扑了上去，立即便感到她丰满的身体包裹了自己。尽管这是王离的第一次，他却觉不出有任何生涩懵懂，此时的感觉和他无数次骑在丹骎背上冲向匈奴人时一模一样，他冲锋，他猛攻，他迂回，他包抄，他撤退，他反扑，一遍又一遍，如同海浪一样周而复始。

……

正午的日光从头顶投下，浓密的金色草丛已恢复了寂静，只有丹骎默默伫立在远处，无声地嚼着枯黄的草叶。

“黑了，瘦了。”草丛中的华阳公主轻咬住下唇，低声笑道。

“虽是瘦了，却仍结实！不信再来!”王离喘着粗气道。

“小声！不怕招人过来么?”

“哪有人？只有丹骎……”

两人低声说笑着收拾起来，华阳公主动作快，转眼间便重又整肃依旧，只是仍有些面带红潮云鬓散乱，她眼看王离还在穿铠甲，伸手帮他披挂起来，看到铠甲上的绳结顿时兴奋了。

“公大夫爵！你已是裨将了?”

“出息了么？能娶你了么？”王离一脸神采飞扬。

华阳公主没有回答，却是粲然一笑，从怀中取出了那半块玉璧，王离也掏出了自己那半块，两人拼到一起，一块浑圆玉璧便展现在了他们面前。

“下次再回关中，我便让阿翁向皇帝提亲！”王离嘿嘿傻笑。

公主望向他的目光中满是期盼：“娶我自是行了，然则，你日后还须再立战功。”

“那是自然！冠礼之后，我已应了大父和阿翁，也要做他们那般名将！”

“你也终是真正成人了……”公主慨叹着，“字是甚？”

“明。王离，名离，字明。”

“好啊，离离之火，煌煌之明，都是大阳之象！但愿你我一生，也如你名字般红红火火轰轰烈烈；也如这山野般遍洒阳光！”

“一定，一定！”王离久久望着自己的未婚妻，一时间竟有些痴了。

湛蓝的天穹中没有一丝云朵，明媚的阳光洒落在频阳的山野乡间，也洒落在渐渐远去的一人一马身上。马背上的王离扭过头去，但见华阳公主已重新化作了一个小小红点，转眼间便看不见了，于是深吸口气，像不久前皇长子那般高声叫道：

“回九原，回九原——！”

他的叫声久久回荡在天地之间，一人一马很快融入了清晨的满天霞光。

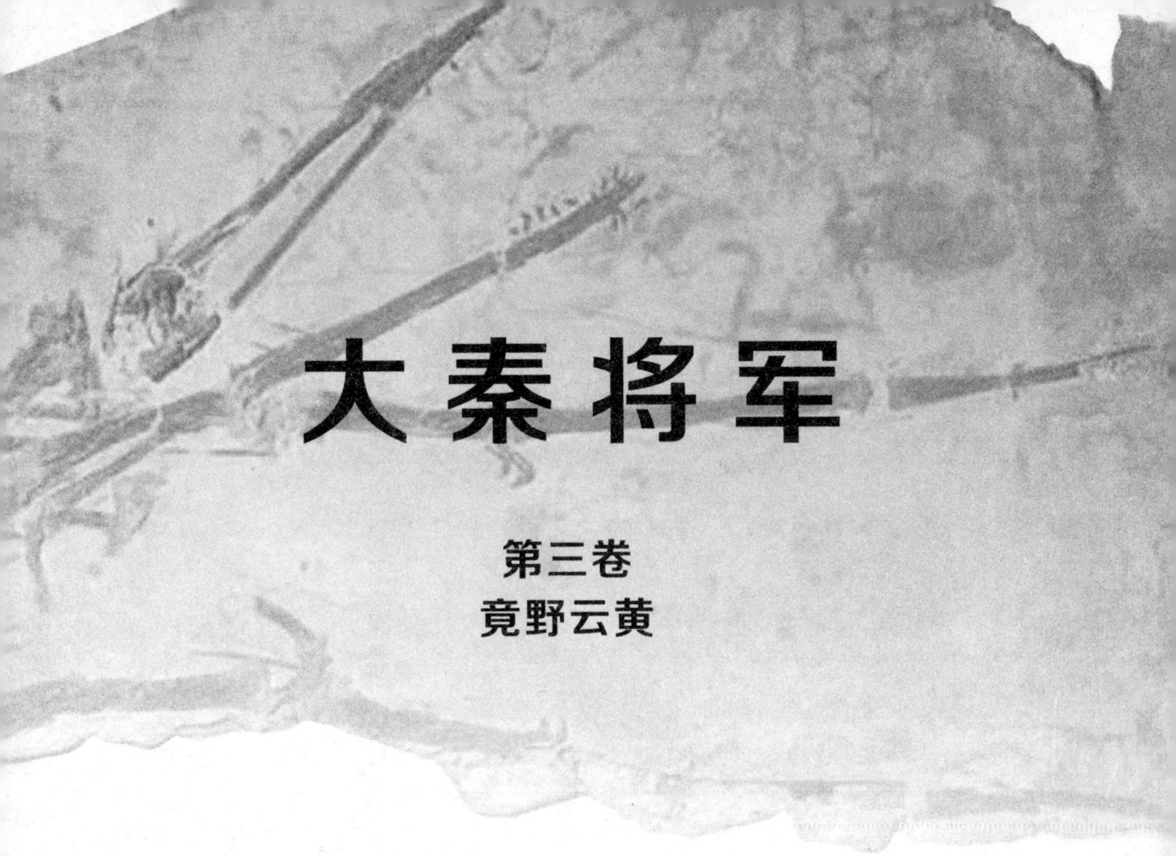

大秦将军

第三卷
竟野云黄

张述◎著

陕西出版传媒集团
太白文艺出版社

第一章 九原

1

公元前210年夏历七月丙寅日的深夜，暑热如同梦魇一般，死死笼罩在了巨鹿郡大陆泽畔的沙丘宫。

水天之间一片静谧，没有一缕夜风，没有一声虫鸣，就连茫茫一片的大陆泽也没有一丝波澜涟漪，平展如明镜一般，只有一弯清冷的月亮在水面投下了清晰倒影。这月光又透过连绵的宫殿高墙，被窗棂切割成为无数明暗交织的碎片，洒在寝宫之内，其中一片便投射到病榻上，照亮了皇帝的憔悴面容。

长明的灯火仍不知疲倦地跳动着，皇帝的病榻和那大被下的佝偻身体，却都已尽数消弭在了黑暗中；即使是被月光照亮的面容也极尽惨淡，任谁向那满是汗水的苍白面孔瞥上一眼都能看出，生命正在从那副衰老躯体中一点一滴地不断流逝。

这是始皇帝三十七年的盛夏，皇帝的第五次，也是最后一次大巡狩，即将进入最后一段旅途，而恰是此时，他终于病倒了。尽管整个车队没几人对他的病情真正知晓多少，更遑论敢说上一句，但皇帝心下明白，自己已难逃一劫。

半梦半醒的谵妄恍惚中，皇帝眼前不断浮现出各式景致，有时是自己幼时长大的邯郸故居，有时是咸阳北阪连绵的六国宫殿群落，有时是险峻的函谷关，有时是苍凉的河西高地，有时又仿佛是泰山之巅，自己正俯瞰着脚下帝国的广袤疆土……这些记忆的碎片纷至沓来又倏忽不见，然而其中一幅图画却越来越频繁地出现在梦中——湛蓝的天穹下，远处是连绵的青山，近处是茫茫的草原，雪白的穹庐、如云的牛羊星星点点散落其间，万里长城巨龙般绵延伸向天际，秦直道堑山堙谷直通千里之外的甘泉宫。当清晨的第一缕晨曦从群山背后升起，鲜红的朝霞涂满了天际时，微带凉意的晨风送来了悠扬的号角，一面黑色大纛迎风飘拂，上面那个斗大“蒙”字清晰可辨，大纛下则挺立着一老一少两名将军，齐齐望向自己的目光中充满了兴奋……

“九原……”皇帝在心底轻轻叫着。

一个格外刺眼的亮点出现在了天边，片刻后变成一个遍体通红的巨大火球，在天际划过一道火蛇般弯曲粗长的痕迹，皇帝惊愕地认出，那是坠落在东郡的那颗陨石，落地后曾被不知何人刻上“始皇帝死而地分”的字样，正在诧异之间，陨石却已越来越近，耀眼的光芒使他不由自主闭上了眼睛。

巨大的轰鸣在耳畔炸裂开来，皇帝再次睁开眼帘，却发现明亮的天穹绽开了一道巨大的裂缝，无穷的火雨纷纷坠落，阴山草原那一望无际的草海山峦长城直道，关中那连绵的宫殿楼宇城邑民居，同时都陷入了漫无边际的熊熊大火，一切都在滚滚热浪中扭曲变形，说不出的狰狞和诡异。伴随着一声木料碎裂的喀嚓巨响，皇帝看到那面“蒙”字大纛盘旋着翻滚着徐徐落下，迅速湮没在红色的浪潮之中……

“九原——！”情急之下，皇帝撕心裂肺地大叫着。

没有回答，一切都归于永久的沉寂。

……

“父皇！”

“陛下！”

久久的寂静中，皇帝听到耳畔两个声音同时喊道，它们一个脆亮一个尖细，却同样充满了惶急。

扶苏蒙恬么？不对，他俩还在九原，不是他们。朕本该亲往九原去见他二人，本该当着所有将士臣工的面，将扶苏真正立为储君；惜乎目下病情这般沉重，怕是再难赶路了；丞相也劝过朕下一道诏书，命他二人来见朕，朕却是多日昏睡，根本写不得这般诏书，这才延宕到目下。可若不是扶苏蒙恬，却又能是谁……

“父皇，你醒了么，醒了么？你看看儿臣！儿臣守在父皇身边！父皇何等的病痛，都有胡亥替你担着！……”那个脆亮的声音哭喊道。

呵，原来是朕那少子。此番巡狩，他求朕带他出巡，朕本不愿，架不住他软磨硬泡，终是答应了，碎崽子虽已加冠，又有赵高为老师教导，却仍懵懂混沌得如那总角小儿一般，目下难得这般孝心……

“陛下，赵高去将丞相请来，可否？”那个尖细的声音低声道，语气中满是惶惑和恭谨。

赵高，是赵高啊。朕在琅琊发了一次病后，遣蒙毅秘密赶回咸阳，本该蒙毅掌管的印玺便交赵高兼领。这多日来自己日夜昏睡，可只要偶有醒过来的片刻，都能听到赵高的声音，显是寸步不离朕的左右。说来也是，朕少时便和他一同在邯郸长大，他跟在朕身边四十余年，不知多少回救过朕的性命，也立下过不知多少功劳，虽说不如李斯，不如王氏蒙氏，可若非出身卑贱，若非身为内侍，若非自家甘愿侍奉朕，赵高又怎会仅是个中车府令？赵高，确是我大秦的能臣，确是朕的忠仆……

诸般幻象渐渐消失，皇帝感到自己的神智重又清明了起来，身体似乎也恢复了些许气力。不由得轻轻开口，多日来头回说出了一句清晰话语：“赵高，扶朕起来……”

“父皇！”

“陛下！”

胡亥和赵高的嗓音中都添了一丝惊喜，两人同时伸出手，将皇帝轻轻扶起，让他斜倚在榻上。皇帝微睁开眼，很自然地把目光投向窗外的月色：“这是，何处？不是平原津了？”

“陛下，这是沙丘宫。”赵高轻声道。

“沙丘宫……当年赵武灵王，可是死于此？朕当年掘孔子墓，那墓中谶语所言之沙丘，可是此处？”皇帝的目光中多了一丝迷惑。

“陛下，陛下！”赵高大惊失色。

皇帝疲惫地笑了：“怕个甚！朕想通了，既然终究不能长生，便须直面死事了。”

“父皇，郎中令不是回雍城还祷山川，为父皇祈福了么？父皇定能挺过去！”胡亥口中虽是这般说着，泪水却仍溢满了眼眶。

傻孩子，也只你以为郎中令是去还祷山川，随朕出巡的大臣们谁看不出，蒙毅是要将朕的病情密报二冯，随他们一同镇服咸阳。

皇帝这样想着，却并没有说出口，只是慈爱地抬起手，轻擦去了儿子眼角的泪水。

你阿兄扶苏，父皇怕是见不到了；你长姊惟嬴也远在咸阳，同样见不到了。好在总算还有你这碎崽子守在身边，朕还不算太孤单……

皇帝无奈地摇了摇头，只觉眼眶一阵酸涩，然而几乎是立刻便恢复了平静，心头开始盘算起立储善后的谋划：无论是自己去见扶苏蒙恬，还是将他二人召到眼前，都来不及了；自己能否挺过今夜，都是一个大大的未知；目下这片刻的清明，怕便是自己最后的回光返照了。既如此，自己唯一能做的，便是抓紧这最后时机，为扶苏写下一道遗诏。然则若仅凭一道遗诏，却难保扶苏顺利继位，须知以秦国历来的立储法度，都是庙堂大臣同皇族元老们公议，君王自家很难独断；况且扶苏与庙堂政见分歧尚在，果真自己独断传承，极可能引发庙堂乃至天下的不满，反倒会平添阻碍……无论如何，庙堂共议这道程式不能省却。既如此，不如这般写：仍由蒙恬领兵，扶苏回咸阳主持自己的国葬，再由他召集大臣及皇族元老，共同议决拥立二世！以扶苏多年来积累的巨大人望，秉持公心的三公九卿们不会不支持他即位，只要他们尽皆秉持公心，尽皆秉持公心……

心念及此，李斯的身影又幽灵般浮现在了心头，皇帝的目光陡然阴郁起来。

“陛下！赵高去请丞相前来，可否?”看到皇帝振作了些许，赵高大着胆子，将方才的请示又重复了一遍。

皇帝迟疑了一瞬，坚决地摇摇头，又转向自己的幼子：“胡亥，你且出去，将其他内侍侍女也带出寝宫，莫叫任何人进来，丞相也不行——赵高，你留下。”

眼见最后一名内侍也消失在了寝宫入口的黑暗中，皇帝闭目养神了片刻，积蓄起了些许力量，再度睁开眼时，目光中重又恢复了帝王的威严肃杀。

“赵高，朕欲写一道诏书，诏成之后，你须封存于符玺密室。朕若去了，即刻送往九原，送到皇长子手上……”

“赵高明白!”

“若有差池……”

“赵高九族俱灭!”

皇帝满意地点了点头，还不待开口，赵高已经一阵风般卷来了书案，毛笔朱砂白绢一应俱全，又小心将皇帝搀到了书案前。

毛笔轻轻滑动着，一个又一个鲜红秦篆落在了白绢上：

以，兵，属，蒙，恬……

手中的笔，正是当年蒙恬亲手制成的毛笔，他只做成了两支，一支给了自己，另一支给了李斯，想到这里，皇帝心头不禁涌起一阵悲欣交集的酸涩和温暖：蒙恬，你我相知数十年，虽为君臣实同挚友，而今，朕先走一步了，帝国的将来，便交给扶苏和你了，朕信得过你等，只要你等接过这副重担，必将比朕做得更好……

与，丧，会，咸，阳，而，葬……

扶苏，父皇的后事，你都能办好吧。

想起皇长子，皇帝心下隐隐泛起了一丝愧疚。入九原军多年，扶苏的优秀天下有目共睹，以致获得了“刚毅武勇，信人奋士”的口碑，分明是几近完美的储君人选，自己却如何延宕到目下，还不明确立他为储？是了是了，之所以如此，是因庙堂议决坑儒之时，扶苏劝自己放过儒生们，自己一时暴怒，一道诏书将他贬回了九原……可细细回想起来，自己果真就对么？扶苏果真就错么？便是扶苏果有错处，值得对他那般重罚么？那段时日，自己若能克制住怒火，备细与他讲述坑儒的必要，以扶苏的明锐，焉知不会幡然醒悟？太尉后来不就是这般做的么？扶苏听了，不是再无怨言了么？

不期然间，皇帝的耳畔又响起了太尉王贲的声音：

“……以臣之见，若皇长子果真继位为二世，以蒙恬辅政，继续行法治大道，再行轻徭薄役、休养生息之政，则秦政必将永固！”

王贲，你没说错，迟迟不立储，确是朕的一大错失。朕虽是听了你的话，然则看自家病情，此番却还是晚了。上苍给了朕足足三十年，朕却一再错过，目下已时日无多，若再有闪失，身后事怕也真要如赵武灵王一般混乱了……偏生此时，那些既让朕放心又能独当一面的重臣，全都不在身边：二冯与蒙毅都在咸阳，防备肘腋之乱；扶苏蒙恬都在九原，怕是连朕的病情都不知晓；王老将军与你王贲，你父子二人，也是一个早早撒手去了，一个留在频阳养息，也不知你伤势病情可好些否？你等父子只要有一个还在，哪怕不在朕的身边，朕都可以放心去了。是也，你王氏还有王离，碎崽子虽还年轻，青涩了些许，可若假以时日多加锤炼，定不会堕你王氏威风，他当与蒙恬一样，共同成为扶苏的左右臂膀。他与惟嬴本就两情相悦，惟嬴也老大不小了，朕若能重回咸阳，第一事便是立扶苏为储，第二事便是将惟嬴嫁与王离……

“……会同大臣元老，议立二世皇帝。”

剧烈的头痛打断了皇帝正要写下的这句话，突如其来的眩晕使他直挺挺向后倒去，手中的大笔也随之跌落在地；与此同时喉头一甜，他陡然喷出了一口温热咸腥的鲜血。

“陛下！”一旁侍立的赵高连忙扑了过去，一把揽住皇帝枯瘦的身躯，手也猛然掐上了人中。

皇帝缓缓睁开眼，双目已是一片血红，周身如风中的枯叶般剧烈颤抖着，他伸出颤巍巍的右手，目光投向那杆摔落在地的大笔，赵高刚要转身拾笔递他手上，却猛然感到自己的臂膀被攥住了。

“诏书，一定要送到九原……”皇帝痉挛的右手死死抓住赵高的胳膊，力气大得惊人，仍然挂着血丝的嘴角艰难地一张一翕着。

“陛下放心，陛下放心！”看到皇帝临终前的惨相，赵高登时痛哭流涕。

“送到，九原……”皇帝的声音渐渐低沉下来。

“记住了，记住了！……”赵高流着泪拼命点头。

皇帝仰起头，极力分辨着方向，不期然间，他从窗棂一角的夜色中辨认出了北辰，于是向着它伸出了自己干枯的手臂，仿佛想要抓住什么物事。在这人生的最后一个瞬间，他的目光穿越了窗棂，穿越了沙丘宫高高的宫墙，疾速飞过万水千山，终于看到了那片远在数千里之遥的土地，那是最后一次巡狩的预定终点，也是他人生的预定终点。在那里，皇帝仿佛看到了壮阔广袤的阴山大草原，看到了天下最巍峨雄伟的长城和秦直道，看到了那承担着整个帝国安危的三十万九原军，看到了他几十年的兄弟蒙恬，看到了他的皇长子、未来的秦二世扶苏……在那一方他从未去过却又魂牵梦萦的土地上，他看到了他帝国的未来。

“九原！”皇帝血红的双目陡然放射出凌厉的光芒，面孔已完全扭曲，语气也随着剧烈喘息变得断断续续，“记住，九原！……”

赵高已经哽咽得说不出话了，只能哭泣着连连点头。尽管如此，皇帝却仍没有放心，他再次挺直了身子，用尽全身力气，喊出了自己最后的遗言：

“九原——！”

2

“九原！……”

撕心裂肺的长号穿透了沉沉暮色与茫茫大雨，半梦半醒的王离陡然睁开眼睛“呼”的一声坐起来，大口大口地喘息着，额头已满是涔涔汗水。

是梦吧，该是梦。可梦中的一切如何这般清晰，仿佛自己身临其境一般?

王离抬起手，轻擦去额头的汗水，只觉身子不由自主地颤抖着，上下牙也不住打着战。他抱住头，方才梦中那各种各样的声音同时涌上心头，在耳畔不住回荡着：

“前至沙丘当灭亡……”

“始皇帝死而地分……”

“阿房阿房，亡始皇……”

“渭水不洗，口赋起……”

“亡秦者胡也……”

“东南有天子气……”

“楚虽三户，亡秦必楚……”

……

在这些形形色色的声音中，王离分明听到了一个女人般的嗓音，那是当年自己赶回咸阳时，在华阴县平舒道见到的那个阴影的声音，他仿佛看到他幽灵一般伫立在自己的床前，面孔隐藏在黑暗中，只有一双眸子如暗夜中的寒星般闪烁着点点光亮；他仿佛听到銮铃的清脆响动声中，他轻声说道：

“今年祖龙死……”

王离闭上眼，梦中的那一幕幕画面重又浮现在了心头：那颗去岁坠落到东郡的陨石不知何故重又从天而落，伴随它的是遮天盖地的火雨纷纷降下，形形色色的魑魅魍魉横行人间，无数鲜血汇集成的海浪，如同上古洪荒的大水般涤荡席卷了整个天下……到处是杀戮，到处是毁灭，种种景象远甚于他亲身经历、亲眼目睹过的任何一场惨烈大战。

那一幕幕惨景中，最后凝固在记忆中的，还是皇帝临终时的景象，王离仿佛看到他直挺挺地倒在榻上，颤抖的灯火在那扭曲变形的脸颊上透出变幻不定的古怪映像。他的脸色已变成铁青，嘴角、须髯和前胸都已被鲜血染红，中车府令赵高和少子胡亥久久伏在他的身上恸哭着，却始终无法阻止那具躯体逐渐冰冷，只有那双眼睛，那双仍然放射出凌厉光芒的眼睛，依旧死死望向北方，望向自己所在的九原……

自然，还有那一声撕心裂肺的长号，久久回荡在耳畔：

“九原！……”

一声粗重的喘息，王离睁开眼睛，竭力想要摆脱这沉甸甸压在心头的噩梦。

他环顾四周，看到一切都没变，仍旧是熟悉的军床，熟悉的军帐。无尽的黑暗中，只有道道电光不时透过军帐，偶尔照出帐中各色甲胄兵刃的轮廓；他再侧耳倾听，只能听到暴风骤雨的肆虐，滚滚沉雷的轰鸣，偶有牛马牲畜不安的嘶鸣夹杂其间。

蹒跚着下了军床，王离胡乱披上战袍来到军帐门口。刚撩开帐帘，一阵夹杂着雨点的疾风便将他猛然推挤得倒退了两步，军帐入口的毡毯帐帘连同他全身上下，陡然变得湿漉漉一片。

王离没有退缩，依旧双手揪住帐帘大步上前，向着帐外连绵的营地放眼望去，一颗心不禁扑扑跳起来。

幽暗的天穹不时掠过道道闪电，在重重叠叠的云层中镌刻出各种狰狞怪诞的纹路，也照亮了天地间那诡奇又瑰丽的一幕。茫茫暴雨织成一片厚重雨帘，紧紧包裹住了连绵的阴山、形形色色的军帐、巨龙般逶迤的万里长城和壮阔笔直的秦直道。肆虐的风暴卷来了暗潮般的雨水，卷走了无数草木和枝叶，连绵军帐前的串串风灯不见了，一团团的篝火不见了，就连阴山脚下幕府行辕那彻夜不熄的长明灯火都不见了，举目四望，只能看到一片令人胆寒的黑暗，只能看到一片使人心悸的混沌。眼前的景致使王离想起传说中的那片大海，那里的天穹永远幽暗凄迷，那里的海面永远汹涌澎湃，那里永远是暗夜和严冬，那里永远没有阳光和生机。

狂风暴雨中的阴山草原，分明变成了极北苦寒之地的北溟。

尽管营地尚无意外，王离却仍不能安心，他返回帐中穿好战袍佩好长剑，又披上蓑衣戴上竹笠，冒着风雨出了军帐。眼见自己的几名侍卫仍坚守在岗，他赞许地向他们点头，褒扬了几句，又摸索着绕到军帐后面，刚接近马厩便听到丹骎一连串的响鼻，声音中充满了不安。

虽是心下诧异，王离却仍缓步上前伸出双手，试图搂住自己坐骑的脖颈，使它安静些许；然而恰在此时，又一道闪电划过了天幕，丹骎竟是突兀人立而起，一双前蹄险些将王离踢个跟头！

多年驯顺的坐骑竟会这般一反常态，这让王离万万没有想到，他虽未被踢倒在遍地泥水中，却也着实大吃一惊，忙一把扯住了它的缰绳。

这时，他听到身后的远方遥遥传来了一阵沉闷巨响。

那不是久久翻滚的雷声，而是类似山洪暴发的响动，王离急急扭头，借着又一道电光依稀看清，远方那条巨龙般的万里长城，陡然崩裂开了一个巨大的缺口！

——长城崩塌了！

“不好！”王离大惊失色，未及多想便飞身跳上了丹骎的脊背，骨笛声随即刺穿了茫茫雨幕，回荡在了九原大军的营地上空。

黎明时分，暴风雨终于止歇了。

忙碌了一夜的工匠民夫们伫立在遍地泥水中，人人都因冻饿疲惫而面色发白，望着破损的长城墙身愣怔着出神。据在场幸存的工匠们报说，昨夜的暴风雨中，一道霹雳化作了一个巨大火团，猛然坠落在即将竣工的长城城垣上，只听一声撼天动地的巨响，砖石夯土混合着雨水骤然汇成了泥石流，呼啸着从天而降，瞬间淹没了长城脚下的十数顶帐篷，吞噬了近百名沉睡中的民夫工匠，整个营地顿时大乱了起来；尽管裨将王离及时赶到，率领着士卒们奋力营救了大半夜，可那些民夫工匠们休说活口，便是连一具尸体都没能找到，近百条性命就这样烟消云散了，仿佛从未在世间存活过一般，只有城垣上开裂的那道巨大缺口依旧触目惊心地展现在所有人面前，森森然昭示着昨夜那一幕的惨绝人寰。

“询问死难弟兄的姓名籍贯爵位，登录造册后一并报蒙将军，以便抚恤家人。”王离在没膝的泥水中艰难跋涉着，声音也低沉了不少。

“诺。”一旁的军吏应道，双腿将泥水蹚得哗啦啦直响。

“重新调集人力修补缺口。民夫工匠已多有怨言，若不尽快建成长城、遣返民力，日久不知会生何等事端。”

“诺。”

“……告知所有人，以后宿营尽量远离长城，在高处扎营。”片刻的思忖之后，王离又补上了这一句。

看到军吏第三次应了声“诺”，王离也点头示意，然后走向民夫工匠们的那片营地，想对他们抚慰上几句。然而当他走近其中一座大帐时，一阵嘶哑低沉的歌声便遥遥传来：

生男慎勿举，
生女哺用脯。
不见长城下，
尸骸相支柱！
……

王离收住了脚步，屏住呼吸，静静听着帐中的低声议论。

“昨夜那暴雨，定是上苍怜悯我等落的泪！”一个粗重的声音道。

“连上苍都动容了，庙堂却仍旧压榨民力，不知这鸟徭役何时止歇?”另一人叹息道。

“快了，快了。”第三个人轻声道，“万里长城不是就快合龙了么? 只要一竣工，我等便能归乡了！而今庙堂毕竟清明，皇帝也毕竟是雄主，绝不致逼得黔首活不下去!”

“怕是没那等好事！便是长城修完了，莫忘了还有直道！还有那阿房宫与骊山陵！我等仍不得轻闲!”

“娘的，果真没活路了么……”大帐中响起此起彼伏的叹息。

“你等听过那孟姜女之事么?”片刻的沉默后，又一人重新开了口。

“知晓知晓!”足有三四个人同时叫道，“若此事当真，昨夜长城崩塌，岂不正应了这传闻么?”

“莫乱讲!”一个苍老的声音满是不快，“这孟姜女乃春秋之时的传言，她那夫君也不叫万喜良，却叫范杞梁，乃是齐国将军；孟姜女哭塌的长城，也非我等修的秦长城，却是齐长城。这般传言，定是书生从史书里摘出来，改头换面编派到当今，用来诽谤秦政的!”

“原来如此……”大帐中一片恍然大悟。

“莫说了莫说了！凡忧者，皆须得酒而解，我等以酒灌之了!”苍老的声音呵呵笑道，“来来来，喝酒喝酒，老夫偷藏的马奶子，只此一囊了!”

这一句显然使帐内活跃了不少，民夫们重又说笑了起来。陶盏碰撞的声音、酒水倾倒的声音混杂在一起，浓浓酒气也随之弥散开来。

王离没有再向那座大帐前进，而是重又转身走向长城，步伐和心情一样沉重，脸色则和灰蒙蒙的天穹一样阴郁。

自频阳返回九原到目下，已将近两年了。两年来九原军虽是无战，军务却并不少，单是长城秦直道这两大工程就足够整个幕府忙碌，两年下来，近百万民夫工匠们日夜辛苦劳作，不知伤亡了多少人，终是将长城大体修好了；秦直道虽未全数修完，大半路段却也可通行，只要再奋战个一年半载，完工并非难事。到那时，万千黔首终可归乡了，只要没有大的战事，自己也当能回趟咸阳，再顺道回频阳老家看看父亲，那时皇帝和父亲，该当能答应自己与惟嬴的婚事了……想到这里，华阳公主的面容随之浮现在了眼前，王离情不自禁笑了笑，右手不由自主地按在胸口，隔着战袍按住了那挂在胸口的半块玉璧，心底也随之泛起一丝甜蜜。

然而这甜蜜仅是转瞬即逝，想起父亲，王离心绪又沉重了起来。刚回九原那段日子，他每月都要给父亲写一封家书，一则报告军务，二则问讯父亲身体与家中诸般景况，可往往是送出两三封家书，父亲才回一封，语句也历来极是简练，常是三五句话便打发了自己。王离明白，父亲一则不想让自己分心，二则也确是因他不爱与旁人多说这些琐细闲话，哪怕是自己这个儿子，无奈之下只得转给母亲写信。阿媪的回信倒是详细了许多，可看她的描述，王离更是放心不下：阿翁病情一日重似一日，连走动都很是艰难，却终日守在大父坟冢前沉思着，两年下来已是瘦骨嶙峋极尽憔悴，怕是只能撑得一时是一时了……阿翁这般病重，偏生自己人又在九原，不能赶回去尽孝，却是情何以堪?

王离大体能猜出，父亲牵挂的究竟是甚——和自己一样，他也在忧心天下局势。两年间，尽管复辟暗潮已大大蛰伏，可各地谣言反而更加层出不穷，当年自己亲耳听到的那句“今年祖龙死”，早已不知何时传遍了天下；去岁夜空中又出现了荧惑守心的异象——荧惑（火星）停留了在心宿位置，久久不肯离开，星象家都说这一天象预示着中原将有大劫难；最令人难以置信的是，荧惑守心刚完，又有一颗陨石夜深之际坠落到了东郡，翌日有黔首过去看时，竟发现陨石已被人凿掉了一大块，石面上还刻了一行大字：始皇帝死而地分！奉命前去查勘的御史逐一讯问周遭民户，却是全无线索，只得依据连坐之法，将那些黔首全数斩首……除了这几事外，还有那“东南有天子气”的传言，还有那孔子墓中的谶语，更不用说早些年那方“亡秦者胡也”的石刻……

凡此种种，无一不让王离心绪难宁。王离很是清楚，若仅只复辟世族们编造出的几则流言，那便无须太过在意，父亲任太尉后几次大规模惩治，复辟贵胄已远不成气候，只要大局稳定，绝无可能掀起风浪。让王离担忧的，还是天下黔首的民心，父亲对自己讲过，蒙将军也对自己讲过，皇长子同样对自己讲过，自古大政根基在野不在朝、在民不在官，只要万千黔首拥护秦政，秦政便绝无败亡之理。然则数年下来，黔首们也开始生发出诸多怨言了，若再不及时调整国策、实行宽政，大秦的根基怕是真要开始动摇了。尽管父亲早在两年前便向皇帝提过此事，可两年来皇帝和咸阳庙堂仍没能更改国策，或者不如说，尚未来得及更改，毕竟长城与秦直道都是国之命脉，断然不能半途而废，看目下这局势，庙堂纵然有心休养生息，也只能硬着头皮将这两大工程全数修完再做计较，然则那时，天下会不会更加民怨沸腾，以致大局无可挽回? ……

大势这般严峻，也难怪父亲终日忧思了。

“将军！蒙将军有请!”

军吏的声音拉回了王离的思绪，恰在此时，一阵冷风迎面拂过，一滴冰水也随之滴到了脸上，他猝不及防打了个寒战，不由自主地抬起头，望向山雨欲来的天穹。

“又要下雨了么?”王离喃喃自语道，不由自主加快了脚步。

3

中军幕府中，九原将军蒙恬盯着书案上密密麻麻排开的十数条细长木牍，久久枯坐着。

这些木牍，是近一年来那些国事快报的汇总，由胞弟蒙毅定期发来，上面无一例外记载着皇帝此次大巡狩的行程。蒙恬从这些书信中得知，皇帝在十月岁首之际自咸阳动身，随行几名大臣是左丞相李斯、郎中令蒙毅、奉常胡毋敬、卫尉杨端和，右丞相冯去疾、御史大夫冯劫则留守咸阳，负责处置惯常政务。皇帝的庞大卤簿一路向南抵达云梦泽，又东经江南地沿海折向北方，再度来到琅琊时，不期然与出海多年的徐福重逢了，皇帝并未因焚书坑儒之事问罪于这位方士首领，而是再度给了他大笔财货与数千童男童女，命他继续为自己出海求仙……手头的最后一封书信，正是由琅琊发来的，蒙毅在书信结尾含混写道，皇帝日前发了一次病，遣自己赶赴关中、还祷山川，日后便由兼领符玺的中车府令赵高接替自己，继续向天下昭告巡狩行程。这封书信还是五月发出的，两个多月过去了，再没有任何只言片语传到九原；可恰在昨日，新调到上郡的老将杨翁子突然快马急报，说巡狩车队已过了河西高地，沿秦直道一路南下，抵达了云阳甘泉宫!

杨翁子说，自己的族弟杨端和作为整支巡狩队伍先导，已于旬日前同自己接洽，说目下皇帝病重，须兼程赶回咸阳，为免波折便不再召见沿途郡守县令，你等只需在沿途驿站备好诸般粮草即可。杨翁子大惑不解，说自己虽统领上郡兵马，却仍归九原将军辖制，如此大事不报九原将军么?杨端和却是吞吞吐吐，只说莫报蒙公了，兄只知会郡守与郡内县令便是。杨翁子还想再问，杨端和已正色道，此事莫再多问，兄只管照办便是。杨翁子虽从族弟的神色间察觉出诸多异常，可见他手中诏令确是盖着皇帝印玺，诸般手续更是齐备，自己再问显然多事，只得不吭声了。可送走族弟后他偏生想起，上郡囤积的粮草只能勉强够郡中自用，尽数供给巡狩车队后，自家便一点不剩了，倒是九原郡毗邻河西高地，郡中粮草尚算丰厚，又兼秦直道修了大半，运粮极是便利。万般无奈之下，他送走巡狩车队后还是将前后事由尽数报告蒙恬，向他借粮了……

蒙恬抬手按住了额角，一团疑云在心底郁积得越来越厚重：皇帝病情竟那般严重了么？在琅琊第一次发病后，皇帝遣蒙毅回关中，名义上虽是还祷山川，可蒙恬一眼便看出这不过是示形障眼之法：若纯然是祈福之类事由，奉常胡毋敬岂不更加适合？身为枢要大臣，蒙毅又岂能因这等缥缈事由离开皇帝身边？尽管胞弟没提过一句自己肩负的使命，但蒙恬仍能猜出，他必是要回咸阳安稳朝局！

可若果真这般，那便再度证实了皇帝病情的严重。

顺着这条线理下去，蒙恬更加心神不宁：皇帝若在齐地已然病重，合理路线便是沿燕齐驰道折返回关中，可令自己意想不到的是，卤簿车队竟突然出现在了上郡，走上了秦直道！若是这般，皇帝的巡狩路线必是由齐地折向西北，连过济水、大河、洹水、漳水，经巨鹿、恒山、太原三郡抵达上郡，这条路线荒僻艰险，却是自齐地来九原的必经之路，完全可以断定，皇帝就是要来见自己与扶苏！若已然病重，却还是那般克难克险前来九原，这能说明甚？定然是皇帝自觉时日无多，想要立储善后！

然而，当巡狩车队终于抵达上郡、即将踏上秦直道时，却又如何突然南下折返咸阳了？皇帝费尽千辛万苦，如何咫尺间又与自己擦肩而过了？纵然咸阳突然生变，需皇帝尽快赶回，他也当召自己与扶苏南下，至少也当发来诏书说明境况；纵然皇帝一时病重昏迷，守在他身边的丞相李斯难道也没任何说辞么？整个大巡狩的车队，对自己这个手握重兵的大将、对扶苏这个最可能的未来储君，如何突然不闻不问、听之任之了？

蓦然间，一个可怕的念头陡然涌上心头：皇帝已经……

一阵眩晕猛然袭来，蒙恬只觉眼前一黑，忙伸出双手撑住身前的书案。

“蒙公，撑住！”一个年轻的焦急嗓音在耳畔响起，两只有力的大手也扶上了肩膀，蒙恬这才一声叹息缓了过来，轻轻睁眼，看到了皇长子扶苏的一双泪眼。

“此事疑云重重，皇长子宁不欲亲见陛下一面？”

“去，自然要去！扶苏不亲见父皇，决然不能安心！只是……”扶苏说到这里突然打住，片刻沉默后发出一声愤懑的长叹，轻拭去了眼角的泪水。

望着皇长子的一脸踌躇，蒙恬不易察觉地皱起了眉。和两年前相比，除却因忙碌军务而黑瘦憔悴了些许，扶苏外貌并无多大变化，为人处世同样无多大变化，可蒙恬还是注意到，皇长子眉宇间添了一缕忧思。他没了往日的飞扬明锐，举手投足间不觉多了一种沉郁内敛，可这并非久经战场磨炼的稳健沉雄，却是骤遇挫折之后的颓丧消沉。蒙恬始终也想不通，皇帝虽将扶苏贬回九原，可仍命他为监军，应该说此中意思很是清楚——既向天下表明，庙堂反复辟的大政方略不会有所改变，同时也更表明，对皇长子的信任并未动摇，以扶苏的明锐，不可能体会不出皇帝的苦心，可他如何还是这般郁郁寡欢？即便是方才自己向他说出了心底的担心，他纵然忘形失态地大吼着不会决然不会父皇一定没事，却还是只在军帐中焦急地团团转，竟想不到要亲去甘泉宫求见父皇……

——“蒙公，扶苏自然想去，然则心下却有两忧。”扶苏的一声长长叹息将蒙恬思绪拉了回来，“其一，忧心天下口舌非议。蒙公也知，父皇近年来多有坏法之举，太尉也曾劝谏过，若扶苏并未奉诏便贸然求见，父皇纵肯见我，天下人却又将如何看待父皇，如何看待秦政？岂不又使秦政再次松动么？”

“其二呢？”

“其二，此事不能再牵连蒙公。我大秦两大军旅世家，蒙氏王氏，都是三代为将，而今两位老将军都去了，太尉又是重病在身，王离还欠火候，天下名将唯余蒙公一人，不能再有闪失了，蒙公纵然不为自身，也要为三十万九原军思量，也要为大秦社稷江山思量！”

“老臣已有谋划。”蒙恬的回答极尽简洁，不等扶苏说话，走出幕府一声高叫：“请王将军进来！”

片刻之间，一阵嗵嗵脚步声混杂着水花四溅声急速传来，王离一头闯入了幕府行辕中，颇有些烦躁地朗声高叫：“蒙将军，我……”

看到蒙公和皇长子同样阴沉的面容，他陡然打住了话头。

蒙恬盯住不知所措的王离，语气前所未有的凝重：“王离，目下有一重大使命，须你亲去办理……”

朝阳初升，大草原的尽头，壮阔的秦直道向正南方伸展得无边无际。

遥望着这条笔直如矢堑山堙谷的大道，跨在丹骎背上的王离任由思绪飘飞着。尽管各段路尚未完全连接到一起，整条直道却仍大有气象，由此一路向南，以丹骎脚程，疾驰上四五日便可抵达关中，父亲在那里，阿媪在那里，惟嬴也在那里，见上他们一面并非难事，可自己终究重任在肩，赶到甘泉宫后便须立即折返回来，只怕不及见他们了；更何况，王离也明白此番自己肩负的重任有何等紧要。

蒙公并未对自己有半点儿隐瞒，备细讲了种种疑点和自家担忧，王离至今还记得，猛听到皇帝可能薨去的消息时，自己吓得大气都不敢喘一声，蒙将军越说自己越觉脊背发凉，那一夜梦中的种种景象一同涌上了心头。说到最后，蒙将军讲出了自己的谋划：一方面，以禀报长城竣工为名，由自己出面去求见皇帝，探视病情，请皇帝早日北上九原巡视边防；另一方面，皇长子以督导粮草之名自九原来到上郡阳周城，同杨翁子将军会合，随时做好南下准备。王离明白蒙将军的心思：频阳王氏三代为将，深得陛下信任，自己也同样很得陛下照拂，只要陛下还健在，只要并未神志昏乱，闻听自己求见便断无拒绝之理，而只要能亲见陛下一面，无数疑团都可迎刃而解！

除此之外，蒙将军思虑周全，又留了后手：一旦主事大臣百般推脱，不肯让自己见皇帝，则马上便是连环谋划——自己遣飞骑回上郡报信，同时守定甘泉宫，皇长子蒙将军接报后也亲来探视皇帝病情，无论何人阻挡，都要硬闯进宫面见皇帝！

自然，这些都是为防万一之举，无论王离自己还是皇长子，甚或蒙将军本人，都不愿这般，又不得不这般。眼见一切准备都已就绪，自己明日便要上路了。无论如何，都只能看此番出使的结果了……

心念及此，王离扭头转向身后的蒙恬和扶苏：“将军、监军，王离去了。”

扶苏拱了拱手：“王离，多有辛劳了。”

“记住，一定要见到皇帝。”蒙恬同样拱了拱手，似乎欲言又止。

王离还了一礼，看到蒙公的目光时，他已明白了他那并未说出口的意思——活要见人，死要见尸。

4

自九原出发后的第三日，王离赶到了甘泉宫。

这片行宫位于云阳县西北八十里的甘泉山上，既是秦直道的起点，又距咸阳颇近；又因是建在山巅，夏日里此地极尽凉爽清幽，实是避暑的上佳去处，此时正是盛夏，皇帝卤簿在此驻扎也再合适不过。

只不过赶到甘泉山下时，王离察觉出了些许异样。

甘泉山下黑压压的车马仪仗行营遥遥可见了，王离曾亲身参加过大巡狩，对皇帝卤簿极是熟悉，只远远瞥去一眼便知确是皇帝行营无疑，一时振奋中又大是忐忑，既盼着早日揭开谜底，又怕那谜底当真是自己最不愿见到的。

号角的呜咽声中，前面的行营中闪出一队飞骑，向王离马队奔来，当先一名百将高叫了一声“来者何人”，却是带着浓重的鼻音。

“九原军裨将王离！奉九原将军、监军皇长子之命，禀报长城竣工之事！”

“王离?!”那名百将声音中透着惊喜，转眼便赶到了面前。

“骆甲?”看清对方面貌时，王离同样又惊又喜，这骆甲也是当年和自己同一批的郎中之一，两人彼此也还相熟，与他稍事寒暄了两句便表明了自家来意，骆甲则遣骑士飞马回报。等候行营回信的片刻间，王离好奇地问起他声音如何这般沉闷，鼻塞了一般，骆甲一声苦笑，抬手从鼻中扯出了两个麻布缠成的鼻塞。

“上至李斯丞相，下至我等郎中内侍，人人离不开这物事。”

“却是为何?”

骆甲刚要答话，不料一股微风从行营方向迎面刮来，一股浓烈的腥臭顿时扑上了鼻头，整个马队猝不及防，接连响起了此起彼伏的喷嚏咳嗽，战马也纷纷嘶鸣喷鼻，王离更是被熏得眼前一晕，泪都流了出来，死死揪住缰绳才没从丹骎背上跌下；再看骆甲和那些郎中们，人人都掏出一方汗巾捂住口鼻，胯下的战马也早就蒙上了两只鼻孔，显是早有防备，直到腥臭气息稍减，骆甲这才将汗巾移开，愤愤骂了句：“狗日的，何时能挨到头！”

“这臭气，哪来的？到底何物?”王离皱眉问道。

骆甲没有答话，只是向着甘泉宫方向指了指，没好气地答了句：“鲍鱼，足有十好几车。”

“腌咸鱼？要那物事做甚?”

“莫问莫问，我等也不知，总归丞相下令沿途搜求便是了。”骆甲一脸沮丧连连摇头，“这几日天气渐凉，臭气已没那般浓，我等刚由沙丘宫启程时正是盛夏，日头一照，顶风臭十里，休说拉那臭鱼上路，稍稍靠近都是谁闻谁吐！最后卫尉无奈，只得命弟兄们每个时辰轮换一次，还许诺回咸阳后个个晋爵，便是那般，照样没人愿拉那些臭鱼！”

“那你等这一路，如何熬下来的?”

“好在丞相有办法！”骆甲语气里满是钦佩，“当时丞相一边搜求鲍鱼，一边将车队太医尽数请来会商，配了两方药剂，一方命众人服饮，另一方浸上麻布蒙住口鼻，车队这才无事！你等也须稍候片刻，待车队送来药汁，服下后再去甘泉宫！”

王离本想向骆甲打探一番皇帝的病情，可看他显是心事重重，心知纵然开口也不会有回答，反倒徒惹反感，只得强压下了满腹狐疑。说话间一辆大车吱嘎着开到近前，众人按医师的分派饮下车载的药汁，顿觉清爽不少，再学着骆甲等人的模样蒙住坐骑和自己的鼻子，这才重新排好队列，向着行营沓沓去了。

许是药汁的作用，尽管迎面而来的恶臭越来越浓，王离等人却无方才那般不适了。行营越来越近，王离已认出了那些插有五色旌旗的戎车，还有卫卒们头戴的一片白茫茫狸帽，一切都是那般熟悉，可王离心下感慨之余却见，无论卫卒还是内侍，几乎所有人神色间都很是颓唐，全然没有了以前大巡狩时的昂扬奋发。

“都是那鲍鱼闹的。”王离暗想。

一辆装饰极是华丽的轺车闪现在面前，六尺伞盖下肃立着须发灰白装束整洁的丞相李斯。王离此前从未同他打过交道，也知父亲一向对这位同僚很是淡漠，但心下仍对他极是敬重，更兼当年李由同惟嬴的婚事，是因李斯的主动退让才轮到自己的，不由得更多出几分感激，于是忙主动下马，隔得老远便深深一躬：“蒙将军特使、九原军裨将王离，参见丞相！王离奉九原将军、监军皇长子之命前来，特向陛下禀报长城竣工之事！”

“将军请起。”轩车上李斯的答话同样带着浓重鼻音，“长城竣工，确是天大喜事。惜乎陛下连日来沉疴在身，不能亲见将军。将军如有书信，可交与老夫，由老夫转呈便是。”

听到李斯的答复，王离心中咯噔了一下，未及多想便开口道：“谢丞相！然末将昧死有请：九原将军及皇长子惦念陛下，嘱托末将务必亲见陛下，方可安心！”眼见丞相脸色沉了下来，忙又补充了一句：“陛下途经九原，却无一言告知我等，蒙将军皇长子心下不安！末将纵然鲁莽，也请陛下体谅我等寸心！”

“将军关心则乱。陛下日前早给蒙将军与皇长子写下诏书，欲遣使送往九原，只因途中琐事不断，病情又轻重不定，方才延宕到目下，不想将军已然前来探视了。既如此，待动身回程之时，特使随将军一同前往上郡便是。”李斯神色间虽有不快，语气却很平静。

“诏书？”王离心下一愣，他原本认准了皇帝早已出事，却没想到他竟还有诏书给蒙公和皇长子，如此说来，皇帝没事？虽则如此却还是高声重复了一句：“还请丞相允准蒙公之请！”

李斯沉默了片刻，满脸为难地开了口：“换作旁人，怕是断然不能觐见陛下。然则将军大父与太尉两代重臣，将军本人也极得陛下宠信，老夫长子更与将军交厚，既然如此，老夫便允准了，只是将军莫要让老夫为难。”说着对身旁一名文吏淡淡一句：“知会中车府令，王离将军觐见陛下。”又伸手向王离做了个“请”的姿势，王离一颗心扑通通狂跳起来，忙高声谢过丞相，手捧信函大步跟上。很快，位于甘泉山巅的通天台已可看清轮廓了。

“赵高恭迎王离将军！”

极尽殷勤的尖细声音来自那名垂手伫立在石径前的宦者，王离只一眼便认出了中车府令的身影，拱了拱手算是打个招呼，赵高慌忙还礼，又向李斯行礼，神情极是恭谨，李斯则只淡漠点头。几句简短交接之后，王离便跟在赵高身后，踏上了通向山巅的长长石径。

5

鲍鱼的腥臭虽仍不时萦绕在鼻端，但阵阵山风拂过，也淡薄了不少，尽管越向上走寒意越浓，王离额角却仍渗出了阵阵汗水：就要见到陛下了，陛下你确实还在世间吧？你病情确是好些了吧？皇长子与蒙将军离不开你，大秦社稷离不开你，天下黔首也离不开你……

“将军，见陛下之前，赵高有几事叮嘱，将军务必牢记在心。”山风拂过半山腰的石径，遥遥带走了赵高的声音。

“中车府令请讲。”

“陛下连日昏睡，只偶有清醒之时。将军只能在寝宫外长久等候，随时待陛下召见……”

“这有何难，我等便是。”

“非但如此，即或陛下清醒片刻，不定何时又会重新昏睡，将军只能长话短说。”

“这也好说，王离说完便走。”

“还有，陛下纵然昏睡，将军也莫忘觐见礼仪，千万不得造次……”

“王离也在宫中待过，礼仪自是知晓。”王离只觉赵高这最后一样叮嘱很是琐碎，心下隐隐一阵不快。

赵高没有吭声，只是突然止住了脚步，回过头来盯住了王离。看到中车府令那意味深长的目光，王离陡然想起，自己做郎中时还真没少惹是生非，脸当即一红，没再就这个话题继续下去。

“中车府令，王离也有几事不明，敢请解惑。”

“将军问便是。”

“陛下先前在齐地发病，何不径自沿燕齐驰道回关中，却要大费周折北上直道?”

“此乃丞相之意。丞相云，强君暮政易引发大局板荡，陛下病情阴晴不定，若由中原折返，必使天下尽知，难保不会诱发复辟势力作乱……”

“防备乱局尚能说通，可如何对蒙公与皇长子也无说辞?”

“陛下已写成诏书，正要发往九原。将军想是听丞相说了。”

“陛下无书信，丞相又为何不理会我等?”

“陛下诏书既已写成，丞相自然不宜再单独遣使。蒙公与皇长子本就公务在身，丞相又无真正大事需要知会，岂能频繁相扰，使他二人屡屡分心?”

“还有，那鲍鱼是做甚的?”

“充辎重军粮用，巡狩行营粮草不够了。”

“……”

尽管王离的疑心仍未减轻，但赵高的回答于情于理都毫无破绽，于是他只能沉默了。

半个时辰后，两人终于抵达了山巅，穿过两队郎中组成的长长甬道，来到了一座高大巍峨的石砌宫殿前。赵高将王离留在外面，自己匆匆进去。片刻归来报说陛下还在昏睡，将军只能宫外守候。王离心下无奈也只能照办，在宫外慢慢转悠着，眼看红日逐渐西沉，自己也转得累了，便背倚一棵青松坐下，想着皇帝，想着蒙公与皇长子，想着惟嬴，想着在频阳养病的父亲、照拂他的阿媪，想着故去的大父，不知不觉打起了盹。

“将军，将军!”中车府令那殷切的声音在耳畔响起，尽管声音极轻，沉睡中的王离却猛然一激灵，居然一跃而起：“陛下醒了?”

这时他才注意到，周遭已是一片暮色深沉了。

“只怕说不得几句又要昏睡，将军还当……”

“知晓知晓，快带我去!”

夜风拂过林涛阵阵，山巅氤氲的雾气也在灯火中不断变幻出深浅不一的阴影，尽管是夏末时节，但这甘泉山却是凉似深秋，王离不住打着寒战，脚步却是半点不慢，跟在赵高身后一头扎进了寝宫。

隔着五六步外的沉沉帷幔，他依稀看到皇帝躺在病榻上，灰白的长发散乱着，黯淡灯火下的面容却是模糊不清。

“陛下……”虽是看不清皇帝的病容，王离却还是大感悲戚，眼角一下涌出了泪水，死死咬住下唇才未哭出声来。

“王离么？何事……”沉沉帷幔中依稀传来皇帝的低声。

王离强自压下泪水，喘息着双手捧上信函：“启禀陛下：九原将军、监军皇长子有奏。”

“长城竣工么？知晓了……”

赵高快步接过信函，却并未按惯例打开来念，又递过一个眼色，王离明白皇帝随时可能重新昏睡，上书日后打开也可，目下倒不如择紧要事宜讲与皇帝，于是急忙开口：“臣启陛下：将军与监军日夜期盼陛下早日康复，巡视北疆九原，扬我大秦国威！臣等并九原军将士恭迎陛下！”

“不，不必了……”

“甚，甚？”

皇帝的声音虽轻，王离却是大吃一惊，一时竟以为自己听错了，不禁直起身子，想向皇帝的病榻走近一步。赵高却急忙横在他面前，两名原本守在寝宫外的郎中闻讯也冲了进来。

“朕前日已书就诏书，正要发往九原，朕对扶苏蒙恬要说的，都在诏书中……”

“陛下！”尽管赵高挡在面前，两名郎中也扯着自己的肩膀向后拖，王离却还是伸长脖子，竭力向着沉沉帷幔中望去，然而依旧看不清皇帝的面容，只能这样被郎中们拖出了寝宫。

“将军何能这般失礼！”赵高一脸忧心地责怪道，“陛下本就病重，疑心远甚平日，你但有轻举妄动，定会触怒陛下，对你大加责罚犹在其次，若因此病情加重，将军却是如何担待？”

“太怪了，太怪了……”赵高的话王离一句也没听进去，只是一脸不可思议地自言自语着——陛下何其看重皇长子与蒙公，如何竟不想亲见他二人？何等话自己不能代为转告，只能让他二人听诏书宣读？陛下行事一贯坦荡磊落，却何时变得这般诡异莫测了？……心念及此，他挣扎得也更起劲儿了：“不行！我还要再见陛下！”

“将军！”赵高一脸铁青地拦在了王离面前，“将军欲逼宫乎？”

“让开！”王离厉声喝道，话音未毕五六名郎中已呼啦围了过来，人人剑锋出鞘。

王离恨恨地盯住赵高和郎中们，他已认出，这些郎中里有两三人曾与自己共事过，从本心来说，他决然不愿与这些曾经的同袍交手，便是果真交手自己也打不过，然则能这样算了么？自己费了好大气力方才见得皇帝一面，不，也没真正见到，只模模糊糊瞥了几眼，得到的却是这般敷衍了事的几句，回去后却是如何向蒙将军与皇长子交代？不行，今日就算是被问了罪下了狱杀了头，自己也要硬闯进去！

“将军，肯否听老夫一言？”

正当王离准备向郎中们扑过去时，一个声音缓缓响起。

王离扭过头，看到丞相瘦削的身影伫立在身后，面目在夜色和雾气中模糊不清。

“老夫直言：将军为人虽是忠直骨鲠，此举却大大冒失。当年武成侯与通武侯皆为天下名将，从不因一时喜怒而进退失据，将军身为九原军大将，肩负守护国门之重托，如何这般意气用事？……”

听到丞相提起大父和父亲，想起父亲叮嘱过自己的话语，王离终于渐渐冷静了下来。

“将军方才觐见之时，当已听说陛下书就一封诏书，正要送至九原，何不待诏书真正宣读之后，再作计较？”

“可……”

“特使本欲明日动身，三日后便可到上郡，彼时自当宣读诏书，蒙将军皇长子连这几日都等不得么？”

“……”

“陛下连日昏睡，将军便是终日守候，又何能笃定等到陛下清醒？九原军务这般繁重，将军宁可搁置军务，也要在甘泉宫耗下去？”

听到这里，王离只得长吁一口气，语气中满是无可奈何：“丞相所言在理，王离知错了。”

李斯慢慢走上前来，语气也和缓了许多：“方才将军举动大是无礼，若依法度，本当责罚。然则毕竟关心则乱，情有可原，我等不再计较此事。目下天色已晚，将军连日奔波甚是辛劳，不如早些休息，明日或先回上郡报信，或随特使仪仗一同返程，何如？”

望着丞相那严峻中又不乏一丝关切的目光，王离终于软了下来，沉重地点了点头，被两名内侍领向一座山中馆舍，寝宫前便只剩下了丞相李斯和中车府令赵高两人。

两人相对无语了片刻，最后还是赵高率先打破了沉默。

“丞相，不能再拖了，不然，不知还会生出何等事端。”

李斯又是一阵沉默，终是缓缓点头：“老夫心意已决，今夜便写成诏书，明日发往上郡。”说罢没有理会赵高，径自踽踽去了。

看到李斯的身影消失在黑暗中，赵高蹑手蹑脚地重新进了寝宫。

寝宫中依然是一片黯淡灯火，依然是沉沉帷幔，依然是若有若无的臭气，赵高环视四周，确信其他所有内侍都留在了寝室外后，这才缓步上前，走近了病榻，低声喊了句：“无事了！”

病榻猛然吱嘎了一声，紧接着，沉沉帷幔中悄悄探出一颗人头。

“老师，可是瞒过了么?”少子胡亥的语气中满是得意。

第二章 延维

1

整个甘泉宫都沉入梦中时，丞相李斯独自登上了甘泉山巅的通天台，透过雾气和夜色，忽而望向北方的秦直道，忽而望向南方的大咸阳，不知该何去何从。

世上总有这样一种人，仿佛永远是在为另一个人活着，那另一个必然比他更强大有力，比他更富见识才具，比他更意志坚定，更关键的，比他地位更尊崇。那一个也许是这一个的君王、将官、主东、父亲、兄长，但无论何等身份，他都是他的主心骨，把握方向的船舵，指引他行路的太阳和北辰，他人生的全部意义所在。

李斯便是这一种人；而皇帝，便是那一种人。

三十余年来，他便是为皇帝活着的，他为他出谋划策，为他承担骂名，有善归主，有恶自与。他心甘情愿追随着他，如同狈追随着狼，伥追随着虎，仆追随着主，甚至，妇追随着夫，这最后一个比喻看似不堪，却滥觞于诗人屈原，而孟子也同样对这般关系有一个极尽刻薄的形容：妾妇之道。只不过李斯追随的是不世出的雄强明主，无人能及的千古一帝，唯其如此，李斯甘居妾妇之道，却全无任何羞赧愧疚。

不期然间，皇帝逝去了，主心骨摧折了，船舵损毁了，太阳和北辰消弭了，李斯的人生顿时陷入了一团混沌迷茫。刚知晓皇帝之死的那一瞬间，李斯甚至巴望着追随皇帝而去，最终却还是硬撑着活了下来，这非因他意志如何坚定，而是因早在皇帝逝去之前，他已然感受到了更大痛苦——他被皇帝无情地抛弃了，哀莫大于心死，他已是死去一次的人，也就不再想死了。

李斯记得清清楚楚，此前数十年间，自己与皇帝的相处始终是琴瑟和谐的，不错，正是琴瑟和谐。他对自己察言观色的功夫是自信的，数十年来从未猜错过皇帝心思，自然，这也是因皇帝实在没多少心机，或者说不屑于去费那些心机。数十年间，不知多少政事是他在皇帝之前想到的，却又每每隐忍不发，只有皇帝主动提起才殷勤说出，而这些提议每次又都万无一失地合乎皇帝心意，使皇帝以为自己与他不谋而合，由是对自己愈加激赏。尽管夜深人静时扪心自问，李斯也会对自己的圆滑世故隐隐感到不齿，然而思来想去，他却仍认准自己没错：皇帝的英明超迈古今无人能及，尘世间再没有第二个人配得上能与他比肩而立，自己同样不能，自然也不想。若说皇帝是一棵参天大树，自己只需做一根逶迤绵延的藤条，只要牢牢攀定了大树，它便足可将自己带向那无穷功业无尽荣华的九天之上，这正是老师说过的那“苍蝇附骥尾而至千里”之理！

数十年来，李斯正是这般做的。

一边累积着自己的功勋，一边叠加着皇帝的赏识，他就这样一步步地走入了皇帝的视野，走入了皇帝的内心，最终达到了这个一人之下万人之上的位置，一切荣华富贵和功名利禄他都享尽了。李斯相信，只要皇帝这千古一帝还在人世，自己便是无人能及的千古权臣，也正因此，正如皇帝孜孜不倦追求着长生不老一样，李斯也在孜孜不倦地追求着永远保住自己现有的地位……

然而庙堂议决坑儒之后，李斯却隐隐看到了自己命运可能的转折。那次大朝会上，皇长子铤而走险谏阻坑儒，当时李斯看出，皇帝分明是恼怒极了，却仍生生忍住了即将爆发的怒火，死死沉默着听皇长子说罢谏言，只憋出一句“散朝”，便袍袖一拂，当着满朝文武的面径自走了。眼见皇帝离去，大臣们也只能静默着走出大殿，没人再敢理会兀自愣怔着不知所措的皇长子。是自己，还是自己，倍显殷勤地邀皇长子回府上一叙。当时自己本意是想劝皇长子多为自身的将来考虑，不料皇长子极是激切地与自己争辩了起来，自己不能反驳，只能连声唯唯。皇长子一番慷慨陈词之后仍是意犹未尽，一拱手便告辞，接下来的几日又先后找了太尉王贲、右丞相冯去疾、御史大夫冯劫，竟将三公拜访了个遍，无奈之下自己只能将皇长子连日来作为禀报了皇帝，于是再次引发了皇帝的震怒，于是有了那道将皇长子贬黜九原的诏书，于是皇长子与皇帝，也可说与自己之间的政见分歧，终于闹得天下皆知；更要紧的是，那次之后，自己不仅得罪了皇长子，就连皇帝的信任也要眼睁睁一并失去了。

李斯发现这丝端倪，还是在这最后一次大巡狩进入尾声之时。依原本计划，到达齐地之后，此次出巡大事便已尽数完结，车队卤簿该当由燕齐驰道折返回关中，况且当时皇帝还发了次病，已遣最为枢要的郎中令蒙毅先行踏上归途，还祷山川去了，然而连同自己在内，所有人都没想到，皇帝却突然提出了要北上九原，理由是长城已快修完了，这般重大工程，自己理当前往巡视；自己此前又从未去过九原，此番大巡狩若还不过去，日后怕是再没机会了。

当时，其他大臣们听了都莫衷一是，李斯却迅速从中嗅出了一股特异气息：其一，皇帝历次巡狩都是严格按既定路线走，从未有过临时变更，今日如何突然提出要更改路线？其二，此番皇帝正在病中，由齐地前往九原却是路途遥远艰险，皇帝为何一定要抱病前去？其三，遣走蒙毅之后，原本由蒙毅掌管的印玺如何交到了中车府令赵高手上，而不是交给了长年执掌文事的自己？最后也是最重要的，皇帝的临机决策，如何不按数十年的默契，先与自己商议，而是骤然向所有大臣抛了出来，连自己这个首辅大臣也瞒得严严实实？李斯决然不信皇帝是一时失误一时昏乱，皇帝若还是颁行逐客令时的青年秦王，或可能犯下这般失误；皇帝若是病重高烧，或可能昏乱错断，然则目下却都不是。既如此，却为何这般？

尽管一时愣怔，但李斯毕竟见机极快，仍然不假思索地第一个赞同了，胡毋敬杨端和等人面面相觑，终是也先后赞同了，那时李斯已猜出了皇帝的心思——临机动议前往九原，显是要立储；前日遣走蒙毅，定是要他回咸阳安定朝局；而之所以宁可将印玺交与赵高，也不先找自己会商巡狩路线，最大的可能便是，皇帝欲甩开自己自行立储！

若果真那般，那便是个再明确不过的信号——皇帝已对自己有了疑虑防范，已开始着手为新君即位扫清障碍，甚或有可能像历史上那些数不胜数的雄主们一样，将自己这个最大功臣兔死狗烹，鸟尽弓藏！当年惠文王继位而商君被车裂、武王继位而张仪被罢黜，不都是如此么？便是皇帝自己初登王位，第一件事不也是罢黜了文信侯吕不韦么？皇帝纵然善待功臣，然在皇位传承这一点上，岂能含糊，岂会例外？

心念及此，李斯只觉一日比一日心灰意冷，从齐地动身到目下，不过两个多月，他却已有了隔世之感。自己该何去何从？这是一直萦绕在李斯心底的巨大疑问。相形而言，最稳妥的举措自是在皇帝明确立储之后，主动提出辞官归隐，如此可保全自己性命乃至一世英名，然则自己面对的不是寻常君王，而是千古一帝，这多年来皇帝没亏待过一个功臣，李斯不信以自己多年的功劳、才具和辛苦，皇帝竟敢冒天下之大不韪，公然将自己罢黜甚或问罪？焉知皇帝对自己就一定没有更好安置？唯其如此，皇帝不开口之前，自己不能有任何轻举妄动，否则必将适得其反；唯其如此，自己只能等！

满心的失落、煎熬和痛苦中，李斯追随着皇帝，来到了皇帝生命的尽头，也是自己生命中最为紧要的转折点——沙丘宫。

2

夜深了，李斯已站得双腿麻木酸疼了，于是轻倚在一块山石上想歇息片刻，然而当他不由自主地将手按在了背后山石上时，却猛然一个寒战，只觉手上一片潮湿的冰凉，低头看去才发现，石面上是一片白蒙蒙的秋霜。

秋霜降者草花落，水摇动者万物作。他想起了中车府令赵高说过的那句话。以皇帝的英明神武，以皇帝的无所不能，也终究无法逃脱天地荣枯兴衰之道，而自己，也要步皇帝的后尘了么？……

李斯记得清清楚楚，自从巡狩车队由齐地突然折向西北后，自己便再没能睡过一个安稳觉，皇帝在平原津第二次发病后，自己更是夜夜守候在寝帐外随时等待召见，更和随侍皇帝身旁的赵高约好，由他每隔半个时辰向自己报告一次皇帝的病情，而那一夜也同样如此。当时自己死死守定了大陆泽畔的沙丘宫，焦灼不安地向寝宫内不断张望着，因了盛夏的暑热，因了仍在燃烧的篝火与艾草，更因了长久盘桓在心头的那一片浓重阴影，涔涔汗水不住从每一个毛孔流淌着，浑身上下又湿又黏，却始终不敢回自己的帐中冲个凉、换件干爽衣衫……

就在踌躇之时，他忽然感到周遭陡然黯淡了下来，抬头正见一团乌云挡住了方才还皎洁明朗的月亮，蓦然间一股不祥预感涌上心头，李斯再也顾不得其余，这便要闯进沙丘宫去。然而突然间一股狂风挟卷着沙石猛然刮来，他一下被迷住了眼睛，又觉两颊也湿热一片，不用摸也知，那定是被风沙割出的道道血痕，于是全力揉着双目没头没脑地向前冲去，可那狂风竟是惊人的猛烈，他不仅没法向前迈出半步，反倒被刮得陀螺般滴溜溜乱转，瞬间便迷失了方向……一片昏天黑地中，半空中蓦然掠过一道强光，紧接着耳畔响起沉沉雷鸣，他刚在泪眼蒙眬中看清远处的大陆泽，瓢泼般的雨水便哗哗降下，兜头盖脸将身上淋得透湿，然而他却也看清了去路，转过身便扑向了沙丘宫。

幽深的甬道不住在眼前摇晃着，向前方的黑暗中伸展得无穷无际，一簇簇庭燎在夜风里阵阵舞动，将整个行宫照得一片鬼影憧憧，一个又一个手持斧钺的郎中们分列甬道两旁，身姿如骊山墓中的陶俑般凝固，只有道道惊讶的目光迎面投来，似乎正在诧异，究竟何事能引得堂堂丞相这般张皇失措。然而李斯却什么也顾不得了，只死死盯住前方明灭不定的甬道尽头，那里该是皇帝寝宫的入口，那个瞬间，他听不到大作的风雨声，只能听到自己剧烈的心跳、粗重的喘息；那个瞬间，他忘却了一直念念于心的自己未来的命运，只记挂着皇帝的安危、帝国的安危；那个瞬间，他心底只剩下了唯一一个念头：必须见到皇帝！必须赶在皇帝撒手而去之前，搞清他对身后事的安排，搞清帝国未来的命运，无论他准备如何对待自己！

李斯记得，自己一生中从未有过那般坚持，此后也再未有过，然而命运，吊诡的、反复无常的命运，却恰恰残酷地捉弄了自己——自己仍然晚了一步。

没人阻拦，唯一有权阻拦的中车府令也并未出现在面前，李斯畅通无阻地冲入寝宫，却马上惊疑地收住了脚步，只觉浑身汗毛都倒竖了起来。就在他迈入宫中的那一瞬间，所有的灯火都熄灭了，一片黑暗中，疾风席卷着骤雨从大开的窗棂和宫门中一同扑入室内，长长的帷幔也因此不住掣动着，在窗外忽明忽暗的电光中变幻出各种诡异的形状。

望着赵高胡亥久久伏在皇帝身上大放悲声，望着两名老太医徒劳地救治着皇帝，望着其他三四名内侍手足无措地跪伏在遍地血痕中瑟瑟发抖，李斯只觉自己早已湿透的身躯，似乎正在渐渐沉入一池千年不化的寒冰之中。可怪异的是，那丝丝寒意并不是由肌肤渗入骨髓的，却是由心底向四肢百骸渐渐发散，不期然间，他只觉喉头一甜，一口鲜血喷溅出来，丝丝缕缕地滴在了衣襟上，滴在了脚下的青石地上，与皇帝的血混在了一起，难分彼此……

皇帝去了，未及交代后事，未及交代帝国的未来，未及交代自己今后的命运，便匆匆去了。

天塌了。

巨大的悲恸中，李斯却仍奇迹般地撑住了，并没有昏倒在皇帝面前，之所以如此，是因看到皇帝尸体的那一瞬间，各种说不清道不明的感觉一同涌上了心头。除了悲伤，李斯先是痛恨，痛恨赵高为何不在皇帝支撑不住之际叫自己进来；其次是紧张，头一次感到整个帝国的未来如泰山般猛然压在了自己肩头；再次则是疑虑：皇帝临终前未叫自己最后一面，究竟是有意避开自己，还是未及召见？此事怕只有赵高知晓，然则目下却不能径自开口问他；最后从心头丝丝缕缕泛起的，居然是一种绝不能对外人道的诡秘欣喜：皇帝死了，天下最有权势的，便是自己这个领政丞相了……

这个念头刚一闪现，连李斯自己都吓了一跳，慌忙转开心思，为了不让别人看出，他猛然揪起赵高，声色俱厉地问皇帝可有诏书、诏书何在？赵高尽管面露惊恐却并未慌张，指了指胡亥怀中死死抱住的一只黑沉沉的木函，李斯这才稍踏实了些许，可心头疑云反而越来越浓了：皇帝对身后事，尤其是对自己，究竟是何等安排？

他没有强迫赵高开启遗诏，他知道自己毕竟不是皇帝明确认可的顾命大臣，赵高不会听从自己；若想用强，那便是私启遗诏的大罪。心念及此，李斯终是强自压抑了一睹遗诏的迫切渴望，只是命赵高请杨端和、胡毋敬等大臣们一同前来寝宫，自然，必须严守皇帝故去的机密，泄密者斩！这些赵高都一丝不苟地照办了，只片刻间便将其他几位九卿大臣尽数引来了寝宫，自然又是一片巨大的惊恐、慌乱和悲痛，又是一片被强自压抑下来的泪水和号啕。

李斯此刻却反而平静了下来，一边命赵高带领几名知情内侍守住寝宫门口，封锁消息，再在自己眼皮底下将遗诏封存于金匮之中；一边命两位太医救治昏厥过去的几位大臣，当在场大臣们终于先后恢复过来时，才在李斯主持下开始了对后事的商讨。大臣们异口同声地认定，为免大局动荡，目下须秘不发丧，尽速折返回咸阳。接下来的整个后半夜，所有商讨都是围绕着这一共识展开的，最终做出了几大决议：其一，遗诏仍封存金匮之中，由赵高与少子胡亥一同保管，回到咸阳、三公九卿齐聚之后再行开启；其二，还都路线定为九原直道，如此虽则荒僻偏远，然远比走中原驰道隐秘得多；其三，由卫尉杨端和为前导，先期同沿途郡守县令会商，以避免一切觐见事由；其四，皇帝尸身仍须置于辒辌车中，由胡亥看护，内侍每日进饭食如故，大臣们也奏事如故，所有异常情形都由赵高胡亥设法掩饰；其五，为避免并掩盖皇帝尸身在炎炎夏日极可能散发出的尸臭，须在沿途郡县大量搜求冰块和鲍鱼……当时所有事由会商得都很顺畅，大臣们之间唯一的分歧，只在是否将戍守九原的扶苏蒙恬一并召来。杨端和、胡毋敬以及另外几名大臣不假思索地主张，应当尽快密信告知皇长子蒙将军，当时是自己劝住了他们，说辞是，皇长子蒙将军猝然接到噩耗，难保不会悲怆迷乱大失方寸；皇帝病逝的消息万一走漏风声，也难保匈奴不会重新集结大举南下，那时内忧外患一并发作，大秦社稷必当岌岌可危！再者，由沙丘宫走秦直道回咸阳，最慢不过月余，到时再将他二人召回咸阳也不迟，且更加稳妥。

李斯当时察觉到，大臣们当中也有几人流露出不信服的神情，然而到底没一个人真正开口反对。听到大臣们最终都赞同了暂不密报九原时，他悄悄在心底松了口气：秘不发丧只是为防中原生乱，却不该对扶苏蒙恬隐瞒，可偏偏这个其实最为紧要的环节，果真就这样被所有大臣轻描淡写地带过去了，也许是因他们对自己的敬重和信服，也许是因他们乱了手脚不及细想，也许是因他们的确觉得或早或晚告知蒙恬扶苏，其实并无真正区别……而今回想起来，李斯只能将此归结为天意，若当时没那多鬼使神差的机缘一同出现，那么一切都会步入常轨：扶苏蒙恬由九原匆匆赶来，开启遗诏后主持国葬，那时无论自己是否愿意，大臣们都会议立扶苏为二世皇帝，而日后等待自己的，只能是茫然未知的命运，也许是被扶苏罢黜，由蒙恬接替相位；即使好些的结局，也不过是自己瞅准时机主动辞官，如此固能全身而退，固能在朝中留下一个完满名声，可那样一来，终究不过是个颇有名望的功臣而已，自己所求的却是做周公那般的不朽权臣啊。足足三十年间，皇帝的光芒淹没了一切臣子，自己躲在他的阴影中自是无怨无悔，可如今皇帝已去了，放眼天下，还有谁能和自己一样拥有巨大的权势?

即便是最终要失去，哪怕在手中多攥片刻也好。若用最简单的话语勾勒李斯的心思，这样的短短一句便足够了。

李斯后来才知晓，那一路和自己抱有同样心思的，还有另外一个人。

——中车府令赵高。

李斯是听赵高亲口说起自家心思的，自然，那是在两人已真正达成共谋之后。李斯从未对赵高掉以轻心，赵高对自己想来也如是，然而那次他却仿佛卸下了些许伪装。赵高当时说得很是诚恳：皇帝没能写完遗诏便故去，而丞相又没有命自己立即当着所有大臣的面开启遗诏，从那一刻起，自己便冒出那个念头了：更改遗诏，立自己的学生、少子胡亥为二世皇帝。之所以如此，既是为自家谋划出路，也是为少子谋划出路。当年若不是皇帝为自己坏法，自己早被郎中令蒙毅处死了，这多年来郎中令也始终对自己冷面不齿。而今皇帝故去，一旦扶苏即位为二世、蒙恬为相，则郎中令蒙毅极可能就任廷尉，纵然不旧账重翻，自己也极难再在皇城中立足；而少子胡亥本就不被朝野器重，长兄即位之后，他便更不可能再有作为，身上虽同是淌着皇族的血，却是一辈子都要浑浑噩噩做个白身黔首。自己与胡亥这一对师徒，如何这般苦命……

赵高虽是说得这般诚恳，但李斯不信。

李斯并不信，赵高冒着灭族的风险和自己一同篡改遗诏，竟是为自己的学生苦心孤诣；李斯更不信，赵高想拥立胡亥为二世皇帝，仅仅是为了保全自己一个小小的中车府令的职位。

他之所以能做出这般判断，是因那一晚的密谈，自己已领教过赵高的手段了。

3

很讽刺，那次密谈并不是赵高送到眼前，而是李斯自己找上门去的。

由沙丘宫再度启程后，一车车鲍鱼便被先后运来，在炎炎夏日里散出浓郁的腥臭，整支车队由此变成了一座巨大的、活动的鲍鱼之肆。如是走了两日，辒辌车中皇帝的尸身也开始散发出尸臭，与那鲍鱼臭气混在一起，所有人闻到都恶心得呕吐了，就连那些拉车的驾马都不住哀鸣着，任你用皮鞭将马臀抽打得鲜血淋漓，也始终不肯向那些装满臭鱼的车驾近前一步，这种境况直到李斯与太医们熬制出药剂、巡狩车队所有人尽数服下后方有好转。然而比起这可怕的恶臭，更使李斯难以忍受的，便是对皇帝那封遗诏的惦念，或者不如说，对自己未来的担忧。皇帝已经去了，即使生前贵为千古一帝，即使那般孜孜追求着长生不老，死后也终究和旁人毫无不同，尸首同样会散发出恶臭，同样会招来众多蝇虫，同样会渐渐腐败，同样会只余一副枯骨，而自己，难道也同样无法避免失势的命运么？……

巡狩车队穿越井陉关那夜，李斯终于按捺不住内心的焦灼了。他命自己一名亲信书吏去请中车府令，只说是有要事相商，然后自己登上了井陉关，命官仆在此备下了酒水。

这里，便是当年上将军王翦与武安君李牧的对峙之处，因了远离巡狩行营，夜风中那股恶臭很难闻到，李斯这才深深一个吐纳，望着未及修缮的高高关墙上那举目可见的裂痕凹坑，以及月光下太行山那壮阔逶迤的山脊，多日来头回感到了一丝清爽。他刚做出了决定，决意向赵高打探一下口风，自然，李斯不会那般随意暴露出真实意图，不会那般轻率地授人以柄，这仅是自己对赵高的一次试探，可进可退，可攻可守。即便赵高果然对自己不利，自己也同样可以全身而退，然则这第一步试探，却是无论如何也必须迈出来的。

明月当头，夜色阑珊；谷风习习，万籁俱寂。便是在这一夜，他与赵高那次关键的密商开始了。

“中车府令，只要一路无事，回咸阳后，我等便当发丧，使陛下安息；更当会同大臣元老，一同开启遗诏。”这是两人寒暄已毕之后，李斯的第一句话。

“丞相若能如此，显见公心为上。然则小臣斗胆进言，丞相千万莫要问罪，小臣也是虑及大秦将来。”赵高的神情极尽恳切。

李斯记得，听到这句话时，自己一颗心都要跳出胸膛，心知对方终是要说到点子上了，微一思忖后他轻轻一句“说便是”，有意使语气显得淡漠。

“丞相也知，沙丘宫那夜，陛下书就遗诏之时，唯有小臣在场，唯有小臣亲眼目睹了陛下遗诏。然小臣直言：陛下未及写完便撒手而去，那道诏书也因此语焉不详。”

“那遗诏所言?”李斯表面上仍不动声色，却终于开始了小心翼翼的试探。

“以兵属蒙恬，与丧会咸阳而葬。”赵高的声音低得几乎听不清，显然自己也在害怕将这句话说出来。

“……”

尽管刚听到这一句，李斯便立刻猜出了皇帝的真正心思，却依旧久久沉默着，这不仅是因他需在赵高面前恰如其分地摆出这个姿态，也是因他正在反复咀嚼着由心底瞬间涌起的巨大失落，无暇顾及其余——

陛下，你果将老臣丢下了，老臣为你驱驰二十余年，为陛下，为我大秦社稷立下无数汗马功劳，你自家不是说得清清楚楚，此生不会亏待一个功臣么?却如何在最后几步生生将老臣一脚踢开了？老臣何负于你，何负于我大秦？如何却落得这般恓惶惨景？……

尽管始终没有吭声，李斯心下却是止不住地连连哀叹着，稍稍平复了一下心神，这才重又开口：“至少，遗诏是要发给皇长子扶苏，此决然无差。”

“以小臣之见，此诏却不宜发出。须知它既未涉大政人事铺排，也未用印玺，却是如何公布朝野?”

李斯对此只报以冰冷的目光。

“你意?”

“赵高以为，储君人选，只定于丞相与赵高之口，何如?”

尽管在听到遗诏真正内容之际，这个念头已隐约从心底浮现，然而当赵高真正将自己的心思一语道破时，李斯却还是陡然变色了。

“赵高，安得亡国之言！此非人臣所当议也!”他厉声喝道，猛然起身离席。

赵高却没有动，依旧跪坐在竹席上，仰头迎着李斯的满面怒容，全无惧色，却是一脸痛心疾首：“丞相迂阔也！丞相既为栋梁，当此危难之际，首当思忖者便是如何撑持大局，而非恪守成规！赵高本以为陛下之后，天下唯丞相能继承法治大道，能安定大秦社稷，能做周公那般千古不朽之摄政名臣，方才冒险告知遗诏内文，既为丞相谋划将来，又为自家谋求后路。不料丞相一不思邦国存亡，二不思自身安危，反倒苛责于我，赵高当真有眼无珠所托非人！丞相若欲问罪但请自便，赵高自请汤镬斧锧！只是赵高死不足惜，丞相却怕是要失却相位，我大秦社稷怕是将岌岌可危！……”一席话说罢竟是痛哭流涕，倒头拜在李斯脚下。

李斯面色依旧严峻，一颗心却止不住地狂跳着，赵高那句“做周公那般千古不朽之摄政名臣”，结结实实地撞在了他的心坎上。方才将赵高提议怒斥为“亡国之言”，只是自己猝不及防之下的本能反应，与其说是果真痛恨赵高的提议，倒不如说是用来掩饰心下的慌乱。为防万一，李斯其实早在井陉关下布了甲士，只要自己将手中铜爵丢下关城，他们马上便能赶上关头，一举擒获赵高，然则若是那般，自己连日来的诸般思忖，岂不也一并成空了么?

两人沉默地对峙了片刻，只有习习谷风吹动李斯衣袂的声响，以及赵高跪伏在地时没能止住的抽泣。片刻之后，李斯才重新开口，嗓音虽阴冷依旧，却不再声色俱厉了：

“赵高危言耸听乎？谁云老夫将失却相位?”

赵高猛然直起腰，依旧一脸急切：“丞相如何口不应心？请丞相自料，功高孰与蒙恬？无怨于天下，孰与蒙恬？谋远不失孰与蒙恬？才能孰与蒙恬？得皇长子之信孰与蒙恬?”

“……”李斯没有马上答话，将赵高这连番发问逐一想来，心下居然猛一激灵！别的不说，单说功劳，若在常人看来，自己位居丞相高位、受封通侯，自是庙堂第一功臣，诸如设郡县推秦法齐货币文字度量衡等种种举措，也确乎尽为自己操持；然只要稍加细想便可发现并非如此，这些其实都是皇帝动议，说到底，自己不过是将皇帝的长策落到了实处，功劳仍归于皇帝；世人论秦政也只会提皇帝，而不会提自己这个奉诏行事的丞相！蒙恬却不然，尽管官职仅是戍守一方的九原将军，可他驻守北疆十余年，却匈奴七百余里，此等扫平边患之大功，岂是自己能比得的？若非蒙恬为人谦和平易，不愿与人争功，只怕而今天下所传诵的便该是蒙公大名，而不是自己！……

“此五者，皆不及也……”心念及此，李斯悠悠一声长叹，转念一想，又对赵高很有些恼怒，不期然换了一副愤懑口吻：“足下责之何深也！”

赵高一拱手：“丞相明断：皇长子若果然即位，必以蒙恬为相，以郎中令继任廷尉，九原军将权则必定交于王离之手，果真如此，便是蒙、王两家分头把持朝政军权，却如何还有丞相等老臣势位？丞相终不能怀通侯之印归于乡里，岂不明矣？况且赵高担心不仅于此，丞相只怕还有杀身之祸！”

“一派胡言！”李斯重又愤怒了，只是并没意识到，自己的声音竟微微有些发颤。

“丞相扪心自问，自己果真看不出此中玄妙么？赵高以刀笔吏身入庙堂，管事二十余年，未尝见历任功臣能得两代君王宠信，最终皆以诛亡。以当年商君那赫赫权势、煌煌功业，尚为新君车裂，丞相自忖较商君如何？”

听到赵高提起商鞅，李斯心中猛然一凛，竟对面前这个自己一向蔑视的中车府令生出了些许畏惧。连日来，自己心下想得最多的便是当年商君被车裂之事，便在方才，车裂刑场那血淋淋的惨景还在自己眼前一闪而逝，这赵高居然能洞彻人心幽微，自己心下所想他竟尽皆知晓，何其深不可测也？

“丞相方才也亲口承认，论无怨于天下，自己不及蒙恬。以赵高观之，确乎如此：主政二十余年，丞相废分封、行郡县，皇族子弟怨丞相者甚矣；丞相大兴土木、征发徭役，黔首百姓怨丞相者甚矣；丞相主持焚书坑儒，儒生士子、复辟贵胄怨丞相者同样甚矣。放眼庙堂众臣，何人能如丞相这般开罪于天下？扶苏本就主张宽待儒生，一旦主政，必定会为焚书坑儒之事翻案；若果真那般，丞相岂非最好牺牲？一则替陛下与庙堂承担罪责，二则可扫清即位障碍，一举两得！”

李斯没有吭声，心头却飘上了老子的一句话：代大匠斫者，希有不伤其手矣！只觉心头鹿撞，片刻后才勉力平静地问了一句：“以足下之见，老夫却当如何？”

他后来才知道，赵高等的就是自己这句话。

赵高挺直了身子，面容中带了一丝近于谄媚的殷切，殷殷开口：“赵高受陛下之托，教习少子胡亥多年……”

“赵高！”李斯见事极快，胡亥的名字刚从赵高口中蹦出，他已然明白了对方心思，当即忘乎所以地吼了起来。

只是这吼声中，惊愕已经远远多于愤怒了。

“赵高心知丞相鄙夷少子，然恕在下直言，丞相对少皇子终究知之不深，此中误会何其深重也！少子随赵高修习法事多年，未尝见过失。为人更是慈仁笃厚、轻财重士，辩于心而诎于口，尽礼敬士，陛下诸子，未有及此者。胡亥，可以为嗣，可以继位为二世。恳请丞相定之，以安天下！”说着再度向李斯跪伏下来。

“赵高，你敢反位拥立？李斯奉君之诏，听天之命，何可自定二世皇帝？”李斯额头已经渗出了涔涔汗水。

“安可危也，危可安也。丞相安危不定，何以贵为圣人？”

“贵为圣人？”李斯嘴角浮起一丝自嘲的苦笑，“李斯不过上蔡一介闾巷布衣，幸被陛下擢为丞相，封为通侯，子孙尽至尊位重禄，陛下这才将社稷存亡安危交于臣之手，岂可负哉！忠臣不避死者而庶几，孝子不勤劳则见危，你我人臣，不过各守其职而已。赵高其勿复言，不然，李斯怕是将得罪了！”

“丞相，秋霜降者草花落，水摇动者万物作，此天地万物荣枯兴衰必然之效也，丞相何见之晚？”

李斯转过身，佯装踱步思虑，其实是为就势避开赵高目光，他只觉得那个长久徘徊在心底，却始终被自己深深压抑的念头，此刻正如一株疯长的幼苗般迫不及待地想要从心田中破土探头，一时间拼尽了全身气力，最后一次将这念头重又压了下来：

“当年晋易太子，三世不安；齐桓兄弟争位，身死为戮；纣杀亲戚，不听谏者，国为丘墟：此三者尽皆逆天，宗庙不血食。李斯岂能效法，此等主张安足为谋！”

说这番话时，李斯始终背对着赵高，他不敢看他。

“丞相，你我上下合同，可以长久；中外若一，事无表里。只要胡亥为二世，必听丞相之策，如此，丞相即可长有封侯，世世称孤，享乔、松之寿，拥孔、墨之智！今舍此不从，岂不祸及子孙，赵高为之寒心哉！人云善者因祸为福，丞相何以处焉？……”赵高那循循善诱的殷切声音，仍然在身后不断回响着，如魍魉那充满了诱惑的低语，又如滴滴清泉般一点点渗入心田。

李斯轻闭上眼睛，眼角终于渗出泪水，仰天一声长叹：

“独遭乱世，既不能死，老夫岂能认命！……”

“丞相明断！……”赵高哽咽着叫道，第三次扑拜于地，连连叩首，额角已渗出了丝丝鲜血。

……

萌芽，就这样破土了。

4

李斯记得，到达甘泉宫后，他眼睁睁望着那封存有皇帝遗诏的金匮，被中车府令赵高带领着两名郎中，小心运到了一处山谷之中；而就在那一晚，自己终于随着赵高进入了那座山洞。

当时，自己在赵高的引领下来到戒备森严的洞口，守在这里的八名郎中看到自己时无不面露惊讶，领头郎中拦住了自己和赵高。赵高解释说，遗诏金匮虽被安置在符玺事所，然则丞相依旧不放心，故而特来巡视。眼见对方目光中仍满是狐疑，赵高补充了一句：丞相本该会同卫尉、奉常等其他大臣同来，然几位大人俱各自忙碌，故而只丞相一人前来。李斯至今还记得，听到赵高说这番话时，自己一颗心都快要蹦出胸膛，杨端和胡毋敬都是自己设法支开的，更遑论对他们提起自己要来这符玺事所。一旦这几名郎中多事，非要询问他们各自的属官，则事情必然败露，自己也必然说不清楚了……

好在，领头郎中只说了句洞中不宜久处，丞相当快去快返，这便让开去路，幽深的洞窟也展现在了自己面前。

长长的洞穴中一片漆黑，只有远方的尽头闪烁着星点光亮，赵高举着火把在前面引路，李斯则小心翼翼跟在身后，两人谁都默不作声，只有沉重的脚步声四下里不住回响着。越向前走，那点光亮便越是耀眼，原本潮湿寒冷的洞窟也开始变得温暖干燥起来，大约二百步之后，他们来到了符玺事所，一眼便望见正中央的一只巨大燎炉，跳跃着的熊熊炉火照亮了岩洞四壁一座座铜架，一方方精巧却又坚固的金匮分门别类地齐整摆放在铜架之上，无不折射着灿灿金光。李斯本人也曾执掌过皇帝符玺，对这些金匮相当熟稔，只扫过一眼便能从那些大小不一的金匮中辨认出，哪些藏着皇帝的印玺，哪些是兵符，哪些是皇帝特殊密令所需的令牌，哪些则是机密诏令的副本。

逐一分辨之后，他的目光最终落到了角落中一只看似不起眼的金匮上，和其他金匮一样，那上面也镌刻着华美的螭虎纹，也缠着两条互相叠加的白绢，白绢交叉之处也糊有盖着皇帝印玺的封泥。然而李斯却注意到白绢缠得略略歪斜，绢身上难以察觉地沾着斑斑点点的殷红和泥水痕迹，封泥上的皇帝印玺也盖得不甚清晰。显然，这只金匮是在仓促中封存起来的。

“丞相好眼力，确是此匮。”赵高恭敬道，说话间已将火把插在岩壁上一个预先凿好的孔洞中，然后快步上前，不声不响地将金匮从铜架上搬到了燎炉旁的石案前，再从腰间革囊中取出了两件小小的物事，弯着腰低着头，将它双手捧到了李斯面前。这时李斯可以看出，那是一柄小刀和一把钥匙，二者都很细巧，一同闪烁着亮晶晶的光芒。

“丞相，请。”赵高的声音低得几乎听不见。

李斯没有动。

赵高也没有动，仍然低着头，只是悄悄抬起眼睛，望着对面的丞相，看到他的眼中闪过了一丝迟疑犹豫。

这是最后一次退缩的机会，李斯不敢不，也不能不最后一次掂量一番。

若自己一把推开赵高的手，连日来的一切就都从未发生过，一切野心和憧憬都会烟消云散，一切都将恢复原样，等待自己的仍然是茫然未知的命运；可自己若果真接过这枚钥匙，等待自己的将是更加茫然未知的命运，摆在面前的第一个风险便是私启遗诏之罪，一旦让自己、赵高、胡亥之外的第四个人知道，自己立即便会由赫赫功臣变为阶下囚，整个家族也都要被灭门；即便无人知晓，从此以后自己也必须和赵高胡亥这两个自己一向不齿的佞臣昏君紧紧绑在一起，这将是何等难以忍受的屈辱？

然则，若一切都没事呢？若一切都顺利呢？若一切都神不知鬼不觉呢？

望着石雕一样久久弯腰低头凝固不动的赵高，李斯终于伸出了手。

赵高长出一口气，忙直起腰闪到了一旁。李斯则握着小刀，将它插入白帛上的封泥中，轻轻一起，利落地剥去了封泥，粘连在一起的白帛也随之被悄无声息地完整揭开；随后他深吸一口气，终于将钥匙缓缓插入了金匮的锁孔。

一声清脆的响动，随之响彻了符玺事所。

尽管早有准备，然而听到这一声响时，李斯却仍然汗毛倒竖，那个瞬间他已心生幻觉，觉得守候在岩洞外的郎中们会听到这个声响，匆匆闯入符玺事所，他甚至确信自己已经听到了他们铿锵的脚步正在从身后遥遥传来；自己一旦回头便会迎面遇上他们森冷的目光。

虽然这般，李斯却还是轻轻别过脸。

只有赵高伫立在身后的黑暗中，面孔模糊不清。

李斯狠狠咬住下唇，双手搭上金匮两侧，各自按住了一小块常人决然难以察觉的斑纹，以特殊的手劲稍一用力，金匮终于无声地打开，沙丘宫之夜自己曾在少子胡亥手上看到过的那方黑沉沉木函，赫然映入了眼帘。

他探出双手取出那方木函，再缓缓打开了函盖，目下再也没有任何物事阻挡在自己与遗诏之间了，那一条折叠好的白绢已被轻轻展开，一个又一个鲜红的秦篆，先后落入眼帘：

以兵属蒙恬，与丧会咸阳而葬……

尽管早已知晓遗诏的内容，但看到这句话的那一瞬间，泪水仍然由李斯的眼眶中泛起，再一滴滴落下，滴在那些鲜红的秦篆上；但李斯已不再犹豫，而是迅速抽出这条白绢紧攥在手心，另一只手已从袖中掣出另一条折叠好的遗诏放回了函中，紧接着便逃避一样地迅速合上函盖转过身大步来到那巨大的燎炉前，一把将已被揉搓成一团的白帛丢向了熊熊火焰。

赵高在身后忙碌着，极尽利落地将金匮按原样重新锁好，李斯自己却是呆呆地伫立在燎炉前，眼睁睁地望着那条白帛被火焰一点点吞噬，由雪白变为焦黑，最终融化得了无形迹。

而今，已无法回头了。

5

李斯发现，自己已重新坐在了书房中。

他不知自己是如何从通天台上下来的，也不知是如何坐到这书房中的，更不知自己面前何时摆放了一杆狼毫大笔。他只认出，那杆笔是蒙恬亲手制成又亲手送给自己的，他只制成了两杆，另一杆送与了皇帝。

在恍惚中回忆了许久，他终于记起，自己是要模仿皇帝的笔迹写一封诏书，明日便要将这诏书交与特使，送往上郡。

若想确保自己的谋划顺利实现，自己和赵高至少要完成两项任务：其一，更换遗诏，立胡亥为二世皇帝；其二，除掉另一个可能即位的皇子扶苏，以及铁心拥护扶苏又握有重兵的大将蒙恬。这两项任务互为牵制：胡亥不为二世，则扶苏必不肯死；扶苏不死，则遗诏纵立胡亥，大臣们也必当群起反对。这一点，在赵高剖析局势前，李斯已经想到了；赵高甚至还没开口，他便同样想到了除掉扶苏蒙恬的方法：模仿皇帝的笔迹，再写一封诏书。这封诏书，自然当由同时精于文事书法的李斯亲自动笔。

然而直到今日，九原军特使王离已找上门来，奋不顾身想要见皇帝一面时，李斯却还是没有写成这封诏书。

诏书如何写，对他来说毫不困难；模仿皇帝笔迹而不露出破绽，李斯也同样做得到；唯一使他迟迟无法落笔的，其实是自己的良心。对扶苏，对蒙恬，李斯其实都是由衷激赏的，扶苏那信人奋士刚毅武勇的口碑早已传遍天下，确是最合适的新君人选；蒙恬更不必说，连自己都亲口对赵高承认，自己比不上蒙恬。于公来说，若两人果然秉政，必将为秦帝国建立更大功绩；于私来说，两人与李斯纵无过深交情，彼此却也很是相得，蒙恬送给自己的狼毫大笔便是明证，而扶苏更娶了自己的长女，实际上是自己的女婿。他二人，皆有功于大秦，皆无愧于李斯……对此等二人，李斯但有一丝良知尚存，何忍下手?

漏刻的水滴答答淌着，李斯依旧枯坐在那条白帛前，不知愣怔了多久，终是轻轻伸手，打开了摆放在书案前的一个小小木函，从里面倒出了一把蓍草。

他想到了卜筮。

和其他大部分庙堂重臣一样，李斯并不迷信卜筮，他心下清楚，想要建功立业，便不能瞻前顾后，不能将希望寄托于虚无缥缈的天命或者神灵，这便是正道不问吉凶的至理；然而另一方面，李斯却也并未全然拒绝这些常人眼中的虚妄之说。出生于巫风浓厚的楚地，自幼耳濡目染各种神秘玄学，李斯不可能完全摆脱天命鬼神之说在自己心底投下的印记，只不过对待天命，他有自己一套独有的方略：一帆风顺之时，他从不去想天命，只毅然决然地一心走下去；然而若遇挫折失败，若遇困惑迷茫，若遇颓唐萎靡，他便往往要为自己占上一卦了。

“假尔泰龟有常；假尔泰筮有常。昊天在上，李斯伏唯以求明示……”

窗棂之外的天穹一片幽蓝，东方已经隐隐泛白了。沐浴更衣完毕的李斯端坐在几案之前，在心底默念着筮辞，手中紧握着这五十五根蓍草，仿佛紧握着自己未来的命运。

他先从中抽出了六根放在几案上方，这代表着太极；又将手中剩下的四十九根蓍草分为两半，这一半代表天，那一半代表地；接下来从左面取出一根夹在手中，将左右两侧其余蓍草分别四四分组，取走最后剩下的蓍草；尽数分好后，再将两次剩下的蓍草一并放在定好的太极之下。如此循环三次，最终记下了最后剩余的蓍草组数，并在竹简上刻下了第一道“少阳”的卦象。这般往复了总共六次，卦象终于渐渐形成，李斯由下向上看去，但见六爻分别为少阳少阴交替三次，原来是上水而下火的卦象。

这是六十四卦中的倒数第二卦，水火既济之卦。

“亨小，利贞。初吉，终乱。”李斯记起了这一卦的卦辞，默默想着它为自己昭示的可能的未来：“济”者，渡也；“既”者，尽也。万事皆济，故曰“既济”，此卦坎水离火相交为用，水火虽相克却也相成，相成则相济，有阴阳交会之意；然离火居下仅为初吉，坎水则在上，却是终乱。换言之，这卦象说自己大事能成，只是必须防止一切不测，方可保“初吉”不变，而最大风险只在那坎水，坎水当为何人？自然便是扶苏蒙恬……

想到这里，他终是自觉安心了许多，收起蓍草展开白帛，又将一旁的玉砚中注满了朱砂，再将手伸向那杆蒙恬亲手制成、又赠送给自己的狼毫大笔。可不知为甚，他的手刚碰到它的笔管，立即像被烫一般缩了回来。

恍惚间，他仿佛看到蒙恬扶苏那一老一少却同样俊朗坚毅的面孔浮现在面前，蒙恬满怀疑惑地望着自己，扶苏的目光中却充满了惊讶和痛苦：

“李斯，蒙恬死去自然无妨，可你竟不顾邦国安危，宁可秦政一朝倾覆，宁可自己万劫不复，也要铤而走险？为一己私欲，你竟敢这般背信弃义？……”

“扶苏心中，丞相向来和父皇一般高大伟岸，扶苏不信，丞相竟不顾陛下信任重托，竟不顾自己一世英名，做出这般伤天害理之事！……”

“李斯无错！”自己声嘶力竭地咆哮着，“蒙恬扶苏，休得大伪欺世！若执公器，必得冷血；但有迁善，身死国灭！你等若果真秉政，岂会放过李斯？李斯出此下下之策，都是你等逼迫所致！不错，李斯有私欲，李斯是恶人，可李斯敢直面内心恶欲，不似你等口说仁善遮遮掩掩！李斯师从荀子，荀子为李斯上的第一讲，便是人性本恶，人之性恶其善者伪也，今人之性生而好利，李斯信哉斯言！既然人性本恶，李斯又何当受你等指责？更有甚者，李斯也要建功业，李斯要成摄政周公，李斯要与陛下比肩而立！一旦李斯果然成就了旷世伟业，便当与陛下一般千古不朽，待到那时，还有何人会计较这诸般劣迹？胜者只有脚踩败者尸身，手染败者鲜血，方能达到功业巅峰！……”

猛然一个激灵，李斯瞬间清醒了过来，仿佛溺水的人抓住救命稻草一般，一把抓住了那杆狼毫大笔，猛然将它戳入注满了朱砂的玉砚，鲜血般的殷红点点溅在砚身和书案时，大笔已经落在了雪白的丝帛上。笔杆不住抖动着，握住笔杆的右手冰凉得仿佛刚在冰水中浸过，然而一个个显是出自皇帝笔端的独特秦篆，还是接连在他面前逐一闪现，望着那一个个熟悉而又陌生的鲜红大字，李斯情不自禁地老泪纵横，写完最后一笔，他只觉自己再也握不住那越来越沉重的狼毫，当啷一声将它掷到地下，眼前一黑晕死了过去……

不知过了多久，他再度睁开眼，发现自己重又来到了符玺事所那幽深的山洞中，背后仍是熊熊燃烧的燎炉的火焰，面前仍是一排排码放整齐的金匮，而他低头望去，见到宽阔的石案上仍然摆放着那只黑沉沉的木函。

他颤抖着将那木函推到一旁，失魂落魄地转过身去，想快步逃离这符玺事所，逃离这沉重得使自己透不过气来的梦魇，然而扭过头时才发现，燎炉不见了，铜架不见了，一只又一只金匮不见了，四下里一片黑暗，只有面前这只黑沉沉的木函，函盖和函身的缝隙中透着丝丝缕缕的光亮。

来时的路，已被堵死了。

终于，他无可奈何地再次打开了那只木函。

函盖开启的瞬间，一缕光芒吞噬了李斯，他惊愕地发现四下里顿时开阔起来，自己重又回到了通天台上，透过混沌迷离的重重雾霭可以看清，远方似乎矗立着一只人首蛇身的巨大怪物，它口中衔着烛火，缓缓睁开了金色的双眼，死死盯着自己——

烛龙，上古传说中的异兽烛龙！每当它睁开双目，天下便是一片大旱！

黄金之瞳慢慢张开，万丈金光使周遭逐渐变得明亮，雾气也开始渐次消弭。一阵怪异鸣叫从头顶传来，李斯仰头望去，看到千百只怪鸟盘旋在天穹，都是通体青色，只有一只脚，两翼和尾羽则拖曳着长长的火尾，鸟吻更是衔着团团烈焰。他认出这是毕方，传说为木精所化，一旦出现便预兆着火灾。

猛烈罡风突然刮起，一只奇大无比的大风鸟鼓动着两只垂天之翼，自青丘之泽遥遥飞来，每一下振翅都要带过一阵飓风；而那些毕方也纷纷张开鸟喙，一团又一团的火焰随之从天而降，又在风暴中纷纷飘摇着四散开来，当这些密集火雨坠落在地时，便在风势鼓动下熊熊燃烧，迅速连接成了一片赤红色的浪潮。李斯站在通天台上向四下俯瞰，但见整个关中一片火海！

巨大的热浪扑面而来，李斯慌忙抬起双臂遮住面孔，稍稍放下之后，却见那茫茫红焰中，一只又一只上古凶兽纷纷跳出，横行肆虐，叫嚣隳突：那是形如巨猿的朱厌，凄厉地唳叫着，召唤着连绵的兵灾；那是赤身马足的猰貐，一把把抓向四处逃散的人群，将他们一并塞入口中吞噬下去；那是虎形人面獠牙长尾的梼杌；那是肋生双翅浑身尖刺的穷奇；少华山下扑出了六足四翼的怪蛇肥遗；大泽之中相柳高高挺起粗壮的蛇身，扬起九颗头颅，喷出猩红的血水……而在这些纷纷总总的怪异身影上空，十颗金光闪耀的红日环绕天穹，正在交相辉映！

“这，都是我招来的么？……”通天台上的李斯，失魂落魄地喃喃自语着。

“李斯，这便是将来的天下；纵然如此，还要继续么？……”

威严的声音响彻了四方，李斯看到通天台上，自己的对面，伫立着另一只异兽，蛇形的身子穿着一件紫衫，左右分开的两颗人头各戴一顶旃冠，四只眼睛紧盯住自己，两只口也同时翕动着。

延维，人主得而飨食之，霸天下。

——要，必须要！李斯没有退路！

想到这里，他大张开嘴，伸出双手向着它猛扑了过去，牙齿深深嵌入了蛇身，血肉那香甜的滋味瞬间充塞了满口。

这时，他听到了它充满了嘲讽的笑声：

“既如此，你我成交……”

……

晨风送来了阵阵鸡鸣，沉睡中的李斯睁开眼睛，发现天已大亮了。

第三章 玉碎

1

长长的秦直道依旧笔直伸向前方，那股连日来一直困扰自己的腥臭也淡了不少，明艳日光下，甘泉山仍然一片苍翠，清风中却隐隐透出了一股凉意。

扭头向身后的甘泉山望去，王离看到一队皇室仪仗正徐徐开出，缓缓向自己走来。他愣怔怔地望了片刻，终是重重地叹了口气，扬起马鞭，丹骎旋即彤矢般冲了出去。

“仍是未能再见陛下，只能待诏书送达上郡了……”嘚嘚马蹄声中，王离多少有些沮丧地想着。

昨夜回到驿馆后，王离眼见长夜过半，本不想再睡，只待生熬到天亮便再去求见皇帝。可刚在院中转悠了片刻，驿馆官仆便奉上了一罐米酒，说是丞相送将军洗尘的。王离虽觉诧异，却还是饮尽了这米酒，不料几大碗灌下肚去，头一挨枕便沉沉大睡，再睁眼时已是午后，大惊之下慌忙跃起，驿馆官仆刚好迎来，云丞相已在正厅守候多时。王离顾不得质问他何不早些唤醒自己，匆匆冲出寝室，一眼便望见丞相和一名御史模样的吏员对坐着，见到自己后，那御史忙满面笑容起身迎接，拱手一句：“御史曲宫，见过将军。”

王离目光闪烁了一下，不期然从此人身上嗅出一股特异气息。他曾在宫中任过郎中，对三公九卿都很熟悉，对他们身边的主要属官也同样熟悉，此人既是御史，定是冯劫属下；既然能与赫赫丞相一同出入，自然该是冯劫的得力助手，可若果真如此，自己如何从未见过此人？一旁的李斯仿佛看出了王离心下的疑惑，淡淡解释说，曲宫多年来一直监理代郡，前两年才调回咸阳，此次随同巡狩，职司巡狩车队与咸阳之间文书诏令之周转，此番也当与将军同去上郡，颁行陛下诏书。

“目下仪仗车马已大体备好，曲宫欲在午后动身，却不知将军如何谋划？留守甘泉宫乎？与在下同返乎？先行折返乎？”曲宫语气仍然恭谨。

“先行折返！”王离毫不迟疑地答道。心下很清楚，自己若继续耗下去，一则不知何时方能重见皇帝；二则蒙公皇长子等回信等得焦急；三则自己若能赶在诏书到达前告知蒙公皇长子，他们也好预做准备。

除此之外，还有一个念头促使他快些动身：他不喜欢这个曲宫。他不喜欢他殷勤恭谨到近乎谄媚的神态，此等神态若出现在中车府令赵高那般人物身上，自是情有可原，可堂堂御史却对自己这般低声下气，他觉得实在古怪。

就这样，当曲宫的车队仪仗仍然在秦直道上慢慢蠕动时，王离已抢先一步踏上了归途。

阳周城的幕府里，王离与预先来到这里的蒙恬、扶苏，以及上郡将军杨翁子重逢了。

听王离逐一讲完此行经过，蒙恬负手在幕府中徘徊起来，心下也大是踌躇：依王离所言，皇帝虽则病重，毕竟还在人世。只是此番也太反常了，蒙恬决然不信皇帝竟不许自己与扶苏前去见他，竟会对王离这个特使毫无抚慰，巴不得他快些回去！难不成，皇帝果真神志昏乱了么？一时间，蒙恬颇有些后悔自己派王离出使了——不仅没能解开这诸般疑团，反倒得了正式禁令，不许再来探视，只能乖乖等候诏书前来，岂非自缚手脚？

“王离说得对，这特使曲宫，来路蹊跷。”许久沉默后，蒙恬冒出这样一句，又将目光投向了一直沉默的杨翁子：“老将军，阳周城守军，飞骑几多？”

“两千飞骑。阳周为驻兵重镇，兵力尚可。”老将军毫不含糊地答道。

“肯否借与蒙恬？”

“将军哪里话！便连老夫自家，也只奉你将令！”

“善！”蒙恬的目光在扶苏、王离、杨翁子三人身上逡巡了一圈，“老夫之意，我等莫再耽搁了，两步行棋——拘押特使，领兵南下！”

“不可！”扶苏猛然倒吸一口气，“将军如此作为，岂非乱法？”

蒙恬直勾勾盯住了扶苏：“皇长子，这多反常迹象，你看不出么？陛下一生英明，何曾有过如此乖戾之举？我等多方求见竟至百般推脱？此中最大可能便是朝局有变，有奸邪假借陛下之名，把持朝政！”

“绝无可能！”扶苏霍然起身大叫道，“父皇何等雄强之主，何等宵小敢在父皇眼前弄权？纵然父皇果真病重不能理事，不是还有丞相么？”

“丞相……”蒙恬嘴角陡然一撇，没有接口。

“老夫，怕的便是丞相有变啊……”这句话，他终究没能说出口。

连日来，蒙恬心下也曾反复揣摩过那个可能出现的最坏结局：陛下其实已不在了，已有奸佞如当年易牙、竖刁那般窃居了枢要！想起当年齐桓公爬满蛆虫的尸身，蒙恬陡然一阵恶心一通切齿愤恨！若果有这等奸佞，能是何人？蒙恬对皇帝身边十余个主要的内侍近臣都大体知晓，心下对他们的职司秉性逐一排查之后，最终觉得中车府令赵高身上疑点最大。依照胞弟蒙毅的书信，他在大巡狩后期返回咸阳，皇帝的印玺便该由此人兼领，随侍皇帝身旁、又同时有这个能力有这个可能假托陛下之名弄权者，也只有他了；更有甚者，赵高还是少皇子胡亥的老师，而胡亥又恰恰在这大巡狩的队伍中，恰恰也随侍陛下身旁，你就一定能说，眼见陛下病重又未明确立储，赵高胡亥心下不会泛起任何不轨图谋？虽则此人追随陛下的时日甚至比自己都要长，数十年来也始终勤勤恳恳，更立下无数大功，蒙恬实在不愿怀疑这样一个虽出身低贱却着实功勋累累的人物，可人心终究难测，若果有足够大的诱惑摆在眼前，焉知他不会骤然蜕变？……

可反复思忖之后，蒙恬还是在心底轻轻摇了摇头。以陛下的雄强，以秦法的森严，以满朝三公九卿的忠直骨鲠，纵然赵高心怀异志，纵然他果真能弄权一时，也定然不会长久。不消说别的，只要蒙毅回到甘泉宫，由赵高手中收回符玺事所，这区区一介内侍还能如何兴风作浪？若想毁掉秦政，毁掉大秦社稷江山，便是一万个赵高也做不到，唯一能做到这点的，只有另一个人——

丞相李斯。

和不愿怀疑赵高一样，蒙恬同样不愿怀疑李斯，可毕竟无论巡狩队伍还是咸阳庙堂，皇帝之外便是李斯权力最大。若皇帝已然病重，主事者必是李斯，既然如此，连日来诸般反常迹象若无李斯默许，可能出现么？只是自己虽有这般浓重怀疑，手中却毕竟没有实在证物，因而这怀疑也只能憋在心里，不能对任何人讲，难矣哉……

“蒙公，你究竟何等谋划？”老将杨翁子却并无扶苏蒙恬那般多的思虑，径自问道。

“你等且看!”蒙恬转身大步来到地图前，一手指了上去，“蒙恬之意：第一步，王离率这两千飞骑，沿秦直道迎特使车队而去，碰面后将其拘押，此后下秦直道迂回西南隐秘行军，切断甘泉宫各处退路；第二步，老夫给蒙毅、李信、二冯各去密信，讲述朝局异常，邀他与我等共同呼应，到时杨翁子将军坐镇阳周城，与各方互通声息；第三步，老夫由九原调涉间、苏角领五万大军南下，与皇长子围定甘泉山，请见陛下！若陛下果有意外，老夫便拥立皇长子继位！如何?”说到最后，蒙恬一脸恳切地望着扶苏，炯炯的目光中饱含了不知多少期冀。

“……”扶苏却是静默伫立着。

“再者，领军问政也只为防万一，不到万不得已，我等决计不会手足相残。此为正道谋国之举，与乱法乱命大有不同，皇长子莫计较些许口舌非议。”蒙恬显然注意到了扶苏的踌躇，有意换了副缓和口气。

“……”扶苏却仍旧默不作声。

“皇长子，倒是发话啊!”王离急切了，“我等……”说着忽然注意到蒙恬投过来的冰冷目光，连忙打住了。

“王离，扶苏只问你一句，若朝中并无异常，却待如何?”

“……自是王离向庙堂请罪了。”

“不奉诏令领军还国，何等罪名？何等刑罚?”

“谋逆，处灭族之罪……”

“如此，世间还有频阳王氏么？上将军与太尉两代名将，一世英名，到了你这一代，如何便成乱臣贼子？其余参与兵变人等，蒙公与郎中令，两位冯公，李信将军，个个都资望深重，若尽数参与兵变被问罪，我大秦岂非自毁干城？扶苏不能拖累你等，更不能为一己私欲，开乱法乱政之先河！……”扶苏越说越是激切，说到最后已是面红耳赤，声色俱厉。

“可目下形势，朝局已然生变！我等岂能坐等祸事临头？若诏书果然有异，皇长子，皇长子宁可，束手待毙乎？……”

说出最后几个字时，王离的声音小了下来，扶苏也陡然沉默了，蒙恬和杨翁子同样没有插嘴的意思，幕府中一时间很静。

不知过了多久，扶苏终是淡淡一笑：“若果然如此，夫复何言?”说罢分别向蒙恬、杨翁子和王离各拱了拱手，没再理会他们便踽踽去了，只剩下三人面面相觑，再没有吭声。

2

晚风送来了悠悠羌笛声，正在军帐中烦闷不已的王离猛然一愣，走出帐外，正见远处长城的烽燧上伫立着一个熟悉的身影，看清那人之后，他连忙快步赶了过去，来到那人近前时，羌笛止住了。

“皇长子……”王离不知说什么好，只能缓步上前，与扶苏比肩而立，一同眺望着远方的秦直道。

“王离，做过梦么?”扶苏喃喃道。

“做过，自然做过。”王离不明白皇长子如何没头没脑地问了这么一句，却还是马上答道。

“都梦到过何人，何事?”

“多是亲近之人，阿翁，大父，阿媪，皇长子你，蒙公，阮翁仲，还有皇帝……最常梦到的，自是惟嬴。”

“一样啊……”扶苏轻叹口气，“扶苏与你一样，也常梦到亲近之人。只是梦得最多的，还是父皇……”

“哦。”王离不知如何回答，只是简单应了一声。

“长城崩塌那夜，我做了梦，梦见父皇故去了；还梦见天降火雨，整个大咸阳都被焚毁了；怪的是，后来我向蒙公提起，他竟也做了同样的梦……”

王离心下猛然一惊，向皇长子投去了诧异的一瞥。

“你说，父皇，不会有事吧……”扶苏却是浑然无觉，依旧自言自语着，借着落日余晖，王离看到他的目光满是迷惘。

“该当，不会……”王离说得很是艰难，却越来越心惊肉跳。

“十几年了。十几年前，我尚未加冠，便随蒙公来这上郡驻守，十几年下来，终是随他大破匈奴，幕府也跟着北移到了九原。不想今日又重回这上郡河西高地，只不知，何时方能重返咸阳……”

晚风轻轻拂过，落日渐渐与山峦重叠了。

“十几年间，回咸阳见父皇的次数，我扳着手指都能算清，每次见父皇之时，他那音容笑貌都刻我心底，尤其最后一次。父皇当时那副怒容，骤然发病那般惨状，我闭上眼仍能看清……”

“皇长子，你，你定能重见陛下……”王离也不知是在劝慰皇长子，还是在给自己宽心。

“……王离，你不知那次之后，我心下何等愧悔。我所愧悔者，既是自己那乱法之举，也是因长久不在父皇身旁，无权与闻国政，无力劝父皇尽早调整国策。蒙公也同我说过，我与父皇，谁都没错，谁又都有错：父皇错在国政本身，我错在乱法抗命；偏偏此等大势之下，我父子二人又都不得不坚持自家主张。若父皇马上听我谏言，必成出尔反尔，近年来父皇屡有坏法，此举又将大大损害秦政根基；可若我赞同严刑峻法，不出数年天下必将怨声载道，进亦忧，退亦忧，难矣哉！……蒙公与我说过，只要父皇在位，便只能先沿老路继续走，至多不时小修小补，以此稍稍缓解黔首怨心；秦政果真要改弦更张，只能等父皇一朝去了，可，可我却宁可父皇长生不老……若我能早日回父皇身边，一则他不致这般操劳，二则也不致民怨累积得这般深重；可我也知，父皇将我派到蒙将军身旁，也是要锤炼砥砺我，我又何能拒他一番苦心……”

王离无言以对，只能默默听着。

“白日里，蒙公、杨将军与你，都力主起兵南下问政，我却断然拒绝，你等必定以为扶苏迂阔，然则，扶苏确乎不想再将帝国拖入内乱了。父皇多年来屡有坏法之举，秦政根基已然大大松动，我等若再贸然起兵，甚或可能使秦政一朝倾覆，我大秦，内耗不起了啊……特使这几日便要到了，父皇那诏书也要到了，无论对扶苏如何安排，扶苏也决意不再违逆父皇意志；即或是要扶苏去死，扶苏也认了，若能以己身换得大秦江山永固，扶苏何惜自家一条性命？……”

在王离惊愕的目光中，他从怀中掏出一轮玉璧，王离认出，这正是那个古怪阴影在平舒道上交给自己的那轮，也是当年沉入湘水的那轮玉璧。

“那次在咸阳劝阻坑儒之时，你将这玉璧交与了太尉，太尉又将这玉璧交与了扶苏，扶苏再次求见父皇时，本欲将这玉璧还给他，不料未及见面诏书已下，从此便将我贬回了九原，这玉璧，也始终未及交还父皇……”

说完这最后一句，他没有再说话，王离也同样没有再说话，两人就这样久久伫立在阳周城之上，眼见斜阳渐渐沉入山峦背后，夜幕降临在整个河西高地上。

曲宫终于来到阳周城了。

他很清楚自己带来的诏书的内容，也清楚自己此行的目的——设法逼迫扶苏和蒙恬自杀，至少也是逼迫皇长子扶苏自杀。丞相李斯将出使人选定为自己、又告知此行任务时，自己心下顿时狂跳起来：从常理看，这番使命当真是九死一生，若扶苏蒙恬听罢诏书之后勃然大怒，一剑杀了自己都有可能；即便无事，只要两人不肯当时奉命，这趟出使也仍不算成功。可最后还是中车府令赵高说服了自己，赵高说，自己是看着皇长子长大的，对他的秉性再熟悉不过，你休看他外表英烈，实则未经过重大挫折，若果然遇上定会一蹶不振；更有甚者，皇长子对皇帝奉若神明，偏偏又一心想修正秦政、修正皇帝，对秦政对皇帝既想遵从又想违逆，南辕北辙之下必定彷徨迷茫，此时攻其迷乱，必能一举奏效！切记，目下九原军仍无人知晓皇帝已死，只要扶苏确信此诏果然出自皇帝之意，必死无疑！只要扶苏已死，蒙恬纵想翻天也无人可拥立，反会使自家坐实谋反之实，定将投鼠忌器！……

最终，曲宫还是听从了赵高，大张旗鼓北上了。他不在意自己的死活，只在意能否完成这一重任，如此才好报答丞相。他表面上是御史大夫冯劫的属官，其实私下里却是李斯的舍人。当年李斯任廷尉时，还是一名决曹掾的曲宫，曾因错解法令断案不公而反受其罪，眼看难逃一死，是李斯亲手焚毁了曲宫错写的鞫书，又仿他笔迹重写一封、盖上丞相大印，这举动一下使曲宫感激涕零，当场立下重誓：自己这条性命日后便是丞相的！此后李斯又想方设法擢升曲宫为御史，在曲宫心里，自己能有今日全是丞相器重，此番便果真为他肝脑涂地，又有何妨？……

阳周城的幕府中，气氛凝滞得近于窒息，只有曲宫那微带颤抖的声音回荡着。

“朕巡天下，祷祠名山诸神以延寿命。今扶苏与将军蒙恬，将师数十万以屯边，十有余年矣。不能进而前，士卒多耗，无尺寸之功，乃反数上书直言，诽谤朕之所为，扶苏以不得罢归为太子，日夜怨望，为人子不孝，其赐剑以自裁！……”

曲宫的声音并不大，然而在扶苏听来，却仿佛一声惊雷在耳畔炸响，顿时一个踉跄，一旁王离虽也惊愕得屏住了呼吸，却还是眼疾手快抢上一步将他一把拉住。再看皇长子，脸上已没了一丝血色，惨白得令人不忍卒睹，身子却战栗得如风中落叶一般！

“皇长子，挺住！”王离凑在他耳畔低声道，自己的声音却也情不自禁发着颤，只觉丝丝凉意不住由心底泛起。

尽管早有准备，念到这里时曲宫却仍是情不自禁地抬眼望去，眼见皇长子的模样，忙重又垂下眼睛，咬咬牙，硬着头皮继续念下去：

“……将军蒙恬与扶苏居外，不匡正，安知其谋？为人臣不忠，其赐死！以兵属裨将王离。皇帝三十七年秋。”

一声悲泣突然响起，随后便是一声闷响，王离一声“皇长子”的惊叫。曲宫再次抬起眼睛，果然看到扶苏双手捂住脸颊跌坐在地，大滴大滴的泪水从指缝淌下，顺着手臂和衣襟滑落下来。

他多少有些逃避地将目光移开，又迎面遇上了蒙恬的森森目光，话语也不由得磕绊了：“将军，在下，奉命行事；此乃，陛下亲笔……”

蒙恬没有吭声，却向曲宫伸出了手。曲宫正在愣怔，杨翁子已大步上前劈手夺过白帛，自己先扫过一眼，脸色同样变了。

“蒙公，确是陛下亲笔。”杨翁子咽了咽口水，声音极尽沙哑。

望着杨翁子递过来的白帛，蒙恬饶是身经百战不知见过多少风浪，此刻也不禁浑身战栗起来了——字迹没错，印玺同样没错，可皇帝疯了么？竟会亲笔写下如此一道诏书！扶苏与自己，一个是帝国未来最可能的储君，一个是手握重兵的股肱大臣，都是整个帝国的柱石人物，但有一丝神智尚存，皇帝岂能命两人一并自裁？他究竟想做甚？想毁掉天下么？不会，决然不会！此中必有异常，自己决然不能奉诏！

这样想着，蒙恬的脸色也青一阵白一阵地急速变化着，扶苏依旧在掩面痛哭，王离和杨翁子骤遇突变都是手足无措，曲宫则是忌惮着触怒蒙恬而不敢吭声，局面就这样一时僵住了。

“皇长子……”曲宫终是自觉僵持下去不会有甚结果，仍然壮着胆子开了口。他不敢对蒙恬说话，只能转向扶苏，心下很是清楚，蒙恬久经沧海，必不会轻易相信诏书所言，自己若逼迫过甚，极可能将他激怒，怕便是再难回去复命了；目下倒是皇长子的反应被中车府令说中，只要他依旧迷乱，自己仍有可能成功！

听到曲宫重又开口，扶苏缓缓放下双手，已是满脸泪水双目血红，尽管泣不成声，却仍在王离的搀扶下勉力站起身来，哽咽着伸出了双手，死死咬住的下唇随之渗出了一丝鲜血：“扶苏，奉诏……”

“皇长子！”王离、杨翁子和蒙恬同时大叫。

一丝欣喜陡然从曲宫心底闪过：中车府令料事如神，果然说中了！忙从随员手中接过长剑，不料刚转过身，一个高大的身影骤然横在了面前——

王离！

“将军欲阻挠特使乎?”眼见扶苏已决意奉诏，曲宫胆气顿时盛壮了起来，声音也随之大了不少。

“呛啷”一声，王离长剑出鞘，剑锋直指曲宫当胸：“管你鸟特使！想动皇长子，先过我这关！”

“王离，莫要乱命……”身后传来了扶苏强忍住的呜咽声。

“皇长子!”王离猛然扭过头，第一次对扶苏大吼起来，“皇帝昏乱了，你也一并昏乱了么？这诏书必然有异！朝局也必然有异！我等须……”

“王离，莫再说了!”蒙恬一声断喝，截住了王离话头。

“蒙公！你也欲奉诏么?”王离更加急迫了。

“老夫不会奉诏，目下不会。”

蒙恬森然的话语骤然回荡在了幕府中，说着他来到扶苏面前，盯着仍然兀自啜泣的皇长子，勉力平静地开了口：“皇长子，陛下使老臣领三十万大军守边，以皇长子为监军，此天下重任也！若果真心存疑虑，你我岂能领军十余年?再者，我等北驱胡虏、修建长城，这等功业谁人不知？诏书说你我无尺寸之功，岂是实情？陛下只要神志清明，岂会写下这般话语？今日只一个使者送来一道诏书，皇长子便要自杀，安知此中无诈？你我至少该复请陛下!”

“父赐子死，何能复请！……”扶苏满眼泪水抽泣道。

蒙恬无可奈何地一声长叹：“皇长子且听老臣一言：若面见陛下之后，陛下果然亲口命你我去死，那时再奉诏不迟，老夫陪你上路便是!”说着转身来到曲宫面前：“特使，老夫欲与你一同还国，当面向陛下复请!”

“将军此请，从无前例，在下，不敢奉命……”

蒙恬嘴角绽出一丝冷笑：“只怕由不得足下。”向左右递去一个眼色，四名甲士便大步上前，对曲宫做了个“请”的手势。曲宫眼见这等阵势，心下也开始忙乱，目光越过面前的甲士们，仍然紧盯扶苏连声大喊：“皇长子，欲违抗皇命么？陛下……”

扶苏没有再答话，只是抱着头啜泣着；蒙恬、王离、杨翁子三人同样没有再理会曲宫，仍然环绕着皇长子；幕府之外，仍然能听到已经远去的曲宫那阵阵吼声：

“皇长子，欲违抗皇命么？……”

3

夜色中的河西高地依旧营涛阵阵，灯火通明，一切都没有变，然而对于客居上郡的几位关键人物来说，这却是个无眠的夜晚。

“皇长子，莫再喝了，歇息吧……”王离轻声道。

扶苏摇摇头，串串泪珠从眼眶滴落到面前的陶盏中，溅起细小的酒花；纵然如此，他依旧用痉挛的右手抓起陶盏，递到自己嘴边，将那酒水哽咽着咽下，这才放下陶盏长吁一口气，浓重的酒气直扑王离而去。

“你，如何不喝?”扶苏抬起通红的双眼，喘着粗气问道，额角已渗出大滴的汗水。

“咽不下……”王离无可奈何地摇摇头。

扶苏嘴角绽出一丝苦笑：“咽不下？你咽不下，我便咽得下么？咽不下也仍要咽啊，此等好酒，日后怕是再难尝到了……”

稍稍一顿，他忽然想起了什么，连连摇头，声音缓慢而低沉：“错也，我却忘了，你我不同。我日后便饮不得这般好酒，你却仍能饮到；我已时日无多，你却路还长……”边说边抓过酒壶，重又自斟自饮起来：“既如此，我都喝罢便是了……”

“皇长子!”王离一把按住了扶苏又要举起来的酒碗。

扶苏重又抬起眼睛，眼神中一片蒙胧迷茫。

“皇长子，如何这般颓唐?”王离痛心疾首道，“王离心中，你既是兄长，更是自家要效法之榜样。你在王离心中，直如当年司马靳前辈在我大父心中，陛下在我父心中一般！你，你莫要让王离失望……”

听到王离提起了皇帝，扶苏的目光陡然呆滞了，片刻后他轻轻摇头，眼睛里氤氲起了一股雾气，语气中也带着一丝前所未有的凄凉酸涩：“莫要学我。扶苏，是不成器的皇长子，是乱法抗命的罪臣，父皇责罚我，赐死我，都对。你却莫要学我，莫要学我……”说着一把推开王离的手，又将陶盏举到嘴边，要将酒水再次灌下去。

“皇长子!”王离咆哮着劈手夺过陶盏，又将它一把丢回食案，只听“当啷”一声，一时间酒水四溅，“皇长子！王离直言得罪了，你如何这般愚忠愚孝起来？陛下的确圣明，数十年来极少错断；王离心下也由衷崇敬陛下，可我等不能盲目信他啊！陛下是人，不是神，陛下并非绝无错失！今日给皇长子与蒙公下的这道诏书，谁听了不震惊，谁听了不觉有异？谁能说陛下书这道诏书时绝无昏乱？谁又云丞相等重臣知晓后不会全力谏阻？谁又能说陛下日后不会幡然悔悟？凡此种种都有可能，蒙公不是正在全力斡旋么？皇长子便是稍缓一段时日又如何？若陛下果真认识到自家错失，果断收回成命，皇长子却已奉诏自裁，岂非铸成大错？皇长子毕竟是储君，大秦社稷毕竟在皇长子肩头，皇长子不为自家思忖，也要为天下将来思忖啊……”

这还是王离头一次一口气说出这么多话，说到最后已是痛哭失声了。

“大秦社稷？天下将来？”扶苏的脸上却浮现出一丝辛酸笑意，“为大秦社稷，为天下将来，扶苏便不能再违逆父皇了，不能再乱法抗命了。王离，你察觉不出父皇的本心么？父皇没有昏乱，父皇，本就想赐死扶苏啊……”

听到最后一句，王离登时目瞪口呆。

扶苏一声长叹：“你等都以为扶苏必是储君无疑，实则仍不察父皇本心。父皇此番出巡，不叫我南下，也不带其余皇子，只带了少弟胡亥，此中深意岂不明了？我等二十余皇子公主中，少弟胡亥最无野心，一片天真烂漫，自然最得父皇欢心。自古以来，废长立幼之事还少么？此为人君之常情啊。父皇心下定是想立胡亥为储，却又顾忌我已成势，一旦胡亥为帝，难保我不会起兵作乱，这才先下手为强，想将我与蒙公一并赐死，为少弟即位扫清障碍，此，亦是人君之常情啊……”

“不可能，绝无可能！”王离霍然起身，瞪大了眼睛，“若是寻常君王，或可能有此卑劣算计，可陛下绝非那般人！陛下诸般决断，无不是为天下大计，纵有些许私心，又何曾因私心扰乱过大局？皇长子不能如此臆测陛下！”

“父皇是人，不是神。”扶苏引用王离方才那句话，淡淡回了过去。

“……”王离一时语塞，咬咬牙一把抄起扶苏刚斟满的那只陶盏递到嘴边，一仰脖便咕嘟嘟灌了下去，此后左手撂下空荡荡的酒碗，右手猛然一抹嘴角，长长喷了一口浓重的酒气，一股豪情也陡然从心底腾起：“皇长子，王离只劝你一句：千万莫奉诏！蒙公仍在想办法，王离、杨将军，还有涉间、苏角，还有三十万九原军，还有郎中令那些庙堂大臣，都会一同保你！王离这便去找蒙公！我等一同为你觅个稳妥出路！”

望了望满脸期待的王离，扶苏淡漠地摇摇头，笑了。

“怕的便是你等一并保我啊，你却如何不明个中道理……”他低声喃喃道。

王离却并没有听到皇长子的自言自语，也没再对扶苏说什么，只是将一位老医师和两名甲士叫入帐中，向他们交代说你等看好皇长子，千万莫让他出意外；我去见蒙公，去去就回！三人一同应声时，他已大步出帐了。

望着王离的身影消失在帐外，扶苏只觉眼前的一切都模糊起来，越来越沉重的困意压在心头，他向着面前的食案伸出手，然而刚伸到一半便缓缓垂了下来，整个身子也随之伏到了食案上，半梦半醒间，一句话始终回荡在心底：

“扶苏为人子不孝，其赐剑以自裁！……”

——父皇，儿臣，会让你满意……

“皇长子竟果真认准，赐死自己本就是陛下旨意?”

听到王离转述了扶苏的诸般话语，蒙恬皱眉问道。

看到王离默默点头，他一声沉重的喘息，双肘撑在了奏案上，两手按住了额角。

“皇长子，你如何竟迷乱于斯……只要你自家定力足够，何人能动你? 只要你自家无事，陛下纵然果有意外，天下也不会动荡，大秦江山也不会动摇分毫，这才是真正大局啊。当年陛下贬你回九原，正是因你不察大局；而今你突逢变故，如何重蹈覆辙，仍是不察大局……”

这还是王离头一次看到蒙恬这般伤感，一时间自己也手足无措了，眼见蒙公久久沉默，终是憋出一句：“蒙将军，皇长子……终究情有可原。”

“我知晓，不必多言了。看目下形势，皇长子怕是很难振作，我等当务之急便是保他无事。我意，你、我、杨将军，三人分头行事。杨将军监视那个御史曲宫；老夫一则向陛下复请，二则为皇长子谋划退路；你却须看住皇长子，绝不能让他出事。知否?”

“明白！王离必当日夜守候皇长子身边，寸步不离左右！皇长子但有不测，王离……也随他去便是!”

王离走后，蒙恬在幕府中枯坐了不知多久，终于摊开一卷竹简，提起大笔开始写那封复请诏命书，思绪随笔端一并飘飞着，皇帝的面孔也渐渐浮现在眼前，越来越清晰。

陛下，你该当还在人世吧，你若果真还在，老臣决然不信这诏书果是出自你本心。陛下你何等英烈啊，老臣与你相知数十年，平定嫪毐之乱时便认准了你是不世出的雄主，自那时起，老臣便与家父和蒙毅，与王翦老将军、王贲兄弟一道，铁了心要追随你。数十年间，陛下你灭六国一天下废分封设郡县书同文齐钱币通川防疏漕渠平百越定岭南抗匈奴修长城，件件都是石破天惊的亘古伟业，凡此等等诸般功业，此前能有哪个君王做得一二? 此后怕也再无哪个君王能做得一二。王贲兄弟说得对，凭这般功业，陛下你决然无愧与三皇五帝比肩，决然无愧千古一帝，此非我等逢迎拍马，而是我等对你的衷心崇敬。自然，陛下你并非全无错失，可那些错失远不致淹没你创下的这诸般功业。你确实屡有坏法之举，你确实忽视了庶民生计，然则只要你能将皇长子明确立为储君，让皇长子继位为二世，这些缺失都可由皇长子替你补救，老臣也会尽心尽意辅佐皇长子替你补救；若是那般，我大秦江山纵不能传至千世万世，也至少能安如磐石不移不易。可如今，你，你却如何突然下了这般诏书，命我等一并自裁？你不思文明大业的传承么？你不思匈奴边患的泛滥么？你不思大秦社稷的将来么？皇长子与陛下年轻时一般英烈，早已准备奉诏；老臣也绝非胆怯自保之辈，若邦国有难需老臣做牺牲，老臣定会慷慨赴死；若老臣果有重罪，不待陛下开口，自己便当杀身以谢天下；甚或老臣确乎触怒了陛下，陛下确乎亲口命老臣去死，老臣也同样不会有半点迟疑！可扪心自问，老臣无有过失啊，皇长子更无有过失啊，陛下你何曾亏待过一个有功之臣，如何突然这般逼迫老臣，这般迁怒于你最器重的皇长子？老臣决然不信你是要立胡亥为二世，决然不信你是要替他继位扫清障碍，你不是那般眼光短浅胸襟狭窄的权谋君王啊，你一不封皇子土地，二不用皇族做大臣，这是何等公心？你不会拿族群兴亡社稷安危来换得一个不成器的儿子继位啊……难不成，你是被奸佞蒙蔽了？

想到这里，前些日子那丝一闪而过的怀疑，重又幽灵般浮现在了蒙恬心头。

果真是丞相李斯么？不，不对！丞相何等磐磐大才，为我大秦立下过何等煌煌功业，此等方正之人，岂能做出这般龌龊卑污之事？况且丞相若果真动此邪念，却又能图甚？论权势，论声望，除却陛下，天下再无一人堪与他比肩，若他意图乱命，岂非自毁功业，岂非自寻身败名裂？若说他嫉恨自己更是可笑，自己多年将兵在外远离庙堂，论对朝局影响远不如他，何来嫉恨之说？自然，丞相也有自家缺陷，自己听诸多大臣提过，丞相为人为政，多游移少担待，多斡旋少直言，多圆滑少骨鲠，多狐疑少决断，凡此种种作为，休说不能与王贲相提并论，便连冯去疾、冯劫、蒙毅等人似也多有不如；然则反过来想想，这几人，连同自己，谁又能有丞相那般理事才具？尺有所短，寸有所长，既然人无完人，自然不能对他太过苛求。况且，丞相既是这般人物，又岂会有胆量做出这般矫诏之事？是了是了，多半是皇帝暴怒之时，丞相不敢直言劝谏；可若果然这般，他至少也该私下里给自己一封书信，言明当下大势啊？罢罢罢，总归常理揣测，丞相不当有此二心，自己切莫恶意忖度，给此等功臣身上泼污水……

左思右想不得要领，蒙恬烦闷地一声长叹，不由得又想起了太尉王贲。三公九卿之中，除却胞弟蒙毅，便要数王贲与自己交好。王贲两样最大的长处，一是机警，二是果敢。若论机警，蒙恬自忖与王贲在伯仲之间，然则若论果敢，蒙恬却是甘拜下风：自己终究是先习文后从戎，先习的律法后修的兵学，依旧是文士根基，文士那狐疑犹豫的通病，自己终究未能全然摆脱；王贲却不然，年少之时便随王翦老将军从征，既有其父教诲，自家又久处军中，堪称铁石胆魄。蒙恬确信，只要王贲还在，陛下便绝不会发出这般荒诞诏书，若王贲是自己，无论何等人敢阻拦，他都会硬闯进甘泉宫强行觐见陛下，而不会像他儿子那般几句话便被劝住，也不会像自己这般整夜谋划对策却全无作为。哪怕王贲不在甘泉宫，而是和二冯、蒙毅同留咸阳；甚或只要还能理事，蒙恬都确信，事态决然不会闹得如目下这般不可收拾！惜乎，朝中最需他力挽狂澜之时，王贲这一世名将却只能留在频阳，终日病恹恹地卧榻静养，国难当头却无人可与并肩，惜哉痛哉！而今别无助力，只能自己独挑大梁了……

天明时分，蒙恬终于完成了这道复请书，大笔撂下之际，已然老泪纵横了。

4

黎明时分，蒙恬来到了曲宫下榻的馆舍，一眼便见杨翁子守在正厅，倚在石柱上睡眼惺忪地打着盹，然而刚听到脚步声便猛然晃晃白头大张开眼睛，粗声叫了句“蒙公”。

蒙恬忙举手示意他小声，然后自己也把声音放低了：“那曲宫昨夜如何?”

杨翁子刚要开口，两名侍卫的痛斥声，以及随之而来的拔剑声突然从身后响起，原来是曲宫正想从内室出来，却被侍卫们拦住了，剑锋在前他不敢前凑，只能在内室中遥遥高喊：“蒙公，你不仅不奉诏，还拘押本使，却是何意?”

蒙恬不屑地瞥去一眼，用目光向杨翁子示意，两人一前一后一同来到了庭院，这才低声开口：“杨将军，老夫须回九原，一则找个匈奴头领，将皇长子托付给他；二则亲调大军南下问政，这边便有劳你与王离多加小心了，只要皇长子无事，一切便都有转机……”

纷乱的脚步声忽然从馆舍庭院外响起，间或夹杂着阵阵高声叫喊，仔细听来竟是王离的声音。蒙恬杨翁子望过去时一同吃了一惊——一身戎装的皇长子出现在庭院中，身旁跟着满头大汗满脸通红的王离。

“蒙公，皇长子说要在附近转转，我怕有意外，不敢让他出去，他便要来找您折辩……”

扶苏却是淡淡一笑：“蒙公，扶苏欲走走马，散散心。”

蒙恬和杨翁子诧异地望着对面的皇长子，他们看到他虽则面色苍白神情忧郁，却已恢复了几许气定神闲。他显是刚沐浴更衣完毕，气色好了不少，目光重又变得镇定，身姿重又变得英挺。蒙恬记得昨夜王离对自己说过，皇长子饮了半夜的酒，却不想今日一早便醒了过来；更令他意想不到的是，眼前的扶苏显然重新振奋了起来，那个多日来消失不见的皇长子仿佛重又回来了，一时不由得感慨万千。

“皇长子能重新振作，老夫心安矣！你只切记，老夫、王离、杨将军都在，只要你不出事，一切便都还有转机……”

扶苏的笑容中满是忧郁：“谢蒙公。扶苏，不会拖累你等。”

蒙恬并未注意扶苏的说法，只是点头道：“皇长子既已无事，出去走马自然无妨，只小心莫去得太远；王离，你领一个百人队，仍跟着皇长子！”

“诺！”

——“扶苏！你若果为忠臣孝子，岂能抗命乱法？……”

馆舍内再度传来了曲宫的叫嚷，随后便是侍卫们的怒斥声推搡声；虽则如此，曲宫念诵诏书的声音还是遥遥传来，分外响亮：

“……扶苏以不得罢归为太子，日夜怨望，为人子不孝，其赐剑以自裁！……”

听到曲宫宣读着诏书，蒙恬王离杨翁子心下同时一颤，又同时将目光投向扶苏，不想皇长子的表情依旧木然。

“轰隆”一声，内室的木门被猛然关上了，曲宫的声音也被打断了。

“蒙公放心，扶苏，知晓自己该做甚。”扶苏分外平静地拱了拱手。

“皇长子，早去早回。”这是蒙恬对他说的最后一句话。

湛蓝的苍穹下，河西高地的群山万壑间，一支马队自阳周城疾驰而出，沿着长城一路向东，当先一白一红两道影子，正是扶苏与王离。

王离伏在丹骎背上，死死咬定了皇长子的追风。尽管此前两人曾无数次在这河西高地走过马，然而目下王离却没有丝毫闲情逸致，只紧盯前面皇长子的身影，拼命抽打着丹骎。皇长子的突然振作虽则令人欣喜，王离却分明觉察出了一丝异样，唯恐他出意外。不过还好，这一路始终无事，有几次追风的脚步稍稍放慢，丹骎便赶了上来，于是王离得以端详扶苏的侧脸，但皇长子的神色依旧镇定。

午后时分，远方遥遥传来了雷鸣般的滔滔水声，一道山岭横亘眼前，扶苏勒住缰绳翻身下马，招呼王离和整个马队随自己一同上山。一个时辰后众人来到山巅，方圆数百里景致尽收眼底：东面百里之外，正是滔滔大河奔腾向南；北面是生水南来，从脚下流过时分出了一条西向支流，这两条水在后世分别被叫作无定河、大理河；南面，逶迤蜿蜒的长城一路向西延展，一直通向远方的阳周城。夏末秋初的午后，浓烈的日头洒满了河西高地，无论是两条大水、长城还是远方的阳周城，一切都沐浴在无尽灿烂的金色中，分外壮阔秀美。

“王离，你我脚下这山，便是疏属山。”遥望着远方的长城，扶苏的语气很是平静，“你未入九原军时，我曾多次策马来此地，有两次还在附近一座山巅茅亭中赏月，那时便动过心思，若有朝一日自己战死沙场，也不求尸身运回咸阳，能葬在此地，足矣……”

“皇长子，莫乱说！”王离心下陡然一颤，忙打断了扶苏，“目下已是午后，时候不早了，还是走吧！”

扶苏没有立即答话，而是转过身望着王离，目光极为平静，王离却被他看得心下阵阵发毛。

“王离，再随我走一段，最后一段路。”

“皇长子还想去何处？”

扶苏指向了疏属山对面的一处崖壁：“那里！我几次来这疏属山，却从未留意那处崖壁，想去看一眼。”

“去自然无妨，可……”

“总归，也是最后一段路了。”

“……诺。”

扶苏笑了：“这回你我再比比丹骎追风脚程，何如？”

“皇长子愿比，自然无妨……”

“只是此番你我须换换坐骑，我骑丹骎，你骑追风！”

“好，好……”王离虽点头答应，心下却更是疑惑，不明白皇长子究竟何等心思。

“一言为定！你若输了，须出今晚的酒钱！”扶苏朗声笑道，笑声中恢复了久违的爽朗和无拘无束。那一刻，王离忽然想起多年前第一次见到皇长子时的情景；日后回忆那一刻时他才想起，那是自己最后一次听到他的笑声。

两人领马队来到山下，又来到了头碰头啃着野草的两匹坐骑前，扶苏轻拍了拍追风的脸，正要从它身旁走过跨上丹骎，白马却突然一口咬住了他的衣袖。

“追风？”扶苏皱起了眉，想将衣袖掣出来。

白马仍然不松口，继续死死咬住衣袖，大大的眼眶中竟陡然盈满了泪水。

周遭一下静了下来，无论王离还是其他骑士们，无不惊愕地望着这一幕。

“追风，听话。”扶苏的语气依旧那么平静，他再次拍了拍追风的脸颊，白马这才缓缓松开了嘴，抬眼望着自己的主人，大滴大滴的泪珠扑簌簌落下。

皇长子却仿佛浑然无觉，若无其事地跨上丹骎的马背，一声皮鞭破空的清脆声响，汗血马已带着他如一团火焰般猎猎飘舞而去，只留下了鲜血般点点殷红的汗水。

“皇长子，等我！”王离慌忙叫道，匆匆飞身上了追风，再一挥手，马队便追随着皇长子的身影席卷而去，然而其他骑士无论坐骑还是骑术，都远不及扶苏丹骎那一人一马，于是整个马队只能眼睁睁看着皇长子绝尘而去，离自己越来越远；很快，还能继续追逐的，只剩下了王离一人。

纵然如此，王离也只能做到勉强不被落下而已。尽管骑术极是了得，但追风毕竟不是自己的坐骑，无论他如何想尽办法，始终没有骑着丹骎那般人马浑然一体之感，看着前面越来越远的皇长子的身影，王离心下疑虑的同时也不禁泛起一丝佩服：此前自己曾与皇长子多次赛马，每每不分胜负，两人骑术看似一般高，可而今观之，自己怕是只仗着马好而已，否则何以互换坐骑之后，自己如此轻易便落后了？看这般形势，皇长子很快便要将自己彻底甩下，自己只能循着丹骎洒下的那些汗血，才能追随他的身影了……

——慢，汗血？

想到这里，王离心下突然没来由地一颤，侧头看去，只见遍地的黄土青草间，滴滴汗血居然越来越多、越来越密；待到后来，竟是淅淅沥沥变成了一道蜿蜒曲折的红蛇！

一阵凉风迎面吹来，扑鼻的血腥气。马背上的王离猛然一个激灵，双腿死死夹住马腹才没有栽下来，一股寒意立即从心底腾起，一个可怕的猜测顿时攫住了他的心——

这根本不是丹骎的汗，是皇长子的血！

“皇长子！皇长子！”王离陡然声嘶力竭地大吼着，拼命挥动着马鞭死死抽在追风的后臀上，每一鞭落下，都要在雪白的马身上留下一道血痕。追风则发出一声又一声的悲鸣，眼眶中的泪水被疾速甩向身后，尽管它早已是全力狂奔，然而此刻却不知从何处再次得到了助力，更加奋力地追逐着主人的身影。

终于，在即将赶到那处崖壁时，他们遥遥望见了皇长子马背上的身影，人和马的脚下已积成了一处不小的血泊。

“皇长子——！”王离撕心裂肺狂吼着的同时，追风已带着他卷到了扶苏身前，刚翻身下马，马背上的扶苏已经一个踉跄，倒头栽到了遍地殷红中，一把匕首随之掉落在地。王离大步赶上，拉起皇长子的左手，却一眼望见那手腕已被割破，汩汩鲜血正不住沿着小臂向下淌着。

“皇长子，你……”王离顿时失声痛哭，手忙脚乱地撕下了战袍的一角，匆匆为他包扎起手腕。

然而，扶苏却是静静望着他徒劳的忙碌，苍白的脸上浮起一丝惨淡笑意：“王离，莫，莫白费气力了；扶苏，早心怀死志……”

“皇长子，糊涂也！”王离一把将扶苏揽在怀里，顿时大放悲声，“只要人还在，无论你蒙了何等冤屈，终有转机啊！蒙公会保你，郎中令会保你，王离更会保你啊！我等三十万九原军，谁不肯为你效死？你却如何选了这最不可取的路啊！……”

扶苏轻轻摇头，声音也越发衰弱了：“扶苏知晓，你等都是为我好；我若果欲自保，也必不致死。然则乱法抗命，向为国之大患，扶苏纵死，不乱秦法，不抗皇命……”

王离已哽咽得说不出话来，只能抱着扶苏痛哭流涕，任由皇长子的血继续流淌着，渐渐将自己淹没。此时其他骑士们已经陆续赶到，人人眼含泪水围在了垂死的皇长子周围。

大滴大滴的水花落到了脸颊上，随之相伴的还有那熟悉的响鼻声和烘烘的热气。扶苏微微睁开眼，看到追风正泪眼蒙眬地垂首望着自己，于是艰难笑了笑，最后一次抬手抚摸它的脸颊，在那雪白的侧脸留下了一道血痕，然后将手伸入怀中，掏出了那轮没能还给父皇的玉璧，眼看着满手的鲜血丝丝缕缕沁入了玉身。

“王离，替我向蒙公致歉，劝他莫要乱法抗命；也莫恨父皇，他要我死，定有自家盘算；还有，好好待惟嬴……”

皇长子的声音越来越低沉，最后只剩下嘴在一张一翕着。王离顾不得拭去泪水，只将耳朵凑近扶苏的嘴，出乎意料的是，他竟然听到他在轻声哼着一首歌：

山有扶苏，
隰有荷华。
不见子都，
乃见狂且。
……

在即将失去所有意识的最后关头，皇长子心底重又飘荡起了这首歌。他记得，自己的名字便是由此而来；而自己学会的第一首歌，便是这《山有扶苏》。

那是父皇教自己唱的啊。

倏忽间，扶苏仿佛回到了儿时。那时自己还是个牙牙学语的小童，那似乎是个春日的午后，面前的父皇和如今的自己一般年轻，而母亲也还在人世，依旧年轻美丽，她抱着襁褓中的惟嬴伫立在一旁，和父皇一样，静静听着自己含含混混地唱这首歌。一曲唱罢，父皇笑了，母亲也笑了，襁褓中的惟嬴也拍着小手咿呀笑了，随之回荡在耳畔的，是父皇的爽朗笑声：

“唱得好！扶苏，日后你也要像那山间小树一般茁壮!”

……

父皇，扶苏遂你心愿，去了。扶苏只愿父皇身体康健，只愿我大秦江山永固……

这样想着，他用尽最后气力，握紧了手中的玉璧，将它向着远处的崖壁遥遥掷去。伴随着那惊心动魄的玉碎之声，皇长子的手缓缓垂下，震天的哭声顿时笼罩了四周的峡谷山野。

长长的悲鸣陡然响起，满面泪水的王离抬头望去，但见原本静静伫立的追风突然间撒开四蹄，低头向着那处崖壁直直猛冲而去!

“追风!”王离情急之下大吼道。

汩汩鲜血从崖壁上淌了下来，又向着王离脚下流去，坐骑的血与主人的血混到了一起。

丹骎仰天嘶鸣了起来，所有的战马也都嘶鸣起来，长嘶中充满了兔死狐悲的感伤。这些嘶鸣先后撞击在崖壁上，变成了阵阵呜咽般的回响，随之而来的是点点滴滴的水滴由石缝中徐徐渗出，再顺着崖壁先后淌下，最终汇成了道道清泉，冲走了遍地的鲜血，留下了呜咽泉的故事，留下了杀子谷的传说……

5

尽管只是初秋，大片雪花却已从天穹纷纷洒落了。

河西高地的山峦谷地沟壑墚峁，无处不是皎洁银白。就在这千里冰封万里雪飘之中，一道白虹却赫然出现在远方的疏属山上，下面便是皇长子的坟冢所在。遥望着那道白虹，一袭麻衣的蒙恬一脸木然地呆坐着，从这场雪下起来时算起，他已这般枯坐了一日一夜。

“蒙公，走吧……”同样一身缟素的王离哽咽道，话音未落，红肿的双目又是串串泪珠滴下。

蒙恬轻轻一颤，终于抬起手，在王离的搀扶下刚要起身，却又立即跌坐在了雪地中，原来腿脚已全麻了。一旁杨翁子见状大步上前，和王离一左一右齐齐伸手，这才将九原将军搀了起来，又叫过两名侍卫抬过担架，将他抬向远处那辆辎车。

天地间一片寂静，只有士卒们脚踩积雪时发出的咯吱咯吱声回荡在耳畔。担架上的蒙恬久久扭着头，望着疏属山上白虹之下的扶苏墓，直到那里已变成一个小小白点，自己的脖颈已变得酸痛，这才慢慢转过头来，又呆望漫天雪花，任由它们将自己覆盖得满头满身一片雪白，即便一旁的士卒伸出手来为他拍打着身上的积雪，他也始终毫无反应，向来犀利的目光竟头一次变得混沌迷茫了。

车轮吱嘎碾压着积雪，辎车中的蒙恬半梦半醒地晃动着，不知不觉间，心底重又回荡起了扶苏的最后几句话：

“谢蒙公。扶苏，不会拖累你等。……”

“蒙公放心，扶苏，知晓自己该做甚。……”

“王离，再随我走一段，最后一段路。……”

皇长子，蒙恬本以为你只是一时昏乱，不想你早已心存死志，不想你死志竟这般坚决。蒙恬知晓，你是想效法当年晋太子申生，宁愿以己身之死，换来秦法之稳固，换来皇命之神圣，可你如何不想想，你不在了，谁人堪在陛下之后继位为二世，谁人可修正秦法，谁人可稳定朝局？这才是真正的大局啊，你既身为皇长子，该思虑的便不是自家的生死，而是整个秦政的存亡，是整个天下的命运，荀子有云从道不从君，说的便是此理啊……罢，你如此一腔热血，如此一颗赤心，老夫何能再指责于你，何忍再指责于你，事已至此，夫复何言！老夫只痛悔自己未能早日明白你的心意，若老夫早知你心思，便不会这般白费气力做诸般铺排，延宕这多时日，不会再一心待你振作后再拉你一道问政，老夫定然早早便果断起兵，南下甘泉宫了啊……你劝老夫莫要抗法乱命，老夫听你的，而今老夫也确乎不想起兵了。你若还在，老夫拼了这条老命也会保你即位；可你已不在了，老夫还能保谁？此等形势若再起兵，老夫便果真成了叛臣；况且而今陛下纵然昏乱，可庙堂重臣们都在，蒙毅也还在朝中，老夫不信你那冤屈、老夫那冤屈，便无可洗刷，你且安息吧，老夫日后还会回来看你……

这般昏昏沉沉不知过了多久，耳畔的车轮吱嘎声终于停下来了，那阵阵有节奏的颠簸也同样停下来了。蒙恬眼皮一颤，略略清醒了过来。

“到阳周城了么?”他梦呓般问道。

“将军，到了，只是……”车外传来了士卒迟疑的声音。

“只是?”

长长的马队最前方，王离同对面的曲宫对峙着。

“敢问将军，蒙公可在?”曲宫一脸倨傲问道，眼见皇长子已死，他顿觉大功告成，也颇有些有恃无恐起来。

“何事?”王离面色阴沉，从牙缝中挤出了这句话。

“督他奉诏……”

曲宫刚说出这四个字，王离已是一声咆哮猛扑了过来。曲宫没想到这王离竟真敢向自己动手，一边手忙脚乱向后缩去一边大叫起来：“来人！来人!”

可不知为甚，随他一起前来的几名郎中明明就在身旁，也明明听到了他的呼救，却没人动一下，眼睁睁看着王离几步上前，一把揪住曲宫的衣襟，扬起了拳头。

“王离，你，你敢违抗皇命，你敢冲撞特使！……”望着近在眼前的王离凶相毕露，曲宫全力挣扎着大叫道，然而下一个瞬间已被王离狠狠一掌掴得转了两圈跌倒在地，嘴角随之淌下了汩汩鲜血；王离又嘶吼着撩阴一脚，曲宫身子便猛然向后飞起，重重跌落在两步之外，他急忙一骨碌爬起来跪伏在雪地中，瑟缩着连连叩头：

“不，不干我事，我只奉命行事，将军饶命……”

“饶命？还我皇长子，我便饶你狗命!”王离怒吼着拔出长剑大步上前，剑锋对准了曲宫的喉咙。

——“王离，够了!”一声短喝从背后响起，虽苍老疲惫却依旧透着威严。

“蒙公，你发句话!”王离一把丢掉手中长剑，转过身来面对蒙恬愤激地连番大吼，“三十万大军在手，我等甚事做不得？皇长子不在了还有王离！王离领五千铁骑开路，你我这便南下问政！……”

“王离!”蒙恬再次断然喝道，“皇长子心意，你还不明白么？你我若果真起兵，他那苦心岂不白费了么？不能乱法！不能抗命！记住，王离，你既身为九原将军，肩负的便是国门命脉，绝不能意气用事!”

“九原将军？我?”王离愕然了。

“今日之后，你便是九原将军!”

“这，这……”王离不知所措了，心头忽然间闪过了那封诏书的最后一句——以兵属裨将王离，不由得急切大喊：“蒙公，你也欲奉诏不成?”

“老夫不肯起兵，却也不会奉诏，老夫只会复请！复请期间，老夫下狱等回信便是！老夫不信这诏书果然出自陛下本心，况且蒙毅还在朝中，他定能查清此中要害！皇长子与老夫身上冤屈，早晚会洗刷干净！水落石出前，九原军绝不能轻动！”

“蒙公，你……”

蒙恬没有再理会王离，缓步来到仍跪伏在地瑟瑟发抖的曲宫面前：“特使请起。你若肯将老夫复请书送回甘泉宫，老夫便下阳周狱等候复命。若这诏书确乎陛下本意，老夫绝不含糊，立即自尽，何如?”

曲宫扬起脸，忙不迭地连连点头，口中咕哝着，却是突然间吐出一口血涎，其间还混杂着两颗小小颗粒，原来是刚才被王离打落的两颗门齿。

“蒙公嘱托，在下，定然照办……”他龇牙咧嘴答道，声音也仿佛漏着风。

蒙恬又转过脸来：“王离，杨将军，你等将弟兄们都招来，老夫有话说。”

风雪初歇，一轮红日高高挂在了枝头。

阳周城外的校军场上，黑压压挤满了秦军将士们，所有目光都集中在将台上的九原将军蒙恬身上。四下里一片鸦雀无声，只有蒙恬的声音在校军场上空回荡着。

“各位弟兄，前日皇长子已然奉诏自裁，死前说过，自己纵然身死，也不能起兵乱国。蒙恬为其痛惜，更为此语感奋！而今老夫固不会立即奉诏，却也绝不能乱法抗命，绝不能辜负皇长子一番苦心；而你等更不能！老夫曾闻听，当年武安君李牧离开井陉关时，对赵军将士说过，你等要忠的是赵国，而非自己这一将；而今，老夫也要对你等说这句！任何大军，都不该是一将的私家大军，不该是一支朋党的私家大军，而是邦国公器！九原国门，还需你等守护；大秦新政，还需你等捍卫，你等不能因老夫一己恩怨自乱阵脚！老夫冤屈，自有洗雪之时，弟兄们不必为老夫忧心；便是老夫果真不在了，弟兄们也不能随意轻动！若因你等轻动而使国门洞开、匈奴侵入，你等便是华夏千古罪人！……”

蒙恬的声音久久回荡在校军场上空，王离、杨翁子、涉间、苏角……所有的将士眼中都盈满了泪水。

蒙恬双手捧起一只铜匣，递给一旁的王离：“王离，这匣中便是兵符印信，诏书既然命你接替老夫为将，老夫便将它们尽数交与你。自今日起，你便是新一任九原将军！”

王离接过铜匣，两臂不觉一沉，只觉此匣有着千钧分量，不由得哽咽了：

“王离……等蒙公重回九原，重领大军!”

“对，等蒙公重回九原!”其他将士们也叫成了一片。

“重回九原……”连日来，蒙恬嘴角还是第一次泛起一丝微笑，只是这微笑中，辛酸却多于温暖。

陛下，接到老夫复请书信，你不会再昏乱了吧？该当能幡然醒悟了吧？蒙毅，你又能否证明为兄清白，为我洗刷冤屈？还有丞相，你果真心怀自保之意，不肯为蒙恬说句话么？……

囚车之中，蒙恬这样想着；囚车之外，王离、杨翁子、涉间、苏角四人，一前一后一左一右地默默护卫着他们的将军，陪伴他走向阳周城的大狱，直到那黑洞洞的牢狱大门吞噬了蒙恬的身影，三名年轻将军才和杨翁子无言地拱手道别，又率领着九原军踏上了北去的归途。

第四章 封侯

1

“天下失始皇帝，皆遽恐悲哀甚，朕奉遗诏，今宗庙吏及箸以明至治大功德者具矣，律令当除定者毕矣。……”

当这份文告发布天下时，从大咸阳到骊山的官道两旁，黑压压的黔首万头攒动，一路数来少说也有数十万之多，这般景况已远远超越了两三年前坑杀儒生那次。怪异的是，尽管这多人聚集在一起，可所有人竟都仿佛齐齐喑哑了一般，人人脸上都透着木然的惊恐，只是踮起脚尖、伸长脖颈、半张开嘴，默默望着那庞大的出殡队伍由远及近缓缓而来。

这是始皇帝三十七年的九月下旬，国府将皇帝的死讯隐瞒了两个多月后，终于发丧了。

和黔首们一样，参与出殡的所有人，上至丞相李斯，下至那些内侍甲士，人人沉默不语，人人神情恍惚，人人身姿凝滞，人人步履蹒跚，只是茫然向前慢慢蠕动着。没有震天的号啕，没有纷飞的泪雨，没有痛哭流涕，没有捶胸顿足，这片无边无际的白茫茫人海中，自始至终笼罩着梦魇般的死寂。

载有皇帝巨大棺椁的柩车辚辚驶来，最前面执绋引车的是少子胡亥，而今已是二世皇帝了；跟在柩车后面的便是二十余名皇子和公主，打头的第一个，则是长公主惟嬴。华阳公主脸色与额头陌额和身上麻衣一般苍白，她一边梦游般走着，一边凝望着前面父皇的柩车，依旧俏丽的容颜直如玉石雕成一样冰冷木然。

反复回想着多日来一连串的惊雷突变，华阳公主恍惚间竟不知今夕何夕了。

得知父皇死讯后，她强忍着悲痛，襄助皇叔子婴一道召集起了二十余位弟妹，带领他们一同赶往甘泉宫奔丧。看到父皇尸身的第一眼时，好几位弟妹都昏厥吐血了，已预先来到甘泉宫多日的幼弟胡亥早就两眼哭肿，眼见兄姊齐聚，顿时和他们抱作一团痛哭流涕，所有皇子公主人人不吃不睡，久久守在父皇的灵前哭踊，眼泪流干了、嗓子哭哑了也不肯离去……

父皇病逝带来的悲痛还未及过去，长兄自裁、蒙公入狱的消息又从上郡一并传来，所有的皇子公主都震惊了，更大的悲痛骤然笼罩在了甘泉宫；而在这紧随其后的第二个沉重打击之下，华阳公主也终于病倒了，整夜整夜的高烧和梦呓，眼前不断浮现出父皇和阿兄的身影，悲痛之余更多了巨大怀疑，她无论如何也不肯相信，父皇竟会下那等诏书；她同样不肯相信，蒙公竟会毫无怨言地甘愿下狱！她唯一相信的是阿兄的奉诏自裁，她知道阿兄做得出，自己也做得出，任何一个弟妹都做得出，在他们这些皇子公主心目中，父皇那就是神啊，只要父皇开了口，他们每一个人都甘愿为父皇去死，阿兄也同样不例外。只是，父皇为何会这般铺排？父皇若想让子女们殉葬，自己和其他弟妹们谁都愿去，却为何偏偏挑中了阿兄？大秦的将来在阿兄身上，若能换得阿兄活过来，自己宁可替他去死……

然而也就在那一日，一名贴身侍女悄悄送来了未婚夫君王离的一封密信，读到信后她心下总算踏实了些许。信上王离备细交代了九原局势，以及对自己的期待：皇长子已葬于上郡；蒙公虽入阳周狱，但有杨翁子将军领军保护，当无大碍；自己已接替蒙公统领九原边军，将士们虽军心浮动，但尚无哗变隐忧；目下最需担心的并不是九原局势，却是咸阳庙堂。蒙公有言：郎中令蒙毅堪为柱石大臣，只要他无事，再有宗正、二冯为援手，大局不至恶化。我也给他秘密去信，我妻当与他和宗正互通声息，尽快觅得良策，扭转庙堂局势！

看到书信上“我妻”两字，华阳公主嘴角终于缓缓浮起一丝浅笑，连日来头一次感到了些许舒心，不觉间病情竟大大好转了起来；当晚便下了病榻，梳洗后前去拜见皇叔子婴，又在子婴的安排下，与郎中令蒙毅秘密碰头了。

此前蒙毅一直与二冯留守咸阳，得知皇帝卤簿驻扎在甘泉宫后便几次去信求见，孰料无一例外地石沉大海，好不容易接到李斯丞相手令，没想到竟是皇帝去世、召集重臣前往吊唁的讣告；刚抵达甘泉宫，皇长子自裁、长兄下狱的消息便随后传来，他自然也对这连番惊变痛心疾首，然而毕竟是中枢重臣，并未因此乱了方寸，与公主和子婴碰头后便对他们剖析起了局势：当前最紧要之处还在开启先帝遗诏，确立二世，此后方能说为先帝发丧、解救蒙公诸事，只是先帝写诏书命皇长子和蒙将军自裁，此事实在太过蹊跷，陛下一直有意立皇长子为储，而今如何却突然一个大转弯？不立皇长子为二世，还能立谁为二世？不仅不让皇长子继位，还将他赐死！华阳公主还记得，说到这里时，郎中令脸色极为严峻，虽没再说什么，自己却从那神色间看出了他不能说出口的意思：他在担心，这遗诏会不会被做了手脚？

当时，皇叔子婴也是大皱眉头，说我也曾问过丞相和中车府令，他二人都说陛下生前确是写下了这两道遗诏，还明言第一道是写给皇长子和蒙公的，第二道则是立储的。只是陛下写这两道遗诏之际，他二人都不在场，根本不可能知晓其中内容；也正是因不知诏书说的是甚，王离将军后来南下甘泉宫、请见陛下之际，他们不敢当着王离的面打开那第一道诏书，而是临时安排少子胡亥藏身皇帝寝帐中支走王离，再派御史曲宫北上，当面宣读诏书……

听了子婴的话，蒙毅和公主久久无言，都分明觉察出其中有着重重疑云，却不能随意说甚——丞相李斯那是何等重臣，中车府令赵高多年来也口碑极佳，若手中无有确凿证据便随意质疑，对他二人将是何等的辱没，将在天下引发何等的后果？简直不堪设想！

“而今，也只能先看陛下遗诏说的甚了。”蒙毅最后无奈地叹气道，华阳公主和子婴也只能点点头，不再吭气。

谁也没想到，宣读那道遗诏时，父皇竟使所有人都狠狠吃了一惊。

那一日，三公九卿皇子公主郡守县令博士散官尽数齐聚甘泉宫，整个咸阳庙堂几乎都移到了这里。在众人公推之下，丞相李斯毫无意外地主持了大朝会。华阳公主记得，开启金匮之前，丞相面色沉痛、嗓音凄楚，极为郑重地当着所有人立下重誓：无论先帝诏书究竟何样，老夫都将全力完成陛下最后心愿，但有一丝违背，愿就五刑而死！众人虽都觉丞相立誓似乎多此一举，但一则仍沉浸于悲痛之中，无暇过多回味；二则也感奋于丞相一腔赤诚，没人说什么。就这样一道道程式走过，一切都很是顺当，无论是金匮、封帛、放置遗诏的乌木函、写有遗诏的白绢、遗诏的字迹和印玺……一切如常，然而，当右丞相冯去疾结结巴巴念出皇帝遗诏时，巨大的惊愕瞬间便笼罩了整个甘泉宫正殿：

“少子胡亥，秉持秦政，笃行秦法，敬士重贤，诸子未及，可以为嗣。朕后，以胡亥为二世……”

“父皇——！”公主还记得，右丞相念完诏书之后，幼弟还显童稚的哭喊便突然间打破了大殿的沉默，自己扭头看去，正见他一头扑倒在地连连叩首，大声号啕起来。霎时间，其他的弟妹们跟着哭喊了起来，李斯丞相哭喊了起来，中车府令哭喊了起来，皇叔哭喊了起来，其他大臣们也纷纷哭喊了起来，而自己，虽是大大的震惊，大大的失望，却也情不自禁地再次落泪了。她还记得，当时整个大殿中，只有郎中令蒙毅从右丞相那里劈手夺过了遗诏，盯着那上面一个个鲜红的秦篆，一脸诧异地久久伫立着……

大殿中的哭喊不知持续了多久，在泪眼蒙眬中，自己终于看到李斯丞相颤颤巍巍站了起来，苍老的声音重新回荡在了大殿中：

“列位臣工，老夫，老夫决意，奉诏……”

“丞相——！”

两声粗重的吼声同时响起，蒙毅和冯劫不约而同叫道，一个面色冷峻，一个脸带惊讶。

李斯却仿佛毫不意外，擦拭着眼角泪水哽咽问道：“两公可有见教?”

“丞相，少子何堪继位? 若果然为帝，后事难料！”冯劫竟丝毫不顾胡亥在场，语气大是咄咄逼人。

听到这句话，华阳公主向一旁的胡亥瞥去一眼，见他惊愕地瞪大了眼睛半张开嘴，脸上还挂着串串泪珠。

“丞相，蒙毅请丞相动议，重新议立二世！”蒙毅也叫道，说话间转过身来扫视了大殿一眼：“列位臣工！你等，都甘愿奉诏么? ……”

“郎中令！”不等其他大臣们开口，李斯已经吼了起来，苍老的声音中第一次充满了愤怒，“遗诏在此，你欲违背先帝遗愿乎?”

华阳公主记得，郎中令当时嘴角分明抽搐了一阵，却终是甚也没说。

李斯又是一声长长的叹息，串串泪珠连连滚落：“郎中令见谅了，少子如何姑且不论，这遗诏，终究是陛下最后的心愿啊，你我皆蒙先帝数十年器重，方才跻身庙堂用事大臣之列，此等知遇之恩，我等虽粉身碎骨仍不能报答于万一，何能质疑先帝决断，何能不从遗诏? 皇长子接到诏书便当即自裁，蒙将军二话不说便甘愿下狱，他二人尚且如此，何况我等……”

“可少子……”冯去疾也想说什么。

“老臣也知，少子尚缺历练。然则，只要少子肯惕厉自省、勤政奋发，假以时日，焉知不能有所作为? 况乎陛下虽去，朝中仍有我等重臣，只要三公九卿竭诚拥戴少子，尽心处置国事，何惧大局动荡，何愁天下不定！……”

“……”冯去疾张了张口，却又没有说话。

“退而论之，”李斯的声音骤然低沉了下来，“皇长子已然自裁，我等，还能再立何人为二世……”

整个大殿重又安静了下来，只能听到阵阵粗重喘息，轻声啜泣。大殿正中，蒙毅与二冯的目光久久集中在李斯身上，李斯则久久盯住远处的胡亥，胡亥却依然久久跪伏在地，想起身又不敢动，一双大眼睛只是惊慌失措地骨碌碌乱转着，所有人都不吭声了。

“何人不欲奉诏，直言便是。”久久的沉默之后，李斯重新开口了。

“三川郡奉诏！”大殿中第一个响起了三川郡守李由的高喊，率先支持了父亲。

“廷尉府奉诏！”九卿之首的廷尉叫道，武信侯冯毋择病故后，李斯一力推荐自己这位门生故旧继任，自然也唯他马首是瞻。

“奉常署奉诏！”胡毋敬一向与李斯交好，也叫道。

“少府奉诏！”章邯成为少府还是李斯举荐，同样附和。

“典客署奉诏！治粟内史署奉诏！”直接归李斯管辖的两名大臣同时叫道。

“博士学宫奉诏！”仆射周青臣叫道。

“宗正府，奉诏……”久久沉默之后，子婴一声无奈的叹息，喃喃应道。

“卫尉奉诏！中尉奉诏！”杨端和马兴齐声叫道。

渐渐地，大殿内“奉诏”的声音越来越多、越来越响，终于变得经久不息。一片山呼声中，李斯步履蹒跚地走向始终跪伏在地的胡亥，轻轻将他搀扶起来，又将他缓缓引向丹墀，引向大殿正中那空荡荡的皇位，胡亥则任凭李斯执着自己的手，脚步踉跄地勉力跟上，一脸的茫然与无助。待到他真正坐上帝位，李斯便郑重其事地第一个向他扑拜于地，高呼：“皇帝万岁——！”

“皇帝万岁——！”大殿之中一片纷纷拜倒之声，一片虽则迟疑却仍算得响亮的高呼，大臣们先后拜倒了，皇族元老们先后拜倒了，皇子公主们拜倒了，郡守县令们拜倒了，博士散官们拜倒了，内侍侍女们拜倒了，郎中侍卫们拜倒了，就连右丞相冯去疾都缓缓拜倒了，广阔的大殿中，只有华阳公主、郎中令蒙毅、御史大夫冯劫三个身影，依旧孤零零伫立着。

华阳公主记得，当时自己把目光从帝位上移开，不觉间落到了中车府令身上，尽管赵叔面容如常，可不知是不是自己的错觉，她总觉得他的目光中，居然隐隐带着一丝奸计得逞般的诡秘欣喜。

2

棺椁即将运到骊山陵园时，发生了一件意外。

不知是不是由于神情恍惚，执绋引车的二世胡亥突然脚下一滑，整个人都跌坐在了地上，一旁的郎中内侍们慌忙上前想搀扶他，他却一把推开所有伸过来的臂膀，径自坐在地上哇哇大哭起来，哭到后来索性打起了滚，圆滚滚的身子骨碌碌满地乱转，一身雪白的麻衣顿时沾满了黑黝黝的泥土。眼见二十多岁的皇帝竟如八九岁孩童般撒泼耍赖，郎中内侍们扶也不是，不扶也不是，只能手足无措地跪倒了一大片，连声喊着陛下请起陛下请起，最后还是中车府令赵高闻讯快步赶到，好一番软言抚慰，这才将二世轻轻扶起，擦去那胖乎乎圆脸上的鼻涕泪水，换了身干净麻衣，继续哭哭啼啼执绋前行。

看到幼弟那副模样，华阳公主深深皱起了眉头，她记得从小到大，胡亥每次稍有不如意，都会这般号啕大哭满地打滚，这也是所有皇子公主都讨厌他的因由之一；不过，不止是自己和弟妹们，在庙堂大臣，在皇族元老，在所有人眼里，幼弟都是父皇子女们当中最不成器的，即便以寻常人家的眼光来看，也是个如假包换的败子。

不知是否因为名字和猪豸相关，幼弟自幼便贪馋惫懒，终日在皇城苑囿中无所事事地闲逛，有时甚或换了便装，偷偷摸摸溜到市井中去游乐，诸般正道才具一概不会，唯一数得上的长处便是将父皇的声音与举止模仿得惟妙惟肖，那是宫中那位滑稽名家优旃教的，每次兴冲冲地在父皇面前模仿他口吻说上几句，幼弟都能逗得父皇哈哈大笑，也只有在那时，自己和其他弟妹们才会对他有些许好脸色，兴许他便是这般得到了父皇的格外宠爱；可若不是他凭着这样长处假充父皇，骗走了夫君王离，阿兄和蒙公也就不会奉父皇的诏书了……

然而，一切都晚了。阿兄自裁了，蒙公下狱了，幼弟也即位了。可若说阿兄、蒙公的遭遇令人垂泪，幼弟即位却只能使人发噱——这般人物竟也成了皇帝，岂非天大笑话?

华阳公主还记得，那一日议立二世之后，全部大臣元老们都从甘泉宫回到了咸阳，幼弟也终于在一片冷漠中登基了。紧随其后商讨父皇葬礼时，幼弟先前还竭力保持的帝王尊严，很快便被他自己的拙劣表现亲手撕得粉碎。那次会商，仍由李斯丞相主持，当时丞相引用了老师荀子的话，主张将葬礼办得“大象其生，礼极致隆；如死如生，终始如一”，奉常胡毋敬和儒家博士们都对这一主张大为赞赏，皇叔和右丞相却表示了反对，都认为而今天下民生凋敝之态日渐明显，此时若再大办葬礼，恐将加重黔首负担。丞相却大不以为然，引用了《荀子·礼论》的一段进行反驳，大意便是，生为人生之始，死为人生之终，终始皆善，为人之道才堪称完备，因而君子无不敬始而慎终；再者臣子敬重君王、子女敬重父母，到此便是最后一次，是故必须办得极尽隆重，使生死始终如一……双方争执不下，最后只得请幼弟来决断。幼弟当时早听得云里雾里，待到丞相大段大段背诵起《礼论》时索性打起了瞌睡，长长的口涎一直淌到了面前的书案上，乍被唤起仍是酣梦未醒，揉搓着惺忪的睡眼，期期艾艾说了一大堆不知所云的话：

“方才，朕，那个，后来那个……胡亥想——朕是想，朕是自觉……此番葬礼……朕想这个，这这这……朕并非不想决断……朕只想讲……先帝，先帝还……最后，然则，再有……是也是也，朕是想说……”

吭哧了足有顿饭的工夫，幼弟急得抓耳挠腮大汗淋漓，却始终都没能说出一句囫囵话来，也真算得上“终始如一”了。大臣们无不大皱眉头，皇叔等元老们也是摇头叹气，几位儒家博士想笑不敢笑，只得以大袖掩面假装饮酒。李斯丞相显然也大觉尴尬，好在此时中车府令轻轻开口，云陛下连日来思念先帝、忧心国事，故而时有恍惚，列位大人尚请见谅，这才圆了场……

就这样，根据李斯丞相的主张，父皇葬礼被办得极尽奢靡了。据说少府统领着数十万刑徒，向地下接连凿穿了三道泉水，几乎挖空了大半个骊山，广阔墓穴的高高穹顶镶嵌着无数珍贵珠玉，比照日月星宿的位置排列；地下则依据四渎八流等大水川泽之形，开凿出诸多渠道凹坑，准备往里灌注水银；一车车的奇器珍怪更被绵延不绝地运向骊山：太阿之剑、随和之宝、昆山之玉、犀象之器、明月之珠、夜光之璧……华阳公主当时虽也觉太过奢靡，却并未如何在意，然而几日后，接到幼弟给后宫下的一道诏书时，她和所有的妃嫔侍女们却都震惊了——

先帝后宫非有子者，出焉不宜，皆从死！

这道诏书引发的震荡是不言而喻的，一时间到处是侍女们惊恐的议论，那些侍奉过父皇却无子嗣的妃嫔们无不呼天抢地，刚听到这消息便昏厥了一大片，华阳公主更是义愤填膺：这人殉还是上古三代陋习，早被天下列国禁止，幼弟这败子，滥施民力也便罢了，糟蹋国府财货也便罢了，如何还变本加厉草菅人命起来？这便要去和幼弟理论，不料他却躲起来根本不见她；无奈之下只得掉头去找李斯丞相。她本以为丞相不知此事，否则决不会赞同，不想丞相一开口便使她愣住了。

“此事老臣也知，也自然不赞同，可又能有何法？大象其生，礼极致隆，此乃老臣提出之丧葬法则，老臣又何能反对？再者，陛下终究一片孝心……”

“有这般尽孝的么？献公之时便废了人殉，而今又恢复这等陋习，这是尽孝还是忤逆？”华阳公主陡然愤怒了。

“总归这诏书所言，也非后宫全部女子，只是侍奉过先帝者，算来，也不过一两百人……”

“‘不过’一两百人？……”华阳公主又急又气，眼泪一下涌了出来。

“……老臣言尽于此。公主此请，老臣爱莫能助也。”

华阳公主还记得，郎中们拉走殉葬妃嫔那日，悲切的哀哭和呼救响彻了整个皇城，而自己眼见她们的身影渐次消失，泪水也断了线的珠子般止不住地滚落了下来，心下却涌起一阵愤恨，只不知是愤恨幼弟的倒行逆施，还是愤恨丞相的明哲保身，抑或是愤恨自己的无能为力。

而目下，长长的出殡队伍已来到寝园了，盛有那些殉葬嫔妃尸首的棺椁，已在这里预先摆放好，足足三百多口棺椁，一眼望去极是触目惊心。

皇帝那厚厚的三重铜椁，顺着长长墓道滑进了陵中；一座又一座妃嫔的棺椁也渐次滑进去了。最后一座棺椁消失在墓道中后，运送棺椁的工匠们先后出了墓穴，又用大布遮住口鼻，将一罐罐密封起来的白亮水银注入皇帝陵，从此以后，皇帝和妃嫔们的棺椁，便要永远被这剧毒的水银包围了。无数黄金雕成的凫雁漂浮在这深不可测的银色大海上，环绕着这一切，无数精巧危险的弩机守护着这一切，无数兵马俑组成的军阵拱卫着这一切，无数人鱼膏点亮的长明烛、无数镶嵌在墓穴中的明珠玉璧照亮着这一切，按照幼弟，按照李斯丞相，按照咸阳庙堂的想法，它们都是要伴随父皇直到永远的。

在这一切都完成之后，石门滑动的沉闷声响遥遥传来，最里面直通墓穴的那座墓道石门吱嘎着徐徐降下，墓穴和外面的天地已完全隔开了；此时那些同样要殉葬的工匠们，如同一只只被选作牺牲的牲畜般，一个接一个走入了墓道，和出殡的人群一样，每个人都垂首不语，只是凭着最后的本能梦游般地走着。及至最后一个工匠的身影也消失在墓穴中，被分别称作中羡和外羡的两道石门也徐徐关闭和降下了，一切都归于死寂。

望着那座父皇长眠于其间、吞噬了无数鲜活生命的大墓，华阳公主只觉鼻子一酸，泪水又滚落了下来。

3

安葬父皇之后的第一次大朝会上，庙堂接连颁布的几道诏书，再次使整个朝野震惊了。听到皇叔带来的那一个个竟真的付诸实施的荒诞决策，华阳公主简直怀疑起自己的耳朵了。

第一个消息便是御史大夫冯劫、郎中令蒙毅被双双罢黜。自然，诏书并非这般明说，关于冯劫的说辞是，御史大夫乃先帝旧臣，而今年事已高，又为秦政操劳了大半生，该当颐养天年了。罢官之后，爵位仍然不变，年俸更加千石。蒙毅倒是未被罢官，而是被派往陇西做监军，诏书说是陇西与九原同为北疆国门，近年大半秦军都屯集九原，陇西兵力薄弱了不少，此番将郎中令调去，也是重视陇西防务之意。此等说辞固然冠冕堂皇，可令人瞠目的却是冯劫蒙毅的继承者，冯劫的后任是皇族元老秦德，此公是公认烂忠厚无用的老好人，更兼上了年纪后耳背得紧，别人说话常听岔了音、会错了意，庸碌老迈于斯竟也位列三公，何其荒唐也！而郎中令的继任人选更令人惊愕，竟是中车府令赵高！竟还有了申明法令、监法用事的大权，准备开始修改秦法！

子婴拆解说，罢黜冯劫蒙毅，以秦德赵高代之，必出自李斯谋划，其真正目的必是要排斥异己，一家独大：御史大夫本就与丞相同为三公，又负责考核百官，便是李斯都须受他节制，冯劫还与右丞相冯去疾、前廷尉冯毋择是族兄弟，冯氏对李斯威胁太大，是故首要扫去冯劫这一障碍；蒙毅更不用说，郎中令在九卿中排位不高，却是最接近中枢的要职，只有皇帝亲信心腹方能就任此职，二世既然登基，以老师赵高取代蒙毅也在情理之中。

听到这里，公主大觉不可思议：为防乱政，秦法一向严禁内侍参政为官，更何况赵高曾犯过罪，险被处死，竟也能跻身九卿之列，如此秦法岂非儿戏？子婴苦笑说，我等也都这般说，偏偏李斯却站了出来，替赵高大大辩护一番。说中车府令虽为内侍，见识才具却决然上乘，熟悉秦法精于文学，朝中大臣罕有能及；更兼他追随先帝数十年，忠心耿耿自不必说，还立过不知多少大功，若纯然论功行赏，爵位怕是不输我等重臣！目下蒙毅被派往陇西，郎中令一职却不可一日无人，舍赵高其谁哉！众人这才无言以对，只有蒙毅一声冷笑，摘了自己高冠，又掏出那青绶银印，一并拍在面前书案上，然后大袖一摆径自出了咸阳殿，他本想大朝会上为兄长申冤，而今自然只能作罢了……

在这人事剧变之外，子婴又带来了庙堂几大决议，其中最要紧的是如下几条：

其一，李斯独立开府，寻常政令可不必二世批示，直接颁行天下郡县。子婴解释道，此举无疑将正式夯实李斯的摄政根基，使其更加权势熏天，此中图谋一目了然。

其二，由天下征集万余材士，屯卫咸阳。此番征的却不是秦人，乃是匈奴胡人，都是当年蒙公两次大破匈奴后投降俘虏、一直留在九原修长城与秦直道的战俘，号称是要外抚四夷；也非交中尉马兴统领，却是归咸阳令阎乐，子婴说，此人是赵高的女婿，也是此番新提拔上来的，庙堂此举显然是要防备马兴、杨端和这两位军权在握的大臣。

其三更为紧要：骊山陵虽已修完，先前那些刑徒却不得释放，仍然继续留在工地，其他各地郡县刑徒也须尽数调入关中，所有刑徒仍由少府章邯统领，准备大起阿房宫！

听到这里，华阳公主满脸惊愕地连连摇头，连呼疯了疯了，如此岂不是要将黔首逼得没活路了么？此等谋划难不成又出自丞相之手？子婴却叹气说阿房宫实乃郎中令赵高谋划，然李斯却也一力赞同，冯去疾与他争辩了足足一个时辰，仍是说不过他，终是又通过了！以我推测，李斯并非不知此举恶果，然他好大喜功，想以这般大工程继续博得功业口碑；更兼当年李斯也曾反对过皇长子那宽政主张，他若不秉持先帝那强硬政风，岂非明告天下，自己背离了先帝那秦政大道了么？

这等荒诞政令，岂不有违秦法？华阳公主心下大为不满，子婴却是满脸无奈：李斯多年廷尉出身，秦法早烂熟于心，最是清楚如何钻秦法空子，单看整个朝会，全然合乎程式，从头到尾无一纰漏，你如何指责他违法？况乎而今先帝已去，庙堂之上李斯便是一言九鼎，他本就威望极高，门生故吏又多，已然在朝野中隐隐结成一股朋党，其他庙堂大臣无人能与李斯抗衡；况乎我等个个都是踏实做事的正才，若论斡旋人事无不捉襟见肘，更遑论弄权谋人……听到这里，华阳公主还想再说甚，最终却是一声无奈的叹息。

在此之外，子婴带来的最后一条消息是，二世欲模仿先帝，开始巡狩天下，以期威服海内，集附黔首之心；巡狩至辽东之际，还欲召来九原将军王离，使他承袭上将军那武成侯之爵。

“这却为甚?”听到这里，华阳公主一下愣住了，“王离虽也立过战功，可若说封侯仍远远不够。再者，若说这是李斯主张，一样说不通，他向与王氏疏远，更兼，更兼还有我这一层……”说到最后一句，她又微微脸红了。

“此事确乎蹊跷。”子婴虽也注意到了公主的神情，却并没有笑，“以我推测，李斯是想转而拉拢王离，进而拉拢九原军。”

华阳公主轻哼了一声：“若欲拉拢九原军，早日释放蒙公方为正道。”

子婴却连连摇头：“不一样，不一样。蒙公足可与李斯分庭抗礼，而今被遗诏所迫下狱，正中李斯下怀，他若想大权独揽，决然不会动议放出蒙恬。拉拢王离却不同，你也知，王离虽继任了九原将军，可资望却尚浅，想单独有甚举动，怕是孤掌难鸣。我猜测，李斯正是看准这点，才有此动议。从自身谋划看，李斯大权在握却独缺兵马；王离手握重兵，却须追随权臣方能成势，两人联手，自然根基一体，万难撼动。”

“想得倒美!”华阳公主嘴一撇，心下很是不屑。

“不能这般说，惟嬴。”子婴轻捻着长髯沉思道，“李斯纵有私心，终究是正道名臣，终不致眼看社稷沦丧、秦政崩溃，必会设法补救；若果有必要，王离九原军便是他外援，是故两人携手该是好事。总归九原大军还在，岭南大军也还在，我大秦终不致翻了天。以皇叔推测，大局会有动荡，然则只要补救及时就还来得及，别的不说，只要能使蒙公出狱，一切就都有转机……再者，还有一人甚为重要，此人虽早已远离庙堂，可只要他肯出力，朝局仍有望安定。”

“此何人哉?”华阳公主惊讶了，那些重臣的名字一个个闪过心头，却无一人能有那般实力。

子婴颇显诡秘地一笑，轻声说出了一个名字：“太尉，王贲。”

4

子婴与公主密谈之后不久，大巡狩的队伍正式开拔了。

仍然是威严雄壮的卤簿仪仗，那辆极尽华贵的辒车下，仍然伫立着须发雪白一脸肃然的领政丞相李斯，一切似乎都没有什么不同。然而道路两旁却再也没有了往日大巡狩时人山人海欢呼雀跃的围观黔首们，只有一队队赭衣刑徒在工头的吆喝威逼下忙碌着，偶尔向巡狩车队瞥去一眼，目光中也充满了阴沉的恭顺。

尽管如此，丞相李斯却没有注意到这些，他始终沉浸在自己心头那些纷纷扰扰的念头中。

对于此次巡狩真正做什么，他自己心下也没底。而今天下黔首最孜孜期盼的，自是庙堂停止诸般大工程与徭役征发，此番巡狩若主要推行此等轻徭薄赋政令，自然简便顺畅得多，也会大得黔首拥戴，李斯也不是不想。可如此一来，自己岂不还是要走上扶苏蒙恬所主张的那宽政缓刑的歧路么？扶苏已死、蒙恬已下狱，当此之时，若果然这般，岂不更向天下昭告他二人的冤屈？朝中大臣虽无人知晓这是自己和赵高合谋所为，可眼看自己迟迟不肯动议为扶苏平反、释放蒙恬，心下定会大为不满，更兼前日庙堂刚罢黜冯劫蒙毅，谁都看得清这是自己私下主张，自己已因此空前孤立于庙堂了，若再拾扶苏蒙恬的牙慧，必会同时被两方利用：赵高可以此为借口鼓动胡亥，说自己背离秦法；冯去疾等大臣则可借机提出重审蒙恬。无论哪方发难，几乎都可以肯定，自己是难以自我辩护的……不行不行！而今既然势成骑虎，便只能这般硬着头皮做下去，先帝在世之时无一事不克尽全功，自己既然秉承先帝遗志、秉承秦政正统，又岂能半途而废？纵想改弦更张，也只能在解决两大政敌——蒙恬与赵高之后了。蒙恬自不必说，而今即便自己想放他一马，也不可能与他和解，只能是你死我活。怪的是赵高，此人忒煞可恶，若非老夫，你休说位居郎中令了，便是想保全自身都难上加难。而今你以一介内侍而跻身庙堂重臣之列，也该知足了，老老实实听老夫驱驰便是，有此人躲在二世身后，自己若想全然执掌朝政，仍然大为不易，既如此，还是得设法除掉此人。无论如何，一切都要待巡狩归来再说了……

带着这样的念头，李斯随大巡狩车队上路了，如同没有注意到那些刑徒们心中的不满一样，他也同样没有注意到，边上有一双眼睛正在紧盯着自己和巡狩车队。

眼见车队远去，那双眼睛旋即消失在了林木深处；及至车队已完全消失在远方，一名骑士的身影也出现在了从咸阳通往内史郡频阳县的官道尽头，两个时辰后便飞速掠过了荆山塬、石川水，直取东乡美原而去。

骑士抵达王氏庄园之际，太尉王贲正守在父亲的坟冢前。

在两名童仆的搀扶下，已是须发雪白、骨瘦如柴的王贲从小车上勉强下了地，另一名童仆端来了盛满清水的陶盆，王贲捞起抹布，一下下揩拭着面前的石碑，擦完后直起身来长出一口气，抹去额头的汗水，在童仆们的搀扶下退了两步，由上至下细细端详着碑身上的一行秦篆——

秦故上将军武成侯王翦之墓。

阿翁，你与蒙武老叔都不在了，而今王贲也快找你等去了，可王贲却不甘这般撒手。王贲当年的忧虑果然成真了，皇帝刚薨去半年，庙堂格局天下大势便这般急转直下，王贲却偏重病在身远离中枢，扭转朝局有心无力，只能徒唤奈何。王贲本以为，只要蒙恬蒙毅兄弟还在，朝局决然不会翻天，不料他二人一个下了狱一个被贬黜，都已岌岌可危，目下只能寄望于阿离，可这碎崽子怕是也不堪重任。阿翁，王贲愧对你……

王贲一声粗重叹息，转过身来细细打量着身后来客。这是一名郎中打扮的后生，尽管肤色黝黑，相貌却是极尽清秀，王贲只觉对方极是眼熟，一时却想不起来何处见过。

“足下何人?”王贲不无警惕地问道。

对方淡淡一笑，昂然拱手：“惟嬴见过太尉。”

“公主?”王贲大为惊愕，将面前这位英气勃勃的年轻人上下打量了两三遍，仍有些不敢相信自己的眼睛。

华阳公主笑了，露出了满口洁白晶莹的贝齿：“惟嬴此来，想请太尉重启黑冰台，廓清朝局。”

王贲凝视了公主片刻，默默摇头：“重启黑冰台之事，老夫同样想过，却终是隐忍至今；非但如此，王离前日来信，云自己欲领精锐飞骑南下问政，也被老夫严词痛斥。”

“为何如此?”华阳公主大是惊讶。

“目下庙堂虽扑朔迷离，终究未到不可收拾地步，我等不动，局势或可有转机；若果然妄动，天下必然大乱。我大秦上下奉法成风，谁人敢有违法度?手头若无证据便贸然发难，只会适得其反。公主不见我大秦历代宗室内乱，从来都是反叛者事败么? 何也? 谁先起事作乱，谁便有违秦法，必不得人心，也必不能成功！先帝在时，其所以严禁皇族参政，怕的便是秦国如赵国一般生出兵变内乱。公主不知么?”

“……”华阳公主稍一细想，顿时愣住了：从秦武王嗣后的季君之乱，到秦昭王年间几任蜀侯的叛乱，再到父皇在位时的晋阳反叛、成蟜樊於期叛乱、嫪毐之乱，果然无一次成功！

可她还不甘心，话语中仍满是焦急：“然则以太尉之意，我等便毫无作为，眼睁睁看着二世祸乱天下？阿兄自裁之后，蒙公执意上书复请，乃是寄望于郎中令，由郎中令动议复审此案，救他出狱；惟嬴听说，郎中令也确是准备明察暗访，揭开这道黑幕，可谁曾想庙堂动作这般快，未等他行动，已将他罢黜了……若不早做应对，只怕还有其他大臣步他后尘！”

王贲淡然一笑：“蒙毅欲暗访之事，老夫知晓，此事还是老夫密信建议。”

“原来如此！那太尉且说，我等当如何做？”

王贲盯住父亲的墓碑，片刻沉思后重又缓缓开口：“蒙毅被罢黜后，老夫已给他去了第二封密信，支了一步棋：子婴多方通连，以右丞相冯去疾为轴心，会同冯劫、杨端和、马兴等庙堂老臣，以及九原王离、陇西李信、岭南任嚣等边军大将彼此呼应，觅得时机，一同发难为蒙恬请命，使天下尽知庙堂错断，促成汹汹民意；若庙堂仍然拒绝，则九原边军此时起兵问政便是名正言顺。此时二世已离咸阳，开始巡狩天下，正是最好时机。老夫再出一策，有劳公主转告蒙毅；另有一封密信，公主须转交子婴……”

两人密谈了小半个时辰，女扮男装的公主重又骑上坐骑离开频阳。两日之后，已被罢黜的郎中令蒙毅同样悄悄出了咸阳，却并未按照庙堂的诏令前往陇西，而是一路向北疾驰而去，很快便消失在了山野之间。

5

巡狩卤簿抵达会稽郡、再由海路北上辽东时，已是数月之后了。几个月来，二世与赵高过得很是逍遥，李斯却格外郁闷，他万万没有想到，这一路的见闻经历竟如此令人心惊。

东出函谷关，沿途郡县居然无处不是一片乱象：儿子李由为郡守的三川郡本是关中东面门户，土地肥美丰饶，民众安居乐业，不想自从庙堂下令大建骊山陵、阿房宫之后，此地便成了各地民力的必经之路，逃亡刑徒病残徭役流窜郡中，搅得鸡飞狗跳；颍川、河东、河内、陈郡、南阳等郡县原本粮草丰厚，然庙堂下令运粮民夫必须自带口粮、不得食用运送粮谷后，无论运粮民众还是督粮县吏都有大批逃亡；东郡巨野泽一带又新冒出一伙彭越为首的水贼，郡卒县卒缉捕不利，始终未能将他们剿灭……及至李斯巡视完江东之后，心下更加忐忑了。须知当年上将军王翦主持的灭楚之战有两处主战场，一为淮北，二为江东，天下一统以来，六国世族出没最频繁之处也恰是这两地；更有甚者，当年太尉王贲前往淮北暗访民田兼并时还发现，旧楚地不仅复辟势力猖獗，民治也极为松懈，秦政始终在当地推行得磕磕绊绊。也正因此，李斯想搞清这两地是否还有复辟世族出没。当时会稽郡守殷通、吴县令郑昌口上说得痛快：郡中一切如常，丞相安心便是，不想待到李斯结束巡视，由殷通派出的一名书吏导引着出了吴县后，李斯却从书吏口中听到了一事，陡然警觉了起来——书吏说，两年前郡中来了一位富商和他侄儿，这富商五十余岁，自称参木，此人助郡守征发了几次徭役，还为乡里操持了几起丧事，都办得井井有条，大得吴中人心。我等都说，此人举手投足颇有军旅之风，行事也无不暗合兵法，怕是以前从过军；他侄儿则极是魁梧彪悍，力大无穷，最特异之处，还生有一双重瞳子！李斯问这二人目下可在县中？答说陛下巡狩船队到江东前，叔侄二人便离开吴县了，去往何处却是没说。

听到这里，一团疑云从李斯心底升起，他本能地感觉到，这个参木极可能是流窜老世族！难道说，是项氏？可当年太尉惩治兼并时，项氏不都被罚作苦役刑徒了么？突然间，一丝闪念掠过心头：参木者，大木也，岂不就是“梁”么？难不成是项梁？不对不对，那项梁不是早就死在栎阳狱中了么？……想到这里忙问，这等人物郡守如何未报？书吏却答说先生与郡守一见如故，两人还不时聚酒饮宴，想来，郡守是觉他没甚可疑之处……

李斯再次默然了。一时间很想下令掉头回吴县，好好盘问殷通，想了想却还是忍了下来：你便盘问他，又能问出甚？又能拿他如何？又能拿那个参木如何？径自问罪于殷通么？见不到人影，谁能说那个参木就是老世族项氏，又能以何等名义发难？命殷通调集郡卒缉拿么？若仅凭千余郡卒便在这茫茫震泽中追捕，岂不是大海捞针？调集大军围剿么？岂不是小题大做？自己留在这江东暗访么？那多大事堆积如山，哪一样都重要得多，岂不是得不偿失？禀报二世么？只怕报上去他也是一阵哼哼哈哈了事，岂不是自取其辱……左思右想都没个稳妥对策，李斯只能一声长叹，生生将此事压下心头了。

一腔郁闷中，李斯随船队出了海，掉头北上了。望着去岁随先帝巡狩时便见过的东海景致，心下不由得连连哀叹：不过一年的光景，眼前的一切已经物是人非，天下大势更是飞速逆转：田地荒芜了，商旅凋敝了，民夫逃亡了，盗贼流寇纷纷涌现了，复辟世族也重新抬头了，就连一向勤谨奉事的郡县官吏们都开始瞒报政务甚或私自逃亡了……如此乱象连连，你李斯能归咎于何人？天下黔首早不堪重负，你却依旧一样样建着那些大工程，你不是不知如此作为会招致如今这般恶果，却始终心存侥幸；你更不想因这些事由与二世和赵高闹僵，而今却是如何？天下黔首要汹汹痛骂的，不是二世，更不可能是赵高，也不会是冯去疾或其他哪个大臣，而只能是你李斯。二世懂个甚？赵高那一介内侍懂个甚？其他大臣说了也不算，真正主事的是你这个手握摄政大权的丞相！谁叫你开府理事了？无你赞同，这诸多工程哪一个能开工？事已至此，你能推托给何人？……

不行不行，绝不能眼看自己与先帝一同缔造的帝国就这般垮塌了，李斯暗暗摇头。不能再这般沿着旧路走下去了，毕竟目下还未不可收拾，及时补救也还来得及，南北两路大军都在，若局势果真继续恶化，也可设法说动他们北上南下问政。只是岭南太远，任嚣赵佗等将又与自己素昧平生，怕是指望不上，如此说来也只能是九原军做援手了。可偏偏蒙恬蒙毅还在人世，王离只服这兄弟二人，纵然不知扶苏之死、蒙恬下狱之原委，却也多半能猜出贬黜蒙毅是自己的意思，如何肯听自己？不来寻仇已是谢天谢地了……罢罢罢，无论如何，先对他试探一番，此番巡狩，庙堂本就想将他大父的武成侯爵转给他承袭，到时探探他口风便是……

望着眼前烟波浩渺的东海，李斯这样久久沉思着。

“招王离？将他封侯?”

听到李斯提起这话头，胡亥一双大眼睛骨碌碌转着，很是爽快地一挥手：“哦哦，封便封了，悉听丞相铺排!”

“然则，老臣另有一样设想，想请陛下亲往九原犒军；自然，陛下若国事繁忙，也请许老臣以陛下名义代往……”李斯没敢抬头看胡亥，只是小心翼翼说道。

“亲往九原?”胡亥微一愣怔，马上面露喜色，“对也，朕听说阴山草原一片美景，丞相可曾去过?”

“老臣，未曾去过……”李斯脸色很是难看。

“那却可惜了。朕听说那里烤黄羊和马奶酒最是有名，却不知滋味如何?”

“陛下，九原犒军……”

“胡歌胡舞可是别有风致?”

“陛下，九原军守护国门，干系重大……”

“胡女与中原女子有甚不同？胖还是瘦？黑还是白？胸大不大？皮肤滑不滑？可有体味？若是那般，却是不好……”

“陛下，若匈奴果然攻来，九原军……”

“朕还从未骑过阴山胡马哩……”胡亥一声长叹，语气中很是惋惜。

一声轻咳从身后响起，赵高悠悠开了口：“陛下、丞相：臣之意，陛下日理万机，还要尽速还都处置政事，九原犒军之事，不如日后再议；至于丞相，连日来已多有劳顿，还是留在巡狩行营为好。”

“是也是也！”胡亥也大为振奋，“丞相辛苦也！莫去了莫去了！”

“可王离封侯之事……”

“赵高以为，还是原样召九原将军前来便是。”

“好好好，封便封了，丞相写成册封诏书，给朕看便是！来来来，郎中令，你我下一盘六博！”胡亥喜滋滋地叫道，大袖一摆，眼见旁边的侍女们将六博棋案抬上前来，也不再理会李斯，径自坐到了棋案前，一把抄起了骰子。

“……唉！”李斯终是一声长叹，向着自顾不暇的二世深深一躬，蹒跚着去了。

从行营出来后，李斯心下很是失望。这些时日，自己本想寻机向二世仔细讲讲沿途郡县诸般乱象，劝谏他回咸阳后改弦更张，最好能暂缓阿房宫修建，不料始终没能逮到机会，每每说不上几句正事，便总要被二世莫名其妙地岔开了话题，若不甘心被牵着鼻子走、继续坚执禀报政务，便往往成了君臣二人各讲各的：李斯讲饥民汹汹，胡亥便讲珍馐饮馔；李斯讲徭役逃亡，胡亥便讲山水胜景；李斯讲世族异动，胡亥便讲游乐美女……再加上随侍一旁的赵高随声附和，每次政事问到了最后，都要无一例外地变成胡亥赵高的一吹一唱，只有李斯被冷落到一旁，倍显尴尬难堪，方才那一番对答便是如此。

按李斯原本的推测，胡亥赵高是断然不敢亲往九原的，可那三十万大军又是国之命脉，从常理讲决然不能置之不理，只要自己主动提出替皇帝前去犒军，二世定会忙不迭答应，而赵高也绝无理由反对，如此自己便可堂而皇之地前往九原将王离封侯，虽说是奉皇帝诏书，可九原军都会知晓这是自己的主张，如此必当敌意稍减。接下来自己再与涉间苏角等其他大将斡旋几日，一则表示日后要慢慢设法周旋蒙恬出狱，二则对九原军多加抚慰，三则更可诉诉自家苦衷，表表匡正朝纲的决心，如此必能得到王离和九原大将们的些许体谅。只要自己与九原军关系能有所缓和，那便万事好说，谏阻二世也能底气硬得许多。谁曾想，这等谋划又被胡亥赵高打得粉碎了……

就这样叹息着，他终是替胡亥拟好了诏书，准备将王离召来受封。

特使赶到九原之际，王离正想动身去阳周城。

王离算得很是清楚，目下是二世元年的三月，自己接管九原大军已有半年了。这半年光景，天下大势不可思议地狰狞扭曲了，一个又一个消息直如连番惊雷在耳畔接连炸响，每个消息都深深震撼着天下黔首，使所有人都目瞪口呆心惊肉跳。一边是长城崩坏、栋梁摧折：始皇帝突然薨去了；皇长子被下诏赐死了；蒙恬将军入狱了；御史大夫冯劫被罢官了；郎中令蒙毅被贬往陇西了……另一边却是小丑跳梁、群魔乱舞：少皇子胡亥继位登基当二世了；中车府令赵高一介内侍就任郎中令执掌起中枢了；皇族元老秦德老迈得半截身子都快入土，居然也位列三公了；赵高的女婿阎乐、族弟赵成等一干鹰犬人物，更是纷纷进入皇城占据了要职；就连自己曾痛打过的那个御史曲宫，也迅速升任了秦德的副手御史中丞……而在这些之外，更令人震惊的还是那接连下达的一系列诏令：建骊山陵，起阿房宫，天下刑徒被尽数发往关中，修长城直道的民夫不仅不许归乡，反倒要继续由中原征发民力……帝国往昔的一个又一个柱石人物倒下了；一个又一个不知何德何能的庸才被先后提拔，招摇过市登堂入室，盘踞在曾经无比神圣的庙堂之上；一道又一道荒诞到近乎疯狂的诏令堂而皇之地颁布朝野……各种消息纷至沓来，王离强烈预感到天下要乱了。

尽管渐渐习惯了来自庙堂的各种匪夷所思的诏令，然而听到特使念诵起这新一道诏书时，王离再次茫然不知所措了，九原大军也同样茫然不知所措了。

二世要将自己封侯？皇长子被赐死了，蒙公被下狱了，被视作皇长子一党的郎中令也被贬黜了，同样与他们一党的自己，却如何没有被连坐，反倒要被封侯？二世究竟何等心思？想诓自己过去，再寻机问罪么？何必那般麻烦，直接将自己下狱岂不省事得多？是了是了，若自己也被下了狱，定会大大激怒九原军，二世定是怕九原军南下兵变，方才想出此等毒计，听大父说，当年灭赵之际，赵王迁便是那般对李牧的；可若这般，又何必拿封侯做幌子，随便一个由头不都能将自己骗过去么？……

特使前脚刚走，杨翁子后脚便来了，原来也得知了王离被封侯的消息，说是册封诏书这几日已颁行天下，阳周城也知晓了，问他对这封侯之事意下如何？王离说出了自己的担心，杨翁子沟壑纵横的脸上便荡漾起了一丝笑意：王将军果是这般回答，蒙公确是猜中了。老夫此番来九原，正是替蒙公给你带话，他只一句：封侯主张，必出于李斯之意；将军但去无妨，必不会有事。

“李斯？他不是与二世赵高串通一气了么？……”王离颇为惊讶。

“蒙公说，李斯纵然大节有亏，终究是正臣，断然不会眼看二世那般胡作非为，必有悔悟之日，将军仍当与他联手，做他外援……”

听到这里，整个幕府都沉默下来了，王离垂首思索了许久，终于抬起头来。

“罢，既然如此，我去便是。”他咬着牙道，“只是去之前，我等还需做一件事……”

6

在一个百人马队的簇拥下，王离终是赶到了巡狩行营，李斯亲自为他设下了接风小宴。

自上次甘泉宫相见已有大半年了，两人都憔悴了许多，王离分明看到李斯头发全白了，而李斯看到这位年轻将军一脸风尘仆仆，眼前随之浮现出李由的容貌，心下也大是感慨。这一少一老一将一相对坐了许久，都是默然无语，最后还是李斯勉力挤出一丝笑容，率先打破了沉默。

“将军此番继承上将军爵位，可喜可贺。”

“谢丞相。”王离答得很是简洁。

“王氏三代为将，三代封侯，休说我大秦立国以来闻所未闻，便是春秋战国数百年来，也同样亘古未有。”

“谢丞相。”

“老夫心知，将军与长公主早有婚约，只是这几年来天下大事频仍，又兼上将军过世、太尉病重，故而始终未及操办。此番回咸阳之后，老夫定向陛下上书，早日促成此事……”尽管当年儿子与公主的婚事因王离的突然杀出而作罢，李斯目下却毫无愤懑难堪，仍旧一脸真诚。

“谢丞相。”

“太尉在频阳养息多年，老夫早想过去探望，却终未能成行；闻听近来太尉病情每况愈下，老夫更是担忧，惜乎主少国疑之际，仍是分不开身，将军见谅了……”

“谢丞相。”

“蒙公下狱之事，老夫也甚为痛心，然此毕竟先帝遗诏，老夫不敢轻易动议开释，此事只能从长计议，还望将军耐心等候……”

“谢丞相。”王离仿佛只剩下了这一句。

“……”眼见王离始终如此回答，李斯很是尴尬，又问起九原军诸般状况，王离这才多说了几句，李斯闻听九原军虽军心浮动，目下却大体无事，心下总算踏实了些许。接下来搜肠刮肚又想出几个话头，说不上几句却重又成了自言自语，自己也颇感难堪，只得一口口喝着闷酒，这场接风小宴就这样在尴尬的沉默中结束了。

送王离出行营时，李斯望着他那颇有些落寞的背影，心下顿时一阵五味杂陈。他本以为王离得以封侯，即使不对自己感激涕零，至少也不该这般淡漠，可看王离眼下的反应，显是对自己仍抱有深深的戒备和反感，王离如此，九原军其他大将更当如此，只怕自己便是果真去九原犒军，也同样无济于事；而若不能拉拢九原军为己用，又如何能与二世和赵高抗衡？看目下这形势，若想使九原军对自己刮目相看，唯一的办法只能是周旋蒙恬出狱，哪怕是摆出个姿态、张一张声势，在朝会上通连冯去疾等大臣一起为蒙恬请命，王离等将也必定会群起响应，大势极可能会就此扭转。可若是那般，自己势必会与赵高彻底闹翻，而一旦赵高将自己私改遗诏、杜撰赐死诏书之事公诸朝野，自己便万劫不复了，整个李氏宗族也同样万劫不复了……进亦忧，退亦忧，难矣哉！

李斯没有想到，自己还在犹豫是否要为蒙恬请命时，王离已经先行一步了。

“上有制，将军王离袭爵受册，爵武成侯——”

封侯大典上，直到典仪那拖得长长的语调完全消失，王离也没有说上一句“谢陛下”，更没有接过册书，更遑论向面前的二世拜谢。而听到这位新封武成侯的第一句话，所有人都惊讶了：

“陛下，臣王离昧死有奏！陛下不听，臣不敢受封！”

尽管没有身着甲胄而是一身袀玄礼服，王离身上却仍是一股军旅大将的肃杀，他口上虽说“不敢”，神色语气却是咄咄逼人，死死盯住胡亥。

“你，说便是……”胡亥仿佛也被他的目光震慑住了，丝毫没有注意赵高一旁连连递过来的眼色，嗫嚅着说道。

“谢陛下！”王离高声叫道，转过身来一招手，“捧上来！”

两名军吏捧着一方重重折叠的白色大布赳赳上前，极为麻利地将它摊开。当这方大布完全展现在眼前时，胡亥惊骇了，赵高惊骇了，李斯惊骇了，所有大臣都惊骇了，就连御史大夫德都拄着木杖颤颤巍巍走上前来，瞪大了昏花的老眼。

这方大布之上，只有八个大字：复我大将，固我长城！显是九原将士为蒙公所写的请命书；最令人吃惊的是，这些大字都是鲜血染成，八个暗红大字的周围，更有一个个将尉们的名字环绕，同样是鲜血书就，分外触目惊心！

“陛下，九原军千长以上将尉名录，尽在于此！”指着血书上那一个个红殷殷的名字，王离叫道，“王离资望甚浅，不堪重任，更遑论拜将封侯！蒙氏三世功臣，实乃北疆长城，陛下将蒙公下狱、罢黜郎中令，将铸成大错！王离敢请辞去武成侯，换得蒙公出狱领兵、郎中令官复原职！”

“这，这……”胡亥赵高都愣住了，整个封侯大典的气氛也仿佛凝滞了。

“将军，你……”李斯也想说什么。

——“丞相！你不是说要救蒙公出狱么？何不发句话？”王离将目光投向李斯，每个字都叫得清清楚楚。

“……”李斯顿时慌张了，王离这般举动确是出人意料，可自己又不能公开斥责或阻拦，他本想对王离抚慰几句，好歹将这封爵大典敷衍过去，却不料王离这句质问显是要自己当场表态：究竟是站在九原军这边，还是站在赵高胡亥这边？而他恰恰是两边都不想失去，一下便被逼到了一个极为尴尬的境地，却是如何作答？

“此，此先帝遗诏所言，当从长计议……”心念电闪之间，李斯还是给出了个模棱两可的回答。

王离一声冷笑，也没有继续催问，而是重又将目光投向胡亥：“王离此番前来，该说的都说了，陛下若欲责罚，王离任杀任剐。”

“这，这……”胡亥方才一直躲在围上来的郎中们身后，直到目下才鬼鬼祟祟探出头来，将求救的目光投向了赵高。

片刻之间，赵高心头也飞速闪过了诸多念头：此番王离逼迫二世虽大为嚣张，自己却不能以此为由将他问罪：一则王离是为蒙恬请命，虽违法度却决然合乎情理；二则他又是在大庭广众之下请命，人人都看得真切，自己断然无法掩盖真相，若也将王离下了狱，消息传开便极可能激怒天下黔首、激怒九原军，甚或激怒狱中的蒙恬！若九原军果真不管不顾，径自劫狱救出蒙恬杀向咸阳，则无论自己、李斯还是胡亥便全完了，目下当务之急乃除掉蒙氏兄弟，除掉其他可能对自己造成威胁的重臣，此后再来对付这王离也不迟，毕竟此人根基尚浅，还不足以对自己构成威胁，否则他也不必为蒙恬请命，直接调动大军杀来便是……心念及此，他忙向李斯递了一个眼色，李斯也心领神会地点点头，赵高这才一声清咳，目光炯炯扫视了一圈：

“臣之意，陛下身体不适，还当早日回去歇息，今日大典，到此为止。不知陛下丞相之意如何？”

“是也是也，朕，那个忧心国事，先，歇息去了，散朝！”胡亥忙勉力装出一副气定神闲的模样，看似很有气派地一挥手。

……

“武成侯，老夫直言了，你前日之举，大大鲁莽啊……”李斯摇头叹气道。

“……”

“老夫确有周旋蒙公出狱之意，可若想成事，不能只凭一腔意气。武成侯前日之举，连累老夫倒在其次，更极易为你自家招来杀身之祸。而今皇长子已死，蒙公也在狱中，武成侯若再有万一，九原军还有何人可堪为将？……”

“……”

“好在老夫一力斡旋，终是保将军顺利封侯，陛下也未怪罪将军莽撞，足见事态还有转机……”

“……”

“先帝生前，我等尚且对他奉若神明，况乎这遗诏乃他最后心愿？我等纵有异议，也不敢轻易否决，老夫也是左右为难哪……”

“……”

“老夫之意，还需稳妥谋划，从长计议。既要保得蒙公无事，也要保得你我无事，还要保得朝局无事，总归一句话，大局为重，绝不能生乱……”

听到这里，牵着丹騢一直沉默前行的王离突然止住了脚步，仔仔细细望着李斯。

“武成侯有话，直言便是。”看着王离的神情，李斯心下颇有些发虚。

“丞相是为王离好，王离谢丞相。”王离的语气分外平淡，“王离身为晚辈，也有几句话想讲与丞相。”

李斯没有吭声，目光却闪烁起来。

“父亲当年曾对王离说过：认准之事，便当义无反顾去做，虽殒身而不恤，其九死而不悔，如此方为大丈夫；即便果有错处，幡然悔悟推倒重来便是；纵然这般，也远比整日犹豫不决摇摆迟疑强得万倍！心下便是想出百步千步，也远不如真正迈出一步！晚辈只此一言，与丞相共勉！”

说罢，他没有再理会李斯，也没有再对这位丞相说一句话，径自飞身上了马，吆喝了一声“回九原”，整个马队立即追随着他席卷而去了，只留下李斯一人呆呆望着他们的背影，心下久久回味着这段话。

第五章　亡命

1

当二世的巡狩车队刚开始踏上归途之际，几个神秘人物也悄悄潜入了骊山陵的山林里。这片山林毗邻数十万刑徒的营地，尽管骊山陵工程已尽数完工，二世皇帝与李斯丞相又都不在咸阳，但他们仍没有被遣散，而是依旧整日滞留于此，人人焦躁不安。

一个瘦削的身影奋力划拨着双臂，向着草木丛深处缓缓而去，片刻后来到骊山北麓的一处隐秘岩洞中。洞中一个面目精悍的中年人叫了声“项公”，将来人引到洞中一团微弱火焰前，一个膀阔腰圆魁梧雄壮的威猛后生原本坐在火旁，见到他也连忙起身，压低声音喊了声“季父”，尽管洞中光线很是黯淡，但仍可看出那后生的一双眸子极是奇异——每只眼睛里都是两个瞳仁。

“曹咎、阿籍，伯父来密信了!”来者压低了嗓音道，如同野兽的呜咽般低沉。

尽管极力压抑着心中的狂喜，项羽却还是情不自禁地颤抖了起来，一脸狂喜地问了句：“季父，能杀人了么?”

望着侄儿那双闪烁着嗜血渴望的重瞳子，项梁的嘴角浮现出一丝狞厉的笑意："能，也不能。此番你自能杀人，却又不能只顾杀人，救你伯父、救我项氏才是关键。日后有你这竖子显身手之时，只不在目下。"

项羽陡然握紧了拳头，生满汗毛的双臂顿时青筋暴露："小事一桩!"说罢站起身向洞外走去，准备看看刑徒营的动静。

望着侄儿高大的背影，项梁陷入了沉思。自己这侄儿自幼不学无术，凡事都浅尝辄止：念书念不了几句便丢在一旁，学剑学不得几招也丢在一旁，当时自己问起，他还理直气壮地昂然回答，识字不过记得几个人名而已，学剑不过敌得一两人而已，自己要学万人敌！自己听了颇为诧异，于是教他兵法，不料他学得几日仍是将兵书一把丢开，抄起一根大树枝和一群闾巷子弟打闹去了……阿籍幼时那傻憨模样仿佛还在眼前晃荡，不想转眼间竟比当年的阿兄还要高大魁梧了，养兵千日用兵一时，而今且看他身手如何!

心下反复推敲着自己的全盘谋划，项梁目光极是森冷。他自然清楚，自己将要做的这件弥天大案，即使比起当年公子良的博浪沙也不遑多让。可尽管如此，他心下仍无丝毫惧意，相信自己没什么可担心的：目下二世的巡狩车队尚未归来，关中防备极是空虚，再加上骊山刑徒怨声载道，此番举事当有八成胜算。

除此之外更重要的是，多年来的亡命生涯，使项梁早已惯于面对死亡的威胁，他已是死过一次的人了。

盯着眼前那团篝火不知出神了多久，项梁只觉火光渐渐幻化成了囚室天窗投下来的那缕光亮。在栎阳狱中的那些日子里，他每日都能看到这缕苍白而黯淡的光亮，只能照亮面前的方寸之地，不仅不会给这座囹圄带来丝毫暖意，反而更添凄惨；可尽管如此，在那些狱中的日子里，他每日最常做的仍是久久凝望着这缕光芒，久久凝望着那些极难分辨出的细小尘埃，在这缕光芒中无声地飞扬飘浮。

项梁轻轻靠上身后的岩壁，猛然一个寒噤：这洞中的岩壁竟与那栎阳狱的囚室四壁如出一辙，同样是他早已熟悉的糙砺冰冷，这种感觉他一辈子也不会忘却。

尽管已时隔两年，然而对项梁来说，栎阳狱中的日日夜夜仍旧历历在目。他还记得，当年在田横岛与王贲决斗之际，自己已和此前无数次一样抱定了必死的决心，一同被海水淹没之际，他也确乎以为自己就要与那毕生的死敌同归于尽了，却万没有想到，自己和他竟都活了下来。而再度恢复神智时，他睁开眼后重新看到的便是栎阳狱中的那缕光亮，整个囚室中唯一的光亮。

他抬眼看，除了这丝光亮，周遭便是一片黑暗；他侧耳听，隔着厚厚的墙壁，只能听到远处隐约传来阵阵痛苦哀号；他想活动手脚，可是马上便发现四肢都被锁上了沉重的镣铐。他低头瞥去，借着黯淡的光芒依稀辨认出了身上那件赭衣，于是终于明白过来，自己成了囚徒。

四下里完全静下来时，项梁隐约听到阵阵水声从头顶天窗遥遥传来，这声响使他大体猜出了自己身在何处：毫无疑问，这是栎阳狱。秦国有数的几座大狱中，只有这座囹圄是建在水畔，也只有它是专门被用来看押复辟重犯，在六国世族的口耳相传中，这里永远是个令人谈虎色变的处所。它高高伫立在栎水岸边的峭壁上，如同一只阴沉的兀鹰俯瞰着南面的渭水、北面的郑国渠，以及更北面的频阳。项梁曾无数次想过要脱狱而出赶往那里，去向自己那位宿敌寻仇，然而他也知这不可能，传言栎阳狱建成十余年，没有一个活人能从这里出来，甚至没有一具完好尸体能从这里出来。

这分明是楚地传说中的幽都。

项梁已记不清，自己究竟在那里度过多少时日了，漫长的黑暗与无穷的孤独使他神智渐渐昏乱，而每日翻来覆去的讯狱和拷问更使他奄奄一息，若非那日见到了前来探监的太尉王贲，也许不等被咸阳庙堂处决，他便要先行疯癫了。然而恰恰是王贲的到来，恰恰是他带给自己的那件物事，将他从即将崩溃的边缘拉了回来。

沉浸在回忆中的项梁将手探入怀中，重新张开时，一块小小的丝帛碎片便展现在眼前。那上面原先的雪白已经隐隐泛黄，而原先斑斑点点血迹的殷红也早已变成了绛紫色。

项梁记得，看到当年自己妻子的这件遗物时，自己的回忆闪电般苏醒了，对铁栅对面那张熟悉面容的恨意也同样闪电般苏醒了，他毫不犹豫地死死咬住了王贲的手腕，锋利的牙齿深深嵌入了血肉，温热咸腥的鲜血随即在口中荡漾开来，那个瞬间，憎恨的火焰再次从心底熊熊燃起。他记不清自己咬了多久，只能记得一旁看押自己的司马欣的大声呵斥，他拼命拉扯着自己，然后就是无数拳打脚踢落在自己的皮肉上，可自己仍死死咬住那只鲜血淋漓的右臂，直到在猛烈的揪扯下生生啃掉了王贲胳膊上的一块肉，两人这才算被真正拉开。纵然如此，自己却依旧久久咆哮着，发出垂死野兽般的凄厉叫号，镣铐的哗啷啷响动久久震彻了整个囚室；当王贲的身影消失、那扇厚重的狱门也在面前缓缓关闭后，自己绝望地一头头撞向背后的囚室墙壁，一任汩汩鲜血顺着额角淌下，直到失去知觉昏死过去方止……

不知过了多久，脚步声微微打破了周遭的死寂，听那动静显是在向自己这座囚室而来，尽管远未从疲惫中恢复，项梁却还是轻抬起眼睛，死死盯住囚室的大门。只听一声机括相撞的清脆声响，狱门重又吱吱嘎嘎地打开了一道缝隙，一个手持火把的身影再度侧身进了囚室。

项梁失望地垂下了眼睛——来的仍是司马欣。

“项梁，想死么?”令他意外的是，司马欣竟这般向自己问道。

尽管心下惊讶，项梁却仍然不声不动。

“果真想死，我成全你。”司马欣显然对他的装聋作哑不以为意。

项梁狐疑地抬起眼睛，望向自己的狱吏。这时他看到，司马欣手举火把缓步上前，隔着栅栏向自己伸出右手，掌心是件黝黑的小小物事。“这瓶中药汁有剧毒，饮下片刻后便可死去，绝无痛楚，远比受尽折磨再被处决痛快得多。”

“拿来。”项梁毫不迟疑地一句。

司马欣蹲下身，一阵骨碌碌转动声便从他脚下徐徐传来，滚落到面前由天窗投下的那道黯淡光芒下时，已经下榻的项梁伸手一抄便将那药瓶握在了掌心，借着光亮，正见瓶身镌刻着海神禺强的那个斑斓怪异的图案。

“方士丹药?”项梁的嘴角终于浮现出一丝满意的笑容，毫不迟疑地捏碎瓶口的封泥，仰头便将那药汁一口吞下，满嘴的苦涩，然后他长出一口气，顿觉解脱了，这才转向司马欣。

“你却如何这般好心?”

“受人之托而已。”

“何人托付?”

“公子若能再睁眼，便可知晓……”

眩晕开始缓缓袭来，眼前天地也开始旋转，剧烈的疼痛带来一阵猛烈的痉挛，陡然攫住了全身，项梁瘦削的身形踉跄地晃了晃，不由自主地松开了手中的陶瓶，当那陶瓶在囚室潮湿冰冷的青石地面上摔得粉碎时，他也紧随其后颓然倒地了。

2

魂兮归来!

去君之恒干,

何为乎四方些？
舍君之乐处，
而离彼不祥些。
……

耳畔响起了丝丝缕缕的缥缈歌声，项梁只觉自己的魂魄袅袅飘离了身躯，被轻风鼓荡吹拂着飘向四面八方，忽上忽下忽东忽西，上穷碧落下抵黄泉，八荒六合奇诡神异的景致不住在眼前轮番闪现：忽而是东方的天际，十轮红日接连闪烁，酷烈的日光将遍地铁石熔化成了汩汩金水；忽而是南方漆黑污浊的茫茫大泽，数以千计的蝮蛇密集树丛般蠕动其间；忽而是西方的漫漫荒漠，千里黄沙滚滚流向天边那深不可测的雷渊；忽而又是冰天雪地万里荒寒的北方，举目银白飞雪千里，彷徉无所倚，广大无所极……

神智开始清醒了，项梁重新感到了囚室那青石地面的冰冷潮湿，尽管没能睁开眼，但他依旧能嗅到那很是熟悉的霉烂气息和血腥味，奇怪的是，歌声渐渐消弭了，一阵佩玉的清脆叮当声却越来越清晰……

——不对！这不是玉声，这是……

“项公，张良来了。”叮叮当当的銮铃声中，一个女人般的嗓音轻声道。

……

直到目下，项梁还能记得自己微睁开眼时的惊诧。看到那双暗夜寒星般的眸子紧盯着自己，他一时竟觉得仍在梦中；而看到张良身边还伫立着狱吏司马欣时，他更不敢相信自己的眼睛了。

“公子良？你，也被关进来了？”项梁喉头一动，艰难地吐出这句话。

“非我被关进来，是你脱狱了。”

“啊！”项梁陡然瞪大了眼睛，挣扎着想要爬起来，却是力不能逮，重又倒回了床上。这时他才注意到，自己身处的并不是栎阳狱的那间囚室，却是一座岩洞。

“我，还活着？……”

“你已死过一次了。”

“何意？……”

“天下人都以为，你已死了。”

“你如何救的我？”

“自是这位狱吏相助。”张良将手指向一旁的司马欣，后者向项梁轻轻颔首示意，“那药汁并非真正毒药，乃当年方士徐福炼成的奇药，服下后便连日昏迷，身躯僵冷吐纳停滞，如同死去一般。你那几日狂态，狱中人人尽知，又见你满头满脸鲜血，自然皆以为你是触壁自杀，不会生疑。你下葬后，司马欣便趁夜来到墓地，掘开坟冢打开棺木，再将你辗转移到这里，我又给你服下解药，终是重又将你救活……”

项梁望向了司马欣，目光中充满感激之余也不乏疑惑。

“在下受人之托，救公子出狱。”司马欣只简简单单答道。

“只是，此番却非张良所托。”张良仿佛明白项梁要问什么，淡然一笑，“却是蕲县狱吏，曹咎。”

“曹咎……”项梁闭上眼睛，欣慰地一声叹息。

“曹咎曾救过司马欣性命，两人乃刎颈之交。当年博浪沙事败后，我在淮北藏匿时见过曹咎，从他口中得知此事，还由他牵线认识了司马欣，司马欣对我说，若我日后被投入栎阳狱，他能救我出来，以报曹咎，不想却是先救出项公了……还有，这两样物事给你。”张良说着缓步上前，向项梁伸出双手。

他的左手，是项梁的那副黄金面具；右手中，则是一小块白帛的碎片。

……

就是在目下这座岩洞中，张良给项梁看了自己随身携带的一部兵书《太公兵法》，又讲起了不久前的一段奇遇——田横岛之战后，他隐匿形迹潜伏下邳，本欲再建悬刀，伺机东山再起，却不料一日在桥上偶遇一位老者，将脚上鞋履踢下桥去，命自己捡上来再给他穿上，张良看出此人绝非寻常之人，一一照办了。老者又要他五日之后，平明时分在此等他，但彼时下邳风声正紧，张良被黑冰台发现行踪，与老者连约两次都因被尾随而未能见面，直到第三次相约，老者才将这《太公兵法》交与了他，还对他说了番话：

“古来豪杰之士，必有过人之节。匹夫见辱，拔剑而起，挺身而斗，此为下勇；猝然临危而不惊，无故受辱而不怒，方为上勇，究其实，此等人图大志远，故能忍常人所不能忍。公子才有余而量不足，不为伊尹、太公之谋，却出荆轲、聂政之计，老夫深为你惋惜，方有意辱于公子，折你刚锐之气，使你忍小忿而就大谋……”

听到“忍小忿而就大谋”这句，项梁久久无语，只觉此中含义颇深。张良拆解说，此后自己便整日研读这《太公兵法》，终是悟出了诸般道理，既看清了大势，也看清了自家：如今大势，单靠行刺暗杀，纵能杀得皇帝，杀得一两个重臣，却也无法颠覆秦政，是故自己放弃了重建悬刀；而自己也终究有谋划之能，却无成事之力。古往今来欲成大事者，既需奇谋，又需明断，然一身兼得两长之大才终究少之又少，人言心无二用，此之谓也。善谋之人虽精于奇变，却性多柔弱，纵有奇策也往往实施无力，奇策难免沦为舌辩空谈；善断之人虽能成事，可若无谋士辅佐，也必当陷于庸常窠臼，难以出新出变。然则，若善谋之士得遇明断之才，必能成就大业。譬若当年商鞅之遇孝公，而今李斯之遇始皇帝是也。张良心知自己终究一介文士，不能成事，也便不再孜孜醉心于起事了……

“公子之意，可是欲待到大势有变，觅得一位明断之才，为他辅佐?”当时听到这里，项梁惊讶地挺直了身子。

“不错。”

“目下等到了么?”

“尚未。”

“若果然等到，公子便与他携手共谋大计?”

“纵然等到，也须看大势如何。”

“以公子观之，我项氏如何?”项梁的目光中猛然闪过一丝光芒。

张良没有回答，却是不置可否地笑了笑。

“反秦复国之志，张良无时或忘，只是目下仍是蛰伏之期，不能轻动。张良也劝项公，待到大势有变，再谋伸展了……”

……

从栎阳狱死里逃生之后，项梁与张良就此别过，自己通过曹咎找到了一直藏身蕲县的项羽，叔侄俩此后又辗转逃向了江东吴中。之所以选择那里，项梁也是经过了深思熟虑：这江东本就是自己族中几处旧封地之一，项氏的名头仍在当地有着巨大号召力；再者，相较下相、项县两处淮北旧封地，咸阳庙堂在此地的统治实在薄弱了许多，郡卒县卒人手极为紧缺，会稽太守殷通又是旧楚人，对郡中违法罪行只是睁一眼闭一眼，藏身于此自然大大便利。

不过凡事有利自然有弊，吴中固有这诸般好处，却也有几样缺陷：这一带山水相连，人烟稀少，虽利重犯藏匿逃逸，可若想多方联结却也远不如中原淮北那般便利，便连寻常生计都很是艰苦，更遑论纠集朋党啸聚山林。一言以蔽之，此地蛰伏自保绰绰有余，若想伸展经营却大是困难。然而此时的项梁一则保命要紧，二则也是反复思量过张良那段话，将许多大事都看透看彻了：只要皇帝与王贲这般君臣还在，谁也不可能颠覆秦政，使天下重归战国，若还如以往那般孜孜不倦地生事，不仅无济于事，更是飞蛾扑火自取灭亡，结果只能适得其反，当下自己只能是如张良劝告那般等待和忍耐。项梁判断，近年来庙堂毕竟颇多急政，天下黔首已怨言四起，焚书坑儒后这两年来更是谣言频出，若此后庙堂再连出几次纰漏，秦政仍有可能生变，只有等到那般时机，自己才能有所作为！

就这样，叔侄俩在震泽潜伏了下来。两年光景中，项梁也确是不时动过举事念头，最令他心潮涌动的一次，便是皇帝巡狩到吴县时。当时他带着项羽混在驰道旁的树林中，遥望着皇帝车队由远及近而来，那些外表完全一样的王车由面前一辆辆驶过时，侄儿愤愤叫了一声“彼可取而代之”，自己连忙捂住他的嘴，说此乃灭族之言，不得乱说！心下复仇的渴望却也越来越强烈了……他没有想到的是，距那次见到皇帝才刚刚半年，这暴君便暴病而亡了；更令他喜出望外的是，原本被天下视为理所应当继任皇位的皇长子扶苏竟也自裁了，天下名将蒙恬竟也下狱了；最令人难以置信的是，居然是皇帝那最不成器的少子胡亥成了二世！这岂不是天意亡秦么？

也正是在胡亥登基之后不久、皇帝葬礼即将举行之际，他收到了因私放自己而被罚往骊山陵的司马欣的密报——骊山陵虽已修完，咸阳庙堂却仍不罢休，不仅不遣散刑徒，反而要将各地郡县的刑徒全数向关中调集，显然是又要开始大工程！经过一番明察暗访，司马欣现已查出，项氏一族以项伯为首的大半骨干，目下均已来到了骊山陵！

接到这封密报时，项梁兴奋得浑身都颤抖了起来。

没有任何迟疑，他当下便打定主意要去营救自己那些族人，于是先与曹咎项羽多方通连那些散落楚地的故旧门客舍人，又与骊山刑徒营的司马欣、长兄项伯重新牵上了线，目下只待兄长发来消息，自己便可动手了。

3

就在项梁潜伏在这骊山岩洞中的同一个夜晚，就在他脚下这片广阔的刑徒营地中，越来越浓重的躁动情绪正在刑徒们当中弥散开来。

少府章邯面无表情地从那些四散坐下、埋头大吃着碗中粢粝藜藿的刑徒们当中缓缓走过，从那投向自己的一道道闪避警惕的目光中，他完全可以猜出这些人的心思：他们在担忧自己的未来，骊山陵本已完工，自己对他们的承诺却迟迟未能兑现，不仅于此，种种迹象更表明，咸阳庙堂还将有更多的苦役摊派下来，刑徒们自然是一片人心惶惶。

不过不仅是他们，章邯自己心下也是惴惴不安。此前秦国刑徒虽多，庙堂却从未将其视为乱源，概因秦国向来法度清明、办案公正，这些刑徒虽说都是有罪之人，却也绝无冤假错案在身，都心知自己罪当如此，纵然服刑却也无从怨恨官府；更有甚者，以秦政之赏罚分明，只要努力劳作，便能减刑甚或立功挣爵，既然如此，与其整日怨天尤人，何如勤恳劳作换得早日恢复自由身？是故举国刑徒大多安分守己。去岁先帝最后一次巡狩前还曾召见过自己，表露过待到陵寝修完，庙堂便遣散刑徒之意。然而章邯没想到，那竟是自己最后一次见到先帝；刑徒们更是谁也没想到，眼看骊山陵已修完，先帝已安寝，庙堂却说话不算了，不授爵位不给抚恤，遣散之事也不再提了，更有甚者，不知何处传来的消息，庙堂还要重新开始大工程，他们能不躁动么？……

不觉间，章邯的目光无意间落到了一个小山样的魁梧身影上，忽然想起了甚，忙向他快步走去；听到脚步声，那个高大刑徒也抬起头，露出一张满是虬髯目光凶狠的大脸，脸颊上一处“囚”字烙印，嘴角还挂着一丝藿菜叶。

“少府。”他粗声粗气应道，并不像其他刑徒那般慌慌张张地站起来，仍然箕踞在地一动不动。

“黥布，近日你等当中，可有甚灵光消息？”

“有，有的是。”黥布大手抹了抹嘴角，那丝菜叶也就势被抹去了，“我等要举事反秦，先将皇帝老儿这陵寝烧个寸草不生，再冲进咸阳，杀他个血流成河。大伙儿大碗喝酒、大口吃肉、大秤分金，好不痛快！”

“一派胡言，又想吃鞭子了？”章邯皱眉骂道。

黥布也不再理会他，重又将黑乎乎的大手伸进手中的木碗，撮起一把糙米便往嘴里送。

章邯没再同他说话，径自转悠去了。望着少府那颇有些落寞的背影，黥布嘴动了动，不出声地骂了一句，继续大吃起来。

正埋头吃着，一阵镣铐的哗啷声响渐渐传来，黥布刚抬起眼睛，便见另一名赭衣刑徒来到自己面前，满面笑容地在自己身旁坐下了。

“何等货色，也配与我坐一起？知我何人么？”黥布一把放下了木碗，目光陡然凶狠了起来。

那刑徒却并不畏惧，反倒是满面堆笑：“黥布，认不出我了么？”

黥布停止了咀嚼，愣愣盯着对方，目光中满是狐疑。

此人约四五十岁，尽管同样身着赭衣又满面风霜，但那件赭衣却很是整洁，而那黑里泛红的面容仔细看去，竟也隐隐透出一股富贵之气，显然，此人未触法之前家境该当很是殷实，若非贵胄便该是富商。目下，他那闪烁着狡黠的目光正在关切地盯住黥布，似乎并不畏惧这位以惹是生非著称的刑徒。

“你，你……”黥布确觉此人眼熟，一时半会儿想不起来，只能盯住他仔细回忆着。

“当真是记不起来了。”那人呵呵笑道，“我且问你，当年你那两百亩田地，却是卖与何人了？”

“原是你这厮！”黥布恍然大悟又勃然大怒，一把扯住那人的衣襟，放下木碗便举起了拳头，“狗日的，你当年区区百十个秦半两便买了俺二百亩好田，坑俺不知市价么？”

“猛士，莫得动气，莫得动气！”那人眼看黥布瓦罐大小的拳头正要迎面砸下来，显然也是慌了，连忙服软求饶，“当年你便不将田地卖与我，不还是要服徭役么？你都已成了刑徒，我便多折你几百秦半两，不也没处可花么？你落到此等田地，乃是官府逼的，却与我无关，与我无关！”

黥布的拳头停在了半空，想了想，终又放下了，骂骂咧咧地重新抱起木碗，大口吃起来。那人则眼见左右无人注意，又凑近了黥布，压低了声音：“猛士，可愿共谋大事？”

“大事？”黥布乜斜了他一眼，“除了反秦，甚都不配大事！”

那人诡秘地笑了，声音压得更低：“若果是反秦，却待如何？”

“敢！”黥布毫不犹豫地答道，“脑袋掉了碗大疤，有甚不敢？”

“好！既如此，你听我说……”

幕府中，司马欣在章邯面前恭敬伫立着，章邯则低头望着眼前写有刑徒名册的竹简，手指在一个名字上轻敲了敲。

“司马欣，此人，要严加看管。”

司马欣快步上前，一眼瞥见“下相项缠”四个字，脸上表情顿时阴晴不定起来。

“这项缠乃项梁之兄，因当年在淮北兼并田产，被太尉黑冰台擒获，本当处灭族之罪，可当时先帝念他有告奸之功，留了性命。他原本在淮北做刑徒，不想前日也被调至骊山了。”

“司马欣会留意此人。”

“还有这几个也须留意：项庄、项它、项冠、项声、项悍、项襄……怪哉！”章邯逐个点着那些名字，渐渐惊讶了起来，“你这营刑徒，项氏如何这般多？足足近百人！”

“过几日便分帐安置。”

章邯想了想，摇摇头：“不光要分帐，还要分营，将项氏族人打散，分开调到另几处营地。”

“诺。只是近日各地刑徒陆续汇集，若此时调营极易混乱，司马欣之意，不如暂缓几日……”

“……也罢。只莫拖太久，最迟月底。六国贵胄之中，江东项氏最为有名，若不早将他们打散，怕是夜长梦多。”

“诺！”

“最后一句。司马欣，”章邯抬起头，脸色很是冷峻，“你为栎阳狱吏之时，便让项梁在自家眼皮底下自尽了，这才被贬往骊山陵，此番莫再重蹈覆辙了，知否？”

“诺。”司马欣垂首低声道。

由章邯的幕府出来后，司马欣并未像其他狱吏那般回到自己的住处，而是看似漫不经心地向着自己负责看管的那片刑徒营走去。

这是一片很是开阔的谷地，三处谷口都被高大粗木扎成的木墙壁垒阻隔，山麓的坡塬上也林立着十余座望楼，近万名刑徒便住在这里。尽管被称为刑徒“营”，其实不过是连绵的帐篷与茅舍而已，只能勉强遮风挡雨，更不用提御寒，因而每到冬日都是苦不堪言。好在山谷周遭还凿出了百十座洞窟，可容纳老弱病伤者，于是便常有刑徒装病，以求能住进那里。

而在这众多洞窟中，最特殊的是位于山谷角落的一座洞窟。它终日紧闭着厚厚的石门，四名手握长戈腰悬短剑的甲士们守在跟前，这里专门被用来关押闹事的刑徒，而司马欣目下也正是向这里走来。

“提黥布。”司马欣递上了自己那枚须臾不离身的符节。为首甲士接过来例行扫了一眼，恭敬还给了他，又转身打开了石门。他们都知那黥布最是桀骜不驯，可在刑徒当中却也最有威望，耳目更是最为灵光。近来刑徒当中多有流言，目下长史司马欣过来找他，显然又是想向他打探口风，此事倒也寻常。

黥布被提出洞来，甲士们将他周身上下摸索了一番，确信没有暗藏任何凶器，然后推搡着这位骂骂咧咧的刑徒，跟在司马欣身后走去。走了百十步之后，两位甲士便按司马欣之命留在原地等候，眼见长史带着黥布又走出数十步，对他说了些甚，黥布开始还很警惕，慢慢地似乎放松了下来，说到后来神色间甚至多了丝兴奋，不住点着头；司马欣却始终面色严峻，只在最后拍了拍他肩头，黥布则将手举到肩头，推开了司马欣。此后两人重又折返回来，甲士们押着黥布回到石窟，重又锁上了石门。

“长史，莫怪我等多嘴。”一名甲士向司马欣问道，“这黥布向来难管，便连少府都不放眼里，你却对他说了甚，让他这般服你?”

“我对他说，闻听近日有刑徒谋划暴动，让他助我多方打探，若能及时告奸，可请少府免他几月徭役，甚或授他个爵位。”司马欣若无其事地答道。

而就在他们说这番话的同时，洞窟中的黥布却小心翼翼避开了其他刑徒，面朝岩壁低下头，偷偷吐出了含在口中的一样小小的物事。

那是方才司马欣交给自己的，一柄细巧的钥匙。

“季父，司马欣发来密信了!”

项羽的喊声自洞口遥遥传来，洞中的项梁一跃而起，劈手从侄儿手中夺过一方小小的薄木片，一眼扫去，已从那些细小的针刺划痕中辨认出了它的真实含义：

三日之后，丑时末刻，但见火起，依计行事!

4

刺耳的骨笛打破了夜晚的寂静，章邯冲出幕府之际，看到司马欣统领的那片刑徒营一片火把晃动，显然已经大乱了。

狱吏和守卫士卒们谁也不知刑徒是如何闹起来的，只能意识到这场暴动早有预谋：足足近千名刑徒，同一时刻从各自帐篷茅舍中齐齐冲出，向着看守他们的士卒猛扑过去。这些刑徒大多触法较轻，更兼白日里还要劳作，因而并不像真正的囚徒那般戴有镣铐，士卒对他们的看守也并不森严，猝不及防之下纵能抵挡一番、杀得几人，也不及对方人多势众，大多在刑徒们第一轮偷袭中便丧命了。而这些刑徒杀死看守之后，马上便按原计划一批批汇集了起来，如同潮水形成旋涡、风暴卷成风眼，处在中心、正在发号施令的，则是项伯本人。

“武库！拿下武库!”项伯声嘶力竭地大叫道，手臂朝着武库的方向遥遥挥去。

“武库！武库!”人群怒吼着，无数双眼睛中闪烁着野兽般的森森光芒，仿佛已看到了自由的前景；无数张嘴凶狠地张开闭合，仿佛在咀嚼着杀戮的滋味；无数只干枯的手紧紧攥起，高举向黑暗的天穹，仿佛要集结成一只巨大铁拳，将这座禁锢了自己多年的陵园工地一下打成齑粉。夜色中，越来越多的杂乱脚步踩着满地鲜血，踩过一具具尸体，如同道道小溪汇成洪流般向着同一个方向冲去。刑徒们衣衫褴褛，蓬头垢面，大汗淋漓，绝大部分都是赤手空拳，却是人人爆发出狂野而热烈的欢呼。去他娘的秦政！去他娘的连坐！去他娘的刑罚！去他娘的立功挣爵！老子做了那多年刑徒，好不容易熬出头了，还不放老子走！不干了！老子要自由！老子要杀人！……

不约而同地揣着这样的念头，暴动的刑徒人潮向着武库方向汹涌而去。然而即将到达之时，却恰好被匆匆赶来增援的一个秦军百人队堵在了武库的院落前。尽管秦军人数远远落在下风，却是全身戎装，又都心知武库失守会招致何等恶果，因而无不拼死抵抗。更有甚者，那狭小院落容不得展开太多兵力，真正能面对面交锋的不过区区五六人而已，暴动刑徒纵然人多势众也无从施展；士卒们刚射出第一轮弩矢，他们便乱了手脚，方才还急不可耐地捶胸顿足大呼小叫，仿佛个个都是视死如归的勇士一般，可转瞬间便被打回了乌合之众的原形，或哀哭或咒骂或呻吟或求饶，种种反应不一而足，唯一相同的便是夺路而逃作鸟兽散；秦人的第一轮阻击不过杀伤了三十来个刑徒，后面的近百人却立即如浪头撞在礁石上一般乱糟糟溃退了起来，动作竟比方才冲向武库时还要迅捷灵便。

“逃你娘！”后面的项伯愤愤地叫骂道，“这点儿秦人都干不过，还想做甚大事？接着给老子杀啊！拿下武库，谁也不怕了！……”

虽是这般吵嚷着，却没人肯理会他，刑徒们已开始乱作一团，互相推挤着，没命地四散而逃。眼见这般乱象，项伯也越发底气不足了，尽管口上仍叫得响亮，继续给刑徒们鼓着劲，自己却也借着人潮的拥挤，一点点向后撤，一边满头大汗退却着，一边将狡狯的目光不断投向四面八方，拿不准主意是否该像其他人那样撒腿就跑。

他的犹豫被身后一阵突如其来的响亮欢呼打断了，方才还在四散逃亡的刑徒们纷纷收住了脚步，再度围拢了过来，溃散的战心重又凝聚了，衰颓的斗志重又高涨了，四面八方的人群异口同声地喊着同一个名字，仿佛士卒喊着他们统帅的名字一般：

“黥布！……黥布！……黥布！……”

项伯扭过头去，顿时目瞪口呆。但见刑徒们已纷纷向两旁退去，自动让出了一条宽敞的甬道，震天的欢呼声中，可以看到一团巨大的火球飘动着冲天的火苗，席卷着扑面而来的滚滚热浪，正向着武库的院门疾速飞去。当与这团一人多高的火球擦肩而过时，项伯这才看清，那是一座正在熊熊燃烧的柴山，浸满了油脂的柴草被堆积到事先绑缚在一起的两只独轮小车上，由一个极其魁梧高大的身影推动着，以难以想象的速度，撞车一般轰向了秦军百人队!

“尝尝烧火滋味!”巨大的火球背后，黥布的大笑飞速传来。

“快闭门！闭门!”眼见那燃烧的柴山越来越近，领军的百将惶急大叫道。

所有的士卒都聚集在狭窄的院落门口，为了腾出地方关闭那两扇沉重木门，只得先向院内纷纷退去，然而黥布的脚步快得惊人，士卒们刚将门扉推动了一半，那团巨大的火焰已猛然冲到了眼前!

院落中乱纷纷地响起了一片凄厉的哀号，随之而来的便是四溅的火光，浓烟和焦臭的弥漫。熊熊燃烧的柴山不仅撞开了院门，更撞上了正在推动木门的五六名士卒，那干燥的皮革恰是最好的引火之物，他们还不及脱下皮甲便整个人都被火焰吞噬了，一时间无不痛苦地呻吟着，或是抱头鼠窜，或是满地打滚。一旁的同袍有的想冲过去帮他们扑打火焰，有的想避开那阵阵火苗，原本齐整的阵形猛然大乱了起来。

“莫慌！三人一组后撤！阵形重组！我来断后!”领头百将大喊着冲上前来。不想恰在此时，熊熊燃烧的柴堆背后猛然跳出一个高大身影，百将刚要举起盾牌，立即便见一道闪光直取面门而来!

鲜血和脑浆的喷溅中，身旁的几名士卒眼睁睁看着那半个头颅连带着破碎头盔从百将身上飞起，一时惊骇得愣在了原地；就在这间不容发的瞬间，黥布手中鲜血淋漓的大钺随即转向了他们，一片重新响起的哀号声中，其他刑徒们也开始冒着熊熊烈火冲进院落，或是拾起战死士卒们的兵刃，或是挥舞着手中的火把，劈头盖脸地打向剩余的敌人们。

在这些亡命之徒的猛攻下，秦人只得无可奈何地退向了身后过道，然而这才是噩梦的真正开始。尽管他们已给予了对手几倍的伤亡，可后面聚集起来的刑徒却是越来越多，面前那个煞神一样的黥布更是越战越勇，两柄大钺砍瓜切菜般地排头劈去，每一次劈下或横扫都要溅起阵阵血花，将他从头到脚染成血人，分外狰狞可怖。偏偏那狭小的过道根本容不下两个以上的士卒并肩抵挡，秦人们无法群起围攻这尊煞神，只能眼看着一个又一个同袍在他面前倒下。

仅仅是转眼之间，最后一个秦人的尸体已经倒在了那鲜血汇成的小溪中。黥布猛然丢下两柄满是缺口的大钺，从怀里掏出那串锃亮的铜钥匙，准确地挑拣出一把捅进了锁眼儿，只听一声分外清脆的响动，武库大锁应声跌落，沉重的石门随即被轰隆隆推开了，刑徒们潮水般涌入了武库，旋即又抱起一捧捧兵刃甲胄潮水般涌了出来，由过道狂奔到院中，引发了雷鸣般的欢呼。无数黑乎乎血淋淋的手臂高高举起，组成一片密密麻麻的丛林，而在这片丛林上空，一件又一件长戈、短剑、弩机、盾牌、头盔、铠甲正在飞来飞去，在夜色与火光中画过阵阵耀眼的轨迹。谁丢来的，从哪丢来，丢向哪里，谁接住的，谁没接住……这些通通看不清楚，更没人去关心，刑徒们只是欢呼呐喊，只是跳脚雀跃，只是热血沸腾，只是意乱神迷，每个人都失却了神智，每个人都不去想接下来该如何，得到了兵刃的不肯离去，领到了铠甲的也顾不上披挂，他们只是死死攥住它们，仿佛攥住了手中的胜利，尽管离自由还遥遥无期，面临的局势甚至危急万分，可在他们心中，一切都已大功告成了。

“黥布！……黥布！……黥布！……”

数百张嘴一同喊叫着自己名字的同时，黥布那全身戎装的高大身影已大摇大摆地从武库走出，最后一个出现在了刑徒们面前，人潮顿时爆发出山呼海啸般的喝彩。

“叫你娘叫，听项公子的！”黥布那粗豪的嗓音盖住了所有的欢呼与呐喊，人群迅速安静了下来。

“听我的！往谷口逃！”方才不知缩到了哪里的项伯，此刻却突然蹦了出来，瞬间便恢复了领军大将的赫赫威严，挥动着手中的长剑，极有气派地向着谷口方向指去。

“谷口！”尽管面前被踩塌的土墙仍有半人高，全身铠甲的黥布却一下便跃了上去，手中的大钺随着项伯长剑指向了同一个方向。

“谷口！谷口！谷口！”项庄、项声等数十名项氏族人齐声叫道。

“谷口！……谷口！……谷口！……”其他已经纷纷披挂起来的刑徒也乱糟糟叫道，簇拥着他们心目中的英雄出了武库的院子，向着谷口的方向席卷而去。

5

当暴乱刑徒们组成的潮水向着谷口涌去之际，那道卡住了谷口的秦军壁垒已将大门牢牢紧闭了。

守候于此的秦军不过区区五六十人，其余的有限兵力都被尽数派去镇压暴动了，只留下这些或是上了年纪的老卒，或是毫无战阵经历的新兵。尽管也都一个个跃跃欲试，但他们心下都很清楚，守住这道壁垒，甚至比斩杀刑徒更加重要——一旦大门洞开，刑徒们登时便可蜂拥而出，以夜色为掩护四散逃亡。若果真那般，即便中尉军能迅速赶到，也极难将他们尽数清剿；若任由这些刑徒就此流窜，不仅会给关中安定带来极大威胁，更会大大刺激本就开始浮动的民心，也极可能被复辟世族们利用，借此生发出种种事端！

尽管如此，守军们却没有丝毫慌乱。每个人都知道，刑徒们纵然攻陷了一两个武库，夺得了诸般兵刃，却也没有任何大型攻城器械，只要壁垒大门紧闭，他们便是想尽办法猛冲猛撞，也同样无济于事；而只要他们无法突破这道大门，守军们便早晚能将他们尽数清剿，每个士卒都对此满怀信心。

“背后有人来了！”一个老卒叫道。

所有人都扭过头去，果然看到远处夜色中闪现出大片火把，一队身着秦军战袍的士卒们正快步赶来，领头的是一个极尽魁梧的大汉。

“我等乃中尉军！马兴将军前部！”那大汉高声叫道，“闻听刑徒暴动，特来支援！快开大门，我等进去！”

壁垒的守军发出了响亮欢呼：中尉军既然及时赶到，镇压刑徒更不在话下了，四五个新卒这便要向大门跑去，准备为他们打开壁垒的木门。

“慢！”领头屯长喝住了几名新卒，一招手，领着几个精干些的士卒迎了上去，“你等哪一部?”

“中尉军！马兴统领！”领头的大汉再度叫道，语气中满是不耐。

“马兴将军哪一部?”

“符节在此！长史司马欣交我等的！”大汉扬了扬手中一样亮闪闪的物事，显是一枚铜制符节。他正要大步上前递过去，屯长却举手止住了他：“你莫动，只丢过来！”

大汉满是厌烦地骂了句什么，手再一扬，那符节便“嗖”的一声被丢了过来。屯长一抄手接过，看了一眼，没发现任何问题，却仍是颇有些狐疑，蹒跚着走上前去。

“符节虽是无误，可你等既是中尉军，如何只这几十人？……”

说着他已来到了大汉面前，无意间抬眼看去，却不由得一愣：借着火光可以看清，那大汉的一双眼睛极是怪异，每只眼睛中竟有两个瞳仁！

更要紧的是，那双重瞳子中，正闪烁着再明显不过的杀机。

望着刑徒营地一片乱象，少府章邯的额头渗出了涔涔汗水。

刚听到刑徒暴动的消息，他当即大吃一惊：这还是国中头回有刑徒暴动，休说天下一统这十余年，便是商鞅变法后的百余年来，也是从未有过！不过虽则吃惊，章邯却也并未慌乱，当即给其余各处刑徒营的守将连下三道将令，其一，紧闭所有进出通道，严守武库粮仓等要害地点，以防其他刑徒与暴动者遥相呼应；其二，派出快马向咸阳告急，请求内史郡中尉军迅速出动前来支援；其三，骊山每部守军各出两成兵力，尽数向那处生乱的营地集中，但遇暴动刑徒，立斩不赦！三条将令都交由董翳迅速带去了。章邯原本思忖，暴动刑徒纵然人数众多，却既无兵刃在手，彼此也毫无协作配合，目下骊山守军纵然兵力不足，至多只能调去四五百人，可若说将这群乌合之众尽数斩杀仍然不在话下，因而他本人并未亲自出马，只是在护卫甲士和一干司马军吏们的簇拥下，快步来到山巅望楼上进行调度。

然而谁也没想到，一个时辰后董翳却是匆匆赶回，一脸急切地报说其余营地已然无事，可那些作乱刑徒已攻下武库，足足六百余人都佩上了甲胄兵刃！章邯闻讯又是一惊，按他原本设想，武库防守严密，刑徒们即便杀散了守军，一时半会儿也对那座纯是石条垒砌的大屋无可奈何；而只要武库没事，他们便掀不起任何风浪，反倒会被久久拖在那里，如此更利于守军围剿。可他万万没想到，武库竟这般轻易便失守了！急忙大喊一声“百人马队，随我亲往”，便推开面前的董翳，向自己的坐骑狂奔而去了。

急雨般的马蹄声响中，章邯已经心下雪亮了。能同时煽动并带领这多刑徒作乱的，非黥布莫属；而他们既已夺下武库，下一步该如何走？自然是冲出谷口，趁夜色逃散。既然如此，当务之急便是保得谷口那处壁垒不失！

赶到那处刑徒营地时，尽管早有准备，但眼见一片血流成河的景象，章邯却仍心下一跳。数百名骊山守军已聚集在了一起，追逐着斩杀着那些作乱刑徒们，而那些刑徒尽管许多人都是兵刃在手甲胄在身，却显然抵挡不住训练有素的秦军们，也显然无心抵抗，只是汹汹叫嚷着没命狂奔，一路向着谷口方向逃窜，任凭后面追击的秦军将他们一批批斩杀。看着这般情景，章邯很自然地顺着刑徒的人潮望向谷口，却是猛然愣住了——

谷口壁垒的大门已全然洞开，潮水般的刑徒们正从那里疯狂涌出！

怪哉！章邯倒吸了一口凉气：今夜这暴动实在蹊跷，人数这般多、组织这般严密不说，竟然这般轻易便得手了！武库被刑徒们夺了，壁垒大门被打开了，若在寻常时节，这些断断不可能成功！莫不是有内应外援，暗助这些刑徒？……

尽管一连串的疑问一同涌上心头，章邯却是毫不迟疑，大喊一声“夺回谷口，闭拢大门”，手中长剑已指向了谷口，马队便劈波斩浪般冲开那些正在逃散的刑徒，直取壁垒大门。却不料冲到几十步外，一阵密集的箭雨陡然迎面泼来，冲在最前面的几名骑士，连同那些拼死逃命的刑徒们一起应声倒地，整个马队连忙收住了脚步，狼狈不堪地向后退去；紧接着壁垒的城垣上传来一声熟悉的大喊：

“少府么?”

章邯抬头望去，不出意料地看到了黥布那威风凛凛的高大身影，不由得高声怒骂了一句：“黥布！带头作乱，不想活了么? 中尉军这便到，你等谁也跑不掉!”

“中尉军怕个鸟！来一个杀一个，来一双杀一双！老子……”

“黥布!”一个苍老而沙哑的嗓音打断了黥布，他马上不吭声了，随后一个瘦削的身影缓步上前，低头望着章邯。因了面孔隐藏在黑暗中，章邯看不清他的容貌，只能依稀分辨出那披散在两肩的花白乱发，于是高声一句：“足下便是暴动主谋? 究竟何人?”

那人一声刺耳冷笑，充满了不屑：

“章邯，你虽是九卿少府，在我眼中却不过一介工头狱吏，不配知我姓名!你何时能领大军，我再告你自家名头!”

他猛一挥手，另一个和黥布同样高大的身影，肩扛着一根巨大石柱，也出现在了壁垒的城垣上，他一声沉雷般的怒喝，那根巨大石柱便呼啸着砸了下来，关隘脚下那些正夺路而逃的刑徒们猝不及防，足足十余人都被当头砸成了肉醢，七零八落的尸体残肢和石柱一同拦在了壁垒的大门前，后面的刑徒们刚惊魂甫定地收住脚步后退了几步，那两扇大门已经吱嘎着在眼前闭拢了!

“季父，杀得痛快!”那人高声笑道，眼见瘦削身影手一挥，他和黥布两个高大身影便消失在了壁垒的城垣上，只留下那些走投无路的刑徒们徒劳地拍打着大门，连声大叫着放我等走放我等走……

6

半个月之后的一个夜晚，泗水郡丰县以西的一处秘密山谷里，出逃的刑徒们尽数会合了。

“我项氏族人，可都安然脱出?”项梁向面前这片衣衫褴褛的人群扫视了一圈。

“无差!”项羽的一双重瞳子中闪烁着兴奋的光芒。

“阿梁，此番，此番……”项伯嘴唇颤动着想说些什么，却终是“哇”的一声大哭了起来，后面项庄项襄项冠等人也是哭声一片。

“阿兄、各位族弟族侄，你等都受苦了。”项梁一声长叹，目光中闪烁着仇恨的光芒，“我江东项氏落得这般田地，都是秦人所害，我等要报仇，有朝一日，要夺回属于我等的一切!”

“杀光秦人！烧光咸阳!”项氏族人们喊成了一片。

项梁抬起手，止住了他们的吼声，语调冷静依然：“只是我等实力不足，目下仍不能轻举妄动，仍须潜回江东，积蓄实力，待到天下大乱之际，寻机举事!”说着将目光投向了一旁的黥布：“壮士，肯否随项氏共谋大事?”

“项公厚爱，黥布感激，然我本扬越人，只想回岭南！鄱阳县令吴芮，本是我扬越君长，我去投奔他，定然无差!”黥布大叫道，又把手臂向身后那些衣衫褴褛的人群一挥，“这多兄弟，也愿随我南下!”

“对！我等追随黥布!”逃亡出来的刑徒们纷纷叫道。

项梁沉思了片刻，终是一点头：“也好，老夫同样与吴芮有旧，日后果真各自起事，我等也可彼此呼应，你我后会有期便是。只要你愿来投奔，项氏随时扫席以待!”

“后会有期!”黥布也大是振奋，拱手应道。

“我等也走，回江东!”项梁高声叫道。

“回江东！回江东!”项羽、项伯、项庄等人一同叫道。

两拨人同时呼喝着，簇拥着各自的首领分头没入了重重林莽。

就在刑徒和世族们各自远去之后不久，山谷中一块岩石的背后，鬼鬼祟祟地探出了一张面孔。眼见不会再有人回来，他心下终于稍稍放松了些许，借着林木的掩护，蹑手蹑脚地出了山谷，来到一片大泽的岸边。近百名衣衫褴褛的黔首聚集在那里，正围着一团篝火取暖，眼见那人从山谷走来，都先后跳起，口中纷纷叫着“亭长”。

“无事了无事了!”那人边走边油腔滑调地喊着，借着火光可以看清，他年近五旬，头戴一顶怪模怪样的竹皮冠，一脸疲民般的狡狯，颌下一把须髯倒甚是气派。

“亭长，真不是盗匪?”几个年轻人问道。

“狗日的，比盗匪还狠！”亭长一脸眉飞色舞，“你等可知，那是何人么？便是前日从骊山逃亡的刑徒！为首的便是那黥布！”

“啊？”所有人都倒吸了一口凉气，面面相觑。

“娘的！这帮狗贼，竟还真让他们逃了！真他娘目无法纪！”亭长口中虽是这般骂着，可看那神色居然还满是艳羡。他一边搓着手，一边大步踱来踱去，显是在思索着什么，其他那些黔首不明白他心下究竟要做甚，只是直愣愣望着，没人敢说一句话。

“嘿，就他娘这般！”亭长显然是打定了主意，左拳砸上了右掌，猛然转过身来望着那些黔首们。

“你等，还剩几多人？……十个，二十个……六十个，七十个，七十二个……鸟，又他娘逃了三个！我等这是刚出沛县！刚出沛县啊弟兄们！刚走了两日，便逃了这般多！你等想不想让尔翁交差，啊？若果真到了骊山，还不只剩尔翁刘邦一人？你娘的，逃的那帮撮鸟，害得我等要被连坐，心肝全他娘让狗叼了！……”亭长骂得口沫横飞大汗淋漓，显是极为恼怒了。

黔首们面面相觑，谁也不敢吭声，只能默默听着亭长尽情发泄着心中的怒火。

亭长骂得累了，抬袖擦了擦额头汗水，这才重新开口：“弟兄们，你等都是实诚人，说句痛快话，我等如何是好？”

“悉听亭长！”黔首们稀稀落落地答道。

亭长脸上浮现出了一丝狡狯的笑意：“听刘邦的？”

“听亭长的！”几个年轻人叫道，语气坚定了不少。

亭长顿时慷慨激昂起来：“既是这般，咱光棍眼里不揉沙子，刘邦便直说了！刘邦带兄弟们去骊山服徭役，也知这是苦差事，这两日逃了十来个人，咱刘邦想追也追不回，也便任他去了！然则你我出路，咱自家得想个透亮！目下少了这多人，便是到了骊山也不好与少府交代，搞不好都得将你我罚做刑徒！弟兄们也知，这几月来，庙堂乱了！庙堂一乱，我等成了刑徒，那便真不见天日了！你等不见黥布那帮人亡命出逃么？若依刘邦说，我等也当学他们！……”

“亭长之意？……”黔首们都惊愕地瞪大了眼睛。

——“散了算屎！”

“果，果真如此？”黔首们简直都不敢相信自己的耳朵。

“刘邦何时诳过人？你等谁愿走便走！尔翁也要逃了！”

“我等愿随亭长！”足有十余个年轻人兴奋地叫道。

“善！既是这般，刘邦这里有酒，你我喝了这散伙酒，便各谋生路！”亭长提起一只酒囊向众人晃了晃，神色虽痞气依旧，却也颇显豪气干云，“愿走的走；愿随刘邦的，一道去芒砀山落草！”

“亭长万岁——！”黔首们兴奋地大喊起来。

“亡命了亡命了！”刘邦一边给面前寥寥几个陶盏倒上酒，一边忘乎所以地大吼道。

“亡命了亡命了！……”黔首们每人端起一只陶盏喝上一口，再轮换着传给下一个，边喝边同样忘情地吼道。

第六章 弦绝

1

接到骊山刑徒暴动的快报时，李斯猛然脸色发白了。

历年来，秦国连逃避徭役者都少之又少，谁承想自己刚一秉政，竟会摊上刑徒暴动这等事？声势还这般浩大！这会对秦政的威望造成何等损伤？又会对自己的威望造成何等损伤？李斯想都不敢想，只哗啦一声卷起竹简，匆匆赶去求见二世皇帝，不料在寝帐前被郎中令拦住了。赵高递过二世预先写好的一封诏书，大意是举凡民治政事，悉交丞相酌情办理。李斯眼见上面一个个东倒西歪的鲜红秦篆分明出自二世亲笔，而那盖得端端正正的“受命于天，既寿永昌”也分明是玉玺印迹，想说什么只得生生忍住，向赵高交代几句，便匆忙回帐草草收拾一番，带着一班精干吏员匆匆南下了。

眼见李斯离开了巡狩营地，赵高难掩心下狂喜，扭头便进了二世寝帐，唤醒了正伏案呼呼大睡的二世。

“老师……”胡亥一脸疲惫委屈地打着哈欠。

“陛下。”赵高满脸诡秘地低声道，“陛下曾对老臣说过，自家心愿便是尽耳目之所好，穷心志之所乐。只是老臣也说过，而今朝中并未太平，沙丘之谋，皇子公主文武大臣皆有疑心，心下怏怏不服。是故陛下若想随意享乐，须待朝局稳定之后方可为之……”

“是，是……却又为之奈何?”

“以臣之见，两法可保陛下长乐：一杀一生，一刑一赏，一贬一擢而已。”赵高虽一脸恭顺，目光中却难以抑制地跳动着森冷光芒，“一则严法刻刑，灭大臣而远骨肉，使有罪者连坐被诛乃至灭族；二则贫者富之，贱者贵之，尽除先帝故臣，代之以陛下亲信。如此，则害臣除而奸谋塞，新近群臣无不被润泽而蒙厚德，阴德尽皆归于陛下！陛下自可高枕肆志，享乐无穷，计莫出于此！”

“那，老师以为，当如何着手?”

“必从蒙氏兄弟开始！老臣闻听，先帝早想从皇子中选贤立太子，偏蒙毅谏阻说不可，若明知贤能却劝阻立太子，便是不忠而惑主！再者，蒙氏眼里何曾有过陛下? 若果然知晓皇长子之死乃陛下之意，岂会善罢甘休? 前日王离来受封，陛下不见他那般狠恶神情么? 不见九原军那多将军的血书么? 不除蒙氏兄弟，陛下休说恣意享乐，便是性命都难保!”

胡亥狠狠哆嗦了一下，神色间满是恐惧，并不是老师所说的内容，而是他的神情令他害怕，不由得鸡啄米一样点着头：“老师说的是……只是，此事太过重大，是否当与丞相商议……”

“决然不可！一则，丞相显欲暗通王离，丞相已不再可靠；二则，除掉蒙氏之后，紧跟着便要除掉陛下那些兄姊，可李氏族中与诸位皇子公主多有嫁娶，若让丞相知晓自己女婿儿媳被处刑，岂能不阻拦? 目下刑徒暴动一案刚出，丞相已赶去处置不在巡狩营中，我等正好动手！当务之急，便是陛下书就两封密诏，赐死蒙毅蒙恬!”

“这便写，这便写!”胡亥边点头边拣出一条白绢，将大笔在玉砚中蘸满了朱砂。

“陛下听老臣说，两封密诏，该当这般写……”赵高低声口授道。

“曲宫，你自家说说此行要害。”巡狩行营外的旷野上，赵高面对着曲宫，面容阴沉无比。

“郎中令明鉴!”曲宫一脸谄媚的笑容，两个牙洞依旧漏着风，“蒙毅刚在代郡落网，此中关键，便在无论用何种手段，都须使他立死。此人对郎中令威胁最大，不可不先下手为强，事成之后再行罗织罪名、搜集证物不迟。”

“对蒙恬呢?”

“蒙恬已委顿多日，只要将蒙毅首级给他看，必定万念俱灰，乖乖引颈就戮，此人不足惧；唯一须提防者，便是那王离杨翁子等人。”

“算你这竖子明理。”赵高嘴角露出一丝森冷的笑意，“跟定老夫便是前程似锦，远比追随丞相出息得多，只要你铁心追随，老夫决然不会亏待你！日后给你个廷尉当当，愿否?”

“愿！愿!”一听这话，曲宫顿时两眼放光连连叩首，漏风的嘴也模糊不清地咕哝着，“谢郎中令提拔！谢郎中令提拔!”

眼见曲宫的车队借夜色掩护向北而去，赵高也一跃而上自己的轺车，猛然一挥马鞭，驾马便一声嘶鸣冲了出去，只是并未向着行营赶去，而是在深夜旷野上尽情驰骋着。

皮鞭一下下抽打着，轺车在月光下疾速掠过一道幽灵般的影子。此前的数十年间，赵高曾不知多少次为先帝赶着车，带着他驰骋在关中大地上，驰骋在已被吞并的六国土地上；而目下，终于轮到他为自己驾车了。清脆的皮鞭声、车轮的辚辚声、銮铃的叮当声，以及驾马的阵阵嘶鸣声混杂在一起，仍无法掩盖郎中令那肆无忌惮的哈哈笑声，若有人能看清他此刻表情，势必会发现那笑容中带着魔鬼般的狰狞。

世间万物都会有正反两面。对于天地来说，有日必有月，有昼必有夜；对于人心来说，有善必有恶，有正必有邪；对于大秦帝国来说同样如是，这个帝国既有创造了诸多亘古伟业的始皇帝等一干君臣，也同样有郎中令赵高这样的野心家。他是始皇帝的影子，是始皇帝魂灵中黑暗的那一半，他与始皇帝正是一对精神上的双生子，一枚秦半两的正反两面，属于始皇帝的那一半没了，属于他的这一半也便同样失去了生存意义。

冰冻三尺非一日之寒，由始皇帝的忠仆蜕变为大秦帝国的掘墓人，赵高也有着漫长曲折的心路。多年随侍始皇帝身旁，他也同样对秦政有截然相反的两面评价。一方面，秦国奉法严明、法度森严的诸般景象令赵高衷心感佩，耳濡目染之余也曾下过苦功精研秦法，二十三大律倒背如流，诸般法家典籍也极是熟悉；可另一方面，作为先帝身边的近臣，赵高同样和自己的君王一同经历了诸多秘事阴谋：嫪毐之乱便是一次，成蟜樊於期叛乱也是一次，灭赵时暗杀郭开及太后仇人又是一次……这全然矛盾的两种经历，曾令赵高百思不得其解：《商君书》不是说所有政事都一决于法么？如何秦政却是表里两层，外皮是依法行事，内里却是阴谋诡计？及至后来读《韩非子》时才明白，原来前者是法治，后者是术治，而这两样都是以势治为根基，换言之，拥有势位的君王愿行前者，那便是法治；愿行后者，那便是术治或者不如说人治。一个邦国，究竟行法治还是人治，只取决于君王，只取决于君王所处的势位！那时还年轻的赵高，第一次对韩非所说的势位产生了一种模糊渴望，自然，若说自己真能坐到始皇帝的位置、真能盘踞这势位，赵高是想也不敢想的，他只是对同样年轻的始皇帝充满了崇拜和歆慕，只是对自己的人生充满了伤感和怨愤……

而多年后险被处死的经历，更加深了赵高的这种看法。那次，始皇帝在兰池遇盗，却始终查不出行踪是如何泄露、如何引来悬刀刺客的，当时赵高主动站了出来，替太尉王贲和方士们揽下了所有罪责，甘愿领死。郎中令蒙毅据此定下了他的死罪，廷尉李斯也写好了鞫书，是始皇帝一时善念饶过了赵高。那时，死里逃生的赵高对皇帝感激涕零之余，也在心底深深埋下了一个念头：人说大秦奉法严明，都说秦法无懈可击整肃森严，可如今观之，法再大，能大过权么？自己获罪遇赦，还不是取决于陛下一句话？自己日后定要对陛下忠心耿耿，定要牢牢攀住陛下，牢牢攀住这势位，如此方能在皇城中立足；只要陛下肯护着阿高，哪怕日后阿高再犯了错，再犯了罪，甚或作起恶来，照样无人能管！……

正是怀揣着这样的心思，赵高做始皇帝近臣数十年，始终是始皇帝脚下一只驯顺的忠犬；也同样是因怀揣着这样的心思，始皇帝突然薨去之后，赵高同时感到了巨大的恐慌和兴奋。恐慌者，陛下不在了，没人能再保阿高了，一旦郎中令旧账重翻，自己即便不被处死，也决然无法在新一代庙堂立足了；兴奋者，陛下不在了，丞相李斯私欲使然，不肯立即开启遗诏，议立二世，自然也就留下了那片势位的空白，可偏偏自己手中握有少子胡亥，偏偏这个少子胡亥还对自己言听计从，若自己果真能将胡亥放到皇位上，不也就相当于间接掌控了势位么？……

还是怀揣着这样的心思，赵高说动了胡亥，又说动了李斯，终于促成了沙丘之谋，使胡亥成为了二世，自己则因了李斯的投桃报李，得以跻身九卿之列。然则赵高清楚，自己决不能大意，蒙氏还在，皇子公主们还在，满朝重臣还在，南北两路大军还在，更有李斯这个最大的对手还在，若不真正除掉那些潜在威胁，大局仍随时可能倾覆！在这些可能威胁到自己的人当中，蒙氏兄弟最为紧要，只要蒙恬蒙毅不在了，自己便再无顾忌，可以随意杀人了！……

月光下，赵高近乎疯狂的笑声飘荡在原野上。

2

这是间洒扫得很是干净的内室，若非那高高天窗上根根铜条组成的紧密栅栏，若非那从外面紧锁的厚厚木门，若非那粗笨青石条垒起的冷硬墙壁，任谁都会将这里当作书房而非囚室。

一袭布衣的蒙恬端坐在正对天窗的筝台前，没有身着赭衣，也未戴上镣铐，漫不经心地拨动着自己的秦筝；沉滞迟缓的铮铮乐声弥散在整座囚室中，原本激越高亢的筝音此刻却是说不出的萧瑟幽咽，王离和杨翁子则久久伫立在囚室门口，各自想着心事。

蒙恬入阳周狱已有半年了。半年间，杨翁子始终亲自守护着这座小小的牢狱，生怕九原将军再像皇长子那般出甚意外；而王离尽管军务繁忙，却依旧每月偷来阳周城探视一回，每次都要给蒙恬带来诸般消息，希望他能尽快振作，领兵南下问政。可令王离失望的是，每次前来探视，蒙恬总是依然故我，无论外面何等天翻地覆，始终浑然无觉。王离还记得去岁九月，自己刚探视完蒙恬，咸阳信使便将始皇帝发丧的消息送到阳周城，刚听到这一声惊雷晴空炸响，杨翁子将军便一声闷哼昏了过去，身边所有军吏士卒民夫也无不大放悲声，而自己同样两脚绵软摇摇欲坠，第一个闪念便是：如何向蒙公交代？若蒙公撑持不住也随陛下去了，却是如何是好？一边这样想着，一边踉踉跄跄赶向了阳周狱。

当时，身旁狱吏手忙脚乱地寻着狱门钥匙，叮当声响吵得人心烦意乱，王离大急之下从狱吏手中一把夺过钥匙，手上却也是剧烈颤抖着，连捅了三次才捅入锁孔，“哗啷”一声打开狱门，一头冲进去时已是语无伦次：“将军，有，有一事，你，你千万扛住……”

王离还记得，当时的一片泪眼蒙胧中，自己依稀可以看到蒙公和眼下一样，背对着狱门端坐着，轻抚着那张秦筝，听到身后动静时尽管按住了筝弦，却始终没有回过头来。

“陛下薨了，知晓了。”蒙恬的声音极是淡漠。

“将军！……”王离再也憋不住，“哇”的一声哭开了。

蒙恬却丝毫没有理会。

“陛下，你果然还是去了；赐死皇长子与老夫那道诏书，果非你手笔。那这诏书，能是何人所下？必是二世胡亥无疑，必是胡亥那老师赵高无疑；丞相李斯不肯劝阻，也必定有份，只怕这诏书便是他亲笔写的……陛下，你信人太过，信人太过……”

这样自言自语着，蒙恬枯瘦的大手也拂过秦筝，呆滞的目光久久凝固在那十三根杂乱震颤着的筝弦上。

“而今皇长子已然去了，若在天有灵，心知这赐死诏书并非陛下你的手笔，不知当做何想？是了，九泉之下，你当能见他了，你父子团聚之后，好生说道说道；不日之后，老臣也将步皇长子后尘，过去见你……”那淡漠的语气中充满了难以言说的绝望。

“将军，不能再这般无所作为了！”王离一把抹去脸上的泪水，虽仍带着哭腔，却还是连声大喊着，“我等这便救你出狱，你领我等起兵南下靖国理乱，为皇长子报仇，保社稷江山！……”

“王离，已是大军统帅了，何能这般轻言兵事？”王离的连声大吼中，蒙恬的声音却是沙哑低沉，说话间抬头遥望着囚室的天窗，目光中一片混沌迷蒙，“欲保社稷江山，便更不能妄动了。皇长子已死，我等纵能起兵，又能立何人为帝？又能打出何等名号？杀得二世，天下必然大乱啊……”

“依将军之意，起兵会乱政，坐以待毙便不会乱政了么？”

“胡亥虽已即位，然秦政并未变形，丞相李斯还在朝中，他纵与胡亥合谋，只要一朝悔悟，必能扭转朝局；再者蒙毅也还在朝中，只要他无事，必能探清其中真相、拿到明白证物，必能洗雪老夫冤屈。朝局明朗之前，老夫绝不能轻动，绝不能乱政……”

“将军——！”王离拜倒在地，一阵号啕大哭。

李斯，蒙毅。

想起这两个名字，王离心下极是沉重。蒙公显是将一切希望都放在了这两人身上：一方面指望李斯扭转朝局，一方面指望胞弟蒙毅探明真相，然而倏忽间半年过去，一切迹象都在表明，他的希望正在渐渐落空。自国府发丧之后，咸阳局势不断恶化，一个个老臣被先后罢黜，各种大工程不停反上，天下黔首的民生日趋恶化，各地都出现了徭役逃亡的景象，便是九原军的粮草运送都已开始磕绊了。连自己都看得清，这种种乱象都是庙堂那一系列荒谬政令造成的，李斯身为领政丞相，手中大权在握，又岂能不明白？若他果有公心，又岂能不多方劝谏阻拦，岂能任由这等政令如此大行其道？不错，前日李斯确乎对自己表现出了异乎寻常的热络，使自己承袭了大父的武成侯爵位，私下里也表示要设法周旋蒙公出狱，可从李斯那言谈举止间，王离还是看出了一个“虚”字——李斯以为给自己一个武成侯，便是天大的封赏，自己必当从此对他感激涕零，何其大谬也！他自家私欲深重，便以为旁人也和他一样私欲深重，却不知自己对这爵位看得鸟淡！他难道不明白，除却斡旋蒙公出狱，便再无他法能使自己同心么？口上说得动听，却全无实质举动，只知拿那些恩惠收买旁人，只知拿那全身自保的说辞来为自家辩解，自己岂会信他？九原军岂会信他？便是肯信他，以他那狐疑犹豫首鼠两端的性子，又能成得何事？蒙公寄望于他，夫复何言？……

“王离，已是武成侯了么？”

筝声戛然而止，蒙公的一声询问，将王离从回忆中拉了回来。

“是！”王离如梦初醒，连忙答道。

“那便好，李斯终究向你示好了，事态仍有转机。”

“……”王离没有回答，只是沉默以对。

“还有蒙毅……不是去陇西领军了么？这多时日，也无只言片语？”蒙恬喃喃自语着。

“郎中令已……哦，想是，正在明察暗访，蒙公放心！”王离刚要实言相告，已经感到一旁杨翁子投来的目光，连忙改口道。

蒙恬缓缓摇头：“不对，不对……”

“蒙公，莫要多想！”王离大急道，“郎中令定然无事！”

蒙恬沉思片刻，淡然一笑：“莫骗我了。老夫与他乃手足兄弟，血脉相连，也心志相通。蒙毅性命，怕是已在旦夕之间了吧……”

听到这一句，王离杨翁子同时愕然，各自倒吸了一口凉气。

他们都知道，郎中令蒙毅，已足足三个多月杳无音讯了。

3

囹圄中的蒙恬把全部希望都寄托在了蒙毅身上，却没有想到，胞弟同样岌岌可危了。

代谷一座幽暗隐秘的洞窟中，一身鲜血的蒙毅躺倒在青石板上喘着粗气，已是奄奄一息。

几个月前，就在二世开始巡狩、离开咸阳之后，华阳公主私下里找到了蒙毅，说自己前日已去频阳见过太尉王贲，太尉再次谋划了扭转朝局的连番对策，让自己转告他：趁二世与赵高离开关中之际，多方通连朝中大臣，先行在咸阳发动兵变，一举歼灭李斯赵高诸多党羽；此后九原军、陇西军一同出动，直取二世卤簿车队，囚禁李斯、诛杀赵高，逼二世退位后议立新帝！王贲还说，黑冰台虽已名存实亡，自己却另有铺排，足可为此番宫变的援手；目下当务之急乃是通连北疆大军，郎中令既被派往陇西，刚好调集李信南下；只是太尉说，九原将军王离将才不足，难以统领大军，郎中令还当亲往上郡，劝说蒙公出狱！

听罢华阳公主的转述，蒙毅没有丝毫迟疑便开始收拾行装，然而并未按诏书所言前往陇西，只是派出了一位可靠仆从，给李信带去密信说明自己的打算，本人却是往九原而去了。蒙毅的想法是，陇西军兵力不足，不过五万，再者也同样要守护西陲，能南下的兵力不会多于三万；九原军却足足二十余万，即便没有陇西军相助，也足可靖乱定国，更有甚者，兄长蒙恬虽自甘下狱也委顿多日，但他终究看得清大局，只要自己能见到他，当面剖析其中利害，蒙恬必能重新振作，统领大军与自己一同南下。形势既然如此，自己若先去陇西再往九原，既多此一举也多费一番波折，还凭空多冒一重风险，何如径自前往九原？……

为了掩人耳目，蒙毅没有直接北上赶向上郡，没有走那条宽敞平坦的秦直道，而是向东北面的河东郡赶去，又从那里沿汾水北上进入太原郡，及至过了平阳再迂回折向西北，准备由离石要塞向西进入上郡。这条路线距离既远，又很是荒僻偏远，唯一的好处便是隐秘，以蒙毅原本的设想，这一路是该当无事的。然而他却没想到，即将到达离石要塞之际，却被一支蒙面马队突然劫持了，对手足足二三十人，自己虽奋力抵抗，杀了两人、伤了一人，却还是被生擒活捉五花大绑，塞入了一辆显是早就准备好的牛车。马队挟持着蒙毅一路东去，在一处隐秘河谷中与赵高的族弟赵成会合，赵成得意扬扬地告诉蒙毅，其实他刚一动身，便被赵高布下的眼线盯上，只是不清楚蒙毅究竟是何图谋，是故迟迟没有下手，及至蒙毅赶向离石要塞，前往上郡阳周城的意图已再清楚不过，马队这才动手擒拿；赵成又告诉蒙毅，目下暂时不杀他，准备将他直接押向辽西，给巡狩到那里的二世看看：先帝老臣是如何图谋反叛的！赵成还说，足下当年曾处郎中令死罪，而今郎中令也一样要依秦法处你死罪，只是此番却再无陛下特赦了！……

沉重的脚步声从洞口迅速传来。蒙毅心下一跳，睁开眼时已看到五六个身影走上前来，为首的两人，一个是赵成，另一个却是御史模样，怪异的是此人两颗门齿已经掉了，露出了两个黑洞洞的牙洞。眼见蒙毅醒来，笑吟吟地向他拱了拱手，声音含混不清仿佛漏着风："御史曲宫，见过蒙毅大人。"

蒙毅没有回答，只冷冷望着他，目光中充满了轻蔑。

"蒙毅大人，御史带来了陛下诏书，要赐大人死罪。"赵成嘴角也泛起阴冷笑意，"诏书讲，当年先帝欲立陛下为太子时，大人不知先帝之意，屡屡阻挠，说太子不堪为帝；李斯丞相据此认定大人不忠，罪及其宗，故而向陛下举发。然则陛下终究不忍公然问罪于大人，这才赐你一死，依在下之见也算幸甚，大人何不早早奉诏?"

蒙毅淡然一笑，艰难地坐了起来："蒙毅本以为，赵高敢违逆先帝遗愿，必定胆大包天，而今观之，鼠辈而已。"

"大人何意?"听到蒙毅对族兄口出讥讽，赵成脸色顿时阴沉起来。

蒙毅目光中闪烁着慑人的寒芒，赵成曲宫一时间竟不敢与他直视："赵高一不敢承认自家想杀我，却栽赃于李斯；二不敢公开对我明正典刑，却是密诏暗杀，岂不是胆小如鼠? 诏书说蒙毅不知先帝之意，一派胡言！蒙毅少年入宦，追随先帝数十年，知先帝之心者，无过于我！说蒙毅不知二世之能，更是一派胡言！胡亥只跟着先帝巡狩天下，便说先帝要立他为太子? 先帝数十年查勘锤炼皇子，几曾欲立太子? 更几曾欲立胡亥为太子? 蒙毅何言之敢谏，何虑之敢谋!"

"蒙毅，死到临头，还在狡辩么?"曲宫又咧嘴笑了，露出两个黑洞洞的门齿。

"蒙毅并非饰辞避死，只为你等累先帝之明而羞！昔秦穆公殉三良、黜百里奚，天下呼之'缪'公；昭襄王杀武安君，楚平王杀伍奢，吴王夫差杀伍子胥，此四君者，皆为大失，天下非之以为不明，故而声名狼藉，布于诸侯。谚云：用道治者，不刑杀无罪，不罚加无辜。足下若还有一丝良善，便将蒙毅之说转告二世!"

"便是转告陛下，大人今日也必死无疑！大人还有甚要说的么?"曲宫一脸狸猫戏鼠的得意。

"密诏何在? 我欲亲见。"

"密诏乃陛下亲书，岂会有假?"

"我要看的不是胡亥字迹，乃是印玺!"

曲宫不屑地一笑："大人为郎中令时便执掌符玺，看过多少次了，还要看?”说着走向蒙毅，从袖中抽出那封密诏向他举了起来。

却不料恰在此时，蒙毅却是双手猛地一抡，镣铐的铁链陡然向曲宫兜头砸来；惨叫声中，曲宫猛然弯下腰捂住了脸；手中的密诏刚刚飘落，蒙毅已向他猛扑了过去!

“将死之人还猖狂么?”赵成突然闪现在蒙毅面前，气急败坏叫骂着一剑刺来。

“先帝——!”伴随着蒙毅最后一声怒吼，点点鲜血喷溅在了飘落地面的诏书之上。

……

许久之后，满脸鲜血的曲宫终于缓缓抬起头，心有余悸地向着蒙毅的尸身瞥去了一眼，艰难地啐了一口血涎，吐出了两颗细小的颗粒。

那是他被打落的两颗下门齿。

4

赵成曲宫的马队即将赶到阳周之际，王离和杨翁子仍然守在蒙恬身边。

“蒙公，一支千人队赶往阳周了。领队两人，一个是上次那御史曲宫，另一个是赵高族弟赵成！来意再清楚不过，再不决断，悔之晚矣!”叮咚的筝声中，王离愤然叫道。

蒙恬却充耳不闻，依旧心无旁骛地弹着筝，叮咚声响久久回荡在囚室中，直到一曲奏完，他才平展手掌按住筝弦，待到囚室静下来后，轻轻吐出一句：

“蒙毅死了。”

王离和杨翁子不约而同地对视了一眼，心下都是无比的震惊。

“若李斯主谋，必先杀我而后杀蒙毅，然则李斯刚向王离示好，故而不会是他；此必为赵高主谋，也必是先杀蒙毅而后杀我。”蒙恬的语气极为平淡，仿佛在说一件与自己全然无关之事。

“既然如此，将军仍欲坐以待毙?”

蒙恬一声悠远的叹息，凝望着囚室的天窗：“没用了，蒙毅已死，朝中再无人能为老夫洗刷冤情了。当年巡狩病发之际，先帝不该遣蒙毅回关中。蒙毅他执掌中枢，总领书房政务，忠直骨鲠奉法凛然，还是拥戴皇长子的重臣，也是老夫胞弟，更直接辖制赵高。只要他在，先帝那遗诏便决然不会走样，赵高便果想阴谋矫诏，也决计不会成功，岂会有如今这般连番剧变？先帝，遣走蒙毅，乃你至关重要之错失啊……罢，既然悔之晚矣，却又夫复何言？蒙毅已过去见你了，而今，该蒙恬上路了……”

叮咚筝音再度响起，杨翁子向王离使了个眼色，失望地摇摇头，转身走了，王离也一声无可奈何的长叹，拖着沉重的脚步出了囚室。

“事已至此，不能再坐等了。杨将军，王离之意，我等立即发兵！”囚室的大门在身后咣当一声闭拢时，王离沉声对杨翁子道。

“来，你我这便部署一番！”杨翁子毫不意外，一甩斗篷，引着王离噔噔去了。

……

赵成曲宫的马队沓沓进入阳周城时，分明感到了气氛的异样——城中一片空旷寂寥；除却前面导引自己入城的杨翁子马队，居然见不到一个黔首！

“莫非有诈?”曲宫低声问，漏风的嘴将这句话说得含含糊糊。

“确是蹊跷。然则，我等可是皇命特使，麾下也足足千人呢，不怕……”赵成同样低声道，虽是口说不怕，声音仍不由自主颤抖起来。

一阵沉重的声音由身后响起，两人惊讶地回过头去，却见背后那扇巨大的城门缓缓关闭了。

“杨将军，这是何意?”匈奴材士们一片惊讶中，赵成惶急大叫道。

杨翁子停住马，扭过头来，淡淡笑了。

“特使毋惊，近来不知何故，竟有匈奴人在上郡出没，甚是猖獗，老夫不得不防。”

……

“嘎——！”

一声粗重的鸦鸣响起，囚室中的蒙恬手一颤，筝声戛然而止。

他抬起眼睛，透过天窗的根根栅栏，正望见窗外的树枝上伫立着一只乌鸦，一双黑森森的眼睛瞪得溜圆，直直盯着自己。

蒙恬嘴角浮现出一丝淡然笑意：“来得这般快?”

他轻轻起身，将书案上的墨砚竹简等物事逐一收拾干净，将自己亲手制成的一杆狼毫大笔摆上笔架；又来到书架前，将那些兵书简册码放整齐，甚至没有忘记拨了拨燎炉中的炭灰，使炭火燃得更旺些。做完这一切之后，他缓步来到囚室的门口，语气平淡地叫了一声：“老狱令！”

……

赵成曲宫来到了阳周狱前。

杨翁子带领着骑士们，如同押送一般分列马队两旁，留出阳周狱外的一片空地。赵成曲宫看去，只见一人一马横在那空地当中，那匹马通体火红神骏无比，它的主人却是位年轻将军，目光中透着再明显不过的敌意。赵成同曲宫对视了一眼，后者的目光已经告诉他，这便是庙堂新近册封的武成侯，九原将军王离。

片刻间很静，曲宫和赵成只能听到头顶不时传来一两声鸦鸣。

“武成侯，拦阻皇命特使乃大罪，你不知么?”片刻的踌躇后，赵成鼓起勇气叫道。

“大罪?”王离嘴角绽出一丝凶险微笑，“阻拦特使算得鸟罪? 王离还要杀了特使!”

话音未落，他左手猛然从背后取出一张大弓，右手一支长矢随之搭上弓弦射向天际，响箭声划破苍穹的同时，四下里已是杀声大起，城中所有街巷中都拥出了一队队甲士，正当赵成曲宫们惶恐不安地环视四周时，他们已经堵死了所有的退路。

“王离！你这是灭族大罪!”赵成气急败坏地连声大吼着。

王离却是放声大笑：“赵成曲宫，你等串通外敌，引来这多匈奴人，意图谋害蒙公，你才是灭族大罪！——弟兄们听令!”说着抬起了右手。

“武成侯——!”一声大叫从身后响起，王离嘴角的笑容瞬间凝固了，他又惊又疑地扭过头去，看到阳周狱的狱令站在身后，脸色极尽惨白。

“武成侯，蒙公有话，请两位特使进来……”

王离只觉一股热血直冲脑门，两手却是瞬间变得冰凉，本想再说甚，却不料连同杨翁子在内，所有甲士都默默放下了手中兵刃，自觉让到了一旁，仅仅是片刻之间，拦阻在赵成曲宫面前的，只剩下了王离一个人。

“杨将军!”王离急切地望向杨翁子，老将军却没有吭声，只皱着眉摇了摇头。

王离一声无奈的长叹，两腿一夹，丹骎终于带着他默默让到了一旁。赵成曲宫长吁一声招了招手，胡人材士们也都收起了兵刃，准备簇拥着两人开进阳周狱。

“慢!”王离突然间又一声大吼，两人同时心头一颤，又同时惶恐不安地扭过头。

“只许你两人进！匈奴人留外面!”王离恨恨道。

5

赵成曲宫终于见到了蒙恬。

“蒙公，陛下说蒙公罪过甚多，令弟蒙毅更有大罪，特遣我等赐死足下。我二人也是奉诏行事，蒙公勿怪。”身后王离的匕首正抵在腰间，赵成不敢嚣张，只能忍气吞声勉强恭敬道。

“王离，莫要为难特使。”蒙恬淡淡一句吩咐，王离惘惘不甘地收回了匕首，赵成这才如释重负地喘了口气。

蒙恬又把目光投向曲宫：“蒙毅目下何处?”

“旬日前，受丞相举发，已然伏诛……”曲宫战战兢兢道，生怕自己的谎言被戳穿，激怒一旁的王离。

“一派胡言!”王离果然愤怒了，“丞相他如何……”

“王离。”蒙恬再次止住了他，又对曲宫淡漠一句：“让我看看蒙毅。”

铜匣在蒙恬面前缓缓打开，蒙毅的头颅随之慢慢展现在眼前。

“蒙毅……”蒙恬从喉咙深处发出一声呜咽，望着胞弟那双依旧放射着凌厉光芒使人不敢直视的眼睛，终于情不自禁地颤抖起来，大滴大滴的老泪滴落下来，他颤巍巍地伸出枯瘦大手，轻轻拂去了落在蒙毅脸颊上的泪痕。

“郎中令……”王离也走上前来跪倒一旁，同样泣不成声。

“蒙毅，稍待片刻，为兄这就来了……”蒙恬黯然失神地喃喃自语着。

“蒙公!”王离突然一把揪住他的胳膊拼命摇晃着，涕泗横流地大喊起来，“皇长子已这般死了，郎中令也死了，你如何也愚忠起来?”

“王离，还不知晓么?”蒙恬的语气中带着近乎麻木的平静，“老夫若不想死，谁也奈何不得老夫。老夫不肯起兵，此中因由已同你讲了多少遍，忘了么?”

“未忘。”

“说说。”

王离缓缓松开他的臂膀，垂下眼睛，声音低得如同蚊蚋一般：“一则，赐死诏书并非先帝之意，蒙公已然心安；二则，皇长子已死，纵能倒得胡亥，也无人可立为帝；三则，九原军守护国门，一旦南下，匈奴必将大举攻来，蒙公将无颜面对天下；四则，丞相尚在朝中，郎中令尚在朝中，扭转朝局，仍有希望……然则蒙公，而今郎中令已死，还是丞相害的，你……”

“这几样之外，还有一样。你可知周公密书之事?”

“知晓……”王离茫然地点头。西周初立时，尚在幼年的周成王有一次病重，辅佐他的周公旦便向上苍祷告说愿替周王死，并将这祷词记下来存入典籍库。后来正式亲政的成王听信流言与周公反目，却意外发现了这份祷词，由是大为愧悔，重新迎回了流亡在外的周公。

“我蒙氏所遇事端，与此如出一辙。”蒙恬长叹着从袖中抽出一卷竹简，“此乃老夫对二世之谏言，两位特使转交皇帝便是。”

赵成刚要伸出手，王离却先接过竹简扫了一眼，看到那句“凡臣之言，非以求免于咎也，将以谏而死，愿陛下为万民思从道也”时，马上皱起了眉：“蒙公，你还寄望于二世?”

“不寄望于他，又能如何?”蒙恬平静答道，又望向赵成曲宫二人，“二位肯否转交?”

两人再次对视了一眼，沉默了许久，赵成才吭哧了一句：“臣，受诏行法于蒙公，不敢……”然而看到王离的凶狠目光，曲宫却仍勉强接过了竹简。

“王离，抱起秦筝，随老夫去外面看看。”

王离先是一愣怔，忙抄起秦筝跟在蒙恬身后，走向狱令早已打开的狱门，却不想来到院中时，竟是一下愣住了。

阳周狱小小的院落中已挤满了士卒狱吏，人人垂首拭泪；更令王离惊讶的是不知何时，高高的院墙上、院墙外一棵棵胡杨上，都落满了乌鸦，远远望去直如一片黑雾一般！他愤愤拾起一块砖瓦向它们投去，那些乌鸦便扑棱棱振翅飞起，如同一团乌云般腾起在空中，却始终没有散去，只是在阳周狱的上空久久盘旋着，声声鸦鸣分外嘶哑凄厉。

蒙恬却毫不理会它们，只是向着满院的人群扫视了一眼：

“各位兄弟，你等心思老夫尽皆知晓；老夫将兵三十余万，身虽囚系，其势也足以起兵定国，然老夫却不能遂你等心愿。你等也知，老夫祖上本为齐人，昭襄王之时，大父蒙骜随父入秦，后为武安君裨将，又做了秦国上将军；我父蒙武为王翦老将军裨将，先随他平定六国，又随他南定百越；及至老夫与蒙毅这一辈，已然入秦三世；自我先人及至子孙，积功于秦，同样三世。老夫自知必死却仍守义不移，无非不敢辱先祖之教，不敢忘先帝之恩也……”

院落中只余一片啜泣声，没有人开口，没有人再试图劝阻蒙恬，人群只是默默揩着泪水。

“你等虽非九原军，照旧受老夫辖制多年。而今分别在即，老夫当奏秦筝一曲，以为永诀；若有来生，老夫还当与你等同为袍泽！……”

“蒙公！……”一片哭声中，人群纷纷拜倒。

蒙恬却是充耳不闻，撩起衣襟跪坐在秦筝前，十指拂过筝弦，一声叮咚大响，苍凉豪迈的歌声和着金铁铿鸣般的筝声瞬间鼓荡开来：

我出我车，于彼牧矣。
自天子所，谓我来矣。
召彼仆夫，谓之载矣。
王事多艰，维其棘矣。
……

听到这歌声，王离心下一颤，猛然抬头大张泪眼：这正是当年北击匈奴之前，蒙公带领九原将士唱的那首《小雅·出车》！

我出我车，于彼郊矣。
设此旐矣，建彼旄矣。
彼旟旐斯，胡不旆旆？
忧心悄悄，仆夫况瘁。
……

那时先帝还在，皇长子还在，郎中令还在，大父还在，蒙武爷爷还在，还有阮翁仲，那高大憨厚的巨人同样也在，那时自己刚入九原军不久，望着将台上的蒙公的身影，还有皇长子的身影，曾对他们无比艳羡和佩服，也曾下过不知多少回决心，要像他们那样杀敌报国立功挣爵，要像大父和阿翁那样拜将封侯。而今自己果真已达成心愿了，代价却是他们一个个离自己而去，阮翁仲不在了，大父不在了，蒙武爷爷不在了，先帝不在了，皇长子不在了，郎中令不在了……而今，连蒙公也要离自己而去了么？

他默默望着蒙恬，看到自己的将军口中高歌着，目光却投向了遥远的天穹。

王命南仲，往城于方。
出车彭彭，旂旐央央。
天子命我，城彼朔方。
赫赫南仲，玁狁于襄。
……

诸般景致从蒙恬眼前逐一闪过：那是一望无际随风摇摆的油绿牧草，那是逶迤连绵的巍巍阴山，那是奔腾流淌的滔滔北河，那是拔地而起的万里长城，那是笔直如矢的大秦直道……这条秦直道连接起了自己所在的九原，以及先帝所在的关中。然而他站在这一头望向那一头，看到的却不是巍峨的咸阳，而是高高耸立的骊山墓，那是先帝的最终归宿，而今，自己也要去那里了。

——陛下，老臣少时得你知遇之恩，遂决意终生相随。十年灭国大战戍守北疆，无尺寸之功亦无怨无悔；天下一统后终不负你重托，北击匈奴横扫胡虏若鸷鸟追群雀，打得胡人不敢南下而牧马，士不敢弯弓而抱怨。又筑长城通直道为我华夏屏障，人或言蒙恬不知养老存孤赈百姓急，只知阿意兴功轻百姓力，老臣亦不屑辩解。老臣所抱憾者，未能照看好皇长子；所愧疚者，不能扭转当下朝局。老臣一生戎马倥偬，自以为铁石心志，不想皇长子自裁后已是万念俱灰，早已无心起兵靖国理乱，唯思泉下追随先帝、向皇长子负荆请罪耳。老臣累了，老臣而今已再难振作，陛下宽宥老臣这回吧……

昔我往矣，黍稷方华。
今我来思，雨雪载途。
王事多难，不遑启居。
岂不怀归？畏此简书。
……

——大父、父亲、蒙毅，你等方才听到了么？蒙恬今日自裁，一则为报先帝之恩，二则为全蒙氏三世名节。朝局终未到不可收拾之时，事态仍有转机，只是蒙恬不愿起兵，不愿背负反叛骂名，给我蒙氏蒙羞。蒙恬只知洁身自好而不能力挽狂澜，你等或指责蒙恬怯懦，或指责蒙恬迂阔，然蒙恬，也只能如此了……

喓喓草虫，趯趯阜螽。
未见君子，忧心忡忡。
既见君子，我心则降。
赫赫南仲，薄伐西戎。
……

——王离，老夫心中，你与皇长子都是老夫亲生骨肉一般，不期皇长子先去了，而今老夫惫懒，也要去了。自今日之后，三十万九原军归你辖制，抵御匈奴守护国门之重任系你一肩，扭转乾坤靖国理乱之重任系你一肩，毕竟你是堂堂武成侯，庙堂第一高爵，你身上流着频阳王氏的血，王老将军和太尉的重托都落在你身上。老夫也知你还年轻，此等重任对你而言太过沉重，老夫也对你心下愧疚，然却再也帮不上你了；你父虽还在人世，怕也帮不上你了。你终究只能独自挑过这副担子，从此以后与九原军同生死，与大秦帝国共命运，舍此之外再无他法……

春日迟迟，卉木萋萋。
仓庚喈喈，采蘩祁祁。
执讯获丑，薄言还归。
赫赫南仲，玁狁于夷。

秦筝的最后一声响动戛然而止，十三根筝弦在指尖如裂帛般尽数断绝，蒙恬站起身来。

“蒙公留步！……”院落里一片此起彼伏的哭喊声。

蒙恬却是嘴角挂着一丝淡然的微笑，捧起了预先摆放在案上的一只小小陶瓶。

他望向天边，先前盘旋在半空的鸦群已重新落了下来，湛蓝的天穹分外悠远。一片哭声中，回荡耳畔的却是当年武安君白起的临终遗言：

“我何罪于天，乃至于此哉？……”

想起这句话，他同样喃喃自语起来：“我何罪于天，无过而死乎?”

没有回答，鸦群依旧环绕四周居高临下，一双双黑森森的眼睛聚集在他身上。

“我何罪于天，无过而死乎?”

向鸦群环视了一圈，蒙恬再度大声问道。

“嘎——！嘎——！嘎——！”鸦群被这一声大吼惊起，纷纷张开双翅，重又飞上天穹，根根黑羽徐徐飘落。

仰望着它们的黑色身影，蒙恬将鸩酒一口饮尽，再次淡然笑了：“蒙恬之罪，固当死矣！蒙恬建长城万余里，起临洮属之辽东，岂不绝地脉哉？……”

一边说着，他的嘴角也徐徐淌下了一丝乌紫色的鲜血。

……

蒙恬的尸身没有被运回九原，也没有被运往关中，而是葬在了阳周城外的河畔，对面便是皇长子长眠的疏属山。下葬那日，万千九原将士策动着战马驾着战车来到了这里，万千牧人赶着如云的畜群来到了这里，万千修筑长城秦直道的黔首肩扛锨耒手提祭品来到了这里，大群与秦人友善的匈奴部族也同样来到了这里。士卒民夫牧民商贾簇拥在一起，中原人匈奴人林胡人东胡人簇拥在一起，人群又和牛马羊畜群簇拥在一起，千里迢迢赶来的送葬者们汇成了黑蒙蒙白茫茫的人潮，簇拥着九原将军蒙恬的柩车，在河西高地上连天涌动着，缓缓流向那处预定的坟冢。当蒙恬的棺椁缓缓沉入墓穴之后，两眼红肿的王离脱下战袍盛满黄土，为自己将军的归宿撒下了第一抔土，身后的杨翁子、涉间、苏角等人纷纷效法，伴随着纷飞的泪雨，伴随着哭喊声，越来越多的黄土被撒了下去……

夜幕降临之时，九原将军的坟冢已高高竖起在了水畔，与对面疏属山的扶苏墓遥遥相望。千年之后，清人阎秉庚为此地写下了一首凭吊诗：

春草离离墓道侵，
千年塞下此冤沉。
生前造就千枝笔，
难写孤臣一片心。

6

王离没有回九原，非但如此，他还将所有来送葬的将军们留在了蒙恬墓前。

“弟兄们，王离不能再忍了。”王离几乎是一字一顿道，说着指向了身后隔水相望的新旧两座坟冢，“那边是皇长子，这边是蒙公，他二人都被二世逼死了，庙堂这是砍了我等大纛！你等谁愿忍谁忍，王离绝不善罢甘休！”

“将军发话！”一片愤激的呼喝。

“九原军须抵御匈奴、不能动兵之大道理，皇长子与蒙公都与我等反复讲过，王离不必多言；兵变之可能后果，王离也不必多言。然则我等也不能无所作为！目下王离有一谋划愿讲与诸位，此非将令，不强求各位同道，然则各位听完若愿赞同，请尽皆左袒！”

“我等听将军！”不待王离真正说出盘算，将士们已然一片呼喝，纷纷高举起自己赤裸的左臂，组成了一片黑黝黝的丛林。

“善！”眼见这般景况，王离终是振作了起来，“各位听我说……”

“……今蒙氏，秦之重臣也，而主欲一旦弃去之，臣窃以为不可。臣闻：轻虑者不可以治国，独智者不可以存君。诛杀忠臣而立无节行之人，是内使群臣不相信，而外使斗士之意离也，臣窃以为不可。……”

读着宗正子婴的这封上书，胡亥满脸的迷惑。

“老师，这，皇叔说的是甚?”

“宗正是说，陛下诛杀忠臣、立无行之人，是轻虑，是独智!”赵高一脸愁苦。

“岂有此理!”胡亥愤然大叫了起来，“皇叔责我太甚！老师，依胡亥之说，我等先从皇叔杀起!”

“陛下，噤声!”赵高忙捂住了胡亥的嘴，小心看看宫中并无旁人在场，这才放下心，又苦笑起来：“陛下，陛下虽贵为皇帝，却不能想杀谁杀谁。老臣以前对陛下说过，而今朝中三大隐患，陛下还记得么?”

“大臣不服，官吏尚强，诸公子必与我争……”

“陛下竟记得这般清楚，果真圣明也!”赵高刻意奖掖了一句，又一脸严肃道，“而今蒙氏兄弟虽死，可先帝那些大臣还在，他们都是累世贵胄，积功劳世代相传久矣，表面上听老臣，其心实不服！老臣之意，陛下当一不做，二不休，趁此时机给那些大臣元老皇子公主罗织罪名尽数诛之，如此上可振威于天下，下可除去心怀不满之人!”

“可那些元老大臣，还有朕那些兄姊，岂会那般听话，乖乖伸脖让老师砍?”胡亥刚一惊喜，又犹豫起来。

“陛下圣明。”赵高笑了，看来自己的学生并非那般白痴，“若想随意杀人，关键有二：其一，老臣已将五万材士征发完毕，归咸阳令阎乐统领，而今天下大事不师文而决于武力，陛下五万材士在手，何惧之有哉!”

“其二呢?”

“其二，陛下当知，老臣前日已将《秦律》尽数更改完毕。陛下当知，朝中那些大臣元老只认秦法，陛下若不经法度随意杀人，那便是冒天下之大不韪！休说九原军，便是那些贴身护卫的郎中卫卒也会群起哗变，到时陛下纵有十颗八颗头颅，也不够砍!”

“啊? 若这般，朕还是不当这个皇帝了……”

“好在老臣已替陛下想到这层了。”赵高诡秘地笑了，“老臣更法之际改了诸多执法环节，譬若《封诊氏》原本限用刑讯逼供，老臣抹去此规定，如此只要拿了那些大臣皇子，反复拷问之下不怕他不招！只要取得口供，何等罪名不能安上? 罪名一定，便可明正典刑，既为陛下除去这些祸患，旁人也断然说不出甚，仍是依法行事，岂非万全之策?”

“彩！老师果然精通律法!”胡亥连连拍案叫绝，“日后也可这般对付丞相!”

“陛下圣明!”赵高这回确是发自肺腑地赞颂了一句，胡亥果真一语说中了自己心事，“目下万事俱备，群臣尚不及谋，陛下当趁时毋疑!”

“善！朕这便下诏杀人!”胡亥喜滋滋道，头一次不用赵高敦促便提起了笔，“朕先要杀的便是皇叔！谁叫他谏阻杀蒙氏！谁叫他说朕轻虑独智！哼，朕先杀他祭旗！嚓！嚓！嚓！……”说到兴头上大是畅快，索性以掌做斧，连连剁到书案上，仿佛切菜一般，却不料又被赵高拦住了。

“陛下听老臣一言：目下当务之急，乃是除掉陛下那些兄姊，以防其他大臣拥立反位!”赵高一脸老谋深算，“至于这子婴，倒是不足为虑。一则此人论辈分乃陛下皇叔，若论皇位传承，无论如何也轮不到他继位；二则此人虽是宗正位列九卿，然手头无有半点实权，掀不起丝毫风浪；三则看此番上书可知，此人甚为迂阔，直如那儒生一般……”

“朕不管！皇叔敢上书骂朕，必定早有反心!”胡亥仍梗着脖子一脸不服。

赵高笑眯眯地摇头：“陛下切记：那些整日抨击国政之人，最不必提防。陛下平日养了十余条犬，獒犬、来毛、韩卢、宋韺都有，当知那最凶猛的便是獒犬，然则陛下何曾见过獒犬嚎叫？叫的都是那些小犬!”

“老师之意，会叫之犬不咬人?”胡亥仍是一脸似懂非懂。

“陛下圣明！此等人看似大言侃侃言辞激烈，实则最是无所作为，可谓百无一用！陛下试想，若他果如陛下那般能杀人砍头，磨刀霍霍尚且来不及，又岂会整日无所事事骂来骂去？老臣之意，任那子婴随意上书，陛下不必看他，只闷声杀人便是!”

“也好……”胡亥虽是余怒未消，却也勉强点了点头。

“依老臣之见，倒是有一人不得不防。”赵高又阴恻恻地压低了声音，“便是那王离。”

“王离？蒙恬死了，他不是甚也没说么？老师说过，他将才差得远，大军不服他……”

赵高轻摇摇头：“正是因他甚也没说，才显反常。赵成曲宫回报时陛下也听了，赐死蒙恬之前，他险些要在阳周城兵变。此前老臣也猜到王离会有这手，已在九原前往关中各条要道布下重兵严阵以待，不怕他轻易动兵；更有甚者，一旦他动身南下，陛下便可说他起兵谋反，老臣便可派出材士赶往频阳灭王氏举族，顺道除掉太尉王贲，此人虽是重病在身，却终究还活着，仍是一大祸患……”

“那，如今呢?”

“此人偏偏毫无作为，忒煞古怪，老臣疑心他是否另有谋划。为防夜长梦多，我等还是尽快动手为宜。”

“好好好！朕这便下诏!”胡亥又是连连点头，提起手中蘸满朱砂的大笔。

“陛下听老臣说，这道诏书，该这般写……”赵高重又低声口授起来。

第七章 血洗

1

“公主，公主！”四五名侍女匆匆追在后面，气喘吁吁地连声叫着。

华阳公主毫不理会，依旧快步走在通向小寝的长长走廊中，身影直如一只红色燕子般轻灵迅捷。

蒙公、郎中令遇害的消息一并传来之际，华阳公主再度震惊之余，更深深愤怒了：若说此前皇长子自裁尚是父皇遗命，此番蒙氏兄弟遇害，幼弟难辞其咎！她知晓皇叔曾上书谏阻过此事，当下又去找他，愤怒声讨幼弟之余又质问皇叔为何不当廷死谏？不想皇叔沉默许久一声长叹，神色间难掩落寞：自己非是不敢，而是无用。非其人勿与语，此乃游说谏阻君王之铁则也。我再是滔滔雄辩，二世那等昏君肯听我言么？……华阳公主大为诧异：皇叔早料到二世不会理会上书？那为何还这般？子婴却淡漠一笑：此中深意你日后便知。华阳公主沉默了半晌，径自起身告辞，来见二世了。

小寝之中阵阵歌声曼妙，一队舞女轻舒纱袖且歌且舞，飞云帔与蝉冠子齐飞，黄罗髻共五色扇一色。衣冠不整的胡亥斜倚在一张长榻上，眯着蒙胧醉眼，紧盯着舞女们那薄纱下隐约可见不住扭动的雪白肉体，不时举起手中的铜爵小口呷着。

“陛下……”一名内侍小心绕开那些款款扭动腰肢的舞女、卖力吹奏着琴瑟管箫的乐师，快步来到二世面前，声音压得很低，“陛下，长公主求见。”

“长公主?”胡亥将酒爵放下，很是败兴地摆摆手，“不见不见!”

内侍应声便要退下，新贵当中却有一人拱手笑了笑：“陛下，小臣斗胆。久闻长公主歌舞器乐无不精通，却无由一见，不知陛下肯否请长公主献上一舞，也使我等开开眼?”

说话之人不过三十岁年纪，相貌算得俊秀，只是神色间隐隐一副市井疲民的狡狯，而那晦暗的脸色也显是长期沉湎酒色所致。他语气虽恭敬，嘴角却绽开了一丝不怀好意的笑容，边说边左顾右盼，向其他新贵们递上眼色。

“咸阳令好主张!”曲宫醉醺醺地高声叫道，漏风的嘴把话说得含混不清。

“……”胡亥眨眨眼，只觉这一提议很是新奇，向四周环顾了一圈，“你等愿看我阿姊歌舞么?”

“长公主乃皇族第一美人，如何不愿?”赵成也哈哈笑道，嘴角淌下一丝口涎。

“善，叫阿姊进来!”胡亥很是兴奋地拍案道，却没注意一旁赵高的阴沉脸色。

刚被内侍引入小寝，一股浓郁的酒气便混合着脂粉气扑鼻而来，华阳公主只觉心头涌起一股无名业火。她没有理会那些早已让到两旁的舞女，也没理会那些烂醉如泥放浪形骸的新贵们，只快步上前，死死盯住面前的二世。

“阿姊，何事求见朕?”胡亥慢条斯理地问道。他原本颇有些怕她，若在平日，对她多半是要避而不见的，可目下他已是半醉，听了几位新贵的话又大觉有趣，存心想戏耍一下自己这位长姊，胆气也就不由自主盛壮了起来。

“为何害死郎中令？为何害死蒙公?”华阳公主没有向二世行礼，甚至没有称呼他陛下，开口便是厉声清叱。新贵们猝不及防，人人惊讶地盯着她，寝宫中的丝竹之声也戛然而止了。

胡亥被自己阿姊盯得发毛，不禁挺直了身子，坐立不安起来：“那个，朕，父皇，然则，只是，朕以为……嗝!”他吭哧了半天，最后却憋出了个酒嗝。

赵高不满地瞥了自己学生一眼，淡漠地开了口：“公主此问，似有不妥。”

“嗝——!”胡亥又是一个酒嗝。

华阳公主充耳不闻，只冷冷望向赵高。

“赐死蒙公乃先帝遗诏所嘱，陛下为先帝达成遗愿而已，本是一片孝心，何谈暗害？至于蒙毅，赵高已遣吏员勘问完毕，此人不肯奉诏前往陇西，却欲潜入上郡劫狱救人，罪不容赦。”

“嗝——！嗝——！嗝——！”胡亥的酒嗝一个接着一个。

华阳公主一声冷笑分外刺耳：“好个先帝遗诏，二世登基便说是先帝遗诏，赐死阿兄也是先帝遗诏，而今赐死蒙公还是先帝遗诏，胡亥！你可有自家评判？可有半点良心？你敢说父皇赐死蒙氏不是错断？你敢说赐死蒙氏不是出你本心？你若明知父皇错断还有意为之，便不是尽孝，是辱没父皇！……”

华阳公主清亮的怒斥回荡在小寝中，甚至淹没了那一个又一个的酒嗝，胡亥尽管不断打着嗝，却也是一阵心惊肉跳，在他心中，父皇和老师这两个高大身影是永远如神明一般伫立着的，听到阿姊指责自己辱没父皇，他一时慌乱了。

“……你想使庙堂君臣离心么？”

“嗝——！”

“……想逼天下黔首揭竿而起么？”

“嗝——！”

“……想让六国贵胄拿你当笑柄么？想使皇族蒙羞么？我嬴姓秦氏如何出了你这败子？……”

“嗝——！嗝——！嗝——！……”胡亥嘴唇不住颤抖着，面对着长姊一连串的怒斥，想反驳不知从何说起，想回骂不知该当骂甚，只能一个接一个地打着嗝。两名侍女连忙上前，一个给他递上酒水，另一个给他捶背抚胸，却都被他厌烦地一把推开了，只是将求助的目光投向一旁的赵高。

“公主此言，大是无礼。”胡亥的连番嗝声中，赵高再度开口，阴恻恻的目光中跳动着杀机，“先帝生前何等圣明，我等何人敢违逆半分？遗诏在前，便是赫赫丞相都只能奉诏，何况我等？我大秦终究以法立国，公主纵然心怀不满，也不能当廷斥责陛下，而当依法度行事！”

“依法度行事？”华阳公主怒极反笑，“赵高，莫以为我不懂秦法。我且问你，郎中令被抓，讯狱鞫狱有笔录么？廷尉府哪位法吏负责勘审？敢站出来对质么？郎中令乃庙堂重臣，你等又说他是死罪，案情这般重大，理当集议廷议，可有么？整桩案子从头到尾只有一封鞫书，还是言辞含混语焉不详，这叫依法度行事？……”

“不想公主也知我大秦法度，委实难得。”赵高面不改色答道，“公主既然知晓《秦律》，便也当知，赵高前日刚将其改完，陛下也准了，故而诸般程式都已有变。”

“……”华阳公主微一愣怔，赵高更法之事，她倒也确乎知晓，只是不知《秦律》究竟被改成了何等模样，一时也拿不准该如何作答。

“至于遗诏，公主若觉此事蹊跷，当举发丞相与赵高，使廷尉府、御史大夫府携手彻查此事，若果能查得丞相与赵高有秘事阴谋，我等自当认罪伏法，绝无怨言；可若一无所获，依秦法公主也当以诬告论，反坐其罪！此中轻重，公主自行掂量！”

“赵高，你以为我不知你心思?”华阳公主目光中满是轻蔑，“你早做好了铺排，廷尉府是你一党，御史大夫也是你一党。若依法度行事，便是你等自查自，便果有不可告人之事，到头来还是甚也查不出！好盘算也！”

赵高却是阴阴笑了：“赵高奉劝公主一句，若果有明白证物在手，不妨亮出来；若全无凭据，便莫在此徒逞口舌之利。秦法有定，非朝会不得妄议国事，公主今日面刺陛下，已有坏法之嫌，还望好自为之。”

赵高这番话言辞并不如何激烈，语气中却带着一股再明显不过的威胁，听到这最后几句，华阳公主终是慢慢冷静了下来，片刻间诸般念头已闪过心头——赵高说的都是实情，自己若不依秦法行事，就算与他和幼弟当场闹个天翻地覆也仍无济于事，反倒极可能留下把柄，他若果真以此为由问罪于自己，再顺理成章不过。既然如此，目下别无他法，也只能忍气吞声了……想到这里她没再吭声，只恨恨地瞪了一眼赵高，又满怀轻蔑地向仍在打着嗝的胡亥瞥去了一眼，转身就要走。

“公主留步。”一个颇有些油腔滑调的声音从背后懒洋洋响起，华阳公主别过脸，看到两道欲火炎炎的目光正直勾勾落在自己身上。

“咸阳令阎乐，见过公主。”那人手握一爵酒，一脸奸笑地站起身来，缓步走向华阳公主，语气中满是猥亵。

华阳公主没有答话，咬住下唇死死盯住他。

她知道这个阎乐。据说此人本是咸阳市井一个无赖疲民，整日混迹绿楼赌坊等声色处所，一次结识了乔装溜出宫的幼弟胡亥，两人一见如故甚为相得，他便由此做了幼弟门客。恰好赵高有一女儿既丑且凶，年过三十尚无人家敢要，赵高便将他招为了赘婿。二世继位后赵高位列九卿，这阎乐竟也鸡犬升天般成了咸阳令，新招的那五万胡人材士便归他和赵成一起统领，只是此人仍本性不改，照旧瞒着丈人媳妇整日声色犬马，目下他叫住自己，怕也不安好心……

她这样想着，阎乐已喷着满口酒气，捧起铜爵递到公主面前，仍是满脸轻薄的笑意：“我等久闻公主芳名，早已仰慕多日。今日得见公主，都觉三生有幸，阎乐斗胆敬公主一爵，何如?”

华阳公主沉默了片刻，冷笑一声伸出手来，接过铜爵的瞬间，阎乐的双手看似无意地拂过了她的手背，那温润滑腻的触感使他心下一荡，嘴角也不由自主地咧得更大了。

可他没想到，公主接过铜爵，却是猛地将爵中酒水泼向了自己!

“哗”的一声，温热酒水顿时浇了阎乐满头满脸，他打了个寒战，刚抬手抹去满脸酒水，耳畔便传来了公主一声怒骂：

“敬我酒? 你也配!”

骂完这句，她“咣当”一声丢下了铜爵，一抖裙裾转身而去。

新贵们面面相觑，都大觉尴尬，没有人再吭声。一片沉默中，只有胡亥仍在继续打着酒嗝：

“嗝——! 嗝——! 嗝——! ……”

2

“好个婆娘，比我家那母老虎还凶!”滴滴酒水从脸上纷纷滴落，阎乐却顾不上擦拭，只死死盯着公主远去的身影，心下恨恨骂道。

“自取其辱，知足了?”赵高的声音在身后响起，语气说不出的阴冷。

听到这个声音，阎乐心下咯噔一下，酒意醒了大半，咬着牙忍气吞声转过身：“岳丈……”

刚转过身，他便遇上了岳丈那森冷的目光；紧接着赵高便高高扬起手，狠狠给了他一个耳光。

这一下打得极是清脆响亮，所有人都看呆了，胡亥更是被吓住了，终于停止了没完没了的酒嗝，愣怔怔地望着赵高不知该说甚。阎乐自己同样不敢吭声，只是捂住脸，感到面颊已火辣辣肿胀了起来。

赵高没有理会自己的女婿，而是转过身来望着胡亥，目光阴冷面色铁青：“陛下也见了，长公主一介女流尚且如此，其他皇子大臣如何看待陛下，更可想而知。”

“如，如之奈何?”胡亥结结巴巴问道。

“陛下放心。”赵高语气虽然平淡，目光中却显出了前所未有的狰狞，“老臣，不日便为陛下消除隐患……”

郎中令署府邸一座充作密室的阙楼里，十数名新贵们结成一个不大的圆环，将郎中令围在了中间，自赵高弄权以来至关重要的一次密谋，终于开始了。

赵高的目光逐一扫过自己这些犬马，借着鬼火般黯淡的灯光，他看到那一张张扭曲的面孔上无不写满了嗜血的渴望，于是嘴角也浮起了一丝阴冷笑意，然后轻咳了一声。

阎乐赵成曲宫们闻风而动，纷纷竖起耳朵，如同忠犬聆听主人天音一般。

“目下蒙氏已倒，九原军群龙无首，王离又是威信资望俱欠，一时当不敢轻举妄动；岭南军更是山高水远鞭长莫及，怕连朝中诸般变故都不知晓，也不足虑。故而我等外患已大大缓解，只余内忧。”赵高以这样一番话作为自己的开场白。

新贵们屏住呼吸，连连点头，神色间都大为窃喜。

“而今朝中异己势力大体有四。一为皇族势力，便是诸多皇子公主；二为武将势力，以杨端和、马兴为首；三为文臣势力，又以左右两相为首，分为李斯一党、冯氏一党；四为黑冰台余党，以太尉王贲为首。四大势力当中，王贲久病多年，已是半死之人，又在频阳养息远离庙堂，早已失势，黑冰台余党更是所剩寥寥，全然不成气候；文臣势力当中，李斯老儿党羽众多，若无足够把握，也不能轻易触动，好在老匹夫为人狐疑摇摆，不到万不得已也不敢与我等撕破脸；冯去疾虽也位高权重，却更逊于大局洞察，况乎此人同样文臣出身，对我等威胁还不如李斯，更是不足为虑。对这两大势力三大重臣，我等只需防备便可，暂时不必触动。目下当务之急要解决的，便是前两大势力。”

“赵公圣明！”犬马新贵们一阵竭力压抑的由衷赞叹。

“我等立少皇子为二世，其他那些皇子心下不服之余，必会觊觎皇位，一旦有大臣将军拥立哪个皇子起事生变，则大局极可能翻覆，是故必须消除这两方隐忧。除掉两大势力，大要有二：一则动作须快，绝不能让对手有所防备；二则各步骤须环环相扣，绝不能有脱节之处，否则极易激发异己势力聚合，反噬我等。若果真如此，老夫纵不给你等颜色，你等也个个都死无葬身之地，明白否?”

“若有差池，九族俱灭！”犬马新贵们人人赌咒发誓。

“此番兵变，如何着手?”阎乐迫不及待地第一个问道。

“切记，不是兵变，是靖国理乱，是根除逆党。”赵高向自己的女婿投去了不满的一瞥，声音低沉缓慢，“第一步，清洗老夫那些属官。郎中令署乃处置政务之轴心官署，那些吏员却仍是蒙毅旧部，心下必对老夫多有不满；更有甚者，那些郎中个个都是铁鹰锐士，人人精锐无比，一旦肘腋生乱，必定不堪设想！是故，当先行了结这一干人等！”说着把脸转向了女婿，“阎乐，你领五千材士，随老夫亲自办理此事。”

“诺！”岳丈肯第一个叫自己，俨然是对自己的无比信任，也是自己的莫大荣耀，咸阳令自然挺直了身子。

“郎中令署清洗之后，老夫顺道去夺那玉玺，你再进驻皇城，分头派出亲信去见那些皇子公主，就说皇帝突发恶疾，想召见各位兄姊，将他们一并诱入皇城，全数擒拿！”

“只是，公主当中，唯长公主尚未出嫁，仍居于皇城……”

“先拿她便是！”

“诺！”阎乐立即满脸欣喜。

赵高狠剐了阎乐一眼：“老夫明告于你：休要打她主意，若让王离知晓，有你这竖子好看；若让你妻知晓，连老夫都保不住你！”

阎乐不敢吭声，只挨了打一般缩缩脖颈，周遭新贵们一阵低声窃笑。

“还有，宗正子婴呢？”尽管刚挨了骂，阎乐却仍壮胆问道。

赵高还真被这一句问住了，不由得想了想——这子婴虽说是书呆子，手头也并无实权，可留下他仍有诸多不便，按理也当一并除掉；然此人终究位列九卿重臣，朝中人望也高，公然诛杀，一则势必多费一番周折，二则不像马兴杨端和那般可轻易扣上谋反罪名，三则也会惊动李斯冯去疾，使他们有所警觉。此人总归也没甚威胁，又何必多此一举？就算将那些皇子公主尽数问罪处死，除了上几封书信、发几句牢骚，老夫也不信他能有甚作为！……想到这里，终是打定主意：“那老夫子，留待日后不迟。”

“诺！”

“赵成！我等清理郎中之际，你也有三样重任：一是提防马兴领中尉军杀入咸阳；二是除掉卫尉杨端和，一举剿灭那些卫卒；三是将材士主力屯集北阪，防备九原陇西两军！此外，过几日老夫会将李信诱入关中，他必途经北阪，你也须一并取他首级！”

“李信？”赵成吃了一惊，“陇西侯李信？”

赵高阴阴地点了点头。虽然没说甚，但赵成已明白了兄长图谋：灭国大战那些旧将当中，其他人都已相继病故，蒙恬被赐死，太尉王贲重病在身不足为虑，目下还健在的只有杨端和、马兴、李信三人，而李信是三人中唯一一个领兵在外的大将，尽管相较九原军，陇西军兵力不过五万，但战力仍很是了得，一旦李信擅自动兵南下，胡人材士还真未必抵挡得住！正是因此，赵成此前也提醒过兄长小心此人，赵高却只是冷笑着不答话，而今观之，显然早有全盘谋划了。一时间，赵成不禁对自己兄长大为佩服。

“李信若死，兵权便交裨将赵公辅，有此人领兵，陇西军翻不了天……”赵高最后阴阴笑道。

“再者，我等还可给李信扣上谋反罪名，此事交与在下便是。”曲宫也得意地插了句嘴。

“曲宫。”赵高瞥了他一眼，语气依旧平淡，“你目下已是廷尉，执掌刑杀大权，皇子公主一旦被解送至你处，一夜一日，能否勘问定罪完毕?”

“赵公放心!《秦律》已被赵公改了面目，在下何等刑罚不敢用? 何等口供逼不出?”曲宫一咧嘴，又露出了那黑乎乎的牙洞。

“善，其余几人：李信、马兴、杨端和，也交由你来编造罪名、搜罗证物，切记：一定不能让大臣抓到把柄，要让他们就算狐疑，也说不出甚!”

“诺!”

赵高森冷的目光最后一次扫视了自己这些爪牙党羽们：“成败在此一举，此番只要事成，大秦江山日后便归我等所有；如若不成，我等人人都不得好死! 你等明白? 可有退缩?”

“尽皆明白，无有退缩!”新贵们乱纷纷嚷成了一片，直如一群即将生死大赌的赌徒们一般。

“善，三日之后，子夜时分，我等便见真章!”

三日之后。

金柝的声音不疾不徐地遥遥传入耳畔，已是子夜了。

床上的华阳公主辗转反侧，反复回想着二世这几日接连颁下的皇命。继御史中丞曲宫突然被升为廷尉之后，庙堂又有了新的人事铺排。前日，中尉马兴缉捕那些逃亡的骊山刑徒未果，不得已返回咸阳，二世以此为由将他当廷罢黜，并下了一道诏书，准备将陇西将军李信召回咸阳，接替马兴为中尉，而陇西军则交裨将赵公辅统领；随后又借口目下关中动荡，中尉军捕盗不力，为防肘腋之患，从新征发的材士中调集了万余人进驻咸阳，归那个咸阳令阎乐统领；除此之外，皇叔也上书庙堂，说自己想赶赴齐地，替皇帝祈福，皇帝也允准了。几道诏书颁布之后，华阳公主分明从中嗅出了一丝异样气息。

此前她已从皇叔那里知晓，目下咸阳乃至关中的兵力总共加起来也不到万人，大体分为三块：一是郎中令所属的禁中宿卫，他们既负责皇帝的贴身护卫，也负责协助郎中令处理诸般政事，可谓个个都是文武兼通的干才，人数虽少却极为精干，自己的未婚夫君王离便曾是郎中；二是归卫尉所辖的卫卒，主要负责皇城与各处行宫的守卫，人数略多些，却也不过两千人而已；三便是负责拱卫内史郡的中尉军，这是人数最多的一支队伍，将近五千人，目下主要驻扎骊山，以防再有刑徒暴动。皇叔说，这三支队伍原本分别隶属蒙毅、杨端和、马兴三位重臣，而今蒙毅已死，庙堂近来下达的这连番诏命，显然便是围绕着马兴来打主意。以常理论之，若咸阳果有异动，中尉军便当是平乱主力，然则目下马兴已被罢黜，李信却还未回到咸阳，中尉军正是群龙无首之际，偏偏那材士营又被调入了咸阳，只怕其中又埋藏着什么阴谋……

“惟嬴，宫中若万一有变，你可赶往太庙，自会有人保你无事。”

这是皇叔离开咸阳之前，留给自己的最后一句叮嘱。

想到这里，华阳公主只觉心头鹿撞。皇叔没有明说前往齐地的真正目的，然而从他那忧心忡忡的神色间，从他留给自己的那句话中，她分明能感到局势不妙了。今晨皇叔已然动身，却不知何时方能归来，一种四顾茫然走投无路的感觉便随之盘踞在了公主的心头，她又想起了王离，不由得伸手握住了那块须臾不离心口的玉璧。

阿离，目下你却在何处？是否还在上郡？还是已然回了九原？阿兄和蒙公都被赐死，你也当与惟嬴一般伤心，然则你千万莫要慌乱，你已是三军司命，决然不能乱了方寸。咸阳这边连日来风波险恶，皇叔离都未尝不是避祸之举，然则惟嬴当无大碍，惟嬴终究是二世的长姊，惟嬴却不信，幼弟敢对自己有甚举动，你且放心便是，倒是你那边让人放心不下……

正这样想着，远处似乎传来了一阵模糊不清的响动。

华阳公主屏息静气侧耳倾听了片刻，只觉这响动声中似乎夹杂着喊杀声和兵刃撞击声，惊讶之下匆忙坐起，将被单裹住赤裸的肩头，赤脚下榻又快步来到窗棂前遥遥望去，立即惊疑地瞪圆了一双丹凤眼——远方原本一片漆黑的天际，此刻已被火光全然映红了。

公主并不知晓，从这一刻开始，腥风血雨席卷了整个咸阳。

3

就在华阳公主匆匆披上衣衫的同时，赵高一党已开始行动了。

摇曳的火光下，毗邻皇城的郎中令署前，到处是攒动的人头，憧憧的鬼影，闪亮的刀锋，淋漓的鲜血。一个又一个被绑缚着的吏员挤满了一座座庭院，又被胡人材士们推搡着关入一辆辆囚车，向着咸阳南门辚辚驶去。

“阎乐！阎乐何在？”甲胄齐全的赵成穿过嘈杂的人群，连声叫道，“你这边如何了？”

“郎中十之八九被杀！侍郎散郎议郎谒者都在此，等着下狱！”阎乐忙不迭迎上来，满脸的亢奋。

“猪头！”四周一片嘈杂，赵成只能揪起阎乐耳朵大骂，“城外堆了数百人，囚车不够用了！还下个鸟狱？全杀了便是！”

“尸身如何处置？”尽管赵成对自己的称呼很不客气，阎乐却也顾不上计较，仍旧大声问道。

“运出城外，丢入渭水！”

“何等说辞？”

“郎中勾连卫卒作乱！证物文书都找曲宫捏造！”

“全杀了是否太过？”

“过个鸟！兄长说了，宁可错杀百人，休要放过一个！”

“算你狠！若出纰漏，岳丈怪罪，由你担待！”

阎乐恨恨骂着，向那些虎视眈眈的胡人材士做了个下劈的手势，院落中随即此起彼伏地响起了鲜血喷溅声，被俘吏员们的阵阵怒骂瞬间变成了一片痛苦的呻吟哀号。

一具具尚带余温的尸体先后倒下之际，赵成已匆匆离去了，阎乐也毫不犹豫地一挥手，领着十余名心腹材士没入了庭院深处。沿着曲折的巷道走了百十步、拐上三五个弯之后，郎中令署最深处的符玺事所已展现在眼前。阎乐精明的目光扫过一圈，眼见十余名皇族吏员的尸身横七竖八倒在满地鲜血中，同样数目的胡人材士们肃立在庭院中，心下已踏实了大半，隔得老远高声一句：“岳丈！拿到了么？”

赵高缓缓走出符玺事所，右手提着一柄剑尖不断滴血的匕首，左手举着一枚晶莹剔透的玉制印玺。阎乐几步上前，火光下已然看清了印玺上的八个秦篆：受命于天，既寿永昌，忙极为知趣地拜倒在满地鲜血中：“皇帝万岁——！”

“梳理得如何了？”尽管双目中跳动着阴沉火辣的光芒，赵高的嗓音却低沉依旧。

“铁鹰锐士一个不剩！”

赵高微一点头表示知晓了，然后大步向庭院外走去，阎乐也亦步亦趋地快步跟上。两人一前一后来到郎中令署外的广场前，赵高向那些等候多时的材士们高声叫起来，语气中第一次带上了运筹帷幄的豪情：

“郎中令署清洗完毕，你等兵分五路！第一路阎乐亲领，分头缉拿皇子公主；第二路攻向卫尉府，取杨端和首级；第三路关闭咸阳四面城门，严防马兴中尉军；第四路赵成亲领，驻扎北阪，擒杀李信；最后一路随我守定郎中令署，掌控全局！记住，除那些皇子公主不能杀，其他人但有阻拦，格杀勿论！事成之后人赏百金、俱各晋爵，宫中侍女任意挑选！玉玺在手，赵高说到做到！”

说到最后一句，他举起了手中的玉玺，胡人材士们对此抱以一片狂野热烈的欢呼，旋即潮水般涌向了夜色中的一条条街巷。

“公主，公主！一队材士杀向皇城了！正同宫门卫卒厮杀！”一名心腹侍女张皇失措地冲入寝宫，满面惊恐地连声叫道。

“知晓了。”

华阳公主虽是心头狂跳，语气也不住颤抖着，却没有太过慌张，她最后一次打量了自己的一身男装，又将双手伸到头顶，对着铜鉴正了正那顶皮弁，再将一柄短剑一把匕首先后挎在了腰间，这才转过身来：“你等莫怕，自行藏身便是，那些人当是冲我而来，只要不阻拦，你等该当无事。”

“可公主你……”

“莫要管我！”华阳公主匆匆丢下这句，一阵风般地冲了出去。

“惟嬴，宫中若万一有变，你可赶往太庙，自会有人保你无事。”皇叔的声音回荡在耳畔，华阳公主强自压抑着心下的惊恐，快步向太庙方向奔去。

夜色中的皇城空无一人。若在平日，这里各个角落都会散布着卫卒，决然称得上三步一岗五步一哨，然而目下，所有的卫卒都冲出去与材士拼杀了。虽然如此，华阳公主仍是猫下腰，借着夜色的掩护，尽可能悄无声息地隐秘潜行着，每走上几十步便停下来，竖起耳朵听着远处的动静。凛冽的夜风带来了血腥的气息，也带来了各色杂乱无章的响动：喊杀声，哀号声，兵刃撞击声，鲜血喷溅声，杂乱无章的脚步声……她贴着墙根抬头望去，只见头顶原本漆黑的夜空此刻却透着蒙蒙一层光亮，心知那些材士们已杀到了附近，怕是和自己只这一墙之隔了。

而正在这时，前方百余步外突然亮起了大片灯火。

华阳公主刚闪身到一方大石背后，立即便听到杂乱的脚步声、甲叶的铿锵撞击声迅速向自己藏身之处传来，然后便是一个甚为耳熟的嗓音：

“围住寝宫！跑了谁也不能跑掉长公主！”

“阎乐！”华阳公主心下猛然揪紧了——果然是这狗贼！

借着大石的掩护，她潜伏在浓密的草丛中一动不动，大气都不敢喘，直到脚步声听不到后才小心地微探出头，眼见材士们都已远去，轻轻长吁了一口气，这才发觉里衣已完全湿透了。

尽管逃过一劫，她仍不敢掉以轻心：阎乐此番显是志在必得，一旦扑空必会去而复返，还须尽快逃跑！

想到这里，公主猛然提起一口气，发足狂奔起来。

华阳公主不知道的是，阎乐要抓捕的不仅仅是自己一人。

熊熊火把照亮了皇城中一处隐秘的庭院，和郎中令署那些吏员们一样，二十余名皇子公主已被捆绑成了一串，在胡人材士们的威逼下不得已紧紧拥挤在一起，所有的愤怒目光都集中在对面的阎乐身上。

火把的照耀下，咸阳令的面孔显得分外狰狞可怖；而将这些皇子公主逐一清点完毕，他的目光也愈加阴沉了。

方才杀散那些拼死抵抗的卫卒之后，他刚冲入皇城便亲领了百十名精锐材士，直奔华阳公主的寝宫而去，心下满是难掩的狂喜：这皇族第一美人使自己垂涎了这般久，而今终是要落入自家股掌了！然而真正闯入寝宫之后，他见到的却只是十余名藏身不及、只能瑟缩成一团哭泣颤抖的傅姆侍女，真正要抓的正主已经了无踪影。恼羞成怒之下，阎乐下令将这些宫中女子尽数杀光一个不留，自己则大步冲出了寝宫。此时麾下诸多头目已逐一解送着那些自投罗网的皇子公主们前来邀功，他却丝毫没有大功告成的喜悦，只是亲领着心腹爪牙们在这一带反复搜捕，不料里里外外搜了三遍，仍是不见公主踪影！

“若让岳丈知晓，怕不好交代了……”阎乐咬牙切齿地想，心下浮现的却是自己悍妻那穷凶极恶的模样，前两天身上被她痛殴的伤口还在隐隐作痛，想到这里他狠狠打了个寒战。

“且不管她，先将那几个皇子了结便是！”

阎乐大步返身进入了内宫。赵高曾特意嘱咐过他，扶苏之外的十余名皇子当中，要数公子将闾等昆弟三人名声最响，也最得先帝喜爱，若朝野得知连他三人都被擒获，必会一片震怒，因而必须先行秘密除掉他们，至于罪行，自有曲宫等人设法罗织……他这样想着，已进入了内宫，一脸冰冷地来到了三位皇子面前。

“阎乐！你身为咸阳令，竟敢随意抓人？”刚一见阎乐，公子将闾便开口怒斥道，身后另两位皇子也是满脸怒意。

阎乐嘴角却绽出一丝凶险微笑："谁云阎乐随意抓人？公子三人人皆有罪，不臣之罪！罪无可赦！"

"大秦律法，将闾尽皆熟知，何来此等罪名？阙廷之礼，我等未尝敢不从宾赞；廊庙之位，我等未尝敢失节；受命应对，我等未尝敢失辞。何谓不臣？愿闻罪而死！"

"臣不得与谋，只奉诏行事而已！三位皇子不肯自裁，我等怕将得罪了！"阎乐向他丢过去一柄短剑，冷冰冰答道；再一使眼色，十余名满面凶悍的胡人材士已大步走上前来。

"天乎！天乎！天乎！我等无罪！……"

极尽悲怆的连声呼喊中，鲜血溅满了内宫的白墙。

枝叶轻轻晃动了一下，华阳公主的身影从浓密树冠中飞上了墙头，不及站稳，已然一骨碌滑下了高墙。

两只手掌已被磨破，针扎般的疼痛不住传来，华阳公主强忍住泪水一声不吭，心下却暗暗庆幸，多亏自己曾习过武，不然目下便只能束手就擒了，然而紧接着她又想起自己那些弟妹，不知今夜这场兵变，他们是否也受了牵连？她不愿多想，更顾不上多想，只环顾了四周，发现自己身处一片松柏林中，知晓顺着这松柏林再向前便该是太庙了，于是忙借着树荫的掩护，快步向前摸去。

不同于皇城中的一片兵荒马乱，这片松柏林静谧依旧，自骊山陵被奉为祖庙，祭祖实际上改在那里之后，这座原先的社稷已冷落许久，大部分在此当值的内侍也被抽调走了，只留下一名老内侍负责日常洒扫。目下借着太庙的星点灯火可以看清，一个身影正垂手侍立，该当是他。

"长公主么？"一声淡淡的询问随夜风飘来。

华阳公主心下猛然一颤，不知是否该立即站出来。

"公主莫怕，老仆乃接应之人。"老内侍遥远的声音淡然依旧。

尽管心下仍有踌躇，华阳公主却毫不迟疑地走出了松柏林。

"公主请。"老内侍没有一句多余闲话，转身便将公主引向太庙正殿。华阳公主刚步入大殿，秦国历代先王的一座座灵位便映入了眼帘，她一眼便认出迎面那座灵位正是父皇的，眼角顿时泛起了泪水。

老内侍却是浑然无觉，快步上前轻推起灵位底座，灵位立即在黑暗中缓缓旋转起来，转眼便显出了一个冒着潮气的洞口，他随即向她恭敬拱手："公主请。追兵若至，老仆保公主无事。"

"谢老丈。"心下虽大是感激，华阳公主却也只简单说了这句，然后蹲身跳下洞口；双脚刚一着地，头顶便传来了一阵吱嘎声响，灵位的底座重又恢复原位，她已完全身处黑暗中了。

4

夜风掠过北阪，阵阵林涛如虎啸般由远及近传来，震天杀声却已听不见了，而那萦绕在鼻头的血腥气息也同样闻不到了，四下里唯余一片静谧。

这里是北阪，咸阳的北面门户，一马平川的关中平原到达这里后，林木逐渐开始茂盛，地势也随之拔高，直到最终变成上郡那荒凉的河西高地。若想由咸阳前往九原，只有越过这道山塬，才能抵达那条大名鼎鼎的秦直道。

夜色中，华阳公主牵着一匹已被蒙上口鼻的胡马，蹑手蹑脚地小心走着。逃亡大半夜后，她早已疲惫不堪，却还是不敢停下来歇息片刻。

她在太庙中安然无恙地躲过了阎乐的搜捕。老内侍原本劝她在此多躲几日，她却拒绝了：今夜大乱，皇族或将遭灭顶之灾，自己不能坐视不管，唯思自保！我欲前往九原，将今夜内乱告知王离，请九原军南下！老内侍思忖了片刻，终是点头赞同，又为她取来了一套胡人材士的衣甲，虽略宽大却大体合身，只是衣衫上那股腥膻味让她恶心。但稍一转念便明白过来，唯有这样才能掩盖自己身上的女人香气，不禁佩服老内侍思虑周全，当下仍换上全套衣装，又在老内侍的指点下悄悄越过那些散布北阪的六国写放宫室群，辗转逃到这里，只要能上了大道，便可一路飞驰赶到上郡了。

然而，正当公主即将牵马走出密林、踏上官道之际，却听到一阵齐整规律的马蹄声自远方传来。她忙将坐骑系好，又藏身道旁的浓密草丛，刚好看到近百飞骑自眼前掠过，火把照亮了那一件件黑袍黑甲，也照亮了骑士们背上的一张张长弓一根根短矛。

“陇西飞骑！”看到那些长弓，公主心下一惊。秦军远射兵器向以秦弩为主，只有陇西军才像匈奴人那般配备长弓短矛，可这队骑士如何出现在北阪？看这方向显是要去咸阳，却是去做甚？是去救乱支援还是去助纣为虐？突然间，她蓦地想起前日皇叔告诉自己的那道诏令——马兴被贬黜之后，庙堂将陇西将军李信调回咸阳，继任中尉！

“得救了！”华阳公主心下极是惊喜：这必是李信将军的马队！当年那些灭

国大将中，李信将军地位仅次于太尉王贲、九原将军蒙恬，而目下太尉重病、蒙公已逝，李信将军便是无可争议的第一重臣！若他知晓今夜咸阳的连番惊变，必会领陇西军南下靖乱！

心念及此，她忙从草丛中匆匆冲出，用尽全身气力，向着那队刚从自己面前掠过的骑士大声高喊：“李信将军——！李信将军——！”

坐骑的阵阵嘶鸣中，近百匹战马齐齐立定，仿佛脚下生根一般，十余名骑士纷纷取下长弓，根根箭矢搭上弦，扭转身子一同指向了身后的男装公主，马队中随即响起了一个充满威严的苍老声音：“何人？”

“李信将军！我是长公主惟嬴！今夜咸阳内乱，乱军缉捕皇族，方才逃亡至此！将军救我！”华阳公主虽是喘着粗气语速又快，说得却极是清晰利落，讲完最后一句立即拜倒在地。

“华阳公主？”那个苍老声音中的戒备顿时消失了，取而代之的是无比的惊讶。

“惟嬴换了男装，本欲由此逃向上郡，搬九原大军！”

她的嗓音极是清亮，听到这显是女子声音，李信再无疑心，收起弓矢翻身下马，手举火把从马队中快步走出，来到公主面前，扶起她后惊讶一句：“果是公主！”

“咸阳正是腥风血雨，将军切莫前行，当折回陇西，领大军靖乱！”

“乱军几多兵马？何人主事？”李信脸色顿时严峻起来。

“至少数千！主事者当为赵高！”

李信负手左右踱了两步，扭头向骑士们高喊：“一个伍！”眼见五名骑士同时策马上前，随即从怀中掏出一枚符节：“你等二人回去，将此节交赵公辅，命他调三万人南下！你等三人，护送公主前往上郡！其余人等，随我赶往咸阳！”

“可将军，你等兵力……”

“李信知晓，然形势危急，我等能救几人是几人，自家生死顾不得了。”李信丢下这句又一招手，立即有人牵过一匹战马，“公主小心，我等……”

李信没能说完，目光陡然变得警觉起来，扭头望向了前方夜色中的官道；华阳公主刚要询问便住了口——她已感到一阵剧烈的震颤，正在向这支马队迅速传来。

“公主快走！我等掩护！”李信一声大喊，马队骑士们纷纷举起了刚放下的弓矢。华阳公主匆匆一句“将军小心”便上了马，却不想背后官道两旁的密林中也杀声震天，一个又一个阴影从密林中的树冠上纷纷降下，转眼间便将整支马队前后堵死。

一箭之地外，大片火把照亮了胡人材士们密密麻麻的身影，一双双眼睛闪烁着森森碧光；华阳公主再扭过头去，看到背后也几乎是同样人数。李信又是一声“公主下马，列圆阵”的断喝，陇西飞骑的马队便迅速结阵，转眼将忙不迭下了马的华阳公主裹在正中。

“赵成见过陇西侯。”对面的马队中传来一个阴冷笑声，“敢问陇西侯私藏谋逆重犯，却做何说?”

“老夫这里无有重犯，更无人作乱!”李信森然答道。

“我等已尾随长公主多时，将军若肯交她出来，或能留条性命，不致如那马兴杨端和一般……”

听到马兴杨端和这两个名字，李信心下猛然揪紧了，厉声催问一句：“他二人如何了?”

“死了！被我等杀……”

一声箭矢的呼啸打断了赵成的话语，最前一名材士尽管早已高举盾牌提防暗箭，却还是哼也没哼便一头栽倒下马，身旁几名同伴惊恐望去，但见一根两尺余长的粗大硬矢已将盾牌整个洞穿，深深揳入了死者喉咙；正在惊恐间，对面的马队中箭矢呼啸又连声响起，又是三名材士倒栽下来，还是咽喉中箭!

连珠箭“井仪”? 赵成倒吸了一口凉气：久闻陇西李氏善射，而今观之，果然名不虚传!

“狗贼赵成!”对面传来了李信的怒吼，“弟兄们，为卫尉中尉报仇!”

杀声震天，鲜血此起彼伏地喷溅着，浓郁的血腥气息直扑鼻头，呛得华阳公主几欲作呕，尽管也曾习武多年，但这仍是她第一次无比接近死亡。耳畔是箭矢的呼啸，双方交手时的怒喝，战马的嘶鸣，尸体落地的闷响，眼前是一个又一个骑士倒在血泊中，公主看得出，陇西军人数远少于材士，尽管如此，她还是背靠着自己的战马，静静等待着那个必将到来的结局，甚至一时忘却了呼吸。

最后一名骑士倒了下去，一根箭矢也贯穿了公主坐骑的脖颈，轰然倒下的沉重马身将不及闪开的公主压倒在地，一股血泉随即迎头浇来。她试图推开马尸，却失败了；再艰难地扭过头去，看到李信将军也是大汗淋漓，一枚已被折断的箭镞直直插入了他的左肩，不住向脚下淅淅沥沥滴着血。

四周静了下来，材士们尽管仍握着弩机，却都没有继续发射，赵成止住了他们，然后面带胜利的微笑翻身下马，率领着前后两面的材士们，向李信和公主徐徐包围过来。

李信摸了摸自己的箭箙，里面已经空了。

“李信未能救公主脱险，心下愧疚……”李信没有转过身扶起公主来，也没回头向她瞥上一眼，只是轻声说着，同时弯腰从身旁一名骑士的尸身上拔起一根箭矢，本想继续张弓搭箭，却不想整个身子颤抖得厉害，拇指搭上弓弦根本无法扯开。

“弓都拉不动了，陇西侯还能如何?”赵成满脸得意，继续一步步走上前来。

“将军……”华阳公主哽咽着，用尽全身力气，终于将坐骑尸体稍稍推开了一点，双手撑地勉强支起了上半身。

“当”的一声，一柄血迹斑斑的匕首被丢在了她面前。

“公主若不愿被俘受辱，可自行了断。恕李信，不能再保公主了……”李信的声音低如耳语。

“谢将军……”华阳公主眼角泛起了泪水，艰难抓起了匕首。

一道凶光从赵成眼中掠过：李信死活他不必顾虑，可若是让长公主自尽，自己决然无法向兄长交代！立刻大喊着“拦住她”，猛扑向了公主。

恰在此时，李信却是一声暴喝猛然转身，然而并不是如众人以为的那般射出弓箭，却是猛然甩出手中箭矢。但闻赵成一声哀号，猛然抬手捂脸，箭镞却已直插他右眼，一道鲜血随即喷涌而出！

几乎是同一时刻，如蝗的箭雨自背后吞没了李信。足有七八支箭矢穿透了陇西侯的身躯，他却扭过头，嘴角泛起一丝微笑，身子晃了晃颓然倒地，无数伤口中涌出的鲜血淹没了他的整个身躯。

“将军!”华阳公主哭喊道，将匕首横在了脖颈前。

手臂上陡然传来一阵剧痛，匕首当啷落地，公主痛苦地握住被箭矢射中的右臂时，三五个高大的身影已闪到面前，几双强有力的大手齐齐伸出，一下将她按倒在了遍地血泊中；随后，赵成站到了她的面前。

“公主想死还不容易? 不必心急。然则死前，你不想见见那些弟妹么? ……”

他咬牙切齿地说着，右眼依旧在滴滴答答淌着血。

5

苍白的月光透过窗棂投射了下来，照亮了华阳公主惨白憔悴的面孔。

耳畔有人在低声啜泣，远处的犬吠声中夹杂着材士们皮靴砸地的规律声响，以及一两声听不懂的粗重呼喝。萦绕在鼻端的血腥气息仿佛愈加浓郁了，半梦半醒中的华阳公主只觉喉头一紧，一声低咳，终是缓缓张开了眼睛。

她看到黑暗中偶有一两道目光一闪而逝，无不透着深深的惶恐。

“阿姊，你醒了?”一个轻柔胆怯的声音低低问道，随后便是一阵镣铐的哔啷声响，一个女人的身影向着她缓缓膝行而来，公主伸开双臂将她揽到怀中，耳鬓厮磨之际，已感到泪水落在了自己面颊上。

“阿姊，我等，还出得去么……”她怀中的女子啜泣道。

“出得去，该当出得去。”公主将她抱得更紧，知晓这是自己最小的妹子，嫁给丞相少子不过两年光景，“阳滋，丞相会想办法，你夫君也会想办法。我等嫁的不都是重臣之子么? 我等本就无罪，那多重臣，岂会眼睁睁看着我等冤死?”

话虽这般说，可她自己的声音也在不住颤抖着。

“我却不信……”少公主阳滋抽抽搭搭哭泣着，“那多大臣，都问罪下狱了；我等那多兄长，也都死了，死得还那般惨……”

话音未落，这间不算大的囚室中已是一片哭声，原来所有的公主都没睡。

“妹妹们莫哭，莫哭……”华阳公主哽咽着，串串泪珠却也不断滚落，只能别过脸去，遥望着窗棂外的月光。

勉强压抑下又一阵泪水之后，她这才扭过头，语气也平静了些许：“我等都是嬴姓皇族，都是父皇的女儿，我等不能让那些恶徒看出怯懦，不能失了皇族颜面，辱及父皇……”

也许是她话语中的坚定感染了妹妹们，所有的公主都停止了啜泣，很快沉默了下来。

“阿姊，我也不怕死。”怀中的阳滋用衣袖拭去了眼角的泪水，目光重又平静下来，“总归，我等姊妹都是死在一起。”

“这才对，小妹，无论何时，阿姊都与你等一起……”华阳公主勉强绽出一丝惨淡的笑意，“睡吧，养足精神，方有勇气活下去。”

阳滋轻轻点头，在她怀中闭上了眼睛，许久后终于发出了均匀鼻息，睡梦中的面容分外安详。而其他的妹妹们也都先后沉入了梦乡，囚室终于平静了下来。

然而，华阳公主自己却是丝毫没有睡意。

被囚禁于此已有半个月了。她还清楚记得逃亡失败被抓回的那一夜，当自己被推搡着带到这间囚室前，沉重的木门吱嘎着打开时，一阵女人的哀哭声便随之响起；押解自己的两名胡人材士发出一阵粗野笑声，背后狠命一推，自己便扑倒在了冷硬潮湿满是血腥气息的青石地上。囚室大门再度重重撞上时，一片“阿姊”的叫声纷纷响起，紧接着便是两个年轻女人扑过来搀起自己，她惊讶地扭头望去，却见是自己的两个妹妹；再环顾整座囚室，更是心下一颤：连同自己在内，嬴姓皇族的十位公主，父皇的所有女儿，自己和所有的妹妹，都被囚禁在了这里！

黎明到来了，然而却不再有光亮。一片黑暗中，她能看到的只有粗糙的墙壁，冰冷的铁栅，看守自己的胡人材士们那不怀好意的笑容，其他公主们因绝望而悲泣的面容，这半个月直如一百年那样漫长。然而直到后来她才知晓，这棺椁一样几乎使人窒息的囚室反而保护了自己和妹妹们，囚室之外，整个大咸阳已是一片腥风血雨。一座又一座官署被血洗，一个又一个重臣被罢黜，被暗杀，被囚禁，被施以各种骇人听闻的刑罚，被扣上形形色色的罪名，直到最后被匆匆处决，才算终结了自己所受的非人折磨。此等灭绝人性的疯狂屠戮之下，除却李斯、冯去疾等有数几名重臣因树大根深而被暂时放过之外，大多数庙堂大臣和他们的家眷都在血洗中倒下了，就连公认最与世无争的奉常胡毋敬都在绝望中选择了饮鸩自裁。而他们的属吏境遇同样悲惨：郎中令署的吏员们被斩杀殆尽，负责守护各处宫室的卫卒们尽数战死，中尉军同样被全部剿灭。御史大夫府的吏员们被连坐下狱了，负责监督考核百官的吏员们反过来受到了监视；廷尉府几番大换血，勘定罪行者一个个被扣上了莫须有的罪名，秉公奉法忠于职守的循吏们一个不剩，占据了他们先前位置的是一群随意曲解《秦律》草菅人命的讼棍。无辜者成百上千地被斩首，尸身先是被运往咸阳城外，在那挖出的数十个乱葬深坑中草草掩埋，此后刽子手不胜其烦，索性将尸首尽数丢入渭水，一度堵塞了水流，整条宽阔水道中都沉浮着尸骸与断肢，血腥的气息终日弥散在渭水之上，弥散在咸阳城的大街小巷，就连那些牲畜闻到了都要哀鸣不已掉头就走。那些定居咸阳的六国旧民们被迁入关中前曾听过无数关于秦国刑罚的恐怖传说，天下一统之后的十余年间始终没有亲见，然而这半个月终于使他们开了眼界，他们终于明白了什么叫生杀随意、刑戮妄加，什么叫死者相枕、刑者相望；六国旧民们关于秦法的种种悲惨想象，那些只有真正丧心病狂的屠夫才能实际为之的种种罪恶行径，仿佛一夜之间便通通成了真，而这一切却恰是以秦法名义施行的，世间荒谬无过于此。

绝大多数人都是束手就擒，只有卫尉杨端和在被缉捕时奋力自卫，砍翻了三人，身中八创，最后被一拥而上的胡人们剁成了肉醢；中尉马兴尽管已被罢黜，得知咸阳城惊变后立即召集起数百名忠于自己的中尉军，试图杀进城中扭转朝局，结果寡不敌众被尽数歼灭，马兴自己也死于乱军之中。这两人和陇西将军李信，是那些屠夫们遭遇的有数抵抗，除此之外的反抗几可忽略不计。至于其他黔首，指望他们更不可能，关中本土的秦人精壮早已散布在南北两路大军之中，或者被抽调到各处工地去服徭役，留下来的只有老弱妇孺，取代那些本土秦人留在咸阳的反倒是六国新移民，他们本就对秦政好感不大，骤遇这等血洗自然只求全身自保，自顾尚且不暇，何敢奋起反抗？这些情况经种种渠道传播开来，天下人便多以为秦人懦弱秦人奴性秦人软骨，却不知此秦人早非彼秦人了。

虽则人人自危，但黔首们也非毫无作为，他们在震惊惶恐中四下打探这一切的始作俑者。最终被告知，这所有的冤狱、酷刑和屠戮，通通出自那位郎中令赵高；他果然不愧精通律法的大吏，只用了区区几个月便将秦法扭曲得面目全非。人们不知他是不是人，那个人形躯壳下是不是有着一颗畜生的心；人们也不知他是不是真正的阉宦，他也许被阉割过，也许没有。但确定无疑的是他阉割了秦法，而今的秦法终于应验了那些被无妄加诸于自己身上的臆想和谣言，真正的衡平律法已荡然无存，取而代之的是挂着法治羊头的一案臭不可闻遍生蛆虫的人治狗肉。在秦代之后的两千年内直至数十年前，这等对法治的背叛，这等对法治的阉割，这等以法治之名行人治之实的无耻闹剧仍然在华夏大地不断上演，周而复始，生生不息——

人之异于禽兽者，几希！

在那一幕幕惨剧中，最令华阳公主痛苦的便是自己那十余位皇弟的死。那是自己入狱的第三日，她和其他公主们虽被隔离关押，无从亲眼目睹，但那日仍从负责看守的胡人材士们口中听到了那一噩耗，又从支离破碎的语句中拼凑出了那场杀戮的原貌——除却已自裁的将闾三人，以及自请殉葬的公子高，其余几位皇弟在下狱后的一日一夜中受尽了各种酷刑，都被折磨得奄奄一息，面对着刑罚的淫威，只得气息奄奄地亲口承认犯下谋逆大罪。刚在鞫书上画押具名完毕，他们便被拖出了大狱塞入了囚车，又迅速运到咸阳南市，当一个个遍体鳞伤不成人形的皇弟们被拖下囚车时，那个新廷尉曲宫便当众念诵起了那篇漏洞百出的鞫书，又宣布处他们以僇杀之刑。随着咸阳令阎乐一声令下，一群被临时招募的疲民无赖们便一拥而上，皇弟们就这样在众目睽睽之下，在那些疲民无赖们的欢呼声中，被一点点折磨致死……

（注：僇刑不见于秦代刑罚，故说法不一。一说僇为侮辱之意，僇刑即侮辱后杀之；另一说以为僇通戮，仅为死刑另一种称呼，此处取前者。）

想到皇弟们的惨死，华阳公主一声低低的叹息，全身都不禁颤抖起来，更加忧心自己和妹妹们的将来。从入狱直到目下，一切似乎都风平浪静，她们没有遭遇那些令人发指的酷刑，也同样没有廷尉府御史们的勘问，然而这反倒加重了公主的担忧，她已从皇弟们的死讯中看出了赵高那扭曲的心灵——不光要让她们死，还要让她们在受尽折磨之后，无比痛苦地死！

既然如此，等待自己和妹妹们的将是何等命运?

心念及此，华阳公主轻抬起手，隔着衣衫按住了挂在胸口的那半枚玉璧。

“阿离，目下你在何处? 惟嬴不求你救我等出去，只求死前能见你最后一面……”

华阳公主低声自语着，泪水再度模糊了双眼。

第八章 虽千万人吾往矣

1

就在自己的未婚妻子身陷囹圄之际，王离终于回到了频阳。

荆山塬、石川水、金粟山、官道两旁的千顷美原……眼前的一切都和两年前离开时毫无差别，然而田间垄上却只剩下一群群老弱妇孺，没一个精壮；大片的良田荒芜着，直是一片令人心悸的空旷萧疏。

“何等变故?”王离越向前赶，便越是胆战心惊。

丹骎从一道山塬背后拐过弯来，他眼前突然一亮——前面同是一名策马飞驰的年轻骑士，眼见他显是也要去王氏庄园，王离忙高叫了一声：“兄台留步！”待到对方勒马扭头，心下更是惊喜——竟是李由！

“你如何在此?”两人翻身下马，几乎是同时问起，又同时沉默了，多少有些警惕地望着对方，最后还是王离先开了口。

“李由，不怕你知晓！王离要去咸阳，要为皇长子与蒙公申冤！庙堂若不答应，我这便起大军南下！去咸阳前，我再去见父亲最后一面，不信他会拦我！”

“王离，莫冲动！目下咸阳去不得！”

"你也要拦我么?"王离第一次对好友怒目而视了，"丞相只知明哲保身，你也这般么?"

他没想到，刚听到自己这句气话，李由那一向喜怒不形于色的脸竟陡然变得惨白了，眼见这般顿时涨红了脸一拱手:"罢，说错话了，你且勿怪。"

李由却是一声叹息，连连摆手:"此事莫提了。只是王离，你竟不知目下咸阳如何了么?"

"咸阳如何了?"

"你千万忍住……"

……

——"狗彘不食!"听完咸阳的连番惊变，王离怒不可遏地飞身上马，正要掉转马头挥起马鞭，却被李由一把拉住缰绳:"王离!知晓我是来做甚?"

手中的马鞭软软垂了下来，王离扭过头，已是满面通红气喘吁吁。

"我也是来找太尉，想请太尉筹划，救皇族。"

"如何不找丞相?皇子公主当中，好几人不都是你李氏姻亲么?"

"我已见过父亲，他也束手无策……"李由语气中透着难以言说的郁闷。

李由没有想到，自己火急火燎地由洛阳奔回咸阳来见父亲，父亲的反应却这般让自己失望。

他刚来到丞相府，便看到了右丞相冯去疾的车马，家老将自己领入前厅，说左右两位丞相正在内室议事，请长公子稍候，当时他已听到了里面断断续续的争吵:

"李公，你且说，还能再忍么?"一向厚重平和的冯去疾头一次愤激了起来，声声怒吼连外面的李由都听得一清二楚，"那多先帝子女，都是我等大臣的女婿儿媳，我冯氏便有三个，你李氏更多!哪怕不为先帝，我等也须为自家着想!如此大肆屠戮，如此禽兽之行，还有天理么?……"

"冯公，冯公!"李斯一连声的喘息，语气前所未有的软弱，"此时不能意气用事，赵高那诸般缉捕勘审乃至决刑，依的都是秦法，我等若起身反对，只怕各自宗族都要被连坐……"

"鸟个秦法!曲宫被擢升廷尉，乃你一力推荐，老夫不知此人底细，这才没吭声;赵高要更秦法，乃你负责把关，老夫不懂此中深浅，这才没反对。你当时嘴上说得漂亮，口口声声使法必行，说此乃秉承先帝遗志，乃是震慑复辟之需，老夫信你，才听凭你等更法，不料更出来的竟是这般恶法!越更冤狱越多，更来更去竟连先帝骨肉也更了进去!李斯你说，这便是你要的秦法么?不怕连你自家性命也更进去么？……”

“冯公，你以为老夫便不痛心？然则事已至此，老夫还能奈何，你冯氏又能奈何？冯劫已被罢黜，你那丞相权势也大大萎缩，你……”

“纵然如此，还要缩头么？老夫不似你！老夫纵然无力，照样要与赵高胡亥斗到底！……”

一阵急促脚步伴随着连声怒骂从内室中迅速传来，李由刚起身便与右丞相撞了个满怀，冯去疾尽管抬头看清了长公子，却仍不理会李由，破口大骂着出了丞相府。

“阿由，如何回来了？”李斯满是无奈的声音从背后响起，李由忙转过身，拱手叫了声“父亲”。

“你也是为此事回来？”

李由点点头。

“此中利害，老夫自然知晓。然则，此事却须从长计议……”

“从长计议？”李由原本一向冷静，此刻语气也不由自主颤抖了起来，“父亲，冯公说得对，我等不能再无所作为了。赵高一党每日杀人成百上千，若再踟蹰延宕，弟媳妹夫们便要全数惨死了！”

“阿由，老夫知晓，知晓……”李斯连连摇头叹息，已是老泪纵横，“然则你说，老夫却能做甚？……”

“九原大军不还在么？两位冯公不还在么？李由郡中也足有三五千郡卒，还可再征发这多黔首，我等足可为父亲后盾！父亲可与两位冯公一同请命声讨，使天下尽知赵高恶行，逼迫二世释放皇子公主，杀赵高以谢天下！”

“哪有那般轻易？一则，赵高那诸般行径都是依新秦法而为，何能算有违法度？二则，赵高手下还有那五万材士，谁斗得过？李信，马兴，杨端和，那多大将谁不是军权在握？连他们都遇了难，老夫何敢轻举妄动？”

“可我等终不能……”

“更有甚者，李由，你也知晓，二世是老夫拥立的；扶苏与蒙氏之死，老夫未曾劝阻；赵高拔擢那些党羽、贬黜那些功臣，老夫也曾赞同；赵高更改律法，老夫负责把最后一道关；二世起阿房宫、征发材士，老夫同样无有异议……凡此等等，老夫已深陷泥淖，皆被天下视为赵高一党，自顾尚且不暇，何能再引火烧身？”

“父亲，正是因此，我等才不能再蛰伏了！父亲纵然名望大损，然只要痛下决心力挽狂澜，朝野天下仍会将父亲视为正道名臣！白刃加胸，不计流矢，一己生死宁重过邦国大计？再者，父亲此时若再不动，只怕下一个就会，就会轮到……”李由不敢说下去了。

“李由，你向来沉稳精细，而今如何也这般毛躁？只知逞一腔血勇，只会连声喊杀？”李斯显然恼怒了，“老夫若听你之言起兵反秦，岂不成了叛逆？那便是灭族大罪！我李氏全族数百条性命，都要尽数葬送！”

“然则，父亲究竟何意？眼看弟媳妹夫尽数冤死？”李由不敢违逆顶撞父亲，只是低声问。

“老夫不会。”李斯摇摇头，语气中满是疲惫，“老夫只是想，谋求万全之法。此事须，从长计议……”

“父亲……”李由无比惊疑地望着父亲，片刻后目光终是黯淡了下来，默默一拱手，“孩儿告辞。”

“李由，你马上回三川郡！不得延误，也不得见任何人！”

背后传来了父亲的喊声，李由却没有回头，默默出了丞相府。

……

“父亲虽这般说，我却没听他。”讲到最后，李由的声音已低得几乎听不见，“出了丞相府，我本想去见两位冯公，去了方知，右丞相恼怒之下急火攻心，已大病昏迷了多日；冯劫虽无事，却因早被罢黜，已无能为力，也同样没个主张，只建议我来频阳找太尉。我刚要动身，正好听说皇子们要被僇死，这便多留了一日，亲眼见了几名妹夫遇害，当真惨不忍睹……”

听了李由的话，王离自始至终没有吭声，只是死死咬住下唇，直到一丝鲜血从嘴角徐徐淌下。

“王离，目下我意已决。”李由语气平静却坚定，“此番我拼着违逆父亲，也不能再眼看赵高胡作非为。皇子虽已遇害，然公主们还在，我须全力救她们，你肯信我么？”

“走！同去见太尉！”王离只憋出了这么一句，已飞身上马，两人一并绝尘而去了。

“王翳！”赶到千口村外，眼见一名少年童仆正匆匆赶向庄园，王离高叫了一声，那少仆扭过头来，也惊喜地瞪大眼睛叫了声“公子”，转眼间王离已赶到近前：“频阳这是咋回事？人如何这般少了？”

王翳刚明亮起来的眸子重又黯淡了下去：“都走了。有的是去服徭役，有的是自家逃亡异乡，还有是太尉遣走的。”

“阿翁？他目下如何？”

王翳的眼眶顿时红了："太尉……怕是，时日无多了……"

"阿翁！"王离近乎发狂地大吼一声，旋风般卷进了庄中。

被阿媪和几名老仆领到父亲的寝室时，一股扑面而来的草药气息呛得王离连连咳嗽，眼角顿时湿润起来；再看到病榻上的父亲，串串泪水更是止不住滚落下来。父亲早已消瘦的身躯而今更是形销骨立，原本花白的须发已完全白了，深深凹陷的两颊直如骷髅般骇人，面色晦暗双目紧闭，眼见父亲一脸弥留之相，王离只来得及说一声"阿翁"，已然瘫倒在父亲的病榻前。

一声低沉的呜咽从喉咙深处响起，王贲轻轻睁开了眼睛："阿离么？终是回来了……"

"阿翁！病得这般重，何不早叫阿离回来……"王离痛哭流涕着膝行上前，背后的阿媪和几位仆役也连连拭泪。

"阿离，不许哭……"粗重的喘息中，王贲声音虽轻却仍带一丝怒意，"而今，你须去做两事，不然，为父不能瞑目……"

"阿翁，咸阳事知晓了！阿离想救皇族，想救惟嬴！求阿翁指教！"

"好，不愧老夫之子……"

"李由同求。"

一个平静却清晰的声音在门口响起，王贲微张开蒙眬的双眼，看到另一个英挺年轻人缓步上前。

"此番皇族遭戮，既是邦国危难，也是王李两族不幸，李由愿与王氏同心！"

"公子由……"王贲满意地闭上眼睛，片刻后才望向自己的妻子，艰难吐出一个字眼儿："药……"

王夫人微一踌躇，转身捧来一只小小陶瓶，从中取出药丸服侍丈夫吞下，王贲闭目养神的同时，她拭泪向儿子解释说，此药乃徐福先生炼制，能振奋精神于一时，却也大伤元气，直如饮鸩止渴一般，除非弥留之际有未了心愿，否则决然不能轻用……王离正在惊恐，王贲额头却已渐渐渗出一层细汗，脸色也多了一丝红润，重新睁眼时目光也再度明亮，片刻间居然自己撑起身体坐了起来。

眼见所有人都默不作声地退了出去，王贲先望向李由，嗓音也极是镇定："公子由，你须办两事。其一，带这封密信前往骊山，将其交与少府章邯；其二，持此信物，前往上林苑……"

说着他伸出手，掌心中是一枚正绽放着温润光芒的玉牙。

2

杂乱的脚步声突然传来，囚牢中的公主们都惊恐地竖起耳朵，大气也不敢喘一声。

所有人都在暗暗祷告，希望这脚步声不是向自己这间囚室而来，然而那越来越清晰的动静，却是确定无疑地使她们失望了。

“哐当”一声巨响，囚室的狱门被推开了，一个东倒西歪的身影出现在了公主们面前，身上散发着浓浓的酒气。

咸阳令阎乐。

没人吭声，坐得靠近狱门的几个公主只是惊恐地连连后退，尽可能离他远些。

看到公主们这般反应，阎乐笑了，喷出扑鼻的酒气，通红的眼睛里满是欲火。

“做甚?”一个清澈而冰冷的声音响了起来。

和妹妹们相反，华阳公主反而站起身迎上前来，将其他公主拦在身后，秀美却憔悴的面颊上一脸冰霜。

阎乐的喉咙中干笑着：“做甚? 在下要做甚，公主看不出么?”说着向她缓步走来。

一阵彻骨寒意掠过了华阳公主的全身，尽管如此，她却仍直视阎乐那猥亵的目光，没有任何退缩之意，这一个目光中的火热和那一个目光中的冰冷，恰恰形成了极鲜明的对比。

“不许碰阿姊!”

镣铐的哗啷声响中，两名公主扑上去想拦住他，阎乐一把推开他们，手上却是一阵剧痛。低头看去才见少公主阳滋在自己腕上狠咬一口，当即恼羞成怒一耳光打过去，阳滋一声哀号，“咕咚”一声跌倒在地。华阳公主忙蹲下身，一把将她搂在怀中。

阎乐轻蔑地向其他公主扫视了一眼，一挥手，二十余名材士鱼贯涌入，每两人架起一名公主的双臂，少公主也被从她长姊的怀抱中拉开；另两名格外精悍的材士大步上前，先解开华阳公主手上的镣铐，不等她反抗，已将她双臂反剪背后重又锁起。

没人吭声，有几位公主拼命挣扎却无济于事，她们甚至连将脖颈凑上剑锋自我了断都不可能，只能粗重喘息着，死死盯住站在阿姊面前的阎乐。

“长公主敢动一下，便有她们好看……”阎乐上下打量着华阳公主曲线毕露的身材，亵笑道。

“阎乐，只会向女人施威么?”华阳公主冰冷的嗓音微微颤抖着。

“长公主若肯任我摆布，自不会为难她们……”阎乐一脸亵笑地缓缓伸出右手，指尖轻拂过公主的左肩。

一阵战栗陡然掠过华阳公主的全身，阎乐的手滑腻潮湿且冰凉，一时竟令她想起蛆虫的蠕动，于是一阵恶心陡然涌上心头，她喉头上下翻滚，拼尽全力才勉强忍住没有呕吐。

“阿姊——!”公主们的哭喊纷纷响起，又是一阵拼命挣扎。胡人材士们却是一片粗野笑声，死死攥住她们反剪在背后的双臂。

阎乐自然充耳不闻，指尖由公主肩头先后游移到了她的脖颈，又继续缓缓下移，一寸又一寸，他可以感到她身体越来越剧烈的颤抖，也可以听到她越来越急促的喘息，更清清楚楚看到了她眼角泛起的屈辱的泪水，这使他心底充满了幸灾乐祸的快意。他自可一下将她扑倒再尽情蹂躏那让他朝思暮想的肉体，可这如何比得上一点点摧毁这女人的高傲，从肉身到心灵把她彻底征服?……

指尖已移到了胸口，已开始向衽领中伸去，阎乐嘴角绽放出一丝恶毒笑意，突然一把扯开了她的囚衣。

恰在此时，华阳公主却是猛低下头，一头撞上了阎乐的鼻梁!

这一下去势极猛，得意扬扬的阎乐根本没有提防，猝不及防之下陡然一阵酸麻剧痛，不禁哀号着捂住鼻梁，泪水已涌了出来。而华阳公主不等阎乐直起身子，已向着囚室墙壁一头撞去!

公主们极尽惊恐的尖叫笼罩了整座囚室，所有人都看出了她的心思。而间不容发的刹那间，大急之下的阎乐猛然伸手，一把扯住了头发将她揪了回来，酒意也全醒了，一颗心顿时狂跳起来——公主赴刑前若真出了意外，岳丈活剥了自己都可能!当即再顾不得其余，猛然将她一把按倒在地。

“放手!”华阳公主的凄厉叫号，其他公主们的尖叫哭喊响彻了囚室，刚将公主压在身下的阎乐动作却陡然僵硬了起来，他警觉地仰起脸，透过那些女人们杂乱的大呼小叫，分明听到一阵急匆匆的脚步声正迅速向这里走来。

又是“咣当”一声，狱门再度打开了，火把照亮了来者的锦绣袍服以及阴沉面容，阎乐此时已匆忙推开公主，眼见来人走进囚室，索性放弃了起身的努力，只愣愣跪在地上，望向那不速之客的目光中满是恐惧。

华阳公主横躺在地，双手被反绑身后依旧不能动弹，却仍是艰难地翻了个身，背对着狱门，避免自己赤裸的胸口再次落到那些男人野兽般的目光中。阳滋此时则全力摆脱了捉住自己双臂的两名胡人，扑向了自己的长姊，将她一把搂入怀中，姐妹二人顿时抱头痛哭起来。

望着那双充满了阴狠残忍的目光，阎乐艰难地咽了咽口水，浑身不由自主地颤抖起来，他嘴唇连续翕动了三四次，这才憋出一声蚊蚋般的低语：

“岳丈……”

赵高没有吭声，缓步走上前来，每一步都踩在了阎乐的心头，咸阳令想向后退却，却还是生生忍住了。他对自己岳丈的秉性再了解不过：若不想招来更凶狠的报复，只能硬着头皮任他责打！

皮鞭的破空声清脆得刺耳，一旁那些公主们恐惧地闭上眼睛扭过头，睁开眼时才发现，咸阳令脸上已多了一道深深的鞭痕，从额角一直延伸到脖颈，纵然如此，他仍不敢吭一声。

“出息了是么？敢违令了是么？老夫养的狗，敢自家偷嘴了是么？”赵高气势汹汹地骂道，又是狠狠一鞭将女婿抽得翻滚在地。这一下去势极猛，阎乐没能忍住，终是发出一声极力压抑的低声呻吟。

“让你读鞫，没许你野合！”赵高厉声咆哮道，面孔已全然扭曲，“忘了自家女人么？想尝她鞭子么？处她刑罚乃是依律，你对她不轨却是触法！果真得了手，传出去便是个大大口实，万一李斯冯去疾借此煽动，整个咸阳都要大乱！……”

脊背被抽过的地方火辣辣地痛，阎乐却不敢吭声，跪伏在地默默听着。

“早跟你说过，莫打她主意，不知她男人是谁么？”赵高用鞭梢遥指着瑟缩在墙角的华阳公主，口中连声大吼着，“行刑之后，九原军极可能南下，提防还来不及，还要逼那王离？你想他杀到咸阳，割了你上下两头么？……”

阎乐仍不敢开口。

“滚！”赵高大步上前一脚踢去，阎乐重又一骨碌倒地，连滚带爬逃掉了。

先前还一片喧闹的囚室顿时寂静了下来，剑拔弩张的气氛却没有消弭丝毫，所有的公主都警惕地盯住赵高，不知他又有甚新图谋。

“列位公主，廷尉府前日集议完毕，已然议定刑罚。”赵高一声粗重的喘息，森冷的目光逐一扫过她们，“你等伙同诸皇子谋逆，依新《秦律》当处磔刑，裂肢之刑！三日之后，在杜县校军场就刑！”

巨大的哀哭声瞬间笼罩了整座囚室，三四名公主已一声闷哼昏了过去，囚室中顿时一片混乱。望着这些或哀哭或昏厥或尖叫或求救的女人们，赵高终是渐渐平静下来，嘴角泛起一丝幸灾乐祸的冷笑，没有再吭一声，只是扬长而去；而狱门也随着他的离去，带着吱嘎响声在公主们面前闭拢，仿佛一并斩断了她们所有的希望。

“磔，刑……”华阳公主只觉得整个身子都开始变得冰冷，心底只回荡着这个字眼儿，终是双目一翻，也昏了过去。

3

三日之后。

沉重的狱门再度打开，展现在囚徒们面前的却不是生还的希望，而是通向死亡的道路。

一位又一位公主被拖了出去，在连日来恐惧与绝望的双重折磨下，所有人都是气息奄奄，在胡人材士们的大手中任凭摆布，如同待宰羔羊般被关入一辆辆囚车。自始至终都没人发出任何悲泣，也没人抬眼向周遭望去一眼，她们嗓子早已哭哑，双目也几乎被泪水浸泡得不能视物了。

华阳公主是最后一个被拖出囚室的。所有的公主当中，唯有她还能勉强支撑着挪动脚步，当她也被关入囚车时，两名材士听到她默念着一个名字，但由于声音既轻且含混，听不出是甚，他们依旧看押着她，赶着车驾跟在其他囚车后面，辚辚上路了。

多日来，这还是华阳公主头一次重新来到户外。这本是个晴朗的清晨，碧空如洗，晨曦明媚，咸阳的城垣宫阙依旧巍峨壮丽，然而当一股晨风迎面拂来时，她却猛然一颤，并非因为冷，而是因她嗅到了风中的那股气息。

血腥，还有尸臭。

大街小巷的地面墙壁上随处可见绛紫色血痕，许多角落和拐弯处都堆积着未及清理填埋的残肢尸首，招来了大群蝇虫在其上盘旋着嗡嗡作响，“弃灰于道者黥”的法令早已荡然无存，而原本比肩继踵、车毂相击的咸阳南市此刻也一片萧瑟空旷，偶有几个衣衫褴褛的黔首畏畏缩缩探头探脑地在街上游荡，眼见长长的囚车队伍吱嘎开过，立即忙不迭地匆匆各寻掩体躲藏起来，唯恐被那些耀武扬威的胡人材士安上个谋逆作乱的罪名当场斩杀，连日来这等事端已屡见不鲜了。

囚车队伍出了咸阳南门，驶上遍布血痕的长长白石桥，脚下便是鲜红一片的渭水，它早已淤塞多日，水面漂浮着一具具肚皮肿胀腐败不堪的尸首，任谁看上一眼都要恶心不已。好在车队并没在此停顿，依旧向着西南方向的上林苑驶去，杜县校军场便坐落在那重重林海的深处。华阳公主对那里并不陌生，灭国大战之初，还是秦王的父皇便曾在那里检阅过大军，还当着万千将士之面，将杜县虎符授予了当时的上将军王翦；天下一统之后，规模最大的一次禁中宿卫遴选同样在那里举行，她在那里见到了久别重逢的阿兄，也第一次见到长大之后的王离。可她没想到，再次前往那里时，校军场已成了一座屠场；而此番被选作牺牲的，便是自己与妹妹们。

“阿离……”她梦呓般地喃喃道，眼前飘荡着自己未婚夫君的容貌。

与咸阳城的寂寥恰成对照，杜县校军场却是一片沸反盈天。

浓郁的汗臭弥漫在空气中，熏得人直欲作呕。不止是环绕校军场的层层木架，连同正中那巨大的空地上都塞满了人，无数衣衫褴褛的疲民们拥挤在一起，蚊蝇般聒噪，蝗蚁般密集，蛆虫般龌龊，偏偏又跳蚤般神气活现。你简直想象不出，这些平日里连见上一眼都极为难得的败类们，是如何沉渣泛起，从阴暗的角落里纷纷拥出，在光天化日之下堂而皇之地尽数聚集，数目居然还这般庞大惊人，仿佛全天下的魑魅魍魉都汇在了一起。

他们都是阎乐纠集搜罗来的，即便没有咸阳令的号令，只怕他们也仍会不辞劳苦地从咸阳赶到这杜县，以求亲眼目睹那些高贵的皇族女子如何像牲畜般死去。这种人地位卑贱又安于卑贱，甚或以此为荣，眼前只有自己身处的泥淖酱缸，却以为这便是天地的全部，是故从不相信世间还有任何美好，同样也绝不能忍受任何崇高人物的存在，因为这些人物势必会映衬出他们自身的卑微和渺小。是故对于那些高大伟岸的身影，他们最爱做的便是鼓噪唇舌搬弄是非，从那些身影身上挑出种种毛病，将他们贬损得一无是处，而眼看着如此人物沉沦、堕落乃至毁灭，眼看着如此人物变得和自己一样卑贱，自然便成了他们一生中最大的快乐。

一辆辆囚车缓缓驶入刑场，一双双车轮向前滚动，疲民们组成的人海却挡住了去路，只有在材士们的唾骂推搡甚或刀剑威胁下，才悯悯不甘地向两旁分开。纵然如此，他们的兴致却丝毫不减，迎社火一般欢呼喝彩着，带着各种阴阳怪气的腔调，喊着各色污言秽语，对一辆辆囚车上的公主们评头品足冷嘲热讽，有的还将事先藏在身边的砖瓦土砾伴随着那些嘲讽和辱骂一并丢出。而在这些形形色色的声音中，又以一种幸灾乐祸的论调最为大行其道：

“始皇帝要绝后了！绝得好！报应！该！”

何为贱民？何为渣滓？此之谓也。漫漫的历史长河中，这种人永远也不会缺乏，即便时至今日也照旧大行其道，这种人存在于世间的唯一意义便是让旁人知晓，千万莫要活得如他们那般卑污下贱。

与他们截然相反，囚车里的女人们却都是一片平静。面对着拥挤在自己人生最后一段旅途上的这些虫蚁们，她们无不闭目沉思神情漠然，没有一个试图乞求人群的怜悯，这是被押赴刑场前，华阳公主反复告诫自己妹妹们的。

来到刑场正中之后，十余辆囚车按次序一字排开。牛角号呜呜响起，疲民们的喧哗和聒噪迅速沉寂了下来，刽子手抄起大钺走上行刑台就位，咸阳令阎乐念诵鞫书的油滑腔调也飘荡开来，语气中同样带着难以掩饰的兴奋。

然而与女婿大不相同，监刑台上的赵高却颇有些心神不宁。

他很清楚，多日来的连番血洗已进入尾声，除却少府章邯、宗正子婴不在咸阳得以逃过一劫之外，其余九卿大臣们已凋零殆尽，取而代之的都是自己的犬马，无不是持禄取容之辈；李斯冯去疾王贲几位三公虽未卷入其中，根基却也都大大受损，已很难再与自己分庭抗礼。尤其是李斯，自己缉捕了他多位儿媳女婿，这多日来他连吭都不敢吭一声，只缩在丞相府中称病不上朝。赵高完全可以确信，这绝不是他蛰伏隐忍试图等待时机反攻倒算，而是真真正正被吓怕了，只求保住自己和李氏其他族人的性命权势，哪怕为此牺牲掉几位儿媳女婿也无不可。赵高原本还对其多有顾虑，之所以不许阎乐肆意妄为，很大程度上也正是因李斯尚在，然而连赵高自己也没想到，堂堂丞相居然懦弱委顿至此，心下对他的轻蔑不由得又多了几分。归总而论，经过这一番屠戮，咸阳朝局已没什么值得赵高忧虑的了。

他真正担心的，还是咸阳以外的隐患。

连日来的几份密报使他大为警惕，其一是关于李斯的长子，三川郡守李由的，赵高在丞相府以及洛阳的眼线均报告说，李由前日曾秘密潜回咸阳，先回了丞相府，又去拜访了二冯，此后不知去往何处，唯一可以确定的是始终未回洛阳；其二是关于频阳的异动，近日太尉王贲病势愈加沉重，显将不久于人世，众多族人又都以各种借口先后离乡，诸般说辞都很是扎实，频阳县令也无由阻拦，更有许多不明身份之人出入王氏庄园，说是探视却又不像，难保不会密谋甚事；其三则是少府章邯发给新中尉赵成的快报，说最近咸阳连番刑杀，骊山刑徒闻听后也多有骚乱，且有愈演愈烈之势，自己恐再有暴动之虞，故请咸阳庙堂多多抽调材士，前往骊山镇服。

除去这些，最令赵高担心的还是王离的九原军。赵高之所以敢于大开杀戒而不怕引来各方势力聚合反噬，有其自信的一面，也有其盲目的一面。他的自信在于，自己已更改了秦法，又有二世的支持、李斯的默许，手中更有五万材士；盲目的一面却是因为，他在赌。而今整个天下对他威胁最大的便是九原军，便是王离，可他明知如此，却还是要处死王离的未婚妻子，其原因正在于他敢和王离赌，赵高的赌金是自己和党羽们的性命，王离的赌金却是整个帝国。一旦王离果真敢不管不顾，径自起大军南下，则自己固然要完蛋，可王离也要完蛋，整个秦国同样要完蛋。不过，自己性命本就如同草芥，秦国社稷却有万钧之重，对王离来说便是以泰山易鸿毛，何其不值也！以常理论之，若换作自己是他，是决然不会拿整个天下为代价，与对手拼得玉石俱焚的。

唯其如此，赵高已想得很清楚，自己屠戮皇族的消息传开，王离九原军再是悲愤，再是闹事，也不敢起兵南下，最大的可能是，王离以探视病重的太尉为由回到关中，到时多半要大闹一番，自己不必理会，只让李斯老儿直面他的怒火便是。可赵高没想到，三十万大军竟始终悄无声息，他们的统帅王离也同样悄无声息。须知领兵大将无论以何等事由还国，都必须事先上奏庙堂，否则便视同反叛，赵高不信王离敢不上书便自行回来。目下王贲病情那般沉重，他竟然始终不回关中，这实在不能不让他好生提防。赵高知道，王离不是扶苏，不是蒙恬，同样也不是老对手李斯，他对那几人都很是熟悉，他们再是强大他也不怕；可他独独不了解这位年轻的武成侯，不知晓他究竟想做甚，也猜不出他能做出甚。

反复思量之下，赵高终是没有理会李氏与王氏的异动，他也确实抽调不出足够兵力，故而只是命各地材士严加看守出入关中的各处要道，随时提防九原军南下；即使是章邯上书请求增兵，他也仅应了他一半请求，只划拨了一万五千人驻扎骊山。纵然这般，除去那些在关中各地布防的卒伍，他手中的胡人材士也很少了，今日这场刑杀，他只能带着贴身护卫的材士们来到杜县，纵然算上守护上林苑的那支中尉军，也不过区区三五千人而已。

“大人执法不避权贵，臣佩服！”

一个颇有些谄媚的声音打断了赵高的思绪，他的第一反应是这是在嘲讽自己，脸色顿时一沉，然而看清来人时，又和缓了起来：

“叔孙通先生本为儒家博士，最讲仁义，却也赞同老夫刑杀?”

“律法衡平，法不阿贵，虽皇族贵胄、先帝骨血也不手软，赵公大哉！果有当年商君刑治公子虔之风!”叔孙通一脸真诚地啧啧赞叹着。

赵高笑了，他虽向来鄙夷这位见风使舵的儒家博士，但此人敢于这般明目张胆地颠倒黑白，其脸皮之厚也确乎无人能及，一时居然对他起了一丝惺惺相惜：而今自己手下已有了赵成阎乐那般打手，也有了曲宫那般酷吏，甚或也不缺御史大夫德那般应声虫，却独独少了几个欺世盗名的无行文人，此等人虽百无一用，为自己摇旗呐喊鼓噪唇舌却是再好没有，这叔孙通的长处恰是自己所缺！想到这里不由得慢条斯理地开了口：“前日仆射周青臣私自逃亡，博士学宫便无人统领，老夫闻听先生精于礼仪，不如继任此职，总掌天下文事，也好为我大秦新政多多出力，如何啊?”

“谢大人！谢大人！大人不愧新朝股肱!”叔孙通大喜过望，忙拜倒在地深深一个稽首大礼。

一阵鼓声以及随之而来的巨大喧闹，将两人的目光同时吸引了过去，疲民们组成的人海爆发出山呼海啸的欢呼，这是行刑即将开始的信号，赵高嘴角浮现出一丝阴狠笑意：王离，今日老夫便将这些公主尽数屠戮，便将你妻处决，你又能奈得老夫何？便是李斯老儿那般赫赫权相，不也只能做了缩头老鼋么?老夫倒要看看，你究竟能施展何等手段？老夫才不信你敢不顾王氏三代英名，不顾王氏举族性命，不顾守护国门重任，为这区区一个女子起兵南下！

想到这里，他的双目中也泛起了得意而凶残的光芒，没有理会依旧拜倒在地的叔孙通，几步走向了监刑台正中的二世。胡亥正瞪大了眼睛望着刑场正中，胖乎乎的圆脸已憋红了。

“郎中令，可是要杀人了么?”眼见赵高缓步上前，胡亥兴奋问道，目光中绽放出了和自己老师别无二致的残忍光芒。

“陛下不必心急。”赵高的脸上泛起了柔腻的笑容，语气中却透着一股彻骨的阴寒，“那些公主，我等一个个杀，慢慢杀，方才解气过瘾。陛下既然最恨长公主，我等便将她留在最后，好好折磨摧残!”

“好好好！快演给朕看!”胡亥连连拍案，神色间亢奋得不能自已，“哼，让朕那些阿姊们，好生尝尝秦法滋味!”

“这便演给陛下。”赵高森然冷笑着，从一旁吏员手中接过令旗，缓缓将它平举到了半空中。而刑场上的阎乐眼看监刑台发出了讯号，顿时精神大振，声嘶力竭地咆哮起来：

“磔——刑！”

屠杀开始了。

4

又是一声女人的凄厉惨号，继失去四肢之后，头颅也脱离了躯干，自行刑台上滚落到下面的漫漫黄土中。烟尘腾起血花飞溅之际，围观的人潮爆发出狂野的欢呼喝彩，尽管有着胡人材士们阻挡，那些观刑的疲民们却依旧争先恐后地目睹这一盛况。

他们看到，校军场已经成了屠场。

近两人高的行刑台已被鲜血浸透了。七零八落的四肢散落在木台周遭的血泊中，负责收尸的材士将它们一一拾起，先后丢入棺椁中，与尸首和头颅草草堆在一起。任谁也不会想到，那些棺椁中所承载的，原本都是一个个年轻鲜活的生命。

又一盆冷水被泼了上来，被束缚在刑架上的华阳公主猛然一个激灵，再度清醒了过来，却始终不肯睁开眼。那血肉横飞的场面，那凄厉悲惨的呼号，早如附骨之蛆般死死镌刻在了心头，她便是死了也不会忘掉，好在自己也马上便要步那些妹妹们的后尘，终是不必继续承受这等折磨了。

她仍记得自己的小妹投过来的最后眼神，她是她们当中第一个被拖去受刑的，没有吭声，没有眼泪，没有挣扎，没有呼救，她只是拼命扭过头来，久久望着自己。其他妹妹们都痛苦地闭上了眼睛不敢看，只有自己仍旧勉强望着她，希望能在最后关头给她一丝鼓励，然而眼看着一只右臂从阳滋的身躯生生跌落下来，她同样再也支撑不住，一口鲜血涌上喉头，已然昏厥了过去。旁边的材士们却不肯罢休，一盆冷水兜头浇来将她泼醒，强迫她亲眼目睹其他公主继续受刑。身旁的活人越来越少，行刑台下的尸首残肢和鲜血却越来越多，妹妹们一个接一个地被拖上行刑台，被那个刽子手斩断四肢、砍下头颅，只留下一截截血肉模糊的躯干。这等罕见的狠毒残忍，唯有后世炮制出人彘的吕后才能与之匹敌。

“公主醒了？”耳畔传来了阎乐的声音，语气里满是幸灾乐祸。

一阵战栗掠过全身，华阳公主却没有吭声，也没有睁开眼。

“怕了？不敢看了？”阎乐喉咙里干笑着，“当年先帝何等雄杰，不料子女却这般怯懦，九泉之下何颜见他？”

阎乐没有想到，这段话反倒给了华阳公主非凡的勇气，她居然缓缓睁开了眼。

眼前依旧是咸阳令的丑恶嘴脸，只不过脸上多了一道极为刺眼的鞭痕，这伤疤从左颊一直延伸到脖颈，鲜红光滑直如一条粗长肉虫一般，更使那面目说不出的可憎，显是他岳丈的杰作。

看到这副尊容，本已奄奄一息的华阳公主艰难地露出了一丝不屑的冷笑，目光也渐渐恢复了生气。

“长公主可有未了心愿？”阎乐得意扬扬地端详着女囚。

“有，想要你等也受此刑，一个不剩。”华阳公主声音虽轻，说得却极是清晰。

“死到临头还嘴硬，果不愧长公主。”阎乐笑嘻嘻道，又故作惋惜地叹了口气，“只可惜这般不识时务，那日你若从了我，我定会设法保你性命……”说着舔着干裂的嘴唇，上下打量着公主依旧丰满高耸的胸脯。

华阳公主拼尽全身气力，狠狠啐出一口血涎，唾到阎乐脸上。

阎乐陡然涨红了脸，右手也随之攥紧了，憋了半晌，终是若无其事地抬手抹去了脸颊的涎水，依旧一副嬉皮笑脸的模样：“到底是美人，涎水都这般香甜。”

他忽然不吭声了，因为赵高缓步踱了过来。

“老夫看着长公主长大，今日处你酷刑，虽心下不忍，然法度在前，也只能行法如山了。”郎中令阴沉的面容中透着一丝狞笑，“长公主通晓秦法，却不知对你这诸般勘问，可有违法之处？”

华阳公主眯起了眼睛：“郎中令何必明知故问？秦法便是在你手中毁的，秦政若蒙了万世骂名，也是在你手中败坏的。”

“长公主果然聪慧可人，老夫佩服。”赵高的笑容更加殷勤，也更加虚假，“老夫之所以将你留在最后，小半便是这怜香惜玉之心；然则公主可知，那大半因由是甚？先帝最宠爱之子女，陛下与长公主也；先帝最看重之子女，皇长子与长公主也。而今由陛下动手屠戮自家兄姊，以皇长子之死为始，以长公主之死为终，你等兄弟姊妹好好演一出手足相残之大戏，给先帝那在天之灵看看，岂非绝妙？”

泪水猛地涌上华阳公主的眼眶，她惨白的嘴唇也剧烈颤抖着，赵高满怀期待地等着她暴跳如雷破口大骂，那样才觉心满意足，然而没想到的是，她始终不吭一声。

眼见公主没有回嘴，赵高心下略略失望，却仍不肯放弃，语调依旧咄咄逼人："老夫已在骊山陵周遭挖好了你等墓穴，总共十九座，唯独空出一座，只埋了一把剑。你可知为何? 那便是你长兄扶苏之衣冠冢。今日之后，你便与自己那些弟妹一道陪在先帝身旁，你嬴姓皇族，便可九泉之下团聚了……"

说到这里，赵高放声笑了起来，笑声中充满了狰狞的快意。

华阳公主的目光中喷出愤怒的火焰，表情却依旧平静如初，非但如此，她反倒笑了："赵高，先帝若果真在天有灵，你敢这般胡言乱语么? ……"

若说这世上还有何人能使赵高心存畏惧，那也只有始皇帝了，哪怕是他的魂灵。是故这话顿时生出了意想不到的效果，赵高陡然闭上了嘴，脸色瞬间阴沉了下来，盯着公主明亮如刀的双眸，恶狠狠一句："阎乐，送公主上路。"

"诺!"阎乐等的就是这句话，得意扬扬地喊了声："来人!"

"郎中令！中尉军急报!"一名骑士遥遥高喊，想策马冲入刑场，却被材士组成的方阵拦在了外面。赵高见状心下一颤，忙丢下女婿快步上前，阎乐拿不准是该立即处决公主还是该暂缓行刑，终是决定等岳丈回来再说，于是眼看着赵高向那骑士走去。

骑士对赵高说了几句，赵高神色间急迫了起来，扭头向身边一名头目下了道命令，头目则向其他材士高声传达，方阵随之一阵骚动。最外围两层材士吆喝着，将挡在身后的围观疲民们向两旁驱散，以便腾出一条较为宽阔的甬道。此后便汇成道道潮水，迅速向校军场入口流淌而出，原本围得水泄不通的方阵开始变得稀薄起来。眼前的一切似乎在表明，校军场外似乎出现了什么重大变故。

"咋回事?"阎乐皱起了眉。

一名材士越过方阵匆匆跑来： "咸阳令，郎中令命你立即决刑，万勿迟延!"

"知晓了!"阎乐从他紧迫的语气中本能地预感到了什么，忙抬高了声音，"就刑!"话音未毕，两名材士便大步上前，将公主由刑架上解了下来。

公主却甩开了他们的臂膀："不必，自家会走。"说着一步步踏向了死亡。

刑场外的诸般骚动，她一概不知；那些疲民们投在自己身上的可憎目光，他们不堪入耳的种种叫嚷，她同样能看到听到，却仍然置若罔闻。亲眼目睹了一幕幕惨景之后，她神智原本已近崩溃，然而不知是何处的力量，使她在这人生的最后关头神奇地振作了起来，黯淡的目光再度明亮了，踉跄的步伐重又坚定了，因绝望痛苦而变得惨白憔悴的脸庞已恢复了几许血色，而那原本有气无力的喘息也变得平缓均匀，她一步步走向那鲜血淋漓的行刑台，走向那柄狰狞的大钺，神情间已全无惧色。

“父皇，孩儿不会使你蒙羞……”

众目睽睽之下，她终于登上了行刑台。

“长公主，还有话说么?”行刑台下，阎乐高声叫道，眼见华阳公主并未如自己想象的那般慌乱胆怯，心下颇有些失望。

公主抬起红肿干涸的眼睛，将重新明亮起来的目光投向天穹，再环视脚下遍地的鲜血尸首，深吸口气，轻轻唱了起来：

蒹葭苍苍，白露为霜，
所谓伊人，在水一方。
溯洄从之，道阻且长；
溯游从之，宛在水中央。
……

方才还在喧闹的人群瞬间安静了下来，公主的歌声中仿佛有种奇异的力量，那些粗野的胡人材士们，那些猥琐的疲民们，竟然迅速沉默了，就连阎乐都一时忘却了赵高要自己迅速行刑的命令，愣愣地听着这歌声。

阿离，阿离你在何处? 听得到么? 华阳公主心底默念着，惟嬴这便要去见父皇了，这便要去见阿兄，见那些弟妹们了，惟嬴不能使父皇蒙羞，是故不能怕死，可心底独独放不下你，你是我夫君啊。惟嬴不求得救，不求活命，甚或也不求与你死在一道，只求能最后见你一面，你能知晓么? ……

“磨蹭个甚！快行刑！”监刑台上的赵高连连拍案怒骂，神色间第一次现出了慌乱，警惕的目光不时投向校军场那大开的入口。

战鼓响了起来，越来越粗重，淹没了公主的歌声。刽子手提着那柄粗重的大钺缓步上前，站在两旁的胡人们齐齐踢向她双膝后弯，迫使她跪倒在地；两只强有力的大手随即分别按上了双肩，开始解去束缚她双臂的粗大麻绳。按磔刑的惯例，行刑时是要先斩断囚徒臂膀的。

他们原本并不怕她反抗，她早该无力反抗了，况乎方才一路走来，她始终表现得安详坦然。然而令人意想不到的是，原本已听天由命的女囚，此刻忽然不顾一切地挣扎了起来。

这绝不是被逼到死角的绝望，恰恰相反，她的目光中陡然绽放出了狂热的光芒——只有那些绝处逢生者的目光中才会有的光芒！

拼死挣扎中，公主竭力扬起脖颈抬起头，双目越过行刑台，越过洒满鲜血残肢的刑场，越过胡人材士围成的方阵，越过疲民们组成的人潮，死死盯住了校军场的入口。

“阿离，是你么?”她长发散乱大汗淋漓，胸口剧烈起伏着，依旧是炽热的目光。

正要挥舞大钺的刽子愣住了，死命按住公主的两名胡人愣住了，阎乐愣住了，方阵中的那些材士愣住了，疲民们同样愣住了。他们都感到地面震颤了起来，很快这震颤又成了滚滚沉雷，更有阵阵马嘶夹杂其间，分外清晰。

“快行刑！快行刑！”监刑台上的赵高声嘶力竭地大吼着，整个刑场中唯一猜出这震颤来源的，除却华阳公主，也只有他了。

一只不知从哪里投射来的匕首刺穿了刽子手的手腕，大钺跌落在地，刽子手一声痛苦的尖叫，身子蜷成了一团。然而没人理会他，惊讶使所有人都停止了动作，保持着片刻前的姿势，所有的目光都愣愣地盯住了校军场的入口。

“九原边军！”人群中有人高喊起来，语调中满是惶恐。

“九原边军杀人了！”另一个极其响亮的嗓门声嘶力竭地大叫道。

“逃命啊！不想死便逃——！”

几十个声音从几十个方向先后响起，不知谁带的头，大批人潮开始奔向校军场的入口，然而同样也有众多疲民往背后材士们组成的方阵冲去，材士人数本就比方才少了许多，此时顿时大见艰难，许多疲民都冲开了他们的拦阻，拥向了空旷的刑场，整个校军场陡然变得一片混乱。

而恰在此时，一支齐整的马队已出现在了校军场入口。

他们人人身披麻布斗篷，鱼贯而入校军场，向着正在逃亡的人群、不知所措的材士方阵，以及正中央的行刑台全力冲来。冲在最前面的是一名年轻骑士，胯下一匹通体火红的战马，全力飞奔的同时将身上的斗篷一把甩落，露出了主力秦军的森森铁甲。身后的那些骑士纷纷效法，色彩驳杂的马队几乎瞬间便成了黑压压一片秦军铁骑。他们只有区区百余人，论声威却当真如同千军万马一般，无论是齐整的军容、威武的队列，还是一匹匹极尽雄壮的阴山胡马，都令人不禁叹为观止，更要命的还有每人胸甲上那只振翅高飞的雄鹰，这显然是秦军中最精锐的铁鹰锐士！

与此同时，马队中一名骑士高高举起一面黑色大纛，那个猎猎舞动的白色“蒙”字，顿时在风中招展开来。

没有任何怀疑了，胸甲上的那些黑鹰，大纛上那个“蒙”字，都明白无误地昭示着他们九原边军的身份；而当先那名年轻骑士甩掉斗篷的一刹那，华阳公主已经认出了他——

王离！

5

“阿离——！”

公主极尽快乐的高呼淹没了一切嘈杂。那一瞬间，她记起了多年前，那一幕与眼前何其相似，那是那场为了遴选禁中宿卫而举行的演武，地点同样是在这里，杜县，同样是那面“蒙”字大纛，同样是一名年轻骑士，率领着同样一支九原边军，同样在万众瞩目中冲入了校军场。不同的是，那名骑士胯下是追风，而眼前那人骑的是丹骎；更重要的是，他不是阿兄扶苏，却是自己未婚的夫君王离！

那时，她和父皇、弟妹们站在校军场的高高看台上，俯瞰着阿兄与王离的搏杀，那也是她和王离长大后的第一次重逢；而多年之后，在生命的最后关头，她终于迎来了与他的再次重逢。父皇已经不在了，阿兄已经不在了，弟妹们已经不在了，可她至少还有他！

“皇长子在此！蒙公在此！王离在此！九原边军在此！……”风声带来了王离的连番怒吼。

“九原边军在此！……”马队的所有骑士们全力高呼着，雷鸣般的怒吼重重撞击在所有人心头。他们一边全力冲锋，一边举起手中长弓，将阵阵箭雨向着人群泼洒过去。

“皇长子！”血花飞溅悲声连连之际，人群中已经响起了恐惧的喊声。尽管官府早说皇长子自裁了，然而天下依旧传言说他还活着，难道今日竟出现在这里？虽有这般猜测，疲民们也根本顾不上细想，数十具尸体倒下之际，其余人已惊恐大叫着，潮水般在马队面前分开，更加漫无目的地向着各个方向逃去，甚或推搡冲撞着那些材士们，再也没了围观刑杀的兴致，也同样没兴致探究皇长子的生死，心下唯一的念头便是保住性命要紧。

“蒙公！”胡人材士们尽管被推挤得跌跌撞撞，却顾不上维持原本阵形，人人心底都是彻骨的冰凉，他们杀人放火纵然无不得心应手，真正战阵搏杀起来却不啻一群乌合之众；更有甚者，这些人大都是匈奴战俘出身，也大都是九原军曾经的手下败将，提起九原军名头无不心惊肉跳，恨不能见到那“蒙”字大纛便望风而逃！而今骤然闻听蒙公大名，谁还肯仔细探究真假？谁还敢抵抗？

“王离！”阎乐瞪圆了双眼，情不自禁地两股战战起来：赵成不是把守了出入关中的一切要道么？王离不是没动静么？如何竟在这关中腹地神不知鬼不觉冒了出来？还有，他若知晓自己曾试图对公主不轨，岂能放过自己？

“九原边军……果是九原边军！”赵高牙咬得咯咯作响：王离疯了么？为这区区一个女子，不怕灭族大罪么？不怕折了王氏三代英名么？不怕失了国门么？不怕成秦国罪人么？……

而监刑台上的胡亥更是面无人色：阿兄没死？领军报仇来了？冤鬼索命么？那多兄姊都被朕嚓嚓嚓了，阿兄能放过朕么？不对不对，自己不能叫朕了，阿兄才是朕……

恐惧像瘟疫一样迅速蔓延，正当所有人都束手无策之时，这队九原飞骑已像一柄锋锐匕首般刺穿了疲民们组成的人潮，又深深楔入了胡人材士们早已凌乱不堪的方阵。王离一马当先，手中长剑劈波斩浪般杀出一条血路，胯下的丹骒也同样发出一阵愤怒嘶鸣，它不仅撞开，更一下下踢碎那些疲民材士们的筋骨与头颅，毫无顾忌地踏在他们倒下来的身躯上，身后的骑士们也同样这般，所有人和马几乎是瞬间便被染得一片血红，更显杀气腾腾。

“畜生！还愣着甚！快决刑，快决刑！……”整个校军场内只有赵高还算清醒，两眼血红口沫横飞，指天画地连声怒骂着，将手中的令旗一次次劈下，恨不能自己就站在行刑台上，手中握着刽子手的那柄大钺。

他虽不能亲自动手，但刽子手终于看到了监刑台发出的号令，方才那支匕首虽刺伤了手腕，却并未造成致命伤，他气力犹存，于是连忙弯腰重新拾起了大钺，再度将它高高扬起；而与此同时，两名胡人材士也第二次死命按住了公主的双肩。

“阿离——！”风声带来了一个女子的呼喊，王离只稍一抬眼，便看到了跪倒在行刑台上的公主，以及她头顶的那柄大钺。

“惟嬴——！”王离全力咆哮着，一瞬间已是双目血红，手中剑锋掉转，破天荒地在丹骒后臀劈下了一剑，汗血马本就冲杀到了兴头，这突如其来的剧痛更使它发狂，顿时发出一阵极尽恐怖的嘶鸣，如一支熊熊燃烧的火矢般向行刑台冲去。

——这是我女人！谁敢动她，便给我死！我便与天下为敌，一样在所不惜！

这是那个瞬间，王离心底唯一的念头。

“阿离！来这里！来这里！……”

同是那个瞬间，华阳公主用尽生命中的全部力量高呼着，大钺在她头顶高举着，她却根本不看它一眼，也根本不在乎它会随时落下斩断自己的脖颈，只死死盯住那正向自己冲来的一人一骑，看到他离自己越来越近，即将突破材士们的封堵，久已干涸的眼眶重又盈满了泪水，狂喜的泪水。

一切都不再重要了，他的成与败，她的生与死，都不再重要了，这一瞬间，已足够成为永恒。

大钺开始落下，她能感到它的阴影投在了自己背后，她知道自己马上就要死去，这也许是她最后一次望向尘世，望向王离；自己的下一个瞬间，也许便将是永久的沉寂。

——可她还是不在乎！

温热黏稠的水滴喷溅而出，溅在了公主的脊背上。

是血。然而，不是她的血。

与此同时，她也分明感到斧钺的阴影正疾速掠过自己背后，却并无任何痛感，反倒是一声重物坠地的闷响，于是她终于把目光从王离身上移开，诧异地扭过头，大为意外地看到了一支匕首正在颤抖的把柄；而那另一头，匕首的锋刃，已深深揳入了刽子手的喉咙，汩汩鲜血正从伤口中流出。

刽子手的尸身缓缓倒在那柄大钺旁的同时，另外两声呼啸也接连响起，双肩陡然轻松了起来，两个方才还按住女囚的胡人同样软倒在了行刑台上，各自的胸口和下腹插着同样的匕首，鲜血同样向外汩汩流淌着。

华阳公主重新扭过头，正在寻找暗算者，她的夫君却已冲到了行刑台之下，双腿发力，从马背上猛然跃了上去。公主先是看到一双手扒住了行刑台边缘，紧跟着便是一个人影飞身跃起，全力向自己冲来，下一个瞬间已被他紧紧搂在了怀中，顿时感到那滚烫的嘴唇贴上了脸颊。两人清清楚楚感到了对方的心跳，也都能闻到对方身上浓郁的汗味和血腥，却都不以为意，他们的泪水交融在了一起，却立即都破涕为笑了。

“阿离……”热血陡然冲上脑门，极度的兴奋使华阳公主一阵眩晕。

“惟嬴，有我在！”王离死死抱住公主，仿佛她是自己身体的一部分一般，“有我在，没人敢动你！谁敢动你，我让他死……”

——“我让他死！”尽管怀中依旧抱着公主，王离却扭过头来，腾出右手举起血淋淋的长剑，直指对面监刑台上的赵高与胡亥，大声咆哮道。

紧接着，整座校军场的万千人潮便听到行刑台上传来一声极尽响亮的怒骂：“赵高！×你妈——！”

赵高嘴唇猛烈哆嗦着，脸色青一阵白一阵，张了张口却不知如何回骂过去。

“郎中令，如何是好？如何是好？”一旁的胡亥手足无措地连声大叫着。

“照拂陛下！”赵高没有理会二世，向几名同样不知所措的内侍侍女叫道，噌噌噌跑下了监刑台，边跑边气急败坏地连声大叫：“阎乐！阎乐何在！畜生死哪去了？”

“在在在！”失魂落魄的咸阳令匆匆跑来，未及站稳脚跟便被自己的岳丈一耳光打得跌坐在地。

“让材士拦阻！他才百人，我等少说千人！拦得住！”

“千人哪够？还有那多疲民！”阎乐哭丧着脸，捂着陡然肿胀起来的脸颊爬了起来，“岳丈你如何将精锐都调了出去？剩下的都是老弱！”

“老夫也被骗了！”赵高面色惨白，目光四下游移着。方才中尉军来报，说一支马队突然自上林苑杀出，足足三五千人，中尉军兵力不足，让赵高派兵支援。赵高以为他们便是来劫囚的，这才将大半材士调过去，谁想那是虚兵，这才是真正主力！

他顿了顿，忽然回过神来，又向着阎乐狠狠踹过去一脚：“堵住王离！”

不必岳丈多说，阎乐已经跌撞着爬起，扯开喉咙连声大喊了起来：“拦住九原军！杀一人赏千金！王离公主五千金！活擒万金、封万户侯！宫中妃嫔随意挑选！……”

“你我性命，果然金贵！”听到咸阳令的大吼，行刑台上的王离放声大笑。

“一起死也认了！”公主紧紧搂住他大叫道，声音中同样满是欣喜。

这时，数十名胆大材士已向行刑台下冲来。射士早被调去支援校军场外的中尉军了，这些人的兵刃只有各自的长剑短戈，连盾牌都没有，尽管这样，他们还是被阎乐那高得惊人的赏格激起了斗志，大呼小叫着狂奔而来。

“惟嬴，躲我身后！”王离话音未落已张弓搭箭，连续三声呼啸，三名冲得最前的胡人接连应声倒地，然后便是更多箭矢射向四面八方，转眼便射空了箭箙。其余材士一时不明所以，微一愣怔不敢上前，王离已趁这短暂间歇发出一声极尽响亮的呼哨，盖过了校军场中的所有嘈杂。

听到这声呼哨，方才冲出数百步的马队重又折了回来，奔在最前的便是丹骎。茫茫人潮之中，骑兵一旦减慢甚至停下，便须再跑上一段方能重新恢复速度，可那样便很难突出重围了。正是因此，王离没有命马队停下，而是命他们全力冲锋，在场中杀得多少是多少，自己则独自跳上行刑台去救公主，救下来后再命他们赶回来，他自然知道此举凶险万分，却是全不在乎。

“快上！没箭了！上马更难堵！”阎乐终是觉得转机来了，连连跺脚嚷道——只要近身肉搏，那王离再是善战也敌不过围攻！

不用他催促，其余材士已争先恐后拥上前来，动作最快的四五人甚至开始冲上行刑台的阶梯了。

“马队到了叫我——不，到了你自己跳！”王离守在木梯的尽头，头也不回地大叫，将长弓狠命砸向第一个冲到面前的材士，出鞘的长剑随后便洞穿了他的胸膛。

“你咋办？”王离喊出前一句时，华阳公主已几步跑到了行刑台边缘观望，听到后一句，扭过头喊道。

第二个胡人也冲了上来，王离的长剑刺入了他的小腹，又一脚踢碎了他的下颌，尸身向后倒去时刚好压在了后面两人身上，三人一同滚下了木梯，王离也趁此时机高喊了一句：“我不逃了！”

“要逃一起逃！要死一起死！”华阳公主弯下身子，从刽子手的尸首旁攥起那柄沉重的大钺，试图将它拎起来。

“那便一起跳！摔死也认了！”王离哈哈大笑，右手抽出长剑，左手则从死者手中夺过另一把，两剑同时刺穿了并肩冲上来的两名胡人，更后面的材士一剑劈下之际，他已向后猛然一跃，对手虽然抡空，三五名胡人也终于冲上了行刑台。

公主的一声尖叫使王离回过头，他本以为她出了甚意外，扭头看去才发现，她正在拼尽全力挥动那柄大钺，动作笨拙而迟钝，一名材士正要爬上行刑台，却被她砸碎了脑袋，大钺的锋刃上满是脑浆鲜血，然后又大叫道：“丹骎快到了！百五十步！”

背后传来了剧痛，王离不用看也知是冲上来的材士刺来的，他没有转身抵御，而是就势倒地，从行刑台的遍地鲜血中滚过，来到公主身旁后一跃而起。

“百步！”公主的声音中有欣喜也有焦灼。

四五名材士同时扑来，王离一把从公主手中夺过大钺，猛然一圈横扫将他们逼退了几步，其中一个躲闪不及，被拦腰斩为两截，鲜血内脏一同喷溅之余，也将他的几名同伴唬得一愣。

“五十步！”公主抄起丢在旁边的一把长剑，向着身前又一个试图攀上行刑台的胡人剁去，一下便砍下了他右手的五指，那胡人伴随着哀号声跌落了下去。

“二十步！”

大钺被王离一把丢向重又围上来的胡人们，他们慌忙闪身躲过，王离已冲到了公主面前，一脚将第三名刚攀上来的胡人踢下了行刑台。

“搂紧我！”王离再次从公主手中夺过长剑猛掷过去，最后一次贯穿了一名材士的头颅，另外两人扑上来时已转过身拦腰一把抄起公主，面对着立即便要冲过来的丹骎。

华阳公主没有吭声，她对此的回答是拼尽全力箍住他的腰肢，紧紧贴在他胸口。

“走——！”王离一声大吼，抱着公主猛然一个翻身，赶在材士们围上来之前跃了下去。

6

尽管看不见下面的景象，华阳公主却仍闭紧了双眼，既是因恐惧，也是因兴奋。那一瞬间，寒风裹住了全身，她却仍觉王离的怀抱温暖而安全，周身的热血更开始沸腾起来，自己仿佛化身成了百越传说中的羽人，尽情在空中翱翔。为稳妥起见，马队已自行放缓了脚步，然而这一跃结果如何依旧难料，她和王离也许会落空，也许会跌落在地，被来不及躲闪的马队踏得粉身碎骨，可那又有何妨，轰轰烈烈的毁灭，总比待宰羔羊一般屈辱死掉要好上万倍！

更何况，她全身心地相信着王离，哪怕是和他一起死。

没有失误，没有落空，更没有死亡，两人都稳稳落在了丹骎背上。

就在他们跃下行刑台的同时，一名材士已扑上来试图抓住他们，他几乎要成功了，已一把攥住了王离战袍的一角，不料却被巨大的力道一并带了下来，随两人跌下行刑台，重重砸在了遍地鲜血中，转眼便被一匹战马踏穿了肚腹；而其他正在爬上行刑台的材士也都被马队骑士们抡起的长剑纷纷劈中，无不哀号着坠地，在九原飞骑的铁蹄下变成了一摊摊肉醢。

“莫松手，也莫看！我等要杀人了！”耳畔传来了王离的大吼。

“诺！”华阳公主听话地依旧紧闭双目，仍然紧贴在王离胸前，她本就身材高大，蜷缩着侧身而坐便很是勉强，但好在丹骎的脊背极为宽阔，故而坐得仍算稳健。

“将军，盾!”一名骑士催马赶上来，丢过来一柄大盾，王离将它挡在公主身前，心下顿时踏实了。

“剑!”另一名骑士抛过来一柄长剑，他同样抄手接了过来。

“我等，要杀人了……”长剑握在手中的同时，王离咬着牙低声重复了一遍，凶狠地笑了起来。

那噩梦般的马队急速穿过夺路而逃的人群，向着四面八方水银泻地般散去，如同一团乌云在校军场的遍地鲜血中黑压压铺开，最后一轮箭矢的呼啸纷纷响起，再次收割了不知多少性命。然后他们重新聚拢，一百个人以整齐划一的动作抽出了一百柄长剑，举起了一百面盾牌，又炫耀般地将剑锋敲击在盾面上，发出了齐整有力的响声，再然后，屠杀又开始了。

直到目下，百人马队也依旧没折损一人一骑，甚至连战力都没有减弱半分，果然不愧最精锐的铁鹰锐士。他们明明是在向校军场的入口全力冲去，可此刻表现却仿佛是要将这里所有人都屠戮殆尽。那些疲民们惊恐地尖叫着，互相推搡挤压着，然而休说与之抗衡，便是躲闪都根本来不及，他们有的被战马迎面撞飞，落地时已经成了一摊肉醢；有的倒地后被马蹄踏得稀烂，即便侥幸逃过马队，也在其他逃命者的践踏下没了气息；更多的是被骑士们的长剑削去了头颅劈开了身子刺穿了肚腹，甚至仅仅是骑士们手中的马鞭举起盾牌落下，都可以将他们砸得脑浆迸裂。这百余位骑士每一人都如孟贲乌获那般强壮，每一匹战马也都如上古传说中的犼兽那般凶悍，人马组合在一起更是一具具活生生的杀人机括。胡人材士们至今还记得当年九原军大破匈奴的那一战，他们正是被这样的骑兵打得溃不成军，如鸷鸟击走群雀一般四下逃散，这九原边军和那该死的阮翁仲一样，根本就是径路战神般的存在!

鲜血如泼洒的朱砂一般喷溅，到处是残肢、脏器和脑浆在飞舞，那些疲民材士们惊恐的大叫反复回荡在耳畔，满脸鲜血的王离却是放声大笑，笑声中满是凶狠和疯狂，他殷红一片的面孔已完全扭曲，嘴角绽放出狰狞的笑意，雪白的牙齿上还沾着丝丝鲜血——

杀!

杀了你们这些残害忠良的奸佞!

杀了你们这些草菅人命的酷吏!

杀了你们这些助纣为虐的走狗!

杀了你们这些颠倒黑白的文痞!

杀了你们这些是非不分的群氓！

——统统杀光！一个不留！

胸中的热血如熔化的铅水一样滚烫，那个瞬间，王离仿佛回到了阴山草原上，重又回到了当年大破匈奴的那一战。

“堵住入口！死多少人也给我堵住！放走了王离，你等一个也别想活！……”阎乐连声怒骂着将手中令旗一把掷在地上，抽出佩剑亲自带着一队材士扑了上去，他心知此举显是徒劳，自己根本追不上马队，而那些守在校军场入口的胡人们也同样堵不住，想要封闭校军场就更不可能了，为了骑兵战车能在演武中畅通无阻地冲进来，这里压根儿就没有设大门，那宽阔的入口既拦不住四散逃窜的人群，也同样拦不住那风驰电掣的马队！

可纵然如此，他却还是不得不冲上前去。促使他拼命的并不是对郎中令的忠诚，而是对岳丈和自己老婆的恐惧，今日之后自己会被岳丈何等严惩，家中那只母老虎会对自己施以何等酷刑，他想都不敢想，还不如痛痛快快地被九原边军一剑削掉脑袋了事！

阎乐没有想到，突如其来的变故再度打乱了他的部署。正当他调集了守护在监刑台下的最后百余名材士，全力向马队追赶过去时，一阵奇异的哨音在校军场各个角落此起彼伏地响起，极为尖锐刺耳，即使是校军场内各种呼号都无法掩盖。阎乐惊讶地放缓脚步，试图找出这哨音的来源，不料眼前那四散逃命的人群中竟突然蹿出了一个个衣衫褴褛的身影，转眼间便不可思议地汇成了一支数十人的队伍，齐齐向着监刑台冲去！

“何人?”阎乐大吃一惊。

“何人?”听到那尖锐的哨音，王离怀中的华阳公主轻睁开眼，悄声问道。

“黑冰台！”王离一剑劈开了一个疲民的身子，大叫道，“最后一批秦墨！方才是他们在人群中大喊，杀死刽子手的也是他们！”

“他们要做甚?”华阳公主的目光陡然明亮了起来。

“杀赵高胡亥——！”

“快回撤！快回撤！”阎乐虽不知这些人的真实身份，对他们的意图却看得再清楚不过，他已将最后一批胡人材士调了出来，留在监刑台下的不过区区数十人，可眼看那群刺客也是这般数目，真交起手还真后果难料！

“陛下，快躲躲！刺客！”已重新回到监刑台上的赵高同样发现了这些刺客，嘶声大叫着，顿时引起周遭内侍侍女们的一片混乱，他们既不敢冲下监刑台，也不敢留在这里，只能人人尖叫着各自寻觅藏身之处。

“啊，好好好！却是，躲到何处?”胡亥也嗫嚅着手忙脚乱起来。

“躲到，躲到……”赵高注意到背后是一张宽大长案，厚厚的帷幔盖在了上面，一直垂到了脚下，忙快步上前躬下身子撩起一角，却是大为意外，那长案下已蜷伏着一个人，正在不住瑟缩着，感到帷幔被撩起时，更是惊恐地将身子缩成一团，抖动得连长案都跟着颤起来：“壮士饶命！壮士饶命！都是狗贼赵高逼的，我甚事未做……”

赵高咬牙切齿地攥住他的脚踝，将他一把拖了出来，又愤愤吼了一句：“叔孙通！”

儒家博士的哭声一下止住了，他身子虽依旧匍匐着，却仰起满是泪痕的脸庞望着郎中令，眨了眨眼，不知该如何为自己辩解，迟疑片刻才重又连连叩头，又是一番痛哭流涕：“郎中令饶命！郎中令饶命！”

赵高怒火中烧地将他一脚踹开，快步跑到监刑台的边缘，扒住栏杆向下望去，看到刺客们已和那些材士厮杀到了一起。双方形成了极为鲜明的对比，材士个个身披重铠手握斧钺，但却全无阵法配合，只是各自为战；而那些秦墨刚好相反，衣衫褴褛没有任何防备，唯一的兵刃只是短短的匕首，身形却极为灵便，辗转腾挪如影似魅，更兼三五人一组忽聚忽散忽进忽退，往往材士们一斧劈去，他们已然飘开，对手未及反应，匕首便刺入他们的咽喉或是铠甲缝隙，分明是墨家战法！

“糟了糟了……”眼见一个个先后倒下，剩余材士只能向着监刑台的木梯连连后退，赵高终于感到了死亡的威胁，饶是一向皮厚心黑，此刻也只能手足无措地哆嗦着。

若非阎乐及时赶到，他这回便当真要完蛋了。秦墨们本已冲上木梯，即将攻上监刑台，不防阎乐援军自背后杀到，登时便腹背受敌。尽管在后面的秦墨转过身来拼死抵挡，但狭窄的木梯终究无法左右闪避，转眼间便一个个滚落下来；而前面的秦墨虽知形势大险，已然再难取赵高狗命，却依旧不避斧钺全力向前拼杀。

片刻之后，最后一名秦墨终于倒在了木梯的尽头，与此同时阎乐也冲了上来，刚好站他身旁，惊慌失措地嗫嚅着：“岳丈……”

“干得好。”赵高喘着粗气点点头，罕见地夸奖起了女婿，“去抓王离，他……”说着扭过头，看到那支马队已快冲到校军场入口了。

咸阳令恐惧的大叫突然从背后响起。赵高扭过头来，顿时大吃一惊——阎乐脚下本该成了死尸的那名秦墨，此刻却猛地伸手攥住他的脚踝奋力一推，自己的女婿站立不稳，已从木梯上滚落了下去；随后那秦墨一跃而起，如当年荆轲刺秦王那般，猛然向自己丢出了手中的匕首！

间不容发之际，赵高急急将身一矮，只觉什么物事猛然撞上了头顶的镶玉高冠，然后便是清脆的玉石碎裂之声在头顶炸开，他慌忙捂住头，发现高冠已被打碎，玉屑迸飞之际，满头白发随即散落了下来。

与此同时，那名秦墨放声大笑，在材士们冲上来之前倒了下去，死前的最后一声高呼，是那句流传了多年的墨家誓言：

“赴汤蹈刃，死不旋踵——！”

跪伏在地瑟瑟发抖了片刻，赵高才喘着粗气爬了起来，眼见那秦墨终于一动不动，这才战栗着来到他的尸首面前，认出了县子硕的面容。他再扭头向校军场望去，发现王离马队早消失不见了。

“得手了么?”马背的颠簸中，怀中的华阳公主轻声问。

纵马狂奔的王离摇摇头，始终没听到约定的骨笛声，他已知黑冰台事败了。

“全完了……”王离默念着，心下很是沉重，他不知他们都姓甚名谁，甚至根本没见过他们，但他知晓，他们是父亲手中最后一支秘兵，本可安安稳稳地归乡善终，然而为了救公主，为了掩护自己，也为了刺杀赵高，终是在父亲的召唤下重新握起了匕首，也尽数死在了这校军场中。

一百名铁鹰锐士依旧一个不少，上林苑浓密的丛林中回荡着马蹄声声，依稀可以听见胡人材士的喊杀在背后响起，却是越来越远，显然正在被自己渐渐甩到身后。

“鸣镝！”王离扭头向身后叫道。

凄厉的破空之声冲天而去；片刻后，西北方向的密林深处响起了三长两短的号角，马队随即掉转方向，向着那里疾驰而去。

“王离！”密林深处响起一个年轻声音，一队骑士随之渐次闪出。听到这个熟悉的声音，华阳公主陡然睁大了眼睛，铁鹰锐士们也齐齐勒住了马。

“惟嬴，下来，给你换匹马。”王离凑在公主耳畔道，抱着她轻轻下了马。不料公主双脚刚落地便是一个趔趄，她体力本就几近极限，又在马上侧身坐了太久，已浑身酸麻几乎支撑不住了，王离忙一把拉住了她。

对面的蒙面骑士同样翻身下马，拉掉遮住面颊的黑布，露出了本来面目：“见过长公主。”

“公子由……”华阳公主粗重地喘息着，目光中满是感激。

李由嘴角轻轻一扬，点了点头，没再对公主说什么，却是转向王离：“王离，我等已将材士主力引开，目下暂时无事了。”

“中尉军如何了?”

“都在此。”

“如何只这点人?”王离一眼扫去才发现，这些骑士竟然人人浴血带伤。

“其他都战死了。”

王离和华阳公主对视了一眼，目光同时黯淡了下来。

李由显然看出了两人心思，只是淡然一笑：“不必自责。能救出皇族、告慰先帝，我等虽万死而不辞。”

“李由说得对!”王离一把搂住了公主，“惟嬴，目下当务之急乃继续逃亡，不然那多人岂不都白死了? 快走! 这里有马，我扶你上去!”

“善，这便走!”华阳公主擦去眼角刚泛起的泪花，勉力一笑，“只是，我仍要与你同骑丹騠!”

王离笑了，转身跃上马背，正向公主伸出双臂，她却已来到他身后，拉住他的腰带飞身上马，又从后面将他的腰身箍得更紧，紧紧贴住他的后背：“去往何处?”

“回频阳! 去见太尉!”王离高喊着扬起马鞭，一声清脆的鞭响。

“听你的! 只要你我再不分开，便是天边也同去!”华阳公主脸颊顿时飞红一片，绽开了一丝久违的幸福笑容。

第九章 大泽生龙蛇

1

劫囚马队全力赶往频阳之际，王贲已奄奄一息了。

晨风拂过，紧闭双目的太尉哆嗦了一下，骨瘦如柴的身躯本就被那宽大的军床衬得格外瘦小，此刻重又在厚厚的三层大被下瑟缩起来。

“太尉，可否回屋片刻？公子，一直没信……”一旁的童仆弯下腰，凑在他耳畔轻声道。

王贲依旧双目紧闭，坚执摇头，牙关咬得咯咯直响。童仆还想说甚，却被王夫人用目光止住了。

几日前服下方士丹药之后，王贲重新振作了片刻，为儿子和李由详细谋划了劫囚的诸般举措，刚部署完毕便昏死了过去，连日来也始终未曾清醒，然而今日黎明却突然醒转了过来。

许是冥冥之中预感到了什么，回光返照中的王贲不顾一切地命童仆们将自己抬出庄园，还要面朝官道。王夫人心领神会，当即下令召集所有还留在频阳的王氏族人，又命王翳去太尉书房搬来一只金匮，自己则守在丈夫身旁，焦灼的目光投向远方，手中紧紧握着什么物事。就这样不知等了多久，依旧半睡半醒的王贲睁开了眼。

“回来了么?”王夫人弯下身子问道。

王贲艰难点头，目光转向她攥紧的左手。

王夫人没有迟疑，张开手露出那只小陶瓶，打开泥封倒出最后一粒药丸，轻轻将它放入了自己夫君口中，然后伏在王贲耳畔轻声一句：“还能撑得一个时辰，最后一个时辰。”嗓音不由自主地颤抖着。

病榻上的王贲满意地长出口气，一直紧绷的脸颊松弛了些许。

铜壶中的水滴答答响着，王贲苍白憔悴的面颊也恢复了些许血色，王氏一族还未离开的族人们此刻都已聚集到了茅亭旁，与闻讯赶来的频阳乡民无分彼此地拥挤在一起，这些人竟然大半都是白发苍苍的老者，剩余少半也都是妇孺，个个都屏住呼吸默不作声。约莫一刻之后，太尉原本眯起的眼睛忽然大张了起来，炽热的目光死死盯住前方，人们随着他的目光翘首张望着，终于看到官道尽头浮现出一片烟尘。王翳忙和几个少年手脚利落地攀上道旁几棵大树，片刻后一声高叫：“九原边军——!”

人群微微骚动之际，马队已风驰电掣席卷到了跟前，战马齐刷刷止步的同时，为首那名骑士已从一匹通体火红的战马上翻身跃下，全力划拨着双臂，推动着已开始向两旁让开的人群，三步并作两步冲到了病榻前扑通跌倒，一声哭吼分外震撼人心：

“阿翁——!”

“事成了么? ……”王贲的嘴艰难翕动着。

“两事，一成一败。惟嬴救出来了，赵高胡亥未能杀死……”

王贲闭上眼睛，长长的喘息中带着无尽的恨意。

“其余公主，也不及救了。我等唯有一次战机，不想赵高是将她们挨个处决，是故只能救一人。反复权衡之下，只得眼看其他公主惨死，只救出了惟嬴……”

“莫多说了……长公主，何在?”

“惟嬴在此，见过太尉。”

华阳公主的声音在耳畔响起，王贲目光稍一偏移，正见公主满眼含泪伫立在一旁，虽是神色憔悴却仍颇显英武，于是脸上终于浮现起了欣慰：“公主，受苦了，无事便好……”又将目光重投向儿子，“王离，带公主走。赵高，必来频阳报复。你等，去骊山，找章邯，余皆有他……”

“我不走！阿翁你病成这样，我岂能只顾自家逃命！赵高要来，我与他拼了！那狗贼丧尽天良，我正要取他狗命！……”

“屁话！”王贲一声低吼截断了儿子，口中随即溅出点点血星，他向着王离面颊抬手抡去，胳膊刚挥到一半便软软垂了下来。

“阿翁……”王离泣不成声，他自然明白父亲心思：牺牲了那多性命才救出公主，若不及早潜回九原，岂不功亏一篑？可虽则明白，他却实在难以听命——劫囚之举，不啻向天下昭告了自己与咸阳庙堂的公开决裂，如此便是逃无可逃的灭族大罪，必会引来赵高的疯狂报复，如此休说王氏举族，怕是整个频阳都会血流成河！自己何能丢下族人乡党不管，只顾独自逃亡？

“走不走？”王贲瞪大了已开始混浊的双目，眼睛中暴射出精光。

“罢，我等走！”王离强忍着不哭出声来，一把抹去泪水大叫道，“回九原之后，王离这便领军南下！”

“记住：你资望不够，只本部起兵，难服众。是故，须联络九原各军，一同南下。还有，岭南军戍守南疆，莫全动，否则，百越将叛……”王贲艰难地说着，目光投向病榻旁，王离随之望去，看到一只不大的金匮。

“阿离，打开。”王夫人轻声道。

一声脆响，金匮盖子已被匆匆掀起，摆在王离眼前的是一柄奇异短剑，剑身闪烁着幽幽碧光。

——步光之剑。

“此剑，交任嚣，促他北上；子婴、章邯，我也有安排，放心。目下，当务之急，仍是……”

剧烈的咳嗽打断了太尉的话语，他侧过头来，“哇”地吐出一口鲜血。王离神色慌乱地一把扶起父亲，也就势握住了他干枯的大手，只觉得火烧一般滚烫。

王贲嘴角挂着血丝张了张口，却没能再说出话来，他只将目光投向华阳公主，向她伸出另一只手。华阳公主强忍泪水连忙握住，王贲这才轻轻点头，用尽全身的气力，艰难地将公主与儿子的手握在了一起，然后双手缓缓垂了下去，目光也开始涣散，挂着血丝的嘴仍然张开着，呼吸却是越来越微弱，终于完全停了下来。

“阿翁——！”王离一声撕心裂肺的号啕，四下里顿时哭声一片，茅亭内外所有人都跪倒在地，无不大放悲声。

王离勉强撑持着起身，想将公主扶起来，却觉双眼一黑两股战战，身子重又摇摇欲坠，眼看着便要一头栽倒，幸好李由眼疾手快大步上前扶住了他，手也掐上了人中："王离，当务之急乃逃亡！节哀！振作！"

"走，走！"王离咬紧牙关闭上眼睛，"只是……"

王夫人此刻已平静了些许，收住眼泪哽咽道："阿离，你父丧事自有我等料理，莫记挂；也莫担心阿媪，早日达成你父遗愿，方才紧要！你等莫再回庄，也莫多停留，赶紧走！"

"阿媪，何不命父老们一并走?"

"这多老弱妇孺，如何走得了? 再者你父生前已四处铺排，愿走的早走了，目下还留频阳的，都是不肯走的。"

"我等生在频阳长在频阳，已然这般年岁，死生早看淡了。"旁边一位白发苍苍的老者笑道，周遭人群顿时一片点头应和。

不等王离再说甚，王夫人已转身向几名童仆大袖一摆："你等，护送太尉回庄！"那些仆役们便急忙拭去泪水，将王贲尸身连军床一并抬起走向庄园，簇拥在茅亭旁的王氏族人和频阳乡党们也自发尾随其后，一路哭声震天不绝于耳。

"阿媪，多保重！……"王离哽咽道，眼泪却仍不听话地扑簌簌落下。

"夫人……"华阳公主也哭泣着拜倒在地。

王夫人眼角虽仍带泪痕，却已扶起公主，爱怜地为她拭去了泪水："惟嬴，你可知晓，那是何处?"说着指向不远处一座小小山塬，"那座山塬，我频阳人唤作华阳塬。当年你被先帝嫁与上将军，送亲车队便是在那里遇上了上将军。"

"……"华阳公主愣住了。

尽管眼角依旧湿润，王夫人却笑了："当年上将军坚执拒婚，公主方才逃过这桩婚事，不想时隔多年，仍是要做我王氏媳妇了。太尉最后心愿，你当已知晓，而今先帝与你母后都已不在人世，你与阿离虽未成婚却早有婚约，老身今日便将你正式视作王氏儿媳，从此以后，王离与你，都是老身儿女……"

"阿媪——！"华阳公主投入王夫人怀中恸哭失声。

"莫再耽搁了，快走。"王夫人轻抚着公主的一头黑发，笑中含泪道。公主这才收住泪水连连点头，王夫人向儿子儿媳最后扫过一眼，又向一旁的李由点头示意，已转身踽踽去了。

"阿翁，阿媪……"

望着父母远去的身影，王离扑通一声拜倒在地，连拜四拜之后一跃而起，一把抹去脸上泪水，大吼了一声："我等走！去骊山——！"

2

王离又梦见了火。

眼前仍是那一幕，曾多次出现在睡梦中，自己也曾听皇长子提过的那一幕：天穹开裂，纷纷坠落的火雨结成一片火海，吞噬了整个大地，无处不是红焰，无处不是鲜血，无处不是作恶的凶兽，天下仿佛一夜便回到了上古鸿蒙初开之际，一切灾祸杀戮毁灭都来自那道天之痕，然而此番却再也没了补天的女娲。

一声重重的叹息，王离醒了过来，感到耳畔枕头微潮，抬手抚上额角，发现自己已满头大汗；再缓缓睁眼，看到窗外的天色已微微泛白了。

好一阵愣怔后，他才意识到自己是在九原幕府中，也终于记起了连日来的诸般经历：他们刚逃离频阳，远处的故土便陷入了一片火海，自己急红了眼，当即便要冲回去拼命，却被李由拼尽全力按住，惟嬴也流泪苦劝，当时自己愤激之下眼前一黑昏死了过去。重新醒来时已身处骊山刑徒营中，一睁眼便见惟嬴和少府章邯守在一旁，少府告诉了自己这几日的变故：目下劫囚之事已传遍天下，赵高胡亥都对自己恨之入骨，于是派赵成赶赴频阳，欲将王氏灭族，不想频阳乡民们群情激愤，眼见大队材士赶来，不仅不肯交出王氏族人，反倒自发与材士械斗了起来。这些乡民许多都是灭国大战时退下来的老兵，受上将军、太尉训练多年，身手居然不比材士差多少，彼此战阵配合更是默契无间，那些材士不知对手底细，心怀轻慢，结果刚一交手便大吃苦头，顿时死伤了数十人。赵成闻讯大怒，急调更多兵马围定频阳大肆杀戮，近千乡民无分老幼一概处死，一时间整个频阳都是血流成河火光冲天……听得王离咬牙切齿泣不成声，全力忍住才没再次昏过去。章邯最后说，二世已发布诏书，罢去公子一切职爵，又四处悬赏捉拿你与公主，然则你等勿忧，老夫与太尉本就相熟，又受他密信托付，此番无论如何也要将你等安然送回九原！到时公子领军南下靖国，老夫愿做你援手！说罢匆匆出帐，片刻后领来两位老者，王离见了顿时大吃一惊，华阳公主更是惊喜地叫了起来——这两人，一个是方士徐福，一个是宗正子婴！

子婴讲起了自己这连日来的行踪，一切都要从公主乔装前往频阳、自太尉手中带回密信说起。王贲在密信中说了两事：其一，宫中若有内乱，可前往太庙避祸，当时公主便是得那位太庙老仆襄助，方才逃出咸阳；其二，要子婴去往齐地琅琊，找方士徐福。原来当年儒案事发之后，徐福终究牵涉不深，是故被先帝放过，依旧委派他出海求仙；最后一次巡狩之际，他率领船队再次出航，虽未求得仙药，却寻到一处海岛，岛上一片平原广泽，当为传言中那仙山瀛洲。徐福船队百工农具种子牲畜都有，又兼人手充裕，当即便定居于此，又与岛上土人混居，一两年下来已大见气象。不想中原突然传来消息，先帝已故、二世继位，诸般苛法杀戮层出不穷。徐福无力扭转朝局，也只能求全身自保，留得那处海岛总算还有个避难处所，是故将那海岛瞒得严严实实，只秘密开始了一项铺排：往返频阳与琅琊间，掩护诸多皇族与王氏族人前往琅琊避难。

而他之所以这般做，也是由于当时与太尉的约定。儒案之时，王贲原本一力主张将徐福治罪，而徐福为求得免罪，便主动为王贲治病，以丹药延了他数年寿命。此时庙堂局势日渐恶化，王贲得知徐福发现了那仙山瀛洲之后，便与他达成密约：自己不再计较他涉案之事，然他也须掩护自己族人秘密出逃。王贲还亲自选了两处避难地点，一处为太原，由当年武安君白起的后人白仲照拂，一处为琅琊，由徐福本人照拂；一旦皇族或功臣宗族遭难，琅琊王氏便负责营救他们，徐福也须助他们逃亡海外，如此方有子婴赶往齐地寻觅徐福之举。惜乎赵高动作神速，两人刚刚动身，便传来了皇族罹难的消息，他们这才按王贲生前安排，匆匆赶到骊山，总算救得王离与公主……

讲完这连番经历，子婴又说出自家打算：徐福马队护送王离公主北归九原，自己则重回咸阳。公主劝子婴随自己一同逃亡，子婴却摇摇头：皇族虽遭灭顶之灾，然未必无劫后余生者，哪怕只万里余一，我也当寻访出来，送走他们；非但如此，自己还要与赵高胡亥周旋下去。王离公主都从子婴的语气中明白了他的真正心思：积蓄实力，等待时机，除掉赵高！是故不约而同都未再坚持，各自的去路就这样定了下来。

乔装打扮完毕、准备动身返回九原之际，王离公主认识了徐福马队的头领，职任蜀郡右采铁的司马昌，令王离惊讶的是，此人竟是当年司马靳将军之孙。须知司马靳当年随武安君自裁之后，司马氏便销声匿迹了，大父父亲后来多方寻访也一无所获，不想自己竟在此遇见了这一族的后人！司马昌说，自己职任右采铁，多年奔波蜀郡、南阳等地，与卓氏、郭氏、孔氏等大商都往来密切，自然也与清夫人相熟。闻听徐福救援皇族的谋划，清夫人便将自家百余名商队骑士交他统领，与子婴徐福同来此地；司马氏本就与王氏世交，自己也交游广阔，各地商社都有熟人，你等若欲隐秘前往何处，自己可助一臂之力！王离公主听了大是感奋，就这样在司马昌商队的掩护下告别了子婴章邯，几经周折，终于在一个月后重返九原。

此时九原军正在一片鼎沸之时，数月来庙堂的倒行逆施已激起了公愤，将士们仇恨的火焰早已蔓延燃烧开来，愤怒的人潮汇成了无尽的大海。新统帅王离的销声匿迹更使将士们躁动不安，纵然有杨翁子、涉间、苏角等知晓内情的几名大将全力镇服，九原军的复仇之心仍旧日复一日地高涨，再无王离消息，只怕整支大军都要崩溃瓦解了……

恰在此时，王离南下劫囚、材士在频阳大肆烧杀、庙堂通缉王离等诸般消息如惊雷闪电般接连炸开，九原军一片哗然之余更大感酣畅痛快扬眉吐气，无不为九原将军叫好喝彩，也无不为频阳王氏痛惜，更无不密切关注王离与公主的行踪。待到他们突然出现在阴山草原，将士们顿时大喜过望奔走相告，直是将这位年轻统帅视作了英雄一般，军心迅速稳定了下来，士气也陡然高涨了起来，更加同仇敌忾，异口同声地请命南下。这回王离再无迟疑，安顿好公主之后便发出将令，命各路大将尽数来九原幕府议事，大体算来，大将们今明两日就都该到了……

而就在这一日，杨翁子匆匆赶到，还带来了一位蓬头垢面衣衫褴褛瘦骨嶙峋的少年，王贲仔细打量了两三遍才认出竟是王翳。王翳强忍住泪水带来了王夫人的死讯，尽管王离早有准备，然而听到他的转述，仍是勉强撑住自己才不致倒下：材士烧杀之际，阿媪从容转到后堂，将门从里面反锁上，王翳等人如何叩门也不开，最后生生撞开门才闯进去，这才看到她用白帛将自己悬在了房梁上，已是浑身冰冷了……王翳最后说，王氏留在频阳的族人仆役，只剩自己逃了出来，自己也有些技击骑射的根基，是故想入九原军，为乡民报仇！王离长出口气答应了，王翳这才哽咽着被军吏领走了。

勉强平静下来后，杨翁子又带来了近来上郡动向：王离被咸阳庙堂削去职爵又遭缉捕后，赵高便遣使赶赴上郡，欲以杨翁子继任九原将军，却被老将军冷冰冰拒绝了，幕府中一干大将更是咬牙切齿连声痛骂：卫尉乃老将军族弟，已被你等害死，此仇不报我等誓不为人！滚回咸阳告诉赵高那狗日的，让他洗净脖颈候我等刀剑！特使仓皇逃回咸阳回报赵高，赵高登时恼羞成怒，下令停止向九原军输送粮草，显是要生生困死整支大军！好在九原军近年来开垦河南地，或耕或牧总算囤积了一批粮草，大军人数虽众，但撑得入冬当非难事，想来不等那时已能杀回关中了……

“……只是目下，老夫还有担心。”说到这里时，杨翁子语气很是沉重。

“老将军何忧?”

“担心陇西军。李信将军遇害后，便是裨将赵公辅领军，可又有传言云，他与赵高往来甚密。”

“啊！”王离心下大感震惊，“他也是赵高一党？”

杨翁子轻轻一声叹息：“老夫对此人也知之不深，实难论断。按理说，赵公辅多年为陇西侯裨将，算得战功赫赫，为人也公心至上，陇西侯遇害他不该无动于衷。然则人心难料，先帝在世之时，赵高李斯为人不也无可挑剔么？目下非常之时，武成侯不得不防啊……”

王离沉默了，一颗心却猛然狂跳起来。

他很清楚，杨翁子的担心并非杞人忧天，新任陇西将军赵公辅，确乎让人捉摸不透，也确乎不能轻视。须知整个北疆共计三十万秦军，虽统称九原军，却非全数集中在阴山草原，而是散布在从辽东到陇西这漫长一线，各郡驻军两三万不等，九原郡虽驻军最多、战力最强，也在整个北疆秦军中居于核心，却也只七八万人而已；而除去九原郡驻军，其余各地便以陇西军最多，足有五万，兵力仅次九原郡，又兼陇西郡毗邻羌人、月氏，战事相对独立，故而陇西将军拥有很大的自主将权。也正因此，天下更习惯将陇西军视为独立兵马；整个九原军内部，陇西将军也可说地位仅次于九原将军，当年李信之于蒙恬便是如此。此种形势之下，若赵公辅拒绝南下，则其余各郡将军也未必愿与自己同道；更有甚者，赵公辅若果真与赵高往来密切，甚或可能受赵高指使，领兵攻向九原、与自己兵戎相见！

若是那般，大局岂不危矣？

“杨将军，赵公辅如何还与赵高有渊源？”这个疑问忽从王离心头腾起。

“武成侯当知，赵高本是赵国王族远支；这赵公辅却更进一步，乃王族直系；非但于此，武成侯可知他父何人么？”

“不知……”

“便是当年的代王嘉！”

3

悠悠羌笛传入耳畔，给这陇西的黄昏更添几分寂寥，然而狄道幕府中的赵公辅却坐立难安。

面前书案上并排摆着一枚竹简一块木牍，竹简发自九原，木牍则发自咸阳，它们各自都写着几行秦篆，盖在上面的印鉴却互不相同，竹简的印迹来自九原将军——自然，如今已不被庙堂乃至天下认可了；而木牍上的鲜红大印更是醒目得让人心惊肉跳，分明是“受命于天，既寿永昌”八个大字，显是咸阳庙堂的诏书。

随诏书一同送来的，还有半枚青铜虎符，与赵公辅手中的那半枚刚好吻合。

密信和诏书都是今日送来的，来自九原的信使先到，赵公辅读罢王离信函，没有批回信，而是对信使说，九原将军目下已被庙堂罢黜，自家又身负重罪，自己本不当听命于他；然信中所言也确是合乎情理，是故自家还须掂量，信使请回，自己不日之内便会有动作。信使神情间显然大是惊讶愤激，然而看到赵公辅的冰冷神色，终是生生忍住，只勉强一拱手愤然道：将军不愿与武成侯同道，我等自不能强求，陇西军好自为之便是！说罢拂袖而去。

九原信使前脚刚走，咸阳庙堂的特使后脚便到了，来的是赵成，这位曾杀害了李信的新中尉此番没敢进狄道城，更不敢见陇西众将，只将赵公辅一人召出城来，一只独目盯着皇帝诏书兀自念着，眼看赵公辅奉诏又接过虎符，忙不迭领着特使仪仗脚底板抹油——溜了。赵公辅将诏书带回幕府，召来众将一并观看，众将始则愕然，继而默然，最后神色间一片愤然，头一次谁也没理会诏书，也没人对赵公辅说上一句话，便铁青着脸各自回了营帐。赵公辅眼看众将不理会自己便俱各散去，也不觉意外，重又仔细打量起这一封密信一封诏书，掂量着它们各自的轻重。

两封书信都向他提出了相同要求，都是调他起兵，只不过王离是要他赶赴九原，商议南下铲除赵高之事；咸阳诏书却是要他挥师东进，歼灭王离九原军。赵公辅不用看也知，这诏书必然出自赵高手笔。他很清楚自己在郎中令心目中的地位：赵高尽管五万材士在手，然而若王离断然南下，仍不是九原军对手，若果能将自己拉拢过来，则既削弱了王离，也增强了自身实力，此消彼长之下便可胜券在握。

一边是九原将军，一边是咸阳庙堂，两边都要求自己去讨伐对方，自己必须在二者之间做出抉择，令赵公辅左右为难的恰在于此。一方面，无论于情于理，他都不能听从赵高，助纣为虐，就算自己果真一意孤行，陇西军其他将军也断然不会听从，到时甚或会有哗变之忧；然而另一方面，他却无论如何也不愿与九原军同道，众将之所以对自己不满，也正是因此。

赵公辅很明白，近来将军们已对自己另眼相看了，李信将军遇害后，自己继任陇西将军，身世也由此大白于天下，引发了诸多传言，说自己与赵高往来密切。对于此等传言，赵公辅不屑辩解，然而也确乎没有像王离、杨翁子那般旗帜鲜明地反对赵高，对于九原军与咸阳庙堂的决裂，他选择了耐人寻味的缄默与观望。而今日接受皇帝的诏书，也分明表示他准备转向赵高这边，眼见如此，其他将军们抵触自己，自然再顺理成章不过。

只是，他们没人知晓赵公辅的真实心思。

一声銮铃的清脆声响从背后响起。虽是一动不动，赵公辅的瞳孔却陡然缩紧了。

“公子，决定了么?”那个女人般轻柔的嗓音缓缓道。

站在他身后的，是销声匿迹多年的张良。

赵公辅没有转身，却是在銮铃声中闭上了眼睛，关于往昔的一幕幕渐次闪过眼前，在心底沉睡多年、连自己都以为早已消弭了的国恨家仇，重又在胸中沸腾激荡起来。他回忆起了秦军攻代的那一战，那是代国的最后一战，赵人的最后一战，也是父王的最后一战，却也是自己人生中的第一战。那一战中，父王和自己都被秦将王贲俘虏了，还是个少年的自己，也是第一次见到了李信将军，那时他决然没有想到，时隔多年后，自己竟会成了陇西侯的裨将，而今竟接替他成为了陇西将军。

代国灭亡、父王与自己一并被俘之后，他二人便被咸阳庙堂迁到陇西软禁了起来。父王很快便因郁郁寡欢而去世了，临终前伸出枯瘦的手死死拉住自己衣袖泣不成声：赵嘉无能，愧对赵氏列位先祖，我儿须继承为父遗愿，有朝一日但得时机，定要复我大赵社稷！……说完这句，父王便止住了呼吸。父亲下葬之后不到两年，母亲也很快撒手人寰了，赵氏在这陇西本就举目无亲，自己除却一身骑射技艺之外一无所长，原本还算得上殷实的家境很快便一日不如一日。此时李信调任陇西将军的消息传来，赵公辅重又记起了当年他对自己的许诺：若愿入秦军，可来找我。百般无奈之下变卖了家产、遣散了仆役，前来见李信，最终隐姓埋名入了陇西军。凭着每个赵国王族子弟都有的军旅经历，凭着娴熟的技击骑射与战阵兵法，也凭着与羌人戎狄连番大战中立下的赫赫功劳，他很快崭露头角，成了陇西将军最得力的臂膀，除却李信将军之外，军中几乎再无人知晓自己的赵国王族血统，自己几乎也要忘记这一点了。

然而不期然间，二世的即位使秦政迅速扭曲了，赵高的暗算也使李信将军死于非命，近日来的连番惊变更使天下大局动荡起来，自己也陡然成为了咸阳庙堂和九原军两边共同瞩目的焦点；这两日张良的突然造访，更是重新唤醒了他心底那沉睡已久的记忆。

“公子既已奉诏，想来是决意保赵高了?”张良的轻柔嗓音从身后响起，语气不紧不慢。

“赵高丧尽天良，便是李信将军都死于他手，赵公辅但有一丝良知尚存，岂能与这般犬彘为伍?”赵公辅仍背对着张良，恨声道。

“若不效忠赵高，何不与王离同道?”

“国恨家仇使然。赵国乃王离大父王翦所灭，代国乃王离之父王贲所灭，先父也为他所擒。彼时虽各为其主，然先父有言，赵氏终要与王氏为仇!”

张良没有吭声，目光中却闪过一丝赞赏。

“更有甚者，先父临终之际曾命我立下重誓：但得时机，必须图谋复辟赵国。始皇帝在世之时，天下一片兴旺繁荣，赵公辅自不去动那复辟心思。然则今非昔比，而今赵高盘踞庙堂，残害忠良压榨民力直如当年郭开一般，如此天怨人怒，秦国不亡岂有天理哉!”

“说得好!”张良的双眼陡然放出了光芒，“将军对大局之评判，与张良别无二致。张良自淮北一路北上，举目所及尽是民不聊生怨声载道，而今赵高在咸阳大肆屠戮，九原军又与其公开决裂，眼见秦人社稷更加岌岌可危。张良敢断言，不出数月，必有黔首如那骊山刑徒般群起暴动，我等六国贵胄也必当群起响应！到时将军大军在手，一路杀向中原，何愁不能裂土分疆，重建赵国?”一席话说完便目光炯炯地盯住了赵公辅，然而出乎他意料，后者并未表现得如何兴奋。

“此事，从长计议便是了。”赵公辅面无表情答道。

“将军不愿重建赵国? 不愿自立为赵王?”张良目光中带了一丝疑问。

“流水已逝，何能刻舟求剑? 赵公辅对这复国之事并无兴致，若非先父遗志，若非与王氏世仇，此番陇西军或许早就南下了……”

“既如此，将军究竟何意? 保赵高? 从王离? 自家起兵?”

“陇西军，两不相帮，也不轻动。”

张良细细打量着这位陇西将军，仿佛头回见到他一样，片刻后，嘴角浮现出一丝近于嘲讽的笑意：“张良在中原与江东项氏相熟，那项氏便与王氏两代世仇，公子项梁更是毕生以王氏为敌。张良本以为赵氏也该这般，不想公子却令张良刮目相看了……”

“人各有志而已。”赵公辅显然不愿继续就此话题继续下去。

“也罢。公子既是自家孝义难两全，张良也不强求，再行谋划便是……”

张良说着站起身来，向幕府大帐外走去。

“先生与公辅多年未见，不再盘桓几日了么?”望着那个瘦削的背影，赵公辅沉声问道。

“张良还要再访一位故人，阻挠九原军南下……”

4

五月，漠北，龙城。

冲天的烟尘伴随着浓郁的腥膻味，从方圆数十里的草原上鼓荡开来，一同飘向苍穹的还有此起彼伏的呼哨吆喝、畜群形形色色的嘶鸣、车轮的吱嘎喘息声，一群群牛羊在牧民皮鞭的驱使下，从四面八方连天涌来，向着同一个目标赶去。匈奴人每年要举行三次大会，最隆重的便是五月在龙城召开的这次，主要是祭祀先祖、天地和鬼神。只是相较以往，而今的龙城大会规模已大为缩小，无论人丁还是牲畜，数目都远不如从前。

那座与阮翁仲一般高大的祭天金人，此刻正高高伫立在一个石块垒起的祭台上，脚下则堆积着小山般的枯柴，周身在初夏的浓烈日头下熠熠生辉，身上折射出的璀璨金光几里之外都能看到。它默默望着簇拥在自己脚下的匈奴各部，望着他们牵出用作牺牲的马羊牛再逐一杀死，此后胡巫们围定三只死去的牲畜，绑缚起它们的前后四蹄，分别将它们葬在龙城城垣下、宽阔军道间，以及城外湖泊中。此后，万千匈奴人的悲愤吼声响彻了天宇：

“秦人，我匄若马！……”

随后，他们依匈奴人所谓“蹛林”的习俗，纷纷跃上马背，绕着龙城郊野的一片密林驰骋起来，连续三圈走马之后，马队便向四面八方散开，开始了狩猎。

头曼单于策动着自己的坐骑，头顶的单于金冠分外耀眼，说是狩猎，却颇有些心不在焉，只是警惕地望着四面八方。他在找自己长子冒顿的身影，然而并不是为了见他，恰恰相反，却是为了尽可能远地避开他。

自从当年被蒙恬九原军两次痛击之后，匈奴人便全数放弃了阴山草原，向着北方的大漠深处遁逃，近年来只敢在狼居胥山和浚稽山之间游荡，而这一带荒漠戈壁驳杂，远不及河南地丰腴肥沃，故而匈奴人生计极为艰难。数年来，他们也不是没动过重新南下、夺回河南地的念头，可族中精壮几乎损失殆尽，数年来纵然休养生息、恢复了些许实力，却也远远不足。近年来头曼单于又日渐衰老，已预感到许多部族首领对自己都不似以往那般敬重，而其中最可能发难的，便是长子冒顿。偏偏自己的幼子只有十几岁，自己纵然及早退位、立幼子为单于，他也必然不是兄长对手，却是如何是好?

一声尖锐的呼啸陡然响起，沉浸在回忆中的头曼单于心头一颤，顺着那声响望去，正见一只肥大麋鹿蹿出密林，慌不择路地从自己面前一箭之地外逃去；一彪人马紧随其后冲出密林，为首那名骑士分明便是儿子冒顿，发现自己后便勒住了马，傲然一句："单于可曾猎得虎豹?"

"冒顿收获如何?"头曼单于反问了一句。

冒顿遥指向那只正在远去的麋鹿："正在逐鹿！欲邀单于一并会猎!"

这分明是挑衅，自己绝无退缩之理。想到这里，头曼单于点点头，从牙缝中挤出一句："你我一同逐鹿!"说罢便与儿子同时策动战马，率领着护卫们，向那只已变成一个小小黑点的麋鹿冲去。

半个时辰的追逐后，这支围猎队伍渐渐拉成了长龙，头曼冒顿父子俩已距那只筋疲力尽的麋鹿越来越近，却也将各自的骑士落下了足足一箭之地。

"单于身手不减当年!"听到背后传来马蹄声，领先了一个马身的冒顿侧脸叫道。

"再过十年，老夫照旧无人能及!"头曼单于在嘚嘚马蹄声中吼出这句话的同时，终于越过了儿子。

父子二人交错而过的一瞬间，他向冒顿投去了转瞬即逝的一瞥，目光中有得意也有警告，然后便目不转睛地死盯着前面疲惫不堪的麋鹿，从背后摘下了猎弓。

凄厉的箭矢呼啸声响起，麋鹿倒在地上，抽搐了两下不动了。头曼单于那心满意足的笑容刚露出来便凝固了——他手中的箭矢根本未及射出，而那呼啸声也分外尖锐刺耳，绝非寻常箭矢声响，而是……

头曼单于接下来的念头，被从后颈到咽喉传来的一阵剧痛打断了，他感到温热的鲜血从喉中汩汩流出淌过脖颈，一股无比熟悉的咸腥味陡然弥散开来。他垂下眼睛，看到箭镞从身后穿透了自己的咽喉，正在面前咫尺之间颤抖着，上面的许多细小孔洞正纷纷冒着血泡。

鸣镝。

他再勉强别过脸，正见左后方的儿子已勒住马，手握长弓，保持着刚射出箭矢后的姿势，目光中闪烁着再明显不过的杀机。

更多的箭矢呼啸着同时传来，听到冒顿王子发出的信号，那些多年来训练有素的骑士既不去看更不去想，已然将手中箭矢齐齐向着老迈的单于尽数射去，那一人一马转眼间便插上了十余支不住颤动的黑色鹫羽，然后一同倒在了遍地血泊中，鲜血从众多创口中汩汩流淌。

“父亲，这是你教我的。”冒顿的目光，分明说出了这句话。

四下里安静了下来，直到此时，冒顿才翻身下马来到父亲尸体前，从他腰间扯下了金留犁和径路刀，一同佩在腰间；又从他头上取下那只金灿灿血淋淋的单于金冠，戴到自己头上；最后他来到那只活活累死的麋鹿的尸体前，将它一把抄起，转过身来面对着骑士们：

“头曼已老迈无能，无力收复失地；自今日起，我便是单于！我将领你等重振匈奴，杀败秦人；夺回阴山，逐鹿中原！……”

“单于万岁！……”马背上的射雕手们一动不动，口中齐整高呼着。

冒顿单于嘴角露出一丝狞笑，抽出第三支鸣镝，这次却是将它射向了来时的方向：“杀了头曼幼子阏氏，整肃匈奴各部！”

随着这声叫喊，马队呼啸着席卷而去。

冒顿仍纵马狂奔在最前面，此时他心头想到的，却不是自己即将开始的连番杀戮与巨大功业，而是那个人，那位中原屠耆，是他为自己谋划了这场杀父夺位，也是他劝自己重新南下、逐鹿中原！自己与他那次密谈的最后几句对话，至今还清晰回荡在耳边：

“屠耆屡次助我，冒顿何以为报？”

“愿得王子一诺：日后张良辅佐之人若落入你手，你须放他一马，何如？……”

伴随着这句话的，是那早已熟悉的銮铃声。

万里长城沉寂多年的烽燧上，一柱柱粗大狼烟重又升了起来。

全身甲胄的王离大步登上城垣，深深皱起了眉。夏日午后的明媚阳光下，他分明可以看清，长城以北的大漠深处重又有大群骑兵汇集，却是既不进前也不退后，只是如乌云般翻卷涌动着，战马的嘶鸣、牲畜的鸣叫，伴随着他们翻腾起的滚滚黄沙一同扑面而来，久久不曾散去。

时隔六年，远遁大漠的匈奴人再度出现在了九原军视野中，重新开始磨刀霍霍准备南下。

王离是半月前接到匈奴南下的军报的，刚听到这个消息，他心下猛然咯噔一下，顾不得去向华阳公主道个别，忙领着一个百人队匆匆出了九原城，昼夜兼程赶到了九原郡最北端的高阙塞。连日来各处烽燧也先后升起一柱柱狼烟，随后云中郡的武泉、上谷郡的造阳等各处关塞也先后发来急报，都说边境出现了匈奴人的踪迹！

望着远处那些身着皮衣手持弯刀往来驰骋的骑兵身影，王离心头回荡起了斥侯们刚报来的消息：不久前匈奴人召开了龙城大会，头曼单于在会后射猎中被自己的长子冒顿所杀，那位匈奴王子夺得单于金冠之后，马上趁着各部齐聚之际大开杀戒，一片血雨腥风之下，各部都慑于他的淫威，异口同声地认他为新单于。听斥侯转述了冒顿那“夺回阴山、逐鹿中原”的誓言，王离心下不禁一阵寒意，本能地预感到，这冒顿行事如此狠辣，日后必将是华夏族群的大敌！

自然，如今匈奴的实力已远不如当年，即便全力攻来，只要九原军背倚长城小心应对，也绝不会让他们占得半点儿便宜。然而要命之处在于，匈奴人偏偏选择了这个时机攻来，这不能不让王离大为沮丧。依他原本设想，以九原军的剽悍灵动，以及那无坚不摧的强大战力，一个月内足可击溃五万材士、杀入咸阳。然而他万万没想到，正当九原军即将南下之际，匈奴人却卷土重来了，也并不与秦军认真作战，只是这般在长城之外日复一日地耗着，你若大军杀出，他马上作鸟兽散；你若退回长城，他便重又聚拢——显是想模仿当年秦军灭国大战时自己大父的战法，要将九原军的军粮生生耗尽，再大举进攻！

自然，若欲摆脱此种窘境，王离还有另一种选择——在长城和沿线营垒中虚设旗帜金鼓，然后率一部秦军悄悄南下咸阳。若在从前为千长、都尉乃至裨将时，王离也许毫不犹豫便这般做了。然而时势已变，目下自己是整个九原军的统帅，更肩负着守护国门的重任，无论自己是否还认同咸阳庙堂，都不能放任匈奴侵入中原，是故抵御匈奴之重任，甚或比南下肃清朝局还要重要。而今强敌在侧，自己决不能意气用事，若再像那次劫囚一般轻易离开九原，一旦走漏风声，匈奴必会趁机大举进攻，到时九原军号令不齐群龙无首，必会如当年失去李牧的赵军一般大乱，如此自己罪莫大焉！……

这样想着，一团疑云也渐渐从王离心底升起，他左右也不明白，一向只知猛冲猛打的匈奴人，如何也习得中原人兵法了？纵然冒顿单于诡计多端，可若说这是出自他本人的谋划，王离却也不肯信：匈奴人已远遁漠北多年，对中原大势应早已生疏才是，却是如何算到九原军准备撤军南下，更在这紧要关头杀了出来？难不成有人给那冒顿通风报信？若真有这等人物，却会是谁？这时赵公辅的名字闪过心头，王离心头一跳，尽管他无论如何也不愿相信此人会暗通匈奴，可不愿归不愿，他仍不得不对这位与自己向来疏远的将军多留个心眼儿，若他果真趁自己大举南下之际突然起兵自背后攻来，岂非大险？……

无论是为了提防匈奴还是赵公辅，九原大军都不能立即南下了。

事后王离才知道，自己错过了肃清朝局的最佳机会，甚至可以说是唯一的机会。当大泽乡的惊雷由那遥远的淮北之地炸响时，一切都向着不可预知的未来剧烈倾覆了过去。

5

公元前209年夏，二世元年七月，大泽乡。

雨已下了半个月，天仿佛再也不会晴了。

祠堂屋檐下的陈胜抬起头，将阴郁的目光投向天穹，依旧看到浓重乌云层层叠叠地拥挤着，和这半月来的每一日一样，毫无任何稀薄迹象。而那瓢泼雨水也同样如此，白茫茫灰蒙蒙的雨流伴随着肆虐咆哮的狂风一泻千里，方圆数十里都披上了重重雨幕，变成了滔滔泽国。几丈之外便是一片影影绰绰，脚下更是翻滚涌动着深不可测的泥水，既无法辨清去路，也同样寸步难行。这场不期而至的暴雨，冲洗着大地，搅动着污泥，仿佛吞噬了世间的一切希望，也淹没了他们这九百戍卒的一切出路。

“贼老天，还是这般？”一个粗重的嗓音从背后传来。

陈胜没有回答，没有扭过头，甚至连动都没有动一下，依旧默默望着天穹木然不语。

吴广缓步上前，蹲下身子，同样直愣愣望着自己口中的“贼老天”，陪着屯长一起发呆。

不发呆也着实无事可做了，冒着大雨强自上路固然也可，然则大泽乡一带本就泥沼遍地，说不清何时便会一脚踏空陷入泥眼。不过就算赶到了渔阳，也照旧是死，陷入泥沼溺死和被斩首，能有甚不同？

“失期，法皆斩……”吴广轻叹了一声。

只是他不太明白，屯长把自己约到这大泽乡亭外的破败祠堂中，仅是来看这大雨么？他模模糊糊预感到了什么，却不肯率先点破。

陈胜依旧没有吭声，从两人蹑手蹑脚出了大泽乡亭起，他便再没说过一句话，而两人在这祠堂中已耗了顿饭工夫，他仍然一语不发，只默默想着自己的心事。

陈胜没有料到，这次赴渔阳戍边的行程，竟会变成自己人生的最后一段旅途。

半个月前，县吏来到阳城的闾左巷中，向这位曾经的佣耕宣读了遣戍渔阳的县府文书——县令任命他为屯长，要他率其他数百戍卒到达阳夏，与那里的另一批戍卒会合；此后便一同北上渔阳，限期一月抵达，失期皆斩！听到最后一句，陈胜炸开了：欺我不知《徭律》么？上边明明说失期三到五日受责；六日到旬罚一盾，过旬罚一甲！如何成了失期当斩了？不料县吏却也一脸无奈：庙堂更法之后，秦法便改了，兄弟要骂，骂郎中令赵高便是，我这也是奉命行事实属无奈。陈胜虽连连大骂，却还是被迫领着戍卒们跟随阳城将尉赶往阳夏，与另一位屯长吴广率领的陈郡戍卒们会合，一道向东进发了，准备走到泗水郡之后再向北折上齐燕大道，如此虽稍绕些远，但该当较径自北上更快。

动身的先头几日一切顺当。戍卒们刚上路，体力正充沛，每日都能行得百里有余，若依这等脚程，准时抵达渔阳郡当非难事。然而当他们途径蕲县以北之际，脚步却被一场不期而遇的大雨滞涩了，平坦的官道辨认不出了，广阔的原野满是泥泞，陈胜曾在项燕麾下从军，知晓当年大司马便是在此误陷大泽，从这一带直到垓下，类似的泥淖沼泽比比皆是，若硬着头皮继续赶路，难保不会步大司马后尘，目下还是寻觅避雨之处为好，当即向两位县尉说了自己的担心。两尉随即领着戍卒们匆匆赶到了离此最近的大泽乡亭，全数住了进来。陈胜至今还记得清楚，刚住进来之际，不少戍卒还颇感快慰——连日奔波着实疲惫，好不容易有个避雨落脚处所，也该趁机歇息了。那第一晚，所有的石屋茅舍仓廪库房牛棚马圈都是一片说笑声，直如军中篝火晚宴一般热闹……

然而时至今日，谁都笑不出了。

半个月来，这场罕见的大雨没一日停歇，每一日都和眼前一样，举目皆是迷离的雨雾，抬眼皆是晦暗的天色，扑面皆是湿冷的水滴，周身皆是彻骨的冰凉。戍卒们祈求祷告抱怨咒骂哀叹长吁垂泪沉默，无论何等反应，上苍依旧毫不动容，大雨仍然在不停地下下下。眼见这般大雨，所有人心下都不约而同涌起了一个念头：一个月的时日已过去了大半，便是天气立即放晴、立即动身赶路，他们也断然无法及时赶到渔阳郡了；而只要无法按时赶到，所有人都会被斩首处决。屈指算来，今日已是始皇帝薨去的周年忌日了，难不成，自己也要步始皇帝后尘了么?

陈胜一脸愁容地低下头，两只湿漉漉的粗糙大手捂住了黧黑瘦削的脸颊。

“阿兄。”吴广的声音重又从背后响起。

“说。”陈胜没有抬头，却是瓮声瓮气冒出一句。

吴广先走入茅舍外的雨中，左右张望了一番，确信没有戍卒向这间幽暗破败的祠堂走来，这才湿漉漉地折返回来，站在陈胜面前重新开了口：“阿兄，逃吧。”

陈胜抬起头，丝毫不觉意外：“秦法严苛，抓到便是死。”

“不逃又能如何？到了渔阳，照样是死！”一向寡言的吴广陡然爆发了，“阿兄你甘心这般么？我等动身以来日每疾行，谁不是满脚血泡？拼命前赶，怕的便是误了行程，谁能料到偏遇上这场大雨？我等心下就乐意么？又不是我等之过！……”

“这话你便对县尉说，他也照旧要斩我等。”陈胜恨恨一句。

吴广陡然截住了话头，许久后才咬住下唇，一声长叹：“都是这贼老天害的！”

“非是老天，乃是官府害的，秦政害的！”陈胜抬起眼睛盯着吴广，一字一顿道，“《徭律》我读过，原本没这失期皆斩之说！若不是那杀千刀的二世与赵高改了秦法，何能有这般严苛？我等何至于死？”

“阿兄且说，如今怎办?”

“目下出路倒有一条，只看兄弟你敢不敢。”陈胜面色格外冷峻。

“甚出路?”

陈胜眯起眼睛，从牙缝中挤出了三个字：“举大计。”

吴广猛然一颤，他自然明白对方说的是甚。

“只怕，仍是死……”

“而今逃亡亦死，举大计亦死，两死等同，死国如何?”

“死国？”吴广惊愕了，然而心下的兴奋远超恐惧，他听出了陈胜的弦外之音——死国者，为国而死，能是哪个国？自然不会是秦国！

“阿兄可有成型谋划?”

陈胜霍然起身，连番说辞直如江河水般滔滔而下，显是思谋已久：“天下苦秦久矣！我闻二世乃少子，不当立为帝，当立者乃公子扶苏！扶苏为人仁厚，又主张宽政，更兼战功赫赫，故在天下大有人望，只因数次谏阻坑儒，先帝方命他将兵在外。我闻听他原本无罪，却被二世逼杀；百姓多闻其贤却未知其死，我等起事，可以拥立扶苏为名！”

“拥立扶苏？好主张！只是我等皆为楚人，目下更在楚地，最好再找个楚人名号！”

“我早想好了！我当年本就是项燕卒伍，心知大司马战功赫赫又爱护士卒。楚国灭亡后，楚人甚怜之，有人以为他已死，也有人说他逃亡了。而今我等若诈以扶苏、项燕之名，为天下首倡，定可一呼百应，何愁大事不成！”

“然则，这二人向无瓜葛，硬扯到一起，妥么？”

“兄弟不知，当年公子扶苏与长公主之母，便是楚国一位嫔妃，与那末代楚王昌平君，还有些许亲缘！”

（注：扶苏项燕之关联，来自李开元《秦始皇的秘密》之推测，或为一说。）

吴广惊讶地瞪大了眼睛，仿佛头回见到陈胜般打量着他：“阿兄，你想得这般周全？”

“不瞒兄弟，我早有反心！”陈胜愤然一句，“始皇帝统一天下创设新政，我等打心眼儿里佩服，便是其人果真有过失，我等也忍了，而今却是不同！二世赵高那般昏君佞臣残贼天下，我等休说再无出头之日，便是活路都要被生生掐断，岂能再忍？……”

“阿兄说得对！我随你干了！”吴广也陡然激动了起来。

“只是，我等欲图大事，仍须慎重。”陈胜话锋陡然一转，声音又低了下来，“我意，我等须求诸卜卦，看看天意如何……”说着忽然闭口了，警觉地竖起了耳朵。

“阿兄，何事？”吴广看陈胜脸色不对，顿时大为紧张。

陈胜没有答话，只是抬起手来示意他莫作声，吴广忙屏住呼吸，侧耳倾听起来。片刻之后，他终于从那沙沙雨声中听到了些许声响。

一阵清脆的銮铃声，正由远及近缓缓而来。

6

大雨继续下着，天地间充满了绵延不绝的哗哗声响，坠落的雨水、屋檐树梢滴落的雨水，合成了一片飘忽不定的轻微响动，而此时此刻，这响动中已渐渐渗入了一丝銮铃声响。

两位戍卒头目互相对视了一眼，脸色同时严峻起来。陈胜向吴广使了个眼色，自己转身踏入祠堂，两只湿漉漉的大手抓起一根满是泥泞的椽子横在胸前，直面大门；吴广则侧身躲在门后，紧张地望向那清脆声响传来的方向。

銮铃声越来越近了，节奏依旧不紧不慢，还伴随着哗哗蹚水之声，来人确定无疑地正在向这祠堂走来。

陈胜吴广保持着方才的姿势一动不动，大气都不敢喘，只是间或交换着眼神，提醒着彼此。他二人绝非胆怯之辈，尤其是陈胜，真正战场上搏杀过，然而此刻两人恰恰都心里有鬼，是故在他们心中，这位不速之客自然不能不防。

破败昏暗的祠堂中鸦雀无声，外面哗哗的雨声更给这里添了几许寂寥，只有那清脆的銮铃声响还在徐徐传来，越来越近，每一下声响都带着一丝令人不寒而栗的惊悚。

两人默默数着这銮铃声，也数着来人的步伐，第四十七声之后，他们终于看到一个头戴竹笠、身披蓑衣的身影徐徐出现在视野中，他伫立在祠堂门口十余步外，任凭密集的雨点瓢泼而下，只默默打量着祠堂的外表。

“可有人否?”他开口问道，声音虽轻，陈胜吴广却听得清清楚楚，听到这里，他们诧异地交换了一下目光——这声音极是轻柔，直如女人一般。

陈胜向吴广使了个眼色，吴广心领神会，慢慢从门口探出了身子：“先生何人?”

“行路旅人，前来歇脚。”

吴广用目光询问着陈胜，屯长的神色稍和缓了些，慢慢放下手中的椽子，将它如手杖般拄在地上，却仍紧紧握着。看到这里，吴广喊了声“先生请进”，退后两步让出了门口。

那人哗哗蹚过没膝的黄泥汤缓步上前，昏暗的祠堂中很快回荡起了銮铃的清脆声响。当他相继从陈胜吴广面前走过时，两人都先后没来由地感到了一股寒意。他们看清了他的容貌：此人没有须髯，肤色白皙五官清秀，直如女子一般，然而那毫无血色的薄薄双唇却透着一丝诡秘，一双眼睛也如暗夜中的寒星般深不可测。

“此间，倒是好去处。”那人并未理会两位戍卒，只仔细打量着这座祠堂，颇有些嘲讽地喃喃道，说着摘下竹笠脱下蓑衣，露出一袭黑衫，陈胜一眼便看到他腰间悬着一枚小小的銮铃，那清脆的响动便是它发出来的。

“先生从何而来?”陈胜警觉地问道。

“从九原来，欲往江东。”那人将正在答答滴水的竹笠蓑衣随意搭在一张粗糙的石案上，看似漫不经心地回答。

吴广倒吸了一口气：“路这般远，却是何等艰险?”

“艰险么?”那人目光一闪，轻柔地笑了，“总比那戍卒强，不必整日担心失期杀头。”

陈胜吴广迅速交换了一下眼色，心下都暗暗吃惊。

“先生说笑了，不知先生行路千里，做何营生?”陈胜努力装作若无其事地问道。

“没甚正经营生，云游四海，卜人死生而已。”

陈胜吴广再度交换了眼色，两颗心同时狂跳不止。

“若是这般，先生不妨为我等卜上一卦?”陈胜说着从袖中掏出五六枚秦半两。

那人没有接过钱，却是淡漠地笑了笑：“你我偶遇，也是天意，便为你等卜筮一番，钱却不必了。”说着打开随身一只包裹，取出一方小小的木函，从中捧起一把蓍草。

绵绵细雨中，那人细长白皙的十指拨弄着蓍草，陈胜吴广也屏住呼吸，望着他不断将这些草根分分合合，再在一块稍显干爽的砖石地面上一一画下爻线，最后伸手指点着它们开了口：“卦成，你等且看。”

“少阳，少阴，少阴，少阳，少阴，少阴。”陈胜由下向上逐一看着六条爻线，口中喃喃道，“这是……”

“震卦。”那人轻声道。

仿佛正在回应他，一道闪电刚好掠过了祠堂外的天空，整个祠堂被照亮的瞬间，两位戍卒也看到，那人双目中如雷电般闪过一道犀利的光芒。

“震卦?”陈胜吴广同时问道，这声询问随即淹没在了沉沉雷声中。

“震：亨。震来虩虩，笑言哑哑；震惊百里，不丧匕鬯。”那人悠然吟诵起了震卦的卦辞，“此卦，乃雷电交合天地反复之象也，是为天道之变。”

“天道之变? 凶还是吉?”

“震者，为动，本有动众兴兵之象，然则动必有静，起必有伏，雷为生发之气，是故二位行事，当有连捷之象，却须防过犹不及，引来上苍雷霆震怒，唯谨慎行事，方能免事败身死。简言之有大险，然终能成，虽凶无咎……”

“有大险，然终能成，虽凶无咎……”陈胜低声念叨着，不由自主地攥紧了拳头。

“二位欲举大计，只需牢记此卦便是。”那人轻声笑着，收拾起蓍草墨块等物事，又站起身重披上蓑衣戴上竹笠，向着祠堂外的雨幕走去，叮叮当当的銮铃声再度回荡起来。

陈胜默然望着他渐渐远去，直到眼看他步入雨地才如梦方醒，冲向祠堂门口大喊了一声：“先生留步！”

那人收住了脚步，却并未回头。

“两事求教先生！其一，欲举大计，何等手段为宜？”

“借鬼神之力。”那人背对着陈胜，毫不犹豫地答道，仿佛早料到他会这般问。

“其二，何等名号？”

这回，那人没有马上回答，而是伫立在雨中，仰起脸望着晦暗天穹，一任冰凉雨水浇在自己脸上，片刻后才重新开口，声音不大却极是清晰：

“楚，张楚。”

说罢，他重又低头径自走了，清脆的銮铃声也依旧混着沙沙雨声哗哗水声，渐渐远去了。

“张，楚……”

望着那个神秘背影慢慢消失在雨幕中，陈胜反复默念着他留给自己的那两个字。

吴广蹑手蹑脚地走了上来：“阿兄，这张楚二字，何解？”

“张楚者，张大楚国也。我等楚人，此地楚地，扶苏也与楚国相关，项燕更是楚将，如此名号，确乎再好没有！”

“那，鬼神之力，却又如何借？”

“此教我，先威众耳……”陈胜低声念叨着，嘴角徐徐泛起一丝笑意。

大雨依旧哗哗下着，连绵不绝的雨声只吵得人心烦意乱，而客居大泽乡亭多日的这九百名戍卒，也更加焦躁不安了。

使他们焦躁的不仅是这场绵延多日的大雨，更有近来发生的两件怪事，竟都与他们的屯长陈胜相关：前日几位戍卒随吴广一道去市集买回几条大鱼，炊卒杀鱼烹汤时拿菜刀划开其中一条的鱼腹，却见鱼腹中竟有一团红绫，展开后上面却是三个隶书：陈胜王！几名炊卒顿时目瞪口呆，忙将另几条鱼也开了膛，果然每条鱼腹中都是一团红绫，同是这三字！这还没完，昨夜更有戍卒听到屋外密林里传来阵阵狐鸣似是人声，仔细听来，居然是“大楚兴，陈胜王”；有大胆的戍卒偷偷出去看，更是吃惊不小，但见沉沉暮色茫茫雨幕中，那破败祠堂方向正有两点蓝幽幽鬼火如流萤般飘荡着，忽东忽西，时隐时现！

鱼腹丹书、篝火狐鸣，连日来这两桩传闻不仅被添油加醋越传越神，而且一传十十传百，简直成了尽人皆知的秘密，每个晚上每间茅舍内都有戍卒们三个一群五个一伙凑在一起，高一声低一声地议论着这两事。更有人不知从何处听到了当年屯长那两句名言：燕雀安知鸿鹄之志；苟富贵，无相忘。这更成了他天命贵人的佐证。在戍卒们眼里，他们的屯长已成了始皇帝般无所不能无往不胜的存在，人人心头躁动，人人热血上涌，人人都想追随他去谋生路谋富贵，哪怕屯长一声令下叫他们去死，他们也不会有半点儿怨言！

眼见自己已在戍卒们当中确立了无可动摇的威望，陈胜明白，自己和吴广成功了，目下只待真正迈出那一步了。思虑已定，当即与吴广又是一番密谋，这一日夜晚，吴广便向着两位县尉居住的那间石室走去了。

7

雨终于小了些，数百名戍卒拥挤在雨地的泥泞中，将吴广和两位将尉围得里三层外三层，前面的虽人人默不作声，个个眼睛中却都喷射着显而易见的怒火；后面的则纷纷踮起脚尖仰头张望，试图看清到底出了甚事。

后面的戍卒隔得太远，不知吴广何故与将尉争吵，好在沙沙雨声中，他们的叫喊一声高过一声，即使是最外面的戍卒也能听清：

“大雨下了这多日，准定赶不到渔阳！赶不到便是死，我等不跑，坐等砍头么?”一向憨厚的吴广此刻直如愤怒的公牛般连声咆哮着。

“吴广大胆！你眼里还有秦法么?”阳夏将尉大吼道，语气中满是醉意，“你若真敢跑，那便是逃兵！依秦法俺这便能杀了你！”

“鸟个秦法！谁个不知，杀千刀灭三族的赵高早改了秦法！依如今这秦法，黔首都没活路了！谁还肯守法？再这般胡搞下去，秦国必亡！”

“反了你！这等话也说得出口么？想吃鞭子么?”

“你便果真打我，我仍要逃！”

清脆的鞭声应声响起，吴广一声痛苦哀号，黑黝黝的胸口顿时一条粗深的血痕，却仍连声大吼就要逃就要逃。阳夏将尉本就喝得半醉，此时被吴广话语一激，酒意更直冲头顶，一把甩掉马鞭攥住剑鞘，剑柄指点着吴广连声怒骂：

“吴广！你我原本同乡，平日又相熟，今日却是你触法在先！你若再言逃亡，莫怪我果真拔剑杀你！”

“好了好了！”阳城将尉也劝阻道，“吴广，今日是你不对，莫再吵吵逃了，起来！我等也不想真杀你……”

“大王来了！”后面突然传来了戍卒的大喊。

“甚个大王?”两名将尉同时莫名其妙地扭过头去。

恰在此时，躺在泥泞中的吴广却是飞身跃起，一把攥住阳夏将尉手中指向自己的剑柄，只听“呛啷”一声，长剑登时出鞘，戍卒们只觉眼前一花，下一个瞬间便惊愕无比地看到，长剑剑锋已刺入了阳夏将尉的胸口！一旁阳城将尉眼见吴广当真杀了人，顿时也急红了眼，在戍卒们一片惊叫中怒吼着抽出了自己的长剑，不料刚举起剑锋便一声闷哼，整个身子缓缓软了下去；吴广趁机再次挺剑，赶在将尉倒地之前又刺穿了他的身子。

陈胜手中紧握着一根血淋淋的粗大木梃，眼看阳城将尉也倒在了泥泞血泊中，大步上前从尸体手中拾起长剑，直起身时已一剑砍翻了离自己最近的一名手足无措的县卒，口中大喊了一声：“杀县卒！”早有准备的戍卒们齐齐一声应和，三五个一伙分头向着县卒们扑来，转眼便将他们按倒在地纷纷饱以老拳。县卒们全数没了气息之后，数十名戍卒头目便齐齐高喊了一声“屯长举大计了”，九百名戍卒们随即“呼啦”一声簇拥着陈胜吴广拥向了祠堂。

祠堂中破败昏暗依旧，雨水的潮湿凉意、泥土气息、血腥与汗臭掺杂在一起，呛得人艰于呼吸，衣衫褴褛面目黧黑的戍卒们互相拥挤着，因了紧张，因了兴奋，也因了单薄衣衫难以抵御那雨水的冰凉，个个战栗不已。人人心头都扑扑大跳，人人口中都喘着粗气，人人脸上都写满了恐惧与憧憬，所有期待的目光都投向了祠堂石案前的陈胜，即使是故去一周年的始皇帝走出骊山陵重返人间，活生生伫立在眼前，也不会比此刻的屯长更使他们敬畏和崇拜。

一片肃穆中，祠堂里回荡起了陈胜那粗重的嗓音：

“弟兄们！我等遇雨，皆已失期，失期当斩！即便未斩我等，戍边死者仍十有六七！你等甘愿这般死么? ……”

“不愿——！”戍卒们无不心下愤激，齐刷刷高喊道。

“陈胜以为，壮士不死则已，死便当举大名，可是如此?”

“不死！举大名——！”戍卒们再度大喊道，吴广第一个举起了手臂，在他的带领下，黝黑枯瘦的臂膀纷纷举起，组成了一片黑森森的密林。

看到数百道热辣辣的目光尽皆集于自己一身，看到身旁面容肃穆却难掩心下激动的吴广，一股建功立业的豪情随即在陈胜胸中激荡起来，那一瞬间，他想到了那个不知名卜者告诉自己的卦辞：虽凶无咎——纵然大险，然则只要自己一往无前，必定能成！

一时间，他当真觉得自己天命攸归了。

深吸了一口气，陈胜面向黑压压一片的人群，同样伸直了自己黧黑的手臂高高举起，仿佛要穿越头顶那幽暗的祠堂穹顶，直举向洒下绵绵细雨的夜空。在沙沙的雨声中，在不时轰鸣的雷声中，他振聋发聩地喊出了自己一生中的第三句，也是最惊世的那句名言：

——“王侯将相，宁有种乎？……”

时隔多年，他终于把自己少时的志向化为了行动。

陈胜并不知道，自这一刻起，瓮牖绳枢之子氓隶之人迁徙之徒的自己，终于以一介戍卒之身，与那些煊赫王侯并列齐名平起平坐，嗣后甚或跻身太史公笔下的世家之列；而自己这句话也永远凝固在了史册上，永远流传了下来，它宣告着华夏三千年来，以血缘传承维系着统治的贵族政治终于正式土崩瓦解，从此以后，皇帝轮流坐渐渐取代了受命于天既寿永昌，无数和陈胜一样出身低微少有大志的英雄枭雄奸雄狗熊们，无不被这句话所激励，向着那人世间的巅峰发起了一轮又一轮的冲刺。他们个个都在追求着皇帝的无尽权势，然而大都忘记或者有意忘记了本应与这个名号，与那无尽权势紧密相随的无尽功业。他们为此不惜将整个天下带入连绵动荡，不惜将万千百姓拖入水深火热之中，也同样不惜搭上自己的身家性命，终是在彼此的杀戮中一个又一个倒下，成为胜利者饕餮的血肉，却依旧前赴后继乐此不疲。而即便是最后存活下来的胜利者，纵然打碎了旧秩序，却也只能将脚下的废墟重新聚拢拼凑起来，于是历史重又在暴民与暴君之间开始了新一次的轮回，兴，百姓苦，亡，百姓苦！此之谓也。

……

“敬——受——命！”

随着这齐齐一声应和，雨中原本一片寂寥静谧的大泽乡亭，骤然动荡了起来。

祠堂茅舍牛棚马厩都被拆毁了，一根根梁椽被戍卒们湿淋淋地握在手中，打磨成了木梃棍棒；乡亭的石墙被推倒了，一块块砖瓦被从墙中生生抠出；乡亭外的竹木也无一幸免，竹丛被刈尽大树被扳倒，顺直的竹竿和枝杈都送到了炊卒那里，由他们用菜刀一一将顶端削尖，做成一支支竹木长矛；就连乡亭外的青石碑都被砸碎，戍卒们将那些大块的碎石敲敲打打，磨成一支支石斧再绑上木杆……抠砖石的折断了指甲，削长矛的切伤了手指，磨木棒石斧的纵然满手老茧却仍磨出了血泡，尽管如此，戍卒们却仍是一派热火朝天不亦乐乎，坐在雨幕泥泞里满头满身汗水雨水地赶制着那些锄櫌棘矜，每制得一件便起劲儿地摆弄挥舞着蹦跳雀跃着大呼小叫着欢歌笑语着……这沉沉的雨夜，这茫茫的大水，这些戍卒们身上的破衣烂衫，他们手中刚打造好的粗劣兵器，还有人人脸上写满的，更像是蛮夷部族脸上的狂野纯真的快乐，这一切混杂在一起，都散发着浓浓的远古蛮荒气息，若有不知情的外人看到眼前这一幕，定会心生错觉，以为他们都是那上古洪荒时代的先民孑遗。

翌日清晨，大雨终于停了。

久违的旭日重又光顾了淮北大地，也照亮了大泽乡亭前高高竖起的一面粗布大纛，它原本是帐篷的一角，而今上面却用鲜血涂抹了两个笨拙歪斜的隶书：张楚。大旗之下则是石块草草搭起的祭台，摆放着两位将尉的首级，陈胜吴广各自穿着死者的甲胄，佩着他们的长剑，面向祭台肃立着，身后是戍卒头目们手擎县卒长矛，再后面便是其他戍卒，人人袒露着黑黝黝的右臂，目光中写满了置之死地而后生的决心。这等景致，正应了当年老子那句名言——

——民不畏死，奈何以死惧之！

“昊天在上，陈胜吴广伏唯以告！”随着陈胜这声大喊，所有戍卒都拜倒了下来，“今秦为无道，我等九百人奉扶苏项燕密令，举计大泽乡，诛暴秦，张大楚！若有二心，身首异处！……”

读罢祭文，陈胜又站起身来转向戍卒们：“诸位弟兄！陈胜领各位举大计，自家须有个名号！”

“屯长天命攸归，当为王！”吴广叫道，戍卒们也一片兴高采烈地应和。

陈胜却是大手一摆：“一仗未打便自家封王，岂不惹天下耻笑？我意，自家先做将军，吴广兄弟当都尉！”

“万岁！将军都尉——！”

“举大计第一战，攻取大泽乡！”

“万岁！攻取大泽乡！……”

随着这一片响亮应和，黑压压的人潮山呼海啸般涌出了乡亭。

第十章 城头变幻大王旗

1

如同惊雷一般，继始皇帝殁去这一年来发生的无数大事之后，大泽乡起义再度使天下目瞪口呆了。

就实而论，若只是暴动，以前天下倒也有过先例：春秋时的盗跖、战国时的庄跻都曾作过乱，声势也相当浩大；即便几个月前，骊山一批刑徒还在黥布的策划下成功逃亡；至于那些三五人一伙的群盗自然就更多了。然而谁也没想到，大泽乡的这批戍卒竟会这般嚣张猖狂，竟要立国称王！更匪夷所思的是，他们还打出了皇长子扶苏和楚将项燕的旗号！

在陈胜乱军劫掠附近一个又一个村里的同时，这个消息不胫而走，已经飞速传到千里之外的会稽郡吴县了。

“季父！季父！淮北那群盗匪乱军竟僭用大父名号！是可忍孰不可忍！我项氏名号岂能任由那般贱民糟蹋，何不起事讨之！……”

阵阵大吼从屋外传来，语气中满是愤激，端坐书房的老者却是不动声色，只是面色严峻地望着伫立在门口的高大后生。

他看到自己侄儿那双重瞳子中，燃烧着熊熊火焰。

“阿籍，你以为陈胜第一个揭竿而起，便能笑到最后？这等贱民无知无识无才无能，只凭一腔血勇便想立国称王，痴人说梦！老夫敢断言，陈胜盗军长不了，至多撑持一年，必定分崩离析！你愿学他么？”

“可陈胜势头正猛，连占了六七县！手下盗军已有好几万，再不起事，只怕便是他与我项氏争天下了……”

“几万盗军也是乌合之众。老夫只一句话：陈胜狗屁不是，只会自生自灭！不必理他，我等要反的仍是秦国；真正劲敌，也仍是秦军！”

“那他盗用大父名号……”

“他借项氏之名，旁人也可借他张楚之兵，各取所需，岂不两全其美？”

“……何解？”

“今夜之后，你便知晓了……”

项梁意味深长地撂下这句，丢下侄儿径自出了书房。项羽一愣，快步赶至窗前，眼见季父走出庄园来到岸边跳上一叶扁舟，向着茫茫震泽深处驶去，也连忙夺门而出。

雪白的浪花向两侧分开，小船笔直地驶向远处的夫椒山，项梁一边奋力摇橹，一边默默想着即将摆在项氏面前的天赐良机。

自从当年由栎阳狱逃亡、隐姓埋名藏身江东之后，项梁便改头换面化名富商参木，一方面在江东故地四海游荡，私下里联络从前的族人门客仆从；另一方面则开始积极结交会稽郡守殷通、吴县令郑昌等官府之人，但有徭役征发、丧事操办都毛遂自荐，主动帮忙操持，暗中以兵法行事，无不办得井井有条，如此几次下来，很快便得到了官府的另眼相看和民众的一致拥戴。及至数月前策划了那场骊山刑徒暴动，项氏族人尽数脱逃后，项梁的反秦复仇之心更是重新鼓荡了起来，这次他铤而走险，命族人将项氏盘踞吴中的消息悄悄透露给殷通郑昌以此试探，这二人不仅浑然无觉，反倒更与项梁交好，甚或还帮着他一同隐瞒身份，更使项梁大为放心。之所以敢这般招摇，是因他已从咸阳传来的连番惊变中敏锐察觉到，秦帝国已岌岌可危了——自己策划的这场刑徒暴动堪称惊天大案，不想咸阳庙堂只出动了两三千中尉军，在关中粗粗搜索一番便不了了之，这说明甚？大秦已经没兵了！非但如此，接下来长达月余的大肆屠戮，更是令项梁始则愕然继而窃喜，及至听说九原军统帅王离竟亲自南下劫囚，从而与庙堂公开决裂，项梁更是大喜过望——天作孽，犹可违；自作孽，不可活！有胡亥这等昏君在位，有赵高这等奸贼盘踞庙堂，这大秦社稷能长久么？

虽然这般，项梁仍没有贸然起事，他明白此时举事仍显仓促——而今庙堂乃丞相李斯摄政，其人虽多权谋算计，却仍是前朝重臣，在天下声望极高，黔首也大多寄望于他。此人如肯及时改弦更张，实行宽政，则大势仍将缓和。若果真那般，纵然举事也不过小打小闹而已，反倒极可能引火上身，是故项梁仍然按兵不动，只待天下黔首群起暴动，他明白民心即天心之理：黔首不能成事，却能成势，只有民众成势，自己方能借势成事！项梁相信，自己不会等得太久：其时天下统一不过区区十余年，黔首们依旧秉持着天下问政这一战国遗风，对于恶政暴政绝无妥协退让忍气吞声，必将蜂拥反抗。秦并六国，六国遗民人心思旧者本就决不在少，对秦政观望摇摆者同样不少，始皇帝后期，天下民生已日复一日恶化，黔首心中的怨气也渐渐生发郁积起来，然则始皇帝终究千古一帝，铁腕雄强世所罕见，又有太尉王贲那般强臣辅佐，黔首们终究不敢造次；可时至今日，胡亥赵高那干昏君佞臣不知深浅，不仅不改弦更张，反倒变本加厉压榨民力，黔首不起事岂有天理哉！大秦社稷不亡岂有天理哉！殷通郑昌对项梁的热络，完全验证了他的判断：庙堂已经失却了民心，连郡县官吏们都离心离德了，秦政倾覆之日必不远矣！及至陈胜吴广大泽乡暴动的消息传至江东，上至官府下至黔首无不瞠目结舌，唯有项梁毫不奇怪，他早有准备，心知此时举事，正当其时了……

而今夜项梁要做的，便是与自己的同道们共同议决日后的举措。

“张耳陈余，见过项公！”一老一少两位公子快步上前，齐齐拱手。

项梁同样拱手还礼：“二位公子奔波召集各路世族，连日来多有劳苦，敢问人齐了么？”

“但凡有些名头者，都已聚齐！”张耳朗声答道，虽是年过五旬，却仍声如洪钟。

“只等公子良了！”年轻的陈余补充说。

项梁微一点头，在两人的导引下来到了这处隐藏在夫椒山中的隐秘山谷，他的身影刚一出现，谷中便是一片“见过项公”的声音。项梁一眼扫过已然看清，足足二三百人散布在这座山谷中，依方位分成了壁垒森严的四群：正南那块最为平展开阔的空地，是人数最多的旧楚世族，大多头戴切云冠或獬豸冠，身着绮罗纱縠织成的对襟衣或襜褕短衣，腰佩玄纁玑组，举目望去一片锦绣绚烂；与他们正对的北方，是燕赵两拨人马，或是身着胡人的绔褶短衣，或是身着武士的短后之衣，头戴的武弁大冠上则飘曳招摇着鹖尾或曼胡之缨；正东则是齐国贵胄们，清一色的高山冠，宽衣博带的紫衫，不少人腰佩金剑；西面便是魏韩两国，贵胄们腰间无不悬着整套玉组佩，或是山玄玉佩朱组绶，或是水苍玉佩纯组绶，衣着也都是赤青黄白等正色冕服，这还是春秋时期老晋国的服饰。张耳陈余便站在这拨人马的前面。

眼见两人一脸自得，项梁会心一笑，他二人两张铁口出了名的伶牙俐齿，颇有纵横策士之风，此番老世族会盟，大半人马都是他们招来的；论在六国世族中的地位，除却自己和张良，便是他俩了。目下六国贵胄大半聚齐，只缺张良，却不知他去了何处？……

刚好此时，一阵螺号突然响起，谷口遥遥传来一声叫喊：“张良先生到——！”紧接着张良一袭黑衣的身影便出现在了谷口，又笑着向项梁、张耳陈余和其他老世族们频频拱手：“项公、诸位，张良迟来一步，尚请见谅。”

“公子这边请！”项梁也大是振奋，他一度以为这位悬刀头目已放弃了复国，此番世族大会虽也循例邀了他，心下却未指望他果真会来，不像那赵国王族末代子孙赵公辅一般投靠秦人便不错了。以目下观之，这位旧韩公子终究没有舍弃自己的复国大志！

张良点点头，缓步走向韩魏贵胄，不料忽然间收住了脚步，目光扫过一圈，微微一笑：“项公，这二位面目生疏，不知何方高人？”

话一出口，所有世族的目光都顺着张良的目光集中了过去，这才注意到这些贵胄之中，有两人很是特殊：一位是须眉雪白精神矍铄的老者，峨冠博带大袖飘飘，双手拄着根很是考究的鸠杖，一身儒生装扮，面目中满是傲兀；另一人更是怪异，大致年近五旬，一身小吏装扮，头戴竹皮冠，颌下一把须髯虽很是气派，却是一脸疲民般的狡狯，一双贼溜溜的眼睛正四处骨碌碌乱转着。

项梁大步来到那位老者面前，向他深深一躬，显然极为恭敬，直起身来又扭头环视山谷：“项梁正欲向各位引荐！这位老丈，诸公必定人人知晓——孔夫子八世孙，文通君孔鲋先生！”

响亮的欢呼声顿时震彻了山谷，毕竟孔夫子后人的名头在天下是响当当的，自当年咸阳庙堂焚书坑儒以来，儒家早被天下人视为殉道者了，而这位儒家领袖既愿反秦，自然会大大张扬反秦声浪！世族们心知这点，自然无不对文通君大为拥戴。

面对贵胄们对自己的欢呼喝彩，孔鲋却仿佛充耳不闻，满脸的矜持淡漠，只向项梁拱手还礼：“项公谬赞了。老夫自坑儒之事后，本已心灰意冷，只愿学伯夷叔齐洁身自好，以避暴秦虎狼苛政，幸得陈余公子相助，故而隐居嵩阳河谷潜心治学。不期近来秦人庙堂变本加厉残贼天下，我儒家不忍看天下黔首再遭涂炭，方才挺身而出，欲与各位豪杰携手，解庶民于倒悬……”

“口上说得漂亮，却不知做起来如何?”一个极尽嘲讽的嗓音油腔滑调地响起，所有人都把目光投向了那位一脸疲民相的小吏。

孔鲋上下打量着对方，目光中充满了轻蔑：“又是足下?”

“不错！沛县刘邦!”那小吏模样的中年人一脸眉飞色舞。

项梁面色微微一沉，张良嘴角却浮现出一丝笑意。他已记起，多年前秦国灭魏之际，刘邦已给过文通君一次难堪了；不想多年之后两人重新不期而遇，却不知又有何等好戏?

“刘邦兄弟当年崇敬信陵君，故而与我相熟，我等曾同游过大梁!”张耳那洪钟般的声音在一旁响起，“数月前刘邦押送徭役前往骊山，却将黔首尽数放走，自家也前往芒砀山反秦了，若论反秦时日，比我等都要长！故而今日我也将他一并请来!”

“刘亭长……”项梁微一沉吟，刘邦却哈哈笑着一句：“咱祖上虽也魏人，却不与这老夫子同道，算楚人便是!”也不等项梁点头，已向那最多的一群人走了过去。孔鲋则皱眉望着刘邦的背影，小声嘟囔了句“唯女子与小人难养也”，这才不再吭声。

“诸公!”眼看分派已定，项梁终于正式开口了，“前日陈胜盗军起事，旬日之间天下云集响应，黔首无不嬴粮影从，今已有数万之众，显见秦政暴虐，早已失尽天下民心！盗军猖獗，咸阳竟一片死寂，如此反常唯有两种可能：一则庙堂糜烂透顶，二则关中无兵可发，如此正是我等起事之最佳时机！只要天下成烈火燎原之势，即便南北两军果真杀回中原，平乱仍旧左支右绌！项梁今日冒险将诸公邀至震泽夫椒山，便是请诸公共举大计，一同诛灭暴秦，复辟故国!”

“诛灭暴秦，复辟故国！……”山谷中喊成了一片，所有的世族贵胄都在声嘶力竭地高喊着，神色间满是狂喜，许多人已是涕泗横流。

“敢问项公，若江东项氏这般在故国有人众根基者，自可率众起事，然我等当年大都受暴秦压榨甚深，既无钱财又无兵马，却是如何反秦?”北面燕赵贵胄中，武臣惴惴不安又满怀期待地喊道。

项梁微微一笑：“此事我等早已料到，敢请张陈二位公子，将自家谋划讲与各位。”说着向张耳陈余点头示意，两人顿时大感振奋荣耀，一同来到空地正中，山谷中也迅速安静下来，所有人都盯着张陈二人，等着他俩的妙计。

2

"诸公!"张耳环视一周，深吸一口气开了口，那洪钟般的声音回荡在山谷中，分外嘹亮，"我等与诸公一般，家国沦丧后便一贫如洗，虽日夜思忖复国大计，无奈自家无财无势，终是只能枉自嗟叹！……"

"……前日得知陈胜斩木为旗揭竿而起，我二人与诸公一样鼓舞，当即议出一条妙计！此中紧要尽在八字：浑水摸鱼，借树开花！"陈余接口道，兴奋得脸色都微微红了。

"……诸公皆知，陈胜贱民，只配做我等垫脚石，然则其人起事以来，麾下兵马日渐盛壮，此绝不能轻忽!"

"……我等之意，自家手中若无兵员，便可往投陈胜，在他麾下为将，统领兵马!"

听到这里，山谷中登时一片嗡嗡议论声。六国贵胄神色间有的惊讶有的轻蔑有的不快，陈余见状立即醒悟：他们无不自恃出身高贵，怎肯屈居贱民之下?忙向四面八方连连摆手："诸公诸公！诸公误会了！投靠陈胜仅为权宜之计，我等仍有后手！……"

世族们这才稍静下来，一片狐疑目光中，张耳继续连声大喊："诸位但想，陈胜一介戍卒，懂甚战阵兵法？盗军兵马虽有，若无领兵大将，照样乌合之众!"

"……正是如此，陈胜最需的是甚？是领兵大将!"陈余再度接口。

"……我等谁不是文武全才？纵然战阵阅历有限，却也决然比那帮泥腿强得多!"张耳的话语中充满了自豪。

"是故，我等可以拓地复国为名自请为将，要陈胜划拨兵马，一旦得兵杀回故土，便可自立为王！……"陈余大袖一摆，一脸神采奕奕。

"……到时，那陈胜能奈我何？诸公且说，可是如此，啊?"张耳环顾四周，自顾自大笑起来。

随着两人的一吹一唱，一阵惊叹声纷纷响起，世族贵胄们交头接耳议论纷纷，一时却都拿不定主张。有的说此计甚好，陈胜虽则贱民，然若能空手得其兵马，岂非大妙？有的却说此计大是歹毒，只怕堕了族中威风，有损祖上阴德，君子不当为也；也有的说陈胜身虽低贱却并不蠢，如何你要兵马他便给你兵马？此计只怕仍是空谈；有的说六国灭亡不过十余年，分封仍在黔首心目中大行其道，陈胜焉敢逆天行事？我看大有希望！还有的说陈胜目下终究是反秦大纛，我等若背后捅刀，让他亡于秦人之手，自家怕也撑不得多久了；话未说完便有反驳的说鸟个反秦大纛，我等便不挖他墙脚，他照样完蛋，何不先保得那多兵马？更有的说大行不拘小节，我等复国乃天下大义，只要能杀回故土成功复辟，管他旁人何等评说！……

久久的争论之后，山谷终于开始安静下来，不知谁第一个叫了句："我等便浑水摸鱼，借树开花！"谷中顿时一片应和。应和者多是各自故国的中小贵胄，不似那些王族望族对自家声名看得那般重，自然不将投靠盗军看作甚丑事；另一方面尽管谁也没说破，然而个个都很是清楚：自己虽是世族，在原先国中却无足轻重，此番若果能从陈胜处讨来数千万余兵马杀回故国，占得一座城邑一片土地，便足可自立为王，真是比原样复国更加诱人！这等千载难逢之良机，岂堪错过？……

一阵放声大笑突然响起，打断了六国贵胄们的大呼小叫，四下里重新静了下来，所有人都把目光投向了笑声传来的方向，许多人都皱起了眉，他们看到又是刘邦站了出来。

"刘邦兄弟何事发笑？"张耳皱眉问道。

刘邦却并未理会，又是捧腹大笑了一阵，这才擦了擦眼角笑出的泪水："笑那可笑之人！"说着向满谷世族指点了一圈，"各位，亏得你等都是六国贵胄，自家先祖立国之时，谁不是一条光棍两手空空？谁不是日每刀口舔血，风里进雨里出，多年累积兵马粮草城邑人心，方才打下日后江山？你等倒好，不思效法祖上苦干拼杀，只知雁过拔毛见缝插针使这等鬼蜮伎俩，羞也不羞？你等今日吵吵反秦嚷得震天响，实则心底谁不想裂土分疆，自家谋个富贵？是也，咱照样想！刘邦自不是甚正人君子，也非不肯耍这等手腕，可刘邦却知，若想成大事，断不能整日醉心这蝇头小利！依刘邦说，这等粗浅权谋也就骗骗陈胜那冤大头，你等休说日后成事，便能自保活命者都没几个！只怕六国世族下次重聚便在泉下，人世间你等已一个不剩了！啊哈哈哈哈……"刘邦越说越开心，居然手舞足蹈起来。

"刘邦！竖子猖狂！危言耸听！……"老世族们都被这顿嬉笑怒骂惹火了，纷纷怒斥起来。

"刘亭长自家如有谋划，不妨一并讲与诸公？"

銮铃声中，一个女人般的嗓音不期然响起，所有的贵胄都齐齐住了口，惊愕地望向沉默已久的张良。张良却是谁也不看，只是紧盯着刘邦，显然对这桀骜张狂的亭长颇为赞赏。

项梁同样紧盯着刘邦，心下虽略略不快，目光中却也大是赞同。

刘邦自家倒是浑然无觉，只仰天打了个哈哈："咱刘邦不似孔鲋老夫子那般饱读诗书，没那等学识；也不似项公那般党羽众多，没那等根基；也不似公子良那般交游广阔，没那等人脉；更不似各位那般世代贵胄，没那等祖上能挂在口边炫耀，目下更是芒砀山一流盗，便连生计都大是艰难。然刘邦总算比各位看得清楚，欲夺天下者，一须有实力有根基，二须顺大势得民心，两者都非朝夕能见真章，须得沉住气扎深根，一步步来，站稳了脚慢慢图伸展。刘邦来这震泽，一是张耳兄弟盛情邀约，二也是想见识天下豪杰，不想来了方知全是一群碌碌之辈，比那陈胜之流好不了多少！既如此，刘邦也便放心了，今日敢向各位放出狠话：十年之后，咱纵不成始皇帝，少说也是称王封侯！"说着大手一挥，满脸痞气中居然也透着一股干云豪气。

"一派胡言！""不知天高地厚！""一介流寇能有何等见识?""口出狂言谁不会?""我等才羞与你为伍！""有了兵马，一指头便将你碾碎！"……所有的世族贵胄都愤怒了，七嘴八舌叫骂起来。

"列位莫费口舌骂咱了！你等羞与刘邦为伍，尔翁照样不愿与你等为伍！老夫子那话是甚来着？道不同不相为谋？总归刘邦不与你等同道！张耳兄，多谢邀约；项公，多谢招待！咱刘邦这便重回芒砀山，接茬当那流寇去也！……"刘邦哈哈大笑着向张耳项梁先后拱了拱手，在贵胄们的连番痛骂中大摇大摆径自走了。

张良却是默默望着刘邦的背影，目光中若有所思；嘴角也带着一丝似有若无的笑意，心下一丝闪念：

"这刘邦，有些意思……"

"诸公，谋划既定，各位便可择日投奔陈胜，你等可有异议?"项梁的声音重又在山谷中响起，显然没有受刘邦的影响。

"无有——！"一片齐整应和。

"既如此，我二人便打头阵，为诸公游说陈胜！"张耳方才虽因刘邦搅局而心下不快，此刻却也大笑道。

"非独游说他给各位兵马，还要说得他立六国后裔为王！"陈余同样高声叫道，一脸跃跃欲试。

“愿与二位公子同往!”武臣也大是兴奋。

“如此天下大计，岂能独让几位涉险？我与列位同道!”眼见赵人抢先跳了出来，燕国韩广急不可耐地紧随其后。

“魏人也与各位同道!”周市忙大叫起来。

“楚人同往!”景驹挺身而出，这是楚国贵胄中第一个开口的。

“我等同往!”田臧韩信等人乱纷纷叫道。

“老夫也去!”孔鲋突然一声大喊，拄着鸠杖缓步上前，“老夫不为自家富贵功业，却是要助天下庶民推翻暴秦!”

“我等也去！算我一个！……”六国贵胄们喊成了一片。

“公子意下如何?”项梁向张良瞥去了一眼，低声问道，目光中有疑问也有试探。

张良轻轻摇头：“非是张良不愿复国，只是去亦无用。”

“公子不肯去?”项梁目光中满是警惕。

“项公便肯去么?”张良淡淡反问了一句。

两人对视了片刻，同时明白了对方的心思，也都意味深长地笑了。

项梁没有再与张良多说，转向了群情激昂的人群：“夫椒山不宜久留，各位既然商议已定，不妨立即动身!”

“伐无道，诛暴秦——!”张耳陈余应声喊道，率先向着夫椒山的岸边并肩走去。

“伐无道，诛暴秦——!”孔鲋拄着鸠杖颤巍巍地走向水岸，声嘶力竭地喊道，苍老的声音中满是凄楚悲愤。

“伐无道，诛暴秦！伐无道，诛暴秦！……”一艘又一艘小船由夫椒山的礁石间沙洲前划出，驶向了茫茫震泽，一声又一声高呼相继传来，喊声中充满了压抑不住的兴奋。

天色已晚，浓黑如墨的天穹中难以察觉地一片乱云飞渡。寒风掠过之际，深不可测的茫茫震泽开始变得暗潮涌动，原本平展的水面已是波涛澎湃，一个又一个大浪打向那些闪烁着点点光亮的小船。船上的贵胄们却是全无惧色，左手高擎火把以免被浪花扑灭，右手则摇着桨把着舵以免翻船，口中依旧连声高喊着，忘情地驾驭着船只与浪花搏斗着。他们苦苦等待了十余年，也苦苦忍耐了十余年，不知多少黑发人熬成了白发人，却仍旧顽韧地活了下来。对故国沦丧的屈辱，对死于战乱的亲人的痛心，对失去的锦衣玉食生活的失落，对重新夺回昔日权势的渴望，对而今越发苛酷的暴政的愤懑，这一切的一切聚集起来，终于汇成了对秦人秦政秦法刻骨铭心的仇恨，这仇恨如附骨之蛆般日日夜夜啮噬着他们的心灵，而今他们当中的大部分人，只剩下了两个念头……

——向始皇帝的子孙复仇！向秦国庙堂复仇！向秦政秦法复仇！向秦军复仇！向秦人的都城、郡县、土地复仇！向秦人的一切复仇！

——夺回我等失去的荣耀与地位！夺回我等失去的财货与土地！夺回我等失去的社稷江山！夺回我等失去的时代！夺回我等失去的一切！

“暴风雨，这便来了。”伫立在夫椒山上，望着那些渐渐远去的一艘艘小船，项梁望向一片幽暗的苍穹，双目中闪烁着渴望的光芒。

身旁的张良微微一笑：“雷电交合天地反复，天下即将重回乱世。自今日起，我等将震惊百里。”说着缓缓走上前去。

夜风挟着潮湿的水汽扑面而来，张良却是丝毫不惧寒意，反而挺直身躯微扬起头，双臂平展胸口大开，长发飞舞衣袂飘拂，风声中銮铃的清脆响动更是一声急似一声。他那暗夜寒星般的目光望着暴风雨前夕的震泽，轻轻开了口，如同祭司歌唱祷词般高声吟诵着，一向如女人般轻柔的嗓音此刻却前所未有地铿锵起来，充满了高深莫测的神秘威严：

“伐无道，诛暴秦——！”

随着这声吟唱，那件黑斗篷在风中脱离了身躯，如一只扑打着翅膀的蝙蝠般飞向远方，露出了里面的衣衫。电光划破夜空，照亮了那白衣胜雪的身影。

同时被照亮的还有项梁脸上的黄金面具，金色的光芒在面具的轮廓上流动游弋着，说不出的诡异惊悚……

——让天穹降下神罚的火雨，让鲜血的洪流涤荡四方，让深埋墓穴的孤魂死灵重见天日，让历史车轮倒转掉头，让天下重回战国乱世！……

——伐无道，诛暴秦！

仿佛在回应他的召唤，茫茫震泽中，一艘小艇正迎着贵胄们的船只向着夫椒山缓缓驶来。一个魁梧高大的身影稳稳伫立在船头，任凭一浪高过一浪的波涛将全身打得湿透，电光照亮了那双闪烁着仇恨火焰的重瞳子，他伸出筋肉虬结的粗壮右臂，手掌五指张开高举向夜空，放声大吼着，与滚滚沉雷混合在一起，久久回荡在震泽的水面上，回荡在这暴风雨前夕的江东，如同来自远古洪荒的异兽的咆哮，即便是当年的蚩尤向黄帝发出挑战时，也不过如此：

“——伐无道，诛暴秦！……”

3

“当！当！当！……”

粗壮的胳膊抡着沉重的铁锤，猛然扬起又砸下，火星急不可耐地四下迸射，铁砧上锋锐的剑尖红得透明发亮，不住冒着嗞嗞热气。熊熊炉火映红了铁工蜷伏的熊背，投在身后黑暗中的长长背影，也照亮了他虬结的筋肉、凶悍的容貌、满头满身的大汗，以及从后背和头顶腾起的阵阵白雾。

“火，再旺!”铁工将红亮的剑尖重又探入炉中，紧盯着呈现出各色形状的熊熊火苗，目不转睛地大喊道。

干瘪的牛皮橐籥迅速膨胀起来，如同人深深吸了口气，紧随其后的下一个瞬间便重又塌陷下去，一股劲风随之鼓入冶炉中，原本就旺盛的炉火更加炽热起来。

橐籥旁的少女同样满身汗津津满头亮晶晶，紧贴在身上的衣衫勾勒出玲珑的身材，却仍是一刻不停地撬动着手中的竹竿，牛皮橐籥也随着她的动作一胀一瘪，尽管是女儿身，但她无论手法的娴熟、节奏的掌握，抑或力道的轻重，显然都不逊于任何男子。

吱吱声响中，丝丝白汽由水面腾起、氤氲，瞬间便弥散在黑暗之中，原本热浪灼人的红亮剑锋迅速冷却了下来。铁工将短剑从冷水中抽出，举到面前，一泓秋水般的青光便笼罩了小小的作坊。

“何人?”剑锋清晰映出了身后的景象，铁工陡然看到背后作坊的狭小门口伫立着一个身影，却仍旧一动不动。

“我。”雷声的轰鸣中，一个沙哑低沉的嗓音答道。

“参木先生何事?”铁工扭过头，看到那个瘦长的身影缓步走了进来，电光照亮了他的满头白发，以及不住从衣襟上滴下的雨水。

“自今日起，子期可叫我本名了。”

“项公。”铁工轻轻点头，又把目光转向一旁的少女，“虞妹，这是我楚国淮北将军，大司马幼子，公子项梁!”

“项公……”少女不胜惊愕地缓缓站起身。借着炉火和窗外不时闪过的电光可以看到，少女相貌极是俏丽，眉宇间却带着一股勃勃英气。

“子期，我欲请你给个后生打造一件绝世神兵。”项梁说着扭过头，面对着作坊那狭小的门口：“阿籍，进来！”

沉重的脚步声响起，项羽深深低下头，勉强从那对他来说太过狭小的门口挤了进来。

“真壮士也！”当他挺直了身子站在兄妹俩面前时，铁工仰望着那湿淋淋的小山般的身躯，情不自禁地赞叹道。尽管相较常人他已算得高大，然而面前的项羽仍比他足足高出一头。

“下相项籍，见过虞子期兄，见过……”项羽如一头大熊般向铁工拱起了手，无论动作还是声音都已尽可能地轻柔，然而看到站在铁工身旁的少女时，却是猝然一愣，重瞳子中瞬间闪过一道惊讶的光芒。

少女却也没有搭话，默默盯住了项羽那双重瞳子。

“此乃舍妹，项公子也唤她虞妹便是。”虞子期仿佛看穿了项羽的心思，笑着打破了这作坊中微妙的沉默。

“虞……妹。”项羽含含糊糊咕哝了一句。

“公子。”他的虞妹却是赧然一笑，颔首示意。

“公子这等猛士，确乎神兵方能相配！”虞子期仰望着项羽，情不自禁地感叹道，“既如此，长槊如何？马步车战皆可！”

“善！铁料在此，有劳了！”项羽说着弯腰打开脚下一只同样水淋淋的布袋，显露出块块灰黑色中透着乌金色光芒的矿石。

“陨铁？……”虞子期抬眼望向了对面的项梁，目光中满是财迷见到珍宝时那种贪婪的狂喜。

“当年那陨石坠落东郡之际，老夫正途经那一带，当夜便趁附近无人，将那陨石凿去小半带走，又在石身刻下‘始皇帝死而地分’。”

“原是出自项公手笔！有此天降陨铁，自能打造绝世神兵！蒙项公不弃，子期定当全力以赴！……”

“不必客套，子期，你等本就是神匠风胡子之后，双亲又做过项氏隶农，连老夫那黄金面具也出自你手，你等身手，老夫放心。”

“项公信任，我等万死不辞！一月之后，项公公子静候神兵出世便是！”

项梁嘴角浮现出一丝诡秘的笑意：“善，一月之后！”

“一月之后，吴县便该是项氏天下了……”这样想着，他转过身向门口走去：“阿籍，我等走。”

身后没有反应。

项梁扭过头，却见侄儿直愣愣地盯着对面的少女，一双向如野兽般凶狠的重瞳子中头一次泛出了柔情，而对面的少女也同样报以热烈的目光。

季父充满了不快的咳嗽声从身后响起，项羽如梦初醒，忙向兄妹二人先后拱手，弯下腰倒退着出了作坊。眼看叔侄二人的身影都已不见，虞子期向一旁满面通红的妹子瞥去了一眼，会心一笑，重又来到了炉火前。

震天的打铁声仍远远回荡着，项羽跟在季父身后，冒着细雨走向吴县县城，却仍不时回头张望，期待着能重新看到方才那个少女。

"阿籍!"沙沙雨声中，项梁颇有些严厉的声音从前方响起，"记住，欲成大事，一不能意气用事，二不能儿女情长。"

"诺。"项羽极为罕见地轻声应道。

"殷通已遣官仆请我前去议事，你伯父已代为回话，就说这几日我不在，一个月后方才回来，到时如何行事，都记住了?"

"记住了！总归是杀人!"滚滚雷鸣中，项羽的吼声显得格外凶悍。

一个月之后，会稽郡府。

郡守殷通心神不宁已有多日了。

淮北刚传来消息，云一伙戍卒在戍边途中杀死将尉、发起暴动时，殷通心下虽和所有人一般震惊，却也并未如何在意，只是隐隐同情——秦政残暴，黔首却又拿它无奈，纵然揭竿而起，不过自寻死路耳。然而他没有料到，接下来的旬日，这支九百人的队伍始终没有遇到任何抵抗镇压，非但如此，附近郡县的黔首不堪庙堂种种横征暴敛，还纷纷前来投奔，盗军竟不可思议地迅速壮大了起来！待到盗军攻下陈郡治所陈城、陈胜正式立国称王之际，殷通加倍震惊之余，也渐渐泛起了一丝隐秘的艳羡；而听说淮北许多郡守县令都主动加入了盗军、打出反秦旗号时，殷通更是怦然心动了。

他本是楚人，天下一统之后虽被秦人庙堂任命为会稽郡守，却仍和绝大多数楚人一样，心下暗自怀念着灭亡的故国。后来始皇帝东巡至会稽郡，为破那"东南有天子气"的传言，有意将郡中几处地名改得颇有辱没意味，这一举动顿时惹恼了他和吴县令郑昌，由此对咸阳庙堂更加疏远。当年项梁化名参木，带领着项氏族人回到吴县时，两人都一眼认出了此人身份，却有意不点破，反倒将他奉若上宾，也正是因了对秦政的疏离。而今眼见秦人江山一片风雨飘摇之势，殷通也开始谋划学自己那些昔日的同僚，径自举事反秦了……

想到这里，殷通晃了晃脑袋，装出一副笑容可掬的模样，向好整以暇端坐对面的参木先生拱了拱手："早知先生近来多有忙碌，老夫今番叨扰了。"

项梁微微一笑：“若有徭役征发之事，郡守径自吩咐便是，参木必当全力操持。”

“无有无有。”殷通笑着连连摆手，又是喟然一叹，“只是近日来，淮北郡县盗军蜂起，老夫深恐郡中也受牵连……”说着习惯性地左右看看，这才深吸口气凑近项梁，悄声说出了自己的真实打算：“老夫与先生向来友善，心下绝不拿先生当外人，方才实言相告：而今江西皆反，此乃天意亡秦之时也！老夫闻听，先举制人，后举则为人所制；故而自家也欲发兵反秦，欲使那桓楚为将，也请先生一并襄助。先生之意，何如?”

“桓楚?”项梁目光一闪笑了，那桓楚乃郡中通缉已久的大盗，多年前曾因杀人越货亡命震泽，项氏潜伏吴中后，倒也一直与自己暗自往来，这殷通能打探出这一层，也算下苦功夫了。尽管如此却还是轻轻摇头：“郡守高看在下了，在下如何认识桓楚那等强人？自家更是没甚见识，至多助郡守征发徭役而已，怕是爱莫能助。”

“先生莫再推辞了！”殷通的笑容中分明是一切尽在掌握的自得，“老夫知先生与桓楚往来密切，更早知先生底细，却一直替你隐瞒至今；就连前日先生名为去寿春访友，实则在夫椒山召集一干故旧，老夫也未曾过问。如此等等，皆因敬慕江东项氏啊……”

说到最后一句时，殷通满脸关切地盯住对面的项梁，本以为对方会猝不及防大为震惊，却不料项梁仍然一脸平静，只是嘴角隐隐一丝笑意。

“既然这般，项梁也不再隐瞒身份，愿助郡守反秦。只是桓楚逃亡震泽神出鬼没，老夫每次与他来往，都是命我侄项籍前去找他，郡守欲见桓楚，须问项籍。”

“公子目下何在?”

“正在庭院守候，在下这便问他。”

项梁说着起身出了书房，片刻后折返回来：“项籍知晓桓楚去处，然他说庭院中耳目众多，须亲口告郡守。”

“善！快请公子进来！”

伴随着沉重脚步声，项羽那高大的身影出现在了书房中：“项籍见过郡守！”一声威猛低吼，震得整个书房都颤了一下。

“公子猛士也！”殷通点头赞叹着，“你且说，桓楚目下藏身何处，老夫要与他共谋大……”

“可行矣！”项梁突然间一声怒喝，截断了殷通的话语。刹那间项羽重瞳子中掠过一道凶光，腰间短剑猛然出鞘，喷溅的鲜血随即将半面白墙染得一片殷红！而殷通那具无头尸体刚刚倒地，项梁已大步上前，一把从尸身上扯下印绶挂在腰间，另一手则提起了郡守的首级，扭头便向侄儿一声大喊：

“阿籍，杀！”

4

“阿籍，杀！”

项梁喊出这句话的同时，闻讯赶来的郡卒已蜂拥冲到书房门口，长矛短剑齐齐向项羽挺来。

“来得好！”一脸狞笑的项羽面孔已全然扭曲，左手抄起书房中一张大案护在身前，三支长矛分头刺来时书案挥起，轻轻巧巧便挡住了两支长矛；又侧身闪过最后一支长矛，右臂一把搂起矛杆夹在腋下，稍一用力便是“喀嚓”一声，挺矛刺去的郡卒但觉手中一轻，抬头看时立即惊恐地发现，粗大的矛杆竟已被项羽一只手生生扭断！

尖锐的矛头呼啸着投来，扎穿了郡卒的胸口；不等另外两名挺矛郡卒反应，奏案已迎头劈下，两人同时脑壳迸裂软倒了下去，后面郡卒尚在震惊，项羽已冲出书房来到厅堂。足有二三十名郡卒挥舞着戈矛或刺或啄攻向项羽，然而郡卒人数虽多，厅堂却有书案书架燎炉风灯等诸多物事碍手碍脚，郡卒情急之下又都手持长兵挤在一团，能同时上前的不过三四人而已，诸般兵刃四下舞动之时，大半人反倒要彼此防备以免误伤；而他们的对手也同样看穿了这一点，并不一味与郡卒们硬打硬碰，往往杀得一两人后不等其他人聚拢便闪避开来，两三个腿脚快的冲上前去又是势单力孤难以匹敌，过不上两招便逐一倒地。如此不断反复，郡卒们尽管接连拥入厅堂，倒下的却是越来越多，转眼间尸体便铺满了青石地面，项羽本人却始终没受半点儿伤！

进攻和防御不断转换着，这既是拼杀也是围猎，然而没有任何一群猎手能比郡卒们更加背运，一个又一个身影倒下了，鲜血将一面面白墙一块块青砖染得殷红一片，他们却始终对猎物奈何不得。到处是愤怒的咆哮、失望的吼声、惊恐的尖叫、痛苦的哀号，却没有任何声响能盖住项羽的喑呜叱咤，他瞋目张胆、须发戟张，在郡府一个又一个房屋间闪转腾挪批亢捣虚，从尸体手上夺来的长矛短剑匕首盾牌，随手抄起的书案熏炉砚台竹简，无一样不是他手中杀敌伤人的兵器，甚或不时举起尸首向外丢去。尽管读书习剑皆不成，兵法也仅是略知其意不肯竟学，可即便是项梁也不会想到，自己的侄儿竟在搏杀上有着这般惊人的天赋，此刻的项羽已提前验证了数年后关于他那句“剽悍猾贼”的断语，如此竟一路杀到了郡府前的广场之上！

此时的广场同样陷入了混战中。几乎是殷通被杀的同时，早与项氏暗通声气的吴县令郑昌便领着大批伪装成县卒的江东子弟赶到郡府，呼喝着与郡卒们厮杀起来，郡卒们前面要围剿项羽，后面又要抵御江东子弟兵，唯一能发号施令的郡守又被杀，顿时大为吃力，很快便显出了颓势。

“公子！槊——！”远处厮杀的人群中响起一个大嗓门，冲到广场上的项羽刚扭过头来，一声投矛般的巨大呼啸便迅速由那里传来，随后便是砖石碎裂声在脚下响起，一支既粗且长黝黑铁棒样的物事已分毫不差地伫立在项羽面前，兀自剧烈震颤着。

“神兵出世——！”项羽一声狂野大笑，粗壮的右臂伸出，紧紧握住了湿漉漉的槊身，猛然拔起长槊掉转槊尖，那一瞬间手上传来的沉重之感已经告诉他，这长槊至少重过百斤，寻常人便是扛起它都极为艰难。而槊尖掠过，一道乌金色光芒随淋漓雨水晃过眼前时，项羽的重瞳子更是陡然瞪大了。他已看清这柄黑黝黝的大槊将近两丈长，少说也有杯口粗细，外形粗朴到甚或有些笨拙，然而槊锋却极是抢眼，在细雨中闪烁着乌金色的寒芒，直如夜空中的星辰一般璀璨！

怪异而威猛，神秘且凝重，这柄神兵仿佛和它目下的主人一样，纯粹是为毁灭杀戮而降临世间！

“快闪开！神兵不分敌我，见人皆杀！”眼见项羽挥舞着长槊扑向郡卒，人群中正在厮杀的虞子期一声急迫高叫，率先虚晃一剑退出了战阵。

与此同时，项羽出手了。

长槊第一次挺出，便接连戳穿了三名郡卒的身躯；再就势向右一个横扫，衣甲血肉筋骨已被槊锋统统切割得粉碎；旁边两名郡卒反应还算快，忙侧身将手中革盾护向胸前，不料这长槊力道大得惊人，击上盾面时仍是将它们砸得裂痕四绽，两名郡卒只觉一股沛莫能御的力道自盾面传到手上，小臂骨骼已然碎裂；紧接着那盾牌便砸向胸口，巨大震荡更是隔着衣甲震碎了他们的肋骨与内脏！

惊恐和愤怒的叫声同时响起，十数名郡卒呼啦一下围了上来，同样数目的长戈从四面八方向项羽啄来，然而项羽手中长槊猛然抡圆一圈，但闻一片木料折断的响动、金铁坠地的铿鸣、郡卒四下响起的惊呼，十数柄长戈未及碰触到项羽分毫，已然被齐齐斩断了长柄；郡卒们只微一愣怔，槊锋又是或直刺或横扫，尸体顿时再度倒下了一片！

长槊挺出，撤回，直刺，横扫，砸下，挑起，斜劈，撩拨，回旋，缠绕，疾如发机流矢，势如武冲震骇，赴之若惊，用之若狂，当之者破，近之者亡。槊锋到处无不是鲜血与死亡，郡卒们或是身首异处，或是肢体断裂，或是开膛破肚，或是干脆整个身体都被刺得粉碎。他们当中也不乏亲身经历过战阵杀戮的老卒，然而无论他们攻势何等的快准猛狠，总会被项羽以更快更准更猛更狠的招式抢先杀死，纵然前赴后继地扑上来围攻，可除却白白送掉性命外，始终没能伤得项羽分毫。他本就凶悍如虎，强壮如兕，迅急如鹰，灵动如狐，刑天的悍勇兼有精卫的机警，而此刻这柄神异无比的长槊在手，更使这一切都成倍地放大，使这蚩尤般的杀神所向披靡。

只有一个人，一柄槊，只是片刻之间，项羽便将会稽郡府的庭院变成了一座屠场；只这初出茅庐的第一战，他便足可荣膺那个令人闻风丧胆的名号——

万人敌！

……

百余具尸体层层叠叠摞在庭院中，浸泡在血泊、雨水和泥泞里，连下脚都很是困难了。

还活着的郡卒无不丢下手中兵刃，远远跪伏着瑟瑟发抖，如同当年匈奴人拜倒在阮翁仲面前一样，拜倒在了项羽面前。早缩到一旁观战的郑昌高呼一句“拥戴项公举事反秦”，其余十余名事先联络好的吏员也同样喊了起来，跪伏在地的郡卒们一片惶恐，也不得不跟着高喊。项羽一声狞笑闪到一旁，方才始终藏身郡府中的项梁这才左手提着殷通人头，右手举着郡守官印，缓步走上前来。目光逐一扫过那些依旧颤抖瑟缩的郡卒们，嘶哑的嗓音极是平静：“承蒙诸位不弃，老夫便暂任会稽郡守。只要听从号令，项氏决然不会亏待你等。”说着又将目光投向远处，望向遥遥伫立的郑昌以及江东子弟们：“我等，复辟楚国，举事反秦！”

次日拂晓，项氏反秦的消息传遍了吴县。

郡守被杀，县令吏员郡卒无不慑服，整个吴县已无任何人敢于反对项梁，更何况当地有权势威望的豪杰们大多与项氏有故交，也对秦政早有不满，而今闻听项梁叔侄起事，自然更是欢欣鼓舞，当即纷纷来投。项梁心下明白，自己已牢牢掌控了整个吴县，下一步便该是将整个会稽郡纳入囊中。由此便召集了族人、宾客门人乃至其他吏员，与这些豪杰们共同在郡府商讨下一步举措，很快便议出了几条大要：其一，项梁自任会稽郡守，项羽为裨将，其他项氏族人吴中豪杰宾客门人等各任校尉、军侯、司马等职；其二，招募吴中子弟、操演兵马、囤积粮草、打造甲兵战车，重建江东子弟兵；其三，由在座之人中选出数十名精干特使，分头前往会稽郡其他各县，或晓理或动情或威逼或利诱，总归要游说各县臣服项梁，将各县县卒粮草财货送往项氏军中，以期用尽可能低的成本掌控全郡、扩充实力，是为徇地。项羽听罢大是不解：淮北战事正酣，我等建成兵马，何不立即西进，杀它个天翻地覆？项梁却皱起眉：前日杀官夺印你也看了，郡卒尽皆不堪一击。他们尚且如此，那些县卒乃至江东子弟必定更是如此，纵能成军也不过是乌合之众，只怕和那陈胜盗军一般，根本经不得一战。目下我等当务之急乃苦练兵马，待到战力真正可观之时，再杀向中原！

“可我等若不早引兵西进，中原便要全被人占了！”听到这里，项羽焦急了起来，“那陈胜不都已称王了么？还一连派出多路大军，想要分头灭秦！”

“分头灭秦？痴人说梦！”项梁嘴角浮现出嘲讽的笑容，“只怕那些领兵大将，都和陈胜一般，正忙着自家称王吧……”

5

得知陈胜称王时，九原幕府中的王离又一次涌起了领兵南下的冲动。

三个月前，陈胜吴广大泽乡举事的消息传至九原，大将们一片震惊，听到戍卒们居然还打出皇长子的旗号，更是错愕不已。然则此番终究没有人鼓噪南下问政，一则冒顿率领的匈奴人依旧在九原郡以北出没，各郡将军们谁都绷紧了心弦，不敢轻举妄动；二则这些戍卒不过区区九百人，中原各郡县虽守备空虚人丁稀少，然若说征集起数千郡卒县卒却仍不是甚难事，自不必九原军千里迢迢南下清剿。孰料一日日过去，咸阳庙堂始终一片死寂悄无声息，休说没有派兵剿灭，便连其他郡县都一个接一个出事了，黔首民众们纷纷投奔盗军，地方的豪杰各自打出反秦旗号，郡守县令或是被杀或是逃亡或是投降或是也举事反秦……当真成了旬日之内天下响应。

如此乱象纷纷，此等形势下，大将们都开始坐不住了，骑传侯在长城沿线穿梭往返，一封封请愿南下的书信被送到王离手上，九原郡本部兵马同样是一片请战呼声。王离本就既要防御匈奴，又要忧心日渐减少的军粮，已经忙得团团转，盗军起事后又要竭力安抚各部大军，更是焦头烂额。即使这般，他仍每日派出斥候南下，随时关注中原乱局，而中原接连传来的消息也一次比一次令他心惊肉跳，及至一个重大消息传至九原，无论他还是杨翁子涉间苏角等将，都一片哗然了——

盗军头目陈胜，在陈城称王立国了！

中原传来的消息是：陈胜举事之后，率领着乱军第一日便一阵风般席卷了周遭毫无防备的几个村落，此后初始不过九百人的小小队伍便如滚雪球般越来越庞大了。攻下第一座城邑蕲县后，张楚盗军不仅从县城中劫掠勒索了大批粮草财货，队伍还扩大到了三千人。此后兵分两路，一路是偏师，由葛婴攻向蕲县以东，意图游说各地县令转投张楚军；另一路主力则由陈胜亲领攻向西北，旬日之间连下铚、酂、苦、柘、谯五城，及至攻下陈郡治所陈城时，他们已不可思议地壮大到六七百辆战车、千余骑士、数万步卒了。陈胜在自己那些头缠青巾、号称苍头的侍卫的簇拥下入了城，在三老豪杰们的“拥戴”下自称陈王，至于大泽乡起事时打出的扶苏项燕两面大旗，如今已不知被丢到了何处。

称王已毕，张楚君臣们立即开始了雄心勃勃的灭秦谋划，准备兵分多路进军：第一路，以假王吴广、大将军周文领张楚主力西进，号为大军数十万，先取三川郡，之后直叩函谷关进逼关中，是为灭秦主力；第二路，以宋留领兵攻向东南方向的南阳郡，由南面的武关迂回北上攻入关中，是为灭秦偏师；第三路，以邓宗领兵攻向东南九江郡；第四路，以周市领兵攻向砀郡旧魏地；最后一路，以武臣、邵骚领三千兵马北上，攻向旧赵地。力争全面开花，使暴秦左支右绌，应接不暇！

谁也没想到的是，暴秦没灭成，张楚大军反倒相继陷入了连绵的背叛与杀戮中。那些六国贵胄们听了张耳陈余的谋划，纷纷前来投奔陈胜，又很是轻易地骗得了这位“轻而无备”的陈王的信任，先后统领起数目不等的卒伍，然后迫不及待地杀回旧地，又更加迫不及待地背叛了陈胜，自家称起王来：第一个举起叛旗的便是北略赵地的武臣，此人在左右校尉张耳、陈余的鼓噪谋划下，在赵地自立为赵王，陈余张耳则分别做了将相；紧接着武臣的部将，被派往燕地徇地的韩广也模仿武臣手段联结了旧燕世族，自家做了燕王，更讽刺的是无论陈胜对武臣还是武臣对韩广，同样是束手无策。眼见这两次连环背叛都成功了，陈胜派去徇地的世族将领们个个大喜过望，人人食髓知味接连效法——先是一直未回陈郡的葛婴擅自拥立襄强为楚王，闻听陈胜称王，又忙杀了襄强回报，不料陈胜恼他擅自立王，还是下令斩杀了他；接下来周市进入旧魏地，未及攻下一座城池，也拥立了魏咎为魏王；紧随其后的是秦嘉，南下旧楚地，先杀了监军武平君畔，又同样拥立景驹为另一位楚王……整个大军一片乱象，只剩吴广周文那路主力还在继续西进，而令王离担心的也正是这一路的动向。他虽也心知张楚军草草成军必然战力极差，然终究数十万之多，便是当年六国合纵攻秦时也罕有这等声势，而此时咸阳庙堂却始终悄无声息，岂不是坐以待毙？九原军虽已与赵高胡亥正式决裂，赵高也断绝了运往九原的粮草，王离却仍在关注着咸阳局势，闻听盗军西进，马上派出涉间秘密南下关中，分头向宗正子婴、少府章邯两人询问，是否需九原军分兵南下？若盗军果然声势浩大，则无论匈奴人究竟动静如何，自己都必须铤而走险了。

王离没想到，涉间迟迟未归，咸阳仍一片死寂，张楚盗军的攻势却格外盛壮：一路攻下了三川郡，占领了郡中各主要大县，唯余荥阳孤城一片，守城者便是三川郡守，也是自己的好友李由。张楚大军久攻不下，便留假王吴广继续困守荥阳，周文则领大军继续东进，目下竟攻破了函谷关，进入了关中！消息传来，九原军登时大哗：数百年来函谷关始终号称天下第一险关，从未有六国联军正面攻破过，如今竟让一群盗军叩关而入，当真奇耻大辱也！全军上下顿时又是一片请战之声，幸亏此时涉间匆匆赶回，云庙堂已有平盗举措，这才使军心稍事平复，及至听涉间真正讲起详情时，将士们都大为错愕了——应少府之请，庙堂竟将数十万骊山刑徒尽数免罪除隶籍，组成了一支刑徒大军！

读罢涉间带来的少府书信，王离心下虽仍有些将信将疑，却大体放下心来：刑徒成军的主张，其实是父亲生前交代的。

几个月前，赵高在咸阳大肆屠戮皇族大臣之际，父亲便命李由将自己亲书的密信送给少府，信上对他提了三样请求：其一，以刑徒躁动为由，向赵高请求调集材士主力增援骊山，以此削弱杜县的材士兵力，为王离李由劫囚救皇族打掩护；其二，若王离果能劫囚成功、顺利逃至骊山，便当掩护这一干人等潜回九原；其三，由刑徒之中遴选精锐，组成大军秘密操演，待到王离领军南下之际，趁机攻向咸阳，策应九原军！王离知道，前两事少府已做成了，而这第三事却着实出人意料，《六韬》之中固然提过将胥靡免罪欲逃耻者聚为幸用之士，然自古至今还从未有过将数十万刑徒组成大军之举！可反复思量之下他不得不承认，这一步棋看似大险，实则匠心独运：少府久领刑徒威信极高，统领他们算得上如臂使指，虽说去岁有黥布发起的暴动，然事态很快平息了下来，也无反复迹象，是故不必担心刑徒会掉过头来反噬；更兼二世赵高的不得人心天下尽知，刑徒们早对咸阳庙堂憋了一肚子火，一说杀昏君奸佞必然群起响应，此时若妥善安抚，秘密许诺清剿赵高一党、稳定庙堂之后恢复刑徒自由身，论功行赏，必能得到一致拥护！若无大泽乡暴动之事，只怕刑徒军早杀入咸阳，取了赵高狗头了……

“阿翁，果真了得也！”手捧着少府的书信，王离不禁想起刚过世不久的父亲，胸中顿时一阵酸涩：阿翁只要还在人世，哪怕只指点几句，自己也不会这般手足无措，痛哉惜哉！

接下来数月间，自中原接连传来的消息，使王离和九原将士们更加放心了：张楚大军进逼骊山东麓的戏水之际，少府也领军开出，周文等人得知刑徒成军后哈哈大笑，无不认准这些刑徒都是被二世强逼着来送死的，纵不如当年商纣大军那般临阵倒戈，也决然不会拼死抵抗，自己定能一战灭秦！不想两军刚一交手，战局竟大出意料：张楚军本就是一盘散沙，更兼连日来长驱直入，轻敌浮躁之心陡然大涨；刑徒军却是多日养精蓄锐，彼此协同虽仍不能与正规秦军相比，然相较乌合之众的盗军却已大大超出，更何况又受军功爵激励，战心更加炽热，此种形势下，战场形势几乎瞬间便高下立判。刑徒军的战车如同一把把尖刀般揳入了敌阵，一刻不停地向前推进着碾压着，步卒的齐整队列则紧随其后，挥舞着长戈短剑挥砍着斩杀着；张楚军却根本无法组织起有效抵抗，甚或彼此之间都是自行纠缠相互绊脚，只能被一点点推挤向戏水岸边，跌入水中者更是数不胜数。一整日的厮杀下来，张楚军节节败退，心惊胆战的周文无奈之下只得下令撤出徇地，重整旗鼓。仅仅是攻入关中旬日之后，张楚军便重又被逐出了函谷关，兵败如山倒之势，简直比进军初始还要汹汹难挡！

而这还仅仅是开始，接下来刑徒军的战事，完全可以用摧枯拉朽来形容：周文大军狼狈退出函谷关后，刑徒军继续东出追击，相继在曹阳、渑池两战大破盗军，统帅周文自己也自刎于乱军之中；此后继续向东一路杀来，三川郡曾望风而降的一座座城邑以难以想象的速度逐一克复。即将杀到荥阳时，数月来始终围困李由的张楚假王吴广被部将田臧、李归携手谋害，而田臧、李归又转眼间被前来救援的刑徒军先后剿灭，荥阳之围遂解，张楚盗军对关中的威胁也随着三川郡的克复、周文吴广两支大军的先后覆灭而全面解除了。

这几场战事自然使九原军将士们一片扬眉吐气，更令王离振奋的是，就在九原军囤积的粮草即将告罄之际，好友李由自直道辗转送来了大批粮草，还告诉大喜过望的王离：收复三川郡之后，少府奏请庙堂，以董翳、司马欣等人继续征发刑徒前来增兵，刑徒军也正式更名为关中军，自己则驻守敖仓，全面负责平乱秦军的粮草周转，而这批粮草便是自己与少府商议后运来的；少府还会设法与庙堂斡旋，尽快调集九原军南下平乱！

听到这里时，王离多日来始终沉甸甸的心头总算轻松了些许：二世庙堂虽则昏乱无道，可终究还是肯平乱的，而今中原大乱盗军蜂起，九原军纵与庙堂交恶，此时也必须不计前嫌全力平乱，至少须大局略略安定，当即慨然应诺。送走李由之后便开始了厉兵秣马，等待着咸阳书命。

与此同时，章邯统领的关中军，也正式开始了横扫千军如卷席般的一系列平盗战事。

荥阳围解之后，章邯亲领大军向东南方的颍川郡攻去，攻破了驻守在许县的伍徐部；董翳、司马欣统领的偏师则击破了驻守在郏城的邓说部，继三川郡之后，颍川郡也得以收复。随后两路秦军继续马不停蹄地攻向东南陈郡，董翳、司马欣这一路沿汝水南下，切断了宋留部的粮道，这一路张楚军此时还在南阳郡，正准备攻向武关，闻听周文吴广两军均遭覆灭，自家粮道又被截断，连忙匆匆回撤，不想在陈郡南部的新蔡被董翳包围，宋留走投无路之下只得降秦，被解送至咸阳车裂而死。相继击溃这几路盗军之后，三川郡、颍川郡、陈郡的大部分城邑都已收复，关中军随即剑指陈城。两场激战之后，张楚军毫无悬念地再遭败绩，陈胜领残部逃亡，逃到泗水郡下城父时为其驭者庄贾所杀，而这庄贾后来又被吕臣擒获，被愤怒的将士们千刀万剐，张楚军由此彻底败亡了……

“盗军不足为虑也！”看到这封少府军报时，王离兴奋得霍然起身，一时间心下居然闪过这般念头——待到少府全数平定天下盗军之后，自己便与他合兵一处，一道杀回咸阳问政！

然而王离没想到，自己高兴得太早了。陈胜刚败亡不久，便重又有一家复辟世族异军突起，接替陈胜将天下已开始溃败弥散的反秦势力重新聚拢了起来。

这一家，便是江东项氏。

6

尽管已知陈胜兵败身死，但对于召平带来的“陈王封的”上柱国，项梁却依旧恭敬接受了。

这召平本是陈胜派出徇地的使者之一，行至江东时得知陈胜败亡的消息，灵机一动，索性壮着胆子来求见项梁，假冒陈胜名义封他为张楚上柱国，还劝他以大局为念，急引兵西击秦。项梁自然对他那点盘算心知肚明，却仍故作不知，只说若足下肯与老夫合兵，则项氏便引兵西进。召平毫不犹豫地应承了，次日便率自己麾下的两千军马投入了江东子弟兵之中。

项梁之所以这般假装上当，概因他认准目下大势已变。依项梁原本心思，陈胜虽一无是处，然张楚盗军声势极大，必将吸引秦军绝大部分兵力，实是替复辟贵胄们做一只出头鸟。以项梁设想，只要张楚军能撑个一年半载，江东项氏便将羽翼丰满，无论大局何样，都可径自北上西进，逐鹿中原；不想陈胜竟这般草包，自己实在高估了他。而今陈胜已死、张楚败亡，六国世族便须直面章邯，然则各路诸侯除却彼此龃龉攻伐，哪一家也指不上，放眼天下，唯江东项氏堪与章邯一战！

对于自己的实力，项梁是有着足够信心的，他相信项氏决然不会重蹈陈胜覆辙：陈胜之所以败亡，不在张耳陈余所批评的那般“示天下私”，只因他自家无才无能、全无根基，偏又徒然追求灭秦声势，身居势位却无统御之力，直如周天子一般孱弱，如此君王只能徒长部属野心，此人众叛亲离乃迟早之事；项氏则不然，目下虽羽翼未丰，然根基远较其他诸侯扎实，此时若接过张楚旗号，以救援陈王之名进军，既可顺理成章整合各地流散军马、使各方反秦势力真正形成合力，又可名正言顺征讨不肯听从之诸侯，决然是一步妙棋！

忙碌准备了月余之后，项梁叔侄终于开始行动了。他们打出了救驾陈王的旗号，统领着以八千子弟兵为轴心的会稽郡郡卒，大张旗鼓渡过了大江，兵锋直指对岸的东海郡。如此先后收罗了陈婴、黥布、蒲将军、吕臣等恶少流盗乃至张楚余部等各色人马，又一举击溃了同为旧楚世族却不肯归顺自己的景驹秦嘉一股势力，就势驻扎在了东海郡的胡陵。

也就在这时，章邯已领大军东进了，准备挟灭张楚之余威，一鼓作气剿灭魏咎的新魏。此时昔日张楚军的两员部将朱鸡石、余樊君也领残部前来投奔，项梁一番盘算之后，做出三样铺排：其一，命朱鸡石、余樊君两人率本部兵马正面阻截秦军；其二，命项羽领江东精锐悄悄出动，绕过正面秦军，秘密攻向章邯位于颍川郡的粮仓襄城；其三，派信使前往魏、齐两地，联络魏咎、田儋等诸侯南下会盟，商讨共御秦军之事。项梁的谋划是，两支兵马一虚一实，朱鸡石、余樊君这一路明为实兵，实为虚兵，意在同时试探章邯军和张楚残部自身的战力；项羽那一路却刚好相反，看似虚兵，实为实兵，意在由背后扰乱章邯部署。依项梁预料，章邯部一旦得知襄城被攻陷，又不知项氏真正底细，必然会军心大乱，不敢继续东进，如此可为自己留出更多时日从容备战会盟，从而使抵御秦军的把握更大。

分派已定，项楚各部便开始了分头行事，项羽领江东子弟兵北上赶往巨野泽，准备绕开章邯主力，沿齐魏驰道攻向襄城；项梁本人率大军由胡陵开往薛县，等待各路诸侯齐聚；余樊君朱鸡石则正面迎击章邯，结果刚一交手便被杀得大败，余樊君当场战死，朱鸡石则领残部逃回胡陵。得知败讯的项梁一方面暗自惊讶于关中军的战力，另一方面却也得到了并吞张楚残部的最好借口，当即赶往胡陵，依军法杀了朱鸡石，重新收编了这最后一支张楚军。

因了路途遥远，项羽进攻襄城的战报迟迟未到，然而章邯军却也的确没有继续东进，只是驻扎在砀郡、东郡，看架势显然是在全力筹划灭魏，无暇顾及项楚兵马，此等形势之下，魏咎、田儋自然忙不迭赶往了薛县。而令项梁意外的是，除却几路诸侯之外，还有一位不速之客主动前来投奔自己，此人便是日后大名鼎鼎的谋士范增。

老范增年已七十，依旧矍铄健旺，他对目下大势的评判是：陈胜之败实属必然，不必再议，然项公若仍打张楚旗号，未免格局太小。夫秦灭六国，楚最无罪，当年楚怀王被秦人诓骗客死秦国，楚人至今怜悯追思，方有楚南公那“楚虽三户，亡秦必楚”之预言。听到这里，项梁微微一颤，昔日的回忆顿时苏醒了；再细想范增谋划，心下一片雪亮：若立楚王之后为王，一则名正言顺，二则彰显自家胸襟，三则更好掌控，如此必将引得各方兵马来投，确乎远较自家称王更能聚拢人心！

心念及此，项梁开始了连番铺排，他一边等待着项羽军报和齐魏特使，一边动用了自己全部力量，四处寻访楚国王族后裔，最终找到了楚怀王的后人，这是个刚加冠的年轻人，名为熊心，楚国灭亡之际流落民间，以替人牧羊为生。项梁范增向这位新楚王备细交代一番后，便以其名义在薛县召开了诸侯会盟，与会者除却魏使魏豹、齐使田荣，还有一人不请自来，便是那位目下已号称“沛公”的亭长刘邦。项梁在寒暄中大体知晓了刘邦近来的行迹——眼见天下大乱，刘邦也由芒砀山杀回沛县起兵，断断续续打了几场各有胜负的小仗，麾下兵马只大体五六千人，闻听项梁在薛县会盟诸侯，这便领着百余骑颠颠赶来了。看着刘邦那一脸疲民般的狡狯，再看看他身后那文吏打扮的萧何曹参、驭手模样的夏侯婴、狗屠装束的樊哙等人，项梁并无兴致与这痞子亭长多盘桓，草草敷衍几句便找个借口告辞了。

会盟在次日开始，在新楚王的主持下，反秦诸侯议定了如下大要：其一，为示缅怀先祖、不忘楚秦深仇之意，新楚王以谥为号，仍号为楚怀王；其二，新楚都城定为东海郡淮水南岸的盱台；其三，以陈婴、共敖为上柱国，总揽国政；其四，以项梁为楚军统帅，统领全部兵马，封号武信君，麾下项羽、范增、项伯、黥布、吕臣、蒲将军等人也各有官职；其五，有鉴于目下章邯屯兵砀郡，显欲在灭亡张楚之后再行攻魏，故而会盟结束后，项梁当引兵东进前去救援。

王命所言，都是项梁范增事先征求了项楚大将们与魏豹田荣等外臣后拟定的，这些内容众人早就知晓，自然毫不意外，可谁也没想到的是，刘邦却又开口提出了两请：一则表示自己愿领本部兵马投楚怀王阙下，为反秦效犬马之力；二则请楚怀王允准自己夺回失去的丰县，再调拨些许兵马供自己统领。听到这里，殿堂中一阵轻轻窃笑，众人心下都想，原来这刘邦是来打秋风讨兵马的。项梁自然也明白刘邦的心思，却并不在意他所求，当场决定交他五千兵马，五大夫爵位大将十人。刘邦大是欣喜，又说还有一人欲求一事，说来还是武信君故人，说罢面向殿堂大门高喊了一嗓子：“先生请进!”话音未落，众人便惊愕地听到一阵銮铃声，然后便是一个白衣胜雪的身影缓步上前，一双深不可测的眸子如同暗夜寒星般闪闪发亮。

“韩国张良，见过楚怀王，见过武信君，见过诸公。”那人轻声开口，嗓音如女人般柔和。

看到张良突然出现，项梁心头涌起了深深狐疑。江东起兵以来，他一直在留意张良的行踪，却始终不知他去向。项梁本以为张良的是在等待时机举事，须知这张良何等人物，当年一手创建悬刀，更策划了那多惊天大案，以他在天下的名望，便是自家称王也不为过，可他如何竟与刘邦这痞子亭长混在了一起？……

张良向新楚君臣提出的请求不难办到，也在情理之中：目下楚赵齐魏燕皆有王号，六国独缺韩国，敢请楚王助韩人复国。听到这一请，在座无论楚人还是齐人魏人都赞同了，只有项梁依旧狐疑，会盟后便以划拨兵马为名来见张良，公事交代完毕后，小心翼翼地试探了起来，问他欲立何人为韩王？张良淡然一笑，说出横阳君韩成的名字，项梁更是大惑不解：那韩成才干平平，张良立他为王，难不成是仿自己立熊心为楚王，便于操控之故？张良却显然看出了他的心思，笑着解释说：张良自家不欲辅佐韩国；立横阳君为韩王，不过聊尽邦国大义而已。

听到这里，项梁才明白了他真正图谋，不由得暗暗佩服——韩国本就孱弱，便是立得韩成为王，依当今大势，照样不可能有太多施展机会，张良早就清楚这点，却依旧选择立韩成为王，其意不在复兴韩国，而在向天下昭示自家气节，这正是当年苏秦等纵横策士用过的古老权谋！须知自陈胜起事以来，各国世族无不浑水摸鱼，骗得些许兵马便旋即背叛故主，迫不及待地自行称王，此时张良却偏反其道行之，明明自家资望深重，却仍忠心耿耿为故国谋划，传出去当是何等的忠直口碑？岂不与自己拥立楚怀王之举不谋而合么？

只是，自己拥立楚怀王固有收买人心之意，本意也确是要复兴楚国，然则这张良却不想复兴韩国，那他究竟志在何方？

张良接下来又讲了自己这数月来的行踪：天下大乱以来，他只领着百余贵胄子弟终日东西游荡，数月前前往泗水郡，在留县偶遇了沛公刘邦，一番长谈之后便决意追随，而沛公也给了自己一个厩将名号。张良最后笑说，自己也对项公讲过，自己有谋划之能，却无成事之力，多年反秦不过浪得虚名，也就不再盘算自家起事，只安心辅佐沛公便是，听到这里，项梁又是愕然了。

“沛公？此人能有何等过人之处，使公子甘愿相随？”

“沛公之才，殆天授也！”张良慨然感喟了一句，“张良以《太公兵法》论说天下大势，旁人皆混沌不解，唯独沛公每每都能恍然领悟，不光依张良之策行事，更能举一反三，殊为难得也！”

“此人，便是公子所寻之明断之才？”

“不错，张良欲从此追随沛公。”

“……”项梁沉默了。依他自家之见，张良纵想投奔一方诸侯，也当先来找自己才是，不必说自己与张良多年的私交，便是单论自身实力，陈胜之后便当数项氏兵马盛壮，可这张良如何却转投了刘邦帐下？刘邦那所谓的明断之才，能体现在何处？若果然才干过人，如何混到如今才两三座城邑、五六千兵马？张良这不是明珠暗投么？……

转着自己心思的同时，张良一双深不可测的眸子已盯住了他，嘴角带着一丝似有若无的笑意，轻声开口：

“武信君，你我并肩反秦多年，而今终是迎来了灭秦时机，我等皆当大出天下。多年来蒙项氏襄助，张良不胜感激，也知晓武信君心思，然则张良与项氏人同此心，却心不同理，终究不能同道，武信君见谅。”

“人各有志，岂能强求？”项梁不胜唏嘘地叹道，“项氏与公子分道扬镳便是。”

“谢武信君体谅，既如此，张良告辞了。”张良最后一次向着项梁深深一躬，直起腰转过身来径自走了，带过一阵清脆的銮铃声响。望着他的背影，项梁皱起眉，忽然高声一句：

“公子，日后你与项氏仍是盟友，是也不是?”

銮铃声骤然停下，张良收住了脚步，片刻沉吟后轻声一句：“那是自然，你我决裂之前，一直都是。”说罢重新向外走去，清脆的銮铃声重又响起。望着那白衣飘飘的身影渐渐远去，项梁脸色阴沉了起来。

“武信君，武信君！……”

上柱国陈婴气喘吁吁的喊声从身后传来，项梁转过了身，却见他脸色惨白，浑身都在颤抖着。

“武信君，公子已攻陷了襄城，回来复命了……”

项梁惊讶地扬了扬眉毛：“哦? 如此岂非好事?”

“武信君不知！唉……”陈婴连连摇头，一脸痛心疾首，“公子，公子他……”

第十一章 执手·偕老

1

“屠城?”

刚听到这个消息，九原幕府中的王离陡然震惊了。

对面的李由脸色铁青地默默点头。

王离勉强压抑了心下的愤怒，霍然起身，负手在幕府大帐中踱着步，嘴角也随之颤抖起来：“项籍，竖子屠夫……”

“此事不仅天下震恐，新楚朝廷乃至复辟诸侯同样一片哗然。”李由的嗓音缓慢而低沉，“楚怀王、陈婴大是不满，便连项梁都极为愤怒，当场将项籍大骂一顿。那项籍自家却不认罪，说谁叫襄城军民那般拼死抵抗？若径自献城请降，不就免得一死了么？……”

“做出这等禽兽之行，竟还振振有词，无耻之尤！”王离一拳擂到了奏案上，“而今无论是为大秦社稷还是为天下黔首，九原军都必须南下了……”

“王离，你且不必忙着决断，先听我说完。若九原军果能南下，少府可保三事，李由同样可代丞相许诺这三事：其一，保证平乱期间，继续供应九原军粮草，此事包我身上，只要我人在，定不会出半点儿纰漏；其二，保证替你斡旋庙堂，使赵高胡亥不再追究九原军违抗皇命之事，也不再追究你劫囚重罪，甚或恢复你一切职爵，此事丞相当能办到；至于其三……”说到这里，他陡然截住了话头，站起身再次确认幕府帐外无人偷听，这才凑到王离面前，压低了声音：“平定朝局之后，丞相、两位冯公及少府，愿与九原军一道剿灭胡亥赵高，立宗正子婴为帝。”

李由这句话说得很轻，王离却是猛然一凛，目光大亮起来。

李由的声音继续压得很低：“我北上九原之前，少府说得清楚，此番请你等南下，并非赵高胡亥之意，只是少府自家所请。庙堂虽早已断绝粮草，然九原军目下终究在守护国门、抵御匈奴；你那职爵虽已被二世罢黜，却终究继续执掌大军；更兼你与九原将士，早同赵高胡亥势不两立，不肯南下救乱也在情理之中。是故少府也知你难处，此番绝不强求，只看九原军自家决断……”

“莫说了李由，于私于公，我等都早该南下！”王离的嗓音分外动情，“九原军粮草早断，能撑持至今，全赖少府与你偷偷转送粮草，而今少府有难处，我等岂能坐视不管？况且大秦社稷并非只胡亥赵高之江山，秦政一旦倾覆，毁掉的乃是整个天下，遭难的乃是万千庶民！我等九原将士岂能坐视邦国危难？若非王离威望不够，岂会等到目下？若早早起兵靖乱，蒙公也不会死，皇族与大臣们也不会死，天下，也不会大乱……”说到后面，他声音低沉了下去，眼眶也湿润了。

“王离，少府与李由都信得过你，然李由直言：九原众将都能与你想的一般么？毕竟你资望不及蒙公，未必能使将士同心；再者，九原军战心如何，你心下有底么?”

“何出此言？九原将士都是老秦人，皆军旅子弟……”

“我也是听说，目下皆有传言，云岭南军统帅任嚣迟迟不肯发兵北上，乃是欲自立为王。”眼见王离目光中不胜震惊，李由忙补充一句，“自然，这都是淮南一带流言，我等也知之不详，若此事果然成真，怕是岭南军已对二世庙堂彻底失望了。是故少府担心，九原军也会如此……”

“……”

眼见王离神色难堪，李由沉吟片刻重又开口：“王离，少府与我之意，你还是与各路大将好生商议，小心行事为宜。至少，绝不能因引军南下，致使国门失守。其余细务，你可与少府书信详谈。”

“李由，多保重。”王离哽咽着站起身来，将李由送出了幕府。

“哦，还有一事。”李由正要离去，忽然重新扭过头来，盯住王离的双目，

“王离，少府与我之意，此番南下前，你当先妥善安置长公主，你俩最好起兵前完婚。”

“……”王离的脸一下红了。

“明白我等意思么?”

“明白。此番南下，结果难料……”

李由的车队渐渐远去了，王离却仍旧望着秦直道的尽头，沉浸在自己的思绪中。

李由负责刑徒军后援以来，重又开始向九原军秘密输送粮草，军心也因此安定了不少。此后刑徒军又捷报频传，一连串胜果使九原将士大为振奋。然而谁也没想到，陈胜刚败亡，江东项氏却又突然崛起，更拥立了楚王后裔为王，各路诸侯纷纷投奔结盟，新楚这一方势力俨然取代了陈胜，成了复辟世族们的新轴心。更要紧的是，项梁才干远超陈胜，而新楚兵马战力也远超张楚盗军那群乌合之众，王离听李由说，不久前少府已与新楚兵马交过手，而且是首尝败绩。

当时，少府已围住了新魏都城临济，杀败了齐楚两方援兵，新魏王魏咎降秦，自家也自焚而死。此后少府挥军紧追败退的田荣，并在东郡的东阿将其包围，不料此时项梁领主力驰援，预先在要道两旁埋伏下强弩，又命项羽龙且布成坚阵，只以少数兵马前来骂阵挑战。奉少府之命领车骑前来阻击的董翳果然中计，发兵猛攻时中了埋伏，两旁强弩齐射，车骑阵脚大乱。此时项羽龙且又趁势反击，田荣残部也开始了死战突围。少府见战事不利，只得重又向西南方向退去，目下正驻守濮阳，好在此时齐楚两股复辟势力之间又起了龃龉，秦军总算得到了些许喘息时机。只是项梁眼见与齐国盟约破裂，又转而与河北赵地的武臣结盟，新赵大半年下来未遇大战，又有张耳陈余两人四处游说，引得各方兵马纷纷来投，俨然已成与项楚南北并立的两大复辟根基了……

尽管同样担忧赵地形势，但更使王离揪心的，还是那个项羽。

此前，王离已听李由讲了项羽屠襄城的大体经过——当时，项羽领八千飞骑一路隐秘急行，神不知鬼不觉出现在了襄城郊野，顿时引起城中军民一片忙乱。然襄城终究是秦军粮草重镇，城垣甚是高厚，而项羽所部兵马为隐秘快速行军，未携带任何攻城器械，只是团团围定了襄城之后才开始伐木制云梯，是故这次偷袭虽将襄城守军打得措手不及，却未能一举得手。那场攻城战自清晨一直攻到黄昏，眼看襄城久攻不下，江东子弟兵反倒折损了六七百人，项羽顿觉颜面无光，暴跳如雷之下身披重铠挥舞着长槊，亲自由云梯攻上城头，又领着百余名死士自城头一直杀到城门，里应外合才拿下襄城。此后项羽仍是余怒难消，攻占襄城之后第一件事便是下达军令：举凡襄城军民，无分男女老幼，一概坑杀！

想到这里，王离只觉心底腾起丝丝寒意，眼前一瞬间闪现的，居然是当年武安君白起的长平坑赵。无论是当年的长平还是而今的襄城，他都没有亲见，更不想见，然而还是个幼童时，他便早听大父描绘过那一幕幕惨剧，当时自己吓得几夜都没能睡着，那无疑是自己儿时最恐怖的经历，至今耳畔还回荡着当年父亲的告诫：

“阿离，大父对你讲武安君坑杀之事，并非有意吓你，而是要你牢记为将之道。为将者终有两条决不能触碰之底线：一不能杀降，二不能屠城。春秋战国铁血大争数百年，无论战事何等惨烈，也没有过一起这等兽行。武安君长平坑杀，虽为大势使然、实出无奈，却也终是冒天下之大不韪，一代战神被天下汹汹之口唾骂至今，怕是日后也永世不得翻身，他自家也照旧为此事忏悔，临终自裁之际都是念兹在兹。你大父当年也曾参与过坑杀，同样为此事终生愧疚。日后你果真领兵，果真敢杀降屠城，大父决不饶你，老夫也决不认你这个儿子！你便果真兵败身死，灵位也不得入王氏族庙！……”

从军多年来，自己始终把父亲这番话引以为戒；即便是天下大乱这大半年来，各路诸侯彼此之间虽背叛暗算征伐杀戮数不胜数，却也终究没有一起屠城杀降。然而王离万万想不到，那个项羽第一次领兵出战，竟这般轻易便犯下了此等暴行！他究竟是人是畜？更有甚者，有项羽为先例，各路诸侯必当群起效法。王离已听说，项羽屠襄城的消息传来，秦军顿时一片愤激，少府麾下的别将司马(注：原字为“尸二”）前去进攻新楚盘踞的相县，知此消息后也同样屠了相县军民以泄愤报复，目下已被盛怒之下的少府处斩。一向军纪整肃的秦军尚且如此，其他那些不啻山贼流寇的复辟世族们又当如何？兵争底线一旦被打破，各种人性恶欲都将由此大肆泛滥，整个天下都将滑向万丈深渊，世间还有何道义公理可言？而真正为这些恶欲付出代价的，还不都是万千黔首？……一时间，王离不由得涌起一个念头：那个项羽，必将成为秦军最凶残的敌手；若不及早剿灭此人，不知他还将犯下多少暴行，也不知将有多少杀戮与毁灭。

可惜的是，以目下战局来看，想要剿灭此人怕是没那般容易。少府已与新楚军交过手，已是出师不利，原本开始缓和下来的大势重又动荡起来，此等形势之下，自己不能再眼睁睁看着他领一群刑徒东征西讨疲于奔命，该当助他一臂之力了……

心念及此，王离踱出大帐，准备召集各部大将，商议南下之事。

2

幕府大帐中一片寂静，只有王离沉郁的嗓音久久回荡着。

“……此番进兵首要目的，乃牵制河北赵军主力，使其无力与新楚南北会合、夹击少府兵马，故而我等诸般进兵事由如下：此番由我亲任主帅，领本部八万九原郡驻军，会合北地、云中、雁门三郡守军共计十万人南下，经由上郡东渡大河，过离石要塞入太原郡，先行击溃恒山郡李良、上党郡张黡两部兵马；此后穿越太行山，下一步谋划视关中军战况而定：若少府进展顺利，则九原军直取邯郸郡，一举灭亡武臣势力，再行南下合兵；若少府仍步履维艰，则九原军兵分两路，一路继续驻守山西三郡，牵制新赵，另一部沿河东郡南下，先行增援少府，一同扫灭新楚势力，再与山西三郡兵马合围邯郸郡。楚赵两方溃灭之后，其余诸侯当不足惧，大势该当重新缓和，如此可徐徐图之。待到乱军尽皆平定之后……”

说到这里，王离有意停住了，然而所有将尉都听出了他的弦外之音：与少府一同挥师西进关中，清除昏政！

“……至于北疆留守兵马，铺排如下：此番只九原等四郡兵马南下，辽东陇西诸郡不动，老将军领上郡驻军北上，替我等守住九原，北疆各郡悉听老将军号令。目下王离只担心，上郡驻军是否足够?”王离说着转向全神贯注倾听的杨翁子。

老将军一声粗重叹息：“确乎勉强。老夫麾下不过两万兵马，纵然再行征发民夫，至多不过三四万人，战力也定然大打折扣，只能退守长城之内拼死防御，若匈奴果然大举攻来，怕是……”

王离没有搭话。

“……更有甚者，陇西军仍旧意图不明。”杨翁子又补充了一句。

大将们默不作声面面相觑。他们这才想起，已有数月听不到赵公辅的音信了，这些时日来，陇西军实际上已可视为脱离了九原军。若赵公辅陡然倒戈，岂不比匈奴来袭更难应对?

“我早被庙堂罢黜，赵公辅不奉将令，于法度而言，也无可指摘，莫管他了。”王离无可奈何道。

“也是，武成侯毋忧，我等拼死也要守住北疆。”杨翁子苍老的脸上勉强挤出一丝笑意。

“粮草如何料理?”苏角插了句嘴，“大军南下后，少府能否继续运粮如常?北疆留守兵马会否断绝粮草?”

“南下大军，粮草仍由中原输送，留守兵马也当有，然必会适当削减，一则兵力减少，二则，须优先供应南下兵马……”说到后面，王离声音低沉了下去。

“岭南军能否一同北上?”涉间也问，“若岭南军也可出动，与少府大军南北夹击，则新楚再不足虑!”

王离语气中满是无奈：“未听那流言么?岭南军与陇西军一样，怕是指不上了。常理论之，岭南虽相隔遥远，也不当对中原乱局全无耳闻。任嚣将军自家本就军政两权合一，若欲起兵并非难事，目下却始终不见动静。可若说他想自立为王，我却也不愿信……”

“人心难料。庙堂能有赵高，陇西军能有赵公辅，岭南军如何不能有任嚣?”苏角苦笑着摇头。

涉间也沉吟起来：“岭南军未曾北上，究竟是任嚣自家野心使然，还是对庙堂彻底失望，甚或另有难言隐衷?以我之见，只要并非前者，其余便都好商讨。目下也不知庙堂是否派出使者前往岭南调军，我意，我等不如也派出密使南下，与岭南军交涉!”

“去自然无妨，然我等将尉本就各有重任不说，也与岭南军素无往来，更何况此番还是私自游说，何能保证马到成功?任嚣若肯起兵早起兵了，何必非要待到我等南下?又凭甚买我等账?”苏角仍一脸不快。

“苏角此言有理。”王离忧心忡忡地点了点头，“即便欲派密使游说，至少也须岭南军信得过之人；少府劝我等南下，不是便派出了李由么?可我等与岭南军断绝音信多年，早已彼此生疏，却是何人堪此重任?我当年倒去过岭南，与任嚣等将军见过一面，然目下既要领军，自然无法去了……”

“是也，是也……”将军们纷纷点头，幕府中一片叹息。

议兵之后，王离踱出幕府，只觉心如乱麻：九原这边兵力粮草都不够，能否让自己放下心来?目下冒顿单于虽重又引兵远遁，然自己若领大军离开九原，匈奴会否卷土重来?还有那驻守陇西的赵公辅，这大半年来始终悄无声息，若他也突然攻向九原，却是如何应对?……

除却这种种担忧之外，还有另一个人让王离同样牵挂。

“惟嬴……”

默念着这个名字，王离飞身上了丹骎，准备去见华阳公主。

3

夜幕重新降临之际，王离单人独骑策马驰骋了小半个时辰，终于来到了那处自己日夜牵挂的小小帐篷前，当即压低嗓音喊了一声：“惟嬴，是我!”

“阿离?”一个清脆的女声叫道，声音中满是期待的欣喜。

王离只觉自己的心狂跳了起来，猛然撩开帐帘时，他嗅到了那股自己很是熟悉的香气；帐帘落下之际，华阳公主丰满的身躯已投入了怀抱，深深一个长吻之后两人就势滚到了床上，竭力压抑的剧烈喘息和呻吟陡然笼罩了整座军帐，不知过了多久才重新恢复寂静。

“如何这多日不来?要想死我不成?……”

华阳公主盯住王离近在咫尺的脸颊低声道，一双臂膀却仍将他紧紧搂住。

“忙，累……”兴奋如潮水般退去，大汗淋漓的王离精疲力竭地倒在她赤裸的胸口上，一脸无奈地长出了一口气。

“瞧你脸色,看得出。”华阳公主目光中满是爱怜,抬手轻拂着王离的脸庞,多日不见,他两颊已蓄起一圈胡茬儿,摸起来一片毛糙,“今夜莫走了,留下陪我。”

“不可，回去我还要整理军务，明日还要与众将议兵……”

“那我便住你帐中，助你规整军务。”

“传出去惹人耻笑。”王离皱着眉叹了口气，“若非无处安置，我也不会留你军中。你也知家眷入军有违军法，既如此，我等自家更该检点。将士家眷都在关中，若见你我同居一帐，心下能平衡么?如此更惹口舌非议……”

“瓜实，说说罢了，还当真?我能不知你军务繁忙，能分你心么?再者我好歹也是皇族，你若不明媒正娶，我才不肯住你帐中。”华阳公主指点着王离的额头轻声道，说到最后更是咬着下唇轻轻笑了。

王离却只敷衍地笑笑，白日里幕府议兵的情形萦绕在心头，使他久久不能释怀。

“想甚呢?”公主见他若有所思，轻吻着他的面颊问道。

“如此，终究不是长久之计……”王离叹息了一句，从她身上爬了起来。

“将来如何莫多想了，左右都是日后之事，我只要目下。”华阳公主显然误会了王离的话语，伸出双臂从背后搂住了他，丰满的胸脯再度贴紧了他的脊背，那动作中的暗示意味再清楚不过。

王离却是心下烦乱，轻轻推开了公主的臂膀：“穿上衣衫，我等说说话。”

公主微一愣怔，却仍是顺从地裹着被单起身，转到了屏风后面，片刻后两人都已收拾完毕，彼此面对面地正襟危坐了。

“惟嬴，前日李由来了。”王离装作若无其事的样子，以这样一句话作为开场白，“他与我讲了近来形势，战况不利。陈胜虽亡，却又冒出了江东项氏……”

听王离讲到项羽屠城，华阳公主死死咬住下唇，眼眶中溢满了泪水，许久后才稍平静些许，轻拭去眼角泪水，抬眼望向王离：“你也欲领军南下?”

王离默默点头。

“去吧，九原军不能再耽搁了。”华阳公主毫不犹豫道，“项氏已然崛起，又这般草菅人命杀人如麻，河北赵军也开始成势，少府终究兵马有限，极易顾此失彼；目下匈奴重又远遁，不必担忧冒顿单于；粮草又有公子由输送，正是南下的最好时机。”

王离一声苦笑：“只是目下内忧外患，便是果真南下，也不能安心……”

“讲给我听听，帮你想想出路。”

“你? 你又不通兵事，能有甚主张?”王离半是调笑道。

华阳公主也笑了：“做你王氏儿媳，何能不知兵争大势? 随你来九原后，中原大势我也时时留心，便果真没个主张，你讲出来，总归心下好受些。”

“也罢!”王离轻声喟叹，讲起了九原、陇西、关中、岭南四军各自难处，足足讲了小半个时辰。华阳公主听他讲完，沉思了片刻，重新开口时却让王离大吃一惊：

“我可做军使，前往岭南。”

“啊!”王离瞪大了眼睛：“你如何有这等念头? 去了又何用? 任嚣等人如何肯听你? ……”

公主微微一笑：“你忘了? 当年中原移民南下百越之时，我也在其中，与任嚣赵佗等人都熟识。”

“……”王离呆住了。

他怎会忘记，若无那次南下百越的旅程，他也不会与公主熟识，更不会同她订下婚约，那次百越之行，还有洞庭泽畔那处被取名为桃花源的山谷，始终是他心底最甜蜜的回忆。想到这里，语气缓和了不少，却仍将信将疑："纵然如此，你又如何笃定，自己一去，任嚣便肯出兵?"

"我自家乃皇族，岭南军必对我另眼相看；再者太尉临终前，也将步光之剑留给了我等，那是当年上将军遗物；你再亲书一封信函，交我一同带上。皇族之身、上将军遗物，再加你这九原将军亲书，还不够么? 任嚣将军只要公心为上，必当北上来援!"

"可他若果有称王野心，你岂不大险? 再者由北疆去往岭南，便是由极北赶往极南，你一介女子孤身万里南下，谁知会遇上几多艰险? 不可不可，此举太冒失了……"

"便是任嚣果真心怀不轨，也终须一试。无论他何等图谋，我等都要诚心相请，这般跋山涉水正显诚意! 再者，谁云我只一人前往? 我已想好此番南下护送之人，都不必你专一调派士卒!"

"何人?"

"司马昌! 有他那支游侠商队，你还担心甚? 况且你王氏族人还有一支在晋阳，由白仲先生照拂，由他们护送我也可。"

王离仍然眉头紧锁："惟嬴，你忘了自己是何人么? 除却二世，你是先帝子女唯一在世者。便不为自家着想，也须想想整个皇族，若你真有闪失，我如何向先帝交代? 如何向大父、阿翁和阿媪交代? 你如何这般任性……"

"阿离，听我一言。"华阳公主倏然收敛了笑容，重又正色道，"你说我忘了自己是何人，你错了，我从未忘却自己皇族之身，恰是因我身为皇族，才更当为社稷江山挺身而出，目下时局艰危，你等这便要为大秦社稷去浴血征战，我也想尽一己之力，何能自外于你等? 我不能让你等臣子战场前拼命，自家却缩在后面。今日向你提起此等谋划，也非心血来潮，我自家早揣摩了多日。你也知晓，我虽女儿身又是公主，却不娇生惯养，习过武也吃得苦，不输哪个须眉男子，赶往岭南虽艰险，终究撑得住。再者，便是留在九原我也毫无用处，你何不让我前去试试? 真让我无所事事袖手旁观，那我才不肯……"

"我，我须好生想想……"

"你让不让我去，我都要走。"华阳公主静静道，王离则没有吭声。

4

当夜，王离终于在帐中留宿了。

缠绵云雨中，他可以清清楚楚感到惟嬴久旷之后的饥渴，这一夜她前所未有的主动，急不可耐地一次又一次逗弄着索取着，不让自己有任何喘息，直如要榨干自己最后一丝精力一般；而他也知晓，今夜过后，无论自己还是她，怕是都再难有这等时机了。然而无论何等努力，他始终心不在焉，怀中的肉体依旧丰满温暖和娇嫩，自己也始终被她那水一样的柔顺火一样的热辣淹没着吞噬着，他却觉得自己胸口憋闷得几乎透不过气来，半梦半醒间，眼前总是晃动着相同景象。

仍是那个梦，那个反复出现在心底的噩梦：明亮的天穹中绽开了一道深渊般的裂痕，直如上古凶兽咧开了森森然的巨口，纷纷火雨由那狰狞裂痕中相继坠落，极目四望无处不是一片诡异的鲜红……只是与以往不同的是，透过那大地上的一片血与火，王离分明看到一双闪烁着凶光的眼睛盯住了自己，他一时没察觉出这双眼睛有甚特异之处，仔细看了两三遍方才看出，那两只眼睛，竟然每只当中都有两个瞳仁，分明是一双重瞳子……

“做噩梦了?”半梦半醒间，耳畔响起了惟嬴的声音，一开口便是吹气如兰。

王离疲惫不堪地点点头，已经满身是汗。

“可是梦见了一片火?”

王离惊讶地盯住了公主，尽管周遭一片黑暗，但那双眸子依旧闪亮。

“你却如何知晓?”

“我也做过这等梦。”

“怪哉！皇长子与蒙公也做过这梦!”尽管搂住了公主温暖的身体，王离却仍觉一阵寒意涌上心头，狠狠地哆嗦了一下。

“阿兄与蒙公也是?”公主的语气中同样满是惊疑。

王离无声地点头，将她抱得更紧。

华阳公主和他头碰头，低声呢喃着：“我只记得，刚随你回九原时，我每夜都做这等噩梦。每次梦中都是弟妹死时惨景，还有频阳那场大火。那几日你正准备杀回咸阳，终日忙于整顿兵马，见你一面都难，我真是怕，每晚都不敢入睡，每晚都是缩在被中悄悄落泪……”

“何不早对我说？”王离顿时一阵心痛，不由自主地将她抱得更紧，“我若早知你这般，定会多陪陪你……”

“你要操心之事那般多，心中愁苦比我还重，岂能再给你添忧？好在终是挺过来了，而今已无事了，你放心吧。”

“那自然最好不过。目下我倒是想，你我，你我……”

“你我成婚？”

王离没有料到，自己还未及开口，华阳公主已什么都猜了出来，心下更加诧异，沉默着无言以对。

李由走后，这个提议便不时回荡在心头，他却始终不愿多想。若全然依他本心，自然恨不得立即与惟嬴成婚，可目下中原战局日益恶化，各路秦军各有隐忧，自己既无心情更无精力去细想此等事由。这次来见惟嬴，本想觅得时机隐隐透出这意图，看她何等反应再做决断，不料她却将自己心思一语道破了。想到这里在黑暗中不无尴尬地笑了：“惟嬴，这几日来，我也想过你我将来。此番若再不成婚，怕是不知又要拖到几时了。只是此次一别，不知有无重见之时，也不知各自结果如何，我，我担心委屈了你……”

“不许乱说。”华阳公主掩住了他的嘴，轻声嗔怪道。

“好好好，不乱说不乱说。”王离忙低头抚慰道，“总归，我便是这般心思，你意下如何？”

华阳公主没有吭声，一动不动躺在他怀中，只不时眨着一双细长的丹凤眼，静静沉思着。

“……我幼时不就对你说过，要娶你做媳妇么？”看到公主没有马上答话，王离不知她究竟何等心思，于是故作轻松道，想逗她一笑。

华阳公主果然笑了，可这笑容却是转瞬即逝。

“阿离，莫骗我，也莫骗自家了。”她说着从王离的怀抱中挣脱了开来，默默注视着王离黑白分明的眸子，“其实你心底，不想与我成婚。”

“谁说我不想？”王离陡然急了起来，“惟嬴，你是觉得被我冷落了？你莫看我许久才来见你一回，也莫看我不肯在你这里过夜，我……”

“我岂会那般任性使气？”华阳公主笑着打断了他，“你能冒着灭族大罪来救我，又与我同历苦辛方回九原，我还要如何信你？罢，怪我方才未曾说清，你并非不想与我成婚，只不想此时与我成婚。”说到后一句时，她有意加重了

“此时”这两个字。

“……”

“总归也快天亮了，一道出去转转吧。”华阳公主勉力使自己的语气轻松些。

夜色凉如水。

幽蓝天穹中河汉灿烂，银色的星光勾勒出连绵的营帐轮廓，两人各自裹紧厚厚皮袍，漫步出帐，久久望着远处点点风灯闪烁着。

“……阿离，我知你心思。以你所想，我当是比你还心急，这才想临别前了却我这桩心愿，给我些许抚慰，然则若只为此，却是不必。”华阳公主轻声叹息着，呼出阵阵白雾，“生死关头走过一遭，我诸事都已看开，母后不在了，父皇不在了，阿兄不在了，弟妹们都不在了，若不算我那不成器的少弟，皇族这一辈便只余我一人还在人世，比起他们，我幸何如之？况乎我还有你。杜县受刑之时，乍见你冲入刑场，我已然知足了，你便是救不出我，我便是死在斧钺之下，也照样死而无憾。是故在我心底，你我究竟有无这个名分，当真无关紧要。”

“我又非只为你一人。”王离强自分辩着，“我，我自家也早想有个归宿……”

华阳公主转过身，盯住王离：“阿离，我懂你。在你心底，何等人、何等事，都比不得邦国安危，哪怕是我。而今中原战局艰危，你整日忧心国事尚且不暇，能有几多心思放我身上？你这便要领军南下，我也要赶往岭南，你我纵然成婚也转眼便要离别，此等婚事不过徒有其表，反倒更给你添家室拖累。若是那般，你得到的究竟是归宿还是桎梏？如此绝非我心下所愿。我若为你妻，当分你忧，却不当乱你心。”

王离一脸苦笑：“你这等作为，岂不更乱我心，更让我牵挂？”

“虽也让你牵挂，却终究给了你一丝念想，更能鼓舞九原军士气，何能一样？”

王离久久沉默着，最终一声长叹，遥望着夜色中的草原，目光中多了一丝迷惘：“我有时也想，自己执掌大军本就勉强，也并无大父与阿翁那般将才，若非皇长子蒙公相继故去，九原将军之职本轮不到我，我自家也不稀罕这名号，更不稀罕那武成侯爵位。若是天下安定，我倒不如辞去军职爵位，与你终日逍遥，总归我俩去处有的是。你若欢喜做牧民，我等便在这阴山放马牧羊；你若愿男耕女织，我等便回频阳；你若喜人多热闹，我等便去晋阳拜访白仲先生，与太原族人相聚；你若不欲让人知晓自家来历，我等便找徐福先生，请他送我等出海去那仙山；你若欲图清静遁世，我等还可去洞庭泽，重觅那桃花源……”

“有你这番话我也便知足了，然则，也只说说而已。我便真与你归隐，你便能从此不问世事么？中原战端重开、生灵涂炭，庙堂更是一片昏乱，你能不闻不问，只求自家快活？想起上将军与太尉，想起蒙公与阿兄，想起三十万九原军将士，你能问心无愧？你终究是将门之后，终究肩负着王氏荣辱，也终究肩负着社稷天下。你若果真能成天下名将，也当愿做白起李牧，却不愿做廉颇乐毅，是也不是？辞军归隐之说，莫再提了……”

王离无言以对，只能点了点头：“逃，终究不是办法……”

两人再没有说话，只彼此默默对望着，久久伫立在夜色中的草原上，直至鸡鸣五更东方发白，王离才恋恋不舍地跨上了丹骎，重又向幕府方向而去。

5

黑压压潮水般的大军在茫茫草原上铺展得无边无际，十余万九原军已尽数会集，只等统帅一声令下，便要向着平叛的战场开拔了。

望着将士们一双双明亮的眼睛，以及一张张脸上凝重肃杀的神情，王离不禁心潮澎湃起来。皇长子、蒙公相继故去这大半年来，九原军士气日复一日的低落，对庙堂的对乱军的甚或对自己的各种各样的愤懑憋屈日复一日的高涨，使这支曾经无比精锐的大军已然今非昔比。直到大军即将南下平乱的消息传来，将士们的战心才终于重又开始凝聚，目下的阅军，王离分明能感到当年那生疏已久的士气重新复苏，心头顿时激荡起一股久违了的感慨悲怆。

心念及此，他别过脸，满怀歉意地望着身旁的杨翁子：“老将军，我等南下，抵御匈奴这包袱便甩给你了……”

杨翁子的笑容极是温淡：“少将军不必自责。老夫已在这北疆戍守了五十年，北疆十郡全数待过，终老于此也是该当，若死于沙场更是求之不得。放心走吧，有老夫在，必不会拖累你等。”

“陇西将军请见！……”远处突然传来了一声长长呼喊，无数道目光投去时，但见一名陇西飞骑装束的骑士，催动着战马穿越了齐整的方阵，向着将台上的王离狂奔而来。

一座又一座方阵中响起了骚动，尽管有军令约束，士卒们却还是难掩心下惊讶，而王离目光中同样掠过一丝怀疑，但从这位骑士手中接过一方木牍一眼扫过之后，这怀疑顿时被惊喜取代了。

“陇西军来了！”面对着杨翁子等将询问的目光，王离大声叫道，“我等走！迎赵公辅！”

远方的天边现出了黑压压一片身影，那些高举向天空的林立矛阵分明是陇西飞骑独有。看到大纛上那个大大的“赵”字之际，王离亲率着杨翁子等大将们策马迎了上去。

“赵公辅领陇西军增援来迟，武成侯见谅。”

这是见到王离等人时，赵公辅拱手说出的第一句话。尽管依旧面无表情不动声色，目光却是分外闪亮。

“赵将军……”望着对面的赵公辅，王离百感交集地一声长叹。

赵公辅嘴角轻轻一扬，露出一丝不易察觉的笑意：“数月来，赵公辅囿于私怨，不听九原幕府号令，心下愧疚已久。而今末将已然想通，秦氏赵氏，皆有嬴姓先祖；秦人赵人，皆我华夏族群，抛却嫌隙、共御外敌方是正道！而今赵公辅率三万陇西军自带粮草来此，愿助杨翁子将军戍守九原，共抗匈奴！”

“岂曰无衣，与子同袍！……”赵公辅身后，陇西将士们高喊着。

“赵将军胸襟了得！”杨翁子的苍老笑声飘荡开来，“而今老夫也无后顾之忧也！”

“谢赵将军！”王离向着赵公辅深深一躬，不由自主地哽咽了，“王离若能重回九原，必当与你结为刎颈之交！”

“善！”赵公辅给出了这个简短却又坚定的答复，眼角同样泪光莹然。

九原军的万千将士重又安静了下来，一片鸦雀无声中，唯余王离的声音回荡着，分外响亮：

“各位同袍，王离知你等心思！区区两年间，庙堂昏聩了，天下大乱了，蒙公与皇长子也都不在了，王离与你等一样悲愤痛心，然则我等终须牢记，无论庙堂何样、天下何样，九原军照旧是九原军！我等仍当捍卫邦国、捍卫秦政、捍卫万千苍生！乱军蜂起以来，弟兄们人人叫嚷南下平乱，却迟迟不能成行；而今，我等已无后顾之忧，终是要南下了，我等敢不奋勇争先，浴血杀敌？敢不扫灭乱军，还天下以康宁？……”

“不得，无返！……”万千九原将士齐声吼着久违的誓言，久久回荡在阴山草原上。

“弟兄们见了，陇西军已来支援我等；非但于此，我等还将遣使南下，联络岭南军！此番我九原军特使，弟兄们也该当知晓，便是长公主！……”

“公主万岁！……”

一身男装的华阳公主缓步上前，出现在九原军将士们面前，这还是她在九原数月来的第一次公开亮相。她向王离点点头，又望向万千将士们，目光中满是坚毅，清脆的嗓音尽管微微颤抖，却也添了一丝铿锵：

“列位同袍，九原军即将平盗中原，惟嬴身为女儿身，不能与你等一同上阵杀敌，然拳拳报国之心，与你等等同！你等人人都是惟嬴的兄弟手足，惟嬴也信得，你等家中皆有母亲、妻女、姊妹，须你等捍卫守护；我华夏文明，我大秦新政，也须你等捍卫守护。今日之后，惟嬴自家也将南下百越，为你等请来援军。分别在即，无以为报，一曲《邶风》，聊表心意……”

一片鸦雀无声中，华阳公主的歌声缓缓响起：

击鼓其镗，
踊跃用兵；
土国城漕，
我独南行。
……

王离诧异地向公主瞥了一眼，他自然听出，惟嬴唱的是《邶风·击鼓》；令他惊讶的是，不同于寻常歌声，公主的声音平添了一股千回百转、荡气回肠，分明是频阳老家的阿宫腔！她却是何时学会了此等唱腔？……

黑色的洪流开始汇集，向着南方缓缓淌去，随着大军开拔，《击鼓》的歌声在全军中弥漫开来，久久飘荡在阴山草原的天穹下，齐整而嘹亮：

死生契阔，
与子成说。
执子之手，
与子偕老。
……

太原郡，晋阳城前。

“前辈，王离大父、家父连同王离自家，都素来仰慕武安君，今日得见武安君后人，幸何如之！王离敬前辈！”

王离双手捧起陶盏，郑重其事地举向面前这位老者。这便是武安君白起的后人白仲，天下一统后，被始皇帝封在了太原郡晋阳城。

白仲笑着连连摆手：“惭愧惭愧，老夫徒顶武安君后人名号，却是从未入军，何当此敬?”

“司马昌与白仲先生一般，也是徒顶先祖名号，心下愧疚也!”一旁的司马昌也插嘴笑道，“遍观我大秦历代军功世家，唯王氏功勋既著且三代为将!”

王离的笑容中也满是赧然：“今番南下，也是头回领这等大军，更未奉诏命，前辈与公子见笑了。”饮罢酒水，又举起第二盏：“前辈，我王氏族人多劳你稳妥安置；公子昌，今日前往岭南，更不知几万里之遥。二位多有劳苦，王离感激不尽!”

司马昌饮尽酒水，点点头：“我等皆知此行紧要，同行这二十人乃反复遴选出的，个个为人可靠，身手更了得，公主放心交我等护送便是！我等这便收拾车马!”说罢起了身。

“武成侯与公主分别在即，你俩道个别吧。”白仲也笑着站了起来，与司马昌一同走向了那队整装待发的游侠骑士，只留下王离与男装的华阳公主。

两人默默对视着，一时不知说甚是好。片刻后，王离才轻声打破了沉默：“惟嬴，步光之剑带上了?”

“在这里。”华阳公主说着举起腰间的佩剑，将它轻拔出一截，一缕碧光随即绽放出来；她又笑着伸出手，让王离看那半块多年来始终佩在身上的玉石：“还有，这是我那半块玉璧。”

“记住，此番无论成败，至少要保得自家无事，你定要回来。”王离望着公主那双细长的丹凤眼，语气中满是关切。

“莫担心，有公子昌等人，我不会有事，倒是你多保重。此番南下，乃你头回统领大军，千万慎战，千万牢记太尉告诫，莫让将士们白白流血。”

“我知晓，你也放心，我等会有重逢之日。”

华阳公主粲然一笑：“但愿那时，我是随岭南秦军北上来见你。”

“待我平叛回来，再助少府剿灭赵高一党，你我便成婚。”王离报以同样的笑容，露出一口雪白齐整的牙齿。

“善，等你。”公主毫不犹豫应道，向他举起了自己的右手，王离也同样举起了左手，两人由此掌心相抵，十指交错，紧紧叠在了一起。

“死生契阔，与子成说；执子之手，与子偕老。”华阳公主望着王离黑白分明的眸子，静静说道。

王离笑了，尽管后世多以为这句诗是在讲夫妻，然而鲜有人知晓，它的本意却是讲同袍情谊，于是不由得慨叹了一句："你我是夫妻，也是同袍啊……"

不知过了多久，他们的手才慢慢分开，各自心下都明白，离别的时刻到了。可华阳公主还是向王离凑了过去，王离伸手想揽住她，她却笑着摇摇头，只是将脸凑到他耳畔，然后用极低的声音，说出了只有他俩才能听到的一句话。

听到这句，王离顿时呆住了，而看到他那错愕、狂喜、怜惜、懊恼混杂在一起的复杂表情，华阳公主露出了极尽开心的笑容，没有再说什么，径自走向司马昌的车队。随着马匹的阵阵嘶鸣，车队开始向东南方辚辚而去，只留下一脸愕然的王离望着车队远去的方向，久久伫立着愣在原地。

6

出乎王离意料，南下平定赵地的战事，比预想的还要磕绊。

九原军南下之初，无论王离心下如何提防，终究隐隐带着一丝轻慢。及至斥候带来赵地再度生乱的消息时，他对新赵的蔑视更是加倍了：斥候说，武臣背叛了陈胜自称赵王后，又遭部将韩广的背叛，大怒之下率领张耳陈余领兵伐燕；不想自己反倒被燕军鬼使神差地捕获，张耳陈余大惊失色，忙派出特使向燕军求和，好一番折冲斡旋，才换得韩广放回武臣，一同灰溜溜回了邯郸，燕赵两国由此"相安无事"了……如此盗军，彼此尚且龃龉不断，能有几多战力?

然而王离没想到的是，自己领军抵达井陉关时，便遇到了第一道难关：赵将李良领兵堵在了井陉关外，挡住了去路。王离本欲强行攻关，然九原军此番南下均以车骑为主，步卒本就不多；为了快速行军，大型攻城器械更未随军，只有一些轻便云梯，若强行攻关，还真未必能有胜算，自家也不知会伤亡几多。心念及此便没有贸然攻关，反复思忖之下，最终决意仿当年大父去李牧，以反间计破关——目下新赵正在内耗之时，赵王武臣猜疑张耳陈余欲自立为王，其他大将也对赵王的平庸心生轻蔑，东面有燕王韩广虎视眈眈，西面又有自己的九原军磨刀霍霍，整个新赵一片人人自危。至于井陉关对面那个李良，王离也对此人略知一二，他本是旧赵一名裨将，赵国灭亡后便降秦做了个郡尉，武臣北上之际各郡县纷纷倒向叛军，他也随大流投奔了武臣，此时自己若效法大父，或能收得奇效！

心念已定，王离亲自执笔，以二世名义写下书信，劝说李良反赵为秦。书信写罢又印上封泥后，却有意再拆开，然后草草捆扎起来。夜幕降临时，将这书信交由一名乔装打扮的百将，带出了营地。

多日之后，一条流言果然由邯郸方向遥遥传来：二世竟亲笔写下一封书信，遣使送到了大将李良手上，劝他降秦！消息传开，新赵君臣一片哗然，赵王武臣本就庸碌无能，疑心李良也会如韩广那般反叛，急得整日团团转。李良自家看到了这封劝降书信，同样颇有些心动，可他发现这密信曾被拆开过，又听到了赵王猜疑自己的传言，心下不由得摇摆起来；最终决定先回邯郸，请赵王继续给自己调拨兵马抗秦，也是顺道探探口风。就这样悄悄潜回邯郸，不想却意外受到了赵王之姐的折辱，恼火中终于决定举兵反叛，随即便领兵向邯郸攻来。而这一消息自然没有逃过王离的耳目，当即下令突袭井陉关，一夜激战之后，秦军顺利夺取关城，稍事歇息三日便继续东进了。

王离本以为，突破井陉关之后，新赵再无险可恃，又正在混乱之时，赵地当能一鼓而定，不想真正进军以来始终磨磨蹭蹭。新赵虽有名义上的赵王，然各位领兵大将却都拥兵自重，且大部都集中在北起井陉关、南至信都这方圆二百里内，除却张耳陈余的兵马外，至少还有司马卬、申阳、张耳之子张敖这三路兵马，各自在四五万人以上，至于其余一两万人的小股兵马便更多了。这些赵军偏师本身战力不强，却很是剽悍灵动，九原军击溃他们自是轻而易举，然若想将他们全数剿灭却是难上加难，往往刚一交手赵军便被杀得大败，秦军冲上去时整支大军却已漫山遍野溃散了。若全力追击自然也可，然九原军身后粮道此时已越拖越长，稍有不慎便可能被突然冒出的敌军截断，是故王离始终不敢全力追击，只能仿效自己大父当年灭赵时的方略步步进逼，一点点占据沿途城邑，再逐一修筑营垒防御，可偏偏九原军长处在于飞骑战车，步卒战力相对弱上许多；又无大型兵器随军，是故尽管沿途城池都不算高大坚固，攻起城来依旧颇为棘手，再加上不时有那些溃散赵军卷土重来去而复返，是故南下推进始终很是缓慢，足足用了一个半月，才抵达赵军主力盘踞的信都。

目下盘踞在信都的还是张耳陈余，只是又多了新赵王赵歇。不久前李良反叛杀入城中时，武臣君臣全无防备，十之八九被杀，只有张耳陈余门客众多，早早听了风声，侥幸逃脱出城。两人狼狈不堪地在邯郸郊野撞上，一同引兵北撤，又忙打着赵王旗号四处收拢残兵败将，还新立了一名世族赵歇为新赵王，都城也暂定信都。陈余好不容易领军击溃了李良，正要攻打邯郸，不想王离九原军已然逼近了，只得掉过头来先行抵御秦军，信都之战遂就此打响。

此番开战之初，王离已从赵军兵力铺排中看出了破绽：陈余拘泥兵法，将主力大军尽数屯集郊野，留守城中不过区区三千人，说是历来守城都须大军在郊野作战，除非万不得已才退守城中。若依常理观之，此等布置自然无差，然王离却很是清楚：九原军最大软肋便在攻城战，若陈余果真龟缩城中，则九原军必然对他无从下口，急切间决然难以下城；偏这陈余反其道而行之，将大军尽数驻扎城外，可新赵军战力远不及九原军，盲目野战徒然送死而已！不禁重新打起了精神。

接下来战局的实际进程，完全验证了王离的判断。交手那日，红黑两方大阵分列南北，互相对峙在初秋的金风中。陈余一声令下，潮水般的赵军便乱纷纷呐喊着，向着秦军大阵涌去，阵形散乱兵刃各异，便连衣甲旗号都是五花八门驳杂混乱，有的士卒甚至只在身上披裹着一块红布，勉强作为赵军标志，唯独那股一往无前的气势颇有几分骇人。

眼见赵军全线攻来，王离也舞动着令旗下达了进攻的将令。沉雷般的鼓声中，秦军一辆辆战车开始滚动，一位位骑士也策动胯下战马迈开四蹄，战马战车组成的黑色潮水始终在整肃无声地向前流淌，又渐渐稀疏，分散成无数道涓涓细流，待到两军即将交手之际，直如无数枚黑色箭镞般刺向迎头杀来的赵军大阵；与此同时，那些步卒们则始终固守在自己原本位置上，渊停岳峙般一动不动，只默默看着同袍们在前方冲锋。

胜负几乎一瞬间便见了分晓。秦军总体兵力远少于赵军，战车骑兵分散开后更是只以十车十骑百车百骑一队，结成一个个小巧的锥形战阵席卷而来，人数虽少动作却极是神速。但见一道道黑影迎头冲来，下一个瞬间便是寒光一闪血花喷溅，手起剑落必有斩获！更不用提那些战车，那是上好的硬木包裹着精铁打造，泼洒着密集箭雨轰隆隆压来时，光是战马的冲锋便足可撞翻一大片；更令赵军胆战心惊的是，好不容易挨到自家的战车前来迎击，却不料秦军战车不闪不避，居然生生迎面撞来，两车交错的瞬间但闻木料断裂的咔嚓声响，自家的战车竟十有八九被掀翻在地！无论他们如何拼死抵御、阻挡，始终对这些沉默的骑兵战车无可奈何，大军组成的浩荡汪洋生生被这些黑色细流搅成了无数杂乱不堪的旋涡，个个相互纠缠彼此掣肘拥挤成一团，战又战不过，防又防不住，躲更躲不开，只能白白任对手宰割……一个时辰下来，信都郊野已是尸横遍野血流成河，赵军已被杀得全无战心，处于战场外围的卒伍甚至不等陈余号令，已自行向周遭山野没命逃去了。

眼见这般，王离这才下令后面观战的步卒全军开出，却并非趁势掩杀，而是绕过中央赵军，迂回攻城。将令下达的刹那间，近百只牛角号的嘶鸣一同从秦军后阵响起，战鼓巨大的轰鸣声中，始终留在后面默默观战的步卒方阵出动了。一架又一架轻便云梯自方阵中竖起，缓缓向两翼展开，从东西两个方向包抄两军厮杀的战场，向着远处的信都城不紧不慢地开去。陈余见状早惊得魂飞魄散，当即下令弃城逃向巨鹿，与预先驻守在那里的赵王歇和张耳会合。话音未落，赵军那面“陈”字大纛便东倒西歪地向东飘去，而王离眼见赵军败退，自然下令全力追击，九原军先前分散的一条条黑色细流瞬间便重又陆续汇集起来，乌黑的潮水追逐着丢盔弃甲的溃散赵军，直向东面的巨鹿城而去了。

日暮时分，陈余败军刚在巨鹿城外立定脚跟，九原秦军便随即杀到，一转眼将巨鹿城团团围住了。斥候带给王离的消息是：新赵王赵歇、新赵丞相张耳等君臣尽在巨鹿城中；陈余败军虽在城外，却也无路可逃，只要拿下巨鹿，便可彻底剿灭新赵！消息传开，九原军一片欢呼，王离也大是振奋，当即下令全军埋锅造饭，好好休整一夜，准备自明日起正式猛攻巨鹿，自己则带领着一支百人马队出营，巡视巨鹿城去了。

那时王离并不知道，眼前这座看似貌不惊人的城邑，将成为自己的人生终点，也将成为这支九原秦军的葬身之地。他只是在暮色苍茫中久久凝望着远处的巨鹿城，心下回荡着与华阳公主分别前，她对自己说的最后一句话：

“阿离，我有了你骨肉……”

惟嬴，你与孩儿，都要平安。王离这样默念着。

第十二章 金瓯缺

1

茫茫大泽之上，一艘商船朝东南方乘风破浪驶去，船头那面文翰锦旗在带着水汽的风中猎猎招展。

水面上风浪颇大，商船也不住颠簸着，舱中的华阳公主虽因此泛起阵阵恶心，却并无怨言，甚至有些暗自庆幸，如此可使自己全神贯注于航程本身，而不致对这次出使的结果忧心忡忡。

商船目下正行驶在作为九江郡与庐江郡分界的彭蠡泽中，按计划驶出大泽后，他们便当沿余干水南下，进入赣水，穿过位于庐江郡最南端、藏身台岭的横浦关，由此正式进入南海郡。这正是当年上将军王翦领兵平定扬越时所走的路线，也是平定岭南之后四条扬越新道中最东面的那条。之所以选定这条路线，统领全船的司马昌也是经过了慎重考虑：其余三条扬越新道大体都是逆湘水南下，其间还有几次水陆转换，颇多周折；目下这条路却全然是顺水行舟，对于迫切需要尽快赶到岭南的商队来说，确是一条最为快捷的路线。尽管从公主本心讲，更想走洞庭泽，如此可顺道寻访那桃花源，可她终究拈得轻重，知晓目下当务之急仍是尽快赶到岭南，游山玩水旧地重游诸事只能日后再说，自然赞同了司马昌。而除却司马昌列举的诸般理由之外，还有一个隐秘的原因促使她尽快赶到岭南，那便是她的身孕。

公主将手轻轻按在小腹上，尽管目下还没有明显感觉，但她自己却可隐隐察觉出生命的迹象。

她有意在最后一刻才告诉王离这个消息，既是为给他个惊喜，也是为避免遭到他更坚决的反对，回想起王离最后的表情，公主的嘴角露出一丝甜蜜笑意，然而这丝甜蜜却仅是一闪即逝。一路南下，她既牵挂着中原战局、咸阳朝局，也为岭南军异乎寻常的沉默而惊诧。她与岭南军统帅任嚣虽只多年前南下那次见过，却记得清清楚楚，任嚣将军很是厚重稳健，若论本心，她决然不信此人是那等野心勃勃之辈。然则，谁又能确定她的判断就一定对?

无论如何，终究只有到达岭南、亲见任嚣，才能解开这谜团了。

几个时辰之后，商船抵达了庐江郡治鄱阳，准备补充粮谷、打探声息，不想即将靠岸之时，他们却被城中驶出的一支船队截住了。为首那名扬越人自称县尉梅锔，云目下岭南军意欲反叛，我等为防其北上，往来船只皆须搜查，你等领头者还须受县令盘问！水手们还在惊讶间，几只竹筏已包抄了过来，百越人纷纷跳上甲板，逐一开始搜查商船的各个角落；梅锔又一招手，十余名百越县卒便“护送”着司马昌与公主上了岸。

县府中，两人向县令吴芮递上了一枚竹节状的金灿灿铜符节。

“……我等乃清夫人商社执事，清夫人故去之后，商社营生便每况愈下；而今又是中原战乱，做不得生意。是故我等皆认准了这岭南之地，一则此地虽偏僻荒蛮，可仍旧太平；二则岭南军前身便是巴蜀舟师，当念及乡情，甚或给些照拂。县令莫看此番我等只运了一船蜀锦，可少说也能赚得千金，决然不亏！……”

一身男装的华阳公主按司马昌教自己的说辞侃侃而谈，语气中满是商人的精明与算计。吴芮却只把玩着手中的符节，皱眉盯着那上面“见其金节毋征，毋予馔食”的错金篆文默默听着，直到她讲完才摇摇头，将符节还给他们，一开口便使两人大为吃惊：

“公子差矣，岭南去不得！目下南海尉任嚣蠢蠢欲动，随时可能北上攻来；你等若迎头遇上大军，他管你何等来路，人说杀便杀，货说夺便夺！去不得！……”

“不可能!”华阳公主不胜惊愕，“任嚣位高权重，岂会反叛?”

吴芮不屑地一声冷笑：“有甚不可能? 陈胜起事以来，中原多少郡守县令起事反秦，那岭南四郡五十万军民尽归任嚣节制，根底比中原郡县雄厚得多，便是如陈胜那般称王立国都不为过！眼见中原各地世族纷纷称王，他自家重兵在手，能不心动眼红？老夫只怕任嚣称王立国之后，第一步便要北上打我这庐江郡，方才终日戒备！”

华阳公主此时已平静了下来，稍一思忖，微微一笑：“鄱君莫非多虑了？常理论之，任嚣纵然意图北上，也当顺那湘水而下，攻向苍梧、长沙、南郡，如此一则进兵顺当，二则这几郡也富庶不少，他又何必逆赣水北上，攻庐江郡这蛮荒之地？如此既吃力也不讨好。依在下浅见，鄱君不必提防岭南军，反倒是彭蠡泽距会稽郡不远，更须小心江东项氏。”

“……”吴芮没有搭话，却瞪大了眼睛仔细打量着公主，目光中满是惊疑，片刻后才重新开口：“公子见识过人，老夫佩服！就实说，老夫也想向你等打探中原战局，尤其是项氏如何？”

“目下新楚势力迅速膨胀，确乎秦军劲敌。只是暂时无暇引兵西进，鄱阳该当太平才是……”

听华阳公主讲着项氏渡江以来的种种战事，吴芮神色间极为关注，不时询问种种细目，接连问了十余问，华阳公主有的能答，有的答不出，心下却是暗暗惊讶——这吴芮既然是鄱阳县令，常理观之，最在意的当是县中安危，可目下看这般反应，他显然并不关心项氏攻向鄱阳的可能，却对他们的拓地颇感兴趣，可这又与他有甚关联？又是为甚？……

——难不成，他与项氏相熟？甚或，早已暗通项氏？

公主心下猛然一颤，抬眼望向司马昌，却见他目光同样满是戒备。

人同此心心同此理，两人自然不愿多说，话语间便颇多敷衍，此时梅锠匆匆奔来，俯在吴芮耳畔几句低语，吴芮脸色登时一变，却仍满面堆笑转向两人：“二位今晚莫回船上，在郡府过夜何如？若担心货物，老夫派县卒助你等看管便是。”

公主与司马昌飞快地交换了一下眼神，心下不约而同都警觉起来，忙一拱手：“惭愧，我等放心不下财货，还当……”却被吴芮一声“来人”打断了，两名县卒大步入室，吴芮指着二人用楚语说道：“护送两位贵客回船。”后面却换成了吴语：“不得让人近船，也不得让他们下船，更不许他们开船！”公主与司马昌都心知目下无力反抗，只得勉强向吴芮一拱手，跟着县卒去了。

眼见两人都已出县府，吴芮立即扭头问梅锠：“你可看清了？舱中果是那步光之剑？”

“绝无差错!”梅铞一脸跃跃欲试，“只是那时将军刚回来，船只才靠岸，县卒多去迎接，我等人手不够，果真硬夺未必夺得过，这才赶来报鄱君!”

“谨慎些好！方才老夫未将他二人当场拿下，也是顾忌会惊动商船水手，使他们径自南逃。目下却无妨，只要看住船，他们逃不出我等手心!”

“鄱君高明!”

“继续看住他们，带将军过来；再请来两位君长，我等共谋大计!”

华阳公主与司马昌并肩走在小小的鄱阳城中，跟在身后的是一队县卒。两人无声地交换着目光，却都想不出如何摆脱这些扬越人。最后还是司马昌用秦音小声说了句:“先回船，再做计较。”公主这才无奈地点了点头。

来到港湾、即将上船时，不远处的欢呼吸引了两人的注意——一个筋肉虬结须髯蓬乱、一身中原人装扮的彪形大汉正伫立在靠在岸边的小船上，蚩尤刑天般威风凛凛，身后那些扬越人也大是兴奋，不再理会他们这只船，呼啦一下围了过去，隔得老远便用吴语高喊着什么。

“此是何人?”华阳公主皱起了眉。

那大汉跳上岸，显然也习惯了这等场面，很是坦然地接受着扬越人的欢呼，还将傲兀的目光投向四面八方，而当他终于将正脸转过来时，公主一眼便瞥到了他脸颊上的那个“囚”字烙印，陡然呆住了，呼吸也变得粗重起来。

“公主认得此人?”眼见公主这般反应，司马昌也警觉了起来。

“不认得，却猜得出。”望着那个正向城中走去的高大背影，华阳公主的语气也凝重了起来，“我等，必须逃了……”

2

华阳公主没有认错，那个脸带烙印的大汉的确是黥布，目下他已在扬越人的簇拥下，大摇大摆来到了县府，神情间俨然是凯旋的英雄。

这位凯旋的英雄，目下便与吴芮一同坐在县府正堂中，被十余名元老装扮的百越人簇拥着，为首两人黝黑皮肤上文有蛇纹，门齿也均被凿掉，显然都是东越人。

吴芮先把黥布介绍给两位君长，说这是老夫女婿，目下在项梁手下为将；又转对黥布说，这两位一位是东瓯君长驺摇，一位乃闽越君长无诸。众人寒暄已毕，黥布带来了项梁的亲笔书信，吴芮从女婿手中接过木牍扫过一眼，嘴角已然咧开了——项梁信上说，新楚目下步步紧逼，秦人连九原大军都已出动，正在进攻赵地，兵力足足十几万！吴芮很是清楚，这九原军自成军以来从未入过中原，便是十年灭国大战都未曾动过，显是秦人最后家底，而今连它都南下了，只能说明秦人家底只剩这多！而今中原群雄并起，秦人大军虽尽数出动，终究不能多头进兵，目下必已左支右绌；而中原乱局未及平定，如何顾得上岭南？自己率扬越人在这鄱阳树起反旗足有数月，那秦人官府始终不来过问，岂非最好明证？若百越各部尽皆效法，必能重新脱离中原！

自然，这岭南之地尚有数十万中原军民，一旦北上攻来，确乎无法抵御，好在项公已然想到这步，早为自己预做谋划，在秦人背后安插了一枚铁钉……

想到这里，吴芮脸上浮现出一丝自得的笑意。

“若此人果是黥布，则鄱阳也不能久留了。”

船舱之中，司马昌面色极是阴沉。

“正是！黥布乃项梁大将，此番回鄱阳若非反秦，还能做甚？你再看那些百越人，显是与他早就相熟，我等入城转了一圈，一个中原人也不见，怕是城中中原官吏已被杀尽了，扬越人已然反秦了！我等必须及早脱身！”华阳公主语气也很是急迫。

司马昌沉思了片刻，忽然想起了什么，一个箭步奔到后舱，回来时手中已多了一把花草，已经干枯的金黄色花朵正弥散着特异的甜香之气。

“好在舱中还有此物！我等便拿它试试！”

“这是甚?”

司马昌笑了：“此草药名曰羊踯躅，有安眠之效，乃徐福先生采得。我这便将它下到酒中，请那些县卒一番痛饮。此番能否顺利脱逃，便看它了……”

“此前，老夫已按项公谋划，在这江南各郡县四处散播流言，云任嚣意图自立为王，以此使秦人皇帝疑心任嚣，不再调他兵马北上。而今时机成熟，我等终可一试！”吴芮语气中满是得意，“东越地有二位君长，南越地便是我等这扬越部，西越地更不必说，安阳王本就对秦人恨之入骨，绝不会错过此等机会！到时有我等三方牵制，任嚣便果有五十万军民，却也绝难多头开战，定会顾此失彼！”

“此后我等重新占据闽中郡，脱离秦人掌控，裂土一方重新为王！”驺摇重重一拍案，神色间大为兴奋。

“然则，秦人庙堂不会派人前往岭南，一探究竟么?”无诸却想得很是周全，目光中满是疑虑。

“闽越王所言，也正是老夫所忧。”吴芮的双目中闪烁起凶光，又压低了声音，“今日刚好一艘商船路过鄱阳，老夫看这船上客商形迹可疑，怕是秦人奸细；更有甚者，我等还从那舱中搜出了步光之剑！”

此言一出，举座哗然！

“步光之剑？”无诸“腾”地一跃而起，神色间大是急切，“鄱君，快带我等去看！我等日思夜想都要夺回此剑！……”

吴芮却不为所动，语气反倒分外平静：“老夫若果能助二位君长夺回步光之剑，你等何以为报？”

“听凭鄱君号令！”无诸毫不犹豫地喊道，驺摇也点了点头。

“两部夺得东越地之后，肯否随老夫一同北上，助项氏灭秦？如此对我等都大有好处……”

“全应你！快带我等看剑！”两位君长急不可耐地打断了他。

“梅铞，叫来所有县卒，我等走！”吴芮分外痛快地一招手，所有人都呼啦一下起身，争先恐后向外拥去。

天色已晚，所有的百越人都打起了火把，脚步迅急而杂乱，遥遥望去直如一条奔腾流淌的灯火溪流一般。梅铞在前面领路，无诸驺摇两位君长，以及他们各自的十余位侍卫紧随其后，吴芮黥布这翁婿两人则在更后，彼此目光交错的瞬间，已从对方眼中看到了胜利——若果能得到东越人的顺从，扬越、闽越、东瓯三大部族合并，则必是一支不容小觑的力量，那时他们便追随项梁一道北上，若果能随项梁灭得暴秦，便可顺理成章地分得会稽郡吴越两国旧土，如此则百越人终可重新立国，这当是何等的功业？吴芮足可如当年祖上阖闾一般名垂千古！

然而他们刚赶到岸边，却无不愣住了——岸边负责看押商船的扬越县卒们个个东倒西歪地呼呼大睡，一阵扑鼻的浓郁酒气；那艘商船却已高高扬起白帆，向着黑黢黢的大泽中远去了！

“给我追！……”吴芮狠狠一跺脚，恨声叫道。

两岸林立的峭壁之间，一道白练般的湍急水流汹涌而下，只张了半面帆的商船被这水流推动着席卷着，直向西南方而去。甲板上的华阳公主裹紧了厚厚衣衫，久久望着水流前进的方向，盼望着能早日看到南野要塞。

逃离鄱阳已是第六日了，回想起那夜情形，公主至今还觉胆战心惊——商船刚驶入彭蠡泽不过百余丈，岸边便现出了大片火把，此起彼伏地响起了愤怒的吴语。一艘艘小船下了水，一声声箭矢的呼啸随之传来，好在水手们动作也极为神速，司马昌亲自把舵，水手们除却掌帆的几人外，其余人都奋力划动长桨，终是与那些小船渐渐拉开了距离。追逐与逃亡持续了整整一夜，直到黎明再次降临，身后才完全看不见扬越追兵。

接下来几日无事，略略算来，这两日便当能见到南野要塞了。公主早知此地是秦军南下的几处根基之一，当年上将军王翦正是由此地启程开始翻越五岭；百越平定之后，仍有一队秦军常驻于此，与横浦关守军遥相呼应，依公主所想，若能向南野驻军说明来意，他们便会将自己领入横浦关，如此自然稳妥。

然而她没想到，自己却扑了个空。

南野要塞并不难找，一行人上岸后攀上一处山塬，几乎一眼便看到了那片在重重密林中分外醒目的旷野，以及矗立其间的一片生满青苔野草的营垒，可整片营垒却不见一面旗帜、一缕炊烟，赶过去后更见营垒中空无一人，也无任何粮草柴火军帐船只，显然已被废弃了。

“几座营垒虽已废弃，然房舍干栏中灰尘不多，秦军显是刚撤离不久。”司马昌巡视了几座营垒后，很是笃定地说道。

“怕是只能赶到横浦关，方能见到秦军了。”华阳公主没好气道，心下更是沮丧，眼前景象显然不是好征兆——岭南军废弃南野要塞，最大的可能便是已尽数撤入台岭以南，而撤入岭南又为的是甚？怕是……她不想再继续想下去了。

一片垂头丧气中，他们重又回到了商船上。

第三日正午时分，水流已开始变得浅缓难以行船之时，他们将商船停靠在台岭脚下一处僻静港湾中，步行走向密林深处，却意外发现，刚修成没几年的扬越新道竟被生满了荆棘野草藤萝灌木的乱石堵塞了。众人手脚灵便，攀缘工具更是一应俱全，一边刈伐着那些荆棘藤萝，一边手脚并用忽上忽下，总算还能勉强进前。

“岭南军断绝这扬越新道，果是要反叛么?”在司马昌的搀扶下，华阳公主气喘吁吁地爬上一块大石，心下却是越来越心惊肉跳。

响箭的呼啸打断了她的思绪，所有人都急急寻觅着藏身之所，华阳公主刚闪身一棵大树之后，头顶已传来了一阵嘈杂脚步声，随后便是一声带有明显秦音的越语：

“何人——?”

她抬起头，看到五六个士卒正伫立在自己头顶的山岩上，衣着是改制后的秦军战袍，手中弩矢的镞头无不闪烁着凛凛寒芒。

“九原军密使，请求入横浦关，见南海郡尉任嚣。”

尽管一旁的司马昌试图拦住华阳公主，她却还是站了出来，高举起手中出了鞘的步光之剑，剑身绽放着碧幽幽的绿芒，刺人眼目，摄人心魄。

3

在船上遥遥看到番禺城垣时，华阳公主心下猛然揪紧了。

整座番禺城已是一片雪白，无边无际的挽幛长幡，一匹匹自城头垂落的巨大白布，一同在风中招展着。华阳公主还记得，当年上将军王翦的棺椁运回关中之际，咸阳城便是这般漫无边际的一片霜雪；而父皇的柩车运向骊山之际，咸阳也同样是这般。这象征着死亡的颜色，她已再熟悉不过，而今重又见到这等景致，心下已经没有了震惊，取而代之的却是深深的哀痛和惋惜。

多日前，他们被横浦关前例行巡视的士卒带到了守将面前，守将已认出了那柄步光之剑，得知公主的真实身份后更是既惊又喜，忙将一行人迎入了关内。公主顾不得寒暄，劈头便问：目下岭南局势究竟如何？为甚关闭横浦关，还断绝扬越新道？难不成岭南军果真要裂土分疆？这等作为究竟是奉郡尉之命，还是你等擅自而为？……守将对这连番发问应接不暇，只是哭笑不得道，我等确乎是奉命闭关绝道，公主请看，此乃自番禺发来的将令。公主只见那木牍上写着，目下盗兵将至，岭南军须急断新道、聚兵自守，还盖有南海郡尉的朱红大印，显是郡尉任嚣发出无疑。她却仍是心存疑惑，又问任嚣将军目下如何？守将说，郡尉数月来一直病重，前几日已召各地县令长吏赶往番禺，公主若也要去，我等为你再找一艘快船便是。听到这里，华阳公主心下已生出了不祥之感，急忙与司马昌等人匆匆沿溱水赶往了番禺，却不料如今看来，还是慢了一步……

虽是心下痛惜，但华阳公主却也松了口气：岭南军断绝几条扬越新道、紧闭各处关隘，显是为避免任嚣将军去世的消息传开，引起岭南人心动荡，更是为防备吴芮等人知晓后趁乱攻入岭南，而绝非如天下传言的那般乃野心使然！明了于此，她心下已豁然开朗，心头的沉重也稍稍减轻了些许。

出城迎接他们的是龙川县令赵佗，数年不见，鬓角已满是银丝，黝黑瘦削的脸上更是沟壑纵横，倍显沧桑，华阳公主看了大是揪心——岭南军中，赵佗地位几乎仅次于任嚣，而今他尚且如此，其他南下军民自然更不必说了。但她终究忧心岭南形势，对赵佗只稍安慰几句，便问起了岭南军近况。而赵佗虽则悲痛却也仍旧清醒，强忍着心中痛楚，向公主讲起了这大半年来岭南军的诸般变故。

原来早在陈胜吴广起事时，岭南军便得知了中原乱局，军中顿时一片汹汹请战之声，当时赵佗本人身在龙川，虽未像其他将尉那样赶去番禺、请求郡尉回中原平乱，却也同样忧心忡忡。不久后他接到了发自番禺的将令，任嚣在这道将令中严词申饬了将尉们，明确表态说岭南军不能北上，给出的理由也确乎难以辩驳：其一，中原虽生乱象，然只要庙堂妥善应对，当能顺利平定，由岭南回中原却是路途遥远，即便此时动身，只怕回到中原之际乱局也早被平息；其二，目下岭南虽有五十万军民，可这数十万军民却是散布在各处险要，各有戍守重任，并无多余兵力可抽调；其三，最重要者，岭南军首要任务是保得四郡不失，此时百越各部刚归顺不久，一旦大军骤然撤出北上救援，这些部族势必纷纷自立、彼此攻杀，未北上的中原移民也会惨遭横祸，过不了多久便要重回先前的蒙昧愚顽，若果然如此，岭南便是得而复失，我等何颜去见上将军？在那道将令的最后，任嚣还严令岭南诸郡：再有妄议北上中原者视同作乱，定当严惩不贷！

看罢郡尉这道将令，各县令长吏们也是左右为难，左思右想之下终不敢再提北上之事，也都暗自盼望着庙堂好生应对、早日平定乱军。可没想到大半年过去，有数几次自中原传来的音信，居然没一样能让人放心；更有甚者，扬越君长吴芮眼见中原大乱有机可乘，竟与梅铜黥布等旧部暗自通连，杀了县中那些中原官吏，也开始举事反秦了！消息传开，岭南军又是一片哗然，再度鼓噪要北上剿灭叛军，偏偏此时任嚣却因操劳过度一病不起，无法再行理事，岭南军的战心也随之转化成了对郡尉的关切忧心，北上之事只能再度搁置了。

如是这般惶惶不安地又挨过几月，任嚣病情日复一日的沉重，中原乱局却是愈演愈烈。更有岭北的吴芮叛军盘踞在鄱阳，虽说既未南下又未北上，声势兵力却一日比一日盛壮，连百越的一些小部族也纷纷北上东去赶去投奔，任谁都看得清楚，吴芮等人既是在积蓄实力，也是在观望等待，等待任嚣一朝病故、岭南群龙无首之际挥师南下，重新夺回百越故地！明了于此，各路将尉一片心急如焚。就在华阳公主一行人从鄱阳逃离之际，任嚣也终于发来了最后一道将令，要各地郡尉县令尽速赶往番禺，一同商议岭南诸郡出路！而当赵佗和另外几位邻近的县令一同赶到番禺时，任嚣已是弥留之际了……

“我等前来岭南，本欲请大军北上，不料却遇此不幸，造化何其弄人也……”听到这里，华阳公主一声长叹，眼圈也红了，“却不知对身后事，郡尉究竟如何安置?”

赵佗负手踱了几步，向远处烟波浩渺的郁水遥遥望去。

“郡尉，已将岭南托付给了我等……”

他这样答道，眼前也随之浮现出了任嚣最后的面容。

低矮潮湿的干栏中弥散着浓郁的草药气息，形容枯槁骨瘦如柴的任嚣躺在军床上，虬结的须髯蓬乱的长发白如霜雪，依旧明亮的目光却是直直盯住头顶干栏的房梁。

“赵佗，到了么? ……”听到脚步声在干栏外响起，任嚣喉头动了一下，艰难地咕哝出这含混不清的几个字眼儿。

“郡尉！赵佗来了！”赵佗快步上前，扑倒在任嚣榻旁，已是满眼泪水。

任嚣僵硬的脸上缓慢浮现出一丝笑意：“赵佗，老夫目下命在旦夕，然岭南军不可一日无主将……”

“郡尉放心，赵佗会上书咸阳，请庙堂任命岭南军新主将!”

“不必了。”任嚣闭上眼睛，轻叹了一口气，“而今庙堂，已非先帝之时，已然指不上了。况乎任嚣本就有先帝诏令，有权自行任命继任之人……”

“郡尉……”

“赵佗，莫再推辞了。各郡尉县令之中，你最有政才，又年富力强，实是上佳人选。当年任嚣统领岭南军之际，便已然打定主意，日后要将这郡尉之职交与你；况且，上将军、蒙武将军，也都对你赞赏有加……”说完这番话，任嚣疲惫地长出了一口气。

“对，赵佗将军继任郡尉!”不大的干栏中，岭南军的将尉们喊成了一片。

看到同袍们一双双眼睛中的信任，赵佗的目光也明亮了起来：“既如此，赵佗不再推辞！郡尉放心，我等定会守住岭南!”

“善。”任嚣脸上浮现出了欣慰的笑容，又把目光投向了众将，“我与赵佗，还有几句话说，你等且退下，只留他一人。”

遥望着那水天尽头，赵佗心底重又回荡起了任嚣的遗言：

“……陈胜作乱以来，各地豪杰争相叛秦自立，此诚艰危之时也。南海郡虽地处偏远，然目下也有吴芮等盗军虎视眈眈，难保不会侵入岭南。老夫本欲兴兵断绝扬越新道，自备以待天下变局，不想自家已命在旦夕。我观这番禺城，地势负山险阻，南北东西方圆数千里，更有五十万中原军民相辅，足可为国；

便是果真称王，也不失一州之主……”

“郡尉劝将军，称王立国?”华阳公主脸色发白了。

赵佗并没有转身，语气极是平静：“公主不解此中真正含义么? 大秦若一朝覆亡，我等岭南军民自行立国，总算还能留下一条秦政余脉……”

“这是郡尉自家主张?”

“劝我称王立国，乃郡尉主张；断绝新道拒险自守，却是当年先帝密诏。”

“我不信！决然不信！”华阳公主神色间顿时大急起来，“父皇宁可不要社稷江山，也不许岭南军北上救援?”

赵佗却仿佛早已猜到公主会如此质问，当即从怀中掏出一条白帛和一方木牍，都递了过去：“公主当能认得陛下与上将军笔迹。”

华阳公主接过白帛，一眼扫过便认出了父皇的字迹，再向木牍惊惶不安地扫去一眼，细长的丹凤眼顿时瞪圆了：

“臣王翦启禀陛下：方今岭南虽定，大局尚在动荡。为保岭南永固于华夏，百越真正融入中原，臣请陛下为岭南军立定应变密策：若中原有变，当以南海郡尉任嚣为将，统领军民五十万，断绝扬越新道，固守五岭三关，以抗中原乱军，保岭南安宁。……”

“上将军，父皇，何故如此，何故如此……”华阳公主低声喃喃道，情不自禁地啜泣起来。

“休说公主，便是我岭南军中，心下不服者都大有人在。”赵佗的笑容很是苦涩，“郡尉也早明白此中关键，临终前才对我说了这番话，他最后还说，目下岭南军无人能解他苦心，故召我以告之……”

不知何时，外面已是阴云密布，隆隆雷声哗哗雨声伴随着远处南海的怒涛、近处番禺城中震天的哭声一并传来。赵佗向干栏外望了一眼，但见一面巨大的白幡已然升起，正在雨幕中不住舒卷招摇着。

不同于外面的雷雨声哭喊声，干栏之中却是静如幽谷，一片粗重的喘息中透着强自压抑的无尽惊疑与震怒。

“各位，任嚣将军不幸病逝，而今便由赵佗继任南海郡尉，继续统领岭南大军。”向干栏中环视一圈之后，赵佗分外平静地开了口，“以赵佗之见，目下当务之急乃加强岭南各关塞防御。我意，以番禺为轴心，由南向北连设三道防线：其一，番禺城外四十里处，北江有一处水面两山对峙，号为石门，我等当在此建要塞，以为番禺门户；其二，乐昌、仁化、清远等地也当各建要塞营垒，每处至少容纳万人以上，如此方能扼守溱水湟水；其三，断绝四条扬越新道，封闭五岭三关，以防盗军侵入岭南！”

“我等不服——！”听到赵佗最后一句，足有七八个愤怒不甘的声音同时响起，即使是外面的隆隆雷声也无法完全掩盖住。

望着为首那人，赵佗的双手不由自主攥紧了：

“沈汭？……”

沈汭霍然起身：“我等不服！目下中原危急、故土沦丧，我等岂能只图全身自保？该当挥师北上，先灭吴芮叛军，再攻新楚背后！”

“对，挥师北上，诛灭乱军！”其余几位县令县丞也纷纷附和起来。

“沈汭，先帝密诏、上将军上书尽皆在此，任嚣将军临终之际你也在场，此三人，你都欲违背否?”赵佗勉力平静道。

“莫拿先帝说事！先帝诏书便不会错么？若非那遗诏……”沈汭愤愤道，虽未继续说下去，但所有人都听出了他的弦外之音——二世继位以来，诸多倒行逆施之举都是打着先帝旗号为之，天下黔首私下里已有传言，说这遗诏是被动了手脚，而今赵佗却又拿这密诏说事，谁知这密诏真假如何?

“我等本都是中原人，若非秦法严苛、处我等以流刑，如何会背井离乡来这蛮荒之地戍守？这多年下来，我吃苦受累流血流汗，方才成了这六百石之长吏；若天下无事，我等终老于此自是心甘情愿，然则如今却是中原大乱，我等何能眼睁睁看着故土沦丧？赵佗，你也是赵人，你便忍心看赵地受乱军蹂躏么？……”

“谁云我便忍心了?”赵佗的嗓音不住打着战，显是在强自压抑心头怒火，“沈汭你也知，我赵氏坟冢便在东垣，我便不愿杀回去么？然则我等既然戍守于此，便不能只想着自家！我等大军撤回中原自然容易，岭南却是怎么办？随军南下的百姓怎么办？那些百越部族怎么办？我等死伤不知多少袍泽，方才平定整个岭南，骤然撤出，多年心血白费不说，我等更将成天下罪人！你掂得清此中轻重么？……”

沈汭却是丝毫不肯退让：“如何不辨轻重？我便再无见识也当知晓，社稷江山远比这岭南蛮荒之地紧要！你宁可丢了中原，也要保得岭南，此等说辞传出去谁肯信?”

“社稷江山固然紧要，然为华夏文明保住南疆屏障，更加紧要！……”赵佗也吼了起来。

这回，沈汭却没有继续争辩，只默默打量着赵佗，仿佛看一只从未见过的怪物一般，然后他咬咬牙，擦了擦额角的冷汗：“赵佗，我知晓了。真正想自立为王的，并非任嚣将军，却是你！”

“沈汭！莫再说了！”史禄霍龙徒唯秦信等人纷纷叫了起来。

“……你我自幼相识，时隔多年终在这岭南重逢，不料你而今竟变得这般大伪欺世！”沈汭丝毫不顾其他人的劝阻，仍旧环视整个干栏连声大喊着，“各位！赵佗这般说辞，你等能信么？任嚣将军尸骨未寒，他便意图脱离中原！赵佗你下一步还想做甚？可是要学那陈胜之流，自家立国称王？……”

“沈汭！”赵佗终于忍无可忍地怒吼了起来，向他迈去了一步，“军令如山，你再敢不奉将令，休怪我不念旧情！”

“如何？还要杀人么?”足有五六名县令长吏一同叫嚷了起来，“赵佗，我等本以为你忠于任嚣将军，方才拥戴你做郡尉，不想你野心勃勃，意图叛秦自立！我等县中各自有兵，你若不肯下令回救中原，我等径自北上便是！……”

“来人！”赵佗一声大喝，在外面守卫的士卒们立即闻声冲入了干栏，气氛顿时大见肃杀。

赵佗指向了沈汭：“这几人不肯奉令，意图私自撤离，依军法当斩！拖下去斩首示众！”

“赵佗！你好狠毒！……”沈汭连声大喊拼命挣扎着，试图摆脱士卒们的臂膀，却还是和其他几人相继被拖了出去。一阵此起彼伏的哀号响起后，士卒们提着一颗颗血淋淋人头回到了干栏中，又将那些首级一字排开，其余县令将尉们眼见如此，无不惊异得屏住了呼吸。

赵佗却依旧面色冷峻，指着属于沈汭的那颗首级，分外平静地开了口：“再有鼓噪北上中原者，都是如此下场！知晓了?”

没有回答，干栏中死一般的寂静，只能听到外面不时响起的沙沙雨声。

眼见再无人敢反对将令，赵佗这才转过身，假意望着干栏外的雨幕，泪水却是止不住地扑簌簌滚落下来。

4

“……公主肯信赵佗么?”赵佗依旧没有看身后的华阳公主，只是静静望着郁水。

没有回答，华阳公主只是久久沉默着。

“公主身为皇族，自然盼望岭南军北上平乱，然则在先帝，在上将军，在任嚣将军与赵佗心中，却有比挽救社稷更紧要之事。赵佗，只能向公主说句抱歉了……”

“罢，既是先帝遗愿，夫复何言?”公主无可奈何地一声叹息，语气中满是沮丧，“既如此，此地我也不便久留，明日重新北归便是……”

赵佗却没有答话，仍旧静静地望着郁水。

“将军? ……”华阳公主觉得有些不对劲儿，轻轻叫了一声。

赵佗仍没有答话，却是抬起一只手，指向远方的水面。华阳公主顺着他手指的方向望去，同样惊讶不已。那是一艘在这岭南很常见的舲舟，可怪异的是舟上并无人掌舵摇橹，纯粹是被水流推动着，随波逐流向着番禺城的方向渐渐漂来。

不待赵佗开口，几名士卒已驾着一艘小舟荡入郁水来到那艘无人舲舟旁，他们伸出钩强钩住那舲舟的船舷，然后扭头向着岸边大喊道：“舟中有人！浑身是血！却还活着！……”

舟中之人被抬上了岸，赵佗与公主也赶上近前，一眼望去便暗暗吃惊——此人一身百越人装束，葛布衣衫上尽是凝固成绛紫色的鲜血，身材却很是高大，显是中原人；胡须虬结的脸上尽管也同样涂满了血污，但仍能看出他很是年轻，至多三十出头。

这是何人? 如何受的伤? 还能活过来么? 一连串的疑问从华阳公主心头涌起，无意间向赵佗瞥去一眼，心下却更加吃惊——赵佗死死盯住这毫无知觉的年轻人，目光中陡然充满了惊疑与痛苦，他颌下的须髯不住颤动着，嘴张了张，终于爆发出一声撕心裂肺的咆哮：

“仲始——!”

旬日之前。

绵绵细雨笼罩了整片密林，使这里显得幽静神秘，雾气缭绕的重重林木中，一座布满斑驳青苔的小小石城伫立在雨幕中，奇异的是，它的轮廓呈圆形，最外层那圈城垣背后，竟还有由外自内的一层层城垣，逐层升高，直如一只巨大螺壳一般，这便是雒越部那大名鼎鼎的螺城。在雒越传说中，此城是在一只浮江而来、自称江使的金龟指点下筑成的，是故在雒越人心中神奇无比。

望着外面的潇潇雨幕，螺城中的赵仲始只觉坐立不安。入赘到雒越部后，他便与妻子媚珠、安阳王蜀泮居住于此，将中原的凿井耕牛等技术，连同诸般中原文字与习俗一同教与雒越人。应该说，数年下来自己没什么可抱怨的：秦人越人始终相处和睦，岭南四郡一片欣欣向荣；一向猜疑的安阳王对自己也算得友善；况且他还有媚珠，即便以中原人的眼光看，自己妻子也决然算得上温婉贤淑，去岁她还诞下一子，起名赵昧，这个新诞下的小生命更给夫妇二人增添了无穷的欢乐和温馨。除却对远在龙川的父亲的牵挂，除却那偶尔从心头泛起的思乡之情，赵仲始觉得这等生活已是尽善尽美了。

然而从去岁起，天下大势开始有变了。无论是中原传来的战乱消息，还是来自南海郡的种种流言，都使赵仲始惴惴不安，更让他心生疑虑的，还有这西越地的种种微妙变化。他早已察觉到，自从中原发生战乱、任嚣将军卧病以来，一股躁动不安的情绪便在雒越人当中隐秘蔓延开来，自己岳丈尤有诸多反常表现：或是与心腹大臣皋通彻夜密谋长谈，或是在亲信郎兵的护卫下悄悄出螺城，或是秘密接见一些形迹可疑的百越人；而对自己，无论蜀泮还是皋通表面上仍旧一团和气，但这和气中却已透出了客气的疏远。

而就在前日，又有几个扬越人鬼鬼祟祟来到了螺城，安阳王亲自接见了他们，与他们密谈了足足大半日，又亲自将他们送入了西越地那重重林莽中。此后，两个惊人消息在螺城中不胫而走——

任嚣将军病逝了！父亲继任南海郡尉了！

赵仲始记得，刚听到任嚣将军死讯，自己陡然眼前一黑，好一阵子才缓过劲来：上将军王翦、蒙武将军相继过世之后，岭南军诸将中除却父亲，便属任嚣将军与自己最亲近，骤闻这等噩耗自然撑持不住；而除此之外，他还记挂着父亲：任嚣将军骤然病逝，父亲能撑得住么？接替了南海郡尉，能保得岭南四郡不出乱子么？……

“不行，得回去看看阿翁！”这是赵仲始心头浮起的第一个念头。

——“想回南海么?”

正当他想到这里时，一个轻柔的声音在背后低声问道。

听到这个声音，赵仲始满是阴霾的脸色终于开朗了起来，他转过身，不出所料地看到了媚珠的身影，她怀中襁褓里，则是自己刚周岁的儿子。

赵仲始从妻子手中接过沉睡中的赵昧，将颌下粗硬的须髯贴上了那娇嫩的脸庞，婴孩陡然被惊醒，晃动着两只小手试图将他推开，却是徒劳无果，小嘴一撇又哭了起来。

“轻点儿，弄痛了阿昧。”媚珠的语气中满是责怪，将婴孩重又接了过来，一番哄弄终是使他再度安静，一双黑漆漆的眼睛静静望着父亲，憨憨地笑了。

“相貌像你，笑起来却像我。”赵仲始也对儿子抱以同样的微笑，又轻握住婴孩肉乎乎的小手，只觉触手柔软而温暖。

“此番，我与阿眛随你同回?”

赵仲始沉思了片刻，摇了摇头，“父亲能否服众尚在未知，若果有人对他不满，难保不会借机发难，你俩还是莫去了；再者，召宏本就多疑，得知番禺有变，岂会许你和阿眛同去？若你等去了便不肯回来，他岂能善罢甘休?”

“……”听了夫君的话，媚珠也轻轻叹了口气：“这多年了，召宏还是这般，不肯信秦人……”

赵仲始本以为，安阳王会阻挠自己回番禺；然而出乎他的意料，真正提起时，召宏却分外痛快地允诺了，还说由这西越地前往番禺，路途甚是遥远，本王这便派一队郎兵护送你。赵仲始本想说自己身手不差，不必护送，转念一想却是猛醒，硬生生将后面的话咽回了肚里，勉强说了句“谢召宏”。第二日与妻儿告别后，他便在十余名雒越郎兵的“护送”下，踏上了归途。

……

头颅胀得几乎要炸裂开来，赵仲始只觉后背火烧火燎地痛，仿佛一直躺在那艘小舟上，身子也随着水流不住漂荡着。

人中仿佛被什么尖锐的物事扎了一下，随后便是黏稠的水滴滴入了口中，他可以嗅到一股混杂着浓郁草药气息的血腥，尽管这气息让人恶心得直欲作呕，他却还是顺从地张开了口，几口咽下去，顿时感到振作不少，神智也清醒了些许，终是回忆起路上遭遇的突变了。

这一路原本很是顺当，自己和雒越郎兵们乘着舲舟，通过西越地那密布的水网一路向东北而去，很快便驶入了郁水，不日便进入了桂林郡，也就是西瓯部聚居的地盘。而自己无意间探听到那个惊人的消息，正是在进入桂林郡的第二夜。

那一夜，一行人都在岸边眠宿，只留下两位郎兵头目居于舲舟，以防意外。夜深人静时，赵仲始睡到一半觉得有些寒凉，想回舱中取件衣衫，又怕吵了同行的雒越人，于是蹑手蹑脚动作极是轻柔，不料正要上船之际，忽然听到舱中传出窃窃私语，原来是两位郎兵头目在讲话：

“我等已到了桂林郡，该下手了!”第一个声音压得很低。

第二个声音却颇显迟疑：“你果真下得去手么？骆垌终究是乜娘之夫，这数年来，我雒越也人人拥戴他……”

“那又如何？召宏密令，你敢违背么?”

“为何非杀他？将他扣在螺城做质，岂不更能迫得赵佗让步？”

“这便是召宏思虑深远了。你也知乜娘与他夫妻情深，召宏起事后若仍将他留在螺城，难保乜娘不会随他一同跑路，召宏还如何反秦？唯有杀了他，方能断了乜娘念想，使她死心塌地跟着召宏！”

“可若杀了他，岂不更激怒赵佗？他若领军杀来，我等抵挡得住么？”

“就是要搞毛赵佗，带兵杀来！你也知，吴芮已在岭北反秦，驺摇、无诸也要在闽中郡起事，赵佗未及赶到西越地，便须回师平叛，兵力再多也要手忙脚乱！如此我等便可正式脱离秦人股掌！”

“那却为何要在桂林郡杀他？”

“此地乃西瓯人地盘，我百越各部里，西瓯人最是与秦人铁心，召宏欲杀掉骆垌，再赖到西瓯人头上，赵佗盛怒之下必将猛攻西瓯，如此便是一举两得！”

“可召宏起事……能成么？”

“蠢！若无把握，召宏敢反秦么？这几月来召宏遣那些郎兵四处通连族人，已招揽了六七千人！蒲正也加紧打造那竹弩，足足制了两千支！赵佗大军本就散布各地，情急能调动者也不过万人，我等大有胜算！……”

“如此说来自是不错，只是苦了乜娘与她那孩儿了……”

“那也没奈何，召宏一样无奈……”

——“何人？”

舱中两个声音同时叫起来时，赵仲始已掉头冲向黑暗中的密林了。

雒越郎兵的喊叫不住在身后响起，根根呼啸的竹弩也时而掠过头顶，时而擦肩而过，赵仲始却是一刻不停地气喘吁吁地狂奔着，心下唯一的念头，便是用尽一切办法尽快赶到番禺，将安阳王准备反叛的消息告诉父亲！

他记得，在恐惧和急迫的双重驱赶下，自己的脚步前所未有的轻捷，然而雒越郎兵们本就个个都是跋山涉水的好手，此刻也不知是否早有准备，始终紧紧咬在身后。突然间，一阵撕裂般的剧痛猛然从身后传来，随后他两脚一软，一个趔趄便扑倒在了满地的潮湿泥泞中……

一片恍惚中，他听到耳畔响起了两个自己无比熟悉的声音：

“先生，你定要救活他！赵佗只这一子！……”

“将军放心，老夫已查过，他只后背那一处箭伤，目下也愈合了。”

“愈合了？可是有人救治？”

“该当如是。这伤口包扎得甚是仔细，药草也是止血之用，显是有人救过仲始。”

“可，却是何人？……”

赵仲始听出，说话的两人一个是自己的父亲，另一个则是霍龙先生，他想开口说话，想睁眼看看他们，然而却都是徒劳；与此同时他在全力回忆着，却无论如何也想不起来，自己是如何得救的。

赵仲始扑倒在地，知道自己已不可能逃脱，一阵冰凉的绝望也随之涌上心头：而今这里，便是自己的葬身之地了，自己别无他求，只求死前能再见到父亲，将安阳王反叛的消息告诉他，自然，若能再见妻儿一眼，便是再好不过……

雒越郎兵们的叫喊声与脚步声就在身后，已清晰可闻了，赵仲始本能地扭过头，望向他们追来的方向，却立即惊讶地瞪大了眼睛——本该是一片黑暗的密林中，突然泛起了一片金灿灿的光芒，照亮了那些正追杀过来的郎兵们，迅速将他们的身影尽数吞噬，而那喊杀声也旋即被哭喊求饶声所取代；然后，他便看到那些郎兵们掉头而去的身影，而那片金灿灿的光芒中，现出了一个女人的身影……

一声轻微的呻吟，赵仲始终于恢复了一丝气力。

“仲始！”他听到父亲一声近于狂喜的呼喊。

“阿翁……”一片模糊蒙胧中，赵仲始终于认清了父亲的面目。

“仲始，告我何人？何人对你下的毒手？……”

赵仲始上下嘴唇翕动着，不知过了多久，才勉强吐出一个字眼儿：“召宏……”

5

宽阔的水面上帆樯林立，一艘艘战船逆员水西进，向着西越地最深处驶去。

一身男装的华阳公主走上甲板，正看到赵佗背对自己默默伫立，直盯着前面的重重林莽。她顺着他的目光望去，正见员水上游，一座城邑在雾霭与瘴气中隐隐透出了轮廓。

她完全明白这位新郡尉心下的焦虑。他们刚由重伤的赵仲始口中听到安阳王反叛的消息，象郡、桂林郡急报便接踵而至——在皋通等雒越元老的辅佐下，安阳王蜀泮纠集了两千余名雒越郎兵突然举事反秦，大肆杀戮螺城附近的中原军民。象郡郡尉连忙调集郡中兵力试图抵挡，不料雒越郎兵已得了象郡其他十余个小部族的支持，人数很快便增长到了万余人之多，而今已攻下临尘，象郡郡尉急领残兵向桂林郡败逃。消息传开，两郡中许多小部族也开始蠢蠢欲动！

听到这个消息时，华阳公主与赵佗自是震惊得莫名所以，好在对这场叛乱早有防备，故而迅速开始着手平叛之事：其一，以南海郡尉的名义晓谕岭南其他各部族各安其分；其二，命五岭三关的守军继续严阵以待，既是提防岭北吴芮趁机攻来，也是提防其他百越部族闻风而动；其三，将南海郡中的各县守军尽数调向番禺，很快便召集起了两万五千名士卒、百余艘舰船，他本欲遣士卒护送公主等早日北归，公主却说自己愿随郡尉一道出征，说着拔出了身佩的步光之剑。赵佗顿时明白了公主的意思：自己刚接手郡尉，威望还不够，无论百越人还是中原军民，都未必肯信服自己，然有这柄步光之剑，有华阳公主同往便大不一样，一则此剑是百越圣物，百越人无不识得；二则公主当年是随中原船队一同南下的，中原移民百越土人同样大都认得她，也知她是皇族公主，而今她还是上将军孙媳，关系自然更进一步，由她带此剑也名正言顺，甚或比直接将这剑交给自己更能服众！想到这里不再犹豫，连忙向公主拱手致谢。

华阳公主也盈盈一拜：“惟嬴体谅郡尉，断然不会分你心，只想斗胆劝郡尉一句：攻心为上。”

“……”赵佗没有答话，只是久久沉思着。

“阿翁，我也要去平乱……”一声微弱的呼喊从身后响起，赵佗与公主转过身，正见身形瘦削的赵仲始拄着竹杖站在身后，脸色虽苍白，话语却很是清晰：

“阿翁，媚珠和阿眛，都在召宏手中……”

平乱的过程很是顺当。赵佗船队沿郁水一路西进，一边与小股百越叛军作战，一边沿途会见各部君长，向他们反复申明：雒越部起兵反秦，使岭南生灵涂炭，实乃破坏秦越和睦之罪魁，也是自取灭亡之举，各部君长切莫盲目跟风；即便是那些襄助叛军的小部族，只要答应不再追随安阳王，秦人平乱之后也保证一概既往不咎。这等且战且谈的方略果然大见成效，各位百越君长本就摇摆不定，眼见赵佗晓之以理，又见了华阳公主带来的步光之剑，自然都安下心来，都表示不会反叛；而那些已然起事的小部族君长们也纷纷重又归降，都大有愧悔之意。眼见整个桂林郡以及大半个象郡都已重新安定，赵佗继续领船队西进，越过雒越人原本盘踞的博邪山后，便由郁水拐入了员水；又行了三日，终是逼近了落入叛军之手的象郡治所临尘。

刚抵达临尘城脚下，赵佗便下令开始攻城。之所以这般急切，原因很多：一则，目下这临尘乃岭南乱局最大根源，早一日攻下便可早一日稳定岭南；二则，临尘城垣单薄，秦军战船都有大炮强弩，叛军并无守城优势；三则，此城背后水网密布，足有驩水、朱涯水、侵离水、斤南水四条大水，若稍迟攻城，雒越主力极可能就此逃掉，那便更难搜捕！

将令下达之后，一块块由大炮抛出的巨大飞石、一根根由机发连弩射出的粗长弩矢便开始在宽阔的水面上纷飞起来，临尘城垣顿时便笼罩在了矢石组成的暴雨中。而雒越郎兵的反击也同样顽强，一根根由那射虎竹弩发出、浸有箭毒的竹木弩矢射程远得惊人，战船上的秦人稍有不慎便会中箭负伤。与秦人对射之际，更有一艘又一艘的刳木舟自临尘城外的浅滩被推下水，在水面上灵巧地闪避游弋着，尽管大部分都在鲜血飞溅和哀号震天中倾覆，但也有少半雒越人得以安然无恙地前行，靠近秦人战船后便纷纷跳入郁水，掏出预先备好的斧凿开始凿船底，秦人的战船沉下去之际，他们的尸体也往往伴随着混浊的血沫逐一浮了上来。

这一轮交手持续了将近两个时辰，当鲜红的水面上漂浮起数百具尸体时，临尘城背后密布的水网中显出了大片船只的黑影，城头的雒越叛军尚在不知所措之际，一声又一声的越语便接连传来：

“西瓯部来援秦军！雒越人作速投降！……”

“南越部来援秦军！雒越人作速投降！……”

“乌浒部来援秦军！雒越人作速投降！……”

“俚部来援秦军！雒越人作速投降！……”

“僚部来援秦军！雒越人作速投降！……”

……

“这，这是……”城垣上的雒越郎兵们面面相觑——这些百越各部，竟纷纷前来助秦人平叛！

大片船队中飞速驶出了一艘小船，直向临尘城而来，行至一箭之地外，船头一人向城头高声喊话，听到这个很是熟悉的声音，蜀泮和皋通脸色都阴沉下来了——

桀骏。

“安阳王！你等为自家野心反叛自立，苦的却是我百越人！莫再白白流血了，作速降秦！……”

桀骏的喊声反复回荡着，不少雒越郎兵神色间都开始犹豫起来。

“召宏，怎么办？”皋通低声问安阳王，雪白的须髯微微颤抖着。

安阳王望着远处桀骏的身影，以及那大片船队上的其他各部百越人，气得浑身颤抖，思虑再三之后，终是从牙缝中挤出一句：“目下，也只剩一法了……”

“郡尉！”桀骏高叫着快步上前，学着中原人那般向赵佗一拱手，满是蛇纹的凶悍面孔写满了真诚。

“桀骏将军……”望着对面一身中原人装束的桀骏，赵佗感慨万千地拱手还礼，“此番幸得你等援手，助赵佗游说各部君长，不然只怕没那般轻易平叛。”

“郡尉哪里话！各部叛秦，到头来受害的还不是百越人？我等相助本就是应有之义！目下只剩这蜀泮负隅顽抗，桀骏愿游说他投降！”

“将军莫要轻易涉险，蜀泮图谋反叛已久，必不会轻易放弃，你若擅自前去，只怕……”

——“郡尉！安阳王欲和谈！”一艘小舟急急驶来，摇橹的士卒高声叫道。

“和谈？并非请降？”赵佗一愣，脸色马上阴沉了下来，“死到临头，还欲与我等开价？”

“可，可站在城头的，却是……”

“乜娘，阿昧——！”身后突然响起了赵仲始急迫的喊声。赵佗眯起眼睛，隐约看到远方城垣上果然站着一个娇小身影！

“乜娘！”桀骏也目瞪口呆。

尽管也猜到儿媳孙儿都在临尘城中，但赵佗却没想到，安阳王竟会使出这手，让他俩站在城头抵挡敌军！这不正是当年中山王对名将乐羊施展的伎俩么？

令旗就握在手中，赵佗嘴角几番抽搐，却始终无法狠下心来劈下令旗。

“将军！”赵仲始猛然抓住了父亲握着令旗的臂膀，尽管身子仍然虚弱，可此刻力气却大得惊人，“将军，仲始非要乱命，只求将军命我前去和谈，若果然不成，再行攻城不妨！……”

“郡尉，我随仲始同去！”桀骏也激动了起来。

沉思良久后，赵佗却仍默默摇头：“仲始，今日这场战事，不能因一两人而废弃。你妻儿都是妇孺，我等强行攻城，他二人固将死于此地，可若放走了安阳王，这岭南还会有几多妇孺死于战乱？同是妇孺，何以此二人性命便比其他人性命金贵？……”

“将军！……”赵仲始猛然扑拜于地，已是泣不成声。

“郡尉……”桀骏同样无言以对。

“郡尉三思。”一旁的华阳公主也开了口，声音微微颤抖着，“以惟嬴浅见，此番作乱源头只在安阳王身上，若蜀泮肯自家伏法，命雒越人尽数出城投降，远较玉石俱焚为宜。”

“就算果真和谈，仲始也已心智大乱，能说得清甚？桀骏将军也非舌辩之士……”

“郡尉不弃，惟嬴愿一同前往。”

听到这话，周遭将士们目光中都是一片诧异，赵佗语气中也带了一丝淡淡不快：“我军中这多男儿，岂能让公主亲身涉险？雒越人若看出公主女儿身，岂不笑我秦军无人？”

“雒越人连妇孺都推上城头，惟嬴前去和谈，算得甚险？再者，惟嬴也想为平叛出一分力。”

又是久久的沉默后，赵佗终于点了点头。

“果是赵仲始，还有那桀骏，那两人却不识得，似是中原来的……”

眼见对面的秦军大阵徐徐裂开了一条甬道，城垣上的安阳王这才松了口气。他死死盯着对面缓缓走来的四人，努力装出一副无所谓的口气：“蒲正，此番有劳你了。”

“召宏放心，老臣拼上这条老命便是。”皋通轻捻着须髯答道。

安阳王又转向自己女儿：“乜娘，此番为何要你同去，知否？”

“知晓。”媚珠紧紧抱住怀中的婴孩，声音低得几乎听不见。

“你只随蒲正前去便是，自家不必吭声，更不必做甚。”

“知晓。”媚珠的回答和方才一样有气无力。

“乜娘，你是雒越人。”

“召宏放心，孩儿绝不会背叛雒越。”媚珠这次的声音却是清晰了不少。

“好，随蒲正去吧，见你夫一面。”

伴随着这句话，媚珠抱着儿子，跟在皋通身后，在两名雒越郎兵的护卫下，渐渐走向对面的丈夫。

6

一家三口重逢了。

夫妇俩谁也没吭声，只久久对视着。赵仲始脸色惨白，嘴唇不住翕动着；媚珠则神色木然，脸上分明还挂着一丝泪痕，只有她怀中的赵眛依旧沉沉睡着，发出了微弱却均匀的鼻息。

“乜娘，让我看看阿眛。”赵仲始的声音微弱得几乎听不见。

媚珠却是摇摇头，反倒将怀中婴孩抱得更紧。

“让我看看阿眛。”赵仲始仍旧固执地重复着。

“两军阵前多有不便，骆垌莫要强人所难。”媚珠身旁的皋通插嘴道，语调淡漠而矜持。

赵仲始没有答话，只是死死盯住自己的儿子。

眼见赵仲始不再吭声，华阳公主望着对面的皋通，长吸了一口气，努力使自己的嗓音不颤抖：“蒲正，雒越人既欲和谈，却不知开价几何?”

“召宏之意，秦人就此退兵，不得再次攻来；临尘以西从此归雒越。”

华阳公主的笑容中满是讽刺：“雒越何不连整个岭南都一并要了?”

“秦人何意?”皋通仍是气定神闲。

“雒越人献城请降，立誓再不反秦，我等便放过其余人等，只召宏蒲正几名首恶伏法便是了。”

“雒越若不答应，赵佗便要强攻临尘?”

“目下你等本就山穷水尽，已无注金可与我等还价。”

“赵佗连自己孙儿性命也不在意?”

——“让我看看阿眛!”赵仲始一声大吼，打断了皋通的话语。

这一声叫得很是突然，襁褓中的赵眛被惊醒了，似乎根本没意识到周遭的危机四伏，只是大张着眼睛四下里张望着，满是好奇的目光最后落到了对面的父亲身上，显然认出了他，憨憨地笑了，向着他伸出两只肉乎乎的小手，嘴里含糊不清地说着什么。

媚珠的脸色陡然变得惨白，她将儿子抱在胸前转过身去，也由此阻隔了父子俩的目光，此后她双肩不住地颤抖着，低下头又抬起手，显是在拭去泪水。

“带阿昧跟我走!”赵仲始一声大喝迈上一步，嗓音已不似人声，皋通身后的两名雒越郎兵急忙拦在了媚珠前面，桀骏和司马昌也分别从两边攥住了赵仲始的臂膀。

媚珠没有吭声也没有动弹，只是怀抱着赵昧，背对着赵仲始；赵仲始死死盯着自己妻子的背影，胸口剧烈起伏着；皋通与两名雒越郎兵横在这对夫妇之间，目光中满是警惕；桀骏和司马昌一左一右拦住赵仲始，唯恐他把持不住方寸大乱；华阳公主则伫立在一旁，极为紧张地望着他。所有人都保持着各自姿势一动不动。

一片死寂中，突然响起了笑声。

是襁褓中的赵昧在笑，他挥动着肉乎乎的小手，玩弄着媚珠手腕上的那串海珠，看着它们在转动中绽放出各式圆润光泽，露出了无忧无虑的笑容。

尽管这笑声中满是纯真，然而在所有人听来，却是充满了浓浓的嘲讽。

看到儿子的笑容，媚珠的目光也变得柔和了起来，她轻拍着儿子，口中低声哼着一首百越人的山歌，歌声中，赵昧渐渐收起了笑容，轻轻闭上眼睛，很快便重新发出了平稳而均匀的鼻息。

两滴泪水滴落在他的脸颊上，媚珠仰起了脸，目光开始变得坚定起来，似乎下定了决心。

“蒲正，我等回吧。”她口上虽是对皋通这般说，红肿的双眼却遥望向远处的临尘城垣，她知道召宏正在那里，等待着回音，“与他说甚都没用了，他本就不在意我等母子死活，既如此，还留此地做甚……”

赵仲始没有吭声，目光却陡然变得血红，桀骏司马昌忙将他的臂膀攥得更紧，提醒他不能造次，于是他终于重又冷静了下来，紧咬住下唇，一缕鲜血由嘴角徐徐淌落。

“为何不随我走?”尽管心底有着千言万语，他却只说出了这一句。

媚珠仍然背对着他，声音虽低，语气却很平静：

“仲始，你终是秦人，终不能违逆郡尉将令；我终是雒越人乜娘，也终不能违逆召宏之命。你我既都不肯彼此屈从，便只能分道扬镳……”

她顿了顿，终是转过身来，看到那全无血色的憔悴脸庞，赵仲始心下猛然揪紧了。

媚珠的表情却很是平静，非但如此，她还向他走近了几步。两名雒越郎兵想拦阻她，皋通却是老谋深算地摇了摇头，赵仲始则默默望着妻子向自己走来，不明白她究竟何意。

来到赵仲始面前时，她收住了脚步。

“临别之前，最后一事有求于你。步光之剑可在军中？我欲借来一观。”

华阳公主从腰间解下短剑，捧着它缓步上前，眼见媚珠左手抱着赵昧行动不便，主动将短剑拔出鞘，递了过去。

媚珠右手轻轻接过，将它平举在自己面前，剑身上的幽幽碧光与腕上的那串海珠交相辉映，一同映亮了她的眸子。

“你我当年第一次相识，我便欲以此剑取你性命，彼时你我各为其主；而今最后一次相见，重又是各为其主。你我夫妻一场，已然缘尽，今日之后，你不必顾忌我等母子死活，径自随郡尉攻城便是；我也再不会见你，除非泉下相聚……”

她低声说着，右手反转过剑身，不等其他人回过神来，步光之剑已刺向了自己下腹。

碧光一闪的瞬间，所有人都失声尖叫起来，赵仲始则发出一声野兽般的咆哮，猛然扑了上去，飞溅的鲜血将他的衣衫陡然浇得殷红一片；他伸出双手想抓住妻子握剑的右手，却终是慢了一步，指尖只钩住了她的手腕，无意间扯断了腕上那串海珠，一颗颗海珠彼此撞击着蹦跳着迸射开来时，她左臂却将赵昧挡在了自己身前，又将婴孩一把塞入了夫君的怀里。

临尘城头和秦人的方阵中同样响起了一片惊叫，两名雒越郎兵想要双双冲上前来，桀骏却是一声暴喝，长矛横在身前挡住了去路，司马昌同样快步上前长剑出鞘，剑锋突然抵上了大惊失色的皋通的胸口，所有人再度僵持住了。

赵仲始右臂搂住儿子，左手却揽住了妻子的腰身，与她一同淹没在了血泊中；她则仰头望着他，惨白的脸庞上露出了凄然的笑容，嘴唇轻轻张开。赵仲始低下头，将耳朵凑近她的嘴唇，听到她含混不清地说了句：

“你等平乱，不必再有顾忌了……”

赵仲始闭上眼睛，大滴大滴的泪水滴落了下来。她却勉力伸出手，拭去了他脸上的泪水，手指又顺势落到了他怀中儿子的脸庞上，指尖最后一次轻拂过赵昧的脸颊，然后便永远垂了下去。

华阳公主走上前，从赵仲始怀中接过赵昧；他则顺从地松开胳膊，一把抱紧了妻子的尸身，撕心裂肺地号啕起来。

巨大的悲痛中，妻子的声音仍然在耳畔不住回荡着：

“我也再不会见你，除非泉下相聚……”

赵仲始收住泪水，拼尽全力压下又一阵呜咽，从妻子冰凉的手中拾起了那柄步光之剑，站起身来转向身后，将它横在了自己脖颈上。

“公主，烦请保得此子无事。”面对着所有人的惊诧目光，赵仲始一字一顿道，话虽是对华阳公主所说，目光却是向着秦军后阵遥遥望去，看到秦军方阵再度裂开了一条甬道，一个身影正在向自己狂奔过来，苍老的叫声格外悲愤。

“阿翁！乜娘已死，仲始不能独生；阿眛便托付于你，恕孩儿不孝！……”

“仲始！”赵佗连声大吼着，狂奔中的身影越来越近了。

堪堪赶到近前，赵佗却是猛然收住了脚步，眼睁睁看着一道碧光掠过儿子的脖颈，紧随其后便是一股殷红再度喷溅出来，然后，儿子的身体便直挺挺倒了下来。

望着赵佗一脸痛惜地跪倒在儿子身旁，望着赵仲始夫妇遍地血泊中的尸首，华阳公主抱紧了襁褓中的赵眛，泪水也随之扑簌簌落下。那一瞬间，她的思绪飘回到了多年前，她还记得自己当年随中原移民南下百越，曾亲眼目睹了这对夫妇成婚，那还是秦人和百越人的第一次通婚，昏礼上媚珠唱了一首《越人歌》，自己则为他们唱了一曲《蒹葭》。那诸般景象至今还历历在目，那些欢声笑语也仿佛就在耳畔，然而任谁也不会想到，自己重新见到他们时，却已是阴阳相隔了……

她轻轻张口，几句歌就在嘴边，却是无论如何也唱不出来：

今夕何夕兮，搴舟中流；
今日何日兮，得遇君子同舟；
蒙羞被好兮，不訾耻诟；
心几顽而不绝兮，相知君子；
山有木兮木有枝，心悦君兮君不知！
……

临尘城外的员水之上，突然传来了浪花的轰鸣，直如沉雷一般震撼。尽管仍沉浸在悲痛中，人们却还是纷纷扭过头，试图看清那声响的来源。这时他们发现，原本平静的员水不知何时开始变得波涛汹涌，水面渐渐现出了一个巨大的旋涡，一层层雪白的水沫以此为中心不断向外扩张着，显然是有什么巨大的物事即将浮出水面。看到这般神异的景致，所有人都愣住了，就连赵佗都暂时忘却了丧子之痛，呆若木鸡地望着那处越来越大的旋涡。

第一道刺目的金光骤然绽放，一片惊叫声中，无论秦人还是百越人都不由自主地闭上了眼睛，短暂的眩晕之后缓缓睁开眼，却又都不约而同地发出了更大的惊叫——员水之上，竟浮着一只通体金灿灿的巨龟，浑身闪烁着耀眼夺目的金光，直如小岛般巨大！正是雒越人传说中的那江使！

“这，这是……”高高立在城垣，早已失魂落魄的安阳王此刻更是面无人色，陡然变得惨白的嘴唇不住翕动着，却只模糊不清地吐出了一个字眼儿，然而没有任何人能听到。

“蜀泮，还要执迷不悟么?”

一个冰冷清澈却略显苍老的威严女声回荡在水面上，尽管并不如何响亮，然而整个战场的每个角落都能听得清清楚楚。听到这个声音，城垣上的安阳王浑身都颤抖起来，顺从地面向金龟的方向拜倒；而其他的百越人，无论是雒越人还是前来援秦的西瓯等部族，也同样拜了下来。

“娅浦……”安阳王低声道，一向矜持的脸上前所未有地写满了敬畏。

“娅浦……”桀骏同样低声道，嗓音中满是虔诚。

“娅浦? ……”呆立着的赵佗也默念着这个名字，心中陡然浮现起多年前的一幕：漆黑幽深的峡谷，水中足足上百条鼍鳄，一条巨大的掘尾龙，还有蛇头上那个女人的身影。

他向金龟背上望去，果然看到了一个同样的身影——

龙母。

“娅浦!”认出龙母的身影后，赵佗也低下头，向着她缓缓拜倒。

“赵佗，节哀顺变。”龙母的语气中也带着深深的哀伤，“那一夜仲始被郎兵追杀，我本救了他一命，不想今日他还是自刎于两军阵前，想来也是天意如此。丧子之痛固然深彻，然你切莫太过沉溺其间，当务之急，仍是保得岭南大局安定……”

“赵佗明白，赵佗定会大局为重，龙母放心……”赵佗低声答道，尽管满眼含泪，语气却终是渐渐平静了下来。

“桀骏，此番你做得对，日后你还当为赵佗臂膀，助他同保秦越和睦……”

“桀骏明白！有生之年，我等永不叛秦!”桀骏的声音难以自抑地颤抖着。

“蜀泮，还不降秦么?”龙母的语气中透着深深的怒意。

“娅浦，蜀泮不服！乜娘被秦人逼死，我等何能降了秦人?”安阳王头一次失态地大吼起来，嗓音中充满了悲愤。

“乜娘因何而死，你竟不知么? 她既不能违背父命，更不愿与秦人为敌，方才出此下策，赵仲始也是这般。这夫妇二人都欲以己身之死换得秦越罢兵，你竟不知她泣血苦心? 还欲继续顽抗? ……”

安阳王无言以对了。

临尘的城门终于徐徐打开，一队队雒越人先后丢掉手中的柳叶剑与竹弩，脱掉象甲，沉默不语地低着头缓缓走出。走在第一个的便是安阳王蜀泮，他梦游般地游荡到了女儿的尸身前，神情恍惚地缓缓跪下，抱起了她早已冰凉的尸身。这时他看到，夫妇二人身旁的血泊中，数十颗浸染了他们鲜血的海珠仍然在熠熠生辉，透着圆润光泽。

泪眼蒙眬的华阳公主也走上前来，抱着赵眜弯下腰，拾起步光之剑收回鞘中；又从血泊中拾起一颗海珠，细心地擦净上面的血迹，轻轻塞进了襁褓里。然后她细细端详着这第一位中原百越混血的婴孩，这才注意到，他同时有着中原人的相貌，以及百越人的肤色。

襁褓中的赵眜依旧悄无声息。这位未来的南越文帝，此时还在静静沉睡着，平静安详的小脸上依稀残留着一丝父亲的血，一滴母亲的泪。

（注：赵仲始、媚珠等人故事及金龟传说，散见《岭南摭怪》《大越史记全书》等越南笔记，此处有改。）

夜幕下的郁水一片静谧，岸边停泊的一艘商船却缓缓升起了帆，一面绣有文翰的锦旗正在夜风中招展着。

“公主也见了，此番岭南军未曾北上，并非意图自立，实是大势所迫。我等，心下有愧。”赵佗缓缓一声长叹，斑白的发丝在夜风中飘拂着，几日来仿佛一下老了十岁。

华阳公主勉力一笑，笑容中却颇有些苦涩：“惟嬴明白，雒越反叛虽定，然其他百越各部难保不会再行效法，况且吴芮盗军在岭北虎视眈眈，正需大军坐镇，岭南军确乎无力北上。既如此，我等久留也是无用，这便北上了，郡尉保重。”

“目下我等所能做者，便是为华夏守住岭南，使百越人与我等尽数融合。我等不敢有负先帝，有负上将军与任嚣将军，公主信得赵佗、信得岭南军便是。”

“这我却信。”华阳公主点头应道，又从腰间解下了步光之剑，双手捧起送到赵佗面前，“当年上将军病故之际，越王四宝曾随上将军棺椁一道运回了关中，其余三样都做了殉葬之物，唯余此剑。而今惟嬴将它重还郡尉，让它护佑将军镇服岭南。”

“谢公主。”赵佗双手接过步光之剑，却是轻声一叹，“然则，镇服岭南，靠的不是这剑，却是和揖百越之方略，却是我秦人之诚心。此剑，赵佗埋在这苍梧大山便是。”

华阳公主一怔，随即点头笑了，向赵佗施了一礼，转身上船；赵佗看着商船渐渐消失在夜色中，也同样转过身来，走向了大山深处。

听着郁水的潺潺水声，华阳公主心下很是沉重，却也同样感慨万千。目下看来，岭南军已无法指望了，若欲平息中原乱局，只能靠少府的关中军与阿离的九原军了，按理说以九原军无坚不摧的战力，也当如刑徒军那般横扫天下，可咸阳庙堂而今一片昏聩，两军后援能否如乱局初起时那般顺畅？自古败政恶政无精兵，若赵高胡亥依旧对国政不管不顾，李斯丞相再有些许差池……

一道奇异的光亮突然由背后闪现，华阳公主忙转过身，却是惊讶地瞪大了一双丹凤眼——

背后已渐渐远去的苍梧大山，突然腾起了冲天的红光，直如熊熊烈焰一般耀眼，直是映衬得天穹上那皎洁的星月也黯淡无光！

剑气！步光之剑的剑气！

“郡尉……”望着那冲天的剑气，华阳公主仿佛看到了赵佗那守护岭南的决心，不由得轻轻慨叹了一声。

第十三章 七罪·五刑

1

华阳公主的担忧绝非多余，就在她南下百越期间，咸阳庙堂的局势已越发波诡云谲了。

接到儿子李由、少府章邯相继发来的两封书信，丞相李斯刚轻松了没几日的心情重又变得沉重了起来，两封书信讲的都是一件事：继襄城被项羽屠城之后，关中军又在东阿之战中首败于项梁；章邯作战不利，只得领军退守濮阳，目下急需庙堂发兵支援！

虽是心下忧虑不输儿子和章邯，李斯却也同样束手无策——所有军报都须二世批下那“制曰可”，方能果真调动兵马粮草前去支援，可令李斯大为光火的是，他如今根本无法见到二世，想来又是赵高捣的鬼。

李斯没有猜错。杜县行刑、王离劫囚之后，赵高自然对九原军既恨且怕，当即开始了一连串凶狠的报复，偏生此时陈胜吴广大泽乡起事，彻底打乱了他的部署，一时间盗军蜂起天下大乱，一个个骑传侯带着中原各郡县的急报流星般穿梭往来，李斯冯去疾等一干未倒的老臣大为焦虑，整日鼓噪着要二世决断平盗之事。二世自屠戮兄姊们之后便整日在后宫享乐，被一次次的急报搅扰得不胜其烦，赵高便投其所好，串通叔孙通等儒生，在他和李斯冯去疾面前演了一出双簧：先是将各郡求援特使们尽数召上殿来，听他们乱纷纷讲述中原乱局，此时那位“刚从中原回来的”叔孙通便“刚好”前来求见，向二世讲起“真相”：当今天下明主在上，法令俱下，安敢有反者？此不过群盗鼠窃狗盗耳，何足置齿牙间？叔孙通以为，命各郡守郡尉缉捕之足矣，何足忧？……几名特使慌忙反驳几句，二世却重重一拍案，口角的飞沫都溅到了衮服上：你等尽皆串通谎报，想诓骗朕，大奸贼也！说罢一挥手，胡人材士们忙大步上殿，在一片呼天抢地中将那些求救的骑传侯们拖走下狱去了。如此杀鸡儆猴之下，不仅各郡县再不敢前来求援，李斯冯去疾等人也无话可说了……

尽管那次之后，赵高眼见盗军势力猖獗，终究是勉强赞同了章邯刑徒平盗的请求，又以二世名义任命其为统帅。然而眼见章邯连战连捷，李斯冯去疾负责后援也有声有色，心下又大大不安起来，担心两位丞相借机巩固自家权势，威胁到自己，于是又谋划出一条奸计，入宫向胡亥建议说：陛下富于春秋，诸事未必尽懂，今高居朝廷之上，决断但有不当，大臣必将轻视陛下；若居于深宫，以臣等精习秦法者替陛下主事，如此则大臣必不敢妄动，天下也必将称陛下圣王矣！……胡亥早就巴不得甚事不管，赵高一席话自然说到了他心坎上，从此后果然做起了圣王，不理朝政不见大臣，整日窝在深宫里变着法的游乐，国政大事一概推给了赵高，而赵高又将其他政事同样全数推给了李斯，自家只忙着擢升犬马、贬黜老臣，拼命扩大权势。如此一来君臣二人各得其所，自然皆大欢喜。只是苦了李斯冯去疾，日每领着一群属吏赶往宫中请见二世，却始终被赵成亲领的胡人郎中们拦在宫外悻悻而返，若再这般下去，纵然章邯王离大军在手，也早晚要吃不住了……

李斯没想到，正当自己一筹莫展之际，赵高反倒找上门来了。

刚听家老报说郎中令来访，李斯额角顿时渗出了涔涔冷汗，心下第一个闪念居然是：这贱臣是为李由之事找自己！一颗心随即狂跳起来。李由暗助王离劫囚之事，他直到事发后数月才从儿子口中得知，刚听到这个消息，他直如五雷轰顶般吓得愣了半晌；好不容易回过神来，猛然抓起一根荆条向儿子劈头盖脸地打去，边打边是一顿痛骂——你何时竟这般大胆了？这不是害了李氏么？此事一旦泄露，我举族都要被灭门！……当时李斯不知打了多少下，连荆条都被生生打断了，眼见儿子始终不吭一声，只是死死咬住下唇，任由自己将脊背打得鲜血淋漓，心下既怒且怜，终是一把丢掉手中的半根荆条，跌坐在地上欲哭无泪……那一日之后，李斯便再也睡不安稳了，“灭族大罪”四个字不住在眼前晃悠着，而今但有风吹草动都会使他心惊肉跳，生怕李由罪行被揭露。恰在此时，赵高却偏偏来访，他究竟安的什么心？莫不是抓到了李由把柄？……

出乎他意料，赵高此番来拜访自己，要商议的却是谏阻二世之事。

“关东群盗这般多，陛下却仍征发徭役建阿房宫，聚那多狗马无用之物。赵高欲谏阻，苦于自己位卑言轻，陛下不信。此乃丞相之责，如何不谏？……”

听到这里，李斯一颗悬着的心才稍稍放回肚里，心下也舒畅了些许——这赵高虽则心黑手狠，然国难当头，终究还是国事为先；也终究还是要仰仗老夫，难得也！再看他说这番话语气诚恳神色凄凉，心下也顿生兔死狐悲之感，当下打起精神道：老夫也欲劝谏陛下久矣，惜乎如今陛下居于深宫，老夫纵有所言者也不可传，如之奈何？赵高顿时目光大亮：丞相诚能谏，赵高请为丞相设法！李斯心下更加踏实，毫不犹豫便允诺下来，送走赵高后忙请来冯去疾、冯劫一番商议，都觉此乃重振朝局的最好机会。商讨一番后很快便由李斯执笔，写成一封上书，此后便眼巴巴开始了漫长的等待。

旬日之后，三人都已等得不耐烦时，赵高突然差一名亲信内侍匆匆赶来，报说陛下难得闲暇，丞相若欲奏事，目下正当其时！听到这个消息，李斯几乎是一跃而起，手忙脚乱地穿上官服戴上高冠抄起上书，风驰电掣般赶向了皇城。这次宫门口的胡人材士没有阻拦，李斯终于满心期盼地长驱直入进了小寝。却不想二世正在津津有味地看那些胡人倡优演散乐杂戏，乐得咯咯大笑，李斯几次试图打断都没能成功，最后只得留下上书悻悻去了。

接下来的半个月，在赵高的通风报信下，李斯又见了二世三次，遭遇却都是如出一辙。第一次是在灞宫，二世正在宴饮歌舞，一片郑卫靡靡之音中甚都说不清也听不见；第二次是在滈池，二世正在水中与十余位美女互相泼水嬉闹，阵阵淫声浪语不绝于耳，李斯等了一个时辰都不见出水迹象，自家官服反倒被打得湿淋淋一片，倍显狼狈；第三次更令李斯尴尬，他刚得到赵高消息赶往梁山夏宫，却见一大群裸体美女正在山林间与胡亥追逐戏耍，满眼都是白花花的丰胸肥臀长腿细腰，好一派春色无边，李斯涨红了老脸，大觉不堪入目，终是又悻悻而去……如是者三，李斯这才醒悟过来：这多半又是赵高捣鬼，专门挑二世游乐之时召自己去说国事！当下大为恼火，却又束手无策，于是大感郁闷。

李斯并不知晓，自己一次又一次的求见，已经惹恼了二世。

三番五次被李斯搅扰，胡亥大是扫兴，这日召来赵高一通抱怨：朕平时闲暇也多，丞相都不来见；而今方有燕私之乐，丞相便来请事，岂非轻视朕哉？……听到二世的责问，赵高笑了，这半个月来他等的便是这一席话，忙满脸真诚地将早已备好的说辞一股脑儿倒了出来：

“以赵高之见，丞相乃是托大，殆矣！当初沙丘之谋，丞相与焉；今陛下已立为帝，而丞相相权未增。丞相本意，必是欲图裂地而王矣！况且李由为三川郡守，楚盗陈胜等人皆为三川郡邻县之民，也都与丞相故里相邻，方有楚地群盗公然横行之事。群盗越过三川郡，李由不肯出城平盗，怕是因由在此也！赵高早闻听李由与群盗有文书往来，却未经勘审，故不敢报陛下。再者丞相居外，权重犹过陛下，老臣担忧也！……”

一席话说罢，胡亥自然大是惊骇，忙问如何是好？赵高便指点说，目下还动不得李斯。此人仍大权在握，又有二冯为羽翼，其子李由更在关中军内，若问罪于他，只怕整个庙堂都会乱，赵高之意，还当先削其羽翼，可分三步行事：其一，打击李斯朝野声望；其二，问罪于二冯；其三，以通盗为名，勘问李由……说着又凑到胡亥耳边低语了起来，二世听得连连点头，这便抄起大笔，在赵高的指导下写了起来。

2

虽没能再见到二世，李斯却终于接到皇帝的书信了，只是万万没想到，书信的内容竟是这般。

“……夫所谓贤人者，必能安天下而治万民，今身且不能利，将恶能治天下哉！故吾愿赐志广欲，长享天下而无害，为之奈何？”

念着这封满是责问口气的问对诏书，李斯脸色红一阵白一阵地几度变色，终是强自压抑下了心头的恼怒。在这封书信里，二世先列举了尧帝、禹帝的种种辛苦：尧帝冬衣鹿裘，夏着葛衣，吃的是粢粝之食、藜藿之羹；禹帝治水，辛劳得双腿汗毛褪尽，手上生出老茧，终日面目黧黑蓬头垢面……接着便说，自己贵为天子，掌有天下，岂能如他二人那般苦形劳神？此为不肖人之所勉也！若连自家都不能从这王位得利，又如何能治天下哉！书信的最后，二世再次表明了自己的志向：我要尽情享乐，长久占有天下而不招灾祸，当如何做？……

对于诏书本身，李斯根本不屑多想，二世那“尽耳目之所好，穷心志之所乐”的心志，他早已清楚了，也早懒得谏阻了，借用黔首们私下里的骂辞说一句，此等心志此等诏书，真可谓人头畜鸣。可轻蔑归轻蔑，李斯却不能不小心应对——二世问该如何治理天下，自己作为首辅大臣，能说不知么？以二世的不学无术，决然写不出这等诏书，也决然不会引用师弟韩非的名言；最大的可能，这诏书还是出自赵高的手笔。既然如此，自己如何作答，却须好好思量——若直言批驳此文自是痛快，却极可能会触怒二世与赵高，自己因此被问罪下狱、李氏因此被灭族也不无可能，如此则不仅要搭进去自家性命李氏举族性命，朝局更无人可扭转，那却如何是好？不行不行，目下只能委曲求全，小心应对，日后再做计较……反复思量之下，他还是一声长叹，提起了自己的大笔。

和以前写上书时的酣畅淋漓一气呵成大不一样，此番这封奏对，李斯越写越艰涩，越写越难堪，写到后面，连他自己都羞愤得一把丢下大笔，只觉阵阵恶心不住涌上喉头，几次都欲将这卷竹简一把丢进燎炉。

"老夫一生名节，怕是要尽数毁于此书也……"勉强写罢之后，李斯疲惫又厌烦地卷起了竹简，一声无可奈何的叹息。

三川郡，敖仓。

一辆辆满载粮谷的牛车马队吱嘎着向东北方络绎而去，望着那绵延不绝的长龙，城垣上的李由面色凝重，不由自主地攥紧了手中的竹简。

一个月前，自己秘密北上九原，终是邀得王离领军南下，目下九原军正在井陉关一带与新赵的李良部兵马相持；中原这边，少府始终在濮阳按兵不动，关中军也与新楚军相持近一个月了。然而李由知晓，对手项梁却并未无所事事，不久前他已得到消息，项梁围攻濮阳之际，又派出了那杀神项羽，与沛公刘邦同统领一支偏师，开始向东南方进军，准备攻克巨野泽西岸的城阳，偏偏此时少府兵马又被项梁主力拖住，始终不能轻举妄动，只怕城阳的陷落依旧是早晚之事；而城阳沦陷之后，城中军民只怕又将遭到大肆屠戮……

李由无可奈何地摇摇头，试图把这不祥的预感从心头驱赶出去，然后他习惯性地展开了手中的竹简，也许是第十次，也许是第二十次地扫过去一眼，心下却是更加烦躁：

"夫贤主者，必且能全道而行督责之术者也。督责之，则臣不敢不竭能以徇其君矣。此臣主之分定，上下之义明，则天下贤不肖莫敢不尽力竭任以徇其君矣。是故，主独制于天下而无所制也，能穷乐之极矣。贤明之主也，可不察焉！……"

刚看了第一段，他便皱起眉一声粗重叹息，心下无论如何也不肯信，这封整脚无比的奏对，竟是出自父亲手笔。

这封奏对，便是父亲为答复二世责问而写下的《行督责书》。在这封书信中，父亲提出了“督责”之说，云贤明君王必善使督责之术，如此则群臣便不敢不效忠君王，君王便可不受任何制约，随意治理天下纵欲享乐；还说陛下欲做明主，便须当心那俭节仁义之人、谏说论理之臣、烈士死节之行，对此等人物，陛下须塞耳掩目、内独视听，只以督责之术行于天下，如此，群臣百姓终日惧怕陛下，自顾尚且不暇，何敢作乱谋逆？如此陛下方能恣意妄为，所欲无不得矣！……

李由将目光投向竹简的末尾，又看到那上面留有书吏恭敬抄录下的二世批文：“若此，则可谓能督责矣！”

李由烦躁地卷起了竹简，心下完全能想象出，二世与赵高看到这封上书时该是何等兴奋。在这封奏对中，父亲有意忽视了以法治为根基施行术治这一点关键，生生割裂了术治与法治的关联，使之完全脱离了法治的母体，将督责官吏执法，硬是扭曲成了督责官吏无条件服从君王意志，却仍打着法家旗号，这才是对法家学说的公然背叛与无耻阉割，何其荒诞也！后世对法家学说多有诟病，多视其为权谋厚黑学说，究其滥觞，正是始自这封《行督责书》；而后世甚或不乏独夫民贼高举法家旗号大行人治之实，此等作为正与二世赵高之流如出一辙，而为此等行径混淆视听者，尽是这《行督责书》一般的卑劣奇文！

李由已听说，二世见到这封上书后大为欣喜，随即将其颁行天下，消息传开如一石激起千层浪，赵高一党无不欢欣鼓舞，郡县官吏们无不哗然震惊，士子们无不勃然变色，黔首们无不大失所望，复辟贵胄们无不幸灾乐祸，种种反响形形色色，唯有两点却是共识——上这封《行督责书》无疑是丞相李斯阿意求荣之举，而行这督责之术无疑更是二世又一倒行逆施之举，本就遗留无多的秦政残余更将就此被一扫而空！李由还听说，郎中令赵高已派出了自己一干党羽赶赴各地郡县，明确提出了“税民深者为明吏，杀人众者为忠臣”之说，若果然这般，也难保不会来自己郡中；而自己那暗助王离劫囚之事，会否就此泄露？……

正想到这里，他忽然看到西面的官道尽头，一名骑士正策动着坐骑，向敖仓的方向全力赶来。

“郡守！郡守！”马蹄声声中，骑士连声大喊着，“咸阳来特使了！已经入了三川郡！”

“特使？”李由的心渐渐沉了下去。

……

赵成来敖仓了。

李由面前这位中尉虽是一脸笑容可掬，一只独目中却隐隐透出了与他兄长如出一辙的凶狠。一番故作客气的寒暄之后，赵成表明了自己来意：近来应丞相上书所请，庙堂开始行督责之术，刚好此时又有人举发郡守暗通盗军，是故自己不得不来查办此事。话头未落周遭便是吏员士卒们一片愤激辩驳指斥之声，却被李由止住了。

“何人举发？敢与我对质么？”尽管心下大跳，李由表面上却很是平静。

赵成一只独目中满是得意：“郡守见谅，赵成不能相告。若依赵成本心，也决然不愿相信举发之事，然该走程式却终究要走，郡守却是莫怪了。”说着侧身把手向身后一挥：“郡守，须对御史质询尽数作答……”

在他身后，足足站着二十余名御史。

3

儿子被御史们“案验”的消息传至咸阳，李斯愤怒了。

在此之前，无论赵高如何排斥异己，李斯都决然不会想到这位昔日的同谋会算计到自己头上。依李斯猜想，赵高毕竟内侍出身，纵然深得二世信任，纵然拔擢一批犬马，也仍难以独揽朝政。他不断地屠戮功臣，最大的可能便是以攻为守，将那些有实力威胁自己的潜在对手一个个清洗掉，如此方能消除隐患，如此方能自保，而今庙堂之上其余能威胁到他的大臣都倒下了，只剩下自己与二冯了，此人也该当适可而止了，毕竟自己与他有过沙丘合谋，也可算得同党；毕竟自己树大根深，近来又与同样树大根深的冯氏往来甚密，若李氏冯氏当真携手，即便以赵高目下的势力也照样难以撼动，常理论之，赵高决然不敢威胁到自己，也决然不敢与自己公开决裂。二世继位到目下这近两年来，朝局尽管一步步走向恶化，李斯却始终安然无事，这一点似乎也验证了他自己的推断。

然而李斯却无论如何也没有想到，赵高居然胆大包天于斯，阴狠歹毒于斯，利令智昏于斯，丧心病狂于斯，居然真的向自己磨刀霍霍了！“案验”李由为的是甚？还不是冲自家而来？乱军并起以来，其他郡守县令们或遇害或战死或弃官或出逃或降盗或倒戈，唯有儿子的三川郡没有乱，唯有儿子接连击退盗军、屡屡支援相邻郡县，还为章邯平盗输送粮草，李斯还私下里听说，不久前九原军的擅自南下也是李由说动的，九原军粮草也一直是李由偷偷输送的，此等作为虽不尽合乎法度，然毕竟有利于平盗大局，况且若说不合法度，如今的大秦还有法度么？凭甚二世赵高可以顺理成章地胡作非为，儿子这等正道作为便不合法度了？……正是因此，近几个月来儿子已然声望鹊起；也幸亏他屡立战功，自己已被大大销蚀的权势才重又稳固下来。而今赵高这贱臣先是从中作祟，阻挠自己进谏陛下；又撺掇二世给自己下问对诏书，逼着自己写出了这《行督责书》；目下又以行督责术为由头开始整治李由，是可忍孰不可忍！……

一腔怒火之下，李斯的第一个念头便是入宫去见二世，可平静下来后却还是生生憋住，深感自己太过草率了——前日自己求见二世，已三番两次受挫了，这次仍然未必能见到；即便见到，二世也未必会听自己说话；便是听自己说话，也未必会信自己；便是信自己，也未必会当回事；便是当回事，也未必肯处置他的好老师；便是果真肯处置，焉知赵高这狗贼会不会又耍花招躲过去？……思来想去，李斯终是决定暂时按兵不动，先与冯去疾冯劫二人商议一番，他俩已是目下自己仅剩的盟友了，于是匆匆出了府邸去见二冯。

听到李斯带来的消息，二冯同时愤怒了。火爆脾气的冯劫一跃而起，大声吵嚷着要去密会王离，引他攻回咸阳剿灭奸党；少言寡语的冯去疾也说，我等已做好了完全谋划，正要不日动身，丞相何不与我等同去？不想李斯在厅堂中负手来回踱了许久，还是摇头叹息道此事终须慎重，王离本就将才不足，一场大仗都未打过，能否担得大任，实在难说……吭哧了半晌之后才提出自己的打算：上书二世，弹劾赵高！

话一出口，二冯彼此对视一眼，又不约而同苦笑起来。冯去疾一声长叹：老丞相如何看不出，赵高之所以能这般飞扬跋扈，正是因了皇帝撑腰？二世对赵高言听计从，这昏君佞臣早已结为一党，他岂会听你？李斯却连连摇头：不对不对！陛下再不理事，自家江山终究还要，老夫只要将个中利害剖析清楚，他不敢不听！冯劫听了一声粗重叹息：老丞相若欲弹劾，自家为之可也，我等却是要径自去找王离了！李斯眼见与两人谈不拢，只得起身告辞，走之前还不忘告诫两人：引兵靖乱之说万勿再提，只怕会引火烧身；即便果真能剿灭赵高一党，也极可能玉石俱焚……

李斯没想到，这次竟是自己与二冯的最后一次见面。

送走了李斯，二冯便最后一次商议起多日来一直谋划的兵变计划：冯劫这便前往赵地，冯氏祖上乃长平之战时的上党郡守冯亭，上党郡至今尚有族人遗留，当能助冯劫来到九原军中；冯去疾则仍然留守咸阳，这几日秘密拜访数月来始终闭门不出的宗正子婴，待到九原军剿灭赵高、废黜胡亥之后，立子婴为三世皇帝！……不想正在商议，咸阳令阎乐已领着一队胡人材士，围住了整座府邸。

“……昔先帝起诸侯，兼天下，天下已定，外攘四夷以安边境，作宫室以彰得意，而君观先帝功业有绪。今朕即位二年之间，群盗并起，三公不能禁盗，又欲罢先帝之宫室，是上毋以报先帝，次不为朕尽忠力，何以在位？着去疾、劫下狱属吏，案责他罪！”

阎乐声嘶力竭地念着这封诏书，脸上那道肉虫般的瘢痕也随之跳动着，甚是狰狞丑恶。念罢诏书便向材士们一招手：“将他二人拿下！”材士们一声应和便要上前，冯劫却呛啷一声长剑出鞘，直指阎乐：“将相不辱！狗贼阎乐不知么?”

“老丞相！见了么？这等昏君岂能寄望？再不醒悟，悔之晚矣！……”冯去疾却是仰头吼着，仿佛李斯仍在眼前一般，说着也猛然拔出了随身匕首，与冯劫齐齐一声大喊：

“将相不辱——！”

与此同时，两道血泉已向着那些胡人身上溅去。

儿子李由祸福未卜，二冯同时自裁的消息又接踵传来，如同晴天霹雳当头炸响，李斯顿时愣怔不知所措了。

如何是好？如何是好？自己原本想得好好的，有冯氏互为唇齿，自己至少可在庙堂上继续撑持下去，即便果真有事，二冯也可设法斡旋自己无罪；自然，反过来二冯获罪，自己也会这般。可李斯万万没想到，二冯这般不给自家留退路，这般干净利落地了断了自己，何不先忍耐一时？何不先观望几日？何不再权衡一番？何不再好生思量？冯劫一向刚烈暴躁也倒罢了，冯去疾如何也这般？……兔死狐悲之余，李斯甚或对两人隐隐生出了一丝怨愤：你二人这等草率莽撞，岂不大大坏事！你等死了，李由又在受勘问，老夫一人独木难支，更难扭转大局！……

虽则痛惜，虽则愤激，李斯却也没有再犹豫，重新开始了铺排。他看得再清楚不过，和李由被勘问一样，二冯被问罪，同是赵高敲山震虎的又一步棋，连自己这最后两位盟友都倒下了，赵高的意图还不明朗么？阎乐念诵的那封诏书，李斯也听说了，大意无疑是批驳自己与二冯早先那封上书，可三公联名，却只问罪于二冯，反倒放过了自己，此中仍旧大有深意。这看似是赵高对自己网开一面，然实际上更大的可能，怕是他目下仍力有未逮！毕竟自己在朝中势力犹存，儿子李由也尚未被真正问罪，若无绝对把握，赵高不敢轻举妄动！既然如此，这便是自己向赵高反击的最后一个时机，若再迟延，便当真悔之晚矣！……

想到自己和儿子都暂不会有事，李斯稍稍踏实了下来，重又提起自己的大笔，刷刷刷书就了早就构思好的上书，准备正式弹劾赵高了：

“臣闻之，臣疑其君，无不危国；妾疑其夫，无不危家。今有大臣于陛下擅利擅害，与陛下无异，此甚不便。……今赵高有邪佚之志，危反之行，如子罕相宋也；私家之富，若田氏之于齐也。兼行田常、子罕之逆道而劫陛下之威信，其志若韩玘为韩安相也。陛下不图，臣恐其为变也！……”

写好这封弹劾书信，李斯这才撂下笔长出一口恶气，心下舒坦了些许，又动用了自己一切能动用的力量，找来了所有与皇城事务有往来的吏员，费尽了各种周折，花费了数额惊人的贿金，终是买通了二世身边的一名宠妃，将上书递到了胡亥手上。

这次，二世反应之快捷、回书之迅速，大大出乎李斯意料，没过几日便接到了批复。然而当他兴冲冲地一把展开白帛时，只瞄得一眼便是一盆冷水兜头浇下：

“丞相何意哉？夫赵高，故宦人也，然不为安肆志，不以危易心，絜修善，自使至此，以忠得进，以信守位，朕实贤之，而君疑之，何也？且朕少失先人，无所识知，不习治民，而君又老，恐与天下绝矣！朕非属赵君，当谁任哉？且赵君为人精廉强力，下知人情，上能适朕，君其勿疑也！”

看到二世那句“而君又老，恐与天下绝矣！朕非属赵君，当谁任哉”时，李斯心头顿时涌起了一阵混杂着失落沮丧的怒火，他愤愤抓紧了这条白帛，恨不能将它一把撕碎——老夫终日奔波忙碌国事，辅佐两代皇帝任艰任险无怨无悔，立下不知多少大功，可在二世心中，却还抵不过赵高一介贱臣！这番话不是明摆着告诉自己，你这老匹夫死后，朝政便要落入赵高之手么？岂有此理哉！岂有此理哉！赵高，事到如今不论于公于私，老夫都要与你斗到底！……

一边在心底连声痛骂着，李斯又提起了大笔，抽出了一枚最宽大的竹简，龙飞凤舞地写下了一行秦篆，写完之后便将它用另外两枚木牍夹住捆好，通过和上次同样的路数，再度送了出去。

李斯没有想到，正是这枚竹简，直接将自己，连同自己的整个家族，引向了万劫不复的境地。

4

李斯这封简短上书送到手上时，胡亥正在看材士们角抵摔跤。

甘泉宫中热闹得直如坊间市井。正中是一双双虎背熊腰赤裸上身的胡人材士们捉对厮杀，周围更有一个个胡人倡优身着各种奇装异服，带着各种穷形尽相粉墨登场：这个脸上带着浓墨重彩的面具，那个手里摆弄着栩栩如生的偶人；这个将一口寒光闪闪的刀剑生生吞入腹中，那个一开口便喷出了一团熊熊烈火；还有那些什么丸剑、寻橦、履绳、跟絓……直是一片光怪陆离。胡亥看得目不暇接，只是连连蹦跳雀跃欢呼喝彩，原本白净净的胖圆脸已红扑扑满是汗水。

而就在他兴致最浓之时，赵高的身影闪入了殿中，几句耳语后将他领到清静处所，又递上李斯那封枚捆扎好的竹简。胡亥扫过一眼便皱起了眉：

“陛下诏书，臣以为不然：夫赵高，故贱人也！无识于理，贪欲无厌，求利不止，列势次主，求欲无穷，臣故曰殆！……”

“陛下——！”不等胡亥念完，赵高便扑倒在地，一脸惶恐地不住叩首抽泣着，“丞相责问，老臣夫复何言！敢请陛下治老臣罪……”

“老师快快请起！”胡亥大急之下忙搀起赵高，“莫怕莫怕，朕信你！定要为你做主！”

“陛下不可！”赵高一抹眼泪，神情间分外委屈，“丞相权势熏天，陛下若与丞相公然决裂，何异于直撄其锋自取败亡！不如效法当年惠文王杀商君除老世族，杀老臣以安天下！……”

“老师糊涂也！”胡亥也急出了眼泪，“你乃先帝旧臣、新朝股肱，而今大奸在朝，何能只知妥协退让，全一己名节，却不谋划铲除奸佞？丞相也是，冯劫冯去疾畏罪自裁了，朕本以为他该就此收敛了，不想他还不肯罢休！……”

他虽这般连声喊着，赵高却不住啜泣着，阵阵哭声甚是悲切，许久后才渐渐平静，抹了把松弛老脸上的泪水，重新开了口：“陛下，丞相所患者，独老臣一人而已，老臣若死，丞相必欲为田常所为！丞相先前上书，曾将老臣比作田常，可老臣一介贱臣，便是果真怀有异心，又如何作得了乱？反倒是丞相……”

“对也!”胡亥一脸恍然大悟后的愤然，“李斯是丞相，李斯手握大权，只有他方能作乱，却掉过头来栽赃老师！这等人竟也成了丞相？我大秦何时出了这等丞相？叛徒！内奸！恶贼！朕定要将他整倒！让他永世不得翻身！朕这便下诏，以李斯属郎中令勘审!”

入夜时分，一队队胡人材士从郎中令署先后拥出，又兵分几路散开，从五六个方向分头拥向了丞相府。他们所有人都没打火把，走在咸阳城的街巷中也同样悄无声息，如同饿狼在黑暗中缓慢逼近浑然无觉的猎物，唯一能让人察觉他们存在的，只有一弯清冷月亮投射下来时照出的那幢幢鬼影。

赵高伫立在郎中令府的阙楼之上，望着夜深人静中大咸阳的连绵屋脊，嘴角绽放出一丝狰狞笑意。

他胜券在握了。

长久的蛰伏隐忍、养精蓄锐之后，自己终于走到了这里，终于向这个最大对手发出了最后也是最致命的决定性一击，只要李斯今夜落入掌心，他便再也休想挣脱罗网；而只要李斯不在，自己也就不必惧怕任何人了。

夜风从远方带来了模糊不清的响动，赵高训练有素的耳朵听出，这声响来自丞相府，自己所在的郎中令府本就离那里不远，他甚至可以从中依稀分辨出哭号声、求救声、怒骂声，显然，材士们开始动手了。

赵高为自己摆上了一罐赵酒，小口啜着的同时，聆听着这种种声响，回忆着沙丘之夜后，自己是如何将李斯一步步诱入彀中的。

赵高还记得，先帝故去、自己冒出了矫诏的念头后，心下第一时间想到的便是李斯，原因很简单，若无李斯赞同，自己的谋划决然不可能得逞；若无李斯赞同，整个朝局都会步入正轨，一切都会按照本来的轨道继续运行。唯其如此，拥立胡亥为二世，最大的关键不在自己身上，更不在胡亥身上，却在丞相李斯身上。只要李斯同心，无论何等潜在的威胁风险，他都可挡在身前一一化解。自然，此中还有一个最大的问题：李斯凭甚要与自己合谋？自己又凭甚来说动李斯？

对于常人而言，说动权势熏天、享尽人间一切荣华富贵的李斯，决然是件不可能完成的艰险重任，可赵高偏偏不是常人。久居宫廷，久侍先帝，为了生存，为了自保，赵高终日揣摩人心看人脸色，终是习得了一副火眼金睛，习得了如何洞悉人心最深处的幽微。可以说，庙堂上的每一位君臣，赵高都看得清清楚楚，甚或比他们自家看得还要清楚，而其中看得最清楚的便是李斯。之所以如此，便在于从某种意义上讲，李斯与赵高是同一类人——同样出身卑贱，同样过早体味过人情冷暖、世态炎凉，同样为人世故圆滑、见风使舵，同样有着勃勃野心和深重私欲……如此一个人物，几乎相当于另一个赵高，若不是出身隐宫、注定无法在仕途上真正有所作为，谁又能说赵高不能如李斯那般建得功业？谁又能说李斯的人生不会变成赵高的人生？然则，李斯是人生道路上的强者，通过奋争，他终于由一只厕中鼠变成了而今这一人之下万人之上的丞相；赵高则是弱者，无论如何像李斯那样奋争，他终究无法取得李斯的成就，无法获得李斯的地位。正是这人生道路的不同决定了李斯与赵高的不同，李斯是正才，也是文士，正才的底色决定了李斯私欲深重却又不可能长于弄权，尽管有着赵高也有的私欲，却无赵高那洞悉人心的眼光，更无赵高那自保谋人的手腕；文士的根基则决定了李斯的顺风摇摆与执意不坚，尽管有着赵高没有的功业，却无赵高那份能为实现自家目的不惜代价不择手段的意志，这是李斯两处最致命的缺陷，偏他自己浑然无觉。

明了于此，赵高最终决定由反正两面来说动李斯，反面便是李斯可能因扶苏即位而面临的风险，正面则是他可能因胡亥即位而创下的功业。前者是针对李斯那私欲深重却不善弄权的正才缺陷，目的是逼他自保；后者是针对李斯那好大喜功却又执意不坚的文士毛病，目的是诱他伸展。两者夹击之下，李斯必然入彀！

赵高没有猜错，井陉关一夜密谈，李斯果然上钩了，自己的说辞准确击中了他的命门，使他与自己合谋篡改了诏书；这一步棋也使赵高更加确信，自己完全把握得住这位看似不可一世的丞相。接下来将近两年间，赵高精心按照自己设计好的方略一步步行事。对胡亥，赵高仍然是将他紧紧攥在手心里，这是确保他能顺利弄权的先决条件；对其他重臣，赵高毫不手软，抓住他们各自性格上的缺陷，逐一将他们剿灭；而对李斯，赵高没把握动他之前，永远是那般恭谨，对他永远是那般奉若神明，李斯操持的何等国事赵高都不阻拦，任他去做，甚或比他自家还要热心。所有的这些针对李斯的作为，目的都只有一个：麻痹李斯，让李斯以为自己不过是个颇有几分心计的贱臣；让李斯以为自己决然没胆量算计到他头上；让李斯以为自己剪灭其他重臣，只是为了自保，只是为了不使沙丘密谋泄露，只是为了不使朝中的元老大臣们聚合起来废黜二世除掉自己。只有李斯自家做出这种判断，他才会对自己一味的纵容绥靖，甚或隐隐盼自己替他除掉那些潜在的对手，好独霸于庙堂；只要李斯按自己诱导的那样，始终坚持着这种自以为正确的判断，那么李斯就绝对无法威胁到自己，反倒会使自家的卑琐懦弱大白于天下，声望日复一日地黯淡下去。而待到朝中其他大臣都倒下之后，李斯即便警觉过来也为时晚矣，那时自己只消全力一击，李斯必定轰然倒下！……

将罐中赵酒举起来凑到嘴边时，赵高忽然听到急匆匆的脚步声从身后迅速传来，顿时眉毛一挑，陶罐也停了下来。

“大人，我等复命来了。”一个颇带些漏风的声音从身后响起，语气中满是谄媚。

赵高扭过头，与曲宫的目光对视了。

“全数拿下了?”

“全数拿下！除了李由，一个不剩！”

赵高嘴角浮现出一丝冷笑，一仰脖，将罐中剩下的赵酒咕咚咚全数咽了下去，仰天吁出一口酒气，将空了的陶罐一把丢落在地。

“连夜勘问！”陶罐碎裂的响动中，这声大喊分外清晰。

“敢问郡守，此为何物?”

就在李斯举族下狱的同一个夜晚，敖仓的县府中，赵成手中反复玩弄着一样物事，向着对面的李由皮笑肉不笑地问道。

望着他手中那枚青白色玉牙，李由没有吭声。

看到李由这等反应，赵成那只独目中泛起了胜券在握的欣喜。连日来诸般查勘，虽未查出李由通盗的罪证，却意外发现了这枚玉牙，他早知黑冰台信物便是此物，由历任断令保管；也知杜县处决皇族那日，九原将军王离劫囚时，当时还有一群黑冰台秦墨意欲行刺二世，如此观之，李由极可能参与了王离劫囚一案，若此事果然成真，那便远比给他罗织个罪名扣上更加硬气！……

只是，看到围绕在自己身边那一道道剑锋般犀利的目光，赵成却也不敢草率从事，一旦自己准备来硬的，只怕李由这些属官吏员必会抢先动手，让自己死无葬身之地，这却如何是好?

正在此时，一名材士报说郎中令密使前来，赵成心下一跳，顾不得继续盘问李由，忙匆匆出院迎接，眼前顿时一亮——来人正是兄长的一位心腹门客！还不及开口询问，那门客便面露喜色快步迎上，来到近前时忙压低声音一句：

“老匹夫入狱了！”

5

几样毛茸茸臭烘烘的物事缓缓爬过脸庞，一阵奇痒之下，昏迷许久的李斯终是猛地抽搐了一下。这突如其来的举动似乎吓到了那些物事，它们迅速逃离了他，叽叽喳喳的惊恐尖叫不住回荡在一片死寂中，又相继消弭在了黑暗的角落里。

浓烈的潮湿霉味扑鼻而来，李斯一阵剧烈的喘息和咳嗽，终是略略恢复了一丝神智，勉强认出那是几只老鼠，和自己在上蔡老家做小吏时见到的厕中鼠一样饥饿和胆怯，它们必是把自己当成了一具尸首。也难怪，若不被拖出去受搒掠和讯狱，自己便只能躺在这腐臭发霉的囚牢中一动不能动，与死人也并无两样了。

凝固的血痂与新渗出的鲜血一同浸满了残破赭衣，老的痂痕新的伤口混杂在一起，几根肋骨都被打断，稍稍触碰一下都是钻心的痛。被关入云阳狱的一个多月后，而今的李斯周身已无一块皮肉完好，几乎不成人形了。

尽管早有不祥预感，李斯却还是没料到，自己蒙受的冤屈这般深重，面对的讯狱竟也这般荒诞，法度程式律条证物等等一概付诸阙如，只有永无休止的拷打搒掠，只有令人发指的酷刑折磨，只有打手们“认罪否”的反复质询。不错，总算还有御史对自己进行讯狱，总算还有廷尉来主审自己的案件，然而要命的是，廷尉是曲宫，曲宫背后还站着郎中令赵高。

李斯至今还记得，宗族宾客数百口被尽数缉拿进云阳国狱时，自己一路上声嘶力竭地反复喊着冤，被关入狱中也在喊着冤，被狱吏们拖去刑讯时仍在喊冤，被打手们反复搒掠打得奄奄一息时还在喊冤，即便是嗓音已完全嘶哑，他依旧在拼命翕动着嘴唇，发出阵阵沙哑而杂乱的声响……这一切努力，直到他看到赵高出现在自己眼前时才宣告放弃。

“丞相有谋逆大罪，何不早早认了？既省我等气力，自家也免遭皮肉之苦。”狱中与赵高第一次重逢之际，李斯看到他好整以暇地站在自己面前，森然的目光中掩饰不住的得意。

“老夫无罪！”尽管嗓音早已嘶哑，李斯却仍旧愤愤然嘶声吼着，刚一开口便喷出点点血星，“奸贼赵高！胆敢诬陷老夫，老夫但能出狱，必将你食肉寝皮！……”

赵高嘴角缓缓浮现出一丝狞厉笑意：“丞相若果有神通，不妨一试，赵高拭目以待。”

“老夫还有李由！你囚了我李氏举族，他必引兵马杀回咸阳！……”李斯的声声大喊回荡在四壁，分外悲愤。

“丞相放心，李由早晚会入狱与你团聚，你李氏一个也跑不了。”一个颇有些漏风的声音响起，赵高背后闪现出一个阴影，一脸谄媚的笑容却看得李斯心惊肉跳。

“曲宫！趋炎附势！见风使舵！反复小人！”李斯忘乎所以地怒吼起来，“忘了老夫对你的恩情么？”

曲宫仍是满脸笑容可掬：“丞相都不记得陛下恩情，曲宫何必记得丞相恩情？曲宫不过是有样学样而已。”

“岂有此理！老夫与你岂能一样？老夫继承先帝遗志，秉持秦政大道……”

——“先帝遗诏安在哉？”曲宫淡淡反问了一句。

“……”李斯无言以对了，整个身子都颤抖起来。

“曲宫，莫与这老匹夫赘言了，用刑。早日拿到口供，以免夜长梦多。”赵高恶狠狠丢下这句，一挥袍袖，径自去了。

“赵高！老夫要将你食肉寝皮！……”凄厉的惨号久久回荡在囹圄中。

……

尽管仍紧闭双目一动不动，然而李斯的头脑已恢复了些许清明，慢慢开始思忖起来。

死吧，如二冯那般，一个声音在心底悄声道，阎乐前来缉拿之际，他二人已然预见了下狱后必将遭此等摧残折磨，都心知将相不辱，这才自我了断，目下你虽仍活在狱中，不也是生不如死么？何不也学他们？……

不行，不能这般！心底另一个声音忙不迭反驳道，死固易耳，老夫若只孑然一身，自会了无牵挂去死。然老夫还有数百族人，老夫不能撒手不管；老夫还有李由，他会救老夫！更有甚者，老夫有大功、无反心，若能上书自陈冤屈，二世若能看到，许会幡然醒悟，赦免老夫。不到万不得已，老夫不能死！……

不知过了多久，也许一刻，也许半个时辰，也许半日，李斯重又听到狱吏们那令人不寒而栗的脚步声从囚室外的走廊尽头遥遥响起，又一轮的搒掠刑讯即将到来了。李斯想挪动身子，尽量向后缩去，却始终只能静静躺在潮湿发霉的草席上一动不动，眼睁睁看着囚室的大门轰隆隆打开，五六个鬼影一拥而入囚室，来到自己面前。

“李斯，认罪否?”和此前的无数次一样，为首的那人例行公事地开了口。

李斯艰难喘息着，却没能发出任何声响。

显然，打手们早已习惯了他的缄默，甚至连对此哂笑一声的兴致都没有，两名打手极为默契地同时大步上前揪起李斯的双臂，突如其来的剧痛使他不由自主地发出一声哀号，却也终于喊出了一直徘徊在喉头没能出口的字眼儿：

“笔——！”

……

囹圄黑暗的角落里不时响着几只老鼠吱吱喳喳的叫声，它们在啮食着李斯的牢饭，尽管那只是一碗已酸臭发霉的粢粝。不过，目下的李斯既没气力也没心思去驱赶这些同牢难友，他的全部精力都集中在手中的毛笔上。

伤痕累累的双手已不剩多少气力，李斯拼尽全力也只能勉强不使笔杆脱手而已，如此一个个秦篆的笔画自然长短深浅粗细各不相同，几可与二世的手书墨宝媲美，对于他这样名满天下的大书家来说，这实在是难以名状的巨大耻辱。

好在他心中的耻辱已经足够深重，目下也无暇过多在意。一边写着，这深重的耻辱便连着那同样深重的冤屈、悲愤，一起涌上了心头：

臣为丞相治民，三十余年，素有大罪矣！其罪有七：

先王之时，秦地狭隘，不过千里，兵数十万。臣尽薄材，谨奉法令，阴行谋臣，资之金玉，使游说诸侯，阴修甲兵，饰政教，官斗士，尊功臣，盛其爵禄，故终以胁韩弱魏，破燕赵、夷齐楚，卒兼六国，虏其王，立秦为天子，罪一矣；

地非不广，又北逐胡、貉，南定百越，以见秦之强，罪二矣；

尊大臣，盛其爵位，以固其亲，罪三矣；

立社稷，修宗庙，以明主之贤，罪四矣；

更克画，平斗斛度量文章，布之天下，以树秦之名，罪五矣；

治驰道，兴游观，以见主之得意，罪六矣；

缓刑罚，薄赋敛，以遂主得众之心，万民戴主，死而不忘，罪七矣。

若斯之为臣者，罪足以死固久矣。上幸尽其能力，乃得至今，愿陛下察之！……

写罢最后一句，李斯再也撑持不住，两手一松，大笔滚落在地的同时自家也倒在了草席上，两道混浊的泪水缓缓流过了满是血污的嶙峋脸颊。

上书没有任何回应。李斯后来才听打手们无意间说起，这卷木牍不出意料地被郎中令截获，根本没被送到二世手上，而赵高对这封认罪书的评价，只有一句话：

“囚安得上书!”

伴随着这句轻描淡写的断语，这封寄托了自己全部希望的认罪书便被丢入了熊熊燃烧的燎炉。

接下来的半个月，每次负责勘审他的人物都各不相同，御史、侍中、谒者……种种身份五花八门，却是人人打着二世的旗号。前几次见到“皇帝的”特使时，李斯还以为自己终于盼到了救星，声泪俱下涕泗横流地讲着自己的冤屈，“特使”们也都哼哼哈哈地听他说完，可每次申辩完毕，曲宫那幽灵般的影子都会在他们身后闪现，得意扬扬告诉李斯，这其实不是陛下的特使，却是郎中令的门客，随后他便会在“特使”们的眼皮底下遭受变本加厉的搒掠。如是这般又勉强撑持了几日，李斯再也没了翻供心思，每次这些“特使”前来，他都会木然重复着那老一套说辞：李斯欲反，李斯有罪；李斯无冤，李斯求死……而就在进入七月后的某一日，李斯如例向又一位打着二世名义的御史承认了自己的“罪行”，又在那认罪口供上再一次艰难写下自己的名字后，无休止的搒掠突然停止了，那些没完没了的“特使”也再不来了。

后来李斯才知道，那最后一位御史才是二世真正的特使，是他将自己亲笔具名的口供，郑重其事地递送到了二世手上；而他不知道的是，和自己的好老师赵高一样，二世看到口供时，同样对此下了一句感慨：

“若非赵君，朕几被丞相所卖也！……”

“陛下，老臣为陛下尽忠，不过本分所在……”当时，一旁的赵高一脸唏嘘叹道。

“老师大忠臣也！朕这便下诏，处李斯死刑！那个，《秦律》最重的刑罚，是甚来着?”

“五刑，灭族!”

“五刑，都有甚?”

“一为黥刑，二为劓刑，三为斩趾，四为笞杀，五为枭首，行刑之后，尸身菹为肉醢。若敢诽谤陛下，事先断舌!”

“只是，李斯终是先帝重臣，若处此等刑罚，似不好看……”胡亥捻着笔杆沉吟片刻，突然心有成算地重重一拍案，“不如这般！改枭首为腰斩，免去菹醢，准其尸身归乡安葬!”

“陛下圣明!”赵高扑拜在地忘情高呼起来。

愤怒的叫骂声、沉重的脚步声夹杂着甲叶撞击声一同从驿馆的院中传来，赵成刚大惊失色地抬起头，大门已被撞开了，一阵浓烈血腥气息使他不由自主地一阵寒噤；紧接着，一身是血的李由带着一行甲士一拥而入，右手一柄沾满鲜血的长剑，左手提着三颗血淋淋的人头，赵成已认出了那三张面孔，都是负责今日监视李由的御史。

他忐忑不安地打量着对面的李由，后者也同样死死盯住他，血红的双目中几乎喷得出火焰，手中长剑直抵他咽喉，又从牙缝中挤出一句话："拿下！杀回咸阳前，用他首级祭旗!”身后顿时一片轰然应和，甲士们这便要快步上前。

“李由，你杀得了我，却洗刷不掉你父罪孽!”心念电闪间，赵成孤注一掷大喊道。

“我父罪孽?”李由眯起眼睛，一字一顿反问道，“我父何曾有罪? 还不都是赵高栽赃? 还不都是屈打成招?”

“你父当真有罪！我未骗你！我知此中内情！……”眼见李由目露凶光长剑举起，赵成抬起双手护在身前，连声大喊着。

正要刺出的长剑停在了半空，李由的目光中露出了一丝迟疑。

“赵成听兄长说过，你父确有罪孽！还是无可赦免的灭族大罪！李由你若肯听，若肯饶我一命，赵成一定原原本本讲出来！……”赵成连连后退，在求生本能的激励下，说得极是清晰利落。

李由死死盯住赵成，片刻沉默后，终是放下剑锋轻声一句："你等，所有人，都出去。”

眼见其他人惘惘不甘又满是迷惑地退了出去，死里逃生的赵成长出一口气，抬起不住颤抖的胳膊，擦去了满头的汗水，这才徐徐开了口：

“那一夜，沙丘宫……”

6

公元前208年夏，二世二年七月，始皇帝故去两周年之际，一个惊人的消息传遍了满目疮痍的华夏大地——

丞相李斯意图谋反，将被具五刑、诛三族，腰斩咸阳市！

（注：李斯受刑之时日，《史记》前后记载不一，《李斯列传》云七月，《秦始皇本纪》云二世三年冬，此处从前者之说。）

此时，王离统领的九原军刚逼近信都；少府章邯统领的关中军正在濮阳与项梁的楚军主力对峙；项羽刘邦统领的楚军偏师正在围攻雍丘；而三川郡守李由则统领敖仓守军，同样火速赶往雍丘前去救援……尽管时至今日，肆虐了整整一年的中原战火已经越燃越旺，然而无论哪一场战事，都不如处死丞相李斯的消息令人震惊。

“李斯恶贯满盈，将军如何看?”震天的杀声中，刘邦望着远处雍丘的城垣，小心翼翼问道。

“关我鸟事? 项籍只管杀人屠城!”项羽恶狠狠地答道，又是一声高喊，“接着给我杀！一刻不许停！拿下雍丘，全城都给我屠尽!”

刘邦勉强压抑住心下的恼火，嘴唇动了动，不出声地骂了一句。

狗日的项羽！襄城屠完了屠城阳，城阳屠完了又要屠雍丘，胜仗没打几场，平民倒杀了万万千千，打到哪儿屠到哪儿，尔翁想从降兵里挑精锐为己用，都他娘让你这屠夫杀尽了！你到底是人是畜? 你是如那胡亥一般人头畜鸣么? 尔翁跟着你打仗，捞不着兵马还陪你挨骂，真他娘倒了八辈子霉！你这祸害比秦政更酷暴，尔翁若大军在手，早晚将你大卸八块！……

“报沛公！秦军援兵开到——！”一名骑士飞马赶到，遥遥高呼。

“何人领兵? 兵力几多?”刘邦顾不得继续在心底痛骂项羽，高声问道。

“三川郡守李由！只五千兵马——!”

刘邦猛然一愣，顿时大笑起来：“笑死人也！这李由不领兵杀去咸阳救他父，却来救雍丘，还只这点儿兵马，岂非送死? 疯了么? ……”笑够了便大手一挥：“曹参！迎击李由!”

“假尔泰龟有常；假尔泰筮有常。昊天在上，李斯伏唯以求明示……”

三枚秦半两在黑暗中一次次被抛起，互相撞击着先后落地，李斯伸手逐一摩挲着它们的正反，又捏着草棍，借着难得投入囚室的一道黯淡光线，相继画下六条爻线，心情也越来越沉重，当他在“上六”位置勉强画下最后一道阴爻时，整个人已软倒在了地上。

黯淡的光线勉强照亮了六条爻线，由下至上依次为少阴、少阳、老阴、少阳、少阳、少阴。李斯知晓，这一卦乃是第四十七卦，困卦，这是六十四卦中最有名的凶卦之一；变卦却是“六三”，更是六爻中最凶的一爻！

“六三，困于石，据于蒺藜，入于其宫，不见其妻，凶。”前有“九四”巨石挡路，后有“六二”蒺藜断绝后路，回到宫室又不见妻室，进退维谷又凶险异常……如此说来，自己果真性命不保了么?

默念着卦辞，李斯身体一点一点凉了下来，许久之后才把目光转向一旁的二世诏书，那上面清清楚楚地写着，自己将受五刑。他愣怔了许久，这才一声慨叹：“嗟乎，悲夫！不道之君，何可为计哉！”

在狱中被囚禁了一个多月，遭受了一个多月的酷刑，李斯终于渐渐明白过来：纵然二世得知自己冤情，又能如何呢? 他死心塌地信着他的老师，赵高便是将黑的说成白的，死的说成活的，他也照样会相信。自己落到而今这地步，不单单是赵高的算计，还有二世的昏聩啊……反复叹息下，李斯竟鬼使神差地想起了夏桀杀关逢龙，商纣杀比干，吴王夫差杀伍子胥。三人都是忠臣却不免于死，不正是因所效忠的君王昏聩么? 不正是因所托非人么? 老夫自家才干不及三人，二世无道却远甚桀、纣、夫差，自己因尽忠而死，显是再无疑义……这样想着，一阵朦胧也开始袭来，他缓缓闭上了眼睛。

“李斯，你将罪责全数推到胡亥身上，可知自家之罪么? ……”

恍惚间，一个森冷的声音缓缓问道。

李斯惊讶地重又张开眼睛，看到不知何时，自己身处的这座囚室已被浓浓雾气所笼罩，透过这些雾气，依稀可以分辨出一个又一个身影环绕在自己周遭。他连连揉搓着双目，终于认清了方才开口的那个身影，整个人也随之渐渐瘫软了下来：

“陛，陛下……”

他口中的陛下，自然不是二世胡亥，却是故去的始皇帝。

“李斯，你知罪么?”始皇帝再次问道，声音如同来自地底一般低沉，如同来自天边一般遥远。

“陛下，老臣何罪之有? 老臣是被冤啊……”

“私启诏书、篡改遗命，此等灭族大罪，也是冤枉?”始皇帝陡然愤怒地大叫起来，苍老却依旧有力的嗓音久久回荡在四周。

“陛下，陛下！若非陛下先弃老臣，老臣何必出此下下之策?”心惊肉跳中李斯扑倒在地，徒劳地为自己辩解着。

“朕未以你为顾命大臣，并非防备你，只是觉察你私欲过甚，难有担待！朕本欲写成诏书，封存之后再召你交代后事，不料诏书未成，朕已然撒手去了；

即或这般，朕也未曾料到，你竟敢篡改诏书！……”

“陛下！谁云李斯无有担待?”李斯忘乎所以地大吼道，“陛下或扶苏若果能继续以李斯为相，安知李斯不能辅佐皇长子，创出更大功业? 大秦新政乃李斯与陛下并肩创立，李斯也有半壁心血，何忍见蒙恬为政、更改秦法，使此亘古伟业半途夭折?”

“世间何曾有一成不变之法?”始皇帝的身后悠然飘来了另一个明朗的声音，看到蒙恬的身影也徐徐上前，李斯只觉头皮发麻汗毛倒竖，顿时惊恐地一跃而起，连连后退。

“丞相，你修习法家多年，竟不知法家因时因势而变这关键之要么?”蒙恬的话语中，对他的痛心远多于指斥，“当年商君有云，三代不同礼而王，五霸不同法而霸；你师荀子同样有云，法后王；你师弟韩非更有云，事因于世，而备适于事；便是你自己，不也说过五帝不相复，三代不相袭么? 只要大势有变，秦政也自当有变，何来不能触动之秦政? 丞相是当真不知，还是以此为借口?”

“蒙恬，休得诛心!”李斯尽管高声反驳，却越发觉得心虚，“老夫也为自保！若扶苏即位、以你为相，老夫岂能善终?”

“丞相，此等说辞，有人信么? 便是你自家也肯信么? ……”

听到这个年轻清亮的声音，望着那英挺的面孔，李斯的指尖瞬间变得冰凉了。

“皇长子……”他艰难地吐出了这三个字。

“老夫当年师从荀子，学到的第一课便是人性本恶，老夫为自家权势功业谋划，便是因这生而好利之人性恶欲……”片刻的沉默后，他重又高高扬起头，再次鼓足勇气为自己辩解道。

“人性固然本恶，然为师何曾说过人生在世，为害作恶理所应当? 人之性恶，必将待师法然后正，得礼义然后治。人无师法，偏险而不正；无礼义，则悖乱而不治……李斯，你如何只记得为师那前半句，却忘了后面?”

一老一少两个身影一前一后走来，说话的便是前面那位老者，后面那个贵公子模样的年轻人虽未开口，目光中却闪烁着讥诮的光芒，露出了恶魔一般狡黠的笑意：

“师兄，你我，果真一样……”

“老师，师弟……”李斯缓缓低下头捂住脸，泪水从指尖徐徐滑落。许久后重又抬起脸，一声长叹低声问道：“求老师明告于我，时至今日，李斯该当如何是好? ……”

“李斯，你与韩非都是为师最得意弟子，为师治学儒法并举，既崇法治也崇礼义，惜乎你如今作为却于法于情皆不能容，实乃对为师学说之双重背叛。你沦落至此，为师深为你痛心，只劝你一句：事已至此，一切都已无可挽回，若自我了断，尚能保得一丝尊严……”

“师兄，韩非当年得你成全死于狱中，而今你亦身处囹圄，可能感到韩非昔日心境？只是你却远不如我。”韩非嘴角依旧挂着狡黠的笑意，诡异的是此时话语分外利索，全无口吃带来的磕绊，“韩非之死，乃是为故国殉葬，故而心甘情愿；师兄之死，却是因祸乱邦国而被明正典刑，岂可同日而语哉？事已至此夫复何言，你只如我一般自裁罢了……”

说罢最后一句，他转过身来，向着一旁的荀子轻轻点头。师生二人没有再理会李斯，并肩远去，两个身影一同在雾气中渐渐消失了。

“何人能救李斯？何人能再给李斯补救之机？若李斯还能活命，决然不会再蹈覆辙，定会亡羊补牢！……”望着老师的身影倏忽不见，李斯大惊失色地向着其他那些人影连声喊道。

扶苏也缓步走上前来，默默望着李斯，沉郁的嗓音中带着浓浓的悲悯：“丞相，你虽有大罪，然也受尽折辱，你所受之苦楚不亚于你所犯之罪行，你自家受伤也几与伤人等同，早已遭了足够报应，扶苏不再恨你。而今若自裁了断，不失为你自家解脱之最好出路，扶苏愿恕你罪行，你且安心上路便是……”

蒙恬也深吸一口气：“蒙恬也愿恕你罪行。大秦社稷覆亡在即，你虽为首恶，然我等群臣人皆有过，蒙恬自家照样有过，秦政秦制更有致命缺陷，此等重责非你一人能担，不当只算你一人头上。蒙恬无权只责你一人，世人无权只斥你一人。丞相，安心自裁吧……”

说完这一句，两人向着李斯齐齐一拱手，同样消失了。

“阿由，阿由！你还活着！你还无事！”李斯将慌乱的目光投向角落，突然看到儿子站在那里，始终默不作声地望着自己，心下顿时涌起一阵绝处逢生的欣喜，话语也变得语无伦次了，“阿由，快领兵杀回咸阳！快来救为父！快来救我李氏宗族！……”

不料李由刚一开口，便如当头棒喝般使他不知所措了：

“皇长子自裁时，父亲没有说话；蒙氏遇害时，父亲没有说话；皇族受刑时，父亲没有说话；王氏被灭族时，父亲没有说话；两位冯公死时，父亲仍没有说话。而今轮到父亲死时，已再无人为父亲说话……”

“阿由，你连为父都不要了么？我李氏举族性命你都不顾了么？……”

“孩儿刚知晓父亲篡改遗诏之作为，深以为耻，不会来救。然则，我会陪你殉葬，我已领兵杀向雍丘，也将死于两军阵前，如此或可稍事洗刷你身上罪孽。父亲，孩儿也愿恕你罪行，你且安心上路，不日之后，我便会随你而去……”

“阿由——！”李斯猛然扑向自己的儿子，然而李由的身影也袅袅消散了。

李斯惶恐不安地扭过头，看到先前环绕在自己周围的那些身影只剩下了两个，一个便是皇帝，另一个却面目模糊一时看不真切。

这时，始皇帝的威严嗓音最后响起。

“李斯，你辅佐朕数十年，其功也赫赫；辅佐朕那不成器的少子两年，其罪也彰彰。若朕死后你能秉持公心，全力辅佐扶苏即位，你之功业堪与朕齐名，堪与周召二公并列，岂有今日之身败名裂哉，大秦又岂有今日之大厦将倾哉！可恨你自家私欲深重，竟听从赵高邪说废嫡立庶，又持爵禄之重，阿顺苟合，严威酷刑，终是将你与朕并肩创下的这亘古伟业尽数葬送；终是累得天下战火重燃，生灵涂炭！……”

“陛下，陛下！再饶老臣一次，再饶老臣一次……”李斯扑拜在地连连叩首，已是痛哭流涕。

“……纵然铸成大错，你也全无赎罪之意，休说铲除奸佞、扭转朝局，便连自裁勇气都半点全无，只图自家明哲保身，只图自家苟延残喘，一退再退仍忍气吞声，一错再错仍执迷不悟，直至目下还在心存侥幸！旁人或可恕你，朕却不能恕你！……”

——“陛下不必多言！王贲除此奸佞！……”

随着这个粗重的声音猛然响起，李斯看到皇帝身边那个始终面目模糊的身影猛然迈上一步，呛啷一声利刃出鞘！

“太尉饶命——！”

……

猛然睁开眼，李斯已是满头大汗，他瞪着一双惶恐不安的眼睛四下打量了许久，才发现自己仍在囹圄里。

7

数月前连番屠杀的血腥气息尚未尽数消弭，渭水河滩便重又布下了巨大刑场。

黑压压人群从三面包围住了这里，阵阵兴高采烈的议论不时从人群中飘出，和杜县处决皇族那次一样，一张张面孔上无不写满了幸灾乐祸。还是杜县的那些疲民，尽管仍对上次劫囚心有余悸，然而在咸阳令阎乐的纠集下，他们仍然重又来了，如同苍蝇永远在追逐着血腥一般，人人翘首以盼，争相目睹着昔日炙手可热的帝国丞相被处以五刑。

鼓声在午时准点敲响，一长串囚车由远及近缓缓驶来，看到第一辆囚车中那个紧闭双目面容憔悴的老者时，人群沸腾了。

“大奸李斯，恶贯满盈！……”不知是谁第一个高喊起来，语气中满是快意。

“大奸李斯，恶贯满盈！……”所有的疲民都在忘乎所以地高喊，许多人都弯下腰，从地上拾起土块，向着囚车遥遥丢去。

监刑台上的赵高同样望着囚车中的李斯，露出了心满意足的笑容，忽然间他想起了什么，向身旁的赵成丢去一个眼色，赵成连忙弯下腰凑了过去。

“那个李由，目下何在?”赵高语气中满是狐疑。

同一个时刻，砀郡雍丘的郊野，同样是黑压压一片的人群，同样是不绝于耳的欢呼。成千上万的楚军士卒围着最后一小片秦军，围着那面残破不堪的“李”字大纛，等待着统帅的将令。

曹参眯起眼睛，望着那位依旧挺立在“李”字大纛下的年轻将军，心下暗暗吃惊。尽管实力悬殊，然而激战仍持续了整整两日，须知那位三川郡守麾下兵马已所剩无几，若要撤军很是轻易，他自家也定然心知无法击败楚军，却为何还要孜孜不倦地一次次攻来，直如自寻死路一般?

“不管他！全歼便是!”曹参举起了手中令旗。

“曹参，退下!”

一个凶狠的嗓音从背后响起，曹参心下一沉，皱起了眉。转过身时不出所料地看到了项羽那双重瞳子。

“将军，曹参终是沛公部将，只听沛公号令，你……”

“退下——!”项羽一声大吼，乌金色长槊遥指曹参前胸。

在他身后，脸色极尽阴沉的刘邦使了个眼色，看到沛公的暗示，曹参的脸抽搐了两下，令旗终于缓缓收了起来。

项羽握紧手中长槊，向着那队最后的秦军大步走去，对面的秦军不明所以，仍然满怀戒备地握紧了手中兵刃，随时准备厮杀。

来到秦军对面数十步外时，项羽站住了，再度举起了手中的长槊，遥指对面大纛下满身鲜血衣甲碎裂的李由。

“李由！项籍敬你斗志，你我单挑，敢否应战?”

秦军阵中一片寂静无声，李由默不作声地走上前来，来到项羽对面，双手举起那柄已有五六道缺口的秦剑护在胸前，向项羽行了一礼。

项羽的嘴角绽起一丝笑意，重瞳子中掠过一道凶光，同样双手握紧长槊，还了一礼。

“三招!”他紧接着便大吼一声，右手向着李由竖起了三个指头，“我只左手使槊，三招之内，取你性命!”

“五刑！丞相而今要亲尝五刑滋味了!”

与此同时，遥远的关中，渭水河滩旁，赵高也踱到了李斯面前，目光中闪烁着凶狠的快意。

李斯并没有听到这句风凉话，他只是有气无力地久久低垂着头，关于往昔的回忆一幕幕闪过眼前，与之相伴的则是一个又一个声音，纷繁芜杂地在耳畔不住回荡着：

“人之贤与不肖，譬如鼠矣，在所自处耳！……”——这是自己在上蔡为小吏时，看到那些惶恐不安的厕鼠时发出的感叹；

“……今秦王欲吞天下，称帝而治，此布衣驰骛之时、游说者之秋也。……故，李斯将西说秦王矣！……”——这是自己从兰陵学馆动身入秦前，辞别老师时留下的那段话；

“臣闻吏议逐客，窃以为过矣。……”——这是使自己正式走入庙堂的那封《谏逐客书》的开头；

“……物极则衰，吾未知所税驾也!”——这是那年寿筵，自己发出的慨叹；

“独遭乱世，既不能死，老夫岂能认命！……”——这是面对着赵高的游说，自己愤然发出的怨辞；

……

一片恍惚中，李斯仿佛看到了自己阔别数十年的故乡上蔡，仿佛回到了那条自己生活了近三十年的闾巷，回到了自家那座满是虫蛀破败不堪的小小木楼前。他在那里出生，长大，为吏，娶妻，成家，生子，他整个人生的前三十年，都是在那里度过的。他曾无比痛恨过那里，前三十年，他最大的愿望便是摆脱那座破败不堪的小楼，摆脱那条污浊肮脏的巷子，摆脱那些和自己一样贫贱的乡邻；他曾无数次下过决心要出人头地，也曾无数次下过决心，只要自己能求得富贵，今生便再也不回这里。数十年来，他正是这般做的。

然而在这最后的时刻，他仍然看到了自己的往昔，看到了自己的故乡。尽管他也知晓，二世格外“开恩”，许他的尸首回到上蔡下葬，不过，这却与他无关了。

意识恢复了些许，奄奄一息的李斯努力挣扎着，却发现自己已被死死绑在了木桩上；他扭过头，浓烈的日光如箭矢般刺得他睁不开眼，好一会儿后才看清，自己所有的族人，足足数百人，都和自己一样被绑在一根根木桩上，震天的哭声不绝于耳；而身后最近的便是自己的次子，同样泪流满面。

看到他，李斯不由得想起了他的兄长，自己的长子李由，不知他目下是否还活着？不知梦中他所说，可都是肺腑之言？然而此时李斯已无暇去细想这些，他的思绪仍萦绕在故乡上蔡，他记得那时自己经常带着这两个儿子，牵着家中那只黄犬，一同出上蔡东门去打猎，尽管所得寥寥却也乐此不疲；若偶能猎到一只野兔，父子三人更会开心上好几天。李斯记的清清楚楚，那是自己晦暗的前半生中，为数不多的小小快乐……

巨大的悲怆、懊悔、恐惧，如同决堤的洪流般一同滚滚袭来，久已干涸的眼眶重新盈满了泪水，李斯望着自己的次子，几次张了张口，却都说不出话来，直到两名刽子手大步走向自己时，才终于痛哭流涕地说出了最后的遗言：

“我儿，我欲与你复牵黄犬，同出上蔡东门逐狡兔，岂可得乎！……”

回不去了，再也回不去了。

刽子手拾起烧得通红的烙铁，缓缓凑近了他的面颊，逼人的热浪使李斯不禁全身战栗起来；这时，监刑台上也传来了阎乐的大吼：

“黥——刑——！”

“第一击——！”

伴随着项羽雷鸣般的吼声，长槊画过一道乌金色的光芒，以迅雷不及掩耳之势当胸刺来，李由正要闪身躲过，终是慢了一步，长槊的锋芒深深刺入了左肩。

“彩——！”观战的楚军士卒们发出了惊天动地的欢呼声，兴高采烈地举起了手中的各色兵刃。

“彩——!”围观疲民们有的叫好有的呼哨，所有人都看到，行刑刽子手举起手中的烙铁时，李斯抽搐成一团的脸颊上赫然显出一个清晰的“囚”字。

长槊陡然拔出，血花伴随着剧痛一同荡漾开来，李由艰难地喘着粗气，只觉得自己整条左臂几乎不能动了。纵然如此，他却依旧勉力举起手中的秦剑，缓缓摆出了防御的姿势。

“第二击——!”项羽毫不喘息，长槊再次猛然挺出，直取李由面门!

“劓——刑——!”

阎乐的吼声中，冰凉的锋刃搭上了李斯的面门，伴随着一声极尽痛苦的哀号，半个鼻子带着血花陡然飞起。

涔涔鲜血顺着丝丝乱发淌了下来，将李由的面孔涂得一片鲜红，既显狼狈，又透着说不出的狰狞可怖。只差毫厘，项羽方才那一击便要刺穿他的额头了。

虽是不住喘着粗气，李由却顾不得擦拭满头满脸的鲜血，拼尽全力举起手中的秦剑，与对面项羽手中的长槊彼此遥指着。

“倒是个硬茬。”项羽森然一笑，语气中却也不乏赞许之意。

“真个软蛋!”监刑台上的赵成遥望着刑场正中，眉飞色舞地连声骂着，“刚第三道刑便撑不住了么?不行，站起来继续受刑！站啊，站啊！如何不站起来?……”

他目光所及之处，被从木桩上解下来的李斯，正匍匐在刑场的黄土地上，两条腿拖出了两道长长的血痕；血痕尽头，是他那仍留在木桩下的双脚。

连续两击都未能要对手性命，项羽大为惊讶，却也不禁生出了惺惺相惜之意，当下大喊了一句：“李由，肯求饶否?若肯，便放你一条生路!”

“求饶啊！哭啊！叫啊！叫出来，给你个痛快！……”

监刑台上赵成依旧声嘶力竭地大喊着，每一句都仿佛伴随着荆条，抽打在李斯鲜血淋漓的脊背上，而李斯即便真想开口，也已说不出一句囫囵话，只能大张着被割掉舌头的口腔，喷出汩汩鲜血。

鲜血自额头流过嘴角，满口的咸腥，李由自始至终没有吭声，只默默摇了摇头。

“既然这般，怪不得我了！”项羽一声咆哮，“第三击——！”

长槊的槊锋画过一道乌金色的光芒，炫得令人心惊肉跳，直取李由当胸。

“腰——斩——！”

大钺被高高举起，遮住了阳光，巨大的阴影投射在李斯体无完肤的躯干上。

李由不避不闪，最后一次缓缓举起了手中的秦剑，依旧沉默无语。

而与此同时，一直死死咬住下唇、直到将下唇咬得稀烂的李斯，却发出了一声撕心裂肺的哀号，声音久久回荡在刑场上，惨绝人寰。

滴滴鲜血顺着槊杆淌下，长槊明明刺穿了肚腹，李由却浑然无觉，依旧高举长剑，眼睁睁望着对面的项羽。项羽拔出手中血淋淋的长槊，眼见李由尸身轰然倒地，缓步走上前来，意外地看到死者满面的憔悴疲惫尽数舒展开来，神色间隐隐挂着一丝如释重负的解脱。

滴滴鲜血溅射在黄沙上，李斯上下半身已一分为二，却依然长长伸出两只臂膀，拼命在血泊中爬着，满含鲜血的口中也在模模糊糊说着什么，其间他甚至一度试图支撑起自己的半截身子，可这一努力最终还是宣告失败，他重又趴在满地血泊中，大口喘着粗气。所剩无几的体力随着鲜血迅速流失，他的身躯迅速冷却，只有一双眼睛仍大张着久久望向前方，目光随之渐渐黯淡下来。

前方数十步外，数十把大钺正在相继落下，一颗又一颗头颅接连滚落，到处是鲜血飞溅，哭声震天。而李斯也依旧保持着向前爬的姿势，大睁着眼睛，望着自己的亲人们一个又一个变成无头尸体。在自己人生的最后一刻，没有人知晓这位功过几乎一样巨大的帝国丞相究竟在想什么，或许，只有那双久久不肯瞑目的眼睛，才能透露出他内心的挣扎——

——一失足成千古恨，再回首待百年身！

第十四章 倒行逆施

1

李由战死、李斯被决刑的噩耗同时传来，王离震惊了。

尽管始终不齿于丞相的为人，可王离心下也清楚，而今庙堂之上还能勉强与赵高抗衡、也还能勉强为九原关中两军提供援手的，也只剩李斯了。以李斯的巨大功劳，以李斯的赫赫名望，以李斯的熏天权势，以李斯对赵高一党的纵容妥协，王离无论如何也想象不出，他竟能入狱，竟能被扣上谋反罪名，竟能被处以这等惨绝人寰的极刑！赵高的阴狠酷烈简直令人发指！

与此同时，更令王离悲愤的还有好友李由的死。天下大乱之际，是李由困守孤城荥阳，久久拖住了吴广的大军；此后又是他镇守敖仓，为少府和自己输送粮草；更不必说他亲来九原劝说自己起兵南下，而今想来，那竟是自己见到他的最后一眼……目下他，连同他的父亲，连同举族数百口，都已死了，其他人都是赵高害死的，李由却是死在了那个江东屠夫项羽的手上，自己决然不能让他白死！决然要为他、为他举族报仇！要打败那个项羽，也要除掉赵高！

王离已听说了项羽行踪——杀害李由之后，项羽刘邦继续围攻雍丘，不知是否是李由的援军提振了士气，雍丘守军抵抗分外激烈，项羽刘邦连日攻城始终收效甚微，只得悻悻撤离了雍丘，掉头跨过了睢水，北向开始攻打外黄；而另一方面，长久与少府对峙的项梁眼见对手依旧困守濮阳，于是只留下了少半兵马继续对峙，自己也领主力大军转过身来攻向东南，直取济水南岸的重镇定陶，从这两支新楚军的进军路线来看，显是准备分别攻克外黄、定陶之后会合。战况日益危急，只不知少府此时为何依旧蛰伏濮阳不肯进兵？自己目下也战事不利，无法全力南下支援，难道要眼睁睁看着新楚进一步坐大么？……

雨点开始淅淅沥沥落下，这还是今年的第一场秋雨，这于濮阳守军来说自是大大利好——他们早已在濮阳城外修筑好了护城堑壕，又将大河水流引入其中，形成了一道极为宽阔的护城河，数月来新楚兵马之所以久攻不下，很大程度上是因了这条堑壕的防护，而今秋雨初降，水势也随之开始暴涨，楚军若想攻城自然更是困难。前日，眼见与秦军对峙了数月却始终无法下城，楚军统帅项梁不得已调走了大半兵马，准备掉头去攻定陶，只留下区区万余兵马继续围城，显然也印证了这点，归总而论，目下的濮阳该当是固若金汤了。

然而，濮阳城中的秦军却没有半点儿轻松。除却城垣上的守军依旧保持原样戒备着敌军，其余人无分军民，都在各自忙碌着，厉兵的厉兵，喂马的喂马，检修战车的检修战车，砍削箭矢的砍削箭矢，任谁都可以看出，城中秦军正在做着大战前的准备。只是此番奇特的是，所有人都是默不作声，就连那些战马都在静静啃着草料。

少府章邯穿过来来往往一片寂静的人群，缓步登上了濮阳城垣，隔着宽阔的护城河望向远方，眼见对面的新楚营垒寂静如常，显然对城中的厉兵秣马浑然无觉，看到这里，章邯嘴角微微一扬。

他的谋划奏效了。

他在这濮阳困守了足足数月，其间天下尽皆风传，关中军是被楚军打怕了——就连城阳被屠都不敢冒头，就连项羽猛攻雍丘、李由战死阵前都不敢来救，秦军还要如何脓包？章邯自己也很是清楚麾下士卒们的怨言，李斯父子相继殒命的消息分别自咸阳和雍丘传来后，所有将士们都震怒了。无论李斯有着何等劣迹，无论其人品行究竟如何，天下大乱以来他终究在为关中军全力保障后援顺畅，也终究在替关中军与赵高胡亥勉力周旋着；李由则更不必说，本就是关中军最出类拔萃的部将，数月来执掌敖仓，始终保得身后粮道无事，而关中军甚至九原军粮草辎重的充裕，也完全是因他的兢兢业业，不期然间这对父子也齐齐倒下了，将士们能不悲愤么？

可面对着群情激昂的将士们，章邯却还是冷冰冰地下达了将令——继续拒守濮阳，敌不动，我不动！将令传遍全军之后，将士们虽则人人勃然变色，久久的沉默后却还是无语散去了。

他们并不知晓，下达如此一道使人大失所望的将令，少府自家也有难言的苦衷。

得知李斯父子的死讯，章邯心下的痛苦决然不比其他将士们少，噩耗刚传来那一晚，他在幕府中枯坐了整整一夜；此后九原军突破井陉关，却又受阻于巨鹿城下的消息也遥遥传来，关中军又一阵躁动——董翳、司马欣、章平等人都主张关中军发兵北上，支援九原军，理由是九原军以车骑为主，适合平原野战；关中军却以步卒为主，又多少有些攻城兵器，攻城战当更得心应手。章邯本人自然也对此心知肚明，可他却仍然选择了继续等待。

此中因由，仍是时也势也。

章邯很清楚关中军刑徒们的战力，也清楚王离九原军的战力，同样清楚项梁楚军的战力，若是朝局清明后援得力君臣同心，他何尝不愿痛痛快快与楚军连番大战，何尝不愿拨出兵马支援九原军？然目下如何？庙堂早已昏聩糜烂，所有政务一概听之任之，数月来自己接连向咸阳发了数十封军报，有的是请求援军，有的是请求增加粮草，有的是请庙堂为立功刑徒们授爵，可这些军报却无一例外地石沉大海。有如此庙堂在身后，不仅不派援兵不发粮草，反倒多有掣肘，还谈何平盗支援等诸事？

正是因看出这点，章邯才做出了一个完整谋划：无论楚军气焰如何嚣张，无论九原军进展何等艰难，自己只拒守濮阳按兵不动，明里是示弱，使项梁以为自己连吃败仗已被打怕；暗里却派出精干军使，分头赶往濮阳以西的三川、颍川、南阳等郡县，这些郡县暂未受战火波及，郡守县令也大多仍旧效忠秦政，骑传侯们便依章邯先前嘱托，向他们详细拆解目前局势，或晓之以理或动之以情，总归是绕过咸阳庙堂，以私交说动他们有兵马的出兵马，有粮草的出粮草，再由各地经水陆两路分头发往濮阳，从而壮大关中军实力。如此虽全然不合乎法度，然此时秦政早已名存实亡，那些郡守县令也并非拘泥迂腐之辈，自然心知平乱乃目下当务之急，更兼大半年来少府章邯连战连捷声誉鹊起，尽管两败于楚军，在朝野心目中仍是首屈一指的名将，是故大多慨然应允。在他们的支援下，关中军数月下来无论兵马还是粮草，都已大大扩充，兵员已累积到近二十万，由濮阳向西，直至大河渡口白马津的这方圆数十里内，全是连绵的军帐与营垒，累积的粮草也足够支撑到年末，长达数月的积聚实力之后，终于又可一战了。

虽则如此，章邯心下却没有半点儿胜利在望的振奋。他很清楚，此番这些援军粮草，可说是整个秦帝国最后的家底，休说咸阳庙堂对大军不闻不问，便是赵高胡亥果真肯援，只怕也再无可征发。正是因此，尽管麾下兵力已足够强大，粮草也已足够充裕，章邯却仍不敢轻举妄动，他知晓手中注金已然不多了，自己真可谓战战兢兢如履薄冰，若再开战便须攻必克战必胜，否则，关中军一旦再遭一两场败战，便再也无力恢复元气；即便接下来能连战连捷，可只要粮草耗尽，将士们仍会军心动摇自行溃散！

是故目下唯一的胜算，只能是自己尽早歼灭楚军、击杀项梁，以一场大胜迫使庙堂为麾下刑徒们论功授爵，提振士气，此后尽早北上支援九原军，与王离南北夹击赵军。只有剿灭新楚、新赵这两处最大乱源，方能从容说平定朝局等诸事，然则，自己这支大军、王离的九原军，究竟能否撑到那时?

好在目下的种种迹象表明，项梁仍为自己示弱所迷惑，以为关中军全无战心。数月来，满载粮草兵员的一艘艘船只不断由大河上游驶下，在白马津靠岸，这些不可能逃过项梁的眼线，然而他显然不以为意，只留下了少量兵马继续与秦军相持，自家则率领着主力大军向定陶攻去，既然这般，自己也该出动了……

章邯露出一丝久违的笑意，转身下了城垣，冒着绵绵细雨，大步流星走向幕府，三名整装待发的骑传候正在那里等待。章邯从袖中掏出三捆事先扎好又印上封泥的木牍，逐一递给三人：“你三人每隔两个时辰走一人，分头出发。务必将这密信亲手交与王离，关中九原两军生死，便在这封密信之上，明白否?”

“明白！……”

2

滔滔漳水自阏与以北的上党高地流出，向南流过涉县后逐渐拐向东南，经邺县后又弯向东北，在邯郸郡南部画下一条圆润的弧线，此后向北淌入巨鹿郡，流过始皇帝病逝的沙丘平台。而就在沙丘宫西南三十余里外，坐落着巨鹿城，巨者大也，巨鹿原本便被写作大鹿，也有人说其实是大陆，这个称呼来自那不远处的大陆泽。由地理上看，这座城邑位于巨鹿郡的西南角，却是全郡郡治所在，巨鹿郡本身也得名于此。

望着潇潇雨幕中巨鹿城的高高城垣，王离心下大为懊恼，一时竟颇有些埋怨当年的父亲：阿翁做太尉时也曾堕坏各地城郭，以消除复辟隐患，却如何放过了这巨鹿城？自然，这个念头只是一闪而过，王离也很是清楚，便是果真要埋怨，也只能怪自己终究棋差一着，虽则算到了陈余会弃信都而逃，却因求战心切，一时忽视了派出斥候去摸清巨鹿的守备，是故尽管首战告捷，然则看目下形势，反倒势成骑虎了——这座城邑易守难攻更甚于信都，早知如此，该当先行攻下巨鹿、俘获赵歇张耳，再掉头围住信都，即便那时不能一口吃掉陈余，至少赵王已擒，必可重创复辟势力！如今可好，趁着自己与陈余交手之际，赵歇张耳已缩在巨鹿城中，以李齐为将做好了长久守御的一切准备，又四处派出军使，一方面命散布各地的新赵大将们速速回援，另一方面又向燕、齐、楚等各路诸侯求救，动作最快的齐将田间已快渡过漳水了；而陈余所部兵马虽在前日遭了重创，目下却也逃到了巨鹿城以北，驻扎在大陆泽南岸，与巨鹿结成了犄角之势。

本来王离已做好了一切进攻准备：先由苏角负责“兴军”，领前锋抵达巨鹿城下；行出百里后发信号给后军涉间，涉间得讯后便开始“踵军”，领五六支偏师由东北、西北两个方向先后插入巨鹿城背后构筑壁垒，占据北、西、南三个方向的各处关隘、桥梁与要冲；此后才是王离领大军开到，彻底堵死所有退路，再加上东面那道北去的漳水，真正将赵军困成瓮中之鳖。可棘手的是，秦军本身也对巨鹿城高厚的城垣无可奈何。如此一来，王离最担心的事情终是发生了——自己若想灭赵，便只能靠长围久困耗尽赵军粮草，否则便是强攻硬战，然而还是那句话，秦军的粮草本身也不多了，如此耗下去岂能撑得住？自己本欲南下去支援少府，而今观之，只怕反过来要少府来支援自己了……

想到这里，王离只觉脸上一片火辣辣的，大是难堪。

“将军，关中军信使！”身后忽然响起了军吏的叫喊。

……

帐外细雨潺潺，王离分外仔细地将手中这些木牍不断调整着位置，在奏案上反复摆放着。这些被称为“阴书”的木牍远较寻常的木牍短窄，每片只有十来个秦篆，从字面上根本看不出彼此的关联，更遑论拼出一句完整话语，若非少府的骑传侯们事先提供了码放顺序，王离想破头怕是也拼不出这封完整的书信；唯一的好处便是稳妥，若这些木牍落入敌军之手，敌军也同样无法知晓其中内容。

尽管还没完全排好，但王离已猜出，少府的这封书信必定极为重要，寻常的阴书不过三五片，而今这封书信竟然有十几片，此等阴书见所未见，他不能不慎重对待。

阴书终于拼好了。王离匆匆浏览一遍，目光顿时明亮了起来。少府在书信中对他说了三事：其一，九原军目下虽奈何巨鹿不得，但武成侯不必焦躁，更不必全力攻城，我等正可借此机会吸引天下诸侯来援，将他们一战灭之！其二，九原军目下既已驻扎巨鹿郡，粮道便也当相应调整，由先前的河东—太原—恒山一线改为经河内郡北上运粮，如此将大大缩短粮道、节省军粮，为防赵军中途截杀，关中军当先行派出刑徒修筑甬道，预为铺排！其三，数月来关中军骄兵之谋已初见成效，种种迹象表明，项梁对秦军已大大放松警惕，故请武成侯秘密调集少量精锐飞骑南下，助关中军突袭项梁！

读到这里，王离陡然兴奋了起来，连日来心中阴霾顿时一扫而空——到底还是少府老辣，三条谋划无一不是扭转战局的良策！他第一条谋划正是临济之战那围城打援方略的故伎重施，目下九原军本就内忧重重，最怕持久作战，若果能将天下诸侯尽数引到巨鹿，便可提早对盗军展开决战，如此远比东奔西走一个个剿灭省事得多！而那甬道运粮的第二条谋划同样独特——在大河北岸用砖石修筑一道长达数百里的长长街巷，道外驻军道中运粮，确乎远比寻常粮道稳妥。唯一疑问只在于有无足够人力，但王离早已从关中军这一年来秋风扫落叶般的一连串胜果中深深感受到了少府的才干，他相信这对他来说绝不是问题！

除却这两点之外，最令王离兴奋的自然便是最后一点。和当年李牧统领的赵国边军一样，九原军长于野战短于攻坚，偏偏南下赵地以来大多是攻城战，真可谓弃长就短，是故始终磕磕绊绊，而今终是能痛痛快快挥洒出原本剽悍灵动的最大长处了。王离心知，九原军号称主力秦军，南下以来却这般不顺，此中自有种种未曾料到的因由，可自己作为全军统帅仍难辞其咎。自己终究将才不够，若是大父领兵，必定事先便会预料到这些可能出现的种种问题，真正出兵时根本不会遇上任何意外；而若是父亲领兵，即便果真进展不顺也会很快想出方略应对；偏生到了自己领兵，每每都是束手无策，自家颜面无光尤在其次，关键是久攻赵地不下，不能及早结束河北战事，这才最是要命。好在目下接到少府书信，九原军总算可一扫压抑扬眉吐气了！

“王翳，请涉间苏角过来！”多日来，王离的语气中头一次带上了振奋。

三人几乎是一拍即合，涉间苏角也都对章邯的方略大为赞赏，他们与王离唯一的分歧只在于九原军由谁领军、分出几多兵马南下。涉间自告奋勇，主张自己领万余车骑南下与关中军会合；苏角也补了一句道，九原军可以保护甬道修建为掩护秘密南下。王离听罢却是没有应允，只负手在帐中反复转悠着，片刻后扭过头来，刚一开口便使两位裨将吃了一惊：

“此番，我亲自南下！”

“将军，如此岂非弄险？大军正在围城，若赵军知晓将军不在军中，只怕会趁机猛攻！”苏角连连摇头。

涉间也是一脸凝重：“再者若闻听将军亲自南下，项梁必定早有防备，如此偷袭便无法得手了。”

“你等所说尽皆有理，我自家也想到了。”王离把目光投向了奏案上一字排开的那些木牍，“然则若论飞骑驰骋，你等谁领兵都不及我得心应手，若要保得此战一击必中，非我亲自出马不可。”

涉间苏角面面相觑，没再反对，他们都知王离所言不差。论将才的全面，武成侯自不能与上将军、太尉、蒙公等名将相提并论，连日来攻赵的艰涩已证实了这点；然若只说飞骑战法，他却毫不逊于任何一位大将，这点他们也都心里有数。即将开始的这场偷袭战可谓事关全局，既是要一举摧毁楚军主力、铲除两大乱源之一，也是要尽速提振秦军士气，是故决然不能失手，自然还须王离南下最为稳妥！只是……

“自然，其中诸多细节还须谨慎应对，绝不能走漏消息打草惊蛇。”王离的目光扫过两人，已经替他们说出了心下所想，“是故，我等还须商议一番……”

3

公元前208年秋，二世三年九月。

一个半月来，秋雨始终时断时续，燕赵大地的山林原野间难见干爽，到处是难以下脚的泥泞水洼。然而正是在这时断时续的秋雨中，一条长达数百里的夯土长龙正在紧锣密鼓修筑着。

这条甬道横贯河内、邯郸两郡，南起大河北岸的白马津，一路向北延伸，有意绕过了沿途所有村镇，伫立在因战乱而人烟稀少的旷野中。数万刑徒冒着绵绵雨丝散布其间，踩在泥泞水洼中，昼夜不停地挥舞着版筑、担运着泥土；而甬道两侧，更有严阵以待的九原军车骑往来巡游，他们都是将军涉间的部众，刑徒们北上修筑甬道时便开始南下，与刑徒会合后便始终驻守在这长长的一线，以防盗军突然杀出、捣毁甬道。不过目下看来，此等防备似乎多余，这最令人担忧的情况始终没有出现——所有赵军都汇集到了巨鹿郊野，整个邯郸郡便连寻常民众都已尽数逃亡，而可能北上的新楚军始终在大河以南肆虐，放眼望去，绵绵秋雨中的燕赵大地，竟仿佛只剩下了修筑防护这条夯土长龙的刑徒和骑士们，直是一片令人心悸的萧疏空旷！

“甚好，接下来，便该看我等手段了……”接到涉间发来报告甬道完工的军报时，王离缓步踱出帐外，望着外面的绵绵雨雾暗想。

尽管早早便知晓秦军正在修筑甬道，项梁却始终不以为意。

甬道竣工的军报送到手上时，他正在攻打济水北岸的定陶。这座城邑也是中原有名的大城，当年秦相魏冉、赵相李兑等人都欲夺得此地。在项梁眼中，此城足可做楚军西进的根基之地，是故先派出了侄儿项羽与刘邦一同领兵攻城，然二人攻城乏力，这才掉头攻向雍丘。得知定陶久攻不下后，项梁便亲领大军杀来，尽管因缺乏大型兵器而攻城乏力，但在长达月余的持续猛攻下，显然已胜利在望了。

只是在楚军士卒们看来，自己的统帅似乎并不因此而兴奋，连日来反倒显得心事重重。

“武信君，章邯目下已修成甬道，他显是欲向九原军输送军粮，不知武信君做何想?”范增轻声道。

“唔。”

项梁只简简单单应了一声，依旧遥望着对面几近崩塌的定陶城垣，脸上的黄金面具在雨中闪着熠熠华彩，偶有雨点打在上面溅起细小的水花，然后顺着面具的轮廓缓缓流淌下来。

“关中军虽驻守濮阳坚守不出，然却并未无所事事，数月来一再增兵运粮，目下又修好了甬道，章邯恐将有动……”

“不去管他。”

范增颌下的须髯翘了起来。

“近日巨鹿赵军求援……”

“不去管他。”项梁的语气中已多了一丝不耐烦。

“那，少将军与沛公……”

“不去管他!”项梁几乎是吼了起来，声音中满是怒意。

刚冒出这句，项梁似乎也察觉到自己的失态，口吻忙缓和了下来：“项梁一时失言，亚父见谅。”

老范增缓缓摇头："无妨。只是少将军军使已在帐中等候多时，武信君仍是不见?"

项梁没有吭声。

"老臣也心知，襄城事后，武信君深恨少将军。然老臣还需多句嘴，君切莫因此私怨搅扰心绪、错断大局。目下章邯不断增兵，显是意图谋划反击，我军连日来围攻定陶，损兵折将甚众，确实不能不防。还有，王离九原军也须小心，涉间所部兵马已然南下，驻扎邯郸郡，虽是护卫甬道，然九原军多飞骑，行军神速，若借此机会隐秘南下……"

"亚父所言，项梁也料到了。然先生放心，九原军目下仍在围巨鹿，即便果真欲南下，也逃不出项梁耳目。我早派出斥候赶赴赵地，但有异动便会回报。"

"如此，自然最好，然为大局计，少将军军使……"

——"罢，从亚父之言!"

在军吏的引领下，项庄颇见踌躇地进了幕府大帐，刚进来便先后向着项梁范增深深两躬："见过武信君，见过亚父!"

"因何而来?"项梁没有还礼，没有寒暄，更没有任何客套表示，只冷冰冰问道。

"报武信君，少将军与沛公攻外黄不下，已转攻陈留，特遣末将回来，请求援兵……"

"攻定陶定陶不下，攻雍丘雍丘不下，攻外黄外黄不下，而今又要攻陈留，只怕仍是不下。项籍不是自诩天下无敌么? 便是这般无敌?"

"武信君……"老范增想劝解。

不等范增吭声，项梁已然伸直臂膀直指项庄："项庄，你且回去告诉项籍。老夫围攻定陶照样损兵折将；目下章邯屡屡增兵，我等还须防他偷袭，目下无兵可派，让项籍自家设法!"

"武信君……"项庄涨红了脸吭哧着却不敢折辩，终是大为不甘地拱手说了句"末将告辞"，径自出了帐。老范增望着他的背影一声长叹："武信君，终不能一直与少将军这般僵下去啊!"项梁却是一副不想多说的样子，老范增眼见如此只得也拱了拱手，默默出了中军幕府，大帐中便只剩了项梁一人。

项梁缓步踱到奏案前，捧起一只陶罐咕咚咚一通大灌，又重重喷出了一股酒气。尽管军中一向禁酒，然身为统帅，目下他却亲自违反了这道禁令，原因无它，连日来他心情直如帐外这秋雨一般阴郁。

令项梁心绪不佳的并非战事，而是他的侄儿项羽。

酒意渐渐袭来，烦闷中的项梁翻身上了军床闭上眼睛，却并没能睡去，眼前重又浮现出自己与侄儿的那场争吵。

那还是在数月前的薛县。当时项梁刚拥立了楚怀王，又大会齐魏诸侯，因陈胜败亡而进入低谷的反秦力量很快便随着这次会盟重又振作，项梁也因此风光一时，被天下诸侯理所当然地视为了反秦盟主。可他万万没想到，会盟刚一结束，侄儿项羽便丢给了自己一个大大的火炭团——攻下襄城之后，他居然将城中百姓屠戮殆尽！

项梁至今还记得侄儿重与自己见面时的兴奋，当时楚怀王、陈婴等君臣都在，田荣魏豹等各方诸侯也在，范增黥布等谋士大将、项缠项庄等项氏族人都在。项羽夯石一般嗵嗵嗵地大步冲入殿堂，一股浓郁的尸臭和血腥便在大殿中陡然鼓荡开来，他自己却浑然不觉，仍然满脸通红目光闪亮，粗重喘息着，显是因太过急切而顾不得梳洗更衣之故。

“季父，项籍回来了！”项羽没有按礼节先向楚怀王打招呼，也没有理会大殿内任何一个人，只是得意扬扬地向项梁大喊着，那副趾高气扬的劲头直如打了一场旷古未有的大胜仗一般。

项梁却一声不吭，只死死盯住他；大殿内尽管满当当都是人，却也透出一种异样的死寂。

“你，屠城了?”项梁从牙缝中挤出了这句话。

“屠城?”项羽一愣，又分外痛快地点了头，“屠了。”

“全城都屠尽了?”项梁的语气越来越阴沉。

“是！”

“无分军民，无分男女，无分老幼?”

——“还无分人畜！举城杀得鸡犬不留！”

“为何如此?”项梁陡然拔高了嗓门，语气中透着浓浓的怒意，手也开始不由自主地颤抖起来。

“谁教他死扛到底！子弟兵伤亡近千，拿下襄城还不狠出口恶气?”陡然受到责问，项羽也大是不快，声音同样大了起来。依他先前所想，自己头回独自领兵便旗开得胜，季父本该对自己大加褒奖才对，却如何只反复纠缠这屠城之事?

“畜生！”项梁一声惊雷般的怒吼，猛然向项羽迈上了一步，抬手便狠狠打去一个耳光。

“季父……为甚打我?”陡然挨了打，项羽却并没有恼怒，只是捂着脸大为茫然。与此同时，身旁楚怀王君臣也大惊失色地齐声叫嚷起来，项伯项庄等三五名项氏将领也快步赶上，分头拦在叔侄两人面前。

“古往今来兵争无数，不屠城不杀降乃为将起码底线，你这畜生不知么?”尽管身前有项伯阻挡，项梁还是声嘶力竭地连声骂道，“我项氏世袭贵胄、代出名将，从未有过屠城杀降；你大父父亲与老夫毕生征战，也从未有过屠城杀降，便连暴秦历代大将也都未有过！……”

“谁云秦人没有? 当年白起不也有坑杀么? 一次二十万，远比我多！这算得甚?”项羽隔着拦在身前的项庄高声叫道，心下也腾起了一丝怒气。

“别人手脏你便身净是么? 别人有罪你便清白是么? 别人有兽行，你有兽行便理所应当是么? 白起是屠夫，你也要当屠夫么? 白起被天下唾骂至今，你也想被永世唾骂么? 再者白起面对大势如何? 你面对大势如何? 赵军降卒二十万无法处置，白起杀降乃被逼无奈，为的是邦国大计；你屠城为的是甚? 为的是斗气泄愤！何能一样? ……”

“武信君!”老范增尽管同样心惊肉跳，却也颤巍巍高声叫道，向着项梁连连使眼色，提醒他众目睽睽之下莫再失态。

“屠便屠了，多大点儿事?”项羽心下的怒火也燃了起来，“天下征战无数，杀到今日死了几多人? 项籍手下不过数千人命而已！季父如何这般小题大做?”

“畜生！你竟不知道义人心么? 我等反秦，正是因那暴秦大失民望！起兵江东之时，老夫费尽周折找到楚王，就是为光复楚国，竖起反秦义旗，争取天下民心！而今你屠城恶名播于天下，天下如何看我新楚? 我新楚又与暴秦有甚分别? 庶民百姓还有何人敢降? 有识之士还有何人肯来投奔? 项氏世代清名必将毁于你手！项氏反秦复国大业必将毁于你手！我项氏如何出了你这败子? ……”骂到后面，项梁那嘶哑的嗓音已不似人声了。

“我不管!”项羽也终于愤怒了，扯着嗓子一声怒吼，两臂一伸双掌齐推，已然将项庄项伯推了两个踉头，又大步流星来到季父面前，居高临下双目血红地望着他，吼得整座大殿都在不住震颤：

“暴秦灭楚杀我项氏如何不讲道义? 季父命我杀殷通时如何不讲道义? 而今我不过为牺牲同袍出出气，便要讲将道讲人心? 我才不管那狗屁将道！我才不管那鸟人心！天下人如何看与我何干? 得不得人心与我何干? 复不复辟与我何干? 人生在世项籍就是要快意恩仇，就是要复仇杀人，烧杀抢掠毁天灭地方遂我意！季父愿骂便骂、愿罚便罚，杀了项籍也是这般，便是日后对敌仍是如此！管他秦人楚人，管他将士平民，管他是敌是友，不肯顺从项籍，全给我死！……”

“狗彘不食！我这便宰了你这屠灭天下的祸根！……”

随着这声凶狠大吼，项梁突然扑向自己的侄儿，双臂伸出十指张开，直如一只迅捷的豹子扑向高大的熊罴一般，猛然掐住了项羽的脖颈。大殿内也随之一片大乱起来，楚怀王君臣连同魏豹田荣等使臣个个手足无措，项伯项庄黥布钟离昧龙且等人则一拥而上，大呼小叫连拉带扯，费了九牛二虎之力方才把叔侄俩拉开。

“狗彘不食！狗彘不食！……”虽是被一群人奋力拉开，项梁却依旧连声大骂着，声声嘶吼久久回荡在大殿中，分外令人胆寒。

尽管粗壮的脖颈上已留下了十个通红的指印，项羽却始终无动于衷，连抬手摸上一下都没兴致，他只一动不动地久久沉默着，望向季父的目光中充满了恨意。眼看季父被众人拉开却还在拼命挣扎着，各种刻骨骂辞依旧不绝于口，他恨恨丢下一句话，不屑一顾地转过身，大步流星出了殿堂：

“季父，这都是你教我的！……”

自那一日后，项梁再也没给过侄儿好脸色。

4

定陶终被项梁攻陷的消息传来时，章邯正在濮阳幕府中静坐着，打量着面前的地图。

他伸出手指落在地图之上，从赵地的巨鹿开始，沿着那条代表着甬道的粗大黑线，向着西南方的河内郡徐徐画过，跨过大河后，点在了大河南岸那代表着白马津的黑点上。然后先折向东，抵达濮阳；再折向东南，一直越过济水，最后在济水南岸的定陶重重点了一下。

这条路线，便是此次由王离提出的九原军奇袭定陶的进军路线。

“糙，还是糙。”章邯心下默想着。进军路线本身无差，关于秘密潜行乃至夜袭的各个细节，王离也考虑得很是周到详尽，不愧是九原军骑将出身。依此方略行军，项梁断然不可能察觉出九原军的南下；只要王离飞骑能毫无察觉地抵达定陶，项梁也定会被打得措手不及。然而在章邯看来，王离的这次突袭方略却仍有不足，最大不足便在于只考虑到了九原军自身，却未考虑关中军。自然，若说完全没考虑也不尽然，王离在给自己的书信中也提了句“望少府相机而动，支援我军”，可这句说得实在含混，倒更像是客套之语。王离难道不知，若两军彼此协作得当，则战力当几倍于各自为战么？……

“罢，后生终是年轻，兵争阅历有限，眼光窄了些许，也莫要苛求了。我且将此方略修正一番，该当无差。”章邯这样想。

“将军，定陶来报，城邑已破！”斥候的喊声在帐外沙沙雨声中格外清晰。

章邯“呼”地站了起来。尽管早已料到此事，知晓即便自己发兵救援，定陶也未必能撑到援军赶到，这座重镇的陷落怕是旦夕之间；然而乍听这消息，他仍难以克制心下失望。

“项梁可有屠城？”

“无有——目下无有。”斥候稍一停顿，连忙修正了一下。

章邯稍稍一点头，项梁终究不是他侄儿，尽管同有广受诟病之处，但至少这条兵争底线他还是牢牢恪守的。

“目下项梁欲攻何处？”

“暂无谋划。”

“暂无谋划？”章邯惊愕了；项梁用兵一向锋锐无比，其疾如风侵掠如火，而今如何竟“暂无谋划”了？

“确乎暂无谋划！”斥候眼见少府一脸难以置信，急忙补充道，“项梁占据定陶后，只派了数千人入城，自家仍驻扎郊野，命全军庆功三日！说三日之后再做计较！”

“……”章邯心下更惊讶了，一时想不通项梁为何如此反常。对楚军来说，攻克重镇定陶固然也是一大胜利，却对整个战局影响并不大，为此庆功岂非太过？况且那项羽刘邦仍在攻陈留，即便庆功，常理讲也该等那一路偏师拿下陈留、回师之后再行庆贺。项梁却为何如此铺排，直如侄儿与自己毫不相干一般？前几次斥候回报章邯，都说项梁近来甚为骄惰，虽说这也是关中军有意示弱所致，可章邯还是不敢相信，项梁竟会被这并不算辉煌的胜果冲昏头脑，此中是否有甚内情？

“赶回定陶再探！这三日庆功，绝不能掉以轻心！”心念及此，章邯当机立断道。

“诺！”斥候慨然一拱手，转身便要走。

“慢！”章邯叫住斥候，从奏案上拾起笔，抄起一片木牍匆匆写下一行秦篆，写罢后又用另外两片木牍正反夹住了它，掏出一根麻绳捆扎起来，最后印上了自己的封泥，递给了斥候：“找人将这书信送到白马津，等九原军抵达后交王离，要快!”

“诺!”斥候几乎是一把抢过书信，风一般卷出了大帐。

三日，若项梁并无其他谋划，破敌之要，便在这三日!

这样想着，章邯大步来到幕府帐外，高喊了一声：“升帐聚将!攻向定陶!”

绵绵秋雨融入了无尽的墨色，远处的巨鹿城、近处的秦军军帐，一同在这细雨中陷入了沉寂。围城持续一个多月了，攻守双方始终在对峙着，交手的时日远远少于休战的时日。原因很是简单，一方面是秦军统帅王离有意围而不攻，甚或故意放过了巨鹿城中赵歇张耳派出的求援密使；而另一方面也是因雨水始终不停，城外的郊野一片泥泞，九原军本就弱于攻坚战，若冒雨强行攻城更是事倍功半，此中道理无论秦军还是赵军都很是清楚，至于夜战偷袭之类更是海客奇谈了，是故两军相持至今始终相安无事，这个夜晚似乎也是如此。

然而巨鹿城中的赵军不会想到，甚或城外的九原秦军也不会想到，一场奇袭战竟会在这平凡无奇的雨夜中徐徐拉开帷幕；奇袭的目标，居然还是将近千里之外的楚军。

金柝之声徐徐响起，悠长的回音在沙沙雨声中分外清晰，子时到了。

中军幕府仍旧闪烁着点点灯火，九原军将士们知晓，统帅王离一向律己甚严，即便夜间眠宿也不会全然熄灯，为的便是万一有夜袭等突发事端，不致手足无措，这还是当年蒙公为将时的习惯，是故将士们早已习惯了这中军幕府中长明的灯火。可他们并不知晓，此时的帐中已是空无一人，他们的统帅目下早已整装待发，悄悄离开了幕府。

不止是王离，一队又一队阴影同样从巨鹿城南的各座营垒无声淌出，这些阴影都是王离仔细遴选出的精锐骑士，九原军目下所有的铁鹰锐士都在其中，为了保密，直到动身前两个时辰他们才接到各自将官的密令，即便目下也不知此番趁夜出兵是要去做甚。他们没有打起火把，也没有发出任何响动，直如一群群幽魂般悄无声息地向着营垒的西南方向流去，那是整个九原秦军的辎重营地，营地尽头便是那条长长甬道，而这些阴影也确是川流不息汇入了这条充作粮道的夯土长龙。

如同鲜血注入血脉一般，他们正是要去支援远在濮阳的关中军，向楚军发起雷霆一击。

王离口衔长枚，最后一次检查了自己全身的装束。他没有穿厚重铁甲，战袍外只罩了件卸去大半甲叶的轻便皮甲，为防雨水浸透皮甲徒增重量，还特意刷上了不会反光的桐漆；头上也没有戴防护极佳却很是沉重的头盔，只戴了顶轻骑兵的皮弁；大大的革盾换成了轻便的小圆木盾；威力强大却不利连射的弩机换成了短弓；寻常出战所带的两柄长剑减为一柄长剑一把匕首；长途奔袭时惯常携带的三日军粮也压缩成了两日。

他再检查丹骎的全身装备，也是极尽简单，寻常的具装已卸去大半，只在头、胸、四腿保留了护甲。口鼻和四蹄倒用麻布反复包裹了几重，既不会发出太大响动，也不致在泥泞中滑倒。

归总而论，这一人一马目下装备已足够简省，已丢掉了尽可能多的重负，以利隐秘快速行军。自然，如此装备的相应代价便是自身战力和防御的大幅下降，若果然两军阵前正面交手，怕是很难抵挡严阵以待的敌军，然而王离也清楚，只要自己足够隐秘，不等敌军真正有所防备，足可做到一击必杀！

黑暗中，他鼓励似的拍了拍丹骎的脸，汗血马轻蹭了蹭他的手，然后这一人一马便同样向着甬道默默走去。

借着辎重营地稀疏的灯火，王离在甬道尽头勉强认出了苏角。他悄无声息地迎了上来，同样口衔长枚，双手无声地比画着，王离明白他是在告诉自己，三千飞骑都已流入甬道，自己这个百人队是最后一批，于是满意地点点头，又感激地拍拍苏角的肩头——自己不在军中这几日，九原军便由苏角暂摄将权，若自己果真不幸无法回来，只怕继续围攻巨鹿的重任便要真正落在他身上了。

虽然没有吭声，但王离能从苏角的目光中看出他的意思——将军放心！

牵着丹骎来到甬道入口，自己亲领的那个百人队的骑士们都已在此等候，为首便是王翳，才刚刚半年，他的身手已不逊于九原军任何一名骑士，看到统帅也到了，他和其他所有骑士都在马上微微欠身致意。

王离点点头，飞身上马后抬起头，望着甬道中那一片狭长、正洒下绵绵雨丝的黑暗天穹，深吸一口气，尽管雨水冰凉，他心下却燃起了斗志。对山东盗军来说，雨夜行军是全然匪夷所思的，更遑论这般长途跋涉——笨重的战车极难驶过泥泞的雨地，即便是最为精锐的江东子弟兵，也决然无法在这雨夜中快速行进。然而对于经受过严苛训练的九原秦军来说，雨夜行军却是家常便饭。依王离估算，他们三日三夜决然可以赶到定陶：第一日赶到大河北岸，第二日渡大河抵达濮阳，第三日渡济水直攻定陶，项梁绝不可能有所防备。

而只要杀了项梁，天下复辟势力必定群龙无首，过不了多久便会土崩瓦解，那时自己再与少府重新北上，巨鹿当能一鼓而定，天下复辟势力也同样当能一鼓而定！

这样想着，王离不由自主催动着丹骎加快了步伐，整个百人骑队也随之悄无声息地在甬道中快速流动起来，马蹄溅起的泥水尚未全然落地，他们已经绝尘而去了。

5

定陶城下的庆功持续到第三日时，章邯大军终于开到了济水北岸。

秋雨依旧在下，下，下，浓重的水汽在水面上氤氲蒸腾，对岸的秦军营垒也因此显得影影绰绰。隔着济水遥望对面那片烟雨朦胧中的军帐，老范增心下惴惴不安：濮阳城中雌伏了数月之久，章邯终于还是大张旗鼓来了。若说东阿之战是因他不知楚军底细，大意之下才首尝败绩，那么此番前来定是志在必得，毕竟这位少府绝非轻合之辈，必定有了足够把握，只不知他究竟是何图谋？关中军刚自濮阳动身时，斥候便报来了秦军兵力——足足八万，确乎是一支不容小觑的大军，然而若说能一举击溃楚军，却也决然不可能。从士气看，楚军毕竟士气正盛，而两路秦军也各具内忧——九原军围巨鹿不下，关中军在东阿、濮阳、雍丘三战连遭败绩，连三川郡守李由都死于阵前，城阳、定陶又先后告破，再度对阵新楚军，秦军心下实在不占任何优势；从兵力看，尽管连日来围攻定陶损兵折将，然新楚军目下仍有将近五万人，相较秦军兵力虽占下风却仍然可观，即便一时失利，也可退入定陶做长久谋划，绝不致一触即溃；从战力看，新楚军固然都以战力较差的轻装步卒为主，然章邯大军又何尝不是如此？斥候探察得清清楚楚，那八万秦军同样都是步卒，且大半都是轻装，连重装者都不多，更遑论战车骑兵。想来这也在情理之中，一则章邯必定料到楚军有可能据守定陶，若是攻城战自然要以步卒为主，车骑并无用武之地；二则关中军车骑已在临济之战折损大半；三则即便他果真有所补充也不会带来，这场秋雨已下了大半个月，看样子还不知会持续到何时，整个中原大地到处泥泞不堪，由濮阳到定陶这区区二百里，步卒行军都用了整整三日，战车骑兵则更不用说，既然秦楚两军都是轻装步卒，章邯又能占得几多优势？可既然实力并不明显占优，他又为何此时攻来？

忽然间，一个想法猛地掠过心头，老范增顿时心下一跳：奇袭！章邯莫不是想奇袭楚军？可他几乎是立刻便否定了这个怀疑：历来奇袭战，最要紧处便在迅猛快捷出其不意，章邯如何能做到这点？他麾下同样都是轻装步卒，便是果然突然杀来，楚军也决然不会乱了手脚；更何况两军营垒之间还隔着一道济水，早因连日秋雨而变得汹涌澎湃，章邯如何能不惊动楚军便渡过济水？若果能如此，章邯神矣！

虽则排除了这最凶险的可能，范增心下却仍然忐忑，除却对手章邯外，他还在担忧武信君项梁。自从少将军在城阳第二次屠城的消息传开后，叔侄俩几乎要闹到势不两立了，城阳屠城之后，少将军又先后攻打定陶、雍丘、外黄、陈留，都因兵力不足而分外艰涩，几次遣使请求援兵，都被武信君断然拒绝。老少两位统帅这般龃龉绝非好事，而武信君尤其令人忧心，围攻定陶以来，他的心绪直如这越来越密的秋雨一般沉郁，这几日居然开始在帐中饮酒；前日宋义去劝他，隐晦地劝他莫要骄惰，他还大不耐烦：老夫便是终日帐中饮酒，章邯照样奈何老夫不得！遍观天下名将，唯有两人配做老夫对手，便是那王翦王贲父子，然他二人都死了！他俩不在，再无一人值得老夫提防！说罢便将宋义打发去了齐国。曾几何时，武信君竟变得这般颓丧，如此岂能打好仗？……

想到这里，老范增又涌起一阵冲动，忙向着幕府大帐匆匆赶去，然而当他冒着细雨来到项梁军帐前时，却再次被帐外执戟郎官们拦住了，都说武信君刚刚休憩，已向他们下了最严厉的军令：除非秦军果真来袭，自己一切外人都不见！目下军中仍在庆功，所有军务一概留到明日再说！听到这里，老范增一声长叹，久久伫立在雨中，只觉周身一阵冰凉。

范增并不知道，当自己拖着沉重的脚步走入雨幕中时，帐中的武信君其实并未入睡，他只是披散着花白的头发，久久箕坐在军床上，昏昏沉沉地望着帐中的一切，默默想着自己的心事。

项梁本非惯于自省之人，楚国灭亡之后，他带着国恨家仇死里逃生，若换作其他凡夫俗子，或可从此一蹶不振，或可就此顾影自怜，或可长久沉溺于怨怼懑恚不能自拔，然而这些他通通没有。项梁自诩天下名将，自负铁石心志，即便骤然遭此人生重创，他也仍终日在为自己的天下大计营营役役东奔西走，如目下这般耽于忧思的景况即便不能说没有，却也极少。

然而在这个雨中的黄昏，项梁却在半醉半醒中审视起了自己的内心，如同长途跋涉的旅人偶尔会收住脚步，回首望向自己走过的路途一般。

燎炉的火焰跳得正旺，奏案上的黄金面具折射着火光，闪烁着明快的华彩。

项梁默默望着这样物事，它伴随自己已有大半生了，每逢征战时自己都要戴着它鼓舞士气，然而究其本源，这面具却是祭祀时用的。数十年前刚加冠时，自己便得到了它，从此以后每逢族中祭祀，自己都要戴着它跳傩……

心念及此，项梁却是猛地一颤，仿佛被什么物事陡然刺痛一般。

他又记起了那个身影，身形纤瘦长发披散，一袭白裙衣袂飘飘，直如山鬼一般缥缈。每次族中祭祀，自己是尸，她都是祝。想到这里，他将手默默伸入怀中，掏出了一样物事，借着灯火可以看清，那是一小片白帛，颜色已经发黄，上面还沾着斑斑血迹。

"女萝……"这个名字再次浮上心头，项梁不由自主地颤抖起来，也紧紧攥住了这片白帛。

十六年间，这个名字他曾无数次默念过，在震泽岸边，在百越密林，在田横岛上，在栎阳狱中，然而他也知道，她已一去不再。十六年来，他时常在夜深人静时被同样的梦境惊醒：熊熊燃烧的姑苏城垣上站着一个山鬼般的影子，身形纤瘦长发披散，一袭白裙衣袂飘飘，他伸手想抓住她，可他抓不住；他喊她的名字，可她听不到，每次他都会看到她如一只折翼的白蝶般从城垣缓缓飘落，然后她的身影便会和梦境一同破碎，十六年来一直这般。她已死去了十六年，却也搅扰了他十六年，直到那一夜。

寥廓的济水在夜色雨幕中汹涌澎湃，一个又一个排空浊浪幻化出一片起伏不定的高陵深谷，而就在这无时无刻不交替错落的波峰浪谷之间，一艘艘满载人马的船只正在全力向济水南岸驶来。

剧烈的颠簸与浪花的轰鸣中，王离左手死死攥住船舷，右手一把抹去满脸的水珠，焦虑不安地透过浪花雨帘，望向水天茫茫的彼岸，尽管已有近千骑士战马顺利渡过济水，然他们也损失了几十名精锐，待到三千飞骑全数过水，却不知还要死伤几多?

可目下却也别无他法，他率领着这队飞骑冒着绵绵秋雨由巨鹿出发、顺甬道南下，渡过大河后本想稍事整顿，不料接到了少府派骑传侯送来的书信，得知关中军已向定陶进发，于是继续快马加鞭追赶，几乎整整三日三夜都没得歇息。如此急迫，为的就是掩人耳目，趁新楚军的斥候未发觉前尽快杀到定陶。行百里者半九十，目下这道济水，便是横亘在九原飞骑前的最后一道天堑，岂能知难而退? 死伤多少也须强渡过去!

"便是只剩我一人，也不能退缩半步!"王离发狠地想。

济水的澎湃声遥遥传来，幕府军帐中的项梁仍默默枯坐着，回忆着那一夜，那也是个风雨之夜，耳畔也是这般雷鸣般的浪花呼啸，只不过那呼啸声并不是来自济水，却是来自震泽。

那正是六国世族震泽会盟的那一夜。那一夜和这一夜一样风雨如晦，当其他贵胄们都已离开了震泽，夫椒山上只剩项梁一人时，他也一步步向震泽深处蹚去，待到整个身躯都被黑暗寒冷的泽水淹没之际，他伸出双臂开始奋力划水。项梁并不怕自己会溺死在水中，少时他曾不知多少次由姑苏岸边毫不费力地游到这夫椒山上，对这片茫茫大水中的每一处礁石、每一道暗流都了然于心，每次泅渡便是孩童投入了母亲的怀抱，即便目下早已不复年轻时的精壮，也依然如是。

一个又一个大浪挟着骇人的呼啸兜头扑来，细密的雨幕使它们更加汹涌，项梁却依旧在这暴风雨的震泽中奋力游着，与其说是凫水，倒不如说是嬉戏，刺骨的冰水流过他的四肢百骸，他却感觉不到寒冷，恰恰相反，他仿佛周身都燃烧着灼灼烈焰，只有浸入水中方能稍稍平息这难挨的灼热。此刻的他心下前所未有的畅快，若不是划水的同时还需大口换气，他必将大笑，必将歌唱——

十六年！我等待和守望了十六年，我隐忍和蛰伏了十六年，我的憎恨也一样持续了十六年！我本以为自己将这般继续等待下去，也将永远这般憎恨下去，不曾想上苍终究站在我这边！自然，以后的路还需我自家走下去，可如此一个机会已然足够！

雷声的轰鸣与浪花的呼啸中，电光照亮了夜空，可对项梁来说却没有丝毫恐怖之感，他只觉得它带来的光亮炫目而华丽，犹如一柄长剑劈开了天穹，九天之上的宫阙对他敞开了门扉。电光石火的刹那，水天之间亮如白昼，远处的姑苏城垣已近在咫尺，一时间他以为自己看到了那个白衣飘飘的身影，于是更加奋力地向那里游去，终于湿淋淋地爬上了岸边，深一脚浅一脚蹒跚着来到了城垣脚下。

他焦灼不安地抬头仰望着城垣，等待下一道闪电再次照亮她的身影，然而夜空中只有沉闷而厚重的雨帘。他发足狂奔，一鼓作气扑上了城头，扒住城垣低下头来看自己先前的立足之处，以为会见到一个白色的身影徐徐飘落，然而却只看到深谷一般的幽暗。他又抬起头，在粗重的喘息中环顾天地六合，看到头顶是墨黑的夜空，密集的乌云洒下瓢泼的雨水；面前是同样墨黑的水面，波涛翻滚浊浪滔天；远处则森森然屹立着巨人般的夫椒山，咆哮的浪头同样一次又一次撞击着小岛，衬得那些阴森嶙峋犬牙交错的礁石崖壁比天穹和水面更加黑暗。他终于又等到了一次电光，烨烨震电伴随着雷声再次掠过天际时，水面的浪涛和夜空的乌云也随之被照亮，乌云成了天上的浪涛，浪涛则是水面的乌云，它们一同在凄迷朦胧的雨幕中前呼后拥翻滚涌动着，可他还是找不到自己要找的人。

项梁浑身灼热，口干舌燥，头痛欲裂，心急如焚。他沐浴在雨中，仰起头张开嘴，大口吞咽着冰凉的雨水，然后用痉挛的双手抱住昏沉沉的头颅，又猛跪下来以头抢地，在城垣上砸出一道道血痕，借着电光可以看到，那一抹抹殷红正在被雨水不断地冲刷和稀释着。身躯和口舌可以用雨水来冷却和润泽，头颅的疼痛可以借更大的疼痛来缓解，然而心灵的躁动却能以何等手段平息？他不知晓。他只能咆哮，嘶吼，号啕，恸哭，向上苍祈求，祈求能让她的身影重新站在自己面前，他只需她的魂灵听到自己告诉她，他终于等到了复仇这一日的到来！他要她的在天之灵，一同与他分享此刻的扬眉吐气！

然而，他什么也看不到。

那一刻，极度的亢奋之余，项梁第一次感到了失望，也第一次隐隐感到了怀疑——便是我果真复仇成功，又能如何？便是我果真复辟了故国，又能如何？

她已一去不再。

父亲，阿兄，还有项氏所有死去的族人，也都一去不再。

无尽的墨色中忽然闪现了一片灯火，楚军营垒就在前方不到一里之处。

马背上的王离在黑暗中露出了一丝笑意。少府的军报果然没错，楚军营垒驻扎在定陶城外的一片坡地上，如此自可避免积水，然另一方面却也更利骑兵驰骋，目下的最后一个担忧已不复存在了。

尽管仍默不作声，王离却一马当先，策动着丹骎冲向了马队最前面，又高高举起一面黑色令旗。按照预先约定，九原飞骑已从这一动作中明白他下达的将令了——

锥形阵！

黑暗中，只闻沉闷马蹄声在沙沙雨声中穿插扯动着，准备开始奇袭前，他们不过歇息了两个时辰，此刻体力却已大大恢复，是故行动重又迅捷起来。若楚军营垒的灯火再明亮些便能看到，尽管仍然在向前方一刻不停地飞驰，铁鹰锐士们已开始向马队的前锋和两翼移动，被他们围在队中的其他骑士也在不断调整着自己的位置，转眼之间，这支飞骑已演变成了前端狭长、尾部粗壮的锥形阵，即将开始突袭了。

“项梁，且看此番夜袭，你可能抵挡？”王离暗想。

6

帐外的雨声依旧绵延不绝，燎炉的火焰黯淡了下去，整个帐中只有那副黄金面具还在闪烁着金光。项梁并没有添上木炭，而是醉眼蒙眬地看着帐内的一切都沉入了黑暗，思绪依旧随酒意飘散着。

那一夜之后，江东起事以来，我便在那条复仇之路上孤身前行，前方是黑暗，脚下是荆棘，但我别无选择也全无顾忌，原因无它，相较从前，此刻我心中原本渺茫的希望已千百倍膨胀起来，如同微弱的火苗突然被泼上了一瓢油脂般勃勃燃烧了起来，我终于重又找到了活下去的意义所在。于是我兴奋，我鼓舞，我快慰，我大步向前，向着自己以为的光亮走去，而那一夜的那丝疑虑，便连同对她的回忆和思念，被一同深埋在了心底。我全力克制自己不再去想她，这不仅是因每次回想起她的死，我心下都会感到同样的痛，一次又一次；更是因每次回想起她，我都会隐隐泛起那一夜的怀疑，那会使我失去继续走下去的勇气。我要勉力支撑着自己，不能在抵达终点前倒下，我不能让自己那未竟的功业亏于一篑，使自己多年的心血由此付诸东流。

然而项籍的屠城，却偏使我看到了这种可能，也使我始终压抑在心底的那丝怀疑，重新破茧而出。

在那一刻，我积累了多年的人望坍塌殆尽；反秦的大纛被摧毁了道义根基；曾经名满天下的江东项氏变得与暴秦无分彼此；我和我的那些同道者们忘情地高呼着秦为无道，结果却发现自己和自己所反对的一模一样。造化弄人竟至于斯，在我为山九仞之时，上苍却偏要告诉我：你的心血本就是白费，你的功业其实是罪孽，你用自己的旁人的无数人的鲜血换来的那个未来，其实和你要推翻的那前一个王朝一样暴虐邪恶，甚至尤甚于它！

还有你的侄儿，他不是你的儿子，却比你的儿子更令你骄傲，你的生命在他身上延续，你的功业将由他来继承，他身上流淌着项氏的血，他肩上背负着项氏的仇恨与荣耀。你自豪地看着他一天天长大，你是他的未来，他是你的往昔，你的一切便是他的一切，反之亦然。然而直到目下你才知晓，自己精心哺育的其实是只饕餮般的凶兽；你用无数无辜者的血肉来喂养它，却越来越无法满足它的胃口，于是只能眼睁睁看着它摆脱你的驾驭，胃口随力量日复一日地壮大，直至吞噬整个天下，甚或连自己都要成为它口中的血肉……既然他便是你，你自然便是他，然则，变成此等模样，得到此等结局，可是你所想要的？

——世间乖谬，无过于此！

“季父，这都是你教我的！……”侄儿的吼声，依旧在耳畔回荡着。

我错了么？

尖锐的号角声自远处响起，打断了项梁的冥思。尽管依旧酒意朦胧，他却还是猛地睁开眼睛，他以为而且希望这是自己的错觉，可越来越近的震天喊杀声却告诉他，他错了。

王离吹响号角的同时，九原飞骑已经以迅雷不及掩耳的速度杀入了楚军营垒。

铁鹰锐士们纷纷甩掉衔在口中的长枚，同时发出了惊天动地的吼声，每百人一队，从十数个不同方位分头冲入楚军营垒，他们策动着战马冲垮了一排排并不牢固的鹿寨，跨过了一道道战壕，将一只只绑在木架上的火把撞倒在地。每个锥形阵处于尖端和锋刃的骑士都从后背摘下短弓，即便借着微弱的灯火也能准确无误地穿透那细密的雨帘，命中黑暗中的敌军；后面的纷纷拔出长剑，准备着在即将到来的短兵相接中收割死亡；再后面的则向着周遭的营帐战车粮仓草垛先后抛出预先提在手上的皮囊，油脂迸飞之际，最后面的骑士便将手中点燃的火把抛向那些四散的油脂，当整个百人队疾风般掠过时，烈火便无可遏制地在营垒中蔓延开来，即使是细密的秋雨也无法将它们熄灭。

对于楚军士卒来说，这支秦军简直如同噩梦一般。他们酣睡之前都已饱食痛饮，乍被惊醒之际一片混沌迷蒙，眼见这队飞骑从天而降，人人惊得魂飞魄散。许多人根本毫无防备，还来不及明白自己遭遇了偷袭，便被黑暗中射出、穿透了雨幕的根根箭矢刺穿了身躯；然后火光中便跳出一个个鬼魅般的影子，一柄柄长剑在摇曳的灯火下闪起一道又一道清冷寒光，下一个瞬间，手足无措的楚人便能感到犀利的剑锋挟着雨滴与寒意迎头劈来，心头腾起的恶寒往往未及传至周身便已身首分离。只有那些足够迅捷的士卒方能完全躲过这两轮攻击，心惊胆战地四散逃命，甚或还有一些格外猛勇的楚人试图抵御或反击，可即便他们果真操起吴钩楚戈砍去，却也会无一例外地劈空，只能目瞪口呆地望着那一个个黑色的影子从面前一闪而逝，紧接着便被敌人砍瓜切菜般地斩去了头颅、洞穿了身躯、砍断了臂膀。简直可以说，他们的对手是一群不具形体的鬼魅，根本无从捕捉。

“秦人，夜袭？……”

踉跄着出了幕府大帐的项梁，用长剑撑住了自己的身体，披散的花白头发下，金灿灿的面具背后，向来犀利的目光此刻却前所未有地迷惘了起来。

望着在雨幕和夜色中诡异腾起的簇簇火焰，望着互相践踏四处奔逃各自为战的楚军人潮，望着遍地的血泊与尸首，望着那些比夜色更加黑暗的幽灵飘忽不定地游荡在营垒的各个角落，酒意醺醺的项梁只觉自己身处梦境一般——

尽管仍没有见到旅途的终点，我却隐隐看到了未来可能的结局，一如海客透过水面的重重迷雾，依稀望见天边的海市一般，只是对我来说，那水天的尽头并不是虚无缥缈的仙山，却是深不可测的归墟。

我错了么?

——“武信君，快击聚将鼓!”

一个年轻嗓音从耳畔突然响起，项梁缓缓扭头，看到一个陌生身影站在自己面前，因了光线黯淡，面目模糊不清，只能看到他手持一根长戟，显是自己那队执戟郎官中的一员。

“你，何人?”他哑着嗓子粗声问道。

“快击鼓!”那个年轻嗓音没有回答他，声声喊叫却是极尽急迫，“目下大军已乱，然若指挥得当，我等不会速败!”

项梁没有回答，却是丢下手中的长剑，双手捧住头，只觉自己的神智始终恍惚着，便连站稳都很是艰难，许久之后才重复了一句:“你，何人?”

“执戟郎官，韩信!”

项梁笑了，笑声低沉得如同野兽咆哮:“临危不乱，将才也……”

这样笑着，他猛然推开他，重新抄起长剑，踉跄着走向那近在咫尺的金鼓台，抓起了鼓槌——

我错了么? 当年劫后余生时，我决意为死去的亲人复仇，决意为灭亡的邦国复辟，难道这个决定根本就是错的? 还是我这十六年来，为实现这心愿所做出的种种努力都是错的? 又或者其实我并没有错，而仅是上苍不愿见我达成自家心愿，是故假项籍之手来吓阻我，在最后的胜利前布下一道看似不能逾越的鸿沟，使我在它面前踟蹰踌躇不敢前行?

我自然期冀着这最后一种可能，更怕的却是前两种可能，若果真那般，我倒不如十六年前便随自己那些亲人一并死去!

谁能告诉我，我果真错了么? ……

——“武信君! 秦人杀过来了! ……”

韩信的叫声从身后响起，项梁高举鼓槌的手停在了半空，本能地望向前方，正见一队秦军骑士向自己的方向全力袭来。尽管那些执戟郎官已纷纷拥上前去，但显然秦人并不把他们放在眼里。

“莫急前冲！列好阵，秦人冲不过来！……”

韩信急迫的嘶吼声淹没在了震天的杀声与哀号声中。那些匆匆赶上前去的执戟郎官早被冲得七零八落，九原飞骑肆无忌惮地踏过他们在雨洼泥泞中翻滚的身体，向着楚军的中军幕府冲来，当先那名骑士的战马通体火红，直如一团火炭一般。

“不会错，就是他！”遥望着金鼓将台上的那个披头散发的瘦削身影，王离心下默念着，周身热血都开始沸腾起来。他从背上取下短弓，右手拇指也随着箭矢搭上了弓弦。

雨幕与火光中，项梁的黄金面具分外耀眼，即便是如此距离，即便雨水使箭杆变得湿滑、使箭镞准头偏离，王离也有足够把握命中鹄的。

更何况，项梁居然根本没有逃的意思。

他只茫然望着那支百人骑队穿透了执戟郎官们的封堵，向着自己全力冲来，为首那名骑士骑着一匹通体火红的战马，向自己张起了短弓。尽管那仅是一瞬间，然而项梁却突然觉得，天地万物似乎静止了。

箭矢离弦。

长矢挟着尖锐的呼啸声，穿破雨幕和夜色，直取项梁面门而来。

可他却并不想闪避。

箭矢端端正正射中了项梁的额头，连同那副黄金面具一起射穿。他先是感到一点剧痛，然后这痛感便迅速扩散开来。与此同时，黄金面具的额部，被那箭镞刺穿的孔洞周遭开始现出几道细小裂痕，又随着痛感逐渐延展扩散，不断加长加粗且加深，由几道变为十几道、几十道，整副面具很快龟裂，时明时暗的火光映照下，说不出的扭曲变形。

开始碎裂的面具之下，温热的血流从额头淌下，涂满了项梁的脸颊，流过他的嘴角，满口的咸腥——是那种熟悉的味道，死亡的味道。

我终于还是停了下来，没能看到最终结局便倒在了半途，我不知是该不甘还是该庆幸，我不知这是上苍对我的眷顾还是惩罚。上苍是心存怜悯，不愿我等到那个自己最担心的结局真正来到？还是雷霆震怒，愤恨于我的复仇早已偏离了正途？

谁来告诉我？

我早已不怕死亡了。十六年来，我对它的熟悉直如对女萝的身影一样熟悉。

在秦军灭楚之际，在百越的重重密林里，在田横岛上，在栎阳狱中，我都曾感觉到它对我的召唤。它日日夜夜威胁着我，让我明白，在整个秦帝国面前自己的身影是何等渺小，相较心中那复仇的火焰，自己这个躯壳是何等渺小；然而它却也日日夜夜激励着我，让我明白只有一刻不停地跋涉，一刻不停地攀爬，一刻不停地前行，一刻不停地拼搏，方能将它甩在身后！十六年来，它早成了我身边如影随形的同伴，项梁何惧之有哉?

只是在它将我带走前，我还是想知晓，我一生的奋斗，我一生的拼搏，错了么?

一道血泉由额头正中激突喷出，黄金面具也随之彻底破碎，被项梁满脸的鲜血和雨水冲刷着，在夜色中化作了千万点金光灿灿的齑粉。项梁的神智已近模糊，他只觉得自己的头颅正在炸裂，这种感受正如自己在姑苏城垣上的那一夜一般。

不对！我没错！而今这等结局固非我所愿，然我原本志向却是无错！若再给我重来之机，我仍会踏上这条复仇之路！我肩负着项氏那多条性命，父亲的，阿兄的，妻儿的，还有数百族人的！这每一条性命，我都要秦人以成千上万条性命来偿还！

何必再去怀疑？何必再去后悔？何必再去拷问自己？将错就错又有何妨？便是毁天灭地又有何妨？就让这整个天下一同为我的志向殉葬，就让它被我复仇的火焰焚毁，就让它与我一道万劫不复，又有何妨？正如当年伍子胥所言，日暮途远，吾故倒行而逆施之！这是我自家选择的路途，我宁可一错到底，也不愿半途而废，我要这般一直倒行逆施下去，除死方休……

——除死方休！

项梁发出自己一生中的最后一声凄厉咆哮，拼尽全身气力，长剑铿然出鞘，雪亮的剑锋在夜雨中闪亮。

那匹通体火红的战马已席卷到面前，他看到马背上骑士手中的剑锋正泛着森冷的寒光，直如一道电光直取自己咽喉。可他不闪不避，同样挺出自己的长剑。

两道剑锋交错而过，同时刺入了对方的血肉。

突如其来的剧痛使马背上的王离一阵眩晕，几乎坠落马下，他唯一能做的便是从项梁的喉咙中全力拔出自己的长剑，然后拼命催动着丹骎由对手身边掠过，撞翻了金鼓将台，踏破了牛皮大鼓——

太大意了！自己方才一时性起只顾斩首杀敌，却忘了此刻并未身着惯常的铁甲，只披了一件单薄皮铠，不想这项梁中了箭竟还有气力，居然一剑刺穿皮铠，直刺入自己左肩!

他顾不得包扎伤处，强忍着痛楚扭过头来回望，但见对手的身躯已轰然倒地，倒在了遍地的血泊雨水中。

一片恍惚中，项梁终于看到了那个山鬼般的影子重新出现在眼前，身形纤瘦，长发飞舞，一袭白裙衣袂飘飘。他看到她缓步来到自己身前，轻轻跪下，向自己缓缓伸出手来，于是明白过来，她是来带自己走的——

是要我和你同去么，女萝?

我本不甘就此半途而废，因我终究不知自己的复仇究竟何等结果，终究不知自己是否果真错了。然则既是你来召唤我，既是你要我罢手，我便随你走……

楚军营垒依旧杀声震天，大片火把照亮了往来驰骋的九原飞骑的身影，也照亮了趁夜强渡济水的关中军的身影，楚军士卒们已失去了统帅，也无法组织起有效抵抗，只得成群结队地四散逃命。

无数杂乱的脚步和马蹄从项梁尸身旁掠过，他却依旧静静躺在将台下的泥泞血泊中，身边散落着无数金光灿灿的细小碎片，一同在火光中熠熠生辉。雨水渐渐洗净了他的满脸鲜血，露出了本来面目，若是有逃命的楚人能瞥去一眼，必将大为惊讶——这多时日来，武信君的表情从未这般安详过。

而无论秦人楚人也都不会知道，在他紧握的左手中，仍旧死死攥着一小片浸满了血迹的白帛。

第十五章 约战

1

彻底击溃主力楚军后，章邯与王离终于在济水岸边会合了。

这还是自王离由骊山潜回九原之后，两人的头回重逢。蒙蒙细雨中，章邯默默望着因受伤而脸色苍白的王离，王离也同样望着满面风霜沧桑的章邯，目光中满是感慨。

尽管这一战阵斩天下世族的领袖项梁，也全数击溃了新楚军的主力，算得上是继歼灭陈胜以来的又一场重大胜利，然而两位统帅心下却仍无半点轻松之感。

简单几句寒暄之后，章邯将王离引入了匆匆搭起的幕府军帐中。望着面前这张地图，王离一颗心沉了下去，这是一张中原各郡县的全图，上面用大大小小的旗帜标示着各地反秦盗军。尽管章邯领军以来连战连捷，然而面前的形势图却告诉王离，比起数月前陈胜作乱之时，眼前盗军竟丝毫不见颓势：魏王魏咎死了，其弟魏豹却还在；齐王田儋死了，其弟田荣又据守齐地；赵王武臣死了，赵歇又和张耳陈余与九原军对峙着；即便是目下刚剿灭的楚军，也还有项羽、刘邦、吕臣三路兵马。除却魏齐赵楚这最主要的四路诸侯外，更不用说还有韩王韩成、燕王韩广等一干小诸侯，由是观之，天下乱局不仅没有平息，反而愈演愈烈。可对目下的秦军来说，无论是兵力还是粮草都不多了，两人谁也不知各自还能撑持多久。

“武成侯也见了，天下盗军汹汹，庙堂又沉沦不堪。以我之意，目下我等只能尽快合兵，先行剿灭河北赵军，此后一道返回关中，肃清朝局。”章邯的剑鞘搭上了地图上的巨鹿。

“王离赞同！只是，楚军虽遭重创却未覆灭，楚怀王熊心更是天下反秦旗帜，若不先剿灭新楚，会否使其重新缓过劲儿来?”

章邯无可奈何地一声叹息：“此中隐患章邯也知，却是无能为力了。新楚都城远在盱台，那一带又水网密布，我等若想将楚怀王君臣彻底剿灭，只怕难上加难，粮草后援也极难跟上；再者项梁乃楚军轴心，此人一死，楚军主力随之溃散，新楚便再无人可恃，已不成气候。而今遍观天下盗军，兵马最盛壮者仍是河北赵军，我等当务之急乃集中兵力重创盗军、大煞复辟气焰，日后方能从容周旋。章邯给武成侯书信中提及围城打援，正是此意。”

“少府言之有理，既如此，九原军听凭少府决断！”王离慨然拱手。

“也罢，老夫便说自家谋划！”章邯大手一挥，详细拆解了起来。

章邯说，此番灭赵之要共有四点：一为围城打援，二为甬道运粮，三为屯兵身后，四为以快制变。他进一步解释道，前两点要害自己已在前日书信中说了，后两点武成侯也须谨记：一旦楚魏齐等诸侯渡河援赵，则首要目标定是秦军运粮甬道，是故关中军将分出近半人马驻守大河南北的安阳、成阳、城武等城邑，也望九原军抽调一部兵马协同防御，以便事先阻挡诸侯援军；至于最后一点以快制变，武成侯该当更是了然于心，我等唯有尽速完结河北战事，方能回师关中肃清赵高，如此则事尚有可为也！……

“王离明白！我等这便回河北，涉间本就驻守巨鹿以南，我再向他调拨兵马便是！”

王离霍然起身，却无意间扯到了伤口，疼得直嗞嗞抽冷气，纵然如此，却还是强忍痛楚向章邯决然一拱手。

商议已定，两位秦军统帅开始了分头铺排：王离领自己麾下的九原飞骑先行回巨鹿，并从围城秦军中再次抽调万余人交由章邯统领；章邯则迟滞了月余，先行梳理定陶之战诸多善后事宜，此后重又领军返回濮阳，渡河前去支援九原军。在赵军降将李良的引领下，关中军很是轻易便攻陷了新赵先前的都城邯郸，为免此城被复辟势力再次占据，章邯下令拆毁邯郸城垣，又将城中黔首全数徙至河内郡，参与粮草输送；此后他便继续领关中军北上，将幕府设在了巨鹿正南方的棘原。

章邯幕府正式进驻棘原之时，王离九原军已围攻巨鹿多日了。

秋雨依旧整日整夜地下，雨量不大却是终日不停。当天边微亮、勉强能望见笼罩在雨幕中的巨鹿城时，秦军营地便重新喧闹起来，新一日的攻城又开始了。

牛角号穿透雨幕，划破了营地的寂静。九原军的士卒们纷纷披上战袍穿上铠甲钻出营帐，趁着全军集合前的短暂空闲，个个把手中兵刃先放在雨地中，冒着绵绵细雨搓着双手跺着两脚；若还有酒，便举起皮囊仰头灌下一口，总归是竭力让自己周身暖和些。片刻之间，隆隆战鼓便重又擂响，震天喊杀再度响彻了巨鹿郊野。绣有“王”字的黑色大纛在雨幕中招展开来，催促着将士们冒着空中飘动的雨丝，再次向巨鹿城进逼。

秦军大阵分散开来，由四面八方奔向巨鹿的几座城门；成千上万名死士身披短铠，左手各一面巨大革盾护住身体，每百人为一队，各自肩扛着云梯、推动着壕桥，在后面一队队射士抛洒出的箭雨的掩护下，向敌城进发，这两样是九原军仅有的攻城器械，都是围城数月来伐刈周遭林木制成的，除此之外他们别无长物，冲车大炮连弩等一概欠奉，有的只是各自的血肉之躯，有的只是对及早拿下巨鹿的急迫渴望。

冲至城墙脚下之际，上百架壕桥铺上了护城河沟渠，上百架云梯也开过壕桥搭上了城墙，一个个士卒一手举着盾牌，一手把住钩援，冒着迎头抛下的滚木礌石、身后战友向上射出的支支箭矢，迅速向上攀缘着，远远望去如同一群群蚂蚁般密密麻麻。而守城赵军也自不会眼睁睁坐等着敌人攻城，秦军士卒刚开始攀爬，不计其数的砖石瓦块便随着箭雨抛下，数月来，城中滚木礌石即将告罄，民居已拆掉了大半，根根梁柱片片砖瓦都被送到城墙上做守御用。赵军小心翼翼节省着每一根滚木每一块礌石，直到瞅准了云梯才肯丢下。滚木礌石伴随着绵绵秋雨落下之际，一架架云梯便断裂破碎，一个个攻城士卒纷纷坠下，无不在雨地泥泞中落得肝脑涂地粉身碎骨；即便偶有攀上城垣者，也多半旋即淹没在了守城人潮中，瞬间变成了肉醢。

这，便是九原秦军与巨鹿赵军日复一日上演的一幕幕血腥大戏中极为寻常的一幕。无论秦人还是赵人，每日生活都只剩了这般单调而残酷的流程：出征、试探、进攻、大举进攻、退却或者死亡。

这等攻城战持续月余了，无论秦军还是赵人都没有退缩之意。定陶大捷的消息传至巨鹿，九原军久已消沉的战心陡然重新高涨起来。苏角接到王离派军使千里迢迢送来的将令，不等武成侯归来，已下令开始对巨鹿连番猛攻，然而此时秋雨连绵，秦军又缺乏大型攻城兵器，是故纵然攻势猛烈，也始终奈何不得对手；而守城赵军纵能借助高厚城垣负隅顽抗，却也难抵这等连番攻城，赵王歇和张耳尽管已派出军使向天下诸侯求援，却不知何时能到；近在咫尺的陈余又与张耳大生龃龉，只遥遥按兵不动，一时内忧外患交加。

城中粮草和兵员日渐减少，援军迟迟未到，秦军的攻势却日复一日的猛烈。眼见坚守突围获救的希望全都是一片渺茫，赵歇终日只能在雨地长吁短叹，万分后悔自己当上这个赵王；张耳也终日指天画地骂陈余，骂迟迟未到的各路诸侯，骂巨鹿城外的王离章邯。城中赵军更是叫天天不应叫地地不灵，到处是一片哀号之声。眼瞅着便要哗变倒戈投降献城，若非负责守城的赵将李齐是武安君李牧之后，颇通兵法，秦军只怕早拿下巨鹿了。

然而，正当秦军士气正旺、赵军即将自行崩溃之际，一条自关中突然传来的消息，却挽救了岌岌可危的巨鹿城，也使秦军士气一落千丈——

赵高逼杀了二世，要自家称帝了！

2

二世被逼杀的消息，是长史司马欣带来的。司马欣说，李斯被具五刑、灭三族之后，赵高的野心便陡然膨胀了，这便指使阎乐、赵成“劝说”二世封自己为丞相。二世本就对老师言听计从，而今老师替自己除掉了“大叛徒大内奸大恶贼”李斯，自然更对他感激涕零，忙下令擢升其为丞相。赵高自然敬谢不敏，只是装腔作势假意辞谢云，左右丞相皆为逆臣，自己当哪个丞相传出去都不好听，是故做中丞相便是。胡亥自然又是一并允准了，只是他没想到，登殿拜相之际，中丞相又鼓捣出了一件怪事。

当时，胡亥结结巴巴念诵了赵成塞过来、早已写好的拜相诏书，赵高便从典仪手中接过相印佩在腰间，又向他拱手道：自家前日恰得一匹名驹，今日欲献与陛下。说着也不待胡亥允准，便转身猛击了三下掌，两名内侍果然前拉后推着一匹“马”，缓缓上了殿。因了大殿很是纵深，那“马”离得尚远，故而胡亥看不真切，可越看越觉不对劲儿：说是马，可个子如何这般小，不到常人半身高？头上又如何有角？还有那皮毛，如何一片火红，上面还有恁多白斑？

这，这是马么？这不是……

赵高口中的“名驹”终被牵到眼前了，胡亥定睛望去，先是一愣，然后便哈哈大笑起来：中丞相，错也错也！这不是鹿么？如何成了马？赵高却面不改色：陛下错也！此乃老臣遍访天下寻得的名马，日行千里夜行八百，特来献与陛下！胡亥仍是大觉有趣，指着这“马”环顾大殿高声问：你等且说，是马是鹿？却不料满殿竟是轰嗡一片：是马，不是鹿！胡亥还在愣怔，手上便忽然传来一阵温润潮湿之感，猛一激灵低头看去，却见那“名驹”正伸出长长的舌头，舔舐着自己的手掌，头上长长的大角还在不住晃动着……

据司马欣说，指鹿为马之后没过多久，赵高便对胡亥下手了。那一夜，阎乐赵成率领着胡人材士猛扑二世所居的望夷宫，逢人便杀，两人在一片混乱中冲入寝宫，赵成一箭射落了帷帐，也惊醒了正在呼呼大睡的二世。胡亥这才明白两人是要弑君，顿时慌了手脚，环顾寝宫只见一名宦者战战兢兢立在角落里，忙向他高喊：贼人欲害朕，你等何不早告朕？乃至于此！宦者却结结巴巴道：臣不敢言，方能活到今日。臣若早言，必定被诛，安能侍奉陛下至今？这时阎乐便按照岳丈预先教自己的说辞开了口：足下骄恣，诛杀无道，方遭天下共叛！足下当自作了结！胡亥哭问丞相得见否？阎乐却断然拒绝；再问自己愿得一郡，为王可否？也被拒绝；又问只做万户侯可否？还是被拒；胡亥无奈，抽泣着说那我带个女子为妻，只做寻常黔首可否？阎乐大不耐烦，只厉声喝道足下说甚我也不会告知丞相！胡亥最终只得哭天抢地地拔剑自刎了，临死前还在连连喊着丞相如何不见胡亥……

——“赵高禽兽！”

听到长史司马欣带来的消息，关中九原两路秦军的大将们都愤怒了——二世纵然绝非善类，然赵高更是禽兽不如！自二世继位以来，这恶贼杀了多少无辜？手上沾了多少鲜血？他还要如何？可是要自家做皇帝？……

“正是如此！”司马欣的声音中也满是愤激，“我被少府派去咸阳，请赵高给我等增派粮草，不料在咸阳宫外守了三日都杳无音讯，最后还是一位老内侍奉宗正子婴之命前来找我，说赵高竟日忙着筹备称帝，其他政事一概不理！非但如此，他还顾忌两支秦军杀回关中，还欲派材士缉捕我，我连夜抄小道逃出了咸阳，这才躲过了追杀……”

话未落音，幕府大帐中便爆出一片怒骂，人人叫嚷着要杀回咸阳宰了赵高，只有少府章邯始终默不作声，直到幕府再度沉寂下来才开口，低沉的嗓音中透着浓浓的郁闷：

“各位，目下我等毕竟已攻赵多日，若舍近求远回师咸阳，攻赵便是前功尽弃！北上灭赵之前，章邯拼尽全力方才积攒了目下这多兵马粮草，而今关中九原两军，乃我大秦最后家底，我等已然经不起一次败战。此中轻重，各位当能体谅；老夫寸心，各位当能体谅……”

大将们一片惊愕的目光中，章邯低下头，双手久久捂住脸颊，许久后才重新扬起脸来，花白的须髯不住颤动着。

“……武成侯、各位将军，你等不知，关中军看似无事，却已暗潮涌动。关中军本以骊山刑徒为主，去岁周文盗军入关之际，章邯听从太尉生前提议，将他们免除罪责，还许诺只要立下战功，便向他们授爵，如此方得刑徒用命，一举击溃周文。然关中军转战中原年余，戏水之战后竟无一次授爵，章邯不知多少次派出特使，请庙堂论功行赏，赵高胡亥却无一次理会。刑徒纵是获罪之身，然也照样是我大秦黔首，而今他们奋勇杀敌、战死疆场，庙堂却无丝毫褒奖抚恤，便连定陶之战那等大胜也毫无表示，全然听之任之，章邯尚且寒心，刑徒岂不更是如此？北上数月来，刑徒当中已有逃亡者，章邯还有耳闻，云有刑徒欲效法黥布举事，不能不让我等忧心哪……”说到最后，他的声音渐渐低沉了下去。

王离等人没有再吭声，幕府中一时静得只能听见一片喘息与心跳。

“何等声音?”王离突然抬起头，依稀听到九原军营垒方向传来阵阵嘈杂。

“莫不是赵军来袭?”涉间苏角等将也纷纷跃起。

“快回营！军中必生事端！”王离顾不得辞别章邯，已大吼着冲了出去，涉间苏角等其他九原军大将也跟着呼啦一下拥出了帐外。

匆匆赶回营垒之际，王离等将都惊呆了：校军场的雨幕中挤满了将士们，万千双眼睛齐刷刷聚在王离身上，却是人人默不作声，人潮组成的浩荡汪洋竟一片死寂，唯闻秋雨沙沙声响。

“何故私相聚集? ……”王离的亢声高喊回荡在沙沙雨幕中。

没有回答，只有雨声依旧回荡着。

“大战在即，你等要扰乱军心么? ……”

还是没有回答。

“若不散去，军法论处！……”

始终没有回答。

王离惊愕地收住了口，细细环顾了一圈沉默的人群。任谁都能从那些满怀愤恨的目光中看出，这久久的死寂中蕴含着绝大的力量。尽管心下震惊，王离却还是再一次高叫了一声："为何私相聚集?"

"我等要杀回咸阳，铲除赵高!"雨声中，突然响起了一声高呼。

"不杀狗贼，天理难容!"一名百将也叫。

"我等在此奋战，那阉宦却要称帝！他若做了皇帝，我等便成了为他而战!"又一名都尉大嚷，声音中满是愤激。

这句话点燃了将士们心头的愤懑，整个校军场顿时炸开了锅。

"这多日来，咸阳可为平乱做过一件正事？要粮没粮，要兵没兵，胡亥终日便是吃喝玩乐，赵高终日便是残害忠良!"

"若非少府援手，我九原军也早没粮草了!"

"这等昏聩朝廷，我等凭甚为他卖命？这等杀千刀的狗皇帝狗奸臣，我等凭甚为他送死?"

"国不国、政不政、法不法、君不君，如何打仗?"

"这一战即便赢了，也是延赵高的狗命！我等不干!"

……

——"将军！王氏便被赵高灭族，我等何能替他打仗!"

一片汹汹怒骂中，一个满怀悲愤分外刺耳的声音随即响起，一个人影快步穿过人群和雨幕，一路狂奔到将台前，"扑通"一声低头跪拜在泥泞中："将军！忘了赵高屠灭频阳么？……"

"王翳!"王离声嘶力竭地吼了起来，"起来！再不起来，军法处置！……"

"将军杀了我便是!"王翳猛然仰起头，满脸的雨水汗水，却仍然跪在雨幕泥泞中连声大喊着，"只要将军领我等杀回咸阳、剿灭赵高，王翳任杀任剐！……"说着猛然拔出一柄匕首，直向自己咽喉刺来。

"放手!"王离情急之下猛扑上来，一把攥住他的手腕，身旁几名军吏也一拥而上按倒王翳，泥水四溅中一片奋力争抢，终于从他手中夺下了匕首。可尽管如此，王翳却依旧躺倒在雨地的泥泞里放声哭喊着，声声大吼分外令人揪心：

"将军！王氏与赵高不共戴天！将军杀了我吧，我等不愿再战了，将军领我等杀回咸阳！……"

——"拖下去！二十军棍，拘禁五日!"王离猛挥臂膀截断了王翳的话头，眼角虽滚出了泪水，却是瞬间便被雨水冲刷得无影无踪。

"将军，杀回咸阳！弟兄们，杀回咸阳！……"王翳一边全力抗拒着军吏们将自己拖走，一边连连哭喊。

“杀回咸阳！杀回咸阳！杀回咸阳！……”

王翳喊声尚未远去，四面八方也回荡起了九原军将士们的吼声，在这沙沙雨声中直如滚滚沉雷一般震撼人心，但闻一片“呼啦”声响，所有将士竟也和王翳一样齐齐拜倒在了雨地中。

望着这一片壮烈凄惨的汪洋人潮，王离再难压抑心下悲愤，转过身去一任泪水被雨水冲刷着扑簌簌落下，胸口猛烈起伏着，只觉一腔委屈憋得自己几乎透不过气来，终是仰天一声长长咆哮，猛然转过身来，抹了一把脸上的雨水泪水：

“弟兄们这多人都与赵高有深仇，王离也是！王离一样想报仇！杜县决刑之时，王离尚敢杀回去劫囚，而今如何不敢？然我等终究是秦军，我等目下终究是在作战！方才有弟兄说，赵高若做了皇帝，我等便是为他打仗，大谬也！蒙公生前说过，任何大军，都不该是一将的私家大军，不该是一支朋党的私家大军，更不该是哪个皇帝的私家大军！我等是庙堂与邦国的公器，我等肩上扛的，是大秦社稷，是天下安危！我等要守护的，是华夏文明，是黔首性命！是故目下剿灭盗军、平定乱局方为紧要！而今弟兄们都在，王离当你等面立誓于此：只要剿灭盗军、大局稍缓，王离与少府、九原军与关中军，便一道杀回咸阳，拿赵高千刀万剐！……”

王离的声声怒吼回荡在雨幕中，说到最后嗓音已哑得不似人声，然而，他却始终听不到将士们惯常的热烈欢呼，跪拜在雨中的人群依旧久久沉默着。

“九原军，战心弥散了么？……”望着一片死寂的人潮，王离只觉得心底的寒意竟比这雨水更加冰冷。

将军没有再说话，士卒们也没有人再说话，所有人都淋在雨中一动不动，整个校军场上的人潮，全数在绵绵秋雨中化作了一片陶俑。

3

二世被逼杀、赵高意欲称帝的消息传开，不止是秦军，天下诸侯同样惊讶了。

不同于秦军的愤怒痛心，各路复辟诸侯却是一片欢欣鼓舞，所有人都不约而同地认定——有赵高这等阉宦在庙堂作祟，显是秦国气数已尽！目下河北之地的两路秦军便是秦国最后家底，只要能将章邯王离击败，灭秦便是水到渠成！人同此心心同此理，因不久前定陶之败、项梁战死而带来的惶恐衰颓之气陡然消弭了不少，诸侯们重又开始蠢蠢欲动。新赵自不必说，重重包围中的赵歇、张耳将这消息传遍整座巨鹿城，惶惶许久的赵军一片欢呼，斗志重又不可思议地高昂了起来，其他各路诸侯磨蹭了数月，也终于开始发兵援赵了。当此之时，作为天下诸侯盟主的新楚自然也不例外，只不过此时谋划救赵的，已不是项氏，却是楚怀王本人了。

早在月余之前，定陶大败、项梁战死之后，淮北的几路楚军偏师、淮南的新楚朝廷都是一片震恐，唯独楚怀王熊心打起了自家算盘。被项梁立为傀儡王一年，熊心对项氏也忌惮了一年，尤其忌惮那个杀人不眨眼的项羽。襄城、城阳两次屠城，项羽恶名早已流播天下，连带着项氏，连带着新楚，连带着自己都蒙了羞，有此等凶徒领兵为将，便是生生将天下黔首逼得与自家为敌，新楚社稷岂能长远？可尽管这样，楚怀王却也不敢轻易招惹此人，自己毕竟只是个虚位楚王，项羽手中兵马却是实打实的，若果真一着不慎，谁知这头凶兽会闹出何等事端？此人随季父起兵之际，一剑便杀了会稽郡守殷通，焉知他不会一言不合弑了自己这个楚王？

然而目下，项梁战死、新楚主力被击溃，楚怀王顿觉自己机会来了。

与上柱国陈婴等几名大臣多次密议之后，熊心先将都城由淮南的盱台向北迁到了泗水岸边的彭城，又开始整肃起朝局来。就实说，熊心被立为楚王之后，手中始终没有兵马，无论项氏叔侄还是刘邦等人，眼里都没这个空头王，自然也就不会买他的账，然此时形势却大大不同，项羽、刘邦、吕臣三路都是偏师，任哪一部独自遇上秦军也决然不敌，彼此都需聚合自保，也正因此，原本无足轻重的楚怀王反倒被衬托出了重要，毕竟有他这面大纛伫立，诸多须各方协力之事才能顺利成行。仿佛历史的重演，眼下的新楚朝廷重又再现了故楚那多方并立且彼此制约的庙堂格局。此种形势下，楚怀王终于在迁都彭城之后的第一次大朝会上推出了一系列决议：

其一，陈婴仍为上柱国，总领政务；以宋义为上大夫，兼领兵政。此前，陈婴宋义二人面临的形势与楚怀王大体相仿，都是徒有虚名却无实权，是故两人很自然地与这位空头楚王走得极近。楚怀王开手下这道王命，其意自是扩大两人手中权力，使他们与自己结成一个稳固的“君——相——将”庙堂三角。

其二，并项羽、吕臣军自将之。这是最为关键的一道王命，楚怀王对此的说法是，先前定都盱台之际，都城只区区两千兵马拱卫，实在太过单薄，而今项、吕两部兵马刚好驻扎彭城左近，就此拱卫都城再合理不过。其实此中真正意图，一是使自己名正言顺地握有兵马，从而顺理成章地左右楚国朝局；二是更彻底打压项羽，将其排除在新楚核心之外。

其三，紧随上一条王命，以吕臣为司徒，以其父吕青为令尹。这一手也极为高妙：吕臣乃陈胜部将，一直对其忠心不二，可谓张楚残余势力的代表，当初正是因项梁从召平手中接过陈胜的“任命”，吕臣才引领张楚军残部前来投奔；也正因此，吕氏父子始终与项氏叔侄走得极近。楚怀王刚夺了吕臣兵权，又立即转手封了吕氏高官，如此既平息了吕氏父子可能产生的不满、从而拉拢这股力量，又拆散了吕氏与项氏之间隐隐的同盟关系，更使同样被夺去兵马的项羽无话可说，可谓一箭三雕之举。

其四，以沛公刘邦为砀郡长，封武安侯，统领砀郡兵马，拱卫彭城之西。这一手与拔擢吕氏父子异曲同工，刘邦与项氏同样走得很近，如此铺排仍是拉拢刘邦、削弱打压项氏。

最后，以项羽为长安侯，以鲁县为封地，号称鲁公。此举自是对项羽明升暗降，既使外人以为楚怀王对项羽依旧器重，也堵住了项羽的嘴，若他敢口出怨言，则楚怀王便可以吕臣说事，则项羽必定无言以对。

……

如此王命一下，满堂文武自然皆大欢喜，只除了项羽。

多日前，乍闻听季父战死，项羽当场喷出一口鲜血，一头倒栽马下。身旁两名士卒匆忙上去扶他，不料他已一跃而起，肩膀一拱将两人撞开，随即抄起长槊要翻身上马；一旁将士们连连苦劝，项羽却猛然抡起长槊一圈横扫，众人纷纷后退闪避时已跃上马身，这便要杀向定陶为季父报仇。众人重又呼啦一下聚拢过来，拉缰的拉缰，拦马的拦马，拖槊的拖槊，好说歹说方将他劝下马来。项羽却仍是悲愤难抑，一把将长槊猛戳入脚下的青石地面，又大步冲向校军场上的大纛下，一拳擂向那粗大旗杆，但闻一声极尽响亮的喀嚓声，碗口粗的旗杆居然应声折断！赭黄色的“项”字大纛轰然跌落之际，项羽已经如一头被激怒的野兽般狂奔而去了，直到小山般的身影消失在众人视野中，那震天的号啕仍然清晰可闻……

回来之后足足五日，项羽都将自己关在寝帐中，不吃不喝不睡不动，不见任何人也不理任何军务。然第六日终是破门而出叫来了刘邦，开始商议攻秦复仇之事，刘邦这回却陡然变了副脸色，平日里武信君长武信君短的他，此刻只丢下一句“今项梁军破，士卒恐”便不说话了。看到那张平日里嬉皮笑脸而今却一脸寒霜的面孔，项羽心下又腾起怒火，恨不能灭秦之前先宰了这“尔翁”。可转念一想，自己兵马终究不足，若果与他翻脸，还真未必拼得过，心念及此终是硬咽下了这口恶气，悻悻领兵和刘邦吕臣一同东撤，一路收拢流散的项梁旧部，这才回到了彭城。谁想楚怀王迁都之后这第一场大朝会，自家却落得这般田地！……

充斥耳畔的赞颂声中，项羽的脸早已和那身丧服一般惨白，口中的呼吸越来越粗重，重瞳子中的杀机也越来越浓。他不由自主地将颤抖的手按在腰间，却是空空如也，这才想起自己的佩剑已被留在了大殿之下。那一瞬间，项羽只觉此刻的自己直如被拔去了爪牙的猛虎一般，虽有满腔怒火却无从发泄！

他怒气冲冲地深吸一口气，刚要开口痛斥楚怀王，突然感到有人从身后扯了自己一把。

项羽扭过头，看到老范增眯起眼睛，轻轻摇了摇头。

……

“亚父，你来评理！季父尸骨未寒，这鸟王便算计到我项氏头上！他还要自将兵马，自将个屌！要夺兵权也当夺刘邦老竖子的！这鸟王本是我项氏拥立，如今项籍反倒排在吕刘之后！那老杀才宋义咒季父早死，今却统领起楚军！项籍只落个鲁公虚名！鲁公算个鸟，项氏便是自家称王也不为过！项籍这便起兵杀入彭城，将那等君臣一并杀个干净，自立为王！……”

彭城郊野的幕府中，项羽的连声怒吼直是地动山摇。

“少将军！”老范增一声断喝，项羽这才慢慢平静了下来，“老夫自然知晓少将军复仇心切，然少将军果欲成事，一要顺势而为，二要潜心务实，切莫孜孜于虚名，汲汲于小利；逞一时之意气，坏长远之大局！而今大局是甚？武信君身死兵败，项氏已然失势，少将军麾下兵马不过三万，还要被楚怀王挖走，此时你敌得过谁？你若因心下不甘而大闹庙堂，甚或举事兵变，则正中楚怀王下怀，彼等君臣因此问罪于你，天地公道！少将军固然勇武过人，然以一己之力战得过数万大军么？纵然你不惜自家性命，也不惜放弃为武信君报仇么？不惜放弃重振项氏么？不惜放弃诛灭暴秦、复兴大楚么？面对此等大势，少将军除却隐忍，还能做甚？……”

项羽依旧不说话，喘息却不似方才那般激烈了。

眼见项羽显然听进去了，老范增语气也和缓了些许：“自然，隐忍退让绝非无所作为，却是积蓄实力待机而动。少将军自然知晓，项氏与那频阳王氏三代世仇，大司马与那王翦，武信君与那王贲，皆为死敌。少将军年幼之时更是亲历过王翦灭楚，彼时那王翦老狐与大司马楚军对峙了整整一年，这一年来做的是甚？还不是明里示弱暗地里加紧练兵？若无这一整年积蓄实力，秦军何能这般悍勇，一战而击溃楚军主力，再战而吞灭姑苏？……”

项羽咽了咽口水，王翦这个名字再次勾起了他的仇恨，而秦军灭楚更是他少时最深刻的记忆。

“……再说武信君，天下一统之际，武信君也与少将军一般气盛，先赶往百越抗秦，又在田横岛与王贲一战，多年下来却是一事无成，自家最后也被擒获，关入栎阳狱。脱狱之后，武信君便带少将军潜伏江东，其间做的是甚？可是逞强复仇么？非也，乃是私下里招徕宾客、收买人心！如此苦心经营多年，终是盼来了天下群雄蜂起；即便此时，武信君也未如陈胜之流忙于称王、急吼吼吵嚷灭秦，却是加紧练兵、囤积粮草，练成大军之后方才西进北上，成就天下盟主！若武信君仍能继续沉稳运筹而不焦躁，岂有定陶之败哉！岂有项氏之今日哉！……”

“项籍明白。”项羽终于憋出了一句，“如何做，亚父教我！”

老范增目光中闪烁着精光：“此中关键，只在练得一支精锐大军。少将军目下可做者，至少三事：其一，全力搜罗武信君旧部，尽快扩充人马；其二，加紧练兵，尤其是模仿秦军，演练种种协同作战之阵法；其三，秘密积累粮秣、打造兵刃、购买战马。若三事皆成而不走漏风声，则少将军便可重整旗鼓，任它楚怀王如何打压少将军，又何惧之有哉！”

“善！项籍久随季父身旁，也知勒兵，此事做得！彭城郊野又多山多谷，项籍招来新兵，尽数安置谷中便是！”

“既如此，老夫也当全力辅佐少将军！”

一老一少密谈了足足一个时辰，项羽终于重又振作了起来，亲自将亚父送出了营帐，目送着老范增的背影逐渐消失，心下也大大畅快起来。正要转身回营，眼前却是突然一亮：一个熟悉的身影正在自远方的原野缓缓而来，身旁还跟着一匹通体乌黑的战马。

“虞妹！”他连声大叫着，快步奔上前去，猛然一把便将虞姬拥入了怀中。

“将军，虞妹给你带来一匹神驹。”虞姬任凭他将自己死死抱住，艰难地喘息着，却露出了一丝笑意。

项羽把目光由虞姬移到了黑马的身上，目光中顿时闪起了巨大的狂喜：这匹战马高六尺，长竟足有一丈，通体乌黑，只有四蹄雪白，直如踏雪归来一般，说不出的神异威猛！

“此马名为乌骓，乃虞妹由涂山大泽觅得，当地传言它乃黑龙所化，每日由大泽蹿出，在周遭村里咆哮肆虐，蹂踏禾黍，民不能禁!”

“这等烈性？我便上马试试，你也来!”

两人先后上马，乌骓一声长嘶，直如一团黑云般载着他们驰骋而去。

“果是好马!”马蹄嘚嘚中，项羽放声大笑，“复仇灭秦之后，项籍便要在这彭城南山整日走马！虞妹，待到那时，我便为你建一座戏马台!”

“将军不止要复仇灭秦，还要为王！虞妹等将军那日!”

“一言为定！……”

两人的笑声叫声，随着马蹄声渐渐远去了。

4

转眼过去了月余，项羽重建的精兵已被秘密训练得有模有样之际，由巨鹿赶来求援的特使也越来越频繁了。此等形势之下，楚怀王终是再度召集起了新楚君臣，商议救赵之事。

没有任何异议，楚怀王君臣便达成了救赵共识——目下新楚主力尽失、名将项梁战死，天下诸侯只余新赵实力尚存，一旦新赵覆亡，则诸侯再无可恃者，此等情形正如当年长平之战后，秦军围攻邯郸一般。赵地存亡既然涉及诸侯生死，自然要救，况且兵力更弱的燕、齐两家都已出兵，新楚既是天下公认的反秦盟主，何能居于他人之后?

议决救赵之后，话题顺理成章地转向了何人救赵之上，众人尚未开口，外臣席中便站起了新齐使者高陵君田显，不出意料地举荐了宋义，理由也是那众人皆知的典故：项梁将宋义派往齐地，请田荣发兵来援，宋义路上恰好遇上自己前来出使，两人闲谈几句后，宋义便劝自己莫急赶去定陶，说武信君骄惰，必遭兵败，只怕覆亡便在这数日之间，公慢行可免一死，急行必将大祸及身。自己听从宋义之言徐徐前行，不久之后果然传来了武信君战死的消息。

“宋义论武信君之军必败，居数日，军果败。兵未战而先见败征，此可谓知兵矣!”田显最后总结道，语气中掩饰不住的钦佩。

话音落地，大殿中显出了一阵颇有些难堪的沉默，项羽及背后项氏诸将更是人人眼中都要喷出火来。楚怀王眼看项羽这等反应，只觉头皮阵阵发麻：项梁战死始终是项氏的最大忌讳，即便自己也不敢公然谈论，不想这田显却是大庭广众之下狠揭伤疤，若那项羽陡然发作，岂不大大麻烦？当下闪避着项羽那刀锋般的目光，勉力平静地问起大臣们的意见，好在陈婴吕臣吕青刘邦等异口同声都赞同了，楚怀王这才松了口气，当场以宋义为救赵上将军，号为卿子冠军，宋义也大为得意地当场接过了将印虎符。

这时刘邦却又蹦了出来，自告奋勇道，此番救赵自家也愿出一分力，愿领本部兵马做前锋，为卿子冠军开路！听到这里，大殿中顿时一片窃窃私语，楚怀王与众大臣都颇感惊讶——此番救赵甚为艰险，章邯王离大军气势正盛，做开路前锋之艰险自不言而喻。这“尔翁”亭长向来滑头，有功便抢有难便逃，今日如何竟鼓勇请战了？一时间好几位大臣都不约而同地问起刘邦进兵方略。刘邦便说，自家谋划共分两大步：其一，扫灭彭城附近残敌，为主力大军救赵开道。若卿子冠军领大军悉数北上，则彭城势必空虚，秦军来袭必不能抵挡，是故自己欲领本部兵马自砀县起兵，逐一攻下彭城西北两面诸多城邑，既可扫除敌军偷袭隐患，使我楚都无恙；又使卿子冠军顺利北上，不致与秦人决战前损耗兵力。老范增问起刘邦欲攻占哪些城邑，刘邦忙扳着指头算起来：安阳、成武、亳南、成阳、栗县、杠里、昌邑、高阳、陈留、大梁、白马……总归要使大河以南诸城，无一处有秦军！范增再问刘邦兵力几多，刘邦却一下发蒙了，眼睛眨了半天：三千？五千？八千？一万？……咳，尔翁终日流窜山林，手下兵马也多少无定，如何说得准数！说着双手一摊，自顾自哈哈大笑起来。大臣们也跟着一通哄笑，大多心想，这“尔翁”连自家手下兵马几多都说不准，何敢夸海口要攻下这多城邑？忒不知天高地厚也！

刘邦却不以为意，又提出了自己的第二步谋划：肃清彭城周遭之后，便是一路西进直抵关中，拿下咸阳灭亡暴秦！一语既出，举座更是一片哗然。众人都冒出了同样念头：这刘邦莫不是失心疯了？虽说两大秦军目下都在河北，关中势必空虚，然则以他实力又何敢直捣咸阳？不说别的，单是攻那函谷关便够他喝一壶！是，周文确乎入过关，然他麾下那是数十万大军，刘邦手中兵马却还不到万人，再者周文最终还不是一败涂地？这刘邦可是想蹈他覆辙？……正在议论间，项羽却开口了：

“楚王，季父兵马为秦所破，项籍深怨之！愿与沛公西入关！”

满殿顿时变得无声无息，大臣们都愣住了，人人都想不通这项羽又是何等谋划？若说欲为季父复仇，章邯王离两大仇人都在河北，他理当随宋义一并北上，会会那两位仇人，而今却反其道而行之，口说复仇，偏要避开仇人入关中，忒煞怪也！……

楚怀王心下的惊讶也不比其他人少，思忖再三后下令先歇息片刻，又向陈婴宋义及另外几位心腹老臣各递了个眼色，与他们先后来到了内室。

“诸公以为，当否使项籍随沛公入秦?”眼见人齐，楚怀王皱眉问道。

“不可!”众臣的回答居然异口同声。

“不可?”楚怀王目光一闪，“为何不可?”

“陛下明鉴!”一位老臣霍然起身拱手，“项羽为人，剽悍猾贼！此人尝攻襄城，襄城无噍类（可咀嚼者，此处指代人畜），诸所过无不残灭！况且楚军数次西进，陈王、项梁皆败，不如更遣长者扶义而西，告谕秦人父老！秦人苦其主久矣，今诚得长者往，毋得侵暴，当可下！项羽强悍，绝不可遣；唯独沛公乃宽大长者，可遣!”

“当遣沛公!”老臣们齐齐应了一声。

楚怀王笑了，老臣将那整日嬉皮笑脸的刘邦称为“宽大长者”，着实有些不伦不类；若说项羽有过屠城，城阳那次刘邦怕是也有参与，这二人当真是在伯仲之间。然相形而言，刘邦自然未必是“宽大长者”，这项羽的“剽悍猾贼”却是众人皆知，他若果真入秦，一则必定又是大屠戮大纵火大掳掠；二则也极可能在关中成势，若果然那般，则休说自己这个楚王，怕是整个天下的战乱不知何时方能结束。两害相权取其轻，宁让刘邦入秦，也无论如何不能让项羽入秦！心念及此，凝神细思了片刻后，压低声音向一干老臣交代了一番，众人听得连连点头，最后齐齐喊了声：“陛下明断!”

商议已定，楚怀王重新回到王案前跪坐下来，讲出了自己的两大决断：其一，以项羽为救赵大军次将，范增为末将，一同随宋义北上救赵；其二，目下既有刘邦、共敖、吴芮等多路兵马西进，自己愿与诸将相约：诸将先行入秦、定关中者，本王愿以关中之地，王之！各路诸侯闻言顿时大喜过望，也不顾细想自家该如何入关，纷纷附和了起来。楚怀王眼见诸侯们异口同声赞同，心下也大是振奋，忙捧起了酒爵：“诸将若无异议，我等尽饮此爵，以为盟誓!”

“先入关者为王——!”大殿内，所有的诸侯大臣都齐声喊道，只有项羽紧紧攥着酒爵，脸色极是阴沉。

……

大朝会散罢，刘邦忙向着自家营帐跑去，不料他穿那宽袍大袖很是不惯，两脚本就被袍袖衣襟扯绊，又兼脚步太急，结果跑到大帐门口时竟把自己绊倒在地，一头撞进了帐中，尽管如此却仍是一跃而起，满脸狂喜地一连声叫了起来：

“先生，成矣成矣！刘邦照先生教的那般晓以利害，楚王君臣都应允了，还命多支偏师助我等西进！竟还立下盟誓，云先入关中者王！且不说能否攻入关中当王，只要我等往这周围城邑转上一遭，必能攒得兵马粮草、壮大自家实力！远比随那鸟项籍屠城杀降划算得多！先生当真妙算！……”

一声銮铃的清脆声响，一个白衣高冠的身影缓缓转身，看到刘邦这等快意，轻轻笑了。

“既如此，张良恭贺沛公。”他柔声答道，一双深不可测的眸子，如同暗夜中的寒星一般闪烁着光芒。

5

初冬的十月，宋义统领的救赵大军抵达安阳，就此驻扎下来不动了。

（注：巨鹿之战中的安阳位于何处，历来说法不一，一说以为今日河南省安阳市西南，即邯郸郡之安阳；另一说以为山东省曹县东，即东郡安阳，李开元《复活的历史》一书取东郡安阳，从此说。）

这座城邑位于东郡最南端，再向南便是砀郡，由不久前充作前锋的沛公刘邦攻下。此后刘邦便领军攻向东北方向的成武，在那里击败东郡郡尉统领的一支秦军，接着又掉头攻向西南，在亳南击破又一路秦军偏师。此战获胜后，被章邯王离布置在这一带的几路偏师大是紧张，均以为楚军要大举西进，于是纷纷汇集兵马前来堵截，却不料刘邦又掉头北上，在成阳、杠里一带再度击败了九原军一路偏师。至此，楚军救赵路途已完全打通，宋义领真正的救赵主力不必再一路摧城拔寨，只需径自北上便是了。

这条进军路线不仅使沿途秦军大惑不解，便连楚怀王君臣也同样云里雾里，既不明白沛公为何不断变换行军方向，更想不通他何能以区区数千的兵力连战连捷。唯有范增看出了此中门道，对项羽拆解说，刘邦这连番征战，为救赵主力开路尤在其次，首要目的是收罗兵马积累粮草，壮大自家实力！如此作为，正与老夫为少将军谋划如出一辙，以此人之眼光胸襟，多半想不出此等方略，只怕这刘邦背后另有高人！项羽听了一声冷笑，没放心上，只是切齿问亚父可知，狗宋义为何在这安阳驻扎下来不动？范增却说少将军切莫冲动，静观其变便是，项羽终是勉强点了点头。

也难怪项羽这般烦闷，宋义领大军北上之后，刚抵达安阳便驻扎了下来，自家借口是，楚军粮草未及囤积，大军又是连日跋涉分外劳顿，须在此驻扎休整、积累粮草，待到人马整歇粮草丰厚再行救赵不迟。话虽这般说，可多日下来粮草未见积攒，将士反倒备受折磨，驻扎安阳以来已是由秋入冬，朔风一日凉似一日，天色却依旧阴晴不定，救赵大军衣衫又大多单薄，时断时续的雨水浇到身上冰冷刺骨，个个苦不堪言。再看宋义宋襄父子，终日和几个心腹的大将司马窝在幕府里，只许一些形迹可疑的使者进进出出，也不知神秘兮兮地密谋个甚。

驻扎到第四十六日时，宋义的军使突然来找项羽了。

军使来时，项羽正在巡视自家营地，眼见人人冻饿得嘴角发紫抱臂战栗，心下大是痛惜，不禁涕泗横流。老范增跟在项羽身后，眼看他回帐端出自家吃食，分给了五六个饥饿不堪的士卒，顿时颇感惊诧。他早见惯了少将军凶悍暴戾的一面，却头回发现他竟也有唏嘘柔软的一面，心下不由得大是感慨：有禽兽之行、匹夫之勇者，偏还有此等妇人之仁，人性善恶宁非集于此人一身哉？若少将军果能压抑心中戾气，何愁不成就大事，做一方雄杰？可若不改弦更张，仍如以前那般率性而为意气用事，却也必将祸乱天下，自己也将万劫不复！而今武信君已不在了，能磨去少将军戾气者，怕也只老夫一人了……

正是此时，宋义的军使匆匆赶到，带来了卿子冠军的邀请，说是这几日卿子冠军一直与齐使商讨遣子为齐相之事，前日方定，今日摆下酒宴，准备答谢齐使兼为儿子送行。项羽听罢顿时暴跳如雷，一把推开军使，这便要去找宋义理论，老范增刚在背后告诫一句：时机未到，莫与卿子冠军翻脸！项羽便大手一摆喊声知晓，蹚着哗哗雨水向安阳城大步而去了。

刚冲入幕府，酒肉香气便是扑鼻而来，同样飘出的还有钟鼓丝竹声、觥筹交错声。宋义父子、几位齐使连同其他大将都已到了，个个醉眼蒙眬，项羽湿淋淋地往幕府正中一站，顿与这席间众将大不协调。宋义虽向来对项羽不满，然目下心绪正佳，是故很和蔼地问候了句：“次将迟来也！末将如何没来?”项羽却既没有理会宋义的问候，也没有回答他的询问，劈头便喊了一句：“项籍非为赴宴，欲劝卿子冠军！”宋义仍是酒意醺醺地笑着：“军务改日再说！来来来，入座入座！这几位都是齐使，老夫为你引见一番……”

——“目下秦军围赵王于巨鹿，我等何不疾引兵渡河?”项羽一口便截断了宋义，声声怒吼直如猛兽咆哮一般慑人，“楚击其外，赵应其内，破秦军必矣！卿子冠军为何在此踟蹰不前?”

经他这一番吼叫，幕府中的丝竹谈笑声顿时停了下来，众将都大是惊讶。宋义却似乎早料到项羽会这般说，既不意外也不恼火，放下手中酒爵悠然一笑，慢条斯理地一番侃侃而谈：

“次将差矣！夫虻之搏牛，志不在虮虱。暴秦者，牛也；巨鹿秦军，虮虱也。今秦攻赵，纵然胜战，也必当疲敝，我等正可乘虚而入击其敝；不胜，则我等引兵西行，必破秦矣！故不如使秦赵先斗！夫披坚执锐，义不如公；坐而运策，公不如义！”

“一派胡言！”项羽恼怒了，“秦军攻势猛烈，赵军抵挡得住么？若赵军被灭，秦军只能气势更盛，岂会疲惫？到时章邯王离再趁势南下，我等又有何法抵挡？即便领兵西进，秦军主力仍在，只要不敌秦人，占了关中也终要被打败！那周文不就是这般么？救赵乃天下大局，不击败秦军，万事休提！……”

“次将无礼！”宋义也沉下了脸，环顾席间高叫了一声，“传老夫将令：今日之后，军中猛如虎，狠（不听令）如羊，贪如狼，强不可使者，皆斩之！”

项羽勃然大怒，这便要大步上前一脚踢翻食案揪住这老匹夫饱以老拳，耳畔却猛然回荡起了老范增的告诫，心念及此，终是又一次强行压抑住了怒火，只死死盯住了宋义。宋义则回报以轻蔑的目光，僵持片刻后，项羽终是一声冷笑，扭过头去大步出了营帐。

卿子冠军与次将之间的这场口角龃龉，翌日便随着那道“虎羊狼”的军令传遍了楚军上下。眼见项羽做了缩头老鼋，宋义大为得意，自以为镇住了这位强不可使的次将，依旧与齐使等人饮宴吃喝，一吃便是三五日，安阳幕府里终日酒肉飘香钟鼓烂漫，却苦了楚军将士们。这几日恰是冬雨下得最大之时，士卒们早就衣衫单薄，军粮也所剩无几，连日来又是大雨滂沱道路泥泞，由彭城发出、运载衣甲军粮的车马都滞留在半途迟迟不到。自家冻饿不堪，卿子冠军却日每置酒高会，得知内情的将士们无不怨声四起，尽管顾忌着那道军令，众人表面上不敢说甚，私下里却是议论纷纷，多以为次将所言大是有理。

“上富而骄，下贫而怨，可离而间！”眼见这等情形，范增一番面授机宜后，项羽悄悄开始行动了。他带着黥布龙且钟离昧等心腹大将瞒着宋义，私下里频频去见当阳君、蒲将军等其他各部大将，反复论说大势。将军们大多不怿于宋义的飞扬跋扈和奢靡淫佚，士卒们更是对这位不知体恤自己的卿子冠军怨声载道，是故项羽等人一提话头便是一阵愤懑抱怨，也大多表示拥护项羽。而待到宋义亲领的那百余车骑浩浩荡荡离开安阳幕府、去送自己儿子赴齐地为相时，次将已是众望所归，隐隐成为楚军将士们心目真正的统帅了。此时老范增终于教给了项羽除宋义之法：仿田臧杀吴广。话头一提，项羽恍然大悟：自己杀过殷通，原样画瓢便是！范增又给项羽琢磨出一番说辞，项羽便召集起军中与自己亲善的将军们，复述了一番：

“弟兄们！今岁本就饥荒，百姓贫困、军无余粮，士卒只能靠芋菽为食；楚军又是新败，楚王坐不安席，征发举国大军交于卿子冠军，国家安危，在此一举！此等情形，卿子冠军本当引兵渡河，得赵军供应粮草，与赵军戮力攻秦，不料他命我等久留不行，自家饮酒高会，送子入齐为相，还说甚要承秦赵相争之余敝！以秦军之强，攻新造之赵，势必灭赵！赵亡而秦强，有甚余敝可承？卿子冠军不恤士卒而徇其私，非社稷之臣！……”

幕府外的阵阵雨声中，项羽的连声怒吼顿时引起了热烈反响。黥布第一个便大叫宰了那鸟宋义，次将统领大军；其他将军们也无不痛骂宋义误国，当即便与项羽范增密议起来。待到宋义车队重又浩浩荡荡由无盐开回来时，项羽便依照事先谋划，开始行动了。

这一日清晨，宋义刚梳洗完毕，军吏便报次将求见。这还是自上次口角以来，项羽的头回求见。宋义心下一沉，思忖了片刻，忙将甲胄穿戴齐全，又配上了楚怀王亲赐自己的金剑，还特意叫来了四名甲士守在幕府中，做完这一切后才装出一副气定神闲的模样，端坐在了奏案前，命项羽进来。

夯石般的脚步声迅速传来，转眼间，项羽的高大身影便立在了宋义五六步之外。仍是浑身被雨水淋得透湿，右手环抱着自己的铜胄，宋义着意瞄了一眼，看到项羽的确没有佩剑，心下轻松了不少，当下冷冰冰问了句“次将何事”，又看似无意地将楚王金剑摆在了奏案上。

“宋义，还不发兵救赵么?”项羽低沉的嗓音中透着逼人的寒意。

“项籍大胆!”宋义大为恼火，重重一拍案，右手也就势按在了剑柄上，“忘了老夫军令么？可欲领死?”

“该死的是你宋义!”项羽一声咆哮声震幕府，猛然如一只猛虎般扑向宋义；宋义与四名甲士未及反应，他右手已突然掷出铜胄，端端正正砸他脸上。宋义骤然吃痛，鼻血眼泪齐齐淌下，项羽却已闪到他面前，夺过金剑拔出鞘来顺势劈下，但见一股血泉迸出，宋义人头已然“嗵”的一声滚落在遍地血泊之中!

这一连串动作兔起鹘落，四名甲士已然惊呆了，纵然甲胄兵刃齐全，却是谁也不敢上前拿下项羽；非但如此，那双满是凶狠的重瞳子扫过几人身上时，他们个个都是猛一激灵，居然不由自主地倒退了几步！

项羽却也不理睬几人，径自弯下身提起了宋义血淋淋的首级，大摇大摆走出中军幕府，击起了聚将鼓。片刻之间，当阳君、蒲将军等大将便领着各自部将纷纷聚拢而来，项羽在雨中举起宋义首级，按老范增事先教他的那样高叫道：“宋义暗通齐国，意图谋反，楚王阴令项羽诛之！”大将们顿时心照不宣地喊成一片：“拥戴次将，领军救赵！”直到此时，宋义的心腹大将们才先后赶来，眼见这般情形，个个惊惧得说不出话来，更无一人敢问项羽何不出示楚王密令？一番踌躇之下，都不约而同沉默了。

眼见杀将夺权成功，项羽重瞳子中闪过一丝得意的凶光，连下几条将令：其一，命黥布领飞骑追杀宋义之子宋襄，以绝后患；其二，命桓楚将宋义首级带回彭城，向楚王报告自己诛乱之事；其三，其余诸将整顿营地，预备渡河救赵！

几条将令接连下达，萧疏多日的楚军营地登时一片忙碌。数日后，黥布桓楚同时归营，黥布献上了宋襄首级，桓楚则带来了楚怀王王命：宋义徇私误国，次将斩之无过有功，以次将为上将军，领军救赵！王命念罢，军中上下一片欢腾，老范增更是笑说，少将军斩宋义恰如田臧杀吴广；楚怀王对此事之处置也与陈胜一般！同时传来的还有另一个消息：魏国魏豹、齐国田安两支兵马也欲随楚军救赵，目下已开始向大河开进，准备在大河以北与楚军会师。

“善！魏齐来援，楚军更不能延宕！”麾下兵马整顿完毕后，项羽发出了自己成为上将军后的第一道将令，“当阳君、蒲将军领军两万为先锋，北上渡河！”

6

绵绵冬雨终于止住了。

雨后的清晨依旧潮湿寒冷，纵然裹着厚厚的战袍，望楼上的王离却不住打着寒战。他将目光转向南面，看到一片赭黄色的楚军营垒正驻扎在漳水以南，不由得皱起了眉，心下颇有些懊悔。

楚军终于还是来了。

早在两个月前，总领大河两岸防务的涉间便发来军报，云楚军以刘邦军为前锋，相继攻克了秦军位于大河南岸的多座城邑，涉间与司马欣战事不利，无奈之下只得收拾败军与主力会合。两支秦军在河南的兵力已不复存在，背后便直接暴露在了楚军面前，然而当时自己并未对这份军报重视起来，只一心想攻破面前的巨鹿再说。不料接下来形势更加恶化：新任楚军统帅项羽派出当阳君、蒲将军领两万兵马率先渡河，与关中军缠斗之际，又派出黥布领精锐飞骑秘密潜入河内郡，反复捣毁甬道、骚扰粮道，以致多日来关中军输送向九原军的粮秣大大减少。令王离痛悔的是，当阳君、蒲将军最先开始偷渡大河之际，驻扎自己身后的涉间已有察觉，聚拢本部兵马半途截击的同时，派出军使来向自己求援。然而当时围城秦军全力猛攻巨鹿已有整整三日，秦赵两军各自伤亡数千，彼此都杀红了眼，自己根本未及细想便连连摇头，说我与苏角正在吃紧，巨鹿城破在即，此时调走兵马攻势必减弱，赵军也势必会重新缓过劲儿来，涉间须再撑持三日，三日后我等必当攻破巨鹿、掉头猛攻楚军！

可自己没想到，三个三日过去了，涉间主力已被击溃，不得已北撤并入了围城秦军，巨鹿却依旧没能拿下。楚军反倒是渡过大河，在漳水以南扎下了营垒，虽说按兵不动，却显然是在等待战机，一旦自己身后露出缝隙，项羽极可能由自己背后全力猛攻，若那般便是腹背受敌！

非但于此，关中军也开始内忧外患交加。少府派出的军使报说，项羽大军虽始终在漳南按兵不动，却派出了黥布领军破坏粮道，同时大肆煽动关中军刑徒罢战逃亡，多日下来大见成效，许多刑徒都聚集在幕府，要求庙堂履行当初的许诺，给自己授爵抚恤；更有负责运粮的刑徒纷纷弃粮逃亡，甚至黥布来袭时，还将粮草转送楚军！少府兵马虽有二十万之众，然光是护卫这漫长粮道也只堪堪够用而已，而今更须同时应对黥布的骚扰、刑徒的躁动，顿时便捉襟见肘起来，自己本还指望少府调拨一部分兵马助自己围城或者抗击楚军，目下看来显然也不可行了。

除此之外，一系列坏消息又接踵传来：盘踞咸阳的赵高已开始筹备登基，怕是称帝只在这几日；而大河以南，刘邦领军一路西进中原，进展虽极为缓慢，麾下兵力却始终在慢慢壮大，依这个势头发展下去，原本的虚兵只怕也要渐渐做实；又有留守九原的杨翁子、赵公辅报说，长城以北重新出现了匈奴聚集的迹象，只怕数月之内，留守的九原军便要迎来一场恶战；还有岭南军，自惟嬴南下之后，自己便再无她或岭南军的任何音信，却不知他们到底如何？岭南军直至目下仍没有消息，怕是再难指望了，可惟嬴呢？如何也全无消息？哪怕是差人送来只言片语，自己也当踏实得多……

除却这些忧虑，还有一条谣言使王离忐忑。这谣言不知是如何在九原军中传开的，说自己近来连出错断、不堪为将，其依据是频阳王氏已三世为将，杀伐甚多，王氏后代当受其不祥，是故自己领军必败！……

尽管王离也清楚，这谣言多半是巨鹿赵军或其他诸侯的乱心之计，然而在这战事不利的关头，这条谣言无疑使本就开始低落的士气更加雪上加霜，甚或连他自己也无法泰然处之，心头终日萦绕着愧疚自责之感。

王离转过身来，遥望着对面尽管残破却依旧顽强屹立的巨鹿城垣，不由得回忆起了当年的大父，还有六十年前的邯郸之战。那时连阿翁也不过刚出生不久，大父则不到三十岁，还是个千长，正在郑安平统领的救援秦军中。他记得大父曾对自己讲过那一战，那一战的惨烈几乎不逊于长平大决；而今时过境迁，眼前的这一战，除却要攻打的城邑由邯郸换作了巨鹿，其他各方面几乎都是当年的翻版：仍然是秦军围赵久攻不下；仍然是楚军救赵，这援军仍然如当年魏军一般多日踟蹰不前，而最后也仍是以杀将夺权的方式打破了僵局，甚至援军滞留的城邑也同样叫安阳，只不过名同实异而已！

既然两战这等相似，那如今这巨鹿之战的结局，莫非也是当年邯郸之战的翻版？莫非自己果真不堪为将，这一战必将败北？

……

正在此时，王离接到了司马欣送来的一封楚军书信。当他听司马欣说出写信之人时，不禁大为惊讶；及至看到这封书信时，这惊讶更加倍了——

这封信，竟是楚军主将项羽写给自己的，约他次日前往漳水北岸，在楚军营垒前的一片空旷山塬上会面；项羽还保证说，自己不会有任何诡计伏兵，更非要与王离提前交手；王离若不信，带一支百人队护卫便是，无论他如何防范，自己本人都会单人独骑前往。

“此中必定有诈！这项羽何等剽悍猾贼，焉知不会仿商君擒公子卬，假借会面不利于将军？不能去！”乍看到这封书信，苏角愤然道。

“此人会稽起兵之时便暗算过殷通，便是此番北上，也是因行刺宋义才夺了将权！这封书信，必是要故技重施！”涉间也劝阻道。

王离没有马上答话，片刻沉思后却淡然一笑：“这项羽虽有猾贼一面，然若果真欲暗算我，必当另行设法，决然不会预先告知，让我独自前往，不然作伪太过；况且此人向来意气用事，用兵也只知好勇斗狠，便是欲破秦军，也非在战场上击败我不可，不会甘于使诈。各位猜测他欲对我不利，怕是高看此人了。”

“那他不怕我等反过来擒他么?”涉间不屑地撇了撇嘴。

“此人自恃万人敌，即便百万大军在前，也自信能全身而退。”

“可他约将军前去，究竟要做甚?”

“先前定陶之战，我曾杀他季父项梁；我王氏又与项氏三代世仇，此人必是欲示威于我。”

“那将军之意?”

王离语气很是平静：“我去。一则九原军士气多日衰颓，我不能再让将士们以为自家无胆；二则，我也确想见见此人。”

“可若果有万一……”

“果有万一，九原军归入少府麾下。”

……

在那片预定的山塬上，王离见到了项羽。

“可是楚人项籍?”行至一箭之地外时，王离看到对面一匹通体乌黑的战马，马背上一名金甲骑士，高喊了一声。

“可是秦将王离?”那人的声音直如沉雷一般，随即催动战马缓缓上前，来到十步之外时停下了。

两位统帅默默打量着彼此，正如多年之前，各自的祖辈父辈彼此对视着一般。他们的外表装束都形成了极为鲜明的对比，王离一身秦军黑甲，腰间一柄长剑，胯下是通体火红的汗血马；项羽一身楚军的赭黄衣甲，手中的长槊、胯下的乌骓马却都是通体漆黑，森森可怖。

即便是马背之上，项羽也比王离高出整整一头，于是他居高临下，肆无忌惮地打量着对手。

“何故约我至此?”王离的声音冰冷而干脆。

“无他，只想见见杀我季父之人、我项氏世仇，究竟何等模样!”

“而今，见到了?”

项羽嘴角浮现出一丝狞厉的笑意：“见了，记住你面目了；下次战场上，必当置你于死地!”

“口上嚣张，何如战阵之间见分晓?”王离的语气仍平静得毫无喜怒。

“何待那时? 目下便可!”项羽突然一声大吼，对着王离举起了长槊，“王离，今日你敢来见我，算得有胆! 敢否与我在此一决高下?”

两人之间一时大见肃杀，项羽高举长槊死死盯着王离，目光和手中的槊锋一样犀利；王离则同样盯住了他，右手紧握住腰间佩剑，便连两人胯下的坐骑都在满怀敌意地对视着，不住喷着响鼻。

看到项羽这等张狂，那些铁鹰锐士们纷纷变色，这便要催动战马上前抢回主将；然而王离却抬起一只手，止住了自己的侍卫们，又轻轻摇头："兵争非一己私斗，我不与你交手。"

项羽的笑容中充满了嘲讽："频阳王氏世代为将，不想你王离竟是个懦夫！"

"彼此彼此。"王离同样不动声色回敬道，"项燕项梁何等英雄，子孙却只知逞匹夫之勇！"

这个评判显然激怒了项羽，他嘴角的笑容倏忽消失，取而代之的是满面怒容，随之而来的便是一连串惊雷般的喑呜叱咤：

"王离，你不敢在此与我交手，便回营好生整顿兵马，来日领兵与我一决高下！而今这巨鹿大决，我要为我项氏报仇，为我楚国报仇！你我两家三代二十年世仇，我都要从你身上讨回！楚秦百余年血债，我都要从秦军身上讨回！不亲手斩杀你这项氏死敌、暴秦走狗，项籍不回江东！不将秦军尽数剿灭屠戮，项籍不回江东！……"

项羽愤激大吼的同时，王离自始至终都保持着平静和沉默。直到对方的连声怒吼终于止住时他才重新开口，声音不大却极是清晰：

"王项世仇，王离知晓，却不放心上；秦楚恩怨，王离知晓，也不以为意。项籍，我与你交手，非为私仇；我等秦军与诸侯作战，也非为秦楚恩怨，却是为捍卫华夏文明，为守护天下苍生。二世即位以来，暴秦之说已成天下公论，我等秦军自然也便成了你等眼中助纣为虐之庙堂鹰犬，然王离可明告于你：任何邦国灭亡之际，都会有死节殉难之人，当年秦军灭楚，你大父、你父、你季父，尽皆如此，而今轮到秦国将亡，我等也理当如此，无他，为将天职所在。王离更要明告于你：秦政秦法固有诸多瑕疵，却终究远甚你等乱军，更非你这只知毁灭杀戮之屠夫所能理会。项籍，王离敬你猛勇，却更恨你残暴，你多活世间一日，便不知屠戮生灵几多！也许千百年后众口铄金三人成虎，你等唯思毁灭杀戮之屠夫或将被史官粉饰为英雄，而我等秦国君臣也将被涂抹为暴君酷吏屠夫奸佞，然王离却不在意，王离唯一在意的是目下这一战！此番巨鹿大决，无论秦军是败是胜，无论王离是死是生，我都要为天下除掉你这凶兽恶徒！"

听到对手的最后一句话，项羽的重瞳子中瞬间暴射出两道凶光。

"说得好！王离，你配做我项籍对手！今日得与你一见，项籍不虚此行！下次见面便在巨鹿战场上，你我当中必有一个要死，有种便来，我等你！"说罢他放声大笑，笑声如野兽咆哮般带着放肆的快意。

“一言为定。若不能活，我至少要与你同死。”

王离冷冷望着这位未来的对手，丢下这句等同于道别的话，然后掉转丹骎的马头，开始向自己那队飞骑缓缓走去，同时高喊了一句：“回营！备战！”

百人飞骑簇拥着他绝尘而去；而项羽也策动着乌骓马掉过头来，赶向漳水南岸的楚军营垒。随着两位统帅的背道而驰，最终决定天下命运的巨鹿之战，就此拉开了帷幕。

第十六章 桃夭

1

项羽自称要全歼秦军倒也并非夸口，早在随宋义北上之前，他便开始了各方面筹备。

还在彭城之际，项羽便依老范增之言，加紧收罗和操演各方兵马，很快便将自家兵力扩充到了两三万人，且战力远较新楚其余各部强劲得多。其时楚怀王虽颁下了要“自将兵马”的王命，然项氏叔侄长期领兵在外征战，无论熊心、陈婴还是宋义，都不清楚项氏真实兵力，结果项羽听从范增谋划，只划出了五六千老弱来搪塞敷衍楚怀王，却将真正精兵藏在泗水上游的一处山谷里，由龙且、虞子期、季布三人统领，日日苦练阵法；老范增又四处活动，或积蓄粮草，或购置战马，或打造兵刃，很快便大大增强了这支重建楚军的战力。

而待到救赵楚军北上之际，项羽仍没有轻动这支兵马，却是命龙且等人先走一步，赶往齐地与救赵齐将田都会合，其间仍未中断兵马操练；及至杀宋义夺取将权、渡过大河之后，项羽方将这支兵马调回来，汇入救赵楚军。等待他们归来的这些时日里，他同样并未空闲，一方面派出当阳君、蒲将军前去骚扰秦军，试探对手战力；一方面裁汰各部的老弱病残交伯父项伯统领，或发往彭城壮大运粮民力，或留守营中负责修理兵刃建造壁垒；另一方面又遴选精壮加紧操演，组成了一支人数虽不多，战力却相当可观的游击骑兵，这支兵马由黥布统领，作战方式更接近战国中前期的骑兵——进军之时骑马，为的是快速行动，然真正交手之时却是下马步战，配备的兵器也极为特殊，除却寻常的短剑盾牌，还人手一只方首铁锤，它在《六韬》中的名字很怪，叫“方首铁棓维朌”。之所以配备这等兵器，便是因了这队游击骑兵的特殊使命——破坏甬道，截断秦军粮道。

据实而论，尽管麾下早有人提到了这一方略，可若非陈余特使的到来，项羽还真未必会赞同。

北上渡河、驻扎漳南那一日，新楚军先后迎来了一好一坏两个消息：好消息是龙且等人率领着本部精兵回来了，其中最惹眼的便是那八千江东子弟兵，他们最大的特异之处便在和自己统帅一样，人手一支丈许长矛，这在当时以长剑为主的中原骑兵中可谓独树一帜，顿时引起全军一片惊叹。然而这兴奋没能持续太久，很快坏消息接踵而至：当阳君、蒲将军两部攻秦失利，兵马伤亡溃散近半，目下已北逃到了陈余军中，陈余又派出军使前来求救，请楚军迅速发兵攻秦。项羽看到陈余书信后大皱眉头，先让陈余军使帐外守候，又召来众将商议。众将本以为一番兵马整肃之后，破秦已无疑义，不想仍是出师不利，都大觉颜面无光，顿时一片汹汹请战。项羽眼看自己精兵在手，也更是胆气盛壮，这便要召陈余特使进帐，准备应陈余之请，大举进兵渡过漳水。不料此时范增却唱起了反调，认为当阳君、蒲将军两军新败，足证楚军战力仍不够，目下进兵仍太仓促，还须再等；又进一步解释说，而今已然入冬，前日又是雨雪连绵，秦军秋季攻城便大为乏力，冬日更是如此，巨鹿赵军又是粮草充足，不到开春不会失守，少将军只沉下心来，好生操演兵马才是。项羽大不耐烦，却又不便当场反驳，顿时黑着脸默不作声，局面就这样僵持下来了。

谁也没料到，此时幕府门口忽然传来一个陌生嗓音，打破了这片沉寂：

“求战不难，先攻章邯!”

“何人?”众将无不惊愕地扭过头去，望向大帐入口，却见一个人影快步走入帐中，来到灯火下时众人才看清，这是一名年轻侍卫。

“你是何人?”项羽上下打量着他。

侍卫一脸不卑不亢：“执戟郎官韩信。”

“韩信? 不是韩国公子韩信?”

“在下与那位只同名而已。我乃楚人，东海郡淮阴人。”

“我知此人！”黥布突然叫道，“你当年受过胯下之辱！”

“对也，我还听说，此人从军前常在人家中寄食，无人不厌！”钟离昧也喊了一句。

——“最后无人给他饭食，是个漂母供了他月余！”桓楚第三个开口，顿时引起一片哄笑。

“上将军，先听他说！”老范增叫了一声，众将这才不吭气，等着看这寄食胯夫能说出何等主张。

韩信倒也不觉难堪，一拱手便是侃侃而谈：“在下以为，欲破秦军，不当直撄九原军兵锋，却当先破章邯。各位将军都以为，秦军数月猛攻，巨鹿已岌岌可危，陷落只在旦夕之间，其实大大不然。以在下观之，秦军士气战力都已今非昔比：其一，连日来咸阳内乱迭起，自古败政恶政无精兵，秦军庙算已先输一筹，士气必定大大衰落；其二，九原军本就长于野战短于攻城，围攻巨鹿本就是弃长就短，事倍功半，战力当大打折扣；其三，目下又是天寒地冻雨雪霏霏，决然不利攻城作战，对秦军攻城可谓雪上加霜。有此三大弱点，九原秦军必不能急切得手，然此时我等若从背后猛攻，王离自然先掉头攻我，旷野决战正是九原飞骑所长，目下我等楚军实力也未达到最佳，若贸然开战，并无必胜把握。”

听到韩信吹捧起秦军战力，项羽心下很是不快，正要说这是长他人志气灭自家威风，老范增却连连点头：“继续说。”

“当此之时，我等最佳方略乃是批亢捣虚。亢者，王离九原军也；虚者，章邯关中军也。两支秦军共计三十余万，看似了得，实则各有死穴：九原将军王离将才不足，统领大军勉为其难；章邯关中军以刑徒为主，战力士气皆有限，是故只能为九原军运输粮草。换言之，九原军弱在将，关中军弱在军。更有甚者，两军由王离章邯各自统领，不在一处，若遇突发事端，彼此配合极易失序。只要我等能先行击退关中军，则九原军也势必会现出破绽，此时若能抓住战机连续猛攻，则不难将其击败！”

“关中军纵然都是刑徒，却也将近二十万人，我等楚军不到十万，你却如何剿灭章邯？”范增目光炯炯问道。

韩信笑了：“亚父明鉴，是击退，不是剿灭。以我楚军兵力，欲全歼关中军自不可能，然将其击溃却不难。章邯兵力虽多，却散布在整条甬道护卫，这甬道足足数百里长，二十万大军散布两旁，兵力便很是薄弱。若我等集中精锐兵力反复偷袭甬道，必能断他粮草！粮草一断，章邯只能向西南撤退，以期重新修复甬道；章邯退军，王离却必不肯退……”

——“你说他不退，他便不退?”项羽满是不快地插了一句。

韩信的笑容中满是嘲讽：“王离决然不会退军。他已将巨鹿围攻了那般久，一旦撤兵，巨鹿将就此解围，秦军数月辛劳死伤便尽皆白费，他岂会甘心？必会孤注一掷，继续猛攻!”

“继续!”项羽还想说甚，范增已抢先开口了。

“章邯撤军、王离固守，一则两军各自失去粮草支撑，必不能久战；二则彼此之间也由此露出罅隙，这便是楚军战机。我等可趁机揳入两军之间，抢在章邯回救前猛攻王离，此时再有其他诸侯兵马围而聚歼，九原军失去粮草、陷入包围，必败无疑!”韩信的语气中满是意气风发。

“善!”老范增兴奋得猛然站起，快步来到项羽面前深深一躬，苍老声音竟微微颤抖起来：“老夫恭贺将军！绝世将才就在眼前，将军果能用之，扫平天下指日可待!”

“绝世将才？这韩信?”项羽一怔，却是放声大笑，“亚父说笑也！一介执戟郎官，从未领过兵马，信口几句大言，便是将才?”

“少将军!”范增急迫了，“这韩信如此了得，你不能不用!”

项羽不由自主攥起了拳头，一时对亚父很是不耐——杀得宋义之后，天下都知我项籍大名，众将都对我敬畏三分，为何亚父仍当我幼童一般？动辄便大庭广众之下训诫一番，让我好生颜面无光！我若仍言听计从，岂不让众将小觑了么？……

——“至少，攻秦方略非此莫属!”范增显然也看出了项羽心思，急忙又补了一句。

“……”项羽一时犹豫了起来：以这韩信方略攻秦，却不用他为将，传至天下，世人该如何看自己？胜了也没甚光彩！况乎自家大军无敌于天下，即便硬碰硬也照样能击破秦军，何必非听这胯夫的？……不管他，先将他打发走再说！想到这里不由得轻咳一声：“韩信，你所言战法我等已知，还需再行商讨，改日会有封赏，你先下去。”

韩信望向项羽的目光黯淡了下来，嘴角一丝嘲讽笑意：“人云上将军封有功之人，印绶握在手中、磨去棱角尚不肯给，而今观之，果非虚言。”说罢径自转身向帐外走去。项羽顿时大为光火，冲他背影吼了句“大胆”，他却毫不理会；范增又在他身后急叫一声“留步”，他脚步稍停一下，走得反而更快了。

不想正当韩信走近帐门口时，外面又是一声出人意料的高喊：

“陈余将军特使李左车，求见上将军鲁公——！”

2

“陈余将军特使李左车，求见上将军鲁公——！”

这一声很是突然，不仅项羽范增等人，连韩信都大感意外，一时愣在了原地。

“进！”项羽反应却是极快，忙高喊一句，说话间一位文士模样的特使匆匆入帐，走过韩信身旁、擦肩而过的刹那，两人无意中向对方瞥去了一眼。那个瞬间无论韩信还是李左车都不会知道，多年之后的井陉关之战，他们会彼此成为对手，后者还会成为前者的手下败将，以及日后的谋士。

韩信走了出去，李左车进入了幕府，拱手自报名号：“李左车见过上将军，见过亚父，见过列位将军！”

“李左车？”项羽眯起了一双重瞳子，只觉这名字很是耳熟。范增看出了他的疑惑，踱到他身旁低声道：“这位李左车，便是赵国名将李牧之孙！”

“原来是他！”项羽恍然大悟，又顿觉不可思议：当年邯郸之战，大父项燕北上救赵，曾与武安君李牧并肩大破秦军，还险些杀死秦将王翦。而今时过境迁，又是自己领兵援赵，对战的则是王翦之孙王离，目下又见了李牧之孙，不想当年天下三大名将的后人，而今竟都齐聚在了巨鹿！一双重瞳子不由得闪烁起兴奋，当即离席向着李左车深深一躬：“久闻先生大名，今番得见，项籍有幸！不知何以教我？”

李左车一愣，没想到这位恶名昭著的凶徒将军，竟也有恭敬慈爱言语呕呕的一面，忙还了一礼，又露出一丝诡秘笑意：“上将军请听在下一言：陈余将军虽遣我求救，然以在下观之，巨鹿断不致马上陷落。”

听到这句，幕府中顿时一片惊讶，老范增也兴奋得挺直了腰杆——这李左车并没听到方才韩信提出的方略，如何开口却一模一样？

“巨鹿守将，乃我族叔李齐，此人深得大父李牧之兵法精要，犹善守城；反观秦军，连日来本就战事不利，又兼在下遣人四下散播流言，云王氏为将三世者必败，是故士气大大低迷。此消彼长之下，巨鹿还能继续撑持。是故在下之意，救赵主力驻扎漳南不动，上将军可只遣精兵反复袭扰秦军粮道；章邯王离断粮之际，楚军渡河北上与诸侯会合，携手猛攻王离！”

“轰嗡”一声，帐中更是一片窃窃私语：不说李左车散播的那流言，单说这方略，竟与方才那韩信所言异曲同工！唯一差别只在细节不同：韩信主张楚军主力猛攻王离，李左车却主张诸侯共同出兵围攻，然说到底仍是一回事！

“只是，我楚军猛攻九原军之际，各路诸侯却是如何协同，尚须好生谋划……”范增沉吟了起来。

“亚父放心。”李左车显然早有预料，慨然应道，“晚辈来楚军之前，已前往各诸侯营中走了一遭！”说着从袖中掏出一方捆扎好的粗大白布，双手猛然一抖，白布“呼啦”一声展开，幕府内又是一片惊叹——那上面竟以炭块写出一个个粗大的黑字，个个都是复辟诸侯的名字！

“赵国赵歇、赵将陈余、赵将张敖、燕将臧荼、齐将田都、齐将田安……”项羽逐一念着这些名字，一双重瞳子中写满了兴奋。

“各路诸侯，在下都已见过；非但如此，经在下游说，诸侯还公认上将军为救赵盟主！只要楚军能占得秦军上风，在下可保诸侯一同来援！”

“‘只要’能占得上风？”项羽脸色又沉了下来。

“上将军明鉴！”老范增明白项羽心思，忙插了一句，“诸侯不肯一同攻秦，非因贪生怕死，仍是战国纵横邦交之铁则：唯楚赵压住秦军，诸侯方能来援；若本就不敌，则诸侯必不来援！一则，便是来援也未必救得出赵军；二则，诸侯更不愿为救赵引火烧身。邦交之道，锦上或可添花，雪中却绝不送炭，此之谓也。”

项羽轻蔑地撇了撇嘴：“趋炎附势，一群宵小！”却还是吼了一句：“诸侯同心，项籍便做了这救赵纵约长！”说着大步走到李左车面前接过白布，生生咬破手指，在白布最右端显是有意留出的空白处，用鲜血写下了自己的名字；此后也顾不得包扎那鲜血淋漓的手指，却是踱到幕府正中高叫了一声：“黥布！”

“在！”黥布粗声应道，霍然起身。

“自明日起，由你遴选精壮，组成游兵，偷袭秦军粮道！”

“诺！”黥布大摇大摆走上前去，从项羽手中接过了令牌。

“其余诸将自今日起，加紧操演骑兵阵法，等待时机与九原军大决！”随着这声咆哮，项羽一拳砸上了奏案，顿时木屑迸飞。

“先生之见，这场巨鹿大决，楚军能赢么?”

这是楚军即将开始进攻秦军粮道之际，远在白马津的刘邦发出的疑问。

自数月前彭城大会以来，刘邦便领着自己这支不足万人的兵马先行出发，在其他几支友军的协助下，逐一进攻秦军驻扎在大河南岸的诸多城邑。既是为救赵大军开道，也是四处搜罗兵马、囤积粮草，是故并不求摧城拔寨，更不求剿灭敌军，只是在中原各郡县之间慢悠悠游荡盘旋着。相继取得一系列小胜之后，刘邦兵马已渐渐壮大到四万余人，更要紧的是拿下陈留之后，缴获了大批粮草。占据了大河南岸的白马津之后，刘邦便抵达了自己预定征途的最北端，换言之，此番他领军第一阶段的使命已全部完成，可以就此心无旁骛地开始西进，也正因此，刘邦决意先在白马休整几日，对河北战局观望一番。

听到刘邦的疑问，张良无声地一笑。

“项羽破秦，关键只在能否断得秦军粮草。若秦人果真粮草不济，则诸侯破秦必矣。”

“就怕那项羽只知好勇斗狠，想不到这层!”刘邦的笑容里颇见揶揄，又是大袖一摆笑起来，“罢了罢了，管他鸟项羽仗打得如何，管他秦军是胜是败，咱刘邦总归也扫清了大河南岸，目下兵马也已大大盛壮，明日我等便拔营动身，西进函谷关！……”

“沛公又心急了。”张良的笑容很是温淡，“目下河北战事未见分晓，沛公仍不能轻动。若项羽果能胜秦，则我等方可入关中；可他若被章邯王离击败，则沛公即便入关，也无力抵挡秦军回援。毕竟秦军尚在，则秦国不亡；唯有先灭秦军，方能说亡秦之事。”

“明白也，秦军若在，刘邦便吞下这方正肉，也终须吐出来。那先生之意，我等下一步该当如何?”

张良起身踱到军帐门口，眺望着远处依旧在寒冬中徐徐流淌的大河，沉思许久后缓缓开口：“目下我等仍当延续先前方略，徐徐西进，着意继续扩充兵马粮草。此番当以三川、颍川两郡为用兵重心，作势直逼函谷关，实则折向西南，直攻南阳郡!”

“打南阳郡? 你意，攻武关?”

“由中原折向武关，路途虽远且更曲折，然一则我等本就缓步西进，二则这一路驻守秦军更是薄弱，三则此地偏僻多山，易掩藏行踪……”

“如此，我等便可奇袭武关!”刘邦兴奋地一拍案。

张良笑了：“原是此前有过先例。战国之世，秦军多次攻楚都走武关偷袭，商鞅如是，司马错白起亦如是。此番我等反其道而行之，当收奇效。”

“便从先生所言!”刘邦手舞足蹈大是兴奋,“我等明日便动身西进!”

3

刘邦大军开始西进之际,黥布也率领着自己的游兵悄悄出动了。

此时的楚军仍驻扎在洹水以北、漳水南岸,章邯的幕府驻扎在棘原,共计三万余人,主要任务是护卫幕府;其余近二十万兵力都散布在那条漫长的甬道两侧。而黥布的任务,便是率领着麾下这支游击兵马,捣毁秦军的甬道。

夜色阑珊,细小雪粒正由夜空中徐徐飘落,落在悄无声息缓缓前行的游兵们身上。这些参与夜袭的士卒都是黥布亲自遴选出的,个个都和他本人一样力大无穷。和九原军偷袭定陶那次一样,目下的他们也都是人衔枚、马裹蹄,根据手中兵刃的不同分为两批:第一批均为轻骑,个个配有弓矢;第二批则人手一柄方首铁锤。前者负责进攻秦军、掩护同袍撤离,后者则是捣毁甬道的主力。他们就这样借着夜色掩护,向着那条伫立在旷野中的巴蛇般的庞然大物悄悄摸去。

很快,远处的黑暗中便显出了星星点点的火光,也映出了那绵延无边的高大土墙的身影和护粮士卒们铠甲上折射的点点反光;与它们一并传来的,还有车轮的吱嘎声、牛马的嘶鸣声,民夫们的高声吆喝,以及地面的不住震颤。

黥布咬住长枚的嘴角绽出一丝冷笑,目光也越发凶狠了,他命胯下原本不紧不慢小跑着的战马停下来,又举起手中的铁锤挥向前方,游兵们也随之按预先演练好的阵法开始了队形变换——手持弓箭的前军催动战马加快脚步,掠过黥布身边,开始向前猛冲;身背铁锤的后军则纷纷下马,紧跟前军徒步前行。他们没有刻意隐藏自己的行踪,甬道中运粮车队的动静已足以盖过这些偷袭者了。

也正因此,无论是负责运粮的民夫们,还是甬道外负责警戒的士卒们,都对这些近在咫尺的敌人浑然无觉。民夫依旧在卖力推着小车赶着牛马,而士卒也依旧望着不住飘落雪花的夜幕,此刻丑时已尽、寅时将至,正是值夜士卒轮换的时刻,是故他们多少都有些懈怠。

不想恰在此时,一片隐隐的嘈杂中却突然响起了一声呼哨;随后一片呐喊同样由那个方向传来,警戒的士卒刚揉起惺忪的睡眼,远方的黑暗中已闪现了一队飞骑！

如同惊雷在这冬夜中炸响，楚军的奇袭开始了。

冲在最前的是那些手持弓矢的飞骑，他们化作一片散阵汹涌袭来，许多护卫粮道的刑徒军刚取下弩机，未及瞄准便被这些自远方射出的根根长矢穿透了身子。其余人虽奋力反击，但无奈对手以夜色为掩护，实在难以看清行踪，自己反倒置身灯火之下，成了对手再好不过的鹄的；更有一样，弩机虽射程杀伤都要远强于弓矢，却有一处最大缺陷：一旦射出，再上弩矢便颇费周折，是故平日秦军作战都是结阵厮杀。偏偏目下守护粮道的兵力很是薄弱，纵然结成一个个小型战阵，也只能勉强自保，面对着灵动飘忽的楚军飞骑大感棘手吃力，即或偶能射落几名楚军，其余骑兵却都已鬼魅般飘开，不一会儿便重又聚拢，再度张弓搭箭射来长矢，局势一时大为吃紧。

而就在护粮秦军被杀得措手不及之际，黥布亲领的后军已高声呐喊着扑上前来，转眼便与那些艰难抵挡的刑徒军厮杀在一起。楚军个个左手盾牌护身，右手则将一柄柄粗头细柄的铁锤挥舞得虎虎生风，向着刑徒们劈头盖脸砸去。当年信陵君窃符救赵，猛士朱亥便是以此种兵器击杀了大将晋鄙，而今在黥布等人手中同样发挥出了惊人威力，刑徒军极难抵挡：若头颅挨它一击，头盔根本起不到任何防护，纵不被砸得脑浆迸裂，也势必会被击昏；若是胸口肚腹腰眼挨上，则或是脏器受伤，或是肋骨断裂，铠甲照样无济于事；即便能以盾牌挡住一时，却也很难承受接连猛攻，盾面仍会现出道道裂痕，若楚人力道再大，甚或能将那盾牌砸得脱手，再补上一击，还是非死即伤！

仅仅是片刻之间，这一段甬道的护卫刑徒们便丢下大片浸泡在血泊中的尸体，吹着示警骨哨，狼狈不堪地四散逃命了；在外围游弋的楚军飞骑趁势杀出，又截杀了一大批。这一轻而易举的胜果使楚军更是振奋，大呼小叫着四散开来，猛扑向已全无防护的砖石甬道。

此时黥布的任务更是简单，方才他们在外面厮杀之际，甬道中仍旧在络绎不绝地过着运粮车马，无论民夫还是牛马，都能听得清外面的厮杀声，也都惊慌失措乱了手脚，然而却毫无办法——这甬道本身就很是狭长，运粮民夫既不能掉头又无处逃散；纵能弃下粮车翻墙，可外面一片兵荒马乱，只怕逃出去反而死得更快！谁也没想到，原本为了保护自己而建起来的这两侧土墙，此时反倒成了限制逃生的桎梏，百般无奈之下，只能加快了脚步拼命向前赶去，就连那些牛马都惊恐嘶鸣着，在车夫们的鞭策下奋力前冲。所有人都指望能在敌军攻入甬道前顺利逃亡，情急之下再也顾不得队列，纷纷向前拥挤，不料忙乱中足有五六辆粮车接连倾覆，或是自行翻车，或是将前面的粮车顶翻，全然堵住了去路，局面顿时乱得不可收拾了。

而就在此时，楚军开始了对甬道的破坏。

他们有的从外面挥舞着铁锤，猛砸向矗立在甬道两旁的土墙，将它砸得千疮百孔；有的一跃而起跃上墙头，将砸落下来的土块、下面同袍递上来的盛满油脂的革囊纷纷丢入甬道，以期堵塞去路；还有的索性翻过土墙跳入甬道，逐一杀死那些乱成一团的民夫和牛马，再将更多的粮车一辆辆掀翻……仅仅片刻间，这段足足长达一里的甬道便被捣毁得面目全非，彻底裸露在了夜空之下，直如蜕下的一段蛇皮一般。民夫牛马们都被尽数杀死了，其他运粮的刑徒也大多四散而逃，装满粮草的车驾被掀翻了砸烂了，一袋袋的菽粟黍麦撒得到处都是，或是蒙上了灰土，或是浸泡在血泊中，或是被泼洒上了油脂，或是被深深践踏在泥泞中，只怕是归拢起来也没法再食用。黥布却还不满足，高举起手中沾满了泥水血污的铁锤一声号令，游兵们便纷纷抄起火把点燃那些粮草车驾，眼见大片烈火突然腾起映红了夜空，黥布大是快意，一声呼哨便带领着楚人们纷纷退向自己的坐骑，争先恐后上了马，呼啸着席卷而去了。

直到他们已然远遁，总领护粮刑徒的董翳才领着大批军马匆匆赶到，顾不得追击逃跑的楚军，立即带领着步卒们开始了灭火救伤抢粮修复甬道等诸般忙碌。如此忙活了整整一夜，直到平明时分，才勉强将这甬道的路面重新疏通，土墙却根本来不及重建，只能将那些碎裂的砖石土块堆积在路面两侧，总算大体恢复了粮道。

飕飕寒风从残破土墙断口中迎面袭来，望着甬道两旁的遍地废墟血污，章邯脸色极是阴沉，先调拨人手抢修土墙，又与董翳商议了一个时辰，终是决定请王离调九原飞骑前来护粮，以防再有偷袭。王离听罢二话不说派出三千人马，黄昏时分如约来到，土墙破损之处也修好了十之七八，章邯这才稍稍放下心来，也不回棘原幕府了，当即决定亲领飞骑守护甬道。

然而谁也没料到，这夜楚军又来了。

接到护粮秦军的急报，章邯勃然大怒，领着那些九原飞骑向出事地点赶去。其时他正驻扎在邯郸以北，那段受袭粮道则位于邯郸南面，毗邻漳水的支流三户水，虽说此间距离着实不近，然而以九原飞骑的灵动，片刻间赶到却不在话下。况且楚军的猖狂也激怒了秦军，所有骑士心下都大是恼怒，一心想全歼这些趁夜偷袭的宵小，好好出一口恶气。不想领兵赶到之际，黥布已将这段甬道破坏殆尽，再度放火后便领着游兵们消失在了夜色中，章邯忙留下一个百人队四下抽调人手灭火，自己则领着九原飞骑呼喝着追击而去。

眼见那些撤退的楚军都打起了火把，夜色中如点点繁星般逃向正南方，追击中的章邯不禁暗自生疑：楚军营垒目下散布在漳水以南，这些偷袭者逃跑方向自然无差，逃亡路径也必是先上船渡过三户水，再由三户水驶入漳水，然则若想尽数上船，至少也需小半个时辰，可是以九原飞骑的神速，半个时辰足够追上楚军，那时他们便是背水而战，极难全数脱身！那领军楚将捣毁甬道这等在行，显见准备得异常充分，不可能想不到这点，可他却还是选择了这条路，莫不是另有谋划？……

正在这时，章邯忽然感到脚下的地势开始低洼了下来；前方原本越来越近的楚军火把也纷纷熄灭了。这两点异象使他心下顿时腾起了一丝寒意，浮起的第一个念头是——楚军有埋伏！忙下令全军脚步暂缓，斥候探察。不想斥候尚未出动，前面一名骑士已匆匆策马赶来，报说三户水干了，霎时间章邯明白了对手的图谋，急忙嘶吼起来："前军停下！快回撤——！"

浪涛的呼啸声陡然淹没了他的大喊。西面的黑暗中隐隐现出了白色，刚开始是一点，随后成了一条线，瞬间便成了一片汪洋白浪，直如万千战马狂奔而来！

情急之下，所有人都掉转马头，不料终究慢了一步，万千湍急水流咆哮而来，一转眼便弥漫得无边无际，冲在最前的数百骑士猝不及防，连人带马都被大浪席卷而去；稍后的即便匆匆收住脚步，却也很难迅速转身逃离，同样被浪头打落下马。一时间惊恐的人喊马嘶与巨浪的咆哮轰鸣混杂在一起，交相响彻了原野，九原飞骑再也顾不得追击那不知逃到了何处的楚军，只能先保自己性命要紧，偏偏手中火把又被浪头扑灭了大半，个个都成了盲人瞎马，便连逃向何处都分辨不清了。

章邯自己虽捡得一条命，却也狼狈不堪。与其他幸免于难的骑士们一样，他和自己的坐骑被冰冷的河水打得周身透湿，人马都不住打着寒战；身上的皮甲又沾了水，比先前重上了许多，当真苦不堪言，纵然如此，他却还是勉强打起精神，寻到了一处地势略高的坡塬，举起湿淋淋的号角全力吹响，努力召集起其他骑士们。

先前的汹涌浪潮已平息了不少，骑士们或是牵着垂头丧气的战马，或是徒步蹚过没过了下半身的冰水，渐渐围拢起来。天色微明之时，这支未及遇敌便遭重创的败军终于重新集结了。章邯草草清点了人数，发现这队三千人的飞骑折损了七百余名骑士，近千匹战马，几乎是溃不成军了。

正在此时，借着渐渐明亮的天色，秦人看到身后那片大水的对面，一个不大的黑点正在快速涉水而来，很快变成了单人独骑，隔着一箭之地放声大笑起来："少府！水淹滋味好受否?"

章邯咬紧了牙，催动坐骑向前走了几步，蹚入了水中，同样高叫起来："黥布，便是你断了粮道?"

"正是！"黥布的笑声中满是得意，"今日我等不光淹了少府，连附近甬道也冲垮了！你等粮道又断了！我可明告少府：此后我等将日日捣毁甬道、断你粮草！少府好生提防！休让我等再得手了！"说罢径自拨马掉头而去，那朗声大笑隔得老远仍能听到。

向着那个背影凝望了许久，章邯终是率领着骑士们悻悻撤退了。他狼狈不堪地来到甬道旁，眼见又是一片凄惨景象，不由得大皱起眉头——又一段甬道被破坏了，这次是被那汹涌而来的三户水冲毁的，大水淹没了将近半里长的粮道，倒塌的土块也浸泡在水中，水面上不时还能看到颗颗粟米根根秣草漂浮着，粮道又断了。

"再这般下去，只怕大事不妙了……"久久伫立在水洼边上，章邯的脸色阴沉得可怕。

4

秦军粮道频频遇袭的同时，远在咸阳的赵高已开始了与刘邦的秘密接触。

若非被逼无奈，赵高也不会走出这一步。腰斩李斯、逼杀二世之后，他原本是想称帝的，也原本做好了称帝的一切准备，却没想到登基大典时的意外迫使他打消了这个念头。

那次大典原本算得上宏大，咸阳殿依旧巍峨，钟鼓声依旧悠扬，赵成阎乐曲宫为首的新贵们那万岁的呼声不绝于耳，赵高身着天子衮冕，左握定秦剑，右捧传国玉玺，趾高气扬地走在宽大的丹墀上，来到自己觊觎已久的帝座前，不想刚迈出脚时，却突然听到大殿外炸响了一声惊雷。赵高悚然一战望向身后，却见大殿外一片晴空，以为自己听错了，可重又迈出脚步时，第二声惊雷再度响起，更加震撼人心。赵高额头渗出了涔涔汗水，发狠般向着帝座玉阶猛然抬脚，脚底却震颤起来，缕缕灰尘也自头顶上方窸窣落下，大殿屋顶竟在摇晃；

随后黑沉沉殿顶突然裂出一道巨大缝隙，显出了阴霾天穹的一角，一片白芒伴随着猛然坠落的无数土石从天而降，穿越了殿顶那道缝隙，竟是直取自己而来！

赵高一声极尽痛苦和惊恐的大叫，只觉周身火烧火燎的痛，弥散开来的皮肉烧焦臭味熏得他几欲作呕，华丽的衮服也腾起火苗，于是手忙脚乱地撕掉已沾上火舌的衣衫，然后兔子般蹦跳起来，转身向大殿门口落荒而逃，不想连续三道天雷接踵劈下，每一击都准确无误地打在身上；他又开始在大殿中的一根根粗大铜柱间不断地躲闪，正如当年始皇帝躲避刺客荆轲一般，可无论如何闪避，那一个又一个天雷都仿佛长了眼睛般接连落下，非但如此，更多的雷火还相继降到了大殿中，点燃了红艳艳的毡毯，点燃了长长的帷幄，吞噬了青铜的熏炉法兽、玉石的帝阶屏风，大殿中的一切瞬间没入了茫茫火海。赵高咳嗽，流泪，狂奔，蹦跳，咆哮，哭喊，可无论他奔向哪里，到处都是蒸腾的热浪游荡的火星飘舞的灰烬呛人的黑烟，最后只能软倒在熊熊火海中欲哭无泪……

大殿内的钟鼓声消失了，万岁呼声也消失了，取而代之的是新贵们一片惊恐的窃窃私语，赵成阎乐曲宫等人围成一圈，环绕着横躺在丹墀上的赵始皇帝周围，愣愣地看着他满头大汗满口胡言满地打滚，却是谁也不敢上前一步，扶他起来。

不知过了多久，赵始皇帝才浑身颤抖着轻轻睁眼，望向头顶的殿顶，试图寻找出那条降下天雷的巨大缝隙。这才发现，殿顶依旧黑沉沉一片，全然完好无损。

（注：《李斯列传》有载：“……赵高引玺而佩之，左右百官莫从；上殿，殿欲坏者三。”此处记载固然神异荒诞，然赵高未能称帝之真相已不可考，故仍从此说。）

一场大病之后，赵高好不容易恢复了些许元气，不得不重新谋划自己的出路了。

登基大典那日的骇人景象始终萦绕在心头，赵高再也不敢去想自家称帝之事了，再者近来接连三份军报也使他放心不下：关中、九原两军正在河北巨鹿与天下诸侯对峙，显然将展开最后大决；北疆又传来了匈奴大举聚集的消息，留守的九原军能否抵挡尚且未知；刘邦盗军目下更在南阳郡步步进逼，显是欲绕过函谷关，自武关进入关中。河北战事暂且不管，北疆战事也可暂且不管，这刘邦却是迫在眉睫，此番也不会再有第二个章邯领着刑徒们迎击了，自家便是果真做了皇帝，刘邦攻入咸阳还不是拿住自己，一刀咔嚓了事？不行不行，此时做皇帝风险太大，自家不能只图一时快活，连性命都搭上……思索许久，赵高终于无奈做出了几项决断：其一，设法与刘邦联系，表示自己愿做灭秦内应，助他入关，然刘邦灭秦后也须保住自己性命权势；其二，为掩人耳目，以黔首礼葬二世于杜县之南的宜春苑，对外只说二世之死乃咎由自取，他眼见天下大乱，不仅不听劝谏不肯平盗，却欲归祸于中丞相，中丞相不得已逼其自裁以安天下；其三，目下仍须立一个嬴秦皇族即位，待到楚军入关中后，便将这傀儡献给刘邦任杀任剐泄愤出气，如此自己又能移祸又可保权保命，正与当年郭开献赵王迁如出一辙。只是目下乱局这般难以收拾，若仍立三世皇帝，却是太过刺耳，又怕激怒关外诸侯，还是做回秦王的好……

如此思谋已定，赵高自觉振奋些许，便派出曲宫清点孑遗的嬴秦皇族，曲宫来宗正府调出皇族谱牒，却见一卷卷竹简上的名字无不涂着朱砂，显然都是死者，及至逐一清点之后，曲宫更是惊讶——整个皇族竟只剩了宗正子婴这一脉，其余都已不在人世！顿时心下狐疑起来，在他的记忆里，始皇帝子女这一辈自是被赵高尽数屠戮了，孙辈却并未受太大牵连，至少还应有十几个或在襁褓中或还是幼童的皇孙。赵高当时没将他们一并处决，非因一时善念而是未能抓到；再者要抓要杀的人也太多，顾不上细搜这些还对自己构不成威胁的幼童，却不想而今他们竟都死了？当即黑着脸叫来了宗正子婴，厉声喝问，可是将这些皇族余脉都藏了起来？子婴却连连摇头：他们早都在灭族之际遇害，即便偶有活命者也都下落不明，可不与死去无异？老臣久掌皇族事务数十年，若我皇族还有人在世间，岂会生生将活人写死、让先帝绝后？曲宫自不信子婴所说，然反复盘问却也毫无结果，只能满心不甘地回报赵高；赵高同样不信，却也无心深究，只稍一思忖便拍案道，索性立这子婴为王便是！此人迂阔老儒一个，灭绝皇族之际逃离咸阳，显是全身自保之辈，断不会威胁到我等，拿他做替死牺牲再好没有！这便派阎乐去招子婴，又以中丞相名义写得一封密信交与赵成，让他去见刘邦。

赵高没有想到，赵成未出关中，刘邦大军已兵临武关了。

开始西征以来，刘邦兵马本就盛壮了不少，又在曲遇阳武长社宛陵等地接连打的几场小仗中着意收罗流散军马，是故麾下大军很快如滚雪球般迅速扩充，及至南阳郡守吕齮连吃败仗后举全郡投降，麾下大军更是膨胀到了十余万人，大有当年陈胜张楚军的气势了。此后刘邦以吕齮开道一路游说，沿途早已离心离德的郡县守军再也无心为这早已昏聩糜烂的庙堂死战，无不望风而降，如此一路势如破竹打到了武关之下。刘邦派出郦商率偏师进攻汉中以为掩护，自己则与张良开始了进攻武关的谋划。不想两人刚提了个话头，赵成便带来了赵高的密信。

刘邦展开这密信，只瞄了一眼便放声大笑：赵高这狗日的竟说要做我楚军内应？狗贼这几年不一直在当内应么？无他作孽，秦国岂会亡得这般快？张良笑问沛公打算如何应对，刘邦轻蔑一笑：鼠辈已死到临头，方有此垂死挣扎之举，他手头又无注金，竟想与我还价，他哪配？不去理他，我等攻下武关直入咸阳，拿这狗贼千刀万剐便是！张良却淡然一笑：在下之见，沛公自不能一口应承，却也不能一口回绝，否则赵高情急之下，难保不会生出事端。沛公只需与他虚与委蛇便是，当务之急还是及早拿下武关，此关乃赵高最后一道屏障，只要攻破，赵高便再无可恃，如此岂不比和谈有利得多？刘邦听了连连点头，又在张良谋划下找来一位叫宁昌的说客，对他仔细叮嘱一番，送他与赵成一同踏上了回咸阳的归途。

和各自盘算的刘邦赵高一样，此时的宗正子婴，也在忙碌着自己的谋划。

太庙中依旧静谧安详，森森松柏林空无一人，只余那位经年累月在此看护的老内侍，垂手肃立在正殿紧锁的门口，一双原本混沌的老眼，此刻却分外警觉地扫视着松柏林。在他背后，太庙正殿中，隐约传来了难以察觉的低语：

“……最后一批皇族余脉，都已秘密集结于频阳，共计五十六人。老夫回去后便可启程，宗正放心便是……”

“……先生冒死救我嬴秦余脉，子婴谢过先生……”

“……不敢。老夫别无他长，聊尽人事而已。倒是宗正，明可逃亡却仍留咸阳，手中无权无兵却欲锄奸，此等心志非常人所及……”

“……社稷将亡，终须有人殉葬。子婴无力平盗戡乱，能除此奸佞便死而无憾，当可告慰嬴秦列祖。目下唯一担忧者，便是秘党人数有限，不知能否根除赵高……”

“……宗正若再等得几日，则还能得一支秘兵相助，必将万无一失，领军之人，宗正也认得，便是……”

一队车马突然间闯入了太庙，守在殿外的老内侍心下一跳，忙极尽响亮地高叫一声：“太庙重地，不可擅入——！”

“老不死，叫甚叫！”阎乐气势汹汹地咆哮着大步上前。

待到迈入正殿之际，他只看到子婴跪倒在始皇帝灵位前，不住哀哭啜泣着。

阎乐皱起了眉。前日他照岳丈叮嘱来找子婴，装出一副恭谨模样，说目下二世已死，国不可一日无君，公子仁俭，百姓皆载你善言，若由公子继位，可安天下民心；只是目下盗军势大，公子若做三世皇帝只怕惹天下耻笑，还是做回秦王的好，语气中全然是为他谋划的殷勤。可这老匹夫也不知是否察觉出了岳丈用心，既不说当这个秦王，也不说不当，抽抽噎噎哭了半晌云目下自己心中慌乱，须思忖几日方能答复；自己回报岳丈，岳丈心下大是不耐，却也不好强逼，毕竟这是自己有求于他，面上该做的功夫总归还须做，是故又等了五六日才派自己再次前来，只不知今日他肯否应承？心念及此只得勉力恭谨问："敢问公子，而今打定主意否？"

听到这句话，子婴缓缓转过脸，满脸满眼的泪水，哽咽着轻声一句："啊，咸阳令。老夫触景伤怀，咸阳令见谅。"

"何时可继位为王？"阎乐再次问道，心下直是连声痛骂：你个老匹夫，我等这辈子也当不上王，而今求着你继位，你还这般磨蹭，当真不识抬举！

"老夫还须再斋戒数日，咸阳令给老夫半月……"

"半月太长，至多三日！"

"最少五日，许我五日，便做秦王；不够五日，便不做……"

"……"阎乐黑着脸沉默了半晌，终是憋出一句，"五日便五日，只莫再改主意了！"

"不改了，不改了……咸阳令若无他事，还请让老夫清静片刻。"说罢又转过去，伏在那一片灵位前重新啜泣起来。阎乐脸上那道肉虫般的伤疤抽搐了两下，轻声骂了一句，便将这位未来的秦王留给他那些列祖列宗了。

"恭送咸阳令——！"

片刻后，殿外又传来了老内侍一声长长的呼喝。

"叫恁大声做甚？哭丧么？"阎乐满是厌恶的嗓音从远处遥遥响起，显然已走得甚远了。

直到此时，子婴才长出一口气，一骨碌爬起来，又转动了始皇帝灵位，从隐藏灵位下的那处密室中拉出了一人："先生快走，五日后无论成败，咸阳又将一片大乱，莫再耽搁了！"

"知晓。"那人喘着粗气答道，"这些义士目下已藏身上林苑，等我会合后赶往琅琊，我这便去密会他们，五日足够准备了。陛下保重！"

"徐福先生保重！"

（注：王桐龄所著《东洋史》中，曾记载扶苏后裔逃亡至日本，此处故有嬴秦皇族避难逃亡之描写。）

5

五日之后，咸阳殿上。

庆贺新王即位的钟鼓乐声奏了整整三遍，新秦王子婴却还是没出现在视野中，倒是那位看护太庙的老内侍惶惶不安地赶来求见了，说是公子不欲为秦王，特差自己前来知会。听到这里，举殿新贵们一片面面相觑，中丞相赵高也大是恼火，黑着脸从相位上站了起来。

连日来他本就一直心神不宁。旬日前赵成赶往武关外的刘邦军中，献上了自己的亲笔密信，刘邦虽仍是一副嬉皮笑脸模样，却既未应承也未回绝，只说兹事体大，自己还须好生计议，再者目下丞相尚未立得子婴为王，却让我如何信他？总归立得新王再说。不过为表诚意，他又派出麾下谋士宁昌与赵成同返关中。赵高几次对这宁昌旁敲侧击，却始终没探出刘邦心思，不由得大失所望，只盼着早立子婴为王再与他详谈，五日斋戒下来原本一切顺当，不想偏在这即位大典的节骨眼儿上，子婴又闹出事端了。

偏殿中，老内侍颇见尴尬地讲道，公子哭了好几日，这才打定主意，云自家无德无才不堪为王，还请中丞相准自己回陇西，秦王谁愿做谁做，自己是不做了，死活不肯出斋宫。阎乐赵成大为光火，齐声吵嚷要去绑那老匹夫来，却被赵高喝住了：目下已是即位大典，他不肯为王，我等岂能强逼？你纵能绑他出来，还能在众人眼皮之下绑他登王位？如此岂不让人耻笑？若在先前，我等自不必计较，然目下楚军虎视眈眈，刘邦对我等所请又是模棱两可，显是在观望。此时若再肆意妄为，他便更有了吊民伐罪之借口，是故还须慎重，目下只能自己亲去斋宫请他！阎乐赵成一同说我等领材士护卫，赵高却皱起了眉：人多了吓到老匹夫，必定适得其反，阎乐领个十人队随我去足矣。赵成面露迟疑之色，赵高却一脸不屑补充道，那老匹夫胆小如鼠，能有甚图谋？当务之急是将这大典对付过去，余皆不论！说罢喝令老内侍带路，自己一拂袖径自去了。

沉沉松柏林依旧一片肃穆寂寥。赵高将阎乐与十名胡人材士留在太庙之外，在老内侍的导引下匆匆穿过香烟缭绕的密林，眼见巍峨的太庙正殿就在眼前，赵高不等老内侍禀报便大步上前要径自进去，老内侍阻拦不及，只能勉力快步跟上，连声高喊：“公子！中丞相来请——！”

“宗庙重事，陛下如何不行？……”离正殿还足有数十步，赵高便满是不耐地高喊起来。

“中丞相稍候，老夫这便出来……”正殿两扇紧闭的大门内，响起了子婴满是惶恐的喊声，“你且稍候片刻，老夫……”

“陛下如何出尔反尔，拿国事做儿戏么？”赵高说话间一把推开了正殿的两扇大门，不想却在门扉打开的吱嘎声中愣住了——面前的子婴竟是一身戎装手提长剑，再也没了平日里的懦弱委顿，投向自己的目光居然犀利无比！

“不好！”这是赵高心下唯一的闪念，本能地转身想逃，不料刚扭过头，身子便僵直了。

一柄不过尺余长的匕首，已端端正正刺入了他的喉咙。

赵高的牙齿咯咯打着战，血沫不断从喉咙中涌起又从嘴角淌下，一双眼睛瞪得几乎要凸出眼眶，写满了惊疑——

给了自己这一击的，竟是那个长年看护这太庙，方才又领自己过来的老内侍！

老内侍平举着匕首，臂膀伸得笔直，没有丝毫颤动，若非经年习武，这一下断然做不到如此稳准。此刻他神色分外平静，只有看到赵高满是惊疑的目光时，嘴角才微微荡漾起一丝笑意，他明白对方目光中的疑问——

你究竟何人？

“黑冰台殿戈，韩谈。”

老内侍淡淡答道，笔直伸出的臂膀向右猛然一划，赵高那颗白头便冲天而起，随之而来的一道血泉登时染红了太庙正殿的屋顶墙壁。血花四溅中，老内侍已倒提着匕首向着松柏林走去，矫健剽悍的身姿竟与平日里判若两人，同时发出一声极尽响亮的苍老高呼：“恭迎陛下即位——！”

“随本王剿灭赵高一党！”子婴手提赵高不住滴血的头颅，同样走出太庙，吹响了刺耳的骨笛，身后留下了一长串血淋淋的脚印。

就在这骨笛响彻云霄之际，松柏林的那一面，太庙之外，一支蒙面马队已突然杀出，在子婴两个儿子的引领下直取中丞相府而去；冲在最前的那匹马上，一样物事正随着马匹颠簸的节奏不住摇晃着，那是阎乐同样滴着血的头颅。随着马队的杀出，大咸阳的又一次兵变内乱，再度开始了。

谁也没有想到，在这内忧外患的帝国末日，在这萧疏冷清已久的咸阳城中，竟会突然拥出这多人马，其出其不意之势居然比赵高主使的那连番杀戮还有过之而无不及。子婴的即位大典上，满朝新贵们还在眼巴巴等着中丞相将新秦王

“请”上大殿，不料等来的却是一队谁也没见过的森森甲士，簇拥着浑身戎装的子婴冲入大殿。子婴先是掏出玉玺和虎符，说中丞相有令，命护卫咸阳宫的材士放下兵刃，撤出皇城听候调遣；眼见胡人们满脸不解地尽数退下，又断然下令随自己前来的这队新甲士封锁各个入口，随后丢出两颗首级，新贵们一见是赵高阎乐的头颅，不由得人人惊慌失措，只有赵成一跃而起要和子婴拼命，不想子婴两个儿子长剑齐出，一同结果了他；剩下的新贵大臣们登时乱成一团，纷纷跪倒在大殿中一片鬼哭狼嚎地求饶，曲宫更是吓得软倒在地，尿湿了崭新的官服。子婴却是充耳不闻，只咬牙切齿地一挥手，甲士们纷纷上前长剑齐出，将曲宫等最轴心的十数名犬马戳成了血肉筛子，其余近百名赵高党羽也被挑断了手筋脚筋，血淋淋地拖下大殿关入一座座囚车。及至这些奄奄一息的新贵们被囚车拉向渭水河滩时他们才知，咸阳城再度大乱了起来，每个角落都有胡人材士和诸多不知从何处聚拢而来的人马交战，由于失去了统一号令，大多都开始节节败退四散逃亡。

没有丝毫耽搁，渭水河滩重新摆下了刑场，残余的新贵们被尽数问斩，赵高赵成阎乐曲宫等十余名首恶皆被灭族；而在这场浩大刑杀的最后，赵高的尸体重又被拖了出来，施以车裂之刑，当四头耕牛哞哞叫着扯开那具无头尸身时，那些被害大臣的家人们哀哭着怒号着一拥而上，转眼间便将赵高的尸身撕得粉身碎骨了……

五日之后，子婴在咸阳殿重新举行了简朴的即位大典，成为大秦帝国的最后一任秦王。匆匆走过一干必不可少的程式、大体安顿朝局之后，他换上一身常服，在韩谈的陪伴下，轻车简从来到了上林苑中，来见一队在那里等候多时的特殊人马，他们个个都是商队游侠打扮，簇拥着几辆车驾，其中一辆飘荡着绣有文翰的红色锦旗。眼见子婴车驾出现在眼前，领头那名骑士第一个高喊道：“司马昌见过秦王!”恭贺秦王即位的喊声随即便响彻了密林。

“若无列位义举，此番兵变断无这般顺当，子婴谢过各位!”子婴苍老的声音中满是感慨，匆匆下车几步上前，向众人深深一躬。司马昌也连忙还礼：“国贼赵高，人人得而诛之，陛下不必如此!”

徐福也笑着走上前来：“陛下欲谢，便谢清夫人在天之灵吧。目下咸阳城中秦人虽少，然六国富商却多，当年又多与清夫人商社有往来。也唯有清夫人这天下巨商之首，方能使这多富商听命，甘愿调动自家门客游侠，前来共除国贼。”

“目下你等却要赶往何处？可是要去琅琊?”

徐福点点头：“老夫与司马昌兵分两路。老夫去频阳，将那些皇族后裔带走；司马昌则要去巨鹿。”

“去巨鹿?”子婴惊讶地瞪大了眼睛，“河北战事正急，你等要去做甚?”

司马昌微微一笑：“此事却与长公主相关了，只怕还须陛下相助。”

“惟嬴?她现在何处?”子婴先是一惊又是一喜，目光瞬间大亮了起来。

“陛下，惟嬴在此!”

华阳公主的声音突然响起，子婴连忙扭头，正看到那辆插有文翰旗的篷车上，车帘被撩起了一角。

6

与子婴锄奸的大获全胜刚好相反，巨鹿之外的两支秦军，此时已是举步维艰了。

自从黥布开始捣毁甬道以来，秦军的处境很快变得艰危起来。黥布果然不愧大盗出身，用兵颇似当年的庄跻；而这队游兵在他的率领下也当真来去如风，他们任何一个时刻都能神出鬼没地出现在任何一段运粮甬道上，往往是三两支偏师在不同地点虚张声势恫吓一番，以吸引附近兵力聚拢攻来，真正主力却在秦军放松警惕的地段突然冲出，以难以想象的迅捷捣毁甬道、焚烧粮草、杀散运粮民夫牛马；及至秦军匆匆赶到，游兵早已扬长而去踪影全无了。面对着这种鬼魅飘忽的战法，章邯王离都是束手无策：王离大军虽有十万，却肩负攻城重任，不可能抽调太多；章邯大军虽有二十万，可这甬道足足数百里长，也不可能每一处都戒备森严，甚至连黥布破坏粮道时迅速赶到都很是困难；即便有王离的九原飞骑往来巡视，却也绝难立即辨明游兵真正要偷袭的到底是哪一段?如此战法，正如当年匈奴侵扰北疆一般!

此等情况反复持续了半月，章邯不得不再度约王离前来会商了。

“武成侯，我欲引兵西撤。”

这是王离匆匆赶至棘原幕府时，章邯对他开门见山地说出的第一句话。

“西撤?”王离惊愕了，“为甚?”

“粮草将罄了。我等重修甬道，终不及黥布毁得快。每次重修甬道都须费不少时日人力，运粮车队都要暂停，半月来运粮已大大迟滞了。”

“若索性不修甬道，径自旷野运粮，如何?”

“那便更易遭袭扰了。”章邯叹息道，“粮草不等运到，便要被黥布烧毁劫走，实在得不偿失。老夫已与董翳司马欣商议过，黥布之所以能屡屡得手，盖因我等粮道太长。目下当务之急是先缩短粮道、站稳脚跟，再全力剿灭楚军，如此方能徐徐他图。而今日老夫请武成侯前来会商，也是想请武成侯自家决断九原军出路。”章邯说着紧盯着王离的眸子，语气前所未有的凝重。

王离陡然沉默，心下已明白了当前大势——关中军西撤之后，九原军便是孤立无援，此时诸侯援军若突然猛攻背后，实在结果难料；稳妥起见，目下最好铺排便是九原军随关中军一道西撤。少府本意必是如此，可他却并不直接挑明自家意图，而是先将战场大势以及各种可能的应对逐一讲清，最后才请自己来决断，之所以如此，既是因了两人职爵差别，也是因了两支秦军地位差别：自己乃九原将军，又是武成侯高爵，虽因杜县劫囚之事被庙堂罢黜，然将权犹在，比少府地位高得多；偏偏九原军南下以来屡屡受挫，论战功远不及刑徒们组成的关中军。地位和战果的反差，使自己与少府之间关系显得很是微妙；又兼九原军与关中军兵种不同、战法不同，难以会合成一军，只能自己与少府各自领军，如此一来许多兵事部署只有两方会商后方能实施，无法顺畅实施。而今少府这般劝说自己，显然一是不欲使自己难堪，二则是遵循着这两军会商决策的传统了。

只是，王离目下却实在不想撤军。数月来他一直死死认准，目下当务之急是全力攻破巨鹿，只要拿下巨鹿、灭亡新赵，其余诸侯尽皆观望不前自不足论，即便是那个狠恶器张的项羽也同样不足论，掉过头来与他连番大战便是！是故连日来尽管章邯也提醒过他防备黥布，甚或还向他借过九原飞骑，他却始终不以为意，仍然下令连续猛攻巨鹿。而今眼看城破在即，自己何能半途而废，白白放过这即将到手的胜利？且不说撤军便等同于攻赵的失败；也不必说巨鹿得救，诸侯大军必会重新气焰嚣张；更不必说自己若果真下达放弃巨鹿的将令，本就士气低落的九原军会作何反应；便是自己，也决然无颜面对那些连日来死伤的同袍们！

这却如何是好？

王离背着手在幕府中反复踱着，死死咬住下唇；章邯明明看他左右为难进退维谷，却既不催促也不劝解，只等着他的决断。

不知转了多少个来回之后，王离终于停了下来。

“少府，我意已决。”他咬着牙沉声道，声音虽低，说得却极是利索，“少府径自引兵西撤便是，九原军继续攻城。”

章邯虽面无表情，一颗心却是慢慢沉了下去。

“此举风险，武成侯想清了?”

“想清了。我等两军分开，一则粮草再难撑持；二则易被楚军分割开来，各个击破；三则，若仍作战不利，还可能被诸侯兵马围而聚歼。可纵然如此，我等终不能功亏一篑。”

“如此孤绝之举若能奏效，天下诸侯自可一朝溃散；然若一着不慎，只怕……”

“但凡行军作战，兵行险棋乃兵家常事，若只一味求稳，必会白白错过战机。当此之时，王离只能孤注一掷!”

章邯沉默了半晌，终是一声叹息：“武成侯果然这般决断。也罢，章邯也不知是对是错，但看你自家武运了。老夫能做者，只有将棘原仓剩余粮草尽数运至九原军中，或能撑得三五日。”

“回营之后，王离这便召集全体将军论说大局，持续猛攻巨鹿。三日之内，务求破城!”

王离这样答着，与章邯又商议了几句其他事宜，这便出了棘原幕府，准备回到巨鹿城下的营垒中。然而，正当他重新跨上丹骎之际，一名匆匆赶来的军吏却报说一支马队正由西赶来，自称咸阳特使，欲见少府与武成侯，领队者是位年轻公子，自称采铁司马昌!

“是他!”王离陡然一声惊喜大喊，“公主可在车队中?”

——“快请进来!”不等军吏应答，旁边章邯已是一声大叫。

……

分别了数月后，王离终于重新见到了华阳公主。

跟随少府回棘原幕府的路上，两人始终都默然无语，只是间或向对方瞥上一眼，然而当其他人全数退出大帐、只剩他俩时，王离却猛然一把抱住了公主，一个长吻憋得她几乎透不过气来。

“轻点，小心肚里孩子……”华阳公主轻推着他，压低嗓音小声道。

“想死我了，你俩……”王离这才将臂膀稍稍放松了些许，又是一番耳鬓厮磨后，将耳畔贴到了公主明显隆起的小腹上，听到生命的迹象已很是明显了。不仅满脸狂喜地问道：“多久了?”

“五个月，又十三日。”公主的泪水扑簌簌淌下，却是绽开了幸福的笑容。

“再有几个月，我便能见自己孩儿了，王氏有后了!”王离笑得合不拢嘴。

“徐福先生说，还当是孪生。”

“好，更好!”

说完这句，王离直起身来望着公主，嘴唇翕动了两下，却一时不知该说甚。自九原军攻向赵地、惟嬴下岭南的这数月来，他几乎每晚都能梦到她，即便此时她真正站在面前，他也觉得恍如梦中一般。数月来，他已在心底累积了要对她说的千言万语，不料此时果真重逢，却反而全都说不出了。

公主也同样没有开口，两人只是久久对望和沉默着。他们眼中的对方都已添了不少风霜，公主一脸风尘仆仆，神色间难掩疲惫；王离更是憔悴，干瘦黝黑胡须虬结，两眼布满了血丝，虽是领军大将，却与寻常士卒毫无区别。

“惟嬴，受苦了。”许久之后，王离才百感交集地憋出一句。

公主嘴角一丝笑意颇见苦涩：“比起你等将士，不算甚；只是此番未能搬得救兵北上，诚为憾事。”

“刘邦楚军已进逼武关，便是岭南军肯来，只怕也赶不及了。目下我等唯一出路，只能是尽快攻克巨鹿、扫灭诸侯，平定河北后回师关中。”

“你且放心，刘邦目下仍不敢猛攻武关，还在等待河北战果。只要你等不败，关中不会失守。我此番前来，也正是要告你几样大事，使你安心决战。”

“你且说。”

“其一，皇叔已剿灭赵高一党，正式即位为王；朝局已然肃清了，大势仍有缓和余地。其二，皇族余脉、王氏族人，也都已安置妥当。太原王氏有白仲先生保护关照；琅琊王氏有徐福先生和司马昌公子，幸存皇族后裔也都被徐福先生送出海，前往那仙山了。”

“如此，我等再无后顾之忧了。”王离感慨地叹了口气，“既是这般，惟嬴你也走吧，或去太原或往琅琊。目下大战在即胜负难料，你若留在军中，太过凶险。”

“不必挂念我，我本意也是这般。只是走之前，你我还须办完最后一事。”

“甚?”王离惊讶了。

华阳公主笑了，笑容中满是甜蜜：“你我，该成婚了。”

7

绵延数月的雨雪已止歇多日，黄昏时分云开雾散，久违的斜阳重现天际，满天晚霞的映照下，远处的逶迤群山、近处的连绵军帐分外静谧，若非北面矗立着残破不堪的巨鹿城垣，任谁也不会想到，这竟是连番血战的短暂间歇。

而就在此时此地，一场闻所未闻的军中昏礼开始了。

万千秦军将士肃然挺立，列成一块块齐整森严的方阵，根根长矛也组成了密密匝匝的黑色丛林。丛林方阵间留出了一条宽阔甬道，直通向营垒外的旷野，那里匆匆支起了一面大帐，一辆墨车正由那里徐徐驶来，由头戴爵弁、身着玄端纁裳的王离亲自驾车。当这墨车穿过甬道、来到棘原幕府前时，王离下了车，转身伫立幕府之前，回望着身后辚辚驶来的第二辆幨车。

驾车的驭者是司马昌，身后则伫立着华阳公主。此时的公主已梳洗完毕，也换上了新妇盛装，这些衣衫首饰乃至礼器车驾，都是从咸阳出发前子婴为她准备的。她的衣着装束和多年前那场半途而废的昏礼一模一样，唯一的不同是，此刻她已用假发梳起了高髻，髻上饰有六枚玉笄，笄首各垂下一串细小的玉瑱，在冬日的寒风中叮当响着，这发型正是王族夫人才能梳起的副笄六珈。

当幨车从眼前辚辚驶过时，将士们都看到，新妇深衣之下的小腹已然微微隆起。

望着前方的幕府大帐，幨车上的公主思绪万千，于她而言，这条迎亲的甬道很短很短，却又极长极长。许多年前的记忆重又苏醒了，她想起了当年那场未能成行的昏礼，那时，心血来潮的父皇准备将尚是少女的自己嫁给王翦老将军，在皇叔和蒙武将军的陪伴护送下，自己随迎亲车队来到了频阳郊野，却险被一个不知哪里跑来的野孩子，骑着一匹通体火红的烈马冲撞了车驾，那时他还当着整个迎亲车队的面，吵喊着长大以后要娶自己做媳妇……不想多年之后，这一刻终究成真了。

与此同时，守候在大帐前的王离，也同样久久望着渐趋渐近的公主。为这一刻，他和她都等待了多年，也一同经过了无数风雨；这一刻之后，自己便将迎来一场决定社稷存亡和天下命运的决战，他无法知晓这一战是胜是负，也同样无法知晓自己是死是生，然而有了目下这一刻，他已然知足了。

幕府大帐已近在眼前，公主在傅姆的搀扶下踏几下车，守候帐外的王离迎上前来，两人却并未按礼节马上步入大帐，却是伫立在夕阳之下，彼此执手相望。

“惟嬴，你我终是等来这一日了。”王离的声音微微有些颤抖，他静静望着自己的妻子，只觉她从未这般美过。

公主薄施粉黛的脸颊泛起了兴奋的红晕，在夕阳下娇艳欲滴，同样微微颔首：“时隔多年，我终是又成了王氏儿媳，这次却是我自家心甘情愿。”

“只不知今日之后，你我还能否再见。”

公主的眼角隐隐泛起了泪光，笑容却是分外灿烂，她轻扭过头，望向远方的火红夕阳："你且看那落日，它纵要沉入群山背后，然却已照耀温暖过天地万物，有此足矣。"

"大父和阿翁都对我讲过那夸父逐日，他二人一生也都在追逐自己心中那轮红日，而今你我，亦当如是。"

"无论此战结果如何，你我骨肉我都会抚养大，你且放心征战。"

"善！死生契阔，与子成说；执子之手，与子偕老。"王离静静答道，握住了自己妻子的手。

两人手中，各自的那半块玉璧重新合在了一起，夕阳下隐隐泛着温润的光泽。

将士们的歌声开始从四面八方响起，久久回荡在营垒上空，那是祝福新妇于归的《桃夭》：

桃之夭夭，
灼灼其华。
之子于归，
宜其室家。
……

伴随着歌声，黄昏的天穹中飘起了点点花瓣，在寒凉晚风中轻轻飘舞着，先后落在秦军营垒中，幨车伞盖上，幕府大帐前，直至落在夫妇俩的头上身上。两人都惊讶不已，不约而同望向远方，却见大片粉红雪白的桃花竟在这冬日里渐次盛开，夕阳之下一片如火如荼——

桃李冬华！许多年前的献公之世，也曾有过此等异象！

"真想再回那桃花源看看……"望着满天飞舞的花瓣，王离轻声喟叹了一句。

华阳公主笑了："天下若能重新安定，你我若能再见，便同回那里，旧地重游。"

桃之夭夭，
有蕡其实。
之子于归，
宜其家室。
……

咸阳皇城中，新秦王子婴伫立在太庙前，伫立在花雨之下。

“惟嬴，此乃皇叔目下唯一能为你做的；王离，大秦社稷便看你等将士了……”

这样默想着，他转身缓步没入了沉沉松柏林中。

粉红的花瓣落在碗中酒水上，白发苍苍的徐福微微一怔，依旧将满碗的秦酒轻轻倾倒在坟冢前。

“太尉，徐福这便带皇族遗孤去那海岛仙山，日后怕是再不回来了，临行前向你道个别。你嘱托之事徐福都已办到，你且安心。”

在他身后，数十名妇孺聚在满目疮痍遍地焦黑的频阳郊野中，一同望着坟冢前的墓碑，那上面是一行秦篆：秦故太尉通武侯王贲之墓。坟冢之上，一株娇嫩的绿苗正从黄土中轻探出头来。

湟溪关前，赵佗从襁褓中孙儿的头顶摘下一片花瓣，递到他手中，望着赵昧反复把玩着花瓣、露出极尽开心的笑容，他那沟壑纵横的面容荡漾起一丝笑意，然后他抬起头，目光穿过纷飞的桃花望向北方的中原大地，隐隐透出了一丝伤感。

“闭关——!”

苍老的声音回荡在岭南的天空下，巨石凿成的高大关门渐渐闭拢，石块原木纷纷滚落，封堵了这最后一条扬越新道，岭南与中原的来往彻底断绝了。

战靴踩在了遍地花瓣上，杨翁子拾级而上，登上九原的万里长城，望着由天边缓缓涌来的匈奴大军，向身旁的赵公辅点点头，后者便挥起手中令旗，一簇又一簇火焰随之自长城沿线的烽燧上燃起，连成了一条烽火长龙。

清脆的銮铃声不住在风中回荡着，张良白衣胜雪长身玉立，衣袂飘飘地伫立在满天花雨中，一双暗夜寒星般深不可测的眸子遥望着群山深处的武关。

“军师，还要多久?”身后的刘邦搓着手，一脸跃跃欲试。

“沛公莫急。”张良的声音依旧如女人般纤细，“还是等巨鹿战果传来，再做计较。”

说罢，他看似无意地伸出苍白纤细的手指，接住一片粉红的花瓣，轻轻摩挲着，又沉思着笑了：

“再者，如此美景却动刀兵，岂非大煞风景?”

楚军营垒之中，项羽也走出大帐，望着远处那大片花团锦簇的桃林，一双向来残暴的重瞳子中罕见地流露出一丝柔情：

“虞妹，日后项籍若穷途末路，你会如那秦国公主一般么?”

虞姬走上前来，笑容平淡却语气坚定：“不管将军在世人眼中何样，恶徒也好，凶兽也罢，虞妹都跟在将军身边，与你同生共死。”

大帐之中，一对一剖为二的苦匏以红线相连，又分别斟满了清亮的凤酒，新婚夫妇各自举起它们，默默对望、对饮，而后再交换手中的半卺，再次饮下这被苦匏浸润而略带苦味的酒水，却又同时露出了甘甜的笑容。

在《桃夭》的歌声中，在漫天飞舞的花瓣中，马队护送下的车驾缓缓驶出了秦军营垒，向着南方渐渐远去了。丹骎背上的王离已脱下婚服、换上甲胄，却仍恋恋不舍地望着车队全数消失在远方，直到暮色降临也久久不肯离去。

最终章 破釜沉舟·枉矢西流

1

送走新婚妻子之后，王离开始了猛攻巨鹿的准备。

少府说得很清楚，粮道被黥布频频捣毁以来，两支秦军粮草已难以为继了，只有棘原仓还剩了些许，即便全部留给九原军，也只够三四日战事，是故九原军若还想攻克巨鹿，必须速战速决。

回到自己幕府中，王离召来涉间苏角等大将，命各营将尉报上本部兵马，一边听着众人报上的数目，一边计算着剩余的兵力，心下的不安却越来越重——连日猛攻，自己麾下这支大军已由南下时的十几万减少到八万了；原本占大军半数的战马也只剩了不到四万；而此时关中军又要西撤，战况一旦发生突变，少府很难在第一时间赶来救援。更有甚者，若各路诸侯万一突然杀出，自己以八万九原军面对总数两倍于己的敌军，又兼粮草所剩无几，甚或有被围而聚歼的可能！

然而，尽管也很清楚种种可能出现的险境，王离却仍是想冒险一试：九原军固然战力士气大大低落，可守城赵军更是如此，连日来他已从敌军那日渐无力的抵御中察觉到，巨鹿该是到了灯尽油枯的最后时刻；更有斥候带来密报，云城中再次出现了人相食的惨剧。此等境况，岂不正是当年长平之战、邯郸之战的重演么？当斯时也，攻守双方拼的已不是兵力粮草更遑论计谋阵法，而是意志，谁能撑下来，谁便能笑到最后。王离相信，以九原秦军的顽韧苦战之风，纵然有种种不利，可只要再咬咬牙加把劲儿，必能攻破巨鹿！

至于外围一直在遥遥观望的各路诸侯，王离不是没想过他们来援的可能，更没有忽视那个始终驻扎漳水岸边的项羽；然而以他看来，即便诸侯果真来援，也不可能颠覆这固有战局。合纵抗秦以来，六国彼此间的求援数不胜数，然因了那“雪中不送炭”的邦交之道，援军肯真正力战者却少之又少。此等形势下，赵王君臣指望那些各怀鬼胎作壁上观的诸侯来救巨鹿，岂非缘木求鱼？王离有足够把握：只要九原军一举攻破巨鹿，诸侯联军必定会作鸟兽散，仓皇逃回各自国中，只怕穷追不舍都来不及；若说他们也会齐心协力一同攻来，那便只有一种可能——九原军已被打得全无还手之力，覆亡只在旦夕之间。

然则，王离却决然不肯相信这种可能，他决然不肯相信，自己麾下这支由蒙公一手打造、曾经横扫匈奴如鸷鸟击群雀的铁军，竟会被那些乌合之众的诸侯联军击败，哪怕是那个自恃天下无敌的项羽。在王离心中，眼前的巨鹿不是当年的邯郸，自己不是当年的王陵，而项羽更不是信陵君！

思虑已定，他向涉间苏角等将下达了将令：棘原仓全数粮草尽数运入九原军营垒，将士们饱食之后分成三轮，轮番猛攻巨鹿，三日之内必须拿下！将令一下，大将们顿时一阵激昂应和，鱼贯而出幕府，各自忙碌起来。

就在棘原仓的粮草尽数运入九原军营垒之际，关中军也开始西撤了。

章邯转过身，望着倏忽间一片空旷的营垒，心绪很是沉重。尽管他已向王离指出、王离自家也清楚两军分开所可能带来的种种后果，然而一向对自己言听计从的武成侯，此番却是分外执拗，坚执要继续猛攻巨鹿。章邯自然知晓攻占巨鹿的紧要，更能理解王离求胜的迫切，可他却仍不能不忧心。历来用兵之道正如《孙子兵法》所云，多算多胜，少算少胜，不算无胜，王离虽将巨鹿赵军、九原秦军的诸般实力比对算得很清楚，却多少忽视了诸侯援军，尤其是那项羽楚军。

两个月前，项羽杀宋义、自居上将军的消息传至营中时，无论章邯还是王离甚或其他大将，对此虽也惊讶却并不以为意，毕竟有当年田臧杀吴广反被陈胜拔擢的范例在先。秦军众将都以为楚军的这次杀将夺权不会对巨鹿战局产生太大影响，即便项羽立即渡漳水北上、猛攻秦军背后，章邯也有足够把握将他全力击退；而项羽在接替宋义掌管大军之后选择了继续按兵不动，似乎也验证了他的判断。

可章邯没料到的是，楚军的蛰伏却并不等同于其他诸侯无所事事的等待。黥布游兵对粮道的袭扰看似都是小动作，然而这一次又一次的小动作连番积累起来，却使秦军渐渐失去了原本优势。及至目下甚至不得不选择了撤军，一时章邯甚至对楚军产生了一丝鬼神莫测的忧虑，他自然知晓黥布背后必定有着项羽的谋划，也决然不信以项羽的好勇斗狠，只会满足于迫使秦军因粮尽而撤兵，他必定是在寻觅着最佳战机，等待着与秦军杀得昏天黑地，而今两支秦军已然分开，莫非便是他等待的战机？可目下的楚军战力究竟如何，章邯王离却都不知晓，若仍是项梁为将时的战力，即便两军分开、楚军突然插入，也断然不可能击溃其中的任何一部，反倒会被两军掉头包围，聚而歼之，那样便是有去无回！这项羽难道真有胜战把握，还是他杀宋义后已目空一切，根本不去考虑这种可能，只想凭着一腔蛮勇来猛攻？章邯百思不得其解。

“但愿是后者了……”他轻轻一声喟叹。

忽然他又想起了什么，忙高声下令：“最后一批！步卒先走，战车殿后！徐徐前行！”

得到两支秦军分开的消息时，一丝得意的凶光掠过了项羽那双重瞳子，然而接下来老范增的连番告诫便在耳畔响起：

“上将军，可以动了，然只能动一步。王离还未开始重攻巨鹿，章邯又以战车轻卒殿后，显是在防我军突然插入，以便迅速回援。关中九原两军目下相距不过数十里，以战车轻卒脚程，回身攻来仍然及时。若果然那般，我等前有王离后有章邯，必会腹背受敌。是故目下可开始整军备战，却不得出击，直至战机来到，方可猛攻！”

“升帐，聚将！”项羽虽心下不耐，却还是一声大叫。

楚军大将尽数聚齐之际，项羽的重瞳子逐一扫过他们满是期待的目光，从奏案上抓起第一支令箭：“黥布！你领两万游兵为先锋，偷袭章邯背后，此番不再是前日那般袭扰，却是要全力猛攻！”

“知晓！早等这日了！”黥布大摇大摆上前接过令箭。

“龙且、钟离昧！你二人各领两千飞骑，居于黥布南北两翼，专一截杀章邯偏师，防他绕过黥布、与王离会合！”

“诺！”两人齐声应道。

“虞子期、桓楚！你等领一万步卒紧跟黥布身后，前军与章邯缠斗之际，尽快筑成新营垒！”

“诺！”

“伯父，你领五千步卒，将前日搜集的石块木料先运过漳水！曹叔，准备渡河船只！将军中粮草、油脂尽数聚拢！其余众将回营整顿兵马，得我号令，立即渡河！”

“诺——！”

……

冬日的漳水，水势已大大减缓，破碎的冰块被水流冲刷着，缓缓打着旋向北方流淌而去。冬雨早止歇多日，此刻却又飘起了细小的雪花，悄无声息地降在宽阔水面，降在两岸覆满冰霜的泥泞地面上，氤氲起一层淡淡雾气。透过那雾气，可以看到北岸燃着一团又一团篝火，一队队楚军士卒正围坐在篝火旁，边取暖边分配着各自的军粮；漳水之上，同样有大片火把往来折返晃动着，如同一座座灯火长桥连接了两岸，它们来自那一艘艘满载士卒与战马的渡船。连续一整日泅渡，楚军的渡河已进入尾声，漳水南岸只余项羽亲领的八千江东子弟兵了。

四下里一片寂静，对岸的烤火分粮的士卒默不作声，漳水渡船上的士卒也默不作声，留在南岸营地中的将士们更是默不作声。乌骓马缓步踱过这片已显寂寥萧疏的楚军营地，项羽的重瞳子不动声色地打量着面前一个个江东子弟兵，他们也同样默默望着他，自江东起事以来，统帅与士卒之间还从未有过这般相对无语的时刻。

沉默持续了许久，乌骓马上的项羽终于单手抬起了长槊，指向已经空无一人的楚军营地：

“破釜甑，烧庐舍！”

无数身影往来忙碌着，无数臂膀上下挥舞着，却始终没有人吭声，只有一只只煮饭的铜釜被打碎时的沉闷声响，只有一顶顶军帐被焚毁时火苗摇曳的哔剥声响，和风声水声久久混杂在一起。当整片楚军营地都陷入火海之际，江东子弟兵们渐次跳上最后一批船只，冒着纷纷雪花划过漳水，去与对岸的同袍们会合。

项羽是最后一个上船的，他先将乌骓马牵上船，又倒转手中的长槊，以槊做篙挺向岸边，小船便悠悠划入了漳水。面前和背后都是熊熊大火，头顶是霏霏雨雪，脚下便是宽阔的漳水，项羽高大的身躯一动不动伫立在船头，一双重瞳子死死盯住前方，其威猛雄壮，其狂野凶悍，直如千百年前的涿鹿之战中，即将与黄帝交手的蚩尤一般。

（注：项羽破釜沉舟所渡之水，《史记》原文为“河”，专指黄河，然联系当时进军线路，研究者多以为此“河”当为漳水。谭其骧先生解释为，漳水乃黄河故道，是故也可冠以“河”之名，从此说。）

八千江东子弟兵尽数渡过漳水，项羽将乌骓马牵上北岸，掉头一声大吼："沉舟——!"

楚军营地响起了一片热烈呼声，将士们胸中的热血一同沸腾激荡了起来，任谁都能看出，上将军这是在以行动告诉全军，巨鹿之战，将是一场有去无回的决战；全军将士都当抱必死无还之心，这正是那陷之死地而后生之意!

士卒们或三五人或七八人一组，纷纷抽出佩剑掏出匕首，在一艘艘木船的两舷凿出一个个孔洞，又将它们先后推向漳水水心。木船在雪花与雾气中摇摇晃晃沉入水中时，项羽高举起自己的长槊，直指远处的九原军营垒，惊雷般的吼声紧跟着炸裂开来："楚虽三户——!"

"——亡秦必楚!"楚人们愤激的吼声响彻了漳水上空。

2

项羽大军全数北上、黥布领游兵突然开始向关中军发起猛攻之际，九原军终于在巨鹿城垣上站稳了脚跟。

每一寸城垣都糊满了血浆，乌紫色上面盖着鲜红色，一层又一层；每一只脚下都踩着一具尸体，交战双方舍生忘死的搏杀的同时甚至还须注意脚下，稍有不慎便要被绊倒，而一旦倒在这浸泡在血泊中的尸堆里，自己也就必然要成为它们当中的一员；每一柄正在挥动的秦军长剑或赵人弯刀都浸满了鲜血、残破不堪，歪歪斜斜地在空中划出道道古怪轨迹，或是刺穿切开血肉，或是与同样遍体鳞伤的剑锋相斫，或是干脆劈空，仿佛是被醉汉舞动一般；每一位交手的战士，无论秦人赵人都是赤膊散发，浑身鲜血两眼通红，或是爆发出一声声咆哮，或是咬牙切齿默不作声地死战。秦人付出了不知多少死伤，终是等到了这即将破城的最后时刻，自然个个奋勇，压抑了数月之久的怒火都在此时尽情宣泄了出来；而赵军同样心知自己末日已至，人人都因绝望而爆发出惊人的斗志和体力，如此拼死抵抗已不再是为了御敌，而纯粹是为自己的性命索取足够高昂的代价。

遥望着城垣上的袍泽们一个又一个倒下，或是倒在遍地的尸首与鲜血中，或是带着凄厉惨号跌落到下面的鹿寨中，伫立在云车上观战的王离咬紧了牙，攥紧了手中令旗，全身都不由自主颤抖起来：终是等到这一刻了，在剩余将士们即将耗尽所有粮草和体力的最后关头，终是要了结这场极尽艰苦的攻坚战了；憋闷了数月之久，我等终是要扬眉吐气了！

眼看巨鹿城破在即，王离心下也开始盘算起下一步的谋划，少府的告诫他并未忘却，他已想好，攻破巨鹿之后自己定要以最快速度擒获赵歇张耳李齐这一干新赵君臣，留下一支兵马驻守巨鹿后便与少府合兵一处，尽快补充粮草休整兵马，然后依次扫灭项羽、陈余等诸侯大军。还是那句话，只要拿下巨鹿，这些诸侯联军一定会不攻自溃，不足为虑！

此时，城垣上一直毫不间断落下的砖石梁椽开始稀疏了，而城垣上那些不住晃动的士卒身影原本是红黑驳杂，目下那些红色斑点已经渐渐稀疏，眼看着便要消失在一片黑色中了；巨鹿的城头第一次飘扬起了黑色大纛。显然，在秦军步步进逼的压迫下，负隅顽抗的赵军已退向了内城的边缘，只要再加把劲儿，必能杀到城下，从里面打开巨鹿城门！眼见这般，王离忙举起手中已变得一片汗湿的虎旗，直指前方的巨鹿城垣："下一批，轮换！快！"

听到统帅下达的将令，云车之下正在大嚼糇粮的士卒忙将手中剩下的饭团干肉三口两口尽数吞下，又各自抓起手中的兵刃盾牌，排列成一个个方阵，一面面战旗也重新高扬起来。这些士卒的战袍旗号无不肮脏破烂，盔甲盾牌也处处裂纹，长戈短剑锋刃上的血迹甚至尚未干涸，从上一轮攻城到目下，他们歇息了才不过半个时辰，刚来得及在这短暂间歇吃完最后一点军粮，便又要重新上阵了。尽管如此，每个人的脸上依然写满了兴奋，求战欲望重又高涨起来，和他们的统帅一样，所有人都看出巨鹿城已是岌岌可危，若果真如此，极可能便是他们这一批人攻破城垣、杀入巨鹿，这将是无与伦比的功勋与荣耀！

隆隆战鼓开始在耳畔奏响，一队队士卒重新踏着鼓点开出营垒，组成一道道黑色洪流，向着不远处的巨鹿逼近，准备替换下那些疲惫饥饿已极的同袍们。

然而就在这个时刻，一阵示警的号角声从背后遥遥响起了。

"敌军来袭?"云车上的王离心头咯噔一下，向西面原野望去，依稀看到天边涌动着片片黄点，不由得倒吸了一口凉气——竟是楚军！

伴随着号角一同急速逼近的是马蹄声响，王离向云车脚下瞥了一眼，发现是一名全力赶来的骑士，然而那身铠甲却使他心头一惊，顾不得再细看敌情，连忙飞身下了云车。

"苏角！可是楚人背后攻来?"王离隔得老远便大叫，心头不禁微微发颤，苏角负责秦军营垒外围的防御，而今他亲自赶来，显然战况紧急！

话音未落，苏角已经闪到身旁，一骨碌便翻滚下马，连声大吼分外急迫：

“楚军插我身后，正在抢修壁垒！我军外围只有万人，不够击退，急需援兵！”

王离咬了咬牙：“可攻城兵力一样吃紧……”

“能否暂停攻城?”苏角喘着粗气问。

望着那些由营垒开出的士卒越来越接近远处的巨鹿，王离死死咬住下唇，心下大是痛惜：若欲抽调兵马进攻楚军，便只能将这些休整后的士卒们撤回来，可如此一来，已攻上城垣的弟兄们便不得歇息，只能继续苦战了；然若不撤援军，背后的楚军却也不能坐视不管，这却如何是好?

一缕血丝由咬破的下唇缓缓滑落，王离终是狠狠一跺脚，无可奈何地大叫了一声：“回撤！”

清亮的金铎声从背后传来，正准备向巨鹿发起新一轮猛攻的将士们大为惊讶，却仍旧迅速转身、掉转矛头，重新向着营垒退却下来。王离则遥指着他们对苏角大叫：“这一批将近万人！我等全军分散四方、仓促难聚，目下只能交你这多！”

“明白！”苏角几乎是从王离手中一把夺过令箭，立即飞身上马。

“还有！欲抢战机，可以飞骑为前锋！”王离向着苏角疾驰而去的背影高喊着。

“明白——！”

马蹄声中，苏角的这句话拖着长长尾音消失在远方。不久后，在他的率领下，两万秦军以三千飞骑开道，向着西面正在修筑壁垒的楚军猛攻而去了。

“弟兄们，对不住了……”王离望着巨鹿城垣，咬紧牙喃喃道。他依稀看出，尽管已不剩多少体力，城头那些士卒们却仍然在勉力拼杀，动作都已开始变得僵硬，不少人甚至并未遭到敌军的进攻，举着短剑便直挺挺倒下，再也爬不起来，很快便淹没在了人潮中。

黄昏时分，经过一整日纠缠之后，黥布终于放弃了对关中军的纠缠。

黥布的出现很是突然，章邯刚从斥候那里得知楚军开始大举北上，便下令战车迅速回援。却不想车士们才排好行军队列，黥布统领的那支神出鬼没的游兵便突然出现了，转眼间化作一支支小队分头插入战车队中。关中军战车旷野作战虽是所向披靡，然目下摆的却是行军队列，并非作战阵形，列阵冲锋的威力根本无从施展，一时大为混乱；章邯见状忙下令战车停止前行，改换鱼丽阵，不料才开始调整队形，黥布已一个呼哨，游兵们又一哄而散；及至关中军再度恢复行军队列时重又杀来，仍然故技重施；想要全力剿灭他们，刑徒们又全是笨重的战车和徒步的步卒，远不如黥布麾下那些游骑轻快灵动。章邯一时大觉棘手，知晓这是所谓皮傅之阵，战力虽不强却极难摆脱。如是且战且行，磨蹭了将近一整日，仍是无法与九原军全数会合，不想此时黥布却主动撤军了，这让他百思不得其解。

章邯跃上战车，借着已开始黯淡的夕阳余晖，远眺黥布的游兵向东撤退，心下也涌起了一丝不祥预感。九原军和楚军战事到底如何，他一直没得到任何消息，依常理来看，王离既然始终没有来向自己会合，显然进程堪忧。可章邯目下却实在无力去支援王离了，一整日缠斗下来，麾下刑徒伤亡不少，战车也损毁了许多，以关中军目下的兵力战力，根本不可能击败楚军，只怕解不得九原军之围，反而白白送死；另一方面，九原军固然形势危急，然兵力毕竟还有将近八万，楚军便再是悍勇，也决然不可能将他们一口吞下，既然如此，目下也只能原地驻守，等待司马欣董翳的援军与自己会合了……

他正默默盘算着，突然警觉地仰起头，依稀听到远处楚军撤退的方向传来了什么声音。这声音一开始很是模糊，章邯没有马上分辨出来，及至真正听清之际，顿时跳了起来——

号角声!

“少府！项羽亲自杀来了！……”

一名负责警戒瞭望的刑徒跌跌撞撞狂奔过来，口中大喊着。

章邯心下猛然一惊：自己和王离还未及夹攻楚军，项羽反而抢先攻来了？难不成他已击溃了九原军?

关中军刚列好防御阵形，楚军便已杀到了。尽管光线黯淡，然而章邯向着那汪洋无际的赭黄色旗帜衣甲遥遥望去，仍很快做出了判断：楚军主力已尽数杀出，兵力至少五六万之多，以自己这些疲惫不堪的残兵败将显然无法抵挡，这却如何是好？不及细想，两军大阵已经轰然相撞，楚军战力竟是强得惊人，当先那些江东子弟兵们组成一支支锥形阵，分头揳入了关中军方阵开始了雷霆般的攻势，仿佛如蝗的弩矢将一面盾牌射得千疮百孔一般；当先更是一名红袍金甲的高大骑士，胯下战马与手中长槊一色漆黑，背后一面赭黄色大纛上分明是一个大大的“项”字!

“杀光秦人！报仇雪恨！……”他放声咆哮道。

“项羽疯了么?”章邯看得目瞪口呆，然而几乎立刻便回过神来猛击战鼓，发出了将令：“四面合围，攻敌首脑——!”

一队又一队刑徒从四面八方拥上前来，却无一人能截住项羽，乌金色的长槊到处，一片鲜血飞溅残肢乱舞，这些勉强鼓勇上前的刑徒们直如被刈割的野草般一茬茬倒地，转眼间又被紧跟项羽身后的子弟兵们践踏成一团团血肉模糊的肉醢。项羽却看也不看便大笑大吼着继续前冲，单人独骑直如一艘快船般在茫茫人海中乘风破浪，在江东子弟兵们的簇拥下势如劈竹，眼看着离章邯的中军只剩数百步了，那一声声喑呜叱咤也盖过了刑徒们的惊恐叫声，连戎车上的章邯都能遥遥听到：

“章邯匹夫，纳命来——！”

此时，章邯戎车下的戟士们已呼喝着纷纷挺出长戟排好防御阵形，准备迎接那大胆得近乎蛮勇的楚军统帅，然而谁也没想到，此时楚军竟突然改换了战法。但闻项羽一声咆哮，早有准备的江东子弟兵们齐齐抄起梭镖，向着长戟丛林纷纷投去，戟士们猝不及防，或是头颅或是当胸被刺中，顿时倒下了一大片。紧接着那些战马便突然转换了冲锋方向，向着戟士方阵的侧翼冲去。章邯心知骑兵无法正面与长戟方阵抗衡，只能击两腰空虚之处，忙又下令调整队列，不料刚舞起令旗，右手百余步外便突然响起了一声刺耳的呼啸，直取自己而来！

“不好！”章邯急急矮下身子，却终是慢了一步，一支梭镖堪堪刺中了右肩，他发出了一声撕心裂肺的大叫，咕咚一声便从战车上栽倒下来，两旁的戟士们急忙拥上前将他扶了起来。

“章邯匹夫，算你命大！下次我不会失手！”梭镖投来的方向，遥遥传来了项羽雷鸣般的怒骂。

“向西后撤！与援军会合！”肩膀的伤处直是彻入心肺的剧痛，章邯全力支撑着自己大吼了一声，旋即昏了过去。

3

暮色降临了。

铺满了无数尸体与鲜血的郊野一片死寂，攻守双方仿佛已死伤殆尽，无论赵军据守的巨鹿还是城外九原军的营垒，此刻都变得悄无声息，便连阵阵寒风带来的金柝声都显得有气无力，一片黑暗中，只有对面的星点灯火还在凄凄惨惨地闪烁着，勉强勾勒出巨鹿城垣的轮廓。

尽管已是残破不堪几近倾颓，然而巨鹿却依旧顽固地伫立在王离面前，直如一只奇大无比的凶兽蜷成一团伏在旷野里，奄奄一息却气力犹存。

望着远处那个巨大阴影，王离只觉阵阵寒意不住从心底腾起，一时间竟有了一丝模模糊糊的恐惧——难不成，自己永远也无法攻破这座该死的要塞了么？今日眼看就要破城了，城垣上冲在最前面的百余名死士甚至已经杀到了城门背后，只要再增派出最后一批援军，发起最后一轮猛攻，决然可以里应外合打开城门，如此便一切都了结了。可谁曾想到，谁曾想到……

恍惚间，白日里的那一幕重又涌上了心头——城垣之上激战正酣之际，自己望向周遭，发现身边已一片空荡荡了，整片营垒中除却负责警戒防御的区区两千人外，只剩下了护卫自己的千人队。看到这里，自己心下也发了狠，终是一把摔掉手中令旗，“呛啷”一声抽出佩剑，决意把这最后一点兵力也压上去。一时间，纷繁错乱的脚步声响彻了空荡荡的营垒，中军大营留守的三千士卒尽数聚拢，等待着出击的将令。然而当自己刚迈上金鼓将台、高扬起鼓槌之际，营垒的背后、正西方向，遥遥传来了阵阵人喊马嘶；随后便是烟尘大起，九原军的衣甲旗号隐隐闪现出来。当时连同自己在内，所有人都以为是苏角凯旋，一时间个个兴奋非常，却不料自己真正登上望楼时才发现，回来的确是苏角兵马，可他们非但没有凯旋，反而大败而归！

直到方才，王离才顾得上从苏角口中得知了那一战经过：当时苏角亲领三千九原飞骑为前锋，一路疾驰赶到楚军营垒，眼见那正在抢建的营垒就在前方，楚军也只匆忙挖成了数十道算不得宽阔的壕沟，夯土围墙更只到齐胸高，九原飞骑顿时一片呐喊，又齐齐抽出了长剑，所有的锋刃都坚定指向了那片正在匆忙聚拢的步卒大阵，直如海啸雪崩般向着楚军营地席卷而来。一时间，楚军营垒迅速陷入了空前恶战，猩红鲜血瞬间染红了夯土围墙，刺耳的喊杀声久久笼罩在营垒的上空，两翼的射士与楚军对射着箭雨，中间的步战骑士以盾牌护身奋力前冲，一个倒下去更多的拥上来，一浪高过一浪的攻势直逼灭国大战那全盛时期的主力秦军，然而令秦人吃惊的是，防御营垒的楚军战力竟是远超想象！

后面的大队步卒赶到之际，改做步卒的秦军骑士们已是死伤无算了，虽也使楚军伤亡惨重，却始终没能攻下营垒。当时苏角大为焦急，不等匆匆赶到的步卒稍事休整、排好阵形，已经下令全体杀出。可谁也没想到，此时项羽亲领主力杀到了。

“……项羽大军由南面攻来，直取我等侧翼，打头前锋便是八千江东子弟兵，战力着实惊人。我等虽有飞骑，然一则方才攻垒时折损了许多，二则早已改成了步卒，仓促间难以上马；其余步卒对战骑兵更是艰难，那项羽领飞骑杀入战阵，直是出入无人之境一般，混战之下步卒阵形大乱；此时营垒楚军也一并杀出，我等登时两面受敌，无奈之下只得后撤，江东子弟兵却仍然连番猛攻持续掩杀，两万将士总计死伤八千，剩余人等拼尽全力才撤回来……”

听苏角口述着战局，王离浑身颤抖得如一片风中落叶般，脸色也越来越苍白——苏角的败战，与自己对敌情的误判有着直接关联，自己太忽视项羽，也太忽视楚军了！早知如此，自己应率先放弃进攻巨鹿，整军开出与项羽全力一战！

一时间，王离既对死伤将士大为愧疚，更对项羽恨得咬牙切齿，勉强镇定下来，抚慰了苏角两句，然后便在心底飞转着念头：目下项羽大军就在身后，自己再不能不顾大势，继续执拗攻城了，当务之急还是抵御项羽最为紧要！明了于此，尽管懊丧得心头滴血，王离还是当机立断下令：九原军放弃攻打巨鹿，全速撤回各自营垒，准备迎接与项羽的大战！

这消息使整个九原军都躁动了起来，将士们个个捶胸顿足痛骂楚军不已，却还是不得不从巨鹿城垣上悻悻撤下，早已全无战心的赵军眼见秦军撤退，士气陡然高涨了起来，在赵将李齐的鼓舞下迅速开始了近乎疯狂的反扑，九原军且战且退，又付出不少死伤代价才退回各自营垒，顾不得喘息便开始整军备战。王离则趁此间隙又召来了涉间苏角等将商议，众人不约而同认准：项羽楚军来势汹汹，又是首战告捷，必会趁势猛攻；九原军则恰好相反，连日攻打巨鹿，又逢新败，战力士气都在低谷，贸然出击必定战事不利，不如固守各自营垒，一则以逸待劳，二则也可适当休整，可谓一举两得。于是做好大战的一切准备后，王离并未命全军出击，反而下令固守壁垒，同时还派出斥候打探楚军踪影。将士们已从白日里苏角部的溃败中得知了楚军惊人的战力，是故从上到下每个人心头都绷得紧紧的，准备着与楚人展开殊死搏杀。

然而出人意料的是，一个时辰之后王离派出的斥候们飞马回报，云项羽已领大军西去追杀少府关中军，留守楚军只是在加紧修建营垒，已经快要完工，显然并无进攻九原军之意。得知这个消息的王离先是惊愕不已，紧接着又冒出了深深忧虑——这项羽竟如此了得，居然将少府兵马打得引兵西解；目下关中军不得已西撤，而楚军又建成了营垒，显然已在自己与少府的兵马间落地生根，及至项羽停止追赶关中军、引兵东来之后，下一步便必是猛攻九原军；果真那般，可想而知定是一场恶战！

若只是硬打硬拼，王离自然无所畏惧，九原将士们更是无所畏惧，然而关键的是，军粮即将告罄了，连日猛攻巨鹿，将士们本就既饿且累，个个胃口大得惊人，即便有意简省着吃，目下粮草也所剩无几了，若再同项羽连番大战，还能撑得多久?

有鉴于此，目下的最佳选择当是全力猛攻楚军壁垒，攻陷壁垒之后方能与关中军会师西撤，再从容计较反击项羽、重新进攻巨鹿等诸事。然而王离却也清楚九原军目下的情况：一整日激战下来，将士们伤亡众多不说，即便是浑全无事者也无不劳顿饥饿已极，如此卒伍几近强弩之末，何能继续攻杀？再看看此时已是天色擦黑，倒不如今夜好生休憩饱餐，养足精神留待明日再战；总归新楚军也拼杀了大半日，论疲惫当不下秦军，依常理讲也该在营垒中休整才是……王离将自己的打算同涉间苏角一提，众将都大是赞同，虽则心下惴惴，虽则满腹懊恼，却还是各自回营休整兵马去了，不一会儿，巨鹿城外的十数座秦军营垒中便先后燃起了道道炊烟，将士们烹煮起了最后一点儿军粮。

没有人知晓，对他们当中的一些人来说，这却是最后的晚餐。就在将士们刚和衣躺上军床之际，楚军已悄悄攻来了。

……

“哪座营垒遇袭?”

震天的喊杀声中，从床上翻身跃起的王离匆匆披挂着战甲，气急败坏地问。

“涉间那边!”王翳搀扶着自己的统帅上了丹騠，同样大吼道。

话音未落，王离已在匆匆聚集起来的士卒们的簇拥下，策动着丹騠向着北面那片正在熊熊燃烧的营垒飞驰而去，他心下已明白楚军意图了：九原军开始围攻巨鹿以来，大半骑士都改作了步卒，是故闲置了大批战马，分别安置在巨鹿以北的四座营垒中，之所以设在那里，是因这一带地势相对平坦，草场溪流也多，既利驰骋又利喂马。而四座营垒间又以涉间那处最多，足足五六千匹，项羽定是想借这次偷袭将它们尽数杀散烧散，给九原军以重创!

及至匆匆赶到涉间营垒之际，王离顿时惊得目瞪口呆。但见一片火海中到处是狼奔豕突的晃动人影，或是奔走灭火或是高声呼救，更有大群战马被这大火惊吓，带着极尽凄厉的嘶鸣四下逃散，不时可见躲闪不及的士卒倒在惊马的四蹄下变成一摊模糊血肉，还有不少是冲着王离大军笔直狂奔而来。

“散向两翼！迂回合围!”王离大喊着，双腿一夹丹騠，第一个冲了出去，后面骑士们心领神会，自动分成两队，从两面插入了惊马群。他们个个都是一流骑士，圈马驯马毫不亚于真正的匈奴人，若是面对寻常野马，便是一人圈赶五六十匹都不在话下，然而目下形势却大是迥异，这些战马受了大大的惊吓，狂奔逃散起来全然漫无目的，甚至彼此之间都在互相冲撞拥挤，一时间试图将它们圈赶到一起的骑士们大是艰难，不断有人连人带马被撞翻踢倒，转眼间便死伤了数十人。

眼见这等情况，王离心痛不已地下达了射杀战马的将令——这般多的战马都受了惊吓，若想将它们重新圈赶起来，还不知要花多大气力、再死伤多少人马，目下也只能壮士断腕；而骑士们更是人人痛心，然终究明白大局，当即二话不说列开散阵，对那些战马逐一射杀起来。

及至黎明时分，整片营垒已在熊熊大火中化为一座废墟，四散奔逃的战马们也被尽数屠戮了，营垒上空弥散着刺鼻焦臭，呛得将士们止不住地咳嗽喷嚏，纵然如此，他们却还是伫立在遍地的灰烬与血泊中，人人垂头丧气，涉间更是因愤怒和自责而脸色苍白，他左脸蹭破了一大块皮，渗着丝丝鲜血；右臂用两块粗长木板夹着吊在胸前，狼狈不堪地来到王离面前，报上了伤亡：战马损失四千八百七十三匹，士卒伤亡两千三百二十七人；杀伤敌军却不过五百二十……

——“如何让那项羽跑了!”王离一声极尽愤怒的咆哮，一拳擂在了身旁一辆战车上，只觉心下大是懑火：这项羽刚刚北上，竟使两路秦军连吃苦头，少府被击退了，苏角战败了，战马被烧散了，难不成他鬼神附体，连战三场还连战连捷?

“全军休整，准备大战!”心念及此，王离气咻咻地丢下这句，自顾自地大步去了。

4

秦楚两军终于开始了正面交锋。

这是个难得晴朗的冬日清晨，湛蓝的天穹下，遍地的血红中，黑黄两色的潮水沉浮翻滚席卷涌动，如同一幅长长的斑斓画卷在旷野上延伸得无边无际，绚烂绮丽而又壮阔雄浑。秦军的黑色大阵整肃森严，楚军的金色洪流汪洋恣肆，万千高大黝黑的秦人和万千瘦小却同样黝黑的楚人纠缠厮杀在一起。骑兵对骑兵，战车对战车，步卒对步卒；长矛对长矛，短剑对短剑，箭矢对箭矢。这一个舞动的长戈啄破了那一个的藤盾，那一个投来的梭镖戳穿了这一个的铁甲，这一个挥起的重剑劈开了那一个的皮胄，那一个射出的箭矢正中这一个的咽喉，这一个胯下的战马踢碎了那一个的头颅，那一个策动着战车又碾碎了这一个的身躯……没有人示弱，没有人踌躇，没有人退缩，没有人休息，没有人惜力，更没有人惜命，甚至没有人闪避格挡，全然是以牙还牙以眼还眼地大打对攻，直如两个意图同归于尽的猛士全力以赴地彼此劈砍一般。人人双目血红牙齿雪白肤色黝黑，口中咆哮呼喝，手上挺刺劈斫，脚下进退行止，战车倾覆了便改骑战马，战马倒下了便徒步搏杀；箭矢梭镖丢完了便换长戈大戟，长戈大戟的锋刃折断了便换长剑战刀，长剑战刀砍出缺口便改赤手空拳；碎裂不能防护的盾牌变得碍手了便丢掉，被汗水浸透的头盔变得沉重了便摘掉，伤痕累累的铠甲变成了搏杀的累赘便脱掉，甚至破损的战袍也因被汗水打湿贴在身上以致行动不便而被这些亡命之徒们撕碎，毫无顾忌地在这寒冷冬日中暴露着自己汗津津满是血污伤痕的赤膊……他们既不在乎自己的死伤也不在乎袍泽的死伤，甚至同样不在乎给对手造成了几多死伤，对对手那无尽的仇恨使他们忘却了一切，他们为的不是胜利，只是纯粹沉浸在杀戮带来的近乎宣泄的快感中，尽管个个都变成了令人望而生畏的凶兽，然而这万千凶兽躯体内蕴含着的恐怖力量却也着实震撼人心。

在这万万千千舍生忘死奋力搏杀的将士们当中，秦楚两军各自的统帅更是急红了眼。

王离伫立在九原军后阵的金鼓将台上，早已摘去头盔、脱掉了斗篷，腰间佩剑和手中令旗也放在了一旁，只身着自己的胡服战袍和骑士革甲，脸上胡须虬结，头顶长发散乱，浑身大汗淋漓，纵然如此却仍亲自击着鼓，手中两支儿臂粗的鼓槌上下翻飞，阵阵鼓声时大时小时疾时缓时高亢时低沉，正是那频阳老鼓特有的击法。他死死咬住牙，一声不吭地盯着两军大阵中那个正在往来驰突的高大身影，指挥着自己的士卒们对他全力围剿。

那个身影一身灿灿金甲、一件大红披风、一匹漆黑战马，手中一柄乌金色的长槊，乱军之中极为惹眼，他率领着一队骑士全力猛冲，正在与九原飞骑反复纠缠拼杀着，正是项羽和他的江东子弟兵们。让王离暗自惊诧的是他们人手一柄长矛，无论从距离上还是从杀伤力方面，都比九原军手中的长剑要大占优势；自然，与此同时这种长兵却也对骑士的体力要求甚高，王离虽也是秦军中最精锐的铁鹰锐士，但自忖挥舞着如此一根铁矛冲杀上一整日，怕是照样吃不消，可这项羽和他那些子弟兵竟这等猛勇，拼杀了足足多半日也不见力竭，着实让他心惊。

除此之外，更令王离惊讶的便是，江东子弟兵竟也学到了秦军战法，三骑五骑十骑百骑同时发动，不断结成一个个或大或小的锥形阵，虽说彼此协同远不如九原飞骑那般熟练，却也已有模有样，战力远远超出了任何一支乌合之众的诸侯大军。王离曾听说过，这江东子弟兵是项羽亲自打造和训练出来的，不过练了区区数月，战力竟能达到这种程度，而且显是专门针对九原飞骑演练出的独特战法，看来这项羽也着实有过人之处。

从拂晓一直战到午后，秦楚两军已各自分为三批兵马，连续大战了三个多时辰，草草算来已是第三次轮换，若再算上项羽击败苏角、偷袭涉间的那两战，这便是两军的第五次交手。然而尽管杀得昏天黑地，他们却始终无法奈何得了对手，双方的伤亡都大体持平，这使王离心下分外焦急。依常理讲，即便是几批轮换，寻常卒伍连续猛攻两个时辰也是极限了，无论如何也须撤下来喘口气；而九原军更需休整，将士们清早起来便是空着肚子，搏杀了大半日都开始脱力，即便中途轮换时稍恢复了些许精神也无济于事。可目下王离却是骑虎难下，即便他下令鸣金撤军，项羽也会率领着子弟兵们猛扑而上，势若疯虎般死死咬在身后尾随，杀得几人是几人，光是把他们甩掉就要付出不少袍泽的性命。

这并非王离杞人忧天，方才的几次卒伍轮换中，楚军就是这般疯狂反扑的。当时情况的紧急甚至逼得王离想跨上丹骎、亲率铁鹰锐士们拦截项羽，后来费了好大气力才勉强压下了这阵冲动。

好在正当此时，对手的后阵反而率先响起了金声，策动着乌骓马往来冲突的项羽随即高举起长槊遥遥一招，楚军便开始且战且退，向着自己的营垒徐徐撤去。

“亚父，我等正杀在兴头，为甚下令撤军?”回到营中，项羽匆匆翻身下马，将手中的缰绳丢给一旁的士卒，大步来到范增面前，气喘吁吁问道，一双重瞳子中满是愤懑。

范增却是一脸肃然：“斥候回报，章邯已与司马欣、董翳会合，正向我等背后急速进军，此不可不防。”

“多久路程?”

“最快大半日，明日清晨到。”

“……”项羽这次没有反驳亚父，反倒是罕见地沉默了。决意猛攻王离之前，他满以为缺粮的九原军已是不堪一击，迅速击溃王离后再掉头猛攻章邯也不迟，然目下看来楚军固然已占上风，却也绝难一战灭秦；若章邯赶到之际自己还不能击败九原军，则登时便要陷入腹背受敌的不利境地，彼时楚军连续厮杀了一整日，必定无力抵挡气势汹汹的关中军；即便能扛住一时，自家粮草也所剩不多，三五日内分不出胜负，先前累积下来的优势便会荡然无存，非但不能解巨鹿之围，自家反而会彻底覆灭，果真如此，则大势危矣！想到这里，口气不由得和缓了下来：“如何御敌，亚父教我！”

看到项羽难得向自己低头，范增目光中掠过了一丝得意一丝欣慰，成竹在胸地开了口：“章邯大军虽步步紧逼，然只要我等调遣得当，不足为虑。上将军莫要忘却，这巨鹿并非只我秦楚赵三军。”

“亚父之意，让其他诸侯来援？可那群孬种……”

“若是开战之初，诸侯畏秦如虎，必不肯出兵。目下形势却大不相同，诸侯虽依旧作壁上观，然楚军战力却都看在眼里。上将军与九原军连续五战，非但没有落败，反而颇占上风，足证楚军战力，足证巨鹿可救，足可鼓舞诸侯斗志；况且李左车已秘密游说诸侯达成同盟，只要上将军仍能对秦人保持上风，诸侯必不会坐视两路秦军夹击我等。老夫愿替上将军前去游说，一则请诸侯向西移营，与我军合围王离、抵御章邯；二则将军中粮草借我等一批，至少要挨过这巨鹿之战；三则商定合力出兵、围剿九原军之战机！有老夫游说，又兼李左车相劝，诸侯当肯合力抗秦！”

“善，那便有劳亚父！”项羽心下大是振奋，忙向着老范增深深一躬。

“上将军切记：章邯来到之前，上将军还当继续与王离厮杀，不使九原军有任何喘息；然一旦关中军至，则立即停止攻伐，转而掉头固守壁垒，防御章邯。简言之便是两段战事之中，攻防重心两相颠倒：第一段战事主战王离，主防章邯；第二段主防王离，主战章邯。”

“可章邯赶到之际，王离必会全力突围，以图会合……”

范增的笑容深不可测：“上将军忘了么？九原军已断粮了。激战一整日却不得食，秦人还能有几多战力？即便强行突围，也是强弩之末。”

“亚父好谋划！”项羽恍然大悟，“我这便命黥布领精兵留守营垒，章邯攻来，只守不攻；只要再撑得一日，必能剿灭九原军！”

……

就在项羽王离继续拼死搏杀的同时，范增已在一小队楚军骑士的护卫下，秘密绕过了拼杀得越发激烈的主战场，来到了巨鹿以北的陈余军营垒中，很是顺利地说动了陈余，使这位新赵大将军又派出李左车前往齐燕魏等诸侯的营垒，要他们各自做好出战准备。就这样，对巨鹿之战作壁上观了足足数月之久的诸侯联军，头一次齐心协力了起来，陈余开拔了，张敖开拔了，臧荼开拔了，田都开拔了，田安开拔了，魏豹开拔了，韩成开拔了……整整一个下午，一支又一支衣甲旗号各异的大军都在巨鹿的旷野上涌动着，抵达预先约定的驻地后便匆匆忙忙地开始挖壕沟、修壁垒、设拒马、埋鹿寨，一直忙碌到夜幕降临之际还没有完工，尽管这样，他们对九原军的合围却也大体完成了。

逐渐开始黯淡的余晖下，巨鹿的旷野上，一道又一道斑斓的营垒驳杂在一起，组成了一个闻所未闻的巨大半环，从北、西、南三面将巨鹿城，以及城下已显萧疏的九原军壁垒包围其间。四个方向中，唯一没有联军驻扎的正东则是滔滔漳水，这三面营垒、一道大水，彻底堵死了秦军突围的所有出路。

“上将军，目下我等合围已成，只待最后一战了。”各路诸侯大体修好各自营垒的军报相继传来后，范增匆匆来到了项羽的幕府大帐，劈头便是这样一句。

项羽霍然起身：“章邯匹夫到了何处?”

“最快明日午后赶到。”

“来得及。”项羽的重瞳子中泛起了凶光，“我等已与秦人连战八场，全军先饱食休整一夜，明日凌晨第九战，定要一决胜负!”

5

夜深了，秦军的营垒却并未安宁。

校场上再度挤满了攒动的人头，尽管天气寒冷，士卒们无不衣衫单薄饥肠辘辘，更兼激战了整整一日，所有人都疲惫冻饿已极，却仍没人试图散去，所有目光都集中在幕府大帐，等待着这场议兵的结果。

大帐之中，燎炉里的火焰有气无力地跳动着，带不来任何暖意，只能勉强照亮一张张满是焦灼的面孔，以及一双双忧虑的眼睛。

“……各部幸存将士已清点完毕，我等连日激战，还余五万余人，扣去万余伤残士卒，尚能再战者只剩四万余人、六千战马，战力也都大打折扣，毕竟军中已然断粮；还有，箭矢也不多了，即便只匀给骑士，每人也只有五支。”苏角低声道，因了疲惫与冻饿，嗓音不住颤抖着。

“少府大军也不知何时能到，只怕最快也要明日了；然诸侯联军都已合围完毕，若赶在关中军抵达前一同攻来，我等能否抵挡，尚是未知。”涉间也补充道，说着攥紧了手中充做木杖的干枯树枝，他前日手臂上的伤还未好，目下右腿却又添了一处箭伤，不用木杖已无法走动了。

王离默默听着，脸色也被燎炉的火光映衬得忽明忽暗。

下午与项羽鏖战之际，他已察觉到诸侯联军开始向自己两翼进军，然而当时九原军被楚军死死拖住，根本无力抽调多余兵力前去阻击，是故只能眼睁睁望着他们从南北两面包抄自己。双方又缠斗了两个时辰，接连三次交手，场面互有胜负，伤亡也大体相等，然秦军将士们的体力已越来越跟不上了，他们厮杀了一整日都没得吃食，个个饿得前心贴后心，若非夜色降临之后项羽率先撤军，只怕九原军在第八战中便难以撑持了。尽管目下秦楚两军都在休整歇息，然而无论王离还是涉间、苏角都很是清楚，这短暂的一夜休战，对楚军来说是重整旗鼓，对秦军来说却是苟延残喘。

“目下我等内无粮草、外无援兵，业已身陷绝境，唯一出路只能是奋力一搏。”久久的沉默后，王离终于重新开了口，“我等目下只余四万人，好在前日已放弃围攻巨鹿，兵力都集中在城西三座大营中，若全数开出，攻其一点，当有望杀出重围。”

“果真如此，不如向南攻去，南面齐魏两军战力稍弱。”苏角喘息道。

王离思忖了片刻，却是摇了摇头：“我意，还是向西，继续猛攻项羽。我等若攻项羽，则其他诸侯未必来援；若攻诸侯，项羽却必定来援，如此便是腹背受敌，更难突围。”

涉间苏角等人彼此对视了一眼，终于纷纷点头。

“还有一事。”王离的目光黯淡了下来，“我等军中，还有近万伤兵……”

幕府中顿时又是一片死死的沉默，所有人都能明白王离的意思——伤残士卒无法随主力突围，九原军也不可能有足够的时日和人手妥善安置他们，若不愿束手被擒，他们唯一的出路，只能是悉数自裁。

“将军，我领伤兵留下。”

一个声音终于打断了大帐中的沉默，所有人都把目光集中了过去，看到涉间手中木杖重重一顿，笨拙地站起身来。

“我等不会辱没秦军，将军放心！”他只简简单单说了这么一句。

望着涉间分外平静的面容，王离也不由得心下颤抖起来。和所有秦人一样，他极是清楚秦军那古老的习俗——每逢战败，伤残士卒宁可自裁也不肯被俘降敌，此中缘由一是不肯受辱，二是不愿拖累全军，以目下形势而论，涉间做出此等选择，显然是二者兼有了。

心念及此，他终是轻一点头，没再多说一句，便将目光转向了苏角等其他将军们：“众将各回本部，先休整一个时辰，然后收拾兵马，伤兵留下，交涉间统领；其余士卒战马寅时会合，全力向西突围！”

“诺!”将军们齐声应道，声音不大，目光中却全然是坚定。

将军们相继走出大帐后，王离负手在帐中徘徊了两圈，随手拾起一卷兵书，草草看了两眼便烦躁地将竹简重又攥在手中，缓步出了幕府。

腹中的饥火、身上的寒冷与疲惫不住折磨着他，然而比起心下的纷乱，这些都不算甚。王离拖着沉重脚步，拖着被灯火渐渐拉长的身影，梦游般在一顶又一顶军帐间游荡着。营地中一片静悄悄，没有人声，没有马嘶，更不必提鼾声呻吟哭泣等种种响动，直如空无一人一般，若非每座军帐前还摇曳着点点灯火，他真要以为方圆足足数里的营地只剩自己一人了。

一片寂寥空旷中，只有自己的脚步还在回荡着。

边走边想，王离头脑渐渐清醒了。声威赫赫的九原秦军而今竟落得如此绝境，自然有着这样那样的种种原因，然其中最根本的一条，便是自己这个主帅对于战局的接连误判：楚军开始捣毁粮道以来，自己该当暂停围攻巨鹿，或是分出重兵助少府保护粮道，或是率先扫灭战力还不够强的楚军；少府因粮草难以为继而不得已撤军之际，自己理当听从他的劝说，放弃围攻巨鹿，一道合兵向西；项羽刚插入自己与少府之间时，自己更应转过身来，趁楚军营垒尚未修好前全力猛攻，而非仅仅派出苏角这一路兵马；最后，今日面对着项羽，自己本应深沟高垒固守以待少府来援，可自己急躁恼怒之下却反其道而行之，大军全数开出，与项羽连续八次大战，虽也给项羽以重创，却是既损兵折将又耗费将士体力，白白错过了突围的最后战机。而今将士们体力耗尽，诸侯合围已成，若联军尽数攻来，即便是固守营垒也不可能守得住，只能冒死一搏，赶在诸侯攻来之前抢先突围了……王离啊王离，你屡出错断还一错再错，何堪为将?是，将军们确乎并未反对你的诸多错断，然九原将军是你，并非涉间苏角等旁人；做出决断、发出将令的是你，并非涉间苏角等旁人。大军败战，你身为主帅不承担败战罪责，还能让何人承担?……

蓦然间，他的心底重又回荡起父亲曾用来告诫过自己的，《孙子兵法》中的那段名言：

“……主不可以怒而兴师，将不可以愠而攻战。合于利而动，不合于利而止。怒可以复喜，愠可以复悦，亡国不可以复存，死者不可以复生。故明主慎之，良将警之。此，安国全军之道也。”

“合于利而动……”心下反复念着这句话，深深的悔意也随之涌上了王离的心头。

他又想起了大父曾对自己讲过的长平之战，那一战与眼前这一战何其相似，都是最终决定天下命运的决战。当时的赵军与目下的秦军何其相似，都是粮草断绝、陷入重围；彼时的赵括又与如今的自己何其相似，都是头回领军却屡屡错断，最终使整支大军陷入了绝境。难道，巨鹿之战也将是长平之战的结局，秦军命运也将与赵军一样，而自己也要步赵括的后尘么？……

恍惚间，王离依稀看到两个身影从前方的黑暗中向自己走来，一个瘦削一个高大。而当他们并肩来到火光下时，他只觉心头一紧，泪水顿时盈满了眼眶：

"大父、阿翁，阿离不堪为将，有辱王氏……"

"阿离，莫再多说了。此番身陷绝境固有你错断之故，然败战罪责却不当归咎于你一身，此中有庙堂昏乱，也有时势使然，阿翁与大父知晓，你已尽力了，你仍不愧我大秦将军。"父亲的语气中有责怪也有惋惜。

"只是阿离心下不甘。我等万千秦人数百年来流血流汗任艰任险，死伤牺牲无算，方才换来如今之一统天下，登上华夏文明绝顶；先帝、蒙公、大父与阿翁，无不将毕生心力全数投入文明一统之征途，如此方才建成今日这煌煌帝国，却不想，却不想一朝风云突变，只区区十余载，大秦帝国便要覆亡了，我等心血便将付诸东流了，天下大乱以来，阿离拼尽全力也未能力挽狂澜……既如此，我等这多年来奋战拼搏，又有何用？"王离断断续续地低声倾诉着，说到最后已是泣不成声。

王翦也缓步上前，雪白的发须在寒风中飘拂着，望向孙儿的目光温和中又不乏威严："阿离，莫说这等丧气话，我等在世间史上留下的，不只是这倏忽倾覆的社稷江山，更有那崭新的一统文明，无论我等生前身后遭受多少误解歪曲诟病攻讦，此等功业都不会湮没磨灭；我等还将给后世族群一并留下的，更有那不计牺牲、不畏艰险也要建功立业之血气争心，此乃将道。"

"……将道？"

"将道者，唯以安国全军为至高境界。兵争之世，以战止战，止戈为武；太平之世，辅国治政，刚柔相兼；国破之时，覆军杀将，殉难报国，无论何等作为，皆须此等血气争心。大父也曾对你讲过那夸父逐日，你且说，为自己心中那一轮红日而奋斗拼搏，直至为其而死，不值么？"

"阿离知晓了，大父、阿翁，这一战若不能突围而出，阿离便来见你等……"

王离悚然惊醒，猛地摇摇头，把自己的神志从那飘飞的思绪中拉了回来，他环顾四周发现，营地间仍只余自己一人；自己无意间绕了一大圈之后，竟重又回到了中军幕府，丹骃正静静站在自己面前。灯火下，它那一向鲜亮的毛发已黯淡了不少，雄壮的躯干也已变得瘦骨嶙峋，和自己的主人一样，这几日来它也同样没有草料可吃，同样饥饿难耐。

王离缓步上前，轻抚着丹骎长长的马鬃，心下感慨万千。从军多年，它一如他的手足兄弟、他的半条性命一般，大父、阿媪、阿翁，还有惟嬴，无不对它倍加钟爱，而此时他们都不在了，自己身边便只剩下了它。

“丹骎，”王离搂住了它已显细瘦的脖颈，低声喃喃道，“再过片刻，你我便重要上阵了。此战怕是最后决战，结果究竟如何，我目下也无定见，却也了无牵挂。你我若能突围而出，自然最好；可若果然败战战死，却也不错。总归我也是为自家错断赎罪，如那赵括一般；总归我也不会丢了秦军颜面，不会丢了频阳王氏颜面。我唯一企盼者便是，宁可战死也莫要被俘，否则九泉之下，我无颜去见大父和阿翁；我也不能让惟嬴知晓她夫君做了俘虏，不能让我那未出世的孩儿知晓他阿翁做了俘虏，若果然那般，便是他们莫大耻辱……”

这样说着，他的眼眶中也缓缓渗出了泪水。丹骎则静静听着，侧脸与主人的面颊久久贴在一起，它大张着鼻孔，咴咴喷着鼻息，长长的睫毛忽闪着，不时伸出舌头舔他的脸颊舔他的手，这形销骨立的一人一马，就这样久久伫立在夜色中，久久伫立在这最后决战的前夜。

同时，那不住摇曳的灯火，也照亮了王离手中始终紧攥的那卷《吴子兵法》中的一句：

“……故师出之日，有死之荣，无生之辱。”

“军师，你说这巨鹿之战，项籍能赢么?”

同一个夜晚，数千里之外的武关前，刘邦向张良问道。

一袭白衣的张良面沉似水，凝视着面前那盏油灯：“依目下军报，项羽已断秦军粮草，又插入章邯王离之间，胜面该当极大。”

“哦? 若项羽果能胜秦，却是天大好事!”

“好事?”张良目光一闪，淡然笑了，“于沛公而言，自是好事；于六国诸侯而言，也是好事；于天下庶民而言，却未必了。”

“军师此话怎讲?”

“沛公可知，张良当初未遇沛公之前，为何宁可蛰伏下邳，也不去辅佐项氏?”

“……军师心机何等深沉，岂是刘邦这愚人所能理会?”刘邦思忖了片刻，又是一脸痞笑道。

张良却没有笑："张良与项公本当成牢固盟友，然最终却分道扬镳，此中自有我等秉性之不同，也有志向之不同。我等反秦固然一致，然灭秦之后如何建政，却是大不相同。沛公须知，天下一统之前，七大战国政情民风各有长处：秦赵之风雄强尚武，齐魏之风风华富庶，楚风散漫洒脱，天下列国政情民风彼此迥异却又交相融汇，方才熔铸而成我华夏族群诸般文明奇观，张良先前欲复辟六国，本意也是复兴此等蓬勃气象。然项梁叔侄却不同，他二人皆秉性酷暴，又与秦政有深仇大恨，是故起兵反秦唯思复仇、不思建政。尤其那项羽，为泄一己私愤无所不用其极，屠城杀降等诸般兽行不胜枚举，指望此等人物重塑六国文明自是奢望，张良敢断言，灭秦之后项羽若主持分封，必然徇私楚人，大封部下于善地为王，迁走当地故旧诸侯，令臣下争相叛逆，若果然这般，则天下战乱还将持续到不知何时。若说始皇帝灭绝了六国文明，这项羽便是灭绝了天下文明。始皇帝固有瑕疵恶行，然两相比较，项羽之恶尤甚始皇帝千百倍！"

"项羽这厮剽悍猾贼，确乎天下祸患！"刘邦听得极是出神，听到这里也恨恨长出一口气，"既如此，军师之意，却当如何建政?"

"蛰伏下邳之际，张良研读兵法之余，也曾对秦政多有揣摩。终是发觉，欲使天下消弭战乱、长治久安，仍须推行秦政。"

"推行秦政?"刘邦惊讶了，"始皇帝推行秦政不过十余载，天下便群起反叛，而今眼看秦国社稷将亡，这秦政显见是苛政恶法，推行天下岂能长久?"

张良神色却极是郑重："沛公所云，天下俗议也。此等俗议之根基缺陷，便在将秦政畸变病态之末端视为全貌，将二世赵高那倒行逆施视为秦政常态。沛公但想：若无赵高以更法为名扭曲秦政，若无李斯姑息纵容，二世残害忠良横征暴敛岂能那般顺当? 天下又岂能成就那般汹汹反秦之势?"

"军师话虽如此，然秦政这般轻易便被撬动，显见根基也太过脆弱……"

张良却是淡然一笑："《商君书·画策》有一句，望沛公牢记：'国之乱也，非其法乱也，非法不用也。国皆有法，而无使法必行之法。'秦政也好，秦法也罢，终须人来操持，绝无自行运转之律法，也绝无完美无瑕无懈可击之律法。若行法之人心存恶欲，有意将其扭曲，即便是周密森严如这秦法，也终将扭曲变形。此，不可不察也。"

"以军师之见，秦政相较诸侯分封，究竟强在何处?"

"至少四大长处。"张良不紧不慢道，每说一句便竖起一根白皙纤细的指头，"其一，政令畅通利于治理民众；其二，凝聚国力利于抗击外敌；其三，兼容并蓄利于族群融合；其四，天下归一，不使诸侯纷争刀兵复起。"

“军师说的是。”刘邦似懂非懂地点点头，“刘邦生平最是敬佩两人，一为信陵君，二便是始皇帝。依军师之言，刘邦果能夺取天下，也推行秦政便是!”

“果真如此，张良为沛公贺，也为天下苍生贺。”张良向着刘邦郑重一拜。

“只是，目下还是先入关中、灭暴秦再说!”刘邦大袖一摆，又哈哈大笑起来，“目下巨鹿战局已然明朗，可否奇袭武关了?”

张良笑着点点头，在銮铃的叮当声响中站起身来，望向北方的黑夜：

“此时那巨鹿城外，胜负也该当分出了吧……”

6

寅时方至，巨鹿城外的秦军营垒中，最后的九原军尽数聚齐了。

无数团白雾从万千张口中不住呼出，飘散在夜色里；支支火把照亮了将士们闪亮的眸子，所有目光都集中在由远及近的一人一马之上，那是他们的九原将军。

瘦骨嶙峋的丹骎重新迈出平稳均匀的步伐，马背上的王离分外平静地开始了自己生命中的最后一次阅兵。他那瘦削的身材在夜色中挺得笔直，黑白分明的双眸逐个扫过一排排步卒骑士们，尽管将军和士卒同样默不作声，然而一次次的目光交错中，他们都能从彼此眼中看出死战的决心。

并不算长的方阵很快检阅完了，王离翻身下马，踏上了高高的将台，面对着所有幸存的将士们，沉声开了口：

“弟兄们，你等都知，九原军业已陷入重围，目下唯一生路便是突围而出，与少府会合。大军落此绝境，尽皆王离错断战局之故，王离绝不推卸罪责！若能成功突围，王离便将将权转交少府、自裁以谢全军，弟兄们肯否允准?”

夜风不住呼啸着，万千人潮一片沉默。

“弟兄们肯否允准?”王离竭力将嗓门抬高了些。

“王离，听我一言。”人群中响起了一个声音。

王离望向大军最前端，借着火把的光亮，看清了苏角的平静面容。

“王离，你且牢记：在我等心中，我九原大军的统帅，永远都是武成侯王离!”

“拥戴九原将军!”后面的王翳鼓起气力一声大吼。

“拥戴九原将军！”万千士卒纷纷喊道，尽管因了疲惫和饥饿，这吼声远不能算得响亮，却是极为齐整。

听着将士们的呼喝，王离眼角泛起了一丝泪光，不由得向着将士们深深一躬，直起身后一把抹去了眼角泪水，仍然勉力高声道：“今日乃我九原军最后一战，或许也是百余年来，我秦军最后一战！人云败军之将何以言勇，然我等至少还能做得一事：拼死一战，护我秦军最后尊严！我等不求绝处逢生，唯求死不受辱！今日之战不再须全局调遣，唯各自全力冲杀便是，是故王离愿亲领骑兵为前锋，替弟兄们杀出血路，全我烈烈秦风！”

“不得，无返！……”四面八方响起了久违的秦军誓言。

“起号！”王离猛一挥手。

——“我来！”人群中突然响起了另一个声音。

“涉间？”王离的瞳孔缩紧了。

人群向两旁分开，涉间拄着木杖，蹒跚着缓缓前来，王离忙飞身跃下将台，快步来到他面前。

涉间笑了：“将军放心，伤兵都已安置好，绝不会拖累大军。我等这便为你送行！”

王离点头又递上了号角，涉间接过凑到嘴边，鼓起早已凹陷下来的两颊，用尽全身气力吹起，不料刚响起暗哑的一声，一股鲜血便从号角中喷溅而出，王离忙一把扶住了他。

涉间跪倒在地，不住咳着血，无奈地苦笑着摇摇头，却还是推开王离，再度举起号角，重新吹了起来。

这次没有意外，凄厉的号角声终于划破了夜空；紧接着，四面八方都响起了同样的声音，始则稀稀落落，渐渐此起彼伏，最后终于连成一片，在整个秦军营地弥散开来。

“伤残兄弟！吹号的是他们！”王翳高叫了一声。

王离惊讶地环顾四周，果然看到营垒的每一面高墙、每一处望楼上，都伫立着一个个身影，借着火光可以依稀看清，他们有的和苏角一样拄着木杖，有的臂膀被吊在胸前，有的头上身上缠着大布，却还是顽强挺立在夜色中，各自保持着吹号角的姿势，显然都是那些无法突围而出、不得不留下来的伤残士卒！

“将军，快走吧！”涉间深吸一口气，催促道。

“将军，快走！”苏角也催促道。

王离没有吭声，向着涉间一拱手，与苏角各自翻身上马，催动着坐骑迈开了脚步。

“秦”字大纛重新在夜风中招展了起来，号角声中，一队又一队骑士步卒开出了营垒，向着正西面的楚军营地涌动而去，步卒手中的戈矛、骑兵手中的剑盾，以及他们各自的甲胄，一同在火光中闪烁着点点寒芒。

“秦人突围?”听到号角声，甲胄齐全的项羽大步冲出军帐，向着远处的秦军营垒遥遥望去，果然看到一片火光正汹涌袭来。

“既是送死，便成全了你!”

重瞳子中闪过一道凶光，项羽飞身跃上了乌骓马，手中的长槊猛然一挥：“全军杀出！第九战!”

“快！再快!”马蹄嘚嘚、车轮辚辚中，章邯向着已在全力飞奔的刑徒们连声大吼着，“楚军营垒就在眼前！再加把劲儿!”

“奇袭开始!”同一个时刻，刘邦也剑指武关，面对着麾下士卒们高声喊道。张良则隐藏在他身后的阴影中，一双深不可测的眸子如同暗夜中的寒星般闪闪发光。

“匈奴又攻来了，最后一战!”望着长城脚下那一片白茫茫的匈奴大军，满身鲜血白发苍苍的杨翁子劈下了手中令旗。

夜色与火光、喊杀与号角声中，秦楚两军开始了最后一战。

弩矢与投枪彼此交织成的暴雨几次互射之后，他们便如同乌黑与明黄的两股潮水，挟着排山倒海之势，带着震耳欲聋的呼啸声迎头撞来，彼此纠缠搅动在一起；又如两只斗志昂扬的巨兽，各自张开了血盆大口，彼此啮噬撕咬着，一颗颗锋利的牙齿便是那一个个奋勇冲杀的锥形骑阵。漫山遍野的火把照亮了交战双方的身影，九原飞骑们拔出了长剑举起了盾牌，江东子弟兵们挺起了长矛抄起了投枪，尽管兵刃不同，却同样在头顶如蝗箭雨的掩护下，催动着胯下的战马，结成战阵各自揳入了对方阵中，试图冲散对方的阵形，迫使敌军骑士逐一落单，再将他们一个个杀死。长剑此起彼伏地在面前挥舞着，箭矢一闪而逝地不断从眼前掠过，四下里不断有兵刃在撞击，不断有血花在喷溅，不断有臂膀头颅脏器从活生生的躯体上脱离开来，也不断有人从马背上倒栽下去，不断有战马带着自己的主人跌倒在血泊中，人和马的尸体下一个瞬间便会被践踏成肉醢。可纵然如此，那些幸存的袍泽们仍在不断变换着阵形，策动着坐骑重新组好队列，以最快速度填补死者留下的缺口，继续与敌军厮杀在一起。

这是乱世之中最为强大的两支大军，这也是当今天下硕果仅存实至名归的最后两支精锐，同样的悍勇战力，同样的昂扬斗志，同样的严明纪律，同样的精良装备，甚至是同样的必死之心，不同的却是各自处境。对秦军来说，这是挽救帝国命运、挽救九原军命运的最后一线生机，若能突围而出、与少府的关中军会合，则事尚有可为者，大秦帝国或许还能像当年邯郸之战后的赵国一般，重新从血泊中颤颤巍巍地站起；而对楚军来说，这便是灭亡秦国的最后一战，九原秦军若就此覆灭，则帝国的末日将在这一战之后提前降临，天下的归属将在这一战之后尘埃落定。是故无论对秦人还是楚人来说，无论对王离还是项羽来说，这一战都是志在必得，都必须全力以赴！

“王离匹夫，躲到何处了？滚出来！我要宰了你，我要拿你头颅祭我大父、祭我父、祭我季父！……”连番惊雷般的怒吼中，乌骓马上的项羽挥动着长槊，率领着江东子弟兵往来冲杀着。

“项籍！来啊！我若不能活，也要拉你同死！……”战场的另一端，王离也挥舞着长剑，率领着铁鹰锐士们全力冲锋着。

残破不堪被血污染得辨不出本色的斗篷早不知被他丢到了何处，手上的长剑也已砍出了道道缺口，身上的甲胄更是破碎不堪，更不必提他一日一夜粒粟未进，体力本该全数耗尽了。然而实际情况却是刚好相反，这一人一马，连同他们身后的那些铁鹰锐士，依旧越战越勇。他们冲锋、碰撞、劈砍、穿刺、投掷、射击，一个个身影往来飞驰穿插掣动直使人眼花缭乱目不暇接，雷霆般迅捷猛烈，流云般变幻多端，疾风般飘忽不定，暗夜般神秘莫测，手中兵刃绽放出的血光偏偏又如晚霞般绚烂壮丽！

“项羽！你在何处？出来！与我一战！……”王离连声咆哮着，涂满血污的面孔已全然扭曲。

震天的喊杀声久久响彻了郊野，巨鹿以北的陈余营垒中却还是一片寂静。

李左车手握长弓，一步步登上了高高耸立在夜空中的望楼，眯起眼睛放眼望去，但见东西开出的两大片火把海洋久久纠缠在一起，不由得兴奋地深深吸了口气，然后张弓搭箭，向着那两片火把的海洋射出了第一支鸣镝。

“赵军杀出！围剿秦军！”凄厉的声响划破了夜空，李左车脚下，等候多时的陈余高声叫道。

“赵军杀出！围剿秦军！”听到第二声鸣镝，又看到陈余军营垒大开、养精蓄锐已久的士卒们轰隆隆开出，张敖也挥起了手中的令旗。

“齐军杀出！”第三、第四声鸣镝相继响起，田都、田安各自在自己的营垒中大吼。

“燕军杀出！”第五声鸣镝刚刚响起，臧荼便急不可耐地高喊道。

“魏军杀出！”第六声鸣镝中，魏豹也猛然掣出了长剑。

“韩军杀出！”第七声鸣镝最后响起，一向畏畏缩缩的韩成终于鼓起了勇气。

“得救了，得救了！”眼见逡巡不前长达数月之久的各路诸侯终于全数开出，巨鹿城头的赵歇张耳李齐等君臣抱头痛哭，身边提心吊胆的赵军士卒们也松了一口气，顿时瘫倒了一大片。

第七声鸣镝完全消弭之际，诸侯联军开始从正北、西北、西南、正南四个方向分头包抄九原军身后。依照李左车的部署，项羽统领的楚军负责由西向东正面迎击，诸侯们则负责攻克几处秦军营垒，从而截断九原军退路，相较楚军，此等任务显然极为轻松，是故他们个个奋勇争先，全然不是数月之前作壁上观的模样了。

遥望着衣甲旗号斑斓驳杂的诸侯大军们由四面八方纷纷拥来，留守营垒的涉间轻蔑地笑了，转身望着站在高墙上的一个个伤残士卒：“弟兄们，都备好了?”

“将军下令便是!”一片齐声呐喊中，涉间从一名伤残士卒手中接过了火把。

“冲！杀光秦人！讨还血债——！”在他脚下不远处，陈余极尽亢奋地大叫道，诸侯联军的前锋已逼近秦军壁垒了。

“弟兄们！我等先走一步！你等杀出去——！”摇曳的火光照亮了涉间坚毅的面容，他面朝西方，向着正在全力搏杀的同袍们的背影高声喊道。

随着这一声喊叫，他手中的火把也被丢向了脚下的黑暗中。

“不对！快停下！快停下！”望着那点火光从秦军壁垒的墙头摇曳着坠落，陈余突然醒悟了过来，焦急万分地连声大叫道。

他的提醒终究迟了一步。已冲到壁垒下的联军士卒们眼见一个个秦人仍高举火把伫立墙头，原本准备着迎接那密集的箭雨，不料壁垒之上所有秦人却都学着他们将军的模样，将手中火把齐齐向脚下丢去，那些火把即将落地的瞬间，已然照亮了预先铺好、又洒上了油脂的柴火堆。

联军士卒们的恐惧哀号、秦人们的放声大笑一同响起，刹那间，冲天火光从几座秦军营垒中同时腾起，映红了巨鹿的夜空。

“涉间——！”王离勒住丹骒，转过身望着那片火海，撕心裂肺地大吼道。

“苏角首级在此！王离作速降楚——！”夜风带来了江东子弟兵们的齐声呐喊。

“苏角……”王离扭过头，死死咬紧牙关。

“将军！”一旁的王翳叫了一声，嗓音中已隐隐带上了哭腔。

王离向他瞥了一眼，看到他肩头插着一支断箭，伤口还在不住淌着血，却还是厉声喝了一句：“不许哭！”

“诺！”王翳慌忙抬手往脸上一抹，却是将自己的面孔涂得更加狼狈。

王离再看身边，发现铁鹰锐士们只剩下了五百余骑，早就人人疲惫不已，可自己要面对的楚军却仿佛无穷无尽一般；更不必提身后还有将近二十万突然杀出的诸侯联军，很快便会围攻上来。显然，九原军已经失去了一切突围的可能，剩下的唯有决一死战了。

可在此之前，自己至少还有一样事要做！

王离极目四望，透过那漫无边际的战场、彼此纠缠的秦楚两军，终于发现了项羽那面赭黄色的大纛。

“你等，还能冲杀么？”王离的嗓音已变得嘶哑。

“听凭将军号令！”所有人齐声应道。

“丹骒，再鼓把劲儿！”王离重重拍在了自己坐骑的脖颈上。

汗血马报以一声长长的嘶鸣。

“随我来！”王离手中残破的长剑重又挥向前方。

7

九原秦军陷入重重包围之际，彻夜急行的关中军终于赶到了楚军营垒背后。

大汗淋漓的章邯下令全军休整片刻，自己则与司马欣、董翳快步登上了一处坡塬，寒风刚迎面袭来，几位大将便是一阵咳嗽，泪水也随之涌了出来——空气中弥散着鲜血的腥气，木料被焚后的焦臭，混杂着滚滚烟尘扑面而来，使人艰于呼吸。章邯费了好大劲儿才勉强压抑住腹中的翻腾，重新睁开眼，目光越过楚军营垒的上空，迎着天边的第一缕鱼肚白向东望去，心下猛然揪紧了。

天色渐渐由墨黑变成了幽蓝，即将破晓了，而对于九原秦军来说，这便是他们最后的黎明。到处是战鼓轰鸣，杀声震天，各种响动汇成了震耳欲聋的声浪，连不远处的巨鹿城仿佛都为之颤动；到处是尸横遍野，血流成河，各种悲惨景象汇成了诡异狞厉的巨大图画，若有人能从半空之中鸟瞰此时的巨鹿郊野，必定会胆战心惊。尽管九原军突围的希望已化为泡影，但惨烈的决战却仍在继续，本以为胜券在握的诸侯联军们，仍不得不全力以赴地与秦军余部奋战到底。最后剩下的这不到两万的秦军，被数目十倍于己的敌军分割包围，彼此孤立无援地负隅顽抗着，他们所有的战马都已战死或累死，所有的箭矢都已用尽，所有的长剑都砍出了缺口，所有的铠甲盾牌都破碎龟裂，所有的战袍旗帜都破烂褴褛，所有活人身上都是伤痕累累，可尽管如此，惨烈的决战却仍然还在继续。

“全军杀出！营救九原军！”章邯快步奔下坡塬，连声大喊着。

“少府！我等一夜急行又未及起炊，至少须歇上片刻……”司马欣、董翳跟在后面叫道。

“来不及了！九原军覆亡在即，能救多少是多少！”章邯猛然跃上戎车，手中令旗狠狠劈下：“杀向楚营——！”

连绵号角声中，疲惫饥饿不下九原军的刑徒们不得已重新抄起兵刃、排列成战阵，向着远处的楚军营垒冲杀而去。

“少府！被我等杀得连战连败，还要来送死么?”望着越来越近的关中军，留守营垒的黥布放声大笑，随即伸出筋肉虬结的粗大臂膀，将手中的铁锤高举过顶：“严守壁垒！再顶得两个时辰，我等便是大获全胜——！”

在关中军向楚军营垒发起第一轮冲锋的同时，秦楚两军各自统帅所在的那片战场，厮杀已经到了最后关头。

随着王离一声令下，铁鹰锐士们重新鼓起了所剩无几的气力，踏过遍地的鲜血与尸首，向着战场上聚集人数最多、厮杀也最惨烈的那一片土地冲去。他们没有任何缠斗，只是策动着胯下战马一味向前冲刺，巧妙地渗入楚军的人潮，寻觅着缝隙，穿越着空当，闪避着围追堵截，偶尔也挥动着手中的长剑砍杀前面的挡路者，很快便与楚军漫漫的赭黄色人潮融为了一体，如同金色大海中一片黝黑的孤岛一般，但这孤岛却不是立地生根，而是随着浪潮迅速漂移，尽管几度被波涛淹没，却仍倔强地重新冒出头来，就这样艰难却毫不停顿地随着人潮涌向那面，不知过了多久，那面赭黄色大纛上的“项”字终于遥遥可见了。

“再加把劲儿！”王离艰难地劈砍着，满头满脸的血污汗水。

“这王离，显是孤注一掷了……”伫立在高高云车上的范增眯起眼睛，心下暗想。

“来了么?”项羽暂时停止了厮杀，勒住乌骓马扭过头去，看到自己身后已拥出了一支黑色秦军，与楚军纠缠在了一起，正风驰电掣势不可当地向自己的方向席卷而来，那面大纛上分明是一个巨大的“王”字。

“四面合围!”云车上的范增挥舞起了令旗。

来得好!项羽嘴角绽出一丝狞笑，手中长槊猛然挥向王离杀来的方向:“随我杀!”说着策动着乌骓马，率领着江东子弟兵迎上前去。

楚军司令云车上大纛的摆动，似乎宣告了这支正在冲锋的秦军气运的枯竭，他们尽管引起了楚军的骚动，却也仅仅是骚动而已，在老范增的号令下，楚军开始由四面八方向这支正在猛冲的秦军拥来，而王离身后那些方才被他丢下甩开的士卒也开始追击了上来，无数的长矛和戈戟渐渐合拢，远处的射士和骑兵更匆匆向这里集中，整个楚军大阵如同一圈绞索般套上了这支秦军的脖颈，而且还在不断收紧。

“射士!不许放箭!”项羽的吼声遥遥传来，听到这句话，正要向秦军倾泻出箭雨的士卒们悻悻收起了手中的楚弓。

“快，赶在合围前冲出去!”王离手中的长剑甩出了一道血花。

尽管骑士和战马都已疲惫不堪，但铁鹰锐士们仍鼓足了最后的气力，迅速汇集成一支箭镞，也正如离弦之箭般疾驰而去，终于将楚军尚未完全聚拢的防线冲击开了一条口子，而在那箭镞的最尖端，便是王离和他的丹骎。

——我是最后的秦军，我是帝国最后的捍卫者。我已无法改变帝国覆亡的命运，正如无法改变九原秦军、改变我自己战败的命运一样。我唯一能做的是战死在这里，用自己的鲜血去祭奠死去的同袍们，用自己的尸体去为这个帝国殉葬。

如此，我方能为自己的错断赎罪；如此，我方能保全自己作为秦军将士的最后尊严；如此方能不愧为我大父的孙儿、我父亲的儿子；如此方能对惟嬴，对我那未出世的孩儿有个圆满交代。

胜负已无悬念了，死生也无意义了，我只需策马，只需挥剑；只需流血，只需死战!

黝黑的箭镞从赭黄色的潮水中突出，如同长剑劈开水浪般杀出了一条血路。然而正所谓抽刀断水水更流，水浪可以被瞬间劈开，却仍会重新合上，目下的楚军也正是这般再度聚拢了起来，长矛组成的荆棘丛已开始逼近秦军身后，面对着渐渐收紧的楚军大阵，不断有铁鹰锐士先后倒下，待到王离终于能望见对面的项羽之际，他身边这支队伍只剩下不到百骑，两翼三十余步外便是楚军长矛戈戟的森森丛林，而且正在迅速逼近。

三百步，二百步，一百步，铁鹰锐士们继续前仆后继地倒在楚军的长矛之下，身边的同袍已越来越少，纵然如此，王离却仍策动着丹骎，不断向前突进，突进，突进。身后空无一人了，所有的铁鹰锐士都倒了下来，最后一个落马的是王翳，他向自己将军的背影伸出一只手，却仍是缓缓垂了下来，自家也闭上了眼睛，那面“秦”字大纛则从他手中跌落，盖在了他失去知觉的身体上。

项羽的连番吼声已清晰可闻了，王离可以看清远处那名同样向自己全力冲来的骑士：乌黑的长槊、灿灿金甲、大红披风，胯下的乌骓马如一团流动的阴云般带着他席卷而来。

王离用狂野的呼喝回应着他，胸中的热血最后一次沸腾起来，目光也如漠北苍狼般闪烁起了森森光芒，手中破损的长剑直指对面越来越近的项羽——

终是等到此刻了！最后的决战！

刺耳的声响伴随着四溅的火星一同迸射，与此同时，项羽的怒吼也在王离耳畔炸裂开来：

“暴秦走狗——！”

“——江东屠夫！”

两匹战马交错而过的瞬间，王离回脸骂道。

兵刃的碎片割破了他的手腕与脸颊，只这一次交锋，手中的长剑便碎裂了；他再扭过头来，看到江东子弟兵们已从前面封堵了自己的所有出路。

“长矛！长矛！刺穿他！刺穿他！”四面八方的吼叫声中，长矛组成的丛林迅速掉转着方向，足足数十根长矛都瞄准了这最后的一人一马。然而丹骎却是丝毫不肯减速，仍然全力狂奔，就在即将撞上那些矛尖的刹那，它竟带着自己的主人腾空而起，向着林立的长矛丛中猛然跃去！

汗血马的身影在黎明的天穹下画过一道火红的影子，随着一声凄厉无比的嘶鸣，无数长矛已刺穿了它的胸腹；与此同时，那沉重的马身也压垮了身下的三五名士卒，鲜血从那数不清的创伤中喷涌而出，和敌人的血瞬间便混在了一起，分不出彼此，正如根本无法分辨是人杀死了马还是马杀死了人一样。

“丹骎——！”滚落在地的王离发出了声嘶力竭的咆哮，泪水无可遏止地喷涌而出。楚军士卒们一拥而上，矛尖纷纷抵住了他的身体。

“闪开！我要亲手擒了他！……”项羽的咆哮声伴随着马蹄声迅速传来，本已擒获了敌军统帅的士卒们只得潮水般迅速让开。

望着那迅速逼近的一人一马，王离的双目陡然变得血红一片，他蹒跚着爬起来，勉强挺直了身子，面向东方站立着。

苍白的旭日从群山背后探出头来，驱散深蓝的夜色，昭示着又一个寒冷干燥的冬日的来到。曙光照亮了王离黝黑的甲胄，手中折断的长剑的锋刃，在寒风中飞扬飘拂的战袍，却也刺痛了他的双目。他眯起眼睛，看到项羽再次冲到了自己面前，不到三十步了。

突然间，他看到项羽的头顶，东方的天际，一团巨大的火球正在向自己急速飞来，它在天穹中画出了蛇行一般蜿蜒的曲线，拖曳出的长长火尾直如一匹既广且长的布帛般遥遥垂下，染红了整个天幕——

那个梦！王离记了起来，眼前这般景致，曾在那个反复搅扰自己的噩梦中出现过！

“这是甚?”震天的喊杀声中，章邯惊愕地仰起头，看到那团巨大的火球从自己头顶掠过。

“枉矢?”长城之上，浑身是伤的赵公辅将杨翁子的尸首平放在城垣上，同样不胜诧异地仰望着，脚下的阴山草原一片如火如荼。

“枉矢，西流如火……”波光粼粼的东海上，徐福伫立在航船的甲板上，望着火球从那片越来越远的中原大地上空掠过，喃喃道。

“项羽伐秦之应么?”湟溪关上，赵佗满脸的不可思议。在他头顶，一面绣有“越”字的红色大纛取代了“秦”字大纛，与满天血色融为了一体。

“枉矢所触，天下所共伐也；凡枉矢之行，以乱平乱……”已经平静下来的武关之上，只有銮铃的叮当声不住回荡着，张良一袭白衣纤尘不染，伫立在遍地鲜血中，深不可测的目光久久望向近在咫尺的关中大地。

数十步外，乌骓马已开始放缓了脚步。

此时此刻，王离心底浮现出的是多年前在杜县校军场上，自己面对着皇长子时无意间发出的怒吼：

“就不降！死也不做俘虏！……”

乌骓马闪到身前，堪堪停住脚步，长槊已然挺出，乌金色的槊锋在咫尺之间折射着黎明的曙光，萦绕着死亡的寒芒。王离抬起头，与项羽对视了，他看到那双重瞳子中写满了耀武扬威的得意，又仿佛带着无尽的仇恨和凶狠，蕴含着毁天灭地的力量。

项羽的嘴角绽出一抹狞笑，王离却同样报以轻蔑的笑容，然后他迎着槊锋猛然扑了上去——

死也不做俘虏！

这个念头一闪而过时，尖利的槊锋已深深刺入了他的胸口，相继穿透了铠甲，战袍，血肉，筋骨，直至心脏。

“惟嬴……”这是王离的最后一声低语。

他的天地破碎了。

8

沉沉的松柏林依旧一片静谧。子婴肃然端坐于太庙正殿中，在嬴秦列祖一座座灵位的环绕下，为那数千里之外的巨鹿之战默默祈祷着，他这般不吃不喝不眠不动，已有足足三日了。

一阵恍惚渐渐袭来，朦胧中，子婴似乎觉得自己身处的太庙渐渐幻化成了惨烈战场，到处是鲜血和尸体，到处是晃动的人影，无数赭黄色衣甲的楚军士卒从身旁掠过，却没有一人对自己望上一眼；而他也发现自己无法动弹，只能伫立在原地，心惊肉跳地凝望着这场酷烈大战。

赭黄色的人潮倏忽散开了，他看到王离孤身伫立在长矛丛的包围中，坦然面对着一名金甲黑马手持长槊的骑士，两人一同伫立在血色的天穹下，头顶是那颗拖着长长火尾的枉矢。

黑马开始放慢脚步，那身材高大的骑士也有意地调整着手中的长槊，同时放声咆哮着，然而子婴听不见，非但这咆哮声，就连那急雨般的马蹄声、震天的喊杀声也一并沉寂了，战场上一片令人心悸的静谧，只余自己的扑扑心跳。

天地停止了运转，子婴周遭的一切都静止不动，骑士手中的长槊固定在了王离胸前，天穹那颗枉矢凝固在了空中，身着赭黄色衣甲的楚军士卒们也变成了一座座陶俑，只有王离迎着槊锋缓缓扑了上去。

槊锋一寸接一寸地没入了王离胸口，一股血泉从那创伤中缓缓涌出，染红了王离脚下的黄土。

那名高大的骑士似乎也极为诧异，他努力想将长槊从王离胸口掣出，可王离却缓缓抬起被自己鲜血染红的双手，握住了槊杆，似乎是想将骑士拖下马。

马上的骑士显然愤怒了，他以攥紧长槊的右手为支点，左手向槊杆的末段全力压下去，终于将王离的整个身体缓缓撬了起来。然后他放声大笑，奇异的双目中闪烁着野兽般残忍的光芒，周围的楚军士卒也齐齐举起了各自的兵刃，无声地欢呼着。

再然后，无论是那名骑士，还是周遭的楚军士卒，所有人的身影就这样凝固不动了，而王离的尸身也同样久久悬挂在半空中，只有一滴又一滴鲜血徐徐落下，涂满了他脚下的黄土，触目惊心的红，那是静止的天地间，唯一还能动的物事。

……

纷乱的脚步声从远处传来，子婴心头一颤，睁开了眼睛，却并没有动弹也没有回头，仍然枯坐着。

脚步声越来越近了，还伴随着粗重的喘息声。子婴缓缓起身，凝望着面前始皇帝的灵位。

“陛下……”脚步声止住了，剧烈喘息声中，那个苍老的嗓音微微颤抖着。

子婴转过身来。

“巨鹿之战，败了？”他平静问道。

韩谈已说不出话了，只能哽咽着点点头。

“王离，死了？”新秦王的语气依旧很是淡漠。

老内侍拼命点着头，串串泪珠已经扑簌簌落下。

“还有，盗军，攻破武关，进逼关中了……”他费了好大气力才止住呜咽，艰难地挤出了这句话。

子婴却依旧毫无反应，木然迈出了幽暗的太庙正殿。

“陛下？”韩谈高声叫道，连忙提心吊胆地快步跟上，生怕新秦王会出甚意外。

枉矢带来的红光涂满了天幕，苍穹被彻底点燃了，万千血色云朵在大咸阳的上空簇拥着推挤着，天地间忽而明亮忽而幽暗，子婴却仿佛浑然无觉，依旧梦游般向着松柏林的深处走去，后面十余步外紧跟着一路小跑的韩谈。君臣二人就这般一前一后地游荡着，最后来到了那面影壁一般的石碑前。

韩谈愕然望着这面长长的石碑，以及碑面上一片鲜红得近乎刺眼的秦篆，他已认出，它们都是死去的那些庙堂重臣的名字，两年来，这份巨大的名册又添了长长一串：

秦故上将军武成侯王翦
秦故岭南将军伦侯蒙武
秦故廷尉武信侯冯毋择
秦故辽西将军大庶长辛胜
秦故雁门将军大庶长羌瘣
秦故北地将军伦侯秦腾
秦故上卿兼黑冰台殿戈姚贾
……
秦故九原军监军大上造秦扶苏
秦故郎中令关内侯蒙毅
秦故九原将军伦侯蒙恬
秦故卫尉关内侯杨端和
秦故中尉武安侯马兴
秦故陇西将军陇西侯李信
秦故奉常兼太史令关内侯胡毋敬
秦故太尉通武侯王贲
……
秦故岭南郡尉关内侯任嚣
秦故岭南将军左更赵仲始
……
秦故御史大夫伦侯冯劫
秦故右丞相伦侯冯去疾
秦故三川郡守大上造李由
秦故左丞相通侯李斯
……

在韩谈逐一默念着这些名字的同时，子婴已站在石碑末尾，左手握着铁锥抵上石面，右手铁锤狠狠砸了上去，清脆的凿石声再度响彻了松柏林，随着这当当声响，石屑四下迸飞，又一行秦篆渐次凸显出来，凿罢这一行字，他又以锥尖划破了掌心，猛然抵上了碑面，弯腰背对着韩谈，低声啜泣起来。

血流缓缓淌过了一道道凹槽，逐一勾勒出了这些秦篆的轮廓，看到这行字，韩谈久久默然了——

秦故九原将军，武成侯王离。

“韩谈，晓谕众臣工，我等降楚。”这是子婴说出的最后一句话，然后他的身子便软软滑倒在了石碑前。

刘邦大军开入关中的那夜，巨鹿城外的楚军营垒中召开了盛大的庆功宴，以赵王歇君臣为首的诸侯们也在受邀之列，他们早已被白日里的连番血战吓得心惊肉跳，进入楚营辕门时无不膝行而入，没人敢仰视楚国上将军项羽，更遑论与他那双重瞳子对视。

无论如何，联军营垒终究一片欢欣鼓舞，诸侯们无不欢庆暴秦即将到来的灭亡，更将剿灭九原军又击退了关中军反扑的项羽视作英雄，他们公推他为诸侯上将军，还准备尊称他为项王，尽管人人都知道，在那遥远的彭城还有一位楚怀王。

庆功宴持续了大半夜，夜深时巨鹿郊野才重新静了下来。除却稀稀落落的哨兵还坚守在自己的岗位上外，所有的联军将士都在大醉酣睡，少府章邯统领的关中军白日里进攻楚军营垒无望后，已经重新引兵西撤了，根本构不成威胁，是故他们完全不怕会遭到偷袭。

而就在所有人都酣梦正浓之际，一辆马车悄无声息地来到了布满尸首的战场上，四五个人影从车中相继钻出，弯下腰，蹑手蹑脚地四散开来。

一团乌云轻轻飘移开来，苍白的月光依稀照亮了战场上的凄凉惨景。无数尸首层层叠叠摞在一起，有秦军的也有楚军的，有人的也有马的，在它们身下，鲜血汇成的溪流已然凝固，保持着千回百转的蜿蜒形状。每当夜风拂过，干枯的枝杈和衰微的枯草便会发出轻微的震颤，如同战死者临终前的呻吟。

几个人影默不作声走着，尽管竭力掩藏着行踪，他们的目标却很是明确，显是向着白日里厮杀最为惨烈的那片战场而去。

又一阵夜风扑面而来，带来了仍未散尽的血腥气息，似乎还有模模糊糊的响动，于是这些幽灵般的身影同时收住了脚步，试图分辨出这动静的来源。

他们没有听错，这次的确是有人在呻吟，而且这呻吟中仿佛还带着模模糊糊的人名。

突然间，走在最前面的那个身影向着右前方狂奔过去，奋力跃过了一座座横七竖八的尸体，然后又急忙收住脚蹲下身子，从小山般的尸堆中，从那面“秦”字大纛下拖出了一具尸体，又低声叫了句：“王翳！”

尸体紧闭的眼皮轻轻一跳。

他的救命恩人忙从袖中掏出一个小小的陶瓶，将一滴水滴到了尸体的干裂的嘴唇上，浓郁刺鼻的草药味瞬间鼓荡开来。

这药汁果然有着惊人的奇效，原本的死者很快微微睁开了眼。

“公，公子?”他梦呓般地低语着。

“是我，司马昌！我这便带你走!”

“将军，将军……”王翳依旧喃喃道。

“我等正是要寻武成侯尸身，你可知他在何处?”

“不，不知……”王翳刚吐出这个字眼儿，便重又没了声响。

司马昌将手指探到他鼻下，发现他气息犹存，忙向不远处几个同伴招了招手，让他们过来将王翳抬走，然后重又在这片广袤的战场上寻觅起来，他自然知晓自己是大海捞针，却仍想再试试。

就这样漫无目的地游荡了小半个时辰，他始终一无所获，终于无可奈何地决定放弃，然而就在此时，他注意到远处竟还有一个阴影在蠕动着，似乎在拖曳着什么物事。

司马昌屏住了呼吸，借着各色尸体的掩护，巧妙地向着那个活人迂回了过去，当他潜行到数十步外时，借着月色可以看清那人身上赭黄色的楚军战袍，还有他正在拖动的那具秦军尸体，于是叫了声“何人”，拔出了佩剑。

这突如其来的吼声自然吓了那楚人一跳，他一声极尽惊恐的尖叫，软倒在了尸丛中，那尖叫声回荡在午夜空旷的战场上，说不出的古怪诡异。

司马昌快步上前，剑锋抵住了楚人的咽喉，对方显然没有料到竟还有另一个活人出现在此时此地，早被吓得魂不附体，根本没想起要反抗或是逃跑。

“你是何人?”方才那声尖叫其实也吓到了司马昌，但好在利刃在手，他总比自己的俘虏镇定得多。

“大人饶命……”楚人的声音很是苍老，周身都筛糠一般颤抖着，月光下可以看出，这是个年近花甲的老卒。

老卒惶惑的神情使司马昌确信，对方不会有任何反抗，于是稍稍放了心，轻叹了口气：“我非要杀你，你且放心。”

“谢大人，谢大人……”老卒不住点着头，额头瞬间渗满了豆大的汗珠。

“可是楚军? 为何深夜至此，盗尸谋财么?”司马昌低声问，天下大乱以来种种暴行层出不穷，许多诸侯军都有此等恶习，若此人果然如此，倒也不足为奇。

老卒却是疲惫地连连摇头：“绝非如此，绝非如此。在下，是为报故人恩情……”

“报故人恩情?”

“大人明鉴，我重返战场，乃是要觅得武成侯尸身……”

“王离?”司马昌扑上来猛然攥住了老卒的双肩，语气也分外急迫，“他在何处?”

他用力太猛了，老卒疼得说不出话来，只勉强向着一旁指了指。司马昌丢开他，又扑向那具他方才拖曳的尸首，果然是王离没错！他瘦削的面孔尽管涂满了血污，却是分外平静，仿佛睡熟了一般；而他身旁那具通体火红的马尸，也同样是丹骎!

“兄弟……”司马昌紧紧抱住他，从喉咙中发出一阵压抑的呜咽。

两人将丹骎好生埋葬了，又一前一后抬着死去的秦军统帅，开始向着巨鹿战场的边缘走去，司马昌始终默不作声，那名老卒却是断断续续地低声说着：

“……我乃南郡安陆人士，天下大乱以来，被逼入了楚军，又随上将军项羽打了这巨鹿之战……”

“……王离将军大父，乃上将军王翦，当年他领军灭楚之际，我两个弟弟都在秦军里，也都死在攻克姑苏那一战中……”

“……他二人都受过武成侯之恩。当时武成侯送了战袍给他俩，两人战死后，还是武成侯专门下令，将战死同袍未及寄出的家信尽数送回故里，才使我得知死讯。而今我白日里亲见王离将军战死，是故趁夜摸到此地，想将他尸首葬了，也算聊报上将军当年恩情……”

老卒终于没有再吭声了。此时，他和司马昌已经将王离的尸首安置在车中，与昏迷不醒的王翳并排摆在了一起。

“老丈当真义士。”司马昌深深一声叹息，“随我等走吧，莫再跟着楚军了，你便甘愿随那项羽烧杀抢掠么?”

老卒目光中顿时充满了惊讶与迷惘：“公子肯带我走么? 我是楚人，你也不在意?”

司马昌嘴角泛起一丝苦笑：“甚秦人楚人，都是我华夏族群，何分彼此? 这等战乱，遭罪的还不都是天下苍生?”

“谢公子，谢公子!”老卒忙不迭地脱下了楚军的甲胄和战袍，又接过司马昌递过来的一件粗布衣衫，匆匆换了起来；这时他怀中两枚捆扎好的木牍突然落到了脚下，司马昌见状弯下腰，拾起木牍递给了老卒。

“谢公子!”老卒攥紧了木牍，“此乃我那两位战死弟弟的家信，我一刻也不肯离身!”说着解开捆扎木牍的麻绳，将那家信递给了司马昌，“公子请看!”

司马昌接过木牍，借着明朗的月色，看到那上面是几行字迹很清秀的秦篆：

“二月辛巳，黑夫、惊敢再拜问衷，母毋恙也? 黑夫、惊毋恙也。……”

大秦帝国灭亡了。

九原军覆灭后，少府章邯继续统领关中军与楚军展开了数次零星战事，因军粮不足、士气低落等诸般原因连遭败绩，在司马欣、陈余的先后游说下，终是被迫向项羽提出请降，同样粮草将罄的项羽应允了，两军在洹水以南的殷墟举行会盟，项羽命其仍率关中军在前开道，自己则领诸侯联军在后，一同向关中进发。途经新安之际，这支以刑徒为主体的二十万大军，被出尔反尔的项羽尽数坑杀，从而酿成了自长平之战后的又一大惨剧。

而此时，攻破武关的刘邦已正式进入了咸阳，抵达灞上之际遣使向刚即位的秦王子婴约降，和章邯一样再无回天之力的子婴同样答应了，并在即位的第四十六日系绳于颈，手捧天子玺符，乘白马素车来到轵道旁请降。一个月后，叩函谷关而入、一度想在鸿门宴中杀死刘邦的项羽也率诸侯大军抵达咸阳，为泄愤而杀了这位末代秦王，一同死于他屠刀下的还有全部尚未逃走的嬴秦宗族。在这又一番杀戮之后，以项羽为首的诸侯联军们掳掠了大批平民妇女，盗掘了始皇帝陵，将大咸阳洗劫一空后又纵火焚烧了全城，大火三月不灭。此后项羽以纵约长身份论功行赏，全数恢复了已被废除的分封制，共封十八位诸侯王，自号西楚霸王，天下从此进入了楚汉相争那更大的乱世，而那些在秦末历史舞台上活跃的各色人物，也由此迎来了他们各自的结局。

降楚之后，章邯被项羽封为雍王，仍以那早成了一片焦土的关中为封国，后在楚汉相争时被刘邦麾下的名将韩信击败，最终在穷途末路中选择了自裁；赵公辅尽管尽了最大努力，仍无法阻止冒顿单于的南下、河南地的失守，只得统领九原军余部撤至陇西，此后多年镇服西戎颇见功绩，天水赵氏也由此成为天下望族；赵佗据守岭南自立为王，号南越武帝，在位期间大力开拓蛮荒的岭南，促成汉越族群融合，后在汉文帝派出的特使陆贾的劝说下，主动去除帝号向汉朝称臣，直到汉武帝时期才去世，享年近百岁；徐福掩护皇族后裔东渡扶桑，从此再未回中原，他所定居的这片海岛最终成了如今的日本，而他本人也被奉为日本的第一任天皇；有着匹夫之勇、妇人之仁的项羽在四年楚汉战争中狼奔豕突、四处碰壁，屠城杀降等诸般罪行却一样不少，最终失却天下民心，在垓下决战中突围失败，自刎于乌江；张良辅佐刘邦击败项羽与天下诸侯，天下重新一统后，自己受封留侯，并在其他功臣相继被刘邦诛杀前辞去所有官爵，悄然退隐……自然，最大且最后的胜利者无疑是刘邦，在取得了逐鹿中原的最终胜利后，他建立了大汉王朝，自己也和他崇拜的始皇帝一样，当上了皇帝，成为了汉高祖。

时光的长河流淌到了公元前119年，孝武帝元狩四年，这是个暮春的晴日，温暖和煦的轻风拂过关中大地，带来万物生长的气息。万里晴空之下，一辆轩车不疾不徐地辚辚走着，它由河西高地而来，沿洛水一路南下进入左内史郡，在洛水与郑国渠的交汇处折向西南，向着渠水上游而去。

驾车的是位二十余岁的年轻士子，一身儒生打扮，青衫上满是尘土。他的目光顺着脚下的郑国渠望向远方，忽然眼前一亮：一片油绿的千里沃野尽头，竟是大片绚烂绮丽的花海，于是忙催动轩车向那里辚辚而去，这才看清那是河滩旁一片绵延近十里的果林，各色雪白淡粉绯红的桃李杏花开得正盛。踏青游人三五成群，或漫步河滩之上，或徜徉果林之中，更不时可见总角小童在河边戏水打闹。眼见这等景致，年轻士子也大是感慨，将驾马卸下了车辕，牵着它来到岸边饮起了马，自己也弯下腰，掬起一捧清凉河水一气咽下，此后又一捧捧地洗起了脸来。

“后生，从何而来啊？”身后一个苍老的声音问道。

年轻士子忙抹了把脸扭过头，看到一位布衣老者含笑站在身后，也笑了起来：“我乃游学士子，自北疆来，正欲回长安，特在此歇脚。”

老者扬起了眉毛：“北疆？大将军漠北之战刚全胜而归，骠骑将军更是封狼居胥、禅姑衍海，小兄弟可是从朔方来？”

“没那般远，自直道来。”年轻士子淡漠一笑，对朝廷刚取得的这场辉煌大胜，似乎并不如老者那般上心。

老者“啊”了一声，显然兴致更浓了：“那直道不是当年秦将蒙恬所筑么？景致如何？壮阔否？”

年轻士子一声长叹：“堑山堙谷，确乎壮阔。然则，固轻百姓力矣！”

“轻百姓力？”老者呵呵笑了，“小兄弟，我看你甚是年轻，却如何开口便这般老气横秋，与那帮贤良文学一般？”

年轻士子也笑了笑，向老者做了个“请”的手势，两人便一同在这河滩游荡起来。

“想当年，秦国初灭诸侯，天下之心未定，痍伤者未疗；可这蒙恬身为天下名将，此时不强谏始皇，赈百姓之急，偏偏阿意兴功，修此浩大工程，如何不是轻百姓力？我还听说，蒙恬临死前曾归罪于地脉，岂非为自己开脱？”年轻士子一边转悠一边说着，说到最后，语气中竟隐隐带些愤然了。

老者皱起了眉头：“小兄弟之意，蒙氏兄弟遇诛，乃是死得其所？”

“岂有他哉！”年轻士子淡淡道。

老者神色间显然颇有些不快，却也并未反驳，与年轻士子又一同走了一段，这才重新开了口：“若当年始皇帝与蒙公不修那长城，不修秦直道，甚或不打匈奴，只甚事不做、专心休养生息，天下便太平了？”

“至少，暴秦不致区区十余载便覆亡。”年轻士子语气极为肯定。

老者笑了：“可那匈奴若先攻我等呢？没那长城，抵挡得住么？”

“……”年轻士子微一愣怔，一时不知该如何作答。

“当年西周末年，戎狄侵入中原、攻陷丰镐二京，烧杀劫掠无数，我等先人险亡于胡患，死伤岂不比修长城直道更大？”

“……”

“我大汉自高祖至今，被那匈奴压了近百年，庶民死于胡人铁蹄下者数以万计，不得已靠和亲才勉强保得平安。直至今上即位，起用大将军、冠军侯等一干名将六胜匈奴，方使边患大大缓解，使天下百姓安居乐业。此等功业，岂是休养生息能换得的？”

“……”

“小兄弟之意，我等宁可坐等邦国危难、异族入侵，也不愿为抵御外侮付出任何牺牲？建功立业只要有伤亡有死难，这功业纵然建成，却也一无是处？”

“……前辈之言，容我思之。”年轻士子似乎颇显尴尬，低声应了一句。老者则笑了笑，没有就这个话题继续说下去，只继续与他游荡着，如是走了百十步后，士子岔开了话题：

“敢问前辈，此是何处?”

“频阳!”

“频阳? 那这水，便是石川水了?”

“不错! 河滩这片杏林也是我频阳闻名景致，号为杏林春眺；每逢春日，远近百姓都要来此踏青!”

士子瞪大了眼睛：“当年秦将王翦父子的坟冢，便在这一带?”

老者笑着点点头：“老夫家便在那边，小兄弟有无兴致同往?”

“善! 敢请前辈引路!”

车马辚辚中，两人很快穿过了频阳沃野，步入了频山脚下那座广阔却简朴的陵园。那座高高的坟冢前，一方频阳墨玉凿成的石碑，以及碑面上的一行秦篆，也一并映入了士子的眼帘：秦故上将军武成侯王翦之墓。看到这里，士子毕恭毕敬地深深一躬。

“王翦之墓在此，那边是王贲之墓。”老者说着向远处一指，“王翦父子之外，原本还有王贲之子王离葬于频阳，惜乎坟冢已无处寻觅了……”

“听说了。”士子连连点头，一声叹息，“王氏三代为将，不想王离却是这等结果，让人扼腕啊……”

他顿了顿，又笑了起来，半是自言自语道：“拜谒王氏父子，也是晚辈多年心愿。几年间，晚辈南游江淮，浮于沅湘，北涉汶泗，算得游历颇广，只一直未及来这频阳，今日终是了此心愿，说来还是仰仗前辈指点，谢过前辈!”说着向老者一拱手。

老者也还了一礼：“小兄弟客气了。只不知你多年游历，却是为甚?”

“前辈见笑!”士子朗声笑了，满脸的自豪，“家父治史多年，晚辈便跟着胡乱读些史书，由此萌生心愿，自家也欲写一部，上起三皇五帝，下至今世，究天人之际，通古今之变，成一家之言，目下已零散写了许多篇章，只是若欲全数写完，怕是遥遥无期了。”

“了得也!”老者连连咂舌，“你来这频阳，也是欲为王翦祖孙写传么?”

“非但欲写王氏，晚辈先祖还曾与王氏有过交谊，是故早想过来看看。”

“小兄弟若果欲写王氏，不若在这频阳多留几日，住老夫家中便可。我等频阳乡民，个个都对王氏事迹如数家珍!”

"既然如此，谢过前辈！"

当晚，他便在老者家住了下来。

不住摇曳的油灯下，士子打开了一个大大的包袱，将一卷卷捆扎好的竹简逐一展开，这是他几年来陆陆续续写下的一些文字，有的已独立成章，有的不过是几段文字，有的甚至只是只言片语而已。尽管如此，他却仍极是珍重它们，几乎每晚临睡前都要重看一遍。

他先展开一卷简册，打头的第一枚竹简上写着《秦始皇本纪第六》，简册很长，显是一篇即将完成的文章，他的目光飞快地扫过一枚枚竹简，落到了接近结尾的几行字上：

"……子婴为秦王四十六日，楚将沛公破秦军入武关，遂至灞上，使人约降子婴。子婴即系颈以组，白马素车，奉天子玺符，降轵道旁。沛公遂入咸阳，封宫室府库，还军灞上。……"

默念完毕，他轻轻一声叹息，将这竹简重新卷起来又捆扎好，放到了一旁，又展开了第二卷竹简，《项羽本纪第七》：

"……居数日，项羽引兵西屠咸阳，杀秦降王子婴，烧秦宫室，火三月不灭，收其货宝妇女而东。……"

读到这里，他皱起了眉，这一行字深深刺痛了他的眼睛，于是逃避般地再次匆匆卷起竹简。

第三卷竹简又在眼前缓缓展开了，这次是《高祖本纪第八》，此时他已颇有些困倦，是故只是跳着看了下去：

"……五年，高祖与诸侯兵共击楚军，与项羽决胜垓下。淮阴侯将三十万自当之。……项羽卒闻汉军之楚歌，以为汉尽得楚地，项羽乃败而走，是以兵大败。使骑将灌婴追杀项羽东城，斩首八万，遂略定楚地。……正月，诸侯及将相相与共请尊汉王为皇帝。……"

困意如潮水般淹没了这位未来的史学巨擘，他刚来得及打开另一卷竹简，已伏在长案前睡着了，油灯照亮了他手中的简册，显是一封誊写下来的书信：

"蛮夷大长老夫臣佗昧死再拜上书皇帝陛下：……老夫身定百邑之地，东西南北数千万里，带甲百万有余，然北面而臣事汉，何也？不敢背先人之故！老夫处粤四十九年，于今抱孙焉。然夙兴夜寐，寝不安席，食不甘味，目不视靡曼之色，耳不听钟鼓之音者，以不得事汉也。今陛下幸哀怜，复故号，通使汉如故，老夫死骨不腐，改号不敢为帝矣！"

……

这一夜，士子睡得并不安稳，一个又一个光怪陆离的画面接踵闯入了梦境。

恍惚间，他仿佛来到了那座如今早成一片废墟的先朝帝都前。滔滔渭水依旧川流不息，苍苍北阪依旧逶迤连绵，那座横跨渭水如长虹卧波般的白石桥，那条周回数十里的高大城垣，以及数不胜数的连绵宫阙楼阁也依旧壮丽巍峨，然而此刻的大咸阳却是一片死寂。他看到一片白茫茫的人群梦游般出了咸阳城，来到咸阳东南的轵道上，走在最前的便是一辆由四匹白马拉动、去除了一切饰物的素车，车上木然伫立着那位末代秦王，脖颈上还绑缚着一根用来系印的丝带，怀中则抱着装有皇帝印玺的玉匣……

不知何时，天边出现了一个刺眼的亮点，很快变成一个巨大的火球，画过一道火蛇般的痕迹，自东向西坠落在关中大地。一片火海倏然腾起，整个咸阳，整个关中大地都被那滔天的红焰吞噬了，无数宫殿楼宇房舍民居都化作了灰烬，无数生灵在那熊熊燃烧的火海中哀哭叫号，然而这震天的哀哭叫号中竟还回荡着一个满是凶狠的笑声，一个高大的身影正望着这片火海放声大笑，一双重瞳子中写满了得意。

渐渐地，哭声笑声变成了一片凄凉楚歌：

力拔山兮气盖世，
时不利兮骓不逝。
骓不逝兮可奈何，
虞兮虞兮奈若何！
……

火海变成了茫茫白浪，瑟瑟寒风带来了浪花的轰鸣，也带来了那个粗犷声音与另外几个声音的对答：

“江东虽小，然地方千里，数十万众，亦足称王也。愿大王急渡，今独臣有船，汉军至，无以渡！”

“天之亡我，我何渡为！且项籍与江东子弟八千人渡江而西，今无一人还，纵江东父兄怜而拥我为王，我何面目见之？纵彼不言，项籍独不愧于心乎？”

“项籍！认得我否？当年巨鹿之战，我乃武成侯麾下骑士！”

“闻汉以千金万户购我头，既如此，项籍成全你！……”

剑光陡闪，血花飞溅，那个蚩尤般的高大身影轰然倒地，一双满是凶光的重瞳子黯淡了，天地间终于恢复了宁静。

……

许久之后，眼前的景致又变了。他发现自己重又来到了王氏陵园，重又来到了一座高高坟冢前，面前是一位全身缟素的中年妇人，身后跟着两个英武少年，看相貌显是她的两个儿子。那妇人尽管满面沧桑鬓角染霜，容貌却仍然极是俏丽，深沉安详的神色间更带着一股难以掩饰的贵气，一双明澈的丹凤眼，静静望着坟前那座墨玉墓碑。

“公爹，惟嬴带两个孙儿来看你了。”她低声道，轻举一碗酒水倾倒在墓碑前，那上面镌刻着一行秦篆：“秦故太尉通武侯王贲之墓”。

銮铃的清脆响动从背后遥遥传来，母子三人都微微一惊，同时扭过头，看到一个身形清瘦的白衣老者，自远处缓步来到墓碑前。尽管已是满头霜雪，然而老者的面容依旧白皙清秀；一双深不可测的眸子，如同暗夜中的寒星一般闪闪发光。

母子三人没有吭声，只默默打量着他。

“敢问夫人，可是通武侯家人?”老者轻声开了口，声音并不如何苍老，竟然颇有些女人般的柔和。

“我乃通武侯儿媳。”妇人简简单单地回答。

老者深沉的目光中多了一丝惊愕。

“武成侯王离的遗孀?”

妇人没有答话，却是骄傲地仰起头。

“原来是华阳公主……”老者眯起眼睛，满脸的不可思议，“不想老夫竟在此地遇上当年始皇帝长女，天意也，天意也……”

华阳公主也同样露出了一丝笑意，只是这笑意中却添了一丝嘲讽：“不想，我也在这频阳遇上了兴汉功臣，留侯张良。”

张良默默摇头：“老夫不是甚功臣，也不是留侯。老夫早已不问世事，只欲随赤松子游。”

“天下复定之后，你为何急流勇退，何不辅高皇帝建政? 怕自家如那彭越黥布韩信一般么?”

“全身自保犹在其次。张良毕生心志乃复兴诸侯分封，然却也心知，秦政推行天下，实乃无可抵挡之大势。张良既不能放弃分封，又不愿阻碍秦政，左右为难之下，只得辞官了事。”

华阳公主的目光中添了一丝不屑：“你将大势看得这般清楚，却还是为一己私怨逆天而行，累得天下战火绵延，累得万千生灵涂炭。灭秦之后又是楚汉相争，楚汉之后又是诸侯王争相反叛，更有冒顿单于领匈奴大举南下，重新夺走了阴山河南地；便连高皇帝自家，也险些在白登之围殒命。十数年间你杀我、我杀你，到头来换得的，却还是与大秦帝国一模一样的江山，只是早已千疮百孔。张良，你自家说说，值么？这便是你与项氏，乃至那万千复辟贵胄们想要的结果么？你心下竟不觉愧悔么？”

张良没有回答，目光中满是失落。

“纵然如此，却又如何？”片刻的沉默后，他重新开了口，“老夫终是活下来了，一直活到目下；不似你那亡夫，坟冢早已无处寻觅。”

华阳公主没有吭声，两个少年却将愤懑的目光投向张良。

“频阳王氏三代为将，对大秦可谓赤胆忠心；武成侯王离更是为挽救秦政，战死于巨鹿战场，不想而今却连处坟冢都没有。夫人请说说，他这等拼命，值得么？”

华阳公主却仍神色淡然，她向周遭的原野环顾了一圈，云淡风轻地笑了：

“这处处青山，何处埋不得他一副忠骨？又何须一定马革裹尸而还？我夫君，还有那万万千千战死沙场的秦军将士，他们都是为捍卫大秦社稷，为守护天下苍生而死，他们虽死犹生；你呢？你虽还活在世间，或许果能练得仙术长生不老，却又与行尸走肉有甚分别？”

张良微微一怔。

“世事难料。”华阳公主一声叹息，“秦灭了楚，楚又亡了秦，秦楚再融合到一起，终是成了如今的大汉。秦国是亡了，秦政却传承了下来；我那夫君战死了，频阳王氏却也传承了下来。既然如此，夫复何求？……”

“恩怨随风吧，夫人保重。”张良叹息着，向华阳公主深施一礼，转身径自去了，銮铃的响动声中，那个白衣飘飘的清瘦身影渐行渐远，竟带着一丝说不出的落寞。

华阳公主目送他消失在远方，沉思了片刻，从怀中掏出了两块玉璧，扭过头来望着两个儿子：“阿元、阿威，今日之后，你二人便一个去太原找白仲先生，一个去琅琊找徐福先生，他二人会带你等去见我王氏族人。这两块玉璧，乃当年阿翁与阿媪的定情信物，你俩各拿一块，日后若还能重逢，便以它相认。”

“阿媪，那你呢？”两个少年一同伸手接过半块玉璧，眼角都涌起了泪水，一脸恋恋不舍。

华阳公主笑了：“放心，阿媪会照看好自己。阿媪，还会回那桃花源……”

她转过脸，望向远处的频阳郊野，大片的桃花开得正艳。

……

夜色依旧深沉，油灯的光亮也依旧摇曳跳动着，年轻士子却醒了过来，伸个懒腰，站起身踱到窗前深深一个吐纳，遥望远处月光下的王翦陵园，回想起梦中的情形，一时竟有些懵懂了。他记得父亲对自己讲过，当年巨鹿之战结束后，高祖曾经偷偷潜回战场，寻得了武成侯王离的尸身，又连夜运回频阳，好生埋葬了起来，可后来不知为何，再也没人找得到他的墓了，当真奇也怪哉……不管了，正如那梦中所言，这处处青山，何处埋不得他一副忠骨？又何须一定马革裹尸而还？

这样想着，他重又坐到了长案前，毕恭毕敬展开了一卷竹简，火光下那最右面的第一枚竹简上写着：白起王翦列传第十三。

他将毛笔在盛满墨汁的石砚中蘸了蘸，沉思了片刻，在竹简上写下了第一句话：

“王翦者，频阳东乡人也。少而好兵，事秦始皇。……”

写完这句，他满意地提起笔，又把目光投向了窗外，看到一轮明月照耀在远处那座高高的坟冢上，千百年来，这月光想是从未变过。

一万年来谁著史

一万年来谁著史，三千里外觅封侯。这是当我在小说结尾敲下“全书完”时，心头油然浮现出的诗句。

在与孙皓晖先生的《大秦帝国》结缘多年后，经孙先生介绍，应太白文艺出版社之邀，2009年，我迎来了创作《大秦将军》的机会。在这部《大秦帝国》之后又一部正面描写秦帝国的长篇历史小说中，我试图通过刻画三代大秦将军的戎马生涯、王氏家族的兴亡沉浮，勾勒出秦国从统一天下到二世而亡这数十年波澜壮阔的历史。

王翦、王贲、王离，秦始皇时期最为耀眼的三颗将星，他们与他们创建和捍卫的大秦帝国血脉相连，他们的家族也与大秦帝国兴亡与共。他们有幸生于那个时代，也缔造了那个时代，华夏民族绵延至今的统一文明，正是在那个时代打下的坚实根基；而他们的身上，也最集中地凝聚了当时的时代精神。

这时代精神，是通过他们所探求的为将之道得以体现的：战乱时代，以战止战、止戈为武；和平时代，辅国治政、居安思危；国难之际，殉难报国、为国捐躯。小说中，我通过王翦、王贲统一天下的战争进程，着重刻画了第一重内涵；通过王翦平定岭南、王贲对秦政的捍卫和反思，刻画了第二重内涵；通过王离挽救秦帝国而付出的种种努力，以及牺牲于秦楚决战的最终结局，刻画了第三重内涵。

而在此之外，贯穿三重内涵始终的，则是三代大秦将军的血气争心：唯以建功立业为人生目标，唯以追求充实的生命状态为人生理想，为此不畏艰险牺牲，即便付出一切，也不愿向命运和敌手屈服。它是将道的最深内涵，也是当时华夏先民们最普遍的精神风貌。

一万年来谁著史。当他们的精神风貌，连同他们的功业与付出，都已在史册中模糊了两千年之后，我希望用自己的笔触将它们尽数重现，连带重现出那个时代，从而书写出一段自己心中的全新的历史。尽管它所呈现出的面目，与史书的某些记载不尽相同。

无意标榜自己的这部小说如何“符合历史”，事实上它也的确有诸多虚构之处，尽管我完全可以亦步亦趋地将《史记》翻译成白话文，并以“还原历史”自诩，但我并没有这样，这既是小说自身对文学性的要求使然，也是自己的历史观使然，我们从来不缺所谓“历史的真相”，更不缺对历史细节一钉一铆的考据，真正匮乏的反而是对历史人物和事件的端正态度。

以史为鉴的道理尽人皆知，然而出于种种原因，在如今的社会环境下，历史往往成了供我们恶搞戏说的对象、凭吊哀叹的废墟、指桑骂槐的箭靶、灌输意识形态的器皿，相对于我们国家的发展与社会的进步，这些并无太大意义。正是因此，我所希望做到的，是从文明进步的高度，对历史人物和事件给出自己的评价，从中汲取有益的经验教训，反过来指导我们的现实生活，一如孙先生在《大秦帝国》中所做的那样；而在长达三年的写作中，支撑我坚持下来的，也正是这样的理念。

三年写作，辛劳挫折焦虑困惑自不必多言，都是任何一个入流不入流的写手初涉创作时必然会遇到的；但其中尤为艰难者，却是我对自己灵魂的重铸：从一个典型的自由主义者，逐渐开始关注国家的命运、民族的未来；从一个彻底的反战者，慢慢开始正视战争在破坏之余的进步作用，领会军人那份与生俱来的自豪感与使命感；从一个单纯的秦史爱好者，渐渐开始尝试着以更宽广的胸襟来拥抱那个遥远的时代，以更长远的眼光来审视那些遥远的英雄。诚然，由于学识阅历的有限、思考深度的欠缺，这些我绝不敢自称做得很好，也有着接受各方面批评的心理准备，但它的确是我不短的笔耕生涯中，自始至终坚持的方向。

这是我写作过程中最大的困难，也是我完成全书之后最大的收获，与之相比，其他的一切都显得微不足道；况且有孙先生巨著在前，自己既无颜在此诉苦喊累，也无意将这部小说的问世当作何等伟业。如今的自己，心中除却理所当然的解脱感，最多的便是感恩之情，在此还是不无俗套却发自肺腑地对孙先生说一句谢谢，不仅是为他带给了我这样一个绝好的创作机会、对我作品的走向提出了为数不多却极为关键的意见；更是因为从他本人身上，以及他的作品中，我真正学会了如何看待我们这个国家和民族的过去与未来，如何在自己的人生中走出一条充实而饱满的轨迹。这将是我生命中最弥足珍贵的精神财富与动力源泉；这段长达三年的写作生涯，也将在我的人生道路上留下最浓重的一笔。

同时，我也感谢太白文艺出版社的领导和编辑们对这部书稿的辛勤付出；感谢我的父母，在我最落魄艰难的时候选择了支持我，成为我最坚实的后盾；特别要感谢的，还有我的同袍们：公士彧、蒹葭从风、萧十七妹、谷子、上将军白起……以及《大秦帝国》书友圈的其他众多朋友，他们或是对我的剧情设计提出修改意见，或是对我写作过程中出现的知识性疑问提供了解答，他们是我的顾问、监工，更是我的第一批读者。他们的帮助与鼓励，为我提供了对于自己作品的充分信心；也正是在与他们的交流和沟通中，我认识和纠正了许多以前自己浑然无觉的性格缺陷，从而能以尽可能饱满昂扬的精神状态完成这部作品。他们和我一样，都是孙先生“强势生存”精神身体力行的实践者，他们以前是，将来也仍然会是我的同道者，我们会追随着孙先生的步伐继续前进，也希望能有更多的同道者加入到这一行列中，一同为重塑文明史观，为复兴华夏文明，奉献出自己的力量。

一万年来谁著史？舍吾辈其谁哉！

张 述

2013. 12. 15